Jakob Wassermann

Christian Wahnschaffe

Roman

Jakob Wassermann: Christian Wahnschaffe. Roman

Entstehungszeit: 1916–1918. Erstdruck: Berlin (S. Fischer) 1919.

Neuausgabe mit einer Biographie des Autors
Herausgegeben von Karl-Maria Guth
Berlin 2016

Der Text dieser Ausgabe folgt:
Jakob Wassermann: Christian Wahnschaffe. Roman in zwei Bänden, 56. Bis 59 Aufl., Berlin: Fischer, 1928.

Die Paginierung obiger Ausgabe wird hier als Marginalie zeilengenau mitgeführt.

Umschlaggestaltung von Thomas Schultz-Overhage unter Verwendung des Bildes: Max Liebermann, Porträt von Isidor Soyka, 1881

Gesetzt aus der Minion Pro, 11 pt

Die Sammlung Hofenberg erscheint im
Verlag der Contumax GmbH & Co. KG, Berlin
Herstellung: BoD – Books on Demand, Norderstedt

Die Ausgaben der Sammlung Hofenberg basieren auf zuverlässigen Textgrundlagen. Die Seitenkonkordanz zu anerkannten Studienausgaben machen Hofenbergtexte auch in wissenschaftlichem Zusammenhang zitierfähig.

ISBN 978-3-8430-8966-1

Bibliografische Information der Deutschen Nationalbibliothek

Die Deutsche Nationalbibliothek verzeichnet diese Publikation in der Deutschen Nationalbibliografie; detaillierte bibliografische Daten sind im Internet über www.dnb.de abrufbar.

Inhalt

Erster Band 4
  Crammon ohne Furcht und Tadel 4
  Christiansruh 16
  Der Globus auf den Fingerspitzen einer Elfe 43
  Auf jedem Pfahl eine Eule 78
  Eh der Silberstrick reißt 128
  Die nackten Füße 185
  Karen Engelschall 260
Zweiter Band 338
  Gespräche in der Nacht 338
  Ruth und Johanna 432
  Inquisition 542
  Legende 682

Erster Band: Eva

Crammon ohne Furcht und Tadel

1

Crammon, ein Wanderer auf Wegen des Behagens und Vergnügens, war seit seinen Jünglingsjahren beständig unterwegs, von einer Hauptstadt Europas zur andern, von einem Landsitz seiner Freunde zum andern.

Er stammte aus einem österreichischen Geschlecht, das in Mähren begütert war. Mit seinem vollen Namen hieß er Bernhard Gervasius Crammon von Weißenfels.

In Wien besaß er ein schön eingerichtetes kleines Haus. Zwei ehelose alte Damen betreuten es, Fräulein Aglaja und Fräulein Konstantine. Es waren entfernte Verwandte von ihm, aber er hing an ihnen, wie an leiblichen Schwestern. Sie ihrerseits liebten ihn mit nicht geringerer Zärtlichkeit.

Eines Nachmittags im Mai saßen sie beide am offenen Fenster und blickten sehnsüchtig die Straße hinab. Er hatte seine Ankunft brieflich gemeldet, und es war schon der vierte Tag, daß sie ihn vergeblich erwarteten. Sooft ein Wagen um die Ecke bog, streckten sie gleichzeitig die Hälse über das Sims.

Als es dämmerte, schlossen sie das Fenster und seufzten. Konstantine faßte Aglaja unter den Arm, und so gingen sie durch die geschmückten Räume, die in blinkende Bereitschaft gesetzt waren.

Sie betrachteten sinnend die Gegenstände, die an ihn gemahnten und von denen ihm jeder einzelne teuer war, weil ihn ein Erlebnis oder eine Erinnerung damit verband.

Da war der ziselierte Pokal aus dem fünfzehnten Jahrhundert, den ihm der Marquis d'Autichamps geschenkt hatte; da die Achatschale, Vermächtnis der Gräfin Ortenburg; da waren die farbigen Kupferstiche aus dem Nachlaß der Herzogin von Kingsborough; da die kostbare Schreibtischgarnitur, die er vom alten Baron Regamey bekommen; da die Tanagrafigürchen, die ihm Felix Imhof aus Griechenland mitgebracht, da sein Porträt, welches der englische Maler Lavery im Auftrag von Sir Macnamara angefertigt hatte.

Sie kannten diese Dinge genau und schätzten sie. Vor dem Bildnis blieben sie stehen, wie sie gern zu tun pflegten.

Es zeigte ein vollwangiges Gesicht von einigermaßen strengem, ja finsterm Ausdruck. Aber der Ausdruck mußte täuschen, denn um die glattrasierten Lippen zuckten verräterische Lichter von Weltlust, Spott und Schelmerei.

Am Abend erhielten die beiden Damen ein Telegramm des Inhalts, daß Crammon die geplante Heimreise um vier Wochen verschieben müsse. Sie zündeten kein Licht mehr an und gingen traurig zu Bett.

2

Es geschah, daß Crammon mit einigen Freunden in Baden-Baden soupierte. Da er aus Schottland kam, wo er bei dem berühmten Forellenfischer Macpherson gewesen war und eine lange Eisenbahnfahrt hinter sich hatte, legte er sich nach dem Essen ermüdet auf ein Sofa und schlief ein.

Die Freunde unterhielten sich eine Weile, bis Crammons lautes Schnarchen ihre Aufmerksamkeit auf ihn lenkte; sie beschlossen, sich einen Scherz mit ihm zu machen.

Einer ging hin, rüttelte den Schläfer an der Schulter und fragte, als Crammon die Augen aufschlug: »Sag mal, Bernhard, was ist eigentlich mit Lord James Darlington los? Wo ist er? Warum hört man nichts von ihm?«

Crammon, ohne sich eine Sekunde zu besinnen, antwortete mit klarer Stimme und feierlichem Ernst: »Lord James befindet sich auf seiner Jacht im Ligurischen Meerbusen, zwischen Livorno und Nizza. Wieviel Uhr habt ihr? Drei Uhr nachts – da nimmt er die nervenberuhigenden Pulver, die ihm der Doktor Magliano, sein italienischer Arzt, zubereitet und verordnet hat.«

Damit legte er sich auf die andre Seite und schlief weiter.

»Er flunkert,« sagte einer aus der Gesellschaft, der Crammon nur oberflächlich kannte. Die andern erklärten dem Zweifler, daß Crammon niemals flunkere, und sie sprachen leise, um den Schlummernden nicht zu stören.

3

Einmal war Crammon auf einem Gut in Ungarn als Gast und verabredete sich mit mehreren jungen Leuten, die auf einem andern Gut weilten, zu einem Gelage in der nahegelegenen Stadt. Der Morgen graute, als sie auseinandergingen; mit benommenem Sinn schritt Crammon allein dahin und sehnte sich nach dem Bett, das noch eine halbe Stunde Wegs von ihm entfernt war. Zufällig geriet er auf den Viehmarkt, wo eine Menge Bauern versammelt waren, die ihre Ochsen, Kühe und Kälber aus den Dörfern hereingetrieben hatten.

Im Gewühle mußte er stehenbleiben und hörte, wie ein Stier zum Verkauf ausgeboten wurde. »Fünfzig Kronen zum ersten!« rief der Auktionar, und die Bauern schwiegen und überlegten.

Fünfzig Kronen für einen ganzen Stier? Nicht übel, dachte Crammon in seiner Halbtrunkenheit und bot sogleich fünf Kronen mehr. Die Bauern machten ihm respektvoll Platz, einer schlug noch um eine Krone auf, er überbot um zwei Kronen, zum ersten, zum zweiten, zum dritten, niemand bot höher, der Stier wurde Crammon zugesprochen.

Ein stattliches Vieh, sagte er sich und war mit seinem Kauf zufrieden.

Als es aber zum Zahlen kam, erfuhr er, daß die achtundfünfzig Kronen der Preis für den Zentner waren, und da das Tier zwölfeinhalb Zentner wog, sollte er siebenhundertfünfundzwanzig Kronen erlegen.

Er weigerte sich und schimpfte; es entstand ein Geschrei, kein Einspruch half, der Stier war sein Eigentum. Da er nicht Geld genug bei sich hatte, mußte er einen Knecht mieten, der ihn mit dem erhandelten Vieh auf das Gut begleitete.

Er schritt verdrossen voran, dann folgte der Knecht, der wieder an einem Strick das Vieh hinter sich her zog, das bösartig bockte.

Der Gutsherr, sein Gastfreund, half ihm aus der Verlegenheit und kaufte ihm den Stier ab, wurde aber vor Lachen über die Geschichte beinahe krank.

4

Crammon liebte das Theater und alles, was mit dem Theater zusammenhing. Als die große Wolter starb, schloß er sich acht Tage lang in seinem Hause ein und trauerte wie über einen persönlichen Verlust.

Während eines Aufenthaltes in Berlin drang der junge Ruhm Edgar Lorms zu ihm. Er sah ihn als Hamlet, und als er das Theater verließ, umarmte er auf der Straße einen wildfremden Mann und rief: »Ich bin glücklich.« Es entstand ein kleiner Zusammenlauf von Menschen.

Er hatte drei Tage in Berlin bleiben gewollt und blieb drei Monate. Seine Beziehungen machten es ihm leicht, Edgar Lorm kennenzulernen. Er überhäufte ihn mit Geschenken, kostbaren Dosen, schönen Büchern und seltenen Leckerbissen.

Jeden Morgen, wenn sich Edgar Lorm vom Schlaf erhob, fand sich Crammon ein und schaute still versunken zu, wie sich der Schauspieler wusch, rasierte und seine Leibesübungen machte. Er bewunderte seinen schlanken Wuchs, seine edlen Gebärden, seine sprechende Mimik und die Vollkommenheit seiner Stimme.

Er schrieb Briefe für ihn, fertigte Agenten ab und hielt ihm lästige Verehrer und Verehrerinnen vom Hals. Er stellte Zeitungskritiker zur Rede und schleuderte im Theater giftige Blicke, wenn der Beifall nach seiner Meinung zu lau war. »Das Pack hat zu rasen,« sagte er, und bei der Szene in Richard dem Zweiten, wo der König von den Mauern der Burg herunter zu den Lords spricht, besonders bei der Stelle: Herab, herab komm' ich wie Phaeton, geriet er in solchen Enthusiasmus, daß seine Freundin, die Prinzessin Uchnina, die mit ihm in der Loge saß, ihren Fächer vor das Gesicht hielt, um sich den Augen des Publikums zu entziehen.

Für ihn war Lorm der königliche Richard, der schwermütige Hamlet, der liebende Romeo und Fiesko der Rebell. Er glaubte dem Schauspieler, ganz und gar; er nahm ihn wörtlich, ganz und gar. Er erfüllte ihn mit dem Geiste Beaumarchais', mit der Beredsamkeit des Mark Anton, mit dem Sarkasmus Mephistos und mit der Dämonie Franz Moors. Als er sich von ihm trennen mußte, verbarg er seinen Kummer nicht, und aus der Ferne schrieb er ihm von Zeit zu Zeit eine überschwengliche Epistel.

Der Schauspieler nahm diese Anbetung als einen Tribut entgegen, der sich von den Durchschnittshuldigungen, von denen er satt zu werden begann, wesentlich unterschied.

5

Lola Hesekiel, die gefeierte Schönheit, hatte Crammon ihr Glück zu verdanken. Crammon hatte sie erzogen, Crammon hatte ihr Platz und Anerkennung in der Welt verschafft.

Als sie noch ein unerhebliches kleines Mädchen war, machte Crammon mit ihr eine Reise nach Sylt. Dort trafen sie Franz Lothar von Westernach, Crammons Freund. Lola verliebte sich in den hübschen jungen Aristokraten, und eines Abends, nach einer zärtlichen Stunde, gestand sie Crammon ihre Liebe zu dem andern. Da erhob sich Crammon vom Lager, kleidete sich an, ging in das Zimmer Franz Lothars und brachte den Schüchternen, schüchtern Lächelnden herüber. »Meine Kinder,« sagte er gütig, »ich gebe euch zusammen, seid glücklich miteinander, genießt eure Jugend.« Mit diesen Worten ließ er die beiden allein, die lange Zeit nicht wußten, wie sie sich in die ungewöhnliche Lage schicken sollten.

6

Eine sonderbare Begebenheit war die mit der Gräfin Ortenburg und der Achatschale.

Die Gräfin Ortenburg, eine siebzigjährige Matrone, lebte zurückgezogen auf ihrem Schloß bei Bregenz. Crammon, der eine große Zuneigung für alte Damen von Würde und Welt hegte, besuchte sie fast jedes Jahr einmal, um sie zu erheitern und mit ihr von der Vergangenheit zu plaudern.

Die Gräfin war ihm für diese Anhänglichkeit dankbar und hatte beschlossen, ihn zu belohnen. Eines Tages zeigte sie ihm eine goldmontierte Achatschale, ein altes Erbstück der Familie, und sagte, die Schale sei ihm nach ihrem Tode zugedacht, die testamentarische Verfügung sei bereits getroffen.

Crammon wurde vor Freude rot und küßte der Gräfin zärtlich die Hand. Bei jedem Besuch verlangte er die Schale zu sehen, weidete sich an dem Anblick und genoß den Besitz im voraus.

Die Gräfin starb; Crammon wurde alsbald, wie zu erwarten war, von dem Vermächtnis benachrichtigt. Die Schale wurde ihm zugesendet, sie war höchst behutsam in einer Kiste verpackt. Als er sie aber aus den Hüllen befreit hatte, sah er zu seiner Bestürzung, daß er betrogen worden war. Was er in Händen hielt, war eine Imitation, geschickt und genau angefertigt, jedoch aus falschem Material; nur die Fassung war aus Gold nachgeahmt.

Erbittert ging er mit sich zu Rate. Wen durfte er beschuldigen? Wodurch konnte er beweisen, daß die echte Schale überhaupt vorhanden war?

Die Erben der Gräfin waren drei Neffen gleichen Namens. Der älteste von ihnen, Graf Leopold, war verrufen als ein geldgieriger Mensch, der sich und andern nicht das Brot gönnte. War der es, der ihm den Streich gespielt, so war die Schale längst vertan.

Leicht bot sich ein Vorwand, den Grafen Leopold in Salzburg zu besuchen. Er zeichnete sich durch Frömmigkeit aus und war Gnadenperson am bischöflichen Hof. Crammon glaubte in seinen Augen einen Schimmer von Verlegenheit zu entdecken. Er hielt Umschau wie ein Luchs; vergeblich.

Nun aber kannte er alle bedeutenden Antiquare auf dem Kontinent und begab sich auf die Suche. Zweieinhalb Monate lang reiste er von Stadt zu Stadt, ging von Händler zu Händler, fragte, forschte, spähte. Die gefälschte Schale hatte er stets bei sich und wies sie vor; den Händlern waren solche von einem Gegenstand besessene Liebhaber vertraute Erscheinungen; sie antworteten bereitwillig und schickten ihn dahin und dorthin.

Er verzweifelte schon, da wurde ihm in Aachen ein Brüsseler Händler genannt, der die Schale erworben haben sollte. Es hatte seine Richtigkeit, in Brüssel fand er die Schale. Crammon erfuhr den Namen des Verkäufers; es war ein Mann, von dem er wußte, daß er in geschäftlicher Verbindung mit dem Grafen Leopold stand. Der Händler forderte zwanzigtausend Franken für die Schale. Crammon erlegte sofort tausend Franken und sagte, den Rest werde er in acht Tagen bezahlen und die Schale dann mitnehmen. Zu feilschen unterließ er, und er bemerkte wohl die Verwunderung des Händlers darüber; aber er dachte in seiner Bosheit: der Dieb ist in der Schlinge, weshalb ihm die Schurkerei verbilligen?

Zwei Tage später trat er in das Zimmer des Grafen, begleitet von einem Hoteldiener, der das Kistchen mit der falschen Schale auf den Tisch stellte und verschwand. Der Graf saß allein beim Frühstück; er erhob sich und runzelte die Brauen.

Crammon öffnete schweigend das Kistchen, nahm die falsche Schale heraus, putzte sie eine Weile sorgfältig mit dem Taschentuch, behielt sie dann in der Hand und machte ein bekümmertes Gesicht.

»Was solls?« fragte der Graf erbleichend.

Crammon erzählte, wie er zufällig bei einem Händler in Brüssel die Schale aufgefunden habe, die seines Wissens jahrhundertelang im Besitz der gräflichen Familie gewesen sei. Es habe nicht erst der wehmütigen Erinnerung an seine verehrte hingegangene Freundin bedurft, um ihn zu bewegen, das kostbare Stück wieder für den Ortenburgschen Tresor zu retten und in Sicherheit zu bringen. Er erachte es für ein wahres Glück, daß er es sei, der von dieser pietätlosen Verschacherung zuerst Kenntnis gewonnen; was für ein Skandal hätte gedroht, wenn ein derartiges Verfahren von müßigen Mäulern aufgeschnappt worden wäre. Er habe dem Antiquar zwanzigtausend Franken gezahlt, die Quittung vorzulegen sei er bereit, hier sei die Schale, er erstatte sie dem Haus Ortenburg treulich zurück, der Graf habe seinerseits nichts weiter zu tun, als eine Anweisung auf die Bank zu schreiben.

Nichts von dem Testament, keine Silbe von dem Vermächtnis, kein Sterbenswort darüber, daß man ihm eine Schale, wennschon die falsche, gegeben hatte. Der Graf verstand. Er sah die falsche Schale an, die auf dem Tisch lag, und erkannte sie als die falsche. Er hatte nicht den Mut zu Einwänden. Er schluckte seinen Grimm hinunter. Er setzte sich hin und füllte einen Scheck aus. Seine Kinnbacken schlotterten in stiller Wut. Crammon strahlte. Die falsche Schale ließ er, wo sie war, fuhr am selbigen Tag nach Brüssel und holte sich die echte.

7

Drei Dinge haßte Crammon aus Herzensgrund: Zeitungen, allgemeine Bildung und Steuern. Namentlich, was die Steuerpflicht betraf, konnte er nicht einsehen, daß auch seine Person ihr unterworfen sein sollte.

Einst war er vorgeladen worden, um seine Einnahmen zu bekennen. Er sagte, er befinde sich den größten Teil des Jahres auf den Schlössern und Gütern seiner Freunde als Gast.

Der Beamte hielt ihm entgegen, daß er doch ein recht luxuriöses Leben führe und daher irgendwelche festen Einkünfte haben müsse.

»Gewiß,« log Crammon zynisch, »diese Einkünfte bestehen aus dürftigen Spielgewinsten in mehreren internationalen Badeorten. Ein derartiger Erwerb unterliegt meines Wissens keiner Besteuerung.«

Der Beamte staunte und schüttelte den Kopf; dann verließ er das Zimmer, um sich über den Fall mit seinem Vorgesetzten zu beraten. Crammon sah sich allein. Wutbebend hielt er Umschau, nahm ein Bündel Akten aus einem Regal und schob sie hinter den Ständer an die Mauer, wo sie aller Voraussicht nach im Laufe der Jahre vermodern mußten und in ungesetzlicher Verborgenheit als Spender von Steuerbefreiungen wirksam waren.

Sooft er sich dieser Untat erinnerte, überließ er sich einem sanften und erquickenden Gelächter.

8

Die Prinzessin Uchnina hatte Crammon auf einem der Esterhazyschen Schlösser in Ungarn kennengelernt. Schon zu jener Zeit hatte ihre ungebundene Lebensführung Anstoß erregt, später hatte sich ihre Familie deswegen von ihr losgesagt.

In einem Hotel in Kairo begegnete er ihr wieder. Da sie reich war, mußte er nicht fürchten, ausgebeutet zu werden. Er hatte für die blutsaugerischen Frauen nicht viel übrig, und die Herrschaft über seine Sinne hatte er noch nie verloren. Es gab keine Leidenschaft, die ihn verhindern konnte, um zehn Uhr im Bett zu liegen und zehn Stunden zu schlafen wie ein Bär.

Die Uchnina lachte gern, Crammon bot ihr Stoff dazu, er war zufrieden, wenn sie sich amüsierte. Er wünschte nicht, daß man übermäßig verliebt in ihn sei, sondern er legte Wert auf eine anständige Behandlung und kameradschaftliche Leichtigkeit. Ihn verlangte nicht nach Liebe mit den üblichen Zutaten von Romantik und Unruhe, von Eifersucht und Sklaverei, sondern er wollte genießen, und zwar möglichst greif- und spürbar genießen. Er machte sich weniger aus der Flamme als aus dem Braten, der darauf zubereitet wurde; er fragte nicht viel nach der Seele, sondern hielt sich allezeit an den Leib.

Auf dem Schiff, das ihn und die Prinzessin nach Brindisi brachte, befand sich eine strohblonde Dänin mit Augen wie Kornblumen. Er ging zu der Einsamen und wußte sie zu bestricken. Sie fuhren zu dreien nach Neapel, dort hatte die Dänin ihr Zimmer näher bei dem Crammons als die Prinzessin. Die Prinzessin aber lachte.

Sie kamen nach Florenz. Vor dem Baptisterium traf Crammon eine traurige junge Person, und als er sie genauer anschaute, entdeckte er, daß es eine Badebekanntschaft aus Ostende war, die Tochter eines Mainzer Fabrikanten. Sie hatte vor kurzem geheiratet, aber ihr Mann hatte in Monte Carlo ihre Mitgift verspielt und war nach Amerika entflohen. Crammon führte sie zu seinen Gefährtinnen und gab sie, der Dänin wegen, die argwöhnisch war und alles für sich allein haben wollte, für seine Cousine aus. Nicht lange, so entstand auch Zank zwischen den beiden, und Crammon war vollauf beschäftigt, Frieden und Versöhnlichkeit zu predigen.

Die Prinzessin lachte.

Crammon sagte: »Ich will doch sehen, wie viele man auf einmal beisammen haben kann, ohne daß sie sich einander die Köpfe abbeißen.« Er wettete um hundert Mark mit der Prinzessin, daß er es bis auf fünf bringen werde, sie natürlich ausgenommen.

Im Mailänder Bahnhof wurde er mit hellen Freudenbezeigungen von einem reizenden Wesen begrüßt; es war eine Artistin, die vor Jahren einen seiner Freunde ruiniert hatte. Sie war nach Petersburg engagiert und war im Begriff, die Reise anzutreten. Sie gefiel Crammon so gut, daß er die Dänin und die Mainzerin über ihr vernachlässigte. Obwohl er es an List nicht fehlen ließ, mehrten sich die Zeichen, die eine Palastrevolution verkündigten. Sie brach in München aus. Harte Worte wurden gewechselt, Tränen wurden vergossen, Koffer wurden gepackt, und sie stoben nach allen Himmelsrichtungen auseinander: die Dänin nach Norden, die Mainzerin nach Westen, die Artistin nach Osten.

Crammon war betrübt; er hatte seine Wette verloren. Die kleine Prinzessin lachte. Sie blieb noch bei ihm, bis eine andre Lockung stärker war, dann feierten sie vergnügten Abschied.

9

Als junger Mann von dreiundzwanzig Jahren war Crammon einmal beim Grafen Sinsheim zur Jagd eingeladen. Unter den Gästen befand sich ein Herr von Febronius, der ihm durch seine Schweigsamkeit auffiel, und nicht minder dadurch, daß er häufig Crammons Nähe suchte, während er sich von der übrigen Gesellschaft absonderte.

Eines Tages forderte ihn Herr von Febronius mit ungewöhnlicher Dringlichkeit auf, er möge ihn besuchen.

Herr von Febronius war Besitzer eines ausgedehnten Majorats an der schlesisch-polnischen Grenze. Er war der Letzte seines Stammes und Namens, und alle Welt wußte, daß er darüber unglücklich war. Vor neun Jahren hatte er ein Mädchen aus einer Breslauer Bürgerfamilie geheiratet, und trotz des Altersunterschiedes waren sie einander noch mit großer Liebe zugetan; die Frau war dreißig, der Mann um die Fünfzig. Aber die Ehe war kinderlos, und daß dieses sich jemals ändern würde, war nicht zu hoffen.

Crammon versprach zu kommen, und einige Wochen später, an einem Maiabend, traf er auf dem Gut ein. Herr von Febronius war entzückt, ihn bei sich zu sehen, die Frau aber, die hübsch und fein war, zeigte ein auffallend frostiges Benehmen, und wenn sie Crammon ansehen mußte, wechselte sie immer kaum merklich die Farbe.

Am andern Morgen führte ihn Herr von Febronius durch das ganze Gut, durch den Park, die Felder und Wälder, die Ställe und Meiereien. Es war ein kleines Königreich, und Crammon äußerte Bewunderung. Aber Herr von Febronius seufzte. Er sagte, der Segen sei ihm vergällt, jedes Stück Vieh schaue ihn mit vorwurfsvollen Augen an, all das Land und das Gedeihen darauf sei ihm nichts wert, er habe den Tod über sein Geschlecht gebracht, die Fruchtbarkeit der Natur beschäme ihn bloß, da er selbst, da sein Blut zur Unfruchtbarkeit verdammt sei.

Hiermit schwieg er und ging stumm an Crammons Seite weiter, dem allerlei verwegene und kitzlige Gedanken durch den Kopf flogen.

Nach dem Mittagessen saßen sie mit Frau von Febronius auf der Terrasse, da wurde der Gutsherr hinausgerufen, kehrte aber nach kurzer Zeit zurück, ein Telegramm in der Hand, und sagte, er habe eine wichtige Nachricht erhalten, die ihn zwinge, zu verreisen. Crammon erhob sich in einer Art, die ausdrückte, daß dann seines Bleibens natürlich nicht länger wäre. Aber Herr von Febronius bat ihn fast erschrocken, er möge doch seiner Frau Gesellschaft leisten, es handle sich höchstens um zwei Tage, sie werde ihm sicherlich Dank dafür wissen.

Bei diesen hervorgestammelten Worten erblaßte er. Frau von Febronius hatte ihr Gesicht über den Stickrahmen gebeugt, und Crammon sah, wie ihre Finger zitterten. Da wußte er genug. Er reichte dem Mann die Hand und wußte auch, daß sie sich im Leben nicht mehr begegnen würden und begegnen durften.

Allein mit der Frau, fand er sie scheuer, als er erwartet hatte. Ihre Gebärde war Widerstreben, ihr Blick Angst, wenn seine Sprache kühner wurde, loderten Scham und Empörung in ihren Augen. Sie floh seine Nähe, suchte sie wieder, am Abend wandelten sie im Park, da beschwor sie ihn, am andern Tag zu reisen, und sie gingen in die Kutscherwohnung, um den Wagen zu bestellen. Wie sie ihn so willig sah, veränderte sich ihr Wesen, Qual und Härte schmolzen. Nach Mitternacht kam sie plötzlich in sein Zimmer, abwehrend und mit sich ringend, trotzig und gedemütigt, in der ersten Hingabe noch bitter, in der Zärtlichkeit fremd.

Früh am Morgen stand der Wagen vor dem Haus, der ihn zur Bahnstation brachte.

Die wunderbare Nacht schwand aus seiner Erinnerung wie tausend andre, minder wunderbare, zuvor; das seelenhafte Erlebnis mischte sich mit tausend andern nachher, die nicht so schmerzlichen Duft hatten.

10

Sechzehn Jahre später führte ihn der Zufall wieder in jene Gegend.

Er erkundigte sich nach Herrn von Febronius und erfuhr, daß dieser schon seit zehn Jahren tot sei. Sein Charakter habe sich in den letzten Jahren seines Lebens durchaus verändert. Er sei zum Verschwender geworden, die greuliche Mißwirtschaft, die er auf dem Gute habe eintreten lassen, habe seine Verhältnisse zerrüttet, Betrüger und falsche Freunde hätten ausschließliche Macht über ihn gewonnen, und die Frau, die mit ihrer einzigen Tochter noch auf dem Gut lebe, könne sich nur mit Mühe dort halten; bedrängt von wucherischen Gläubigern und einer anwachsenden Schuldenlast, habe sie keine frohe Stunde mehr, der völlige Ruin sei nur noch eine Frage der Zeit.

Crammon fuhr hinüber nach Klein-Deussen; so hieß das Gut. Er ließ sich unter einem falschen Namen melden, Frau von Febronius kam. Sie war noch immer reizvoll; die Haare waren noch braun, die Züge eigentümlich unalt, doch war etwas Erschrecktes und Mißtrauisches an ihr.

Sie fragte, woher sie die Ehre habe, von ihm gekannt zu sein. Crammon betrachtete sie eine Weile, auch sie blickte ihn aufmerksam an; auf einmal stieß sie einen Schrei aus und bedeckte das Gesicht mit den Händen. Nachdem sie ihre Bewegung niedergerungen hatte, reichte sie ihm die Hand, dann ging sie aus dem Zimmer und kehrte nach einigen Minuten mit einem jungen Mädchen von großer Anmut zurück.

»Das ist sie,« sagte Frau von Febronius.

Das Mädchen lächelte. Ihre Lippen wölbten sich dabei, als schmolle sie, und ihre Zähne zeigten die glitzernde Feuchtigkeit von Muscheln, an denen noch Meerwasser haftet.

Sie sprach von dem schönen Tag und daß sie in der Sonne gelegen. Die gebrochene Altstimme überraschte bei einem so jugendlichen Geschöpf. In ihren weitgeschnittenen braunen Augen strahlte unbändige Lust.

Crammon sagte geschmeichelt zu sich selbst: Wenn unser Herrgott ein Frauenzimmer aus mir gemacht hätte, wäre ich vielleicht so geworden. Er fragte nach ihrem Namen. Sie hieß Lätizia.

Frau von Febronius hing mit jedem Blick an ihr.

Lätizia brachte einen Fruchtkorb voll gelber Birnen und sah darauf nieder, begehrlich und der Begehrlichkeit spottend bewußt.

Sie schnitt eine Birne auf; es war ein Wurm drinnen, da ekelte ihr, und sie beklagte sich bitter.

Crammon fragte sie, was sie am meisten liebe; sie antwortete: »Schmuck.«

Die Mutter warf ihr vor, daß sie einen kostbaren Ring erst unlängst verloren habe. »Sie achtet nicht, was sie hat,« sagte Frau von Febronius.

»Gebt mir nur etwas zu lieben,« erwiderte Lätizia und streichelte eine weiße Katze, die schnurrend auf ihren Schoß sprang, »dann werd ichs schon festhalten.«

Beim Abschied versprach Crammon zu schreiben, und Lätizia versprach, ihm ihr Bild zu schicken.

Ein paar Wochen später teilte ihm Frau von Febronius mit, daß sie Lätizia nach Weimar zu ihrer Schwester, der Gräfin Brainitz, gebracht habe.

11

Als Crammon vierzig Jahre alt wurde, erhielt er von sieben Freunden, die ihre Namen daruntergesetzt hatten, ein mit kunstvollen Lettern in der Art und Weise eines Diploms verfertigtes Schriftstück, das folgenden Wortlaut hatte:

Crammon! Du Freund der Freunde, Verehrer der Frauen, Verächter des Weibes, Feind der Ehe, Muster der Weltleute, Verteidiger des Herkommens, Hort des Adels, Gast aller Edlen, Finder des Echten, Schmecker des Guten, Volksfreund und Menschenhasser, Langschläfer und Rebell, Bernhard Gervasius, heil dir!

Leuchtend in stolzer Genugtuung hing Crammon das schöngerahmte Pergament an der Wand neben seinem Bett auf. Sodann machte er in Begleitung seiner beiden Hausdamen eine Promenade in den Prater.

Fräulein Aglaja ging rechts von ihm, Fräulein Konstantine links, beide waren sonntäglich, wenn auch nach einer veralteten Mode, gekleidet, und ihre Gesichter waren die glücklichsten, die man sehen konnte.

Christiansruh

1

Die Vierzig seien eine kritische Zeit für einen Mann, fand Crammon; da halte er inneres Gericht; er ziehe die Summe seines Daseins und finde Rechenfehler über Rechenfehler.

Die moralischen Beschwerden beeinflußten seine Haltung und Führung nur wenig. Der Lebensappetit wuchs, und das Alleinsein war ihm noch lästiger als früher. Es kam, wenn er allein war, etwas über ihn, was er die Melancholie des halbierten Zustands nannte.

In Paris wurde er von diesem Schicksal betroffen. Er hatte sich mit Felix Imhof und Franz Lothar von Westernach verabredet. Beide ließen ihn im Stich. Imhof war durch eins seiner Börsen- und Gründergeschäfte in Frankfurt zurückgehalten worden und hatte telegraphiert, er wolle später kommen. Franz Lothar war mit seinem Bruder Konrad und dem Grafen Prosper Madruzzi in der Schweiz geblieben.

Aus Verdruß brachte Crammon fast den größten Teil des Tages im Bett zu. Entweder las er unwürdige Schmöker, oder er maulte laut vor sich hin. Aus Verdruß ließ er sich vierzehn Paar Stiefel machen bei den drei oder vier Meistern der Zunft, die nur für Auserwählte arbeiten und ohne bedeutende Empfehlung sich zu keinem neuen Kunden entschließen.

Er hätte den September bei der Familie Wahnschaffe auf deren Gut im Odenwald verbringen sollen. Den jungen Wolfgang Wahnschaffe hatte er im letzten Sommer während des Tennisturniers in Homburg kennengelernt und seine Einladung angenommen. Aus Verdruß über die beiden Treulosen sagte er ab.

Eines Abends traf er auf dem Montmartre den Maler Weikhardt, den er aus München kannte. Sie gingen eine Weile miteinander, und Weikhardt ermunterte Crammon, ihn in ein nahegelegenes Saaltheater zu begleiten, es trete dort, seit einer Woche etwa, eine blutjunge Tänzerin auf; mehrere seiner französischen Kollegen hätten ihm dringend geraten, hinzugehen.

Crammon war einverstanden.

Weikhardt führte ihn durch ein Gewirr verdächtiger Gäßchen zu einem Haus, das nicht minder verdächtig aussah. Es war das Theater Sapajou. Ein phantastisch gekleideter Knabe öffnete ihnen die Tür eines mäßig großen, halbverdunkelten Raums mit purpurroten Wänden und einer Holzgalerie. Ungefähr fünfzig Menschen, meist Maler und Literaten mit ihren Frauen, saßen einer winzigen Bühne gegenüber. Die Vorstellung hatte schon begonnen.

Zwei Geigen und eine Klarinette machten Musik.

Und Crammon sah Eva Sorel tanzen.

2

Nun grollte er Franz Lothar und Felix Imhof nicht mehr; er war froh, daß sie nicht da waren.

Er fürchtete sich, einem seiner vielen Pariser Bekannten zu begegnen, und schlich mit gesenkten Augen durch die Straßen. Es war ihm widerwärtig, zu denken, daß er mit ihnen von Eva Sorel hätte reden müssen und daß sie dann eine gleichgültige oder neugierige Miene zeigen würden, ohne zu fühlen, was er fühlte.

Den Maler Weikhardt mied er, denn sein Anblick riß ihn aus der Illusion, daß er, Crammon, Eva Sorel entdeckt habe und daß sie vorläufig nur in seinem Bewußtsein als das Wunder lebte, das er in ihr sah.

Er ging umher wie ein verkannter Reicher und bekümmert wie ein Geizhals, der seinen Schatz von Dieben belauert weiß. Alle, die ein geschwätziges Entzücken aus dem Theater Sapajou in die Welt hinaustrugen, waren Diebe in seinen Augen, denn sie drohten die Schar der Dummen und Banalen hinter sich her zu ziehen, die das Große in den Staub schleifen, indem sie es zur Mode machen.

Es war sein Traum, die Tänzerin auf eine verlassene Insel im Ozean zu entführen. Er hätte sich dann begnügt, sie anzubeten, ohne ihr mit einem Wunsch zu nahen.

So wie er für Lorm, den Schauspieler, Beifall verlangt hatte, haßte er den Beifall, den die Tänzerin gewann. Nicht weil sie ein Weib war, nicht aus Männereifersucht. Er betrachtete sie gar nicht wie ein Weib. Sie war ihm als Wesen die Erfüllung dunkler Ahnungen und Gesichte; sie war das Leichte im Gegensatz zum Schweren, das in ihm und allen andern lastete; das Schwebende im Gegensatz zum Kriechenden, das Geheimnis im Gegensatz zum Wissen, die Figur im Gegensatz zum Wirrsal.

Er sagte: »Dieses berühmte zwanzigste Jahrhundert, so jung es ist, geht mir auf die Nerven, die Menschheit wälzt sich wie ein häßlicher, plumper Wurm über die Erde. Sie will von ihrer Wurmhaftigkeit befreit werden, und in ihrer Sehnsucht nach Entpuppung entsteht in ihr die Lust zu hüpfen. Es ist der Gipfel barbarischer Komik.«

Das Leben, das er führte, war ihm als herausfordernde Störung seiner schweißtriefenden Mitmenschen wohl bewußt. Er schwärmte von Zeiten, in denen die herrschende Klasse wirklich geherrscht, wo ein geistlicher Fürst unter den Angestellten seines Hofstaats einen Kapaunenstopfer gehabt und irgendein unbedeutender Reichsgraf eine Armee besoldet hatte, die aus einem General, sechs Obersten, vier Trommlern und zwei Gemeinen bestand.

Daß ihn die Tänzerin aus der Zeit riß, ganz anders noch als der Komödiant, das war es, was er ihr dankte.

Er schuf sich ein Idol, denn es kamen die Jahre, wo er dessen bedurfte, ein satter Gieriger, lüstern nach Vogelflug.

3

Eva Sorel hatte eine Gesellschafterin und Behüterin, Susanne Rappard; einen häßlichen Irrwisch, schwarz gekleidet und zerstreut. Sie war aus der unbekannten Vergangenheit Evas mit aufgetaucht, und sie rieb sich noch die Finsternis aus den Augen, als sich für die achtzehnjährige Eva die Lichtbahn öffnete. Sie spielte vortrefflich Klavier und war dadurch die Helferin Evas bei deren Übungen.

Crammon hatte ihr einige Artigkeiten erwiesen, und der Ton, mit dem er über ihre Herrin sprach, gewann ihm ihre Sympathie. Sie bewog Eva, ihn zu empfangen. »Bringen Sie ihr Blumen,« raunte sie ihm zu, »das mag sie gern.«

Eva und Susanne Rappard bewohnten zwei Zimmer in einem kleinen Hotel. Crammon brachte Rosen in solcher Menge, daß die muffigen Korridore stundenlang voll Duft waren.

Eintretend gewahrte er Eva vor dem Spiegel, auf einem Armstuhl. Susanne kämmte ihr die Haare, die die Farbe des Honigs hatten.

Auf dem Teppich kniete ein junger Mensch, siebzehn Jahre alt, sehr blaß, mit Tränenspuren im Gesicht. Er hatte ihr erklärt, daß er sie liebe. Er mochte nicht aufstehen, auch als der Fremde kam; seine unglückliche Leidenschaft machte ihn blind.

Crammon blieb an der Tür stehen.

»Susanne, du tust mir weh,« sagte Eva. Susanne warf den Kamm erschrocken auf den Boden.

Eva streckte Crammon die Hand entgegen. Er ging hin und beugte sich nieder, um die Hand zu küssen.

»Der Arme,« sagte sie lächelnd und deutete auf den Knaben, »er quält sich so, er ist so töricht.«

Der Knabe preßte die Stirn an die Lehne ihres Sessels. »Ich werde mich töten,« flüsterte er. Da schlug Eva die Hände zusammen und näherte ihr Gesicht, das spöttische Betrübnis zeigte, dem des Knaben.

Welche Bewegung! mußte Crammon denken; wie durchgebildet, wie zart, wie neu! Und wie sich das Augenlid hob und der Stern des Auges energischesten Glanz aufwies und in der Neigung des Kopfes das Kinn ein wenig sank und ein unerwartetes Lächeln in den Mienen war, halb darbend, halb süß, halb verschlagen, halb kindlich.

»Wo ist mein Goldreif, Susanne?« fragte Eva und stand auf.

Susanne antwortete, sie habe ihn auf den Tisch gelegt. Sie suchte dort umsonst, sie flatterte hin und her, ein schwarzer Riesenfalter, machte Laden auf und wieder zu, schüttelte den Kopf und drückte besinnend die Hand an die Stirn, endlich fand sich der Reif unter dem geschlossenen Klavierdeckel, neben einigen Hundertfrankscheinen.

»So ist es immer,« seufzte Eva und steckte den Reif ins Haar, »wir finden alles, aber wir müssen lange suchen.«

»Was für eine Art Französisch sprechen Sie eigentlich?« fragte Crammon, der vollkommen Pariserisch sprach.

»Ich weiß nicht,« erwiderte sie; »vielleicht ein spanisches, ich bin lange in Spanien gewesen, vielleicht ein deutsches. Ich bin in Deutschland geboren und habe bis zu meinem zwölften Jahr dort gelebt.« Ihr Blick verdunkelte sich ein wenig.

4

Der verliebte Knabe war fortgegangen, Eva schien ihn vergessen zu haben, kein Schatten war in ihrem braunblassen Gesicht. Sie setzte sich wieder, und nach einigen Worten und Fragen erzählte sie Crammon ein Erlebnis, das sie gehabt.

Der Grund, weshalb sie es erzählte, lag in Verbindung von Gedanken, die sie nicht äußerte. Ihre Blicke ruhten still im Unbegrenzten, für ihre Augen gab es eigentlich keine Wände, und niemand konnte behaupten, daß sie ihn ansah, sie schaute bloß.

Susanne Rappard saß im Ofenwinkel, das Kinn auf die Arme gestützt, während die Finger über die zerfurchten Wangen hinauf sich in die leicht ergrauten Haare gewühlt hatten.

In Arles in der Provence war häufig ein junger Mönch zu Eva Sorel gekommen, Bruder Leotade. Er war nicht älter als fünfundzwanzig Jahre, kräftig, von südländischem Gepräge, ziemlich schweigsam.

Er liebte das Land, er kannte die alten Burgen. Einmal sprach er von einem Turm, der, eine Meile von der Stadt entfernt, auf einem Felsenhügel stand; er rühmte den Ausblick, den man von der Höhe des Turmes genoß, mit Worten, die Eva begierig machten. Bruder Leotade wollte sie führen; sie verabredeten den Tag und die Stunde.

Der Turm hatte eine verschlossene eiserne Tür, der Schlüssel war bei einem Weinbauern verwahrt. Es war spät am Nachmittag, als sie sich auf den Weg begaben, aber es war noch heiß auf der baumlosen Straße. Vor Einbruch der Nacht wollten sie zurück sein, deshalb wanderten sie rasch, doch als sie zum Turm kamen, war die Sonne bereits hinter die Hügel gesunken.

Bruder Leotade öffnete die eiserne Tür, und man sah eine enggewundene Steintreppe. Sie waren schon mehrere Stufen hinaufgestiegen, da kehrte der Mönch plötzlich um, sperrte die Tür ab und steckte den

Schlüssel in die Tasche seiner Kutte. Eva fragte ihn, weshalb er dies täte; er entgegnete, es geschehe der Sicherheit halber.

Es war dunkel in dem Turmgewölbe, und Eva sah die Augen des Mönches verderblich blitzen. Sie ließ ihn vorangehen, aber auf einem Treppenabsatz wandte er sich und griff nach ihr. Er war stumm; sie spürte seine Finger. Sie entglitt ihm, ebenfalls stumm, und lief wieder voraus, so schnell sie konnte. Sie hörte keine Schritte hinter sich im Dunkeln; die Treppe schien unendlich. Sie lief empor, der Atem verging, sie lechzte nach dem Licht. Da leuchtete die grüne Himmelsglocke in den Schacht, der Kreis, je mehr sie stieg, erweiterte sich bis zum Scharlach des Westens, und als sie auf der letzten Stufe angelangt war, als sie auf die Plattform trat, aus dem Moder in die Balsamkühle, in die hundertfache Farbenpracht von Luft und Erde, schien die Gefahr überstanden.

Sie wartete und bewachte das schwarze Treppenloch. Der Mönch kam nicht herauf. Seine tückische Verborgenheit spannte ihre Nerven qualvoll. Die kurze Dämmerung schwand; es wurde Abend, es wurde Nacht; kein Schritt, kein Laut. Spät erst fiel ihr ein, daß sie rufen konnte; sie rief ins Land hinab, aber sie sah, daß die Gegend öde war und ohne menschliche Wohnungen. Und als ihr schwacher Schrei verklungen war, zeigte sich die Gestalt des Bruders Leotade über der Treppe.

Der Ausdruck seines Gesichts flößte ihr noch größeres Entsetzen ein als vorher. Er murmelte etwas und streckte die Arme nach ihr aus. Sie prallte zurück, mit den Händen hinter sich tastend. Er folgte ihr, sie schwang sich auf die Brüstung, kauerte sich in die Zinne, hielt sich am äußersten Rand der Mauer, Haupt und Schulter über dem Abgrund schon. Der Wind erfaßte den Schleier, den sie um den Kopf trug und ließ ihn wehen wie eine Fahne. Der Mönch blieb stehen, ihr Auge bannte ihn. Sein Blick war ununterbrochen auf sie geheftet, doch wagte er sich nicht zu rühren, denn ihre Miene verkündete ihren Entschluß: bei der ersten Bewegung, die er gegen sie machte, gab es für sie nur noch den Sturz in die Tiefe.

Trotzdem loderte in seinen Augen das wütendste Verlangen.

Stunde auf Stunde verfloß. Der Mönch stand da wie aus Erz, und sie kauerte auf der Zinne mit wehendem Schleier und sonst regungslos und hielt ihn fest im Auge gleich einem Wolf. Der Himmel bedeckte sich mit Sternen; von Zeit zu Zeit sandte sie einen sekundenschnellen

Blick hinauf ins Firmament. So nah war sie dem ewigen Feuer nie gewesen; sie hörte die Millionen Welten melodisch in ihrer Bahn schwingen; mit gelähmten Gliedern flog sie; die Hände, die um den Stein geklammert waren, trugen die diamantene Decke des Kosmos, und da unten war die Kreatur, erfüllt von ihrer Leidenschaft, die blinde Kreatur, einem Gott verdungen, den sie belog.

Allmählich erhellte sich der Rand des Himmels, und Vögel flatterten auf. Da warf sich Bruder Leotade zur Erde und fing an laut zu beten. Und je lichter der Osten wurde, je lauter betete er. Auf dem Bauche kroch er zur Treppe hin, dann richtete er sich auf und verschwand.

Sie sah ihn unten aus der Pforte treten, und mit dem ersten Schein der Sonne verlor er sich zwischen den Weinbergen. Eva lag noch lange matt und betäubt unten im Gras, bevor sie fähig war, zur Stadt zu gehen.

»Es hätte sein können,« so schloß sie ihre Erzählung, »daß mir einer vom Sirius her zugeschaut hat, einer, der bald kommt und vielleicht mein Freund sein wird.« Sie lächelte.

»Vom Sirius?« ließ sich Susannes Stimme vernehmen; »und woher wird er Perlen haben und Diademe? Und welche Kronen wird er dir anbieten, welche Provinzen? Wir wollen uns nicht mit Habenichtsen einlassen, nicht einmal, wenn sie vom Himmel kommen.«

»Still, du Sancho Pansa,« wehrte Eva ab; »er muß wunderbar lachen können, das ist alles, was ich verlange. Er muß lachen können wie jener junge Eseltreiber in Cordova, erinnerst du dich? Er muß so lachen können, daß ich meinen Ehrgeiz vergesse.«

Da ist eine Tugend, die nicht um Pfennige betteln geht, dachte Crammon und beschloß, auf der Hut zu sein und sich beizeiten in Sicherheit zu bringen. Denn in seiner Brust verspürte er ein neues, unbekanntes, trauriges Brennen, und er wußte, daß er keineswegs imstande war, zu lachen wie die jungen Eseltreiber in Cordova; keineswegs so, daß eine Ehrgeizige ihren Ehrgeiz vergaß.

5

Felix Imhof kam und mit ihm Wolfgang Wahnschaffe, ein hochaufgeschossener junger Mann von zweiundzwanzig Jahren. Er trat mit der Eleganz auf, die ihm seine fast unbeschränkten Mittel erlaubten. Sein Vater war einer der großen Maschinenindustriellen Deutschlands.

Crammons Absage hatte ihn verdrossen, und er wollte sich seiner versichern. Es war die Art der Wahnschaffes, daß sie gerade das am stärksten begehrten, was sich ihnen entzog.

Sie gingen ins Theater Sapajou, und Felix Imhof fand die Tänzerin unvergleichlich. Sofort spritzten Pläne aus seinem Hirn wie Funken aus glühendem Eisen, das man hämmert. Er wollte eine Akademie der Tanzkunst gründen, einen Impresario zu einer Reise durch Europa dingen, eine Pantomime verfassen, alles womöglich zwischen morgen und übermorgen.

Sie saßen zusammen und tranken viel; zuerst Wein, dann Sekt, dann Ale, dann Whisky, dann Kaffee, dann wieder Wein. Auf Imhof übte das Zechen nicht die mindeste Wirkung; er war schon im nüchternen Zustand so wie andre Menschen, wenn sie berauscht sind.

Er schwärmte von Gauguin, von Schiller, von Balzac und entwickelte das Projekt einer Menschenzuchtschule; die erlesensten Exemplare von Männern und Weibern sollten verheiratet werden und ein arkadisches Geschlecht erzeugen.

Dazwischen zitierte er Verse von Keats und Stellen aus Rabelais, mischte Schnäpse auf zehnerlei Arten und erzählte ein Dutzend saftige Anekdoten aus seiner Lebemannserfahrung. Sein Mund mit den sinnlichen Lippen barst von Superlativen, seine hervorquellenden Negeraugen sprühten Geist und Laune, und der hagere, sehnige Körper litt, wenn er für einige Minuten zur Unbeweglichkeit verurteilt war.

Den beiden andern fielen vor Müdigkeit die Augen zu, er aber wurde immer munterer, immer lärmender, fuchtelte mit den Händen, schlug auf den Tisch, schlürfte begeistert die verräucherte Luft ein und lachte mit dem Baß eines Riesen.

So ging es fünf Nächte hintereinander, da wurde es Crammon zu viel, und er beschloß abzureisen. Wolfgang Wahnschaffe hatte ihn aufgefordert, ihn zur Jagd nach Waldleiningen zu begleiten.

Es war vormittags um elf Uhr, als Felix Imhof zu Crammon kam. In der Mitte des Zimmers stand der große Reisekoffer mit offenem Deckel. Wäsche, Kleider, Bücher, Schuhe, Krawatten waren auf dem Boden verstreut wie aus einer Feuersbrunst gerettete Habseligkeiten. Vor den Fenstern wogten gelbflammend die Baumwipfel des Parks Monceau.

Crammon saß nackt, nur mit ein Paar langen Strümpfen an den Beinen, in einem Lehnstuhl. Er hatte nackt gefrühstückt und schaute düster vor sich hin. Der viereckige, gotische Kopf und der breitgebaute, muskulöse Rumpf waren wie aus Bronze.

Felix Imhof hatte den Tag zuvor die Bekanntschaft Cardillacs gemacht, des Pariser Börsenkönigs, und war jetzt wieder auf dem Weg zu ihm. Er wollte sich an einer der Unternehmungen Cardillacs mit zwei Millionen beteiligen und fragte Crammon im Vorübergehen, ob er nicht auch Lust habe, eine Summe zu wagen; eine Kleinigkeit genüge, fünfzigtausend Franken; unter den Händen des Zauberers verdoppelten sie sich in drei Tagen, dann habe man den Genuß von Einsatz und Erwartung gehabt.

Er sagte: »Dieser Cardillac ist ein Phänomen. Der Mann hat als Laufbursche in einem Bahnhofshotel begonnen, jetzt ist er Hauptaktionär von siebenunddreißig Aktiengesellschaften, Gründer der spanisch-französischen Bank, Besitzer der Zinkminen von La Nere, Gebieter eines ganzen Stocks von Zeitungen und Herr eines Vermögens von Hunderten von Millionen.«

Crammon erhob sich, zog aus dem Kleiderhaufen auf dem Boden einen violettfarbenen Schlafrock und hüllte sich fröstelnd darein. Nun sah er aus wie ein Kardinal.

»Ist dir vielleicht zufällig bekannt,« fragte er schläfrig sinnend, »oder hast du einmal gesehen, wie die jungen Eseltreiber in Cordova lachen?«

Imhofs Gesicht wurde vor Erstaunen dumm. Er wußte nichts zu antworten.

Crammon nahm einen faustgroßen Pfirsich von einem Teller und biß hinein. Der Saft träufelte ihm aus den Mundwinkeln.

»Es wird nichts andres übrigbleiben, ich werde selbst nach Cordova gehen müssen,« sagte er und seufzte bekümmert.

6

Wolfgang Wahnschaffe erzählte unterwegs von seinen Angehörigen; von Judith, seiner Schwester, von seinem älteren Bruder Christian; von seiner Mutter, die die schönsten Perlen in Europa besaß; »in ihrem Schmuck sieht sie aus wie eine indische Göttin,« sagte er; von seinem Vater, den er einen liebenswürdigen Mann mit Hintergründen nannte.

Crammon hätte gern Einleuchtenderes erfahren über das Leben und die Vorgeschichte einer dieser reichgewordenen Bürgerfamilien, die der alten Aristokratie den Rang abliefen. Es interessierte ihn als ein

Stück Neuland, eine Welt, die noch in Knospen stand und die zu fürchten war.

Sein schlaues Fragen brachte ihn nicht weiter, aber etwas andres kam zutage. Da war ein Bruder, dem der Bruder im Wege war; versteckte Bitterkeit über unbegreifliche Bevorzugung; Zweifel, Kritik und Spott; ein Wort der Mutter, das sie zu einem Fremden gesprochen: »Sie kennen meinen Sohn Christian nicht, das Schönste, was unser Herrgott je erschaffen hat?«

Billig, fand Wolfgang, billig, ein Pferd im Stall zu rühmen, das man nicht zum Derby schickt, weil man es für zu edel und kostbar dazu hält. Warum denn billig? fragte Crammon, belustigt von dem feudalen Gleichnis, warum Stall, warum Derby, was er damit sagen wolle?

Nun, damit sei ein Bursche gemeint, der noch nichts bewiesen, nichts geleistet habe mit seinen dreiundzwanzig Jahren; dürftig durchs Examen geschlüpft sei; kein Lumen, in keiner Beziehung. Ausgezeichnet gewachsen, das müsse ihm der Neid lassen; elegant im Auftreten, ein Gesicht wie Milch und Blut, wie man so sage; von bestrickendem Wesen, ohne allen Zweifel, so bestrickend, daß kein Mann und kein Weib ihm widerstehen könne; aber kalt wie eine Hundeschnauze und glatt wie ein Fisch; und maßlos verwöhnt, maßlos hochmütig, als ob die ganze Welt eigens für ihn gemacht sei.

»Sie werden ihm schon auch hereinfallen,« schloß Wolfgang; »alle fallen herein.« Das klang beinahe nach Haß.

Es war ein regnerischer Oktoberabend, als sie in Waldleiningen eintrafen. Das Haus war voller Gäste.

7

Schneller als er selbst gedacht haben mochte, erfüllte sich Wolfgangs Vorhersage: schon am dritten Tage waren Crammon und Christian Wahnschaffe ein Herz und eine Seele; die Gespräche, die sie führten, hatten einen Ton der Vertraulichkeit, als kennten sie sich seit Jahren. Der Altersunterschied von beinahe zwei Dezennien schien einfach nicht vorhanden.

Crammon erinnerte Wolfgang lachend an seine Prophezeiung und fügte hinzu: »Ich wünsche, daß mir nie Übleres verkündet und das Angenehme stets so prompt verwirklicht wird.« Bei diesen Worten spuckte er zuerst nach rechts, dann nach links; er war abergläubisch wie ein altes Weib.

Wolfgang machte ein Gesicht, als wolle er sagen: ich war darauf gefaßt; konnte es anders kommen?

Crammon hatte in Christian ein verzärteltes Muttersöhnchen zu sehen erwartet; statt dessen sah er einen durch und durch gesunden, blonden jungen Athleten, der ihn um anderthalb Kopflängen überragte, sich seiner Kraft und Schönheit ohne eine Spur von Eitelkeit bewußt war und von froher Laune strahlte. Es erwies sich als wahr: alle machten ihm den Hof, von seiner Mutter an bis zum letzten Stallburschen, aber er nahm es hin wie schönes Wetter, unbefangen, ganz leicht, verbindlich, ohne sich zu binden.

Crammon liebte Jünglinge, wenn sie so elastisch waren wie Pantherkatzen und ihre Heiterkeit die Stimmung der übrigen Menschen verwandelte wie ein köstliches Aroma die Luft einer Krankenstube. Sie erschienen ihm als hochbegnadete Wesen, denen man alles aus dem Weg zu räumen hat, was ihre segensreiche Mission hemmen könnte, und denen er nicht zu imponieren, sondern von denen er zu lernen bemüht war.

Nur in England und bei Engländern hatte er diese Achtung vor der Jugend, vor dem werdenden Mann gefunden, die ihm längst Grundsatz und Lebensregel war. Er sagte sich, daß das Klima eines gepflegten Verständnisses für ein solches Menschenwesen das geeignetste wäre, und schmiedete insgeheim seine Pläne. Er dachte an eine Kavalierstour im Stil des achtzehnten Jahrhunderts, bei der er die Rolle des Mentors zu übernehmen hätte.

Indessen unterhielt er sich mit Christian über die Jagd, das Forellenfischen, über die verschiedenen Arten der Zubereitung von Wildbret, über die Vorzüge der einen Jahreszeit vor der andern, über die zahlreichen Reize des weiblichen Geschlechts und über lächerliche Eigenschaften gemeinsamer Bekannten; immer mit tiefsinniger Miene und erschöpfender Gründlichkeit.

Sooft er Christian betrachtete, mußte er denken: was für Augen, was für Zähne, was für Kiefer, was für Beine! Da hat die Natur ihr edelstes Material hergegeben, ebenso auf Dauer wie auf Wohlgefälligkeit berechnet; ein Meister hat die einzelnen Partien zusammengesetzt; wäre man ein schlechter Kerl, man könnte platzen vor Neid.

Bei einem Auftritt, der ihn entzückte, trieb es ihn, sein Entzücken den andern Zuschauern mitzuteilen. Der Vorfall trug sich im Hof zu, wo sich früh am Morgen die Jagdgesellschaft versammelt hatte. Die Hunde sollten gekoppelt werden, Christian stand allein in der Mitte von dreiundzwanzig Rüden, die mit ohrenbetäubendem Gebell und Gekläff um ihn herum und an ihm emporsprangen; er schwang die kurzstielige Peitsche und ließ sie über ihre Köpfe sausen; die Tiere wurden immer wilder, der zudringlichsten mußte er sich mit den Ellbogen erwehren, der Förster wollte ihm zu Hilfe kommen und schrie in die tobende Schar hinein, Christian winkte ihn lachend zurück, sein verstellter Zorn, alle seine Bewegungen reizten die Hunde; einer, dessen Maul von Schaum troff, schnappte nach ihm, hing mit den Zähnen an seiner Schulter, da schrien die Herumstehenden auf, am lautesten Judith; Christian aber stieß einen kurzen, scharfen Pfiff durch die Zähne, seine Arme sanken, sein Blick hielt zwei, drei der Tiere fest, und alle hörten plötzlich auf zu lärmen, nur die vordersten gaben ein demütiges Gewinsel von sich.

Frau Wahnschaffe trat blassen Gesichts zu ihrem Sohn und fragte, ob er verletzt sei. Er war nicht verletzt; die Joppe zeigte einen langen Riß, das war alles.

»Er muß irgendwie gefeit sein,« sagte am Abend nach dem Souper Frau Wahnschaffe zu Crammon, mit dem sie sich in eine stille Ecke zurückgezogen hatte; »das ist mein einziger Trost, denn seine Tollkühnheit macht mir manchmal Angst. Sie nehmen ja Interesse an ihm, ich habe es mit Vergnügen bemerkt, Herr von Crammon. Lenken Sie ihn doch ein wenig in die Bahn der Vernunft.«

Sie sprach mit hohler Stimme und unbeweglichem Gesicht; ihre Augen blickten starr an den Menschen vorüber. Sie kannte keine Sorgen, hatte sie nie kennengelernt; vielleicht hatte sie auch über die Sorgen andrer niemals nachgedacht; trotzdem hatte noch kein Mensch diese Frau lächeln gesehen; die vollständige Regungslosigkeit, die in ihrem Dasein herrschte, hatte die Bewegungen der Seele auf einen toten Punkt gebracht. Nur in dem Gedanken an Christian bekam ihr Wesen einen Hauch von Wärme; nur wenn sie von ihm sprechen konnte, wurde sie beredt.

Crammon antwortete: »Gnädigste Frau, einen Burschen wie Ihren Christian überläßt man am besten seinem Stern, da ist er in sicherer Hut.«

Frau Wahnschaffe nickte, obwohl ihr das Saloppe an Crammons Ausdrucksweise mißfiel. Sie erzählte, daß Christian, als er noch ein Knabe gewesen, einst zu den Holzfällern in den Forst gegangen sei. Eine mächtige Tanne sei angehauen worden, die Knechte liefen zurück zum Ende des Seils, und wie der Baum schon wankte, gewahrten sie den Knaben. Sie schrien ihm entsetzt zu, sie versuchten dem Fall des Baumes eine andre Richtung zu geben, es war jedoch zu spät, und während einige aus Leibeskräften am Strick zerrten und in ihrem Schreck wie von Sinnen waren, rannten ein paar mit aufgehobenen und deutenden Armen in den Kreis der Gefahr, ihnen voran der Aufseher. Ruhig stand der Knabe da, ahnungslos sah er in die Höhe; den Aufseher traf der stürzende Stamm und zerschmetterte ihn; um Christian hingegen legten sich sanft die Zweige, wie wenn sie ihn nur streicheln wollten, und als die Tanne auf der Erde lag, stand er inmitten der Krone, als hätte er sich hineingestellt, unberührt und ohne Staunen. Die es mitangesehen, sagten, es sei um eines Haares Breite gegangen.

Crammon wurde aber das Bild nicht los, dessen Zeuge er selbst gewesen: den übermütigen Peitschenschwinger unter der entfesselten Hundemeute. Mich dünkt, überlegte er, den Finger an der Nase, ich kann es mir schenken, die jungen Eseltreiber in Cordova lachen zu sehen.

8

Es gab eine Weinstube im Schloß zu Waldleiningen, worin sich gemütlich kneipen ließ. Dort tranken Crammon und Christian eines Abends Bruderschaft. Und als sie die Flasche Liebfrauenmilch geleert hatten, sagte Crammon, es sei eine schöne Nacht, man könnte noch ein wenig im Park spazierengehen. Christian wars zufrieden.

Sie gingen im Mondschein über die Kieswege; Busch und Baum schwammen in silbrigem Duft.

»Nebelglanz und Herbstesfäden, alles, wie's im Buch steht,« sagte Crammon.

»In welchem Buch?« erkundigte sich Christian.

»Na, im Gedichtbuch, mein ich.«

»Liest du denn Gedichte?« fragte Christian neugierig.

»Hin und wieder mal,« antwortete Crammon, »wenn mirs in der Prosa nicht mehr gefällt. Da zahl ich dann dem Weltgeist meine Schulden ab.«

Sie setzten sich auf eine Bank unter eine mächtige Platane. Christian schaute eine Weile schweigend vor sich hin, dann richtete er unvermittelt die Frage an Crammon: »Sag mal, Bernhard, was ist das eigentlich, wovon die meisten Leute so viel Aufhebens machen: der Ernst des Lebens –?«

Crammon lachte leise vor sich hin. »Nur Geduld, mein Lieber, nur Geduld,« antwortete er, »das wirst du schon erfahren.«

Er lachte wieder und faltete behäbig die Hände über dem Bauch; dennoch bekam die schöne Nacht, die schöne Landschaft einen Schleier von Schwermut.

9

Christian wünschte, daß Crammon mit ihm und Alfred Meerholz, dem Sohn des Generals, zum Wintersport nach St. Moritz fahre; aber Crammon mußte zu Konrad von Westernachs Hochzeit nach Wien. So verabredeten sie ein Zusammentreffen in Wiesbaden, wohin im Frühjahr auch Frau Wahnschaffe und Judith gingen.

Frau Richberta verbrachte den Januar und Februar gewöhnlich in dem Würzburger Stammhaus der Familie; sie hatte viele Gäste dort, und die Langeweile der Provinzstadt war nicht fühlbar. Wolfgang hatte bis jetzt in Würzburg die Staatswissenschaften studiert; aber mit Abschluß des Semesters sollte er nach Berlin, um das Examen zu machen und dann ins Auswärtige Amt einzutreten. Judith sagte spöttisch zu ihm: »Du bist der geborene Diplomat der neuen Schule; wenn du das Zimmer betrittst, wagt niemand mehr zu scherzen. Höchste Zeit, daß du deinen Wirkungskreis vergrößerst.« Er antwortete: »Gewiß; ich werde einem Würdigeren Platz machen, der es besser versteht, euch zu amüsieren.« Und Judith darauf: »Du bist bitter, aber du sprichst wahr.«

Als Christian im April nach Wiesbaden kam, stellte ihn seine Mutter der Gräfin Brainitz und ihrer Nichte Lätizia von Febronius vor. Die Gräfin befand sich zur Kur in Wiesbaden; manche Leute sagten aber, ihr eigentlicher Zweck sei, für Lätizia eine passende Partie unter den reichen jungen Männern des Landes zu suchen. Sie hatte es verstanden, die schwer zugängliche und mißtrauische Frau Richberta für sich einzunehmen; Judith war von Lätizias Anmut ganz bezaubert.

Christian begleitete die jungen Damen auf ihren Promenaden und Spazierritten; die Gräfin sagte zu Lätizia: »In den Mann würde ich mich verlieben an deiner Stelle.« Worauf Lätizia mit ihrem innigsten Augenaufschlag erwiderte: »Ich an Ihrer Stelle, Tante, würde davor die größte Angst haben.«

Crammon kam in übler Laune an. Wenn einer seiner Freunde sich so weit vergaß, zu heiraten, wurde er von einer schleichenden Misanthropie erfaßt, die sein Gemüt wochenlang verdüsterte.

Er wunderte sich, als ihm Christian von den neuen Bekannten erzählte, er wunderte sich über die Fügung, die ihn selbst so unerwartet in Lätizias Lebenskreis führte. Es war ihm nicht recht geheuer zumute.

Über die Gräfin Brainitz zeigte er sich wenig entzückt. Vertraut mit der Genealogie und der Geschichte der toten und lebenden Mitglieder aller adligen Familien des Kontinents und der Inseln, wußte er auch über sie genauen Bescheid. »Sie ist in ihrer Jugend Schauspielerin gewesen,« berichtete er, »eine jener beliebten Naiven, die durch hervorstechende Blondheit und rührend-verlegenes Zupfen am Schürzensaum die Gemüter poesievoll stimmen. Damit hat sie seinerzeit auch den Grafen Brainitz erobert, einen geistesschwachen Podagristen. Sie hatte ihn für reich gehalten, später erwies es sich, daß er gänzlich verschuldet war und vom Chef des gräflichen Hauses ein Jahresgehalt bezog, das nach seinem Tode auf die Witwe übergegangen ist.«

Jetzt war sie nicht mehr blond, sondern hatte weiße Haare, strähnig und metallisch schimmernd wie gesponnenes Glas; früh weiß allerdings, denn sie war kaum älter als fünfzig. Sie war wohlbeleibt; ihr Körper hatte eine besondere Art von gedrechselter Rundheit; auch ihr Apfelgesicht war vollkommen rund und glatt; es leuchtete von einer gesunden Röte, und jeder einzelne Teil darin, die Nase, der Mund, das Kinn, die Stirn, zeichnete sich durch eine gewisse Zierlichkeit und Harmlosigkeit aus.

Von der ersten Sekunde an lag sie mit Crammon im Streit. Über alles, was er sagte, schlug sie entsetzt die Hände zusammen, alles, was er tat, erboste sie. Mit weiblichem Instinkt witterte sie in ihm den Widersacher ihrer listigen Projekte, und er sah in ihr die Erzfeindin, die das Netz knüpfte, in welchem wieder einmal ein Freund gefangen werden sollte.

Sie hatte ihn zu Tisch gebeten; Lätizia hatte es gewünscht. Sie sagte: »Wenn Sie ihn auch sonst nicht leiden mögen, Tantchen, als Tischgenosse wird er sicher Ihren Beifall finden, denn da hat er manche Ähnlichkeit mit Ihnen.« Aber die Abneigung Crammons gegen die Gräfin beraubte ihn sogar der Eßlust, was wieder die Gräfin nicht eben versöhnlich stimmte. Sie selbst aß drei Eier in Mayonnaise, eine halbe Ente, ein gewaltiges Stück Lendenbraten, vier Portionen Schaumtorte, einen Teller Kirschen und verschiedene Kleinigkeiten als Zeitvertreib und Füllsel. Crammon war bestürzt.

Nach jedem einzelnen Gang wusch sie sich mit großer Sorgsamkeit die Hände, und als das Mahl zu Ende war, zog sie sogleich wieder die schneeweißen Handschuhe über ihre runden Händchen.

»Alle Menschen sind Schweine,« sagte sie »alles was von Menschen kommt, ist schmutzig; ich schütze mich, wie ich kann.«

Lätizia saß mit dem ihr eigenen zart-schelmischen Lächeln dabei, und ihre bloße Gegenwart verlieh dem Gewöhnlichen um sie her einen Hauch von Romantik.

10

Klein-Deussen war unter den Hammer gekommen, und Frau von Febronius hatte sich, völlig mittellos, zu einer jüngeren Schwester begeben, die in Stargard in Pommern lebte. Ihrer Tochter Lätizia hatte sie das Schauspiel des letzten Zusammenbruchs ersparen wollen, darum hatte sie sie zur Gräfin nach Weimar geschickt.

Alle drei Schwestern waren Witwen; die in Stargard hatte den Amtsrichter Stojenthin zum Mann gehabt. Sie lebte von der staatlichen Pension und den Zinsen des kleinen Vermögens, das sie in die Ehe gebracht. Sie hatte zwei Söhne, die sich zigeunerhaft in der Welt herumtrieben, ihre Arbeitsscheu mit Philosophie verbrämten und immer, wenn ihnen das Wasser an den Hals stieg, sich an die Gräfin-Tante wandten.

Die Gräfin-Tante ließ sich jedesmal erbitten; sie handhabten den Briefstil, der auf sie wirkte, mit großer Geschicklichkeit. »Sie werden sich schon die Hörner abstoßen,« sagte die Gräfin; darauf wartete sie nun seit Jahren mit heiterer Zuversicht und schickte ihnen bisweilen Nahrungsmittel und kleine Geldsummen.

Lätizia war auf so einfache Weise nicht zu helfen. Als sie ankam, besaß sie drei Kleider, denen sie entwachsen war, und an Wäsche nur das Notdürftige. Die Gräfin bestellte Toiletten aus Wien und stattete sie aus wie eine reiche Erbin.

Lätizia hielt still und ließ sich schmücken. Aus den Augen der Menschen erfuhr sie, daß sie reizend war. Die Gräfin-Tante sagte: »Du bist zu etwas Großem bestimmt, mein Engel,« nahm ihren Kopf zwischen ihre behandschuhten Hände und küßte sie knallend auf die porzellanklare Stirn.

Sie begnügte sich nicht mit dem, was sie getan. Sie wollte Fundamente schaffen, dem anmutigen Geschöpf mit Erheblichem dienen. Da fiel ihr der Wald von Heiligenkreuz ein.

Am Nordhange des Rhöngebirges lag ein Forstareal von zehn bis zwölf Quadratkilometer Fläche, um welches der verstorbene Graf länger als zwei Jahrzehnte mit seinem Vetter, dem Majoratsherrn, prozessiert hatte. Der Prozeß lief noch immer, er hatte Unsummen verschlungen, und die Aussicht, daß ihn die Gräfin gewann, war gering. Trotzdem fühlte sie sich als künftige Eigentümerin des Waldes und hielt ihren Besitztitel im voraus für so sicher, daß sie sich entschloß, den Wald als Mitgift und Morgengabe Lätizia zu schenken und die Schenkung urkundlich festzulegen.

Eines Abends trat sie mit einem beschriebenen Bogen Papier in der Hand in Lätizias Schlafzimmer. Über einem Spitzennachtkleid trug sie einen schweren Zobelpelz und auf dem Kopf eine helmähnliche Gummihaube, welche sie vor den Bazillen schützen sollte, die nach ihrer Ansicht, nicht anders als Fledermäuse, in der Dunkelheit herumschwirrten.

»Nimm dies, mein Kind, und lies es,« sagte sie bewegt und reichte Lätizia das Schriftstück, kraft dessen der Wald von Heiligenkreuz nach Beendigung des schwebenden Rechtsstreites dem Fräulein von Febronius gehören sollte.

Lätizia kannte die Umstände; sie wußte, was von dem Stück Papier zu halten sei; sie wußte aber auch, daß die Gräfin sie nicht zu täuschen beabsichtigte, sondern daß sie überzeugt war, etwas Wichtiges für sie zu tun, und so besaß sie Geist und Takt genug, eine herzliche Freude zu zeigen. Die Wange an den mächtigen Busen der Gräfin lehnend, flüsterte sie mit ihrer rührenden Stimme: »Sie sind unaussprechlich gütig, Tante. Überhaupt muß ich Ihnen ein Geständnis machen.«

»Was denn, Liebchen?«

»Ich finde das Leben wunderbar schön.«

»Siehst du, das ist recht, Liebchen,« sagte die Gräfin, »wenn man jung ist, muß jeder Tag wie ein frischer Veilchenstrauß sein. Bei mir wenigstens war es so.«

Lätizia antwortete: »Ich glaube, bei mir wird es immer so bleiben.«

11

In der Nähe von Königstein im Taunus besaßen Wahnschaffes ein kleines Schloß, das Frau Richberta Christiansruh genannt hatte und das eigentlich Christians Besitz war. Christian hatte sich gegen die Bezeichnung gewehrt; er war damals noch ein Knabe gewesen. »Für mich ist keine Ruhe not,« hatte er gesagt. Seine Mutter hatte erwidert: »Einmal vielleicht wird dir Ruhe not sein.«

Frau Richberta lud die Gräfin ein, den Mai auf Christiansruh zu verbringen. Es war eine liebliche Gegend; das Entzücken der Gräfin äußerte sich lärmend.

Crammon kam natürlich auch. Mit Argusaugen beobachtete er die Gräfin, und daß er Christian und Lätizia häufig im Gespräch sah, erregte sein Mißbehagen.

Er saß am Fischteich, die kurze englische Pfeife im Mund, und sagte: »Wir müssen nach Paris; du weißt, so war die Abrede. Ich habe dir Eva Sorel versprochen. Wenn du nicht schnellere Beine hast als ihr Ruhm, wirst du das Nachsehen haben.«

»Es hat Zeit,« entgegnete Christian lachend, indem er eine Reuse aus dem Wasser hob.

»Nur die Faulenzer haben Zeit,« fuhr Crammon brummig fort; »und Faulenzerei ist es, einem achtzehnjährigen Gänschen den Kopf zu verdrehen und sich am Ende noch von ihr hereinlegen zu lassen. Diese jungen Mädchen von Stande sind zu nichts nutz auf der Welt, außer, wenn sie Geld haben, für arme Schlucker, die nach dem Kirchgang ihren Gläubigern das Maul stopfen wollen; ihre Manipulationen sind nicht so harmlos, wie es den Anschein hat, besonders wenn sie in Begleitung von Patronessen auftreten, die mit Kupplerinnen eine so verdammte Ähnlichkeit haben wie meine Westenknöpfe mit meinen Hosenknöpfen.«

»Gib dich zufrieden, Bernhard,« beschwichtigte Christian den Erzürnten, »es ist nichts zu fürchten.«

Er ließ sich im Moos nieder und dachte an Adda Castillo, die schöne Löwenbändigerin, die er in Frankfurt kennengelernt. Sie hatte ihm gesagt, sie werde im Juni in Paris sein, und bis dahin wollte er warten. Sie gefiel ihm, sie war so wild und kalt.

Aber auch Lätizia gefiel ihm; sie war so feucht und zart. Feucht nannte er das Tauige an ihr, den Glanz ihrer Augen, das Entschlüpfende ihres Wesens. Täglich in der Frühe hörte er sie von seinem Turmzimmer aus trillern wie eine Lerche.

Er sagte: »Morgen fahren wir mit dem Auto hinüber, Bernhard, um Adda Castillo mit ihren Löwen zu sehen.«

»Ausgezeichnet,« antwortete Crammon, »Löwen, das ist eine Sache für meines Vaters Sohn.« Und er schlug Christian kameradschaftlich derb auf den Schenkel.

12

Judith fuhr mit Lätizia nach Homburg, und sie gingen in die Modeläden. Die Reiche kaufte, was ihr nur irgend Lust erregte, und von Zeit zu Zeit wandte sie sich an die Freundin mit den Worten: »Willst du das? Würde dich das freuen? Probier's doch mal an! Steht dir reizend!« Auf einmal sah sich Lätizia mit Geschenken überhäuft, und wenn sie sich nur mit einer Miene sträubte, war Judith gekränkt.

Dann gingen sie über den Markt; Lätizia war nach Kirschen genäschig; als sie zu der Obstlerin trat, kam ihr Judith zuvor, begann mit dem Weibe zu feilschen, weil ihr die Kirschen zu teuer erschienen, und da das Weib auf dem Preis beharrte, zog Judith die Freundin herrschsüchtig mit sich fort.

Sie fragte Lätizia: »Wie findest du meinen Bruder Christian? Ist er nett mit dir?« Sie ermunterte die Offenherzige, gab ihr Ratschläge und wußte von den vielen Abenteuern zu erzählen, die Christian mit Frauen gehabt. Die Freunde Christians hatten sie oft mit Berichten darüber unterhalten.

Als aber Lätizia, durch so unverstellten Anteil in Sicherheit gewiegt, ihr Gefühl für Christian errötend bekannte, stumm und dankbar, mit niedergeschlagenen Augen, mit süßen halben Worten, verzog Judith spöttisch den Mund, warf den Kopf in den Nacken, und ihre Miene zeigte den ganzen Hochmut einer Familie, die sich ein Geschlecht von Königen dünkte.

Lätizia spürte, daß sie sich hatte fangen lassen. Sie nahm sich nun besser in acht, und es hätte der Warnungen Crammons nicht bedurft.

Crammon gab ihr weise Lehren. Er suchte ihr einen heilsamen Schrecken vor den Frischlingen einzuflößen, um sie für die älteren Jahrgänge empfänglich zu stimmen, die allein einem Weibe Schirm und Verlaß böten. Er war durchaus nicht so fein und so listig, wie er es zu sein glaubte.

Bei all seiner jesuitischen Zwecksucht fühlte er, daß ihm an diesem Geschöpf ein Etwas naheging, wogegen keine Verstellung half. Unbequemes Spiel der Gedanken! Sollten Ammenmärchen von der Blutmahnung wahr werden? Dann fort aus dem verhexten Kreis!

Lätizia lachte ihn aus. Sie sagte: »Ich lache bloß, weil ich lachen *will*, Crammon, und weil heute der Himmel so blau ist, verstehen Sie?«

»O Nymphe,« seufzte Crammon; »ich bin ein armer Sünder.« Und er schlich von dannen.

13

Frau Richberta hatte beschlossen, ein Frühlingsfest zu veranstalten. Es sollte aller Prunk dabei aufgeboten werden, der bei solchen Gelegenheiten im Hause Wahnschaffe herkömmlich war, und Beratungen fanden statt, an denen der Majordom, die Wirtschaftsdame, die Gesellschafterin und die Gräfin teilnahmen. Frau Richberta leitete die Sitzungen mit der Miene eines Femrichters; die Gräfin interessierte sich hauptsächlich für das, was es zu essen und zu trinken geben würde.

»Ach, Herzensengel,« sagte sie zu Lätizia, »es sind fünfundsiebzig Hummern bestellt worden, und aus den Kellern haben sie zweihundert Flaschen Sekt heraufgebracht. Ich bin ganz bouleversiert, Liebchen, ich glaube, seit meiner Hochzeit war ich nicht so bouleversiert.«

Lätizia stand schlank da und lächelte. Für sie waren sogar diese Worte der Gräfin Musik. Sie hätte die Tage beflügeln mögen, die sie noch vom Fest trennten; sie zitterte, wenn eine Wolke über das Firmament zog.

Oft wußte sie nicht, wie sie den Jubel in ihrem Innern dämpfen sollte. Wie herrlich, dachte sie, daß man fühlt, was man fühlt, und daß das, was ist, auch wirklich ist. Kein Gedicht eines Dichters, kein Bild eines Malers konnte mit den Eingebungen ihrer Phantasie wetteifern, die jedes Geschehen vergoldete und keiner Enttäuschung zugänglich war. Alles war Reichtum, alles Geschenk.

Sie machte keinen Unterschied zwischen Traum und wirklichem Erlebnis. Sie bereitete sich vor, zu träumen, wie andre Menschen sich zu einem Spaziergang anschicken, und das Unbestimmte und Gesetzlose in den Traumbegebenheiten erschien ihr durchaus natürlich.

Eines Tages erzählte sie von einem Buch, das sie gelesen. »Es ist überirdisch schön,« sagte sie. Sie schilderte die Menschen, den Schauplatz, die ergreifenden Vorgänge mit solcher Eindringlichkeit und Begeisterung, daß alle, die es hörten, begierig wurden, das Buch kennenzulernen. Aber sie wußte weder den Titel noch den Verfasser anzugeben. Sie besann sich und grübelte; man fragte: »Wo ist das Buch? Woher hast du es? Wann hast du es gelesen?« »Gestern,« antwortete sie; »es muß da sein,« sagte sie stockend. »So bring es doch,« wurde sie aufgefordert. Und als sie nun wieder sich besann und ratlos vor sich hinschaute, sagte Judith zu ihr: »Vielleicht hast dus nur geträumt.« Da schlug sie langsam die Augen nieder, kreuzte mit einer unnachahmlichen Gebärde die Arme über der Brust und antwortete wie eine Schuldige: »Ja, mir scheint, ich habs nur geträumt.«

Christian fragte Crammon: »Glaubst du, daß es Komödie ist?«

»Keine Komödie, aber doch ein Weibertrick,« antwortete Crammon; »der liebe Gott hat dieses Geschlecht mit mancherlei Blendwerk ausgerüstet, womit sie uns aus dem Gleichgewicht bringen.«

Lätizia bekam zum Fest ein Kleid aus weißer Seide, ein Tanzkleidchen mit vielen feinen Fältchen im Rock und einer dunkelblauen Schärpe um die Hüften. Sie sah aus darin, als ginge sie in Milchschaum. Wenn sie in den Spiegel schaute, lächelte sie erregt, als könne sie dem Bild nicht trauen. Die Gräfin lief hinter ihr her und sagte: »Liebchen, gib nur acht auf dich;« aber Lätizia wußte nicht, was sie meinte.

Ein wenig trunken sprach sie mit Männern, Frauen und Mädchen. Sie hatte die Menschen immer geliebt, doch heute erschienen ihr alle unwiderstehlich. Als sie Judith vor dem lichtübergossenen Pavillon traf, drückte sie ihr die Hände und flüsterte: »Kann es schöner sein? Ich fürchte mich, daß die Nacht zu Ende geht.«

14

Auf der Wiese vor dem künstlichen Wasserfall spielte Christian mit einigen jungen Mädchen ein Fangspiel nach Art der Kinder. Sie lachten unaufhörlich, Jünglinge standen im Kreis herum und sahen halb spöttisch, halb belustigt zu.

Im Laub der Bäume hingen elektrische Birnen aus grünem Glas; sie waren so gut versteckt, daß der Rasen durch seine eigne Farbe beleuchtet schien.

Christian gab sich dem Spiel mit einer Lässigkeit hin, die seine Partnerinnen reizte. Sie wollten es wichtiger genommen haben und ärgerten sich, daß er sie trotzdem so mühelos erhaschte. Die junge Meerholz war dabei, Sidonie von Gröben, das schöne Fräulein von Einsiedel.

Da kam auch Lätizia hinzu. Sie stellte sich in die Mitte des Platzes, ließ Christian ganz nahe kommen und entwischte flinker, als er berechnet hatte. Er wandte sich zu den andern, doch immer wieder flatterte Lätizia vor ihm her. Glaubte er sie zu fassen, so war sie schon wieder sprungweit weg. Einmal hatte er sie an die Taxushecke getrieben, da schlüpfte sie ins Laub und war verschwunden. Ihre Bewegungen, ihr Laufen, ihr Umkehren, ihre fröhliche Leidenschaft hatten etwas Fesselndes; sie lockte mit kleinen, lachenden Rufen aus dem Busch wie ein Vogel. Nun lauerte er ihr auf, und die Zuschauer wurden neugierig.

Als sie wieder zum Vorschein kam, tat er, wie wenn er ihrer nicht achte, aber plötzlich lief er mit wunderbarer Schnelligkeit zum Rand des Wasserbeckens, wo sie stand. Sie aber war noch schneller, und da die andern Fluchtwege versperrt waren, sprang sie auf den Felsen, sprang jauchzend von Stein zu Stein, ohne sich umzusehen und ohne mit den Händen nachzuhelfen. Ihr Kleid mit den feinen Falten und offenen Ärmeln flog, und als Christian sie verfolgte, klatschten sie unten Beifall.

Es war dunkel hier oben, Lätizias Schuhe wurden vom Wasser benetzt, ihr Fuß stockte, aber bevor Christian sie erreicht hatte, schwang sie sich noch auf einen mächtigen Block zwischen zwei Tannen, wie um sich dort zu verteidigen oder noch weiter zu klettern. Doch auf dem schlüpfrigen Moos glitt sie aus; sie schrie leise, denn sie wußte, jetzt hatte er sie gefangen.

Er hatte sie gefangen, aufgefangen und hielt sie in seinen Armen. Sie blieb ganz still, bemüht, den erregten Atem zur Ruhe zu bringen. Auch Christians Atem ging heftig, und es wunderte ihn nur, daß das Mädchen so still blieb. Er fühlte ihre schöne Gestalt und zog sie ein wenig näher zu sich, mit jenem unterdrückten Lachen, das kalt und übermütig klang. Mondlicht fiel durchs Gezweig und machte sein Gesicht außerordentlich schön. Lätizia sah seine großen weißen Zähne glitzern, sie machte sich von ihm los und schlang den linken Arm um den Stamm der Tanne.

Da war nun alles, wonach sie sich gesehnt hatte. Da war Gefahr und Begehrtsein, Mondnacht und Wildnis, ferne Musik und heimliches Beisammensein. Aber ihr Blut war ruhig, sie war noch ein Kind.

Wie Christian das an den Baum geschmiegte Mädchen anschaute, mit ihren verwirrten Haaren, den brennenden Wangen, den feuchten Augen und feuchten Lippen, maß er die Linie ihres Körpers, schmeckte er schon die Kühle ihrer Haut, roch er ihren unschuldigen Atem. Er zögerte nicht mehr, sich der Beute zu bemächtigen. Da gab es kein Bedenken.

Er griff nach ihrer Hand; plötzlich gewahrte er eine Kröte, die mit ekelhafter Langsamkeit über Lätizias weißes Kleid kroch, erst über den unteren Saum, dann gegen die Hüfte empor. Er erblaßte und kehrte sich ab. »Die andern warten vielleicht, wir müssen zurück,« sagte er und fing an über die Felsen hinunterzugehen.

Mit starren Augen sah ihm Lätizia nach. Das feurige Gefühl von sich selbst als einem Märchenwesen, Diana oder Melusine, wurde zum Schmerz, und sie brach in Tränen aus. Sie wußte das Geschehene auf keine Weise zu deuten, und ihr Kummer hielt so lange an, bis sie sich durch irgendeine reizvolle Verknüpfung das Unverständliche doppelt unverständlich, aber für ihr Gemüt tröstlich gemacht hatte. Da trocknete sie ihr Gesicht ab und lächelte wieder.

Die Kröte hüpfte lautlos ins Moos, als Lätizia sich erhob.

15

Am Nachmittag vor Crammons und Christians Abreise wütete ein schweres Gewitter. Beide gingen im oberen Korridor des Schlosses auf und ab und sprachen über ihre Pläne. In einer Pause zwischen zwei

Donnerschlägen sagte Crammon aufhorchend: »Was für ein sonderbares Geräusch? Hörst du's nicht?«

»Ja, ich höre,« entgegnete Christian, und sie folgten dem Laut.

Am Ende des Flurs lag der Spiegelsaal, dessen Tür bloß angelehnt war. Crammon öffnete den Spalt ein wenig weiter, spähte hinein und lachte gurrend. Auch Christian spähte hinein, über Crammons Kopf hinweg, auch er lachte.

Auf dem blankgewichsten Parkett des Saales, der von Möbeln nur einige an die Wand gelehnte Sessel und Polsterbänke enthielt, stand Lätizia mit blauen Pantöffelchen an den Füßen und einem blaßblauen Gewand bekleidet und spielte mit einem Ball. Ihr Gesicht hatte den Ausdruck von Entrücktheit; die ununterbrochenen Blitze, die alle Spiegel gelb flammen machten, verliehen dem Spiel etwas Geisterhaftes.

Bald warf sie den Ball senkrecht in die Luft, bald an die Wand zwischen die Spiegel und fing ihn wieder, lächelnd. Bisweilen ließ sie ihn auf den Boden fallen und breitete, bis er wieder in Brusthöhe sprang, die Arme aus oder klatschte leise in die Hände. Sie drehte sich, beugte sich, warf den Kopf zurück, trat einen Schritt vor, flüsterte etwas, immer lächelnd, ganz hingegeben. Nachdem die beiden einige Zeit heimlich zugeschaut, zog Crammon Christian von der Tür fort, denn die Blitze machten ihn nervös. Er haßte Gewitter und hatte deshalb den Korridor zum Aufenthalt gewählt, wo man weniger davon sah. Nun zündete er seine kurze Pfeife an und fragte mürrisch: »Begreifst du diese Jungfrau?«

Christian blieb die Antwort schuldig. Etwas lockte ihn zurück an die Schwelle des Saals, in dem Lätizia einsam Ball spielte, aber da erinnerte er sich der Kröte auf ihrem weißen Kleid, und ein Widerwille regte sich in ihm.

16

Er liebte nicht die Erinnerung an unangenehme Vorfälle.

Er liebte es auch nicht, von Vergangenem zu sprechen, gleichviel, ob es angenehm war, davon zu sprechen oder nicht. Er kehrte nicht gern um auf einem Weg, den er ging, und wo Umkehr notwendig war, wurde er bald müde.

Er liebte nicht Menschen, die geistig angestrengte Züge hatten, oder solche, die von Büchern und Wissenschaft redeten. Er liebte nicht bleiche, hektische, krampfhafte Menschen und solche, die viel stritten und ihr Recht behaupteten. Fand er bei jemand eine der seinen entgegengesetzte Meinung, so lächelte er höflich, als ob er auf einmal derselben Meinung wäre. Es war ihm auch peinlich, wenn man ihn um seine Meinung geradezu befragte, und ehe er sich auf ein Wort verpflichtete, schreckte er nicht davor zurück, sich unwissend zu stellen.

War er in großen Städten gezwungen, durch die Proletarierviertel und Armenquartiere zu fahren oder zu reiten, so beschleunigte er die Geschwindigkeit, preßte die Lippen zusammen, sparte den Atem, und vor Unmut bekamen seine Augen einen grünlichen Glanz.

Eines Tages hatte ein bettelnder Krüppel auf der Straße seinen Mantel mit Fingern angefaßt. Als er nach Hause kam, schenkte er den Mantel seinem Diener. Schon als Kind hatte er sich geweigert, an Orten vorüberzugehen, wo zerlumpte Leute saßen, und wenn jemand von Elend und Not erzählte, hatte er das Zimmer verlassen, voll Abneigung gegen den Erzähler.

Er liebte nicht, von Funktionen des Leibes zu sprechen oder zu hören, von Schlaf, Hunger oder Durst. Der Anblick eines schlafenden Menschen war ihm widerwärtig. Er liebte nicht, Abschied zu nehmen oder solche, die lange fortgewesen waren, umständlich zu begrüßen. Er liebte Kirchenglocken nicht, Betende nicht und nichts, was mit Frömmigkeit zu schaffen hatte. Selbst dem gemäßigten Protestantismus seines Vaters stand er ohne Verständnis gegenüber.

Es war keine Forderung, die er auszudrücken wußte, aber instinktiv ertrug er nur die Gesellschaft von gut angezogenen, sorglosen und klar übersehbaren Menschen. Wo er Geheimnisse spürte, verborgene Leiden, ein verdunkeltes Gemüt, Hang zu Grübeleien und äußere oder innere Kämpfe, wurde er frostig unnahbar und mied den Betreffenden. Daher sagte Frau Richberta: »Christian ist ein Sonnenmensch und kann bloß im Sonnenlicht gedeihen.« Sie hatte von früh an einen Kultus daraus gemacht, alles Trübe, Verzerrte und Schmerzliche von ihm fernzuhalten.

Auf ihrem Schreibtisch lag, nach einem Gipsabguß in Marmor gearbeitet, Christians Hand; eine große, nervige, feingegliederte, zu packen fähige, geschonte und ruhige Hand.

17

Auf der Fahrt zwischen Hanau und Frankfurt ereignete sich das Automobilunglück, dem Alfred Meerholz' junges Leben zum Opfer fiel.

Christian, der den Wagen lenkte, blieb, wie damals beim Fällen des Baumes, auf wunderbare Weise unversehrt.

Crammon hatte Christian und Alfred bis Hanau begleitet. Dort wollte er Klementine von Westernach besuchen und am Abend mit der Eisenbahn nach Frankfurt fahren. Den Chauffeur, der Einkäufe machen sollte, hatte Christian schon tags zuvor nach Frankfurt geschickt.

Gleich zu Anfang nahm Christian ein schnelles Tempo, und als die Straße gegen Abend fast menschenleer und ohne Hindernisse dalag, steigerte er die Geschwindigkeit. Alfred Meerholz bestärkte ihn darin; der junge Mensch glühte im Rausch der Bewegung. Christian lächelte, und lächelnd ließ er die Maschine rasen.

Die Alleebäume sahen aus wie springende Tiere auf einer Momentphotographie, das weiße Band der Straße rollte schimmernd heran und wurde vom sausenden Gefährt verschlungen, der gerötete Himmel und die Hügel am Horizont schienen in Kreisen zu schwingen, die Luft siedete in den Ohren, der Körper bebte und verlangte noch wilder hingerissen zu werden über die Erde, die ihre glatte Rundheit lockend offenbarte.

Da tauchte ein schwarzer Punkt im weißen Schimmer der Chaussee auf. Christian gab ein Signal. Der Punkt wurde rasch zur Menschengestalt. Die Sirene gellte. Die Gestalt wich nicht. Christian packte das Lenkrad fester. Alfred Meerholz erhob sich im Sitz und schrie. Die Bremse konnte nicht mehr genügen. Christian riß das Rad herum; es war eine kleine Drehung zuviel: ein Ruck, ein Anprall, ein Krachen; das Geächz eines zusammenbrechenden Baumes, helles Zischen im Kessel, Aufprasseln einer Flamme, Klirren von Eisenteilen, und alles war vorüber.

Einen Augenblick lag Christian betäubt. Dann erhob er sich, fühlte an Arm und Leib herab; er konnte denken, konnte gehen. »*All right*«, sagte er vor sich hin.

Nun erblickte er den Körper seines Freundes. Mit zerschmetterter Hirnschale lag der junge Mensch unter den Trümmern der Karosserie. Ein kleiner roter Blutbach rann über den weißen Straßenstaub. Ein paar Schritte entfernt stand stumpfsinnig erstaunt der Betrunkene, der nicht ausgewichen war.

Schon eilten von allen Seiten Leute herzu. In der Nähe war ein Hotel. Christian antwortete einsilbig auf die vielen Fragen. Man versicherte sich des Betrunkenen. Ein Arzt kam, der die Leiche des jungen Meerholz untersuchte. Der Körper wurde auf eine Bahre gelegt und in das Hotel getragen. Christian telegraphierte erst an den General Meerholz, dann an Crammon.

Sein Reisekoffer hatte keinen Schaden genommen. Während er sich umkleidete, erschienen Polizeibeamte, die seine Erklärungen protokollierten. Dann ging er in den Speisesaal und bestellte zum Essen eine Flasche Bocksbeutel. Einige Leute an andern Tischen betrachteten ihn neugierig.

Von den Speisen nippte er bloß, die Flasche trank er allmählich leer.

Er sah sich im dunklen Gewächshaus stehen, Lätizia erwartend; und wie sie gekommen war, von ihrer Erregung beseelt. »Christian, mein Herr und mein Gebieter,« hatte sie schmachtend und scherzhaft geflüstert. »Laß eine kleine Kröte aus Gold machen,« hatte er zu ihr gesagt, »und trag sie um den Hals, damit der böse Zauber weicht.«

Ihr Kuß brannte noch auf seinen Lippen.

Um elf Uhr abends kam Crammon, der Getreue. »Ich bitte dich. Lieber, ordne, was zu ordnen ist,« sagte Christian, »ich will die Nacht hier nicht verbringen. Adda Castillo wird schon ungeduldig sein.« Er reichte ihm die Brieftasche.

Die Romantische, dachte Christian, schenkt, ohne zu wissen, was sie schenkt, und wem; weiß nicht, wie lang das Leben ist. Aber ihr Kuß brannte auf seinen Lippen; er konnte es nicht vergessen.

Crammon kehrte zurück. »Erledigt,« sagte er geschäftsmäßig, »das Auto ist in einer Viertelstunde bereit. Nun laß uns noch dem armen Alfred ein Lebewohl sagen.«

Christian folgte ihm. Ein Hausdiener führte sie in eine düster erleuchtete Kofferkammer, wo der Leichnam bis zum Morgen untergebracht war. Ein weißes Tuch war um den Kopf geschlungen. Neben den Füßen kauerte eine Katze mit geflecktem Fell.

Crammon faltete still die Hände. Christian spürte einen kühlen Hauch um die Wangen, innen in seiner Brust bewegte sich nichts. Als sie ins Freie traten, sagte er: »Wir müssen in Frankfurt einen neuen Wagen kaufen. Wenn wir zu Mittag wieder hier sind, ists Zeit genug, früher kann der General nicht kommen.«

Crammon nickte. Ein verwunderter Blick flog zu dem Jüngling hinüber, ein Blick, der zu fragen schien: aus was für einem Stoff bist du gemacht?

Der Feine, Edle, Stolze, Eisesluft war um ihn, die unendliche gläserne Klarheit wie auf Bergen, bevor es dämmert.

Der Globus auf den Fingerspitzen einer Elfe

1

Crammon hatte recht behalten: zehn Monate hatten genügt, um die Augen einer Welt auf die Tänzerin Eva Sorel zu lenken. In den großen Zeitungen stand ihr Name unter den Zelebritäten, ihre Kunst galt als hohe Blüte der Epoche.

Es lagen ihr alle zu Füßen, deren geistig-unruhigem Verlangen sie eine Gestalt dargeboten hatte. Die Vorläufer der gehetzten Menschheit schöpften Atem und blickten zu ihr empor. Die Anbeter der Form und die Verkünder eines neuen Rhythmus warben um ein Lächeln ihres Mundes.

Sie blieb gelassen und gegen sich selber streng. Der Lärm des Beifalls ermüdete sie manchmal. Von den Verheißungen gieriger Unternehmer bedrängt, verspürte sie nicht selten ein leises Grauen. Ihr innerer Blick, gegen ein unerreichbares Ziel gekehrt, trübte sich vor Leichtzufriedenen, die Dank stammelten. Diese, schien es ihr, wollten sie betrügen. Und sie flüchtete zu Susanne Rappard und ließ sich schelten.

»Wir sind ausgezogen, die Welt zu erobern,« sagte Susanne; »sie gibt sich dir fast ohne Kampf, warum triumphierst du nicht?«

»Was meine Hände halten und was meine Augen fassen, gibt mir noch keinen Grund zu triumphieren,« erwiderte Eva.

Susanne jammerte: »Närrin, iß dich satt, da du doch gehungert hast.«

»Sei still,« wehrte Eva ab, »was weißt du von meinem Hunger.«

Ihre Schwelle wurde belagert, doch sie empfing nur wenige, die sie sorgfältig auswählte. Sie lebte in einer Blumenwelt. Jean Cardillac hatte ihr ein entzückendes Hotel eingerichtet, dessen Gartenterrasse ein tropisches Paradies war. Wenn sie dort am Abend saß oder lag, unter dem gemilderten Lampenschein, von leise plaudernden Freunden umgeben, deren absichtslosester Blick eine Huldigung war, schien sie dem Bereich des Willens und der Sinne entrückt und weilte nur noch als schöner Leib im gegenwärtigen Raum.

Die ihr jede Verwandlung zutrauten, erstaunten doch über eine plötzliche, deren Ursache ein Unbekannter und Unscheinbarer war. Der junge Fürst Alexis Wiguniewski hatte ihn bei ihr eingeführt. Er hieß Iwan Michailowitsch Becker. Er war klein und häßlich, hatte tiefliegende Sarmatenaugen, Lippen, die wie geschwollen aussahen, und schwarzes Bartgestrüpp an Kinn und Wangen. Susanne fürchtete ihn.

Es war eine Nacht im Dezember, der Schnee lag vor den Fenstern, da hatte Iwan Michailowitsch Becker acht Stunden lang in dem kleinen Zimmer, wo die italienischen Teppiche hingen, mit Eva Sorel gesprochen. Im Zimmer daneben ging Susanne fröstelnd auf und ab, gewärtig, einen Hilferuf der Herrin zu vernehmen; sie hatte einen alten Schal um die Schultern geworfen, von Zeit zu Zeit zog sie eine Krachmandel aus der Tasche, zerbiß sie und spuckte die Schale in den Kamin.

In dieser Nacht ging Eva nicht schlafen, auch nicht, als der Russe sie verlassen hatte. Sie trat ins Schlafgemach, ließ ihre Haare aus Reif und Kämmen fallen, so daß sie Haupt und Leib umhüllten, während sie auf einem niederen Sessel saß und das glühende Gesicht zwischen den flachen Händen hielt. Susanne, die gekommen war, um ihr beim Entkleiden zu helfen, kauerte neben ihr auf dem Boden und wartete auf ein Wort.

Endlich brach die junge Herrin das Schweigen. »Lies mir den dreiunddreißigsten Gesang der Hölle vor,« bat sie.

Susanne holte zwei Kerzen und das Buch. Die Kerzen stellte sie auf den Teppich, das Buch legte sie auf Evas Knie, und so las sie eintönig und klagend, aber mit klarer Stimme, die gegen den Schluß, dort namentlich, wo von den erstarrten und gefrorenen Tränen die Rede ist, sicherer und gehobener wurde.

»*Lo pianto stesso li pianger non lascia; / E'l duol che truova 'n sugli occhi rintroppo / Si volve in entro a far crescer l'ambascia: / Che le lagrime prime fanno groppo / E, si come visiere di cristallo / Riempion sotto 'l ciglio tutto 'l coppo.*«

Als sie fertig war, erschrak sie vor der leuchtenden Nässe in Evas Augen.

Eva erhob sich, beugte den Kopf in den Nacken zurück, und mit geschlossenen Augen sagte sie: »Die Verdammnis will ich tanzen. Die Verdammnis in der Hölle und die Erlösung.«

Da schlang Susanne die Arme um Evas Knie und preßte die Wange an die bronzegelbe Seide des Gewands. »Du kannst alles, was du willst,« murmelte sie liebkosend.

Seit dieser Nacht erfüllte sie ein drängenderes Feuer, und ihr Tanz hatte Linien, wo die Schönheit an den Schmerz grenzt. Es gab verzückte Propheten, die behaupteten, sie tanze das neue Jahrhundert, den Untergang der alten Ideen, die kommende Revolution.

2

Als Crammon sie wiedersah, zwang ihn die erlesene Bestimmtheit der großen Dame, mit der sie auftrat, zu schweigender Anerkennung. Und wieder begann das unruhige Brennen in seiner Brust.

Er sprach mit ihr von Christian Wahnschaffe; eines Abends brachte er ihn mit. In Christians Gesicht war Strahlendes; Adda Castillo hatte es mit ihrer Leidenschaft durchtränkt. Eva spürte den Hauch einer andern Frau an ihm; ihre Miene verriet spöttische Neugier. Ein paar Sekunden lang standen der Jüngling und die Tänzerin einander gegenüber wie zwei Statuen auf Postamenten.

Ob er mirs jemals danken wird, was ich da für ihn getan habe, dachte Crammon. Er reichte Susanne den Arm und ging mit ihr im Bildersaal auf und ab.

»Hoffentlich ist er ein Prinz, Ihr blonder deutscher Freund,« sagte Susanne sorgenvoll.

»Ein Prinz, der inkognito dieses Jammertal bereist,« antwortete Crammon. »Ihr habt euch prächtig verändert,« fuhr er, sich umblickend fort und blähte die Nasenflügel, »ich bin zufrieden mit euch. Ihr seid klug und versteht euch auf das Weltgetriebe.«

Susanne blieb stehen und erzählte von dem, was sie beunruhigte. Sie erzählte von Iwan Michailowitsch Becker. Wie er von Zeit zu Zeit komme und stundenlang währende Gespräche mit Eva führe; wie sie jedesmal danach die Nacht außer Bett zubringe, auf keine Frage antworte und mit glänzenden Augen starr vor sich hinschaue. Wer wolle dem wunderbaren Kind eine Laune verwehren? Diese aber könne einen gefährlichen Weg nehmen; eine so zart schwingende Seele dürfe nicht von den täppischen Händen eines hergelaufenen Finsterlings roh mit Gewichten beschwert werden. »Was raten Sie zu tun, Herr von Crammon?« schloß Susanne.

»Ich werde nachdenken,« sagte Crammon, sein glattes Kinn reibend, »ich werde nachdenken.« Er setzte sich in eine Ecke, stützte den Kopf in die Hand und dachte nach.

Eva plauderte mit Christian. Bisweilen lachte sie über seine Bemerkungen, bisweilen schien sie fremd berührt und staunte. Auch wo sie des besseren Urteils sicher war, staunte sie und wollte lernen. Mit Wohlgefallen betrachtete sie seine Gestalt, und einmal bat sie ihn, er möge ihr einen Gegenstand holen, der auf dem Tische lag, eine Dose aus Onyx, gefüllt mit Halbedelsteinen. Sie wollte sehen, wie er ging und sich bewegte, wie er nach der Dose griff und sie ihr gab. Sie schüttete die Steine in ihren Schoß und spielte mit ihnen, ließ sie durch die Finger gleiten und sagte lächelnd zu Christian, er hätte ein Tänzer werden sollen.

Er erwiderte naiv, er tanze im allgemeinen nicht gern, aber mit ihr zu tanzen, würde ihn reizen. Da lachte sie wieder belustigt, versprach ihm jedoch, sie wolle mit ihm tanzen. Zwischen ihren Fingern blitzten die Steine, und ein Zucken ihres Mundes verriet Unmut und Stolz, aber auch Mitleid mit diesem Unwissenden.

Als sie lachte, wurde Christian verlegen, und als sie schwieg, fürchtete er sich vor ihren Gedanken. Er hatte in naher Stunde eine Verabredung mit Adda Castillo, er versäumte die Zeit, trotzdem er eine eifersüchtige Szene zu fürchten hatte. Eva erschien ihm so unbekannt als erforschenswert, alles an ihr, Ton, Gebärde, Antlitz und Wort erschien ihm so völlig neu, daß er sich nicht loszureißen vermochte und seine dunkelblauen Augen mit einer Art von Dringlichkeit an ihr hingen. Auch als ihre Freunde kamen, Cardillac, Wiguniewski, der Marquis d'Autichamps, blieb er.

Eva aber hatte einen Namen für ihn gefunden. Sie nannte ihn Eidolon. Eidolon, rief sie ihn, mit dem Klang spielend, wie sie mit den bunten Steinen in ihrem Schoß gespielt hatte.

3

Eines Nachts betrat Crammon ein Kaffeehaus an einem der äußeren Boulevards, »*le pauvre Job*«, spähte eine Weile durch den Raum und setzte sich dann unfern von einem Tisch nieder, an welchem mehrere junge Leute von fremdem Aussehen sich leise in einer fremden Sprache unterhielten.

Es war eine Gesellschaft von russischen Flüchtlingen, deren Zusammenkunftsort er ausgeforscht hatte. Ihr Haupt war Iwan Michailowitsch Becker. Indem er sich stellte, als läse er in einer Zeitung, beobachtete Crammon mit Aufmerksamkeit diesen Mann, den er nach einer Photographie erkannte, welche ihm Fürst Wiguniewski gezeigt. Er hatte ein so fanatisches Gesicht nie gesehen. Er verglich es mit einem schwelenden Feuer, das Hitze und Qualm um sich verbreitet.

Man hatte ihm erzählt, daß Iwan Becker sieben Jahre in Gefängnissen und fünf Jahre in Sibirien geschmachtet habe, daß Tausende und aber Tausende junger Menschen seines Volks ihm schrankenlos ergeben seien und es nur eines Winks von ihm bedürfe, damit sie sich opferten mit Leib und Seele.

Da hausen sie im lichtesten Bezirk der bewohnten Erde und brüten ihre Greuel aus, dachte Crammon böse.

Crammon war ein Gegner des Umsturzes, obwohl er es, wenn seine Bequemlichkeit nicht gefährdet war, ganz gern sah, daß der kleine Mann dem satten Bürger etwas am Zeug flickte. Er war ein Freund des kleinen Mannes; er war dem Volk leutselig zugeneigt. Doch achtete er das Herkommen, widersetzte sich dem Bruch der Gerechtsame und verehrte seinen Monarchen. Jede Neuerung im Staatsleben erfüllte ihn mit unheilvollen Ahnungen, und er seufzte über die Schwäche der Regierenden, die sich von nichtswürdigen Parlamenten das Steuer entwinden ließen.

Es war etwas Drohendes an der Peripherie seiner Welt; Lampen wurden vom Sturmwind ausgeblasen, und was dann, wenn der Lichterglanz völlig verlosch? Illumination war das wesentlich Beruhigende des Lebens.

Breit und ernst saß er da, im Gefühl seiner Überlegenheit und seiner guten Taten. Er hatte beschlossen, als Vertreter der Ordnung dem Rebellen ins Gewissen zu reden, falls sich ein geeigneter Anlaß bot. Dabei quälte ihn nicht so sehr die Furcht um den Bestand des Zarenthrons als die Sorge um Eva Sorel. Es war notwendig, die Tänzerin aus den Netzen des Menschen zu befreien.

Die Fügung begünstigte sein Vorhaben. Einer nach dem andern entfernte sich vom Tisch drüben, und schließlich blieb Iwan Becker allein. Crammon nahm sein Glas Absinth, ging hinüber und stellte sich dem Russen vor, wobei er sich auf seine Bekanntschaft mit dem Fürsten Wiguniewski berief.

Becker wies stumm auf einen Stuhl.

Getreu seiner leutseligen Veranlagung, machte Crammon durchaus den Liebenswürdigen, der sich in jede menschliche Abnormität zu schicken weiß. In unverfänglichen Windungen näherte er sich seinem Ziel; das giftige Gestrüpp politischer Themen streifte er kaum; daß im europäischen Westen die private Freiheit auserwählter Personen unangetastet bleiben müsse und man gezwungenermaßen Gewalt gegen Gewalt setzen werde, ließ er nur zart in der Andeutung. Aber es war ein Mahnruf. Iwan Michailowitsch Becker lächelte nachsichtig.

»Wenn der ganze Himmel von den Feuersbrünsten lodert, die euer heiliges Rußland verheeren,« sagte Crammon pathetisch, und seine Mundlinien senkten sich in rechten Winkeln gegen das eckige Kinn, »wir werden, was uns heilig ist, zu schützen wissen. Caliban ist eine imposante Bestie; vergreift er sich an Ariel, so mag ers bereuen.«

Wieder lächelte Iwan Michailowitsch, sonderbar weich und mild, was seinem häßlichen, auffallend großräumigen Gesicht einen frauenhaften Ausdruck verlieh. Er lauschte wie um sich belehren zu lassen.

Hierdurch ermutigt, fuhr Crammon fort: »Was hat Ariel zu schaffen mit eurem Jammer? Er schaut zurück im Schreiten, ob man die Spuren seiner Füße küßt, und fordert Freude und Ruhm, nicht Blut und Gewalt.«

»Ariels Füße tanzen über offene Gräber,« sagte Iwan Michailowitsch mit leiser Stimme.

»Eure Toten sind gut aufgehoben, mit den Lebendigen werden wir fertig,« erwiderte Crammon.

»Wir kommen,« sagte Iwan Michailowitsch noch leiser, »wir kommen.« Dies klang rätselhaft.

Halb ängstlich, halb verächtlich blickte ihn Crammon an. Nach einer langen Pause ließ er sich obenhin vernehmen: »Ich treffe das Herzaß auf zwölf Schritt Entfernung unter fünf Schüssen viermal.«

Iwan Michailowitsch nickte. »Ich nicht,« antwortete er fast demütig und zeigte seine rechte Hand, die er sonst geschickt zu verbergen wußte. Sie war verkrüppelt.

»Was ist mit Ihrer Hand geschehen?« fragte Crammon erschrocken.

»In dem unterirdischen Kerker zu Kasan, worin ich lag, hat mich ein Aufseher zu hart an die Fessel geschmiedet,« murmelte Iwan Michailowitsch.

Crammon schwieg; aber Iwan Michailowitsch fuhr fort: »Sie werden auch bemerkt haben, daß mir das Sprechen Schwierigkeiten bereitet. Ich habe zu lange einsam gelebt, in der Schneewüste, in einer Hütte aus Holz, in eisiger Kälte. Ich war der Worte entwöhnt. Ich litt, doch das ist auch nur ein Wort: Leiden. Was könnte man sagen, wie sich verständlich machen? Mein Körper war nur noch ein Gerüst, ein Überbleibsel; mein Herz, das wuchs und schwoll, ja, was könnte man da sagen? Es war so groß, so blutrot, so schwer, daß es mir gleichsam zur Last wurde während der fürchterlichen Flucht, zu der ich mich endlich entschloß. Aber Gott hat mich beschützt.« Und er wiederholte leise: »Gott hat mich beschützt.«

In Crammons Kopf verwirrten sich die Begriffe. Dieser Mann mit der sanften Stimme und den schüchternen Augen eines Mädchens, war das der mordgierige Revolutionär und Barrikadenheld, auf den er gefaßt gewesen? Er wunderte sich und schwieg beklommen.

»Lassen Sie uns aufbrechen, es ist spät,« sagte Iwan Michailowitsch, erhob sich, warf eine Münze auf den Tisch und trat an Crammons Seite auf die Straße. Er begann wieder, zögernd und scheu: »Ich will mir kein Urteil anmaßen, aber ich verstehe die Menschen hier nicht. So selbstgewiß und vernünftig; sie ist ja der vollendete Wahnsinn, diese Art Vernunft. Das Tier ist klüger, das von seiner Stätte flieht, wenn es ein Erdbeben spürt. Noch etwas, Monsieur. Ein Wort noch über das Wesen, das Sie so ausdrücklich in Ihren Schutz nehmen. Ariel ist moralisch nicht belastbar. Niemand denkt daran, es zu tun. Da ist nur Linie, nur Gebärde, nur Schönheit. Meinen Sie nicht, daß die dunklere Farbe und tiefere Kraft, die das Wissen um übermenschliche Leiden gibt, diese Kunst über die Interessensphäre müßiger Schmecker hinausheben kann? Wir brauchen Herolde, die über den Idiomen der Völker stehen; da sind Möglichkeiten, von denen man nur mit Verzweiflung im Herzen träumen kann.« Er nickte einen Gruß und ging.

Crammon war es wie einem, der in leichtem Sommeranzug fröhlich ausgezogen ist und, von einem Platzregen überrascht, naß und verdrossen heimkehrt. Die Uhren schlugen zwei. Eine Sängerin von der Komischen Oper erwartete ihn seit Mitternacht; er trug ihren Wohnungsschlüssel in der Tasche. Als er über die Seinebrücke schritt, ergriff er den Schlüssel und schleuderte ihn in einem Anfall heftigen Mißmuts ins Wasser.

»Süßer Ariel,« sprach er vor sich hin, »ich küsse die Spuren deiner Füße.«

4

Adda Castillo merkte, daß Christian sich von ihr abwandte. Sie hatte es nicht erwartet, nicht nach so kurzer Zeit. Als sie ihn erkalten sah, wuchs ihre Liebe. Da wuchs auch seine Gleichgültigkeit, und ihr leidenschaftliches Herz büßte die Ruhe gänzlich ein.

Sie war an Wechsel gewöhnt, war viel geliebt worden, trotz ihrer Jugend, hatte viele geliebt und Treue nie gefordert, noch gehalten. Aber dieser Mann war ihr mehr, als andre gewesen waren.

Sie wußte, an wen sie ihn verlor; sie hatte die Tänzerin gesehen. Christian, zur Rede gestellt, gab offen zu, was sie bloß als Verdacht geäußert hatte, um beschwichtigt zu werden. Sie verglich. Sie fand, daß sie schöner sei als Eva Sorel, ebenmäßiger, rassiger, feuriger; ihre Freunde bestätigten es. Dennoch spürte sie, daß dort ein Vorteil war, gegen den sie unterlag, den weder sie noch einer ihrer Schmeichler benennen konnte; um so mehr fühlte sie sich beleidigt.

Sie schmückte sich, sie trieb kokette Spiele, sie entfaltete alle Seiten ihres wilden und hinreißenden Temperaments; es war umsonst. Da schwor sie Rache, ballte die Fäuste, stampfte auf den Boden; sie bettelte, lag auf den Knien vor ihm und schluchzte. Eines war so töricht wie das andre. Er wunderte sich und fragte gelassen: »Warum entwürdigst du dich so?«

Eines Tages teilte er ihr mit, daß sie auseinander gehen müßten. Sie wurde kreideweiß und zitterte. Plötzlich riß sie einen Revolver aus ihrem Täschchen, zielte auf ihn und drückte zweimal ab. Er hörte die Kugeln an seinem Kopf vorüberzischen, die eine links, die andre rechts. Sie schlugen in den Wandspiegel und zertrümmerten ihn; die Scherben fielen klirrend zu Boden.

Leute Christians stürzten an die Tür. Christian ging hinaus und erklärte den Vorfall harmlos als die Folge einer Unvorsichtigkeit. Zurückgekehrt, sah er Adda Castillo auf dem Sofa liegen, das Gesicht in Kissen vergraben. Keine Miene von ihm zeigte Schrecken über die Gefahr, der er entgangen war. Wie lästig dies alles und wie banal, dachte er. Er nahm Hut und Stock und verließ das Zimmer.

Erst lange nachher erhob sich Adda Castillo, schritt zum Spiegel und schauderte leicht zusammen, als sie nur noch ein Stück davon in einer Ecke des Rahmens stecken sah. Doch ordnete sie vor der Scherbe ihr kohlschwarzes Haar.

Ein paar Tage später kam sie zu Christian, zu einer letzten Unterredung von fünf Minuten, wie sie ihm auf einer Karte geschrieben hatte. Am selben Abend sollte die Abschiedsvorstellung für Paris sein, und sie bat ihn, er möge in den Zirkus gehen. Er zögerte mit der Antwort; ihre glühenden Augen in dem wachsbleichen Antlitz waren wie in Todesangst auf ihn geheftet. Ihm ward unbehaglich, aber in einer Regung von Mitleid sagte er zu.

Crammon begleitete ihn. Sie kamen gerade, als Adda Castillos Nummer begann; der Wagen mit den Löwen wurde in die Arena geschoben. Ihre Plätze waren ganz vorn. »Sie sind mir schon ein wenig langweilig, die guten Löwen,« räsonierte Crammon und hielt sein Lorgnon an die Nase, um die Leute zu mustern.

Adda Castillo im scharlachroten Trikot, die schwarzen Haare gelöst, Wangen und Lippen geschminkt, betrat den Käfig, in welchem sich fünf Löwen, eine Mutter mit ihren vier Jungen, befanden. Mochte sein, daß etwas im Wesen der Bändigerin die Tiere reizte; Teddy, der jüngste Löwe, stellte sich gegen seine Mutter, brummte gewaltig und erhob die Tatze gegen sie. Adda Castillo stieß ihren Pfiff aus und machte eine Gebärde, um die beiden auseinanderzutreiben. Teddy duckte sich und fauchte.

In diesem Moment drehte sich Adda Castillo, anstatt das Raubtier im Blick zu behalten, dem Publikum zu und durchsuchte mit funkelnden Augen die vordersten Reihen. Da sprang ihr Teddy an die Schulter und warf sie zu Boden. Ein Schrei aus vielen Kehlen ertönte, die Menschen erhoben sich, viele flüchteten, viele blickten gebannt und bleich in den Zwinger.

Nun geschah es, daß Trilby, die Mutter der jungen Löwen, mit einem riesigen Satz hinzusprang, nicht etwa, um die Herrin ebenfalls anzugreifen, sondern um sie zu retten. Mit furchtbaren Prankenhieben schlug sie Teddy beiseite und stellte sich schützend über das auf dem Boden liegende, aus zahlreichen Wunden blutende Mädchen. Aber die jungen Löwen, blutlüstern, warfen sich auf die Mutter, schlugen auf sie ein und bissen sie in den Rücken und in die Flanken, so daß sie sich heulend in einen Winkel zurückzog und das Mädchen seinem Schicksal überließ.

Mittlerweile waren die Wärter mit Spießen und langen Gabeln herbeigeeilt; zu spät. Die jungen Löwen hatten sich in den Körper Adda Castillos verbissen und ihn vollkommen zerfleischt. Erst als man auf die zerfetzten Leichenteile Formaldehyd spritzte, ließen sie davon ab.

Mitleids- und Angstrufe, Weinen und Händeringen von Frauen, Gewühl an den Ausgängen und Lärm der Helfer, ein Clown, der wie erfroren auf einer Trommel stand, ein Pferd, welches aus der Manege rannte, der Anblick des verstümmelten, zerrissenen, blutüberströmten Frauenkörpers mit den bunten, bluttriefenden Kleiderfetzen, es drang als Zusammenhang und Folge kaum recht in Christians Bewußtsein. Es war Wirrsal und Spuk. Er gab keinen Laut von sich, und sein Gesicht war blaß. Sein Gesicht war sehr blaß.

Während sie im Auto zu Jean Cardillac fuhren, bei dem sie zum Souper geladen waren, sagte Crammon: »Ich möchte nicht zwischen den Kinnladen eines Löwen enden, bei Gott nicht. Es ist ein grausamer Tod, ein jämmerlicher Tod.« Er seufzte und schielte verstohlen zu Christian hinüber.

Christian ließ den Wagen halten und bat Crammon, ihn bei Cardillac zu entschuldigen. »Was hast du vor?« fragte Crammon erstaunt.

Er wolle allein sein, antwortete Christian, er wolle ein wenig allein sein.

Crammon konnte sich nicht fassen. »Allein? Du? Wozu denn?« Aber Christian war bereits unter den Menschen verschwunden.

»Allein sein! Verrückte Idee,« brummte Crammon kopfschüttelnd, und er befahl dem Lenker, weiterzufahren. Er stülpte den Mantelkragen hinauf und weihte der unglücklichen Adda Castillo ein letztes Gedenken, ohne den Freund schuldig zu finden und ohne ihn zu tadeln.

5

»Eidolon ist nicht so heiter wie sonst,« sagte Eva zu Christian; »was ist geschehen? Eidolon darf nicht traurig sein.«

Er schüttelte lächelnd den Kopf. Sie aber hatte von dem Vorfall im Zirkus gehört; sie wußte auch um Christians Beziehung zu Adda Castillo.

»Ich habe schlecht geträumt,« sagte er und erzählte.

»Es hat mir geträumt, ich war auf dem Bahnhof und wollte abreisen. Viele Züge kamen und fuhren in rasender Eile vorüber. Ich wollte fragen, was es bedeuten solle, und wie ich mich umdrehte, sah ich hinter mir, in einem weiten Halbkreis, eine unglaubliche Menge Leute stehen. Alle diese Leute schauten mich an, und wie ich mich ihnen näherte, wichen sie alle auf einmal langsam und stumm zurück, mit vorgestreckten Armen. Rings im Kreis wichen sie alle ganz langsam und stumm zurück. O, es war häßlich.«

Sie strich mit der Hand über seine Stirn, um das Häßliche fortzuwischen. Da erkannte sie die Macht ihrer Berührung und erschrak über ihr Bild in seinem Auge.

Als sie von der Bühne herab, sich verneigend und von Blumen überschüttet, seinem antastenden Blick begegnete, fühlte sie, daß Knechtschaft drohte. Als sie an seinem Arm zur Tafel schritt und das entzückte Raunen der Menschen vernahm, das ihnen beiden galt, schien sie sich wie das Opfer einer Verschwörung, und in jeder Gebärde war Zögern. Als Crammon, sich selbst verleugnend, überschwenglich von ihm sprach, Susanne sogar bei den nächtlichen Unterhaltungen von seiner hohen Abkunft phantasierte, als Cardillac unruhig wurde und Cornelius Ermelang, der junge deutsche Poet, der sie anbetete wie ein überirdisches Wesen, mit scheuen Augen fragte, da zerriß sie das unbequeme Gewebe, gab sich kalt und wurde unnahbar.

Sie wies Susanne zurecht, sie verspottete Crammon, sie lachte über Jean Cardillac, sie beugte scherzend das Knie vor dem Dichter, sie verwirrte ihren ganzen aufgeregten Hofstaat von Malern, Politikern, Journalisten und Dandies mit ihrer unfaßbaren Mimik und Beweglichkeit und sagte, Eidolon sei nur ein Trugbild, Eidolon sei ein Symbol.

Christian verstand dies nicht. Auch ihr Entfliehen nicht, und dann das Umkehren und Locken. Es war etwas andres als Koketterie, etwas Tieferes als bloßes Spiel. Eine leidenschaftliche Gebärde, die er entstehen sah, wurde plötzlich verweisend, eine freudige fremd. Sie an ein gesagtes Wort zu binden, war vergeblich; da legte sie die Fingerspitzen gegeneinander, drehte den Kopf und schaute aus den Augenwinkeln kühl und listig zur Erde.

Einmal hatte er sie in die Enge getrieben, aber sie rief nach Susanne, lehnte sich auf deren Schulter und flüsterte ihr etwas ins Ohr.

Ein andermal sprach er, um zu erproben, wie sie es aufnähme, von seiner Abreise nach England; sie raffte mit anmutig gebogenen Händen das Kleid und sah ihre Füße an.

Ein andermal wieder warf er ihr vor, in dem heiteren und leichten Ton allerdings, der zwischen ihnen herrschte, daß sie ihn narre. Sie kreuzte die Arme und lächelte rätselhaft, fromm und wild zugleich; da sah sie aus wie aus einer byzantinischen Mosaik hervorgetreten.

Er wußte, mit welcher Freiheit sie lebte. Warum, so fragte er sich, bleibt mir versagt, was sie andern gewährt, die geringer sind?

Er suchte den Beweggrund zu erforschen, der sie leitete; aber ihm fehlten die Hilfsmittel dazu.

Er wußte nichts von dem geistigen Feuer der Tänzerin. Er hielt die Tänzerin für ein Weib gleich allen andern Weibern. Er sah nicht, daß bei ihr nur Neigen und Vorübergleiten sein durfte, was bei allen andern höchste Daseinsform und höchster Einsatz war. Ihm entging noch die Gestalt, verwischte sich der Kontur in seinem flimmernden Wechsel. Aus der sinnlichen Region einer Besessenen wie Adda Castillo kommend, atmete er hier eine geläuterte, unschwüle Luft, die ihn berauschte, aber auch ängstigte, die den Herzschlag beschleunigte, aber den Blick schärfte.

Es war alles voll Schicksal: wenn sie neben ihm ging; wenn sie im Bois Seite an Seite ritten; wenn sie in der Dämmerung beisammen saßen und er ihre helle Kinderstimme vernahm; wenn sie im Palmengarten ihre kleinen Affen neckte; wenn sie dem Klavierspiel Susannes lauschte und dabei die bunten Edelsteine von einer Hand in die andre rinnen ließ.

Als er sie eines Abends verlassen hatte, begegnete ihm Jean Cardillac im Torweg. Sie grüßten einander, dann blieb Christian unwillkürlich stehen und sah dem Manne nach, dessen Riesengestalt einen Riesenschatten auf die Stufen warf. Lauter unsichtbare kleine Sklaven folgten im Schutz dieses Schattens, und sie trugen die Schätze, die er Eva zu Füßen legte.

Zwangvolle Entschlossenheit kam über ihn. Sich mit dem Schatten zu messen, schien wichtig. Er kehrte um, die Diener ließen ihn passieren. Cardillac und Eva waren im Gemäldesaal, Eva auf einer Ottomane zusammengekauert, zusammengerollt, fast wie eine Schlange; unweit von beiden saß, glutäugig und regungslos, Susanne in einem niedrigen Sessel.

»Sie haben versprochen, Eva, mit mir zum Rennen nach Longchamps zu fahren,« sagte Christian, unter der Tür verharrend, um anzuzeigen, daß er sonst nichts begehre.

»Ja, Eidolon. Wozu die Mahnung?« antwortete Eva, ohne sich zu rühren, doch mit errötenden Wangen.

»Mit mir ganz allein –?«

»Ja, Eidolon, mit Ihnen allein.«

»Ich mußte plötzlich an meinen Traum denken, wie der Zug nicht hielt, in den ich einsteigen wollte.«

Sie lachte über den naiv-liebenswürdigen Ausdruck in seinen Worten; ihr Blick wurde sanft, und sie legte den Kopf auf das Kissen. Dann sah sie Cardillac an, der sich schweigend erhob.

»Gute Nacht,« sagte Christian und ging.

Nun war in diesen Tagen Sir Denis Lay eingetroffen, von Crammon erwartet und mit Enthusiasmus begrüßt. »Er ist der einzige lebende Mann, der dir ebenbürtig ist und dir in meinem Herzen den Rang streitig macht,« sagte Crammon zu Christian.

Sir Denis war der zweite Sohn von Lord Stainwood, berühmter Schüler von Oxford, wo er Neuerungen geschaffen hatte, die den Gesprächsstoff der vereinigten Königreiche ausmachten, Parteien gebildet hatte, in deren Kampf es um geheiligte Institutionen ging; Schütze, Jäger, Fischer, Seemann, Boxer, Ringkämpfer und gelehrter Philolog, zweiundzwanzig Jahre alt, schön, reich, lebensprühend, mit einer Legende von tollen Streichen und einer Glorie von Vornehmheit und Eleganz umgeben, die letzte, üppigste, edelste Blüte Englands.

Christian erkannte seine Vorzüge ohne Neid und wurde rasch sein Freund. An einem Abend hatte er Cardillac, Crammon, Wiguniewski, Sir Denis Lay, die Herzogin von Marivaux und Eva Sorel als Gäste bei sich. Da geschah es, daß Eva die Zusage brach, die sie ihm gegeben, vor der ganzen Tischgesellschaft, und mit leichtem Wort.

Sir Denis hatte den Wunsch geäußert, sie in seinem Wagen nach Longchamps bringen zu dürfen. Eva bemerkte Christians wartenden Blick, in dem noch Sicherheit war. Sie hielt eine Traube in der Hand, und als sie sie auf den Kristallteller legte, hatte sie den Verrat begangen. Christian erblaßte. Er fühlte, daß es keiner Erinnerung bedurfte; sie hatte gewählt, er trat schweigend zurück.

Eva langte wieder nach der Traube; sie zwischen flachen Händen emporhebend, sagte sie mit ihrem traumhaft begeisterten Lächeln, das

Christian nun herzlos erschien: »Du schöne Frucht, ich will dich lassen, bis mich nach dir hungert.«

Crammon ergriff sein Glas und rief: »Wer für die Herrin ist, erweist ihr die Reverenz.«

Alle tranken Eva zu, Christian mit gesenkten Blicken.

6

Am andern Abend, nach ihrer Vorstellung, hatte Eva einige Freunde zu sich beschieden. Sie hatte in einer neuen Pantomime, den »Dryaden«, die tragende Rolle getanzt und einen großen Triumph gefeiert. In einer Wolke von Blumen kam sie nach Hause. Später brachte ein Diener einen Korb, der gehäuft voll von Briefen und Karten war.

Sie sank Susanne in die Arme und seufzte, freudig und erschöpft. Alle Poren glühten an ihr.

Crammon sagte: »Vielleicht gibt es Schurken, die so etwas nicht empfinden, aber für mich ist es herrlich, ein Menschenwesen auf dem Gipfel des Daseins zu sehen.«

Für dieses Wort überreichte ihm Eva mit graziöser Ehrerbietung eine rote Rose. Und das Brennen in seiner Brust wurde immer ärger.

Es war vereinbart worden, daß Christian und Sir Denis Lay miteinander Florett fechten sollten. Eva hatte darum gebeten; sie versprach sich Genuß und Belehrung von dem Anblick, den die beiden schön gewachsenen Menschen dabei bieten mußten.

Die Vorbereitungen waren beendigt; in dem Rundraum, wo die Teppiche hingen, traten Christian und Sir Denis einander gegenüber. Eva klatschte in die Hände, und sie nahmen ihre Positionen ein. Man hörte eine Weile nur die gedämpften, raschen, rhythmischen Sprungschritte, das leise Klirren der Degen. Eva stand hochaufgerichtet, ganz Auge, die Bewegungen mit Blicken trinkend. Christians Körper war schlanker und elastischer als der des Engländers, dieser wieder zeigte mehr Kraft und Freiheit. Sie waren wie Brüder, der eine in einem rauhen Klima aufgewachsen, der andre in einem milden; der eine auf sich selbst gestellt und von weit zurückreichender Zucht getragen, der andre von Zärtlichkeit umhorcht und ohne innere Führung. Dort war alles Saft, hier alles Schmelz, aber an Männlichkeit und Feuer gaben sie einander nichts nach.

Crammon war im siebenten Himmel der Begeisterung.

Als der Kampf beinahe zu Ende war, erschien Cornelius Ermelang und in seiner Begleitung Iwan Michailowitsch Becker. Eva hatte Ermelang aufgefordert, eine Dichtung vorzulesen; er und Becker waren einander seit langem bekannt, und da er den Russen im Torweg auf und ab schreitend getroffen, hatte er ihn einfach mit heraufgenommen. Es war das erstemal, daß Iwan Becker sich den andern Freunden Evas zeigte.

Beide setzten sich still abseits.

Christian und Sir Denis hatten sich umgekleidet, und nun sollte Ermelang lesen. Susanne setzte sich in Beckers Nähe und beobachtete ihn mit aufmerksamer Miene.

Cornelius Ermelang war ein schwächlicher Mensch, fast abschreckend häßlich. Er hatte eine steile Stirn, wasserblaue Augen mit verschleiertem Blick, eine kraftlos hängende Unterlippe und ein gelbliches, unscheinbares Stückchen Bart am untersten Ende des Kinns. Seine Stimme war außerordentlich sanft und leise; sie hatte etwas Singendes wie die eines Predigers.

»Sankt Franziskus Nachfolge,« hieß das Gedicht; sein Inhalt schloß sich der überlieferten Schrift an.

Einstmals weilte Sankt Franziskus in dem Kloster der Portiunkula mit Bruder Masseo von Marignano, der sehr heilig war und schön und verständig von Gott zu reden wußte. Darum liebte ihn Sankt Franziskus sehr. Eines Tages nun kehrte Sankt Franziskus aus dem Walde zurück, wo er gebetet hatte, und gerade, wie er aus dem Wald treten wollte, kam ihm Bruder Masseo entgegen und sprach: »Warum dir? Warum dir? Warum dir?« Sankt Franziskus antwortete: »Was willst du denn eigentlich sagen?« Bruder Masseo erwiderte: »Ich frage, warum alle Welt dir nachläuft, und warum jedermann dich sehen will und auf dich horchen und dir gehorchen; du bist kein schöner Mann, du bist nicht gelehrt, nicht von edler Abkunft; was ist es denn, daß alle Welt dir nachläuft?« Wie das Sankt Franziskus hörte, ward er sehr froh im Gemüte, und er hob sein Antlitz gegen den Himmel und blieb lange unbeweglich stehen, denn sein Geist war zu Gott erhoben. Als er aber wieder zu sich kam, warf er sich auf die Knie, pries und dankte Gott, wandte sich dann voller Inbrunst zu Bruder Masseo und sprach: »Willst du wissen, warum mir? willst du wissen, warum mir? willst du wissen, warum mir? warum mir alle nachfolgen? Das hat mir der Blick des allmächtigen Gottes ersehen, der allerorten auf Guten und Bösen weilt.

57

Denn seine heiligen Augen sahen unter den Sündern keinen, der elender war denn ich, keinen, der untüchtiger war denn ich, keinen, der ein größerer Sünder war denn ich; und um das wundersame Werk zu vollbringen, das er sich vorgenommen, fand er kein Geschöpf auf Erden, das armseliger war denn ich. Darum hat er mich auserwählt, um die Welt zu beschämen mit ihrem Adel und ihrem Stolz und ihrer Stärke und ihrer Schönheit und ihrer Weisheit; auf daß da kund werde, daß alle Kraft und alles Gute von ihm ausgehet und nicht von der Kreatur, und niemand sich vor seinem Angesicht rühme. Wer sich aber rühmt, rühme sich in dem Herrn.« Da erschrak Bruder Masseo über diese Antwort, die so demütig war und mit so viel Inbrunst gesprochen.

In dem Gedicht ging dann Bruder Masseo in den Wald, aus welchem Sankt Franziskus gekommen, und es war ein orgelndes Brausen in den Baumwipfeln, das ihm vernehmlicher zu der Frage wurde: Willst du wissen, warum? willst du wissen, warum? Und er warf sich zur Erde, auf Wurzeln und Steine, er küßte Wurzeln und Steine und rief aus: »Ich weiß warum, ich weiß warum.«

7

Die Strophen hatten eine süße Ekstase; ein gedämpftes Hinrinnen war ihnen eigen, mit Reimen, die gleichsam versteckt waren.

»Es ist schön,« sagte Sir Denis Lay, der die deutsche Sprache vollkommen beherrschte.

Crammon sagte: »Es ist wie alte Glasmalerei.«

»Was mir am meisten gefällt,« fuhr Sir Denis fort, »ist, daß einem die Figur des Franziskus nahetritt und daß er jenes Bezaubernde hat, das ihm vor allen Heiligen zugeschrieben wurde, die Cortesia.«

»Die Cortesia? Was ist darunter zu verstehen?« fragte Fürst Wiguniewski. »Höflichkeit? Fromme Höflichkeit?«

Eva erhob sich. »Das ist es,« sagte sie, »das.« Und sie machte mit beiden Händen eine entzückende Gebärde. Alle sahen sie an. Sie fügte hinzu: »Geben, was mein ist, und nehmen, zum Scheine nur, was des andern ist. Das ist Cortesia.«

Christian hatte sich während dieses Gesprächs aus dem Kreis entfernt. Widerwille zeigte sich in seinem Gesicht. Auch während der Vorlesung hatte er es kaum ertragen, auf seinem Stuhle ruhig sitzen zu müssen. Er wußte nicht, was es war, das sich in ihm aufbäumte, ihn im höchsten

Grad reizte. Hohn und Trotz erfüllten ihn und drängten ihn zu einer Kundgebung. Mit verstellter Gleichgültigkeit rief er Sir Denis Lay zu sich und begann mit ihm von dem Vollbluthengst zu sprechen, den Sir Denis zu verkaufen und den Christian zu besitzen wünschte. Er hatte vierzigtausend Franken schon geboten, jetzt bot er fünfundvierzigtausend, so laut, daß es alle hören konnten. Crammon trat wie ein Wächter an seine Seite.

»Eidolon!« rief plötzlich Eva.

Christian blickte zu ihr hinüber, schuldbewußt. Sie standen Aug in Auge. Die andern schwiegen betroffen.

»Er ist unter Brüdern soviel wert,« murmelte Christian, ohne den Blick von Eva zu lassen.

»Komm, Susanne,« wandte sich Eva zu ihrer Dienerin, und um ihren Mund zuckte es spöttisch und bitter, »komm. Er versteht zu fechten, und er versteht, Rosse zu erhandeln. Von Cortesia versteht er nichts. Gute Nacht, meine Herren.« Sie verbeugte sich und schlüpfte durch den grünen Türvorhang.

Bestürzt brach die Gesellschaft auf.

In ihrem Gemach angelangt, warf sich Eva auf einen Sessel und schlug erbittert die Hände vor das Gesicht. Susanne kauerte sich neben ihr auf den Boden und sah sie wartend und suchend an. Als eine Viertelstunde verflossen war, erhob sie sich, löste die Spangen aus Evas Haar und begann sie zu kämmen.

Eva ließ es geschehen. Sie gedachte des Meisters und seiner Lehre.

8

Die Lehre des Meisters war: Erziehe deinen Leib zur Furcht vor dem Geist; was du ihm über die Notdurft gewährst, macht dich zu seiner Sklavin. Sei nie die Verführte, verführe du, dann bleibt dir immer der Weg bekannt. Sei allen ein Geheimnis, sonst wirst du dir gemein; nur dem Werk gib dich hin, Leidenschaften der Sinne verwüsten das Herz. Was ein Mensch vom andern wirklich empfängt, ist niemals die Fülle der Stunde und der Seele, sondern ein Bodensatz, der erst spät und unmerkbar befruchtet wird.

Als sie im Alter von zwölf Jahren, von Gauklern beschwatzt und von ihrem Schicksal gerufen, die Heimat verließ, das weltentlegene fränkische Städtchen, war es noch weit bis zum Meister hin, aber der Weg war vorbestimmt.

Sie verlor sich nie. Sie glitt über Bedrängnisse und Erniedrigungen hinweg, wie die Gemse über Abgründe und Geröll. Wer sie unter den Mitgliedern der wandernden Truppe sah, hielt sie für ein geraubtes Kind von vornehmer Geburt. Dabei war sie die Tochter eines unbekannten Musikers, der Daniel Nothafft hieß, und einer Dienstmagd; mit dem Vater war sie nur durch ein Traumgefühl von Mitleid und Verehrung verbunden, die Mutter hatte sie niemals gesehen und deren mißklingenden Namen hatte sie abgeworfen.

In Zelten und Scheunen zu nächtigen, war sie gewohnt. In Orten am Meer hatte sie oft zwischen Klippen geschlafen, eingehüllt in eine Decke. Sie kannte den Nachthimmel, seine Wolken und seine Sterne. Sie war unter Tieren gelegen, Eseln und Hunden, im Stroh, und war auf der gebrechlichen, mit Menschen bepackten Karre bei Regen oder Schneegestöber über die Landstraßen gefahren. Es war eine Romantik, die im Widerspruch zum Zeitalter stand.

Sie hatte ihre theatralischen Kostüme nähen und täglich unter der Fuchtel des Oberhaupts der Gesellschaft ihre anstrengenden Übungen machen müssen. Aber sie lernte auch die fremde Sprache und kaufte auf Jahrmärkten heimlich die Bücher der Poeten, die in dieser Sprache gedichtet hatten. Heimlich las sie, manchmal auf herausgerissenen Seiten, die sich leicht verbergen ließen, Beranger, Musset, Victor Hugo und Verlaine.

Sie ging auf dem hohen Seil, das ohne Schutznetz über einen Dorfplatz von First zu First der Häuser gespannt war, und ging so sicher wie auf Brettern. Sie war die Partnerin eines dressierten Tanzbären und trat mit fünf Pudeln auf, die Purzelbäume machten. Sie turnte am Trapez, und ihre große Nummer war, sich in Karriere von einem Pferd aufs andre zu schwingen. Hierbei stellte der Leierkastendreher die Musik ein, um die Zuschauer zu verständigen, daß Ungewöhnliches geschah. Sie trug den Sammelteller am Strick entlang und nötigte manchen, durch einen Blick nur, in die Tasche zu greifen, der sich tückisch davonstehlen wollte.

Sie beklagte sich nicht nur nicht, sondern sie nahm die vielfachen Obliegenheiten aus eigenem Antrieb auf sich. Es war ihr bewußt, daß alles dies nur Schule war und Vorbereitung. Sie hatte die Gabe zu warten, in niedriger Sphäre sich innerlich schaffend zu gedulden.

In einigen Dörfern und kleinen Städten an der Rhone geschah es, daß sie unter dem Publikum häufig einen Mann bemerkte, der sich an zwei Krücken mühselig fortschleppte. Er folgte der Truppe von Ort zu Ort, und da seine ganze Aufmerksamkeit jedesmal bloß auf Eva gerichtet war, litt es keinen Zweifel, daß er es um ihretwillen tat.

Es war in der Nähe von Lyon, als sie, nach zweijährigen Wanderzügen, am Typhus erkrankte. Ihre Leute mußten sie ins Hospital bringen, sie konnten nicht warten, der Führer wollte nach gemessener Zeit zurückkehren und sie holen. Als er kam, war sie erst im Beginn der Genesung; plötzlich tauchte neben ihrem Bett der Mann mit den Krücken auf. Er winkte den Gauklerchef beiseite; man sah an den Mienen, daß es sich bei dem Gespräch um Geld handelte. Aus dem Händedruck ihres bisherigen Herrn spürte Eva, daß sie ihn zum letzten Male sah.

9

Lukas Anselm Rappard hieß der mit den Krücken. Er wurde Evas Retter und Erwecker; er lehrte sie ihre Kunst, er nahm sie in seine Obhut, und diese Obhut war von tyrannischer Art. Er gab sie erst wieder frei, als sie geworden war, wozu er sie hatte formen wollen.

Seit langem hatte er sich in Toledo zur Ruhe gesetzt, weil drei oder vier Gemälde dort waren, denen nah zu sein er die Weltabgeschiedenheit nicht scheute. Dann auch, weil die spanische Sonne ihn am meisten durchwärmte, und weil das Volk ihm gefiel.

Ungeachtet seines Gebrechens reiste er alljährlich nach Norden an die See. Er reiste wie die Altvordern, langsam von Ort zu Ort. Seine Schwester Susanne war seine stete Begleiterin.

Auf der Rückkehr war er diesmal zufällig von Evas Auftreten Zeuge geworden. Die dörflichen Jahrmärkte dieser Gegend hatten ihn schon oft verlockt. Da fand er unversehens, was ihn reizte, ein Werk zu schaffen. Es war ein Bildhauergelüst; die Form schwebte ihm vor, der Stoff war gegeben; der Anblick des Lebens entzündete Ideen, die zu gestalten er bereits verzichtet hatte.

Anfangs nannte er es eine Laune; als er sich in die Aufgabe versenkt hatte, wurde es zur Leidenschaft eines Pygmalion.

Er mochte vierzig Jahre zählen oder etwas mehr. Sein bartloses Gesicht war derbknochig, bäurisch-brutal. Je genauer man es aber betrachtete, je geistiger erschien es. Die grüngrauen Augen, tief in starken Höhlen liegend, hatten eine Blickgewalt, die überraschte, ja erschreckte.

Der merkwürdige Mann hatte eine merkwürdige Herkunft und ein merkwürdiges Schicksal. Sein Vater war ein holländischer Sänger gewesen, seine Mutter eine Dalmatinerin; sie waren beide nach Kurland verschlagen worden und während einer Epidemie fast zu gleicher Zeit gestorben. Die Geschwister waren schon als Kinder in die Ballettschule des Rigaer Theaters gekommen. Lukas Anselm gab zu großen Hoffnungen Anlaß. Durch eine unvergleichliche Elastizität und Leichtigkeit stellte er alles in den Schatten, was man bisher an jungen Tänzern gesehen hatte. Mit siebzehn Jahren entfesselte er das Publikum der Mailänder Skala durch seine Wirbel und Sprünge zu einer selten gehörten Beifallsraserei. Seine Wirkung erschien unzeitgemäß, verspätet oder verfrüht. Seine ganze Person hatte etwas Befremdendes, Überpflanztes, und bald wurde er auch an sich irre oder an den Elementen, die ihn trugen. Mit zwanzig Jahren wurde er von einer krankhaften Schwermut erfaßt.

Da begab es sich, als er in Petersburg gastierte, daß sich eine junge und jungverheiratete Dame vom Hof in ihn verliebte. Sie bewog ihn dazu, sie eines Nachts in ihrer Villa außerhalb der Stadt zu besuchen. Jedoch ihr Gatte war hiervon benachrichtigt worden; er schützte eine Reise vor, um die Frau in Sicherheit zu wiegen, drang mit mehreren Dienern in ihr Schlafgemach, riß den Liebhaber von ihrer Seite, ließ ihn von seinen Leuten blutig peitschen, sodann binden und nackt in den Schnee hinaustragen. Hier, im Schnee, bei strenger Kälte, mußte der Unglückliche bis zum Morgen, sechs Stunden lang, liegen.

Gefährliche Krankheit und unheilbare Lähmung waren die Folgen der Gewalttat. Susanne pflegte ihn und verließ ihn nicht eine Stunde. Sie hatte ihn stets bewundert und geliebt, jetzt vergötterte sie ihn. Ein kleines Vermögen hatte er bereits erworben, es vermehrte sich durch eine Erbschaft von mütterlicher Seite. So war er in den Stand gesetzt, unabhängig zu leben.

Ein neuer Mensch wuchs in ihm. Die Krüppelhaftigkeit verlieh seinem Gehirn jene Schwungkraft, die vordem sein Körper besessen hatte. Auf wunderlichem Weg durchmaß er die Weite modernen Daseins von einem Endpunkt bis zum andern und spannte, über Schmerz, Enttäuschung und Verzicht, den Bogen vom Sinnlichen zum Geistigen. In seiner Verwandlung vom Tänzer zum Krüppel schien ihm eine tiefe

Bedeutung zu liegen; er forschte nach der Idee und nach dem Gesetz, und das schroffe Widerspiel von äußerer Ruhe und innerer Bewegung, von innerer Ruhe und äußerer Bewegung dünkte ihm wichtig zur Erklärung der Menschheit und der Zeit.

Mit zweiundzwanzig Jahren lernte er Lateinisch, Griechisch und Sanskrit. Er trieb die Studien eines Schülers und hörte Vorlesungen an deutschen Universitäten. Der fremdartige Student, der mühsam an Stöcken humpelte, bildete häufig den Gegenstand neugieriger Nachfrage. Als er dreißig alt war, reiste er in Susannes Begleitung nach Indien und lebte vier Jahre lang in Delhi und in Benares. Er verkehrte mit gelehrten Brahmanen und wurde von ihnen in Mysterien eingeweiht, die kein Europäer vor ihm erfahren. Eines Tages stand er einem sagenhaften tibetanischen Lama gegenüber, der achtzig Jahre lang in einer Höhle im Gebirg gelebt und den die ewige Finsternis blind, die ewige Einsamkeit zum Heiligen gemacht hatte. Der Anblick des Hundertjährigen erschütterte ihn, zum erstenmal in seinem Leben, bis zu Tränen. Er verstand nun Heiligkeit und glaubte an Heiligkeit. Und dieser Heilige tanzte. Beim Sonnenaufgang tanzte er, die blinden Augen dem Gestirn zukehrend.

Er sah die religiösen Feste in den Tempelsiedlungen am Ganges und fühlte die Nichtigkeit des Lebens und die Gleichgültigkeit des Todes, wenn die Pestleichen zu Hunderten und aber Hunderten den Fluß hinunterschwammen. Er ließ sich in die Urwälder und die Dschungeln tragen und sah überall Tod und Leben so ineinander verstrickt, daß eines Art und Züge des andern annahm, Verwesung die der Geburt, Fäulnis die der Zeugung. Man erzählte ihm von der Marmorstadt eines Rajahs, in der nur Tänzerinnen lebten, die von Fakiren unterrichtet wurden; wenn die Zeit kam, wo sie verblühten und ihre Gelenke die Kraft einbüßten, wurden sie getötet. Sie hatten das Gelübde der Keuschheit abgelegt, und wenn sie es brachen, wurden sie getötet. Er ging hin, doch erhielt er keinen Einlaß. In der Nacht sah er Feuer auf den Dächern und hörte die Gesänge der jungfräulichen Tänzerinnen. Bisweilen glaubte er auch einen Todesschrei zu hören.

Diese Nacht mit den Feuern und den Gesängen, den geahnten Tänzen und dem ungewissen Schrei speicherte neue Energien in ihm auf.

10

Er brachte Eva nach Toledo. Er hatte dort ein Haus gemietet, in welchem, wie es hieß, einst der Maler Greco gewohnt hatte.

Das Gebäude war ein grauer Würfel, im Innern ziemlich öde. Es lebten Katzen darin, Eulen, Fledermäuse und Ratten.

Mehrere Räume waren angefüllt mit Büchern; die Bücher wurden Evas stumme Freunde in den Jahren, die nun kamen und in denen sie fast keinen andern Menschen sah als Rappard und Susanne.

In diesem Hause lernte sie die Einsamkeit kennen, die Arbeit und die völlige Hingebung an eine Idee.

Sie betrat es mit der Furcht vor ihm, der sie durch seinen Willen hergezwungen. Seine Sprache und sein Wesen schüchterten sie so ein, daß sie Angstvorstellungen hatte, wenn sie an ihn dachte. Sie zu beschwichtigen, war Susanne eifrig bemüht.

Susanne erzählte vom Bruder, abends und nachts, wenn Eva mit einem bis zur Verzweiflung erschöpften Körper dalag, vor Erschöpfung nicht schlafen konnte. Sie war nicht verweichlicht, das Leben bei der Truppe hatte sie an die härtesten Anstrengungen gewöhnt, aber dieser unaufhörliche Drill, diese eintönige Plage der ersten Monate, in der alles wüst und schmerzlich war, ohne Lockung, ohne Licht, ohne Begreifen fast, machte sie krank und ließ sie ihre Glieder hassen.

Susanne beschwor sie mit dumpfer Stimme; Susanne streichelte ihre Arme und Beine; Susanne trug sie ins Bett und las ihr vor. Und sie schilderte ihn, der in ihren Augen ein Zauberer war, ein ungekrönter König, an dessen Blick und Atemhauch sie hing und aus dessen Vergangenheit sie Szenen und Worte wiedergab, weitschweifig und wirr oft, zuweilen auch so packend und bildvoll, daß Eva das Glück der Fügung zu ahnen begann, welches ihn auf ihren Weg geführt.

Dann kam ein Tag, wo er zu ihr redete. »Glaubst du dich zur Tänzerin geboren?« – »Ich glaube es.« Und er sprach zu ihr über den Tanz. Das schwankende Gefühl wurde fest. Sie spürte den leichter und leichter werdenden Körper. Als er sie verließ, schaute sie mit Augen, in denen schon der Ehrgeiz flammte.

Er hatte sie gelehrt, mit aufgereckten Armen zu stehen, und kein Muskel durfte zittern; sich auf den Fußspitzen zu halten, daß der Scheitel einen hängenden spitzen Pfeil berührte; mit nackten Füßen bestimmte Figuren zwischen aufgespießten Nadeln zu gehen, und wenn jede Wendung den Gliedern eingefleischt war, mit verbundenen Augen die Gefahr zu meiden; sich um einen vertikal gespannten Strick zu wirbeln und ohne Hilfe der Arme auf hohen Stelzen zu schreiten.

Sie hatte vergessen müssen, wie sie bisher gegangen, geschritten, gelaufen, gestanden war, und sie mußte lernen, zu gehen, zu schreiten, zu laufen, zu stehen. Es mußte neu werden, wie er sagte; Glieder, Knöchel und Gelenke mußten sich zu neuen Funktionen entschließen, so wie ein Mensch, der im Straßenschmutz gelegen ist, neue Kleider anzieht. »Tanzen heißt Neusein,« sagte er, »in jedem Augenblick frisch aus Gottes und seiner Engel Hand.«

Er weihte sie ein in den Sinn und das Gesetz aller Bewegung, in die Struktur und den Rhythmus jeglicher Gebärde.

Er schuf die Gebärde mit ihr. Er dichtete um jede Gebärde ein Erlebnis. Er zeigte ihr, was Flucht war, was Verfolgung, was Abschied, was Begrüßung; was Erwartung, was Triumph; was Freude, was Angst. Es gab keine Regung eines Fingers, an der nicht der ganze Körper teilzunehmen hatte; Spiel der Augen und der Mienen kam so wenig in Frage, daß man das Gesicht getrost verhüllen konnte, ohne daß der Ausdruck litt.

Er schälte alles aus dem Überflüssigen; er forderte den Extrakt.

»Kannst du trinken? So trinke.« Es war falsch. »Phrase; so hat der Mensch nicht getrunken, der noch nie einen Trinkenden gesehen hat.«

»Kannst du beten? Kannst du pflücken, die Sense schwingen, Körner sammeln, einen Ring darreichen, einen Schleier binden? Gib das Bild davon! Stell es dar!« Sie konnte es nicht. Er lehrte es sie.

Wenn sie sich in die Wirklichkeit verirrte, schäumte er vor Zorn. »Die Wirklichkeit ist ein Vieh!« schrie er und schleuderte eine seiner Krücken an die Wand, »die Wirklichkeit ist ein Mörder!«

Er erklärte ihr an Statuen und vor den Gemälden großer Künstler die wesentliche und geadelte Linie und wie das Gedachte und Erbaute wieder mit der Natur und ihrer Unmittelbarkeit in Harmonie gebracht war.

Er sprach über die Musik als Helferin. »Du brauchst die Melodie nicht, kaum den Ton. Wichtig ist allein die geteilte Zeit, das hörbar abgesetzte Maß, das die heftige, wilde, leidenschaftliche oder die sanfte, getragene, liebliche Bewegung leitet und eindämmt. Hierzu genügt ein Tamburin oder eine Wasserpfeife. Alles übrige ist Schwindel und Trübung. Hüte dich vor Poesie, die nicht aus deiner Leistung kommt.«

Er ging des Nachts mit ihr in Schenken und Tanzlokale, wo Mädchen aus dem Volk ihre kunstlosen und aufgeregten Tänze vorführten. Er enthüllte den Kern davon und ließ sie einen Bolero, einen Fandango, eine Tarantella tanzen, die nun wie geschliffene Edelsteine wirkten.

Er rekonstruierte die alten Waffentänze für sie, die Pyrrhiche und die Karpeia; den Tanz der Musen auf dem Helikon um den Altar des Zeus; den Tanz der Artemis mit ihren Gespielinnen; den Geranostanz von Delos, welcher den Weg des Theseus durch das Labyrinth nachahmte; den Tanz, den die Mädchen von Karyai zu Ehren der Artemis von Karyai tanzten, wobei sie einen kurzen Chiton und ein korbartiges Weidengeflecht auf dem Haupte trugen; den Keltertanz, der durch die Schale des Hieron überliefert ist und bei welchem alle bei der Weinlese und beim Keltern vorkommenden Handlungen dargestellt werden. Er zeigte ihr Abbildungen der Francoisvase, der geometrischen Vase vom Dipylon, vieler Reliefs und Terrakotten und ließ sie die Figuren studieren, die eine hinreißende Anmut und einen unvergleichlichen Schwung der Bewegung hatten. Er verschaffte ihr die Musik dazu, die er mit Susannes Hilfe aus alten Notenschriften auszog und den Tänzen anpaßte.

Von da an führte er sie höher; veranlaßte sie, selbst zu erfinden, selbst zu fühlen und das Gefühl zu formen; löste den hypnotisch aufs Technische oder nur Schöne gebannten Blick, machte ihre Sinne frei, ließ sie das Feld übersehen, auf dem sie wirken sollte, den tauben, blinden Schwarm und Haufen; flößte ihr die Liebe zu den unsterblichen Werken ein und wappnete ihr Herz gegen die niedrige Verführung, gegen das Spiel ohne höchsten Einsatz, das Tun ohne Maß, das Sein ohne Gewicht.

Erst als sie von ihm ging, faßte sie ihn ganz.

Er gab ihr Susanne mit, als er sie reif fand, sich der Welt zu zeigen, außerdem Empfehlungen, die den Anfangsweg ebneten. Er wollte einsam leben. Für die Pflege, deren er bedurfte, hatte Susanne einen jungen Kastilier abgerichtet. Ob er in Toledo bleiben oder einen andern Wohnsitz wählen würde, sagte er nicht. Seit sie ihn verlassen, hatte weder Eva noch Susanne von ihm gehört; Briefe und Nachrichten hatte er sich verbeten.

11

Susanne saß oft in der Nacht in einem finstern Winkel und nannte aus tiefem Brüten heraus seinen Namen. Ihre Gedanken drehten sich um die Wiedervereinigung mit ihm. Der Dienst bei Eva war bloß eine gewaltsame Unterbrechung des Lebens an seiner Seite.

Sie liebte Eva; aber sie liebte sie als Lukas Anselms Werk und Werkzeug. Wenn Eva Ruhm gewann, so war es für Lukas Anselm; wenn sie Schätze sammelte, es war für Lukas Anselm; wenn sie mächtig wurde, für Lukas Anselm wurde sie's. Die sich Eva nahten und sich ihr unterwarfen, waren Kreaturen Lukas Anselms, seine Hörige und Sendlinge.

Ach, dachte sie, als sie nach dem Auftritt mit Christian Wahnschaffe in Evas Gemach ihr zu Füßen kauerte, wie so oft, und ihre Knie umklammert hielt, ach, er hat ihr eine unwiderstehliche Seele eingehaucht, er hat sie schön und strahlend gemacht.

Aber es war auch eine abergläubische Befürchtung in ihr. Insgeheim zitterte sie davor, daß diese unwiderstehliche Seele plötzlich einmal aus Evas Körper entweichen, die strahlende Schönheit schwinden würde, und daß dann nichts übrigblieb als eine leere, tote Hülle. Geschah es, dann wußte sie, daß Lukas Anselm nicht mehr war.

Darum freute sie sich, wenn Überschwang und Ausgelassenheit, Glanz und Tumult in Evas Leben herrschten, und wurde niedergeschlagen und von schlimmen Ahnungen geplagt, wenn die Schöne sich zurückzog und still und allein blieb. So lang Eva tanzte, so lang Eva liebte, so lang sie Feste feierte und sich schmückte, brauchte Susanne nicht um den Bruder zu bangen, und darum saß sie da und blies in die Flamme, aus welcher Lukas Anselm zu ihr redete.

»Hast du den Engländer gewählt, so mußt du deswegen dem Deutschen nicht den Laufpaß geben,« sprach sie. »Nimm den einen, und den andern kannst du noch schmachten lassen. Man weiß nicht, wie die Dinge sich verändern. Es sind viele da; sie steigen, sie fallen. Mit Cardillac gehts auch bergab; man munkelt allerlei.«

»Eidolon,« flüsterte Eva hinter den Händen, die ihr Gesicht verbargen.

»Wie denn?« sagte Susanne ärgerlich, »erst höhnst du ihn, dann rufst du ihn. Wer wird daraus klug?«

Mit einem Ruck schnellte Eva empor. »Du sollst mir nicht von ihm sprechen, du sollst ihn mir nicht preisen, Kupplerin,« rief sie mit glühenden Wangen, und der spöttisch leichte Ton, in dem sie immer mit Susanne redete, wurde drohend.

»*Golpes para besos,*« murmelte Susanne spanisch, »Schläge für Küsse.« Sie stand auf, um Evas Haar weiterzukämmen und für die Nacht zu flechten.

Am andern Tag kam Crammon. »Ich habe einen gefunden, dessen Lachen die Eseltreiber in Cordova schamrot macht,« begann er mit komischer Feierlichkeit; »aus welchem Grund wird er verworfen?«

Sein Herz blutete, aber er warb für den Freund. Wie sehr er Denis Lay auch bewunderte und liebte, Christian stand ihm näher; Christian war sein Fund, auf den er eitel war, Christian war sein Held.

Eva sah ihn mit blitzenden Augen an und entgegnete:

»Es ist wahr, er versteht zu lachen wie jener Eseltreiber in Cordova, aber er hat auch nicht mehr Herzensbildung als der Eseltreiber in Cordova, und das, mein Lieber, ist mir zu wenig.«

»Und was soll nun aus uns werden?« seufzte Crammon.

»Ihr könnt mit mir nach England gehen,« antwortete Eva heiter. »Ich tanze im Theater Seiner Majestät. Eidolon soll mein Page sein, soll Ehrfurcht lernen und nicht um Pferde feilschen, wenn man mir schöne Gedichte vorliest. Sagen Sie es ihm.«

Abermals seufzte Crammon, griff nach ihrer Hand und küßte andächtig die Fingerspitzen. »Ich will es ausrichten, süßer Ariel,« entgegnete er.

12

Cardillac fiel in Ungnade bei Eva; damit verlor er den letzten Halt. Die Gefahr, mit der er verwegen gespielt, umstrickte ihn; der Abgrund zog ihn hinunter.

Den äußeren Anstoß zu seinem Sturz gab ein junger Ingenieur, der einen Wassermesser erfunden hatte. Cardillac hatte ihn durch großartige Versprechungen überredet, ihm die Nutzbarmachung der Erfindung zu überlassen. Es dauerte nicht lange, so erkannte der Ingenieur, daß er betrogen und um den Ertrag seiner Arbeit gebracht war. Er sammelte in der Stille Material gegen den Spekulanten, deckte seine betrügerischen Geschäfte auf und überreichte bei Gericht eine Reihe vernichtender Anklagen. Obwohl ihm Cardillac schließlich fünfmalhunderttausend

Franken anbieten ließ, wenn er die Klagen zurückziehe, weigerte sich der hartnäckige Verfolger.

Andre Umstände kamen hinzu; die Katastrophe war nicht mehr aufzuhalten. An einem einzigen Vormittag fielen die Kurse seiner Papiere um Hunderte von Franken. Dreihundert Millionen wurden in zweimal vierundzwanzig Stunden verloren. Die Ernte des Baissiers war gekommen. Zahllose Existenzen gerieten mit der Geschwindigkeit eines Lawinensturzes ins Elend, achtzehnhundert Kleingewerbetreibende büßten ihr ganzes Hab und Gut ein, siebenundzwanzig bedeutende Firmen mußten den Konkurs anmelden, Senatoren und Abgeordnete des Parlaments wurden in den Strudel gerissen, und unter den Angriffen der Opposition wankte die Regierung.

Felix Imhof kam nach Paris, um aus dem Zusammenbruch zu retten, was noch zu retten war. Der empfindliche Verlust, den er erlitten hatte, hinderte ihn nicht an entzückten Äußerungen über das imposante Schauspiel, welches der Untergang Cardillacs der Welt darbot.

Crammon sagte: »Ich war keusch wie Joseph, als mich diese Potiphar verführen wollte.« Er deutete mit dem Zeigefinger kichernd auf Imhof und rieb sich selbstzufrieden die Hände.

Am darauffolgenden Abend ging Imhof mit den Freunden zu Eva Sorel. Sie hatte das Palais verlassen, das ihr Cardillac eingerichtet, und ein schönes Haus an der Chaussee d'Antin gemietet.

Imhof sprach von der besonderen Tragik moderner Schicksale, und als ein Beispiel erzählte er, wie Cardillac drei Tage vor seinem Sturz im Hauptquartier seiner erbittertsten Gegner erschienen sei, nämlich in der Bank von Paris. Der Verwaltungsrat der Bank war vollzählig versammelt. Mit gefalteten Händen, mit tränenüberströmtem Gesicht flehte der gehetzte Mann um ein Darlehn von zwölf Millionen Franken. Es war ein drastisches Zeichen seiner Naivität, von denen Hilfe zu verlangen, die er seit Jahr und Tag an der Börse geschröpft, deren Verluste er eingeheimst und die er mit dem neuen Darlehn noch weiter bekämpfen wollte.

Christian hörte zerstreut zu. Er stand Arm in Arm mit Crammon vor einem chinesischen Wandschirm; ihnen gegenüber saß Eva, eigentümlich verträumt, und dicht neben ihr Sir Denis Lay. Auch andre waren anwesend, aber ihnen schenkte Christian keine Aufmerksamkeit.

Auf einmal entstand an der Tür eine Bewegung. »Cardillac,« flüsterte jemand. Alle blickten hin.

In der Tat war es Cardillac, der eingetreten war. Seine Stiefel waren beschmutzt, Kragen und Krawatte in einer Unordnung, als habe er sie schon eine Woche lang am Leib. Er hatte die Fäuste zusammengedrückt, seine Augen wanderten unstet von Gesicht zu Gesicht.

Eva und Sir Denis blieben ruhig sitzen. Eva stützte den Fuß auf den Rand eines kupfernen, mit weißen Lilien gefüllten Gefäßes. Auch die andern rührten sich nicht. Nur Christian machte, unwillkürlich, ein paar Schritte auf Cardillac zu.

Cardillac gewahrte ihn. Er ergriff ihn am Ärmel des Fracks und zog ihn zur Tür des Nebenraums. Sie waren kaum über die Schwelle gelangt, als Cardillac gepreßten Tones flüsterte: »Ich muß zweitausend Franken haben, sonst bin ich verloren. Strecken Sie mir zweitausend Franken vor, Monsieur, retten Sie mich, ich habe Frau und Kind.«

Frau und Kind, dachte Christian erstaunt, wie geht das zu, kein Mensch hat davon gewußt. Und weshalb wendet er sich gerade an mich? Da ist Wiguniewski, da ist d'Autichamps, da sind viele, die er besser kennt.

»Ich muß in einer halben Stunde am Ostbahnhof sein,« hörte er Cardillac sagen. Er griff nach seiner Brieftasche.

Frau und Kind, fuhr es ihm durch den Kopf, und der heftige Widerwille gegen Bettler erwachte in ihm; was hab ich damit zu schaffen? Er nahm die Geldnoten heraus. Zweitausend Franken, dachte er, und erinnerte sich der Millionensummen, die man gewohnt war, in Verbindung mit dem Namen des Mannes zu nennen, der bettelnd vor ihm stand.

»Ich danke Ihnen,« vernahm er Cardillacs Stimme wie durch eine Wand.

Mit gesenktem Kopf schritt Cardillac an ihm vorüber; im andern Zimmer hatten sich indessen zwei fremde Männer eingefunden. In der offenen Doppeltür hinter ihnen standen die Diener mit verlegenen Gesichtern. Es waren Polizeibeamte. Sie suchten Cardillac, sie waren ihm bis ins Haus gefolgt.

Cardillac, sie erblickend und was sie hergeführt erratend, prallte gurgelnd zurück. Seine rechte Hand verschwand in der Rocktasche; mit einem Sprung waren die beiden Leute neben ihm und hatten seine Arme gepackt. Es gab ein kurzes, lautloses Ringen; plötzlich war er gefesselt.

Eva hatte sich erhoben. Ihre Gäste scharten sich um sie. Sie lehnte sich an Susannes Schulter und drehte den Kopf zur Seite, als graue ihr ein wenig. Aber sie lächelte noch, wenngleich mit entfärbten Wangen.

»Er ist grandios, auch in diesem Moment grandios,« sagte Imhof leise, zu Crammon gewendet.

Christian starrte auf Cardillacs mächtigen Rücken; wie der Rücken eines Ochsen, der zur Schlachtbank gezogen wird, mußte er denken. Die zwei Männer, in deren Mitte der Gefesselte ging, hatten fettglänzende Nacken und darüber am Hinterkopf schlecht abgeschnittene, unsaubere Haare.

Ein übler Geschmack im Gaumen quälte Christian. Er rief einen der Diener und verlangte ein Glas Sekt.

Cardillacs Worte: »Ich habe Frau und Kind« wollten ihm nicht aus dem Sinn. Im Gegenteil, sie klangen immer greller, und da fragte auf einmal eine zweite Stimme, neugierig, einfältig: wie mögen sie aussehen, diese Frau, dieses Kind? Wo mögen sie sein? Was wird mit ihnen geschehen?

Es war störend und peinigend wie Zahnschmerz.

13

In der Grafschaft Devonshire, südlich von Exeter, hatte Sir Denis Lay seinen Landsitz. Das Herrenhaus lag inmitten eines Parks mit uralten Bäumen, tiefgrünen Rasenplätzen, kleinen Seen, in deren Spiegel der Himmel ruhte, und Blumenbeeten, denen das mildeste Klima der Erde alle Kraft entlockte.

»Wir sind in der Nähe des Golfstroms,« sagte Crammon erklärend zu Eva und Christian, die gleich ihm Sir Denis Gäste waren, und er machte ein Gesicht, als ob er nur um der Freunde willen den Golfstrom eigenhändig aus dem Busen von Mexiko an die englische Küste geleitet hätte.

Mit einer Miene schwesterlicher Zärtlichkeit ging Eva stundenlang zwischen den eben erblühten Veilchen umher. Weite Flächen strahlten blau; es war im März.

Mehrere junge Lords und Ladies wurden erwartet, aber erst am dritten Tag.

Auf einem Spaziergang waren die vier vom Regen überrascht worden und kehrten naß zurück. Als sie sich umgekleidet hatten, trafen sie im

Bibliotheksraum wieder zusammen und nahmen hier den Tee. Es war eine große Halle, deren Wände mit dunkler Eiche getäfelt waren; mächtige Balken trugen die Decke. In halber Höhe lief eine Galerie mit geschnitztem Geländer, und an einer Schmalwand sah man zwischen den Bogenfenstern die vergoldeten Pfeifen einer Orgel.

Es dämmerte, und der Regen rauschte. Eva hatte ein Album mit Kopien Holbeinscher Bilder vor sich; langsam schlug sie Blatt um Blatt um. Christian und Crammon spielten Schach. Sir Denis schaute ihnen eine Weile zu, dann setzte er sich an die Orgel und begann zu spielen.

Eva ließ die Blätter ruhen und lauschte.

»Die Partie ist verloren,« sagte Christian, stand auf und ging die Treppen zur Galerie empor. Er lehnte sich über die Brüstung und blickte hinunter. Auf einem Vorbau des Geländers lag, wie ein Ei in einem Becher, ein Erdglobus in metallenem Gestell.

»Was ist es, was spielen Sie?« fragte Eva, als Sir Denis eine Pause machte.

Sir Denis wandte sich um. »Ich habe eine Stelle aus dem Hohen Lied zu komponieren versucht,« antwortete er. Er begann wieder und sang mit wohllautender Stimme: »Erhebe dich, du Schöne, und komm mit mir, der Winter ist vorüber.«

Der Klang der Orgel erregte in Christian ein Gefühl von Haß. Sein Auge umfaßte die Gestalt Evas; in einem meergrünen Kleid, schlank, fern und fremd, saß sie dort drunten, und wie er sie anschaute, vermischte sich mit dem Haß gegen die Musik ein andres Gefühl, ein wehes, lastvolles, und sein Herz fing heftig an zu schlagen.

»Erhebe dich, du Schöne, und komm mit mir,« sang Sir Denis. Crammon brummte die Melodie leise mit. Eva sah empor und begegnete dem Blick Christians; in ihrem Gesicht war ein rätselhafter Ausdruck von Hoheit und von Liebe.

Christian nahm den Globus aus dem Gestell, um mit ihm zu spielen. Er ließ ihn, als sei es ein Gummiball, auf der flachen Brüstung zwischen seinen Händen hin und her rollen. Aber da entglitt ihm die Kugel, stürzte in die Tiefe und rollte auf dem Boden weiter, gerade vor Evas Füße.

Sir Denis kam herbei, auch Crammon; Christian stieg die Treppe von der Galerie herunter.

Eva hob die Kugel auf und ging mit ihr Christian entgegen; er nahm sie, aber sie griff gleich wieder danach. Und sie hielt sie so, daß sie auf den Fingerspitzen ihrer rechten Hand lag. Die Linke hielt sie mit gespreizten Fingern daneben, der Kopf war vorgebeugt, die Lippen warm geöffnet.

»Das ist also die Welt,« sagte sie; »das ist eure Welt! Das Blaue ist der Ozean und das Schmutzige, Gelbe, das sind die Länder. Wie häßlich die Länder! Wie unförmlich! Wie ein Käse, an dem die Mäuse geknabbert haben! Pfui! O Welt, was alles auf dir kriecht! was alles auf dir geschieht! Das also bist du, Welt, so halt ich dich, so trag ich dich. Das gefällt mir.«

Die drei jungen Leute, obschon sie lächelten, verspürten einen leisen Schauder. Sie konnten auf dieser kleinen runden Erdkugel nicht mehr aufrecht stehen, sie stürzten vor dem Atemhauch der Tänzerin in die schwarze, unermeßliche Tiefe des Kosmos.

Und Christian sah, daß Sir Denis ihn anschaute, mit einem Entschluß ringend. Plötzlich ging der Baronet auf ihn zu und reichte ihm die Hand. Christian gab ihm seine Hand, dem bevorzugten Rivalen, gegen den sich sein heimlichstes Gefühl doch im Vorteil wußte; denn zwischen Evas Antlitz und dem bunten Globus glaubte er ein geisterhaftes Figürchen wahrzunehmen, das sie mit bannendem Blick umfing, ein winziges Ebenbild seiner selbst, Eidolon.

Im Sommer wollten sie nach Exeterhall zurückkehren, um den Hirsch zu Pferde zu jagen, wie es dort Herrenbrauch war. Aber im Sommer war schon alles anders; im Sommer war Sir Denis schon von der runden Kugel geglitten.

14

Eines Tages, es war in London, kam Crammon zu Christian, setzte sich vertraulich zu ihm und sagte: »Ich reise ab.«

»Wohin willst du reisen?« fragte Christian erstaunt.

»In den Norden, Lachse zu fischen,« antwortete Crammon, »ich komme wieder zu dir, oder du kommst zu mir.«

»Aber warum reist du denn?«

»Mein Leben geht vor die Hunde, wenn ich dieses Weib noch länger sehen muß, ohne sie zu besitzen. *That's all.*«

Christian schaute Crammon flammend an und unterdrückte eine Gebärde zorniger Eifersucht. Dann wurde seine Miene wieder freundlich-spöttisch.

Und Crammon reiste.

Eva Sorel war die unbestrittene Beherrscherin der Londoner Modemonate. Alles war voll von ihrem Namen; die Frauen trugen Hüte *à la* Eva Sorel, die Männer Krawatten mit ihren Lieblingsfarben. Die umworbensten Größen der Zeit sahen sich neben ihr in den Schatten gestellt, sogar der Negerboxer Jackson. Sie konnte den Ruhm in vollen Zügen schlürfen und das Gold mit Eimern schöpfen.

15

Der Mai in London war sehr heiß. Sir Denis und Christian verabredeten den Plan zu einer nächtlichen Fahrt auf der Themse. Sie mieteten die Dampfjacht »Aldebaran«, bestellten ein köstliches Mahl auf dem Schiff, und Sir Denis schickte Einladungen an Freunde und Bekannte.

Vierzehn Herren und Damen der vornehmen Londoner Gesellschaft nahmen an der Partie teil. Die Jacht wartete am Landungsplatz vor dem Parlamentsgebäude, und kurz vor Mitternacht kamen die Gäste, alle in Abendkleidern. Es war der Sohn des russischen Botschafters dabei, der Honorable James Wheely, der Bruder des Ministers, der Graf und die Gräfin von Westmoreland, Eva Sorel, Fürst Wiguniewski und andre.

Punkt zwölf Uhr lichtete der »Aldebaran« die Anker, und die Musikkapelle, die aus erwählten Künstlern des Drury-Lane-Theaters bestand, fing an zu spielen.

Als die Jacht auf ihrem Weg flußaufwärts die Eisenbahnbrücke von Battersea erreicht hatte, sah man am linken Ufer, von einer Reihe trüber Straßenlaternen beleuchtet, eine unabsehbare Menschenmenge, Männer und Weiber, Kopf an Kopf, Tausende und Tausende.

Es waren streikende Arbeiter von den Hafendocks. Warum sie hier standen, so schweigend, so drohend im Schweigen, war keinem auf dem Schiff bekannt. Es mochte eine stumme Demonstration sein.

Sir Denis Lay, der viel Champagner getrunken hatte, trat an die Reling des Schiffes, und in seinem Übermut rief er ein dreimaliges Cheer hinüber. Kein Laut antwortete ihm. Wie eine Mauer stand die gedrängte Masse, und in den düsteren Gesichtern, die sich dem blendend erleuchteten Dampfer zukehrten, bewegte sich keine Miene.

Da sagte Sir Denis zu Christian, der neben ihn getreten war: »Wir wollen zu ihnen hinüberschwimmen, wir beide. Wer zuerst ans Ufer gelangt, ist Sieger und soll sie fragen, diese Leute, worauf sie warten, warum sie nicht in ihre Löcher kriechen, so spät in der Nacht.«

»Hinüber zu denen?« antwortete Christian und schüttelte den Kopf. Man forderte von ihm, er solle schleimiges Gewürm mit seinen Händen greifen und eine Trophäe daraus machen.

»Dann tu ichs allein,« rief Sir Denis und warf Frack und Weste auf das Deck.

Er war als vorzüglicher Schwimmer berühmt; die Gesellschaft nahm daher den Einfall als eine jener bizarren Launen hin, die an dem jungen Edelmann nicht überraschten. Nur Eva suchte ihn zurückzuhalten; sie näherte sich ihm und legte warnend die Hand auf seinen Arm. Vergeblich; schon schickte er sich an, mit einem Kopfsprung über das Geländer in den Fluß zu springen. Da kam noch der Kapitän, packte ihn an der Schulter und bat ihn, so üblen Scherz zu unterlassen, da die Themse bei aller scheinbaren Unbewegtheit eine starke und gefährliche Strömung habe. Jedoch Sir Denis riß sich los, eilte auf das Promenadendeck, und einige Sekunden später flog sein schlanker Körper in die schwarze Flut.

Niemand dachte an Unheil. Der Schwimmer kam in mächtigen Stößen vorwärts, und die Zuschauer an Bord waren sicher, daß er das Ufer von Chelsea mit Leichtigkeit gewinnen würde. Auf einmal aber sah man ihn, der vom Licht eines Scheinwerfers am Ufer ziemlich gut beleuchtet war, die Hände über den Kopf werfen. Gleichzeitig rief er gellend um Hilfe. Ohne sich zu besinnen, sprang darauf ein Cellist von der mitgenommenen Musikkapelle mitsamt seinen Kleidern über Bord, um dem offenbar Ertrinkenden beizustehen. Unglücklicherweise war die durch die Ebbe verursachte Strömung um diese Stunde besonders heftig; sowohl Sir Denis als auch der Musiker wurden von ihr fortgerissen. Beide verschwanden in den Wellen.

Da wich die Betäubung von Christian, und ehe noch einer ihn hindern konnte, sprang er ebenfalls ins Wasser. Er vernahm einen Aufschrei; er fühlte, daß es Eva war, die schrie. Die Herren und Damen auf dem Schiff eilten ratlos hin und her. Christian konnte die Leiber der Gesunkenen nicht mehr wahrnehmen. Das Wasser staute sich und hemmte seine Bewegungen. Jähe Schwäche überfiel ihn, doch Angst hatte er nicht. Den Kopf hebend, sah er die stumme Menge der Arbeiter, Gesichter von Männern und Weibern, andre Antlitze, als er sie je geschaut; obwohl der Blick, den er auf sie heftete, nur sekundenkurz war, war er fast sicher, daß alle ihre finstere Aufmerksamkeit auf ihn gelenkt wäre, daß sie auf ihn harrten, auf ihn ganz allein, die Tausende und Tausende. Die Schwäche nahm zu, sie hatte ihre Ursache im Herzen, das schwer und schwerer wurde. Aber da wurde er von einem Rettungsboot erreicht.

Um drei Uhr morgens, als es dämmerte, fand man die Leichen von Sir Denis und dem Musiker zwischen zwei Balken am Pfeiler einer Brücke. Sie lagen nun auf Deck, und Christian konnte sie betrachten. Die Gäste hatten das Schiff verlassen; auch Eva war gegangen, Fürst Wiguniewski hatte die Erschütterte weggeführt.

Die Matrosen hatten sich zur Ruhe gelegt. Das Deck war leer, Christian saß allein bei den Leichen.

Die Sonne ging auf, das Wasser des Stroms begann zu glühen, das Pflaster in den verödeten Straßen und die Mauern und Fenster der Häuser färbten sich mit Röte. Möwen flogen schreiend um den Schlot.

Christian saß allein bei den Leichen, in einen alten Mantel gehüllt, den ihm der Kapitän gegeben. Unverwandt schaute er in das Gesicht des toten Gefährten, das gedunsen und häßlich war.

16

Nördlich vom Loch Lommond wanderten Christian und Crammon; sie jagten Schnepfen und Wildenten. Das Land war rauh; unfern brüllte die See, am Himmel zogen vom Sturm zerfetzte Wolken hin.

»Mein Vater wird sich nicht freuen,« sagte Christian, »in den letzten zehn Monaten hab ich zweimalhundertachtzigtausend Mark gebraucht.«

»Deine Mutter wirds ihn zu verschmerzen lehren,« antwortete Crammon. »Du bist ja volljährig, kannst fünfmal soviel brauchen, ohne daß dich einer hindern darf.«

»Was wohl die kleine Lätizia treiben mag,« sagte Christian, warf den Kopf hoch und atmete die salzige Luft tief in die Lungen.

Crammon antwortete: »Ich denke auch bisweilen an das Kind. Man sollte sie der alten Gimpelfängerin nicht lassen.«

Ihr Kuß brannte längst nicht mehr auf Christians Lippen; sie hatten seitdem andre Flammen gespürt. Wie lachende Putten auf einem Gemälde gaukelten die schönen Gesichter um ihn her. Freilich, manche unter ihnen lachten jetzt nimmer.

Dunkelgekleidet war Eva zwischen weißen Säulen hervorgetreten, als er sich von ihr verabschiedet hatte. Er sah es noch, sah ihr braunblasses Gesicht, die unsäglich schlanke Hand, die beredteste Hand der Welt. Sie hatte ihn mit dem scherzenden Du angeredet, wie sie oft zu tun pflegte, in der Sprache ihrer deutschen Heimat, die in ihrem Munde eindringlicher und melodischer klang als in irgendeinem Munde sonst.

»Wo gehst du hin, Eidolon?« hatte sie sorglos gefragt.

Er machte eine unbestimmte Bewegung. Er hielt offenbar dafür, daß es ihr gleichgültig war, wohin er ging.

»Man verläßt mich also, ohne um Urlaub zu bitten?« sagte sie und legte beide Hände auf seine Schultern. »Aber es ist vielleicht gut, daß du gehst. Du machst mich irre. Ich fange an, an dich zu denken, und das will ich nicht.«

»Warum nicht?«

»Ich will es nicht. Was brauchst du Gründe?«

Da stieg Sir Denis Lays gedunsenes Totengesicht vor ihnen auf, vor ihm und vor ihr, und sie schauten beide hin.

»Wann werden wir uns wiedersehen?« hatte er nach einer Weile zu fragen gewagt.

»Es hängt von dir ab,« hatte sie erwidert. »Laß mich immer wissen, wo du bist, damit ich dich rufen kann. Unsinn, ich werde dich natürlich nicht rufen. Aber es könnte doch sein, daß mich eine Laune ergreift und ich dich haben will, dich und keinen andern. Nur mußt du lernen –,« sie unterbrach sich und lächelte.

»Was? Was muß ich lernen?«

»Sprich mit deinem Freund Crammon. Er kann dir sagen, was du lernen sollst.« Nach diesen Worten war sie weggegangen.

Das Meer brüllte wie eine Herde von Büffeln. Christian blieb stehen und wandte sich an Crammon. »Hör mal, Bernhard, da ist eine Sache, die mir wunderlich im Sinn herumgeht. Als ich zuletzt mit Eva redete, sagte sie, ich müßte etwas lernen, wenn ich sie wiedersehen wollte. Und als ich sie fragte, was sie meinte, sagte sie, du könntest mir Auskunft darüber geben. Was ist es denn? Was soll ich denn lernen?«

Crammon antwortete ernsthaft: »Ja, siehst du, mein Schatz, das ist nicht so einfach. Manche wollen ein Beefsteak durchgebraten, manche wollen es roh; manche wollen es halb roh und halb gebraten, und wenn man nun den Geschmack nicht kennt und es in der Weise aufträgt, wie es einem selber am besten schmeckt, so riskiert man eine Blamage und steht da als ein Tropf. Es ist nicht einfach mit den Menschen.«

77

»Ich verstehe dich nicht, Bernhard.«

»Tut nichts, mein Lieber, tut nichts. Zerbrich dir nicht den schönen Kopf und gehn wir weiter. Die verdammte Gegend macht einen schwermütig.«

Sie gingen weiter, Christian mit einer ungekannten Traurigkeit im Herzen.

Auf jedem Pfahl eine Eule

1

Lätizia sehnte sich.

Sie fuhr mit der Gräfin-Tante in den Süden der Schweiz und lustwandelte staunend zu Füßen blauer Gletscher; sie lag am Ufer des Genfer Sees und träumte oder las Gedichte; von Bewunderern umringt, schritt sie lächelnd über die Promenaden der Kurorte; ihrer Jugend und ihres Schatzes von Gefühlen enthusiastisch bewußt, genoß sie den Tag und den Abend, Bild und Buch, Duft und Ton, alles, was zu genießen war; aber sie sehnte sich.

Viele kamen und redeten von Liebe, offen und verhohlen; und sie liebte; nicht eben den, der sprach, sondern das Wort, den Ausdruck, die Verheißung. Traf sie ein entzückter Blick, so war sie entzückt; Zwanzigjährigen und Sechzigjährigen schenkte sie ihr Ohr mit gleicher Geduld.

Doch sehnte sie sich.

Die Gräfin-Tante sagte: »Von den Aristokraten laß die Finger, Liebchen; sie sind ungebildet und voller Dünkel. Sie machen keinen Unterschied zwischen einem Weib und einem Pferd. Sie nageln dein junges Herz an einen Stammbaum, und wenn du die Gnade nicht zu würdigen weißt, bist du zeitlebens eine Deklassierte. Haben sie kein Geld, so sind sie zu dumm, welches zu verdienen, haben sie es, so verstehen sie nicht, es auf vernünftige Weise auszugeben. Laß die Finger von ihnen, es sind keine richtigen Menschen.«

Die Gräfin hatte schlechte Erfahrungen mit der Aristokratie gemacht. Sie sagte: »Du kannst dir denken, Liebchen, daß man es weit getrieben hat, wenn ich so reden muß.«

Lätizia saß auf dem Bettrand und betrachtete ihren seidenen Strumpf, der ein Loch hatte. Und sie sehnte sich.

Judith schrieb: »Wir erwarten dich und die Gräfin, wenn wir in unser Haus bei Frankfurt übersiedeln. Es ist ein feenhaftes Schloß, das uns Papa gebaut hat, und soll künftig der Familiensitz sein. Es liegt im Schwanheimer Wald, und mit dem Auto ist man in zehn Minuten in der Stadt. Die Leute, die es sehen, sind begeistert; Felix Imhof sagt, es erinnere an den Palast des Minotaurus. Es hat vierunddreißig Fremdenzimmer, eine fünfzig Meter lange Wandelhalle mit Säulen und Nischen und eine Bibliothek, die nach dem Muster der Peterskuppel in Rom angelegt ist und mehr als zwanzigtausend nagelneue Bücher enthält. Wer soll die alle lesen?«

»Ich freue mich auf die Bücher,« sagte Lätizia und preßte die Hand auf ihr Herz.

Sie hatte eine kleine Kröte aus Gold machen lassen; die trug sie aber nicht am Halse, sondern bewahrte sie in einem Schächtelchen aus Saffianleder auf und betrachtete sie oft, lieblich grübelnd.

In Schwetzingen machten sie die Bekanntschaft eines jungen Argentiniers von deutscher Abkunft. Er studierte in Heidelberg die Rechte, doch gestand er freimütig, daß er nur nach Europa gegangen sei, um sich eine deutsche Frau zu holen. Am Mittag sagte er es, am Abend gab er Lätizia zu verstehen, daß eben sie das Ziel seiner Wünsche sei.

Er hieß Stephan Gunderam, hatte eine olivenfarbene Haut, glühende Augen und tiefschwarze Haare, die in der Mitte des Kopfes gescheitelt waren. Lätizia war von seiner Erscheinung fasziniert, die Gräfin vom Gerücht seines Reichtums. Sie zog Erkundigungen ein, und es erwies sich, daß die Fama nicht übertrieben hatte. Der Gunderamsche Landbesitz am Rio Plata war größer als das Großherzogtum Baden.

»Liebchen, das ist ein Mann für dich,« sagte die Gräfin; doch als sie bedachte, daß sie sich von Lätizia werde trennen müssen, fing sie an zu weinen und verlor für einen ganzen Vormittag den Appetit.

Stephan Gunderam erzählte von dem fernen, fremden Land, von seinen Eltern, seinen Brüdern, seinen Knechten, seinen Viehherden, seinen Häusern. Er sagte, die Frau, die er heimführe, werde eine Königin sein. Er war so stark, daß er ein Hufeisen biegen und einen fingerdicken Strick zerreißen konnte. Aber er fürchtete sich vor Spinnen, glaubte an Vorbedeutungen und litt häufig an Migräne; da lag er dann drei

Tage im Bett und trank Warmbier mit Eidotter und Milch, ein Mittel, das ihm eine alte Mulattin geraten hatte.

Er verliebte sich dermaßen in Lätizia, daß er bleich wurde, wenn er sie sah. Als er bei der Gräfin um sie anhielt, zerdrückte er in seiner Erregung ein Figürchen aus Meißener Porzellan, das auf dem Tisch stand.

Die Gräfin sagte, sie müsse erst an Frau von Febronius, ihre Schwester, schreiben. Sie war würdevoll und gemessen, obgleich sie nach ihrer noch unvergessenen Gewohnheit der sentimentalen Naiven am liebsten in die dicken, runden Händchen gepatscht hätte. Sie erkundigte sich, wie es mit der Reinlichkeit in Argentinien bestellt sei und wie mit den Tafelfreuden. Damit es nicht den Anschein habe, als müsse man Lätizia ihrem Bewerber auf Gnade und Ungnade überliefern, brachte die Gräfin das Gespräch auf den Wald von Heiligenkreuz, der eine zwar nicht gesicherte, doch respektable Morgengabe darstelle. Stephan Gunderam antwortete etwas ungeduldig, er lege hierauf kein Gewicht; Land, Wald und Geld habe er für seine Person genug. Und er knirschte leidenschaftlich mit den Zähnen, so daß die Gräfin Angst bekam.

»Um so besser,« sagte die Gräfin zu Lätizia, »um so besser; er ist großmütig, er ist uneigennützig. Der Wald von Heiligenkreuz bleibt dir nach wie vor, mein Engel. Man weiß nicht, wie das Schicksal sich wendet; ein guter Feldherr denkt an die Reserven.«

»Lassen Sie mir ein wenig Zeit zur Entscheidung, Tante,« bat Lätizia, »ich kann mich an den Gedanken, zu heiraten, noch nicht gewöhnen. Ich bin so jung; heiraten, das heißt am hellichten Tag die Fensterläden schließen.« Die Heftigkeit von Stephan Gunderams Gefühl stimmte sie dankbar und weich; sooft seine Tigeraugen auf sie gerichtet waren, überlief sie ein wohltuendes Rieseln. Aber sie zauderte und zauderte; schließlich, von der Gräfin und von ihm bedrängt, wollte sie drei Monate Frist haben.

In einem Brief vertraute sie sich Judith Wahnschaffe an. Judith antwortete, sie möge doch den Argentinier auffordern, daß er für einige Zeit als Gast in das Frankfurter Schloß mitkomme. Dies dünkte Lätizia ein Ausweg. Als Postskriptum hatte Judith ihrem Brief die Mitteilung hinzugefügt, daß sie sich mit Felix Imhof verlobt habe.

Man hatte eine Verabredung mit Stephan Gunderam. Lätizia ließ sich von der Jungfer die Stiefel zuknöpfen; währenddem las sie in einem Band Lenauscher Gedichte.

»Du mußt dich eilen,« mahnte die Gräfin, »er wartet schon seit drei Uhr; du weißt, wie pünktlich er ist.«

Lätizia hörte kaum. Sie las: »Sahst du ein Glück vorübergehn, das nie sich wiederfindet, so blicke nur in einen Strom, wo alles wogt und schwindet.«

»Du mußt dich eilen, Liebchen,« mahnte die Gräfin.

Lätizia aber sehnte sich sehr.

2

In einer Stadt am Rhein mußten Christian und Crammon Station machen. Die Maschine des Wagens war schadhaft geworden, und der Lenker brauchte zur Ausbesserung einen ganzen Tag.

Sie verließen die Straßen der Stadt, es war ein schöner Septemberabend, und schweigend wanderten sie am Ufer des Stromes entlang. Als es dunkel wurde, kamen sie, fast ohne es zu wollen, in einen Biergarten, der am Wasser lag. Die Tische und Bänke, in die Erde festgerammt, standen unter dichtbelaubten Bäumen und waren von einigen hundert Menschen, Bürgern, Arbeitern und Studenten, besetzt.

»Laß uns eine Weile rasten und dem Volk zusehen,« sagte Crammon. Und sie fanden einen Tisch nahe dem Eingang, wo noch Platz war. Eine Kellnerin stellte zwei Krüge Bier vor sie hin.

Kellerluft war unter den Bäumen, von den Ausdünstungen der Menschen erfüllt. Die spärlichen Lampen hatten irisierende Nebelringe. Am Nachbartisch saßen Studenten mit roten Kappen und Bändern; sie hatten fette, gedunsene Gesichter und freche Stimmen. Einer schlug mit einem Stock dreimal auf den Tisch, dann begannen sie zu singen.

Crammon riß die Augen auf, und seine Lippen zuckten sarkastisch. Er sagte: »So denk ich mir eigentlich die Indianer, Sioux oder Irokesen.« Christian antwortete nicht. Er hatte die Ellbogen an den Leib gedrückt und die Schultern etwas hochgezogen. Auch an den übrigen Tischen herrschte ziemlich viel Lärm. »Wir wollen doch wieder gehen,« sprach Christian nach einer Weile, »mir ist unbehaglich.«

»Ja, siehst du, mein Lieber, das ist das Volk,« belehrte ihn Crammon mit einer Mischung von Hochmut und Spott; »so singt es, so saust es, so riecht es. Und ruhig fließet der Rhein. Prosit, Durchlaucht.« Unter fremden Menschen nannte er Christian immer Durchlaucht und freute sich, wenn er dadurch eine ehrfürchtige Neugier bei Zuhörern erregte. Wirklich sahen einige Männer an ihrem Tisch betroffen nach ihnen und flüsterten untereinander.

Ein junges Mädchen mit blonden, um den Kopf geschlungenen Zöpfen war in den Garten getreten. Sie blieb am Eingang stehen und schaute suchend über die Tische. Die Studenten lachten; einer rief sie herzu. Sie zögerte verlegen, doch ging sie hin. »Wen suchst du, hübsches Kind?« fragte ein Fuchs. Das Mädchen schwieg. »In die Kanne für deinen Vorwitz,« rief ein älteres Semester, »mir geziemt die Frage.« Der Fuchs grinste und trank in langen Schlucken. »Was begehrst du, Mägdlein?« erkundigte sich das ältere Semester mit kollernder Bierstimme; »sollst etwa deinen Vater holen, ist er im Maßkrug steckengeblieben?« Das Mädchen nickte errötend. Nach ihrem Namen gefragt, antwortete sie, sie heiße Katharina Zöllner, nach dem Beruf des Vaters gefragt, antwortete sie, er sei Schiffer; sie sprach zwar leise, doch so, daß Christian und Crammon sie deutlich verstehen konnten. Er sei Schiffer und müsse um drei Uhr morgens schon gegen Köln fahren. »Gegen Köln,« lallte der Frager, »gegen Köln; so gib mir einen Kuß, und ich schaff ihn dir herbei.«

Das Mädchen bebte zurück. Die Kommilitonen fanden die Forderung berechtigt und johlten Beifall. »Zier dich nicht, Katharina,« sagte das ältere Semester, stand auf, faßte sie brutal um die Hüften und küßte sie trotz ihres erschrockenen Sträubens.

»Mir auch,« riefen die andern, »mir auch!« Schon war das Mädchen einem zweiten überliefert; dem riß sie ein dritter aus dem Arm; dem ein vierter, fünfter, sechster. Sie konnte nicht rufen, kaum atmen. Ihr Widerstand wurde schwächer, das Gelächter und Gebrüll ärger. Der Nachbartisch wollte nicht das Zusehen haben; »her zu mir,« meldete sich die Stimme eines dicken Kerls mit Warzen im Gesicht, und Gleichgesinnte wieherten. Als der letzte Student fertig war, packte jener das Mädchen, küßte es, warf es dem Nebenmann zu; immer mehr standen auf, streckten die Arme vor und verlangten die wehrlose Beute. Es geschah nichts, als daß sie sie küßten, aber es war eine ansteckende wüste Gier. Sogar die Weiber johlten und kreischten vergnügt, indes die Studenten, zufrieden mit ihrer Heldentat, aus rauhen Kehlen »Sassa geschmauset« sangen. »Sassa geschmauset, laßt uns nicht rappelköpfig sein.«

Der Körper des Mädchens, eine leblose Masse, wirbelte willenlos von Arm zu Arm. Christian und Crammon hatten sich erhoben. Sie schauten in das Gewühl unter den Baumkronen, vernahmen das Geschrei, das Gelächter, die Zurufe, sahen das Mädchen schon weit entfernt, die Hände, die nach ihr griffen, ihr Gesicht mit den geschlossenen, jetzt wieder entsetzt offenen Augen. Endlich trat einer hinzu, der Mitleid hatte, ein junger Arbeiter, und schlug dem, der sie gerade küßte, die Faust auf die Nase; zwei andre fielen über ihn her, es entstand eine Rauferei, das Mädchen, mit letzten Kräften, taumelte gegen den Zaun, wo Gras wuchs. Ihr Haar war aufgelöst, ihre blaue Bluse zerrissen, daß man die nackte Brust gewahrte, ihr Gesicht voll häßlicher Flecken. Sie suchte sich aufrecht zu halten, nach einigem Umsichtasten brach sie zusammen; und nun kamen Besonnene, die ihr beistanden und einander fragten, was mit ihr zu tun sei.

Christian und Crammon gingen am Ufer des Stroms zur Stadt. Die Studenten hatten einen neuen Kantus begonnen, der mißtönig durch den Abend schallte und allmählich in der Ferne verklang.

3

Mitten in der Nacht verließ Christian sein Lager, zog einen seidenen Schlafrock an und ging in Crammons Zimmer. Dort machte er Licht, setzte sich an Crammons Bett und rüttelte den laut Schnarchenden an der Schulter. Es war ein Ringen mit dem Schlafe selbst, und er wandte den Blick ab, um das verstörte, vertierte Gesicht nicht zu sehen.

Endlich, nach vielem Brummen und Stöhnen, öffnete Crammon die Augen. »Was willst du?« murrte er böse: »was geisterst du?«

»Ich möchte dich etwas fragen, Bernhard,« sagte Christian.

Crammon wurde immer zorniger. »Es ist ja närrisch, einem Menschen die wohlverdiente Ruhe zu verkürzen. Bist du mondsüchtig geworden oder hast du Leibweh? So frage, aber mach schnell.«

»Glaubst du, daß ich richtig lebe, so wie ich lebe?« fragte Christian. »Sei einmal ganz ehrlich und antworte mir darauf.«

»Meiner Treu, er ist mondsüchtig,« entfuhr es Crammon entsetzt, »er redet irre. Man muß einen Doktor rufen lassen.« Er schickte sich an, auf den Knopf des elektrischen Läutewerks zu drücken.

»Laß das,« wehrte ihm Christian, unmutig lächelnd, »laß das, und bemüh dich lieber, zu überlegen, was ich sage. Reib dir die Augen, wenn du noch nicht munter bist; zu schlafen bleibt dir Zeit genug. Ist es, Hand aufs Herz, Bernhard, deine Ansicht, daß ich ganz richtig lebe?«

»Wie, um Himmels willen, kommst du auf solche Verrücktheiten, lieber Wahnschaffe, genannt Christian –?«

»Scherze nicht, Bernhard,« antwortete Christian stirnrunzelnd, »es ist jetzt nicht an dem. Glaubst du, daß ich bei Eva hätte bleiben sollen?«

»Unsinn,« sagte Crammon; »sie hätte dich betrogen, sie hätte mich betrogen. Sie würde den Kaiser betrügen und vor unserm Herrgott doch unschuldig dastehen. Mit ihr kann man nicht rechnen, mit ihr kann man nicht sein, sie ist bloß für die Augen da. Auch das mit dem Eseltreiber in Cordova war Betrug. Gib dich zufrieden und laß mich schlafen.«

Christian erwiderte sinnend: »Ich verstehe nicht, was du sagst, und du verstehst nicht, was ich meine. Seit wir sie verlassen haben, ist mir manchmal, wie wenn ich bucklig geworden wäre. Ohne Spaß, Bernhard; ich steh auf, es befällt mich ein Schrecken, und ich recke mich gerade, so hoch ich kann. Ich weiß, daß ich richtig gewachsen bin, und doch ist mir so, als hätt ich einen Buckel.«

»Vollkommen übergeschnappt,« murmelte Crammon.

»Und nun sag mir, Bernhard,« fuhr Christian unbeirrt fort, und sein klares, offenes Gesicht bekam einen Ausdruck unbeschreiblicher Kälte, »hätten wir nicht der Schifferstochter helfen sollen, du und ich? Oder wenn es dir lästig war, hätt ich es nicht sollen? Sag mir das.«

»Was für eine Schifferstochter, zum Teufel?«

»Bist du so vergeßlich? Das Mädchen in dem Biergarten mein ich. Sie nannte doch ihren Namen, Katharina Zöllner, erinnerst du dich nicht? Und sagte, sie sei die Tochter eines Schiffers. Sie haben sie schauderhaft zugerichtet.«

»Sollt ich meine Haut zu Markte tragen für eine Schifferstochter?« versetzte Crammon wütend. »Die Leute mögen sich nach ihrer Fasson vergnügen, was gehts mich an, was gehts dich an? Bist du den wilden Bestien in die Pranken gefallen, als sie Adda Castillo zerfleischt haben? Und das ist weit schlimmer, als von hundert schmierigen Mäulern abgeschmatzt zu werden. Sei kein Schwachkopf, mein Lieber, und laß mich schlafen.«

»Ich bin neugierig,« sagte Christian.

»Neugierig? Worauf denn?«

»Ich will hingehen in das Haus, wo sie wohnt, und sehen, was mit ihr ist. Ich will, daß du mitgehst. Steh auf und geh mit.«

Vor Erstaunen riß Crammon den Mund auf. »Hingehen?« stotterte er, »jetzt? in der Nacht? Hast du deine fünf Sinne beisammen?«

»Ich wußte, daß du schimpfen würdest,« erwiderte Christian mit leiser Stimme und lächelte zerstreut, »aber mich plagt die Neugier so, daß ich mich in meinem Bett von einer Seite auf die andre wälze.« In der Tat hatte sein Gesicht einen lüsternen und erwartungsvollen Zug, der Crammon vollständig fremd war. Er fuhr fort: »Ich möchte sehen, was sie tut, was mit ihr geschieht, wies in ihrer Stube aussieht. Man muß das wissen, man ist ja ganz dumm, was diese Sorte Menschen betrifft. Komm nur mit, Bernhard,« schmeichelte er.

Crammon seufzte, Crammon entrüstete sich, Crammon verwies auf seinen gebrechlichen Körperzustand und die Notwendigkeit des Schlummers für seinen müden Geist; schließlich jedoch, da Christian allen Einwänden ein empfindungsloses Schweigen entgegensetzte und er ihn nicht allein in einen wer weiß wie gefährlichen und verruchten Stadtteil gehen lassen wollte, fügte er sich und stieg verdrossen aus dem Bett.

Christian nahm ein Bad und vollendete seinen Anzug mit gewohnter Sorgfalt. Vor dem Verlassen des Hotels schlugen sie das Einwohnerverzeichnis nach und fanden die Wohnung des Schiffers darin angegeben. Sie stiegen in einen Wagen und fuhren hin. Es war halb fünf Uhr morgens, als der Wagen vor einer Baracke am Stromufer hielt. In den Fenstern war Licht.

Crammon begriff noch immer nicht. Er hatte schon den rostigen Glockenzug in der Hand, da fragte sein ratloser Blick zum letztenmal. Christian schenkte dem Zaudernden keine Beachtung. Ein abgehärmt aussehendes Weib erschien in der Tür. Crammon mußte sprechen, und widerwillig sagte er, sie kämen, um sich nach dem Befinden der Tochter zu erkundigen. Das Weib glaubte, ihre Tochter habe in Heimlichkeit vornehme Herren zu Freunden; sie trat betroffen zurück und ließ die beiden ein.

4

Was Crammon sah und was Christian sah, war nicht dasselbe.

Crammon sah eine düster erleuchtete Stube mit alten Spinden, die verräuchert waren, mit einer Bettstatt, in deren rotkariertem groben Linnen das Mädchen Katharina lag, mit einer Wiege, in der ein wimmernder Säugling lag, mit aufgehängter Wäsche am Ofen, mit einem Tisch, an dem der Schiffer saß und eine Mehlsuppe löffelte, mit einer Bank, auf welcher ein junger Bursche schlief, und mit vielen häßlichen, schmutzigen Gegenständen außerdem.

Für Christian war es wie ein Traum vom Fallen. Auch er sah den Schiffer, das abgehärmte Weib, den schlafenden Burschen, den Säugling in der Wiege und das Mädchen, dessen verglaste Augen und verkrampfte Züge ihn übrigens sofort an den Beweggrund seines Hierseins gemahnten; aber er sah es, wie man Bilder sieht, während man in einen Schacht hinuntergleitet; Bilder, die beständig wiederkehrten und von andern abgelöst wurden, die sich von oben her dazwischenschoben.

So sah er Eva Sorel, die einem ihrer Äffchen eine Walnuß reichte.

Jetzt erhob sich der Schiffer und nahm seine Kappe ab. Und Christian sah Sir Denis Lay und den Grafen von Westmoreland, die einander begrüßten und sich die weißbehandschuhten Hände reichten; ein nichtssagender Vorgang, der aber etwas Grelles und Schneidendes hatte.

Jetzt erwachte der Bursche auf der Bank, rekelte sich, gab sich einen Ruck und starrte finster erstaunt auf die Fremden, indes die von ihrem abscheulichen Erlebnis hingeworfene Katharina den Kopf herüberwandte und erschrocken das Deckbett bis an das Kinn zog. Da sah Christian das anmutige Bild der im leeren, von Blitzen durchflammten Saal ballspielenden Lätizia wieder, und jedes Ding, auf das sein Auge fiel, hatte Bezug auf ein andres aus der andern Welt.

Die Neugier, die ihn hergetrieben, nährte noch das lüsterne Lächeln auf seinen Lippen. Aber sein Blick suchte Hilfe bei Crammon, und er empfand das Unschickliche seines stummen, dummen Dastehens, das Zwecklose und Törichte des nächtlichen Ausflugs überhaupt. Kaum erträglich erschien ihm der Aufenthalt in dem niedrigen Raum, der Geruch mangelhaft gepflegter Körper und jahrelang getragener Kleider.

Bis zum letzten Augenblick hatte er sich vorgestellt, daß er mit dem Mädchen sprechen würde. Aber gerade dies erwies sich als unausführbar. Er getraute sich nicht einmal, den Kopf in die Richtung zu wenden, wo sie lag. Dabei war ihm beständig gegenwärtig, wie er sie dort draußen gesehen hatte, wegtaumelnd von den Biertischen, mit aufgelöstem Haar und zerrissener Bluse.

Wenn er die Worte überlegte, die er ihr sagen könnte, dünkte ihn jedes einzelne besonders überflüssig und gemein.

Der Schiffer sah ihn an, das Weib sah ihn an, der Bursche sah ihn an, letzterer mit tückisch verkniffenen Augen, als bereite er sich zu handgreiflicher Beleidigung vor, und nun trat auch noch ein alter Mann aus einem Verschlag hervor, wo Kartoffeln aufgehäuft waren, und heftete trübe Blicke auf ihn. In der Bedrängnis, in die ihn dies peinigende Anschauen versetzte, machte er ein paar Schritte gegen das Bett Katharinas. Die hatte ihr Gesicht zur Wand gekehrt, lag regungslos da. In einem Anfall zorniger Verzweiflung griff er in die Taschen, erst in die linke, dann in die rechte, fand nichts, wußte auch nicht recht, was er suchte, spürte dabei den Diamantring am Finger, der ein Geschenk seiner Mutter war, zog ihn hastig herunter und warf ihn auf das Bett, mitten zwischen die Hände des Mädchens, wie einer, der sich loskaufen will.

Katharina bewegte den Kopf, erblickte den herrlichen Ring, und Verachtung und Bestürzung, Lust und Furcht wechselten in ihren Zügen; sie hob den Blick, senkte ihn wieder und wurde bleich. Ihr Gesicht war nicht schön; es war durch die Empfindungen entstellt, deren Beute sie in den kürzlich verflossenen Stunden gewesen war. Aus einem Grund, der ihm selbst rätselhaft war, mußte Christian plötzlich lachen, heiter und herzlich lachen; zugleich drehte er sich gebieterisch nach Crammon um und forderte ihn durch eine Gebärde zum Gehen auf.

Crammon hatte indes die Peinlichkeit der Situation auf seine praktische Weise zu lösen beschlossen. Er richtete ein paar Worte an den Schiffer, der in seinem kölnischen Platt antwortete, dann nahm er aus der Brieftasche zwei Scheine und legte sie auf den Tisch. Der Schiffer betrachtete die Scheine, die Hände des Weibes langten danach, Crammon schritt zur Tür.

Fünf Minuten, nachdem sie das Haus betreten hatten, verließen sie es wieder, und zwar schnell, mit Schritten von Flüchtenden.

Während sie im Wagen über das holperige Pflaster fuhren, sagte Crammon mürrisch: »Du bist deinem Zahlmeister hundert Mark schuldig. Das andre, was nicht Bargeld ist, will ich verschmerzen. Oder kannst du mir den verlorenen Schlaf bezahlen?«

87

»Ich verehre dir den chinesischen Apfel aus ambrafarbenem Elfenbein dafür, der dich bei dem Händler in Antwerpen so begeistert hat,« erwiderte Christian.

»Tu das, mein Sohn,« sagte Crammon, »aber spute dich, sonst bekomme ich aus Wut über diese Geschichte ein Gallenfieber.«

Aber als er am Mittag ausgeschlafen hatte, betrachtete Crammon das Vorgefallene mit der philosophischen Milde, deren er unter Umständen fähig war, und nachdem sie köstlich gefrühstückt hatten, sagte er, indem er die kleine Pfeife stopfte: »Solche Extravaganzen im Stile Harun al Raschids führen zu nichts, mein Lieber. Diese dunklen Tiefen kannst du nicht ergründen. Wozu in unbekanntem Revier jagen, da das bekannte noch so viele Reize hat? Sieh deinen ergebenen Diener an, der vor dir sitzt, eine wahre Fundgrube von Rätseln und Geheimnissen. Deshalb sagt auch der Dichter so treffend: Was wissen wir von Sternen, Wasser und Wind? Was von den Toten, die unter der Erde sind? Was von Vater und Mutter, Weib und Kind? Das Herz ist gefräßig, das Auge blind.«

Christian lächelte kühl. Verse, dachte er geringschätzig, Verse ...

5

Als sie in dem neuen Prachtbau am Schwanheimer Forst eintrafen, fanden sie dortselbst große Unruhe und eine Menge Gäste. Lätizia war noch nicht gekommen, Felix Imhof wurde stündlich erwartet, Lieferanten und Postboten kamen und gingen ununterbrochen, es war ein Treiben wie in einem Bienenstock.

Frau Richberta begrüßte Christian mit gehaltener Würde, obwohl die Freude ihren Augen einen Phosphorglanz verlieh. Judith sah angegriffen aus und nahm von dem zurückgekehrten Bruder wenig Notiz. Nur einmal, am Abend, stürzte sie ihm plötzlich in die Arme und gab einen sonderbar wilden Laut von sich, der eine sinnliche Ungeduld, verborgene Begierden, deren Beute das kalte und ehrgeizige Mädchen allzu lange gewesen war, verräterisch kundgab.

Unangenehm berührt, machte sich Christian von ihr los.

Er ging mit Crammon auf die Jagd, oder sie fuhren in die benachbarten Städte. Nirgends hielt es Christian, er wollte immer weiter, immer woanders hin. Auch sein Blick wurde unstet; wenn sie durch die Straßen schritten, schaute er verstohlen in die Fenster von Wohnungen und in die Flure von Häusern.

Eines Nachts saßen sie in einem Weinkeller zu Mainz und tranken Bernkastler Doktor, dreißigjährig und von seltener Blume. Crammon, Kenner durch und durch, füllte mit verliebter Miene sein Glas stets aufs neue. »Sublim,« sagte er und steckte ein dickbestrichenes Kaviarbrot in den Mund; »sublim. Das sind die Wirklichkeiten des Lebens. Das sind meine Altäre, meine Erbauungsschriften, meine Reliquien, meine stillen Andachten. Die unsterbliche Seele ruht, und hinter mir im Staub liegt das Erhabene.«

»Sprich wie ein ordentlicher Mensch,« sagte Christian.

Aber der Weinselige fuhr unbeirrt fort: »Ich habe genossen das irdische Glück. Das hab ich, Bruderherz, das hab ich, in Hütten und Palästen, im Süden und im Norden, zu Wasser und zu Land. Nur die letzte Erfüllung ward mir nicht. O Ariel, warum hast du mich verstoßen?«

Er seufzte und zog ein kleines, kostbar gebundenes Album aus der Brusttasche, das er immer bei sich trug. Es enthielt zwölf schöne Photographien der Tänzerin Eva Sorel. »Sie ist wie ein Knabe,« sagte er, dem Anblick der Bildnisse hingegeben, »ein schlanker, spröder, schneller Knabe. Sie steht an der Grenze des Geschlechts, die Zweideutige, Zweigestaltige, wo Männer verrückt werden, wenn sie an Fleisch und Blut nur denken. Du schlüpfrige Eidechse, du liebesnüchterne Amazone! Graut dir nicht auch ein wenig, Christian, rieselts dir nicht kühl in den Adern, wenn du sie in deinen Armen dir vorstellst, auf einem Bett mit ihr, Brust an Brust? Mir graut. Da ist etwas von Widernatur darin und von Schändung. Wem sie die Lippen reicht, der ist verloren. Das haben wir ja erlebt.«

Christian verspürte auf einmal Sehnsucht, in einem Wald zu sein, in einem stillen, finstern Wald. Es graute ihm, aber in andrer Weise, als Crammon meinte. Er sah ihn an und hatte Mühe, zu begreifen, daß da ein vertrauter Mensch vor ihm saß, dessen Antlitz und Gestalt er schon tausendmal ohne nachzudenken gesehen hatte.

»Alle sind Dirnen, mein süßer Ariel,« begann Crammon wieder, das letzte Bild betrachtend, auf dem Eva mit dem Traubenkorb tanzend dargestellt war, »alle, alle, alle sind Dirnen, unzüchtige und wilde oder furchtsame und geheime, nur du bist rein; Vestalin du, Halbgespenstchen; Spinnenwesen, das an seinem selbstgesponnenen Faden durch die Lüfte steuert. Laß uns trinken, Freund, wir sind aus Dreck gemacht und müssen Feuer als Medizin nehmen.«

Er trank das Glas leer, stützte den Kopf in die Hand und verfiel in melancholisches Sinnen.

Plötzlich sagte Christian: »Ich glaube, Bernhard, wir müssen uns trennen.«

Crammon starrte ihn an, wie wenn er nicht recht gehört hätte.

»Ich glaube, wir müssen uns trennen,« wiederholte Christian mit leiser Stimme und einem unbestimmten Lächeln; »wir sind nicht mehr für einander, glaube ich. Geh du deiner Wege, ich will meine gehen.«

Crammons Gesicht wurde vor Zorn und Erstaunen dunkelrot. Er schlug mit der Faust auf den Tisch und knirschte: »Was fällt dir ein? Gibst mir den Laufpaß wie einem Dienstboten? Mir?« Er erhob sich, nahm Hut und Mantel und ging.

Christian blieb noch lange in Gedanken sitzen, das unbestimmte Lächeln auf den Lippen.

Am folgenden Tag beim Erwachen, als Christian nach seinem Diener läutete, trat an Stelle des Dieners Crammon mit einem tiefen Bückling ins Zimmer. Über dem linken Arm trug er die gebürsteten Kleider, in der rechten Hand die gereinigten Schuhe. Im Ton des Dieners wünschte er guten Morgen, legte dann die Kleider auf einen Stuhl, stellte die Stiefel auf den Boden, fragte, ob das Bad gerichtet werden solle und was der gnädige Herr zum Frühstück befehle, alles mit vollkommenem Ernst, mit einem traurigen Ernst beinahe und einer Anmut innerhalb der gespielten Rolle, die Wohlgefallen erweckte.

Christian mußte lachen. Er streckte Crammon die Hand entgegen. Das Spiel fortsetzend, trat Crammon einen Schritt zurück und verbeugte sich verlegen. Dann zog er die Vorhänge auf, öffnete ein Fenster, brachte das frische Hemd, die Strümpfe, die Krawatte, lispelte noch einige Fragen und ging, um nach einer Weile mit dem Frühstückstablett wiederzukehren. Nachdem er den Tisch gedeckt und Teller und Tassen geordnet hatte, stand er mit geschlossenen Hacken und vorgeneigtem Haupt; endlich, als Christian abermals lachte, veränderte sich der Ausdruck seiner Züge, und er fragte, halb spöttisch, halb trotzig: »Willst du noch immer behaupten, daß du mich entbehren kannst?«

»Mit dir kann man nicht rechten, Bernhard,« antwortete Christian.

»Es gehört nicht zu meinen Gewohnheiten, von der Tafel aufzustehen, wenn erst die Suppe serviert ist,« sagte Crammon; »kommt meine Zeit, so troll ich mich von selber. Fortschicken lass ich mich nicht.«

»Bleib, Bernhard,« versetzte Christian beschämt, »bleib nur bei mir.« Und sie reichten sich die Hände.

Es wollte aber Christian scheinen, daß aus dem Freund nun wirklich ein Diener geworden sei, ein Mensch jedenfalls, gegen den er nicht mehr verpflichtet war, sich aufzuschließen, an den ihn kein inneres Band mehr knüpfte, ein Begleiter nur.

Von da an herrschten Scherz und oberflächliche Tändelei in ihren Gesprächen ausschließlich, und Crammon merkte nicht oder übersah es mit Fleiß, daß seine Beziehung zu Christian verwandelt war.

6

Die Ankunft des Argentiniers verursachte Aufsehen unter den Gästen des Hauses Wahnschaffe. Er hatte fremdartige Gewohnheiten. Den Damen, die er begrüßte, drückte er mit solcher Lebhaftigkeit die Hand, daß sie einen Schrei unterdrückten. Wenn er eine Treppe herabkam, blieb er vor den letzten Stufen stehen, schwang sich wie ein Akrobat über das Geländer und ging dann weiter, als ob dies die natürlichste Sache von der Welt wäre. Der Gräfin hatte er ein kleines, löwengelbes Hündchen geschenkt, und sooft er diesem Hündchen begegnete, zwickte er es ins Ohr, bis es entsetzlich zu quietschen begann. Aber er tat es nicht mit Lustigkeit und Lachen, sondern trocken und geschäftsmäßig.

Von den zahlreichen Koffern, die er mitgebracht, war einer der größten als Reiseapotheke eingerichtet. Es befanden sich darin, festgeschraubt in Behältern, alle möglichen Mixturen, Pulver und Medikamente; Dosen, Tuben, Schachteln und Gläser, und wenn jemand über eine Unpäßlichkeit klagte, wußte er sogleich ein Mittel aus dem großen Koffer dagegen und empfahl es dringlich.

Felix Imhof hatte brennendes Interesse für ihn gefaßt. Wo er seiner habhaft werden konnte, zog er ihn beiseite und fragte ihn aus, nach seiner Heimat, nach seinen Plänen und Geschäften, nach seinem Außen- und seinem Innenleben.

Dies ertrug die eifersüchtige Judith nicht. Sie machte ihrem Verlobten Szenen und warf Lätizia vor, daß sie Stephan Gunderam nicht zu fesseln wisse.

Lätizia wunderte sich mit großen Augen. Sie fragte unschuldig-kokett: »Was kann man denn dazu tun?«

»Man muß wissen, was ihnen Vergnügen macht,« erwiderte Judith zynisch.

Sie haßte den Argentinier, doch wenn sie allein mit ihm war, suchte sie ihn zu umgarnen. Wäre es möglich gewesen, ihn Lätizia abspenstig zu machen, sie hätte es ohne Skrupel getan, aus bloßer Unersättlichkeit.

Ihre Augen glitzerten in beständiger, heimlicher Begierde. Sie ging mit Imhof, Lätizia und Stephan Gunderam ins Theater, als Edgar Lorm in der Jüdin von Toledo gastierte. Der Beifall, mit dem der Schauspieler überschüttet wurde, wühlte ihre ganze Seele auf, und sie begehrte. Was aber begehrte sie? Den Mann? den Künstler? seine Kunst? seinen Ruhm? Sie hätte es nicht zu sagen vermocht.

Sie wartete ungeduldig auf Crammon, von dem sie wußte, daß er mit Edgar Lorm befreundet war. Crammon sollte den Schauspieler ins Haus bringen. Sie war gewohnt, daß jeder kam, nach dem sie die Angel warf. Sie bissen an, sie wurden serviert, und man tat sich, je nach ihrem Wohlgeschmack, gütlich an ihnen. Der Verbrauch an Menschen war groß.

Aber Crammon und Christian kehrten erst zurück, als Lorms Gastspiel schon zu Ende war. Judith geriet in schlechte Laune und quälte ihre Umgebung grundlos. Wäre ihr Wunsch erfüllt worden, so hätte sich ihr flackerndes und immer neue Nahrung aufgreifendes Gemüt vielleicht beruhigt, doch nun verrannte sie sich eigensinnig in den Gedanken an das, was ihr entgangen war.

7

Christian und Crammon waren eine Woche lang bei Klementine und Franz Lothar von Westernach in der Steiermark. Klementine hatte Crammon des Bruders wegen gerufen, der vor einiger Zeit tief verstört von einem Aufenthalt in Ungarn zurückgekommen war.

Crammon und Franz Lothar waren alte Freunde. Der diplomatische Beruf hatte den offenen und schmiegsamen Menschen zurückhaltend und spröde gemacht; er nahm den Beruf ernst, obwohl er ihn nicht liebte. Eine hypochondrische Gemütsverfassung hatte sich schon frühzeitig in ihm entwickelt.

Christian faßte Sympathie für ihn. Wenn er ihn so trüb vor sich hinstarren sah, fühlte er sich versucht, ihn zu fragen. Klementine, in ihrer leer plaudernden Manier, gab Crammon Verhaltungsmaßregeln, zu denen dieser die Achseln zuckte.

Sie sagte, sie habe an ihren Vetter, den Baron Ebergeny, geschrieben, auf dessen Gut in Syrmien Franz Lothar als Gast geweilt hatte. Der Baron aber, ein halber Bauer, hatte ihr keine Aufklärung von Belang zu geben vermocht; er hatte nur angedeutet, daß er und Franz Lothar an einem der letzten Tage von dessen Anwesenheit bei einem Scheunenbrand in Orasje, einem Dorf in der Nähe des Guts, zugegen gewesen, und daß bei diesem Brand viele Menschen ums Leben gekommen seien.

Aus Franz Lothar selbst war nichts herauszubringen. Er schwieg beharrlich. Je mehr sich die Schwester um ihn bemühte, je finsterer schloß er sich zu. Mochte sein, daß Crammon eines Blickes, eines Tones fähig war, der sein erstarrtes Inneres traf und es löste; an einem Abend geschah das Unerwartete. Es erwies sich, daß eben jener Scheunenbrand die Ursache der krankhaften Melancholie geworden war.

Klementine hatte sich nach ihrer Gepflogenheit bald zur Ruhe begeben. Crammon, Christian und Franz Lothar saßen stumm beieinander. Plötzlich, kein äußerer Vorgang bot den Anlaß hierzu, bedeckte Franz Lothar das Gesicht mit den Händen, und ein Schluchzen brach aus seiner Brust. Crammon beschwichtigte ihn, streichelte ihm über die Haare, ergriff ihn bei den Händen; umsonst, das Schluchzen wurde zu einem Weinkrampf, der den Körper in Stößen erschütterte.

Christian saß unbeweglich da. Es wurde ihm bitter in der Kehle, denn er spürte das Triftige und die Seelenwahrheit in dem Ausbruch von Schmerz mit unerwarteter Stärke.

Jäh, wie der Krampf begonnen, endete er. Franz Lothar erhob sich, ging mit seinen ziehenden Schritten auf und ab und sagte: »Ihr sollt hören, was da war.« Danach setzte er sich wieder und erzählte.

Im Dorf Orasje stand eine abendliche Tanzunterhaltung bevor. Es gab keinen Saal, und wie in solchen Fällen üblich, wurde die große gedielte Scheune eines Bauern hergerichtet. Zahlreiche Lampen wurden aufgehängt und die Holzwände mit Laub und Blumen geschmückt. Dem Brauch gemäß erhielten die ringsum auf den Gütern wohnenden

93

Herrenfamilien Einladungen zu dem Fest; ein reitender Bote überbrachte sie mündlich und feierlich.

Franz Lothar bat seinen Vetter, den Ball der Bauern mit ihm zu besuchen. Seit langem war ihm viel Rühmens gemacht worden von dem Bilde, das sich dabei entfaltete; die schneeweißen Gewänder der Männer, die derb und malerisch bunten der Frauen, die nationalen Tänze, die urtümliche Musik, all dies versprach Vergnügen und Kenntnis neuer Sitten.

Sie wollten erst zu einer späten Stunde hinüberfahren, wenn das Tanzen schon begonnen hatte; Bekannte aus ihrem Kreis, zwei junge Komtessen und deren Bruder, hatten die Absicht gehabt, sich ihnen anzuschließen; sie gingen aber dann vor ihnen hin, weil die jungen Damen am Ball teilnehmen und keinen Tanz versäumen mochten. Die ältere von ihnen, Komtesse Irene, verehrte Franz Lothar herzlich und seit langem.

Einige Tage vor dem Ball waren die Mädchen von Orasje mit den Burschen in Zwistigkeiten geraten. Beim Kirchgang hatte ein Bursche einer siebzehnjährigen Schönen, die ihn ihre Abneigung zu deutlich hatte merken lassen, eine lebendige Maus auf die entblößte Schulter gesetzt. Schreiend lief das Mädchen zu den Gefährtinnen, die sich um sie scharten und eine aus ihrer Mitte an die Burschen schickten mit dem Verlangen, der Missetäter solle Abbitte leisten.

Dies wurde verweigert; unter Lachen und Spott, aber die Mädchen wollten den mutwilligen Streich nicht leicht nehmen, sie wiederholten ihre Forderung schroffer, und als sie zum zweitenmal abgewiesen wurden, faßten sie den Beschluß, die Burschen von Gradiste zum Ball einzuladen, mit denen die von Orasje seit vielen Jahren in Feindschaft lebten. Sie wußten, welche Beleidigung sie damit den ihren zufügten, aber sie bestanden darauf, die Übermütigen zu bestrafen, und obwohl sie gewarnt wurden, auch von ihren Müttern und Vätern, obwohl stumme und laute Drohungen aller Art ihnen hätten Furcht einflößen müssen, verblieben sie bei ihrem Willen.

Die Burschen von Gradiste natürlich jubelten und triumphierten über den billigen Sieg; am Abend des Tanzfestes waren sie vollzählig und schön angetan zur Stelle, brachten sogar ihre eigne Musikkapelle mit. Von den jungen Männern von Orasje aber erschien nicht ein einziger. Sie zogen in der Dämmerung unheimlich still durch die Straßen des Dorfs und waren dann für eine Weile verschwunden.

Die Alten von Orasje, die Verheirateten, saßen im Hof an Tischen, plauderten, nicht so aufgeräumt wie sonst an solchen Abenden, denn sie spürten die rachebrütende Stimmung ihrer Söhne und fürchteten sie, tranken Wein und lauschten der Musik. In der Scheunenhalle waren über dreihundert junge Menschen versammelt; die Luft war schwül, und die Tanzenden waren in Schweiß gebadet. Plötzlich, während eines Csardas, wurden die beiden Scheunentore zu gleicher Zeit von außen zugeschlagen. Die es sahen und hörten, hielten im Tanzen inne. Nun schallte ein widrig-starkes Geräusch in die grellen und jubelnden Töne der Instrumente; es war der Klang von Hämmern, und eine einzelne Stimme rief gellend angstvoll: »Man nagelt die Türen zu!«

Die Musik schwieg. Die Atmosphäre war in einem Augenblick erstickend geworden. Alle starrten versteinert gegen die Türen; ihr Blut gerann bei dem fürchterlichen Pochen der Hämmer. Auch lautes Hin- und Widerreden drang von draußen herein; die Alten erhoben Einspruch, das Streiten wurde zum Lärm, zum wüsten Geschrei, zu einem anwachsenden Heulen, und da begann es auf einmal zu knistern und zu prasseln; vom Schlagen der Hämmer war eine Lampe heruntergefallen, das Petroleum hatte sich entzündet, und die mürbe Bretterdiele hatte wie Zunder Feuer gefangen, das nicht mehr zu ersticken war.

Da war es mit jeder menschlichen Besonnenheit und Haltung zu Ende. Im Nu verwandelten sich die Hunderte in wilde Tiere. Die Burschen warfen sich in rasender Kraft gegen die verschlossenen und vernagelten Tore. Aber die waren aus dickem Eichenholz gezimmert und spotteten der Anstrengung. Die Mädchen stießen irrsinnige Schreie aus, und da der Rauch durch die Fugen und die sternartig ausgesägten Fensterlöcher nicht abziehen konnte, umhüllten sie mit den Röcken ihre Köpfe. Andre schleuderten sich wimmernd zu Boden, und wenn sie von den Hin- und Hertobenden getreten wurden, wanden sie sich in Zuckungen und streckten die Arme über sich. Das trockene Fachwerk stand rasch in lichterlohen Flammen. Hochofenhitze verbreitete sich. Einzelne rissen sich die Kleider vom Leib, Mädchen wie Burschen, und in der Todesangst und Todesqual umschlangen sie sich und raubten, im düstersten Taumel, dem hinschwindenden Leben noch einen Fetzen Fleischeslust.

Diese umschlungenen Paare sah Franz Lothar später mit eignen Augen als verkohlte Überreste zwischen den rauchenden Trümmern. Er langte mit seinem Vetter an, als das Entsetzliche bereits vorüber war. Den Flammenschein hatten sie schon von weitem bemerkt und ihre Pferde zur Eile getrieben. Von den umliegenden Dörfern strömten Scharen von Menschen herzu; Hilfe konnte jedoch nicht mehr geleistet werden, die Scheune war in einem Zeitraum von fünf Minuten niedergebrannt, und alle darin Eingesperrten, mit Ausnahme von fünf oder sechs, hatten den Tod gefunden.

Unter den Opfern befanden sich auch die Komtesse Irene, ihre Schwester und ihr Bruder. Wie schrecklich dies auch war, für Franz Lothar fügte es dem Schrecken des Ganzen nur wenig hinzu. Das Bild der Trümmerstätte, der Anblick der rauchenden Leichen, der Geruch davon, Geruch von Blut und versengten Haaren und verbrannten Kleidern, die glatthäutigen, gefleckten Dorfhunde, die gierig knurrend um den heißen Herd voll gekochten Fleisches schlichen, die medusisch entstellten Züge der Erstickten, die unter den Körpern der Verkohlten unversehrt lagen, der stumme und der laute Schmerz der Mütter, Väter und Brüder, die syrmische Nacht mit Qualm bis an den gestirnten Himmel, das alles schlug ihn nieder wie mit Knütteln, und eine schwarze Verzweiflung nistete sich unlöslich in seinem Gemüte ein.

Daß er sich endlich hatte aussprechen können, war Erleichterung. Er saß am Fenster und blickte ins Dunkel hinaus.

Crammon, Gewölk auf der zerfurchten Stirn, sagte: »Sie können nur mit der Peitsche im Zaum gehalten werden. Was ich bedaure, ist die Abschaffung der Folter. Unsre milde Gesetzgebung soll der Teufel holen.« Damit ging er hin und küßte Franz Lothar auf die Backe.

Christian hatte eine Empfindung von Kälte und Starrheit im Rücken.

Für den nächsten Morgen war die Abreise bestimmt. Crammon trat ins Zimmer zu Christian, der so in Gedanken verloren war, daß er den Gruß des Freundes nicht erwiderte. »Was treibst du, Mensch!« rief Crammon aus und musterte ihn; »hast du in den Spiegel geschaut?«

Christian war in diesen Tagen ohne seinen Diener, sonst hätte der Mißgriff nicht geschehen können: er trug zu einem lichtgrauen Anzug einen Schlips von derselben Farbe.

»Ich bin sehr zerstreut heute,« sagte Christian mit halbem Lächeln und band den Schlips wieder auf, um ihn durch einen andern zu ersetzen. Er brauchte hierzu dreimal soviel Zeit wie gewöhnlich. Crammon schritt ungeduldig auf und ab.

8

Sobald Christian seinen gegenwärtigen Zustand überdenken wollte, ergriff ihn Verwirrung.

Es war in seiner Brust ein leerer Raum, in den von außen nichts einströmen konnte; er war von einem zu engen Panzer umschnürt, der ihn an freier Beweglichkeit hinderte. Er trachtete danach, den leeren Raum zu füllen und den Panzer zu sprengen.

Seine Mutter sagte besorgt: »Du hast ein hageres Gesicht bekommen, Christian; fehlt dir etwas?« Er versicherte, daß ihm nicht das geringste fehle. Aber sie war nicht beruhigt. »Was ist mit Christian los?« erkundigte sie sich bei Crammon, »er ist so still und blaß.«

Crammon antwortete: »Gnädigste Frau, so ist eben seine Form. Es sind die Erlebnisse, die sein Gesicht zurechtgeschnitzt haben. Ist es nicht edler und stolzer geworden? Fürchten Sie nichts, er geht fest und verläßlich seinen Weg. Und solange ich da bin, wird ihm nichts Übles geschehen.«

Frau Richberta, im Zweifel noch und in ihrer matten Art gerührt, reichte ihm die Hand.

Crammon sagte zu Christian: »Die Gräfin hat einen Fang gemacht. Ein überseeisches Exemplar; so mußte es kommen.«

»Gefällt dir der Mann?« fragte Christian unsicher.

»Da sei Gott vor, daß ich Schlechtes von ihm denken sollte,« entgegnete Crammon heuchlerisch; »er ist von so weit her und geht wieder so weit fort, daß er mir unbedingt sympathisch ist. Nimmt er das Kind, die Lätizia, mit, so begleiten sie meine Segenswünsche. Ob es ihr zum Heil gereichen wird, darüber kann ich mir den Kopf nicht zerbrechen. So große Entfernungen haben auf jeden Fall etwas Kalmierendes. Argentinien, Rio de la Plata, ich bitte dich; es sind so unbekannte Gegenden, daß sie für mich ebensogut auf dem Mond liegen könnten.«

Christian lachte, aber dabei zerfloß die vor ihm stehende Gestalt Crammons zu einem Nebel, und was er noch hatte sagen wollen, unterdrückte er.

Dreiundzwanzig Fremdenzimmer waren besetzt; Leute kamen an, Leute reisten ab. Kaum hatte man ein Gesicht festgehalten, so entschwand es wieder. Damen und Herren, die sich gestern kennengelernt hatten, bewegten sich heute mit freier Vertraulichkeit gegeneinander und sagten sich am nächsten Tag Lebewohl für immer. Ein Herr von

Wedderkampf, Geschäftsfreund des Herrn Wahnschaffe, hatte seine vier Töchter im Gefolge. Das Fräulein von Einsiedel traf Anstalten, den ganzen Winter zu bleiben, da ihre Eltern im Scheidungsprozeß lagen. Wolfgang, der die Ferien zu Hause verlebte, hatte drei Studienfreunde mitgebracht.

Diese alle waren gehobener Laune, schmiedeten umständliche Pläne, sich die Zeit zu vertreiben, schrieben Briefe, empfingen Briefe, tafelten, liebelten, musizierten, waren aufgeregt und neugierig, witzig und vergnügungssüchtig, spannen ihre Geschäfte von draußen weiter und gaben sich den Anschein der Freundlichkeit, der Harmlosigkeit und der Sorglosigkeit.

Livrierte Diener liefen treppauf, treppab, Glockensignale ertönten, Automobile tuteten, Tische wurden gedeckt, Lampen strahlten, Geschmeide funkelte, hinter jener Tür wurde geschäkert, hinter dieser medisiert, in der Halle mit den schönen Marmorsäulen saßen lächelnde Paare; es war eine Welt, die sich wohl unterschied von den modernen Zufallszirkeln an Orten, wo man zahlt; voll verbindlichen Lebens, voll von heimlichen Einverständnissen und geselligen Reizen.

Lätizia war mit ihrer Tante für eine Woche nach München gefahren. Erst am dritten Tag nach Christians Ankunft kehrte sie zurück. Christian war froh, sie zu sehen. Aber er konnte sich nicht zu einem Gespräch mit ihr entschließen.

9

Eines Morgens saß er mit seinem Vater beim Frühstück. Er wunderte sich, wie fremd ihm dieser Mann mit den weißen, gescheitelten Haaren war, mit dem elegant geschnittenen, in der Mitte geteilten Bart und der rosigen Färbung des Gesichts.

Herr Wahnschaffe behandelte ihn mit großer Höflichkeit. Er erkundigte sich nach den Beziehungen, die Christian in England angeknüpft, und versah die kargen Antworten des Sohnes mit lehrhaften Bemerkungen über Personen und Verhältnisse. »Es ist gut, wenn wir Deutsche dort drüben Boden gewinnen,« sagte er, »es ist nützlich und notwendig.«

Er sprach über die drohenden politischen Wolken und äußerte sich mißbilligend über die Haltung Deutschlands beim Abschluß des Marokkovertrags. Da Christian hiezu teilnahmslos und unwissend schwieg, wurde er sichtlich kühler, nahm die Zeitung und begann zu lesen.

Wie fremd er mir ist, dachte Christian und suchte einen Vorwand, aufzustehen und fortzugehen. Da trat Wolfgang an den Tisch und sprach von den Ergebnissen des Rennens in Baden-Baden. Seine Stimme war Christian nicht angenehm, und er ging weg.

Es geschah, daß er mit Judith in der Bibliothek saß und sie ihn neckend über Lätizia zur Rede stellte. Lätizia und Crammon traten plaudernd herein. Felix Imhof gesellte sich zu ihnen, Lätizia nahm ein Buch, und man merkte, daß sie bemüht war, nicht in die Richtung zu blicken, wo Christian war. Dann verließen alle drei den Raum wieder. Judith sagte: »Sie begeht vielleicht eine Dummheit.« Und sie lauschte erblassend, weil sie ein Kompliment aufgefangen hatte, das Imhof Lätizia gemacht. »Warum bist du so still?« wandte sie sich stirnrunzelnd an den Bruder und legte die Hände gefaltet auf seine Schulter; »wir sind alle lustig und guter Dinge, aber du bist ganz verändert. Bist du denn nicht gern wieder bei uns? Ist es nicht schön zu Hause? Und wenns dir nicht gefällt, kannst du nicht jede Stunde wieder gehen? Warum bist du verstimmt?«

»Ich weiß nichts davon; ich bin nicht verstimmt,« antwortete Christian, »man kann ja nicht immer lachen.«

»Bis zu meiner Hochzeit wirst du doch bleiben,« fuhr Judith mit hochgezogenen Brauen fort; »ich wäre dir sonst ewig gram.« Und als Christian nickte, sagte sie freundlich drängend: »Sprich doch einmal mit mir, du Unliebenswürdiger. Frag mich doch etwas.«

Christian lächelte. »Also will ich dich etwas fragen,« versetzte er; »bist du zufrieden, Judith? ist dein Herz zufrieden?«

»So mit der Tür ins Haus zu fallen,« lachte Judith; »du warst nie so plump.« Kopf und Leib vorgebeugt, die Ellbogen auf den Knien, spreizte sie die Finger aus und sagte: »Wir Wahnschaffes können nicht zufrieden sein. Es ist alles so wenig, was man hat, es ist so viel, was man nicht hat. Ich fürchte, es wird eine rechte Fru Ilsebill aus mir. Oder ich fürcht es nicht, nein; ich freue mich darauf, den Fischer immer wieder zum Fisch an die See zu schicken, immer wieder. Da weiß man doch dann, was er wagt.«

Christian betrachtete seine schöne Schwester, und er hörte ihre verwegenen Worte. Alles erschien ihm verwegen an ihr. Die Gebärde, die Worte, der helle Kehlton der Stimme und der Glanz ihrer Augen. Es fiel ihm ein, daß er eines Abends neben Eva Sorel gesessen war, so nahe, wie er jetzt neben Judith saß. Er hatte mit stummem Entzücken ihre Hände angesehen, da hatte sie die linke Hand gegen das Licht gehalten, und obgleich die Durchleuchtung des rosig glühenden Fleisches die vollendete Form noch edler hervortreten ließ, hatte man doch die dunklen Schatten des Knochengefüges darin bemerkt. Und Eva hatte gesagt: »Sieh, Eidolon, der Kern weiß nichts von Schönheit.«

Christian stand auf und fragte, beinah traurig: »Wenn du weißt, was er wagt, weißt du darum schon, was du gewinnst?«

Judith blickte verwundert zu ihm empor, und ihr Gesicht verfinsterte sich.

10

Es geschah dann, daß er ins Zimmer seiner Mutter kam und sie nicht darin fand. Er näherte sich der Tür, die zu ihrem Schlafgemach führte, und pochte. Als keine Antwort erfolgte, öffnete er. Sie war auch in diesem Zimmer nicht. Sich umschauend, gewahrte er ein braunes Seidenkleid, mit Spitzen geschmückt, das Frau Richberta gehörte und das über einem Rohrmodell hing. Einen Augenblick hatte er den Eindruck, als stehe die Mutter vor ihm, jedoch ohne Kopf.

Er verfiel in Sinnen, und sein Gedanke war, genau wie dem Vater gegenüber: wie fremd ist sie mir. Das Kleid, das nur Hülle über einem Rohrgeflecht war, wurde ihm zu einem Bild der Mutter, an welchem er sie besser erkannte als am lebendigen Leib.

Das Undurchdringliche und Unaufschließbare; die starre Haltung, die hoffnungslose Miene, das trübe Auge, die brüchige Stimme ohne Hall, das Wesen ohne Freude. Sie, in deren Haus sich alle vergnügten, deren ganzes Tun und Sein anscheinend nur darauf abzielte, andern die Gelegenheit zum Vergnügen zu bereiten, ermangelte ganz und gar der Freude.

Aber sie hatte die schönsten Perlen, die es in Europa gab, und jedermann wußte, würdigte und rühmte dies.

Die Selbsttäuschung Christians ging so weit, daß er im Begriffe war, das Kleid über dem Gestell anzureden, vertraulicher vielleicht, als er je die Mutter angeredet hatte. Eine Frage drängte sich ihm auf die Lippen, ein zartes, heiteres Wort. Da vernahm er ihre Schritte, wandte sich um und erschrak. Er glaubte eine Doppelgängerin zu sehen.

Sie wunderte sich nicht, daß sie ihn hier traf. Sie wunderte sich selten. Sie setzte sich auf einen Stuhl und starrte leer vor sich hin.

Sie sprach über Imhof, der einen seiner Freunde im Hause eingeführt hatte, einen Juden. Sie äußerte sich mißbilligend über den Verkehr mit Juden im allgemeinen. Auch Wahnschaffe, sie nannte ihren Gatten stets so, sei derselben Meinung.

Sie mißbilligte Judiths Verlobung. »Auch Wahnschaffe ist im Grunde gegen diese Ehe,« sagte sie; »doch ein Vorwand, den Bewerber abzuweisen, bot sich schwer. Wenn Judith einmal will, – du weißt es ja, du kennst sie. Ich fürchte, ihr Hauptbestreben war dabei, ihrer Freundin Lätizia zuvorzukommen.«

Christian blickte überrascht empor. Frau Richberta beachtete es nicht und fuhr fort: »Imhof erscheint mir bei allen seinen guten Eigenschaften nicht verläßlich. Er ist ein Hazardeur, ein unruhiger Kopf, ein wetterwendischer Charakter. Von den zehn Millionen, die ihm sein Adoptivvater hinterlassen hat, sind schon fünf oder sechs verspielt und vertan. Wie beurteilst denn du ihn?«

»Ich habe noch nicht über ihn nachgedacht,« antwortete Christian, den dieses Gespräch zu langweilen begann.

»Auch ist er ja von dunkler Herkunft. Er war ein Findelkind, und der alte Martin Imhof, den Wahnschaffe übrigens kannte und der einer der ersten Düsseldorfer Patrizierfamilien angehörte, soll ihn unter merkwürdigen Umständen zu sich genommen haben. Er war Junggeselle, Misanthrop, wie es heißt, stand schließlich allein in der Welt und liebte das Zufallskind abgöttisch. Wußtest du das nicht?«

»Ich habe davon reden gehört,« sagte Christian.

»Nun erzähle mir etwas von dir, mein Sohn,« bat Frau Richberta mit veränderter Miene und dem Lächeln einer Leidenden.

Aber Christian schwieg. Seine Welt und der Mutter Welt, er sah keine Brücke mehr dazwischen. Und während diese Erkenntnis über ihn kam, wurde ihm noch etwas andres klar. Auch zwischen der Welt, in der er wissentlich lebte, und einer zweiten, die hinter ihr lag, nebelhaft und drohend, lockend und schrecklich, die er nicht begriff, nicht kannte, kaum ahnte, die bloß ein im Blitzesleuchten aufgetauchtes Gesicht war, ein Traum, ein flüchtiger Schauder, gab es keine Brücke.

Er küßte der Mutter die Hand und eilte hinweg.

101

11

Trotz rieselnden Regens ging er, in der Dämmerung, mit Lätizia durch den Park. Sie wanderten den Pfad von den Gewächshäusern bis zum Pavillon oftmals auf und ab und hörten vom Hause her Klavierspiel. Es war das Fräulein von Einsiedel, welches spielte.

Im Anfang hatte das Gespräch lange Pausen. Nimm mich, nimm mich, flehte etwas in Lätizia, und Christian, der es wohl verstand, hatte sein hochmütiges Lächeln, wagte aber nicht, sie anzublicken.

»Musik von weitem hab ich gern,« sagte Lätizia; »und Sie, Christian, mögen Sie es nicht?«

Er zog seinen Regenmantel fester zu und antwortete: »Ich mache mir nichts aus Musik.«

»Dann haben Sie ein schlechtes Herz, ein hartes wenigstens.«

»Möglich, daß ich ein schlechtes Herz habe; ein hartes ganz gewiß.«

Lätizia fragte errötend: »Was lieben Sie eigentlich? Von Dingen, meine ich. Was für Dinge lieben Sie?« Der schelmische Ausdruck ihres Gesichts gab doch dem Ernste Raum, der in der Frage enthalten war.

»Was ich liebe?« wiederholte er gedehnt, »von Dingen liebe? Ich weiß es nicht. Liebt man Dinge? Dinge braucht man, das ist alles.«

»O nein,« rief Lätizia, und ihre tiefe Stimme erzeugte eine eigentümliche Wärme in Christian, »o nein. Dinge sind da zum Lieben. Zum Beispiel Blumen und Sterne. Das sind Dinge zum Lieben. Hör ich ein schönes Lied, seh ich ein schönes Bild, so ruft es gleich in mir: mein! mein! meine Sache!«

»Auch wenn ein Vogel plötzlich aus der Luft fällt?« wandte Christian zaudernd ein, »herunterfällt und stirbt, wie es manchmal geschieht –? Auch wenn ein erschossenes Reh vor Ihnen liegt?«

Lätizia verstummte und schaute ihn ängstlich an. Unendlich wohltuend berührte ihn der Blick ihres Auges. Nimm mich, nimm mich, flehte es von ihr zu ihm. »Das sind ja keine Dinge, das sind Wesen,« sagte sie leise.

»Ihre Sache, das glaub ich,« fuhr er fort, und seine Stimme klang sanfter als bisher. »Ihre Sache ist alles, was duftet und was glänzt, was schmückt und was ergötzt. Das ist Ihre Sache, Lätizia. Was ist aber meine Sache?« Er blieb stehen. »Ja, was ist meine Sache?« fragte er noch einmal mit einem Ausdruck innerlicher Not, der erschütternd auf Lätizia wirkte. Sie hatte ein solches Wort, in solchem Ton gesprochen, nicht von ihm erwartet.

Du hast mich einst geküßt, erinnerte ihn ihr Blick, denk daran, du hast mich geküßt.

»Wann wird Hochzeit sein?« fragte er jetzt und zwinkerte ein bißchen mit den Lidern.

»Ich weiß es nicht genau, vorläufig sind wir noch gar nicht formell verlobt,« erwiderte Lätizia lachend. »Er hat erklärt, daß ich seine Frau werden müßte, und dagegen gibts keinen Widerspruch bei ihm. Zu Weihnachten kommt meine Mutter nach Heidelberg, und dann wird die Hochzeit sein. Ich freue mich auf die Meerfahrt und auf das fremde Land.« Nimm mich, nimm mich doch, flehte es ungestüm aus ihren leuchtenden Augen, nimm mich, ich sehne mich. »Wie gefällt Ihnen Stephan?« erkundigte sie sich mit koketter Drehung des Hauptes.

Er blieb die Antwort schuldig. »Es beobachtet uns jemand vom Hause her,« sagte er leise.

Lätizia flüsterte: »Er gönnt mich nicht dem Erdboden und der Luft.« Da es stärker zu regnen anfing, lenkten sie ihre Schritte gegen das Haus. Und Christian fühlte, daß er sie liebte.

Eine Stunde später betrat er den Spielsalon. Imhof, Crammon, Wolfgang und Stephan Gunderam saßen um einen runden Tisch und spielten Poker. Jeder verhielt sich nach seiner Art; Imhof überlegen und viel redend; Crammon zerstreut und düster; Wolfgang mißtrauisch und erregt. Gunderam zuckte mit keiner Miene; dem Spiel überliefert, saß er da, wie ein Schläfer dem Schlaf. Er hatte beständig gewonnen, ein Berg von Scheinen und Goldstücken war vor ihm aufgehäuft.

Crammon und Imhof rückten auseinander, damit Christian zwischen ihnen Platz nehmen sollte. Da sprang Stephan Gunderam von seinem Stuhl empor. Die Karten in der Hand haltend, starrte er Christian mit hassendem Blick an.

Christian betrachtete ihn mit Verwunderung. Als sich die andern drei, einigermaßen erschrocken, gleichfalls erheben wollten, ließ sich Gunderam wieder auf seinen Stuhl sinken und sagte barsch und finster: »Spielen wir weiter. Ich bitte um vier neue Karten.«

Christian entfernte sich von dem Tisch. Er fühlte, daß er Lätizia liebte. Sein ganzes Herz liebte sie, zärtlich und sehnsüchtig.

12

Ein entlassener Arbeiter hatte eines Abends dem aus der Stadt zurückkehrenden Automobil des Herrn Albrecht Wahnschaffe aufgelauert. Als der Wagen am Parktor langsamer fuhr, hatte der Mensch aus meuchlerischem Hinterhalt, von Gebüschen gedeckt, einen Revolver auf den ehemaligen Brotherrn abgedrückt.

Der Schuß streifte nur den Arm des Überfallenen. Die Verletzung war leicht, doch Albrecht Wahnschaffe hütete mehrere Tage lang das Bett. Nach verübter Tat war der Verbrecher im Dunkel des Abends entflohen; erst am andern Morgen gelang es der Polizei, ihn festzunehmen.

Dieses Ereignis, so unbeträchtlich seine Folgen waren, hatte das fröhliche Treiben im Hause Wahnschaffe für eine Weile gestört. Einige Personen reisten ab; so Herr von Wedderkampf, der zu seinen Töchtern sagte, der Boden unter den Füßen sei ihm hier zu heiß.

Aber am dritten Abend wurde schon wieder getanzt.

Christian wunderte sich darüber. Er wunderte sich über das rasche Vergessen. Er wunderte sich über den Gleichmut der Mutter, über die Unbekümmertheit von Bruder und Schwester.

Er wollte den Namen jenes Arbeiters erfahren, aber niemand wußte ihn. Der eine sagte, er heiße Müller, der andre sagte, er heiße Schmidt. Er wunderte sich darüber. Auch der Beweggrund, der den Mann zu seiner Tat getrieben, war keinem genau bekannt. Der eine sagte, es sei Rachsucht gewesen, Frucht systematisch geschürten Klassenhasses; der andre sagte, nur ein Irrsinniger sei zu solcher Tat fähig.

Mochte es sich so verhalten oder so, der Schuß aus dem Hinterhalt, von einem Unbekannten abgefeuert, aus unbekannter Ursache geplant, war für Christian nicht ganz dasselbe, was er für alle andern war, die rings um ihn lebten und sich nach wie vor vergnügten, jeder nach seiner Art. Er war für ihn ein Anlaß zum Nachdenken, einem zwar ziel- und fruchtlosen, aber ernsten und sonderbar leidenden Nachdenken.

Er hätte gern den Mann gesehen. Er hätte gern sein Gesicht gesehen.

Crammon sagte: »Wieder ein Fall, wo sich sonnenklar erweist, daß man mit der Abschaffung der Folter nichts erreicht hat, als daß die Kanaille frech geworden ist. O, was war so ein spanischer Stiefel oder eine Daumenschraube, was waren das für herrliche Erfindungen der Humanität und Disziplin!«

Christian besuchte seinen Vater, der in einem Lehnstuhl saß, mit verbundenem Arm, die breit auseinandergefaltete Kreuzzeitung vor sich. Herr Wahnschaffe sagte: »Ich hoffe, daß ihr euch in keiner Weise Zwang auferlegt, du und deine Freunde. Ich wäre untröstlich, wenn ich schuld wäre, daß die Laune meiner Gäste nur um einen Hauch sich trübt.«

Christian wunderte sich über diese Höflichkeit, diese vornehme Gemessenheit, diese liebenswürdige Rücksicht.

13

Im tiefen Wald, unter Ruinen, forderte Stephan Gunderam von Lätizia die Entscheidung über sein Schicksal.

Man hatte in großer Gesellschaft einen Ausflug unternommen, Lätizia und ihr Anbeter waren zurückgeblieben, und so war es geschehen.

Ringsum ragten alte Stämme und uraltes Gemäuer, über den Baumwipfeln spannte sich der blaßblaue Herbsthimmel, im dürren Laub lag auf den Knien ein Mann und schwor mit Anwendung erhabener und maßloser Worte seine ewige Liebe. Dem allen vermochte Lätizia nicht zu widerstehen.

Stephan Gunderam sagte: »Verweigern Sie mir Ihre Hand, so bleibt mir nur die Kugel übrig. Sie ist für diesen Zweck schon längst bereit. Beim Leben meines Vaters, ich spreche wahr.«

Wer, so weich und so verführbar wie Lätizia, mag Blutschuld auf sich laden? Und sie gab ihr Ja. Sie dachte an keine Fessel, sie dachte nicht an das Unverbrüchliche eines solchen Entschlusses, sie dachte nicht an die Zeit und an das Spiel der Folgen, sie dachte nicht an den, dem ihre Seele zu eigen war; sie dachte nur an den Augenblick und daß da ein Mensch war, welcher erhabene und maßlose Worte zu ihr sagte.

Stephan Gunderam sprang auf, riß sie in seine Arme und stammelte: »Von nun an bis in die Ewigkeit gehörst du mir. Dein Atem, dein Gedanke, dein Traum mir, nur mir! Vergiß das nicht! Vergiß es nie!«

»Laß mich los, du Schrecklicher,« sagte Lätizia mit einem Schauer des Entzückens. Sie fühlte sich von einer Welle von Romantik lustvoll getragen. Ihre Nerven gerieten in Schwingung, der Blick flimmerte und brach; zum erstenmal regte sich Verlangen des Blutes. Leise aufschreiend glitt sie aus Gunderams Armen.

Schon auf dem Heimweg konnte das Paar die Glückwünsche der Gesellschaft entgegennehmen. Crammon schlich still beiseite; als Christian kam und Lätizia die Hand reichte, war in ihren Augen eine unruhige Erwartung, etwas phantastisch Freudiges, das Christian durchaus nicht begriff. Er konnte durchaus nicht ergründen, was sich hinter dieser Miene verbarg. Er konnte nicht erraten, daß sie dem, welchem sie soeben ihr Leben anvertraut hatte, den Atem, den Gedanken und den Traum, sich treulos schon jetzt entzog, und daß sie dies ihm, Christian, auf ihre Weise, die eine unschuldige und törichte Weise war, zu verstehen gab.

Er liebte sie, von Stunde zu Stunde wuchs seine Liebe. Er empfand es fast wie ein inneres Gesetz, daß er sie lieben sollte; ein Auftrag, der ihm befahl: an diese wende dein Selbst; eine Botschaft, die ihm ausrichtete: in dieser finde dich.

Er glaubte Evas Stimme zu vernehmen: Von mir war der Weg zu ihr; hab ich dich fühlen gelehrt, so gib dort dein Gefühl, wo ein Herz in Bereitschaft ist; dort forme, dort werde, dort wirke; laß es nicht vergehen, laß es nicht sinken und verglühen.

So oder ähnlich sprach die Stimme.

14

Crammon, der Verhärtete, hatte einen Traum, worin ihm jemand Vorwürfe machte, daß er untätig zuschaue, während man sein Fleisch und Blut an einen argentinischen Viehzüchter verkuppele.

Infolgedessen ging er zur Gräfin und fragte sie, ob sie wirklich gesonnen sei, das unmündige Kind in die Länder der Wilden zu schicken. »Ist Ihnen nicht bange, wenn Sie daran denken, wie verlassen das Kind in diesen äußerst südlichen Regionen dastehen wird?« fragte er und rieb die Hände rollend umeinander, was ihm das Aussehen eines alten Wucherers verlieh.

»Was fällt Ihnen ein, Herr von Crammon?« erwiderte die Gräfin entrüstet, »mit welcher Befugnis stellen Sie mich zur Rede? Wissen Sie vielleicht einen besseren Freier, einen, der reicher, vornehmer, repräsentabler ist? Meinen Sie, nur in Europa könne man glücklich sein? Ich habe mir die Leute genau angesehen, denn sie sind uns ja schockweise nachgelaufen, in Interlaken, in Aix-les-Bains, in Genf, in Zürich und in Baden-Baden; Alte und Junge, Franzosen, Russen, Deutsche und Engländer, Grafen und Millionäre. Daß wir nicht von vornherein auf das Exotische versessen waren, wird Ihnen Ihr Freund Christian bezeugen, der sich wahrscheinlich zu gut für uns gedünkt hat. Kummer genug, daß ich mein Liebchen über den Ozean lassen muß, Sie sollten mir nicht auch noch das Herz schwer machen.«

Aber Crammon war nicht zu rühren. »Überlegen Sie sich die Sache noch einmal genau,« sagte er, »es ist ein verantwortungsvoller Schritt. Bedenken Sie, daß es dort Giftschlangen geben soll, deren Biß innerhalb fünf Sekunden tötet. Ich habe von Stürmen gelesen, die die stärksten Bäume mit den Wurzeln ausreißen und neun Stock hohe Häuser umwerfen. Gewisse Volksstämme, die sogenannten Feuerländer, huldigen noch dem Kannibalismus, soviel ich weiß. Ferner existiert eine Gattung Ameisen daselbst, die auch den Menschen überfällt und ihn mit Stumpf und Stiel verzehrt. Die Hitze im Sommer soll nicht zu ertragen sein, die Kälte im Winter desgleichen. Es ist eine unwirtliche Gegend, Gräfin, eine schmutzige Gegend mit gefährlichen Einwohnern; überlegen Sie sich die Sache noch einmal.«

Die Gräfin war bestürzt. Der Wirkung seiner Worte froh, entfernte sich Crammon erhobenen Hauptes.

Am Abend, Lätizia lag schon zu Bett, ging die Gräfin mit unter der Brust gekreuzten Armen im Zimmer des jungen Mädchens auf und ab. Ihr Gewissen war beschwert, sie wußte aber nicht recht, wie sie das Gespräch beginnen sollte. Sie hatte den ganzen Nachmittag Briefe und Verlobungsanzeigen geschrieben und war jetzt müde. Puck, das Löwenhündchen, saß im Nebenzimmer auf einem seidenen Kissen und kläffte bisweilen grundlos.

Lätizia schaute mit feuchtglänzenden, schwelgerischen Augen in den dämmernden Raum über sich. Man hätte ihre Haut mit einer Nadel ritzen können, sie hätte es nicht gespürt.

Endlich überwand sich die Gräfin. Sie nahm einen Stuhl, setzte sich an das Bett und ergriff die Hand Lätizias. »Ist es wahr, Liebchen,« fing sie an, »ist es wahr, was Herr von Crammon berichtet, hat dir Stephan auch davon gesprochen, von den giftigen Schlangen, den Menschenfressern, den Orkanen, den wilden Ameisen und der schauerlichen Hitze und Kälte, wovon das Land heimgesucht sein soll, in das du gehst? Wenn es sich so verhält, möchte ich dich bitten, den Schritt, den du unternimmst, noch einmal gründlich in Erwägung zu ziehen.«

Lätizia lachte, tieftönig und herzlich. »Wie, Tante, jetzt kriegen Sie es mit der Angst?« rief sie aus; »jetzt, wo ich mir schon die ganze Zukunft ausgemalt habe? Crammon hat sich einen unpassenden Scherz mit Ihnen erlaubt, das ist alles. Stephan sagt niemals eine Lüge, und seiner Schilderung nach ist Argentinien das Paradies auf Erden. Hören Sie nur, Tantchen,« sagte sie geheimnisvoll, rückte an den Rand ihres Lagers und sah die Gräfin zutraulich und entzückt an, »Pfirsiche gibt es dort, so groß wie Kinderköpfe, schmackhafter als man sichs träumt, und in solcher Menge, daß man die, die man nicht essen und verkaufen kann, zu Hügeln aufschichtet und verbrennt. Wildbret jeder Art, Tantchen, köstlich und in Zubereitungen, die hier ganz unbekannt sind; Fische, Geflügel, Honig, die seltensten Gemüse, alles, was man nur will und was das Herz begehrt.«

Die Miene der Gräfin hellte sich auf. Sie streichelte Lätizia über den Arm und sagte: »Dann freilich; wenn dem so ist, dann freilich ...«

Lätizia aber fuhr fort: »Hab ich mich einmal eingelebt und die Verhältnisse kennengelernt, so schreib ich Ihnen, Tante, und Sie müssen zu uns kommen. Da werden Sie dann ein Haus für sich bewohnen, eine reizende Villa, die von Blumen überwachsen ist. Die Vorratskammern sollen jeden Tag frisch gefüllt werden, und neben Ihrem Schlafzimmer wird ein marmornes Badebecken sein; sooft Sie Lust haben, können Sie sich darin ausstrecken, und schwarze Sklavinnen werden zu Ihrer Bedienung bereit stehen.«

»Gewiß, Liebchen,« antwortete die Gräfin mit verklärtem Gesicht, »denn Paradies oder nicht Paradies, das eine wird wohl unter allen Umständen zutreffen: schmutzig wird es sein, und Schmutz, du weißt es ja, Schmutz ist für mich fast so arg wie Giftschlangen und Menschenfresser.«

»Haben Sie keine Sorge, Tantchen,« sagte Lätizia, »wir werden dort ein herrliches Leben führen.«

Die Gräfin war beruhigt und umarmte Lätizia mit überströmendem Dank.

15

Um dem Trubel auf Wahnschaffeburg, wie das neue Haus genannt wurde, zu entfliehen, gingen Christian und Crammon für einige Tage nach Christiansruh. Kaum aber hatten sie sich dort eingerichtet, so kamen auch Judith und deren Gesellschafterin, Lätizia und das Fräulein von Einsiedel.

Die Gräfin und Stephan Gunderam waren nach Heidelberg gefahren, wo sie Frau von Febronius erwarteten; Lätizia sollte ihnen erst eine Woche später folgen. Felix Imhof war nach Leipzig gerufen worden, wo er an der Gründung einer großen Verlagsgesellschaft beteiligt war. Nach seiner Rückkehr sollte auf Wahnschaffeburg die Hochzeit stattfinden.

Judith sagte, sie wolle die letzten Stunden der Freiheit genießen; Lätizia zum Mittun zu bewegen, hatte es nicht vieler Überredung bedurft; das Fräulein von Einsiedel und die Gesellschafterin wurden als Garden betrachtet, und so hatten die vier Christian und Crammon mit Lärm und Lachen überrascht.

Das Wetter war schön, wenngleich schon kalt; sie verbrachten die meiste Zeit im Freien, gingen in den Wäldern spazieren, spielten Golf, veranstalteten Picknicks, und die Abende verflogen mit heiterem Plaudern. Einmal las Crammon aus dem Torquato Tasso vor, und er ahmte dabei den Tonfall und Rhythmus Edgar Lorms so täuschend nach, daß Judith erregt wurde und nicht genug hören konnte. Ihn reizte nichts andres als eben diese Nachahmung; Lätizia genoß die Verse wie trunken machenden Wein; das Fräulein von Einsiedel, das seit Jahren um eine verlorene Liebe trauerte, kämpfte bei manchen Stellen mit den Tränen; Judith hingegen erblickte in einem Zauberspiegel ein vergöttertes Bild, und als der Vortrag zu Ende war, brachte sie das Gespräch auf Edgar Lorm und bat Crammon, er möge ihr von ihm erzählen.

Crammon willfahrte ihr. Er erzählte von der romantischen Freundschaft des Schauspielers mit einem König; von seiner ersten Ehe mit einer rothaarigen Jüdin, die er sehr geliebt und die ihn eines Tages verlassen hatte und nach Amerika geflohen sei; wie er ihr gefolgt sei, erst hinüber, dann drüben von Ort zu Ort und alle seine Versuche, sie wiederzugewinnen, fehlgeschlagen seien; wie er, zurückgekehrt, in Gefahr gewesen, sich zu verlieren, sein Talent zu zersplittern; wie er, einsam und unstet, bald da, bald dort festen Fuß zu fassen bestrebt war; wie er Verträge gebrochen habe, von den Bühnenleitern in Acht und Bann getan, vom Publikum als gefährlicher Irrwisch nur gerade geduldet worden sei; wie aber endlich sein Genie alle Widrigkeiten und die

Mängel seiner Natur selbst besiegt habe und er nun als strahlendstes Gestirn am Himmel der Kunst glänze.

Als Crammon schwieg, trat Judith auf ihn zu, streichelte ihm Kinn und Wangen und sagte: »Das war hübsch, Crammon, dafür dürfen Sie sich etwas ausbitten.«

Da lachte Crammon sein lautestes Lachen im tiefsten Baß und antwortete: »Dann bitt ich mir aus, daß die vier Damen morgen in der Frühe nach Wahnschaffeburg zurückkehren und uns beide, meinen Freund Christian und mich, noch ein wenig in Frieden gegeneinander schweigen lassen. Nicht wahr, Christian, mein Engel, wir schweigen gern? Wir beschweigen die Geheimnisse der Welt.«

»O ungalanter Bär!« wurde da gerufen; »o Verräter, o herzloser Intrigant!« Aber es war bloß eine Scheinempörung, denn die Rückfahrt war für den nächsten Tag ohnehin beschlossen.

Christian erhob sich und sagte: »Bernhard hat nicht unrecht, wenn er behauptet, daß wir schweigen wollen. So schön es mit euch ist, ihr schönen Mädchen, aber ihr seid so unruhig, ihr seid gar zu munter.« Er hatte scherzend gesprochen, jetzt strich er mit der Hand über die Stirn, weil sich seine Empfindung in Ernst verwandelt hatte.

Alle schauten ihn an. Er sah eigentümlich stolz aus. Lätizia schlug das Herz. Als sein Blick auf sie fiel, senkte sie den ihren, und sie errötete tief. Sie liebte alles, was er war, alles, was hinter ihm war, alles, was er erlebt hatte, alle Frauen, die er geliebt hatte, alle Menschen, von denen er kam und zu denen er ging.

Plötzlich fiel ihr die goldene Kröte ein; sie hatte das kleine Schmuckstück mitgenommen, und sie faßte den Vorsatz, es ihm heute noch zu bringen. Aber hiezu mußte sie ihn allein treffen.

16

Es sollte in der Nacht sein, das war ihr Wunsch, und sie gab ihm ein Zeichen. Es gelang ihr, ihm von den andern unbemerkt zuzuflüstern, daß sie in der Nacht zu ihm kommen und ihm etwas bringen wolle; er möge sie erwarten.

Er sah sie wortlos an. Viele waren schon zu ihm gekommen, in der Nacht; das Versprechen keiner hatte ihn so entflammt. Als sie von ihm weghuschte, bebten seine Lippen.

Nach Mitternacht, alle schliefen im Hause, verließ sie ihr Zimmer und stieg in das obere Stockwerk hinauf, in welchem Christian mehrere Gemächer bewohnte. Sie ging leise, ohne sonderliche Ängstlichkeit. Den Kopf spähend vorgeneigt, raffte sie mit den Händen die Schleppe des weißseidenen Übergewands, das sie trug. Der durchsichtige Stoff glich mehr einem Schimmer auf der Haut, einem Perlenschimmer, als einer Hülle. Nur um Brust und Leib lag er in Verdopplung; den Schritt behinderte ein um die Knie geschlungenes Atlasband, und sie mußte, sich selbst zum Spott, während die Pulse stürmisch klopften, vorsichtig trippeln wie die Geishas, die sie auf dem Theater gesehen hatte.

Als Christian die Tür hinter ihr geschlossen hatte, lehnte sie sich daran; die Beine verweigerten ihr den Dienst.

Er faßte sie zart an beiden Handgelenken, hauchte einen Kuß auf ihre Stirn und fragte lächelnd: »Was wolltest du mir denn bringen, Lätizia? Ich bin gespannt.«

Da wurde sie inne, daß sie die goldene Kröte vergessen hatte. Noch kurz bevor sie aus ihrem Zimmer gegangen war, hatte sie sie bereit gelegt, desungeachtet hatte sie sie vergessen. »Nein, wie dumm,« entschlüpfte es ihr, und sie sah beschämt auf ihre schwarzen Samtschuhe nieder, »wie dumm! Ich hab mir eine kleine Kröte aus Gold machen lassen, die wollt ich dir bringen.«

Er stutzte. Er erinnerte sich der Worte, die er ihr vor vielen Monaten gesagt. Die verflossene Zeit war dreifach lang. Er wunderte sich, wie es hatte sein können, daß ihn eine Kröte so geschreckt. Wohl hörte er sich selbst: »Laß dir eine kleine Kröte aus Gold machen, damit der böse Zauber weicht.« Aber die Mahnung besaß heute keine Gültigkeit mehr, der Zauber war auch ohne Talisman gebrochen.

Wie er nun das Mädchen so vor sich stehen sah, zitternd und trunken, zitterte auch er und ward trunken. Viele waren schon gekommen, in der Nacht; keine so unschuldig und so schuldig dabei, keine so entschlossen und so betört zugleich. Er kannte die Gebärden, ihr stummes Schmachten, das erloschene und wieder aufflammende Auge an ihnen, das halbe Nein und halbe Ja, ihr Anklammern und Wegstoßen, ihre Seufzer, ihre wunderbaren Tränen, die wie warmer, salziger Tau schmeckten, er kannte es an vielen. Und es neuerdings zu erfahren und zu spüren, drängten ihn die Sinne mit aller Macht.

Aber es war etwas dawider. Es war ein braunblasses Gesicht dawider, das ihn mit Augen von unbeschreiblicher Klarheit anschaute. Es war ein blutüberströmtes Gesicht dawider, an dem die schwarzen Haare klebten, und es war ein vom Wasser aufgedunsenes Gesicht dawider, das vordem schön gewesen war. Es war ein Gesicht dawider voll Haß und Scham, das auf schlechtem Linnen ruhte, und ein anderes, in einer Kofferkammer, mit einer weißen Binde umkleidet. Es waren Gesichter von Männern und Weibern dawider, Tausende und Tausende, am Ufer eines Stroms, und andre Gesichter, verkohlte und zertretene in einer Scheune, die er so genau wie in Wirklichkeit durch die Augen eines Ergriffenen gesehen.

Es war sein Herz dawider. Es war die Liebe dawider, die er für Lätizia empfand.

Er wurde ein wenig bleicher, und in seinen Fingerspitzen war Kälte. Da faßte er Lätizia bei der Hand und führte sie in die Mitte des Zimmers. Sie schaute sich zaghaft um, doch jeder Blick galt ihm, von dem sie erfüllt war. Sie fragte nach den Bildern, die an der Wand hingen, bewunderte die Ähnlichkeit seines Porträts, welches sich darunter befand, wollte wissen, was eine kleine Skulptur vorstellte, die er in Paris gekauft hatte; ein Mann und ein Weib, aus Felsen sich lösend, strebten elementar gegeneinander.

Ihre tiefe Stimme hatte sinnlicheren Klang denn je. Indem er ihr antwortete, kam ihm von neuem die Versuchung an, die warme, rosige, blutdurchpulste Wölbung der Schulter, die einer frischen Frucht glich, mit den Lippen zu berühren. Aber es rief in ihm, unüberhörbar: einmal nicht! nur ein einziges Mal nicht!

Es war schwer, aber er gehorchte.

Lätizia wußte nicht, was mit ihr geschah. Sie schauerte zusammen und bat ihn, das Fenster zuzumachen. Aber als das Fenster zugemacht war, fröstelte sie noch stärker. Sie sah ihn von der Seite an. Sein Gesicht erschien ihr hochmütig und fremd. Sie hatten sich auf den Diwan gesetzt, und es war ein Schweigen entstanden. Warum hab ich nur die kleine goldene Kröte vergessen? dachte Lätizia, das ist an allem schuld; und instinktiv rückte sie ein wenig von seiner Seite weg.

»Vielleicht wirst du es später verstehen, Lätizia,« sagte er und erhob sich. Gleich darauf ließ er sich vor ihr auf den Boden nieder, nahm ihre beiden kühlen Hände und legte sie an seine Wangen.

»Nein, ich verstehe es nicht,« flüsterte Lätizia und lächelte mit nassen Augen, »werde es nie verstehen.«

»Doch, du wirst; einmal wirst du es verstehen.«

»Nie,« beteuerte sie leidenschaftlich, »nie.« Alles verwirrte sich in ihr. Sie dachte an Blumen und Sterne, an Bilder und Träume. Sie dachte, wie er es gesagt, an Vögel, die aus der Luft fallen und sterben, und an ein Reh, das erschossen vor ihren Füßen lag. Sie dachte an Wege, die sie gehen würde, an Fahrten auf dem Meer, an Schmuck und an köstliche Gewänder. Aber es hatte kein Bindendes für sie, es löste sich alles wieder zu Stücken. Es riß in ihrem Innern eine Kette, und sie hatte das Bedürfnis, sich hinzulegen und einige Zeit zu weinen. Nicht lange; wenn dann das Weinen vorüber war, konnte es sein, daß sie sich wieder auf den morgigen Tag freute und auf Stephan Gunderam und auf die Hochzeit mit ihm.

»Gute Nacht, Christian,« sagte sie und bot ihm die Hand wie nach harmlosem Plaudern. Die Gegenstände im Zimmer hatten ein andres Aussehen. Auf dem Tisch stand eine geschliffene Schale mit Herbstzeitlosen; die weißen Stengel glichen den Fühlarmen eines Polypen. Die Nacht vor den Fenstern war nicht mehr dieselbe Nacht wie vordem. Man war auf eine eigne Art ganz frei, auf eine trotzige und rachsüchtige Art.

Christian war überrascht von ihrer Haltung und Gebärde. War sie als Mädchen zu ihm gekommen, so ging sie fort als Frau, ohne daß er sie angerührt hatte. »Ich will nachdenken,« sagte sie und nickte ihm mit einem großen, dunklen Blick zu, »ich wills verstehen lernen.«

So ging sie; ging in ihr reiches, armes, abenteuerliches, schweres, tändelndes Leben hinein.

Christian lauschte ihrem Schritt, der hinter der geschlossenen Tür schnell verklang. Er stand regungslos, mit tief gesenktem Kopf. Es war, auch für ihn, nicht mehr dieselbe Nacht wie vordem. Ungeachtet seines Gehorsams gegen die Stimme nagte der Zweifel an ihm, ob, was er getan, recht oder unrecht war, gut oder schlecht.

17

Eines Tages erhielt Christian einen Brief, der die Unterschrift von Iwan Michailowitsch Becker trug. Becker teilte ihm mit, daß er sich vorübergehend in Frankfurt aufhalte und daß eine gemeinsame Freundin ihm nahegelegt habe, Christian Wahnschaffe zu besuchen. Dies unterlasse er aber aus erwogenen Gründen. Wenn Christian Wahnschaffes Gesinnung derart sei, wie die gemeinsame Freundin vorauszusetzen scheine, möge er um eine Abendstunde zu ihm kommen.

Der Name Evas war nicht genannt; er sprach nur von der gemeinsamen Freundin; zweimal. Straße und Haus, wo Becker wohnte, waren angegeben.

Christians erste Regung war, der Aufforderung nicht zu folgen. Er sagte sich, daß er mit Iwan Becker nichts zu schaffen habe. Der Russe war ihm unsympathisch gewesen; seine Beziehung zu Eva Sorel hatte er mißbilligt und hochmütig übersehen. Sooft er sich seines häßlichen Gesichts, seines schleichenden Ganges, seiner stummen, düsteren Gegenwart erinnerte, überkam ihn ein Unbehagen. Was konnte er jetzt von ihm wollen? Weshalb dieser Ruf, in dem Drohendes war?

Nachdem er vergeblich versucht hatte, sich des Nachdenkens hierüber zu entschlagen, zeigte er Crammon den Brief, in der geheimen Erwartung, daß Crammon ihm widerraten werde, zu Becker zu gehen. Crammon las, zuckte die Achseln, sagte aber nichts. Crammon war in übler Laune, Crammon war verletzt; er spürte seit einiger Zeit schon, daß ihn Christian von seinem Vertrauen ausschloß. Außerdem dachte er an Eva Sorel mehr, als seiner Seelenruhe förderlich war. Er machte Fräulein von Einsiedel den Hof; das Fräulein war nicht taub gegen sein Werben, aber dieser Erfolg konnte Crammon das Gleichgewicht nicht zurückgeben, und der Brief riß die Wunde von neuem auf.

Mit Entschluß beendete Christian sein Schwanken und machte sich auf den Weg zu Becker. Das Haus lag in der Vorstadt; er mußte vier Stiegen einer Mietskaserne erklimmen. Er bemühte sich, nirgends anzustreifen, nicht an der Mauer, nicht am Geländer. Als er vor der Tür die Glocke zog, war sein Gesicht blaß von Beklommenheit und Widerwillen.

Wie leidend er aussieht, dachte Christian, als er in dem armselig möblierten Zimmer Iwan Becker gegenübersaß. Er fragte sich, ob dieser Zug des Leidens neu sei oder ob er ihn früher bloß nicht wahrgenommen habe. Als Becker das Wort an ihn richtete, antwortete er verlegen und ungeschickt.

»Madame Sorel geht im Frühjahr nach Petersburg,« sagte Iwan Michailowitsch; »sie hat einen Vertrag unterzeichnet, der sie für drei Monate an das Kaiserliche Theater verpflichtet.«

Christian gab Befriedigung zu erkennen. »Bleiben Sie lange hier?« erkundigte er sich höflich.

»Ich weiß es nicht,« war die Antwort, »ich warte auf eine Nachricht und fahre dann zu meinen Freunden in die Schweiz.«

»Mein letztes Gespräch mit Madame Sorel drehte sich ausschließlich um Sie,« fuhr er fort und sah Christian aus seinen tiefliegenden Augen aufmerksam an.

»Um mich? Ah …« machte Christian mit konventionellem Lächeln.

»Sie bestand darauf, daß ich mich mit Ihnen in Verbindung setzen solle. Sie sagte, es läge ihr daran. Einen Grund nannte sie nicht. Sie nennt ja niemals Gründe. Sie verlangte auch, daß ich ihr Bericht erstatte. Dabei habe ich nicht einmal einen Auftrag für Sie. Sie sagte nur immer: Es hängt etwas für mich davon ab und für ihn vielleicht sehr viel. Sie sehen, ich bin ein willenloses Werkzeug. Ich hoffe, daß Sie mir wegen der Belästigung nicht zürnen.«

»Durchaus nicht,« erwiderte Christian beengt. »Ich kann mir freilich nicht denken, was ihr vorschwebt.« Verwundert fügte er hinzu: »Sie ist sehr eigenartig.«

»Ja, sehr!« Iwan Becker lächelte, wobei die Feuchtigkeit seiner dicken Lippen unangenehm bemerkbar wurde. »Sie ist ein enthusiastischer Mensch. Eine Frau von bedeutender Anlage. Sie hat große Macht über andre Menschen, und sie ist entschlossen, sich dieser Macht zu bedienen.«

Eine Pause entstand.

»Kann ich Ihnen irgendwie behilflich sein?« fragte Christian konventionell.

Becker sah ihn an. »Nein,« antwortete er kalt, »ich wüßte nicht.« Er wandte den Blick gegen das Fenster, vor dem man Fabrikschlöte sah, Rauch und trübe Luft, welche Schnee verkündete. Über seine Knie war eine Decke gebreitet, da der Raum nicht geheizt war; unter der Decke war seine verkrüppelte rechte Hand versteckt. Eine Bewegung des Beins verschob die Decke, und die Hand kam zum Vorschein. Christian wußte, was es damit für eine Bewandtnis hatte: Crammon hatte ihm von seiner Begegnung und dem Gespräch mit Becker erzählt, damals in Paris schon. Er hatte es mit Gleichgültigkeit vernommen und, wo er konnte, es vermieden, sein Augenmerk auf diese Hand zu richten.

Er betrachtete sie jetzt; er stand auf, und mit einer Gebärde von Freiheit und Versicherung, die selbst Becker, der ihn doch nur oberflächlich kannte, an ihm in Erstaunen setzte, reichte er seine Hand dar.

Iwan Michailowitsch gab ihm die Linke; Christian hielt sie und drückte sie stark und lange. Dann ging er, ohne ein Wort zu sprechen.

18

Aber am andern Tag kam er wieder.

Iwan Michailowitsch erzählte ihm die Geschichte seines Lebens. Er bot ihm in einfacher Weise Gastfreundschaft, kochte Tee, und sogar die Stube war geheizt. Er erzählte abgerissen, mit halbgeschlossenen Augen und krankhaftem, kränklichem Lächeln, ohne rechten Zusammenhang, bald aus seiner Jugend, bald aus den Spätjahren. Es war immer dasselbe: Unterdrückung, Not, Verfolgung, Leiden; Leiden ohne Zahl. Zermalmte Herzen, wohin man ging und sah, vernichtetes Glück, zerstörte Schicksale. Die Eltern in Armut umgekommen, die Geschwister verschollen, die Freunde im Krieg gefallen oder in der Verbannung gestorben; ein Leben ohne Halt, ohne Licht, ohne Ruhe, ohne Aufblick; eine Welt voll Haß und Bosheit, Grausamkeit und Finsternis.

Christian saß und lauschte bis in die späte Nacht.

Sie trafen sich im Kaffeehaus, in einem häßlichen Lokal, das zu betreten Christian vordem nicht vermocht hätte, und saßen bis in die späte Nacht. Oft schweigend, in einem Schweigen, das Christian quälte und bis zu einem kaum erträglichen Grad spannte. Aber seine Miene war sanft.

Sie gingen miteinander am Fluß, durch Straßen und Anlagen, im Schnee. Iwan Michailowitsch sprach von Puschkin, von Belinski, von Bakunin und Herzen, vom Zaren Alexander dem Ersten und der Legende seiner Entrückung, von den Bauern, dem dumpfen, armen Volke. Er sprach von den ungezählten Märtyrern verwehten Namens, Männern und Frauen, deren Tun und Leiden ans Herz der Menschheit pochte und deren Blut, so drückte er sich aus, wie die Röte den Aufgang der Sonne, den Anbruch neuer Zeit verkündete.

Christian verschwand vom Hause, und niemand wußte, wohin er ging.

Einmal sagte Iwan Michailowitsch: »Man hat mir berichtet, daß ein Arbeiter einen Mordanfall auf Ihren Vater gemacht hat. Der Mann ist gestern zu sieben Jahren Zuchthaus verurteilt worden.«

»Ja, es ist wahr,« antwortete Christian; »wie war nur sein Name? Ich habe den Namen vergessen.«

Es erwies sich, daß der Mann weder Schmidt noch Müller hieß, sondern Roderich Kroll. Iwan Michailowitsch wußte den Namen. »Eine Frau und fünf kleine Kinder sind da, leben im größten Elend,« sagte er. »Haben Sie einmal eine Viertelminute lang versucht, sich vorzustellen, was es bedeutet: im Elend leben? Haben Sie Phantasie genug, sich nur eine Viertelminute eines solchen Daseins auszumalen? Haben Sie einmal das Gesicht eines Menschen, der hungert, angesehen? Da ist ein Weib, fünf Kinder hat sie geboren; liebt ihre Kinder genau so, wie Ihre Mutter Sie und Ihre Geschwister liebt. Schön; die Schubladen sind leer; der Herd ist kalt; die Betten sind ins Pfandhaus gewandert; die Kleider und Schuhe sind zerrissen. Die Kinder, jedes ist ein Mensch wie Sie und ich, jedes hat genau dieselbe Anwartschaft auf Zufriedenheit, auf Brot, auf ruhigen Schlaf und auf gesunde Luft wie Sie und Herr von Crammon und zahllose andre, die gar nie darüber nachdenken, daß sie im Besitz all dieser Dinge sind. Schön; nicht nur, daß man sich anstellt, als sehe und wisse man nichts davon; nicht nur, daß man es unbequem findet, wenn man daran erinnert wird; sondern man verlangt auch von diesen Wesen, daß sie still sein sollen, daß sie ihren Hunger, ihre Notdurft, die Kälte, die Krankheit, den Raub an ihrem Besitz und die freche Ungerechtigkeit als etwas Selbstverständliches und Unvermeidliches hinnehmen und ertragen sollen. Haben Sie das schon einmal überlegt?«

»Ich habe es, scheint mir, noch nie überlegt,« erwiderte Christian leise.

»Dieser Mann,« fuhr Iwan Michailowitsch fort, »dieser Roderich Kroll, wurde, soviel ich erfahren habe, planmäßig zum Äußersten getrieben. Er war gläubiger Anhänger der sozialistischen Theorien und sogar den Leuten seiner eignen Partei wegen seiner extremen Anschauungen und der heftigen Propaganda dafür ein wenig zur Last. Man hat ihm den Boden unter den Füßen abgegraben. Man hat ihn durch die kleinlichsten Ränke erbittert und zum Äußersten gedrängt. Man wollte ihn unschädlich machen und zum Schweigen bringen. Aber sagen Sie mir: gibt es ein Extrem auf dieser Seite, das so unbillig, so herausfordernd, so verwerflich sein könnte, wie es das Extrem auf der andern Seite, der Übermut, der Luxus, die Schwelgerei, die Fühllosigkeit und sinnlose Verschwendung an jedem Tag und zu jeder Stunde wirklich ist? Nicht einmal den Namen des Menschen haben Sie gewußt!«

Christian blieb stehen. Der Wind blies ihm den Schnee ins Gesicht und näßte Stirn und Wangen. »Was soll ich tun, Iwan Michailowitsch?« fragte er langsam.

Auch Iwan Michailowitsch blieb stehen. »Was soll ich tun!« rief er. »So fragen alle. So fragte auch Fürst Jakowlew Grusin, einer unsrer Großherren, Adelsmarschall im Nowgoroder Kreis. Nachdem er seine Bauern ausgesogen, seine Pächter geplündert, seine Beamten nach Sibirien gebracht, nachdem er Mädchen geschändet, Frauen verführt, seine eignen Söhne zur Verzweiflung getrieben, sein Leben lang gefressen, gesoffen, gehurt und Verbrechen auf Verbrechen gehäuft hatte, ging er in seinem vierundsiebzigsten Jahr ins Kloster und schrie Tag und Tag aus seiner Zelle: Was soll ich tun? Herrgott und du, mein Heiland, was soll ich tun? Da konnte ihm natürlich niemand antworten. Und so hörte ich auch einen andern vor sich hin fragen, dessen Seele aber rein und weiß war. Er schritt zum Tode, ein Siebzehnjähriger; neun Mann, Gewehr bei Fuß, standen im Festungsgraben; er taumelte heran, und seine unschuldige Seele fragte laut: Was soll ich tun, Vater im Himmel, was soll ich tun?«

Iwan Michailowitsch ging weiter; Christian folgte ihm. »Wir Armen, wir entsetzlich Armen,« sagte Iwan Becker, »was sollen wir tun?«

19

Judiths Hochzeit sollte mit großem Pomp gefeiert werden.

Schon zum Polterabend waren mehr als zweihundert auswärtige Gäste geladen; die Auffahrt der Wagen und Automobile nahm kein Ende.

Es kamen die Kohlen- und Eisenbarone der ganzen Provinz; hohe Militärs und Verwaltungsbeamte mit ihren Damen; die Spitzen des Frankfurter Patriziats und der Finanz; Mitglieder des Darmstädter und Karlsruher Hofs und weither gereiste Fremde. Ein Tenor aus Berlin, eine berühmte Liedersängerin, ein Wiener Komiker, ein Zauberkünstler und ein Taschenspieler waren engagiert worden, um für die Unterhaltung zu sorgen.

Die im Speisesaal hufeisenförmig aufgestellte, von Gold, Silber und geschliffenem Glas strahlende Tafel hatte dreihundertdreißig Gedecke.

In der marmornen Wandelhalle und ihren Nebenräumen wogte die festliche Menge. Bei den Toiletten der Damen herrschte Gelb und Rosa vor, die jungen Mädchen waren zumeist in Weiß. Nackte Schultern leuchteten hinter Perlen- und Diamantengefunkel; das strenge Schwarz und Weiß an Männern dämmte energisch das Schwimmende des Farbenbildes.

Christian ging mit Randolph von Stettner auf und ab, einem jungen Offizier, der bei den Bonner Husaren stand. Sie waren Freunde aus der Knabenzeit her, hatten sich ein paar Jahre nicht gesehen und tauschten Erinnerungen aus. Randolph von Stettner sagte, daß er in seinem Beruf nicht sonderlich glücklich sei; er hätte lieber studiert; seine große Neigung war die Chemie, als Soldat fühlte er sich nicht an seinem Platze. »Aber es nützt nichts, wider den Stachel zu löken,« schloß er seufzend, »man muß in die Kette beißen und still sein.«

Christians Blick fiel auf Lätizia, die inmitten eines dichtgedrängten Kreises von Herren stand. Auf ihrer Stirn war Vergessen; sie wußte nichts vom vorigen Tag und nichts vom morgigen. So in der Stunde gelöst, gab es keine außer ihr.

Ein Diener trat zu Christian und reichte ihm eine Karte. Die Stirn des Dieners hatte bedenkliche Falten; die Karte war nicht ganz sauber. Christian las die geschriebenen Worte auf der Karte: »I.M. Becker muß Sie sogleich sprechen.« Er entschuldigte sich hastig bei Stettner und ging hinaus.

Iwan Michailowitsch stand unbeweglich in der Vorhalle. Neuangekommene Gäste, denen Diener Mäntel und Hüte abnahmen, schritten achtlos an ihm vorüber, die Männer tänzelnd und sprungbereit, die Frauen mit erregten Blicken den Spiegel zu einer letzten Musterung suchend.

Iwan Michailowitsch trug einen langen, grauen, nassen Mantel, der abgeschabt war; das Gesicht mit dem pechschwarzen Rahmenbart war totenbleich. Christian zog ihn in einen leeren Teil des Raumes, wo sie ungestört waren.

»Ich bitte um Verzeihung, wenn ich Ihnen die Festesfreude trübe,« begann Iwan Michailowitsch, »aber ich hatte keine Wahl. Heute nachmittag erhielt ich einen polizeilichen Ausweisungsbefehl. Ich muß binnen zwölf Stunden Stadt und Land verlassen haben. Ich wollte Sie um die Gefälligkeit ersuchen, dieses Heftchen in Obhut zu nehmen und es zu bewahren, bis es Ihnen von mir selbst oder einem zweifellos beglaubigten Freund wieder abgefordert wird.« Er schaute sich um, zog schnell ein dünnes blaues Heft aus der Tasche und gab es Christian, der es ebenso schnell, mechanisch, in der Brusttasche des Fracks verschwinden ließ.

»Es enthält Aufzeichnungen in russischer Sprache,« fuhr Iwan Michailowitsch fort; »sie haben Wert nur für mich allein, aber man darf sie nicht bei mir finden. Da man mich aus dem Lande weist, muß ich auch darauf gefaßt sein, daß man sich an meiner Person und meinem Eigentum vergreift.«

»Wollen Sie nicht in meinem Zimmer ruhen?« fragte Christian schüchtern; »wollen Sie nicht etwas essen oder trinken?«

Iwan Michailowitsch schüttelte den Kopf. Im Saal drinnen spielten die Streichinstrumente eine einschmeichelnde Melodie von Puccini.

»Wollen Sie nicht wenigstens Ihren Mantel trocknen?« fragte Christian wieder. Die einschmeichelnde Musik, der von ihm gewußte Prunk im Saale, die Heiterkeit, das Lachen, die Fülle der Schönheit und des Glückes, alles das bildete einen so schneidenden Gegensatz zur Erscheinung des Menschen im nassen Mantel, mit dem totenbleichen Gesicht und den krankhaft flammenden Augen, daß er den Gedanken nicht mehr ertragen konnte, dazwischen zu stehen, fühllos und die vollkommene, fürchterliche Fremdheit beider Welten kennend.

»Sie haben viel für meinen Mantel übrig,« entgegnete Iwan Michailowitsch lächelnd; »was nützt es ihm? Er wird ja doch wieder naß.«

»Ich hätte Lust, mit Ihnen, so wie Sie hier sind, in den Saal zu gehen,« sagte Christian und lächelte ebenfalls.

Iwan Michailowitsch zuckte die Achseln, und seine Miene verfinsterte sich.

»Ich weiß nicht, warum mich die Lust ankommt,« murmelte Christian, »ich weiß nicht, was mich daran reizt. Ich stehe da vor Ihnen und habe unrecht. Wenn ich schweige, wenn ich rede, mit meinem bloßen Atem schon habe ich unrecht. Wir sollten nicht hinter der Wand und im Domestikenwinkel miteinander sprechen. Sie fordern etwas von mir, Iwan Michailowitsch, ist es nicht so? Sie fordern etwas; nennen Sie Ihre Forderung.«

Diese Worte verrieten eine bis in den Grund gehende Verwirrung des Gefühls. Sie bebten vor Sehnsucht nach einem Anderssein und Anderswerden. Iwan Becker begriff es inspirativ. Wenn er anfangs geargwöhnt hatte, daß eine Herrenlaune oder, im besseren Fall, der törichte und gedankenlose Trotz eines flüchtig erglühten Proselyten den schönen, reichen, stolzen Menschen zu solcher Äußerung getrieben, so erkannte er jetzt seinen Irrtum. Er begriff vor allem, daß er um Hilfe gerufen wurde, und zwar in einem der entscheidenden Augenblicke, deren es in jedem Leben nur wenige gibt.

»Was sollte ich denn von Ihnen fordern, Christian Wahnschaffe?« fragte er ernst, »doch nicht, daß Sie mich zu den Ihren schleppen, und daß ich das als eine Tat von Ihnen zu betrachten hätte, als eine Überwindung?«

»Nicht als eine Tat, sondern ganz einfach, daß ich mich zu Ihnen bekenne,« erwiderte Christian mit gesenkten Augen.

»Überlegen Sie doch, welche Figur ich dabei abgeben würde, ich mit meinem Kittel, widerwillig und demonstrativ im Reich der Sphären, wie wir uns in Rußland ausdrücken. Ihnen würde man verzeihen; man würde Sie der Extravaganz beschuldigen, man würde Sie auslachen, und man würde darüber hinwegsehen. Aber was geschähe mir? Wenn Sie mich auch vor Beleidigungen schützen könnten, das Demütigende der Situation wäre kaum zu überbieten. Und welchen Zweck sollte eine so prahlerische Handlung haben? Was versprechen Sie sich Gutes davon, Gutes für mich, für Sie, für die andern? Ich könnte keinem etwas anhaben, keinen überreden, keinen überzeugen. Und nicht einmal Sie selbst wären überzeugt.«

Er schwieg einige Sekunden und sah Christian mit einem gütigen und starken Blick an. Dann fuhr er fort: »Wär ich im Gesellschaftsanzug hierhergekommen, so wäre dieses Gespräch wesenlos. Und damit ist es auch erledigt. Sein Gegenstand ist zu klein. Warum, Christian Wahnschaffe, warum soll ich meinen Kittel und meinen nassen Mantel hinein zu Euren Fräcken tragen? Gehen Sie doch einmal dorthin mit mir, wo Ihr Frack ein Frevel und ein Makel ist und mein grober nasser Mantel noch ein Prunkgewand und Vorzug. Ich kenne ein solches Haus; gehen Sie mit mir.«

Christian, ohne ein Wort zu erwidern, rief einen der Diener herbei, ließ sich seinen Pelz reichen und folgte Iwan Michailowitsch ins Freie. Derselbe Diener stürzte ihm voraus, in die Garage hinüber; sie hatten nur wenige Minuten zu warten, und als der Wagen anfuhr, ließ Christian Iwan Michailowitsch den Vortritt, befragte ihn um das Ziel, nahm an seiner Seite Platz, und der Wagen setzte sich in Bewegung.

20

Iwan Michailowitsch Becker hatte die Familie des mit Zuchthaus bestraften Arbeiters Roderich Kroll schon zweimal besucht. Sein Interesse an den Leuten war nur ein mittelbares, durch jenes hervorgerufen, das er für Christian Wahnschaffe gefaßt hatte. Es war in Christian Wahnschaffe etwas, das ihn bewegte; gleich nach dem ersten Gespräch, das sie miteinander gehabt, hatte er lange über ihn nachgedacht, über seine Person und seine bestrickenden Eigenschaften sowohl wie über seine Lebensumstände und das soziale Erdreich, aus dem er hervorgewachsen war. Da der Name des Großindustriellen Wahnschaffe so eng mit dem Roderich Krolls und seinem Prozeß verknüpft war, der ziemlich viel Lärm gemacht hatte, war seine Aufmerksamkeit auf natürlichem Weg dorthin gewendet worden. Er hatte möglicherweise schon vorher den Schritt erwogen, der jetzt zur Ausführung kam. Denn für ihn stand es unerschütterlich fest, daß viele Menschen besser wären und gerechter handeln würden, wenn sie nur sehen könnten oder wenn man ihnen die Gelegenheit verschaffen würde, zu sehen.

Frau Kroll hatte mit ihren fünf Kindern in dem Mansardenloch einer von vielen Hunderten von Menschen bewohnten Mietskaserne am äußersten Rande der Stadt Zuflucht gefunden. Sie hatte vordem eine der zahlreichen Arbeiterwohnungen innegehabt, die Albrecht Wahnschaffe bei seinen Fabriken hatte bauen lassen; aus diesem Heim war sie vertrieben worden, und sie war in die Stadt gezogen.

Die Mansarde beherbergte außer ihr und ihren Kindern, von denen das älteste zwölf Jahre zählte, noch drei Bettgeher: einen Lumpensammler, einen Orgeldreher und einen beständig betrunkenen Vagabunden. Es war ein Raum von zwanzig Quadratmeter Fläche; die Bettgeher lagen auf schmutzigen Strohsäcken, die fünf Kinder auf zwei eng aneinandergeschobenen zerrissenen Matratzen, Frau Kroll im Winkel zwischen Dach und Fußboden auf einem Wollhaartuch und einem Bündel alter Kleider.

An diesem Tag war der Hausverwalter dreimal erschienen, um die Miete einzufordern. Beim drittenmal hatte er, da sie nicht zahlen konnte, gedroht, sie am Abend auf die Straße zu setzen. Eine Viertelstunde vor Christians und Iwan Beckers Ankunft war er in Begleitung des Pförtners und eines andern Untergebenen in den halbfinstern, übelriechenden Raum getreten und hatte sogleich Anstalten getroffen, seine Drohung auszuführen. Sein Gesicht machte eher den Eindruck der Gutmütigkeit als den der Härte; er tat sich etwas zugute auf den Humor, mit dem er seine amtlichen Verrichtungen würzte; das Schreien und Jammern beirrte ihn nicht im geringsten. Er sagte: »Hurtig, Kinder, hurtig;« oder: »Marsch, an die Gewehre, keine Lamentos, keine Zärtlichkeiten, keine Kniefälle; Zeit ist Geld, Geschwindigkeit ist halbe Arbeit.«

Wie immer bei solchem Anlaß gerieten alle nahe wohnenden Parteien in Bewegung und drängten sich auf dem Flur. Ein Weib mit gelben Haaren, im Hemde; ein andres im scharlachroten Schlafrock; ein Krüppel ohne Beine; ein Greis mit langem Bart; Kinder, die sich rauften; ein geschminktes Frauenzimmer mit einem Hut so groß wie ein Wagenrad, ein andres, das eine brennende Kerze trug, während ein Mann, der von der Straße mit ihr gekommen war, sich erschrocken ins Dunkel zu drücken bemüht war.

Dazwischen schallte das Weinen der Krollschen Kinder, das tonlose Bitten der Frau, die mit verstörten Blicken zuschaute, wie die Gehilfen des Exekutors ihre Habseligkeiten auf einen Haufen warfen. Der Vagabund fluchte, der Orgeldreher schleppte seinen Strohsack zur Tür, der Hausverwalter knipste mit den Fingern und sagte: »Hurtig, Kinder, mein Abendessen wird kalt, keine Lamentos, keine Zärtlichkeiten, hurtig, hurtig.«

21

Da traten Christian und Iwan Becker ein. Sie zwängten sich durch Gaffende, Christian im kostbaren Pelz. Der Verwalter blieb mit offenem Munde stehen. Seine Kreaturen rissen mechanisch die Kappen herunter. Iwan Michailowitsch wollte die Tür schließen, aber das Frauenzimmer mit dem großen Hut stand auf der Schwelle und wich nicht. »Die Tür sollte man zumachen,« sagte er zum Verwalter, und dieser ging hin und machte die Tür zu, wobei er die geschminkte Person einfach zurückstieß. Iwan Michailowitsch fragte, ob die Frau mit ihren Kindern delogiert werden solle. Der Verwalter antwortete, sie könne die Miete nicht zahlen, man habe bis heute, weit über die Frist, Nachsicht gehabt, länger gehe es nicht an, ohne daß die Ordnung litte und schlechtes Beispiel gegeben würde. Iwan Michailowitsch sagte, er verstehe; zu Christian gewandt, wiederholte er, als ob er Worte einer fremden

Sprache übersetze: »Sie kann den Zins nicht bezahlen.« Draußen ertönte ein Pfiff, und ein Frauenzimmer kreischte. Der Verwalter öffnete die Tür, schrie etwas hinaus und warf sie wieder ins Schloß, worauf Ruhe eintrat.

Frau Kroll kauerte zwischen ihren Kindern, die Ellbogen in den Schoß gewühlt. Sie hatte eine robuste Figur und ein knochiges Gesicht, fahl wie Brotteig und mit zentimetertiefen Gramfalten. Es sah totenkopfähnlich aus. Die Kinder starrten sie angstvoll an; zwei waren völlig unbekleidet, und der eine der nackten Körper war von Krätze bedeckt. Ob er etwas für die Leute tun wolle, erkundigte sich der Verwalter in biederem Ton bei Iwan Becker; Christian wagte er nicht einmal anzureden. »Ich denke, wir werden etwas für sie tun können,« versetzte Becker und kehrte sich Christian zu.

Christian hörte; Christian sah. Er nickte ein paarmal, was wie furchtsamer Übereifer wirkte.

Sein Blick fiel auf einen Waschkrug mit abgebrochenem Henkel; der Krug zeigte ein grünes Muster, eine banale Arabeske, die sich ihm einprägte. Dann wurde er von dem schief aufgestellten Fenster im Dach beunruhigt und dem Schneerand in der Rille. Dann gewahrte er einen einzelnen Stiefel mit einer dicken Kotkruste an der Sohle. Dann fesselte ein Strick seine Beachtung, der von einem Balken herabhing; dann die kleine Petroleumlampe, mit geschwärztem Zylinder. Nur Dinge, an denen sich sein Auge festsaugte. Aber die Dinge gingen in ihn über, und er verwandelte sich in sie. Er war selbst der Krug mit abgebrochenem Henkel und der grünen Bemalung, selbst das Fenster mit dem Schneerand darunter, selbst der Stiefel mit der Kotkruste, selbst der Strick, der vom Balken hing, selbst das Lämpchen mit dem berußten Zylinder. Er wurde in einem Schmelzfeuer umgeformt, Gestalt wechselte mit Gestalt, und obwohl er auch die Vorgänge spürte, die Menschen, diese Bettler, dieses Weib, die Kinder, Iwan Michailowitsch, den Verwalter und diejenigen, die draußen vor der Tür standen, war es sein innigstes Bemühen, sie noch von sich abzuhalten, eine kleine Weile noch, ehe sie mit ihrer Qual, ihrer Verzweiflung, ihrer Besessenheit, ihrer Grausamkeit über ihn stürzten: wilde Hunde über ein Stück Fleisch.

Ein Seufzer entrang sich ihm, ein verstörtes, wieder zurückfliehendes Lächeln trat auf seine Lippen. Eines der Kinder, ein vierjähriger Knabe mit einem unkenntlichen Fetzen angetan, schritt zu ihm, schaute an ihm empor wie an einem Turm. Zugleich waren die Augen aller andern auf ihn geheftet; er glaubte es wenigstens. Seine Brust wurde ein feuergefülltes Becken, getragen und in die Höhe gehoben von den mageren Armen des Knaben. Im Nu hatte er die Hand voller Goldstücke, machte eine Geste, die das Kind ermutigte, die offenen Hände ihm entgegenzustrecken, legte die Goldstücke hinein, von denen die kleinen Hände nur wenige fassen konnten, so daß sie, zum starren Erstaunen der Zuschauer, auf den Boden rollten.

Danach riß er die Brieftasche heraus, leerte sie mit nervösen Fingern bis auf den letzten Schein, sah sich um, trat auf das Weib zu, empfand eine gewisse Verachtung gegen sein hohes Dastehen, indes jene unten kauerte, kniete nieder, kniete nieder und ließ alle Geldscheine in ihren Schoß fallen. Er wußte nicht, wieviel Geld es war; später stellte es sich heraus, daß es viertausendsechshundert Mark waren. Er erhob sich wieder, ergriff Iwan Becker am Arm, und sein Blick wurde von diesem verstanden.

Es herrschte atemlose Stille, als sie gingen. Der Verwalter und seine Leute, die drei Bettgeher, die fünf Kinder, alle waren wie versteinert. Das Weib schaute mit stieren Augen den Reichtum in ihrem Schoße an. Sie stieß einen Schrei aus und verlor das Bewußtsein. Der Knabe spielte mit den Goldstücken, die leise klirrten, so wie nur Gold klirrt, melodisch und ohne Härte.

Auf der Straße unten sagte Iwan Michailowitsch zu Christian: »Daß Sie vor ihr niedergekniet sind, das war es, das ganz allein. Das andre, darin liegt etwas wie Verhängnis und Bitterkeit für mich. Aber daß Sie hingekniet sind – das, ja das!« Mit jäher Bewegung ergriff er Christians Kopf, stellte sich auf die Zehen und küßte ihn, mit einem Hauch nur, auf die Stirn. Danach murmelte er ein Abschiedswort und eilte die Straße hinunter, ohne des wartenden Automobils zu achten.

Christian gab seinem Chauffeur die Weisung, ihn nach Christiansruh hinauszufahren. Zwei Stunden später war er dort; in tiefer Ruhe, denn Ruhe war ihm not. Die Seinen ließ er telephonisch benachrichtigen, daß unvorhergesehene Ereignisse ihn verhindert hätten, bis zum Schluß des Abends zu bleiben, daß er aber bei Judiths Trauung bestimmt anwesend sein würde. Er begab sich in das entlegenste Zimmer des Hauses und blieb die Nacht über wach.

22

Sechs Wochen nach Judith heiratete Lätizia. Die Hochzeit fand aber, Stephan Gunderams Wunsch entsprechend, in der Stille statt. Bei dem einfachen Mahl in einem Heidelberger Hotel waren als Gäste Frau von Febronius, die Gräfin, die beiden Neffen Ottomar und Reinhold und ein argentinischer Freund Stephans anwesend, ein grober Riese, der für ein Jahr nach Deutschland geschickt worden war, um sich Schliff anzueignen.

Ottomar trug ein selbstverfertigtes Gedicht zum Preis seiner schönen Cousine vor. Reinhold sprach einen Toast im Stil der Tischreden Martin Luthers. Stephan Gunderam zeigte wenig Verständnis für die literarische Geistigkeit seiner neuen Verwandten.

Frau von Febronius war still, auch beim Abschied. Die Gräfin weinte sich die Augen aus dem Kopf. Sie versah Lätizia mit allerlei Regeln und Ratschlägen, aber das Schwierigste hatte sie sich, aus Feigheit, bis zuletzt aufgehoben. Sie zog Lätizia in ihr Zimmer und, bleich und rot in einem, war sie bestrebt, der Sorglosen einen Begriff von der Physiologie des ehelichen Lebens zu geben. Aber auch jetzt versagte ihr der Mut, und sobald sie auf den Kern des Gegenstandes dringen wollte, begann sie zu stottern und sich zu verwirren.

Lätizia amüsierte sich.

Stephan Gunderam hatte Eile fortzukommen, wie jemand, der einen Raub in Sicherheit bringen will.

Frau von Febronius sagte zu ihrer Schwester: »Es ahnt mir nichts Gutes von dieser Heirat, obwohl das Kind den Eindruck einer Glücklichen macht. Ihre Natur ist es, die sie gegen das Unglück wappnet; das ist die wunderbare Mitgift, die sie hat.« Da sagte die Gräfin mit gefalteten Händen und tränenverhängten Augen: »Wenn ich gesündigt habe, lieber Gott, so vergib es mir.«

Lätizia überstand die Seereise vortrefflich. Sie hielt sich mit ihrem Gatten einige Tage in Buenos Aires auf und lernte dort viele Leute kennen. Bekannte Stephans betrachteten sie mit teilnahmsvoller Neugier. Alles war anziehend und merkwürdig, Menschen, Häuser, Tiere, Pflanzen, Erde und Himmel. Am anziehendsten und merkwürdigsten aber war ihr noch immer die eifersüchtige Tyrannei des Mannes, dem sie vermählt war, obwohl sich bisweilen ein Tropfen Furcht in ihr Gefühl mischte. Aber sie scherzte die Anfechtung vor sich selbst hinweg.

Eines frühen Morgens stand eine feste, schwere Kutsche mit zwei kleinen, flinken Pferden bereit, um sie auf das dreißig Meilen entfernte Gut zu bringen. Mit Proviant reichlich versehen, verließen sie in schneller Fahrt die Stadt. Nach ein paar Stunden hörte die gebahnte Chaussee auf, etwa wie ein Bach versiegt, und die Ebene der Pampas dehnte sich bis an die Grenzen des Horizonts ohne Weg noch Weiser.

Oder doch; die Straße, welcher die Pferde zu folgen hatten, war links und rechts durch mannshohe Pfähle bezeichnet, die in Abständen von ungefähr zwanzig Metern in den Grasboden geschlagen waren. In dieser Zeile liefen die Tiere ruhig hin; der Neger auf dem Bock brauchte sie nicht anzufeuern; die eintönige und gefahrlose Fahrt erlaubte ihm zu schlafen.

Es gab keine Station; Futterrasten wurden, wenn die Tiere dessen bedurften und Wasser in der Nähe war, unter freiem Himmel gemacht. Kein Haus, kein Baum, kein Mensch zeigte sich von morgens bis abends. Lätizia verspürte Bangigkeit.

Sie hatte längst aufgehört zu sprechen oder Stephan zum Sprechen zu ermuntern. Er schlief wie sein Kutscher.

Als die Sonne hinter weißlichen Wolkenschleiern gesunken war, richtete sie sich auf und blickte suchend über die unendliche Grasfläche. Noch immer ragten die hohen Holzpfähle in ermüdender Regelmäßigkeit zu beiden Seiten der ungebahnten Straße.

Doch siehe, auf einem der Pfähle saß ein graubrauner Vogel, geduckt und unbeweglich, mit riesigen, runden Glühkohlenaugen.

»Was ist das für ein Vogel?« fragte sie.

Stephan Gunderam schreckte empor. »Eine Eule ist es,« antwortete er; »kennst du Eulen nicht? Bald wirst du mehr von ihnen sehen. Jeden Abend, wenn es dunkel wird, hocken sie auf den Pfählen. Schau hin, es fängt schon an, auf jedem Pfahl sitzt eine.«

Lätizia schaute hin, und wirklich, auf jedem Pfahl, hüben wie drüben, so weit der Blick reichte, auf jedem Pfahl saß mit riesigen, kreisrunden Glühkohlenaugen feierlich träg und schwer eine Eule.

Eh der Silberstrick reißt

1

Das Fräulein von Einsiedel nahm die zärtliche Tändelei mit Crammon ernst. Als Crammon dies merkte, wurde er kalt und war darauf bedacht, sich die drohende Unbequemlichkeit vom Halse zu schaffen.

Sie schickte ihm durch ihre Jungfer dringliche kleine Briefchen; er beantwortete sie nicht. Sie ersuchte ihn um ein Stelldichein, er versprach zu kommen und kam nicht. Vorwurfsvoll fragte sie nach dem Grund; er schlug die Augen nieder und antwortete betrübt: »Ich habe mich in der Stunde geirrt, liebe Freundin. Mein Geist ist seit einiger Zeit in einem Zustand von Abwesenheit. In der Frühe wache ich manchmal auf und denke, es ist noch Abend. Ich setze mich zu Tisch und vergesse zu essen. Ich brauche eine Kur, ich muß einen Arzt konsultieren. Haben Sie Nachsicht mit mir, Elise.«

Aber Elise wollte nicht verstehen. Sie gehörte, nach Crammons bedauerndem Tadel, zu denen, die aus einem Kuß und aus einer Nacht alle Folgerungen ziehen, welche einem Mann unter Umständen lästig fallen.

Crammon sagte zu sich selbst: »Sei robust, Bernhard Gervasius. Laß dich von deiner angeborenen Delikatesse nicht zum Schwächling machen. Hier ist eine Mausefalle, der Speck riecht meilenweit. So ein hübsches und gutes Kind und so verblendet! Als ob nicht ein kurzes Vergnügen einem langen Jammer vorzuziehen wäre.«

Und er packte für alle Fälle seine Koffer.

2

Crammon hatte erfahren, wo Christian an Judiths Polterabend hingegangen und wer sein Begleiter gewesen war. Der Chauffeur hatte geplaudert, darauf hatte Crammon in seiner brüderlichen Besorgnis Nachforschungen gehalten, und die unbestimmten Gerüchte, die bis nach Wahnschaffeburg gedrungen waren, hatten sich bestätigt.

Eines Morgens, sie waren in Christiansruh alle beide, trat Crammon in Christians Zimmer und sagte: »Ich muß endlich reden. Der Kummer nagt an mir. Schäm dich, Christian. Schäm dich deiner Heimlichkeit.

Gesellst dich zu landesflüchtigen Aufwieglern und Bombenschleuderern und verwirrst armes unschuldiges Volk durch hirnlose Generosität. Wohin soll das führen?«

Christian lächelte und schwieg.

»Wie kannst du dich nur so bloßstellen!« rief Crammon, »dich, deine Familie, deine Freunde! Ein Wort im Vertrauen, lieber Schatz: wenn du dir etwa einbildest, du hättest dem Weibe aus ihrem Jammer geholfen, zu dem dich der russische Desperado geschleppt hat, befindest du dich auf dem Holzweg. Die Illusion kann ich dir glücklicherweise rauben.«

»Hast du etwas über sie gehört?« erkundigte sich Christian mit überraschender Gleichgültigkeit in Ton und Miene.

Crammon dehnte sich aus und erzählte saftig breit: »Allerdings. Ich war sogar mit der hohen Polizei in Verhandlung und habe dir Unannehmlichkeiten erspart. Die Frau hätte verhaftet und das Geld konfisziert werden sollen. Dies habe ich zum Glück verhindert. Denn obgleich ich der Meinung bin, daß Ordnung sein muß im Staate, so halt ich es doch nicht für wünschenswert, daß die Obrigkeit ihre Nase in unsere Privatangelegenheiten steckt. Sie soll ihre Pflicht tun, daß es uns wohlergehe auf Erden, mehr wird nicht von ihr verlangt. Soviel hievon. Über deinen Schützling kann ich dir wenig Erfreuliches mitteilen. Das Gelichter dort in dem Haus war außer Rand und Band über den Goldregen. Sie sind alle um sie herumgelegen und haben gebettelt, und einige haben gestohlen, und es gab Streit, und einer stieß einem ein Messer in die Gedärme, und die rabiate Frau schlug mit der Ofenschaufel um sich, und die Wache mußte einschreiten. Dann ist die Frau in ein anderes Quartier gezogen, hat allerlei Krimskrams gekauft, Möbel, Betten, Kleider, Küchengeschirr und sogar eine Schwarzwälderuhr. So eine Schwarzwälderuhr, mußt du wissen, ist ein Greuel. Es kommt immerfort ein Kuckuck heraus und schreit. Ich bin einmal bei Leuten zu Gast gewesen, die hatten drei von der Sorte; kaum war ich eingeschlafen, so krächzte das Vieh. Zum Verrücktwerden; dabei ganz reizende Menschen sonst. Was das Krollsche Eheweib betrifft, so ist seit deiner Schenkung kein Funken Verstand mehr in ihr. Das Geld hat sie in einer Schatulle, die trägt sie Tag und Nacht mit herum und läßt sie nicht aus den Augen. Sie spielt in der Lotterie, kauft sich Zehnpfennigromane, die Kinder verludern genau so wie früher, das Hauswesen verkommt genau so wie früher, bloß daß der scheußliche Kuckuck dazu brüllt. Was hast du also geleistet? Wo ist der Segen? Das Volk verträgt keine plötzlichen Glücksfälle. Du kennst das Volk nicht, du weißt nichts von ihm, also laß es ungeschoren.«

Christian schaute durchs Fenster in den bewölkten Himmel. Dann kehrte sein Blick zu Crammon zurück. Er sah, wie wenn er es noch nie gesehen hätte, daß Crammon ziemlich fette Wangen und ein in weiches Fleisch gebettetes Kinn mit einem Grübchen besaß. Er konnte sich nicht entschließen, ihm zu antworten. Er lächelte und schlug die Beine übereinander.

Die schönen Beine, dachte Crammon mit einem Seufzer, die prachtvollen Beine.

3

Ein paar Tage später kam Crammon wieder, um Christian auf den Zahn zu fühlen.

»Du gefällst mir nicht, mein Lieber,« fing er an, »ich müßte lügen, wenn ich sagen sollte, daß du mir gefällst. Heute ist es eine Woche, daß wir uns auf dieser Villegiatur mopsen. Zugegeben, es ist ein reizender Landaufenthalt, im Frühling und im Sommer, in lustiger Gesellschaft, wenn man Feste im Park feiern kann und die Städte vor Langweile sieden. Aber jetzt, mitten im Winter, ohne Orgien, ohne Turbulenz, ohne Damen, was für einen Zweck hat es? Warum verkriechst du dich? Warum läßt du den Kopf hängen? Worauf wartest du? Was hast du vor?«

»Du fragst so viel, Bernhard,« erwiderte Christian; »du solltest nicht so viel fragen. Es ist hier so gut wie anderswo. Sag mir einen Ort, wo es besser ist.«

Crammon schöpfte Hoffnung, und im Vorgefühl gemeinsamer Genüsse verklärten sich seine Mienen. »Einen Ort, wo es besser ist? Mein Engel, jedes Eisenbahnkupee ist besser. Das schmierige Antichambre der Madame Simchowitz in Mannheim ist besser. Immerhin, wir können uns einigen. Ich unterbreite dir einen exzellenten Plan. Zunächst Palermo; Conca d'oro, der Monte Pellegrino, Sizilianerinnen auf dem Kirchgang, lüstern hinter Tugendschleiern äugend. Von dort machen wir einen süßen Abstecher nach Neapel. Magnet: Fräulein Ivonne. Die schwärzesten Haare, die weißesten Zähne, die vollendetsten kleinen Füße Europas; die Gegenden dazwischen – sublim. Hierauf depeschieren wir an Prosper Madruzzi, der im Palazzo venezia Trübsal bläst und nur darauf wartet, uns in die erlauchten Zirkel der römischen Hochwelt einzuführen. Da hat man nur mit Contessas, Marchesas und Principessas zu tun; die Originale aller fünf Kontinente wimmeln durcheinander wie in einem wunderbaren Irrenhaus; fischblütige Amerikanerinnen treiben Unfug mit heißblütigen Lazzaronis, die märchenhafte Namen und geschmacklose Seidenstrümpfe haben; jede Hundehütte erhebt Anspruch, eine Kuriosität zu sein, vor jedem Steinhaufen kannst du deine Bildung bereichern, und auf Schritt und Tritt stolperst du über gigantische Meisterwerke der Kunst.«

Christian schüttelte den Kopf. »Es lockt mich nicht,« sagte er.

»Also einen andern Vorschlag,« fuhr Crammon fort; »geh mit mir nach Wien. Es ist das eine Stadt, die deine Beachtung verdient. Hast du schon einmal vom Messias gehört? Der Messias ist eine Persönlichkeit, mit welcher die Juden ihre Zeitrechnung abzuschließen gedenken, und wenn er kommt, begrüßen sie ihn mit Zimbeln und Schalmeien. So wird ein Fremder von Distinktion in Wien empfangen. Wer sich ein bißchen geheimnisvoll gibt, mit Trinkgeldern nicht kargt und hie und da einem, der zu vertraulich wird, einen Nasenstüber versetzt, vor dem liegt die Gesellschaft auf dem Bauch. Es herrscht eine angenehme Sorte Schlamperei, die alles erlaubt, was verboten ist. Die Weiblichkeit ohne Konkurrenz; das Rindfleisch bei Sacher unvergleichlich; der Walzer, wo immer ein Musikant und eine Geige sich zusammentun, elektrisierend; eine Fahrt zum Lusthäuschen, ich bitte, ausdrücklich Lusthäuschen, ein Traum. Wahrhaftig, ich sehne mich. Ich sehne mich nach der schmeichelnden Luft, nach Backhühnern und Rahmstrudel, nach meinem Retiro mit den Möbeln aus der Maria-Theresia-Zeit und nach meinen beiden lieben Damen. Raff dich auf und komm mit.«

Christian schüttelte den Kopf. »Nichts für mich,« sagte er.

Da stieg die Röte der Entrüstung in Crammons Gesicht, und seine Augen blitzten. »Nichts für dich? Schön. Den Harem des Großsultans kann ich dir nicht zur Verfügung stellen, die Gärten des Propheten auch nicht. So überlass ich dich denn deinem Schicksal und zieh von dannen.«

Christian lachte, denn er glaubte nicht daran. Aber am andern Tag nahm Crammon mit allen Merkmalen tiefen Grames Abschied und reiste.

4

Christian blieb in Christiansruh. Es trat starker Schneefall ein; das Jahr ging zu Ende.

Er nahm keine Besuche an; Briefe und Aufforderungen von Freunden beantwortete er nicht. Das Weihnachtsfest hätte er bei den Eltern in Wahnschaffeburg verbringen sollen; er ließ sich entschuldigen.

Da Christiansruh, seit er majorenn geworden, völlig in seinen Besitz übergegangen war, befanden sich dort alle Kunstgegenstände die ihm gehörten, die Plastiken, Bilder, Miniaturen und die Dosensammlung. Er war spezieller Liebhaber von Dosen.

Die Händler schickten ihm ihre Kataloge; wenn bedeutende Auktionen stattfanden, hatte er seinen Vertrauensmann dabei. Diesem gab er die Aufträge telegraphisch, und es kam dann: ein Becher aus Bergkristall, ein Service aus echtem Meißner, eine Kohlenzeichnung von Van Gogh. Besah er das Erworbene, so war er enttäuscht. Es war nicht so selten und nicht so kostbar, wie er erwartet hatte.

So kaufte er eine Bibel aus dem sechzehnten Jahrhundert, auf Pergament gedruckt, mit farbigen Initialen innen und silbernen Beschlägen am Deckel. Sie hatte vierzehntausend Mark gekostet und enthielt das Exlibris des Kurfürsten August von Sachsen. Er durchblätterte sie neugierig, ohne der Worte zu achten, die ihm fremd waren und nichts besagten. Nur das Bewußtsein der Seltenheit und Kostbarkeit ergötzte ihn; aber er wünschte sich Selteneres und Kostbareres als dieses Buch.

Jeden Morgen fütterte er die Vögel. Mit einem Körbchen voll Brosamen trat er aus dem Portal, und sie flogen von allen Seiten herbei, da sie ihn und seine Stunde kannten. Sie waren hungrig, und er schaute zu, wie sie emsig pickten. Hierbei vergaß er, was er sich wünschte.

Einmal ging er in Jagdausrüstung fort und schoß einen Hasen. Als das Tier mit gebrochenen Augen vor ihm lag, konnte er es nicht anrühren. Er, der schon so viele Tiere gejagt und getötet hatte, verspürte Abneigung gegen dieses Tun und ließ die Beute liegen, um die er bald die Raben schreien hörte.

Die meisten Wege führten ihn durchs Dorf, das eine Viertelstunde vom Christiansruher Park entfernt lag. Am Ende des Dorfes stand an der Landstraße das Försterhaus. Einige Male war ihm dort am Fenster das Gesicht eines jungen Menschen aufgefallen. Er glaubte sich der Züge zu erinnern; es mußte Amadeus sein, der Sohn des Försters Voß.

Als sechsjähriger Knabe war er bisweilen in das Försterhaus gekommen; Christiansruh war erst später gebaut worden, und sein Vater hatte hier eine Jagd gepachtet und sich, jeweils ein paar Tage nur, im Försterhaus einquartiert. Da war Amadeus Christians Spielgefährte gewesen.

Das Gesicht, welches ihm nun diese Kinderzeit zurückrief, war entfärbt und hohlwangig; es hatte dünne, gerade Lippen, und der Kopf war von schlichtem, weißblondem Haar bedeckt. Die stark geschliffenen Gläser einer Brille ließen es wegen der Lichtreflexe augenlos erscheinen.

Christian wunderte sich, daß der junge Mensch Tag für Tag stundenlang am Fenster saß und unbeweglich durch die Scheiben auf die Straße starrte. Ein Geheimnis rührte ihn deutlich an; eine Kraft aus der Tiefe langte nach ihm.

Eines Tages begegnete ihm der Schulze am Parktor. Grüßend blieb Christian stehen. »Lebt der Förster Voß noch?« fragte er.

»Nein, der Förster ist vor drei Jahren gestorben,« antwortete der Schulze. »Aber seine Witwe wohnt noch im Hause; man hat ihr zwei Stuben überlassen; der jetzige Förster ist unverheiratet, und die Frau stört ihn nicht. Sie erkundigen sich wohl des Amadeus halber, der jetzt plötzlich da ist, kein Mensch weiß, warum –?«

»Was ist's mit ihm?« forschte Christian.

»Er war zum Geistlichen bestimmt und kam aufs katholische Seminar nach Bamberg. Man hat immer nur das Beste über ihn gehört, seine Lehrer lobten ihn über den grünen Klee. Stipendien wurden ihm verschafft, und man dachte wunder was aus ihm werden würde. Im vorigen Winter wurde er von seinen Oberen für eine Hofmeisterstelle an den Bankdirektor und Geheimrat Ribbeck empfohlen. Sie werden den Namen wohl gehört haben; ein großes Tier, der Geheimrat. Die zwei Knaben, die Voß erziehen sollte, leben auf Halbertsroda, einem Gut in Oberfranken; die Eltern waren nur selten bei ihren Kindern. Soll übrigens eine unglückliche Ehe sein. Alles schien in schönster Ordnung, und man dachte, dem Amadeus gehe nichts ab, bei seinen natürlichen Gaben und mit solchen Beschützern. Auf einmal kommt er mit Sack und Pack hier an, rührt sich nicht aus der Stube, kümmert sich um keine Seele, schaut in kein Buch, fällt seiner alten Mutter zur Last, und wenn man ihn anreden will, knurrt er wie ein böser Hund. Es müssen sich dort in Halbertsroda tolle Sachen ereignet haben. Näheres ist nicht zu erfahren, nur hin und wieder brodelt was auf, ein Gerücht oder ein Verdacht, als obs mit der Geheimrätin was gegeben hätte.«

»Hatte der Förster nicht noch einen Sohn?« unterbrach Christian den Geschwätzigen. Es war die dämmernde Erinnerung an ein Kindererlebnis in ihm erwacht.

»Ganz recht,« sagte der Schulze, »er hatte noch einen Sohn. Dietrich hieß er und war taubstumm.«

»Ja, er war taubstumm,« sagte Christian.

»Er ist mit vierzehn Jahren verstorben,« fuhr der Schulze fort. »Eines unaufgeklärten Todes eigentlich. Am Abend des Sedanfestes war es, da ging er hinaus, um sich die Scheiterbrände anzusehen, und am andern Morgen fanden wir seine Leiche im Fischteich.«

»War er ertrunken?«

»Er muß wohl ertrunken sein,« antwortete der Schulze.

Christian nickte ihm zu und ging langsam durchs Tor dem Hause entgegen.

5

Lätizia war mit ihrem Mann im Opernhaus zu Buenos Aires. Man gab eine Operette, die schal war wie die Tümpel der Pampas.

In der Nachbarloge saß ein hübscher junger Mann, und Lätizia konnte nicht umhin, seine huldigenden Blicke bisweilen zu bemerken. Da fühlte sie sich hart am Arm gepackt. Es war Stephan, der ihr wortlos befahl, ihm zu folgen.

Draußen im verdunkelten Korridor näherte er sein bläulich-weißes Gesicht ihrem Ohr und zischte: »Blinzelst du noch ein einziges Mal zu dem Laffen hinüber, so stoß ich dir meinen Dolch in die Brust. Richte dich danach. Hierzulande macht man in solchen Fällen kurzen Prozeß.«

Sie traten wieder in die Loge. Stephan lächelte mit glitzernden Zähnen wie ein Torero und steckte ein Stück Schokolade in den Mund. Lätizia sah ihn von der Seite an und dachte neugierig darüber nach, ob er wirklich einen Dolch bei sich trug.

Als sie in der Nacht auf die Estanzia zurückfuhren, erdrückte sie Stephan beinahe mit seinen Liebkosungen. Sie wehrte ihn ab und bat: »Zeig mir den Dolch, Stephan; gib ihn mir, ich will ihn sehen.«

»Was für einen Dolch, du Närrin?« fragte er verwundert.

»Den Dolch, den du mir ins Herz stoßen wolltest.«

»Laß das nur sein,« entgegnete er dumpf; »jetzt ist nicht die Zeit, von Mord und Dolch zu reden.«

Aber Lätizia bestand eigensinnig darauf, sie wolle den Dolch sehen. Da ließ er von ihr und verfiel in düsteres Schweigen.

Und Lätizia sah, daß sie mit ihm spielen konnte. Sein düsteres Schweigen schreckte sie nicht mehr, der große Schädel nicht auf seinem Stiernacken, der lippenlose Mund nicht, das entfärbte Gesicht nicht, die außerordentlich kleinen Hände bei solcher Kraft nicht. Sie wußte, daß sie mit ihm spielen konnte.

Große Glühwürmer flogen durch die Luft und saßen allenthalben im Gras. Als der Wagen vor der Villa hielt, deutete Lätizia mit Rufen des Entzückens um sich. Es war ein Funkenregen; die leuchtenden Tiere umschwirrten die Fenster, das Dach, die Pflanzengewinde und waren sogar in den Flur gedrungen.

Lätizia blieb vor der finsteren Stiege stehen, betrachtete das phosphorische Geflimmer und fragte ängstlich, mit einer kaum vernehmlichen Selbstverspottung in der tiefen Stimme: »Sag, Stephan, mein Lieber, können sie nicht das Haus in Brand setzen?«

Der Neger Scipio, der mit der Lampe aus einer Tür trat, hörte es und grinste.

6

Am Dreikönigstag kam Randolph von Stettner mit mehreren Freunden nach Christiansruh. Sie hatten telephonisch angefragt, und Christian hatte Gesellschaft so lange entbehrt, daß er sie gern aufnahm und bewirtete. Randolph zu sehen, war ihm stets angenehm. In seiner Begleitung fanden sich zwei Kameraden, ein Baron Forbach und ein Hauptmann von Griesingen, ferner ein junger Privatdozent, Doktor Leonrod, der bei den Bonner Husaren sein Jahr abdiente und ebenfalls in Uniform war. Christian kannte ihn von den Kommersabenden der Borussen her.

Es gab ein köstliches Mahl, und danach gab es köstliche Zigarren und Schnäpse.

»Ich sehe zu meiner Beruhigung, daß du die Leiblichkeit noch nicht verachtest,« sagte Randolph von Stettner zu Christian.

Hauptmann von Griesingen seufzte: »Wer könnte sie verachten, da sie uns so hart zusetzt und so verführerisch umgaukelt. Was ist nicht alles begehrenswert! Frauen, Pferde, Weine; Macht, Ruhm, Geld und Liebe. Ein Juwelenhändler in Frankfurt, David Markuse, hat jetzt einen

Diamanten erworben und bietet ihn zum Kauf an, der über eine halbe Million kosten soll. Danach gelüstet mich zwar nicht, aber die Dinge sind doch da und werden besessen und geben Glück.«

»Es ist der Diamant Ignifer,« bemerkte Doktor Leonrod, »ein wahrer Abenteurer unter den Edelsteinen.«

»Ignifer, ein Name, der einem Diamanten ansteht,« sagte Randolph von Stettner; »aber warum sprechen Sie mit soviel Beziehung von ihm? Was unterscheidet ihn von seinesgleichen, die Höhe des Preises ausgenommen? Hat er so ungewöhnliche Schicksale gehabt?«

»Durchaus,« antwortete Doktor Leonrod, »durchaus ungewöhnliche. Ich weiß zufällig Genaueres über ihn, da ich mich, in meiner Eigenschaft als Mineraloge, manchmal auch für Edelsteine interessiere.«

»Also erzählen Sie!« riefen die jungen Offiziere.

»Der Käufer des Ignifer würde nicht wenig Mut beweisen,« fing Doktor Leonrod an; »denn der Stein ist von Verhängnis umwittert. Seine erste Besitzerin war nachweislich Madame de Montespan; sie ist gleich hernach von ihrem Herrn verstoßen worden. Dann war er Eigentum der Königin Marie Antoinette. Er wog damals fünfundneunzig Karat. Während der Revolution wurde er gestohlen und kam, entzweigespalten, erst fünfzig Jahre später wieder zum Vorschein; er wog nur noch sechzig Karat. Es erwarb ihn ein Engländer, Thomas Horst, der durch Mord endete. Die Erben verkauften ihn nach Amerika; die Dame, die ihn trug, eine Mrs. Melmcoast, wurde auf einem Ball von einem Tobsüchtigen erdrosselt. Darauf kaufte ihn ein Fürst Alexander Tschernitscheff, brachte ihn nach Rußland und lieh ihn seiner Geliebten, einer Schauspielerin. Sie wurde von einem andern Liebhaber auf offener Szene erschossen, der Fürst selbst fiel durch die Kugel eines Nihilisten. Nun gelangte der Stein nach Paris, und der Sultan Abdul Hamid ließ ihn für seine Favoritin kaufen. Die Favoritin wurde vergiftet, das Ende des Sultans ist bekannt. Nach der türkischen Revolution wanderte der Ignifer wieder nach Westen, dann abermals nach Osten, denn der neue Besitzer, Tavernier war sein Name, reiste nach Indien und kam bei einem Schiffbruch in der Nähe von Singapore ums Leben. Man glaubte eine Zeitlang, daß der Diamant mit ihm verlorengegangen sei. Es war ein Irrtum; der Stein war in einem Bankhaus in Kalkutta deponiert, und jetzt ist er wieder in Europa und wieder feil.«

»Er muß einen bösen Geist beherbergen,« sagte Randolph von Stettner, »und ich gestehe, es verlangt mich nicht nach ihm. Ich bin ja nichts weniger als abergläubisch, sind aber die Tatsachen so aufdringlich, wie in diesem Fall, dann wird die erleuchtetste Skepsis zuschanden.«

»Was tut das, wenn der Stein schön ist, wenn er unvergleichlich schön ist!« sagte Christian mit einem trotzigen und in sich gekehrten Ausdruck. Er blieb wortkarg, auch als sich die Unterhaltung andern Gegenständen zuwandte.

Am nächsten Mittag befahl er, daß das Auto vorfahre. Er fuhr nach Frankfurt in die Hochstraße, wo das Geschäft des Juwelenhändlers David Markuse war.

7

Herr Markuse kannte Christian.

Ignifer war in einem Kassenschrank verwahrt, der in einem feuer- und einbruchssicheren Gewölbe stand. Herr Markuse nahm ihn aus einem schwierig zu öffnenden Behälter, legte ihn auf die grüne Bespannung des Tischs und trat zurück, indem er Christian ansah.

Christian blickte stumm in das konzentrierte Strahlenfeuerwerk. Sein Gedanke war: Da ist das Seltenste und Kostbarste; Selteneres und Kostbareres gibt es nicht. Daß er den Diamanten haben müsse, beschloß er sogleich.

Die Farbe des Steins war etwas zitronengelblich. Er war als reich facettierte Briolette geschliffen. In einem Viertel der Höhe war eine Rille eingearbeitet, so daß ihn eine Frau an einer Schnur oder dünnen Kette am Hals tragen konnte.

Herr Markuse hob ihn auf ein weißes Blatt und behauchte ihn. »Er ist vom zweiten Wasser,« sagte er, »aber er hat weder Asche, noch Rost, noch Knoten. Sie sehen keine Adern an ihm, keine Sprünge und Cracks; keine Federn, Wolken und Körner und nicht die Spur von Stroh. Er ist ein Wunder der Natur.«

Fünfhundertfünfzigtausend Mark war der Preis. Christian stellte sein Anerbieten dagegen. Herr Markuse sah auf die Uhr. »Ich war einer Dame im Wort geblieben,« erklärte er; »die Zeit ist jedoch um.« Sie einigten sich auf fünfhundertzwanzigtausend Mark. Die Hälfte sollte bar, der Rest in zwei verschieden befristeten Wechseln bezahlt werden. »Der Name Wahnschaffe ist genügende Garantie,« sagte der Händler.

Christian wog den Diamanten in der Hand und legte ihn wieder hin.

David Markuse lächelte. »Bei meinem Geschäft lernt man Menschen beurteilen,« sagte er ohne Vertraulichkeit. »Sie kaufen in einer tieferen Absicht, die Ihnen vielleicht selbst nicht bekannt ist. Die Seele des Diamanten hat Sie verführt. Denn der Diamant hat eine Seele.« »Meinen Sie wirklich?« Christian wunderte sich.

»Ich weiß es. Es gibt Menschen, die alle Scham verlieren, wenn sie so eines Steins ansichtig werden. Die Nasenflügel beben, die Wangen werden fahl, die Finger greifen unsicher, die Pupillen vergrößern sich, jede Bewegung ist ein Selbstverrat. Andre wieder werden eingeschüchtert oder betäubt oder traurig. Man gewinnt merkwürdige Einblicke. Masken fallen. Der Diamant macht die Menschen durchsichtig.«

Die indiskrete Wendung des Gesprächs mißfiel Christian. Aber er hatte schon oft die Wahrnehmung gemacht, daß etwas in seinem Wesen sein mußte, das andre zur Mitteilsamkeit und zu Eröffnungen aufforderte. Er erhob sich und versprach, am Abend wiederzukommen.

»Die Dame, von der ich sprach, war gestern hier,« fuhr Herr Markuse fort, ihn zur Tür begleitend; »eine wunderbare Dame. Als sie hereinkam, dachte ich: Geht man so? Ist es möglich, so zu gehen? Nun, ich erfuhr bald, daß sie eine berühmte Tänzerin ist. Sie wohnte im Palasthotel und hatte, auf der Reise von Paris nach Rußland, einen Tag Aufenthalt genommen, um den Ignifer zu sehen. Ich zeigte ihr den Diamanten. Sie stand wenigstens fünf Minuten regungslos, und ihr Gesicht hatte dabei einen Ausdruck – wäre es nicht ein großer Teil meines Vermögens, ich hätte sie gebeten, das Juwel zu behalten. Solche Momente sind freilich nicht eben häufig in diesem Beruf. Sie wollte heute wiederkommen, aber, wie gesagt, die Zeit ist um.«

»Und Sie wissen nicht ihren Namen?« fragte Christian befangen.

»Doch; Eva Sorel ist der Name. Haben Sie von ihr gehört?«

Das Blut schoß Christian ins Gesicht. Er ließ die Klinke los, die er gefaßt hielt. »Eva Sorel ist hier?« murmelte er. Rasch nahm er sich wieder zusammen und öffnete die Tür zu einem leeren Zimmer, dessen Fußboden ein roter Teppich bedeckte, während an den Wänden Ebenholzschränke standen. Fast zu gleicher Zeit wurde die gegenüberliegende Tür aufgerissen, und an der Spitze einer Gruppe von vier Herren trat Eva Sorel auf die Schwelle.

Christian blieb stehen.

»Eidolon!« rief Eva aus. Sie faltete die Hände mit jener nur ihr allein eignen enthusiastischen und beglückten Gebärde.

8

Die Herren, die mit ihr waren, kannte Christian nicht. Gesichtsschnitt und Kleidung bezeichneten sie als Fremde. An überraschende Vorgänge im täglichen Leben der Tänzerin gewöhnt, betrachteten sie Christian mit kühler Neugier.

Eva war in grauem Maulwurfspelz von Kopf bis zu den Füßen. An der Pelzkappe war eine Agraffe mit einem vollendet schönen Rubin und einer Reiherfeder befestigt. Unter der Kappe quoll das honigfarbene Haar in seiner Fülle hervor. Das Gesicht war von der Winterluft aufs zarteste gerötet.

Mit ein paar stürmischen Schritten stand sie vor Christian, und ihre weißbehandschuhten Hände griffen nach seinen beiden. Ihr großflammender Blick scheuchte Bewußtsein, Freude, Gegenwartsgefühl ins Innerste. Auf seinen Zügen malte sich Furcht. Wie ein Spielball, den man schleudert, fand er sich wehrlos und wartete auf das Ziel.

»Du hast den Ignifer gekauft?« war ihr erstes Wort. Da er schwieg, wandte sie sich mit einem Aufziehen der Brauen an David Markuse.

Der Juwelenhändler verneigte sich und sagte: »Ich glaubte nicht mehr auf Sie rechnen zu dürfen, Madame. Es tut mir herzlich leid.«

»Es ist wahr, ich habe zu lange gezaudert,« antwortete Eva in ihrem melodischen Deutsch von merkbar fremdem Tonfall. Sich wieder zu Christian kehrend, fuhr sie fort: »Vielleicht macht es keinen Unterschied, Eidolon, ob du ihn hast oder ob ich ihn habe. Er ist wie ein Herz, das der Ehrgeiz in Kristall verwandelt hat. Aber du bist ja nicht ehrgeizig; wärst du es, so hätten wir uns hier getroffen wie zwei Vögel, die vom Gewitter in das nämliche Felsenloch gewirbelt werden. Die Kostbarkeit macht mir fast ein Gespenst aus ihm, und schenken dürfte ihn mir keiner, der nicht weiß, was er bedeutet. Und wer sollte wissen? Sie schenken Ware, das ist alles.«

David Markuse schaute sie voll Bewunderung an und nickte.

»Es heißt, daß er Unglück über die bringt, die ihn besitzen,« sagte Christian leise.

»Willst du dich an ihm versuchen, Eidolon, und es auf eine Probe ankommen lassen? Den Dämon herausfordern, der etwas gegen dich vermag? Vielleicht rächt er sich nur an Unwürdigen, die ihn erschlichen haben. Auch mich hat er gelockt. Sein Name hat mich neidisch gemacht; als ich ihn hielt, war er wie der Nabel des Buddha; man kann die Gedanken nicht mehr von ihm reißen, wenn man ihn gesehen hat.«

Da sie merkte, daß die Gegenwart von Zeugen Christian befangen machte, faßte sie ihn am Arm und zog ihn in eine Fensternische hinter Gardinen.

»Sicher bringt er Unglück über Menschen,« wiederholte Christian mechanisch. »Wie kann ich ihn behalten, da Sie, Eva, sich ihn gewünscht haben?«

»Behalt ihn nur und entzaubre ihn,« versetzte Eva und lachte. Da er ernst blieb, leistete sie für das Lachen Abbitte durch eine Geste, mit der sie gleichsam etwas Leichtes aus der Hand warf. Sie betrachtete ihn schweigend. In dem scharfen Schneelicht am Fenster waren ihre Augen grün wie Malachit. »Was tust du?« fragte sie, »du blickst so einsam.«

»Ich lebe seit einiger Zeit ziemlich allein,« antwortete Christian, dessen Äußerungen immer trocken und präzis waren; »auch Crammon hat mich verlassen.«

»Iwan Becker hat mir von dir geschrieben,« sagte Eva mit gedämpfter Stimme. »Den Brief hab ich geküßt. Ich hab ihn auf meiner Brust getragen und die Worte manchmal vor mich hin gestammelt. Gibt es eine Auferweckung? Kann die Seele aus der Finsternis herauswachsen wie eine Blume aus der Wurzel? Aber da stehst du und rührst dich nicht, Hochmütiger! Sprich, die Zeit ist kurz.«

»Wozu sprechen?« wehrte Christian ab.

Obgleich sein Blick unsehend starr blieb, entging es ihm nicht, daß Evas Gesicht verändert war. Ein neuer Zug von Strenge lag darin; gesteigerter Wille durchdrang die Muskulatur bis in das Heben und Senken der langen Wimpern. Erfahrung von Menschen und Dingen hatte ihm Leuchtkraft verliehen; die unbegrenzte Herrschaft über sie einen Hauch von Fürstlichkeit.

»Ich hatte nicht vergessen, daß du in dieser Stadt wohnst,« begann sie wieder, »aber in den gehetzten Stunden war für dich kein Platz. Sie zählen meine Schritte und lauern auf das Ende von meinem Schlaf. Ein Gefängnis sollt ich mir verlangen oder einen selbstlosen Freund, der mich zwingt, sparsam mit mir zu sein. Als ich in Lissabon war, schenkte mir die Königin einen herrlichen großen Hund, der mir so ergeben war, daß ich es in allen Gliedern spürte; eine Woche darauf lag er vergiftet an der Gartenpforte. Ich hätte Trauer um ihn tragen mögen. Wie stumm und wachsam er war, und wie er lieben konnte.« Sie zog frierend die Schultern hinauf, ließ sie wieder fallen, und mit Hast in der Stimme fuhr sie fort: »Ich werde dich rufen. Wirst du kommen, wenn ich dich rufe? Wirst du bereit sein?«

»Ich werde kommen,« antwortete Christian einfach, aber sein Herz klopfte.

»Fühlst du noch für mich? Unverändert? Unveränderlich?« Ihr Blick hatte ein unbeschreibliches Empor, und der vom Geiste her bewegte Körper schlüpfte aus einer Hülle.

Er beugte nur das Haupt.

»Und wie steht es mit der Cortesia?« Sie trat näher, so nah, daß Christian ihren Atem roch. »Er lächelt,« rief sie, und ihre Lippen wichen von den Zähnen, »statt ein einziges Mal in die Knie zu sinken und zu rasen oder zu jubeln, lächelt er! Gib acht, du mit deinem Lächeln, daß ich nicht Lust bekomme, es auszulöschen.« Sie riß von der Rechten den Handschuh und reichte Christian die entblößte Hand, die er gehorsam mit den Lippen berührte. »So gilt es, Eidolon,« sagte sie heiter und mit einem Ausdruck von Verführung, »und du bist bereit. *Messieurs,*« wandte sie sich, aus der Nische tretend, an die Herren ihres Geleits, die sich, je zu zweien, flüsternd unterhielten, »*nous sommes bien* pressés.«

Sie grüßte den Juwelenhändler mit einem kleinen Neigen der Reiherfeder, und die vier Herren ließen die Flinkschreitende an sich vorüber, um ihr geräuschlos und ehrerbietig zu folgen.

9

Als Christian durchs Dorf ging und Amadeus Voß am Fenster sah, blieb er stehen.

Voß erhob sich plötzlich und öffnete das Fenster, worauf Christian sich näherte.

Es war Tauwetter; von den Dachrinnen tropfte das Wasser. Christian empfand die leichtbewegte, nasse Luft als etwas Wehtuendes.

Vossens Augen hinter den starkgeschliffenen Gläsern glitzerten gelb. »Wir sollten uns kennen,« sagte er. »Obzwar, es ist lange her, seit wir draußen im Hag mitsammen Brombeeren pflückten. Sehr lange.« Er kicherte ein wenig.

Christian hatte beschlossen, das Gespräch auf Amadeus' taubstummen Bruder zu bringen. Da lag ein Geschehnis im Nebel der Vergangenheit, worüber er sich keine Klarheit verschaffen konnte, soviel er auch grübelte.

»Man zerbricht sich wohl den Kopf über mich?« fragte Voß im Ton eines Menschen, der wissen möchte, was andre über ihn sprechen; »ich bin, scheint mir, ein Stein des Anstoßes. Finden Sie nicht?«

»Ich maße mir kein Urteil an,« erwiderte Christian ablehnend.

»Mit welcher Miene Sie das sagen,« murmelte Voß und schaute Christian von oben bis unten an; »wie hochmütig Sie sind. Warum sind Sie stehengeblieben, wenn nicht aus Neugier?«

Christian zuckte die Achseln. »Erinnern Sie sich an eine Geschichte, die damals passiert ist, als ich hier im Försterhaus mit meinem Vater wohnte?« fragte er sanft und höflich.

»Was für eine Geschichte? Ich weiß von nichts. Oder warten Sie – meinen Sie vielleicht die Geschichte mit dem Schwein? Als da drüben im Wirtshaus das Schwein geschlachtet wurde, und ich –«

»Ganz richtig, die Geschichte mit dem Schwein war es,« sagte Christian, matt lächelnd. Kaum hatte er es ausgesprochen, so traten Schauplatz und Handlung mit ungemeiner Deutlichkeit vor seinen Geist.

Er war mit Amadeus und dem taubstummen Dietrich unterm Tor gestanden. Da hatte das Schwein angefangen zu schreien. Im selben Moment reckte Amadeus die Arme empor und hielt sie konvulsivisch zitternd in die Luft. Das gellende, minutenlang dauernde Todesgeschrei des Tieres war auch für Christian neu und schaurig, und es lockte ihn an den Ort, von wo es kam. Er lief hin und sah das blitzende Messer, den erhobenen, dann sinkenden Arm des Schlächters, das Zappeln der kurzen borstigen Beine und den Körper des Opfers, der sich zuckend hin und her drehte. Amadeus, Schaum vor den Lippen, war ihm nachgetaumelt, und hindeutend röchelte er: »Das Blut!« Und Christian sah das Blut auf der Erde, das Blut am Messer, das Blut auf der weißen Schürze des Mannes. Was dann weiter geschehen war, wußte er nicht mehr. Amadeus Voß aber wußte es.

Er sagte: »Ich wurde von einem fürchterlichen Krampf befallen, als das Schwein schrie. Viele Stunden lag ich steif wie ein Stock. Meine Eltern waren in Sorge, denn solche Zufälle hatten sich bei mir nie gezeigt. Was Ihnen vorschwebt, ist wahrscheinlich die Art und Weise, wie Sie mich in meiner Zerrüttung aufzumuntern oder zu beschämen trachteten. Sie stiegen in die Blutlache und stampften darin herum, daß das Blut aufspritzte. Mein taubstummer Bruder merkte aber, daß dadurch meine Aufregung nur vermehrt wurde; er stammelte und hob bittend die Hände gegen Sie, während bereits meine Mutter aus dem Haus stürzte. Da schlugen Sie ihn mit der Faust ins Gesicht.«

»Es ist wahr, ich schlug ihn mit der Faust ins Gesicht,« sagte Christian, der erblaßt war.

»Warum nur? Warum haben Sie ihn geschlagen? Seit jener Zeit sind wir ja nie mehr zusammen gewesen, haben uns nur von fern gesehen, das heißt ich Sie, nicht Sie mich. Sie waren viel zu vornehm, gingen immer mit Ihrem Engländer spazieren. Warum haben Sie Dietrich geschlagen? Er hatte ja eine stille Verehrung für Sie, ist Ihnen überall nachgelaufen, entsinnen Sie sich nicht? Oft haben wir darüber gelacht. Seit dem Tag war er verändert, auffallend sogar.«

»Ich glaube, ich habe ihn gehaßt,« antwortete Christian sinnend. »Ich habe ihn gehaßt, weil er nicht hören und nicht sprechen konnte. Ich hielt es für Bosheit.«

»Seltsam. Für Bosheit hielten Sie das? Seltsam.«

Sie schwiegen beide. Christian faßte nach seinem Hut und schickte sich an zu gehen. Da sagte Voß, indem er die Arme auf das Sims stützte und sich aus dem Fenster beugte: »In der Zeitung steht, daß Sie einen Diamanten für mehr als eine halbe Million Mark gekauft haben. Ist das richtig?«

»Es ist richtig,« entgegnete Christian.

»Einen einzigen Diamanten für mehr als eine halbe Million? Ich dachte, es ist Journalistenlatein. Könnt ich den Diamanten einmal sehen, würden Sie ihn mir zeigen?« Sein Gesicht hatte etwas so Aufgerissenes und Lechzendes, zugleich auch Hohnvolles, daß Christian stutzte.

»Gern, wenn Sie zu mir hinaufkommen wollen,« antwortete er, beschloß aber, sich verleugnen zu lassen, wenn Voß wirklich kommen sollte.

Das Geheimnis rührte ihn an, die Tiefe tat sich auf, ein Arm langte nach ihm.

10

In einer Nacht erwachte Lätizia und vernahm schlürfende, rennende Schritte, Atem von Gehetzten, Wispern und heisere Flüche, bald nah, bald ferner. Sie richtete sich empor und lauschte. Ihr Schlafgemach war gegen das Freie offen, die Tür führte zu dem Rundaltan, der das ganze Stockwerk des Hauses umgab.

Da näherten sich die eiligen Schritte; sie sah Gestalten, die sich von der Dunkelheit dunkler abhoben und schnell vorüberhuschten: eine, zwei, drei, nach kurzer Weile eine vierte. Sie ängstigte sich, aber rufen mochte sie nicht. Stephan, der im Nebenzimmer lag, aus dem Schlaf zu stören, war ein Wagnis für sie wie für jeden; er konnte dann brüllen wie ein Stier und in Zuckungen verfallen wie ein Hampelmann.

Lätizia lachte und schauderte bei dem Gedanken.

Sie bekämpfte ihre Furcht, stand auf, warf ein Nachtgewand um und trat beherzt auf den Altan. In diesem Augenblick zerteilten sich dichte Wolken vor dem Mond. Durch das unvermutete Licht in Bestürzung versetzt, hielten die vier Gestalten in ihrem Lauf inne, purzelten gegeneinander und sahen sich keuchend an.

Lätizia sah vor sich den alten Gottlieb Gunderam und seine drei Söhne, Riccardo, Paolo und Demetrios, die Brüder ihres Mannes. Es herrschte zwischen Vater und Söhnen ein unstillbares Mißtrauen. Sie belauerten und bezichtigten einander. Wenn bares Geld im Hause war, getraute sich der Alte nicht zu Bett, und jeder von den Brüdern verdächtigte den andern, daß er den Vater berauben wolle. Lätizia wußte davon. Aber daß sie in ihrer stummen Wut und Tücke einander in der Nacht jagten, einander um den Altan des Hauses jagten, jeder Verfolger und zugleich Verfolgter, voll Angst vor dem, der hinter ihm, voll Haß gegen den, der vor ihm lief, das war ihr neu. Sie lachte und schauderte.

Der Alte schlich zuerst hinweg. Er schlurfte in sein Zimmer und warf sich in Kleidern aufs Bett. Neben der Bettstatt standen zwei große Reisekoffer, bepackt und verschlossen. Sie standen seit zwanzig Jahren da. Seit zwanzig Jahren faßte er täglich den Entschluß, abzureisen, sich in das Familienhaus in Buenos Aires zu flüchten oder gar in die Staaten, wenn ihm des Haders mit seinem Weibe und später mit den Söhnen zuviel wurde. Er hatte sich niemals auch nur eine Stunde Wegs von der Estanzia entfernt. Aber die Koffer standen bereit.

Geduckt und still verließen auch die Brüder den Altan. Während Lätizia am Geländer stehend in den Mond schaute, hörte sie die rasselnden Töne eines Grammophons. Riccardo hatte das Instrument unlängst in der Stadt gekauft, und es kam oft vor, daß er es mitten in der Nacht ankurbelte.

Lätizia machte ein paar Schritte und spähte in das Zimmer, wo die drei Brüder mit finstern Gesichtern um den Tisch saßen und Poker spielten. Das Grammophon quiekte einen ordinären Walzer aus seinem Messingrachen.

Da lachte Lätizia und schauderte.

11

Ob er wohl kommt? dachte Christian. In leicht umdüsterter Spannung verflossen ihm zwei Tage.

Er hatte nach Waldleiningen gewollt, um nach seinen Pferden zu sehen. Manchmal waren ihm ihre feurigen und frommen Augen gegenwärtig, ihre samtene Haut, die reizvolle Nervosität, mit der sie zwischen Gelassenheit und Unruhe vibrierten. Der moschusartige Geruch der Ställe lockte ihn sinnlich.

Das schottische Vollblut, das er von Sir Denis Lay gekauft, sollte bei den Frühjahrsrennen laufen. Man benachrichtigte ihn, das edle Tier falle seit einigen Wochen ab. Ihm schien, es entbehre seine zärtliche Hand. Trotzdem fuhr er nicht nach Waldleiningen.

Am dritten Tag ließ Amadeus Voß durch den Obergärtner fragen, ob er Christian gegen Abend besuchen könne. Da ging Christian am Nachmittag ins Försterhaus hinunter, um die vierte Stunde etwa, und klopfte bei der Wohnung der Witwe Voß an.

Mißtrauisches Erstaunen lag in Vossens Blick. Mit dem Instinkt der unterdrückten Klasse spürte er, daß Christian ihn von seinem Haus fernhalten wollte. Aber Christian war sich über seinen Beweggrund nicht so sehr im klaren, wie Amadeus Voß argwöhnte. Christian witterte Gefahr, sie zog ihn magisch an, und ihr entgegenzugehen, trieb es ihn halb unbewußt.

In dem schmucklosen, aber sauberen und wohlgeordneten Raum sich umschauend, sah Christian an der getünchten Wand über dem Bette mehrere Zettel angeklebt, auf denen, in großen Buchstaben geschrieben, Sprüche aus der Bibel standen. So dieser: »Er ward gequält und mißhandelt, doch tat er seinen Mund nicht auf, dem Lamm gleich, das man zur Schlachtbank führt; und wie das Schaf verstummt vor seinem Scherer, so tat er den Mund nicht auf.« Und der: »Es kommt der Tag der Angst und des Zertretens und der Verwirrung vor dem Herrn, dem Weltenherrscher, im Schautale; man zerstört die Mauern, daß das Getöse bis zum Gebirg hin schallt.« Und dieser: »So sprach der Herr zu mir: Geh und stell einen Wächter aus, der sehe und anzeige. Und ich rief wie ein Löwe auf seiner Wache: Herr, ich stand den ganzen Tag da, auf meiner Wache war ich die ganze Nacht. Und der Herr sprach: Nur noch ein Jahr, wie die Jahre eines Taglöhners, so wird ein Ende haben Kedars Herrlichkeit.« Ferner der: »O daß du kalt oder warm wärest! So aber, da du lau und weder warm noch kalt bist, werde ich dich aus meinem Munde speien. Wer Ohren hat, der höre, was der Geist zu ihm spricht.«

Christian heftete einen langen Blick voll Neugier auf Amadeus Voß. »Sie sind fromm?« fragte er mit Vorsicht in der Stimme und nicht ganz ohne die spöttische Regung, die der Weltmann bei diesem Begriff empfindet.

»Antwort ich nein oder ja, es würde Ihnen gleich wenig bedeuten,« versetzte Voß stirnrunzelnd. »Sind Sie gekommen, um mich auszuholen? Was soll die Frage? Haben wir etwas miteinander gemein, was in dem Wort verschlossen wäre? Amadeus Voß und Christian Wahnschaffe, das sind Polaritäten. Welches Gleichnis wär imstande, unsre Unterschiede zu malen? Meine Jugend, Ihre Jugend! Daß das auf derselben Erde möglich ist!«

»War denn Ihre Jugend besonders hart?« fragte Christian naiv.

Voß lachte kurz und maß Christian von der Seite. »Wissen Sie, was Kosttage sind? Nein; natürlich nicht. Man bekommt seine Mahlzeiten bei fremden Leuten, die einen aus Gutherzigkeit füttern. Jeden Tag der Woche bei einer andern Familie, jede Woche die Reihe um. Dafür hat man sich fügsam zu erweisen und muß bescheiden sein. Selbst wenn einen vor einer Speise ekelt, muß man so tun, als wärens Leckerbissen. Lacht der Großvater, muß man mitlachen, macht der Onkel einen Witz, muß man grinsen, ist die Tochter des Hauses unverschämt, muß man schweigen. Jeder Gruß, der erwidert wird, ist Gnade; der abgetragene Mantel mit zerschlissenem Futter, den man zu Beginn des Winters geschenkt kriegt, verpflichtet zu ewiger Dankbarkeit. Man kennt alle schlechten Launen von allen, die am Tische sitzen, alle schäbigen Gesinnungen, alle Phrasen und heuchlerischen Mienen und muß sich für die bestimmte Stunde eines jeden Tages eine bestimmte Art von Verstellung zurechtlegen. Das sind Kosttage.«

Er erhob sich, ging auf und ab und setzte sich wieder. »Der Teufel ist mir frühzeitig erschienen,« sagte er dumpf; »vielleicht hab ich ein gewisses Kindheitserlebnis schwerer genommen als andre, vielleicht hat es mich tiefer vergiftet. Man kann es nicht vergessen, es gräbt sich ein, wenn der betrunkene Vater die Mutter schlägt. Jeden Sonnabend, so regelmäßig wie das Amen im Gebet. Man kann das Bild nicht aus dem Hirn radieren.«

Christian verwandte keinen Blick von Amadeus' Gesicht.

Mit leiser Stimme und starrem Blick erzählte Voß: »In einer Nacht, vor Ostern, ich war etwa acht Jahre alt, schlug er sie wieder. Ich stürzte in den Hof und schrie den Nachbar um Hilfe an. Da sah ich am Fenster, dort an diesem Fenster, meine Mutter stehen und verzweifelt die Hände ringen. Sie war nackt.« Noch leiser, kaum hörbar, fügte er hinzu: »Wer darf die eigne Mutter nackend sehen?«

Wieder stand er auf und ging umher. Er war so voll von sich selbst und seinen Dingen, daß er auch nur mit sich selber sprach. »Zweierlei hat mir schon als Kind zu denken gegeben,« fuhr er fort. »Erstens die vielen armen Leute, die wegen unbedeutender Holzdiebstähle von meinem Vater angezeigt wurden und dann ins Gefängnis kamen. Oft hörte ich, wie ein altes Weiblein oder ein verschmierter, verhungerter Bub um Erbarmen bettelte. Es gab aber kein Erbarmen. Natürlich, er war Förster, er mußte so verfahren. Zweitens die vielen reichen Leute, die gerade hier in der Gegend leben, auf Schlössern und Gütern und Jagden, und denen nichts verwehrt ist, wozu Gelüst und Übermut sie treibt. Dazwischen steht man wie zwischen zwei Walzen, die einen mit der Zeit zermalmen müssen.«

Er schaute eine Weile leer vor sich hin. »Was halten Sie von einem Denunzianten?« fragte er plötzlich.

»Nichts Gutes,« antwortete Christian gezwungen lächelnd.

»Hören Sie zu: Im Seminar hatte ich einen Kollegen namens Dippel. Es war ein mäßig begabter, aber anständiger und pflichteifriger Mensch. Sein Vater war Bahnwärter, also einer von den ganz Armen, und der Sohn war sein Stolz und seine einzige Hoffnung. Nun war Dippel mit einem akademischen Maler bekannt geworden, und als er eines Tages in dessen Wohnung kam, entdeckte er ein Album mit weiblichen

Aktphotographien. Er sah sie an und immer wieder an und bat schließlich den Maler, er möge ihm das Album leihen. Dippel lag in meinem Schlafsaal; ich war Stubenältester und merkte bald die lüsterne Aufregung und das Getue um Dippel herum, denn er hatte sich einigen andern anvertraut. Es war wie eine brandige Wunde. Ich ging der Sache nach, und sie mußten mir das Machwerk ausliefern, da half nichts. Ich machte die Meldung, Dippel wurde vorgenommen, peinlich verhört und mit Schimpf und Schande davongejagt. Am nächsten Tag fanden wir ihn an einem Apfelbaum im Garten erhängt.«

Christians Gesicht überzog sich mit Röte. Abstoßender als die Erzählung selbst war der Ton von Gleichmut, mit dem sie vorgetragen wurde.

Amadeus Voß fuhr fort: »Sie finden es niederträchtig, was ich da getan habe. Aber nach den Grundsätzen, die man uns eingeprägt hatte, war es meine Schuldigkeit. Ich war sechzehn Jahre alt. Ich stak in einem finstern Loch. Ich wollte hinauf, hinaus. Mir geschah wie einem, der in einem Menschengedränge gequetscht wird und nicht sehen kann, was es draußen irgendwo zu sehen gibt. Eine qualmige Ungeduld war in mir; Platz, Platz, schrie es in mir. So mags denen zumute sein, die auf der ewig finstern Hälfte des Mondes wohnen. Ich hatte Furcht vor der Macht des Bösen. Alles, was ich von Menschen erfuhr, war mehr oder weniger böse. In meiner Brust schwankten die Wagschalen; da gibt es Stunden, wo man ebensogut morden wie am Kreuz sterben könnte. Es war Welt, nach der ich verlangte. Ich habe viel gebetet in jener Zeit, viel in frommen Schriften gelesen, strenge Bußübungen abgehalten. Spät nachts, wenn alles schlief, fand mich unser Pater noch mit dem Zilizium um den Leib in Andacht versunken. In der Messe und beim Chorgesang durchströmte mich eine Inbrunst, beispiellos. Aber dann waren einmal die Straßen der Stadt beflaggt, oder ich sah geschmückte Weiber, oder ich stand am Bahnhof, und ein Luxuszug hielt und verhöhnte mich. Oder ich sah einen Menschen, der sich aus dem Fenster gestürzt hatte, mit verspritztem Gehirn liegen, da rief es: Bruder, Bruder; da stand der Böse auf, der Leibhaftige, und ich wollte ihn fassen. Ja, leibhaftig ist das Übel und bloß das Übel; die Ungerechtigkeit, die Dummheit, die Lüge, alles, wovor einem graut bis in die Nieren, und was man selber werden muß, wenn man nicht mit dem silbernen Löffel im Mund geboren ist. Um mich in ein Stück Licht zu retten, lernte ich die Orgel spielen. Aber es fruchtete wenig. Was macht das aus, Orgelspiel? Was sind Gedichte und schöne Bilder und schöne

Bauten und philosophische Werke und die ganze verzierte Welt da draußen? Ich kann zu mir nicht kommen. Zwischen mir und mir ist etwas, ja, was ist es? Eine Wand aus glühendem Glas ist es. Manche sind verflucht von Anfang an. Frag ich mich: was müßte denn geschehen, damit der Fluch nicht mehr wirkt? so heißt die Antwort: Ungeheuerliches müßte geschehen, Ungeheuerliches. So stehen die Dinge.«

»Wie denn Ungeheuerliches, was meinen Sie damit?« fragte Christian betroffen.

»Man müßte einen Menschen erleben,« antwortete Amadeus Voß, »einen *Menschen*.« In der hereinsinkenden Dämmerung nahm sich sein Gesicht steinfahl aus. Es war ein wohlgebildetes Gesicht, lang, schmal, geistig, leidenschaftlich leidend. Die Gläser der Brille funkelten im letzten Tageslicht, und auf den weißlichen Haaren war ein Schimmer wie auf Geschmeide.

»Werden Sie im Dorf hier bleiben?« erkundigte sich Christian, nicht aus Wißbegier, sondern aus Not; das Schweigen war ziemlich quälend; »Sie waren bei Geheimrat Ribbeck, kehren Sie nicht zurück zu ihm?«

Voß zuckte zusammen. »Zurück? Da ist kein Zurück,« murmelte er. »Kennen Sie den Geheimrat? Nun, ich kenne ihn selber kaum. Ich habe ihn bloß zweimal gesehen. Das erstemal, als er ins Seminar kam, um mich für seine Knaben zu engagieren. Wenn ich an ihn denke, habe ich ein Bild von etwas Fettem und Gefrorenem. Die Wahl fiel gleich auf mich; ich stand bei meinen Oberen hoch in Gunst, und man wollte mir die Wege ebnen. Ja, und das zweitemal sah ich ihn, als er in einer Nacht im Dezember mit einem Polizeikommissar auf Halbertsroda erschien, um mich an die Luft zu befördern. Sehen Sie mich nicht so erschrocken an, es hatte keine Folgen weiter, man hat sich gehütet.«

Er verstummte. Christian erhob sich. Voß forderte ihn nicht zu längerem Verweilen auf; er begleitete ihn bis an die Tür. Dort sagte er mit veränderter Stimme: »Was sind Sie denn eigentlich für ein Mensch? Sie sitzen vor einem und schweigen, und man spricht und macht Geständnisse. Wie geht das zu?«

»Wenn Sie bereuen, will ich alles vergessen haben,« antwortete Christian in seiner schmiegsamen und höflichen Weise, die immer etwas Zweideutiges hatte.

Voß ließ den Kopf sinken. »Kommen Sie doch wieder herein, wenn Sie vorübergehen,« bat er leise. »Vielleicht erzähl ich Ihnen dann,« er wies mit dem Daumen über die Schulter, »erzähl Ihnen von dort.«

149

»Ich werde kommen,« sagte Christian.

12

Albrecht Wahnschaffe ging ins Schlafgemach seiner Frau, die zu Bette lag. Es war ein mächtiges Himmelbett mit gedrehten Holzsäulen; zu beiden Seiten an der Wand hingen kostbare Gobelins, welche mythologische Szenen darstellten. Eine Decke aus blauem Damast verhüllte Frau Richbertas majestätische Gestalt.

Herr Wahnschaffe küßte galant die Hand, die sie ihm mit müder Gebärde hinstreckte und ließ sich in einen Sessel gleiten. »Ich muß mit dir über Christian sprechen,« begann er, »sein Treiben beunruhigt mich seit einiger Zeit. Es ist des Planlosen zuviel. Jetzt wieder dieser Kauf des Diamanten. Dergleichen wirkt herausfordernd. Ich bin verstimmt darüber.«

Frau Richberta verzog die Stirn und erwiderte: »Ich sehe durchaus keinen Grund zur Beunruhigung. Es gibt viele Söhne aus reichem Hause, die ihr Leben in derselben Weise verbringen wie Christian. Sie gleichen edlen Pflanzen, die dem Schmuck dienen. Sie bezeugen, meiner Ansicht nach, den Hochstand einer Entwicklung; sie betrachten sich selbst als Ausgezeichnete, und das mit vollem Recht. Sie sind durch Geburt und Vermögen der Mühe des Berufs enthoben. Ihr Wesen ist aristokratische Unberührtheit und Distanz.«

Albrecht Wahnschaffe beugte sich vor, und mit seinen schlanken, weißen Fingern spielend, denen kein Alter anhaftete, sagte er: »Verzeih, ich bin nicht ganz deiner Meinung. Ich bin der Meinung, daß innerhalb der sozialen Welt jeder einzelne eine Funktion zu übernehmen hat, durch die er der Gesamtheit nützt. In dieser Anschauung bin ich erzogen, und es ist mir unmöglich, sie zugunsten Christians zu verleugnen. Die Leichtherzigkeit in seiner Geldgebarung würde ich hinnehmen, obschon der Verbrauch der letzten Monate das ihm zugemessene Budget um ein Erkleckliches übersteigt. Ich notiere es; das Haus Wahnschaffe wird durch derartige Kapriolen nicht aus dem Gleichgewicht gebracht. Was mich stutzig macht, ist die Mittelpunktslosigkeit dieses Daseins und hauptsächlich der kundgegebene Mangel jedes Ehrgeizes.«

Frau Richberta sah den Gatten unter schlaff gesenkten Lidern hervor kühl an. Es erregte ihren Groll, daß er Christian, den zur Rast, zum

Spiel, zur Lust und zur Schönheit Geschaffenen, in seine wirbelnden Kreise ziehen wollte, und sie antwortete ungeduldig: »Hast du ihn bis jetzt gewähren lassen, so sieh auch weiter zu. Alle müssen nicht schwitzen. Es ist so unappetitlich, das Tun und die Geschäfte. Ich habe dir zwei Söhne geboren, einen für dich, einen für mich. Von deinem kannst du fordern, was du magst, und er soll erfüllen, was er kann. An meinen will ich nur denken und mich freuen, daß er da ist. Wenn mich etwas besorgt macht, ist es der Umstand, daß sich Christian seit seiner englischen Reise mehr und mehr von uns zurückzieht. Von uns und, wie ich höre, auch von allen Freunden. Ich hoffe, daß es keine Bedeutung hat. Vielleicht steckt eine Frau dahinter, und das geht ja vorüber. Tragödien sind in dieser Beziehung nicht sein Fall. Aber das Sprechen greift mich an, Albrecht. Wenn du noch Argumente vorbringen willst, tu es bitte ein andermal.«

Sie wandte den Kopf und schloß erschöpft die Augen. Albrecht Wahnschaffe erhob sich, küßte mit derselben galanten Bewegung wie beim Beginn des Gesprächs ihre Hand und ging.

Ich habe dir zwei Söhne geboren, einen für dich, einen für mich; dieses Wort erbitterte ihn gegen die Frau, die ihm sonst unantastbar war wie ein höheres Element. Warum habe ich dies alles aufgebaut? fragte er sich, als er langsam die prachtvollen Räume durchmaß.

Es war schwer für ihn, sich Christian zu nähern, schwerer als einem Minister oder einem umworbenen Fremdling. Er konnte sich zwischen Bitte und Befehl nicht entscheiden. Der Autorität war er nicht sicher, des freundschaftlichen Einverständnisses noch weniger. Aber in den Tagen, wo er sich in das Würzburger Stammhaus begab, um Ruhe und Erholung zu suchen, schickte er eine Botschaft an Christian und bat ihn zu einer Unterredung.

13

Crammon schrieb an Christian:

Ehrenvoller! Allergeschätztester! Mit hoher Genugtuung vernehme ich, daß Ew. Liebden sich reuig zum Gotte Dionysos bekehrt und zum Zeichen davon an seinem Altare einen Edelstein niedergelegt haben, dessen Preis den Philistern im Lande Zähneklappern erregt und ihre lahme Verdauung unwillkommen befördert. Der treulich Unterfertigte hingegen hat bei der guten Kunde in seiner einsamen Kemenate einen heidnischen Freudentanz vollführt, indes seine bestürzten Palastdamen bereits telephonische Gespräche mit Psychiatern einleiteten. So ist die Welt, des Verständnisses bar, großer Betrachtung nicht fähig.

Meine Tage sind unhold. Ich bin in amouröse Geschehnisse verstrickt, die mich nicht vergnügen und die auf der Gegenseite Beteiligten enttäuschen. Bisweilen sitze ich an meinem lieblichen Kaminfeuer und lese mit geschlossenen Augen im Buche der Erinnerung. Eine Flasche goldgelben Kognaks leistet mir Gesellschaft, und während ich mein Herz mit künstlicher Wärme nähre, versinken die oberen Regionen in das kalte Mysterium des Stumpfsinns. Meine Geisteskräfte bewegen sich in absteigender Linie; meine Mannheit läßt zu wünschen übrig. Vor Jahren kannte ich in Paris einen Schachspieler, einen blöden alten Deutschen, der mit jedem Partner verlor und nach jeder verlorenen Partie wehklagend ausrief, so daß das ganze Cafe de la Regence es hören konnte: Wo sind die Zeiten, da ich Zuckertorten schlug; Zuckertort, will ich dir erklären, war ein berühmter Meister auf Caissas Feldern. Die Nutzanwendung setzt mich in Verlegenheit. Es gab einen römischen Kaiser, der in einer einzigen Nacht hundertvierzig germanische Jungfrauen um etwas ärmer gemacht hat, was ihn selbst schwerlich bereichert hat. Ich glaube, Maxentius hieß der Mann. Soll ich sagen: Wo sind die Zeiten, da ich Maxentiussen schlug –? Es wäre verworfene Prahlerei.

Schade, daß du nicht Zuschauer sein kannst, wenn ich mich des Morgens vom Lager erhebe. Würde dieses Schauspiel einmal von Sachverständigen geprüft und von Laien genossen, man würde sich dazu drängen wie weiland zu den Levers der Könige Frankreichs. Der Adel des Landes würde mir seine Reverenz erweisen, und schöne Damen würden mich kitzeln, damit ein Strahl der Heiterkeit in mein Antlitz käme. Du jugendgesegneter Freund und Gespiele meiner Träume, wisse also: die Augenblicke, in denen man das von der eignen Leiblichkeit angenehm durchwärmte Linnen verläßt, um zehn oder elf Stunden lang Unfug zu treiben, sind von nicht zu überbietender Kläglichkeit. Ich sitze an Bettes Rand und beschaue meine Dessous mit innerlich lärmender Wut. Ich sammle traurig die Reste meines Ichs und knüpfe dort den Faden wieder an, wo ihn Morpheus gestern abgeschnitten hat. Meine Seele ist ringsherum verstreut und rollt in Kügelchen davon wie das Quecksilber aus einem zerbrochenen Thermometer. Erst die Opferdämpfe aus dem Teekessel, der Duft von Schinken und einer schlüsselblumenfarbigen Eierspeise geben mich der Erde zurück, und sanfte Worte, ausgesprochen von den sanften Lippen der besorgten Hausverwalterinnen, versöhnen mich wieder mit meinem Schicksal.

Der alte Regamey ist gestorben. Den Grafen Sinsheim hat der Schlag gerührt. Meine Freundin Lady Constance Canningham, eine Dame der höchsten Aristokratie, hat einen amerikanischen Dollarnobody geheiratet. Die Besten gehn dahin, der Baum des Lebens blättert ab. Auf der Reise hierher habe ich mich in München aufgehalten und war drei Tage Gast des jungen Imhofschen Ehepaares. Deine Schwester Judith macht Figur. Sie wird von den Malern gemalt, von den Bildhauern gemeißelt und von den Dichtern besungen. Jedoch ihre Ambitionen fliegen höher; sie wünscht sich brennend für ihre Wäsche, die Livree und die vier Autos eine kleine neunzackige Krone und liebäugelt mit allem, was vom Hofe kommt und zu Hofe geht. Der gute Felix hinwiederum, Demokrat, der er ist, umgibt sich mit Unternehmern, Spekulanten, Polarforschern, Afrikareisenden und Schöngeistern beiderlei Geschlechts, und so ist das Haus ein Gemisch von Guildhall, Effektenbörse, Rabulistenversammlung und Jockeiklub. Nachdem ich eines Abends solches eine Weile mit angesehen, zog ich mir ein hübsches Kind in eine schummerige Ecke und bat sie, mir den Puls zu fühlen. Es geschah, und mein leidendes Gemüt ward beschwichtigt.

Von unserem süßen Ariel höre ich, daß er in Warschau die Polen und in Moskau die Moskowiter in Champagnerstimmung versetzt. In letzterer Stadt sollen ihr die Studenten einen Fackelzug gebracht und die Offiziere die Straße von ihrer Wohnung ins Theater trotz Eis und Schnee mit Zentifolien gepflastert haben. Auch heißt es, daß der Großfürst Kyrill Alexandrowitsch, der Menschenschlächter, wie ihn viele dort nennen, aus Liebe zu ihr halb toll geworden ist und das Unterste zu oberst kehrt, um ihrer habhaft zu werden. Wie ruft doch die Königin im Hamlet: ›O halt ein, halt ein! Verrat nur könnte solche Liebe sein.‹ In unergründlicher Wehmut denk ichs, o Ariel, daß auch mich dein Atem einst gestreift hat. Nicht mehr als dies, aber es genügt. *Le moulin n'y est plus, mais le vent y est encore.*

Und hiemit, Herzensbruder und harmvoll Entbehrter, Gott befohlen und gib einmal ein Lebenszeichen deinem sehnsüchtigen Bernhard Gervasius C.v.W.

Christian legte den Brief, als er ihn gelesen hatte, lächelnd beiseite.

14

Auf dem Hügelrücken über dem Dorf begegneten Christian und Amadeus Voß einander unversehens.

»Die ganze Woche hab ich auf Sie gewartet,« sagte Voß.

»Ich wäre heute zu Ihnen gekommen,« antwortete Christian. »Wollen Sie mich ein Stück begleiten?«

Amadeus Voß kehrte um und ging mit Christian. Sie stiegen zur Höhe hinan und wandten sich dann gegen den Wald. Schweigend gingen sie Seite an Seite. Die Sonne schien durchs Gezweig, alles war überronnen, Schneereste lagen auf dürrem Laub, der Boden war schlüpfrig, auf der Fahrstraße floß das Wasser in tiefen Gleisen. Als sie den Wald verließen, sahen sie die Sonne untergehen, der Himmel war grün und rosa, und als sie zu den ersten Häusern von Heftrich kamen, dämmerte es schon. Sie hatten auf dem ganzen Weg keine Silbe miteinander gesprochen. Anfangs hatten Vossens Schritte wider die Christians getrotzt; er hatte nicht so lange Beine und mußte von Zeit zu Zeit ausholen; später hatte sich ein Rhythmus eingestellt, der wie ein Vorklang von Gesprächen war.

»Ich habe Hunger,« sagte Amadeus Voß, »dort drüben ist ein Wirtshaus, gehen wir hin.«

Sie betraten die Wirtsstube, die leer war. Sie setzten sich an den Tisch zum Ofen, denn draußen war es wieder kalt geworden. Ein Mädchen zündete die Lampe an und brachte, was sie bestellten. Christian, in einer Furcht, die ihn überfiel und die Neugier vertrieb, dachte: was wird nun kommen, und schaute Voß aufmerksam an.

»Neulich hab ich in einem alten Buch eine moralische Geschichte gelesen,« sagte Amadeus Voß; er stocherte sich mit einem zugespitzten Streichholz die Zähne, was Christian bis zum Zittern nervös machte; »ein König sieht, daß in seinem Reiche die Menschen und Zustände immer schlechter werden, da fragt er vier Philosophen um den Grund. Die Philosophen beratschlagen, gehen zu den vier Toren der Stadt, und an jedes Tor schrieb einer von ihnen die Ursachen hin. Der erste schrieb: Macht ist hier Recht, deshalb hat das Land kein Gesetz; Tag ist Nacht, darum hat das Land keine Straße; Flucht ist der Kampf, darum ist keine Ehre im Lande. Der zweite schrieb: Eins ist zwei, darum hat das Land keine Wahrheit; Freund ist Feind, deshalb fehlt dem Land die Treue; schlecht ist gut, deshalb gibt es keine Frömmigkeit. Der dritte schrieb: Die Schnecke will ein Adler sein, und Diebe haben die Gewalt. Der vierte schrieb: Der Wille ist unser Ratgeber; er rät übel. Der Heller fällt das Urteil, daher wird schlimm regiert. Gott ist tot, darum ist das Land mit Sünden angefüllt.«

Er warf das Streichholz fort und stützte den Kopf in die Hand. »In demselben Buch steht noch eine andre Geschichte,« fuhr er fort, »vielleicht spüren Sie einen Zusammenhang. In der Mitte von Rom öffnete sich eines Tags die Erde, und ein gähnender Schlund entstand. Als die Götter befragt wurden, antworteten sie: dieser Schlund wird sich erst schließen, wenn jemand freiwillig hineingesprungen ist. Keiner konnte dazu beredet werden, endlich aber meldete sich ein Jüngling und sagte: wenn ihr mich ein Jahr lang nach meinem Gefallen leben laßt, so will ich mich, ist das Jahr um, freiwillig und freudig in den Abgrund stürzen. Es wurde beschlossen, daß ihm nichts verboten sein sollte, und er benutzte ihr Eigentum und ihre Weiber nach Gutdünken und in völliger Freiheit. Sie sehnten den Augenblick herbei, wo sie seiner los sein würden, und als das Jahr vorüber war, kam er auf edlem Roß einher und stürzte sich mit einem Sprung in den Abgrund, der sich sogleich hinter ihm schloß.«

Christian zuckte die Achseln. »Was soll das?« fragte er unmutig. »Wollten Sie mir alte Geschichten erzählen? Ich verstehe nichts davon.«

»Sie sind schwerfällig,« erwiderte Voß und lachte leise vor sich hin, »ein schwerfälliger Geist. Haben Sie nie das Bedürfnis gehabt, sich ins Gleichnis zu retten? Das Gleichnis ist eine schmerzstillende Medizin.«

»Ich weiß nicht, was Sie damit meinen,« sagte Christian, und Voß lachte wieder leise.

»Gehen wir,« sagte Christian; er erhob sich.

»Gut, gehen wir,« pflichtete Voß mit verbissner Miene bei. Sie brachen auf.

15

Die Abendluft war unbewegt, der Himmel von Sternen besät, die kalt glänzten. Kein Laut störte die Stille, als sie das Dorf im Rücken hatten.

»Wie lange waren Sie im Ribbeckschen Hause?« fragte Christian plötzlich.

»Zehn Monate lang,« antwortete Amadeus Voß; »als ich nach Halbertsroda kam, lag das Land in Eis und Schnee; als ich ging, lag es wieder in Eis und Schnee. Dazwischen war ein Frühling, ein Sommer und ein Herbst.«

Er blieb stehen und schaute einem Tier nach, das in der Dunkelheit über den Pfad sprang und in einer Ackerfurche verschwand. Nun begann er zu sprechen, anfangs stoßweise, trocken, dann lebhaft, stürmisch, schließlich atemlos. Sie gerieten vom Weg ab und merkten es nicht; es wurde spät, sie beachteten es nicht.

Voß erzählte:

»Ich hatte ein ähnliches Haus nie gesehen. Die Teppiche, Bilder, Tapeten, das Silbergeschirr, die zahlreiche Dienerschaft, alles war mir neu. Ich hatte solche Speisen nie gegessen, in solchen Betten nie geschlafen. Ich kam aus vier kahlen Wänden mit einer Bettstatt, einem eisernen Ofen, einem Waschtisch, einem Bücherbrett und einem Kruzifix.

Meine beiden Zöglinge waren elf und dreizehn Jahre alt. Der ältere war blond und hager, der jüngere brünett und untersetzt. Die Haare hingen ihnen wie Mähnen bis auf die Schultern. Sie zeigten mir von der ersten Stunde an einen höhnischen Widerstand. Die Geheimrätin sah ich anfangs gar nicht; erst nach einer Woche ließ sie mich vor sich. Sie machte den Eindruck eines jungen Mädchens. Sie hatte rostrotes Haar und ein bleiches, verschüchtertes, unentwickeltes Gesicht. Sie behandelte mich mit einer Geringschätzung, auf die ich nicht gefaßt war und die mir das Blut in die Schläfen trieb. Ich bekam meine Mahlzeiten besonders, durfte nicht am Tisch essen und wurde von den Dienstleuten wie ihresgleichen behandelt. Das wurmte mich bitter. Wenn die Geheimrätin im Garten war und ich grüßend vorbeiging, dankte sie kaum, ahnungslos und unverschämt in der Verachtung eines Menschen, den sie bezahlte. Ich war Luft für sie.

Das ist geschlechteralt, diese Sünde an meiner Seele. Ihr Sünder an meiner Seele, warum habt ihr mich darben lassen? Warum hab ich entbehren müssen, indes ihr geschwelgt habt? Wie soll denn ein Hungriger die Prüfungen bestehen, die ihm der Verführer auferlegt, der Leibhaftige? Glauben Sie, man spürt es nicht, wenn ihr praßt? Alles Tun, Gutes und Böses, rinnt durch alle Natur. Wenn die Traube auf Madeira wieder blüht, rührt sich weit über Meer und Land der Wein im Fasse, der aus ihr gepreßt worden ist, und es hebt eine neue Gärung an.

Eines Morgens sperrten sich die Knaben in ihrem Zimmer ein und weigerten sich, zum Unterricht zu kommen. Während ich an der

Klinke rüttelte, äfften sie mich drinnen. Im Korridor standen die Dienstleute und lachten über meine Ohnmacht. Da ging ich zum Gärtner, holte mir eine Axt und schlug mit drei Hieben die Türfüllung durch. Eine Minute später war ich im Zimmer. Die Burschen sahen mich verdutzt an und merkten endlich, daß mit mir nicht zu spaßen war. Der Lärm hatte die Geheimrätin herbeigelockt. Sie schaut die zerbrochene Tür an, sie schaut mich an; den Blick werd ich nie vergessen. Sie ließ mich nicht aus den Augen, auch während sie mit ihren Kindern sprach, mindestens zehn Minuten lang. Was wagst du? wer bist du? fragte der Blick. Als sie hinausging, gewahrte sie das Beil an der Tür, hielt einen Moment inne, und ich sah sie frösteln. Da wußte ich: der Wetterhahn hat sich gedreht. Aber es kam mir auch zum Bewußtsein, daß ein Weib vor mir gestanden war.

Die Neckereien meiner Zöglinge hatten damit kein Ende. Im Gegenteil, sie taten mir zuleide, was sie konnten. Nur verfuhren sie heimlich und waren nicht zu fassen. Ich fand Steine und Nadeln in meinem Bett, Tintenflecke in meinen Büchern und einen unheilbaren Riß in dem besten Anzug, den ich mitgebracht. Sie machten sich bei andern über mich lustig, verleumdeten mich bei ihrer Mutter und warfen einander infame Blicke zu, wenn ich sie zur Rede stellte. Was sie taten, waren keine gewöhnlichen Streiche dummer Jungen, dazu waren sie viel zu verzärtelt und raffiniert. Sie hüteten sich vor jedem Luftzug, ließen die Räume überheizen, daß einem schwindlig wurde, und dachten ausschließlich an ihr Wohlleben. Einmal rauften sie miteinander, der jüngere biß den Bruder in den Finger. Da legte sich dieser drei Tage lang ins Bett, und der Arzt mußte kommen. Auch hierbei war nicht bloß Wehleidigkeit im Spiel, sondern eine abgründige Bosheit und Rachsucht. Sie betrachteten mich als einen tief unter sich Stehenden und ließen mich bei jeder Gelegenheit meine abhängige Lage fühlen. Schlimm war mir manchmal zumute, aber es war mein Vorsatz, mich in Geduld zu üben.

Eines Abends betrat ich den Salon, es war über die Schlafensstunde hinaus, die ich für die Knaben festgesetzt hatte. Die Geheimrätin saß auf dem Teppich, die Buben kauerten rechts und links von ihr; sie zeigte ihnen Bilder in einem Buch. Ihr Haar war aufgelöst, was ich unpassend fand, und umhüllte in seiner rötlichen Pracht sie mitsamt den Knaben wie ein Brokatmantel. Die Buben fixierten mich mit grünen, bösen Augen. Ich befahl ihnen, sie sollten augenblicklich zu Bett gehen. Es muß etwas in meinem Ton gewesen sein, was sie erschreckte und zum Gehorsam zwang. Ohne Widerrede erhoben sie sich und gingen.

Adeline war auf dem Teppich sitzengeblieben. Ich werde sie einfach Adeline nennen, wie ich es später in unserm Verkehr ja auch tat. Sie schaute mich wieder so an wie bei der Szene mit dem Beil. Man kann nicht bleicher sein, als sie es ohnehin war, aber ihre Haut wurde durchscheinend wie Glimmer. Sie stand auf, ging zum Tisch, nahm einen Gegenstand in die Hand und legte ihn wieder hin. Dabei schwebte ein spöttisches Lächeln auf ihren Lippen. Dieses Lächeln ging mir durch und durch. Überhaupt, die ganze Frau ging mir durch und durch. Sie werden mich mißverstehen; schadet nichts. Verstehen Sie es nicht, so nützen keine Erklärungen. Die Eisdecke über mir brach, und ich konnte sehen, was oberhalb war.«

»Ich glaube, ich verstehe Sie,« sagte Christian.

»Auf meine Frage, ob sie wünsche, daß ich ihr Haus verlassen solle, erwiderte sie frostig, da mich der Geheimrat engagiert, müsse sie sich fügen. Ich hielt ihr entgegen, daß ich unter dem Druck ihrer Abneigung Ersprießliches nicht zu leisten vermöge. Mit einem Seitenblick antwortete sie, es ließe sich wohl eine Manier finden, wie man zusammen wirken könne, und sie wolle darüber nachdenken. Seit diesem Abend aß ich am Tisch mit ihr und den Knaben, und sie behandelte mich, wenn auch nicht freundlich, so doch mit Achtung. Eines Abends, spät schon, ließ sie mich rufen und bat mich, ihr etwas vorzulesen. Sie reichte mir das Buch, aus dem ich lesen sollte. Es war irgendein Moderoman, und nachdem ich ein paar Seiten gelesen hatte, warf ich das Buch auf den Tisch und sagte, mir werde übel von solchem Zeug. Sie nickte und antwortete, ich spräche nur eine Empfindung aus, die sie sich nicht habe eingestehen wollen, und sie danke mir für meine Offenheit. Da holte ich meine Bibel und las ihr aus dem Buch der Richter die Geschichte Simsons vor. Ich muß ihr naiv erschienen sein, denn als ich fertig war, lächelte sie wieder spöttisch vor sich hin. Dann fragte sie mich: ›Meinen Sie nicht, daß man gar kein Held in Juda zu sein braucht, um Simsons Schicksal zu teilen? Oder daß es ein besonderes Kunststück ist, zu vollbringen, was Delila vollbracht hat?‹ Darauf sagte ich, mir fehle die Erfahrung in solchen Dingen, und sie lachte.

Ein Wort gab das andere, und ich kam endlich dahin, daß ich ihr die Verwahrlosung ihrer Kinder vorwarf, die Niedrigkeit und das Verletzende alles dessen, was ich bis jetzt in dem Hause gesehen und erlebt. Ich wählte absichtlich die schärfsten Worte und erwartete, daß sie zornig aufbrausen und mir die Tür weisen würde, aber sie blieb ruhig und ersuchte mich, ihr meine Ideen zu entwickeln. Das tat ich nun mit vielem Feuer, und sie hörte mir wohlgefällig zu. Ein paarmal sah ich sie aufatmen und sich ein wenig recken und die Augen schließen. Sie stritt mit mir, sie stimmte mir zu, verteidigte ihre Position und gab zuletzt alles wieder preis. Ich sagte ihr, die Liebe, die sie für ihre Söhne zu empfinden glaube, sei eigentlich ein Haß und beruhe auf Selbstvergiftung und Blutlüge; in ihrer Seele sei noch ein andres Leben und eine andre Liebe, die lasse sie freventlich verdorren und absterben. Dies muß sie nicht richtig aufgefaßt haben, denn sie schaute mich groß an und gebot mir plötzlich zu gehen. Als ich schon vor der Tür war, hörte ich ein Schluchzen, ich öffnete die Tür wieder und sah, daß sie die Hände vor das Gesicht geschlagen dasaß. Ich wollte zurück zu ihr, aber sie winkte mir heftig ab, und ich ging.

Ich hatte nie vorher eine Frau weinen gesehen, außer meine Mutter. Wie mir zumute war, darüber will ich schweigen. Hätte ich eine Schwester gehabt, wäre ich mit einer Schwester aufgewachsen, so hätte ich vielleicht anders gehandelt und empfunden. So war Adeline das erste Weib, das mir Aug in Auge gegenüberstand.

Ein paar Tage später fragte sie mich, ob ich Hoffnung hätte aus ihren Söhnen Menschen in meinem Verstand zu machen. Sie habe sich alles überlegt, was ich ihr vorgehalten, und sei zu der Einsicht gelangt, daß es so nicht weitergehen könne. Ich antwortete, es sei noch nicht zu spät; darauf sagte sie, ich möge retten, was noch zu retten sei, und um mich in meinem Werk nicht zu behindern, habe sie sich entschlossen, für einige Monate zu verreisen. Am dritten Tag reiste sie weg, ohne Abschied von den Knaben zu nehmen, schrieb ihnen aber dann aus Dresden einen Brief.

Ich zog mit den Knaben auf ein Jagdhaus, das zwei Stunden von Halbertsroda entfernt einsam im Wald lag. Es gehörte zum Ribbeckschen Besitz, und Adeline hatte es mir als Zufluchtsstätte angewiesen. Ich richtete mich mit den Knaben dort ein und nahm sie in Zucht. Mein Vorhaben galt mir als Prüfung meiner Herzens- und Geistesgewalt. Vielleicht griff ich fehl; vielleicht war ich geblendet durch die lange Dunkelheit unter der Eisdecke; vielleicht hat mich selber das Beil verführt. Manchmal ward mir bang, wenn ich der Worte eingedenk war: Warum gehst du beständig zu wechseln deinen Weg? Fürwahr, du wirst von Ägypten getäuscht werden, wie du von Assyrien bist getäuscht worden.

Ein alter tauber Diener kochte für uns, und die leckeren, üppigen Mahlzeiten hörten auf. Sie mußten beten, einmal in der Woche fasten, auf harten Lagerstellen schlafen und des Morgens um fünf Uhr aufstehen. Ich brach ihren Trotz auf alle Weise, ihre dumpfe Trägheit, ihre Lüsternheit, ihre Ränke. Spiele waren nicht erlaubt; der Tag hatte seine eiserne Ordnung. Ich schreckte vor keiner grausamen Maßregel zurück. Ich züchtigte sie. Ich schlug sie bei der geringsten Widersetzlichkeit mit der Peitsche. Ich lehrte sie den Schmerz. Nackt mußten sie vor mir liegen, mit den blutigen Striemen auf der Haut, da sprach ich ihnen vom Martyrium der Heiligen. Ich führte ein Tagebuch, damit Adeline erfahren könne, was geschehen war. Sie fuhren zusammen, wenn sie von weitem meine Stimme hörten; sie zitterten, wenn ich den Kopf erhob. Einmal überraschte ich sie am Abend, als sie beieinander in einem Bette lagen und ganz leise flüsterten. Da riß ich sie aus den Kissen, schreiend flohen sie aus dem Hause vor mir, im Hemde rannten sie in den Wald, ich ihnen nach, zwei Hunde hinter mir, der Regen über und um uns, endlich stürzten sie nieder, umklammerten meine Knie und flehten um Gnade. Am schwersten war es, sie zur Beichte zu bringen; aber ich war stärker als das Böse in ihnen und zwang sie zum Bekenntnis. Es waren schlimme Stunden, die ich nur ertrug, weil ich es Adeline in meinem Innern gelobt hatte.

Sie gingen in sich. Sie wurden zahm und still. Sie krochen in die Winkel und weinten. Als Adeline zurückkehrte, ging ich mit ihnen nach Halbertsroda, und sie war von der Verwandlung betroffen. Die Knaben stürzten ihrer Mutter in die Arme, klagten mich aber nicht an, auch als ich sie mit ihr allein ließ. Ich hatte ihnen gedroht, sobald sie sich aufsässig oder ungehorsam zeigten, müßten sie wieder aufs Jagdhaus. Einen oder zwei Tage der Woche brachten wir ohnehin dort zu. Späterhin mieden sie die Mutter, sowie auch Adeline gegen sie gleichgültiger wurde, da das weichliche, schwüle, überzärtelte Element nicht mehr wirksam war, das sie ehedem zueinander getrieben.

Adeline suchte meine Nähe, mein Gespräch, beobachtete mich, war herablassend, ermüdet, zerstreut und unruhig. Sie schmückte sich wie für Gäste und ließ sich dreimal täglich frisieren. Im übrigen unterwarf sie sich meinen Verfügungen. Es gibt Menschen, abgebrauchte, wurmstichige, schwelende Seelen, die vor dem erhobenen Beil in des andern Arm auf die Knie fallen, während sie nur Spott haben für die, die das Knie vor ihnen beugen. Ich war oft bestürzt von ihrer Vornehmheit und Verschlossenheit, dachte, da ist für dich kein Raum, dann schoß wieder ein Blick aus ihren Augen, der mich vergessen ließ, woher ich kam und was ich vor ihr war. Es schien mir alles möglich bei ihr. Sie konnte in der Nacht das Haus anzünden, weil sie sich darin langweilte und der Fraß an ihrer Lebenswurzel vor keinem edleren Affekt mehr haltmachte, und sie konnte vor dem Spiegel stehen, vom Mittag bis zum Abend, und beobachten, wie eine Furche auf der Stirn sich vertiefte. Alles schien möglich. Steht doch geschrieben: Welcher Mensch weiß, was in dem Menschen ist, als nur der Geist des Menschen, der in ihm ist.

Meine Anfechtungen begannen damit, daß sie eines Abends im Gespräch achtlos ihre Hand auf meine legte und sie hastig zurückzog. Da waren die Dinge, die mir vor Augen lagen, entrückt. Ich war der Knecht von Einbildungen und Begierden geworden in der Zeit von einem Gedanken bis zum andern.

Sie forderte mich auf, ihr von meinem Leben zu erzählen. Ich ließ mich fangen und erzählte.

Einmal begegnete ich ihr im Flur, als es dämmerte; sie blieb stehen und heftete einen durchbohrenden Blick auf mich. Dann lachte sie leise und ging weiter. Ich schwankte; der Schweiß perlte auf meiner Stirn.

Es war mir schwer im Herzen, wenn ich allein war. Gestalten waren da, die das Zimmer in Flammen setzten. Mein Gebetbuch, mein Rosenkranz wurden vor mir verborgen, und ich fand sie nicht. Immerfort schrie es in mir: Einmal nur! Einmal nur genießen! Einmal nur! Aber dann erschienen die Dämonen und mißhandelten mich; alle Muskeln, Adern und Nerven an meinem Leibe wurden zerfetzt. Tut an mir, was euch Gott gestattet, sagte ich, denn mein Herz ist bereit. Während des Schlafs schleuderte es mich aus meinem Bett, und bewußtlos stieß ich meinen Kopf gegen die Wände. Acht Tage fastete ich bei Brot und Wasser, aber es half nichts. Einmal hatte ich mich niedergesetzt, um zu lesen, da stand ein riesiger Affe neben mir und blätterte in dem Buch, in dem ich las. Jede Nacht hatte ich eine verführerische Vision von Adeline; sie trat an mein Lager und sagte: Geliebter, ich bin's. Dann stand ich auf und rannte sinnlos umher. Aber sie folgte mir und flüsterte mir zu: Ich will dich zum Herrn machen, und du sollst Geld in Hülle und Fülle haben. Wenn ich sie jedoch anfaßte, zeigte sie mir ihren Widerwillen, und es kamen schwebende Schatten, die sie zum Beistand aufgerufen, ein Notar mit Feder und Schreibzeug, ein Schlosser mit glühendem Hammer, ein Maurer mit der Kelle, ein Offizier mit blanker Klinge, eine Frau mit geschminktem Gesicht.

So übel war es mit mir bestellt, daß ich das furchtbare Wirkliche, das sich indessen begab, erst nach und nach begriff. Eines Morgens kam Adeline in das Zimmer, wo ich die Knaben unterrichtete, setzte sich an den Tisch und hörte zu. Dabei zog sie einen Ring mit einer schönen, großen Perle vom Finger, spielte sinnend mit ihm, stand auf, trat zum Fenster, sah dem Schneefall draußen zu und verließ dann das Zimmer wieder, um in den Garten zu gehen. Ich konnte nicht mehr atmen, nicht mehr sehen, ein unerträglicher Druck war auf meiner Brust, und ich mußte für eine Weile hinaus und Luft schöpfen. Als ich zurückkehrte, sah ich in den Augen meiner Zöglinge einen besonders bösartigen Ausdruck; ich achtete nicht darauf; von Zeit zu Zeit bäumten sie sich auf gegen ihren Meister, aber ich kümmerte mich nicht darum. In geduckter Haltung saßen sie da, ich fragte ihnen den Katechismus ab, und sie antworteten hauchend und mit Blicken voller Furcht. Es mochten zehn Minuten verflossen sein, da kam Adeline, sagte, sie habe den Ring liegen lassen, ob ich ihn nicht gesehen habe. Ich verneinte. Darauf begann sie zu suchen, ich suchte ebenfalls, sie rief die Zofe und den Diener, die das ganze Zimmer durchstöberten, aber der Ring war verschwunden. Adeline und ihre Leute musterten mich verwundert, denn ich stand und konnte mich nicht rühren. Ich spürte sofort in allen Fibern, daß ich dem Verdacht ausgesetzt war. Sie suchten im Flur und auf den Stiegen, dann im Garten auf dem frischgefallenen Schnee, schließlich wieder im Zimmer, da Adeline bestimmt behauptete, sie habe den Ring abgestreift und auf dem Tisch vergessen, was ich auch bestätigte, obwohl ich ihn nicht auf dem Tisch gesehen und sie und ihr Tun nur wie im Halbschlaf wahrgenommen hatte. Alle Worte, die sie mit den Leuten wechselte, schienen mir gegen mich gerichtet, in den Mienen der Leute glaubte ich Argwohn zu lesen, ich wurde blaß und rot, rief die Knaben, die sich beim Beginn des Alarms entfernt hatten, und forschte sie aus. Sie sagten, man solle in ihrem Zimmer Nachschau halten und sahen mich beide tückisch an. Ich bitte, auch mein Zimmer zu durchsuchen, sagte ich zu Adeline. Sie machte eine abwehrende Handbewegung, dann äußerte sie entschuldigend, der Ring sei ihr besonders wert, sie vermisse ihn ungern. Mittlerweile war der Gutsverwalter eingetreten, der an jenem Tag zufällig auf Halbertsroda übernachtet hatte; er grüßte mich nicht, sondern maß mich schweigend und finster. Da packte es mich; ich sah mich schutzlos dem Argwohn überliefert, und ich sagte zu mir: du hast vielleicht den Ring wirklich gestohlen. Der Sturz von meinem vorigen Seelenzustand in diesen gemeinen und häßlichen war mir so unerwartet, daß ich ein Gelächter ausstieß und nun erst recht darauf bestand, daß man mein Zimmer, meine Sachen und mich selber durchsuche. Der Gutsverwalter sprach leise mit Adeline; sie blickte ihn entgeistert an und ging hinaus. Ich leerte vor dem Verwalter meine Taschen, dann folgte er mir in mein Zimmer, ich setzte mich ans Fenster, er zog Schublade um Schublade aus der Kommode, öffnete den Schrank, der Diener, das Stubenmädchen, die beiden Knaben standen unter der Tür, da ließ der Verwalter einen dumpfen Laut hören und hielt in der Hand den Ring mit der Perle empor. Ich hatte es einen Moment zuvor völlig klar gewußt, daß er den Ring bei mir finden würde, ich hatte es von den Gesichtern der Knaben abgelesen. Deshalb blieb ich auch unbeweglich sitzen, während alle einander anschauten und dann mit dem Verwalter hinweggingen. Ich versperrte sogleich die Tür und schritt auf und ab, auf und ab, vierundzwanzig Stunden hindurch. Als die Nacht vorüber war, herrschte in meinem Innern eine feierliche Ruhe. Ich ließ Adeline fragen, ob ich mit ihr sprechen könne. Sie empfing mich nicht. Mich schriftlich zu rechtfertigen, verschmähte ich. Meine Unschuld beteuern hieß so viel wie mich erniedrigen. Ich war nun ganz rein und kalt. Ich erfuhr an dem Tage, daß dem Verwalter längst Gerüchte von entsetzlichen Mißhandlungen zugetragen worden waren, die die Knaben zu erdulden, und daß diese ihre Mutter des ehebrecherischen Einverständnisses mit mir geziehen hätten. Der Verwalter war ein paarmal heimlich gekommen, hatte das Gesinde verhört, und an jenem Morgen, an dem der Ringdiebstahl vorfiel, hatte er die Knaben in sein Zimmer geführt, ihnen geboten, sich zu entkleiden und an ihrem Körper die frischen und alten Spuren meiner Züchtigungen wahrgenommen. Da ihm auch ihre sonstige Verfassung Besorgnis einflößte, telegraphierte er dem Geheimrat, der dann in der Nacht mit einer Polizeiperson ankam. Ich vermute, daß Adeline den Anschlag mit dem Ring durchschaut hatte, denn es war davon nicht weiter die Rede. Der Kommissar trat drohend gegen mich auf und sprach von bösen Folgen, aber ich machte keinen Versuch, zu beschönigen oder zu erklären, was ich getan. Ich verließ Halbertsroda mitten in der Nacht. Adeline habe ich nicht mehr gesehen. Sie soll in ein Sanatorium geschafft worden sein. Drei Wochen waren vorüber, da erhielt ich eines Tages ein kleines Schächtelchen mit der Post, und als ich es öffnete, lag der Ring mit der Perle darin. Im Hof des Försterhauses ist ein alter Ziehbrunnen. Ich bin zu dem Brunnen gegangen und habe den Ring hinunter in die Tiefe geworfen.

So, und nun wissen Sie, was mir dort geschehen ist, in der oberen Welt, im Hause des Geheimrats Ribbeck.«

16

Sie mußten noch eine Weile marschieren, ehe sie zum Parktor von Christiansruh kamen. Als Voß sich verabschieden wollte, sagte Christian: »Sie werden müde sein, wozu sollen Sie noch den Weg ins Dorf machen. Übernachten Sie bei mir.«

»Wenn es ohne Unbequemlichkeit für Sie sein kann, nehme ich es an,« erwiderte Voß.

Sie gingen ins Haus und betraten die Halle, die erleuchtet war. Amadeus Voß schaute staunend um sich. Sie gingen die Treppe hinauf, in das Speisezimmer, das im Louis-Quinze-Stil eingerichtet war. Christian führte seinen Gast dann durch andre Räume in das Gemach, das er für ihn bestimmt hatte. Von Raum zu Raum staunte Amadeus Voß mehr. »Das ist noch ein ander Ding als in Halbertsroda,« murmelte er; »es ist ein Unterschied wie zwischen Festtag und Alltag.«

Schweigend saßen sie bei Tisch einander gegenüber. Dann gingen sie in die Bibliothek. Ein Diener servierte den schwarzen Kaffee auf silberner Platte. Voß stand an einen Pfeiler gelehnt, die Hände auf dem Rücken und starrte in die Luft. Als der Diener sich entfernt hatte, sagte er: »Haben Sie einmal von der telchinischen Seuche gehört? Es ist eine Krankheit, die der Neid der Telchinen ausgebrütet hat, der in Menschen verwandelten Hunde des Aktäon, und diese Krankheit wendet sich verderblich gegen alles in ihrem Umkreis. Ein Jüngling namens Euthelides erblickte seine eigne Schönheit mit neidischem Auge in einer Quelle, und die Schönheit welkte hin in Krankheit.«

Christian sah still vor sich nieder.

»Es gibt eine Sage von einem Edelmann in Polen,« fuhr Amadeus fort; »dieser Edelmann wohnte am Weichselufer einsam in einem weißen Hause, und alle Nachbarn flohen seine Nähe, weil sein neidischer Blick Unglück über sie brachte, die Herden tötete, die Scheunen in Brand steckte, die Kinder mit Aussatz bedeckte. Einst wurde ein schönes Mädchen von Wölfen verfolgt und flüchtete in sein weißes Haus. Er verliebte sich in sie und heiratete sie. Weil aber das Übel, das von ihm ausging, auch sie überfiel, riß er sich die Augen aus und vergrub die glänzenden Kristalle an der Gartenmauer. Nun war er genesen, aber die vergrabenen Augen gewannen sogar unter der Erde neue Kraft, und ein alter Diener, der sie aus dem Boden grub, wurde von ihnen getötet.«

Auf einem niedrigen Sessel sitzend, hatte Christian die Arme um seine Knie geschlungen und schaute zu Voß empor.

»Man muß von Zeit zu Zeit die Augen entsühnen,« sagte Amadeus Voß. »Drüben im Dorfe Nettersheim liegt eine Magd im Sterben, ein armes Ding, unsäglich verlassen; in einem Verschlag neben dem Stall liegt sie, und die Bauern glauben nicht an ihren nahen Tod, halten sie für arbeitsscheu. Zu der bin ich ein paarmal gegangen, um meine Augen zu entsühnen.«

Sie schwiegen lange, und als die Uhr in dem hohen gotischen Gehäuse zum Mitternachtsschlag aushob, gingen sie in ihre Zimmer.

17

Dem Ruf seines Vaters folgend, fuhr Christian nach Würzburg.

Die Begrüßung war höflich von seiten beider. »Ich hoffe, daß ich dich nicht inkommodiert habe,« sagte Albrecht Wahnschaffe.

»Ich stehe zu deiner Verfügung,« antwortete Christian kühl.

Sie machten einen Spaziergang über das Glacis, redeten aber wenig miteinander. Die Dobermannhündin, Freia geheißen, die beständige Begleiterin Albrecht Wahnschaffes, trottete zwischen ihnen. Es überraschte Albrecht Wahnschaffe, zu bemerken, daß Christians Züge Veränderungen von innen her aufwiesen.

Abends, beim Tee, sagte er mit einer ritterlichen Geste: »Du bist zu einer ungewöhnlichen Erwerbung zu beglückwünschen. Es schlingt sich ja ein ganzer Legendenkranz um diesen Diamanten. Die Sache hat Staub aufgewirbelt, man wundert sich allgemein. Mit einigem Recht, scheint mir, da du weder ein englischer Herzog noch ein indischer Prinz bist. Ist es wirklich ein so begehrenswertes Stück?«

»Ein wundervolles Stück,« bestätigte Christian. Plötzlich kamen ihm Vossens Worte in den Sinn: man muß die Augen entsühnen.

Albrecht Wahnschaffe nickte. »Ich zweifle nicht,« sagte er; »ich verstehe solche Passionen, obgleich ich als Kaufmann die Brachlegung eines so erheblichen Kapitals mißbilligen muß. Es ist eine Exzentrizität. Der Weltzustand ist immer gefährdet, wenn Männer aus dem Bürgertum exzentrisch werden. Über einen gewissen Punkt möchte ich deine Betrachtung anregen. Alle Privilegien, deren du dich erfreust, und sie sind nicht gering, wie du zugeben mußt, alle Erleichterungen des Daseins, alle Möglichkeiten zur Befriedigung deiner Launen und Leidenschaften, die gesellschaftliche Gipfelstellung, die du einnimmst, das alles beruht auf Arbeit. Ich brauche nicht hinzuzufügen: auf der Arbeit deines Vaters.«

Aus einer Ecke des Gemachs hatte sich die Hündin Freia erhoben. Sie trat zu Christian und legte schmeichelnd den Kopf auf seinen Schenkel. Albrecht Wahnschaffe, in einer leichten Regung von Eifersucht, gab dem Tier einen Klaps auf die Flanke.

Er fuhr fort: »Ein solches Ausmaß von Arbeit bedeutet natürlich Verzicht auf allen Linien. Man ist Pflugschar, die aufreißt und rostet. Man ist Brennstoff, der Helligkeit gibt und verzehrt wird. Ehe, Familie, Freundschaft, Kunst, Natur, sie existierten kaum für mich. Ich habe gelebt wie der Bergmann im Stollen. Und welchen Dank hatte ich? Unsre Volksbetrüger füttern ihren Anhang mit dem frechen Märchen, als seien wir die Vampire, die das Blut der Unterdrückten trinken. Sie wissen nichts, die Brunnenvergifter, oder wollen nichts wissen von den Erschütterungen, Leiden und Entbehrungen, an die der friedliche Lohnsklave mit keiner Ahnung hinreicht.«

Freia schmiegte sich dichter an Christian, leckte seine Hand und warb demütig um seinen Blick. Die stumme Zärtlichkeit des Tieres tat ihm wohl. Er runzelte die Stirn und sagte lakonisch: »Wenn es so ist und du es so empfindest, warum immerfort arbeiten?«

»Es gibt auch eine Pflicht, du Weichgebetteter, es gibt eine Treue gegen die Sache,« erwiderte Albrecht Wahnschaffe, und seine blaßblauen Augen zürnten. »Jeder Bauer hängt an dem Stück Erdreich, dem er seine Sorge weiht. Als ich anfing, war unser Land noch ein armes Land. Heute ist es ein reiches Land. Ich will nicht behaupten, daß meine

Leistung dem Ganzen gegenüber hoch in Betracht kommt; aber sie ist einzurechnen. Sie ist ein Symptom unsres Aufschwungs, unsrer jungen Macht, unsres wirtschaftlichen Gedeihens. Wir stehen nun auch unter den großen Völkern und haben einen Leib und ein Gesicht.«

»Was du sagst, ist gewiß richtig,« versetzte Christian, »leider fehlt mir der Sinn dafür. Ich bin in dieser Hinsicht entschieden mangelhaft organisiert.«

»Fünfundzwanzig Jahre früher, und dein Los wäre gewesen, ein Brotverdiener zu sein,« sprach Albrecht Wahnschaffe weiter, ohne auf den Einwand zu achten; »heute bist du Nachfahr und Erbe. Deine Generation blickt in eine verwandelte Welt und Zeit. Wir haben euch Flügel an die Schultern geheftet, und ihr habt vergessen, wie beschwerlich das Kriechen ist.«

Christian, im dunklen Verlangen nach der Wärme eines Körpers, nahm den Kopf der Hündin zwischen seine Hände, die mit dankbarem Knurrlaut sich erhob und die Vorderpfoten gegen seine Schultern stemmte. Mit einem Lächeln, das noch dem Spiel mit dem Tier galt, sagte er: »Keiner verschmäht, was ihm in den Schoß fällt. Ich habe freilich nie gefragt, woher es kommt und wohin es soll. Man könnte gewiß auch anders leben. Vielleicht werde ich noch einmal anders leben. Es müßte sich ja dann zeigen, ob man ein andrer wird und wie man wird, wenn die Behelfe fehlen, die Flügel, von denen du sprichst.« Sein Gesicht war ernst geworden.

Albrecht Wahnschaffe fühlte sich auf einmal ziemlich ratlos vor diesem schönen, stolzen, fremden Menschen, der sein Sohn war. Um seine Verlegenheit zu verbergen, antwortete er hastig: »Anders leben, das ist es; genau das meine ich. In der Überzeugung, daß dir ein Dasein auf die Dauer zur Last werden muß, das nur eine Kette von Nichtigkeiten ist, wollte ich dir vorschlagen, eine deinen Kräften und Gaben würdigere Bahn zu betreten. Wie wäre es mit der diplomatischen Karriere? Wolfgang fühlt sich ungemein befriedigt über die Möglichkeiten, die sich ihm dabei bieten. Es ist auch für dich noch nicht zu spät. Die versäumte Zeit läßt sich einbringen. Der Name, den du trägst, wiegt jeden Adelstitel auf. Du verbleibst in einer Region, die dir gemäß ist; du hast große Mittel, die persönliche Eignung und außerordentliche Beziehungen; das übrige vollzieht sich automatisch.«

Christian schüttelte den Kopf. »Du irrst dich, Vater,« sagte er leise, aber bestimmt, »ich habe nicht die Fähigkeit dazu, auch nicht die geringste Lust.«

»Dacht ich mir,« entgegnete Albrecht Wahnschaffe lebhaft; »also nichts mehr davon. Mein zweiter Vorschlag, mir selbst sympathischer, möchte dich zur Mitarbeit in der Firma ermuntern. Der leitende Gedanke ist, eine repräsentative Stellung für dich zu schaffen, entweder im inneren oder im äußeren Dienst. Wählst du das letztere, so könntest du deinen Aufenthalt im Ausland wählen, in Japan, in den Vereinigten Staaten. Weitgehende Vollmachten würden dir erlauben, unabhängig aufzutreten. Du übernimmst Verantwortungen, die in keiner Weise drückend wären, und genießt die Vorrechte eines Botschafters. Es bedarf nur deiner Einwilligung, das andere ist meine Sorge.«

Christian erhob sich von seinem Stuhl. »Ich bitte dich herzlich, Vater, dieses Thema fallen zu lassen,« sagte er. Seine Miene war kalt, sein Blick gesenkt.

Auch Albrecht Wahnschaffe stand auf. »Sei nicht zu rasch, Christian,« mahnte er. »Ich kann dir nicht verhelen, daß mich deine endgültige Weigerung empfindlich träfe. Ich habe auf dich gerechnet.« Er sah Christian fest an. Christian schwieg.

Nach einer Weile fragte er: »Wann warst du zum letztenmal auf den Werken draußen?«

»Es muß drei oder vier Jahre her sein,« antwortete Christian.

»Es war um Pfingsten vor drei Jahren, wenn ich mich recht entsinne,« sagte Albrecht Wahnschaffe, wie immer ein wenig eitel auf sein selten trügendes Gedächtnis; »du hattest mit deinem Vetter Theo Friesen eine Vergnügungsfahrt in den Harz verabredet, und Theo wollte einen Abstecher zu den Fabriken machen. Er hatte von unsern neuen Wohlfahrtseinrichtungen gehört und interessierte sich dafür. Ihr habt euch aber dann doch nicht aufgehalten, scheint mir.«

»Nein. Ich hatte es Theo ausgeredet. Wir hatten noch einen weiten Weg, und ich wollte ins Quartier kommen.«

Christian erinnerte sich jetzt genau. Es war Abend geworden, als das Auto langsam durch die Straßen der Maschinenstadt fuhr. Er hatte sich dem Wunsch seines Vetters gefügt, aber plötzlich war der Widerwille gegen diese Welt aus Rauch und Staub und Schweiß und Eisen erwacht; er hatte den Wagen nicht verlassen gewollt und dem Lenker befohlen, das Tempo zu beschleunigen.

Gleichwohl erinnerte er sich des Höllengesangs, zu dem Stahlschlag und Radgesurr sich verbündeten; er hörte noch das Donnern, Pfeifen, Zischen, Kreischen und Fauchen; sah noch das Vorüberziehen von Schmieden, Walzen, Pumpen, Dampfhämmern, Gebläsen, Hochöfen, Schmelzöfen, Gießereien, Kesselhäusern; die Tausende geschwärzter Gesichter; ein menschenähnliches Geschlecht, aus Kohle gemacht, behaucht von Weiß- und Rotgluten; elektrische Nebelmonde, die durch den Raum tanzten; Totenkarren gleichende Fahrzeuge, von einer violetten Dämmerung verschlungen; die Wohnstätten in einem Schein von Behäbigkeit und einem Sein von unergründlicher Traurigkeit, die Badehäuser, Lesehallen, Vereinshäuser, Krippen, Spitäler, Säuglingsheime, Warenhäuser, Kirchen und Kinotheater. Dies Gepräge von Zwang und Fron, von Pferch und Aufputz, von Häßlichem, Allerhäßlichstem auf Erden, das überschminkt, von Drohendem, das gefesselt und erstickt war.

Vetter Friesen erschöpfte sich in staunenden Ausrufen; Christian hatte erst wieder frei aufgeatmet, als der Wagen über die Landstraße raste, in panischer Flucht vor dem lodernden Grauen.

»Und seitdem warst du nicht mehr dort?« fragte Albrecht Wahnschaffe.

»Seitdem nicht mehr.«

Sie standen eine Weile schweigend voreinander. Albrecht Wahnschaffe ergriff die Hündin Freia beim Halsband und sagte mit merklicher Überwindung: »Geh mit dir zu Rate, du hast Zeit; ich dränge dich nicht; ich werde warten. Wenn du die Umstände erwägst und dich selber prüfst, wirst du zu der Einsicht gelangen, daß ich dein Glück im Auge habe. Antworte mir also jetzt nicht, und wenn du mit dir im reinen bist, laß mich deinen Entschluß wissen.«

»Ich bitte um die Erlaubnis mich zurückziehen zu dürfen,« sagte Christian. Albrecht Wahnschaffe nickte, Christian verbeugte sich und ging.

Am andern Morgen fuhr er wieder nach Christiansruh.

18

In einer Nebenstraße des belebtesten Viertels von Buenos Aires stand ein Haus, das der Familie Gunderam gehörte. Die Eltern Gottfried Gunderams hatten es gekauft, als sie Mitte des neunzehnten Jahrhunderts nach Argentinien gekommen waren. Damals war es billig gewesen; die Entwicklung der Stadt hatte inzwischen ein Objekt von hohem Wert aus ihm gemacht. Gottfried Gunderam erhielt verlockende Angebote, nicht bloß von Privatleuten, sondern auch von der Gemeinde, die das baufällige Haus niederreißen lassen wollte, um an seiner Stelle einen modernen Mietspalast zu errichten.

Aber Gottfried Gunderam blieb gegen alle Versuchungen taub. »Das Haus, in dem meine Mutter ihr Leben beschlossen hat, kommt nicht in fremde Hände, solang ich noch einen Atemzug in mir habe,« erklärte er.

Diese Hartnäckigkeit beruhte nicht so sehr auf kindlicher Pietät als vielmehr auf einem Aberglauben, der so stark war, daß er sogar seine Geldgier zum Schweigen brachte. Er fürchtete, die Mutter werde aus dem Grab aufstehen und sich an ihm rächen, wenn er das Stammhaus der Familie veräußerte und zerstören ließ. Gedeihen, Reichtum, gute Ernten und hohes Alter hingen nach seiner Meinung davon ab. Kein Unberufener durfte das Haus betreten.

Das Haus wurde von den Söhnen und Verwandten spöttischerweise der Escurial genannt; aber Gottfried Gunderam nahm von dem Spott keine Notiz und hatte sich allmählich daran gewöhnt, das Haus ebenfalls und in allem Ernst den Escurial zu nennen.

Einst, lange vor seiner Reise nach Deutschland, hatte Stephan dem Alten in einer Stunde, wo er getrunken hatte und bei guter Laune war, das Versprechen abgelistet, daß er den Escurial bekommen sollte, wenn er heiraten würde. Als er nun Lätizia heimgeführt hatte, rechnete er mit diesem Versprechen. Er wollte sich in Buenos Aires als Advokat niederlassen und die verlotterte Ruine, den Escurial, in einen behaglichen Wohnsitz verwandeln.

Er erinnerte den Vater an seine Zusage. Jedoch der Alte leugnete sie ihm rundweg ab. »Kannst du mirs schwarz auf weiß zeigen?« fragte er augenzwinkernd; »kannst dus nicht? Was willst du dann von mir? Was bist du für ein Rechtsgelehrter, wenn du ohne schwarz auf weiß eine Forderung realisieren willst?«

Stephan schwieg; er begnügte sich damit, den Alten von Zeit zu Zeit zu mahnen, kalt, methodisch und ruhig.

Der Alte sagte: »Das Weib, das du dir genommen hast, ist nicht nach meinem Geschmack. Sie paßt nicht in unsre Verhältnisse. Sie ist eine Bücherleserin, pfui Teufel; ein weißhäutiges Püppchen ohne Rasse. Sie soll zufrieden sein mit dem, was sie hat. So dumm bin ich nicht, daß ich mich euretwegen in Unkosten stürze. Den Escurial zum Wohnen einzurichten, ist ein teurer Spaß, und Geld hab ich keins, absolut keins.«

Stephan schätzte das Barvermögen seines Vaters auf vier bis fünf Millionen Franken. »Du bist mir mein Erbteil schuldig,« erwiderte er.

»Ich bin dir einen Stoß in die Zähne schuldig,« gab der Alte grimmig zurück.

»Ist das dein letztes Wort?«

Der böse Greis antwortete: »Mein letztes Wort sag ich noch lange nicht. Noch mindestens ein Dutzend Jahre nicht. Aber wir wollen einen Vergleich schließen, denn ich lebe mit den Meinen gern in Frieden. So höre: Wenn dein Weib niederkommt und einen Jungen auf die Welt bringt, sollt ihr den Escurial haben und fünfzigtausend Pesos obendrein.«

»Gib mirs schriftlich, damit ichs schwarz auf weiß habe.«

Der Alte lachte trocken. »Bravo,« rief er und kniff die Augen zusammen, »jetzt bist du klug, ein kluger Rechtsgelehrter. Man sieht doch wenigstens, daß die Tausende nicht umsonst verstudiert sind.« Und mit auffallender Willigkeit setzte er sich an den Schreibtisch und verfaßte die geforderte Erklärung.

Ein paar Wochen später sagte Stephan zu Lätizia: »Wir fahren heute in die Stadt, ich will dir den Escurial zeigen.«

Die einzige Bewohnerin des Escurial war eine neunzigjährige Mulattin, und um sie aus ihrer Höhle zu locken, mußte man Steine ins Fenster werfen. Dann erschien sie, krumm, halb blind, in Lumpen gehüllt und mit einem gelben Auswuchs auf der Stirn.

Die Straße war vor einem Jahrhundert um einen Meter tiefer gelegt worden, deshalb war es nötig, daß vom Tor des Hauses eine Leiter herabgelassen wurde; die mußten Stephan und Lätizia erklimmen. Innen war alles verfault und vermodert, die Möbel und die Dielen. In den Ecken ballten sich Spinnweben wie Wolken, und fette, haarige Spinnen glotzten hervor. Die Tapeten hingen in Fetzen von den Wänden, die Fensterscheiben waren zerbrochen, die Kamine eingestürzt.

Aber in einem Raum, dem Sterbezimmer der Stammutter, stand ein Tisch mit schöner Intarsia, ein antikes Stück aus einem Sieneser Kloster. Die Intarsia zeigte zwei Engel, die Palmenzweige gegeneinander neigten, und zwischen ihnen kauernd einen Adler. Auf dem Tisch lagen alle Juwelen, die die Verstorbene besessen; Broschen, Ketten, Ohrgehänge,

Ringe und Armbänder lagen hier seit Jahr und Tag, von dickem Staub bedeckt und durch den gespenstischen Ruf des alten Hauses besser geschützt als durch die vergitterten Fenster.

Lätizia war erschrocken und dachte: Hier soll ich wohnen, wo vielleicht Geister in der Nacht erscheinen, um sich zu schmücken?

Jedoch als Stephan ihr seine Umbau- und Erneuerungspläne auseinandersetzte, wurde sie froh, und gleich verwandelten sich die Räume, in denen Verwesung herrschte, in einladende Gemächer, zierliche Boudoirs, helle, kühle Säle mit hohen Fenstern und Treppenaufgänge mit Teppichen und Estraden.

»Es liegt nur an dir, uns zu einem glücklichen und schönen Heim baldmöglichst zu verhelfen,« sagte Stephan; »ich für meine Person tue meine Pflicht; von dir kann man dasselbe nicht behaupten.«

Lätizia schlug die Augen nieder; sie kannte die Bedingung des alten Gunderam.

Von Frist zu Frist mußte sie ihre fehlgeschlagene Hoffnung bekennen. Der Escurial lag nach wie vor im Totenschlaf, und Stephans Gesicht wurde immer finsterer. Er schickte sie in die Kirche, daß sie beten solle; er streute gemahlene Walnüsse auf ihr Bett; er gab ihr Knochenpulver, in Wein gelöst, zu trinken; er ließ eine Frau kommen, die wirksamer Sprüche mächtig war, und Lätizia mußte sich vor ihr entkleiden und ihren Leib, um den sieben brennende Kerzen aufgestellt waren, der zauberkräftigen Beschwörung unterwerfen. Und sie ging in die Kirche und betete, obwohl sie an das Gebet nicht glaubte, keine Andacht verspürte und von Gott nichts wußte. Sie erschauerte bei dem Gemurmel der italienischen Hexe, obwohl sie sich, wenn alles vorbei war, über das Kauderwelsch und den Hokuspokus lustig machte.

Sie zeugte im Geiste das Bild des Kindes, das ihr der Leib versagte. Sie sah es, unbestimmten Geschlechts, aber vollkommen in der Schönheit. Es blickte sie mit sanften Rehaugen an. Es hatte die Züge eines Raffaelschen Engels und die zarte Seele einer Ode von Hölderlin. Es war zu großen Dingen erkoren, und ein schwindelnder Lebensaufstieg stand ihm bevor. Der Gedanke an dies Traumwesen erfüllte sie mit schwärmerischen Empfindungen, und sie wunderte sich über Stephans Zorn und wachsende Ungeduld. Sie wunderte sich und war sich keiner Schuld bewußt.

Stephans Mutter, Donna Barbara, wie sie genannt wurde, sagte zu ihrem Sohn: »Ich habe deinem Vater acht geschenkt; acht lebendige

Menschen. Drei sind gestorben, vier sind Männer geworden, deine Schwester Esmeralda will ich gar nicht zählen. Warum ist jene unfruchtbar? Züchtige sie, mein Sohn, schlage sie.«

Da griff Stephan zähneknirschend nach seinem Ochsenziemer.

19

Es war Abend und Christian ging ins Försterhaus. Schon war ihm der Weg selbstverständlich; über das Zwangvolle, das ihn hintrieb, gab er sich keine Rechenschaft.

Amadeus Voß saß bei der Lampe und las in einem abgegriffenen Buch. Durch die zweite Tür im Zimmer enthuschte ein Schatten, seine Mutter.

Nach einer Weile fragte Voß: »Wollen Sie morgen mit mir nach Nettersheim gehen?«

»Was soll ich dort?« fragte Christian zurück.

Voß wandte sich ganz zu ihm; seine Brillengläser flimmerten ins Dunkel hinein. »Vielleicht ist sie schon tot,« murmelte er.

Er trommelte mit den Fingern auf seinen Knien. Da Christian schwieg, begann er von der Magd Walpurga zu erzählen, die beim Großbauern Borsche, seinem Onkel, in Diensten stand.

»Sie ist im Dorf geboren, eine Häuslerstochter. Mit fünfzehn Jahren ging sie in die Stadt. Sie hatte viel gehört von dem schönen Leben in der Stadt und glaubte es wunder wie weit zu bringen. Sie kam in verschiedene Häuser, zuletzt zu einem Kaufmann; da war ein Sohn, der verführte sie, und wie es zu geschehen pflegt, man jagte sie davon. So ist es eben, daß diejenigen, die ohnehin die Opfer sind, auch noch die Strafe erleiden müssen.

Sie gebar ein Kind; das Kind starb. Mit ihr selber aber ging es tiefer und tiefer herab. Sie fiel einem Mädchenhändler als Beute zu, der brachte sie in ein Bordell, dort war ihres Bleibens nicht lange, danach wurde sie Straßendirne. Es war in Bochum und in Elberfeld, wo sie diesen Beruf ausübte, und es war ihr nicht wohl dabei, und sie kam ins Elend. Eines Tages wurde sie von Heimweh erfaßt, sie raffte ihre letzte Kraft zusammen und kehrte ins Dorf zurück, bettelarm und krank am Körper, doch gewillt, sich ihr Brot zu erarbeiten, gleichviel um welchen Lohn und durch welche Plage.

Aber niemand wollte sie nehmen. Ihre Eltern waren tot, Verwandte hatte sie keine, so war sie der Gemeinde zur Last, und man ließ es sie entgelten. Eines Sonntags geschah es, daß der Geistliche von der Kanzel herab gegen sie wetterte. Zwar nannte er ihren Namen nicht, aber er sprach vom Lotterleben und vom Sündenpfuhl und von der Heimsuchung und von der Strafe und wie der Zorn des Herrn sich so sichtbar an einem Beispiel erfüllt habe, das vor aller Augen stehe. Da war sie gebrandmarkt und der öffentlichen Verachtung preisgegeben und beschloß, ihrem Dasein ein Ende zu machen. An einem Abend, als der Großbauer Borsche vom Wirtshaus heimging, sah er eine Frauensperson in gräßlichen Zuckungen mitten auf der Straße liegen. Es war Walpurga, die Stadthure, wie sie im Dorf allgemein geheißen wurde. Kein Mensch war in der Nähe; der Bauer hob sie auf seinen breiten Rücken und trug sie in seinen Hof. Sie hatte von vielen Zündhölzern den Phosphor abgeschabt und gegessen, und das bekannte sie. Da ließ ihr der Bauer Milch reichen, sie erholte sich und durfte auf dem Hof bleiben.

Manchen Tag konnte sie arbeiten und sich aufs Feld schleppen, manchen wieder nicht, da verkroch sie sich in einen Winkel und streckte sich hin. Die Knechte, so viel ihrer waren, betrachteten ihren Leib als herrenloses Gut, und dagegen half kein Sträuben. Erst als der Bauer zornig dazwischenfuhr, wurde es besser. Sie war erst dreiundzwanzig Jahre alt und hatte trotz Krankheit und erlittenen Elends ein blühendes Aussehen bewahrt; ihre Wangen waren immer gerötet, ihre Augen glänzten frisch. Und wenn sie nun nicht zur Arbeit ging wie die andern Mägde, so zogen diese über sie her und hießen sie ein betrügerisches Mensch.

Vor zwei Wochen kam ich auf einer Wanderung nach Nettersheim und kehrte bei Borsches ein. Sie bewillkommten mich freundlich, denn da sie mich als künftigen Geistlichen ansehen, gelte ich etwas bei ihnen. Sie redeten auch von Walpurga; der Bauer erzählte mir ihre Geschichte und bat, ich möge doch einmal zu ihr gehen und ihm sagen, ob ich ihre Krankheit für Verstellung halte. Auf meinen Einwand, weshalb er nicht den Arzt zu Rate ziehe, erwiderte er, der Doktor aus Heftrich sei bei ihr gewesen, habe jedoch nichts ausfindig machen können. Hierauf ging ich zu ihr. Sie lag im Stall, durch eine Bretterwand vom Vieh getrennt, vor der Erdbodenkälte durch eine Schicht Streu geschützt, eingehüllt in eine alte Pferdedecke. Ihre gesunden Farben und ihre volle Gestalt täuschten mich nicht, und ich sagte zum Bauern: Die glimmt nur noch so hin. Er und die Bäuerin schienen mir zu glauben, aber als ich sie aufforderte, die Kranke anständig unterzubringen und zu verpflegen, zuckten sie die Achseln und meinten, wärmer als im Stall sei es nirgends, und wer solle sich um ein so gemiedenes und armseliges Weibermensch groß kümmern und in Unbequemlichkeiten stürzen?

Am dritten Tag ging ich wieder hinüber und dann jeden andern Tag. Meine Gedanken konnten sich nicht mehr von ihr losreißen. In meinem ganzen Leben hat mir kein Mensch so ins Herz gegriffen. Sie konnte jetzt nicht mehr aufstehen, das sahen sogar die Böswilligsten. Ich saß bei ihr im dunstigen Verschlag, auf einer Holzbank neben der Streustelle. Mit jedem Mal wurde sie froher, wenn ich kam. Unterwegs pflückte ich Feldblumen, die hielt sie in den gefalteten Händen über der Brust fest. Man hatte ihr gesagt, wer ich sei, und allmählich hatte sie eine Menge Fragen an mich zu stellen. Sie wollte wissen, ob es ein ewiges Leben und eine ewige Seligkeit gebe. Sie wollte wissen, ob Christus auch für sie am Kreuz gestorben sei. Sie hatte Angst vor den Qualen des Fegefeuers und sagte, wenn es so schlimm sei wie alles, was sie unter den Menschen erfahren, jammere sie ihr unsterbliches Teil. Darin war keine Schmähung und keine Klage; sie wollte bloß wissen.

Und was konnte ich antworten? Daß Christus auch für sie das Kreuz auf sich genommen, versicherte ich ihr. Das übrige Fragen ließ mich stumm. Man ist so stumm und wild, wenn ein lebendiges Herz nach Wahrheit verlangt, und der gefrorene Christ da drinnen möchte auftauen zu neuem Tag und neuer Sonne. Sie verbrennen im Fegefeuer und fragen, wann es sie umfangen wird. Im Schwarzen sehen sie die Schwärze nicht, mitten in Flammen nicht den Brand. Wo ist Satans wahres Reich, hier oder dort? Und wo ›dort‹, auf welchem Stern, der noch verfluchter wäre? Man stößt den Armen aus dem Wege, steht geschrieben, sämtlich verkriechen müssen sich die Bedrängten des Landes; aus Städten röcheln Sterbende, die Seele tödlich Verwundeter schreit, und doch stellt Gott das Unrecht nicht ein. Und es steht geschrieben, daß der Herr zu Satan sprach: Woher kommst du? Und Satan antwortete: Vom Herumziehen auf der Erde und vom Aufspüren auf der Erde.

Sie bat mich, ihr Absolution von ihren Sünden zu geben, und sie beichtete mir ihre Sünden. Aber nichts von dem, was ihr sündig war, erschien mir sündig. Ich sah die Ödnis und Verlassenheit; die öden

175

Stuben sah ich, die schaurigen Wände, die Straßen bei der Nacht mit flackernden Laternen, die einsamen Menschen mit ihren Augen ohne Gnade, und des Wortes gedachte ich: Man bricht im Dunkel in die Häuser, bei Tage sperren sie sich ein und kennen nicht das Licht. Das sah ich, das dachte ich, und ich sprach sie frei von Schuld, auf mein Gewissen. Ich sprach sie frei und verhieß ihr das Paradies. Da lächelte sie mich an, bat mich um meine Hand und küßte sie, eh ich es hindern konnte. Das war gestern.«

Amadeus schwieg. »Das war gestern,« wiederholte er nach langem Sinnen, »und heute bin ich nicht hingegangen aus Furcht vor ihrem Sterben. Sie ist vielleicht schon tot.«

»Wenn Sie jetzt noch gehen wollen, ich bin bereit,« sagte Christian schüchtern. »Es ist nur eine Stunde Wegs, ich begleite Sie.«

»So gehen wir also,« erwiderte Voß aufatmend und erhob sich.

20

Eine Stunde später waren sie im Hof des Großbauern. Die Stalltür war offen. Knechte und Mägde standen davor. Ein alter Knecht hielt eine Laterne hoch im Arm, und alle schauten hinein in den Holzverschlag. Ihre Gesichter in dem bewegten und ungenügenden Licht zeigten eine verwunderte Andacht. Drinnen auf der Streu lag der Leichnam der Walpurga mit Wangen wie Rosen. Nichts in dem Antlitz erinnerte an den Tod, alles an einen friedlichen Schlaf.

Auf der Holzbank brannte in einem Leuchter eine Kerze. Sie war nah am Verlöschen.

Amadeus Voß schritt durch die Gruppe der Knechte und Mägde hindurch und kniete zu Füßen der Leiche nieder. Der alte Knecht, der die Laterne hielt, flüsterte etwas, da knieten auch die Knechte und Mägde auf den Boden und falteten die Hände.

Eine Kuh blökte laut, dann hörte man nur das Klingeln der Glocken am Hals der beunruhigten Rinder. Die Dunkelheit im Stall, das Antlitz der Toten, das wie ein gemaltes Bild war, die vom Licht der Laterne gelb beglühten Gesichter der Knienden mit ihren stumpfen Stirnen und hartgeschlossenen Lippen; das alles sah Christian mit aufgelockertem Gefühl.

Er war im Hof stehengeblieben, in der Finsternis.

Als Amadeus Voß wieder zu Christian hinausgetreten war, kam der Schreiner des Dorfs, um an der Toten das Maß für den Sarg zu nehmen. Sie begaben sich auf den Heimweg, ohne miteinander zu sprechen.

Mitten im Gehen hielt Christian plötzlich inne. Es war bei einem Wegweiser; er umklammerte den Pfahl mit beiden Händen, legte den Kopf zurück und blickte mit tiefer Gespanntheit in die ziehenden Nachtwolken. Da hörte er Amadeus Voß sagen: »Wärs möglich? Wärs möglich?«

Christian wandte ihm das Gesicht zu.

»Mir wird in Ihrer Nähe ganz eigen, Christian Wahnschaffe,« sagte Voß tonlos und gepreßt; dann murmelte er vor sich hin: »Wärs möglich? Könnte das Ungeheuerliche geschehen?«

Christian schwieg, und sie gingen weiter.

21

Crammon hatte Gäste. Nicht bei sich zu Hause, dort verboten sich gewisse Zusammenkünfte durch die respektable und unschuldige Nähe der beiden alten Fräuleins Aglaja und Konstantine von selbst. Es wäre kummervoll und eine nicht zu verwindende Enttäuschung für die guten Damen gewesen, die von der Tugendhaftigkeit ihres Gebieters und Beschützers so überzeugt waren wie von des Kaisers Majestät.

In früheren Jahren hatte es allerdings bisweilen geschienen, als wandle der Angebetete nicht immer auf einwandfreien Pfaden. Man hatte ein Auge zugedrückt. Jetzt aber, so gesetzt und sonor, wie er sich gab, wagte sich kein Zweifel mehr an ihn.

Crammon hatte seine Gäste in den Sonderraum eines vornehmen Hotels geladen, in welchem er bekannt und hoch geehrt war. Die Gesellschaft setzte sich zusammen aus einigen jungen Männern von Adel, gegen die er Verpflichtungen hatte, und, was den weiblichen Teil betraf, aus einem Vierteldutzend Schönheiten, gerade so unterhaltsam, so elegant und so willig, als es für den Zweck wünschenswert war. Crammon nannte sie seine Freundinnen, aber es war etwas Schläfriges und Verdrießliches in der Art, wie er sie behandelte; er gab ihnen einfach zu verstehen, daß er nur der geschäftliche Leiter der Partie und mit seinem Herzen ganz und gar nicht bei der Sache sei.

In der Tat war niemand zugegen, für den er nicht Gleichgültigkeit empfunden hätte. Am sympathischsten war ihm der alte Klavierspieler mit den langen grauen Locken, der immer die Augen schloß und träumerisch lächelte, wenn er ein melancholisches oder schmachtendes Stück vortrug, genau wie vor zwanzig Jahren, als Crammon noch ein Himmelstürmer gewesen war. Er steckte ihm Süßigkeiten und Zigaretten zu und klopfte ihm manchmal liebreich auf die Schulter.

Die Tafel bog sich unter der Last der Speisen und der Weine. Man streute Pfeffer in den Sekt, um den Durst zu steigern. Die Herren vergnügten sich beim Kirschenessen damit, daß sie die Kerne in die Halsausschnitte der Damen warfen, diesen wieder gelang immer besser der Versuch, das Gesetz der Erdanziehung zu umgehen; ihre reizenden Schuhe und in Seide und Spitzen raschelnden Beine waren an Orten zur Schau gestellt, wo man vordem ehrbar und vertikal gelebt hatte. Die beweglichste unter ihnen, eine beliebte Soubrette, erstieg die Plattform des Flügels, und begleitet von dem graugelockten Künstler schmetterte sie das Couplet der letzten Mode in den Raum.

Die jungen Leute sangen die wiederkehrende Endstrophe mit.

Crammon klatschte mit je zwei Fingern Beifall. »Es zwickt mich etwas,« sagte er leise in den Lärm hinein. Er stand auf und verließ das Zimmer.

Im Korridor lehnte einsam und etwas müde der Oberkellner Ferdinand an einem Spiegelrahmen. Eine zarte Vertraulichkeit von zwei Dezennien verband Crammon mit diesem Mann, der nie in seinem Leben indiskret gewesen war, so viele Geheimnisse er auch schon erlauscht hatte.

»Böse Zeiten, Ferdinand, die Welt liegt im argen,« sagte Crammon.

»Man muß es nehmen, wie es kommt, Herr von Crammon,« tröstete der Würdige und überreichte die Rechnung.

Crammon seufzte. Er gab Auftrag, den Herrschaften, falls sie nach ihm fragten, zu melden, daß er sich unpäßlich gefühlt habe und nach Hause gegangen sei.

»Es zwickt mich etwas,« sagte er, als er auf der Straße ging. Wieder einmal beschloß er zu reisen.

Er sehnte sich nach dem Freund. Ihm schien, er habe keinen Freund gehabt außer jenem, der ihn von sich gestoßen.

Er sehnte sich nach Ariel. Ihm schien, er habe nie ein Weib besessen, weil die seiner nicht geachtet, die ihm Inbegriff von Genius und Anmut war.

An der Treppe vor der Wohnungstür stand Fräulein Aglaja. Sie hatte ihn kommen gehört und war vor die Tür geeilt. Crammon erschrak, denn es war spät in der Nacht.

»Es ist eine Dame im Salon,« flüsterte Fräulein Aglaja; »seit acht Uhr abends sitzt sie da und wartet. Sie hat uns so flehentlich gebeten, bleiben zu dürfen, daß wir nicht das Herz hatten, sie wegzuschicken. Es ist eine noble Dame, ein liebes Gesicht –«

»Hat sie ihren Namen genannt?« fragte Crammon mit unheildrohenden Falten auf der Stirn.

»Das wohl nicht –«

»Leute, die meine Wohnung betreten, haben ihren Namen zu nennen,« brauste Crammon auf; »bin ich ein Bahnhof? Bin ich eine Wärmestube? Gehen Sie hinein und fragen Sie, wer sie ist. Ich bleibe indessen hier.«

Nach ein paar Minuten kam das Fräulein zurück und sagte in mitleidigem Ton: »Sie schläft. Sie ist im Sessel eingeschlafen. Sie können sie aber sehen; ich habe die Tür ein wenig offen gelassen.«

Auf den Fußspitzen schlich Crammon über den Flur und spähte in das erleuchtete Zimmer. Er erkannte die Schlafende sogleich. Es war Elise von Einsiedel. Sie schlummerte mit zurückgelehntem und zur Seite geneigtem Kopf. Ihr Gesicht war blaß, die Augen waren dunkel umrändert, der linke Arm hing schlaff herab.

In Hut und Mantel stand Crammon, düster blickend. »Unseliges Kind,« murmelte er.

Mit aller Vorsicht, deren er fähig war, schloß er die Tür, dann zog er Fräulein Aglaja zur Treppe hinaus und sagte: »Die Anwesenheit einer Dame verbietet mir selbstverständlich, in meinem Hause zu übernachten. Ein Bett für mich wird sich irgendwo finden. Ich hoffe, Sie billigen meinen Entschluß.«

Von soviel Sittenstrenge und Enthaltsamkeit hingerissen, sah ihn Fräulein Aglaja wortlos an. Crammon fuhr fort: »Morgen mit dem frühesten packen Sie meine Koffer und bringen sie mir um halb elf Uhr zum Ostendexpreß. Konstantine mag Sie begleiten, damit ich von euch beiden Abschied nehmen kann. Die Dame drinnen soll bleiben, solang es ihr gefällt. Bewirten Sie sie; erfüllen Sie ihr jeden Wunsch; sie hat Kummer und bedarf der Schonung. Wenn sie sich nach mir erkundigt, sagen Sie, ich sei wegen dringlicher Geschäfte abgereist.«

Hiermit ging er die Treppe hinunter. Bestürzt und wehmütig blickte ihm Fräulein Aglaja nach. »Gute Nacht, Aglaja,« rief er vom Hausflur aus noch einmal zurück. Dann fiel das Tor ins Schloß.

22

Es war in den letzten Tagen des April, als Christian eine Depesche Eva Sorels erhielt. Der Wortlaut war: Eva Sorel wird vom dritten bis zum zwanzigsten Mai im Hotel Adlon in Berlin sein und erwartet Christian Wahnschaffe dort mit Bestimmtheit.

Christian las die Zeilen mehrere Male. In seinem innern und in seinem äußern Leben hatte sich alles zu einem Wendepunkt vorbereitetet. Er wußte, daß dieser Ruf eine Entscheidung für ihn bedeutete, deren Art und Tragweite ihm jedoch unbekannt war.

Seit einigen Wochen war eine Unruhe in ihm, die in der Nacht zu stundenlanger Schlaflosigkeit wuchs. An manchen Tagen hatte er das Auto kommen lassen, um in eine der nahen Städte zu fahren. Wenn der Wagen auf halbem Wege war, befahl er dem Chauffeur, umzukehren.

Er war nach Waldleiningen gegangen und hatte seine Pferde geliebkost und mit seinen Hunden gespielt. Da hatte ihn das Gefühl eines Schülers überfallen, der sich durch lügenhafte Entschuldigungen Freiheit verschafft, und seine Lust an den Tieren war dahin gewesen. Seinen Lieblingshund, eine herrliche graue Dogge, umschlang er beim Abschied, und während sie einander in die Augen blickten, schien Christian, der entlaufene Schüler, sagen zu wollen: Ich muß erst meine Prüfung ablegen, worauf der Hund antwortete: Ich begreife, du mußt fort.

Auch Sir Denis Lays Vollblut, das sich wieder erholt hatte, sagte mit zärtlicher Drehung des überschlanken Halses: Ich begreife, du mußt fort.

Daß das Vollblut beim Rennen in Baden-Baden laufen sollte, war ausgemacht; der irische Jockei war voll Zuversicht. Aber am Tage, nachdem Christian Waldleiningen verlassen hatte, wurde ihm mitgeteilt, das Tier sei wieder anfällig geworden. Christian dachte: Sicher hab ich ihm mit meiner Liebe zu stark zugesetzt; es entbehrt nun die Hand, die ihm so schöngetan; wie einsam muß es sich fühlen ohne die Hand, die es liebte.

Mit Anbruch des Frühlings waren täglich Gäste aus den Städten nach Christiansruh gekommen. Doch Christian hatte selten jemand empfangen. Einen allein ertrug er schwer. Wenn es zwei waren, gaben sie einander Rede und Antwort und erleichterten ihm das Schweigen.

Eines Tages kamen Konrad von Westernach und Graf Prosper Madruzzi mit Grüßen von Crammon. Sie befanden sich auf einer Reise nach Holland. Christian lud sie zum Essen, war aber äußerst wortkarg. Konrad von Westernach sagte später in seiner derben Art zu Graf Prosper: »Was für ein wunderliches Lächeln der Mensch an sich hat; man weiß nicht, ist er ein bißchen albern oder macht er sich über einen lustig.«

»Es ist wahr,« bestätigte der Graf, »man weiß nie, wie man mit ihm dran ist.«

23

Christian hatte dem Diener Befehle wegen der Reise erteilt und war in die Treibhäuser gegangen, wo die Gärtner arbeiteten. Inzwischen war die Dämmerung eingebrochen. Tagsüber hatte es geregnet, jetzt tropften nur noch die Bäume. Das junge Grün hob sich leuchtend gegen die Abendröte ab; die Fenster des schönen Hauses waren in Gold getaucht.

»Herr Voß ist in der Bibliothek,« meldete der älteste Diener.

Christian hatte Amadeus Voß aufgefordert, er möge sich der Bibliothek nach seinem Gefallen bedienen, ohne Rücksicht, ob er selbst zu Hause war oder nicht. Die Dienstleute waren entsprechend unterrichtet. Voß hatte sich erboten, einen Katalog anzufertigen; bis jetzt hatte er keine Anstalten dazu getroffen; er stöberte bloß, und wenn ihn ein Buch interessierte, fing er an zu lesen und vergaß die Zeit.

Auch im Bibliotheksaal lag die Abendröte. Voß war gerade beschäftigt, eine Menge Bücher, fünfzig oder sechzig, die er aus den Regalen genommen, auf dem großen Eichentisch in Stößen aufzuschichten.

»Wozu tun Sie das, Amadeus?« fragte Christian zerstreut.

»Die möchte ich mit Ihrer Erlaubnis sämtlich verbrennen,« antwortete Amadeus Voß.

Christian wunderte sich. »Warum denn?« fragte er.

»Weil mich nach einem Autodafe gelüstet. Es ist nichtsnutziger und verworfener Kram, die Pest eitler und träger Gehirne. Spüren Sie nicht das Gift davon in der Atmosphäre?«

»Nein, ich spüre nichts,« erwiderte Christian, dessen Zerstreutheit zunahm, »aber verbrennen Sie sie nur, wenn es Ihnen Freude macht,« fügte er hinzu.

Amadeus Voß, der seit drei Uhr nachmittags in der Bibliothek war, hatte hier etwas Merkwürdiges erlebt. Beim Herumsuchen in den Regalen hatte er in einem von ihnen ein Paket zusammengebundener Briefe entdeckt; es war vermutlich durch Zufall hinter die Bücher geraten und dort vergessen worden. Er hatte ein paar Zeilen des zu oberst liegenden Briefes gelesen; aus den ersten Worten schon hauchte ihm die Glut einer Seele entgegen. Da hatte er sich nicht enthalten können, das Paket aufzuschnüren; er war mit den Briefen in einen Winkel geschlichen und hatte sie der Reihe nach mit fiebernden Blicken durchflogen.

Einige waren datiert; das Datum war zwei Jahre alt. Unterschrieben waren sie nur mit einem F. Eine solche Fülle der Liebe, der Hingebung, der Vergötterung, der Entselbstung lag in jedem Ausdruck, in jeder Wendung, in jedem Bild, ein so wilder und zugleich geistig duftender Strom von Zärtlichkeit, Schmerz, Glück und Sehnsucht, daß Amadeus Voß aus einer Schein- und Schattenwelt in eine wirkliche schlüpfte, in der doch alles wieder nur gedichtet und ihm hingestellt war als betrügerische Lockung.

Und diese unbekannte F., dieses beredte, glänzende, ergriffene und für ihn namenlose Wesen, wo war sie jetzt? Was hatte sie mit ihrer Liebe gemacht? Zwischen manchen Blättern lagen gepreßte Blumen; war die Hand schon verwelkt, die sie gepflückt? Und was hatte er aus dieser Liebe gemacht, der demütig Umworbene, der achtlose Verschwender? Dem damals Zwanzigjährigen war doch nur Zeitvertreib gewesen, was dies erfüllte Herz als Schicksal traf, und er hatte es zertreten und verbraucht, ein Reicher, der nicht zählt und rechnet.

Je weiter er las, je tiefer bohrte sich der Stachel in Amadeus' Brust. Die Telchinen bekamen Gewalt über ihn. Er wurde abwechselnd blaß und rot. Seine Finger zitterten; sein Gaumen vertrocknete; in seinem Kopf stach es wie mit Nadeln. Wäre Christian jetzt eingetreten, er hätte sich in schäumendem Haß auf ihn geworfen, um ihn zu würgen oder die Kehle zu durchbeißen. Hier war das Unerringbare, das ewig verschlossene Tor, vor das der Dämon ihn hingeschmettert.

Dumpf brütend saß er lange; dann, nach scheuem Umherblicken, steckte er die Briefe in seine Tasche. Und dann erwachte die Begierde, etwas zu zerstören, zu vernichten; er wählte Bücher als die Opfer dazu und wartete mit zurückgedrängter Erregung auf Christians Kommen.

24

»Es ist fast lauter zeitgenössischer Schund,« sagte er trocken und wies auf die Bücher. »Geschichten wie aufgedröseltes Garn; verworren, ohne Anfang, ohne Ende. Liest man eine Seite, so kennt man tausend. Sittenschilderungen mit dem Behagen am Kleinen und Gemeinen. Die Gefühle wuchern wie Unkraut, und der Stil ist so lärmend, daß einem Hören und Sehen vergeht. Liebe, Liebe und wieder Liebe. Oder Elend, Elend und wieder Elend. Da sind auch Historien und Memoiren; der pure Klatsch. Gedichte; schale Reimereien von Leuten, die sich aufplustern. Eine Popularphilosophie; selbstgerechtes Geschwätz; ein überzeugter Pfaff ist mir lieber. Was soll das alles? Lesen ist gut; wenn der Geist mich aufnimmt, ist es gut, sich zu vergessen und zu verlieren. Aber der Ungeist hat keine Ehrlichkeit und keine Phantasie; er ist ein Dieb und ein Schwindler.«

»Verbrennen Sie sie nur,« wiederholte Christian und setzte sich abseits.

Amadeus Voß ging zu dem Marmorkamin, der so groß war, daß ein Mann bequem sein Lager darin aufschlagen konnte, und öffnete das geschmiedete Gitter. Dann trug er die Bücher Stapel um Stapel hinüber und warf sie auf die steinernen Platten. Als er alle hineingeworfen hatte, zündete er die Blätter eines Buches an und schaute mit gesenktem Kopf zu, wie sich die Flamme verbreitete.

»Sie wissen, Amadeus, daß ich Christiansruh verlasse,« wandte sich Christian an ihn. Es war jetzt völlig dunkel geworden.

Voß nickte.

»Ich weiß nicht, auf wie lange,« fuhr Christian fort, »es kann lange dauern, bis ich zurückkomme.«

Amadeus Voß schwieg.

»Was wollen Sie beginnen, Amadeus?« fragte Christian.

Voß zuckte die Achseln. Unwillkürlich drückte er die Hand an die Brust, dorthin, wo die Briefe der Unbekannten waren.

»Es ist eng und düster im Forsthaus,« sagte Christian. »Wollen Sie nicht in Christiansruh wohnen? Wenn Sie wünschen, ordne ich alles heute noch an.«

»Machen Sie mich nicht durch Almosen zum Bettler, Christian Wahnschaffe,« antwortete Voß. »Und wenn Sie mir das ganze Haus schenken, mit allen seinen Gärten und Wäldern, so bin ich eben um das Haus und die Gärten und Wälder ärmer.«

»Das versteh ich nicht,« sagte Christian.

Voß ging auf und ab. Der Teppich dämpfte seine starken Schritte.

»Sie sind viel zu leidenschaftlich, Amadeus,« sagte Christian.

Amadeus blieb vor einem in die Nische gebauten Pult stehen. Auf diesem lag die alte Bibel, die Christian gekauft. Sie war aufgeschlagen. Die Flamme von den brennenden Büchern loderte so hell, daß er die Worte lesen konnte. Er las eine Weile still, dann nahm er das Buch, ging zum Kamin, setzte sich Christian gegenüber und las laut:

»Freue dich, Jüngling, in deiner Jugend, und laß dein Herz guter Dinge sein und folge den Gelüsten deines Herzens und den Blicken deiner Augen. Aber wisse, daß dich Gott über dieses alles zu Gericht ziehen wird.«

Die Stimme, sonst fast ohne Hebung, tönte bei dem Worte Gott wie eine Glocke.

»Gedenke an Gott in deiner Jugend, ehe kommen die Tage des Unglücks und die Jahre, von denen du sagen wirst: sie gefallen mir nicht. Eh verdunkeln Sonne und Tageslicht und Mond und Sterne und wiederkehren die Wolken nach dem Regen. Eh die Hüter des Hauses zittern, und sich krümmen die Stärksten, und die Mühlen stillstehen, weil es menschenleer geworden, und es denen dunkel wird, die durch die Fenster sehen. Eh verschlossen bleiben die Straßentüren und man erwacht beim Laut eines Vogels und verstummen die Töchter des Gesangs. Eh verachtet wird der Mandelbaum, und lästig wird die Zikade, und die Kapern dahin sind, und der Mensch in sein ewiges Haus gehet. Eh der Silberstrick reißt, und die goldene Ölflasche verrinnt, und der Eimer am Born zerbrochen und das Rad am Brunnen zertrümmert wird ...«

Er hielt inne. Christian, der kaum zuzuhören schien, hatte sich erhoben und war dicht an das Gitter des Kamins getreten. Nun kauerte er sich mit untergeschlagenen Beinen nieder und schaute mit einem Ausdruck heiteren Staunens in die Flammen.

»Schön ist das Feuer,« sagte er leise.

Amadeus Voß starrte ihn sprachlos an. Plötzlich sagte er: »Lassen Sie mich mit Ihnen gehen, Christian Wahnschaffe.«

Christian wandte den Blick nicht vom Feuer.

»Lassen Sie mich mit Ihnen gehen,« sagte Voß dringlicher; »es ist möglich, daß Sie mich brauchen, gewiß aber ist, daß ich ohne Sie verloren bin. In mir ist die Finsternis, in mir ist der Teufel. Sie allein können ihn bannen. Warum es so ist, weiß ich nicht; daß es so ist, weiß ich. Lassen Sie mich mit Ihnen gehen.«

Christian erwiderte: »Gut, Amadeus, Sie sollen bei mir bleiben. Ich will einen haben, der bei mir bleibt.«

Amadeus erbleichte, und seine Lippen bebten.

Christian sagte: »Schön ist das Feuer.«

»Es frißt das Unreine und ist rein,« murmelte Amadeus Voß.

Die nackten Füße

1

Die Gräfin Brainitz fuhr mit ihrer Gesellschafterin, dem Fräulein Stöhr, in der Welt herum.

Sie war bei einer uralten Fürstin Neukirch in Berchtesgaden zu Gast, langweilte sich dort und ging nach Venedig, Ravenna und Florenz. Mit dem Baedeker und dem Cicerone ausgerüstet, besah sie sich die Galerien, die Kirchen, die Basiliken, die Palazzi, die Grabmäler, die Monumente und setzte das Fräulein Stöhr durch ihre Unermüdlichkeit in Verzweiflung.

Sie zankte mit den Gondolieri um das Fahrgeld, mit den Kellnern um das Trinkgeld, mit den Geschäftsleuten um die Preise der Waren. Jede Münze hielt sie für falsch und berührte aus Angst vor Schmutz und Ansteckung keine Türklinke, keinen Stuhl, keine Zeitung und keines Menschen Hand. Sie wusch sich ununterbrochen, kreischte ununterbrochen und erregte durch ihren Appetit Aufsehen an der Table d'hote.

Mit Groll im Herzen schied sie aus dem Land der Wunder und des kleinen Betrugs. Sie besuchte ihre Neffen in Berlin, die Brüder Stojenthin, die sich hochentzückt zeigten, sie zu sehen und bei Austern und Champagner eine Anleihe von tausend Mark bei ihr machten. Dann fuhr sie zu ihren Schwestern Hilde Stojenthin und Else von Febronius nach Stargard.

Sie amüsierte sich über die Damen von Stargard, von denen ihr jede einen Hofknicks schuldig zu sein glaubte. Bei den Kaffeekränzchen thronte sie in der Mitte eines Kanapees, welches einen getüpfelten Kattunbezug hatte. Da erzählte sie der andächtig lauschenden Runde Geschichten aus der großen Welt. Sie waren manchmal so gewagt, daß die Amtsrichterswitwe ihre gräfliche Schwester warnend in den Arm zwickte.

Frau von Febronius kränkelte seit Beginn des Winters. Durch eine unvorsichtige Schlittenfahrt zog sie sich eine Brustfellentzündung zu, die alsbald eine Wendung zum Schlimmen nahm. Die Gräfin, welche Krankheiten nicht nur für sich fürchtete, sondern auch an andern haßte, wurde unruhig und sprach von Abreise.

»Als mein seliger Mann sein Ende kommen sah, schickte er mich nach Mentone,« sagte sie zu Fräulein Stöhr; »so dumm und verständnislos er sonst war, nicht dümmer und verständnisloser übrigens als alle Männer, in diesem Punkt zeigte er ein lobenswertes Zartgefühl. Ich bin nun einmal nicht für den Anblick von Leiden geschaffen. Das Karitative liegt mir nicht.«

Fräulein Stöhr machte ihre geistlichen Augen, mit Blick nach oben. Sie kannte ihre Gebieterin zur Genüge, um zu wissen, daß die Geschichte von dem sterbenden Grafen und der Verschickung nach Mentone ein Erzeugnis der Einbildungskraft war. Sie sagte: »Der Mensch sollte sich beizeiten an den Todesgedanken gewöhnen, Frau Gräfin.«

Die Gräfin erwiderte entrüstet: »Liebe Stöhr, sparen Sie sich die Brahminenweisheit für Zeiten der Not. Geistliche Tröstungen sind nicht mein Fall. Ihre Aufgabe ist es nicht, mir Wahrheiten zu predigen, sondern mich angenehm zu täuschen.«

Eines Abends verlangte Frau von Febronius nach der Gräfin. Die Gräfin ging zu ihr, in Hut und Schleier, mit dicken Wollhandschuhen, angstbleich. Seufzend setzte sie sich an das Bett der Schwester und maß die Entfernung daraufhin ab, daß sie außer dem Atembereich der Kranken blieb.

Frau von Febronius lächelte nachsichtig. Die Krankheit hatte die Sorgenfurchen und die Alltagstraurigkeit aus ihren Zügen gewischt, und in den weißen Kissen ähnelte sie auffallend ihrer Tochter Lätizia. »Verzeih die Belästigung, Marion, aber ich muß mit dir reden,« begann sie; »ich habe etwas auf dem Herzen, es beschwert mich, und ich muß es einem Menschen anvertrauen, damit es einer weiß, der mich kennt, und es nicht mit mir ins Grab geht.«

»Ich beschwöre dich, Elschen, mein gutes, armes Kind, sprich nicht von Grab und solchen Sachen,« rief die Gräfin weinerlich; »da schmeckt mir eine Woche lang kein Bissen mehr. Folge mir, wirf die Arzneiflaschen aus dem Fenster, und jag die Quacksalber zum Teufel, so bist du übermorgen gesund. Ich flehe dich an, laß auch das Beichten sein; es ist ja gräßlich, woran einen das erinnert.«

Frau von Febronius fuhr fort: »Es nützt nichts, Marion, es muß heraus. Ich wende mich an dich, weil du Lätizia soviel Liebe erwiesen hast und weil Hilde, so verständig und treu sie ist, mich doch nicht recht begreifen würde. Sie denkt zu bürgerlich dazu.«

Nun erzählte sie flüsternd die Geschichte von Lätizias Geburt. Wie ihr Mann durch ein frühes Leiden der Hoffnung auf Nachkommenschaft beraubt worden; wie er sich trotzdem nach einem Sohn, einem Kind überhaupt gesehnt, und wie dieser Wunsch schließlich alle Bedenken verscheucht, alle andern Empfindungen dermaßen zurückgedrängt habe, daß ein Fremder, für den er Sympathie gefaßt, von ihm erwählt wurde, das Geschlecht fortzupflanzen. Wie er sie, die Frau, die er mehr als alles geliebt, hiezu überredet und sie nach langem Kampfe endlich in das unerhört Sonderbare gewilligt; wie aber, als das Kind dagewesen, eine wachsende Melancholie sich des Mannes bemächtigt habe und zu einem unheilbaren Übel geworden sei, unter dessen Gewalt er sein Haus, sein Vermögen, sich selbst zugrunde gerichtet. Von dem Glück, das ihm sein Wahn vorgemalt, habe er nichts verspürt; im Gegenteil, er habe Lätizia stets eine verächtliche Abneigung fühlen lassen und sei ihr aus dem Weg gegangen, wo er es gekonnt.

»Mich wundert das gar nicht,« bemerkte die Gräfin; »du warst ungewöhnlich naiv, Liebchen, wenn es dich gewundert hat. Kuckuckskind ist Kuckuckskind; auf welche Manier es ins Nest kommt, spielt keine Rolle. Immerhin, es ist eine märchenhafte Begebenheit, und ich sehe, daß ich dich unterschätzt habe und daß dus hinter den Ohren hast. Und wer ist der Vater des Kindes? Wer hat meinen süßen Engel in die Welt gesetzt? Der Mann ist unter allen Umständen zu loben.«

Frau von Febronius nannte den Namen. Da schrie die Gräfin auf und fuhr von ihrem Sitz empor wie gestochen. »Crammon? Bernhard von Crammon?« Sie schlug die Hände zusammen. »Ist das wahr? Träumst du nicht? Überleg dirs, Liebchen; du fieberst. Ach ja, du deli-

187

rierst. Trink einen Schluck Wasser, tu mir den Gefallen, und dann denk einmal genau nach und rede keinen Unsinn mehr.«

Erstaunt sah Frau von Febronius die Schwester an. »Kennst du ihn denn?« fragte sie.

»Ja, ich kenne ihn,« antwortete die Gräfin erbittert, »ich kenne ihn. Und sag mir das eine: weiß er es, dieser … dieser Mensch? Hat er es immer gewußt?«

»Er weiß es. Er hat Lätizia vor zwei Jahren in Klein-Deussen gesehen, seitdem weiß er es. Aber du tust ja, als sei er der Gottseibeiuns, Marion. Hast du Zank mit ihm gehabt, oder was war sonst? Wie du nur alles übertreibst!«

Die Gräfin ging erregt hin und her. »Er weiß es, das Scheusal,« murmelte sie; »er hat es gewußt, der Bösewicht. Und solche Verstellung! Solche Heuchelei! Warte nur, Scheusal, das werd ich dir eintränken; warte nur, Bösewicht, ich werde dich zu finden wissen!« Sich an die Schwester kehrend, sagte sie laut: »Entschuldige, Elschen, aber das Temperament ist wieder einmal mit mir durchgegangen. Du hast recht, der Name hat einen verjährten Zorn in mir wachgerüttelt. Ich koche, ich kann nichts andres sagen als: ich koche. Gewiß war der Mann in seiner Jugend ein Ehrenmann und Kavalier, da du dich in so verwegene Dinge mit ihm eingelassen hast. Was er heute ist, will ich nicht näher untersuchen. Verschwiegen ist er noch immer, darüber kannst du beruhigt sein; es gibt aber eine Grenze für die Verschwiegenheit, behaupte ich, und wo die überschritten wird, schütteln die honetten Leute den Kopf, und die Tugend sieht aus wie Niedertracht. *Voilà.*«

»Was du da vorbringst, ist mir rätselhaft,« antwortete Frau von Febronius müde, »und ich habe auch keine Lust, es zu ergründen. Ich wollte dir ein Geheimnis mitteilen, das mich bedrückt hat. Bewahre es bei dir, und mache nur dann Gebrauch davon, wenn du durch seine Eröffnung ein Unglück verhüten oder Lätizia einen Dienst erweisen kannst. Zwar seh ich nicht, wie es dazu kommen soll, aber der Gedanke tröstet mich, daß außer mir und jenem Mann noch ein Mensch um das Geschehene weiß.«

Die Gräfin schaute ihre kranke Schwester sinnend an. »Dein Leben war eigentlich gar nicht lustig, Elschen,« sagte sie.

»Nein; lustig war es gerade nicht,« antwortete Frau von Febronius.

In den nächsten Tagen erholte sich Frau von Febronius ein wenig. Dann trat ein Rückfall ein, der keine Hoffnung mehr ließ. Mitte März starb sie.

Zu dieser Zeit hatte die Gräfin schon längst das Weite gesucht. Ihr Tun und Treiben war planlos und vielfältig wie je, aber ihre stets gehegte Lieblingsvorstellung war: Crammon zu treffen, mit dem neuen Wissen ihm gegenüberzutreten, Rache an ihm zu üben, ihn herauszufordern und niederzuschmettern, kurz, über ihn zu triumphieren. Bisweilen, wenn sie allein war oder auch im Beisein von Fräulein Stöhr, die sich darüber erstaunt zeigte, furchte sich plötzlich die kindliche Stirn der Gräfin, ihre kleinen Fäuste ballten sich, ihr glattgescheuertes Gesicht wurde krebsrot, und ihre Vergißmeinnichtaugen blitzten kampfdurstig.

2

Es war drei Uhr nachts, als Felix Imhof eine Gesellschaft in der Leopoldstraße verließ, wo hoch gespielt worden war. Er hatte einige tausend Mark gewonnen, und in seiner Manteltasche klirrten Goldstücke, die er achtlos hineingeschüttet hatte.

Er hatte auch viel getrunken; sein Kopf war schwer, bei den ersten Schritten in der frischen Luft taumelte er.

Heimzugehen hatte er trotzdem noch keine Lust; so trat er in ein Kaffeehaus, in welchem Künstler verkehrten. Er erwartete noch einige Leute zu finden, mit denen er schwatzen und streiten konnte. Der gelebte Tag war ihm noch nicht voll genug; es sollte noch mehr Leben hinein.

In dem verräucherten Lokal saßen nur zwei Menschen, der Maler Weikhardt, der vor kurzem aus Paris zurückgekehrt war, und ein andrer Maler, der ziemlich verlumpt aussah und trübsinnig auf die Tischplatte stierte.

Felix Imhof setzte sich zu ihnen, bestellte Kognak, schenkte den beiden ein, vermochte jedoch zu seinem Ärger kein Gespräch in Gang zu bringen. Er erhob sich und forderte Weikhardt auf, ihn zu begleiten. »Na, Sie oller Farbenreiber,« wandte er sich verächtlich-jovial an den Verlumpten, »bei Ihnen scheint der Spiritus ausgebrannt zu sein.«

Der Angeredete rührte sich nicht. Weikhardt zuckte die Achseln und sagte leise: »Nichts zu beißen, kein Bett zum Schlafen.«

Felix Imhof griff in die Manteltasche und warf ein paar Goldstücke auf den Tisch. Der Maler blickte empor, dann raffte er die Goldstücke zusammen. »Hundertsechzig Mark,« sagte er gelassen; »wird am Ersten zurückgezahlt.«

Imhof lachte dröhnend.

»Er glaubt daran,« bemerkte Weikhardt gutmütig, als sie auf die Straße traten; »wenn er nicht felsenfest daran glaubte, hätte er das Geld nicht genommen. Es sind noch elf Tage bis zum Ersten; eine Menge Platz für Illusionen.«

»Mag sein, daß er daran glaubt,« erwiderte Imhof mit seinem trunkenen Lachen, »mag sein. Er glaubt ja auch, daß er existiert, und ist doch bloß ein trauriger Kadaver. Ihr Maler, o ihr Maler!« rief er tobend in die stille Nacht, »ihr spürt ja nicht das Leben. Malt mir doch das Leben, ihr Maler! Ihr hockt noch am Spinnrocken statt am gewaltigen Schwungrad mit sechzehntausend Pferdekräften. Malt mir doch meine Zeit! meine ungeheure Daseinswollust! Riecht, schmeckt, greift, schaut den Koloß! Laßt mich den großen Rhythmus fühlen, gestaltet mir meine grandiosen Träume, bestätigt mich, bejaht mich, schafft mir Leben!«

Weikhardt sagte lakonisch: »Dergleichen hab ich oft gehört zwischen Mitternacht und Morgengrauen. Wenn der Hahn kräht, gibt man sich wieder zufrieden, und jeder Gaul zieht den Karren, vor den er gespannt wird.«

Imhof blieb stehen, legte Weikhardt etwas theatralisch die Hand auf die Schulter und sah ihn mit seinen pechschwarzen, blutunterlaufenen Augen starr an. »Ich mache eine Bestellung bei Ihnen, Weikhardt,« sagte er. »Sie haben Talent; Sie sind der einzige hier, der von der Palette los kann. Porträtieren Sie mich. Es mag kosten, was es will, zwanzigtausend, fünfzigtausend, ganz gleich. Es mag dauern, solange es will, zwei Monate oder zwei Jahre. Aber mich müssen Sie mir zeigen, mich, mich. Abstrahieren Sie von dieser Geiernase, von dieser Habsburgerlippe, von diesen Gorillaarmen und Spinnenbeinen, von diesem Frack und diesem *Chapeau claque* und geben Sie die Idee davon. Ich pfeife auf meine zufällige Visage, die aussieht, als ob ein boshafter Töpfermeister dran herumgepfuscht hätte. Geben Sie meinen Ehrgeiz, meine Unruhe, meine innere Farbigkeit, mein Tempo, meinen Hunger, meine Zeithaftigkeit. Aber beeilen Sie sich. Ich verbrenne schnell. In ein paar Jahren bin ich hin. Meine Seele ist wie Zunder. Photographieren Sie diesen

Prozeß mit dem göttlichen Objektiv der Kunst, und ich bezahle Sie mediceisch. Aber ich muß die Flamme sehen, den Aufstieg, den Untergang, die Zuckungen, alles will ich sehen, und wenn darüber die ganze Tradition seit Raffael und Rubens in Fetzen ginge.«

»Sie sind ein kühner Mann,« sagte Weikhardt trocken; »haben Sie Geduld mit uns und mäßigen Sie die Bewunderung für das Jahrhundert. Ich lasse mich nicht von der Zeit übertölpeln. Die ehrfürchtigen Schauder vor der Geschwindigkeit und vor der Maschine kenn ich nicht, von denen viele unsrer jungen Leute jetzt befallen sind wie von einer neuartigen Epilepsie. Ich empfinde nun einmal keine Andacht vor Siebenmeilenstiefeln, *D*-Zügen, Dreadnoughts und aufgebauschten Impressionen; ich suche mir meine Götter woanders; und Ihr Maler, scheint mir, bin ich nicht. Sie waren wieder unterwegs, waren verreist?«

»Ich bin immer unterwegs,« versetzte Felix Imhof. »Eigentlich doll, so ein Leben. Hören Sie, wie ich die letzten fünf Tage verbracht habe. Montag abends fuhr ich nach Leipzig. Früh neun Uhr Verhandlung mit einigen Schriftstellern wegen Gründung einer neuen Revue. Prachtvolle Kerle, lauter Frondeure und Jakobiner. Dann Besichtigung einer Majolikenausstellung. Schöne Dinge gekauft. Mittags nach Hamburg; im Coupe zwei Romane und ein Drama in Handschrift gelesen; junges Genie, wird riesiges Aufsehen machen. Abends Sitzung der Ostafrikanischen Gesellschaft, bis spät in die Nacht gekneipt, zwei Stunden geschlafen, dann nach Oldenburg zu einem alten Herrenfest der Offiziere meines ehemaligen Regiments; viel geredet, getrunken, getanzt, wenn auch ohne Damen. Sechs Uhr morgens nach Quackenbruck, schäbiges Land- und Moorstädtchen, wo kleines Offiziersrennen gelaufen wurde. Ich wurde um einen Kopf geschlagen. Im zweirädrigen Jagdwagen zur Bahn; am andern Morgen Berlin; Geschäfte im Auswärtigen Amt erledigt, Agenten empfangen, in der Klinik einer merkwürdigen Operation beigewohnt, nach Johannisthal, wo ein neuer Flugapparat probiert wurde, abends im Deutschen Theater bei einer fabelhaften Aufführung von Peer Gynt; die Nacht mit den Schauspielern durchgezecht; am Morgen nach Dresden, Konferenz mit zwei amerikanischen Freunden, und heute wieder hier. Die nächste Woche wird nicht viel anders sein, die übernächste auch nicht. Ich sollte mehr schlafen. Das ist das einzige.« Er fuchtelte mit seinem dicken Bambusrohr in der Luft herum.

»Es kann einem angst und bang werden,« sagte Weikhardt, dessen Phlegma augenscheinlicher wurde, da es sich im Gegensatz zur Exaltation seines Begleiters gefiel; »und Ihre Frau? Was sagt die zu Ihrem Leben? Jemand hat sie mir neulich gezeigt; sie sieht nicht so aus, als ließe sie sich ohne weiteres an die Mauer drücken.«

Imhof blieb wieder stehen. Mit gespreizten Beinen stand er da, bog den Oberleib nach vorn, stützte sich auf den Stock und lachte. »Meine Frau!« rief er, »wie das klingt! Ich habe also eine Frau. Ehrenwort, lieber Freund, wenn Sie mich nicht daran erinnert hätten, ich hätt es rein vergessen diese Nacht. Nicht als obs an ihr läge, gewiß nicht. Judith Imhof, geborene Wahnschaffe, alle Achtung. Aber es liegt, weiß der Deibel, woraus liegt ... na, an dieser gottverfluchten Hetzjagd vielleicht. Sie haben recht, an die Mauer drücken, nee, das gibts nicht bei ihr. Die schafft sich Raum, so –« er beschrieb mit dem Stock einen weiten Kreis – »und da drinnen residiert sie, kühl bis in die Fingerspitzen, gespannt wie ein Drahtseil. Eine großartige Natur; energisch; mit einem starken Sinn für das Dekorative. Respekt, mein Lieber.«

Weikhardt wußte hierauf nichts zu sagen. Die Mischung von Prahlerei und Ironie, von Zynismus und Rausch entwaffnete und ermüdete ihn. Sie waren an einer Seitengasse angelangt, die gegen den Englischen Garten führte und in der das Häuschen stand, das der Maler bewohnte. Er wollte sich verabschieden, da fragte Imhof, der noch immer nicht allein sein mochte: »Haben Sie was auf der Staffelei?«

Weikhardt zögerte mit der Antwort; dies genügte, um Imhof zum Mitgehen zu veranlassen. Der Himmel wurde weiß.

Felix Imhof rezitierte leise vor sich hin: »Wo am letzten Rastort Reiter / Und geschmückter Züge Leiter / Spähen nach erreichten Zinnen: / Stillen Wanderer ihr Dürsten / Bieten Wasserträgerinnen / Ihm den Krug und grüßen heiter / Niemand kennt den frühern Fürsten.«

Weikhardt, der Imhof in der Kenntnis und Liebe des Dichters Stephan George nichts nachgab, fuhr im selben zärtlichen Tonfall fort: »Lachend dankbar. Kein Erbittern / Ist in ihm, doch flieht er weiter / Scheu, weil Seine Hoheit bricht. / Jede Nähe macht ihn zittern, / Und er fürchtet fast das Licht.«

Sie betraten das Atelier; Weikhardt zündete die Lampe an und ließ ihren Schein auf ein nicht ganz vollendetes Bild fallen. Es war eine Kreuzabnahme.

»Altmodisch, was?« fragte Weikhardt mit schlauem Lächeln. Er war blaß geworden.

Imhof schaute. So wie er, Liebhaber im innersten Grund, verstand keiner sonst zu schauen. Die Maler wußten es.

Das Gemälde, an die Visionskraft und den Pinsel Grecos gemahnend, war bizarr im Aufbau, inbrünstig in der Bewegung und von ekstatischer Leidenschaft erfüllt; die Formensprache eines alten Meisters, in der es sich ausdrückte, war nur Schein. Es hatte etwas Hingeschleudertes und Brennendes. Die Figuren, ohne Veraltetes und Phrase, sahen aus wie Wolken, die Wolken wie Architektur, Dinge waren kaum noch da. Ein Chaos, das zu Sinn und Ordnung erst in der gesammelten Empfindung des Beschauers gedieh.

Felix Imhof schlang die Hände ineinander und murmelte: »So etwas *können*, großer Gott, so etwas können!«

Weikhardt senkte den Kopf. Er legte diesem Wort geringe Bedeutung bei. Vor ein paar Tagen war er einmal vor der Leinwand gestanden und hatte sich eingebildet, neben ihm stehe ein Bauer; ein alter Bauer oder sonst ein Mann aus dem Volk. Und es hatte ihm möglich geschienen, daß dieser Bauer, dieser einfache Mensch, der nichts von Kunst verstand, niederkniete, um zu beten. Nicht etwa aus Frömmigkeit, sondern weil er von der Sache selbst bis zur Bestürzung überwältigt wurde.

Beinahe schroff wandte sich Imhof an den Maler und sagte: »Das Bild gehört mir. Unter allen Umständen. Es ist mein Bild. Ich muß es haben. Gute Nacht.« Mit seinem schiefsitzenden Zylinder und dem übernächtigen, verwüsteten Gesicht war er eine Gestalt zum Erschrecken.

Endlich ging er nach Hause.

Am andern Tag meldete ihm Crammon seine Ankunft. Crammon war gekommen, weil Edgar Lorm ein Gastspiel in München gab.

3

Christian dachte darüber nach, wie er Amadeus Voß zu Geld verhelfen sollte, ohne ihn zu demütigen. Da es nun beschlossene Sache war, daß sie zusammen reisten, mußte Voß eine Ausstattung haben. Er besaß nichts, als was er auf dem Leibe trug.

Amadeus Voß begriff. Die soziale Kluft gähnte zwischen ihnen; beide schauten ratlos hinein, der eine hüben, der andre drüben.

Voß verhöhnte im stillen die Schwäche des andern, liebte ihn zugleich für seine edle Scham; liebte ihn mit seinem knechtischen, abgewandten, zertretenen, von Jugend auf beleidigten Gefühl; schauderte bei der Aussicht, mit leeren Händen und enttäuschten Hoffnungen wieder im Försterhaus sitzen, an lockenden Bildern verbluten zu sollen. Was wird er tun? Wie wird er die Schwierigkeit überwinden? grübelte er und beobachtete Christian mit Haß.

Die Zeit drängte.

Am letzten Nachmittag sagte Christian: »Ich langweile mich, wir wollen ein Spiel machen.« Er nahm aus einer Schublade ein Paket französischer Karten.

»Ich habe in meinem Leben keine Karte in der Hand gehabt,« antwortete Voß.

»Schadet nichts,« meinte Christian, »Sie müssen nur die Farben unterscheiden, Rot und Schwarz. Ich halte die Bank. Setzen Sie auf eine Farbe. Wenn Sie auf Rot gesetzt haben und ich schlage Rot auf, so haben Sie gewonnen. Wieviel wollen Sie setzen? Machen wir den Anfang mit einem Taler.«

»Gut, hier ist ein Taler,« sagte Voß und legte das Geldstück auf den Tisch. Christian mischte und zog ab. Voß gewann.

»Setzen Sie die zwei Taler,« gebot Christian; »Neulinge haben Glück.«

Voß gewann auch die zwei Taler. Er setzte weiter, ein paarmal verlor er, aber schließlich hatte er dreißig Taler gewonnen.

»Übernehmen Sie jetzt die Bank,« schlug Christian vor und freute sich heimlich, daß seine List den gewünschten Verlauf nahm.

Er setzte zehn Taler und verlor. Er setzte fünfzehn, dann zwanzig, dann dreißig und verlor. Er setzte hundert Mark, zweihundert, fünfhundert, immer höher und verlor. Vossens Wangen röteten sich hektisch, wurden kreideweiß; seine Hände bebten, seine Zähne klapperten. Es packte ihn die Angst vor einem Wechsel des Glücks, aber er war nicht fähig zu sprechen und um Einhalt zu bitten. Die Scheine häuften sich vor ihm; nach einer halben Stunde hatte er über viertausend Mark gewonnen.

Christian hatte die Karten vorher markiert, in einer Art, die von einem Unerfahrenen nicht bemerkt werden konnte. Er wußte immer genau, welche Farbe Voß aufschlagen würde, aber das Sonderbare war, daß er bisweilen vergaß, nach dem Zeichen zu sehen und daß dann Voß trotzdem gewann.

Christian erhob sich. »Wir haben Eile,« sagte er, »Sie müssen sich für die Reise versorgen, Amadeus.«

Voß war betäubt von dem Umschwung, den sein Leben in wenigen Minuten erfahren. Glomm in seinem Innern ein Funken von Argwohn, so kehrte er den Sinn ab, um sich in maßlose Träume zu stürzen.

Das Auto brachte sie nach Wiesbaden, und Voß kaufte unter Christians Beistand Kleider, Wäsche, Mäntel, Stiefel, Hüte, Handschuhe, Schlipse, Toilettenartikel und Koffer. Er staunte und war stumm.

Um zehn Uhr abends saßen sie im Schlafwagen. »Wer bin ich nun?« fragte Amadeus Voß. »Was stell ich vor?« Er sah sich mit einem neugierigen und heftigen Blick um und strich die gelben Haare aus der Stirn. »Geben Sie mir ein Amt und einen Titel, Christian Wahnschaffe, damit ich weiß, wer ich bin.«

Christian maß den Erregten mit ruhigen Augen. »Warum sollen Sie heute ein andrer sein als gestern?« entgegnete er verwundert.

4

Eva Sorel zog durch die Länder: ein Komet mit glänzendem Schweif.

Ihr Tag war von Menschen bevölkert. Die allseitigen Forderungen zu gewähren oder nur zu prüfen, verlangte die Geschmeidigkeit eines erfahrenen Praktikers. Hierin leistete Monsieur Chinard, der Impresario, Dankenswertes. Nur Susanne Rappard behandelte ihn mit Unlust. Sie nannte ihn einen *Figaro pris à la retraite*.

Außer ihm stand ein Reisemarschall und ein Sekretär im Sold der Tänzerin.

Mehrere ihrer Anbeter folgten ihr seit Monaten von Stadt zu Stadt. Fürst Wiguniewski; Mr. Bradshaw, ein Amerikaner in mittleren Jahren; der Marquis Vicenti Tavera von der spanischen Botschaft in Petersburg; Herr Distelberg, ein jüdischer Fabrikant aus Wien; Botho von Thüngen, ein Hannoveraner, blutjung, Student im dritten Semester.

Diese wie auch andre, die sich gelegentlich einfanden, vernachlässigten ihren Beruf, ihre Freunde, ihre Familie. Sie brauchten die Luft, in der Eva atmete, um selber atmen zu können. Sie hatten die Geduld von Bittstellern und den Optimismus von Kindern. Sie neideten einander ihre Vorzüge, ihr Wissen, ihre witzigen Einfälle. Jeder vermerkte es mit Schadenfreude, wenn sich der Rivale eine Blöße gab. Sie warben mit Eifer um die Gunst Susannes und machten ihr kostbare Geschenke, damit sie ihnen berichten sollte, was die Herrin gesprochen und getan, wie sie geschlafen, in welcher Laune sie aufgewacht und wann sie empfangen würde.

Seit Graf Maidanoff in Evas Lebenskreis getreten war, hatte sich Niedergeschlagenheit ihrer aller bemächtigt. Sie wußten, wie jeder es wußte, wer sich hinter dem Pseudonym verbarg. Gegen den Gewaltigen und Gefürchteten konnte keiner hoffen zu bestehen.

Eva tröstete sie lächelnd. Sie wogen nichts in ihren Augen. »Wie geht es meinen Kammerherren?« erkundigte sie sich bei Susanne; »was treiben meine Zeitvertreiber?«

Sie war aber nicht mehr ganz so leicht im Gemüt wie vordem.

5

Es war in Trouville gewesen, wo sie den Grafen Maidanoff kennenlernte. Als sie ihm auf der Strandpromenade vorgestellt wurde, stand ein weitgebogener Kreis von mondänen Zuschauern regungslos. Behutsames Murmeln mischte sich mit dem Rauschen des Meeres.

Sie kam nach Hause und packte Susanne bei den Schultern. »Laß mich nicht wieder fortgehen,« sprach sie hauchend und blaß, »ich mag nicht mehr in diese Augen schauen, ich will dem Manne nicht mehr begegnen.«

Susanne erschöpfte sich in Versprechungen, ohne noch zu wissen, wem das Entsetzen galt. »*Elle est un peu folle,*« sagte sie zu Monsieur Labourdemont, dem Sekretär, »*mais ce grain de folie est le meilleur de l'art.*«

Am andern Tag stattete Graf Maidanoff seinen Besuch ab und mußte empfangen werden.

Die konventionelle Huldigung, auf die er durch seine Geburt Anspruch hatte, erwiderte er mit einer persönlichen, die aufrichtig war.

Seine Sprache war breit und schwer; er schien die Worte zu verachten, deren er sich mit einiger Anstrengung bediente. Manchmal hielt er mitten in einem Satz inne und runzelte die Stirn, belästigt. Zwischen seinen Brauen befanden sich zwei senkrechte Einkerbungen, die das Gesicht dauernd verfinsterten. Sein Lächeln begann mit einem Fletschen der Lippen und endete in dem dürren, farblosen Bart wie eine Muskellähmung.

Er steuerte auf ein vorgesetztes Ziel ohne Umschweife los. Gewöhnlich war es das Amt seiner Kreaturen, solche Beziehungen einzuleiten; in diesem besonderen Fall wollte er dem Gegenstand seiner Wünsche, indem er selbst warb, einen Beweis von Gnade geben.

Die anfängliche Beklommenheit der Tänzerin hatte ihm behagt; die Furcht war das Sympathische an den Menschen; aber Evas aufschlußlose Kälte bei seinen höflichen Vorschlägen beirrte ihn. Er spähte leer, schien gelangweilt und bat um die Erlaubnis, eine Zigarette anzünden zu dürfen.

Er sprach von Paris, von einer Sängerin an der Großen Oper, dann verstummte er und saß da wie ein Mensch, der eine Ewigkeit lang Zeit hat. Als er sich erhob und Abschied nahm, sah er aus, als schlafe er gehend.

Mit verschränkten Armen wanderte Eva bis zum Abend im Zimmer umher. In der Nacht griff sie nach Büchern, die sie nicht las, dachte an Dinge, die ihr gleichgültig waren, rief Susanne, um sie zu quälen, schrieb einen Brief an Iwan Becker, den sie wieder zerriß, warf schließlich den Mantel über und ging trotz des stürmischen Regens auf die Terrasse.

Maidanoff wiederholte seinen Besuch. Mit Zartheit bedeutete ihm Eva, als das Gespräch den Punkt erreichte, wo sie es mußte, daß er sich in seinen Erwartungen täuschte. Er sah sie mit trägen, schrägen Blicken an und entschloß sich zu seinem Lächeln. Die Lippen fletschten, in der Lähmung endete es. Was für ein Unsinn, schien ein mißmutiges Verziehen der Stirn sagen zu wollen.

Plötzlich öffnete er die Augen weit. Es wirkte unheimlich. Eva lauschte mit vorgestrecktem Kopf, ihre Finger spreizten sich.

Er sagte: »Sie haben die schönsten Hände, die ich an Frauen kenne. Wenn man sie gesehen hat, wünscht man sie auch zu spüren.«

Drei Stunden später verließ sie Trouville, von Susanne und Monsieur Labourdemont begleitet, und fuhr nach Brüssel, wo sich Iwan Becker aufhielt.

6

Becker wohnte in einem einsamen Vorstadthaus, das in einem verwilderten Garten stand. Er empfing sie in einem unordentlichen Zimmer, das so groß wie ein Saal war. Auf dem Tisch brannten zwei Kerzen.

Er sah abgemagert aus. Er ging ruhelos umher, auch nachdem er Eva begrüßt hatte.

Sie sprach mit einiger Hast von ihrer bevorstehenden Gastspielreise nach Rußland und fragte, ob er Aufträge für sie habe. Er verneinte.

»Der Großfürst war bei mir,« sagte sie dann und blickte ihn erwartungsvoll an.

Er nickte. Nach einer Weile setzte er sich und begann: »Ich will Ihnen einen Traum erzählen, den ich hatte. Oder nein, es war kein Traum, denn ich lag mit wachen Augen, es war eine Halluzination. Hören Sie.

Um eine reichgedeckte Tafel saßen fünf oder sechs junge Weiber. Sie waren in Gesellschaftstoilette, tief entblößt, lachten ausgelassen und tranken Sekt. Mit ihren frivolen Wortspielen und verführerischen Gebärden wandten sie sich an einen, der am oberen Ende der Tafel saß. Der aber hatte keine Gestalt; er war wie ein Kloß oder ein Stück Lehm. Die Diener zitterten, wenn sie in seine Nähe kamen, und die Frauen wurden unter der Schminke bleich, wenn er sie anredete. Mitten auf dem blendend weißen Tischtuch lag, unbemerkt von allen, eine Leiche. Der Körper war mit Früchten bedeckt, und aus der Brust ragte, zwischen Pfirsichen und Trauben, der Griff eines Messers heraus. Durch die Fugen des Tisches rann Blut und tropfte in leisen Schlägen auf den Boden.

Die Mahlzeit war zu Ende, alle waren in übermütigster Laune, da erhob sich der Gestaltlose, packte eine der Frauen, zog sie an sich und forderte Musik. Und während rauschende Musik erschallte, dehnte sich der Kloß und wuchs; er bekam einen Schädel, aus dem Schädel blickten Augen, und die Augen sprachen: ich begehre, ich begehre. Das Weib, das er hielt, wurde zusehends bleicher, sie suchte sich aus seiner Umklammerung zu befreien, ihm jedoch wuchsen spindeldürre Arme, mit denen er sie still und gewalttätig an sich preßte, immer stärker, so stark, daß sie zu röcheln begann, daß ihr Gesicht blau wurde, daß ihr Leib in der Mitte einknickte. Schließlich lag sie ihm entseelt in den Armen, und es schien nichts mehr von ihr übrig als das Kleid. Da richtete der Tote, der mit dem Messer in der Brust unter Früchten und Konfekt begraben war, den Kopf in die Höhe und sagte mit geschlossenen Augen: Gib sie mir wieder.

Auf einmal strömten viele Menschen in den Raum, Bauern, Fabrikarbeiter, Soldaten, ärmlich gekleidete Frauen, Juden und Jüdinnen. Ein alter Mann mit weißem Bart sagte zu dem Kloß: Gib mir meine Tochter wieder. Mehrere, die hinter ihm standen, schrien gleichfalls, wie außer sich: Gib uns unsre Töchter wieder, unsre Bräute, unsre Schwestern. Einige Bauern drängten sich vor; mit bekümmerten Mienen beugten sie sich zur Erde und riefen: Gib uns unser Land, gib uns unsre Wälder. Dazwischen gellten die Stimmen von Frauen: Unsre Söhne gib uns, unsre Söhne. Der Kloß wich Schritt für Schritt ins Leere, bekam aber eine immer deutlichere Gestalt. Das Angesicht, die Hände und die Kleider waren braun, wie mit Rost überzogen oder mit verkrustetem Schlamm. Die Züge erweckten nicht die geringste Vorstellung von seinem Wesen, und ebendieser Umstand trieb die Verzweiflung aller auf den Gipfel. Sie riefen ununterbrochen: Unsre Brüder! Unsre Söhne! Unsre Schwestern! Unsre Länder! Unsre Wälder, du in Ewigkeit Verfluchter!«

Eva schwieg.

Iwan Becker stützte den Kopf in die Hand. Nach einer Weile sagte er: »Eines steht fest: Er ist der Anlaß von so viel Tränen, daß der See, den sie gesammelt bilden würden, tiefer wäre, als der Kreml hoch ist; aber das Blut, das er vergossen hat, wäre ein Meer, in dem man ganz Moskau versenken könnte.«

Er stand auf, machte ein paar Schritte, setzte sich wieder und fuhr fort: »Er ist der Schöpfer und Usurpator eines beispiellosen Schreckensregiments. Unsre lebendigen Seelen sind seine Opfer. Wo eine lebendige Seele bei uns ist, wird sie sein Opfer. Sechstausendachthundert Intellektuelle wurden in den letzten zwölf Monaten deportiert. Wo sein Fuß hintritt, ist der Tod. Seinen Weg bezeichnen Leichenfelder und Trümmer. Diese Ausdrücke sind nicht bildlich zu nehmen, sondern ganz und gar wörtlich. Er hat die Organisation des vereinigten Adels geschaffen, die das Land unter Druck hält, ein modernes Folterinstrument größten Stils. Die Pogrome, die finnischen Mordexpeditionen, die Mißhandlungen in den Gefängnissen, die Greueltaten der Schwarzen Hundert, alles sein Werk. Er verschwendet unermeßliche Summen aus dem Staatsschatz, er begnadigt Schuldige und verdammt Schuldlose; er erdrosselt den Geist und löscht das Licht aus. Er darf es. Niemand verwehrt es ihm. Er ist allmächtig. Er ist der Gegner Gottes. Ich beuge mich vor ihm.«

Eva blickte überrascht empor, doch Becker bemerkte es nicht. »Es gibt niemand, der ihn kennt. Niemand vermag ihn zu durchschauen. Ich glaube, er ist satt. Vielleicht sind es nur noch Reize der Epidermis, die auf ihn wirken. Es wird erzählt, daß er manchmal zwei schöne nackte Frauen miteinander kämpfen läßt. Sie haben Dolche und müssen einander zerfleischen. Davor muß man sich beugen.«

»Ich verstehe nicht,« flüsterte Eva mit weiten Augen. »Warum beugen?«

Becker schüttelte abwehrend den Kopf, und seine eintönige Stimme erfüllte wieder den Raum. »Ihm ist alles käuflich zwischen Himmel und Erde. Käuflich die Freundschaft, die Liebe, die öffentliche Meinung, die Langmut des Volkes, die Justiz, die Kirche, der Krieg und der Frieden. Befehl und Gewalt kommen zuerst, das versteht sich von selbst; aber was Befehl und Gewalt nicht zustande bringen, wird gekauft. Es scheint freilich, daß Befehl und Gewalt manches zustande bringen, woran gewöhnliche Sterbliche scheitern würden. Auf einer Bärenjagd im Kaukasus war sein Liebling und Günstling, der Fürst Fjodor Szilaghin, schwer erkrankt. Mit hohem Fieber wurde er in eine Tscherkessenhütte getragen. Dieser Fürst Szilaghin, nebenbei, ist ein Mensch von verderbtestem Typus, zwanzig Jahre alt, eine weibische, aber trotzdem erstaunliche Schönheit. Infolge einer Wette ging er einmal eine Nacht lang als Kokotte verkleidet in den Straßen und Vergnügungslokalen Petersburgs herum und brachte allerlei Schmuck und Juwelen, die man ihm seiner Schönheit wegen geschenkt hatte, zu den Freunden, unter anderm ein kostbares Smaragdarmband. Der also wurde im Gebirge krank. Ein reitender Bote ward in den nächsten Ort geschickt und schleppte auf seinem Pferd einen alten unwissenden Landarzt herauf. Der Großfürst, indem er auf den in Delirien sich bäumenden Szilaghin wies, sagte zu dem Alten: Stirbt mir dieser, so stirbst auch du. Rette ihn, damit du am Leben bleibst. Der Doktor flößte dem Fiebernden von Stunde zu Stunde eine Medizin ein; in der Zwischenzeit kniete er zitternd und betend am Lager. Die Fügung wollte es, daß Szilaghin gegen Morgen das Bewußtsein wiedererlangte und dann allmählich genas. Sein Gebieter war überzeugt, daß das unerbittliche Entweder-Oder, vor welches er den alten Arzt gestellt, geheime Kräfte in ihm entbunden und eine Art Wunderheilung bewirkt habe. Er macht nicht Halt vor der Natur.«

Evas Züge belebten sich hastig. Sie erhob sich, trat ans Fenster und öffnete es. Der Sturmwind schüttelte die Bäume. Ein zerzauster Ruysdaelscher Wolkenhimmel, vom verborgenen Mond schwach erhellt, wölbte sich über dem Dunkel. Ohne sich umzudrehen sprach sie: »Sie sagen, niemand kann ihn durchschauen. Es ist aber nichts zu durchschauen. Er ist wie ein Abgrund, offen und finster.«

»Mag sein, daß Sie recht haben und daß er wie ein Abgrund ist,« antwortete Iwan Becker leise, »aber wer wird den Mut haben, hinunterzusteigen?«

Ein Schweigen entstand. »So sprechen Sie es aus, Iwan Becker, sprechen Sie es endlich aus!« rief Eva in die Nacht hinein, zum offenen Fenster hinaus. Jede Faser an ihr, von den Haarspitzen bis zum Kleidsaum, der den Boden streifte, war angehaltenes Lauschen.

Aber Becker erwiderte nichts. Er wurde nur furchtbar bleich.

Eva kehrte sich um. »Soll ich mich in seine Arme stürzen, um eine neue Ordnung in der Welt zu machen?« fragte sie dann ruhig und stolz; »soll ich seine ungeheuerliche Meinung von dem, was käuflich ist, noch um einen Grad, um so viel eben, wie ich mich selbst einschätze, herunterschrauben? Oder glaubt man, ich könnte ihn dazu bringen, die Schlachtbank mit dem Beichtstuhl zu vertauschen, das Henkerbeil mit einer Flöte?«

»Ich habe nicht davon geredet, ich werde nicht davon reden,« sagte Iwan Michailowitsch mit feierlich erhobener Hand.

»Ein Weib vermag viel,« fuhr Eva fort; »sie kann sich verschenken, sie kann sich wegwerfen, sie kann sich feilbieten, sie kann ihre Gleichgültigkeit überschminken, ihren Haß verleugnen; gegen das Grauen vermag sie nichts. Das Grauen reißt die Brust auseinander. Zeigen Sie mir einen Weg. Machen Sie mich unempfindlich gegen das Grauen, und ich will den Tiger an die Kette legen.«

»Ich weiß keinen Weg,« antwortete Iwan Michailowitsch; »ich weiß keinen, mir selber graut vor ihm. Der ewige Gott möge Sie erleuchten.«

Die Einsamkeit des Zimmers, des Hauses, des sturmdurchpflügten Gartens war herunterdonnerndes Geröll.

7

Ihre Freunde beobachteten die Entwicklung gespannt. Daß sie Maidanoff ernstlich Widerstand leisten werde, erwartete keiner. Als es dennoch so schien, bewunderte man nur die Finesse. Paris prophezeite ihr die glänzendste Zukunft. Ihr Tun und Lassen war Mittelpunkt der öffentlichen Neugier und füllte Zeitungsspalten.

Als sie nach Rußland kam, hatten die Behörden und Geschäftsstellen Befehle erhalten. Eine Königin hätte nicht subtiler behandelt werden können. Die palastartigen Räume eines Hotels waren vorbereitet und geschmückt. Sklavendemut umgab sie.

Bei dem ersten Besuch des Großfürsten bat sie ihn, den Zwang aufzuheben, der sie zur Schuldnerin machte. Er verschlang ihre Worte mit einem frostigen Lauern im Gesicht, zog aber keine Folgen daraus. Sie empörte sich gegen diese Trägheit einer Willensrichtung, dieses taube Ohr, das gierig lauschte.

Seine Menschenverachtung hatte etwas Zermalmendes. Sie äußerte sich wie Schläfrigkeit. Mensch, du klebriger Schleim, wirf dich hin und vergeh, sprachen seine trägen Augen.

In seiner Gegenwart waren Evas Gedanken bisweilen so laut, daß sie fürchtete, man könne sie hören.

Sie wagte es, mit ihm zu rechten. Ein junges Mädchen, Wera Scheschkow, hatte den Stadthauptmann erschossen. Sie hatte den Mut, diese Tat zu preisen. Er antwortete glatt und entschlüpfte gefühllos. Sie forderte ihn stärker heraus. Ihr erzogener Körper schwang im Rhythmus der Bitterkeit und Erschütterung. Sie war hineingeschmolzen in Schmerz, Zorn und Anteil.

Er betrachtete sie, wie man eine Edelkatze anschaut, deren Spiel entzückt. Er sagte: »Sie sind außerordentlich, Madame. Ich wüßte nicht, welchen Ihrer Wünsche ich unerfüllt lassen könnte um den Preis, Sie zu besitzen.« Er sagte es mit seiner tiefen Stimme, die heiser klang; er hatte auch eine hohe, die an das Kreischen rostiger Angeln erinnerte.

Evas Schultern zitterten. In seiner eisigen Selbstherrlichkeit spiegelte sich nichts mehr von ihrem Wesen; daran zerschellte es.

Zweimal sah sie ihn sich verändern und aufzucken. Das erstemal, als sie sich zu ihrer deutschen Abkunft bekannte. Eingefleischter Haß erfüllte ihn gegen alles Deutsche und alle Deutschen. In seinen Mienen lag böser Hohn; er entschloß sich, ihr nicht zu glauben und ließ das Thema fallen.

Das zweitemal war es, als sie von Iwan Michailowitsch Becker sprach. Es zwang sie; sie mußte ihn heraufbeschwören. Der Name war ein Arkanum.

Da schoß ein peitschender Blick aus den trägen Augen. Die zwei senkrechten Einkerbungen zwischen den Brauen verlängerten sich wie die Fühler eines Insekts; eine plötzlich querlaufende bildete ein düsteres Kreuz mit ihnen. Das Gesicht wurde fahl.

Susanne war ungeduldig; sie trieb und lockte. »Was besinnst du dich?« sagte sie eines späten Abends zu ihrer Herrin. »So nah dem Gipfel gibt es kein Zurück. Unsre Träume in Toledo; wir dachten wunder, wie frech sie seien. Die Wirklichkeit beschämt uns. Greif zu. Niemals werden deine süßen kleinen Füße Größeres ertanzen.«

Eva ging mit federnden Knien im Kreis über den Teppich. »Sei still,« sagte sie gedankenvoll und drohend, »du weißt nicht, wozu du rätst.«

Auf dem Kaminbord hockend, verfolgte Susanne mit ihren glanzlosen Pflaumenaugen die Unschlüssige. »Bist du bange?« fragte sie mit gerunzelter Stirn.

»Ich glaube, ich bin bange,« entgegnete Eva.

»Erinnerst du dich an den Bildhauer, den wir im Winter besuchten? Es war in Meudon. Er zeigte uns seine Skulpturen, und ihr spracht über die Kunst. Er sagte: Ich darf nicht bangen vor dem Marmor, der Marmor muß bangen vor mir. Beinahe hättest du ihn geküßt für dieses Wort. Sei nicht bange, du bist die Stärkere.«

Eva blieb stehen. »*Cette maladie, qu'on appelle la sagesse!*« seufzte sie.

Da ging Susanne zum Flügel und begann mit eckigen und flattrigen Bewegungen eine Chopinsche Polonäse zu spielen. Eva hörte eine Weile zu, dann trat sie hinter die Spielerin, tippte ihr mit einem Finger auf die Schulter und sagte, als Susanne die Hände ruhen ließ, mit dunkel gurrender Stimme: »Wenn es denn sein muß, so will ich erst einen Liebessommer haben, wie noch keiner gewesen ist auf Erden. Sprich nicht, Susanne, spiel weiter und sprich nicht.«

Susanne sah auf und schüttelte verwundert den Kopf.

8

An dem Tag, an welchem Eva zum letztenmal in Petersburg auftrat, flog durch die Entzündung einer Mine der Hauptpavillon der landwirtschaftlichen Ausstellung in die Luft.

Der Anschlag hatte der Person des Großfürsten gegolten. Sein Besuch war erwartet, die Reihenfolge in der Besichtigung der Gebäude vorher festgesetzt worden. Sein Automobil erlitt jedoch eine Panne, und durch diesen Zufall war er mit seinem Hofstaat einige Minuten nach der peinlich fixierten Zeit eingetroffen.

In dem Augenblick, als er seinen Fuß auf die Treppe des Pavillons setzte, ertönte fürchterliches Krachen. Der Himmel verschwand unter Qualm und aufschießenden Trümmern. Einige Industrielle und hohe Beamte, die dem Großfürsten beflissen vorausgeeilt waren, sowie zehn oder zwölf Arbeiter fanden den Tod. Im Umkreis von einem Kilometer wurden durch den Luftdruck an allen Häusern die Fensterscheiben zerschmettert.

Der Großfürst stand eine Weile regungslos. Ohne Neugier und ohne Schrecken, mit unsäglich düsterer Miene aber betrachtete er die Verwüstung. Als er sich zum Gehen wandte, wichen die herzugeströmten Menschenmassen lautlos zurück; es bildete sich eine Gasse lautlosen Volks, die er mit den Säerschritten seiner abnorm langen Beine finster und säbelklirrend durchmaß.

Als Abschiedsvorstellung hatte Eva die Rolle des gefesselten und dann befreiten Echos in dem Ballett Pans Erwachen gewählt. Sie hatte damit stets Begeisterung hervorgerufen, aber einen Triumph wie dieses Mal hatte sie nie gefeiert.

Es war ein Tanz der Freiheit und der Erlösung, der unmittelbar auf die Nerven des dichtgefüllten Hauses wirkte und Spannungen milderte, die vom Tag her kamen. Der bacchantische Trotz, die feurige Angst der Verfolgten, die Umkehr, der heroische Entschluß, der Schmerz über das erste Unterliegen, das Spiel mit der Rachefackel, der Jubel über die aufdämmernde Morgenröte, dies alles hatte aktuelle Beredsamkeit.

Zweitausendfünfhundert Menschen saßen nach dem Fallen des Vorhangs versteinert. Da richteten sich zahllose Augenpaare nach der Loge des Großfürsten. Sie blickten hin und sahen in seine trägen Augen, die niemals blickten. Sie erfaßten seine Schmächtigkeit und die unproportionierte Länge seines Körpers, seinen sehnigen Vogelhals über dem Uniformkragen, seinen dürren Bart, die höckerige Stirn, an der nichts Hautähnliches war, die Atmosphäre, die sich vor ihm herwälzte und die er hinter sich ließ, ein in Millionen Atome zerstäubter Tod; und mittendrin die trägen Augen.

Dann brach der Beifall los. Vornehme Damen wanden sich in Konvulsionen; Greise mit zahnlosen Mündern schrien wie Knaben; blasierte Theatergänger stiegen auf die Sitze und winkten aufgeregt. Als Eva vor die Rampe trat, verstummte der Lärm, und zehn Sekunden lang war es so still, daß man nur das Röcheln aus Brustkästen und das Knistern von Kleidern vernahm.

Sie schaute in das blendende Meer von Gesichtern. Die Falten ihres weißen griechischen Gewands erinnerten an Marmor. Von neuem begann der Sturm, die Zurufe, das Tücherschwenken. An die Brüstung der Galerie drängte sich ein Mädchen, streckte die Arme aus und rief mit einer schluchzenden Stimme, die alles übertönte: »Du hast uns begriffen, Seelchen!«

Eva verstand die russischen Worte nicht, aber es war nicht nötig, die Worte zu verstehen. Sie schaute hinauf und empfing den Sinn.

9

Um Mitternacht erschien sie, einer Zusage getreu, im Palast des Fürsten Fjodor Szilaghin.

Respektvolles Murmeln und Verstummen entstand, als man ihrer ansichtig wurde. Träger erlauchter Namen, die schönsten Frauen des Hofes und der Gesellschaft, hohe Offiziere und die fremden Gesandten waren versammelt. Einige Herren hatten sich bereits um sie geschart, da trat Fjodor Szilaghin auf sie zu, führte ihre Hand ehrerbietig an die Lippen und löste sie geschmeidig plaudernd aus der Gruppe.

Sie ging durch mehrere Säle an seiner Seite; er war darauf bedacht, sie an sich zu fesseln, und es gelang ihm, ihre Aufmerksamkeit zu erregen.

Kein Hauch von Banalität war an ihm. Bewegungen und Worte waren mit äußerster Kaltblütigkeit und Feinheit auf den Effekt berechnet. Die Augen waren beim Sprechen schmachtend niedergeschlagen, und die allen Russen eigne Leichtigkeit und Fülle der Rede hatte bei ihm außerdem etwas unablässig Schillerndes. Ein anmaßendes und fast zynisches

Bewußtsein davon, daß er schön, geistreich, apart, umworben, mysteriös war, verließ ihn nie. Seine Brauen waren gefärbt, seine Lippen geschminkt. Das stumpfe Schwarz des üppig-glatten Haares hob die durchleuchtete Blässe des bartlosen Gesichtes faszinierend.

»Ich muß es rühmen, Madame,« sagte er mit einer Stimme von unergründlicher Falschheit, »ich muß es rühmen, daß Ihre Kunst für uns Slawen nicht das westlich Überzüchtete hat wie bei den meisten Sternen des Auslands. Sie gibt sich wie die Natur selbst. Es müßte belehrend sein, den Weg zu kennen, auf dem Sie, von einer andern Seite her, zu den nämlichen Gesetzen und Formen gelangt sind, auf denen sowohl unsre nationalen Tänze als auch unsre modernen orchestrischen Bestrebungen beruhen. Von diesen wissen Sie doch zweifellos?«

»Ich weiß davon,« antwortete Eva, »und was ich gesehen habe, ist ungewöhnlich; es hat Kraft, Charakter und Schwärmerei.«

»Schwärmerei, gewiß, und vielleicht noch etwas mehr: Raserei,« sagte der junge Fürst mit beziehungsvollem Lächeln. »Ohne Raserei wird nichts Großes in der Welt geschaffen. Glauben Sie nicht, daß sogar Christus ein Rasender war? Was mich betrifft, ich kann mich mit der allgemein angenommenen Figur des sanften und harmonisch ausgeglichenen Christus nicht befreunden.«

»Es ist ein neuer Gesichtspunkt, man müßte darüber nachdenken,« versetzte Eva freundlich gelassen.

»Wie es auch sei, bei uns ist alles noch im Werden, der Tanz und die Religion,« fuhr Fjodor Szilaghin fort. »Diese beiden in einem Atem zu nennen, enthält für mich keine Blasphemie; sie haben etwas Verwandtes, wie eine rote Rose und eine weiße Rose. Verzeihen Sie den vorwitzigen Exkurs. Wenn ich sage, wir sind Werdende, so heißt das, daß wir im Guten und im Bösen ohne Grenzen sind. Ein Russe kann den grausamsten Mord begehen und gleich hernach Tränen vergießen beim Anhören eines schwermütigen Gesangs. Er ist jeder Wildheit, Zügellosigkeit und Schändlichkeit fähig, aber auch der Hochherzigkeit und Selbstverleugnung, und kein Wandel kann schneller und schrecklicher sein als der vom Haß zur Liebe bei ihm, von Liebe zum Haß, vom Glück zur Verzweiflung, von der Treue zum Verrat, von der Furcht zur Tollkühnheit. Man vertraue ihm und gebe sich ihm hin; man wird in ihm das gefügigste, großmütigste und zärtlichste Wesen finden. Man enttäusche und mißhandle ihn, – er stürzt in Finsternis und verliert sich in Finsternis. Er kann geben, geben, geben, ohne Ende, ohne Besinnung, bis zur Entäußerung, bis zur Phrenesie, und erst wenn er in die unterste Tiefe der Hoffnungslosigkeit geschleudert ist, erwacht die Bestie, und er zertrümmert alles um sich her.« Der Fürst blieb stehen. »Ist es indiskret, zu fragen, wo Sie den Mai verbringen werden, Madame? Man sagte mir, Sie wollten an die See,« unterbrach er sich in verändertem Ton und blickte Eva erwartungsvoll an.

Diese war von der Frage betroffen wie von einem Überfall.

Sie hatten die für die Gäste bestimmten Räume unversehens verlassen und befanden sich in den ausgedehnten Glashäusern des Wintergartens. Nach allen Seiten führten labyrinthische, von Pflanzen überwucherte Wege. Ein dämmeriges Licht herrschte, und da, wo sie standen, in einer etwas theatralischen Einsamkeit, hauchten Tausende von gespenstisch gefleckten Orchideenblüten ihren beklemmenden Duft aus.

Eva hatte Sinn und Hinweis der Worte Szilaghins erfaßt, so geschickt und deutbar sie auch gewählt waren. Das Eidechsenschlüpfrige seines Geistes lockte sie, sich mit ihm zu messen, trotzdem es sie drohend anrührte. Spiel mit Spiel vergeltend, hüllte sie sich in ein Lächeln, das undurchdringlich war wie Szilaghins Stirn und großpupillige Augen und antwortete: »Ja, ich gehe nach Heyst am Meer. Ich will ruhen. Das Leben in diesem Land der verkappten Rasenden hat mich müde gemacht. Was ich leider entbehren mußte, Fürst, war ein Mentor und Seelenkundiger wie Sie.«

Plötzlich ließ sich Szilaghin auf ein Knie nieder und sagte leise: »Mein Herr und Freund bittet durch mich um die Gnade, dort, wohin Sie gehen, in Ihrer Nähe sein zu dürfen. Er besteht auf keiner Zeit, er fügt sich Ihrem Geheiß. Ich kenne nicht den Grad und die Ursache Ihres Schwankens, schöne Eva, aber welches Unterpfand fordern Sie denn, welche Bürgschaft für die Aufrichtigkeit eines Gefühls, das keine Probe zu scheuen hat und kein Opfer scheuen will?«

»Stehen Sie auf, Fürst,« befahl Eva, indem sie einen Schritt zurücktrat und die Arme zart, in widerwilliger Vertraulichkeit gegen ihn ausstreckte; »Sie sind zu verschwenderisch mit sich selbst in diesem Augenblick. Stehen Sie auf.«

»Nicht, ehe Sie mich ermächtigen, der Überbringer guter Botschaft zu sein. Ihr Entschluß wiegt schwer. Wolken sammeln sich und warten auf den Wind, der sie vertreibt. Prozessionen ziehen aus, um das Verhängnis abzuwenden durch Gebete. Ich bin nur ein Einzelner, zufällig Beauftragter. Darf ich jetzt aufstehen?«

Eva schloß die ausgebreiteten Arme über der Brust und wich bis in ein grünes Lianengehänge zurück. Nun spürte sie des Schicksals gewaltigen und unverstellten Ernst. »Stehen Sie auf,« sagte sie mit gesenktem Kopf, und zweimal wechselten Glut und Blässe auf ihren Wangen.

Szilaghin erhob sich, lächelte schnellatmend und führte abermals ihre Hand, in schweigender Ehrfurcht, an seine Lippen. Dann geleitete er sie, wie vorher geschmeidig plaudernd, zu den übrigen Gästen zurück.

Zwölf Stunden später war es, als Christian das Telegramm erhielt, das ihn nach Berlin rief.

10

Edgar Lorm machte volle Häuser in München. Der Zulauf war so groß, daß er sein Gastspiel verlängern mußte.

Crammon bezeigte sein Vergnügen darüber und blähte sich auf. Er wandelte umher wie die Amme dieses Ruhmes.

Eines Tages war er bei einer literarischen Dame zum Tee, da entstand in einer Ecke ein Gekicher, das seiner Person galt. Er war sehr erheitert, als er erfuhr, daß die wispernde Gesellschaft, die sich dort zusammengefunden, des festen Glaubens war, er kopiere Lorm als Misanthrop.

Felix Imhof hörte davon und wollte bersten vor Lachen. »Nicht zu leugnen, der Gedanke hat etwas Bestechendes, wenn man dich nicht kennt,« sagte er zu Crammon. »Wahrscheinlich liegt ja die Sache umgekehrt, und du hast Lorm in der Rolle das Modell abgegeben.«

Diese Deutung war schmeichelhafter. Crammon schmunzelte dankbar. Unbewußt vertiefte er die Züge von Weltfeindlichkeit in seinem feisten Domherrengesicht. Als sich Lorm im Kostüm des Alcest photographieren ließ, pflanzte sich Crammon hinter dem Apparat auf und verwandte keinen Blick von der statuenreifen Erscheinung des Schauspielers.

Seine Absicht war, zu lernen. Die Rolle, welche ihm in dem Stück zugeteilt war, das täglich von neun Uhr morgens bis elf Uhr abends gespielt wurde, begann seine Unzufriedenheit zu erregen. Er wünschte sich eine minder episodenhafte. Es schien ihm, daß man den Direktor des Theaters veranlassen könne, eine Umbesetzung vorzunehmen. Er sprach es auch Lorm gegenüber aus. Denn der Schauspieler war ihm nicht mehr, wie in den Jahren der Jugend, Krone und Leuchtpunkt menschlicher Existenz und Gefäß ihrer edelsten Bewegung, sondern Mittel zum Zweck. Man hatte von ihm zu lernen, seine wahren Gefühle bis zur völligen Unbemerkbarkeit zu verbergen; alle Kräfte für den Augenblick zu sammeln, in welchem das Stichwort fiel; mit sich selber hauszuhalten; eine glaubwürdige Maske mit Bravour zu tragen und sich in jeder Situation eines guten Abgangs zu versichern.

Er sagte: »Ich habe mich mit meinen Partnern immer leidlich vertragen. Ich kann behaupten, daß ich ein gefälliger Kollege war und immer in den Hintergrund geschlichen bin, wenn sie an der Rampe ihren Monolog oder ihre große Szene hatten. Aber zwei von ihnen, der erste Liebhaber und die Heroine, haben meine Gutmütigkeit entschieden mißbraucht. Sie haben mich nach und nach aus der Komödie verdrängt. Zu ihrem eignen Schaden; die Intrige hätte famos werden können; seit man mich hinter die Kulissen geschickt hat, droht sie im Sand zu verlaufen. So etwas wurmt einen.«

Edgar Lorm lächelte. »Da scheint mir eher der Dichter gesündigt zu haben als jene beiden,« antwortete er. »Es ist sicher ein Fehler im Bau der Handlung. Auf eine Figur wie Sie verzichtet ein erfahrener Theatermann nicht ohne weiteres.«

»Prosit,« sagte Crammon und hob sein Glas. Sie saßen, spät nachts, im Ratskeller.

»Man muß auch die Entwicklung abwarten,« fuhr Lorm fort, den die Charade ergötzte; »es gibt, namentlich bei guten Autoren, manchmal unerwartete Wendungen. Schimpfen darf man erst, wenn der Vorhang gefallen ist.«

Crammon murmelte verdrossen: »Die Zeit wird lang. Ich will demnächst mal wieder auf die Bühne und sehen, in welchem Akt wir sind. Kann sein, daß ich mir ein Extempore leiste.«

»Für welches Fach sind Sie eigentlich engagiert?« erkundigte sich Lorm; »Bonvivant? Charakter? Heldenväter?«

Crammon zuckte die Achseln. Sie sahen einander ernsthaft an. Um den schmallippigen Mund des Schauspielers blitzte gute Laune. »Seit wann haben wir uns nicht mehr gesehen, mein Vortrefflicher?« sagte er und schlang vertraulich den Arm um Crammons Schulter; »es mögen Jahre sein. Bis vor kurzem hatte ich einen Sekretär, der mir jeden Brief von Ihnen abends auf das Kopfkissen legte. Er wollte damit sagen: Sieh mal, Edgar Lorm, die Menschen sind doch kein so miserables Pack, wie du immer behauptest. Na, er war ein Idealist, aufgewachsen bei Zichorienkaffee, Kartoffeln und Hering. So was findet man zuweilen. Mein guter Crammon, Sie haben Fett angesetzt indessen. Wie rund

und behäbig Sie wohnen in der prallen Haut da. Ich bin mager geblieben und zehre von meinem Blut.«

»Das Fett ist nur Attrappe,« versetzte Crammon melancholisch.

11

Judith Imhof ging an allen Gastspielabenden Lorms ins Theater. Sie ging aber nicht mit ihrem Mann und Crammon; die beiden störten sie; für Crammon hatte sie außerdem wenig Sympathie; wenn er ihr nicht gerade spaßhaft erschien, fand sie ihn unleidlich.

Sie nahm einen Platz im Parkett, und im Zwischenakt winkte sie gnädig und gelassen Crammon und Felix zu, die in einer Loge saßen. Um die Verwunderung der Bekannten kümmerte sie sich nicht. War jemand so vermessen, sie nach dem Grund ihres Alleinseins zu fragen, so antwortete sie: »Imhof mag es nicht, wenn einem andern etwas mißfällt, was ihn begeistert, und so gehen wir getrennte Wege.«

»Mißfällt Ihnen denn Lorm?« fragte der oder die Neugierige unfehlbar weiter. Worauf sie entgegnete: »Ich habe nicht viel übrig für ihn. Es ist wahr, er zwingt mir Interesse ab, doch das trag ich ihm nach. Ich begreife nicht, daß man so viel Aufhebens von ihm macht.«

Eines Tages wurde sie von einer Dame aus ihrem Kreis gefragt, ob sie sich in der Ehe glücklich fühle. »Ich weiß es nicht,« erwiderte sie lachend; »ich kann mir unter dem, was die Menschen Glück nennen, nichts Rechtes vorstellen.« Warum sie dann geheiratet habe? forschte die Dame. »Sehr einfach,« antwortete sie; »junges Mädchen zu sein, war mir ein so unerfreulicher Zustand, daß ich getrachtet habe, ihn so bald wie möglich zu beendigen.« So liebe sie also ihren Mann nicht? »Gott, Liebe,« versetzte sie, »Liebe. Mir scheint, mit dem Wort wird viel Unfug getrieben. Ich glaube, die meisten Leute flunkern bloß, wenn sie von Liebe reden, und legen sich nur deshalb so ins Zeug, weil keiner zugeben will, daß nichts dahinter steckt. Es ist wie mit des Königs neuen Kleidern im Märchen; alle tun ungeheuer wichtig und entzückt, derweil ist der König im jämmerlichsten Neglige.«

Ein andermal wurde sie gefragt, ob sie sich ein Kind wünsche. »Pfui!« rief sie aus, »ein Kind! Fraß für die Würmer.«

Als einst in Gesellschaft die Rede auf Schmerzempfindlichkeit kam, sagte sie, sie könne jede körperliche Marter erdulden, ohne mit der Wimper zu zucken. Es wurde bezweifelt. Sie verschaffte sich eine lange goldene Nadel und befahl einem Herrn, ihr die Nadel durch den ganzen Arm zu stechen. Als der Aufgeforderte sich erschrocken weigerte, ersuchte sie einen andern darum, der gröbere Nerven hatte, und der ihr willfahrte. Und wirklich regte sich kein Muskel in ihrem Gesicht. Das Blut ergoß sich in einem dicken Bach; sie lächelte.

Felix Imhof konnte bei geringem Anlaß weinen; manchmal schon bei Migräne. Dies verachtete sie an ihm.

Der Schauspieler ging ihr nahe. Sie wehrte sich vergeblich; er hielt sie im Bann, immer fester, immer unlösbarer. Sie grübelte. Waren es die Verwandlungen, die sie reizten?

Wie geschliffener Stahl, biegsam und elegant, war sein Körper, der den Vierzigjährigen zum Epheben machte. Wie Stahlschlag seine Stimme, in der die Worte als Funkengewirbel aufprasselten. Unter seinen Schritten wurde die Bretterbühne zur Palästra; da klebte nichts, da winselte und kroch nichts; alles war Anspannung, Fortgang, Verve, Rhythmus, Sturmtakt. Nichts innere Belastung, alles Fanfare. Sie gab Felix recht, als er sagte: »In diesem Menschen ist mehr Inhalt unsrer Zeit als in sämtlichen Journalen, Leitartikeln, Broschüren und dickleibigen Wälzern, die seit zwanzig Jahren die Druckerpresse verlassen haben. Er hat das Wort zum Herrscher gekrönt.«

Sie war ungeduldig nach der persönlichen Bekanntschaft mit Lorm. Crammon machte den Vermittler. Lorm kam ins Haus. Die Häßlichkeit seines Gesichts überraschte sie. Sie verübelte ihm die unbedeutende Stulpnase und die niedrige Stirn. Der Zauber wurde dadurch nicht gebrochen. Sie wollte es übersehen und übersah es. Es war eine Verwandlung mehr. Sie traute ihm unendliche zu.

Er zeigte sich als Feinschmecker mit Resten jener Gier, die Emporkömmlingen eigen ist. Tafelgenüsse verführten ihn zu Ausbrüchen lärmender Fröhlichkeit. Bei Sekt und Austern urteilte er wohlwollend über Feinde.

Er war so launenhaft, daß der Umgang mit ihm anstrengte. Ein Schatten veränderte seine Stimmung. Niemand trat ihm entgegen, und der Mangel an Widerstand hatte einen leeren Raum um ihn erzeugt, der beinahe wie Einsamkeit aussah. Er hielt es selbst für Einsamkeit und gefiel sich schmerzlich darin.

Er sprach nur in Monologen. Er hörte nur sich zu. Aber es lag Unschuld darin wie bei einem Wilden. Wenn andre redeten, verschwand er in einer Versenkung, und seine Augen bekamen einen Steinglanz, ohne daß der noch anwesende Teil von ihm an Artigkeit einbüßte. Doch hatte diese Artigkeit nicht selten etwas belastet Automatisches. Ergriff er dann wieder das Wort, so entzückte er durch Witz, Paradoxie und meisterhaft erzählte Anekdoten.

Unterhaltung mit Frauen vermied er. Schönheit und kokette Künste machten keinen Eindruck auf ihn. Wenn man ihn anschwärmte, wurde seine Miene höflich-aufmerksam und er dachte etwas Respektloses. Er erlebte keine Abenteuer, an seinen Namen hingen sich keine pikanten Gerüchte. Außerhalb des Theaters führte er das Leben eines Privatmannes von bescheidenen Gewohnheiten.

Mit kühlem Spürsinn tastete sich Judith an den Klippen seines Wesens entlang. Sie, die ohne allen Schwung war, vollkommen nüchtern, bloß Nützliches gewahrend, bloß an Zweckmäßiges denkend, von Jugend auf eingeschnürt in Formen und nichts anderes schätzend als Äußeres: Gewänder, Geschmeide, Prunk, Titel, Namen, war in einem Zeitraum von drei Tagen so von ihm besessen, daß sie mit Elektrizität geladen schien. Es war vornehmlich Äußeres, wovon sie fasziniert war: sein Auge, seine Stimme, sein Ruhm; aber es war auch ein Inneres: die Illusion vom Schauspieler.

Sie wußte, was sie tat; sie berechnete jeden Schritt.

Eines Tages klagte Lorm über die Ordnungslosigkeit in seiner Existenz, die heillose Verwirtschaftung seines Erworbenen. Es war bei Tisch; die andern gingen mit Redensarten darüber hinweg; Judith nahm das Thema auf, als es ihr später gelang, mit ihm allein zu sprechen. Sie ließ sich die Personen schildern, die er verantwortlich gemacht und drückte Zweifel an deren Vertrauenswürdigkeit aus. Sie verwarf Einrichtungen, die er getroffen, gab Ratschläge, die er billigte, warf ihm Versäumnisse vor, deren er sich schuldig bekannte. »Ich schwimme in Geld und ersticke in Schulden,« seufzte er; »in zwanzig Jahren werde ich ein alter Mann und ein armer Teufel sein.«

Ihre praktische Umsicht erfüllte ihn mit naiver Bewunderung. Er sagte: »Ich habe bisweilen gehört, daß es solche Frauen wie Sie geben soll, ich habe aber nie an ihre Existenz geglaubt. Ich weiß nur von leeren Ansprüchen und blümeranten Gefühlen.«

»Sie sind ungerecht,« versetzte sie lächelnd, »jede Frau hat ein Gebiet, wo sie sich bewährt; die Welt kümmert sich bloß nicht darum. Zur Welt stehen wir meistens in einem falschen Verhältnis.«

»Dies ist klug,« sagte Lorm befriedigt. Er war ein Geizhals im Lob.

Gern ließ er sich nun von ihr in Gespräche über seine kleinen Sorgen und Nöte ziehen. Er hatte ausführliche Verhöre zu bestehen, denen er sich geduldig unterwarf. Er brachte ihr die Rechnungen seiner Lieferanten. »Man beutet Ihre Unerfahrenheit aus; Sie werden betrogen,« war Judiths Urteil. Er war beschämt.

»Haben Sie Geld ausgeliehen?« fragte sie. Es verhielt sich so. Er hatte zahllosen Schmarotzern seit Jahr und Tag beträchtliche Summen geborgt. Judith zuckte die Achseln und bemerkte: »Sie hätten Ihr Geld ebensogut zum Fenster hinauswerfen können.«

Lorm antwortete: »Es ist so lästig, wenn sie kommen und bitten; ihre Gesichter sind mir unappetitlich; ich gebe ihnen, was sie verlangen, nur um sie loszuwerden.«

Dergestalt bewegten sich ihre Unterhaltungen ausschließlich im Kreis der gewöhnlichsten Alltagsdinge. Aber gerade dies und nichts andres entbehrte und brauchte Edgar Lorm. Es war für ihn so neu und so ergreifend wie für einen nach Poesie und Leidenschaft hungernden Bürger die Entdeckung einer schwärmerisch entrückten Seele.

Judith hatte einen Traum. Sie lag nackt bei einem großen, schlüpfrigen, eiskalten Fisch. Sie lag bei ihm, weil er ihr gefiel, und sie schmiegte sich eng an ihn an. Auf einmal aber begann sie, ihn zu schlagen, denn seine kühlen, feuchten, schlüpfrigen, silbern glänzenden und am Rücken opalisierenden Schuppen flößten ihr eine hexenhafte Wut ein. Sie schlug und schlug, bis ihr die Besinnung schwand und sie erschöpft aufwachte.

Man unternahm eines Nachmittags einen Ausflug ins Isartal: Crammon, Felix, ein junger Freund Imhofs, Lorm und Judith. In einem Wirtsgarten war Kaffee getrunken worden; der Rückweg führte durch den Wald, man ging paarweise, Lorm und Judith waren die letzten. »Ich habe meine goldene Tabatiere verloren,« sagte Lorm plötzlich, in die Tasche fassend, »ich muß das Stück Wegs noch einmal gehen. Im Ort drüben hatte ich sie noch.« Es war eine Kostbarkeit, auf die er besonderen Wert legte, ein Geschenk des Königs, dem er in seiner Jugend in überschwänglicher Freundschaft verbunden gewesen, und ihm unersetzlich als Erinnerungszeichen.

Judith nickte. »Ich werde hier warten,« antwortete sie; »den Weg dreimal zu machen, bin ich zu müde.«

Er entfernte sich, Judith blieb stehen, den Kopf an einen Baum gelehnt, und sann. Ihre Stirn faltete sich, ihr Auge blickte bohrend. Es war still im Wald; die Luft regte sich nicht, kein Vogel schrie, kein Tier ließ Zweige knistern. Die Zeit verging; keineswegs von Ungeduld getrieben, nur von ihren Gedanken, die heftig und bestimmt waren, verließ sie endlich ihren Platz und wanderte langsam in die Richtung, aus der Lorm kommen mußte. Als sie eine Weile gegangen war, sah sie im Moos etwas Goldenes blitzen. Es war die Tabatiere, und sie hob sie ruhig auf.

Lorm kam verstimmt zurück; er schwieg, und als er an ihrer Seite weiter schritt, reichte sie ihm die Dose auf der offenen Hand. Er machte eine Gebärde freudiger Überraschung, und sie mußte ihm berichten, wo sie die Tabatiere gefunden hatte.

Danach schien er eine Weile mit sich zu kämpfen. Auf einmal sagte er: »Mit Ihnen wäre das Leben leichter zu leben.«

Judith erwiderte lächelnd: »Sie sprechen davon wie von etwas Unerreichbarem.«

»Ich glaube, es ist unerreichbar,« murmelte er mit gesenktem Kopf.

»Wenn Sie an meine Ehe denken,« versetzte Judith, immerfort lächelnd, »so halte ich das Wort für übertrieben und den Ausweg für einfach.«

»Ich denke nicht an Ihre Ehe. Ich denke an Ihren Reichtum.«

»Wollen Sie sich deutlicher erklären?«

»Soll geschehen.« Er suchte mit den Blicken in der Runde und trat an einen Baum. »Sehen Sie den kleinen Käfer da? Sehen Sie, wie er sich plagt, um in die Höhe zu kommen? Er hat wahrscheinlich schon ein ganz anständiges Stück Arbeit geleistet heute. Seit Sonnenaufgang mag er schon krabbeln, und wenn er oben ist, hat er was vollbracht. Nehm ich ihn aber jetzt zwischen meine Finger und hebe ihn hinauf, dann ist ihm sogar der Pfad, den er sich selber gebahnt hat, nichts mehr wert. So ist das mit dem Käfer, und so ist es mit mir.«

Judith überlegte. »Vergleiche müssen hinken, das ist ihr Vorrecht,« sagte sie spöttisch. »Ich begreife nicht, daß man einen Menschen verwirft, bloß weil er nicht mit leeren Händen zu einem kommt. Ein lächerlicher Einfall.«

»Zwischen einer Hand, die leer ist, und einer, die über unermeßliche Schätze gebietet, ist ein Unterschied,« antwortete Lorm ernst. »Ich habe mich aus der Armut emporgedient. Sie ahnen nicht einmal, was das ist: Armut. Alles, was ich bin und habe, verdanke ich unmittelbar meinem Körper, meinem Kopf, meinem Gehirn. Sie sind von Geburt an und durch Geburt daran gewöhnt, die Körper, Köpfe und Gehirne andrer Menschen zu kaufen. Und wenn Sie noch tausendmal mehr Sinn und Auge für die Wirklichkeit und vernünftige Lebensführung hätten, als Sie haben, Sie wissen nichts und können nichts wissen von dem sittlichen und höchst achtunggebietenden Gesetz, das Leistung und Entgelt gegeneinander sichert. Ihre Hilfsmittel geben Ihnen immer die Macht, dieses Gesetz zu ignorieren und eine Willkür dafür zu schaffen. Ihr Reichtum wäre mir eine Lähmung, ein Hohn, ein Gespenst.«

Er sah sie mit zurückgeworfenem Kopf an.

»So ist also unser Fall hoffnungslos?« fragte Judith trotzig und blaß.

»Da ich nicht erwarten kann und darf, daß Sie verzichten und Millionen im Stich lassen, um sich einem Komödianten zugesellen, ist er allerdings hoffnungslos.«

»Gehen wir,« sagte Judith, ohne Farbe im Gesicht, »die andern werden uns vermissen. Ich will nicht Anlaß zum Gerede geben.«

Sie schritten rasch und stumm weiter. Der Wald öffnete sich, unter schwarzer Wolkenwand hing die glutbebende Sonnenkugel. In rasendem Zorn starrte Judith hinein. Zum erstenmal war ihr Wille an einen stärkeren Willen geraten. Vor Zorn füllten sich ihre Augen mit Nässe. Vor Zorn stieß sie ein Gelächter aus, das nichts Melodisches hatte. Als Lorm sie betroffen anschaute, wandte sie sich ab und biß die Zähne in die Lippe.

»Ich bin imstande und tus,« sprach sie im Zorn zu sich selbst. Dann wurde es trotziger Entschluß: ich tus, ich tus.

12

Wie er es erwartet hatte, fand Christian, als er mit Amadeus Voß nach Berlin kam, viele Menschen und viel Tumult um Eva. Kaum konnte er zu ihr dringen. »Ich bin müde, Eidolon,« rief sie ihm entgegen, »führ mich fort.«

Dann wieder, als sie sich aus einem Schwarm von Bedrängern gelöst hatte: »Wie gut, daß du da bist, Eidolon, ich habe mit Schmerzen auf dich gewartet. Morgen reisen wir.«

Aber die Abreise wurde von Tag zu Tag verschoben. Es war davon die Rede, daß sie in dem holländischen Seebad, das ihr nächstes Ziel war, allein und zurückgezogen leben wollte, doch Christian hatte bereits ein Dutzend Personen gesprochen, die dort Quartier bestellt hatten, und er zweifelte an dem Ernst ihrer Absichten. Die Menschen waren ihr unentbehrlich, und wenn sie schwieg, mußten wenigstens andre um sie reden; wenn sie ruhig lag, mußte Bewegung um sie sein.

Als sie vor ihm stand, durchdrang ihn der Wohlgeruch ihres Körpers wie ein Schrecken. Er blickte verwirrt vor sich nieder. Unter der Heftigkeit einer aufrauschenden Blutwelle verlor sein Pulsschlag den Rhythmus.

Er hatte ihr Gesicht vergessen, ebenso wie die erstaunliche Wahrheit ihrer Gebärde, ihr unmittelbares Wort, ihre Hingerissenheit und ihr Hingerissensein, ihre ganze machtvolle, zarte, blühende, blendende Gegenwart. Alles war ihr zu Willen, die Elemente sogar. Wenn sie auf die Straße trat, strahlte die Sonne reiner, war die Luft linder. Sie verwandelte das gehetzte Treiben um sich in einen gehorsam flutenden Strom.

Susanne sagte zu Christian: »Wir sollen hier tanzen; man macht uns Anträge; aber die Preußen gefallen uns nicht. Es sind engherzige Leute. Sie sparen ihr sauer verdientes Geld für Kanonen und Kasernen. Ich habe noch kein wirkliches Gesicht gesehen. Ein Mann sieht aus wie der andre, eine Frau wie die andre. Wahrscheinlich werden sie von Maschinen erzeugt, fünftausend im Tag, gleich ausgewachsen und fertig angezogen wie Jasons Geharnischte.«

»Eva selbst ist eine Deutsche,« wies Christian die Hämische zurecht.

»Bah, wenn der Genius aus dem Himmel verstoßen wird, stürzt er blind auf die Erde und kann sich sein Asyl nicht wählen. Wo ist Herr von Crammon?« unterbrach sie sich, »warum besucht er uns nicht? Und wen haben Sie statt seiner mitgebracht?« Sie deutete mit dem Kinn auf Amadeus Voß, der steif und befangen in einer Ecke stand; die großen Brillengläser machten ihn einem Uhu ähnlich. »Wer ist dieser?«

Wer ist dieser? fragten auch Wiguniewskis und des Marques Tavera verwunderte Miene. Amadeus Voß war bis zu einem peinigenden Grad Neuling. Der stiere Ausdruck seiner Züge hatte bisweilen etwas so Albernes, daß Christian sich seiner schämte und die andern über ihn lachten.

Voß trieb sich in den Straßen herum, zwängte sich durch Menschengewühl, stand vor Auslagen und den Spiegelglasscheiben der Kaffeehäuser, kaufte Zeitungen und Flugblätter, redete fremde Leute an, aber er vermochte nichts in sich zu beschwichtigen. Er sah nur immer das Gesicht der Tänzerin vor sich; aufreizend und geziert; die Bewegung, mit der sie eine Frucht zerschnitt, einen der Freunde begrüßte, zu einem sich beugte, mit der sie sich auf einen Stuhl niederließ oder von ihm erhob, mit der sie an einer Blume roch, alle Bewegungen der Lider, der Lippen, des Halses, der Schultern, der Hüften, der Beine. Er fand sie aufreizend und geziert, aber sie waren seinem Gehirn eingeätzt wie einer photographischen Platte.

Eines Abends betrat er Christians Zimmer, sandfahl.

»Wer ist eigentlich Eva Sorel?« fing er mit Ingrimm und Verbissenheit an. »Woher kommt sie? Wem gehört sie? Was sollen wir bei ihr? Erzählen Sie mir etwas über sie. Klären Sie mich auf.« Er warf sich in einen Sessel und starrte Christian an.

Da Christian schwieg, nicht gefaßt auf diese Sturzflut von Fragen, fuhr er fort: »Sie haben mich in eine neue Haut gesteckt, aber der alte Mensch krümmt sich darin. Ist es ein Maskenball, auf dem ich mich befinde? So sagen Sie mir wenigstens, was die Figuren vorstellen. Ich bin auch maskiert, aber schlecht, scheint es. Ich hoffe von Ihnen, daß Sie die Fehler an meiner Maskerade ausbessern.«

»Sie sind nicht schlechter maskiert als ich und als die übrigen, Amadeus,« antwortete Christian mit besänftigendem Lächeln.

Voß stützte den Kopf auf die Arme. »Also eine Tänzerin ist sie, eine Tänzerin,« murmelte er gedankenvoll. »Für mein Gefühl hatte das Wort und der Begriff von jeher etwas Unzüchtiges. Wie ist es möglich, damit andre Vorstellungen zu verbinden als solche, die einem die Schamröte in die Wangen treiben?« Er schaute jäh empor und fragte mit stechendem Blick: »Ist sie Ihre Geliebte?«

Christian erbleichte. »Was Sie aus dem Gleichgewicht bringt, Amadeus,« sagte er, »glaub ich zu verstehen. Aber da Sie nun einmal mit mir gegangen sind, müssen Sie auch bei mir aushalten. Ich weiß nicht, wie lange wir mit all diesen Leuten beisammen sein werden, auch wozu wir hier sind, kann ich Ihnen so genau nicht sagen. Über Eva Sorel fragen Sie mich nicht. Kein Wort von ihr, im Lob nicht und im Tadel nicht.«

Voß verstummte.

13

Christian, Amadeus Voß, Mr. Bradshaw, der Marques Tavera und Fürst Wiguniewski fuhren im Auto, Eva benutzte die Bahn.

Aber sie vertrug Eisenbahnfahrten ebenso schlecht wie lange Autofahrten. In der Nacht lag sie schlaflos auf dem Bett, eingehüllt in Seide, das Gesicht in seidene Kissen geschmiegt. Susanne kauerte vor ihr, reichte ihr bald eine Parfümflasche, bald ein Buch, bald eine Süßigkeit, bald ein Glas eisgekühlte Limonade. Ein Prickeln war in ihren Gliedern, das sie nicht ruhen ließ, auf ihrer Brust lag der Alp, ihre Stirn zuckte zwischen Denken und Phantasien, zwischen Wollen und Überdruß am Wollen. Der Gesang der Räder auf den Schienen zerschnitt ihre Nerven, das Vorbeigleiten der nie so schwarz gewesenen Nacht reizte wie ein ins Unendliche auseinandergeflossenes Wahngebilde; sie sah Landschaften, in denen Bosheit war, Wälder, die tückisch den Weg versperrten, verwunschene Häuser und verstörte Menschen.

»Die Zeit ist ein Quälgeist,« hauchte sie; »ich möchte, daß sie vor mir stünde, und ich könnte zusehen, wie man sie peitscht.«

Susanne neigte sich über sie und schaute sie aufmerksam an.

»Was erhoffst du eigentlich von ihm?« flüsterte sie auf einmal in zärtlichem Ton, »was bedeutet das Spiel mit ihm? Er ist der Banalste von allen. Ich habe aus seinem Mund noch nie ein Wort von Schliff und Geist gehört. Weiß er, was du bist? Nicht im Traum. Seine Träume sind gewiß so leer wie sein Kopf. Dein Tanzen gilt ihm ungefähr soviel wie einem mittleren Bürger die Sprünge einer Provinzballerine. Die Nationen liegen dir zu Füßen, während er sich zu seinem überheblichen Lächeln entschließt. Du hast der Welt eine neue Gattung Glück geschenkt, und dieser deutsche Selbstgewiß steht ahnungslos und ungebildet.«

Eva sagte: »Wenn es zu düster ist an der Nordsee, fahren wir ans Meer nach Süden.«

»Man möchte ihm in die Ohren schreien: Auf die Knie mit dir! Bete an!« eiferte sich Susanne. »Doch eher käme die Vendomesäule ins Wanken. Warum wankt er nie? Ich habe ihm geschildert, wie wir in Rußland auf Händen getragen worden sind, was für ein Taumel das war, was für Feste, was für Eruptionen von Begeisterung. Er machte ein Gesicht dazu, als läse man ihm eine mäßig interessante Nachricht aus der Zeitung vor. Ich sprach vom Großfürsten; runzle nicht die

Stirn, ich konnte nicht anders, ich wäre sonst erstickt. Der Dschingiskhan an der Kette, ein Schauspiel, bei dem jedes Herz höher schlägt; eine eiserne Barbarenseele zerschmolzen, das passiert nicht alle Tage. Fünfzig Millionen zitternde Sklaven, und das übrige nach dem Wort: Sonne stehe still zu Gideon und Mond im Tale Ajalon. Dichter könnten es nicht schöner dichten. Hättest du zugehört, wie ich ihm zu Leibe gerückt bin, du wärst erstaunt gewesen über mein Talent, Goldfäden auf Sackleinwand zu sticken. Vergebliche Mühe. Er blieb bei regelmäßigem Atem wie eine Uhr. Ein paarmal schien mir, er zucke zusammen, aber es war eine Fliege schuld, die ihn an der Nase kitzelte.«

»Ob die Toiletten aus Paris schon in Heyst sein werden?« fragte Eva. Das lange Oval ihres Gesichtes dehnte sich, die Lippen kniffen sich ein wenig ein, die weißen Zähne blitzten hervor wie frisch geschälte Mandeln.

»Warum hast du dich ihm verweigert?« fuhr Susanne fort; »was man besitzt, hat man schon besessen, aufgeschobene Lust wird Last. Sie sollen die Sprossen deiner Leiter sein, weiter nichts. Alle Seligkeit der Nächte für dich; beim ersten Hahnenschrei mögen sie sich trollen. Wodurch verdient gerade er einen Vorrang? Weil du die Laune hattest, ein Götzenbildchen aus ihm zu schnitzen? Wozu hast du ihn gerufen? Ich habe Angst. Du wirst eine Dummheit machen.«

Eva schwieg. Ihre Zungenspitze zeigte sich zwischen den Lippen, ihre Augen schlossen sich listig. Diese Miene zu verstehen glaubend, sagte Susanne: »Es ist wahr, er besitzt den wunderbaren Diamanten, um den du Tränen geweint hast; es ist wahr. Aber du brauchst nur zu befehlen, und man wird dir die Schuhe mit solchen Steinen garnieren.«

»Wann hätte ich je um einen Diamanten geweint, du Lügnerin?« fragte Eva gleichgültig. Sie richtete sich empor; ganz in durchsichtige, wehende, blütenleichte Stoffe gehüllt, glich sie einem Geist, der aus dem Nichts entstanden ist. »Wann hätte ich je um einen Diamanten geweint?« wiederholte sie und faßte Susannes Schulter an.

»Du hast es erzählt, mir selbst erzählt.«

»Ein besseres Argument hast du nicht?« Eva lachte; das Lachen war ihre sinnlichste Äußerung, wie das Lächeln ihre geistigste war.

Susanne faltete die Hände und sagte ergeben: »*Volvedme del otro lado, que de este ya estoy tostado,*« was ein spanischer Stoßseufzer war: Legt mich auf die andre Seite, denn auf dieser bin ich schon geröstet.

219

14

Das Haus, das Eva bewohnte, lag unfern vom Strand. Es war ein alter Herrensitz; Wilhelm von Oranien hatte es erbaut; bis vor wenigen Jahren hatte es der verstorbenen Herzogin von Leuchtenberg gehört.

In den von mächtigen Quadern umschlossenen Räumen fühlte sich Eva wohl. Bei Tag und Nacht vernahm sie das langgezogene Rauschen des Meeres. Sooft sie ein Buch aufschlug, um zu lesen, ließ sie es alsbald wieder sinken und lauschte.

Sie schritt durch die Zimmer mit den alten Möbeln und dunklen Gemälden, froh, sich selbst zu besitzen und ohne Qual den erwartend, der dann kam. Sie begrüßte ihn mit halbgeschlossenen Augen und mit dem Lächeln einer, die sich ergeben hat.

Susanne übte auf einem Klavier mit sordinierten Saiten. Wenn sie ihr Pensum beendigt hatte, verkroch sie sich und blieb verschwunden.

Christian und Amadeus Voß hatten sich in einer benachbarten Villa eingemietet, Voß im Erdgeschoß, Christian oben. Voß, da Christian ihn nicht forderte und hielt, ging am Morgen fort und kehrte am Abend, auch spät in der Nacht, zurück. Wo er gewesen war, was er gesehen und erlebt, darüber schwieg er.

»Einen Menschen wie mich, darf man nicht von der Kette nehmen,« sagte er am Morgen des dritten Tages zu Christian, während sie frühstückten. »Ich schlafe einen andern Schlaf, ich atme einen andern Atem. Meine Seele rast irgendwo herum, ich bin auf der Jagd nach ihr. Erst muß ich sie eingefangen haben, dann werd ich vielleicht wissen, was mit mir los ist.«

»Wir sind heute abend zum Souper bei Eva Sorel gebeten,« sagte Christian, ohne aufzublicken.

Voß machte eine ironische Verbeugung. »Dies Souper sieht für mich verdammt nach Gnadenbrot aus,« erwiderte er bissig. »Spür ich doch den Widerstand gegen mich und die Fremdheit in Fleisch und Knochen. Es ist eine ziemlich überflüssige Komödie. Was soll ich dort? Fast alle reden französisch. Ich bin ein Kleinstädter, ich bin ein Dörfler, und die Lächerlichkeit, die mir anhaftet, ist schlimmer, als wenn ich ein Mörder und Brandstifter wäre. Vielleicht entschließ ich mich zu Mord und Brandstiftung, um nicht mehr lächerlich zu sein; wer weiß.« Er öffnete den Mund zum Lachen, es kam aber kein Ton heraus.

»Mich wundert es, Amadeus, daß Sie mit Ihren Gedanken nicht von dem einen Punkt loskommen,« sagte Christian. »Glauben Sie wirklich, daß es ein so wichtiger Punkt ist, der allein den Ausschlag gibt? Niemand kümmert sich darum, ob Sie reich oder arm sind. Da Sie in meiner Gesellschaft auftreten, genießen Sie volle Gleichberechtigung, und es wäre einfach schlechter Ton, wenn irgendwer dagegen verstoßen würde. Die Gefühle, die Sie äußern, erzeugen Sie in sich selber, und, wie mir scheint, mit einer Art von Freude. Es macht Ihnen Freude, sich zu quälen, und dann rächen Sie sich an den andern. Ich hoffe, Sie nehmen mir meine Offenheit nicht übel.«

Amadeus Voß grinste. »Man möchte Ihnen manchmal die Wange tätscheln wie ein Schulmeister,« antwortete er geduckt; »das haben Sie brav gemacht, Christian Wahnschaffe, möchte man sagen. Ja ja, es war entschieden brav; brav geladen, brav geschossen, bloß schlecht gezielt. Um mich zu treffen, müssen Sie besser zielen. Eines ist wahr, die Krankheit sitzt in mir; viel zu tief, als daß sie durch ein paar billige Weisheitssprüche zu heilen wäre. Wenn mir dieser russische Fürst oder dieser spanische Legationsrat die Hand reicht, ist mir zumute, als hätt ich Banknoten gefälscht und die Sache könnte jeden Moment entdeckt werden. Wenn diese Dame an mir vorübergeht, mit ihrem unbeschreiblichen Duft und dem Rauschen von Gewändern, da schwindelt mir, als hing ich sechshundert Meter hoch über einem Abgrund, und alles in mir krümmt sich und stöhnt vor Niedrigkeit und Zertretenheit. Es krümmt sich, es krümmt sich, wie soll ichs ändern? In diesem Zeichen bin ich nun einmal geboren. Es ist nicht meine Welt, es kann nicht meine werden. Die Unteren müssen verbluten, die Oberen finden es in der Ordnung so. Ich gehöre zu den Unteren, zu denen, welchen man zuruft: Poche nur, du trüber Geist, zu denen, die man riecht wie faules Fleisch, die man meidet, die mit ewig eiternder Wunde herumgehen; zu denen gehöre ich, das ist mein Gesetz, und darüber haben Sie keine Macht, dagegen hilft keine Übereinkunft. Es ist nicht meine Welt, Wahnschaffe, und wenn Sie nicht wollen, daß ich den Verstand verliere und Unheil anrichte, so führen Sie mich tunlichst bald wieder aus ihr heraus oder schicken Sie mich fort.«

Christian, mit den Fingerspitzen über die Stirn streichend, sagte: »Geduld, Amadeus. Ich glaube, es ist auch meine Welt nicht mehr. Lassen Sie mir noch ein wenig Zeit, ich muß mir das alles erst zurechtlegen.«

Vossens Blick war saugend auf Christians Hand und Lippen geheftet. Die Worte waren ruhig hingesprochen, beinahe kühl, dennoch war etwas schwer Ringendes in ihnen, ein Ausdruck, der Voß bezwang. »Daß man dieses Weib verläßt, wenn man einmal bei ihr ist, will mir nicht einleuchten,« murmelte er mit tückischem Lauern um den Mund; »es sei denn, sie setzt einen vor die Tür.«

Christian konnte sich einer Bewegung des Widerwillens nicht enthalten. »Auf heute abend also,« beendete er das Gespräch und ging.

Eine Stunde später sah Amadeus Voß Christian und Eva am Strand. Er kam von den Dünen her, sie gingen unten, über den Schaum der letzten Wellen. Er blieb stehen, deckte die Hand über die Brille und schaute aufs Meer hinaus, als gewahre er weit draußen ein Segel. Jene sahen ihn nicht. In einem Gleichschritt, wie ihn das bewährte Einverständnis der Körper verleiht, wanderten sie dahin. Nach einer Weile blieben auch sie stehen, eng beieinander, und waren wie zwei dunkle, schlanke Säulen ins Lichtgrau von Luft und Wasser geschnitten.

Voß warf sich in das klirrende Gras und wühlte die Stirn in den Sand. So lag er viele Stunden lang.

Es kam der Abend. Das große Ereignis war, daß Eva unter ihren Gästen mit dem Diamanten Ignifer im Haar erschien. Sie trug ihn in einem kunstvoll gearbeiteten Platingestell, und er leuchtete über ihrem Haupt, abgelöst und radial entbrannt, eine geisterhafte Flamme.

Sie fühlte ihn mit jedem Herzschlag; er war ein Teil von ihr, ihre Rechtfertigung, ihre Krone. Er war nicht mehr Schmuck; er war ein aufstrahlendes und alle sofort überzeugendes Sinnbild.

Einige Sekunden lang herrschte ein fast bestürztes Schweigen. Die schöne Beatrix Vanleer, eine belgische Bildhauerin, schrie vor Erstaunen und Bewunderung laut auf.

Da verschwand das zart-trunkene Lächeln aus Evas Gesicht, und ihre Augäpfel drehten sich in die Winkel. Ihr Blick war auf Amadeus Voß gefallen. Dessen Gesicht war bläulichweiß.

Der Mund war halb offen wie bei einem Blöden, der Kopf brutal vorgestreckt, die herabhängenden Arme zuckten. Er trat langsam näher, die Augen stier auf den unsäglich glühenden Edelstein gerichtet. Die rechts und links von ihm standen machten ihm erschrocken Platz. Eva wendete das Gesicht von ihm und wich zwei Schritte zurück, Susanne tauchte neben ihr auf und breitete schützend die Arme aus, im selben

Moment ging Christian auf Amadeus Voß zu, ergriff ihn bei der Hand und zog den stumm Gehorchenden aus dem Kreis.

Christians Haltung und Miene hatten etwas unmittelbar Beruhigendes für alle Anwesenden, und es begann auch, wie wenn nichts geschehen wäre, ein lebhaftes und angeregtes Gespräch.

Voß und Christian standen auf dem steinernen Balkon. In tiefen Zügen atmete Voß die Salzluft ein. Er fragte heiser: »Ist das der Ignifer?«

Christian nickte. Er horchte gegen das Meer. Die Wogen donnerten wie von einem Berg stürzende Blöcke.

»Nun hab ich das Geschlecht begriffen,« murmelte Voß, und der Krampf in seinem Gesicht löste sich unter dem Einfluß von Christians Nähe. »Ich habe Mann und Weib begriffen. In diesem Diamanten sind eure Tränen und eure Schauder eingeschlossen, eure Wollust und eure Finsternis. Loskauf, Blendwerk, unseliges Blendwerk; Fetisch, verfluchter Fetisch! Wie ich eure Nächte spüre, Wahnschaffe, wie ich alles weiß und sehe von Ihnen und ihr, seit ich dies gleißende Mineral erblickt habe, das der Herr aus Schleim geschaffen hat wie mich und euch beide. Es ist ohne Schmerz; irdisch und ganz und gar ohne Schmerz, rein geglüht und gnadenlos. Mein Gott, mein Gott, und ich, und ich!«

Der ihm unverständliche Ausbruch erschütterte Christian. Seine Gewalt fegte den Unwillen hinweg, den die schamlose Beredsamkeit Vossens in ihm entfacht hatte. Er horchte gegen das Meer.

Voß raffte sich zusammen. Er trat an die Brüstung und sagte auffallend gefaßt: »Sie haben mir heute Geduld angeraten. Was wollten Sie damit? Es hat so allgemein und vieldeutig geklungen wie das meiste, was ich von Ihnen zu hören bekomme. Von Geduld zu reden, ist auf jeden Fall bequem. Es ist ein Luxus, den Sie sich gestatten, ein Luxus wie jeder andere, nur weniger kostspielig. Kein hassenswerteres und verächtlicheres Wort als Geduld. Es ist ein Lügenwort. Genau besehen, heißt es Feigheit, Trägheit. Was haben Sie denn vor?«

Christian gab keine Antwort, oder vielmehr, er nahm seine Antwort als gegeben an und stellte nach geraumer Weile und aus versunkenem Sinnen die Frage: »Glauben Sie, daß es etwas nützt?«

»Ich verstehe nicht …« sagte Voß und sah ihn an. »Was: nützen, wie: nützen?«

Aber Christian äußerte sich nicht weiter darüber.

Voß wollte nach Hause gehen, doch Christian bat ihn, zu bleiben. Sie kehrten zurück und gingen mit den andern in den Speisesaal.

15

Das Souper war zu Ende, die Tischgesellschaft begab sich in den Salon.

Die Unterhaltung wurde zuerst französisch geführt, dann, Mr. Bradshaw zuliebe, der diese Sprache nicht beherrschte, deutsch.

Der Amerikaner lenkte das Gespräch auf die aussterbenden Völkerschaften der neuen Welt und die Tragik ihres Untergangs. Von Eva aufgefordert, erzählte er ein Erlebnis, das er bei den Navajosindianern gehabt.

Der Stamm der Navajos hatte sich dem Christentum und den damit verbundenen Zivilisationsbestrebungen am längsten widersetzt. Um sie gefügig zu machen, verbot ihnen die Bundesregierung den Jahrtausende alten Yabe-Chi-Tanz, die feierlichste Übung ihres Kultus. Der Kommissär, der den Befehl auszuführen hatte und in dessen Begleitung sich Mr. Bradshaw befand, erteilte auf die flehentliche Bitte der Häuptlinge die Erlaubnis zur Abhaltung eines letzten Tanzes. Um Mitternacht, beim Schein der Lagerfeuer und Holzfackeln, traten die grellgeputzten und -bemalten Sänger und Tänzer auf. Die Sänger sangen ihre Lieder, die die Schicksale dreier Helden schilderten, welche in die Gewalt eines feindlichen Stammes geraten und durch den Gott Ya befreit worden sind. Der Gott lehrt sie, auf dem Blitz zu reiten; sie flüchten in die Höhle der Grizzlybären und von dort in das Reich der Schmetterlingskönigin. Die Tänze stellten die sagenhafte Begebenheit sinnlich dar. Während nun die Felsengebirge von den Gesängen widerhallten und die fratzenhaften Tänze in der Purpurglut sich zum Ausdruck der Verzweiflung steigerten, brach ein gewaltiges Unwetter los. Wolkenbrüche stürzten herab, die binnen einer Viertelstunde die ausgetrockneten Flußläufe mit brüllenden Fluten füllten; die Feuer verloschen, die Medizinmänner beteten mit erhobenen Armen, und die Sänger und Tänzer, im Glauben, der Gott sei ergrimmt, weil sie bereit gewesen waren, auf den heiligen Tanz zu verzichten, suchten in schmerzlicher Wildheit freiwillig den Tod in den rasenden Gewässern, die ihre Leichname hinunter in die Ebene trugen.

Als Mr. Bradshaw schwieg, sagte Eva: »Götter sind rachsüchtig; die friedlichsten noch verteidigen ihren Sitz.«

»Eine heidnische Anschauung das,« ließ sich scharf und herausfordernd die Stimme Amadeus Voß' vernehmen; »es gibt keine Götter. Götzen gibt es, allerdings, und Götzen soll man zerschlagen.« Er schaute sich trotzig um und fügte schleppend hinzu: »Denn der Herr sprach: es kann mich der Mensch nicht ansehen und dann noch leben.«

Man lächelte. Der Marques Tavera hatte nicht verstanden und wandte sich an Wiguniewski; dieser flüsterte ihm ein paar französische Worte zu, und nun lächelte auch der Marques, mitleidig und boshaft.

Voß erhob sich mit zerquältem Gesicht. Die Heiterkeit in allen Mienen war eine Züchtigung für ihn. Aus den glitzernden Brillengläsern schoß ein giftiger Blick in die Richtung, wo Eva saß, und verstört sagte er: »An der gleichen Stelle der Schrift heißt es auch: Lege deinen Schmuck ab, Volk Israel, und ich will sehen, was ich aus dir mache. Da ist kein Platz für Deutung.«

Er kann die Augen nicht entsühnen, dachte Christian und wich dem auf ihn gerichteten Blick Evas aus.

Amadeus Voß verließ die Gesellschaft. Auf der Straße rannte er mit den Händen an den Schläfen wie gehetzt. Der steife englische Hut war in den Nacken zurückgeschoben. In seinem Zimmer angelangt, öffnete er den Reisekoffer und nahm ein Paket Briefe heraus. Es waren die gestohlenen Briefe der unbekannten F. Er setzte sich zur Lampe und las mit gespannter Aufmerksamkeit und brennender Stirn. Es war nicht die erste Nacht, die er dieser Beschäftigung widmete.

Als Eva mit Christian allein war, fragte sie: »Warum bist du mit diesem Mann gekommen?«

Er hob sie lachend auf seine Arme und trug sie durch viele Räume, erst durch erhellte, dann durch dunkle.

»Das Meer schreit,« stammelte ihr Mund an seinem Ohr.

Er wünschte, alle andern Laute möchten sterben außer dem Donnern des Meeres und der sinnlich jungen Stimme an seinem Ohr. Er wünschte, er hätte damit die Unruhe ersticken können, die ihn mitten in Umarmungen überfiel und ihn, wenn das Bewußtsein wiederkehrte, nach neuen Umarmungen durstig machte.

Der heiße, schlanke Leib loderte an ihm empor, und er vernahm die Klage einer fremden Stimme: Was sollen wir tun?

»Warum bist du mit diesem Mann gekommen?« fragte Eva in tiefer Nacht, zwischen Schlaf und Schlaf, zwischen Umarmung und Umarmung, glühend und ermattet. »Ich ertrag ihn nicht. Seine Stirn ist immer naß von Schweiß. Er ist aus einer finstern Welt.«

225

Im Zimmer herrschte bläuliche Dämmerung, hervorgebracht von einem blauen Licht in blauer Schale, und vor den Fenstern war bläuliche Dunkelheit.

»Weshalb antwortest du nicht?« drängte sie und richtete sich auf, das bleiche Gesicht in einer braunen Wildnis von Haaren.

Er wußte keine Antwort. Er fürchtete das Ungenügende einer jeden wie auch den Widerspruch, den sie finden würde.

»Was ists mit diesem Voß, was ists mit dir, Lieber?« rief Eva, zog ihn an sich, klammerte sich an ihn und küßte seine Augen, als wolle sie sie austrinken.

»Ich will ihn bitten, deine Nähe zu meiden,« sagte Christian, und er sah auf einmal sich und Voß auf dem Bauernhof in Nettersheim, sah die knienden Knechte und Mägde, die alte, rostige Laterne, die tote Magd und den Schreiner, der das Maß zum Sarg nahm.

»Sag mir, was du an ihm hast,« flüsterte Eva; »plötzlich ist mir: ich spür dich nicht. Wo bist du, Lieber? Sprich mit mir, mein Freund.«

»Du hättest mich damals in Paris nehmen sollen,« sagte Christian leise und legte die Wange auf ihre Brust; »damals, als ich mit Crammon zu dir kam.«

»Sprich nur,« versetzte Eva hauchend, sehr bemüht, ihren Schrecken zu verbergen, »sprich nur.«

Ihre Augen glänzten feucht, ihre Haut glich weißleuchtendem Atlas; ihr Gesicht hatte im Zwielicht eine vergeistigte Magerkeit; die beherrschte Anmut der Gebärde unterwarf die Stunde; das Lächeln war tiefsinnig täuschendes Spiel; alles war Spiel, Spiegelung, Entrückung, unerwartete Zauberei. Christian schaute sie an.

»Erinnerst du dich an ein Wort, das du mir einmal sagtest?« sprach er. »Du sagtest, Liebe ist eine Kunst wie die Musik und die Poesie, und wer sie anders versteht, der findet keine Gnade. Hab ichs richtig behalten?«

»Sprich nur, sprich, mein Liebling.«

Er hielt sie in den Armen, und das Leben ihres Körpers, die Wärme, das Blutwissen und die ihm begegnende Bewegung erleichterten ihm die Rede. »Nun sieh,« fuhr er bedächtig fort und liebkoste ihre Hand, »ich habe Frauen nur genossen. Nur genossen, nichts weiter. Ich wußte nichts von Liebe, die Kunst ist. Ich habe es leicht gehabt mit ihnen. Sie beteten mich an, da war keine Mühe. Sie legten mir keine Hindernisse in den Weg, und ich bin über sie hinweggegangen. Man hat mir keine Aufgaben gestellt, sie waren froh, wenn ich nur mit ihnen zufrieden war. Aber du, Eva, du bist mit mir nicht zufrieden. Du siehst mich an und prüfst und läßt mich nicht aus den Augen. Du bleibst wachsam, ob wir auch noch so tief hinuntersinken, dorthin, wo man nicht mehr weiß und denkt; du bleibst wachsam, weil du mit mir nicht zufrieden bist. Ist das nun ein Irrtum, ein falsches Gefühl?«

»Es ist so spät in der Nacht,« sagte Eva, beugte den Kopf aufs Kissen zurück und schloß die Augen. Sie lauschte dem verlorenen Nachhall seiner Stimme und war vor Beklommenheit fast ohne Atem.

16

Es war in einer andern Nacht. Sie hatten viel gescherzt und einander heitere Dinge erzählt, und endlich waren sie müde geworden.

Da sah Christian in der Dunkelheit vor den Fenstern die Gestalt seines Vaters, daneben die Hündin Freia. Der Vater hatte den Schritt eines einsamen Mannes. Niemals war Christian diese Einsamkeit so augenscheinlich gewesen. Das Tier war sein einziger Gefährte. Er hatte Umschau gehalten nach einem andern Gefährten, doch keiner hatte ihn begleiten gewollt.

Wie ist das möglich? dachte Christian.

Seine Sinne verloren sich in eine Art von Halbschlummer, während er Evas schönen Körper hielt, der glatt und kühl wie Elfenbein war. In diesem Halbschlummer, oder was es war, tauchten sein Bruder, seine Schwester, seine Mutter auf, und um jeden von ihnen war dieselbe Einsamkeit und Verlassenheit.

Wie ist das möglich? dachte Christian, ihr Leben ist zum Ersticken voll von Menschen.

Aber ist denn nicht auch dein Leben zum Ersticken voll von Menschen, antwortete er sich, und fühlst du nicht auch diese Einsamkeit und Verlassenheit? Woher kommt das? Was ist schuld?

Nun senkte sich ein dunkler Gegenstand über ihn. Es war ein Mantel; ein nasser triefender Mantel. Gleichzeitig rief ihm jemand zu: Steh auf, Christian, steh auf! Er vermochte nicht aufzustehen, die elfenbeinernen Arme ließen ihn nicht los.

Auf einmal gewahrte er Lätizia. Sie fragte nur das eine Wort: warum? Es dünkte ihm, während er schlief oder vielleicht auch nicht schlief, daß er sich für Lätizia hätte entscheiden sollen, die verurteilt war, mit ihren Träumen (und nur von Träumen lebte sie, von Einbildungen und Fiktionen) das Opfer der gemeinen Wirklichkeit zu werden. Ihm dünkte, als spräche Lätizia, auf Eva weisend: Was willst du bei dieser? Sie weiß nichts von dir, sie lebt und webt für sich. Sie ist ehrgeizig, bei ihr kannst du nicht Hilfe finden in deinem Leiden. Denn nur um dein Leiden zu vergessen und zu betäuben, verschwendest du dich an sie.

Christian erstaunte darüber, daß Lätizia so weise war. Er war fast geneigt, ihre Weisheit zu belächeln. Gleichwohl wußte er nun, daß er litt. Es war ein Leiden von unergründlicher Beschaffenheit, das von Tag zu Tag, von Stunde zu Stunde größer wurde wie eine um sich fressende Wunde.

Sein Kopf lag auf der Schulter seiner Geliebten; ihre kleinen Brüste ragten aus violetten Schatten empor und hatten einen zitternden Kontur. Er fühlte ihre Schönheit durch und durch, ihre Seltsamkeit, ihre Leichtigkeit. Er fühlte, daß er sie mit allen Gedanken und bis in die letzten Adern liebte, aber daß er trotzdem keine Hilfe bei ihr finden konnte.

Abermals rief es: Steh auf, Christian, steh auf! Er vermochte nicht aufzustehen. Er liebte dieses Weib und fürchtete sich vor dem Leben ohne sie.

Die Morgendämmerung meldete sich schon, als ihm Eva das Gesicht zuwandte. »Wo bist du?« fragte sie; »wo schaust du hin?«

Er antwortete: »Ich bin bei dir.

Bis in deine letzten Gedanken?

Ich weiß nicht, ob bis in die letzten Gedanken. Ich kenne meine letzten Gedanken nicht.

Ich will dich aber ganz. Mit jedem Atemzug. Ich habe dich nicht ganz.«

»Und du,« fragte Christian ausweichend, »bist du denn ganz bei mir?«

Sie antwortete leidenschaftlich und mit herrschsüchtigem Lächeln, indem sie sich über ihn warf: »Du gehörst mir mehr, als ich dir gehöre.

Warum?

Erschrickst du? Bist du geizig mit dir? Ja, du gehörst mir mehr. Ich habe dich entzaubert. Ich habe deine steinerne Seele aufgeweicht.«

»Meine Seele aufgeweicht ...« wiederholte Christian verwundert.

»Gewiß, Liebling, weißt du nicht, daß ich eine Zauberin bin? Ich habe Gewalt über den Fisch im Wasser, das Pferd auf der Erde, den

Geier in der Luft und die unsichtbaren Daevas, wie es in der persischen Schrift heißt. Ich kann mit dir machen, was ich will, und du mußt dich fügen.«

»Das ist wahr,« bekannte Christian.

»Aber deine Seele schaut mich nicht an,« fuhr Eva, ihn umschlingend, fort, »es ist eine fremde Seele, eine dunkle, feindliche, unbekannte.«

»Vielleicht mißbrauchst du die Gewalt, die du über sie hast, und sie wehrt sich.«

»Sie soll gehorchen, nichts weiter.«

»Vielleicht ist sie deiner nicht ganz sicher.«

»Ich kann ihr nur die Sicherheit der Stunde geben. Die Stunde selbst liegt in ihrer Macht.«

»Was hast du vor?«

»Frag mich nicht. Laß mich nicht aus deinen Gedanken, nicht eine Sekunde lang aus deinem Gefühl, sonst haben wir uns verloren. Halt mich fest mit deiner ganzen Kraft.«

Christian antwortete: »Es kommt mir vor, als sollt ich wissen, was du meinst. Aber ich will es nicht wissen. Sieh mal, ich … du … es ist alles zu gering;« er schüttelte den Kopf, »alles zu gering.«

»Was willst du damit sagen: alles zu gering?« rief Eva erschrocken. Sie hatte beide Hände um seine Rechte gepreßt und sah gespannt in sein Gesicht.

»Alles zu gering,« beharrte Christian, als fände er keine andern Worte.

Er überdachte das Gehörte und Gesagte noch einmal mit der ihm eignen Skepsis und Hartnäckigkeit, dann stand er auf und sagte der Freundin gute Nacht.

17

Edgar Lorm spielte in Karlsruhe. Es war an einem Abend, wo er das Tempo gejagt und seinem Haß gegen Rolle, Stück, Partner und Publikum so deutlichen Ausdruck verliehen hatte, daß nach dem letzten Akt gezischt worden war.

»Ich bin ein armes Luder,« sagte er zu den Kollegen, mit denen er in einem Restaurant zur Nacht speiste. »Ein Komödiant ist ein armes Luder.« Er sah sie alle, die Reihe um, verächtlich an und schmatzte mit den Lippen.

»Man stand in besserem Einklang mit sich selbst in jenen Zeiten, da man unsereinen noch als Wäschedieb fürchtete und die kleinen Kinder mit unsern Namen schreckte. Findet ihr nicht? Oder ist euch wohl in euerm Stall?«

Die Runde schwieg ehrfürchtig, denn er war der berühmte Gast, der volle Häuser machte und vor dem der Direktor und die Rezensenten krochen.

Staub wirbelte in den Straßen, Sommerstaub, als er in sein Hotel ging. Wie öde mir ist, dachte er und schüttelte sich. Aber sein Schritt war leicht und frei wie der eines jungen Jägers.

Als er seinen Schlüssel in Empfang genommen hatte und sich zur Treppe wandte, stand plötzlich Judith Imhof vor ihm. Er zuckte auf und zurück.

»Ich bin bereit, arm zu sein,« sagte sie, fast ohne die Lippen zu bewegen.

»Sie haben hier Geschäfte, gnädige Frau?« fragte Lorm mit heller, kalter Stimme. »Jedenfalls erwarten Sie den Herrn Gemahl –?«

»Ich habe niemand erwartet als Sie und bin allein,« antwortete Judith, und ihre Augen blitzten.

Er besann sich mit verkniffenem Gesicht, das ihn alt und häßlich machte. Eine Gebärde lud sie ein, ihm zu folgen, und sie traten in das leere Lesezimmer. Eine einzige Flamme brannte über dem mit Zeitungen bedeckten Tisch. Sie ließen sich in zwei Ledersesseln nieder. Judith fingerte nervös an ihrem goldenen Handtäschchen. Sie war im Reisekleid und hatte ermüdete Züge.

»Vor allem: was ist noch zu verhindern an Tollheiten?« begann Lorm das Gespräch.

»Nichts,« erwiderte Judith frostig. »Wenn die Bedingung, die Sie gestellt haben, nur ein Abschreckungsmittel war und Sie sich feig von ihr lossagen im Moment, wo sie erfüllt wird, dann habe ich mich natürlich getäuscht, und ich habe hier nichts mehr zu suchen. Mich mit wohlmeinenden Reden zu verschonen, darf ich Sie ja um der Sache willen bitten, die mir ernst war.«

»Scharf, Frau Judith, und bitter, doch allzu ungestüm,« versetzte Lorm mit ruhiger Ironie. »Ich bin ein abgebrühter Mann, reichlich bei Jahren, und habe zuviel erlebt, um noch mit Romeohitze selbst die köstlichsten Überraschungen, die eine Frau für mich bereit hält, zu begrüßen. Lassen Sie uns über das, was Sie getan haben, wie zwei gute Freunde sprechen, und vertagen Sie das Urteil über mein Verhalten.«

Judith hatte an ihren Vater geschrieben und ihm mitgeteilt, er möge über die jährliche Rente, die er ihr bei ihrer Verheiratung ausgesetzt, anderweitig verfügen; sie habe den Entschluß gefaßt, sich von Felix Imhof scheiden zu lassen und folge einem Manne, dessen ausdrücklicher Wunsch es sei, daß sie auf ihr Vermögen verzichte. Zugleich hatte sie eine notariell beglaubigte Erklärung abgefaßt, die sie bei sich trug, um sie Lorm zu zeigen, und die sie dann erst an ihren Vater schicken wollte. So berichtete sie mit Gelassenheit. Felix hatte bei ihrer Abreise von ihrem Vorhaben noch nichts gewußt. Sie hatte einen Brief für ihn seinem Diener übergeben, das war alles. »Auseinandersetzungen in einer solchen Situation haben keinen Zweck,« sagte sie; »einem Mann, den man verläßt, die Gründe zu nennen, warum man ihn verläßt, das wäre so töricht, als wollte man den Zeiger auf dem Zifferblatt zurückdrehen, damit eine vergangene Stunde wiederkommt. Er weiß, wo ich bin und was ich will, das genügt. Im übrigen ist es keine Affäre für ihn; besser gesagt, es gibt so viele Affären in seinem Leben, daß eine mehr oder weniger nichts ausmacht.«

Lorm saß da, den Kopf weit vorgebeugt, das Kinn auf den Perlmuttergriff seines Stocks gestützt. Seine sorgfältig gescheitelten, noch ziemlich dichten, braunen Haare glänzten von Öl; seine Brauen waren zusammengezogen, in den Falten um die Nase und den zerarbeiteten Mund lag Freudlosigkeit.

Ein Kellner erschien in der Tür und verschwand wieder.

»Sie wissen nicht, was Sie auf sich nehmen wollen, Judith,« sagte Edgar Lorm und wippte leise mit den Füßen.

»So entdecken Sie es mir, daß ich mich danach einrichte,« entgegnete Judith leichtsinnig.

»Ich bin ein Komödiant,« sagte er beinahe drohend.

»Das weiß ich.«

Er legte den Stock auf den Tisch und verschränkte die Finger. »Ich bin ein Komödiant,« wiederholte er, und sein Gesicht wurde maskenhaft; »als solcher bin ich genötigt, die menschliche Natur in ihren extremsten Äußerungen vorzuführen. Das Bestechende beruht in einer auf den engsten Kreis projizierten Leidenschaftlichkeit und Konsequenz, die sich im wirklichen Leben niemals oder nur sehr selten finden. Es ereignet sich daher immer wieder, und diese Täuschung scheint ein verhängnisvolles Gesetz zu sein, daß man meine Person, diesen hier sitzenden Edgar Lorm, mit einem Rahmen umgibt, ungefähr so passend wie ein gotisches Kirchenfenster für eine Miniatur. Die weitere Folge ist, daß mir die Befestigungen und Vernietungen gegen die bürgerliche Existenz fehlen und alle Versuche, mich in ein harmonisches Verhältnis zu ihr zu bringen, kläglich scheitern. Ich zapple unter einer luftleeren Glasglocke. Was ich mache, ist aufgetriebener Schaum. Es soll Menschen mit einem Doppelleben geben; ich habe ein halbiertes, ein geviertelltes, im Grunde ein erloschenes. Ich verabscheue diesen Beruf. Ich übe ihn aus, weil ich keinen andern habe. Ich möchte Bibliothekar sein, in Diensten eines großen Herrn, der mich ungeschoren ließe; oder Besitzer eines Meierhofs in einem Schweizer Tal. Ich rede nicht von dem, was beim Theater nebenher läuft, an Eklem und Abstoßendem; von dem Narrenzug der Lügen und Eitelkeiten. Auch müssen Sie nicht glauben, daß ich das übliche Klagelied des verwöhnten Mimen absingen will, das aus Selbstüberschätzung und koketter Sucht nach Widerspruch gebraut ist. Mein Leiden liegt etwas tiefer. Der Krankheitserreger, wenn ich so sagen darf, ist das Wort. Mein Leiden stammt vom Wort. Es hat einen mörderischen Vergiftungs- und Entseelungsprozeß in mir verursacht. Was für ein Wort? werden Sie fragen. Nun, das Wort zwischen Mensch und Mensch, zwischen Mann und Weib, zwischen Freund und Freund, zwischen mir und der Welt. Dasselbe Wort, das zu äußern Ihnen natürlich ist, bei mir ist es schon durch alle Register der Sprache und alle Temperaturen des Geistes gegangen. Sie gebrauchen es wie der Bauer die Sense, wie der Schneider die Nadel, wie ein Soldat seine Waffe. Für mich ist es ein Requisit, ein Scheinding, eine Molluske, ein Schalleffekt, ein tausendfach veränderliches Etwas ohne Umriß und ohne Kern. Ich schreie es, flüstre es, stammle es, krächze es, flöte es, treibe es auf, fülle das sinnlose mit Sinn, werde vom erhabenen zu Boden gedrückt: seit fünfundzwanzig Jahren. Es hat mich zerrieben; es hat mir den Gaumen gesprengt und den Brustkasten ausgehöhlt. Es ist, wenn auch noch so wahr, zuletzt doch unwahr; für mich unwahr. Es tyrannisiert mich, es martert mich, es flackert durch Wände und erinnert an Ohnmacht und unbelohnte Hingabe; es verwandelt mich in eine hilflose Puppe. Kann ich je sprechen: ich liebe, ohne mich bis in die Eingeweide zu schämen? Was bedeutet es nicht alles dies: ich liebe! Was hat es mir nicht alles bedeuten müssen! Immer wieder sieht der vorschriftsmäßig beleuchtete Pappendeckel vom Zuschauerraum wie eine echte Krone aus. Ich bin, genau betrachtet, ein verzweifelter Mensch. Ich bin ein Mensch, der Schiffbruch gelitten hat am Wort. Es klingt wunderlich, aber es ist so. Vielleicht ist der Schauspieler der verzweifelte Mensch schlechthin.«

Judith sah ziemlich verständnislos drein. »Wir werden uns, vermute ich, einander mit Worten wenig quälen,« sagte sie, nur um etwas zu sagen.

Edgar Lorm fand aber die Bemerkung sein und nickte ihr dankbar zu. »Das wäre allerdings ein Zustand, aufs innigste zu wünschen,« entgegnete er in seiner prinzlichen Weise; »denn sehen Sie: Wort und Gefühl, das sind Geschwister. Was zu sagen mich widert, empfinde ich auch verfilzt und schmacklos. Man müßte stumm sein wie das Schicksal. Möglich, daß ich für die wirklichen Erlebnisse schon verdorben bin; ausgelaugt. Ich habe verdammt geringes Zutrauen zu mir und bemitleide die Hand, die sich meiner annimmt. Na, wie dem immer sei,« schloß er und schnellte elastisch auf, »auch ich bin bereit.«

Er streckte ihr die Rechte hin wie einem Kameraden. Entzückt von der Lebhaftigkeit und ritterlichen Anmut der Bewegung, schlug Judith lächelnd ein.

»Wo sind Sie abgestiegen?« fragte er.

»Hier im Hause.«

Unbefangen plaudernd begleitete er sie bis an ihr Zimmer.

18

Am andern Nachmittag erschien plötzlich Felix Imhof im Hotel. Er schickte Judith seine Karte und wartete in der Halle, das dünne Spazierstöckchen im Auf- und Abgehen nachlässig schlenkernd, die Negerlippen zum Pfeifen gespitzt, das Hirn beladen mit Gedanken an Geschäfte, Spekulationen, Kurszettel, hundert Beziehungen und hundert Verabredungen. Aber sooft er an dem großen Glasfenster vorüberkam, warf er neugierige und lachende Blicke auf die Straße, wo sich zwei Knaben balgten.

Bisweilen nur verfinsterte sich sein Gesicht, und ein Krampf überflog es.

Der Boy meldete, die gnädige Frau lasse bitten.

Judith empfing ihn verwundert. Er begann sofort mit Eifer auf sie einzureden. »Ich habe in Liverpool zu tun und wollte dich noch mal sehen,« sagte er. »Es sind so viele Leute gekommen, die Anliegen an dich hatten; du wurdest eingeladen, man hat telephoniert, die Modistin war da, es kamen Briefe, ich wußte mir nicht zu helfen. Ich kann doch nicht jedem auf die Nase binden: meine Frau hat sich soeben französisch empfohlen für immer. Da ist dies und jenes; du mußt mich informieren, sonst gibts Verwirrung.«

Sie sprachen eine Weile über die Belanglosigkeiten, von denen er behauptete, daß sie ihn hergeführt. »Heute morgen war ich noch in Audienz beim Regenten,« erzählte er; »er hat mir gestern den persönlichen Adel verliehen.«

Judith errötete und hatte den Ausdruck einer Hypnotisierten, die sich an den Wachzustand erinnert.

Felix Imhof beklopfte mit dem Stöckchen seine klassisch gebügelte Hose. »Verzeih die Kritik,« sagte er, »aber meines Erachtens war die Sache besser anzupacken, als wie du sie behandelt hast. So Knall und Fall das Weite zu suchen, nee, das war nicht das Richtige. Eigentlich ein bißchen unter dem Niveau. Eigentlich nicht ganz fair.«

»Unvermeidliches muß schnell geschehen,« erwiderte Judith achselzuckend; »übrigens hat ja deine Seelenruhe nicht besonders darunter gelitten, wie ich merke.«

»Bah, Seelenruhe; das kommt gar nicht in Frage.« Er stand, nach seiner Gewohnheit, mit gegrätschten Beinen, wiegte sich und betrachtete seine glänzenden Lackstiefel. »Seelenruhe, was hat das damit zu schaffen? Aber wir sind ja Leute von Kultur. Ich bin kein Tiger, ich bin kein Philister. Welche Menschlichkeit fände mich unzugänglich? Du kennst mich eben nicht. Was mich freilich nicht erstaunt, denn wie und wo und wann hätten wir uns kennenlernen sollen? Die Ehe gab uns keine Gelegenheit dazu. Wir müssen das nachholen. Gestatte mir, diesen Wunsch in mein neues Junggesellenleben hinüberzuretten. Versprich mir, daß du mich künftig nicht so planvoll meiden wirst wie während der acht Monate unsres Zusammenlebens.«

»Wenn dir daran liegt, mit Vergnügen, lieber Freund,« antwortete Judith gutgelaunt.

So schieden sie voneinander.

Eine Stunde später saß Felix Imhof im Eisenbahnzug. Er starrte mit hervorquellenden Augen in die Landschaft, bis es finster wurde. Ihn verlangte nach Gesprächen, nach Wortgefechten, nach Entladungen. Mit verzogener Stirn musterte er die fremden Menschen, die nichts von ihm wußten, nichts von seiner Fülle, seinen umwälzenden Ideen, seinen weitgreifenden Plänen.

In Düsseldorf verließ er den Zug. Er hatte sich in letzter Minute hiezu entschlossen. Sein Handgepäck gab er zur Aufbewahrung, dann ging er durch mitternächtig düstere, alte Straßen, mit gebauschtem Mantel, hager.

Vor einem uralten Gebäude blieb er stehen. In diesem hatte er seine Jugend verlebt. Alle Fenster waren schwarz. »Hallo, Junge!« schrie er zu einem Fenster hinauf, hinter welchem er einst geschlafen hatte. Es echote von den Mauern. »Hallo, Junge, du Ohnename, wo kommst du eigentlich her?« sprach er. Er pflegte oft von sich zu sagen: »Ich bin von dunkler Geburt wie Caspar Hauser.«

Aber ihn drückte kein Geheimnis, nicht einmal das der unbekannten Herkunft. Er war ein Geheimnisloser, ein Aufgerissener, ganz neunzehnhundertfünf.

Er betrat ein Haus, zu dem er den Weg wußte seit den Gymnasialzeiten. In einem Saal, dessen Wände mit verschmierten Spiegeln bedeckt waren, befanden sich fünfzehn bis zwanzig halbentkleidete Mädchen. Er setzte sich in Hut und Mantel ans Klavier und spielte dilettantenhaft rauschend.

»Mädels, ich habe einen Zorn in mir,« sagte er. Und die Mädchen trieben Schabernack mit ihm, indes er spielte. Sie hingen ihm einen purpurroten Schal um die Schultern und tanzten um ihn herum.

»Ich hab einen Zorn in mir, Mädels, ich muß ihn hinunterspülen,« sagte er und ließ Sekt auftragen, daß sich der Tisch bog.

Die Türen wurden versperrt. Die Mädchen jauchzten.

»Tut etwas, um meinen Gram zu mildern, Mädels,« forderte er sie auf, stellte ihrer ein halbes Dutzend in eine Reihe, befahl ihnen, den Mund zu öffnen und steckte jeder einen Hundertmarkschein, wie eine Zigarette gerollt, zwischen die Zähne. Sie erstickten ihn schier mit Liebkosungen.

Und er trank, bis er die Besinnung verlor.

19

Christian konnte nicht sein ohne Eva. Wenn er sie für kurze Zeit verließ, wurde es dunkel um ihn.

Von ihm zu ihr war alles wie Abschiednehmen. Ging er an ihrer Seite, so war es wie zum letztenmal. Jedes Händereichen und Tauschen von Blicken hatte den Schmelz und Schmerz des letzten Mals.

Demgemäß war auch seine Liebe zu ihr beschaffen. Es war eine anklammernde, darbietende, geduldige, nicht selten sogar gehorsame Liebe.

Es drückte sich in der Art aus, wie er ihr den Mantel hielt, in den sie schlüpfte; wie er ihr das Glas gab, aus dem sie zu trinken verlangte; wie er ihr den Arm zur Stütze ließ, wenn sie müde war; wie er auf sie wartete, wenn sie später an einen Ort kam als er.

Sie spürte es oft, und sie fragte ihn. Er wußte nicht darauf zu antworten. Er hätte vielleicht seine Empfindung des Abschieds ungefähr umschreiben können, aber was dann kommen sollte, nach dem Abschied, hätte er nicht zu sagen vermocht.

Es war ihm auch klar, daß es sich nicht allein um den Abschied von ihr handelte, sondern von allem, was ihm bisher teuer, angenehm und unentbehrlich gewesen war. Aber sonst begriff er nichts, hatte keinen Plan und grübelte auch nicht über einen.

Er war so ohne Begehrlichkeit und Forderung, daß sich Eva zu hundert Wünschen hinreißen ließ und zornig wurde, wenn keiner unerfüllt blieb. Sie wollte aufs Meer; er mietete eine Jacht, und sie fuhren vierzehn Tage lang auf dem Atlantischen Ozean umher. Sie hatte Sehnsucht nach Paris, und er fuhr mit ihr im Auto nach Paris. Sie speisten bei Foyot in der Rue de Tournon, wohin sie ihre Freunde, Schriftsteller, Maler, Musiker bestellt hatte, und am andern Tag kehrten sie zurück. Es wurde von einem Schloß in der Normandie gesprochen, das wie ein Traum vom frühen Mittelalter sei. Sie wollte es sehen, bei Mondschein wollte sie es sehen, und die Reise wurde angetreten, als es Vollmond war und auf wolkenlose Nächte gehofft werden konnte. Dann lockte die Kathedrale von Rouen; dann die berühmte Rosenzucht, die ein Baron Zerkaulen in der Nähe von Gent besaß; dann ein Ausflug in die Ardennen; dann ein Sonnenuntergang an der Zuidersee; dann ein Spazierritt im Park von Richmond; dann ein Rembrandt im Haag; dann ein festlicher Umzug in Antwerpen.

»Wirst du niemals müde?« fragte Christian eines Tages mit seinem unbestimmten Lächeln, das wie Falschheit wirkte.

Eva antwortete: »Die Welt ist groß, die Jugend ist kurz. Das Schöne will zu mir, für mich ist es da, ohne mich stirbt es. Seit ich den Ignifer besitze, ist mein Hunger gar nicht mehr zu stillen. Er leuchtet über meine Erde und macht mir alle Wege leicht. Du siehst nun, was du getan hast, Lieber.«

»Hüte dich vor dem Ignifer,« sagte Christian mit demselben, scheinbar verschlagenen Lächeln.

»Fjodor Szilaghin ist angekommen,« sagte Eva, und ihre Lider senkten sich schwer.

»Es sind ja so viele da,« erwiderte Christian; »ich kenne die meisten nicht.«

»Du siehst keinen, aber alle sehen dich,« sagte Eva. »Alle staunen dir nach. Alle fragen: Wer mag der Schlanke, Vornehme sein, mit den weißen Zähnen und blauen Augen, wer mag es sein? Hörst du nicht das Gewisper? Sie machen mich eitel.«

»Was wissen sie von mir? Laß sie doch.«

»Die Frauen erbleichen, wenn du kommst. Gestern sah ich auf der Promenade eine junge Blumenverkäuferin, eine Flamin. Sie schaute dir nach, und dann fing sie an zu singen. Hast dus nicht gehört?«

»Nein. Was war es für ein Lied?«

Eva verdeckte die Augen mit der Hand und sang leise, mit halb leidvollem, halb schalkhaftem Ausdruck um den Mund: »*Où sont nos amoureuses? / Elles sont au tombeau / Dans un séjour plus beau / Elles sont heureuses / Elles sont près des anges / Au fond du ciel bleu / Où elles chantent les louanges / De la Mère de Dieu.* / Es griff mir an die Seele, und ich haßte dich eine Minute lang. Wieviel Empfindung strömt aus Menschenherzen und findet kein Gefäß!«

Plötzlich erhob sie sich: »Fjodor Szilaghin ist da,« sagte sie mit brennendem Blick.

Christian ging zum Fenster. »Es regnet,« sagte er.

Da verließ Eva das Zimmer, indem sie mit erstickter Stimme sang: »*Où sont nos amoureuses? / Elles sont au tombeau.*«

Am Abend gingen sie den Strand hinab. »Ich habe das Fräulein Gamaleja gesehen,« erzählte Eva. »Fjodor Szilaghin hat sie mir vorgestellt. Sie ist seine Geliebte. Eine Tatarin. Schön wie eine Giftschlange. Seltsam wie unbekannte Landschaften, die man träumt. Sie maß mich, und wir rangen heimlich miteinander. Wir sprachen von Marie Bashkirtseff und ihrem Tagebuch. Sie meinte, solche Wesen müßten bei der Geburt erdrosselt werden. Aber ich seh dirs an, mein armer Freund, daß du nicht weißt, wer Marie Bashkirtseff war. Nun, eine von den

Frauen, die um ein Jahrhundert zu früh gelebt haben und die erfrieren müssen wie Blumen im Februar.«

Christian schwieg. Er dachte an die Gesichter der toten Fischer, die er in der Nacht zuvor gesehen.

»Fräulein Gamaleja brachte mir aus London Grüße vom Großfürsten,« fuhr Eva fort. »Er wird in einer Woche hier sein.«

Christian schwieg. Zwölf Frauen und neunzehn Kinder waren um die Leichen der Fischer herumgestanden, alle dürftig gekleidet, alle in eisigen Schmerz versunken.

Als sie weiter gingen und sich vom Lärm der Wogen entfernten, sagte Eva: »Warum lachst du nicht? Hast du das Lachen verlernt?« Es war wie ein Aufschrei.

Christian schwieg.

»Morgen ist Jahrmarkt in Dudzeele,« sagte Eva hastig und griff nach ihrem Schleier, der in der Luft wehte, »komm mit mir nach Dudzeele. Pulcinell spielt. Wir wollen lachen, Christian, wir wollen lachen.«

»In der letzten Nacht war ein Sturm,« berichtete Christian; »du weißt es, wir waren ja lange in den Dünen oben. Gegen Morgen bin ich noch einmal an den Strand gegangen, denn ich konnte nicht schlafen. Gerade als ich kam, trugen sie die angeschwemmten Leichen von den Fischern weg. Drei Boote waren in der Nacht zerschellt, ganz nah vom Molo, man hatte ihnen keine Hilfe bringen können. Sieben Männer trugen sie auf Bahren in die Totenkammer. Einige Leute gingen mit, lauter armes Volk, und da ging ich auch mit. Dort in der Totenkammer brannte eine Laterne, und wie sie die nassen Leichen hinlegten, sammelte sich eine Menge Wasser an. Über die Gesichter der Ertrunkenen waren die Mäntel gebreitet, und von den Frauen sah ich nur eine einzige weinen. Sie war so häßlich wie ein morscher Baumstrunk, aber als sie weinte, war alle Häßlichkeit verschwunden. Warum soll ich lachen, Eva? warum soll ich lachen? Ich muß an die Fischer denken, die Tag um Tag auf dem Meere draußen ihr Brot verdienen. Warum soll ich da lachen? Gerade heute?«

Eva drückte ihren Schleier mit beiden Händen an die Wangen.

Im Ton der Unerheblichkeit, den er nie steigerte, fuhr Christian fort: »Gestern zeigten sie mir in einer Bar, Wiguniewski und Botho Thüngen, einen fünfzigjährigen Mann, einen ehemaligen Opernsänger, der berühmt gewesen war und viel Geld verdient hatte. Er war den Tag vorher auf der Straße zusammengebrochen, und zwar aus Hunger. In seiner

Tasche befanden sich aber zwanzig Franken. Als man ihn fragte, weshalb er seinen Hunger nicht gestillt habe mit Hilfe dieser zwanzig Franken, antwortete er, das Geld habe er als Reisevorschuß erhalten; er sei in einem Kabarett in Havre engagiert; nach monatelangen Bemühungen sei es ihm gelungen, den Posten zu bekommen, doch koste die Fahrt bis Havre fünfunddreißig Franken, und seit sechs Tagen war er unaufhörlich unterwegs gewesen, um die fehlenden fünfzehn Franken zusammenzuscharren. Jeder Versuchung, die zwanzig Franken anzutasten, die er bei sich getragen, habe er widerstanden, denn er habe genau gewußt, daß sein Leben, wenn er nur einen einzigen Centime davon nahm, endgültig zerstört sei. An jenem Tag war auch der Termin verstrichen, an dem er in Havre hätte sein müssen, und er ging später zu dem Agenten und gab ihm das Geld zurück. Den Mann haben sie mir gezeigt. Er saß mit aufgestützten Armen bei einer leeren Tasse. Als ich mich zu ihm setzen wollte, war er schon fort. Er war auch nicht mehr zu finden. Warum soll ich lachen, Eva, während ich an so etwas denken muß? Verlang nicht von mir, gerade heute, daß ich lachen soll.«

Eva sagte nichts. Aber als sie zu Hause waren, stürzte sie wie außer sich in seine Arme und rief: »Ich will dich küssen.«

Sie küßte ihn und biß ihn dabei so heftig in die Lippe, daß das Blut hervorquoll.

»Geh jetzt,« sagte sie mit fortweisender Gebärde, »geh. Und morgen, vergiß es nicht, wollen wir zum Jahrmarkt nach Dudzeele.«

20

Sie fuhren zum Jahrmarkt und drängten sich bis zu dem kleinen Marionettentheater durch. Die Bänke waren von Kindern dicht besetzt; um die Bankreihen standen Kopf an Kopf die Erwachsenen. Vom Hafen herüber zogen die Gerüche von Maschinenöl, Leder und gesalzenem Hering, in der Luft widerhallten die Mißtöne von allerlei Musik und die Stimmen der Ausrufer.

Christian bahnte eine Gasse für Eva; die Leute machten halb widerwillig, halb verwundert Platz. Mit heiterer Spannung verfolgte Eva das Spiel. Seit Kinderzeiten liebte sie solche Schaustellungen, und auf die Jahre der Verschollenheit warfen sie einen reizvoll-schwermütigen Glanz.

Der Pulcinell, in der Rolle des geprellten Bauernfängers, mußte erkennen, daß keine Schlauheit gegen den Zauber guter Feen etwas vermag. Seine Einfalt war zu witzig und seine Niederlage zu wohlverdient, um Mitleid zu erwecken. Der Regen von Prügeln, unter dem er endete, war ein befriedigender Sieg der Moral.

Eva klatschte in die Hände und freute sich wie die Kleinsten. »Lachst du nicht, Christian?« fragte sie.

Und Christian lachte. Nicht so sehr über die Albernheiten des Schelms, als weil ihn Evas Lachen bezwang.

Als der Vorhang sich über die kleine Bühne gesenkt hatte, ließen sie sich vom Strom der Lustbarkeiten weiter tragen. Es bildete sich aber hinter ihnen ein Schwanz von Nachläufern; Gewisper ging von Mund zu Mund, und einer machte den andern auf Eva aufmerksam. Insbesondere ein paar junge Mädchen waren hartnäckig in der Verfolgung der apart gekleideten Fremden. Eva trug einen Hut mit Rosen und einen seidenen Mantel, der blau war wie das Meer in der Sonne.

Eines der jungen Mädchen hatte sich einen Fliederstrauß verschafft, und auf dem Platz vor einer Schenke überreichte sie ihn der Verehrten mit zierlichem Knicks. Eva dankte ihr und neigte das Gesicht über die Blumen, da schlossen fünf oder sechs Mädchen einen Ring um sie, faßten sich bei den Händen und drehten sich im Kreise, wobei sie eine übermütige Melodie trällerten.

»Nun bin ich gefangen,« rief Eva munter zu Christian hinüber, der außerhalb des Kreises geblieben war und sich die spöttischen Blicke der Mädchen gefallen lassen mußte.

»Nun bist du gefangen,« antwortete er und suchte Verständigung mit der Fröhlichkeit der Zuschauer.

An der Treppe, die zur Schenke führte, stand ein betrunkener Mensch, der mit unerklärlichem Ingrimm beobachtete, was zwischen Eva und den Mädchen geschah. Zuerst erging er sich in wüsten Beschimpfungen, und als sich niemand darum kümmerte, geriet er in tätliche Wut. Er hob einen faustgroßen Stein vom Boden auf und schleuderte ihn gegen die Gruppe der Mädchen. Diese schrien erschrocken; einige duckten sich, einige wichen hastig aus. Der Stein fuhr hart am Arm derjenigen vorüber, die die Blumen gespendet hatte, und traf im Niederfallen Evas beide Füße.

Eva verfärbte sich und preßte die Lippen aufeinander. Ein paar Männer stürzten auf den Betrunkenen los, der mit drohend erhobenem

Arm in die Schenke taumelte. Auch Christian lief zu der Treppe hin, kehrte aber auf halbem Weg um, denn sich Evas anzunehmen, schien wichtiger. Die Mädchen hatten sich um sie geschart, befragten, beklagten sie, er schob sie beiseite.

»Kannst du gehen?« fragte er. Sie bejahte mit angestrengt beherrschter Miene, hinkte aber, als sie zu gehen versuchte. Da hob er sie auf den Arm und trug sie zum Auto, das in geringer Entfernung hielt. Die Mädchen waren nachgelaufen und winkten beim Abschied mit Tüchern; aus der Schenke drang Geschrei.

»Pulcinell ist rabiat geworden,« sagte Eva lächelnd und verbiß ihren Schmerz. »Es ist nichts, Liebling,« flüsterte sie nach einer Weile, »es vergeht; sei unbesorgt.« Sie fuhren mit hundert Kilometer Geschwindigkeit.

Eine halbe Stunde später saß sie in einem Zimmer der Villa in einem Fauteuil, und Christian kniete vor ihr und hielt ihre beiden nackten Füße in seinen Händen.

Susanne war angstverstört herbeigelaufen, hatte Ratschläge gestammelt, von denen einer dem andern widersprach, hatte die Leute zusammengerufen und aufgeregt nach dem Arzt verlangt, hatte der Herrin Schuhe und Strümpfe abgerissen und mit weiten Augen voll Entsetzen die roten Flecke betrachtet, die von dem Steinwurf herrührten. Schließlich hatte Eva sie zur Ruhe verwiesen und aus dem Zimmer geschickt.

»Es tut fast nicht mehr weh,« sagte Eva und schmiegte die nackten Füße wohlig in Christians trocken-kühle Hände.

Die Zofe brachte ein Becken mit Wasser und zwei Tücher für Umschläge.

Christian hielt und betrachtete die beiden nackten Füße, diese herrlichen Werkzeuge, vergleichbar den Händen eines großen Malers oder den Schwingen eines weit- und hochfliegenden Vogels. Indem er sich noch an der Form erfreute, der Klarheit der Muskulatur, der vollendeten Wölbung, den rosigen Zehen und durchsichtigen Nägeln, kam eine innere Aufmerksamkeit über ihn, und es sprach jemand: Da kniest du, Christian, da kniest du. Ja, ich knie, antwortete er im stillen und nicht ohne eine gewisse Bestürzung, warum sollt ich nicht? Er begegnete den Blicken Evas, und der lustvolle Glanz in ihren Augen vermehrte seine Bestürzung.

Eva sagte: »Deine Hände sind gute Doktoren, und daß du vor mir kniest, ist wunderbar, mein süßer Freund.«

Die Dämmerung war eingebrochen; vor den Fenstern, zwischen leise bebenden Gardinen, strahlte der Abendstern.

»Was findest du so wunderbar daran, daß ich knie?« fragte Christian stockend.

Eva schüttelte den Kopf. »Ich liebe es eben,« erwiderte sie, und ihre halbgelösten Haare fielen auf die Schultern. »Ich liebe es eben,« wiederholte sie, legte die Hände auf seinen Scheitel und drückte sein Haupt tiefer hinab. »Ich liebe es eben.«

Da kniest du ja, hörte Christian abermals. Und er sah einen Waschkrug mit abgebrochenem Henkel; und ein schiefes Fenster mit einem Schneerand in der Rille; und einen einzelnen Stiefel mit einer Kotkruste an der Sohle und einen Strick, der von einem Balken herunterhing, und eine Petroleumlampe mit geschwärztem Zylinder. Nur Dinge, niedrige und armselige Dinge.

»Sind es viele, vor denen du schon gekniet hast wie einer, der anbetet?« fragte Eva.

Er antwortete nicht, und ihre nackten Füße wurden schwer in seinen Händen. Die sinnliche Empfindung, die sie ihm durch ihre Wärme, ihre Glätte, ihre triebartige Beweglichkeit eingeflößt hatten, verschwand und machte einem Gefühl Platz, das aus Furcht, Scham und Trauer gemischt war. Diese menschenhaften Gebilde, diese Füße einer Tänzerin, Glieder einer geliebten Frau, das Seltenste und Kostbarste der Welt, schienen ihm auf einmal häßlich und abstoßend, und jene niedrigen und armseligen Dinge, der Krug mit dem abgebrochenen Henkel und der grünen Bemalung, das schiefe Fenster mit dem Schneerand, der Stiefel mit der Kotkruste, der Strick, der vom Balken hing, und das Lämpchen mit dem berußten Zylinder waren dagegen schön und verehrenswert.

»Sprich, sind es viele, vor denen du gekniet hast?« vernahm er Evas beinahe angstvoll zärtliche Stimme, und ihm dünkte, Iwan Becker antwortete für ihn: »Daß Sie vor ihr niedergekniet sind, das war es, das allein. Das andre, darin lag Verhängnis und Bitterkeit. Aber daß Sie hingekniet sind, das, ja das.«

Er atmete tief, mit geschlossenen Augen und war bleich. Und jetzt erlebte er deutlicher, näher und wahrer jene Stunde des Schicksals. Er spürte den Kuß Beckers auf seiner Stirn, und er begriff den Sinn davon.

Er begriff die fieberhaften Verwandlungen des bösen Gewissens, daß er selbst zum Krug, zum Fenster, zum Stiefel, zum Strick und zum Lämpchen geworden war, bloß um zu fliehen und Zeit zu gewinnen; und daß er, im Wechsel von Gestalt zu Gestalt, die Menschen wohl gesehen und gehört, den Bettler, das Weib, Iwan Michailowitsch, die kranken, halbnackten Kinder, daß es aber dabei sein innigstes Bemühen gewesen, sie noch von sich abzuhalten, eine kleine Weile noch, ehe sie mit ihrer Qual, ihrer Verzweiflung, ihrer Besessenheit und ihrer Grausamkeit über ihn stürzten wie die wilden Hunde über ein Stück Fleisch.

Die Frist war verstrichen. Er erhob sich mit einem Ausdruck von Eile und Festigkeit. »Entlasse mich, Eva,« sprach er zu ihr; »schick mich fort. Es ist besser, du schickst mich fort, als daß ich mich losringen muß, Schritt um Schritt, Riß um Riß. Ich kann nicht bei dir bleiben, ich kann für dich nicht sein.« In diesem Augenblick fühlte er die Liebe zu ihr wie einen Flammensturm, und er hätte sein Herz dafür ausgerissen, wenn er das Gesagte wieder ungesagt hätte machen können.

Eva schnellte pfeilrasch auf. Regungslos stand sie da und packte mit den Händen Strähne ihres Haars.

Er trat ans Fenster. Er erblickte den ganzen Raum des Himmels vor sich, den Abendstern und das bewegte Meer. Und er wußte, daß dies alles täuschte, dieser Frieden, dieser blitzende Stern, die leicht phosphoreszierende Flut, daß es nur ein Gewand war, ein bemalter Vorhang, und daß man sich nicht davon beruhigen lassen durfte. Dahinter war Schrecken und Furchtbarkeit, dahinter war unergründlicher Schmerz. Er begriff, er begriff.

Er begriff die Tausende und Tausende am Ufer des Stroms, ihr finsteres Schweigen. Er begriff die Tochter des Schiffers, die geschändeten Leibes auf schlechtem Linnen lag. Er begriff den Todeswillen Adda Castillos. Er begriff Jean Cardillacs trübsinniges Herumirren und seinen Kummer über Weib und Kind. Er begriff den siebzigjährigen Wollüstling, der hinter Klostergittern schrie: Was soll ich tun, Herrgott, und du, mein Heiland, was soll ich tun? Er begriff den taubstummen Dietrich, der sich ertränkt hatte; er begriff Beckers Hinweis auf den nassen Mantel und Franz Lothars Entsetzen über die Leichname, die sich umschlungen hielten; er begriff Amadeus Vossens lechzenden Hunger und das Wort vom Silberstrick und von der Ölflasche. Er begriff den versteinerten Gram der Fischerweiber, und er begriff den Opernsänger mit seinen zwanzig Franken in der Tasche.

Er begriff, er begriff.

»Christian,« rief Eva mit einem Ton, als spähe sie in die Finsternis.

»Es ist Abend geworden,« sagte Christian bebend.

»Christian!« rief Eva.

Er gewahrte plötzlich Amadeus Voß, der draußen aus dem Dunkel von Bäumen trat und auf ihn gewartet zu haben schien, denn er machte lebhafte Zeichen gegen das Fenster. Mit hastigem Gruß verließ er das Zimmer.

Sie schaute ihm nach, ohne sich zu rühren.

Ein wenig später ging sie, die noch schmerzenden Füße vergessend, in ihr Ankleidegemach, öffnete die Schmuckkassette, nahm den Ignifer heraus und betrachtete ihn lange und mit grübelndem Ernst.

Dann steckte sie den Stein ins Haar und trat vor den Spiegel: kühl am Leibe, blassen Gesichts, ruhigen Auges. Sie verschränkte die Arme und blieb im Anschauen verloren.

21

Christian und Amadeus gingen über den Damm gegen Duinbergen.

»Ich habe Ihnen eine Eröffnung zu machen, Wahnschaffe,« begann Amadeus Voß; »ich habe gespielt. Ich habe drüben in Ostende beim Roulett gespielt.«

»Man hat mir davon erzählt,« antwortete Christian zerstreut. »Natürlich haben Sie verloren?«

»Der Teufel ist mir erschienen,« sagte Amadeus dumpf.

»Wieviel haben Sie verloren?« fragte Christian.

»Sie denken vielleicht an irgendeinen verfeinerten Teufel, eine Halluzination, ein poetisches Gehirnprodukt,« fuhr Amadeus in seiner atemlosen und sonderbar feindseligen Weise fort. »Nein, nein, es war ein richtiger, altmodischer Teufel mit Bockskopf und Klauenfüßen. Er sprach zu mir: Nimm von ihrem Überfluß; umkleide dich mit dem Panzer, der unempfindlich macht; laß dich nicht einschüchtern, laß dich nicht vom Hauch ihrer frechgeschmückten Welt in die wolkige Enge deiner Qualen treiben. Und mit seinen kundigen Fingern lenkte er die kleine hüpfende Kugel für mich. Das Licht der Lampen schrie, von den Wangen der Weiber fiel die Schminke ab, über zitternde Bärte rann der Geifer schmutziger Habgier. Ich gewann, Christian Wahnschaffe, ich gewann. Zehntausend, zwölftausend, ich weiß nicht mehr, wieviel.

So ein Tausendfrankschein sieht aus wie ein verwaschener Fahnenfetzen. Blendende Säle, Treppen, Gärten, weißgedeckte Tische, Champagnerkübel, Austernplatten, ich ziehe Luft in die Lungen, ich lebe, ich bin Herr. Wildfremde Bursche beglückwünschen mich, schenken mir die Ehre ihrer Gesellschaft, tafeln mit mir, gesiebte Leute, adrette Leute, ehrenwerte Leute. Im Hotel de la Plage verwandelte sich mein bocksfüßiger Teufel endlich in ein würdiges Symbol; er wurde zu einer Spinne mit einem ungeheuren Ei zwischen den Füßen, und daran saugte er, unersättlich. Gallerte, die anschwillt, um vor Wonne zu platzen.«

»Ich glaube, Sie sollten zu Bett gehen und sich ausschlafen,« sagte Christian trocken. »Wieviel haben Sie also schließlich verspielt?«

»Ja, ich bin ein wenig übernächtig,« gestand Amadeus Voß. »Wieviel ich verspielt habe? Vierzehntausend sind es ungefähr. Der Fürst Wiguniewski hat mir das Geld vorgeschossen. Er meinte, Sie würden es ihm schon zurückgeben. Ein vornehmer Mann; alle Achtung. Kein Muskel zuckt in seinem Gesicht, wenn er höflich ist; nichts an ihm verrät, daß er den Proletarier wittert.«

»Ich werde die Angelegenheit mit ihm regeln,« sagte Christian.

»Es genügt nicht, Wahnschaffe, es genügt nicht,« antwortete Voß mit bebender Stimme.

»Warum genügt es nicht?«

»Ich muß weiterspielen. Ich muß es hereinbringen. Ich will Ihr Schuldner nicht sein.«

»Sie werden es immer tiefer werden, Amadeus. Aber ich möchte Sie nicht hindern, wenn Sie sich entschließen, eine Grenze zu bestimmen.«

Amadeus Voß stieß ein Gelächter aus. »Ich wußte, daß Sie großmütig sein würden, Christian Wahnschaffe. Nur immer weiter hinein den Stachel in die Wunde, nur immer weiter.«

»Ich verstehe Sie nicht, Amadeus,« sagte Christian ruhig. »Fordern Sie Geld von mir, soviel Sie wollen; aber es wäre mir lieber, Sie forderten es nicht für diesen Zweck.«

»Großmütig gesprochen, wahrhaft großmütig,« höhnte Voß. »Wie aber, wenn mir gerade daran liegt, keine Grenze einzuhalten? Wenn mir daran liegt, die bettelhafte Scham loszuwerden und mich als Räuber zu erklären? Würden Sie mich verleugnen?«

»Ich weiß nicht, was ich tun würde,« entgegnete Christian. »Ich würde Sie vielleicht zu überzeugen suchen, daß Sie unbillig handeln.«

Diese nüchternen und einfachen Worte machten sichtlich Eindruck auf Amadeus Voß. Er senkte den Kopf, und nach einer Weile sagte er: »Es ist herzzermalmend, dies Warten, bis die kleine Kugel zu hüpfen aufhört und der Femrichter den Spruch verkündet. Das verwaschene Tausendfrankfähnchen knistert heran, oder ein runder Turm von Goldstücken kommt auf einer Schaufel gefahren. Ich habe mir eine Zahl in den Kopf gesetzt. Ich teile acht Buchstaben in drei und fünf. Ein Vorname, ein Zuname. Einmal gewann ich siebzehnhundert auf einen Coup damit, ein andermal dreitausend. Sie dürfen mich nicht im Stich lassen, Wahnschaffe. Auch ich habe eine Seele. Drei und fünf, das ist mein Problem. Ich werde die Bank sprengen. Ich werde dreimal, zehnmal hintereinander die Bank sprengen. Es ist möglich, es kann also geschehn. Würde ›drei und fünf‹ einem Wolkenbruch von Gold widerstehen? Würde Danae den Perseus von sich weisen, oder würde sie verlangen, daß er ihr zuerst das Haupt der Gorgo bringt?«

Er verstummte jäh, da Christian den Arm um seine Schulter legte, eine Vertraulichkeit, die ihm so neu und unerwartet war, daß er tief aufatmete wie ein Kind im Schlaf. »Denken Sie doch an das Vergangene, Amadeus,« sagte Christian; »denken Sie doch an Ihre Worte, wie Sie zu mir sagten: Es ist möglich, daß Sie mich brauchen, gewiß aber ist, daß ich ohne Sie verloren bin. Haben Sie schon vergessen? Hast du es schon vergessen, Amadeus?«

Amadeus fuhr zusammen unter dem Du. Er ergriff plötzlich, stehenbleibend, Christians Hände und stotterte: »Um Gottes willen, so hat noch keiner ... so hat keiner noch zu mir geredet.«

»Du darfst es nicht vergessen, Amadeus,« sagte Christian leise.

Schwäche befiel Amadeus Voß. Er schaute sich mit unsteten Augen um und sah hinter sich einen niedern Betonpflock zum Befestigen der Schiffsseile. Er setzte sich auf den Stein und wühlte das Gesicht in die Hände. Dann begann er, durch die Hände hervor: »Sieh mal, Bruder, ich bin ein verprügelter Hund. Das bin ich und nichts sonst. Mir ist, als ob ich zu lange an einer kalten, harten, getünchten Kirchenwand gestanden hätte. Es ist mir stets eine Kälte in Mark und Bein sitzengeblieben, und ich will mich durch dieses fatale Gefühl nicht unterkriegen lassen. Ich denke oft, ich möchte einmal bei einem Weibe sein. Ich kann nicht leben ohne Liebe. Und ich lebe doch immerfort ohne Liebe, Tag für Tag. Immerfort ohne Liebe. Die verdammte Mauer ist mir zu kalt, ich kann, ich mag, ich will nicht ohne Liebe leben. Ich bin nur ein Mensch, und ich muß zu einem Weibe, sonst erfriere ich oder ich versteinere, oder ich bin verdonnert. Ich bin ein Christ, und als Christ ist es schwer, zu einem Weib zu gehen, wenn man ein gewisses Bild im Herzen hat. Hilf mir zu einem Weibe, Bruder, ich bitte dich darum.«

Christian blickte auf das dunkle Meer hinaus. Wie ist da zu helfen? dachte er und empfand die ganze Kälte der Welt und die Verworrenheit der menschlichen Dinge.

Während er so stand und sann, vernahm er, aus der Ferne, von den Dünen herschallend, einen Schrei, wie ihn ein Mensch in höchster Bedrängnis, ja in Todesnot ausstößt. Auch Amadeus Voß erhob den Kopf und lauschte. Sie sahen einander an.

»Wir wollen hingehen,« schlug Christian vor.

Sie gingen der Richtung nach, aber der Damm war verödet, ebenso der Strand und die Dünen. Noch dreimal hörten sie den Schrei, dumpfer, dann wieder heller, näher, dann wieder ferner; ihr Suchen, Lauschen und schnelles Wandern war vergeblich. Als sie den Rückweg antraten, sagte Voß: »Es war kein Menschenschrei. Es war ein Etwas in der Natur, ein Zeichen. Es war ein Geisterruf. Das kommt vor, und nicht so selten, wie man denkt. Es ruft uns irgendwohin. Einer von uns zweien ist gerufen worden.«

»Mag sein,« erwiderte Christian lächelnd, dessen Sinn für Wirklichkeit solche Deutungen nur im Scherz zuließ.

22

Auf der Reise nach Schottland, zu Macpherson, hielt sich Crammon einen Tag in Frankfurt auf. Er benachrichtigte Christians Mutter, die ihn freundlich dringend zu sich bat.

Es war Ende Juni. Sie saßen auf einem von Geißblatt überwucherten Balkon des Hauses beim Tee. Frau Richberta hatte befohlen, jeden andern Besuch abzuweisen. Das Gespräch plätscherte eine Weile in oberflächlichen Wendungen hin, von vielen Pausen unterbrochen. Nur von Christian wollte Frau Richberta etwas erfahren, denn sie hatte, seit er Christiansruh verlassen, nichts mehr von ihm gehört und hoffte, durch Crammon eine Kunde zu erhalten. Aber Judiths Scheidung und ihre bevorstehende Wiederverheiratung mit Edgar Lorm, Ereignisse, die zu berühren ihr Stolz sich sträubte und über die sie doch nicht völlig schweigen durfte, weil sie einen Mitwisser und Kronzeugen vor sich hatte, mußten vorher wenigstens erwähnt werden.

Sie fand die Anknüpfung nicht, und Crammon, übelwollend und in knorrigem Trotz, obgleich äußerlich glatt, erkannte ihre Verlegenheit, ohne ihr entgegenzukommen.

»Warum wohnen Sie im Hotel, Herr von Crammon?« fragte sie; »Wahnschaffeburg hat ein Anrecht auf Sie, und es ist nicht hübsch, daß Sie uns links liegen lassen.«

»Gönnen Sie einem alten Landstreicher seine Freiheit, gnädigste Frau,« antwortete Crammon; »außerdem würde es mir Herzweh machen, wenn ich diesem Zauberschloß nach vierundzwanzig Stunden schon den Rücken kehren müßte.«

Frau Richberta knabberte an einem Biskuit. »Alles besser als Hotel,« versetzte sie; »Hotel ist immer ein bißchen trübselig; je luxuriöser, je trübseliger eigentlich. Und das Vornehmste ist es auch nicht. Tür an Tür mit irgendeinem, ich bitte Sie. Und die Geräusche. Aber schließlich, was ist heutzutage noch vornehm. Das kommt aus der Mode.« Sie seufzte. Jetzt glaubte sie die Brücke schlagen zu können und gab sich einen Ruck. »Was sagen Sie übrigens zu Judith?« fuhr sie mit gleichmäßig hohler Stimme fort. »Eine beklagenswerte Verirrung. Schon die Ehe mit Imhof war ja keine *first-class*-Angelegenheit und hat mir nie gefallen wollen; aber das! Ich kann keinem meiner Bekannten in die Augen sehen. Dieses Kind, von dem man bloß fürchten mußte, daß es zu hoch hinaus wollte, dessen Prätensionen gar keine Zügelung vertrugen, wirst sich einem Komödianten an den Hals. Und zu all dem Peinlichen noch die Extravaganz mit dem Vermögensverzicht. Unfaßlich. Mit rechten Dingen geht das nicht zu, Herr von Crammon. Hat sie sich denn klargemacht, was es bedeutet, von einer mehr oder weniger beschränkten Gage leben zu müssen? Unfaßlich.«

»Seien Sie beruhigt, gnädigste Frau,« antwortete Crammon, »Edgar Lorm ist ein Mann von fürstlichem Einkommen; ein großer Künstler.«

»Ach, Künstler,« unterbrach ihn Frau Richberta ziemlich ungeduldig und mit geringschätziger Geste, »das sagt mir nichts. Ja, man bezahlt sie; man bezahlt sie bisweilen sehr gut. Aber es sind lusche Leute. Fortwährend auf der Kippe. Ich bin nicht für die Kippe. Es ist ja jetzt üblich, viel Geschichten mit ihnen zu machen, sogar in unsern Kreisen. Ich habe das nie begriffen. Judith wird ihre Torheit bitter zu büßen haben, und für mich und Wahnschaffe ist es eine schwere Enttäuschung.« Sie seufzte wieder und streifte Crammon mit einem scheuen Seitenblick, bevor sie anscheinend gleichgültig fragte: »Hatten Sie in der letzten Zeit Brief von Christian?«

Crammon verneinte.

»Wir sind seit zwei Monaten ohne jede Nachricht,« fügte Frau Wahnschaffe hinzu. Ein abermaliger scheuer Blick auf Crammon belehrte sie, daß er ihr den gewünschten Aufschluß nicht geben konnte. Er war in diesem Moment nicht genug Herr seines Mienenspiels, um zu verbergen, was sein geheimer Kummer seit langem war.

Ein Pfau stolzierte unter dem Balkon vorüber, öffnete sein Rad, das in der Sonne prachtvoll leuchtete, und schrie widerwärtig.

»Man hat mir erzählt, er sei mit dem Sohn des Försters abgereist,« sagte Crammon und zog die Brauen so weit in die Höhe, daß sein Gesicht einer mittelalterlichen Teufelsfratze glich. »Wohin er gegangen ist, darüber könnte ich nur Vermutungen äußern. Ich halte mich hierzu nicht für befugt, gnädigste Frau. Möglich, daß sich unsre Pfade kreuzen. Wir haben uns im besten Einvernehmen getrennt. Möglich, daß wir uns genau so wiederfinden.«

»Mit dem Sohn des Försters, davon weiß ich,« murmelte Frau Richberta. »Seltsam immerhin. Es ist eine Beziehung neuesten Datums, wie?«

»Allerneuesten Datums, jawohl. Ich kann mir keinen Vers darauf machen. Ein Förstersohn ist ja an sich nichts Besorgniserregendes, aber man müßte doch wissen, was für eine Art Attraktion da im Spiele ist.«

»Ich habe manchmal schlimme Gedanken,« sagte Frau Wahnschaffe leise, und die Haut um ihre Nase wurde fahl. Sie beugte sich jäh nach vorn, und in ihren sonst so leeren Augen entstand eine düstere und angstvolle Glut, die Crammons Meinung über die innere Beschaffenheit der Frau auf einmal veränderte.

»Herr von Crammon,« begann sie mit einer heiser, ja krächzend klingenden Stimme, »Sie sind Christians Freund. Sie haben mich glauben gemacht, daß Sie es sind. So handeln Sie auch als Freund. Gehen Sie zu ihm; ich erwarte es von Ihnen; säumen Sie nicht.«

»Was an mir liegt, soll geschehen,« erwiderte Crammon. »Es war ohnehin meine Absicht, ihn aufzusuchen. Ich gehe für zehn Tage nach Dumbarton, von dort dann zu ihm. Ich werde ihn finden. Grund zur Beängstigung ist nicht vorhanden, gnädigste Frau. Noch immer bin ich der Meinung, daß Christian unter dem Schutz einer besondern Gottheit steht, aber ich gebe zu, man muß von Zeit zu Zeit Nachschau halten, ob der betreffende Engel seinen Posten auch ordentlich versieht.«

»In jedem Fall werden Sie mir schreiben,« sagte Frau Wahnschaffe, und Crammon versprach es. Sie nickte ihm zu, als er sich verabschiedete, die Glut in ihren Augen erlosch, und alleingeblieben versank sie in stumpfes Brüten.

Crammon verbrachte den Abend mit einigen Bekannten in der Stadt. Er kam spät ins Hotel und saß noch eine Weile in der Halle, unbeweglich, unnahbar und aus dem Anblick Vorübergehender schweigsamen Menschenhaß nährend. Dann musterte er die Tafel, auf welcher in kleinen Blättchen die Namen der Gäste geschrieben standen. Was tun die Leute hier? fragte er sich; wie wichtig das aussieht: Rentier Max Ostertag nebst Gattin; warum gerade Ostertag? warum Max? warum nebst Gattin?

Erbittert ging er die Treppe zu seinem Zimmer empor. Erbittert und weltmüde wanderte er in dem langen Korridor auf und ab. Vor sechs oder sieben Türen links und rechts standen je zwei Paar Stiefel, ein Paar Herrenstiefel, ein Paar Damenstiefel. Dieses Gepaartsein der Stiefel erregte allmählich seine Wut. Er erblickte darin eine prahlerische und schamlose Zurschaustellung ehelicher Begebenheiten. Denn das Eheliche und offiziell Gestattete erkannte er am Bau und Wuchs der Stiefel. Er glaubte ihnen eine mißgelaunte und überlang dauernde Zusammengehörigkeit anzumerken, eine breite, von der Wucht der Renten verursachte Getretenheit, eine niedrige Gesinnung, einen selbstgerechten Dünkel.

Er vermochte dem Anreiz nicht zu widerstehen, Verwirrung unter ihnen anzurichten. Er spähte umher, ob ihn niemand belausche, nahm ein Paar Männerstiefel, gesellte es zu den Frauenstiefeln an einer andern Tür und fuhr in dieser Tätigkeit fort, bis kein Paar seine frühere Gesellschaft mehr hatte. Sodann begab er sich zur Ruhe mit der angenehmen Empfindung, die etwa den Verfasser eines Lustspiels erfüllen mag, wenn es ihm gelungen ist, seine Figuren in unwahrscheinliche und kaum entwirrbare Verknüpfungen zu bringen.

In der Frühe wurde er durch den Lärm heftigen und endlosen Wortwechsels aufgeweckt, der aus dem Korridor hereinschallte. Er hob den Kopf, horchte befriedigt, schmunzelte träg, dehnte sich, gähnte geräuschvoll und genoß das Stimmengezeter wie eine erbauliche Morgenmusik.

23

Als Christian am Tag nach der nächtlichen Wanderung zu Eva kam, fand er zu seiner Überraschung viele Menschen bei ihr, Russen, Engländer, Franzosen, Belgier. Bis zu diesem Tag hatte sie sich der Geselligkeit fast ganz entzogen oder sich ihr nur in Stunden gewidmet, die zwischen ihr und Christian vorher vereinbart waren. Die unerwartete Veränderung machte ihn selbst zum Gast, indem sie ihn zugleich aus dem Mittelpunkt an die Peripherie schob.

Es wurde von der Ankunft des Grafen Maidanoff gesprochen, und ein allgemeiner Austausch von Mutmaßungen war im Zug, sowohl über die Dauer seines Aufenthalts wie auch über den Zweck. Politische Kulissen wurden mit bewußter Heuchelei aufgestellt: Besuch beim König, Besprechung mit Ministern. Er hatte zuerst im Hotel Lettoral in Knocke gewohnt, war aber alsbald in die weitläufige und prachtvolle Villa Hercynia übersiedelt, die sein Günstling und Freund Fjodor Szilaghin gemietet hatte.

Szilaghin erschien bald nach Christian. Wiguniewski, offensichtlich hierzu beauftragt, machte sie miteinander bekannt.

»Ich sehe morgen abend einige Freunde bei mir,« sagte Szilaghin mit der ihm eigenen Artigkeit eines großen Komödianten, »ich hoffe, Sie erweisen mir die Ehre zu kommen.« Er musterte Christian kalt, und Christians Nerven spannten sich gepeinigt unter diesem Blick. Er verbeugte sich und beschloß, nicht hinzugehen.

Eva war im Balkonzimmer und posierte der Bildhauerin Beatrix Vanleer. Diese saß mit einem Zeichenblock vor ihr und entwarf Skizzen. Währenddessen plauderte Eva lebhaft mit einigen Herren. Sie reichte Christian die Hand zum Kuß. Seinen fragenden Blick beachtete sie nicht.

In einem zimtfarbenen Kleid mit hoher Frisur, die von einem Elfenbeindiadem gekrönt war, erschien sie ihm außerordentlich fremd. Ihr Gesicht war wie aus Email. Im Kinn drückte sich Feindseliges aus. Zarte Vibrationen der Schläfenmuskeln berührten wie Anzeichen inneren Sturms. Aber diese Wahrnehmung verflüchtigte sich wieder. Hauptsächlich war es eine lähmende Kälte, die um sie strömte.

Als die Bildhauerin fertig war, ging Eva im Gespräch mit einer jungen Fürstin Helfersdorff auf und ab. Sie führte sie auf den Balkon, der in Sonne gebadet lag, dann in ihr Boudoir, in welchem sie sich aufzuhalten liebte, wenn sie las oder von ihren Übungen ruhte. Er folgte den beiden Frauen gequält. Er fühlte, daß er sich demütigte. Er fühlte es zum erstenmal in seinem Leben. Aber es schlug ihn nicht so nieder, wie es, vielleicht vor einer Stunde noch, der Gedanke an die Möglichkeit einer Demütigung getan hätte.

Der Marques Tavera trat zu ihm. Auf der Schwelle des Boudoirs stehend, sprachen sie nichtige Dinge. Christian hörte, wie Eva der jungen Fürstin erzählte, daß sie in einer Woche nach Hamburg fahren werde; der Norddeutsche Lloyd feiere gelegentlich des Stapellaufs eines Riesendampfers ein Fest, und man habe sie eingeladen, zu tanzen. »Ich freue mich eigentlich darauf,« fügte sie heiter hinzu; »den Deutschen bin ich immer noch ein bloßer Name. Sie werden mich examinieren und mir endlich sagen, was ich kann und wohin ich gehöre.«

Die junge Dame blickte die Tänzerin begeistert an. Christian dachte: ich muß sogleich mit ihr sprechen. In jedem Wort, das Eva sprach, fühlte er etwas Feindseliges und Spöttisches gegen sich. Er ließ Tavera stehen und trat in das Gemach. Die Entschiedenheit seiner Bewegung nötigte Eva, ihn anzuschauen. Sie lächelte verwundert; ein kaum merkliches Achselzucken drückte Befremden und Tadel aus.

Der Marques Tavera hatte sich an die Fürstin gewandt, und als die beiden sich anschickten, das Zimmer zu verlassen, schien Eva ihnen folgen zu wollen. Eine Geste Christians, die sie, von der Tür zurückblickend, wahrnahm, bestimmte sie, zu bleiben. Christian schloß die Tür, und Evas Miene wurde immer verwunderter. Aber er spürte, daß diese Verwunderung Komödie war. Er geriet in Verlegenheit und wußte nicht, was er sagen sollte.

Eva ging auf und ab und betastete hie und da einen Gegenstand. »Nun?« fragte sie und sah ihn kalt an.

»Dieser Szilaghin ist mir unerträglich,« murmelte Christian mit gesenktem Blick. »Ich erinnere mich, ich sah einmal in einem Aquarium ein regenbogenfarbiges Meertier, wunderschön, aber zugleich grauenhaft. Ich konnte das Bild nicht los werden. Ich hatte immerfort Lust wieder hinzugehen und immerfort dasselbe häßliche Grauen.«

»O lala,« sagte Eva; weiter nichts. In dem leisen Ausruf lag Geringschätzung, Ungeduld und Neugier. Dann blieb sie stehen. »Ich liebe nicht, daß man mich arretiert,« sagte sie hart. »Ich liebe nicht, daß man mich unter meinen Gästen abfängt, um mir Dinge mitzuteilen, die uninteressant sind. Verzeih, aber es interessiert mich nicht, welchen Eindruck Fjodor Szilaghin auf dich macht; oder genauer gesagt: es interessiert mich nicht mehr.«

Christian schaute sie stumm an. Er erschien sich geschlagen, gezüchtigt und wurde leichenblaß. Das Gefühl der Demütigung wuchs wie ein Fieber. »Er hat mich für morgen in sein Haus gebeten,« stammelte er. »Ich wollte dir nur sagen, daß ich nicht gehen werde.«

»Du wirst gehen,« entgegnete Eva rasch; »ich bitte dich, zu gehen.« Seinem erstaunt fragenden Blick ausweichend, fuhr sie fort: »Maidanoff wird dort sein. Ich wünsche, daß du ihn siehst.«

»Aus welchem Grund?«

»Du sollst wissen, wozu ich greife, was ich tue, wohin ich gehe. Kannst du in Gesichtern lesen? Ich glaube nicht. Immerhin, komm nur.«

»Was hast du beschlossen?« fragte er schwerfällig und scheu.

Sie schüttelte sich vor Ungeduld. »Nichts, was nicht schon längst beschlossen war,« antwortete sie mit einer klirrend hellen Stimme; »dachtest du denn, ich wollte unsern schönen wilden Mai ausspinnen bis zu einem trübseligen November? Die Deutlichkeit von gestern hättest du dir schenken können. Der Traum war zu Ende, und für dich keinen Augenblick früher als für mich. Das mußtest du wissen, und wenn du es nicht gewußt hast, mußtest du dich benehmen, als wüßtest dus. Ein Mann von Geschmack und Welt wirst nicht die Karten auf den Tisch, während der Partner den letzten Einsatz wagt. Du verdienst nicht einen ehrlichen Abschied, wie ich ihn dir gebe. Ich hätte dich an die Paradekette legen und dich aushungern sollen wie die dummen, kleinen Bestien, die mir beständig vorwinseln, daß sie bereit sind, sich für mich zu ruinieren. Sie nennen es ihre Leidenschaft; ein Feuer wie jedes andre, aber ich möchte mir nicht einmal die Kerze daran anzünden, wenn ich Licht brauche, um mir die Schuhe aufzuschnüren.«

Sie hatte die Arme verschränkt, lachte leise und schritt zur Tür.

»Du hast mich mißverstanden,« sagte Christian bestürzt, »du mißverstehst mich gänzlich.« Er trat ihr mit schwach erhobenen Händen in den Weg. »Begreifst du denn nicht? Hätt ich nur die Worte, … aber ich liebe dich ja. Ich kann mir ja das Leben ohne dich noch gar nicht vorstellen. Trotzdem, wie soll ichs nur sagen, mir ist wie einem, der ungeheure Summen schuldig ist und fortwährend darum gequält und gemahnt wird und nicht weiß, womit er zahlen soll und wem er zahlen soll. Versteh mich doch recht, ich war übereilt, aber ich dachte, du könntest mir helfen.«

Es war ein Schrei aus der Not, aber Eva hörte ihn nicht und wollte ihn nicht hören. Sie hatte ihr Gefühl im höchsten Bogen ausgespannt; als er brach, war ihr jede Tiefe zu gering, in die sie die Trümmer schleuderte. Sie hatte keine Ohren mehr; sie hatte keine Augen mehr. Sie hatte über ihr Schicksal schon entschieden; und fürchtete sich vor dem Schritt nach vorn, der Schritt zurück ging gegen ihren Stolz und gegen ihr Blut. Eine souveräne Geste schnitt Christian die Rede ab. »Genug,« sagte sie. »Von allem Häßlichen, was es zwischen Menschen gibt, sind Auseinandersetzungen über ein Gefühl das Häßlichste. Ich habe keinen Sinn für Hypochondrien, und mich langweilen Epiloge. Was deine Gläubiger betrifft, so sieh zu, daß du sie kennenlernst und bezahlst. Es ist peinlich, mit rückständigen Rechnungen zu wirtschaften.«

Damit verließ sie das Zimmer.

Christian blieb stehen, senkte langsam den Kopf und bedeckte das Gesicht mit den Händen.

24

Am andern Tag erhielt Christian eine Depesche von Crammon, worin ihm dieser für die Mitte der Woche seine Ankunft meldete. Er starrte versonnen auf das Papier und mußte sich das Bild Crammons erst Zug für Zug aus der Erinnerung zusammensetzen. Gleich darauf vergaß er es wieder.

Bei Fjodor Szilaghin hatten sich ungefähr zwanzig Personen eingefunden: acht oder zehn Russen, darunter Wiguniewski, die Brüder Maelbeek, junge, belgische Aristokraten, ein französischer Linienschiffskapitän, der Marques Tavera, Mr. Bradshaw, die Fürstin Helfersdorff und ihre Mutter, eine sehr gewöhnlich aussehende Dame, Beatrix Vanleer und Sinaide Gamaleja.

Christian kam später als alle andern, und Szilaghin begrüßte ihn auf einem Sessel halb sitzend, halb liegend; ein junger Wolf kauerte auf seinen Knien, und auf der Armlehne des Sessels stand ein grüner Papagei, von jener Art, die man Kurika nennt. Er entschuldigte sich lächelnd bei Christian, als er ihm die Hand reichte und wies mit einer Miene auf die Tiere, als sei es unmöglich, sich ihrer zu entledigen.

Aus Wiguniewskis Erzählungen wußte Christian, daß Szilaghin solche Schaustellungen liebte. In Oxford war er mit einem Adler an der Kette im Boot gefahren, in der Nacht und allein, in Rom hatte er einst einen Palazzo gemietet und die Hefe der Stadt, Bettler, Krüppel, Dirnen und Zuhälter, zu einem Ball geladen. Die Prahlerei darin war unverkennbar, aber als er vor ihm stand und ihn mit seinen Tieren sah, hatte Christian nicht nur den Eindruck eines krankhaften Übermuts, sondern auch den der Verzweiflung. Nachhaltige Beklommenheit bemächtigte sich seiner.

Die Beleuchtung in den Räumen war auffallend spärlich und düster. Da ein Gewitter heraufzog und wegen der schwülen Hitze die Fenster weit geöffnet waren, streute jedes Aufzucken eines Blitzes unerwartete Helligkeit aus.

Von einigen Gästen aufgefordert, setzte sich Sinaide Gamaleja mit einer Laute unter einen Strauch hochstämmiger Soleil-d'or-Rosen und begann ein russisches Lied zu singen. Um ihre Schultern war ein golddurchwirktes Tuch gebreitet, ein Diamantband schmückte ihr mattschwarzes Haar. Sie war von schmächtigem Wuchs; sie hatte breite Backenknochen, einen breiten Mund und stumpfglühende, weitlidrige Augen.

Der graugelbe Wolf auf Szilaghins Knien erhob den Kopf und äugte schläfrig zwinkernd zu der Sängerin hin; die Melodie hatte einen Traum von der heimatlichen Steppe in ihm erweckt. Auch der Papagei rührte sich; ein unverständliches Wort krächzend, ließ er das schwelgerisch gefärbte Gefieder seines Halses schimmern. Szilaghin mahnte ihn mit dem Finger zur Ruhe; gehorsam duckte der Sittig den Kopf in die Federn, die ein Windhauch aufblies. Ein alter Russe, der sehr geschwätzig war, redete eifrig zu Szilaghin; er überhörte ihn voll Verachtung und sang bei der zweiten Strophe das Lied mit.

Seine Stimme war wohlklingend, ein tiefer, dunkler Bariton. Christian aber dünkte es ein verworfener Wohlklang, so verworfen wie die halbverdeckten, grollenden, schwermütigen, von Menschenverachtung erfüllten Augen, wie das edelgeschnittene, wächserne Gesicht, das für achtzehnjährig gelten konnte, indes die Erfahrungen eines bösen Greises in ihm wohnten, wie die reptilhaft lange, blaße, entnervte Hand, wie das süßliche, müde und geistreiche Lächeln.

Wiguniewski, die Maelbeeks, der Kapitän und Tavera hatten sich im Raum nebenan zum Bakkarat gesetzt. In den Pausen des Gesangs vernahm man das Klirren von Gold und das Aufschlagen der Karten. Die fremden Geräusche erregten den Kurika; er vergaß die empfangene Warnung und stieß wieder sein mißtönendes Gekrächz aus. Sinaide Gamaleja warf ihm einen zornigen Blick zu; eine Sekunde lang krampfte sich ihre Hand über den Saiten.

Da richtete sich Szilaghin auf, packte das Tier mit der einen Hand bei den Füßen, mit der andern beim Kopf und drehte dem entsetzt aufkreischenden, schauerlich sich sträubenden Vogel den Hals rund um seine Achse. Die grüne Leiche schleuderte er mit einer Miene von Ekel auf den Boden und intonierte gleichmütig die dritte Strophe des Liedes.

In Sinaida Gamalejas Augen flammte es befriedigt. Der alte Russe, der mit seinem endlosen Geschwätz die Bildhauerin heimgesucht hatte, schwieg plötzlich. Der Wolf gähnte, und um seine gute Gesinnung zu erhärten, drückte er die Lefzen schmeichelnd auf den Arm seines Herrn.

Christian schaute auf den getöteten Vogel hinab, der mit zerzaustem Gefieder dalag und in einem über den Estrich hinlohenden Blitz wie ein phantastisch großer Smaragd funkelte. Auf einmal wurde ihm das tote Tier zu einem Siegel all des Verworfenen, Eitlen, Lügenhaften, Aufgeputzten und Gefährlichen, das er um sich sah und spürte. Er heftete einen Blick auf Szilaghin, einen Blick auf die Gamaleja und ihre Laute, einen Blick auf den schwatzhaften Alten, einen Blick auf die Spieler und wandte sich ab. Eine Schärfe war in seiner Kehle, ein Brennen in seinen Augen. Er machte ein paar Schritte gegen das nächste Fenster; draußen rauschte das Laub der Bäume und Donner rollten. Da erhob sich in ihm die Frage: wo kommt all dieses Böse her? Wo kommt es her, und warum ist es so schwer, es von sich zu tun?

Es trieb ihn davon. Die Nacht, der Regen, das nahende Gewitter lockten. Der Wunsch erwachte in ihm, sich zu verlieren, im Finstern, im Sturm, fern von Menschen. Er fürchtete sich vor aufsteigenden Tränen, zum erstenmal seit er denken konnte; denn so lange er ein bewußtes Leben führte, hatte er nie geweint. Sein ganzer Körper war durchtobt von einer Erschütterung ohnegleichen, die er noch immer, mit dem Aufgebot aller Kräfte, zu verbergen imstande war. Gerade als er nach der Türklinke greifen wollte, wurde von einem Lakaien die

Tür geöffnet, und Maidanoff und Eva erschienen auf der Schwelle. Christian blieb stehen. Aus seinem Gesicht wich jede Spur von Farbe.

In die Gesellschaft kam lebhafte Bewegung. Szilaghin sprang auf und eilte den Ankömmlingen entgegen. Maidanoffs verwitterte Hagerkeit bot einen grellen und düstern Gegensatz zu Evas freudig blühendem Ebenmaß. Sie trug ein Kleid, das fast nur Hauch war, tief ausgeschnitten, an den Schultern mit Perlenschnüren befestigt. Ihre Haut hatte einen fließenden Goldglanz, Hals, Arme, Rumpf und Beine spielten in durchpulstem Leben.

Für Christian war sie Erscheinung ganz. Er starrte sie an; indes sein Name mit andern Namen genannt wurde, die Maidanoff neu waren, starrte er sie an wie ein unergründliches und verhängnisvolles Gebilde. Es war ihm so eisig ums Herz, so ungeheuerlich verlassen; so wild und so stumm; die aufgelockerte Brust konnte die Spannung nicht mehr ertragen; schon maßen ihn Blicke: eine fehlende Hemmung, und das Aufstöhnen aus verworrenstem Schmerz, das draußen vier leere Wände und zwei blöd-erstaunte Diener aus dem Mund des Fliehenden hörten, hätte ihn drinnen lächerlich gemacht und erniedrigt.

Es regnete in Strömen, als er aus dem Haus trat; aber ohne nach seinem Wagen zu rufen, ging er die Straße hinab.

25

Nach einem Verlust von achtundzwanzigtausend Franken, soviel hatte er nach und nach von Mr. Bradshaw und Fürst Wigunieswki erhalten, stand Amadeus Voß vom Spieltisch auf und wankte ins Freie. Als trübes Ziel schwebte ihm vor, Christian zu unterrichten, damit er innerhalb vierundzwanzig Stunden die Schuld begleichen konnte.

Er ging aufs Telegraphenamt und schickte eine Depesche an Christian ab.

Dann stand er unter einer blühenden Kastanie und stammelte: »Bruder, Bruder.«

Als ein Weib des Weges kam, schloß er sich ihr an. Doch plötzlich stieß er ein Gelächter aus, schwenkte in eine Seitengasse ab und ging allein weiter.

Er ging und ging und ging, sechs Stunden lang, bis zwei Uhr morgens, da war er in Heyst. Sein Gehirn zog sich zu einem Klumpen zusammen, in dem kein Licht und kein Gedanke mehr war.

Grauschwarze Wellenhügel, die sich wälzten, zeigten sich ihm als Leiber von Frauen. Die Wolken, die in der heißen Nacht gegen Norden zogen, waren Mäntel über begehrenswerten Formen. Er sehnte sich dumpf über die Länder hin, in denen Liebe war, woran er keinen Teil hatte.

Am Gartentor der Villa stehend, starrte er zu den Fenstern von Christians Zimmern hinauf. Sie waren offen und beleuchtet. »Bruder,« murmelte er, »Bruder.« Da trat Christian an ein Fenster. Der Anblick seiner Gestalt flößte Voß besinnungslosen Haß ein. »Hüte dich, Wahnschaffe!« schrie er.

Christian ging vom Fenster weg und kam alsbald aus dem Tor. Amadeus erwartete ihn mit geballten Fäusten. Aber als Christian näher kam, wandte er sich um und flüchtete, Christian schaute ihm nach, die Straße hinunter. Amadeus' Gang verlangsamte sich, und er folgte ihm.

Nachdem Voß eine Weile planlos herumgeirrt war, verspürte er quälenden Durst. An einer Matrosenkneipe vorübergehend, hielt er inne, überlegte und ging dann hinein. Er ließ sich einen Grog geben, berührte ihn aber nicht. Fünf oder sechs Männer saßen an mehreren Tischen. Drei schliefen, die übrigen stierten betrunken. Der Wirt, eine feiste Galgenphysiognomie, thronte hinter dem Schenktisch und musterte den späten Gast mit der eleganten Kleidung und dem unnatürlich bleichen und verstörten Gesicht. Einer, dems an den Kragen geht, war das Ende seiner Betrachtung, und er gab dem Schankmädchen, einer schwarzhaarigen, schmutzigen Wallonin, einen Wink, daß sie sich zu ihm setzen solle.

Sie setzte sich in freche Nähe und begann ein Gespräch. Er verstand sie nicht. Sie lachte gemein und legte die Hand auf sein Knie. Ihre Brüste bewegten sich hinter dünnen bunten Fetzen wie Tiere. Alles roch nach Tierheit an ihr. Ihm schwindelte. Mordlust regte sich.

Er griff in die Tasche und holte alles Geld hervor, das er noch besaß. Es waren siebzig Franken, drei Goldstücke und fünf Silberstücke. »Hexenzahl,« murmelte er und verfärbte sich noch mehr; »drei und fünf; E.V.A. Hexendrei, Hexengold.«

Die Wallonin schaute begehrlich zu. Ihre Blicke liebkosten das Geld. Der Wirt wälzte sich heran, ein Geschäft witternd.

»Tu deine Kleider von dir, und du sollst alles haben,« sagte Amadeus Voß.

Sie blickte auf seinen Mund. Der Wirt sprach deutsch und übersetzte ihr die Worte. Sie lachte grell und deutete einwilligend gegen die Türe. Amadeus schüttelte den Kopf. »Nein; jetzt; hier,« versteifte er sich. Das Mädchen wandte sich an den Patron, und sie beratschlagten flüsternd. Aus ihren Gebärden war zu entnehmen, daß sie sich aus den ringsum sitzenden Schnarchern und Betrunkenen nichts machten. Das Mädchen verschwand hinter einem braunen Vorhang, der ehemals gelb gewesen war. Der Wirt strich die siebzig Franken vom Tisch, schlich von Fenster zu Fenster, um zu prüfen, ob die roten Tücher keinen Spalt freiließen und stellte sich dann als Wache an die Tür.

Amadeus saß wie in siedendem Wasser. Wenige Minuten verflossen, da wurde der braune Vorhang beiseite geschoben, und die Wallonin trat nackt hervor. Die Matrosen schauten auf. Einer erhob sich und gestikulierte. Einer begann toll zu lachen. Die Wallonin stand mit gesenkten Augen, trotzig, gleichgültig und rieb einen Fuß am andern. Sie war ziemlich dick, ohne jeden Reiz und hatte zerstörte Formen.

Aber für Amadeus Voß mußte es eine überirdische Erscheinung sein, denn er schaute sie entgeistert an. Seine Arme waren aufgestützt und vorgestreckt, die Finger krallenartig eingezogen, um den Mund zuckte es. Die Fischer sowie der Wirt sahen jetzt nicht mehr das Mädchen, sondern nur ihn. Sie empfanden Furcht; der Anblick war so ungewöhnlich für sie, daß sie das Öffnen der Tür unbeachtet ließen. Zu spät stieß der Wirt einen leisen Warnpfiff aus, der Eintretende, es war Christian, gewahrte noch die Nackte, als sie eilig hinter den Vorhang schlüpfte.

Er ging auf Amadeus zu, jedoch dieser nahm keine Notiz von ihm. Unbeweglich starrte er auf die Stelle, wo die Wallonin gestanden war.

Christian legte die Hand auf seine Schulter. Nun erst riß Amadeus den Blick los, kehrte ihn langsam, wie fragend Christian zu, und seinem zuckenden Mund entrangen sich seltsam die Worte: »*Est Deus in nobis agitante callescimus illo.*«

Dann brach er nieder, fiel mit der Stirn auf die verschränkten Arme, über Nacken und Rücken lief ein Zittern.

Der Patron murrte.

»Komm, Amadeus,« sagte Christian ruhig.

Die betrunkenen Fischer glotzten.

Amadeus richtete sich auf und tastete wie ein Blinder nach Christians Hand.

»Komm, Amadeus,« sagte Christian, und seine Stimme schien tiefen Eindruck auf Voß zu machen, denn er folgte ihm ohne Widerspruch. Der Wirt wie auch die Fischer drängten ihnen nach bis auf die Gasse.

Der Wirt sagte zu den Fischern: »Das sind nun Herren. Wie schlecht unsre Welt regiert wird, erkennt man daraus, daß Herren sich so aufführen.«

»Es wird schon Tag,« sagte einer der Fischer und wies auf einen Purpurstreifen am östlichen Himmel.

Auch Amadeus und Christian schauten in den purpurgesäumten Osten. »*Est Deus in nobis agitante callescimus illo,*« sagte Amadeus.

Karen Engelschall

1

Crammon kam am festgesetzten Tag zur festgesetzten Stunde. Er hatte sich vorbereitet, zu weilen und Feste zu feiern. Damit war es nichts. Eva war mit den Ihren schon im Aufbruch begriffen. Maidanoff war nach Paris gereist, um dort auf Eva zu warten.

Man hatte Crammon von der neuen Beziehung seines Abgotts unterrichtet. Er war alsbald auf dem laufenden über alles, was vorgefallen war; auch daß zwischen Christian und Eva ein Zerwürfnis stattgefunden haben mußte. Um so mehr wunderte es ihn, als er Christian entschlossen sah, Eva nach Hamburg zu folgen.

Nach wenigen Worten schon, die er mit Christian gewechselt, fiel ihm die Veränderung des Freundes auf. Er legte ihm die Hand auf die Schulter und fragte teilnehmend: »Hast du mir nichts anzuvertrauen?«

Er verbrachte einen Abend mit Wiguniewski. »Es ist nicht möglich, ihr müßt euch irren,« sagte er, »oder die Welt ist auf den Kopf gestellt, und ich weiß nicht mehr, was ein Mann und was ein Weib ist.«

»Ich hatte von Anfang an keine besondere Vorliebe für Wahnschaffe,« bekannte Wiguniewski. »Er war und ist mir zu undurchsichtig, zu versteckt, zu verwöhnt, zu kühl, zu kalt, zu deutsch, wenn Sie wollen. Trotzdem habe ich von Anfang an gewußt: der ist für Eva Sorel wie geschaffen. Wenn man die beiden Menschen beieinander sah, empfand man eine spirituelle Freude; dasselbe Vergnügen, das eine schöne Komposition erregt, überhaupt alles Sinnvolle und Harmonische.«

Crammon nickte. »Er hat ja eine merkwürdige Gewalt über die Weiber,« sagte er; »ich habe jetzt wieder ein Beispiel davon erlebt, das um so verblüffender ist, als es sich bloß um sein Bild handelt. Ich lernte da bei Ashburnhams in Yorkshire, wo ich zu Gast war, eine junge Wienerin kennen, Bankierstöchterchen, recht häßlich, wenn ich aufrichtig sein soll, aber mit einem besondern Tick, einem besondern Charme, einem besondern Witz; auch das Gestaltchen nicht übel, obschon dürftig, ausnehmend dürftig. Sie heißt Johanna Schöntag, aber der Name tut ja nichts zur Sache; ich nannte sie bloß Rumpelstilzchen, das paßte zu ihr. Der Teufel mag wissen, wie sie in die Gesellschaft dort geraten war; ich glaube, ihre Schwester, ein rothaariges Frauenzimmer, wie aus einem Rubens entsprungen, hat einen kleinen Attache bei einer kleinen Gesandtschaft geheiratet, Rumänien oder Bulgarien oder so was. Das Großkapital sucht Mäntelchen für seine Töchter. Na, gleichviel, dieses Rumpelstilzchen und ich, wir verbündeten uns in der nebligen Langeweile von Lord und Lady Ashburnhams Heim zu gegenseitiger Aufheiterung. Eines Tages zeig ich dem Mädel Christians Bild. Ich besitze eine Miniature von ihm, die ich in Paris von Maitre Gaston Villiers habe machen lassen. Sie sieht das Bild an; ihr lustiges Gesicht wird ernst; sie versinkt, sie schweigt, sie gibt es mir stumm zurück. Ein paar Tage später verlangt sie es noch einmal zu sehen; derselbe Effekt. Sie befragt mich über den Menschen, ich, nicht faul, erzähle das Blaue vom Himmel herunter, unter anderm auch, daß ich Christian hier treffen würde, und da erklärt sie, sie wolle ihn kennenlernen, ich müsse ihr dazu verhelfen. Es ist sonst ein sprödes Geschöpf, schwer einzufädeln, schlau und argwöhnisch, was Hunderten gefällt, darüber rümpft sie die Nase, die übrigens das Häßlichste an ihr ist. Die Bitte war mir unerwartet und, offen gestanden, auch nicht ganz bequem. Man muß aufpassen, daß man nicht die falschen Menschen zueinander bringt, das gibt bloß Scherereien. Ich spreche: davor schütze mich der Allgütige und Allweise; ich ermahne sie sanft, sich eines Bessern zu besinnen; ich male ihr die Gefahr in den schwärzesten Farben, aber sie will nicht hören, sie lacht mich aus, sie heißt mich einen Quäker und entwickelt mir sofort einen listigen Feldzugsplan. Um Zeit sei sie nicht verlegen, zu Hause müsse sie erst im November sein, sie habe also sieben Wochen vor sich und werde sich auf die niederländischen Galerien ausreden, was ja eine gebildete Sache sei; über eine Gardedame oder Reisebegleiterin verfüge sie ohnehin, die Schwester werde sie nötigenfalls ins Komplott ziehen, die sei in solchen Dingen großherzig. Das alles legte sie mir mit einer Pfiffigkeit dar, daß ich schwach wurde und mich zu ihrem Mitverschworenen machte. Nun, seit gestern ist sie hier, sitzt im Hotel de la Plage, ein bißchen ängstlich wie ein aus dem Nest gefallener Vogel, ist unzufrieden mit sich, hat moralische Anwandlungen, und ich meinerseits weiß nicht, was ich mit ihr beginnen soll. Auf derlei Scherze geht mir der Christian jetzt nicht ein, das hab ich mir zu spät überlegt, und ich muß es dem Mädel klarmachen. Aber alles das nur nebenbei, Fürst. Eine Randglosse. Ich will Sie nicht aus dem Konzept gebracht haben.«

Wiguniewski hatte die Erzählung mit geringer Teilnahme angehört. Er begann wieder: »Die verflossenen Monate gaben uns allen, wie gesagt, ein unvergeßliches Erlebnis. Wir sahen ein freies Paar, das eine höhere Legitimität schuf als jede vorhandene. Auf einmal wird das schöne Schauspiel zur abgegriffenen Boulevardkomödie. Durch seine Schuld. Ein solches Verhältnis hat seinen organischen und natürlichen Abschluß; ein Mensch von Witterung weiß es und handelt danach. Statt dessen läßt er es zu peinlichen Szenen kommen; er sucht Begegnungen, die ihn demütigen und lächerlich machen. Er wartet, wenn sie nicht zu Hause ist, in ihren Zimmern, bis sie zurückkehrt und erträgt es, daß sie mit einem Kopfnicken an ihm vorübergeht, ohne sich um ihn zu kümmern. So saß er einmal die ganze Nacht und starrte in ein Buch. Er läßt es sich gefallen, daß die Rappard von oben herab mit ihm redet; er setzt sich darüber hinweg, daß man die Blumen und Früchte, die er täglich schickt, täglich refüsiert. Was ist das? Was bedeutet das?«

»Kummer bedeutet es, großen Kummer für mich,« seufzte Crammon, »unbegreiflich ist es.«

»Vorgestern hatte sie Gäste,« fuhr Wiguniewski fort; »wie zum Hohn wurde ihm ein Platz am untersten Ende der Tafel angewiesen; ich kannte seine Tischnachbarn nicht einmal. Es scheint sie bis zur Grausamkeit zu erbittern, daß er sich diesen Demütigungen nicht entzieht; und ihn seinerseits scheint etwas Unerklärliches daran zu reizen. Er nahm den Platz ein und saß die ganze Zeit schweigend. Nachher kam es dann zu einem eigentümlichen Auftritt. Man stand oder saß in Gruppen beisammen; er hielt sich wenige Schritte von Eva entfernt und ließ kein Auge von ihr. Sein Gesicht hatte einen grüblerischen Ausdruck, wie er sie so unablässig beobachtete. Sie trug an dem Abend den Ignifer, sein Geschenk, und sah aus wie Diana mit einem brennenden Stern auf dem Haupt.«

»Das haben Sie gut gesagt, Fürst,« warf Crammon ein, »exzellent.«

»Das Gespräch berührte in zehn Wendungen zwanzig Gegenstände, ohne flach zu werden; Sie wissen ja, wie meisterhaft sie es versteht, die Konversation in Zucht zu halten. Zuletzt spricht man von flämischer Literatur, jemand nennt den Namen Verhaeren, und sie zitiert einige Zeilen aus einem Gedicht, das ›Die Freude‹ heißt. Die Worte lauten ungefähr: ›Mein Dasein ist in allem, was ringsum lebt; Wiesen, Wege und Bäume, Quellen und Schatten, ihr werdet ich, seit ich euch ganz gefühlt.‹ Man murmelt beifällig, sie geht zu einem Büchergestell und nimmt ein Buch heraus; es waren eben die Gedichte Verhaerens. Sie blättert, schlägt die Seite mit den betreffenden Versen auf, wendet sich plötzlich zu Wahnschaffe, reicht ihm das Buch und bittet oder befiehlt, er solle das Gedicht vorlesen. Er zögert einen Augenblick, dann gehorcht er. Dieses Lesen wirkte auf alle zugleich lächerlich und quälend. Er las wie ein Schüler, mit halblauter Stimme, stotternd, eintönig und als sei der Inhalt über seinen Begriff. Es war für ihn selbst lächerlich und quälend, denn während die verzückten Strophen in seinem Mund den Charakter einer langweiligen Zeitungsnotiz annahmen, wurde er abwechselnd blaß und rot, und als er fertig war, legte er das Buch hin und verließ, ohne einen von uns anzuschauen, das Zimmer. Eva aber sagte, zu uns gewendet, wie wenn nichts geschehen wäre: es sind wundervolle Verse, nicht wahr? Dabei zitterten ihre Lippen vor Zorn. Was wollte sie mit alldem? Wollte sie uns beweisen, daß er unfähig ist, so schön und zart Empfundenes mitzuempfinden? Wollte sie ihn beschämen, ihn für einen Mangel seiner Natur strafen und öffentlich bloßstellen, oder war es nur eine ungeduldige Laune, der Ärger über sein stummes Dasein, seine stummen, forschenden Blicke? Fräulein Vanleer sagte mir später: er hätte lesen müssen wie ein Gott, dann hätte sie ihm verziehen. Was verziehen? fragte ich. Sie lächelte und gab mir zur Antwort: ihre eigne Treulosigkeit. Darin ist vielleicht etwas Richtiges. Sie sollten ihn aus diesem schlimmen Zirkel reißen, Herr von Crammon.«

»Ich werde tun, was in meinen Kräften steht,« sagte Crammon mit einer gramvollen Mundfalte. Er wischte sich die Stirn. »Ich weiß freilich nicht, wie weit mein Einfluß noch reicht. Es wäre Prahlerei, wollte ich mich verbürgen. Es ist mir auch hinterbracht worden, er verkehre in allerlei verrufenen Lokalen, gehe mit gemeinem Volk um, wahrhaftig, ich könnte heulen, wenn ich daran denke. Diese Blüte der Gentlemanschaft, dieser Stolz meiner fortgeschrittenen Jahre, dieser aus Tausenden Gesiebte! Leider Gottes hatte er bereits damals, als ich ihn verließ, gewisse konfuse Anwandlungen, aber ich schrieb sie auf das Schuldkonto jenes verdächtigen Subjekts, jenes Iwan Becker.«

»Sprechen Sie nicht von ihm, sprechen Sie nicht von Becker,« unterbrach Wiguniewski scharf, »jedenfalls nicht in dieser Weise, ich bitte ausdrücklich: nicht in dieser Weise.«

Crammon riß die Augen auf, und seine Zungenspitze wurde sichtbar wie eine rote Schnecke, die aus ihrem Gehäuse lugt. Er würgte sein Mißbehagen hinunter und zuckte die Achseln.

Wiguniewski sagte: »Sie geben mir immerhin einen Fingerzeig. Ich habe das nie in Betracht gezogen. Ich sehe nun manches in anderm Licht. Im übrigen ist es wahr, daß Wahnschaffe mit bedenklichen Leuten zu tun hat. Der bedenklichste von allen ist dieser Amadeus Voß, dieser Spieler und Heuchler. Wie darf man da an Iwan Becker denken; das hat gar keinen Sinn. Becker mag einen Weg gewiesen haben; es läßt sich annehmen, gewisse Vorgänge werden dadurch verständlich. Wenn etwas Unheilvolles vor sich geht, so kommt es von jenem Voß; vor ihm retten Sie Ihren Freund.«

»Ich habe den Burschen noch nicht zu Gesicht gekriegt,« murmelte Crammon; »was Sie mir da sagen, Fürst, trifft mich nicht ganz unvorbereitet, aber ich danke Ihnen trotzdem. Wehe dem Halunken; ich will nie wieder einen anständigen Tropfen aus einem Glase trinken, wenn er mir straflos entwischt. Ich will nie wieder nach einem verführerischen Busen blinzeln, wenn ich diesen Hundesohn nicht zu einem übelriechenden Brei zermalme. Das walte Gott.«

Wiguniewski brach auf und überließ Crammon seinen rachsüchtigen Plänen.

2

Die Sonne des Spätseptembermorgens lag vergoldend über Meer und Land, als Crammon in Christians Zimmer trat. Christian saß an einem rundbogigen Schreibtisch. Die hellblauen Stofftapeten leuchteten; Tische und Stühle waren von hundert Gegenständen bedeckt; alles deutete auf Abreise.

»Laß dich nicht stören, Sweetheart, ich habe Zeit,« sagte Crammon, säuberte einen Sessel, setzte sich und zündete seine Pfeife an.

Aber Christian legte die Feder weg. »Ich weiß nicht, was das ist mit mir,« sagte er ärgerlich, ohne Crammon anzuschauen, »ich bringe nicht zwei vernünftige Sätze aufs Papier. Und wenn ich mirs vorher noch so gut ausdenke, es hilft nichts, es klingt steif und albern. Geht das andern auch so?«

Crammon antwortete: »Es gibt schon welche, die sich darauf verstehen. Vor allem muß man eine gewisse Frechheit haben. Du darfst dich nie fragen: ist das richtig? stimmt das? hat es Hand und Fuß? Sondern einfach los. Je skrupelloser, je zweckmäßiger. Die am besten schreiben, sind oft die dümmsten Kerle. An wen willst du denn schreiben? Eilt es denn so? Briefschreiben kann man immer verschieben.«

»Ja, es eilt. Diesmal eilts,« versetzte Christian. »Stettner hat mir geschrieben. Ich werde nicht klug aus dem, was er schreibt. Er teilt mir mit, daß er den Dienst quittiert und nach Amerika geht, und daß er mich vorher noch einmal sprechen möchte. Am fünfzehnten Oktober schifft er sich in Hamburg ein. Nun trifft sichs ja ganz gut, daß ich um diese Zeit in Hamburg bin, und das will ich ihn wissen lassen.«

»Da seh ich weiter keine Schwierigkeit,« sagte Crammon ernst; »du schreibst: ich bin dann und dann dort und dort und hoffe oder wünsche oder erwarte et cetera. Dein treuer oder ergebener oder dich grüßender et cetera. Er quittiert also? Und aus welchem Grund? Gleich nach Amerika? Da ist was faul.«

»Er hat eine Duellaffäre gehabt. Er hat eine Forderung abgelehnt. Das ist alles, was er als Grund anführt, und daß die Verhältnisse sich so gestaltet hätten, daß er in der neuen Welt eine neue Existenz bauen müsse. Mich berührt das ziemlich nah. Ich hab ihn immer gern gehabt. Ich will ihn sehen.«

»Ich wäre auch neugierig, zu wissen, was da vorgegangen ist,« sagte Crammon. »Der gute Stettner sieht mir nicht aus wie einer, der leichterdings kneift und seine Ehre aufs Spiel setzt. Er war als Offizier exemplarisch. Eine verdrießliche Geschichte, scheint es. Aber sie verschafft dir einen Vorwand für Hamburg, wie ich merke.«

Christian stutzte. »Warum Vorwand?« fragte er ein wenig verlegen, »ich brauche keinen Vorwand.«

Crammon beugte den Kopf weit ins Zimmer hinein und legte das Kinn auf die Elfenbeinkrücke seines Stockes. Die Pfeife saß im Mundwinkel, kunstvoll, und rührte sich nicht bei den Sprechbewegungen der Muskeln. »Du wirst doch nicht behaupten wollen, mein süßer Schatz, daß du es sonst mit reinem Gewissen tätest,« begann er wie ein Beichtvater, der einem ungeständigen Verbrecher mit sorgfältig ausgearbeiteten Argumenten zu Leibe rückt; »du wirst doch deinem alten Spießgesellen und Bruder im Geiste nicht einen blauen Dunst vormachen wollen? Man ist dem Freund einiges schuldig. Man darf nicht vergessen, unter welchen Auspizien und Verheißungen man in die Welt getreten ist und was für Bürgschaften der geleistet hat, stille Bürgschaften, Herzensbürgschaften, der der Urheber und Regisseur eines glänzenden Einzugs war. Sogar Sokrates, dieser Stänkerer und Bösewicht, erinnerte sich seiner Schulden, noch dazu auf dem Totenbett. Es war die Angelegenheit mit dem Hahn, mit irgendeinem Hahn; kann auch sein, daß das Beispiel gar nicht stimmt; nimms nicht so genau, die alten Griechen waren mir immer odios. Was aber unbedingt stimmt, ist, daß du mir mißfällst und allen andern, die dich lieben, mißfällst. Es zerreißt mir das Herz, dich am Pranger und Leute, die einen Zuchthengst nicht von einer Schindmähre unterscheiden können, über dich die Achseln zucken zu sehen. Ich halt es nicht aus. Laß uns lieber einen Streit anfangen und uns bei fünf Schritt Distanz und zehnmaligem Kugelwechsel schießen. Wie geht denn das zu mit dir? Was ist denn geschehen? Hast du aufgehört, Skalpe zu sammeln und läßt dich selber skalpieren? Die Hasen, die gejagt werden, und die Hunde, die jagen, das ist zweierlei Kreatur. Ich begreife alle Menschlichkeiten, aber nichts, was gegen die göttliche Ordnung geht. Es geht gegen die göttliche Ordnung, daß du auf dem Stuhl, den man dir vor die Tür gestellt, sitzen bleibst. Früher warst dus, der ihnen zeigen mußte, wo der Zimmermann das Loch gemacht hat, früher warst dus, hinter dem sie gewinselt und geächzt haben, und so soll es auch sein. Ich hatte einen Onkel, einen philosophischen Kopf, der pflegte zu sagen: einem Frauenzimmer, einem Advokaten und einem Ofen muß man den Rücken kehren, wenn sie am hitzigsten sind. So hab ichs immer gehalten und habe dadurch meine Gemütsruhe und mein Renommee bewahrt. Freilich, du hast einen Milderungsgrund; ich fühle es nach; ein solches Weib gibt es nur einmal in einem Jahrhundert, und wem sie zufällt, der verliert wahrscheinlich ein bißchen den Verstand; aber das gilt nicht für dich, mein lieber Christian; für dich ist die Fülle; die Gnaden hast du auszuteilen; auf deiner Tafel muß der Honig jeden Morgen frisch sein. Und jetzt sage mir, was du zu tun gedenkst.«

Christian hatte die langatmige, wenn auch weise und gehaltvolle Rede mit großer Geduld angehört. Manchmal blitzte es zornig oder spöttisch in seinen Augen, dann senkte er sie wieder und schien verlegen. Manchmal erfaßte er den Sinn, manchmal dachte er an ganz andre Dinge. Es kostete ihm Mühe, sich klarzumachen, kraft welchen Rechtes sich dieser ihm fremd vorkommende Mensch in sein Leben mischte und seine Beschlüsse zu beeinflussen versuchte; dann empfand er wieder eine gewisse Zärtlichkeit für Crammon, und er erinnerte sich an gemeinsame Erlebnisse und Gespräche. Aber alles war so fern und so anders als die Gegenwart.

Er schaute zum Fenster hinaus, das den Blick bis an den Horizont freigab, wo Meer und Himmel sich berührten. Weit draußen schwamm eine kleine Wolke wie ein weißes, rundes Kissen. Dieselbe Zärtlichkeit, die er für Crammon gespürt, fühlte er jetzt für die kleine weiße Wolke.

Wie nun Crammon vor ihm saß und auf eine Antwort wartete, fiel ihm die Geschichte mit dem Ring ein, die ihm Amadeus Voß erzählt hatte, und er begann: »Ein armer Seminarist, der bei den Kindern eines Bankdirektors als Hofmeister angestellt war, geriet eines Tages in den Verdacht, einen kostbaren Ring gestohlen zu haben. Der Betreffende hat es mir selbst berichtet, und aus seinen Worten ging deutlich hervor, daß der Ring, als er ihn an der Hand der Frau gesehen, der er gehörte, seine Begehrlichkeit gereizt hatte. Außerdem liebte er diese Frau und hätte wahrscheinlich gern ein Andenken an sie gehabt. Aber an dem Verschwinden des Ringes war er unschuldig, und einige Zeit, nachdem er das Haus verlassen hatte, wurde ihm seine Unschuld auch eklatant bestätigt; die Frau schickte ihm nämlich den Ring, er sollte ihn als Geschenk behalten. Es hätte für ihn in seiner Armut viel bedeutet; aber er ging hin und warf den Ring in einen Brunnen, in einen offenen Ziehbrunnen. Das Kostbarste, was er je in seinem Leben besessen, warf er ohne Zögern und Überlegung in einen Brunnen, dieser Mensch.«

»Na ja, ganz gut, obzwar ... ich weiß nicht recht, was deine Fabel soll,« sagte Crammon unzufrieden und schob die Pfeife aus dem rechten Mundwinkel in den linken; »was hat denn nun der dumme Teufel von dem Ring gehabt? Was für eine Verrücktheit, eine Sache, die einem auf so zarte und diskrete Manier zukommt, in einen Brunnen zu schmeißen? Warum denn gleich in einen Brunnen? Hätte nicht eine

Truhe oder Schublade denselben Dienst geleistet, wo man ihn gelegentlich hätte wiederfinden können? Es ist läppisch.«

In der Art, wie Crammon dasaß, die Beine übereinanderschlug und die grauen Seidenstrümpfe zeigte, war etwas so Sicheres und Sattes, es gemahnte so sehr an ein Tier, das in der Sonne liegt und verdaut, daß Christians Widerwille gegen seine Worte schwand und er nur noch jene leichte, fast mitleidige Zärtlichkeit fühlte. Er sagte: »Es ist so schwer zu verzichten. Man kann davon sprechen und es sich vorstellen; man kann es wollen und kann glauben, man sei dazu befähigt, aber wenn dann der Augenblick da ist, wo verzichtet werden soll, ist es schwer, ja fast unmöglich, auch nur auf das Geringste zu verzichten.«

»Ja, warum willst du denn verzichten?« murmelte Crammon ungehalten. »Was heißt denn das: verzichten? Wozu soll es denn führen?«

Christian sagte vor sich hin: »Ich glaube, man muß den Ring in den Brunnen werfen.«

»Wenn du damit meinst, daß du dir die wunderbare Queen Mab aus dem Sinn schlagen willst, dann kann ich nur sagen: der Herr segne deinen Vorsatz,« antwortete Crammon.

»Man hält sich fest und klammert sich an, weil man sich vor dem Schritt ins Unbekannte fürchtet,« sprach Christian vor sich hin.

Crammon schwieg einige Minuten mit hochgefalteter Stirn. Dann räusperte er sich und fragte: »Hast du mal was von Homöopathie gehört? Ich will dir erklären, was man darunter versteht. Homöopathie ist Heilung durch Gleichartiges. Wenn du dir z.B. den Magen verdorben hast, und ich verabreiche dir eine Mixtur, durch die deine Eingeweide noch heftiger turbuliert werden, so daß man gleichsam den Teufel mit Beelzebub austreibt: das ist eine homöopathische Kur. Capito?«

»Du willst mich also kurieren? Und wovon? Womit?« fragte Christian lächelnd.

Crammon rückte seinen Stuhl näher zu Christian, legte ihm die Hände auf die Knie, und flüsterte listig: »Ich habe was für dich, mein Engel. Ich habe einen exquisiten Fund gemacht. Es steht dir eine weibliche Person ins Haus, wie die Kartenschlägerinnen sagen. Jemand sehnt sich nach dir. Jemand ist ganz weg von dir. Jemand stirbt vor Ungeduld, dich kennenzulernen. Mal was ganz andres; ein neuer Typ, was Prickelndes, Komisches, Zwittriges, Empfindliches, Sichmauserndes, Eckiges, Kleines, Häßliches, aber merkwürdig Reizvolles. Aus der Bürgerwelt, wo sie am fettesten ist, zappelt aber mit Händen und Füßen gegen das Los, die Perle im Schweinekoben zu sein. Da hast du Beschäftigung, da gibt es Dressur, Ablenkung, Auffrischung. Nicht für lange, ein Ferienvergnügen, schätz ich, aber lehrreich und im Sinne der Homöopathie unfehlbar wirksam. Sieh mal: Ariel, das ist das Wunder, das ist der Stern, das ist die Himmelsspeise; damit leben kann man nicht, tägliches Brot ist es nicht. Steig herunter, mein Sohn, von der Warte, wo du nach dem *miraculum coeli* haschst, das dir einmal am Busen flammte; vergiß es, steig herunter und nimm wieder mit den Sterblichen vorlieb. Heute abend um sieben im Speisesaal des Hotel de la Plage, wenn ich bitten darf. Abgemacht?«

Christian lachte und erhob sich. Auf dem Tisch stand in einer Vase ein Strauß weißer Nelken. Er zog eine Blüte heraus und steckte sie Crammon lachend ins Knopfloch.

»Abgemacht oder nicht?« fragte Crammon streng.

»Nein, mein Lieber, daraus wird nichts,« antwortete Christian, noch mehr lachend, »behalt nur deinen Fund für dich.«

Crammons Stirnadern schwollen. »Ich hab dich aber versprochen, und du darfst mich nicht im Stich lassen,« erboste er sich. »Eine solche Behandlung verdien ich nicht nach all den Fußtritten, mit denen du mich ohnehin seit langem regaliert hast. Einem hergelaufenen Kerl räumst du Vorrechte ein, über die alle Welt den Kopf schüttelt, und den erprobten Freund stößt du herzlos zurück; das erbittert, das kränkt, da regt sich die Galle, da bin ich mit meinem Einmaleins am Ende.«

»Beruhige dich, Bernhard,« sagte Christian und bückte sich, um ein paar Nelken vom Boden aufzuklauben, die aus dem Strauß gefallen waren. Und während er die Blumen in die Vase steckte, sah er Amadeus Voßens weißes, von innen verblutetes, durch Gier und Entbehrung gelähmtes Gesicht, hingekehrt zu der nackten, fetten, mürrischen Wallonin. »Ich begreife deine Hartnäckigkeit nicht,« fuhr er fort; »gib dich doch zufrieden. Weißt du nicht, daß ich Unglück über die bringe, die mich lieben?«

Crammon stutzte. Trotz Christians zweideutigem Lächeln hatte er eine Anwandlung abergläubischer Furcht. »Blödsinn,« brummte er. Er stand auf, griff nach seinem Hut und wollte, unbelehrbar, eine Zusage für das Zusammensein am Abend erpressen, da pochte es an der Tür, und Amadeus Voß trat ein.

»Verzeihung,« stotterte er und warf einen scheuen Blick auf Crammon, der sich in feindselige Positur setzte, »ich möchte dich nur fragen,

Christian, wann wir reisen. Soll gepackt werden oder nicht? Man muß doch wissen, woran man ist.«

Wie der Lümmel sich zu reden erfrecht, dachte Crammon wütend, und konnte sich kaum zu einer Grimasse der Höflichkeit entschließen, als Christian, ziemlich verlegen, sie einander vorstellte.

Amadeus verbeugte sich wie ein Schulamtskandidat. Die Augen hinter der Brille waren wie Saugringe einer Luftpumpe auf Crammon geheftet, der ihm von der ersten Sekunde an widerwärtig war. Aber er hielt es für ratsam, es nicht nur zu verbergen, sondern er spielte auch den Unterwürfigen. Sein Haß war so augenblicklich und heftig, daß er Angst hatte, ihn zu früh zu zeigen und sich damit der Mittel zu seiner Befriedigung zu entblößen.

Crammon suchte Angriffspunkte; er behandelte Voß über die Achsel, sah ihn an wie ein Bündel Kleider, das an der Wand hängt, antwortete nicht und hörte nicht, wenn er sprach, zog seinen Besuch absichtlich in die Länge und kümmerte sich nicht um Christians Nervosität. Voß berief sich auf den Schulamtskandidaten, nickte, stimmte überein, scheuerte mit der Sohle des einen Stiefels die Spitze des andern, hob den Stock auf, den Crammon fallen ließ, und da er entschlossen schien, Crammon das Feld nicht zu überlassen, hatte dieser endlich Mitleid mit der stumm verwunderten und gequälten Miene Christians; er winkte ihm mit der behandschuhten Linken einen Gruß zu und entfernte sich, von Grimm aufgeschwollen wie ein Frosch. Sachte mein lieber B.v.C., sprach er zu sich selbst, bewahre deine Würde, tritt nicht in den Schmutz, getröste dich des Herrn, denn sein ist die Rache. Und er versetzte einem kleinen Hund, der ihm in den Weg lief, mit dem Fuß einen Nasenstüber, daß das Tier heulend in einen Kellerschacht floh.

Christian und Voß standen eine Weile stumm einander gegenüber, der Tisch war zwischen ihnen. Voß zog Nelken aus der Vase und zerkrümelte die Kelche mit seinen dünnen Fingern. »Das also war Herr von Crammon,« murmelte er; »ich weiß nicht, warum mich so lächert; aber ich kann mir nicht helfen, mich lächert in einem fort.« Er feixte in sich hinein.

»Wir fahren morgen,« sagte Christian, hielt das Taschentuch vor den Mund und atmete das zarte Parfüm ein, das eine Fülle zarter und halbverblaßter Erinnerungsbilder in ihm erzeugte.

Voß nahm eine Blüte, riß sie mitten durch, blickte gespannt auf die Teile und sagte: »Faser bei Faser, Körnchen an Körnchen. Ich hab das Schlaraffen- und Schmarotzerdasein satt. Ich will Menschenkörper aufschneiden, Leichen sezieren. Man lernt vielleicht dabei, wo die Schwäche und die Gemeinheit ihren Sitz haben. Das Leben an seiner Mündung suchen, den Tod an seiner Wurzel. Es steckt sicher das Talent zu einem Anatomen in mir. Einst wollt ich ein großer Prediger werden, ein Savonarola. Aber es ist ein waghalsiges Unternehmen heutzutage. Besser, sich an die Leiber zu machen; die Geister bringen einen zur Verzweiflung.«

»Ich glaube, man muß arbeiten,« antwortete Christian leise; »gleichviel was immer, man muß arbeiten.« Er wandte sich zum Fenster. Die weiße, runde Wolke war verschwunden, das silberne Meer hatte sie aufgesogen.

»Bist du nun so weit?« höhnte Voß; »ich weiß es längst. Der Weg zur Hölle ist mit Arbeit gepflastert. Bloß in der Hölle kannst du reingebrannt werden. Gut, daß du endlich so weit bist.«

3

Crammon und Johanna Schöntag saßen in der Halle des Hotels. Sie hatten soupiert. Johannas Gesellschafterin, Fräulein Grabmeier, hatte sich bereits zurückgezogen.

»Sie müssen sich gedulden, Rumpelstilzchen,« sagte Crammon; »er hat leider noch nicht angebissen, der Köder schwimmt noch.«

»Ich werde mich gedulden, gnädiger Herr,« erwiderte Johanna mit brüchiger Knabenstimme, und ein lustiges Blitzen flog über ihr kleines Gesicht, in dem sich Anmut und Häßlichkeit seltsam vereinigten; »es fällt mir auch gar nicht schwer, denn schließlich geht bei mir alles schief. Erfüllt sich unerwarteterweise einmal etwas, worauf ich mich gefreut habe, so bin ich sterbensunglücklich, weil es doch ganz anders ist, als ich mirs vorgestellt hab. Es kann mir daher nichts Besseres widerfahren, als daß meine Wünsche unerfüllt bleiben.«

»Ein problematisches Menschenkind,« sagte Crammon verwundert.

Johanna seufzte komisch. »Ich rate Ihnen, mein lieber Gönner, sich meiner postwendend zu entledigen,« fuhr sie fort und reckte das magere Hälschen mit absichtlich bizarrer Eckigkeit aller Bewegungen; »ich bin ein Verkehrshindernis, ich bin das personifizierte böse Omen. Bei meiner Geburt ist eine Dame namens Kassandra erschienen, und was für unerquickliche Sachen von der erzählt werden, weiß ja jeder Gebildete. Erinnern Sie sich, wie wir in Ashburnhill nach der Scheibe geschossen haben und ich ins Schwarze traf? Alle waren starr, Sie auch, am meisten ich selber. Es war nämlich der frechste Zufall, den man sich denken kann. Das Gewehr war losgegangen, eh ich gezielt hatte. Durch solche kleine und wertlose Geschenke will sich das Schicksal bei mir beliebt machen und mich einschläfern. Aber mich schläfert man nicht ein. Ha, eine Nonne, eine Nonne,« unterbrach sie sich bestürzt und sah mit weitaufgerissenen Augen in den Garten, wo eine Ursulinerin vorüberging; sie schlug die Arme kreuzweis übereinander und zählte mit erstaunlicher Zungengeläufigkeit: »Sieben, sechs, fünf, vier, drei, zwei, eins.« Dann lachte sie und zeigte zwei Reihen wunderbarer Zähne.

»Ist das der Brauch, wenn eine Nonne erscheint?« erkundigte sich Crammon fachmännisch angeregt.

»Die rituelle Vorschrift, jawohl. Aber sie war verschwunden, bevor ich bei eins war, und das bedeutet nichts Gutes. Übrigens, Herr Baron, Ihre sportliche Terminologie ist mir suspekt. Was heißt das: er hat nicht angebissen, der Köder schwimmt noch? Ich bitte sich zu menagieren. Ich bin eine schutzlose Reisende und auf Ihre delikateste Ritterlichkeit angewiesen. Wenn Sie mein ohnehin trübes Selbstbewußtsein durch Reminiszenzen an die Forellenfischerei erschüttern, telephonier ich an die Schlafwagengesellschaft um zwei Betten nach Wien. Für mich und Fräulein Grabmeier natürlich.«

Sie liebte gewagte Anspielungen, denen sie dann unbefangen entschlüpfen konnte. Crammon brach in verspätetes Gelächter aus, und diese Verspätung seiner Heiterkeit erregte wieder Johannas Heiterkeit.

Sie war wachsam, nichts entging ihrem aufmerkenden Blick; Wesen und Treiben der Menschen interessierte sie brennend. Sie beugte sich zu Crammon, sie tuschelten, er mußte erzählen, wenn ein Gesicht oder eine Figur aus andern hervortrat. Die Chronik internationaler Lebensläufe und Begebenheiten, die er magistral beherrschte, war unerschöpflich; ließ ihn das Gedächtnis einmal im Stich, so erfand und dichtete er ein bißchen. Erbstreitigkeiten, Familienzwiste, illegitime Herkunft, Ehebrüche, Verschwägerungen, alles war ihm geläufig. Johanna hörte lächelnd zu. Sie lugte nach allen Tischen, hielt jede ungewöhnliche Erscheinung fest; eine Glosse, ein spitzbübisches Verziehen des Mundes, und irgendeine Albernheit oder Seltsamkeit eines dieser unbewußten Schauspieler und Schauspielerinnen der großen Welt und der Halbwelt war aufgespießt wie ein Käfer auf einem Pappendeckel.

Plötzlich wurden die beweglichen Pupillen ihrer graublauen Augen größer, die Lippen bildeten einen Bogen kindlichen Entzückens. »Wer ist das?« flüsterte sie und wies mit dem Kinn gegen ein Portal, dem Crammon den Rücken zukehrte. Im selben Moment wußte sie, wer es war, hätte es auch ohne das allgemeine Köpfeheben und Dämpfen der Gespräche gewußt.

Crammon wandte sich um und gewahrte Eva in einer Gruppe von Herren und Damen. Er erhob sich, wartete bis ihr Blick die Richtung zu ihm einschlug und verbeugte sich tief. Eva stutzte; sie hatte ihn seit den Tagen Sir Denis Lays nicht gesehen; sie besann sich, nickte fremd, erkannte ihn dann, stieß mit einer unvergleichlichen Bewegung des Fußes die Rockschleppe zurück und ging, sprechend ehe sie noch sprach, lebhaft auf ihn zu.

Auch Johanna hatte sich erhoben. Das Gestaltchen fiel Eva auf; sie gab Crammon zu verstehen, daß er Pflichten habe und daß sie eine Annäherung der Unbekannten nicht ablehnen würde, auf deren Gesicht Begeisterung und Verehrung so deutlich und rührend zu lesen waren. Crammon stellte Johanna vor, durchaus zeremoniös; Johanna knixte erblassend und errötend; sie erschien sich so nebensächlich, daß sie in Scham ertrank; da riß sie die drei gelben Rosen, die in ihrem Gürtel steckten, heraus und reichte sie Eva mit schüchtern und jäh hingedehntem Arm, und dieser Elan gefiel Eva; sie spürte seine Einmaligkeit und Wahrheit und wußte also auch, was er wert war.

4

Christian und Amadeus Voß gingen in Antwerpen über den Quai Kockerill.

Ein großer Amerikadampfer lag, stumm und leer noch, am Molo. Die Zwischendeckspassagiere warteten an seinen Flanken auf die Stunde, wo sie Einlaß finden würden. Es waren polnische Bauern, russische Juden, Männer, Weiber, Greise, Greisinnen, Säuglinge, Kinder; hingekauert auf die Steinfliesen, auf ihre schmutzigen Bündel gekauert; schmutzig selber, verwahrlost, müde, teilnahmslos brütend, ein trauriger

Wirrwarr von Leibern und Fetzen. Man hörte reden, schreien, lachen, singen, fluchen, ein trauriger Wirrwarr von menschlichen Lauten.

Der gewaltige Sonnenball rollte blutrot und zitternd auf dem Wasser.

Christian und Amadeus blieben stehen. Nach einer Weile gingen sie weiter, doch Christian wollte zurückkehren, und sie kehrten zurück. Bei einem Straßenübergang vor dem Lager der Auswanderer sperrten zehn oder zwölf von Eseln gezogene Karren den Weg. Die Karren sahen aus wie halbierte Fässer auf Rädern und waren beladen mit geräucherten Makrelen.

»Kauft Makrelen,« riefen die Karrenführer, »kauft Makrelen!« Und sie knallten mit den Peitschen.

Einige Auswanderer kamen herüber, glotzten hungrig, berieten sich mit andern, die schon nach Münzen in ihren Taschen suchten, bis endlich Entschlossene sich zum Kauf anschickten.

Da sagte Christian zu Voß: »Wir wollen die Fische kaufen und sie austeilen. Was meinst du?«

Amadeus Voß erwiderte verdrossen: »Tu nach deinem Belieben. Große Herren müssen ihren Spaß haben.« Es war ihm unbehaglich in der entstehenden Menschenansammlung.

Christian wandte sich an einen der Händler. Er hatte Mühe, sich mit seinem korrekten Französisch verständlich zu machen. Nach und nach gelang es; der Mann rief die andern Händler herzu; aufgeregtes Schwatzen und Gestikulieren erfolgte; Summen wurden genannt, erwogen, verworfen. Es war für Christian zu langweilig und zeitraubend; er schlug den höchsten Preis, der beraten wurde, noch um ein Erhebliches auf, nahm die Brieftasche und reichte sie Amadeus, damit er die Leute bezahle. Dann sagte er zu der um ihn anwachsenden Schar der Auswanderer auf deutsch: »Die Fische gehören euch.«

Ein paar unter ihnen faßten seine Worte und erklärten sie den übrigen. Zaghaft wagten sie sich vor. Ein leberkrankes Weib, zitronengelb im Gesicht, war die erste, die zupackte. Bald kamen Hunderte, von allen Seiten kamen sie mit Körben, Töpfen, Netzen, Säcken. Das Gedränge wurde von mehreren Alten in Ordnung gewandelt. Einer, im Kaftan, mit wallendem weißen Bart, bückte sich vor Christian dreimal fast bis zur Erde.

Zum Zweck gerechter Verteilung tätig einzugreifen trieb es Christian in einer Anwandlung von Übermut. Er streifte die Ärmel auf und warf mit seinen verwöhnten Händen die fetten und stark riechenden Fische in die Gefäße. Lachend beschmutzte er sich mit den Fischen. Auch die Händler lachten, und müßige Zuschauer lachten. Sie hielten ihn für einen verrückten jungen Engländer, der sich darin gefiel, die Straße zu ergötzen. Plötzlich ekelte ihm vor dem Geruch der Fische und mehr noch vor dem Geruch der Menschen. Er roch die Kleider und den Atem, ihn widerten ihre Zähne und ihre Finger, ihr Haar und ihre Schuhe; er dachte sich in Zwangsangst ihre Körper ohne die Gewänder und schauderte vor ihrem Fleisch. Da ließ er es sein und ging im Schutz der Dämmerung davon.

Seine Hände rochen nach geräucherten Fischen. Als er durch die Straßen ging, die von dem Geschehen nichts wußten, war der Abend leer.

Amadeus Voß hatte sich aus dem Staub gemacht. Er wartete vor dem Hotel. Dort hatte sich das Automobilgeschwader eingefunden, das Eva auf der Reise nach Deutschland folgte. Auch Crammon und Johanna Schöntag waren dabei.

5

Im Oktober begann es heiß zu werden am Rio de la Plata. Man konnte tagsüber das Zimmer nicht verlassen; wenn die Fenster geöffnet wurden, wälzte sich Feuer herein. Einmal wurde Lätizia ohnmächtig, als sie der gepreßten Luft Zufuhr verschaffen wollte und einen der Holzläden aufstieß.

Der einzige Ort, wo gegen Abend Schattenkühle herrschte, war die Palmenallee am Strom. Während der kurzdauernden Dämmerung stahl sich Lätizia bisweilen mit ihrer jungen Schwägerin Esmeralda heimlich hinüber. Der Weg führte an den Ranchos vorbei, den armseligen Erdlöchern, in denen die eingeborenen Arbeiter hausten.

Einst sah Lätizia, daß die Rancholeute in Festtagsgewändern lustig zechten. Auf ihre Frage nach dem Grund erfuhr sie, ein Kind sei gestorben. »Sie feiern immer ein Freudenfest, wenn jemand stirbt,« sagte Esmeralda. Lätizia antwortete: »Wie traurig muß ihr Leben sein, wenn sie den Tod so lieben.«

Die Palmenallee war verbotenes Gebiet; lichtscheues Volk trieb sich dort herum, und mit der Dunkelheit wurden die Büsche lebendig. Vor kurzem hatte die berittene Polizei einen spanischen Matrosen dingfest gemacht, der in Galveston gemordet hatte. Lätizia träumte von ihm.

In ihrem Traum war er ein Verbrecher aus Eifersucht und von schöner Tragik umwittert.

Eines Abends war sie in der Allee einem jungen Marineoffizier begegnet, der auf einer Nachbarestanzia zu Gast war. Lätizia tauschte Blicke mit ihm, und er suchte von da an Wege zu ihr. Aber man war eine Gefangene, bewacht wie eine Türkin im Harem. Lätizia faßte den Vorsatz, ihre Wächter zu betrügen; sie verliebte sich in den jungen Offizier, machte ihn zu einer Heldengestalt und begann sich nach ihm zu sehnen.

Die Hitze nahm zu. Lätizia konnte nachts nicht schlafen. Moskitos schwirrten süßlich, und sie wimmerte vor sich hin wie ein kleines Kind. Bei Tag schloß sie sich in ihrem Zimmer ein, warf alle Kleider von sich und legte sich auf die steinernen Fliesen.

Einst lag sie so, bäuchlings und mit wagrecht ausgestreckten Armen. Ich bin verwunschen, dachte sie, ich bin eine verwunschene Prinzessin in einem verwunschenen Schloß.

Da pochte es an der Tür, und Stephans Stimme rief sie an. Sie erhob faul den Kopf und spähte zwischen den schwergewordenen Lidern an ihrem nackten Körper herab. Wie langweilig er ist, dachte sie; es ist so langweilig, immer nur mit einem zu sein, ich will auch andre haben. Sie antwortete nicht, ließ den Kopf wieder sinken und rieb die glühende Wange an der heißen Haut des Oberarms.

Es gefiel dem Haremswächter draußen, um Einlaß zu betteln. Aber Lätizia machte nicht auf.

Nach einiger Zeit hörte sie Lärm im Hof, Gelächter, Peitschenknallen, Detonation von Geschossen und gellendes Geschrei von Tieren. Erschrocken sprang sie auf, schlüpfte in den Seidenschlafrock, öffnete die Altantür und spähte hinunter.

Stephan hatte mittels einer Zündschnur zwei Katzen an den Schwänzen zusammengebunden. Leicht explodierende Feuerwerkskörper hingen an der Fessel. Als die aufzischenden Raketen ihr Fell versengten und die weiterglimmende Schnur ihnen Wunden ins Fleisch brannte, überschlugen sich die Tiere vor Schmerz und quiekten kläglich. Stephan hetzte und verfolgte sie, die Brüder, über das Altangeländer gebeugt, wieherten vor Wonne, und als stumme und ernste Zuschauer standen zwei Indianer am Tor.

Daß die neugierige Lätizia ihre Tür öffnen würde, hatte Stephan berechnet und erwartet; ein halb Dutzend Sätze und er war oben. Esmeralda, mit ihm im Verständnis, stellte sich der flüchtenden Lätizia tückisch entgegen und hinderte sie am Schließen der Tür. Weiß vor Zorn stürmte er mit erhobener Faust über die Schwelle. Sie brach in die Knie und bedeckte das Gesicht mit den Händen.

»Warum schlägst du mich?« wimmerte sie entsetzt staunend. Er hatte sie gar nicht geschlagen.

Der Wüterich knirschte: »Damit du gehorchen lernst.«

Sie schluchzte. »Hüte dich; du tust zweien was zuleide.«

»Gift und Verdammnis, was sprichst du?« Er stierte bestürzt auf die kauernd Weinende.

»Du tust zweien was zuleide.« Lätizia freute sich, daß sie ihn foppen konnte und weinte, nur noch aus Mitleid mit sich.

»Weib, ist das wahr?« fragte er. Lätizia lugte verstohlen zwischen ihren Fingern durch und dachte spöttisch: große Oper, letzter Akt, gleich wird der Gouverneur erscheinen. Sie nickte schmerzlich und beschloß, ihn mit dem Schiffsoffizier zu betrügen.

Stephan stieß ein Triumphgebrüll aus, tanzte um sie herum, warf sich zu ihr nieder, küßte ihre Arme, ihre Schultern, ihren Nacken. An den Fenstern und Türen erschienen Donna Barbara, Esmeralda, die Brüder, das Gesinde. Er hob Lätizia auf seine starken Schultern und trug sie über den Rundaltan. Man solle ein Festmahl richten, schrie er, einen Ochsen schlachten und Sekt aufs Eis stellen.

Lätizia hatte keine Gewissensbisse. Sie freute sich, daß sie ihn gefoppt hatte.

Als der alte Gunderam die Ursache des häuslichen Jubels erfuhr, kicherte er und sprach zu sich selbst: »Angeschmiert, mein schlauer Rechtsgelehrter; den Escurial kriegst du doch nicht, trotz deinem Schwarzaufweiß, noch lange nicht, und wenn sie Drillinge wirft.« Er striegelte seinen eisengrauen Bart mit einem unappetitlichen Kämmchen, dem die Hälfte der Zähne ausgebrochen war, und goß zur Kühlung Kölnisches Wasser auf seinen Kopf, bis die Haare trieften, die ihm noch reichlich wuchsen.

Es erwies sich aber, daß die Notlüge, deren sich Lätizia bedient hatte, ohne ihr Wissen eine Wahrheit war. Einige Tage später wußte sie es. Sie wunderte sich still und heimlich. Jeden Morgen trat sie vor den Spiegel und betrachtete sich respektvoll und mit einem leisen Grauen. Sie fand sich unverändert, grübelte eine Weile elegisch und warf sich eine Kußhand zu.

Da man sich scheute, ihr einen Wunsch zu versagen, durfte sie einen Ball besuchen, den Sennor und Sennora Küchelbäcker veranstalteten. Dort lernte sie den Schiffsleutnant Friedrich Pestel kennen.

6

Felix Imhof und der Maler Weikhardt trafen sich in der Ausstellung der Münchener Sezession. Sie wanderten eine Weile durch die Räume und besahen die Bilder. Danach gingen sie auf die Terrasse und setzten sich an einen Tisch, der die Aussicht auf den englischen Garten gewährte.

Es war eine frühe Nachmittagsstunde; der Öl- und Terpentingeruch aus den Sälen mischte sich mit dem Sonnen- und Pflanzengeruch von draußen.

Imhof warf seine langen Beine übereinander und gähnte affektiert. »Werde jetzt diesem vortrefflichen Kunst- und Kulturzentrum einige Monate den Rücken kehren,« sagte er. »Fahre mit dem Staatssekretär für die Kolonien nach Südwest. Will mal sehen, wies da unten zugeht; bißchen den Leuten auf die Finger gucken; bißchen Neuland erforschen, bißchen jagen.«

Weikhardt war ganz in sich versunken, in seine Bedrängnisse, Mißhelligkeiten und Kämpfe und sprach daher nur von sich. »Ich soll für die alte Gräfin Matuschka den Luini-Zyklus in der Brera kopieren,« berichtete er; »sie hat ein paar leere Wände in ihrem galizischen Schloß, für die will sie Tapeten haben. Aber die Person ist filzig wie ein Rettich, und es ist ein widerliches Feilschen.«

Auch Imhof blieb in seinem Geleise. »Habe in letzter Zeit viel Stanhope gelesen,« sagte er; »kolossaler Kerl. Durch und durch modern; Reporter und Konquistador. Felsenbrecher nannten ihn die Schwarzen, *bula matari*. Nach so was wässert einem der Mund. Imponiert mir scheußlich, der Mann.«

Weikhardt fuhr fort: »Was hilfts, ich muß den Auftrag übernehmen; es ist Matthäi am letzten bei mir. Aber ich freu mich auf die alten Italiener. Es gibt da in Mailand eine Beweinung Christi von Tintoretto; anbetungswürdig. Ich bin jetzt einem Geheimnis auf der Spur. Ich mache Dinge, die gut wirken werden. Neulich hatte ich ein Bild fertig, eine einfache Landschaft, und ging damit zu einem Bekannten, der einen ziemlich vornehmen Raum hat, wo wir es aufhingen. Graue Wandverkleidung, Möbel schwarz mit Gold. Der Mann ist reich, er wollte das Bild kaufen. Ich hatte aber ein solches Aufleuchten von Mut, als es ihm gefiel, als es da hing in dem zarten, melancholischen Frieden dieser Farbenzusammenstellung, daß es mir unmöglich war, von Geld zu reden, und so hab ichs ihm geschenkt. Er hat es angenommen, ohne viele Worte. Er sagte nur immer: die Sache ist verdammt gut.«

»Es wird mich auf andre Gedanken bringen, so ne kleine Spritztour in die südliche Hemisphäre,« sagte Imhof. »Ich logiere ja momentan nicht in Fortunas Schoß. Geht mir sogar ganz ausgesprochen rotzig. Mein bestes Pferd ist zuschanden geritten; mein Lieblingshund ist krepiert; meine Frau ist auf und davon, meine Freunde meiden mich, weiß nicht warum; meine Geschäfte gehen den Krebsgang, alle Spekulationen schlagen fehl. Aber schließlich, was tuts. Ich sage mir: Kopf hoch, Junge; da ist die große, schöne Welt, da ist das reiche, wundervolle Leben; beklagst du dich, so verdienst du was um die Ohren. Mein Butterbrot ist in den Dreck gefallen; bon, streich ich mir ein frisches. Wer in den Krieg zieht, muß auf eine Blessur gefaßt sein. Die Hauptsache ist, daß man zur Fahne steht. Die Hauptsache ist der Glaube, der richtige Köhlerglaube.«

Wer zuerst dem Partner sich zuwenden, zuerst des andern Stimme hören würde, war noch fraglich. Weikhardt, düster vor sich hinblickend, ergriff wieder das Wort. »Dieses stumme Alleinsein in einem Atelier mit hundert verunglückten Schmieragen und den Gespenstern von hunderttausend verzweifelten Stunden! Ich hätte jetzt Gelegenheit, zu heiraten, und werde es auch tun. Das Mädchen hat zwar kein Geld, aber sie hat Herz. Sie fürchtet sich nicht vor meiner Armut und versteht die Donquichotterie, die das Leben eines Künstlers ausmacht. Sie stammt aus einer protestantischen Familie mit freigeistiger Überlieferung, hat sich aber vor zwei Jahren zum Katholizismus bekehrt. Als ich sie kennenlernte, war ich voll Mißtrauen und suchte alle möglichen Gründe dafür, nur nicht den einfachen und menschlichen. Es ist sehr schwer, das Einfache und Menschliche zu sehen, und noch viel schwerer, es zu tun, außerordentlich schwer. Nach und nach begriff ich, was das heißt: zu glauben; ich begriff, was an jedem Glauben heilig ist. Der Glaube selbst ist heilig, nicht das, was geglaubt wird. Gleichgültig, woran man glaubt, an ein Buch, an ein Tier, an einen Menschen, an einen Stern, an Gott; gleichgültig, es muß nur der Glaube sein, der unverrückbare, unbezwingliche Glaube; Sie haben ganz recht: der Köhlerglaube.«

Sie hatten sich doch in einem Wort gefunden. »Wann bekomme ich mein Bild, die Kreuzabnahme?« erkundigte sich Imhof.

Weikhardt antwortete nicht darauf. Sein hübsches, glattes, jungenhaftes Gesicht bekam, je länger er sprach, immer mehr Ähnlichkeit mit dem eines zänkischen alten Mannes. Doch seine Stimme blieb sanft und langsam und sein Wesen phlegmatisch. »Die heutige Menschheit hat den Glauben verloren,« fuhr er fort; »der Glaube ist ausgeronnen wie das Wasser aus einem zersprungenen Glas. Die Zeit wird von der Maschine tyrannisiert; es ist eine Pöbelherrschaft sondergleichen. Wer rettet mich vor der Maschine, vor dem Betrieb? Das goldene Kalb hat die Tollwut bekommen. Der Geist macht Kotau vor dem Warenhaus. Vielleicht rettet mich das I.N.R.I. vor dem M.W. Machen wir, heißt die Parole, m.w. Wir machen Christentum, wir machen Renaissance, wir machen Eiweiß, wir machen Kultur, brav und folgsam unter staatlicher Kontrolle, und wenns nicht ganz das Echte ist, ists doch brauchbar. Alles wendet sich ans Äußere, alles wird Ausdruck, Linie, Schnörkel, Gebärde, Maske; alles wird an die Mauer geklebt und blendend beleuchtet, alles ist das Neueste, bis das Allerneueste in Funktion tritt: die Seele flieht, die Güte hört auf, die Form zerbricht, die Ehrfurcht stirbt. Graut Ihnen nicht auch ein wenig vor dem Geschlecht, das jetzt heranwächst? Es ist eine Luft wie vor der Sintflut.«

»Male Maler, schimpfe nicht,« sagte Imhof mild.

»Freilich,« gab Weikhardt etwas beschämt zu, »wir wissen ja nicht, worauf alles abzielt. Aber es gibt doch Symptome, die einem wenig Hoffnung lassen, typische Fälle gewissermaßen. Haben Sie von dem Selbstmord des Deutschamerikaners Scharnitzer gehört? Er war in Künstlerkreisen ziemlich bekannt, ging selber in die Ateliers und kaufte, was ihm gefiel, ohne zu handeln. Manchmal kam er mit seiner achtzehnjährigen Tochter, einem engelschönen Geschöpf; Sybil hieß sie, und für sie kaufte er auch die Bilder; sie liebte besonders Stilleben und Blumenstücke. Der Mann hatte in Kalifornien durch Holzhandel viele Millionen verdient und sich dann hierher zurückgezogen, in die alte Heimat, um dem Mädchen eine Atmosphäre von Bildung und Ruhe zu schaffen. Sybil war sein einziger Gedanke, seine Hoffnung, sein Idol, seine ganze Welt. Er war nur kurz verheiratet gewesen, die Frau war ihm durchgegangen, wie es heißt mit einem Mulatten, und auf dieses Kind hatte er nun alles gesetzt, was ihm, nach einem Leben fieberhafter Arbeit, an Gefühl und Vertrauen und Zukunft geblieben war. Er sah ein erlesenes Wesen in ihr, eine kleine Heilige, und so erscheint sie auch, außerordentlich fein, stolz, ätherisch; man würde nicht wagen, mit einem Finger nach ihr zu greifen. Eine wohltuende Harmonie ging von dem Beisammensein der beiden aus, namentlich der Vater machte einen glücklichen Eindruck; um so verblüffender war dann der selbstgewählte Tod des Mannes. Niemand ahnte den Grund, man dachte an Sinnesverwirrung, aber er hatte einen Brief an einen amerikanischen Freund hinterlassen, der die Motive erklärte. Eines Tages war er krank und mußte das Bett hüten. Sybil hatte ein paar Gefährtinnen zum Tee geladen, und die jungen Mädchen befanden sich drei oder vier Räume vom Zimmer des Kranken entfernt. Alle Türen waren offen bis auf die letzte, und auch die war nur angelehnt, so daß das Geplauder der Mädchen zu ihm herüberklang, in unbestimmten Lauten, und ohne daß er die Worte verstehen konnte. Da erfaßte ihn die Neugier, zu erfahren, wovon sie sich unterhielten. Er erhob sich, warf einen Schlafrock über, ging leise durch die Zimmer und blieb vor der letzten Türe lauschend stehen. Das Gespräch drehte sich um Zukunftsdinge, um künftiges Glück, um Liebe und Ehe. Jede entwickelte ihre Ansichten, endlich kam die Reihe an Sybil, die sich sträubte und sich erst äußerte, als man sie lebhaft bedrängte. Da sagte sie, aus Gefühlen mache sie sich überhaupt nichts; Gefühle seien ihr nur lästig; sie kenne weder Sehnsucht noch Liebe; nicht einmal Dankbarkeit vermöge sie zu empfinden; von einer Heirat erwarte sie lediglich die Befreiung von einem unbequemen Joch; der Mann, dem sie ihre Hand reiche, müsse ihr alle Genüsse des Lebens bieten können, grenzenlosen Luxus, gesellschaftliche Stellung und sich im übrigen völlig von ihr beherrschen lassen; das sei ihr Programm und so werde sie es durchführen. Die andern Mädchen schwiegen, keine antwortete. Der heimliche Lauscher aber war von der Stunde an vergiftet. Dieser Zynismus, vorgebracht von einer reinen, seelenhaften Stimme, von einem Wesen, das er anbetete und für ein Wunder an Poesie und Gemütstiefe hielt, an das er alles verschwendet hatte, was er besaß, stürzte ihn in eine unheilbare Schwermut, in der er dann auch seinem Leben ein Ende machte.«

»Mein Lieber, der Mann war kein Holzhändler!« rief Imhof und streckte den Arm in die Luft; »das laß ich mir nicht einreden; der Mann war ein Lyriker.«

»Möglich, daß er ein Lyriker war, möglich,« entgegnete Weikhardt schmunzelnd; »was ändert das? Mich zwingts zur Bewunderung, wenn einer die Konsequenzen aus dem Zusammenbruch seiner Ideale zieht. Es ist besser als *bula matari*, glauben Sie mir. Die meisten ziehen überhaupt keine Konsequenzen, sie passen sich immerfort an, und dadurch werden sie so gemein und so steril.« Sein Blick verfinsterte sich wieder, und halb für sich fügte er hinzu: »Ich träume manchmal von einem, der nicht steigt, der nicht fällt, von einem, der da wandelt, unteilbar, unveränderlich, unerschrocken und ohne Anpassung. Vollständig ohne Anpassung; von so einem träum ich manchmal.«

Imhof sprang auf und schüttelte seine Kleider zurecht. »Genug geschwatzt,« schnarrte er in dem Offizierston, den er in seinen starken Momenten anzunehmen liebte; »mit Schwatzen wirds nicht besser.« Er schob seinen Arm in den Weikhardts, und während sie die Terrasse verließen, auf der inzwischen auch andre Gäste aufgetaucht waren, rezitierte er in demselben schnarrenden Leutnantston laut und ungeniert die Hölderlinschen Verse: »Und Waffen wider alle, die atmen, trägt / In seinem ewigbangen Stolze der Mensch; im Zwist / Verzehrt er sich und seines Friedens / Blume, die zärtliche, blüht nicht lange.«

7

Am ersten Abend in Hamburg nahm Crammon eine Loge im Schauspielhaus und lud Christian, Johanna Schöntag und Herrn Livholm, einen der Direktoren des Lloyd, ein. Diesen hatte er im Hotel kennen gelernt, wo er Eva einen Begrüßungsbesuch abgestattet hatte; da er ihm gefallen hatte und er auch eine leidliche Figur machte, hatte er sich seiner bemächtigt, um, wie er es nannte, mittelst eines neutralen Strohmanns harmlose Luft zu erzeugen.

»Es ist im Gesellschaftlichen wie in der Kochkunst,« pflegte er zu sagen; »zwischen zwei schwere, füllige Gerichte muß immer ein schaumiges und den Gaumen bloß oberflächlich reizendes placiert werden; sonst hat die Sache keinen Stil.«

Es wurde ein mittelmäßiges Lustspiel gegeben. Christian langweilte sich, Crammon hielt sich für verpflichtet, eine herablassende und gedämpfte Heiterkeit zu zeigen und versetzte Christian dann und wann einen leichten Stoß in den Rücken, um ihn gleichfalls zu einer Kundgebung von Teilnahme zu ermuntern; Johanna war die einzige, die sich amüsierte, und zwar über einen Darsteller, der eine ernsthafte Rolle zu spielen hatte, aber so albern und gespreizt redete, daß sie bei seinem Auftreten jedesmal ihr Spitzentaschentuch vor den Mund preßte, um ihre Lachlust zu bändigen.

Christian streifte bisweilen das Mädchen mit einem fremden Blick von der Seite. Sie war ihm weder besonders angenehm, noch besonders unangenehm; er wußte nicht, was er aus ihr machen sollte. Diese Empfindung hatte sich nicht verändert, seit er sie, in Evas Gesellschaft, auf der Reise zum erstenmal gesehen.

Sie spürte seinen fremden Blick, und in der untern Partie ihres Gesichts drückte sich, ohne daß ihr Übermut beeinträchtigt wurde, Enttäuschung auf äußerst zarte Weise aus.

Wie hilfesuchend wandte sie sich zu Crammon: »Der Mann ist doch furchtbar komisch, nein?« flüsterte sie, in ihrer charakteristischen Art eine fragende Negation an den Schluß einer Behauptung setzend.

»Der Mann ist unbedingt sehenswert,« stimmte Crammon artig zu.

Da ging die Logentür auf, und Voß trat ins Halbdunkel; in Smoking und Lackschuhen, der Vorschrift entsprechend. Aber niemand hatte ihn erwartet, niemand hatte ihn aufgefordert. Alle sahen ihn erstaunt an; er grüßte, blieb ruhig und ohne Verlegenheit stehen und richtete seine Aufmerksamkeit auf die Bühne.

Crammon schaute Christian an; Christian zuckte die Achseln. Nach einer Weile erhob sich Crammon und wies mit sarkastischer Höflichkeit auf seinen Platz. Voß schüttelte freundlich ablehnend den Kopf, verfiel aber dann sogleich wieder in die Untertänigkeit des Schulamtskandidaten. Er stammelte: »Ich war im Parkett, schaute herauf; dachte mir: besuchst sie einfach, es macht ja nichts.« Plötzlich ging Crammon hinaus, und man hörte ihn mit dem Logendiener schreien. Johanna war ernst geworden und blickte zerstreut in den Zuschauerraum; Christian hatte in stummer Abwehr die Schultern ein wenig zusammengedrückt; die Leute auf den Nachbarsitzen wurden ungehalten über den Lärm, den Crammon verübte; Herr Livholm spürte nur, daß die Atmosphäre von Korrektheit gestört war; Amadeus Voß allein zeigte Unempfindlichkeit.

Er stand hinter Johanna und dachte: die Haare dieses Frauenzimmers haben einen Geruch, daß einem schwindlig wird. Nachdem der Zwischenaktsvorhang gefallen war, entfernte er sich und kam nicht wieder.

In später Nacht, als er Christian für sich hatte, spie Crammon Wut. »Ich knalle ihn nieder wie einen tollen Hund, wenn er dergleichen noch einmal wagt. Was denkt sich der Mensch? Was sind das für Manieren? Wo ist er aufgewachsen, dieser bebrillte Galgenvogel? Mein ahnungsvolles Gemüt! Ich habe Personen mit Brille immer mißtraut. Warum jagst du ihn nicht zum Teufel? Ich bin im Verlauf meines sündenbeladenen Lebens mit mancherlei Existenzen aneinandergeraten; ich kenne die Creme, ich kenne den Abschaum; aber so ein Bursche ist mir nie begegnet. Beim Zeus, nie! Ich muß Brom nehmen, sonst kann ich nicht schlafen.«

»Ich glaube, du bist ungerecht, Bernhard,« antwortete Christian mit niedergeschlagenen Augen. Sein Gesicht war streng, verschlossen und kalt.

8

Amadeus Voß legte Christian folgenden Plan vor: er wollte nach Berlin, als Hospitant die Universität besuchen und für das medizinische Examen arbeiten.

Christian nickte billigend und sagte, er werde in Kürze ebenfalls nach Berlin kommen. Voß ging im Zimmer auf und ab; er fragte brüsk: »Wovon soll ich leben? Soll ich Akten kopieren? Soll ich mich um Stipendien bewerben? Wenn du mir deine Gunst entziehen willst, so gesteh es offen; durch den Dreck zu waten, hab ich ja gelernt. Der neue wird nicht zäher sein als der alte.«

Christian war überrascht. Vor einer Woche, in Holland noch, hatte er Amadeus zehntausend Franken geschenkt. »Wieviel brauchst du?« fragte er.

»Kost, Logis, Kleidung, Bücher ...« zählte Voß auf, und seine Miene war die eines Fordernden, der nur aus Rücksicht den Bittsteller spielt. »Ich werde mich billig einrichten.«

»Ich lasse dir monatlich zweitausend Mark anweisen,« sagte Christian mit einem Ausdruck von Widerwillen. Das freche Verlangen nach Geld peinigte ihn. Besitz lastete wie ein Berg auf ihm; er konnte die Arme nicht freibekommen, die Brust nicht heben, das Gewicht wurde schwerer und schwerer.

In einer Chrysolitschale auf dem Tisch lag eine Krawattennadel mit einer großen, schwarzen Perle. Voß, dessen Hände immer Beschäftigung suchten, griff nach ihr, nahm sie zwischen Daumen und Zeigefinger und hielt sie gegen das Licht. »Willst du sie haben?« fragte Christian. »Nimm sie nur,« überredete er den Zaudernden, »ich mag sie ohnehin nicht.«

Voß trat vor den Spiegel und steckte die Nadel schweigend, mit einem eigentümlichen Lächeln in seinen Schlips.

Als Christian allein war, stand er lange nachdenkend; dann setzte er sich hin und schrieb an seinen Verwalter nach Christiansruh. »Geehrter Herr Borkowski,« schrieb er in seiner steilen Schrift und seinem nicht minder ungelenken Stil, »ich habe mich entschlossen, Christiansruh zu verkaufen, und zwar samt allen Mobilien und Kunstgegenständen, samt dem Park, den Forsten und Ökonomien. Ich beauftrage Sie hiermit, einen verläßlichen und tüchtigen Agenten ausfindig zu machen, der mir etwaige günstige Offerten telegraphisch mitteilen soll. Sie kennen sich ja unter den Leuten aus und brauchen bloß einmal nach Frankfurt hinüberzufahren. Seien Sie so freundlich, die Angelegenheit in möglichster Stille zu erledigen. Inserate in Zeitungen müssen unterbleiben.«

Hierauf schrieb er einen zweiten Brief an den Aufseher des Rennstalls in Waldleiningen. Diesen abzufassen, kostete mehr Überwindung als der erste, denn er sah fortwährend die sanften und feurigen Augen der edlen Tiere auf sich gerichtet. Er schrieb: – »Geehrter Herr Schaller, ich habe mich entschlossen, meinen Rennstall aufzulösen. Die Tiere sollen ehestens zur Auktion gebracht oder unter der Hand an Liebhaber abgegeben werden. Letzteres wäre mir natürlich angenehmer, was ich auch von Ihnen voraussetze. Baron Deidinger auf Deidingshausen hat sich seinerzeit sehr für ›Columbus‹ und für ›Lovely‹ interessiert. Ziehen Sie mal Erkundigungen ein. ›Admirable‹ und ›Windsbraut‹ könnte man dem Fürsten Pleß oder Herrn von Strathmann anbieten. Sir Denis Lays ›Exzelsior‹ lassen Sie nach Baden-Baden schaffen und einstweilen im Stall des Grafen Treuberg versorgen. Ich möchte nicht, daß er allein in Waldleiningen bleibt.«

Als er die Briefe versiegelt hatte, atmete er auf. Er läutete dem Diener und gab ihm die Briefe zur Beförderung. Der Diener hatte sich schon zum Gehen gewandt, da rief ihn Christian zurück. »Ich muß Ihnen leider Ihre Stelle kündigen, Wilhelm,« sagte er; »ich will mich von jetzt an allein behelfen.«

Der Mann traute seinen Ohren nicht. Er war seit drei Jahren in Christians Diensten und ihm aufrichtig zugetan.

»Leider, es muß sein,« sagte Christian, blickte an ihm vorüber und lächelte fast genau so eigentümlich wie Amadeus Voß, als er vor dem Spiegel die Perlennadel in seinen Schlips gesteckt hatte.

9

Crammon behauptete, Amadeus Voß mache Johanna Schöntag den Hof. Johanna schlug unwillig mit dem Handschuh nach ihm. »Ich gratuliere zu der Eroberung, Rumpelstilzchen,« neckte Crammon. »Ein Werwolf an der Leine, das ist schon was; damit kann man sich sehen lassen. Ich bin aber auch für einen Maulkorb. Nicht wahr, Christian, mein Herzchen, wir sind für einen Maulkorb?«

»Maulkorb? Ich weiß nicht,« antwortete Christian. »Wenn es am Reden hinderte. Viele reden zu viel.«

Crammon biß sich auf die Lippen. Die Zurechtweisung dünkte ihn hart. Da war irgendwo ein Stein in den Daunen verborgen, auf denen er lag und schlemmte; es tat weh. Er suchte den Stein, aber die Weichheit der Daunen beruhigte ihn wieder, und er vergaß den Schmerz.

»Ich saß im Frühstücksraum und wartete auf Madame Sorel,« erzählte Johanna mit einer Stimme, die in jeder Hebung und Schattierung um Christians Ohr warb; »da kam Herr Voß herein und ging geradeswegs auf mich zu. Ich dachte: böser Mann; was will der böse Mann von mir? Er fragte mich, wie wenn wir seit Jahren dick befreundet wären, ob ich mit ihm nach Sankt Pauli gehen wolle, der berühmte Wanderpastor Jakobsen hielte eine Predigt dort. Ich mußte ihm ins Gesicht lachen, da war er ganz beleidigt. Und heute nachmittag, als ich das Hotel verließ, stand er auf einmal wie aus dem Boden geschossen wieder vor mir und lud mich zu einer Spazierfahrt im Hafen ein; er habe ein Motorboot gemietet und suche Gesellschaft. Er war wieder genau so grimmig vertraulich, und als er wegging, genau so beleidigt. Und das, Onkelchen, nennen Sie den Hof machen? Ich hatte eher das Gefühl, er wollte mich verschleppen und umbringen. Aber vielleicht ist das seine Manier.« Sie lachte.

»Jedenfalls sind Sie die einzige, die er so schmeichelhaft auszeichnet,« fuhr Crammon fort zu sticheln.

»Oder die einzige, die er für seinesgleichen hält,« antwortete Johanna mit kindlich verzogener Stirn.

Christians Gedanke war: warum lacht sie so oft? Warum sind ihre Hände so plump und rot? Johanna spürte sein Mißfallen und war gelähmt. Gleichwohl fühlte sich Christian durch eine verborgene Kraft angezogen.

Weshalb sich sträuben? Weshalb so viel Umstände machen? dachte er, als Johanna sich erhob und er mit verdeckten Blicken ihre graziöse Gestalt maß, die noch die Biegsamkeit sinnlicher Unreife hatte; als er den Ansatz ihres schlanken Nackens gewahrte, in dem sich zugleich Schwäche des Willens und Feinheit der Rasse ausdrückte. Er kannte diese Zeichen. Er hatte sie stets zu deuten und zu nutzen verstanden.

Crammon, massig in einen Klubsessel gegossen, sprach mit Emphase von dem morgigen Tanzabend Evas, der die ganze Stadt mit Erwartung erfüllte. Christian und Johanna aber sahen plötzlich einander.

»Kommst du mit?« wandte sich Christian lässig und gelangweilt an Crammon.

»Ja, mein Schatz, laß uns tafeln!« rief Crammon. Er nannte Hamburg das Paradies des heiligen Bernhard, über den er, als über seinen Schutzpatron und Namensgeber, Spezialforschungen angestellt hatte, und der nach seiner Meinung ein gewaltiger Fresser gewesen, zu Tours in Frankreich *anno Domini*.

Ein banges, verschlagenes Weiberlächeln spielte um Johannas Lippen. Als sie den beiden voranschritt, war Bedrücktheit und zugleich humoristische Auflehnung gegen das Bedrückte und Unfreie in den Bewegungen ihres eckig-zierlichen Körpers.

10

Amadeus Voß wußte, daß er niemandes Sympathien hatte; niemandes außer Christians. Und diesen beargwöhnte er; er zählte, wog und haderte. In der Angst vor Verstellung und Verrat heuchelte und verriet er selbst. Nichts diente ihm, nichts überzeugte ihn, nichts versöhnte ihn. Daß Christians Blick und Gegenwart eine bändigende Wirkung auf ihn hatte, verzieh er ihm am wenigsten. Seine Erbitterung stöhnte aus Träumen.

Er las in der Schrift: Ein Hausvater pflanzte einen Weinberg; umgab ihn mit einem Zaun; ließ darin eine Kelter graben und einen Wachtturm bauen; und vermietete ihn an Weingärtner und reisete außer Landes. Da nun die Zeit der Früchte gekommen war, schickte er seine

Knechte zu den Weingärtnern, um die Früchte in Empfang zu nehmen. Die Weingärtner aber fielen über seine Knechte her, schlugen den einen, töteten den andern und steinigten den dritten. Noch einmal schickte er andre Knechte, und zwar mehr als zuvor; und sie behandelten diese auf gleiche Art. Zuletzt aber schickte er seinen Sohn zu ihnen und sprach: vor meinem Sohn werden sie doch wohl Ehrfurcht haben. Als aber die Weingärtner den Sohn sahen, sagten sie: »Dieser ist der Erbe! Auf, laßt uns ihn töten.« Sie packten ihn, schleppten ihn zum Weinberg hinaus und töteten ihn.

Manchmal wich er stundenlang nicht von Christians Seite, studierte seine Gesten, seine Mienen, und jede Wahrnehmung trieb ihm die fressende Glut ins Gehirn. Dieses ist der Erbe! Dann floh er, zerstörte sich, zerrieb sich, und Schuldgefühl steigerte sich bis zur Zerknirschung. Er kehrte zurück, und sein Wesen war Beichte: ich kann nur bei dir gedeihen. Ihm schien, es müsse gehört werden wie ein Schrei. Es wurde nicht gehört, und der Bruder wurde wieder zum Feind. So schwankte er auf und ab, von der Finsternis durch Feuer und Qualm in die Finsternis.

Er litt unter seiner Befangenheit und unter seiner Aufdringlichkeit. Mitten in dem Luxus und Überfluß, in die er durch einen märchenhaften Glückswechsel versetzt war, litt er unter der Erinnerung an seine frühere Armut, spürte er noch, wie sie ihn geknebelt und gewürgt hatte, bäumte sich noch gegen sie auf. Er griff nicht hin, schloß die Augen, schauderte vor Begierde und Gewissensqual. Die Bildseite des Gewebes wollte er nicht betrachten; er drehte es um und grübelte finster nach dem Sinn der wirr verknüpften Fäden. Da war keine Beziehung, die er nicht verdächtigt, kein heiteres Gespräch andrer, in dem er nicht einen Stachel für sich gefunden, kein Gesicht, das nicht seinen Haß vermehrt, keine Schönheit, die ihm nicht ihr Widerspiel gezeigt hätte. Alles wurde Gift, alles Fäulnis, Blüte ward Unkraut, Sammet Nessus, Licht ein Schwelen, Kitzel eine Wunde; an jeder Mauer stand das *mene tekel upharsim* flammend.

Er gab sich nicht, wurde nicht weich. Neid glomm weiter, auch wenn das Begehrte errungen war. Was ihn jemals erniedrigt hatte, reizte die Rachlust bei jedem Darandenken. Züchtigungen, die er vom Vater erfahren, verzerrten dessen Bild im Grab; Mitschüler im Seminar hatten ihm einst Pfeffer in den Kaffee geschüttet; er konnte es nicht vergessen; nicht vergessen die Miene Adeline Ribbecks, als sie ihm nach dem ersten

Monat den Gehalt im geschlossenen Kuvert überreicht; Unglimpf und Mißachtung von Hunderten, die sich an ihm und nur an ihm schadlos gehalten für die Bedrückungen, welchen sie selbst ausgesetzt waren. Er konnte es nicht verwinden, dem Schicksal nicht verzeihen; die eingeätzten Male brannten frisch.

Dann wieder warf er sich hin, betend, bettelnd, der Verzeihung seinerseits bedürftig. Von religiösen Skrupeln gefoltert, von Reue geplagt, verlangte ihn nach ausgelöschtem Bewußtsein, sprach er Verdammung über sich, verdammte er sich zur Askese.

Und Askese schleuderte ihn in die Ausschweifung, die wahllos war, wüst, unsinnig, mit unsinnigem Verprassen von Geld. Er konnte die Erregungen des Spiels nicht mehr missen und geriet in die Hände von Bauernfängern, in verrufene Lasterhöhlen, äffte dort den reichen Kavalier, den Aristokraten im Inkognito, denn es trieb ihn, die Maske zu erproben und sich ihre Verächtlichkeit zu beweisen. Da man ihn in einer Rolle ernst zu nehmen schien, die ihn selber mit Scham und Verzweiflung erfüllte, verschmerzte er die hohen Verluste und übersah die plumpen Betrügereien. Eines Abends drang Polizei in das Lokal, wo er war; er konnte nur mit knapper Not entwischen. Ein Individuum heftete sich an seine Fersen, spiegelte ihm Gefahren vor, drohte mit Anzeige und erpreßte ihm ein Schweiggeld.

Er wurde die Beute von Kokotten. Er kaufte ihnen Schmuck und Kleider und veranstaltete nächtliche Gelage. Sie waren Verworfene in seinen Augen, die er benutzte wie ein Durstiger aus der Pfütze trinkt, wenn er reines Wasser nicht bekommen kann. Und er gab es ihnen brutal zu verstehen; er zahlte dafür, daß sie es ertrugen, und sie wunderten sich, wehrten sich nur gegen den infamsten Schimpf, machten sich lustig über Züge von Muckertum, die erzählt wurden. Mit einer, die jung und hübsch war, hatte er eine Stunde allein verbracht; er hatte sich dabei die Augen verbunden und war plötzlich wie von Furien gejagt davongestürzt.

Dreimal hatte er den Tag seiner Abreise festgesetzt, dreimal ihn verschoben. Das Bild Johannas war zu Evas Bild getreten. Beide tobten in seinem Hirn. Beide waren in unerreichbarer Welt. Die Häßliche schien ihm verwandt, möglicherweise war sie zu umstricken; die Schöne war wie gellender Hohn seiner Existenz. Er hatte nun von ihrer Kunst so viel gehört und in Zeitungen gelesen, daß er beschloß, den Abend ihrer Vorstellung abzuwarten, um, wie er zu Christian äußerte, sich ein Urteil zu bilden und nicht länger der Gefoppte von Verblendeten und frechen Schmeichlern zu sein.

Es war *theatre paré*. Er saß neben Christian in dem reichgeschmückten und festlich beleuchteten Saal, in welchem fürstliche Personen, die Familien der Senatoren, die Spitzen der Behörden und der Handelswelt und Abgesandte aus allen Gauen und Städten Deutschlands zu sehen waren. Christian hatte Plätze dicht hinter dem Orchester genommen; Crammon, als Kenner perspektivischer Wirkungen, hatte die erste Reihe des Balkons vorgezogen; Johanna und Botho von Thüngen waren seine Nachbarn; er hatte ihnen eindringlich erklärt, daß in der Tiefe des Theaters das Spiel der Beine und der Füße durch die Rampenlinie schädlich abgeschnitten würde, während es hier, in mittlerer Höhe, harmonisch zum Ganzen fließe.

Amadeus Voß blieb in seiner vorgefaßten Starrheit. Er sträubte sich nicht etwa, spürte nicht ein Mächtiges, dem er trotzen mußte; er war und blieb kalt, trüb und blöde. Da flog im abgeteilten Raum ein Wesen vogelhaft, der Schwere wunderbar entledigt; da offenbarte sich ein Rhythmus, der Bewegung in Gesang verwandelte; da brachen die Ketten seelischer Bindung, Gefühl war Bild, Handlung Mythos, Schreiten Sieg über die Materie; seine Miene aber drückte aus: wozu dient mir das? Wozu dient euch das? Von geschlechtlichem Ingrimm erfüllt, sah er nur eine aufreizende Schaustellung, und als das Gewitter des Beifalls losbrach, bleckte er die Zähne.

Das letzte Stück war eine Art Tanz-Proverbe, ein lieblicher Scherz, den sie zu einer Musik von Delibes erfunden und ausgearbeitet hatte. Der Inhalt bestand in nichts andrem, als daß ein Pierrot einen Kreisel schlägt und, seinen launenvollen Lauf lenkend und regelnd, in immer neuen Stellungen, Sprüngen und Wendungen den Widerstrebenden und endlich Erschöpften einem Loch zutreibt, in dem er spurlos verschwindet. Der nichtige Vorgang war durch den Wechsel und durch den Reichtum der Positionen mit solchem Leben erfüllt, funkelnder Übermut und die rascheste Grazie, die je auf Brettern sich ihren Eingebungen überlassen, hatten ihn derart zu einem Kunstgebilde erhöht, daß das Zuschauen atemloses Staunen wurde und der Dank eine Raserei.

Im Foyer stürzte Crammon auf Christian zu und zog ihn durch Menschenmassen in einen halbfinstern Gang und hinter die Bühne. Amadeus Voß, von Crammon nicht beachtet, folgte beiden mürrisch und gedankenlos. Der Anblick von Kulissen, papiernen Felsen und

Bäumen, aufgerollten Prospekten, Beleuchtungsmaschinen, Flaschenzügen und hin- und herrennenden Arbeitern schürte dumpf-feindselige Neugier.

Erregte Menschen drängten sich in Evas Garderobe. Sie saß, im schwarzundweißgewürfelten Pierrotkleid noch, die zierliche, silberne Peitsche, mit der sie den Kreisel getrieben, in der Hand, unter Blumen, die zu einem Berg um sie gehäuft waren. Vor ihr kniete Johanna Schöntag und schaute mit heißschimmernden Augen zu ihr auf. Susanne Rappard reichte der Herrin ein Glas Sekt; dann begann sie mit den ungerufenen Gästen in einem Kauderwelsch aus fünf bis sechs Idiomen zu verhandeln und ihnen begreiflich zu machen, daß sie im Wege seien. Aber jeder wollte einen Blick, ein Wort, ein Lächeln Evas erobern.

Neben der Garderobe, abgetrennt von ihr durch eine falsche Wand mit einem türlosen Eingang, befand sich ein schmaler Ankleideraum, der außer den Kostümen der Tänzerin nur einen großen Stehspiegel enthielt. Mehr beiseite geschoben, als von eignem Antrieb bestimmt, sah sich Voß unvermerkt in diesem Gemach allein, und als er es einmal betreten hatte, wuchs seine Kühnheit; er wagte noch ein paar Schritte.

Er schaute sich um und starrte auf die Gewänder, die da lagen und hingen; auf die glitzernden Seidenstoffe, die roten, grünen, blauen, weißen und gelben Tücher und Schleier, auf die duftigen Gewebe aus Gaze, Battist und Tüll. Da war das durchsichtige Gespinst und der schwere Brokat; da glänzte ein Kleid wie pures Gold, dort war ein silberdurchwirktes und ein mit Pailletten behängtes; eins sah aus wie von Rosenblättern gemacht, eines war wie ein Netz aus Glasfäden, dieses wie weißer Schaum, jenes wie ein violetter Stein. Und da standen zierliche Schuhe, der Reihe nach; Schuhe aus Maroquin, aus Seide und aus Bast; da waren Strümpfe in allen Farben, und Bänder und Spitzen und allerlei antiker Schmuck. Die Luft war von einem Geruch erfüllt, der seine Sinne aufregte; es roch nach Salben und kostbarem Öl, nach Frauenhaut und Frauenhaar. Seine Pulse klopften, sein Gesicht wurde grau; mechanisch streckte er den Arm aus und griff nach einem kunstvoll bemalten spanischen Schal; er zerknüllte ihn in den Händen, zornig, gierig, fassungslos und grub Mund und Nase hinein, an allen Gliedern zitternd.

Da gewahrte ihn Susanne Rappard und deutete befremdet hinein. Eva wurde aufmerksam, schob Johanna sanft von sich weg, erhob sich und schritt auf die Schwelle. Als sie den Verzückten, besessen Versunkenen erblickte, war ihr, als geschähe Unflätiges, und sie stieß einen leisen, kurzen Schrei aus. Amadeus Voß zuckte, ließ das Tuch fallen und schaute sie wild und schuldbewußt an. Mit einem Ausdruck lachender, unsäglich tiefer Verachtung, einem monatealten Abscheu, hob Eva die silberne Peitsche und schlug ihn ins Gesicht, das nun jede Spur von Farbe verlor und sich zu wollüstigem Schrecken verkrampfte.

In dem bestürzten Schweigen ging Christian auf Eva zu, nahm der Erstaunten die Peitsche aus der Hand und sagte mit einer Stimme, die sich kaum von der unterschied, mit welcher er sonst redete: »Das nicht, Eva; das sollst du nicht tun.« Er hielt die Peitsche an beiden Enden und bog sie so lange, bis das zarte Metall brach. Dann warf er sie zu Boden.

Sie sahen einander an. In Evas Zügen loderte noch der Abscheu; nun kam das Erstaunen über Christians Vermessenheit. Christian dachte: sie ist schön; und er liebte sie. Er liebte sie in dem schwarzundweißgewürfelten Pierrotkostüm mit den großen, schwarzen Samtknöpfen und der Kegelmütze auf den Haaren, von der eine Quaste leichtsinnig baumelte; er liebte sie, unvergleichlich schien sie ihm, und sein Blut schrie nach ihr wie in den Nächten, aus denen sie ihn verstoßen hatte. Aber er fragte sich auch: warum ist sie böse geworden? Da fühlte er ein sonderbares Mitleid, eine sonderbare Befreiung, und er lächelte. Es dünkte allen, die es beobachteten, ein wenig albern, dieses Lächeln.

Amadeus Voß las in der Schrift: Was reibt ihr auf mein Volk und zermalmt das Gesicht der Armen? Weil stolz sind die Töchter Zions und einhergehen mit hochaufgereckten Hälsen und geschminkten Augen, und mit tändelnden Schritten daherkommen, und Spangen an ihren Füßen tragen, so wird der Herr den Scheitel der Töchter Zions kahl machen und entblößen ihre Scham. Und wird allen Schmuck beseitigen, den Schimmer der Fußkettchen, die kleinen Sonnen und die kleinen Monde, die Ohrgehänge, Armbänder und die Schleier, den Kopfputz, die Gürtel, die Riechfläschchen, die Amulette, die Fingerringe, die Oberkleider und Mäntel, die weiten Gewänder und die Beutel, die Spiegel, Hemden und Kopfbinden. Und statt Balsamduft wird Modergeruch sein, statt Gürtel Stricke, statt Haargeflecht Kahlheit, statt eines weiten Mantels ein enger Sack, und statt der Schönheit Brandnarben. Fallen werden deine Männer durch das Schwert und deine Helden im Kriege. Wehklagen werden dann und trauern deine Tore, und beraubt wird jene auf der Erde sitzen.

Am selben Abend fuhr er nach Berlin.

11

Lorm und Judith bewohnten eine prunkvolle Etage im Berliner Tiergartenviertel.

Edgar Lorm blühte auf. Ordnung und Regel beherrschten sein Leben. Mit kindlicher Ruhmredigkeit sprach er von seinem Heim. Sein Direktor und Freund, der Doktor Emanuel Herbst, beglückwünschte ihn zu der Verjüngung, die an ihm bemerkbar wurde.

Menschen, die ihm seit langem etwas galten, führte er Judith vor. Sie äußerte sich über die meisten mit liebloser Schärfe. Ihr Wahnschaffescher Hochmut verscheuchte Gutmeinende. Aus Bequemlichkeit unterwarf sich Lorm, der Vielumworbene, ihrem Urteil.

Nur Emanuel Herbst gab er ihr nicht preis. Als Judith über ihn spottete, über seinen wackligen Gang, seine Häßlichkeit, seine lächerlich dünne Stimme, seine geschmacklosen Kalauer, erwiderte er ernst: »Ich kenne Herbst seit mehr als zwanzig Jahren. Was dich an ihm stört, ist mir genau so lieb wie die Eigenschaften, die ich an ihm schätzen gelernt habe und von denen du noch nichts weißt.«

»Er ist sicher ein Ausbund von Tugend,« versetzte Judith, »aber er langweilt mich über die Maßen.«

Lorm sagte: »Man muß sich an den Gedanken gewöhnen, daß die andern Menschen nicht immer zu unserm Vergnügen da sind. Du stehst zu einseitig auf dem Luxus- und Verbrauchsstandpunkt. Es gibt an Männern eine Qualität, die ich höher anschlage als Schönheit und aristokratische Manieren: das ist Verläßlichkeit. Die Leute, mit denen man in meinem Beruf zu tun hat, entziehen sich den bürgerlichen Pflichten, namentlich der Pflicht, ein gegebenes Wort zu halten, mit einer Ruhe und Frivolität, die einem den Ekel bis an den Hals treibt. Da ist es mir unendlich wertvoll und ich kann es Herbst nicht genug danken, daß das Verhältnis zwischen uns ohne den Schatten eines Mißtrauens und jedes Ja und Nein so gültig und unumstößlich ist wie ein geschriebener Vertrag.«

Judith erkannte, daß sie Herbst gegenüber ihre Taktik ändern mußte. Sie spielte die Liebenswürdige und Bekehrte und warb geschmeidig um Gunst. Der kluge Doktor Herbst durchschaute sie, ließ es sie jedoch nicht merken und behandelte sie mit ritterlicher Artigkeit, die altmodisch wirkte und hinter der er seine Vorbehalte verbarg.

Manchmal saß sie abends in Gesellschaft der beiden Männer und beteiligte sich an Fachgesprächen über Dichter und Theaterstücke, Komödianten und Komödiantinnen, Erfolge und Mißerfolge. Während sie aufmerksam schien oder eine Frage einwarf, dachte sie an die Schneiderin, an die Köchin, an die Wochenrechnung, an das frühere, versunkene, völlig andersgeartete Leben, und ihre Augen blickten hart.

Es kam vor, daß sie mit erbitterter Miene durch die Zimmer ging und sich an allen Dingen feindselig maß. Da haßte sie die vielen Spiegel, deren Lorm bedurfte, die vorgestern gekauften Teppiche, die prunkvollen Möbel und Gemälde, die zahllosen Bibelots, Photographien, Schmuckgeräte, Bücher und pietätvoll bewahrten Erinnerungsstücke.

Sie hatte nie in Häusern gewohnt, wo Mietsparteien über den Köpfen und unter den Füßen durch ihr widrig-unbekanntes Dasein störten. Erbittert lauschte sie den Geräuschen und dünkte sich zu einer Kasernenexistenz erniedrigt.

Es war nicht ihr Element, jeden Morgen zu warten, bis sich der Herr vom Lager erhob; zu sorgen, daß beim Frühstück nichts mangelte; beiseite zu stehen, bis der Barbier, der Masseur, der Chauffeur, der Theaterdiener, die Sekretärin ihre Weisungen erhalten und abgefertigt waren; wieder zu warten, bis er müde, verstimmt und ausgehungert von der Probe kam, und ihm beim Essen zuzusehen, das er lecker und reich zu haben wünschte, und das er hinunterschlang wie einen Fraß; ihm Lärm und Besuch fernzuhalten, wenn er memorierte; von Fremden ans Telephon gefordert zu werden, Auskünfte zu erteilen, Einladungen abzusagen, Lästige fortzuschicken, Ungeduldige zu vertrösten. Es war nicht ihr Element, aber sie bezwang sich, so wie sie sich bezwungen hatte, als man ihr die Nadel durch den Arm gestochen hatte.

Emanuel Herbst, scharfer Beobachter und beinahe gelehrter Kenner der menschlichen Natur, zergliederte für sich im stillen das Verhältnis zwischen den beiden Gatten. Er sagte sich: Lorm hält ihr nicht, was sie sich von ihm versprochen hat, so viel ist klar; sie hat geglaubt, ihn schälen zu können, wie man eine Zwiebel schält, so daß sie beständig etwas Überraschendes und Neues in die Hand bekam, hinreichend, sie für alles zu entschädigen, was sie aufgegeben hat. Sie wird bald begreifen, daß ihre Rechnung falsch war; denn Lorm bleibt derselbe; Lorm bleibt sich selber gleich; ihn kann man nicht schälen. Er trägt nur Kostüme, er schminkt sich nur. Eben dies Vermögen, leere Gefäße immer wieder mit schönem Inhalt zu füllen und selbst nichts weiter zu sein als bescheidener Diener seiner Sache, macht sie ihm zum Vorwurf, und je mehr er in ihren Augen schuldig wird, je mehr Macht wird sie über ihn gewinnen. Denn er ist müde. Ohne Zweifel ist er der Bezwungenen müde, der Anbeter und Lobhudler, der Süßigkeiten und Erleichterungen des täglichen Lebens, und es verlangt den grenzenlos Verwöhnten, ohne daß er es weiß, nach Ketten und nach einem Wärter.

Dies Ergebnis seines Nachdenkens erfüllte Emanuel Herbst mit Sorge.

Judith aber erinnerte sich ihres Traumes. Wie sie bei dem Fisch gelegen, weil es ihr so gefiel, und wie sie ihn geschlagen, von Wut erfaßt über seine kühlen, feuchten, schlüpfrigen Schuppen, die am Rücken opalisierten.

Und sie lag bei dem Fisch und schlug ihn, der ihr untertänig und mehr und mehr zu eigen wurde.

Ihre beständige Angst war: ich bin arm, verarmt, abhängig und ungesichert. Der Gedanke quälte sie dermaßen, daß sie ihn einmal gegen die Hausdame aussprach. Erstaunt antwortete diese: »Aber der gnädige Herr gibt Ihnen ja neben Ihrem Nadelgeld monatlich zweitausend Mark für die Wirtschaft, wie können Sie sich da solchen Einbildungen überlassen?«

Judith schaute sie mißtrauisch an. Sie war mißtrauisch gegen alle Leute, die sie bezahlte. Wenn sie von Geld redeten, glaubte sie sich schon bestohlen.

Eines Tages kündigte ihr die Köchin; es war die vierte, seit der Haushalt bestand. Vom abgezählten Zucker fehlten zwölf Würfel, deren Verbrauch nicht nachzuweisen war. Es gab einen häßlichen Streit, und Judith bekam Dinge zu hören, die ihr noch niemand zu sagen gewagt hatte.

Die Sekretärin verlegte einen Schlüssel. Als er endlich gefunden war, stürzte Judith zu der Schublade, die er aufschloß, und sah nach, ob von dem Briefpapier, den Bleistiften und Stahlfedern nichts abhanden gekommen sei.

Die Hausdame hatte zwanzig Meter Leinwand gekauft. Judith fand den Preis zu hoch. Sie fuhr selbst in das Geschäft, der Wagen kostete mehr als sie hoffen konnte zu ersparen, und feilschte mit einem Kommis so lange um Ermäßigung, bis man ihr nachgab. Am Abend erzählte sie Lorm triumphierend davon. Er versäumte es, sie zu loben; beleidigt stand sie vom Tisch auf, sperrte sich in ihrem Zimmer ein und legte sich ins Bett. Immer wenn sie Grund zu haben glaubte, ihm zu zürnen, legte sie sich ins Bett.

Lorm kam an ihre Türe, pochte leise, bat, sie möge ihm öffnen. Sie ließ ihn eine Weile stehen, damit er Zeit habe, zu bereuen, dann öffnete sie. Sie mußte ihre Heldentat noch einmal erzählen, und er hörte mit reizender Neugier zu; dann sagte er: »Du bist ein Juwel« und liebkoste ihre Hand und ihre Wange.

Es konnte aber geschehen, daß sie für Gegenstände, nach denen sie begehrte, Summen ausgab, die in unsinnigem Mißverhältnis zu den mühseligen kleinen Sparkünsten standen. Sie sah einen Hut, ein Kleid, einen Schmuck in einer Auslage, konnte sich von dem Anblick nicht mehr losreißen, ging in das Geschäft und erlegte, ohne zu feilschen, den geforderten Preis.

Eines Tages besuchte sie eine Auktion und kam gerade dazu, wie eine Alt-Wiener Konfektschale ausgeboten wurde, eines jener Stücke, die, obwohl äußerlich unansehnlich, das Entzücken der Sammler sind. Zuerst reizte sie der Gegenstand gar nicht, dann aber erregten die hohen Gebote ihre Aufmerksamkeit, und sie begann selbst zu bieten. Sie entflammte sich, bot und überbot und schlug endlich die Mitbewerber aus dem Feld.

Erhitzt kam sie nach Hause und stürmte in Lorms Arbeitszimmer. Emanuel Herbst befand sich bei Lorm; sie saßen beide am Kamin und pflogen eine vertrauliche Unterhaltung. Judith übersah Herbsts Anwesenheit; sie blieb dicht vor Lorm stehen, packte die Porzellanschale aus der Hülle und sagte: »Da sieh mal, Edgar, was ich Herrliches erwischt habe.«

Es war schon Abend, Lorm hatte aber noch kein Licht angezündet, denn er liebte die Dämmerung und liebte, wenn es dunkel wurde, den Schein des Kaminfeuers, der hier allerdings nur eine großstädtische Nachahmung von Holzfeuer war. Beleuchtet von der gesättigt roten, schwimmenden Reflexglut nahm sich Judith in ihrer Freude und Bewegtheit wundervoll aus.

Lorm griff nach der Schale, betrachtete sie mit höflichem Interesse, drehte sie um und um, warf die Lippen ein wenig auf und sagte: »Hübsch.« Herbsts Gesicht, wie der Mond, zeigte zahllose ironische Falten und Fältchen.

Judith wurde böse. »Hübsch? Siehst du nicht, daß es eine kleine Zauberei ist, ein süßer Traum? das Pikanteste und Rarste? Die Kenner waren außer sich. Weißt du, was es gekostet hat? Achtzehnhundert Mark; dabei waren sechs oder sieben wütende Konkurrenten hinter mir her. Hübsch!« Sie lachte hart. »Gib mirs wieder, du faßt es ja so roh an.«

»Beruhige dich, mein Schatz, es ist ja wirklich eine subtile Sache,« erwiderte Lorm sanft.

Aber Judith war gekränkt, mehr durch Herbsts stummen Spott als durch Lorms Unverständnis. Sie warf den Kopf zurück, rauschte aus dem Zimmer und knallte die Türe hinter sich zu. Im Zorn waren ihre Manieren manchmal ein bißchen gewöhnlich.

Die Männer schwiegen eine Weile. Dann sagte Lorm, betreten und mit entschuldigendem Lächeln: »Süßer Traum ... achtzehnhundert Mark ... na ja. Kindisches Geschöpf.«

Emanuel Herbst scheuerte mit der Zunge den Raum zwischen Lippen und Zähnen, was ihm Ähnlichkeit mit einem steinalten Säugling verlieh. Er sagte: »Du solltest ihr gelegentlich klarmachen, daß achtzehnhundert Mark eintausendachthundertmal eine Mark sind.«

»Sie kommt nicht so weit, denn sie fängt mit den Pfennigen an,« antwortete Lorm. »Ein Mensch, der beständig auf dem Meer gelebt hat und plötzlich auf einen kleinen Binnensee versetzt wird, findet sich in den Maßen und Entfernungen schwer zurecht. Es sind wunderliche Wesen, die Frauen.« Er seufzte lächelnd. »Direktor, ein Schnäpschen?«

Doktor Herbst wiegte sorgenvoll den Cäsarenkopf. »Warum denn wunderlich? Sie sind so oder so, und man muß sie so oder so behandeln. Man darf sich nicht über das Material täuschen, das man in der Hand hat. Zum Exempel: ein Hufeisen ist kein Birkenholz; obschon es aussieht wie ein Bogen, kannst du es nicht biegen, mit aller Kraft nicht. Bindest du eine Sehne dran, so bleibt sie schlaff, und der Pfeil schnellt nicht ab. Na, schenk ein das Schnäpschen.«

»Dafür macht man aus einem Hufeisen unter Umständen den besten Damaszenerstahl,« gab Lorm heiter zurück und schenkte ein.

»Bravo. Gut repliziert. Geschmeidig wie Kardinal Richelieu. Dein Wohl.«

»Machst du mich zu Richelieu, so ernenn ich dich zu meinem Pater Joseph. Famose Rolle übrigens. Dein Wohl, graue Eminenz.«

12

Crammon und Johanna Schöntag wollten zu Hagenbeck nach Stellingen fahren, und Crammon bat Christian um das Auto. Sie stiegen gerade in den Wagen, als Christian aus dem Hotel trat. »Warum kommst du nicht mit?« fragte Crammon. »Hast du was Besseres vor? Komm doch mit, es ist lustiger zu dreien.«

Christian wollte ablehnen, da bemerkte er Johannas dringlich auffordernden Blick. Sie konnte viel Wunsch in ihre Augen legen, hinüberziehenden Wunsch, und man wurde widerstandslos. Er sagte: »Gut, ich fahre mit,« und setzte sich neben Johanna. Aber er blieb den ganzen Weg schweigsam.

Es war ein sonniger Oktobertag.

Sie wanderten durch den Park, und Johanna machte drollige Bemerkungen über die Tiere. Bei einem Seehund blieb sie stehen und rief: »Er sieht aus wie der Direktor Livholm. Nein?« Mit einem Waschbären sprach sie wie mit einem geringen Mann aus dem Volk und warf ihm Zuckerstücke hin. Die Kamele erklärte sie für unglaubwürdig; sie verstellten sich nur, weil sie in den Naturgeschichtsbüchern so beschrieben seien. »Beinah so häßlich, wie ich selber,« fügte sie hinzu; und mit einem Verziehen des Mundes: »Aber nützlicher; wenigstens hab ich in der Schule gelernt, daß ihr Magen eine Wassersparkasse ist. Wunderbar, was es alles gibt auf der Welt.«

Weshalb spricht sie stets verächtlich von sich? dachte Christian. Sie beugte den Nacken über eine Steinbrüstung, und da rührte ihn dieser Nacken. Er erschien ihm wie ein Gefäß von armen und verletzten Dingen.

Crammon sagte: »Mit Tieren ist es eine eigne Sache. Die Gelehrten behaupten, sie hätten eine Menge Instinkt. Was ist aber Instinkt? Ich finde sie meistens grenzenlos dumm. Auf dem Gutshof, wo ich meine Kindheit verbrachte, hatten wir ein Roß, ein dickes, blödes, lammfrohes Roß. Es hatte nur ein einziges Laster: es war sehr kitzlich. Bei strenger Strafe war uns, mir und meinen Spielgefährten, verboten worden, es zu kitzeln. Der Erfolg war natürlich, daß uns beständig der Kitzel quälte, es zu kitzeln. Wir waren fünf, ich und vier aus der Nachbarschaft, fünf Kerle nicht höher als die Tischbeine. Jeder verschaffte sich ein Filzhütchen, und darauf befestigte er eine Hahnenfeder. Und als das Roß glotzend vor dem Stall stand, gingen wir hin, einer hinterm andern, und marschierten mit unsern Federn auf dem Kopf unter dem Bauch des dummen Viehs durch. Die Federn kitzelten es aber so schrecklich, daß es mit allen Vieren ausschlug und einen förmlichen Negertanz verübte. Noch heute ist es mir ein Rätsel, daß wir mit heiler Haut davon gekommen sind; aber es war nett, es war erbaulich, und vom sogenannten Instinkt war weit und breit nichts zu merken.«

Sie gingen ins Affenhaus. Viele Leute standen um eine kleine Tribüne, auf der ein zierliches junges Äffchen unter der Leitung eines Wärters seine Kunststücke zeigte. »Affen sind mir ein Greuel,« sagte Crammon; »sie belästigen meine Erinnerung. Ich soll mich ihnen verwandt fühlen, die Wissenschaft fordert es, aber man hat ja schließlich seinen Stolz. Nein, ich erkenne sie nicht an, diese teuflischen Atavismen.« Er kehrte um und verließ den Raum, um draußen zu warten.

Johanna, bei Christian allein, übertrieb in ihrer Schüchternheit eine Wallung von Mut; sie zog ihn am Arm vor die Tribüne des Äffchens. Sie war berückt, ihre Freude war kindlich. »Wie lieb, wie süß, wie arm!« rief sie aus. Christian schlug eine Wärme entgegen, der er sich hingab, weil er ihrer bedurfte, und die brüchige Stimme des Mädchens erregte in ihm Sinnlichkeit und Angst. Sie stand dicht an seiner Seite; er spürte ihr Erbeben, diese ihm so wohlbekannte Wirkung einer in ihm verborgenen erotischen Macht, und was sonst in ihm drängte, wurde stumm.

Er nahm ihre Hand in seine; sie widerstrebte nicht, ihre Züge spannten sich schmerzlich.

Da geschah es, daß das Äffchen in seinen possierlichen Sprüngen stutzte und den lichtlosen Tierblick erschrocken auf die Zuschauer heftete. Eine scheue Wahrnehmung hatte ihm Furcht eingeflößt; es war wie Denken und Sichbesinnen. Als es die vielen Gesichter erblickte, schien sich das Nebelhafte des Bildes in seinem Auge zu Umrissen zu klären; es sah vielleicht eine Sekunde lang die Welt und den Menschen, und damit verband sich ein ungeheuerliches Entsetzen. Es zitterte am Leibe, wie wenn es geschüttelt würde; es stieß einen gellenden Pfiff aus, der Jammer und Grauen enthielt; es flüchtete, und als der Wärter nach ihm griff, sprang es vom Podium und suchte mit verkrampften Bewegungen ein Versteck; seine Augen glitzerten von Tränen, die Zähne klapperten, und trotz des bestialischen Gepräges dieser Äußerungen waren sie zugleich so menschlich und seelenhaft, daß nur wenige Unempfindliche zu lachen wagten.

Christian wehte etwas an von einer fremden Sphäre, von Erde, Wald und Einsamkeit. Seine Brust weitete sich und zog sich dann zusammen. »Gehen wir,« sagte er, und seine eigne Stimme klang ihm nicht angenehm.

Johanna lauschte zu ihm empor. Alles in ihr war Lauschen, Spannung, Unterwerfung.

13

Randolph von Stettner war angekommen. Er hatte noch einige Tage vor sich bis zur Abfahrt des Schiffes und wollte nach Lübeck, um von einer dort verheirateten Schwester Abschied zu nehmen. Christian zögerte, zu versprechen, daß ihn Stettner bei seiner Rückkehr noch in Hamburg finden würde; erst nach langem Drängen des Freundes sagte er es zu.

Sie aßen am Abend in Christians Zimmer und unterhielten sich über Verhältnisse in der Heimat, über gemeinsame Erinnerungen. Christian, einsilbig wie immer, wunderte sich im stillen, wie fern das alles war.

Als der Kellner abgedeckt hatte, erzählte Stettner, was ihn zu dem Entschluß getrieben, über den Ozean zu gehen. Während er sprach, schaute er mit dem gleichen Blick und Ausdruck fortwährend auf das Tischtuch.

»Es ist mir in den letzten Jahren eng geworden in des Königs Rock; du weißt es. Außer den gemessen voneinander liegenden Stationen des Avancements sah ich kein Ziel. Es gibt welche, die setzen ihre Hoffnung auf Krieg. Schließlich, Krieg: da könnte man sich bewähren und erweisen. Aber wer wird darauf warten? Andre nützen ihre Beziehungen aus; andre angeln nach einer vorteilhaften Heirat; andre verlieren sich im Sport und im Jeu. Für mich waren das keine Ziele. Der Dienst befriedigte mich in keiner Weise. Ich erschien mir im Grunde als ein Müßiggänger, der anspruchsvoll auf fremde Kosten lebt.

Sieh mal: Man steht auf dem Kasernenhof; es regnet; der Sand glänzt feucht; die paar armseligen Bäume triefen; die Mannschaft wartet auf das Kommando mit der Wachsamkeit dressierter Hunde; das Wasser läuft von ihren Monturen herunter, der Wachtmeister brüllt, die Unteroffiziere knirschen vor Eifer und Wut; du aber denkst beständig, mit der Eintönigkeit, mit der die Regentropfen auf deine Mütze fallen: was wird heute abend sein? Was wird morgen früh sein? Was wird morgen abend sein? Das Jahr liegt vor dir wie eine aufgeweichte Landstraße. Du denkst an deine öde Stube mit den drei Dutzend Büchern, den nichtssagenden Bildern an den Wänden und dem Teppich, der von Fußtritten abgeschürft ist; du denkst an den Rapport und an die Kantinenrechnung und an die Stallinspektion und an den nächsten Offiziersball, wo du mit den namenlos prätenziösen Frauen der Vorgesetzten tödlich langweilige Konversation wirst machen müssen; denkst es im Kreis herum, immer dasselbe Nichtige, Unfrohe, Graue, Regnerische; ist das zu ertragen?

Ich legte mir eines Tages die Frage vor: was leistest du eigentlich und was wird dir dafür gewährt? Die Antwort war: die Leistung ist, von einem menschlichen und geistigen Gesichtspunkt aus betrachtet, gleich null. Gewährt wurde mir dafür ein Privileg, vielmehr eine Summe von Privilegien, die zusammen eine hohe soziale Rangstufe ausmachten, allerdings um den Preis des vollkommenen Verzichts auf Persönlichkeit. Ich hatte nach oben hin zu gehorchen, nach unten hin zu befehlen, weiter nichts. Dabei war die Befehlsmacht bedingt durch die Gehorsamspflicht. Jeder, ob er nun über oder unter mir stand, hatte dieselbe Aufgabe: nach oben zu gehorchen, nach unten zu befehlen. Man war einfach ein Schaltapparat in einer komplizierten Leitung. Nur die Untersten, die große Masse hatte ausschließlich zu gehorchen; die Verantwortungen nach oben hin verloren sich irgendwo ins Ungewisse. Das Gebäude der militärischen Organisation hat ja trotz seiner Primitivität letzten Endes eine sehr geheimnisvolle Struktur; zwischen der Willkür einzelner und der unbegreiflichen, erschütternden Unterwerfung der Masse bewegen sich die Glieder nach ehernem Gesetz, und wer da versagt oder sich auflehnt, wird zermalmt.

Viele behaupten, daß dieser Zwang sittliche Wirkungen ausübe und zu einem höheren Grad von Freiheit erziehe. Ich selbst war lange der Ansicht. Ich konnte sie auf die Dauer nicht aufrechthalten. Ich fühlte das Versagen kommen, die Auflehnung gärte mir im Blut. Ich nahm mich zusammen; ich bekämpfte Zweifel und Kritik in mir; es war umsonst. Es ging nicht mehr. Die Sicherheit im Befehlen schwand, und gleichzeitig fiel mir der Gehorsam schwer. Ein quälender Zustand. Ich sah über mir lauter unerbittliche Götzen und unter mir lauter wehrlose Opfer. Ich selbst war Götze und Opfer in einem, unerbittlich und wehrlos zugleich. Wo mein Pflichten- und Tätigkeitskreis begann, hörte die Menschheit auf, so schien es mir. Mein Leben erschien mir nicht als ein Teil des allgemeinen Lebens, sondern als eine durch die Formeln Befehl und Gehorsam bewirkte fossile Versteinerung.

Das konnte natürlich nicht verborgen bleiben. Die Kameraden rückten von mir ab. Ich wurde beobachtet, und man mißtraute mir. Ehe ich Zeit gewann, die Dinge zu reinlichem Austrag zu bringen, kam mir ein Ereignis zu Hilfe, das mir die Entscheidung abzwang. Ein Regimentskamerad, Rittmeister von Otto, war mit der Tochter eines Gerichtspräsidenten verlobt. Die Hochzeit, die schon festgesetzt war, konnte nicht stattfinden; er mußte wegen einer leichten Erkrankung der Lunge Urlaub nehmen und ging nach dem Süden, um sich auszuheilen. Etwa vier Wochen nach seiner Abreise war Kaisergeburtstagfeier, und unter den geladenen Damen befand sich auch die Braut des Rittmeisters. Alle waren an diesem Abend in ziemlich ausgelassener Stimmung; besonders übermütig war aber ein lieber Freund von mir, Georg Mattershausen, der eben an dem Tag zum Oberleutnant befördert worden war, ein harmloser, frischer, freundlicher Mensch. Die Braut des Rittmeisters, die seine Tischnachbarin gewesen war, hatte sich von seiner Lustigkeit mitreißen lassen, und auf dem nächtlichen Heimweg, während er kurze Zeit mit ihr allein war, bat er sie um einen Kuß. Sie schlug ihm die Bitte ab, da wollte er sie mit Gewalt küssen. Nun begegnete sie seiner Zudringlichkeit mit Ernst, er kam zur Vernunft, bat herzlich um Verzeihung, und noch vor der Tür des elterlichen Hauses versprach das Mädchen feierlich, mit keinem Menschen über das Vorgefallene zu sprechen. Als aber ihr Verlobter zurückgekehrt war, siebzehn Wochen später, wurde sie von Gewissensbissen geplagt, und sie glaubte ihm bekennen zu müssen, was sich zwischen ihr und Mattershausen begeben. Die Folge davon war eine Forderung. Die Bedingungen waren außerordentlich schwer: zehn Schritt Distanz, gezogene Pistolen, eine halbe Minute Zielzeit, abwechselndes Schießen bis zur Kampfunfähigkeit eines der Gegner. Ich war Mattershausens Sekundant. Von Otto, der Beleidigte und Fordernde, hatte den ersten Schuß; er zielte sorgfältig nach dem Kopf des Gegners, ich sah es. Die Kugel ging am Ohr vorbei. Als Mattershausen schoß, versagte die Waffe. Der Versager gilt als Schuß, es wurden neue Pistolen genommen, von Otto zielte wieder mit großer Genauigkeit, diesmal nach der Mitte des Körpers, und nun traf er Mattershausen ins Herz. Der Tod trat sofort ein.

Findest du die Strafe für eine Unbesonnenheit und ein jugendliches Überschäumen nicht ein wenig hart? Ich fand sie ungewöhnlich hart.

Ich fand, daß an dem jungen Menschen ein Verbrechen begangen worden war. Die Kaste, die fossile Kaste hatte einen Mord verlangt. Es war zwei Tage nachher, im Kasino, als ich diese meine Meinung unverhohlen äußerte. Man war befremdet. Es wurde schroff repliziert. Man fragte: Hätten Sie denn in einem solchen Fall nicht gefordert? Ich antwortete: Ich glaube nicht, daß ich gefordert hätte, bestimmt nicht; nun und nimmer könne ich einen Ehrbegriff gutheißen, der in krankhafter Übersteigerung ein Menschenleben wegen einer Bagatelle vernichtet; wenn sich schon das junge Mädchen bemüßigt gesehen habe, ihr allzu zartes Gewissen zu erleichtern und die gelobte Verschwiegenheit zu brechen, hätte ich weiter kein Wesens daraus gemacht und das Geschehene geschehen und vergessen sein lassen. Darüber war man empört; ich sah Kopfschütteln, unwillige Mienen, ratlose Gesichter, bedeutsames Blickewechseln. Aber ich war einmal im Zug; Mattershausens schmähliches Ende war mir verdammt nahgegangen, ich wollte mir den Groll von der Seele reden. Wäre ich an Mattershausens Stelle gewesen, fuhr ich fort, ich hätte es ruhig abgelehnt, mich zu schlagen, was auch immer die Folgen gewesen wären. Das Wort fiel wie ein Keulenschlag, und es entstand ein peinliches Schweigen. Ich glaube, Sie hätten sich doch eines Bessern besonnen, lenkte der rangälteste Major ein, ich glaube nicht, daß Sie alle Folgen auf sich genommen hätten. Gewiß, alle Folgen, beharrte ich. Da erhob sich Rittmeister von Otto, der am Nebentisch saß, und fragte frostig: Auch das Odium der Feigheit? Ich erhob mich ebenfalls und antwortete: Unter diesen Umständen selbstverständlich auch das Odium der Feigheit. Rittmeister von Otto lächelte verzerrt und sagte mit einer Betonung, die nicht zu mißdeuten war: Dann begreife ich nicht, daß Sie sich mit Offizieren Seiner Majestät an denselben Tisch setzen. Sprachs, grüßte steif und ging hinaus.

Damit waren die Würfel gefallen. Man war nicht neugierig, was ich tun würde, man zweifelte gar nicht daran, daß mir nur eines zu tun übrigblieb. Aber ich war entschlossen, bis zum logischen Ende zu gehen. Der Befehlsgötze, diesmal Ehrenkodex genannt, hatte sein Diktum erlassen; ich war entschlossen, ihm den Gehorsam zu verweigern und die Folgen auf mich zu nehmen. Als ich am Abend nach Hause kam, warteten schon zwei Kameraden auf mich, um mir ihren Beistand anzubieten. Ich lehnte höflich ab. Sie schauten mich an, als wäre ich verrückt geworden, und entfernten sich mit etwas lächerlicher Eile.

Es kam dann, was kommen mußte. Daß ich in derselben Luft nicht länger atmen konnte, nach all dem, wirst du verstehen. Man schlägt nicht ungestraft den gültigen Anschauungen ins Gesicht. Ich hatte mich vor Schimpf zu wahren und erfuhr, was Ächtung ist. Ächtung ist etwas sehr Schlimmes, und man hat selten Phantasie genug, sie sich vorher in ihrer ganzen Abscheulichkeit auszumalen. Ich sah, daß in meinem Vaterland kein Platz mehr für mich war. Der Ausweg ergab sich von selbst.«

Christian hatte den Bericht mit unbewegter Miene angehört. Er stand auf, ging ein paarmal durch das Zimmer, setzte sich dann wieder und sagte: »Mich dünkt, du hast das Richtige getan. Es ist schade, daß du von uns weggehst, aber es ist das Richtige.«

Stettner blickte empor. Wie sonderbar das klang: das Richtige. Eine Frage schwebte ihm auf den Lippen, aber sie verbot sich; der Ausdruck in Christians Gesicht wurde plötzlich konventionell; er fürchtete die Frage und sperrte sich zu.

14

Christian, die beiden Brüder Maelbeck, die aus Holland mitgereist waren, Botho von Thüngen, ein russischer Staatsrat namens Koch und Crammon saßen beim Mittagessen im Speisesaal.

Das Gespräch drehte sich um einen an einer Prostituierten verübten Mord. Den Täter hatte die Polizei bereits dingfest gemacht. Es war ein Mann, der einst der guten Gesellschaft angehört hatte, aber nach und nach verkommen war. In einer Matrosenherberge hatte er das Mädchen erdrosselt und beraubt.

Nun hatten alle Prostituierten der Stadt einhellig beschlossen, der ihrem Beruf zum Opfer gefallenen Kollegin im Angesicht der Welt die letzte Ehre zu erweisen und ihrem Sarg zum Grab zu folgen. Darin erblickten die anständigen Bürger eine Herausforderung; es wurde Einspruch erhoben, aber die Behörde hatte keinen Rechtstitel, gegen die Veranstaltung einzuschreiten.

»Man müßte sichs ansehen,« sagte Crammon, »ein solches Schauspiel ist ein Verdauungsschläfchen wert.«

»Dann wäre keine Zeit zu verlieren,« bemerkte der ältere Maelbeck und schaute auf die Uhr; »punkt drei versammeln sich die Leidtragenden vor dem Trauerhaus.« Er lächelte; die Worte Leidtragende und Trauerhaus sollten witzig klingen.

Christian erklärte, mitgehen zu wollen; das Auto brachte sie an einen Straßenzugang, der durch Polizei abgesperrt war. Sie verließen den Wagen, Herr von Thüngen verhandelte mit dem Polizeioffizier, und sie durften passieren.

Eine dichte Menschenmenge umgab sie alsbald, Matrosen, Fischer, Arbeiter, Zuhälter, Weiber und Kinder, lauter geringes Volk. In den Häusern waren die Fenster Kopf bei Kopf besetzt. Die Maelbecks und Staatsrat Koch blieben stehen und riefen Thüngen, der sich zu ihnen gesellte. Christian ging weiter. Ihr Verhalten berührte ihn aus irgendeinem Grunde nicht angenehm. Die Art der Neugier, von der er sie erfüllt wußte, war ihm plötzlich nicht angenehm. Auch er empfand Neugier, aber sie war nicht von derselben Beschaffenheit, so schien es ihm wenigstens.

Crammon blieb an seiner Seite. Das Gewühl wurde beängstigend. »Wohin gehst du denn?« fragte Crammon mürrisch; »es hat ja keinen Zweck, weiterzugehen; laß uns einfach warten.«

Christian schüttelte den Kopf.

»Genug. Hier wird Posten gefaßt. Hier stehe ich,« entschied Crammon und trennte sich von Christian.

Christian schob sich bis in die Nähe des alten, schmutzigen Hauses, vor dessen Toreinfahrt der Leichenwagen stand. Es war ein nebliger Tag; der schwarze Wagen wirkte wie ein Loch im Grau der Luft. Er wollte noch ein paar Schritte weiter gehen, aber mehrere Burschen verhinderten ihn durch absichtliche Unbeweglichkeit daran. Sie drehten die Köpfe und musterten ihn. Sie witterten seine Welt. Ihre Kleidung war von frecher und billiger Eleganz; Blick und Miene machten ihr Gewerbe erkennbar. Einer war von riesenhaftem Wuchs. Er überragte Christian noch um Stirnhöhe; seine Brauen waren zusammengewachsen. Am Zeigefinger der linken Hand trug er einen Siegelring mit einem Karneol.

Uneingeschüchtert sah sich Christian um. Er sah Hunderte von Mädchen, Aberhunderte; alle Altersklassen zwischen sechzehn und fünfzig; alle Abstufungen zwischen Frische und Fäulnis, alle Grade zwischen Luxus und Elend.

Es waren die gekommen, die auf bewegter Bahn den Zenit überschritten hatten, und die, die noch am Anfang standen, kaum den Kinderschuhen entwachsen, leichtsinnig, sanguinisch, gefallsüchtig und schon mit allem Schlamm der Großstadt vertraut. Sie waren da von allen Straßen, allen Nationen, allen Gesellschaftsklassen; aus umfriedeter Jugend und aus verlorener; aus tieferer Verworfenheit gestiegen, aus der Höhe gestürzt; solche, die sich als Parias fühlten, mit dem Haß des Parias in den Mienen, und andere, die einen gewissen Standesstolz zur Schau trugen und sich absonderten; die ausgehaltene Kokotte, das Mädchen mit dem behördlichen Schein, die von ihrer Gefängnisluft gebleichte Bordellbewohnerin, die aufgetakelte Kasernierte und Nachtwandrerin, die kranke, vertierte Vettel, die unsichere Novize mit Überbleibseln von Selbstbesinnung und Erinnerung an Reinheit und Harmlosigkeit.

Er sah sorgenvolle Gesichter und zynische, liebliche und verrohte, gleichgültige und verstörte, gierige und sanfte, gepflegte und verwahrloste, bemalte und fahle, die seltsam nackt wirkten.

Er kannte sie aus vielen Gassen und Häusern vieler Städte, wie jeder Mann sie kennt. Er kannte den Typus, die Prägung, die eingelernte Gebärde und den Blick, diesen harten, starren, stumpfen, saugenden, taglosen Blick. Aber er hatte sie nie anders gesehen, als ihrem Zweck überliefert, hinter den Gittern des Berufs, verstellt, einzeln und einzeln ausgelöscht, unter dem Fluch des Geschlechts. Sie von all dem abgeschnitten vor sich zu haben, viele Hunderte, sie ohne den Reiz und Anhauch trüber Sexualität als Menschen zu erblicken, das riß ihm eine Wolke von den Augen weg.

Er dachte: ich muß noch Auftrag geben, das Jagdhaus zu verkaufen und die Rüden.

Der Sarg wurde aus dem Hause getragen. Er war hoch bedeckt mit Blumen und Kränzen. Goldbedruckte Schleifen flatterten herab. Christian spürte Neugier, zu lesen, was auf den Schleifen stand, aber es war nicht möglich. Der Sarg hatte kleine, gedrechselte, versilberte Füße, die Tiertatzen ähnlich sahen; jedoch war durch irgendeinen Zufall einer abgebrochen. Das berührte Christian als etwas entsetzlich Armseliges, er wußte selbst nicht, weshalb. Hinter dem Sarg schritt ein altes Weib, das eher ärgerlich und verdrossen als bekümmert aussah. An ihrem schwarzen Kleid war unter der Achsel die Naht gerissen. Auch dies war entsetzlich armselig.

Der Leichenwagen setzte sich in Bewegung, sechs Männer mit brennenden Kerzen voraus. Das Geplauder und Stimmengewirr verstummt. Die Dirnen, in Reihen sich ordnend, folgten dem Wagen. Christian blieb stehen, an die Mauer gedrückt und ließ alle vorbeiziehen. Nach einer Viertelstunde war die Straße verödet. Die Fenster in den Häusern schlossen sich. Er stand ganz allein in der Straße, im Nebel.

Als er weiterging, dachte er: ich habe meinem Vater die Ringsammlung in Verwahrung gegeben; es sind über viertausend Ringe, seltene und kostbare Stücke; auch sie könnte man verkaufen. Wozu brauch ich sie, dachte er; ich brauche sie nicht, ich will sie verkaufen.

Er ging und ging, und ohne daß es ihm recht zu Bewußtsein kam, verfloß Stunde auf Stunde. Es wurde Abend, die Lichter glommen irisierend aus dem Nebel. Alles war feucht, sogar die Handschuhe, die er trug.

Er dachte an den fehlenden Silberfuß am Sarg der ermordeten Dirne und an das alte Weib mit der gesprungenen Naht unter der Achsel.

Er schritt über eine der großen Elbbrücken und ging dann am Ufer entlang. Die Gegend war einsam. Unter einem Gaskandelaber blieb er stehen, schaute eine Weile ins Wasser, zog dann die Brieftasche heraus, entnahm ihr einen Hundertmarkschein und betrachtete ihn aufmerksam. Er betrachtete ihn bald von der einen, bald von der andern Seite, schüttelte ein wenig den Kopf und warf ihn mit einer Gebärde des Ekels ins Wasser. Er nahm einen zweiten und machte es ebenso. Es waren zweiundzwanzig Hundertmarkscheine in den Fächern des Portefeuilles. Er nahm einen nach dem andern heraus und ließ sie, mit einem Ausdruck von Ekel und Zerstreutheit mehr aus den Händen gleiten als daß er sie warf.

Er sah sie, von den Lichtern des Gaskandelabers eine Strecke weit beleuchtet, auf dem schwärzlichen Wasser davonschwimmen.

Er lächelte und ging weiter.

15

Als er ins Hotel kam, verspürte er ein heftiges Bedürfnis nach Wärme. Er betrat nacheinander den Lesesaal, den Konversationssaal, den Speisesaal; trotzdem in allen Räumen ziemlich stark geheizt war, genügte ihm die Wärme nicht. Er gab der Feuchtigkeit schuld, in der er so lange gewandert war.

Er fuhr mit dem Lift in das Stockwerk, wo seine Zimmer lagen. Er wechselte den Anzug, hüllte sich in eine Decke und setzte sich dicht vor den Heizapparat, in welchem der Dampf zischte und wie ein gefangenes Tier an den Ventilen lärmte.

Es wurde ihm noch immer nicht warm. Da merkte er endlich, daß das Frösteln nicht von der Feuchtigkeit und vom Nebel herrührte, sondern eine innere Ursache hatte.

Gegen elf Uhr erhob er sich und ging in den Korridor. Die stuckverkleideten Wände des Flurs waren in große Felder mit goldenen Randleisten abgeteilt; den Boden entlang lief ein Teppich, der aus Stücken zusammengefügt war und die Schritte dämpfte. Christian empfand Abneigung gegen die auf Täuschung berechnete Scheinpracht. Er näherte sich der Mauer, befühlte prüfend eine der Goldleisten und zuckte geringschätzig die Achseln.

Auf dem Teppich blinkte ein Schlüsselchen, von dem der Bart abgebrochen war. Er bückte sich, hob es auf und steckte es in die Tasche.

Am Ende des langen Korridors lagen Evas Gemächer. Ein paarmal war er schon an den Türen vorübergegangen; als er jetzt wieder hinkam, hörte er die Töne eines Klaviers. Es wurden nur einzelne Tasten leise angeschlagen. Nach kurzem Besinnen öffnete er die Doppeltüre, klopfte und trat ein.

Susanne Rappard war allein im Zimmer. Sie saß im Pelz am Klavier. Auf dem Notenständer lag ein Buch, in dem sie las; ihre Finger huschten dabei gespenstisch rasch über die Tasten und schlugen nur bisweilen, wie aus Versehen, eine an. Sie wandte den Kopf und fragte unwirsch: »Was wünschen Sie, Monsieur?«

Christian antwortete: »Ich möchte Madame sprechen, wenn es noch möglich ist. Ich möchte sie etwas fragen.«

»Jetzt? in der Nacht?« wunderte sich Susanne. »Wir sind müde. Wir sind jeden Abend müde in diesem hyperboräischen Klima, wo man die Sonne nur vom Hörensagen kennt. Der Nebel greift uns an. Gott sei Dank, in vier Tagen haben wir unsre dritte und letzte Vorstellung, dann verlassen wir das Graue und begeben uns wieder ins Blaue. Gott sei Dank. Wir sehnen uns nach Paris.«

»Ich wäre sehr froh, wenn ich Madame noch sehen könnte,« sagte Christian.

Susanne schüttelte den Kopf. »Sie haben eine merkwürdige Geduld, Monsieur,« entgegnete sie boshaft. »Ich hätte nicht vermutet, daß Sie so romantisch veranlagt sind. Sie fahren schlecht mit dem, was Sie tun; glauben Sie mir, denn ich weiß es. Übrigens können Sie es ja versuchen.

Gehen Sie hinein. *Ce petit laideron est chez elle, demoiselle* Schöntag. Sie versieht das Hofnarrenamt und findet alles in der Welt komisch, sogar sich selbst. Auch das wird ja bald ein Ende haben.«

Man hörte Stimmen und helles Lachen. Die Tür zu Evas Gemächern ging auf, und Eva und Johanna traten auf die Schwelle. Eva trug ein einfaches, weißes Gewand ohne andern Schmuck als einen großen Chrysopras, mit dem es auf der linken Schulter befestigt war. Ihre Haut leuchtete wie Bernstein, die Bewegung der Nasenflügel verriet geheime Reizbarkeit. Die schöne Frau und die häßliche nebeneinander: jede weiblich wissend, die eine, daß sie schön, die andre, daß sie häßlich war; die eine blutendstes, gefährlichstes, umwittertstes Leben, Bewußtsein, Adel, Freiheit; die andere Anbetung, sehnsüchtiges Emporlangen nach diesem Leben und dieser Freiheit.

Johanna hatte den Arm um Eva gelegt, zart und behutsam. Sie bog den Kopf, bis ihre Wange Evas bloße Schulter berührte und sagte mit ihrem bizarren Lächeln: »Wie gut, wie gut, daß niemand weiß, daß ich Rumpelstilzchen heiß'.«

Sie hatten Christian noch nicht bemerkt; erst eine Gebärde Susannes machte sie aufmerksam. Christian stand im Schatten an der Tür. Johanna erblaßte, ein scheuer Blick ging von Eva zu Christian; sie ließ den Arm von Eva, beugte sich rasch, küßte Evas Hand, flüsterte ein »Gutenacht« und ging, an Christian vorüber, hinaus.

Obwohl Christians Augen gesenkt waren, hielt er Evas Erscheinung umfaßt. Er sah die Füße, die er einst nackt in seinen Händen gehalten, er sah hinter dem dünnen Stoff die wundervollen festen Brüste, er sah die Arme, die sich um ihn geschlungen, die vollendet schönen Hände, deren Liebkosungen er erfahren, von deren Feinheit und Glätte alles, was an ihm Haut und Leib war, noch wußte; er sah sie da vor sich, ganz nah, hoffnungslos unerreichbar, und es war letzte Lockung, letzter Verzicht.

»Monsieur hat ein Anliegen,« sagte Susanne Rappard spöttisch und stand auf, um zu gehen.

»Bleib nur,« befahl Eva und hatte für Christian einen Blick wie für einen Lakaien.

»Ich wollte dich fragen,« begann Christian leise, »was der Name Eidolon bedeutet, mit dem du mich früher gerufen hast. Ich komme damit ein wenig spät, es ist albern, ich weiß es,« er lächelte verlegen, »aber es quält mich, sooft ich darüber nachdenke, und ich hatte mir vorgenommen, dich um Aufklärung zu bitten.«

Susanne lachte heimlich im Winkel, denn die Frage klang in ihrer Verspätung und grundlosen Dringlichkeit in der Tat recht einfältig. Auch Eva schien ergötzt, verbarg es aber; sie blickte ihre Hände an und antwortete: »Es ist schwer zu sagen, was es bedeutet. Ein Ding, das man opfert, oder einen Gott, dem man opfert, ein schöner, heiterer Genius. Eines von beiden, vielleicht auch beides zugleich. Wozu daran erinnern? Es gibt keinen Eidolon mehr. Er ist mir zerschlagen worden, und man soll mir nicht die Scherben zeigen. Scherben sind häßlich.«

Sie schauderte ein wenig, ihr Blick funkelte, und sie wandte sich zu Susanne. »Laß mich morgen schlafen, bis ich von selbst erwache,« sagte sie. »Ich träume jetzt so schlecht in der Nacht, erst frühmorgens finde ich Ruhe.«

16

Als Christian wieder über den Korridor ging, fiel sein Blick auf eine Gestalt, die unbeweglich im Halbdunkel stand. Er erkannte Johanna, und er sah, es mußte so sein, daß sie hier stand und auf ihn wartete.

Sie schaute ihn nicht an; sie schaute zu Boden. Erst da er vor sie hintrat, hob sie die Augen, blickte aber schüchtern an ihm vorbei. Ihre Lippen zuckten. Ein Warum war es, das darauf zuckte. Sie war unterrichtet von allem, was zwischen Christian und Eva vorgefallen war. Daß die beiden einmal zueinander gehört hatten, war ein enthusiastischer Gedanke für sie; was jetzt sich abspielte, eben noch war sie fliehende Zeugin gewesen, dünkte ihr schimpflich, und sie begriff es nicht.

Phantasievoll und sensitiv, liebte sie die Stolzen und litt, wenn Stolz und Würde fielen. An einem idealisierten Begriff von Vornehmheit hing ihr ganzes Herz; mißverstand sie ihn zugunsten äußerlicher Formen und Moden, so litt sie doppelt durch diesen Zwiespalt, dem sie nicht gewachsen war, und der sie der Frivolität überlieferte.

»Es ist spät,« flüsterte sie scheu; es war keine Aussage, es war ein Rettungsversuch. Drei Signale gab es, die sie aufhorchen gemacht hatten, jedesmal, wenn von Christian die Rede gewesen war: der Elegante, der Hochmütige, der Eroberer aller Herzen. Das rief, das rührte auf; das war eine Vereinigung von Vorzügen, um die Tage eines Jahres mit Begierden zu füllen.

Sie war Crammon ins Abenteuer gefolgt, obgleich sie schon eine Stunde, nachdem sie ihn kennengelernt, von ihm gesagt hatte: »Er ist ein Gebirge von Komik.« Sie war ihm gefolgt wie eine Sklavin, die sich auf den Sklavenmarkt führen läßt, in der Hoffnung, das Auge des Khalifen auf sich zu ziehen.

Aber sie glaubte an keine Kraft in sich. Sie zerstückte ihre Leidenschaften in kleine Gelüste, freiwillig und mit Fleiß; und litt wieder; und lachte über sich. Zum Raub fehlte der Mut; Naschhaftigkeit ersetzte den Schwung des Genießens. Und sie mokierte sich über ihre verunglückte Natur; und litt.

Da stand er nun vor ihr. Sie erschrak und wunderte sich, trotzdem sie ihm aufgelauert hatte. Sie wollte ihn verwegen finden, weil er nicht wich; da es nicht gelang, wurde sie sich gleich Auswurf. »Es ist spät,« flüsterte sie, nickte ihm grüßend zu und öffnete die Tür ihres Zimmers.

Christian bat stumm, mit einer Miene, die unwiderstehlich war. Er schritt hinter der Zitternden über die Schwelle. Ihr Gesicht wurde hart, aber sie konnte nicht Komödie spielen. In ihren Augen war fließende Hingebung, bevor noch das Blut davon wußte. Die Blässe, die ihr Gesicht überstrahlte, ließ es in einer neuen Anmut schwimmen. Nichts Häßliches war mehr darin; die stürmische Erwartung, genommen zu werden, straffte die gebrochenen Linien und sammelte die sonst unharmonisch verstreuten Teile von Weichheit, Sanftmut und Zärtlichkeit.

Ihrer sinnlichen Wirkung war sie ziemlich sicher; sie hatte das Fluidum an manchen erprobt, denen man Halbes gab, um Halbes zu empfangen. Man hatte sich irgendwie betäuben müssen und hatte mit falschem Geld bezahlt, ohne den Ernst der Forderungen anzuerkennen: ein stillschweigendes Übereinkommen innerhalb ihrer Gesellschaftsschicht. Hier bewährte sich die Übung nicht mehr. Nichts war läßlich, alles streng; der Nacht, die ihr entgegentrat, ergab sie sich, ohne an Zukunft und Verantwortung zu denken.

17

Stephan Gunderam mußte nach Montevideo reisen. Es gab dort einen deutschen Arzt, dem eine geschickte Behandlung nervöser Zustände nachgerühmt wurde. Der stiernackige Riese litt an Schlaflosigkeit und nächtlichen Wahnbildern. Außerdem fand in Montevideo eine Regatta statt, und er hatte schon große Summen beim Totalisateur gesetzt.

Er ernannte Demetrios und Esmeralda zu Aufsichtspersonen über Lätizia. Er sagte zu ihnen: »Wenn der Frau etwas passiert, oder wenn sie sich Ungehöriges zuschulden kommen läßt, schlag ich euch die Knochen im Leib entzwei.« Demetrios grinste, Esmeralda verlangte eine Schachtel *langues de chat* als Mitbringsel und Belohnung.

Der Abschied zwischen den Gatten war rührend. Stephan biß Lätizia ins Ohrläppchen und sagte dumpf: »Bleib mir treu.«

Alsbald ging Lätizia daran, ihre Wächter mild zu stimmen. Sie schenkte Demetrios hundert Pesos und Esmeralda ein goldnes Armband. Sie stand in geheimem Briefwechsel mit dem Schiffsleutnant Friedrich Pestel; ein Indianerknabe, dessen Verschwiegenheit und Willfährigkeit sie sicher sein durfte, war der Bote. In acht Tagen sollte Pestels Schiff nach Kapstadt auslaufen, also war nicht mehr viel Zeit zu verlieren; erst im nächsten Winter, im Mai, glaubte er wieder in Argentinien sein zu können. Lätizia liebte ihn sehr.

Zwei Meilen von der Estanzia entfernt, lag mitten in den Pampas eine Sternwarte. Ein reicher Viehzüchter, ein Deutscher, hatte sie erbaut, und ein deutscher Professor hauste dann mit zwei Assistenten und beobachtete Nacht für Nacht das Firmament. Lätizia hatte schon oft den Wunsch geäußert, die Sternwarte zu besuchen; Stephan hatte es ihr stets verweigert. Jetzt wollte sie es tun und Friedrich Pestel dort treffen. Sie sehnte sich nach einer Aussprache mit ihm.

Die Sternwarte als Zufluchtsort für Liebende: es war eine Vorstellung für Lätizia, die sie beglückte und jedem Wagnis geneigt machte. Tag und Stunde wurden verabredet, die Umstände begünstigten sie; Riccardo und Paolo waren auf die Jagd geritten, Demetrios war von seinem Vater auf eine nördlich gelegene Farm geschickt worden, die Alten schliefen; nur Esmeralda mußte noch getäuscht werden. Zum Glück hatte sie Kopfschmerz, und es gelang Lätizia, sie zu überreden, daß sie sich zu Bett begab. Die Dämmerung war nahe, da zog Lätizia ein helles, duftiges Kleid an, in welchem sie auch reiten konnte; trotz ihrer Schwangerschaft trug sie kein Bedenken dagegen; dann verließ sie, scheinbar harmlos wandelnd, die Estanzia und ging zur Palmenallee, wo der Indianerknabe, der sie begleiten sollte, mit zwei Ponnies auf sie wartete.

Es war schön, in die unendliche Ebene hinauszureiten. Im Westen stand noch rötlicher Dunst, in dem, zart wie Ahnung, Umrisse einer Hügelkette schwammen. Die Erde litt unter Trockenheit; es hatte lange nicht geregnet, und überall zeigten sich Risse und Sprünge. Hunderte von Barreras, Heuschreckenfallen, waren in den Feldern aufgestellt, und die zwei bis drei Meter breiten Gruben daneben waren voll von den Insekten.

Als sie zur Sternwarte kamen, war es dunkel geworden. Das Gebäude glich einem orientalischen Bethaus. Auf einem länglichen Ziegelunterbau erhob sich eine mächtige Kuppel aus Eisenkonstruktion, deren oberer Teil um eine bewegliche Achse rotieren konnte. Die Fensterläden waren geschlossen, und man sah nirgends Licht. Friedrich Pestel stand am Tor; sein Reittier hatte er an einen Pfahl gebunden. Er berichtete, daß der Professor und die beiden Assistenten seit einer Woche abwesend seien; sie könnten aber in das Observatorium hinauf; der Pförtner, ein alter, fieberkranker Mulatte, den er aus dem Schlaf geklopft, habe ihm die Schlüssel gegeben.

Der Indianerknabe zündete die Laterne an, die am Sattelzeug seines Ponnies hing, Pestel nahm sie und ging Lätizia voran, erst durch einen öden Steinflur, dann über eine Holzstiege, dann über eine eiserne Wendeltreppe. »Das Glück ist uns hold,« sagte er; »nächste Woche ist eine Sonnenfinsternis; es kommen Astronomen aus Europa in Buenos-Aires an, und der Professor ist mit seinen Assistenten hinübergefahren, sie zu empfangen.«

Lätizias Herz schlug erregt. In dem hochgewölbten Observatorium verlor sich das Licht der Laterne kraftlos. Das große Teleskop warf einen furchteinflößenden Schatten; die Zirkel, Winkel und Meßinstrumente auf dem langen Tisch und der photographische Apparat auf dem Stativ sahen aus wie Tiergerippe; die Karten an den Wänden, mit mysteriösen Zeichen und Linien bedeckt, ließen an Zauberkünste denken. Der ganze Raum gemahnte an die Höhle eines Zauberers.

Ein kindlich neugieriges und befriedigtes Lächeln wich nicht von Lätizias Lippen. Einer solchen Stunde bedurfte ihre verschmachtete Phantasie. Sie vergaß Stephan und seine Eifersucht, die ewig streitenden Brüder, den bösen Alten, die zänkische Donna Barbara, die tückische Esmeralda, das Haus, in dem sie gefangengehalten wurde, sie vergaß es völlig, und es gab nur noch diesen Raum mit den Zaubergeräten, diesen Abend, das trübe Flämmchen in der Laterne, und den reizenden jungen Mann, der sie bald küssen würde. Sie hoffte es wenigstens.

Aber Pestel war verlegen. Er trat an das Teleskop, schraubte die blitzende Messingkapsel ab und sagte: »Wir wollen die Sterne anschauen.« Er schaute hinein, dann forderte er Lätizia auf, hineinzuschauen. Lätizia sah milchigen Qualm und aufzuckendes, hüpfendes Feuer. »Sind das die Sterne?« fragte sie mit koketter Melancholie in der Stimme.

Da erzählte Pestel von den Sternen. Sie hörte mit strahlenden Augen zu, obwohl es sie nicht im geringsten interessierte, zu wissen, wieviel Millionen Meilen der Sirius oder der Aldebaran von der Erde entfernt waren und was es mit dem geheimnisvollen Kohlensack des südlichen Himmels für eine Bewandtnis hatte.

»Ach,« hauchte sie bloß. Nachsicht und träumerische Skepsis lagen in dem Ach.

Der Schiffsleutnant, von Kosmos und Unendlichkeit sich abwendend, sprach von sich, von seinem Leben, von Lätizia, von dem Eindruck, den sie auf ihn gemacht, und daß er nur an sie denke, Tag und Nacht nur an sie.

Lätizia blieb mäuschenstill, um ihn nicht aus der Bahn zu bringen und die süße Spannung, die in ihr war, nicht zu stören.

Als gewissenhafter Charakter, der er war, hatte Pestel seinen Zukunftsplan bereits entworfen. Wenn er in sechs Monaten wiederkehrte, sollten der Scheidung und neuen Ehe die Wege geebnet werden. An Flucht denke er nur für den äußersten Notfall.

Er sagte, er sei arm; ein kleines Kapital bloß sei für ihn in Stuttgart deponiert. Er war ein Schwabe. Er war treuherzig und genau.

»Ach,« hauchte Lätizia wieder, halb erstaunt, halb betrübt. »Es macht nichts,« sagte sie entschlossen, »ich bin reich. Ich habe einen großen Wald. Meine Tante, die Gräfin Brainitz, hat ihn mir als Heiratsgut geschenkt.«

»Einen Wald? Wo denn?« fragte Pestel lächelnd.

»In Deutschland. Bei Heiligenkreuz in der Rhön. Er ist so groß wie eine Stadt, und wenn man ihn verkauft, kann man viel Geld dafür bekommen. Ich bin nie dort gewesen, aber jemand hat mir erzählt, daß ein riesiges Erzlager in ihm verborgen sei. Man müßte es finden und ausbeuten, dann wäre man noch viel reicher, als wenn man den Wald verkaufte.« Dies war eine Phantasie Lätizias, Ausgeburt eines wünschenden Traums, der in ihr Festigkeit und Gestalt gewonnen hatte, seit sie hier in Argentinien Leibeigene war. Sie log nicht; sie wußte selbst nicht mehr, daß sie es erfunden hatte; sie wünschte, und damit war Wirklichkeit entstanden.

»Es wäre ein unfaßliches Glück,« antwortete Friedrich Pestel nachdenklich.

Die Worte rührten Lätizia. Sie begann zu schluchzen und warf sich ihm an die Brust. Ihr junges Leben dünkte ihr hart; sie sah es häßlich und von Gefahren umstellt. Nichts von dem, was sie erwartet, war in Erfüllung gegangen; es waren Seifenblasen gewesen, die im Wind zerplatzten. Ihre Tränen kamen aus der Erkenntnis davon und aus der Angst vor den Menschen und vor dem Schicksal. Sie sehnte sich nach starken Armen, die ihr Schutz und Sicherheit boten.

Pestel umfing sie erschüttert und wagte einen Kuß auf ihre Stirn. Sie schluchzte noch heftiger, da küßte er sie auf den Mund. Sie lächelte. Er wolle sie bis an seinen Tod lieben, stammelte er; niemals sei ihm eine Frau wie sie begegnet, nie habe er Ähnliches empfunden.

Sie gestand ihm, daß sie von dem Mann, an den sie unliebend gekettet war, guter Hoffnung sei. Pestel drückte sie innig an seine Brust und sagte: »Das Kind ist Blut von deinem Blut und ich will es wie mein eignes ansehen.«

Die Zeit drängte zum Aufbruch. Sich bei den Händen haltend, gingen sie die Treppen hinunter. Mit dem Versprechen, einander täglich zu schreiben, schieden sie.

Ich will mit ihm auf ein Schiff gehn und fliehen, wenn er von Afrika zurückkehrt, beschloß Lätizia, als sie durch die kühle Pampasnacht langsam der Estanzia zuritt; alles andere ist häßlich und langweilig. Wär es nur bald, wär nur alles schon vorüber, dachte sie mit Sorge und Herzweh. Und die Neugier regte sich in ihr, wie sich Pestel benehmen, wie er der Schwierigkeiten und Hindernisse Herr werden würde. Sie glaubte an ihn und begann schon zarte und verführerische Bilder der Zukunft zu malen.

In der Estanzia hatte man sie vermißt, und Leute waren ausgeschickt worden, sie zu suchen. Auf Umwegen schlich sie ins Haus und in ihr Zimmer und kam dann mit unschuldiger Miene zum Vorschein.

18

Stettner war zurückgekehrt; das Schiff, mit dem er fuhr, sollte am selben Abend die Anker lichten. Er hatte noch einige Geschäfte in der Stadt zu besorgen; Christian und Crammon warteten auf ihn, um ihm das Abschiedsgeleit zu geben.

Crammon sagte: »Ein Husarenrittmeister, der mir plötzlich in Jackett und Stehkragen entgegentritt – ich kann mir nicht helfen, es hat etwas Verzweifeltes. Es macht mir ein Gefühl, als müßt ich ihm immerfort mein Beileid ausdrücken. Schließlich ist es doch Deklassierung. Ich liebe nicht Deklassierung. Die Unterschiede der Stände sind eine gottgewollte Institution; wer sich daran vergreift, leidet Schaden an seiner Seele. Einen Beruf schmeißt man nicht fort wie einen faulen Apfel. Es sind heikle Dinge; der gemeine Verstand setzt sich darüber hinweg, der höhere behandelt sie mit Ehrfurcht. Was sucht er denn bei den Yankees, was kann ihm da Gutes blühen?«

»Er ist seiner Neigung nach Chemiker und hat viel in dem Fach studiert; das wird ihm helfen,« antwortete Christian.

»Bah, danach fragen die Yankees nicht. Man stellt ihn irgendwohin, wo tags zuvor einer an Auszehrung krepiert ist, und wenn er da nicht klein beigibt, wird er langsam geviertelt oder gerädert. Mit dem Stolz in der Mannesbrust ist's vorüber. Es ist ein Land für Diebe, Kellner und Renegaten. Mußte es denn sein, mußte es so weit kommen?«

»Ich glaube, ja,« entgegnete Christian.

Eine Stunde später waren sie mit Stettner am Hafen. Es wurde noch Ladung und Gepäck verstaut, und sie wanderten, Stettner zwischen Christian und Crammon, in einer schmalen Gasse auf und ab, die aus Baumwollballen, Kisten, Fässern und Körben gebildet war. Von den hohen Masten gossen die Bogenlampen übermäßiges Licht; Lärm von Karren, Kranen, Motoren, Glocken, Ausrufern und Bootsführern durchtoste den Nebel. Der Asphalt war naß; einen Himmel gab es nicht.

»Vergeßt mich nicht ganz, ihr im alten Lande hier,« sagte Stettner.

Es entstand ein Schweigen.

»Ich weiß nicht, obs uns fürder so wohl bleiben wird im alten Lande,« begann Crammon, der jetzt manchmal pessimistische Anwandlungen und Gesichte hatte; »bislang ists uns ja leidlich gut ergangen. Küche und Keller waren wohlbestellt, wir hatten nicht zu klagen; auch für die höheren Bedürfnisse war gesorgt. Aber die Zeiten werden schlechter, und täusch ich mich nicht, so zieht sich allerlei politisches Gewölk am Horizont zusammen. Sich mit guter Miene aus dem Staub zu machen, ist daher kein so übler Gedanke von Ihnen, mein lieber Stettner, und ich hoffe nur, daß Sie sich da drüben einen Sitzplatz sichern, von dem aus Sie das Schauspiel unsres Debakle in aller Ruhe genießen können.

Und wenn die Wellen ganz hoch gehen, dann denken Sie auch unser und lassen Sie eine Messe für uns lesen, d.h. für mich, denn dieser da ist ja ausgestoßen aus dem Schoß der heiligen Kirche.«

Stettner lächelte zu diesen Reden, wurde jedoch gleich wieder ernst. »Ja, mir scheint, man ist hier ziemlich in der Mausefalle,« erwiderte er. »Ich fühl mich Deutscher wie noch nie, gerade jetzt, wo ich gehe, wahrscheinlich für immer gehe. Aber es ist etwas Schmerzliches um das Gefühl; mir ist, als sollt ich von einem zum andern laufen und warnen. Wovor warnen, warum warnen, das kann ich nicht sagen.«

Crammon versetzte gewichtig: »Meine alte Aglaia schrieb mir neulich, sie habe eine ganze Nacht lang von schwarzen Katzen geträumt. Sie ist ein tiefes Wesen, ein prophetisches Gemüt, und so ein Traum von ihr bedeutet Schlimmes. Es ist denkbar, daß ich in ein Kloster gehe, es liegt im Bereich der Möglichkeiten. Lache nicht, Christian, lache nicht, *darling,* du kennst mich noch nicht.«

Es war Christian gar nicht eingefallen, zu lachen.

Stettner blieb stehen und reichte beiden die Hand. »Leben Sie wohl, Crammon,« sagte er herzlich, »Dank für das Geleit. Leb wohl, Christian, leb wohl.« Er drückte Christians Hand fest und lange, dann riß er sich los, eilte gegen die Schiffsbrücke und verlor sich im Gewühl.

»Ein netter Kerl,« murmelte Crammon, »schade um den netten Kerl.«

Als sie zum Auto kamen, sagte Christian: »Ich möchte noch ein wenig gehen, zu Fuß ins Hotel zurück oder wohin immer. Gehst du mit, Bernhard?«

Crammon antwortete: »Wenn dus wünschest, *bon;* um mitzugehen bin ich da.«

Christian schickte den Wagen weg. Es war ihm eigentümlich zumute; er hatte die Empfindung, daß ein Schicksal auf ihn warte.

»Ariels Tage hier sind nun gezählt,« sagte Crammon. »Mich meinerseits ruft die Pflicht. Ich will bei meinen beiden Damen nach dem Rechten schauen; dann muß ich zu Franz Lothar in die Steiermark; Auerhahn, du weißt; dann hab ich dem jungen Sinsheim versprochen, nach Sankt Moritz zu kommen. Und du? Was sind deine Pläne?«

Ein gewaltiges Monument erhob sich vor ihnen. »Der Herr von Bismarck,« sagte Crammon anerkennend. »Ich möchte nicht das ganze Jahr versteinert dastehen und fürchterliche Musterung halten. Also, was planst du, Herzchen?«

»Ich fahre morgen oder übermorgen nach Berlin.«

»Nach Berlin? Was suchst du denn um Gottes willen in Berlin?«

»Ich will arbeiten.«

Crammon blieb stehen, machte den Mund auf und vergaß ihn wieder zu schließen. »Arbeiten?« keuchte er fassungslos und war mit zwei Sprüngen wieder an Christians Seite. »Arbeiten? Was denn, wie denn, du Unglückseliger?«

»Ich will Vorlesungen an der Universität hören. Ich will es mit der Medizin versuchen.«

Crammon schüttelte entsetzt den Kopf. »Arbeiten … Vorlesungen … Medizin … heilige Gnade! du hörst es, Ewiger! Als ob nicht genug Schweiß in der Welt wäre, nicht genug Stümperei, nicht genug Afterweisheit, nicht genug Streberei und Handlangerei. Das kann doch dein Ernst nicht sein.«

»Du übertreibst, Bernhard, wie immer,« antwortete Christian lächelnd. »Laß doch das Jammern. Es ist ja etwas Einfaches und Selbstverständliches, was ich tue. Auch probier ich's ja nur mal erst; ich weiß ja noch gar nicht, ob ichs können werde. Aber probieren muß ichs, daran kannst du nichts ändern.«

Crammon erhob die Hand mit gestrecktem Zeigefinger und sagte feierlich düster: »Du wandelst einen schlimmen Pfad, Christian, glaube mir, einen verderblichen Pfad. Mir ahnt Gräßliches, schon lange, lange schon. Der Schlaf meiner Nächte ist bitter geworden deinetwegen; der Gram nagt an mir, meine Ruh ist hin. Wie soll ich im Schneegebirge den Auerhahn schießen, wenn ich dich bei den Pharisäern weiß? Wie soll ich ein Rakett schwingen und einen Angelhaken schleudern, wenn mein innres Auge dich über schmierige Folianten gebeugt und an bresthaften Leibern herumstochern sieht? Mir wird kein Wein mehr heiter im Glase perlen, mir wird kein Mädchen mehr freundlich blicken, mir wird keine süße Birne mehr schmecken.«

»Doch, doch, Bernhard,« lachte Christian. »Ich hoffe sogar, daß du manchmal zu mir kommen wirst, um dich zu überzeugen, daß du mich nicht ganz zu verwerfen brauchst.«

Crammon seufzte. »Ich muß wohl,« erwiderte er, »muß wohl kommen, und das bald, sonst wird der böse Geist übermächtig in dir, und das verhüte Gott.«

19

Johanna erzählte Eva, der vergötterten Freundin, von ihrem Leben. Für Eva war es unerwarteter Ausblick in die graue Niederung der Bourgeoisie. Abstoßend klang der Bericht, doch war es Reiz, der Verschmachtenden, der Fliehenden Asyl zu gewähren.

Auch sie selbst erschien sich bisweilen wie eine Fliehende. Aber sie hatte ihre Bollwerke. Die Zeit wehte sie kalt an, und wenn ihr vor den geschäftigen Marionetten graute, deren Drähte sie zog, fühlte sie sich härter werden. Sie betrachtete es wie eine Ruhepause im Rasen ihres Schicksals, als sie dem ergebenen Mädchen Freundschaft schenkte.

Sie duzten einander. Susanne Rappard murrte. Sie machte die Augen auf, und Eifersucht entwickelte Gaben einer Spionin. Sie begann zu merken, was zwischen Christian und Johanna im Werke war.

Bei der Mittagstafel hatte es lustiges Gelächter gegeben. Johanna hatte eine Anzahl wollener Zipfelmützen gekauft, hatte sie sorgfältig in weißes Papier gepackt, hatte witzige Verschen darauf geschrieben und jedem von Evas Trabanten ein solches Päckchen zum Besteck gelegt. Niemand war der Urheberin gram. Bei aller Spottsucht und Querköpfigkeit war ihr etwas Liebliches eigen, das rasch versöhnte.

»Wie übermütig du heute bist, Rumpelstilzchen,« sagte Eva. Auch sie bediente sich des Necknamens. Das Wort, nicht ganz leicht bezwungen, klang entzückend aus ihrem Mund.

»Übermut kommt vor den Tränen,« antwortete Johanna, sich abergläubischer Befürchtung so ungehemmt überlassend wie bisher dem Scherz.

Ein reicher Schiffsreeder hatte Eva eingeladen, seine Gemäldesammlung zu besichtigen. Er wohnte vor der Stadt. Sie fuhr im Auto mit Johanna hin.

Arm in Arm standen sie vor den Bildern. Da war etwas Geläutertes um beide. Johanna liebte dies ebensosehr, wie wenn sie Gedichte miteinander lasen, Wange an Wange fast. In entselbsteter Anbetung ausgelöscht, vergaß sie, was hinter ihr lag, das ängstliche, klebende, streberische Dasein der Börsianerfamilie; was vor ihr lag, Druck und Zwang, gewiesener, unfroher Weg.

Jede Bewegung offenbarte Schmelz des Gefühls und Zärtlichkeit.

Auf der Rückfahrt war sie blaß. »Dir ist kalt,« sagte Eva und umhüllte sie mit einem Schal.

Johanna ergriff dankbar Evas Hand. »So ists gut, so sollte es immer sein. Ich brauche jemand, der mirs sagt, wenn mir warm oder kalt ist.«

Dieser melancholische Witz berührte Eva tief. »Was duckst du dich so?« rief sie, »warum verkriechst du dich? warum wendest du die Augen von dir und wagst nicht, dich zu freuen?«

Johanna antwortete: »Weißt du nicht, daß ich eine Jüdin bin?«

»Nun?« gab Eva verwundert zurück; »außerordentliche Menschen, die ich kenne, sind Juden. Die stolzesten, feurigsten, weisesten.«

Johanna schüttelte den Kopf. Sie sagte: »Im Mittelalter mußten die Juden gelbe Flecke auf den Kleidern tragen. Ich trage den gelben Fleck in der Seele.«

Eva kleidete sich für die Teestunde um, und Susanne Rappard half ihr. »Was gibt es Neues bei uns, Susanne?« fragte Eva und löste die Spangen aus ihrem Haar.

Susanne Rappard antwortete: »Das Gute ist nicht neu, das Neue nicht gut. Dein häßliches Hofnärrchen hat ein Liebesverständnis mit Monsieur Wahnschaffe. Sie treiben es ziemlich geheim, aber man tuschelt bereits. Ich begreife nur ihn nicht. Er ist schnell genügsam geworden. Ich habs ja immer gesagt, es fehlt ihm an Geist, es fehlt ihm an Herz; nun sieht man, daß ihm auch die Augen fehlen.«

Eva war dunkel errötet. Jetzt wurde sie bleich. »Das ist Lüge,« sagte sie.

Trocken versetzte Susanne: »Es ist die Wahrheit. Frag sie selbst. Ich glaube nicht, daß sie leugnen wird.«

Kurz darauf schlüpfte Johanna ins Zimmer. Sie trug ein einfaches, schwarzes Samtkleid, das ihre Gestalt reizend machte. Eva saß noch vor dem Spiegel. Susanne frisierte sie; sie hatte ein Buch in der Hand, las darin und schaute nicht empor.

Auf einem Sessel neben dem Toilettentisch lag eine geöffnete Schmuckkassette. Johanna stand davor, blickte lächelnd hinein und entnahm ihr zaghaft eine schön geschnittene Kamee, die sie sich spielend an die Brust steckte; dann ein Edelsteindiadem, das sie entzückt betrachtete und auf ihrem Haar befestigte; dann ein paar Ringe, die sie einen um den andern über ihre Finger schob; dann ein goldenes, mit Perlen besetztes Armband, das sie auf dem Ärmel anbrachte. So geschmückt, trat sie, halb mutlos, halb selbstverspottend lächelnd, vor Eva hin.

Eva kehrte langsam die Augen vom Buch ab, sah Johanna an und fragte: »Ist es wahr?« Und nach einigen Sekunden leiser, mit größer aufgeschlagenen Augen noch einmal: »Ist es wahr?«

Johanna stutzte, verlor die Farbe aus den Wangen, ahnte, wußte, begann zu zittern.

Da erhob sich Eva, ging dicht zu ihr hin, löste die Agraffe von des Mädchens Brust, das Diadem aus dem Haar, zog die Ringe von den Fingern, das Armband vom Arm und legte alles in die Kassette zurück. Danach setzte sie sich wieder hin, nahm das Buch wieder zur Hand und sagte: »Mach fertig, Susanne, ich will noch ein wenig ruhen.«

Johanna stockte der Atem. Sie sah aus wie eine Geschlagene. Eine zarte Blüte des Herzens war für immer geknickt; ihr Hinwelken hauchte Miasmen aus. Fast ohnmächtig verließ sie das Zimmer.

Wie zur Besiegelung eines beendeten Lebensabschnittes und Drohung schwereren Unheils empfing sie zwei Stunden später eine Depesche ihrer Mutter, die sie in dringlichster Form, mit dem Hinweis auf eine geschehene Katastrophe, nach Hause rief. Fräulein Grabmeier packte sogleich die Koffer. Der Zug ging um fünf Uhr morgens.

Von Mitternacht an saß Johanna in Christians Zimmer und wartete auf ihn. Sie hatte das Licht nicht angezündet und saß in der Dunkelheit am Tisch, den Kopf auf die Hand gestützt, regungslos und mit starrem Blick.

20

In ihren Gesprächen waren Christian und Crammon immer tiefer in die Gassen des Hafenviertels gelangt. »Laß uns umkehren und einen Ausweg suchen,« riet Crammon, »hier ist nicht gut sein. Es ist eine verdammte Gegend, will mich dünken.«

Er sah sich spähend um, auch Christian sah sich um. Als sie ein paar Schritte weitergegangen waren, sahen sie einen Mann bäuchlings auf dem Pflaster liegen. Er machte krampfhafte Bewegungen, krächzte lästerliche Flüche und ballte die Faust gegen eine rotverhängte, beleuchtete Glastür, zu welcher von der Gasse ein paar Stufen hinunterführten.

Plötzlich öffnete sich die Tür, und ein zweiter Mensch flog heraus; eine Schachtel, ein Regenschirm und ein steifer Hut wurden ihm nachgeworfen. Er stolperte mit um sich greifenden Armen über die

Stufen herauf, stürzte neben den ersten hin und blieb mit stieren Augen sitzen.

Christian und Crammon schauten durch die offene Tür in die Kaschemme. In dunstigem Halblicht hockten zwanzig bis dreißig Menschen beieinander. Das eintönige Greinen eines Weibes war hörbar, bald in schrillen, bald in dumpfen Tönen.

Die Glastür wurde zugeknallt.

»Ich will mal sehen, was da vorgeht,« sagte Christian und stieg die Stufen hinunter. Crammon konnte nur noch einen erschrockenen Warnruf ausstoßen; nach kurzem Zögern folgte er. Eine Fuselwolke schlug ihm entgegen, als er hinter Christian in den unterirdischen Raum trat.

An Tischen und auf dem Boden kauerten Männer und Weiber; in jeder Ecke lagen einige im Knäuel, schlafend oder betrunken. Die auf die Ankömmlinge gerichteten Augen blinkten gläsern. Die Gesichter hatten Ähnlichkeit mit Lehmklumpen. Der Raum mit den schmutzigen Tischen, Gläsern, Flaschen hatte ein Kolorit von Scharlach und Gelb. Zwei handfeste Kerle standen am Ausschank.

Das Weib, dessen Greinen bis auf die Straße gedrungen war, saß mit blutüberströmtem Gesicht auf einer Wandbank und gab immerfort die flennenden, viehisch monotonen Laute von sich. Vor ihr stand mit gegrätschten Beinen, anders konnte er sich nicht aufrecht halten, der riesige Mensch, den Christian beim Leichenbegängnis der Dirne gesehen hatte, der mit den zusammengewachsenen Brauen und dem Karneol am Zeigefinger. »Et jibt wat aus der Armenkasse, wart nur,« schrie er heiser, im plattesten Berliner Jargon, »dir wer'k uf'n Drab bringen. Krist eens ufs Hauptjebäude. Denn kannste dein Kopp in Mond suchen.«

Auf der Schwelle einer offenen Tür im Hintergrund stand ein beleibter Mann mit zahllosen Anhängseln auf der karierten Weste. Eine dicke Zigarre starrte ihm aus gelben Zähnen; er schaute dem Vorgang mit überlegener Ruhe zu. Es war der Besitzer des Lokals. Als er die beiden Fremden erblickte, zog er die Stirn in die Höhe. Er hielt sie zuerst für Detektivs und eilte auf sie zu. Dann sah er, daß er sich getäuscht hatte, und wunderte sich. »Kommen Sie in mein Bureau, meine Herren,« sagte er mit einer feisten Stimme und ohne die Zigarre aus dem Munde zu tun, »kommen Sie nach hinten, ich setze Ihnen einen guten Tropfen vor.« Er zog Christian am Arm nach sich. Ein Weib mit einem gelben

Kopftuch richtete sich vom Boden auf, streckte Christian die Hände flehend hin und bat um einen Groschen. Christian fuhr zurück wie vor Gewürm.

Ein Alter wollte den mit dem Karneol verhindern, das blutüberströmte Frauenzimmer weiter zu mißhandeln. Er nannte ihn Meseckekarl, schmeichelnd und furchtsam. Aber Meseckekarl hieb ihm die Faust unters Kinn, daß er röchelnd wankte. Da murrten einige, doch keiner wagte sich gegen den Goliath. »Er will Pinke von ihr,« raunte der Besitzer Christian zu, »sie soll noch mal auf die Gasse und Lemlem bringen. Man kann da vorläufig nichts machen.«

Er packte mit der andern Hand auch Crammon am Ärmel und zog beide durch die Tür in einen finstern Flur. »Die Herren wollen sich wohl in meinem Lokal interessieren?« forschte er unruhig. Er klinkte eine Tür auf und zwang sie einzutreten. Der Raum, in den sie kamen, zeigte einen geschmacklosen Luxus von Plüschmöbeln, Sofas, Sesseln, goldgerahmten Bildern und Portieren. Er hatte etwa fünf Meter im Geviert; alles stand dicht beieinander wie in einem Magazin; gekreuzte Schwerter hingen über einem Bukett aus Pfauenfedern, darüber eine violette Studentenmütze. Zwischen zwei Fenstern stand ein Schreibtisch mit geneigten Pulten, von Geschäftsbüchern bedeckt; an einem Pult schrieb ein schattenhaft magerer Mensch, wachsgelb im Gesicht. Er erschrak, als der Wirt ins Zimmer trat und beugte sich eifriger über seine Arbeit.

»Ich muß die Herren in Verwahrsam halten,« sagte der Wirt, »es könnte sonst 'n Malheur passieren. Wenn sich die Kanallje draußen beruhigt hat, können Sie ja unser Museum genauer in Augenschein nehmen. Sind wohl zugereist, die Herren?« Er langte auf ein Regal und holte eine Flasche herunter. »Dreiundneunziger Kognak,« fistelte er, »edelste Marke; die Herren müssen kosten. Ich liefere per Flasche und im Dutzend. 'n ochsig guter Tropfen. Kosten die Herren doch.«

Crammon schaute Christian an, dessen Gesicht ohne Regung von Unruhe war. Er ging mit düsterer Stirn an den Tisch und nippte geistesabwesend von dem Kognakglas, das der Wirt eingeschenkt hatte. Kognak war immerhin eine Zuflucht.

Indessen drang von draußen entsetzlicher Lärm herein. »Mir scheint, es gibt Senge,« sagte der Wirt, lauschte einen Moment und verschwand dann. Der Lärm schwoll an, aber plötzlich wurde es wieder still. Da sagte der Schreiber, ohne sein wachsgelbes Gesicht vom Pult zu heben:

»Kein Mensch kann das aushalten. So ist es Nacht für Nacht. Und in den Büchern hier steht, was dabei verdient wird. Hunderttausende. Er ist ein Millionär, der Mann; Hillebohm rafft Millionen zusammen, ohne Erbarmen, ohne Erbarmen. Kein Mensch kann das mitansehen.«

Es klang wie die Worte eines Wahnsinnigen.

»Sollen wir uns hier einsperren lassen?« fragte Crammon entrüstet; »was ist das für eine Unverschämtheit?«

Christian öffnete die Tür, Crammon zog aus seiner hinteren Beinkleidtasche den Browning, den er stets bei sich trug. Sie schritten über den Flur zurück und blieben am Eingang zur Kaschemme stehen. Meseckekarl war verschwunden; man hatte ihn mit vereinten Kräften ins Freie befördert. Das Frauenzimmer, von dem er Geld erpressen gewollt, wusch sich mit einem nassen Tuch das Gesicht ab. »Sei nur stille, Karen,« tröstete sie jener Alte, der vorhin geschlagen worden war, »sei nur stille, 's wird schon wieder werden.« Sie hörte nicht auf ihn und sah tückisch und böse aus.

Auf ihrem Kopf loderte ein Gewirr von gelben Haaren, hoch wie ein Helm, verstrickt wie Tabaksfäden. Während sie geblutet, hatte sie mit dem Handrücken häufig über die Augen gewischt und dabei die Haare mit Blut besudelt.

»Jetzt geh mal nach Hause,« gebot ihr der Wirt. »Wasch dir deine Vorderflossen ab und geh und grüß Gott, wenn du 'n siehst. Mach nich so lang, sonst kommt er wieder, dein Bräutigam, und es setzt neue Bimse.«

Sie rührte sich nicht. »Nu, mach schon, Karen,« keifte ein Weib, »mach schon. Willst dir denn noch mal vertobacken lassen?«

Sie rührte sich nicht. Schwer atmend schaute sie jäh zu Christian auf.

»Kommen Sie mit uns,« sagte Christian unerwartet. Von der Schank herüber schmetterte ein Gelächter. Crammon legte Christian in verzweifelter Mahnung die Hand auf die Schulter.

»Kommen Sie mit uns,« wiederholte Christian ruhig, »wir werden Sie nach Hause führen.«

Dutzende von verglasten Augen stierten höhnisch. »Dübel, Dübel, Dübel, so wat Feines,« meckerte eine Stimme. Eine zweite fiel ein im Tonfall, wie man Verse skandiert: »Wenn det nich jut for die Wanzen is, denn weeß ich nich, was besser is. Besinn dir nich, Karen Engelschall; flink auf die Beene, Droomtute.«

Karen erhob sich. Sie hatte den scheuen und finstern Blick noch nicht von Christian gewandt. Seine Schönheit machte einen verblüffenden Eindruck auf sie. Ein schiefes, zynisches Lächeln, das furchtsam wurde, glitt über ihre vollen Lippen.

Sie war ziemlich groß. Sie hatte üppige Schultern und eine starke Brust; sie war schwanger, vielleicht in der Mitte der Zeit; man sah es deutlich, als sie stand. Sie trug ein dunkelgrünes Kleid mit grünschillernden Knöpfen und unter dem Hals eine grellrote Seidenschleife, auf der eine Brosche befestigt war, ein venetianischer Gondelkopf aus Silber mit eingelegten Granatsteinen und der Inschrift: *Ricordo di Venezia*. Ihre Schuhe waren plump und kotig. Der Hut, ein Lacklederhut mit einem Büschel roter Gummikirschen, lag neben ihr auf der Bank. Sie griff danach. Es war ein sonderbarer Raubtiergriff.

Christian sah die Seidenschleife mit der silbernen Brosche an, auf der *Ricordo di Venezia* stand.

Crammon suchte Rückendeckung, denn es kamen neue Gäste, Individuen mit verdächtigen Gesichtern. Er hatte begonnen, sich ins Unvermeidliche, Unbegreifliche zu fügen, und war entschlossen, seinen Mann zu stellen. Innerlich knirschte er über die Abwesenheit obrigkeitlicher Organe. *No my dear,* redete er vor sich hin, aus dieser Hölle kommen wir lebendig nicht mehr heraus. Und er dachte an sein Hotelbett, an sein köstliches Bad mit wohlriechenden Essenzen, an das leckere Frühstück, an eine Schachtel mit Lindt-Schokolade, die auf seinem Nachttisch auf ihn wartete; er dachte an junge Mädchen, die nach frischer Wäsche rochen, überhaupt an angenehme Gerüche, an Ariels Lächeln, an Rumpelstilzchens Heiterkeit, an den Expreßzug, der ihn nach Wien bringen sollte; an alles das dachte er, wie wenn seine letzte Stunde gekommen wäre.

Zwei Matrosen schleppten zwischen sich ein Mädchen die Treppe herunter, das vor Betrunkenheit fahl und steif war. Als sie unten waren, schmissen sie es roh auf die Erde. Das Geschöpf röchelte und hatte einen geisterhaft wollüstigen, ja lasziven Ausdruck im Gesicht. Sie blieb steif wie eine Latte liegen. Die Matrosen fragten herausfordernd nach dem Meseckekarl. Es schien, daß sie ihn draußen getroffen und von ihm aufgestachelt worden waren. Sie wollten den Wirt provozieren. Der eine hatte eine breite Schramme auf der Stirn; des andern Arme waren nackt und bis zu den Schultern hinauf über und über blau tätowiert. Man sah als Zeichnung eine Schlange, ein beflügeltes Rad, einen

Anker, einen Totenschädel, einen Phallus, eine Wage, einen Fisch und noch vieles.

Beide maßen Christian und Crammon frech blickend. Der Tätowierte deutete auf den Revolver, den Crammon in der gesenkten Hand hielt und sagte: »Steck nur die Pixtaule wieder ein, sonst sollste mit Vergißmeinnicht handeln.«

Der andre stellte sich so dicht vor Christian hin, daß dieser erbleichte. Gemeinheit hatte ihn noch niemals angetastet, Schimpf und Unflat nie bespritzt. Vor Verachtung und Ekel überlief es ihn heiß. Dies konnte zur Umkehr nötigen. Es war schlimmer als die Vision des Bösen im Hause Szilaghins.

Das Gemeine konnte zur Umkehr zwingen.

Wie er aber dem Menschen in die Augen sah, merkte er, daß diese seinen Blick nicht ertrugen. Sie zuckten, flatterten, entflohen. Die Wahrnehmung verlieh ihm Mut und das Gefühl einer innern Kraft, deren Tragweite noch unbestimmt war.

»Ruhe im Glied,« fuhr der Wirt die beiden Matrosen an, »nu soll Ruhe sein. Ihr wollt mir woll die Pollezei uf'n Hals hetzen; det fehlte mir noch. Ruhig, Ede; hast woll 'n kleenen Lütiti. Die Deern mag mit die Kavaliers fortgehn, die Herren zahlen ihre Zeche: zwee Glas fin Schampanje; eene Mark un fumfzig und damit Gott befohlen.«

Crammon legte ein Zweimarkstück auf den Tisch. Karen Engelschall hatte den Hut auf das Haar gesteckt und wandte sich zur Treppe. Christian und Crammon folgten, der Wirt begleitete sie mit sarkastischen Verbeugungen, die beiden Athleten vom Schanktisch bildeten obendrein Schutzgarde. Ein paar Halbbetrunkene sangen in der Melodie des Torgauer Marsches: »Fritze Weber / Hat'n Kleber / An de Zunge / An de Lunge / An de Leber.«

Die Gasse war menschenleer. Karen spähte hinauf, hinunter und schien unschlüssig, wohin sie ihre Schritte lenken sollte. Crammon fragte sie, wo sie wohne. Ohne ihn anzuschauen erwiderte sie barsch, sie wolle nicht nach Haus. »Wohin dürfen wir Sie sonst bringen?« fragte Crammon weiter, sich zu Geduld und Rücksicht überwindend. Sie zuckte die Achseln. »Ist mir ganz egal,« sagte sie; dann nach einer Weile, mit Trotz: »Ich brauch Sie ja gar nicht.«

Sie gingen in der Richtung gegen den Hafen, Karen zwischen Christian und Crammon. Einen Augenblick blieb sie stehen und murmelte mit schaudernder Angst: »Daß ich bloß nicht ihm in die Hände laufe; bloß das nicht.«

»Machen Sie uns also einen Vorschlag,« redete ihr Crammon zu. Er wäre am liebsten auf und davon gegangen, aber um Christians willen, um Christian mit heiler Haut aus dem schlimmen Abenteuer zu ziehen, tat er sich Gewalt an und spielte den Menschenfreundlichen.

Karen Engelschall antwortete nicht und ging rascher, da sie unter einer Laterne eine Gestalt gewahrte. Bis sie aus deren Blickbereich war, flog ihr Atem in rasender Furcht. Man hörte es.

»Sollen wir Ihnen Geld geben?« fuhr Crammon zu fragen fort.

Sie entgegnete zornig: »Ich brauche nicht Ihr Geld. Will kein Geld.« Sie schielte verstohlen zu Christian hinüber, und ihr Gesicht wurde tückisch und verschlossen.

Crammon verließ den Platz an ihrer Seite, ging zu Christian und sagte französisch: »Es ist am besten, wir führen sie in irgendein Hafengasthaus, wo sie ein Zimmer und ein Bett bekommt. Wir können ja eine Summe für sie erlegen, damit man sie eine Zeitlang behält. Dann mag sie sich selber helfen.«

»Ganz recht, das wird am besten sein,« antwortete Christian, und als habe er nicht die Sprache für sie, fügte er hinzu: »Sag es ihr.«

Karen war stehengeblieben; sie zog wie frierend die Schultern hinauf und sagte mit einer vom Trinken heiseren Stimme: »Laßt mich doch in Frieden. Was schwatzt ihr da? Ich geh nicht einen Schritt mehr. Bin zu müd. Kümmert euch nicht um mich.« Sie lehnte sich an die Mauer eines Hauses, wobei sich der Lacklederhut mit den Gummikirschen in die Stirn schob. Reizloseres, Verwüsteteres als der Anblick, den sie darbot, war kaum zu denken.

»Hängt dort nicht ein Gasthausschild?« fragte Crammon und wies auf eine beleuchtete Tafel am Ende der Straße.

Christian, der ungemein scharfe Augen hatte, sah hin und antwortete: »Ja. König von Griechenland steht darauf. Geh, bitte, hin und erkundige dich.«

»Liebliche Gegend,« murrte Crammon, »liebliches Geschäft. Ich büße meine Sünden.« Er ging.

Christian blieb schweigend bei der Dirne stehen. Karen schaute stumm und verdrossen zur Erde. Ihre Finger nestelten an der Seidenschleife. Christian lauschte auf den Schlag von Turmuhren. Es schlug zwei. Endlich zeigte sich Crammon wieder auf der Straße. Er winkte von weitem und rief: »*Ready.*«

Jetzt sprach Christian das Mädchen zum erstenmal an. »Es ist eine Unterkunft für Sie gefunden,« sagte er ein wenig näselnd und blinzelte stark, was er sonst niemals tat. Seine eigne Stimme klang ihm außerordentlich unsympathisch. »Sie können dort einige Tage bleiben.«

Sie sah ihn mit haßvoll funkelnden Augen an; eine unsägliche Neugier, keine Neugier guter Art, brannte in dem Blick, dann senkte sie die Augen wieder. Christian fuhr gezwungen fort: »Ich denke, Sie werden da in Sicherheit sein vor dem Menschen. Ruhen Sie sich aus. Vielleicht sind Sie krank. Man kann ja einen Arzt benachrichtigen.«

Sie lachte leise und höhnisch. Ihr Atem roch nach Schnaps.

Crammon rief abermals: »*Ready!*«

»Nun, so kommen Sie,« sagte Christian, seinen Widerwillen nur mit Mühe beherrschend.

Seine Stimme und seine Worte machten denselben verblüffenden Eindruck auf Karen wie vorher seine Schönheit. Sie schickte sich in einer Weise zum Gehen an, als würde sie von hinten geschoben.

Ein verschlafener Pförtner in Pantoffeln stand an der Tür des Gasthauses. Seine demütige Höflichkeit bewies, daß Crammon verstanden hatte, ihn zu behandeln. »Nummer vierzehn im zweiten Stock ist frei,« sagte er.

»Schicken Sie morgen jemand in Ihr Logis und lassen Sie Ihre Sachen holen,« riet Crammon dem Mädchen.

Sie schien nicht zu hören. Ohne Gruß, ohne Blick, ohne Dank stieg sie, von dem Pförtner geführt, die mit einem schmutzigroten Teppich belegte Treppe hinauf. Die Gummikirschen auf dem Hut klapperten leise gegen das Leder. Die plumpe Gestalt verlor sich in der Schwärze.

Crammon atmete auf. »Jetzt um jeden Preis vier Räder!« ächzte er. An einer Straßenecke fanden sie einen Wagen.

21

Als Christian sein Zimmer betrat und das elektrische Licht aufflammte, wunderte er sich, Johanna am Tisch sitzen zu sehen. Sie schützte die geblendeten Augen mit der Hand. Er blieb an der Türe stehen. Die gerunzelte Stirn glättete sich wieder, als er die unsägliche Blässe in Johannas Gesicht bemerkte.

»Ich muß reisen,« hauchte Johanna, »ich habe ein Telegramm bekommen, ich muß sofort nach Wien.«

»Auch ich reise ab,« antwortete Christian.

Eine Weile herrschte Schweigen. Dann begann Johanna: »Seh ich dich wieder? Kann ich dich wieder sehn? Darf ichs?« In den bescheidenen Fragen verriet sich die Zerrissenheit ihres Innern. Sie lächelte geduldig und verzichtend.

»Ich werde in Berlin sein,« erwiderte Christian. »Willst du wissen, wo, ich selbst weiß es noch nicht, so wendest du dich am besten an Crammon. Crammon ist leicht erreichbar. Seine Damen in Wien schicken ihm alle Briefe.«

»Wenn du wünschest, kann ich nach Berlin kommen,« sagte Johanna mit demselben geduldigen und verzichtenden Lächeln. »Ich habe dort Verwandte. Aber ich glaube, du wünschst es nicht.« Dann, nach einer Pause, während der sich der Blick ihrer sanften Augen ziellos verlor: »Soll also Schluß sein?« Sie hielt den Atem an und war gespannt wie die Sehne am Bogen.

Christian trat an den Tisch und stützte den Zeigefinger einer Hand auf die Platte. Mit gesenktem Kopf sagte er langsam: »Fordere jetzt nicht Entscheidungen von mir. Ich kann sie nicht geben. Ich möchte dir nicht weh tun. Ich möchte nicht, daß sich etwas wiederholt, was schon so oft dagewesen ist in meinem Leben. Treibt es dich, so komm, und achte nicht auf mich dabei. Denke nicht, daß ich vorhabe, dich im Stich zu lassen; es ist nur momentan eine kritische Zeit. Mehr kann ich dir nicht sagen.«

Aus diesen Worten konnte Johanna nichts für sich entnehmen als Hoffnungsloses. Dennoch tönte etwas hinter ihnen, das ihren egoistischen Schmerz linderte. Mit der ihr eignen schlanken Bewegung streckte sie Christian den Arm hin, und in damenhaft starrer Haltung, matt lächelnd, sagte sie: »Also, auf Wiedersehn – vielleicht.«

22

Als das junge Mädchen fortgegangen war, legte sich Christian auf die Ottomane, verschränkte die Hände hinter dem Kopf, und so lag er, bis der Morgen anbrach. Das Licht hatte er nicht verlöscht. Die Augen fielen ihm nicht zu.

Er sah die ausgetretenen Treppen, die zur Kaschemme führten, und den von vielen Füßen beschmutzten Teppich auf der Treppe des kleinen Hafengasthofs; er sah die Laterne in der veröveten Gasse und die bunt karierte Weste des Wirtes mit den klappernden Anhängseln; er sah die Kognakflasche auf dem Regal und das grüne Umhangtuch eines der betrunkenen Weiber, er sah die tätowierten Zeichen auf den nackten Armen des Matrosen: den Anker, das beflügelte Rad, den Phallus, den Fisch, die Schlange; er sah die Gummikirschen auf dem Lacklederhut der Prostituierten, die silberne Brosche mit den eingelegten Granatsteinen und der albernen Devise: *Ricordo di Venezia*.

Je länger er lag und an diese Dinge dachte, ein je gewisseres Gefühl von Befreiung und Freiheit weckten sie in ihm, je mehr schienen sie ihm geeignet, ihn von andern Dingen zu erlösen, die er bisher geliebt hatte, den seltenen, und kostbaren Dingen, die er ausschließlich und ergebnislos geliebt hatte; auch von den Menschen, zu denen sie alle in Beziehung standen, und mit denen er zu keinem Ergebnis gelangt war.

Wie er so lag und schaute, lebte er in den armseligen und gemeinen Dingen drin; alle ergebnislosen Beschäftigungen und Beziehungen verloren ihre Wichtigkeit in seinen Augen, und der Gedanke an Eva hörte auf, ihn zu quälen und zu ergebnisloser Erniedrigung zu verführen.

Das strahlende und königliche Wesen lockte ihn nicht mehr, wenn er an das blutüberströmte Gesicht der Dirne dachte, denn diesem gegenüber empfand er eine Art von Neugier, die mehr und mehr sein ganzes Inneres ausfüllte, so daß nichts daneben Platz hatte.

Als der Tag graute, schlief er ein, aber nach einer Stunde erwachte er wieder, erhob sich, wusch das Gesicht mit kaltem Wasser, dann verließ er das Hotel, nahm einen Wagen und ließ sich in das Hafengasthaus zum König von Griechenland fahren.

Der Nachtportier war noch auf seinem Posten. Er erkannte den frühen Gast wieder und geleitete ihn mit unangenehmem Eifer über zwei Stiegen bis an das Zimmer von Karen Engelschall.

Christian pochte; es blieb drinnen still. »Gehen Sie nur hinein, mein Herr,« sagte der Portier; »Schlüssel ist keiner da, und der Riegel funktioniert nicht. Es passiert so allerlei, und da ist es besser für uns, wenn die Türen unverschlossen bleiben müssen.«

Christian trat ein. Es war ein Raum mit häßlichen braunen Möbeln, einem dunkelroten Plüschsofa, einem runden Toilettespiegel mit einem Sprung in der Mitte, einer elektrischen Birne mit weißem Sturz an einem Messingstab und einem Öldruckbild des Kaisers an der Wand. Alles war voll Staub, abgegriffen, abgetreten, abgesessen, armselig und gemein.

Karen Engelschall lag im Bett und schlief. Sie lag auf dem Rücken; das verwilderte Haargestrüpp glich einem Bündel Stroh; das Gesicht war blaß und etwas gedunsen. Auf der Stirn und der rechten Wange waren frische Narben. Die volle, aber schlaffe Brust quoll über der Decke heraus.

Der alte heftige Widerwille gegen schlafende Menschen regte sich in Christian; er wurde dessen Herr und betrachtete das Gesicht. Er sann darüber nach, aus welchem Stande sie hervorgegangen sein mochte, ob sie eine Fischers- oder Schifferstochter war, eine Kleinbürgerin, eine Proletarierin, eine Bäuerin. Dies beschäftigte seine Neugier eine Weile, dann fiel ihm die unsägliche Verstörung der Züge auf. Es war ein Gesicht ohne Böses, ohne Gutes, wie es da schlafend lag, aber zerrissen wie von unerhört quälenden Träumen. Da dachte Christian an den Karneol an der Hand des Menschen, der sie geschlagen; der widerlichrote Stein, der an ein Insekt oder an ein Stück rohes Fleisch erinnerte, wurde ihm außerordentlich gegenwärtig.

Er machte eine Bewegung und stieß an einen Stuhl; von dem Geräusch erwachte Karen Engelschall. Sie schlug die Lider auf, und Furcht und Entsetzen brannten in ihren Augen, als sie die Gestalt im Zimmer gewahrte; die Züge verzerrten sich furienhaft, der Mund öffnete sich hohl zu einem Schrei. Dann sah sie, wer der Eindringling war; sie hatte sich halb aufgerichtet; sie fiel in die Kissen zurück und seufzte erleichtert. Ihr Blick bekam wieder das Störrische, ihr Gesicht den Ausdruck erzwungener Fügsamkeit. Sie lauerte; sie wußte sich den Besuch nicht zu deuten; sie schien sich zu wundern und überlegte. Sie zog die Decke bis ans Kinn und lächelte halb geschmeichelt, halb schal.

Unwillkürlich forschten Christians Blicke nach der grellroten Schleife und der silbernen Brosche. Die Kleider des Mädchens waren unordentlich über einen Stuhl geworfen. Der Hut mit den Gummikirschen lag auf dem Tisch.

»Warum stehen Sie?« fragte Karen Engelschall mit heiserer Stimme, »setzen Sie sich doch.« Wieder wie in der Nacht war sie von seiner Schönheit und Vornehmheit verblüfft. Er ist ein Baron oder ein Graf, überlegte sie und lächelte das schale Lächeln. Sie war ausgeschlafen und fühlte sich ziemlich wohl.

»Sie können nicht lang in diesem Haus bleiben,« begann Christian mit höflichem Ton; »ich habe darüber nachgedacht, was man für Sie tun könnte. Ihr Zustand fordert eine gewisse Schonung. Sie dürfen sich den Mißhandlungen jenes Menschen nicht mehr aussetzen. Es wäre am besten, wenn Sie die Stadt verließen.«

Karen Engelschall lachte kurz. »Die Stadt verlassen? Wie soll ich denn das machen? Unsereins muß bleiben, wo es hingestellt wird.«

»Hat er irgendein Anrecht auf Sie?« fragte Christian.

»Anrecht? Wieso? Wie meinen Sie das? Ach so. Nein, nein. Es ist nur so, wie es eben bei unserm Geschäft ist. Man hat den zum Schutz, dem man das Geld gibt, und vor dem nehmen sich die andern in acht. Wenn er stark ist und viele Freunde hat, geschieht einem nichts. Schlechte Kerle sind sie alle, aber man darf nicht groß wählen, sie sitzen einem ganz eklig auf der Pfanne. Man hat Tag und Nacht keine Ruh; das Fleisch wird müd, sag ich Ihnen.«

»Das kann ich mir denken,« erwiderte Christian und blickte eine Sekunde lang in Karens runde, unschimmernde Augen; »deswegen wollte ich mich Ihnen zur Verfügung stellen. Ich reise heute oder morgen von hier ab und bleibe wahrscheinlich einige Monate in Berlin. Ich bin bereit, Sie mit mir zu nehmen. Sie dürften aber Ihren Entschluß nicht verzögern, denn ich habe vorläufig keine Adresse dort, das heißt, ich weiß noch nicht, wo ich wohnen werde, und wenn man ein solches Vorhaben verschiebt, wird es meistens nie ausgeführt. Momentan sind Sie für Ihren Verfolger so gut wie verschwunden, und diese Gelegenheit scheint mir günstig. Sie brauchen Ihre Sachen nicht zu holen; ich werde Ihnen, was Sie nötig haben, dort verschaffen.«

Diese mit Freundlichkeit gesprochenen Worte übten nicht die Wirkung, die Christian erwartet hatte. Karen Engelschall faßte das Einfache und Offene darin nicht. Höhnischer Verdacht stieg in ihr auf; sie wußte von Sittenaposteln und Heilspredigern, die in der Welt der Dirnen im allgemeinen so gefürchtet waren, wie die Sendlinge der Polizei; aber bei schärferem Hinsehen verriet ihr ein Instinkt, daß sie mit solchem Argwohn fehlging. Schwerfällig tastend, verirrte sie sich in andre Vermutungen, romanhaftere, dachte an ein Komplott, an Verschleppung, an ein Schicksal, das noch unerträglicher sein konnte als das unter der Botmäßigkeit ihres bisherigen Peinigers. Darüber grübelte sie in Hast und Groll mit verdüsterten Mienen, verkrampfter Faust, aus Furcht in Hoffnung, aus Hoffnung in Mißtrauen gerissen, dabei, wie schon gestern, von etwas bezwungen, dem man sich nicht entziehen konnte, so viel man sich auch sträubte, dem man unter allen Umständen gehorchen mußte.

»Was wollen Sie denn eigentlich von mir?« fragte sie und heftete einen durchdringenden Blick auf ihn.

Christian besann sich, um jedes Wort zu erwägen und entgegnete: »Nichts anderes, als was ich Ihnen gesagt habe.«

Sie schwieg und starrte auf ihre Hände. »Meine Mutter lebt in Berlin,« murmelte sie. »Soll ich am Ende zu der gehen? Ich möchte nicht.«

»Sie sollen zu mir gehen,« sagte Christian fest, beinahe hart. Seine Brust füllte sich mit Atem und leerte sich wie ein Blasebalg über Schmiedefeuer. Das Wort war gesprochen.

Karen schaute ihn abermals an. Jetzt war ihr Blick ernst und nüchtern. »Was soll ich bei Ihnen denn?« fragte sie.

Christian antwortete zögernd: »Darüber bin ich noch nicht schlüssig geworden. Ich muß es erst überlegen.«

Karen faltete die Hände. »Aber wer Sie sind, muß ich doch wissen.«

Er nannte seinen Namen.

»Ich bin ein schwangeres Weib,« fuhr sie mit finsterm Gesicht fort, und zum erstenmal zitterte ihre Stimme; »ein Straßenmädchen, das schwanger ist. Wissen Sie das? Das Miserabelste und Ludrigste, was es in der Welt gibt; wissen Sie das?«

»Ich weiß es,« sagte Christian und schlug die Augen nieder.

»Was wollen Sie also mit mir anfangen, so ein feiner Herr, wie Sie sind? Warum interessieren Sie sich für so eine?« drängte sie.

»Ich kann Ihnen das jetzt nicht erklären,« erwiderte Christian befangen.

»Was soll ich also tun? Mit Ihnen gehen, sagen Sie? Gleich?«

»Wenn es Ihnen recht ist, werde ich Sie um zwei Uhr mittags abholen, und wir fahren zum Bahnhof.«

»Und Sie genieren sich mit mir gar nicht?«

»Nein, ich geniere mich nicht.«

»In meinem Aufzug? Und wenn die Leute mit Fingern auf das Mensch weisen, das mit dem eleganten Herrn geht?«

»Es ist gleichgültig, was die Leute tun.«

»Schön; so will ich warten.« Sie kreuzte die Arme über der Brust, starrte zur Decke des Zimmers empor und rührte sich nicht mehr. Christian erhob sich, nickte und ging. Auch als er fort war, blieb Karen unbeweglich. Eine tiefe Falte grub sich in ihre Stirn; die frischen Narben leuchteten auf der fahlen Haut wie Brandmale; ein dumpfes, animalisches Staunen machte die Augen leichenhaft glanzlos.

23

Als Christian durch die Halle des Hotels schritt, erblickte er Crammon, der traurig in einem Sessel saß. Christian blieb stehen und reichte ihm lächelnd die Hand. »Hast du gut geschlafen, Bernhard?« fragte er.

»Ach, wenns vom Schlafen abhinge,« versetzte Crammon; »der Schlaf läßt nie was zu wünschen übrig. Das Wachen ists, worans hapert. Man wird alt. Die Vergnügungen halten nicht mehr recht vor. Die Freuden werden fadenscheinig. Man rechnet auf Dank und Liebe und hat nur Kummer und Enttäuschung. Ich glaube, ein Kloster wär für mich wirklich das Passendste. Demnächst werde ich das Projekt in die Nähe rücken.«

»Nein, Bernhard,« gab Christian lachend zur Antwort, »im Kloster würdest du eine üble Figur machen. Fort mit den schwarzen Gedanken; laß uns lieber frühstücken.«

»*All right,* laß uns frühstücken.« Crammon erhob sich. »Hast du eine Ahnung, weshalb das Rumpelstilzchen plötzlich bei Nacht und Nebel abgedampft ist? Ich höre, sie hat eine unangenehme Nachricht vom Hause erhalten; aber das ist doch noch kein Grund, ohne ein Sterbenswort auf und davon zu gehen. Jedenfalls ist es schnöde gehandelt. In wenigen Stunden wird uns auch Ariel verloren sein. Die Gemächer oben starren von Koffern und Schachteln, Monsieur Chinard vergeht vor Wichtigkeit. Nur schwarzes Gewölk grinst einen noch an, der bunte Regenbogen ist dahin. Exzellent, dieser Kaviar übrigens. Ich werde mich in die Heimlichkeiten des Privatlebens zurückziehen. Vielleicht miete ich mir einen Sekretär oder eine appetitliche und diskrete Sekretärin und fange an, meine Memoiren zu diktieren. Du, mein Lieber, scheinst guter Laune; du blickst so fröhlich, wie schon lange nicht.«

»Ja, mir geht es ausgezeichnet,« sagte Christian und zeigte beim Lächeln seine großen, blendendweißen Zähne; »ausgezeichnet,« wiederholte er und streckte dem überraschten Freund abermals die Hand entgegen.

»Hast du dich also endlich damit abgefunden?« forschte Crammon augenzwinkernd und deutete mit dem Daumen ausdrucksvoll nach oben.

Christian erriet. »Vollkommen,« sagte er heiter, »die Krankheit ist überstanden.«

»Bravo, bravo.« Und Crammon, behaglich schmausend, philosophierte: »Wär es anders, so wärs betrüblich. Ich muß es immer wieder betonen: Ariel gehört nun einmal zu den Sternen. Es gibt segensvolle Sterne und gibt verhängnisvolle Sterne. Einige sind von guten Geistern bewohnt, einige von Dämonen Das wissen wir seit urältesten Zeiten. Sie sollen ihre Affären untereinander schlichten. Kommt es zu Kollisionen und Katastrophen, so ist es eben eine kosmische Angelegenheit, die uns Sterbliche nicht weiter zu kümmern hat. Schließlich bist du ja auch nur ein Sterblicher, wenn auch ein auserwählter; hast sogar eine Reise in die seligen Jagdgründe tun dürfen. Aber was zu viel ist, ist zu viel. Die Konkurrenz mit moskowitischen Autokraten kannst du nicht aufnehmen. Den Drachen vermag Siegfried am Ende noch zu besiegen; wenn Luzifer selber auf hohem Roß feuerschnaubend daherspringt, trägt er nur seine schöne Haut zu Markte. Erfreulich und weise, daß du die Finger davon läßt. Auf eine genußreiche Zukunft, mein Engel!«

Christian ging aus Büfett, wo herrliches Obst zum Verkauf lag. Er wußte, ein wie entzückter Liebhaber seltener Früchte Crammon war. Er nahm einen geflochtenen Korb und legte in die Mitte eine Ananas, die er aufschnitt, so daß ihr goldnes Fleisch feuchtschimmernd lockte; darum im Kreis vier Kalvilleäpfel von reinster Oberfläche, gelblich leuchtende, sechs große französische Pfirsiche, flaumig und von elastischer Weichheit wie Muskulatur, und sieben enorme Dolden kalifornischer Trauben. Nachdem er die Früchte sachverständig angeordnet, trug er den Korb zu Crammon und überreichte ihn dem Beglückten mit scherzender Feierlichkeit.

Sie trennten sich dann, aber als Crammon am späten Nachmittag ins Hotel zurückkehrte, erfuhr er zu seiner Bestürzung, daß Christian abgereist sei.

Er konnte sich nicht fassen. Er erschien sich als das Opfer einer unheimlichen Kabale. »Sie lassen mich alle im Stich,« murmelte er zornig vor sich hin; »sie wollen sich über mich lustig machen. Es ist eine wahre Epidemie. Du hast abgewirtschaftet, Bernhard Gervasius, du bist ihnen im Wege, es ist aus mit dir, geh in deine Klause und betraure dein Leben.«

Er befahl seinem Diener zu packen und Plätze für den Zug nach Wien zu besorgen. Dann stellte er das Körbchen mit den Früchten auf den Tisch und pflückte betrübt sinnend Beere um Beere von den Trauben.

24

In dem stillen kleinen Haus mit den Möbeln aus der Maria-Theresia-Zeit vergaß er das Erlittene wieder. Ein Idyll hob an.

Er begleitete seine beiden frommen Damen in die Kirche, und aus Rücksicht und Gefälligkeit für sie betete er manchmal selbst. Herr, vergib meinen Feinden und führe mich nicht in Versuchung, war sein Hauptgebet. An sonnigen Nachmittagen kam der Fiaker, um die drei zur Fahrt in den Prater abzuholen. Am Abend wurde der Speisezettel für den folgenden Tag festgesetzt, wobei die nationalen und altüberkommenen Gerichte bevorzugt wurden. Dann las er Fräulein Aglaia und Fräulein Constantine, die lautlos andächtig zuhörten, klassische Gedichte vor, einen Gesang aus Klopstocks Messias, oder den Spaziergang von Schiller, oder Rückerts Makamen; noch immer ahmte er Stimme und Tonfall Edgar Lorms täuschend nach. Auch erzählte er unverfängliche Anekdoten aus seiner Vergangenheit, die er ausschmückte und veredelte, so daß sie jedem Töchteralbum Ehre gemacht hätten.

Erst wenn sich die beiden Damen zur Ruhe begeben hatten, zündete er die englische Pfeife an, schenkte ein Glas Kognak ein, hielt ruhige Rückschau und Selbstschau oder vertiefte sich in den Genuß der Schätze seines kleinen Museums, der in vielen Jahren zusammengetragenen Kostbarkeiten.

Kurz vor dem verabredeten Stelldichein mit Franz Lothar von Westernach erhielt er einen Alarmbrief von Christians Mutter.

Frau Richberta teilte ihm mit, daß Christian Weisung gegeben habe, seine sämtlichen Liegenschaften zu verkaufen, Christiansruh, Waldleiningen, das Jagdhaus, die Pferde, die Hunde, die Automobile, die Sammlungen, sogar die kostbare Ringsammlung. Das Unfaßliche sei bereits im Wege, und man habe nicht die geringste Andeutung eines Grundes. Sie befinde sich in ratloser Verzweiflung und bitte Crammon um Aufschluß, bitte ihn, nach Wahnschaffeburg zu kommen. Ob er über Christians Schritt, über Christians Tun unterrichtet sei, was sich denn um Gottes willen mit ihm ereignet habe? Man könne keine Nachricht erhalten, seit Wochen sei er wie verschollen, man tappe im Finstern. Die Familie wünsche natürlich nicht, daß der Besitz in fremde Hände überginge, und werde alles an sich bringen, obschon es sich widrig anlasse, den frechen Überbietungen, Advokaten- und Agentenmanövern, die der von Christian beauftragte Verwalter ins Werk gesetzt, wirksam zu begegnen. Aber allem voran stehe die Sorge um Christian; sie erwarte, daß Crammon ihr in ihrer Not beistehen und die hohe Meinung rechtfertigen werde, die sie von seiner Freundschaft für Christian und Anhänglichkeit an das Haus gefaßt.

Crammon las die Zeilen noch einmal, die vom Verkauf von Christiansruh und der Sammlungen handelten. Er schüttelte lange den Kopf, drückte das Kinn in die Hand, und zwei dicke Tränen rollten über seine Backen.

Zweiter Band: Ruth

Gespräche in der Nacht

1

Als Wolfgang zum Weihnachtsurlaub nach Hause reiste, konnte er seinen Vater zu dessen neuer Würde beglückwünschen. Albrecht Wahnschaffe war Geheimrat geworden.

Er fand das Haus verändert, still und langweilig. Einem kurzen Gespräch mit dem Vater entnahm er, daß man über Christian in Sorge und Aufregung war. Er horchte begierig, doch gelang es ihm nicht, Genaueres zu erfahren.

Daß Christian seinen Besitz veräußert, wurde ihm von Fremden hinterbracht. Er wußte nicht, was es zu bedeuten hatte.

Die Mutter sprach er nur ein einziges Mal. Sie erschien ihm krankhaft und behandelte ihn mit verletzender Gleichgültigkeit.

Gerüchte schwirrten. Der Haushofmeister berichtete ihm, daß Herr von Crammon ein paar Tage in Wahnschaffeburg und mit der gnädigen Frau stets allein gewesen sei. Sie hätten ein seitenlanges Telegramm nach Berlin geschickt, worin irgendeiner Person eine hohe Abfindungssumme angeboten wurde, vierzig- oder fünfzigtausend Mark. Die Depesche sei nicht an die Person selbst gegangen, sondern an einen Mittelsmann. Der Bescheid scheine ungünstig gelautet zu haben, denn danach habe Herr von Crammon geäußert, er wolle selbst nach Berlin reisen.

Wolfgang entschloß sich, an Crammon zu schreiben. Sein Brief blieb unbeantwortet.

Da er sich im Grunde für Christians Treiben wenig interessierte, verzichtete er auf weitere Nachforschungen. Anfang Januar kehrte er nach Berlin zurück. Am Benehmen seiner Bekannten merkte er alsbald, daß man etwas gegen ihn auf dem Herzen hatte. Es war eine unbestimmte, lauernde Neugier in manchen Blicken. Er war ohne besonderen Spürsinn; es kam ihm nur darauf an, für tadellos zu gelten und diejenigen nicht vor den Kopf zu stoßen, die auf seine Karriere Einfluß hatten. Er war den Anschauungen der Kreise, in denen er lebte, so geschmeidig ergeben, daß ihn der Gedanke zittern machte, man könne ihn eines Verstoßes oder einer Entgleisung bezichtigen. Deshalb hatte sein Wesen etwas Wachsames und stets Beunruhigtes. Deshalb hütete er sich sorgfältig, eine eigne Meinung auszusprechen, und vergewisserte sich, daß das, was er sagte, die Ansicht der Majorität und der Maßgebenden war.

In einer Gesellschaft nahm er wahr, daß mehrere junge Leute in seiner Nähe lebhaft tuschelten. Als er zu ihnen trat, schwiegen sie. Es war auffällig. Er zog einen von ihnen beiseite und befragte ihn brüsk. Es war ein gewisser Saßheimer, der Sohn eines Mainzer Großindustriellen. Er hätte keine bessere Wahl treffen können, denn Saßheimer beneidete ihn, und zwischen seiner Familie und dem Hause Wahnschaffe bestand eine alte Eifersucht.

»Es war von Ihrem Bruder die Rede,« sagte er; »was ist denn da eigentlich los? Sind ja tolle Geschichten, die man munkelt. Bei uns zu Hause und hier in Berlin. Was ist denn nun wirklich daran? Sie müssen es doch wissen.«

Wolfgang errötete. »Was soll denn los sein?« antwortete er betreten. »Ich weiß nichts. Christian und ich stehen nicht in Verbindung.«

»Es heißt, er hat sich an ein liederliches Frauenzimmer gehängt,« fuhr Saßheimer fort, »letzte Kategorie, eine ganz gemeine Straßendirne. Dagegen müßte man doch etwas tun. Das kann doch Ihre Familie nicht auf sich sitzen lassen.«

»Davon ist mir nicht das mindeste bekannt,« stotterte Wolfgang und errötete immer tiefer. »Es ist auch unwahrscheinlich. Christian ist der exklusivste Mensch, den man sich vorstellen kann. Wer verbreitet denn solche Albernheiten?«

»Man spricht überall davon,« sagte Saßheimer boshaft; »sonderbar, daß Sie der einzige sind, der keine Ahnung hat. Er soll auch mit seinen sämtlichen Freunden gebrochen haben. Warum gehen Sie denn nicht zu ihm? Er ist ja in Berlin. So was läßt sich ja schließlich auf gütlichem Weg beilegen, ehe der Skandal zu groß wird.«

»Ich werde mich sofort erkundigen,« sagte Wolfgang und richtete sich kerzengerade auf; »ich werde der Sache nachgehen, und wenn es sich herausstellt, daß das Gerede auf Verleumdung beruht, werde ich die Verbreiter zur Rechenschaft fordern.«

»Ja, das scheint mir das richtige,« bemerkte Saßheimer kühl.

Wolfgang verließ die Gesellschaft. Der ganze Haß gegen Christian wurde wieder neu in seiner Brust. Erst war er der Leuchtende und Allesüberstrahlende gewesen; jetzt drohte gar noch Schimpf von ihm und Gefahr im heiligsten Lebenskreis.

Der Haß würgte ihn.

2

Die geschäftlichen Besprechungen und Audienzen waren vorüber; die Züge des Geheimrats Wahnschaffe zeigten Müdigkeit. Als letzter hatte ihn ein Japaner verlassen, Beauftragter des Kriegsministeriums in Tokio. Einer der Fabrikdirektoren war bei der Unterredung, die weittragend und politisch bedeutsam war, zugegen gewesen. Er wollte sich entfernen; der Geheimrat hielt ihn durch eine Geste zurück.

»Haben Sie schon einen Ingenieur nach Glasgow designiert?« fragte er. Er vermied es, dem Mann ins Gesicht zu blicken. Was ihn an den Leuten seiner Umgebung immer störte, war ein bestimmter Ausdruck, den sie wie eine geistige Uniform trugen, ein Ausdruck der Gier nach Macht, Besitz und Erfolg. Er kannte fast keine andern Gesichter mehr.

Der Direktor nannte einen Namen.

Der Geheimrat nickte. »Es geht wunderlich mit den Engländern,« sagte er; »sie werden nach und nach völlig abhängig von uns. Nicht nur, daß sie diesen Typ Maschinen nicht mehr herstellen können, sondern wir müssen ihnen auch noch die Sachverständigen liefern, die sie ihnen erklären und in Betrieb setzen. Wer hätte das vor zehn Jahren gedacht.«

»Sie geben ihre Unterlegenheit in diesem Punkt offen zu,« antwortete der Direktor. »Einer der Herren aus Birmingham, die wir neulich auf die Werke führten, äußerte sich ziemlich betroffen über unsere unaufhaltsamen Fortschritte. Es sei ein Phänomen, meinte er. Ich erwiderte ihm, es sei durchaus nicht so erstaunlich, wie er glaube, die Sache sei im Grunde recht einfach: wir kennten nicht die englische Einrichtung des *Weekend* und hätten infolgedessen fünf bis sechs Arbeitsstunden mehr.«

»Und gab er sich damit zufrieden?«

»Er fragte: Sind Sie wirklich der Ansicht, daß diese fünf bis sechs Stunden genügt hätten, uns den Rang abzulaufen? Ich sagte, er möge nur jährlich zweitausend Stunden in das entsprechende Leistungsquantum umrechnen. Da schüttelte er den Kopf und erwiderte, wir seien ja ungemein tüchtig und fleißig, niemand bezweifle es, aber genau betrachtet sei es doch eine kleinliche und unfaire Konkurrenz.«

Der Geheimrat zuckte die Achseln. »Ja, so sind sie; unfair, das ist immer ihr letztes Wort. Damit denken sie uns zu schlagen.«

»Sie wollen uns nicht besonders wohl,« sagte der Direktor.

»Nein, Wohlwollen ist wenig da,« bestätigte der Geheimrat. Er nickte dem Direktor zu, dieser verbeugte sich und ging.

Der Geheimrat lehnte sich in den Sessel zurück, blickte müd über die Schriftstücke, die auf dem riesigen Diplomatenschreibtisch verstreut lagen, und deckte die weiße Hand über die Augen. Es war seine Art, zu ruhen und sich zu sammeln. Dann drückte er auf einen der zahlreichen elektrischen Knöpfe am Bord des Tisches. »Wartet noch jemand?« fragte er den eintretenden Diener.

Dieser überreichte eine Karte: »Der Herr kommt aus Berlin und sagt, er sei von Herrn Geheimrat bestellt.«

Auf der Karte stand: Willibald Girke, Privatdetektiv, Teilhaber der Firma Girke & Graurock, C, Puttbuser Straße 2.

3

»Was wissen Sie Neues zu melden, Herr Girke?« fragte der Geheimrat.

Ein schneller Seitenblick, und der Geheimrat sah auch in diesem Gesicht die ihm so wohlbekannte und so verächtliche Gier nach Macht, Besitz und Erfolg, diese vor nichts, vor keiner Erniedrigung und keiner Scheußlichkeit zurückschreckende Entschlossenheit.

»Ihre schriftlichen Berichte haben mich nicht befriedigt; ich bat Sie hierher, um gewisse Modalitäten Ihres Auftrags zu umgrenzen.« Die geschäftliche Phrase verdeckte die Unsicherheit und die Scham des Geheimrats.

Girke nahm Platz. »Wir waren indessen bemüht,« antwortete er berlinerisch schnarrend. »Material liegt in Menge vor. Wenn Herr Geheimrat gestatten, möchte ich sogleich damit aufwarten.« Er zog ein Notizbuch aus der Tasche und blätterte.

Seine Ohren waren außerordentlich groß und abstehend. Diese Tatsache berührte wie ein Beispiel von Anpassung eines Organs an den Erwerb und die Umstände. Seine Sprache war überstürzt. Er spie die Sätze aus und verschluckte Bestandteile von ihnen. Von Zeit zu Zeit sah er nervös auf die Uhr, wobei seine Augen unschlüssig glotzten. Er machte den Eindruck eines von der Großstadt Betrunkenen, eines Menschen, der nicht schlafen und sich nicht sattessen kann aus Mangel an Zeit und dessen Züge zerrissen sind von angestrengtem Lauern auf Telephonsignale, Briefe, Depeschen und Zeitungen.

Er begann eilig und monoton: »Die Herrschaftswohnung am Kronprinzenufer ist beibehalten worden. Doch ist es nicht klar, ob Ihr Herr Sohn noch als Partei zu betrachten ist. Er hat während des verflossenen Monats im ganzen nur viermal dort genächtigt. Es ist wahrscheinlich, daß er sie dem *stud. med.* Amadeus Voß überlassen hat. Mit dieser Persönlichkeit beschäftigen wir uns fortdauernd, wie Herr Geheimrat es gewünscht haben. Der Aufwand, den der junge Mann treibt, ist in Anbetracht seiner Herkunft und notorischen Armut ungewöhnlich. Freilich wissen wir ja, aus welcher Quelle die Mittel fließen. Daß er an der Universität inskribiert ist, hat seine Richtigkeit, ebenso wie Ihr Herr Sohn.«

»Lassen wir diesen Voß zunächst aus dem Spiel,« unterbrach der Geheimrat, noch immer unter der Last von Unsicherheit und Scham, den gewandten Sprecher. »Sie schrieben mir, daß mein Sohn nach und nach eine ganze Reihe von Wohnungen innehatte. Ich möchte darüber aufgeklärt werden; auch wo er sich gegenwärtig eingemietet hat.«

Girke blätterte. »Soll sogleich geschehen, Herr Geheimrat. Unsere Erkundigungen bilden eine lückenlose Kette. Vom Kronprinzenufer zog er mit der Frauensperson, über die wir nun ausführliche und verläßliche Daten gesammelt haben, in die Bernauer Straße nächst dem Stettiner Bahnhof. Von da in die Fehrbelliner Straße 16. Von da in die Jablonskistraße 3. Von da in die Gaudystraße, dicht am Exerzierplatz. Von da endlich in die Stolpische Straße, Ecke Driesener Straße. Das Auffallende ist nicht bloß der häufige Wohnungswechsel an sich, sondern vielmehr die beständige Verschlechterung, ja, man kann ruhig sagen, die Proletarisierung der Wohnungsgelegenheit. Wie wenn ein geheimer Plan obgewaltet hätte, irgendeine bestimmte Absicht.«

»Und Stolpische Straße, dabei ist es vorläufig verblieben?«

»Dabei ist es seit fünf Wochen, seit dem zwanzigsten Februar, verblieben. Allerdings sind es zwei Wohnungen, die er in dem Hause gemietet hat, die eine für sich, die andre für die Person.«

»Diese Stolpische Straße liegt weit im Norden der Stadt?«

»So ziemlich äußerster Norden. Westlich und noch weiter nördlich ist unverbauter Grund; östlich führt die Wisbyer und Gustav-Adolf-Straße nach Weißensee. Ringsherum sind Fabriken. Es ist eine ungesunde, unsichere und häßliche Gegend. Das Haus steht ungefähr sechs Jahre, befindet sich aber schon in einem deplorabeln Zustand. Im Vordertrakt sitzen fünfundvierzig Parteien, im Hofgebäude neunundfünfzig, meist Arbeiter, kleine Händler, zugezogenes Volk, Aftermieter, Bettgeher, auch allerlei anrüchige Existenzen. Im dritten Stock des Vorderhauses bewohnt die mehrmals erwähnte Frauensperson, Karen Engelschall, zwei Zimmer mit Küche; möbliert. Die Möbel sind Eigentum einer Witwe Spindler. Als monatliche Quote werden achtzig Mark pränumerando gezahlt. Die Dame kocht nicht selbst, hat aber eine Bedienerin, ein junges Mädchen, Isolde Schirmacher, Tochter eines Schneiders. Ihr Herr Sohn wohnt im Hoftrakt, erdgeschössig, bei einem gewissen Gisevius, Nachtaufseher in den Borsigwerken. Die Wohnung besteht aus einem dürftig eingerichteten Hauptzimmer, und einer daran schließenden, einfenstrigen Kammer, in welcher nur ein Kanapee zum Schlafen untergebracht ist.«

Die Augen des Geheimrats öffneten sich unter der Wirkung eines Schreckens, den er nicht bemeistern konnte. »Was, um Himmels willen, hat das zu bedeuten?« kam es von seinen Lippen.

»Ein vollkommenes Rätsel, Herr Geheimrat. Ein solcher Fall ist in meiner Praxis ein Novum. Es bleibt nur für Mutmaßungen Spielraum; außerdem Hoffnung, daß die Ereignisse Aufhellung bringen.«

Der Geheimrat, sich fassend, lehnte den Zuspruch kaltverächtlich ab. »Welcher Art sind die Erhebungen über das Frauenzimmer?« fragte er amtlich zurückhaltend; »zu welchen Resultaten haben sie geführt?«

»Ich wollte eben damit dienen, Herr Geheimrat. Wir haben Einblick gewonnen. Die Antezedenzien sind ans Licht gebracht. Es war zum Teil recht schwierige Arbeit; wir mußten Organe an Ort und Stelle schicken. Stand und Beruf, auch Name des Vaters sind nicht nachweisbar, da uneheliche Geburt stattgefunden hat. Die Mutter ist Friesin, wohnte im Oldenburgschen, wo sie Wirtschafterin auf einem kleinen Gut war, lebte dann mit einem pensionierten Steuerrendanten; nach dessen Tod hatte sie einen Parfümerieladen in Hannover. Das Geschäft reüssierte nicht. Im Jahre 1895 wurde sie wegen Betrug und Unterschlagung zu drei Monaten Gefängnis verurteilt, die sie in Cleve verbüßte. Danach verliert sich ihre Spur bis zum Jahre 1900, wo sie in Berlin

343

auftauchte; zuerst in Rixdorf, Treptower Straße, dann Brüsseler Straße hinter dem Virchowschen Krankenhaus als Zimmervermieterin, jetzt Zionskirchplatz. Stand mehrmals im Verdacht der Kuppelei, wurde aber wegen mangelnder Beweise außer Verfolgung gesetzt. Ist als Kunststopferin gemeldet; in Wirklichkeit ernährt sie sich durch Wahrsagen und Kartenschlagen, was ein ganz einträgliches Gewerbe zu sein scheint, nach ihrer Lebensführung zu schließen. Sie hat nur zwei Kinder, jene Karen, und einen etwa sechsundzwanzigjährigen Sohn Niels Heinrich, der ein polizeibekannter Tunichtgut ist und mit den Gesetzen in beständigem Konflikt liegt. Die Tochter Karen nun hat sich schon in frühem Mädchenalter einem schlechten Wandel ergeben. Wahrscheinlich ist sie von der Mutter dazu erzogen worden. Als sie siebzehn Jahre alt war, soll ein holländischer Kapitän der Mutter fünfhundert Gulden bezahlt und das Mädchen entführt haben. Sie hat zwei außereheliche Kinder geboren, eines 1897 in Kiel, eines 1901 in Königsberg. Beide starben kurz nach der Geburt. Außer in den genannten Orten lebte sie in Bremen, Schleswig, Hannover, Kuxhaven, Stettin, Aachen, Rotterdam, Elberfeld und Hamburg, fast überall unter Polizeiaufsicht. Zwischen 1898 und 99 ließ sich ihr Aufenthalt nicht ermitteln. Es scheint, daß damals in ihren Umständen eine vorübergehende Besserung eingetreten war; eine Auskunft lautet, sie sei mit einem dänischen Maler nach Nordfrankreich gegangen, in eine kleine Stadt: Wassigny. Aus Hamburg, wo sie allmählich immer tiefer gesunken war, wurde sie durch den Herrn Sohn in der Weise weggebracht, die ich in meinem Bericht vom vierzehnten Februar die Ehre hatte zu schildern.«

Girke schöpfte Atem. Seine Leistung, architektonisch aufgetürmt, flößte ihm selbst Respekt ein. Er genoß Gliederung und Gruppierung und warf einen Blick des Triumphes auf den Geheimrat. Er bemerkte nicht dessen versteinertes Gesicht und fuhr sieghaft fort: »Als sie nach Berlin kam, suchte sie ihre Mutter auf. Es entspann sich ein reger Verkehr. Die Mutter erschien sowohl im Hause Kronprinzenufer wie in allen übrigen Wohnungen. Auch der Bruder Niels Heinrich sprach vor, zweimal Fehrbelliner Straße, einmal Gaudystraße, fünfmal Stolpische Straße. Sie hatten Auseinandersetzungen, die von Mal zu Mal lärmender wurden. Am elften dieses, nachmittags fünf Uhr, verließ Niels Heinrich die Wohnung im Zorn, stieß Drohungen aus und randalierte in der Schnapsbudicke von Kersting, Schievelbeiner Straße. Am zwölften kam er mit Ihrem Herrn Sohn aus dem Haus, und sie gingen zusammen bis zur Lothringer Straße. Dort gab Ihr Herr Sohn dem Menschen Geld. Am sechzehnten schlenderte er vor dem Haus Kronprinzenufer bis in die Abendstunden auf und ab. Als Ihr Herr Sohn mit dem *stud. med.* Voß auf die Straße kam, trat er zu ihnen, und nach einem kurzen Gespräch gab ihm Ihr Herr Sohn abermals Geld, mehrere Goldstücke und einen Schein. Ihr Herr Sohn und der *stud. med.* Voß gingen bis zum großen Stern miteinander, und während der ganzen Zeit redete der *stud. med.* Voß auf Ihren Herrn Sohn heftig und aufgeregt ein. Worum es sich handelte, war nicht zu ergründen; unser Vertrauensmann konnte nicht nahe genug heran, ich selbst war an dem Tage anderweitig beschäftigt. Die Parteien in dem Haus Kronprinzenufer versichern glaubwürdig, daß der *stud. med.* sich häufig aggressiv und maßlos gegen Ihren Herrn Sohn ausläßt.«

Der Geheimrat war weiß bis in die Lippen. Den innern Sturm zu verbergen, erhob er sich und trat aus Fenster.

Grundfesten wankten. Der Gipfel des Daseins, auf dem man stand, hüllte sich in schwärzlichen Dunst, so wie draußen alles bedeckt war von Rauch und Qualm, die der Wind aus Schlöten niederschlug. Chaotische Geräusche der Arbeit, der Maschinen brodelten in der Luft. Auf Simsen und Dächern lag rissiger Schnee.

Was war zu tun? Das Gesetz bot im Notfall Handhaben. Entmündigung nahm den Schimpf nicht weg. Man mußte einschreiten, dämmen, verhüten, vertuschen.

Endlich rangen sich wieder Worte aus der geschnürten Kehle. »Hat er sonst irgendwie auffälligen Verkehr?«

»Nicht daß ich wüßte,« antwortete Girke. »Bei allerlei kleinen Leuten, jawohl; im Hause und auf der Straße. Er besucht regelmäßig die Vorlesungen und scheint auch zu Hause zu arbeiten. Mit den Studenten pflegt er keinen Umgang, wenigstens bis in die letzte Zeit nicht. Doch wird uns gemeldet, daß man seiner Person in diesen Kreisen eine gewisse Aufmerksamkeit schenkt. Vor zwei Tagen erhielt er den Besuch eines Herrn von Thüngen, der im Hotel de Rome abgestiegen ist. Ob sich daraus Weiterungen ergeben haben, kann ich noch nicht beurteilen.«

Der Geheimrat sagte mit umwölkter Stirn: »Der liegende Besitz meines Sohnes ist von mir angekauft worden. Die Gesamtkaufsumme, dreizehneinhalb Millionen Mark, wurden an die Deutsche Bank überwiesen. Es gibt leider keine legale Möglichkeit für mich, über die Verwendung des Geldes auf dem laufenden zu bleiben, zu erfahren, ob größere Beträge über den Zinsendienst hinaus entnommen und an wen sie bezahlt werden. Es wäre wichtig, darüber Klarheit zu gewinnen.«

Bei der Nennung der Millionenziffer verspürte Girke einen Ehrfurchtsschauder. Er duckte den Kopf, im Mund sammelte sich Speichel. »Zweifellos steht dem Herrn Sohn neben diesen dreizehneinhalb Millionen noch die Nutznießung der jährlichen Revenue zu?«

Der Geheimrat nickte. »Sie wird von der Firma ausbezahlt, und zwar seit November in Vierteljahrsraten an die Filiale der Dresdner Bank.«

»Ich frage natürlich nur, um die Verhältnisse überblicken zu können. Bei so unbegrenzten Mitteln ist die Lebensführung des Herrn Sohnes höchst sonderbar, mehr als sonderbar. Er nimmt seine Mahlzeiten meist in geringen Gast- und Speisehäusern und bedient sich niemals eines Autos oder einer Droschke, sogar der billigen öffentlichen Vehikel selten; er legt ziemlich lange Strecken zu Fuß zurück, bei Tag wie auch am Abend.«

Bei dieser Mitteilung stutzte der Geheimrat. Sie machte einen tieferen Eindruck auf ihn als alles, was der Detektiv sonst vorgebracht hatte.

»Ich werde die Wünsche des Herrn Geheimrats in jeder Beziehung berücksichtigen,« sagte Girke; »was den letzten Punkt betrifft, so ist es nicht leicht, aber ich werde trachten: Herr Geheimrat werden mit Girke und Graurock zufrieden sein.«

Damit war die Unterredung zu Ende.

4

Im Verfluß eines unterbewußten, durch eine Folge von Tagen sich hinziehenden Grübelns mußte der Geheimrat an einen Vorfall denken, der sich in Aix-les-Bains abgespielt hatte, als Christian vierzehn Jahre alt war.

Albrecht Wahnschaffe hatte die Bekanntschaft einer Marchesa Barlotti gemacht, einer geistreichen alten Dame, die einst eine berühmte Sängerin gewesen und nun, im Alter, von geradezu faszinierender Häßlichkeit war. Eines Tages war sie Albrecht Wahnschaffe in Begleitung Christians auf der Promenade begegnet, und die Schönheit des Knaben hatte sie dermaßen entzückt, daß sie ihn herzlich, in großer, freier Manier aufforderte, sie zu besuchen. An Stelle Christians, der erblaßt war, hatte der Vater zugesagt und gleich die Stunde bestimmt.

Christian aber, durch die abschreckende Erscheinung der Marchesa in nicht zu brechenden Widerwillen versetzt, weigerte sich ruhig und kalt, das Versprechen des Vaters zu erfüllen. Keine Zurede, keine Bitte, kein Befehl vermochte ihn zum Gehorsam zu bewegen. Da war Albrecht Wahnschaffe von einem jener Anfälle von Jähzorn übermannt worden, die ihn zum Berserker machten, trunken und schwindlig; kaum einmal in zehn Jahren kam es so weit, und wenn die Wut vorüber war, fand er sich in einem Zustand wie nach schwerer Krankheit. Er war auf Christian zugegangen, in schäumender Raserei, und hatte ihn mit dem Stock geschlagen. Einen zweiten Hieb führte er nicht. Der Arm lahmte vor dem Ausdruck im Gesicht des Knaben. Alles war Eis darin, flammend bleiches Eis; eine Hoheit, eine tödliche Verachtung, vor welcher der Zorn zerbrach wie Glas an Granit. Mich züchtigen? fragte seine eisig erstaunte Miene, mich zwingen?

Der bestürzte, beschämte, vernichtete Vater hatte erkannt, daß man diesen Menschen nicht zwingen könne und nicht zwingen dürfe, niemals, unter keinen Umständen und zu nichts in der Welt.

Der Vorfall wurde ihm jetzt wieder gegenwärtig und war die Ursache, daß er seinen Entschluß, Gewalt anzuwenden, ein für allemal aufgab.

Auf einen vor Monaten geschriebenen Brief, Christian solle kommen, sich erklären, die Seinen drückender Unwissenheit und Ratlosigkeit entreißen, die Mutter insbesondere, die ungebührlich leide, hatte er lakonisch geantwortet, es habe keinen Zweck, zu kommen, er könne nichts erklären, zur Sorge sei kein Grund, er befinde sich wohl und in ausgezeichneter Stimmung und man möge ihn nur getrost sich selber überlassen.

Was war der Sinn von dem, was er tat? Wo der Schlüssel für das Verständnis? Gab es, im Zeitalter der alles durchdringenden Wissenschaft mystische Verwandlung der Identität?

Er sah Christian, wie er zu Fuß lange Wege in den Straßen ging, am Abend; wie er in geringen Gasthäusern einkehrte und geringe Mahlzeiten zu sich nahm. Was war der Sinn davon? Er stellte sich vor, daß er ihm auf einem solchen Gang begegnete, er stellte sich die konventionell höfliche Miene vor, die stolz und kühl blickenden Augen, die weißen, festen Zähne, die bei seinem konventionell höflichen Lächeln sichtbar wurden, und schon bei der Ausmalung des Einandergegenüberstehens ergriff ihn Furcht.

Aber vielleicht mußte es sein; vielleicht mußte er zu ihm gehen. Vielleicht hatte das Geschehene gar nicht den finstern Ernst, den die Ferne gab. Vielleicht entpuppte es sich als mühelos zu lösende Verwirrung.

Der Gedanke wühlte sich ins Hirn und die Furcht wuchs. Wenn er ihn erstickt zu haben wähnte, tauchte er noch quälender auf, in Träumen, in schlaflosen Nächten, im Tumult der Geschäfte, im Gespräch mit Menschen, an jedem Ort, zu jeder Zeit, wochenlang, monatelang.

5

Wahnschaffeburg, erbaut für Glanz und Feste, war verödet. Die Gesellschaftsräume und die Fremdenzimmer standen leer. Amerikanische Gäste hatten sich angemeldet, Frau Richberta hatte ihnen absagen lassen.

Der Geheimrat schickte ihr Leckerbissen und Blumen aus den Treibhäusern. Sie hatte keinen Blick dafür. Lethargisch lag sie im Fauteuil oder in ihrem Prunkbett. Die Fenster waren verhängt, auch bei Tag. Abends und nachts war die elektrische Lampe verschleiert.

Erinnerungen an Christians Kindheit waren ihre Zuflucht. Sie genoß es wieder, wie er, als fünfjähriger Knabe noch, bei ihr im Bett gelegen; am frühen Morgen hatte die Wärterin den Jauchzenden, vom Schlummer rosig Behauchten gebracht. Die zwitschernde Stimme, die goldblonden Locken, die beweglich greifenden Hände, die mutwillig blitzenden tiefblauen Augen, wie nah, wie weit! Sie genoß es wieder, wie er nach der Perlenkette gelangt, wenn sie im Schmuck sein Zimmer betreten hatte; wie ihm kleine Mädchen einen Kranz von Sweet-peas aufs Haupt gelegt, ihn huldigend umringt hatten; wie er mit zwei Hunden über die Parkwege gestürmt und vor einer Bronzestatue, einem antiken Adoranten, herrlich stutzend stehengeblieben war; wie er, später dann, als Jüngling, im Mainzer Karneval auf einem Blumenwagen inmitten der schönsten Frauen den silbernen Pokal lächelnd gegen die Zuschauer erhoben hatte.

Unvergeßlich jede Gebärde, jeder Blick, der leichte Gang, die gereckte Gestalt, die dunkle Stimme, die Erwartung seines Kommens, das Glück seines Daseins, das Entzücken, das ihm aus den Mienen der Menschen zuflog.

Die Welt enthielt nur ihn.

Sie las die wenigen Briefe, die er ihr geschrieben und die sie in einem Ebenholzschrein aufbewahrt hatte wie Reliquien; nüchterne, bedeutungslose Mitteilungen, für sie Formeln von bindender Kraft. Zehn, zwölf Zeilen aus Paris, San Sebastian, Rom, Viareggio, Korfu, der Insel Wight; einst hatte sie die Schönheit der Erde daraus getrunken; sobald er nicht mehr dort weilte, waren es gleichgültige Lokalitäten.

Sie hatte ihren Schoß geliebt, weil er ihn geboren; jetzt haßte sie ihn dafür, daß sie ihn verloren. Aber wie und warum sie ihn verloren, war unergründbar. Und sie grübelte Tag und Nacht.

Niemand konnte ihr Aufschluß geben. Kein Gedanke brachte eine Spur von Licht. Sie stand vor einer Mauer und stierte sie verzweifelt an. Sie lauschte und hörte keine Stimme von drüben. Alles, was man ihr sagte, erschien ihr lächerlich und lügenhaft.

In ihrem Schlafzimmer hing ein Porträt Christians, das ihn als Zwanzigjährigen zeigte; ein schwedischer Maler hatte es vor drei Jahren gemalt. Es war sehr ähnlich, und sie liebte es abgöttisch. Eines Nachts nahm sie es von dem roten Seil an der Wand und stellte es auf den Tisch neben die Lampe, deren Vorhang sie zurückschlug. Sie kauerte sich in den Sessel, stützte den Kopf auf beide Arme und sah das Bild unverwandt, mit fordernder Inbrunst an.

Sie befragte es. Es gab keine Antwort. Sie bebte vor Begier, den gemalten Kopf zu packen. Aber das Gesicht auf der Leinwand lächelte in der zweideutigen und abwehrenden Art, die ihm eigen war. Sie wünschte, sie könnte weinen. Doch war es ihr nicht gegeben, zu weinen; sie war zu hart und ungerührt durch das Leben gegangen.

Am Morgen fand sie die Zofe noch immer vor Christians Bild sitzen. Das Bild neben der brennenden Lampe lächelte zweideutig und fremd.

6

Johanna Schöntag schrieb an Christian: »Zwei Monate sind vergangen, seit ich von dir weg bin. In dieser Zeit hat das Unglück mich und die Meinen verschwenderisch bedacht. Mein Vater hat sich selbst den Tod gegeben; das war die traurige Ursache, weshalb man mich gerufen hatte. Tollkühne Spekulationen haben ihn ins Unabsehbare verstrickt, er konnte sich nicht mehr zurechtfinden, sah sich von einem Tag auf den andern zum Bettler geworden und entschloß sich, den Kampfplatz zu verlassen. Alle Verbindlichkeiten sind auf anständige Weise gelöst, der gute Name ist gerettet, und man sagt uns zum Trost, daß er zu früh den Kopf verloren und sich übereilt hat. Wir sind aber in einer wenig beneidenswerten Lage, das Leben zeigt mir sein häßlichstes Gesicht. Solche Verwandlungen gibt es sonst nur in schlechten Theaterstücken. Ich bin noch sehr verwirrt. Ich weiß noch nicht, wie mir geschieht. Ich beneide Menschen, die Vorsätze haben, ganz zu schweigen von denen, die außerdem noch die Kraft besitzen, sie auszuführen. Wirst du mir schreiben? Hast du mich schon vergessen? Darf ich überhaupt noch danach fragen?«

Den Brief schickte sie an Crammon mit der Bitte, ihn zu befördern. Crammon schrieb ihr: »Mein liebes Rumpelstilzchen, hoffentlich verhallt Ihre Stimme nicht in der Wüste. Es haben sich malheureuse Dinge ereignet. Der Edle, an den Sie sich wenden, verleugnet sich selbst, seine Vergangenheit und alle, die ihn lieben. Gott der Herr hat seinen Sinn verdunkelt; wir sind um seine Rettung bemüht. Möge Ihre Mithilfe von guten Folgen begleitet sein!«

Die Worte erschreckten sie; sie wußte sie nicht zu deuten. Sie hatte Zeit, darüber nachzudenken, denn es vergingen Wochen, bis sie auf den Brief an Christian eine Antwort erhielt, und diese Antwort war schlimmer als keine: sie stammte nicht von Christian selbst, sondern von Amadeus Voß. Sie lautete: »Hochgeschätztes Fräulein! Bei der Ordnung der Papiere, die mein Freund Christian Wahnschaffe in der Wohnung zurückgelassen hat, welche ich an seiner Statt übernommen habe, fiel mir unter andern Schriftstücken auch Ihr Schreiben an ihn in die Hände. Da fast alle Briefe, die er in den letzten Monaten empfangen hat, mit ganz vereinzelten Ausnahmen unerledigt geblieben sind, fehle ich wohl in der Vermutung nicht, daß ein gleiches auch bei Ihrem der Fall ist. Das begangene Versäumnis ungeschehen zu machen, darf ich mir nicht einbilden; wer bin ich auch? Was bin ich für Sie? Vielleicht erinnern Sie sich meiner kaum. Hingegen erinnere ich mich Ihrer sehr genau und bedaure es ständig. Ihnen meine Ergebenheit und Sympathie nicht merkbarer zu Füßen gelegt zu haben. Aber ich bin von Natur furchtsam, und die Angst, meine Gefühle zurückgewiesen oder mißverstanden zu sehen, ist geradezu ein schleichendes Übel in mir. Fassen Sie es also nicht als eine Zudringlichkeit auf, daß ich für meinen Freund Wahnschaffe zur Feder greife; es schmerzte mich einfach, wenn ich mir Ihre Ungewißheit und Ihr vergebliches Warten vorstellte, und ich beschloß, dem ein Ende zu machen, wenigstens soweit es in meinen Kräften stand. Ich glaube, versichern zu dürfen, daß Christian Wahnschaffe Ihnen gegenüber nicht so schuldig ist, wie es scheinen muß, oder er ist vor sämtlichen Menschen, die ihm früher nahe gewesen sind, im selben Maße schuldig. Von Nachlässigkeit und Pflichtverletzung zu sprechen, wäre anmaßlich von mir und objektiv unzutreffend. Er ist aus seiner Haut geschlüpft, und die Münze, mit der er heute zahlt, ist auf einem andern Prägestock geprägt als die, mit der er vordem gezahlt hat. Ob es eine bessere oder schlechtere Münze ist, das zu entscheiden, ist nicht meines Amtes. Er hat, wie man zu sagen pflegt, die Schiffe hinter sich verbrannt. Was er tut, bildet das Entsetzen moralischer Abc-Schützen, auch von mir gestehe ich, daß ich um Erklärungen verlegen bin, aber man muß Geduld haben, die himmlische Vorsicht wird es zum besten lenken. Wir alle essen das Brot des Abgrunds, jedem schmeckt es bitter. In Anbetracht der durchaus ungewöhnlichen Umstände bitte ich, es zu entschuldigen, daß ich, gleichsam als *alter ego*, mich in die Angelegenheit eines andern mische, um sie zu meiner eignen zu machen. Es geschieht nach reiflicher Überlegung, und was Ihnen zunächst vielleicht Vorwitz und tadelnswerte Bemächtigung fremden Geheimnisses dünkt, hat seinen Beweggrund nur in der Sorge um Ihre Seelenruhe. Zum Schluß möchte ich noch mein aufrichtiges und tiefempfundenes Mitgefühl zur Kenntnis geben; Sie sind von schweren Schicksalsschlägen heimgesucht worden; Gott in seiner Gnade wird gewiß wieder Licht auf Ihren Weg senden.«

Johanna las diesen Brief unzählige Male, und jedesmal wurde sie bleich vor Scham; jedesmal war sie den Tränen nah, so preisgegeben und beleidigt erschien sie sich. Dann wühlte sie von neuem und immer von neuem in den künstlich stilisierten Sätzen; erschrocken, verzagt, schmerzlich neugierig fragte sie sich: was muß vorgegangen sein, damit er, Christian Wahnschaffe, derselbe Christian, den ich kenne, dem ich unermessenes Menschenvertrauen geschenkt, der Zarte, Verschwiegene, Korrekte, was muß vorgegangen sein, damit er mich und mein Verborgenstes hinwerfen konnte, als Beute hinwerfen einem, dem Verräterei und Muckertum auf die Stirn gezeichnet ist?

In ihrer Erregung ging sie in Crammons Wohnung; Crammon war längst nicht mehr in Wien. Sie erfragte seinen Aufenthaltsort; man vermochte keinen zuverlässigen Bescheid zu geben; Fräulein Aglaia nannte ein Hotel in Berlin, Fräulein Constantine das gräflich Vitztumsche Schloß Königseck in der Sächsischen Schweiz. Sie schrieb dahin und dorthin; zerriß beide Briefe wieder; sann und erwog; wurde von Beschämung und Zweifeln herumgejagt; faßte einen Entschluß und schrieb an Amadeus Voß, malte weiträumige Zeilen in ihrer lapidaren, stelzensteilen Schrift, die linke Hand zornig verkrampft, die Stirne gefaltet, mit den kleinen Zähnen an der Lippe nagend; schrieb einen spöttisch-knappen Dank, daß er sich ihretwegen bemüht, ignorierte geringschätzig die verübte Indiskretion, verbiß ihren Widerwillen, der einer Blutsabwehr in Vorahnung entsprang, und ersuchte in ein paar ungeduldigen Wendungen um klarverständliche Auskunft über Christian Wahnschaffe, da man sie die Entzifferung von Charaden und geistlichen Anspielungen noch nicht gelehrt habe. Sie könne sich zwar mit einem solchen Verlangen auf kein Recht stützen, weise auch jede Unterstellung eines mehr als freundschaftlichen Interesses für Christian entschieden zurück, doch sei dieses stark genug, ihre dringende Erkundigung zu begründen.

Vier Tage später kam die Antwort von Voß. Mit Herzklopfen hielt sie den Brief in der Hand, legte ihn uneröffnet in eine Lade, und erst am Abend, als sie sich in ihrem Zimmer eingesperrt hatte, brach sie ihn auf. Sie las:

»Sehr geehrtes Fräulein! Es wundert mich, daß ein Gerücht noch nicht bis zu Ihnen gelangt ist, das hier bereits die Spatzen von den Dächern pfeifen. Alle Welt raunt, schnüffelt und staunt, niemand traut seinen Ohren. Um Sie nicht mit unnötigen Umschweifen zu belästigen, gehe ich sogleich zu den Tatsachen über. Wie Ihnen bekannt sein wird, reise ich ungefähr eine Woche vor Christian Wahnschaffe von Hamburg ab, mietete in Berlin für ihn und mich eine komfortable Wohnung, denn da wir beide beschlossen hatten, uns dem medizinischen Studium zu widmen, durfte ich annehmen, daß wir bis auf ferneres und solange wir uns gegenseitig vertrugen, gemeinsamen Haushalt führen würden. Ich wartete auf ihn, er kam endlich, aber er kam nicht allein. Er brachte eine Frau mit. Hier stock ich im Wort. Ich wähle die Bezeichnung Frau, weil mir die Rücksicht gegen Sie verbietet, eine andre zu wählen. Doch wie soll ich es anfangen, Ihnen die Sachlage auseinanderzusetzen, wenn ich wie die Katze um den heißen Brei schleiche; die Wahrheit kann ja nicht verborgen bleiben. Die Person heißt Karen Engelschall; er hat sie im Hamburger Hafen- und Dirnenviertel als vollständig Verkommene aufgefischt; sie steht auf der untersten Stufe der Menschheit; sie hat ein rohes Aussehen, abstoßende Manieren und befindet sich momentan dicht vor ihrer Niederkunft. Sie war in den Händen eines gewalttätigen Kerls, der sie mißhandelte und barbarisch zurichtete, und wenn sie an den nur denkt, schlottert sie vor Grausen und Angst. Sie mag dreißig bis zweiunddreißig Jahre zählen, wirkt aber älter; ein Blick in ihr Gesicht genügt, und man weiß, daß es mit allen Lastern und aller Schande des Lebens vertraut ist.

Mein Fräulein, Ihr Auge darf nicht innehalten, wie es vielleicht täte, stünd ich vor Ihnen und wendete mich mitfühlend ab. Die niedergeschriebenen Worte sind schonungslos, und Ihre Phantasie, bisher bewahrt vor solchen Bildern, schließt vielleicht mich Unschuldigen in den schlimmen Zirkel ein. Ich muß es dulden; wenn das Zünglein an der Wage zur Ruhe gekommen ist, werden Sie gerechter prüfen. Obiges ist nur als Einleitung zu betrachten; ich fahre fort und halte mich an die Folge.

Er kam mit seinen Kisten und Koffern, aber ohne Diener. Er hatte den Diener entlassen. Gegen mich zeigte er sich von besonderer Freundlichkeit, und im allgemeinen war er weitaus heiterer, als wie ich ihn verlassen hatte. Für jene Karen wurden zwei Zimmer bereitet, eins zum Schlafen, eins zum Wohnen. Drei Zimmer waren für ihn, die zwei übrigen für mich. Ich war auf eine solche Zugabe zu unserm Beisammensein nicht gefaßt; ich wußte nicht, was ich sagen sollte. Er gab mir ein paar notdürftige Aufklärungen. Eigentlich Rede stand er mir nicht. Diese Weltmannsglätte, wie zuwider sie mir ist, was für eine verzweifelte Ähnlichkeit sie mit Verschlagenheit und Falschheit hat! Schweigen und Lächeln sind keine Argumente, damit überzeugt man nicht, damit betrügt man nur. Wir Niedriggebornen kennen solches nicht und verschmähen die feige Flucht unter die Maske der Unverbindlichkeit. Das Weib erschien zu den Mahlzeiten, saß klobig da, zupfte am Tischtuch, stellte einfältige Fragen, klapperte mit dem Besteck und schaufelte die Speisen mit dem Messer. Wenn Wahnschaffe sie ansah, benahm sie sich wie eine, die bei einem Diebstahl ertappt wird. Ich war bestürzt. Ich dachte mir: er ist nicht bei Trost. Sein Wesen gegen sie war von einer Zuvorkommenheit, daß ich mich des Verdachts nicht erwehren konnte, sie habe sich übernatürlicher Mittel bedient, um ihn fügsam zu machen. Aber wie: fügsam? Die Gewißheit, daß sie seine Mätresse nicht war, erlangte ich bald; wie hätte man auch dergleichen vermuten dürfen; ich hatte den Gedanken von Anfang an verworfen. Also wie: fügsam? Doch nur durch Teufelskünste. Glauben Sie nicht, daß ich fasle, mein Fräulein. Ich habe in geisterhaften Stunden tief in das Räderwerk der Schöpfung geblickt. Die menschliche Seele, arm und reich, hat unendliche Fähigkeiten und Verwandlungen. Die Sterne leuchten über uns, und wir kennen sie nicht, kennen nicht ihre Einflüsse und Gewalt. Die Klüfte der Erde sind zugeschlossen, nur die Ahnung bleibt, daß herrschsüchtige Dämonen sind. Hierüber werden wir uns sicherlich noch einmal Aug in Auge verständigen; nehmen Sie diese Prophezeiung als einen Beweis für das Behauptete.

Ich fahre fort. Ich fühlte mich nicht mehr heimlich in den schönen Zimmern. In der Nacht stand ich oft im Finstern und lauschte gegen die Räume hinüber, in denen die beiden hausten. Ich überwand meine Scheu und suchte die Gesellschaft des Weibes, wenn sie allein war. Sie war auf eine unangenehme Weise schwatzhaft. Ich sparte nicht mit meiner Verachtung. In seiner Gegenwart war sie blöde. Äußerlich gesehen, unterwirft sie ihn durch ihre Unterwürfigkeit. Ihre grenzenlose Verelendung hat Eindruck auf sein von Weltglanz übersättigtes Auge gemacht. Ich ging daran, nach einer verführerischen Eigenschaft an ihr zu forschen, nach irgendeinem Zug verlorener oder verwüsteter Schönheit, nach irgendeinem, wenn auch noch so unscheinbaren Reiz, einem verbrecherischen sogar, einem perversen. Ich dachte dem Geheimnis auf die Spur zu kommen, wenn ich mich gläubig und zustimmend stellte; ich war wachsam und bereit zu jedem Zugeständnis an eine Seelenwandlung, an ein Phänomen der Buße und Abkehr. Aber was fand ich? Ich fand eine rohe, befleckte, störrische, tierähnliche, plumptappende, formlose Kreatur.

Mich schauderte. Zu nah war noch die Zeit, da ich mich mit aller Leidenschaft selbst aus dem Schlamm befreit hatte; zu schwer hatte ich gelitten bei denen, die der Herr aus seinem Angesicht verwiesen hat; zu viele Mitternächte lagen hinter mir, wo es ums letzte ging; zu laut hatte ich geschrien unter den Malsteinen der Sünde; zu verrucht war mir dies Weib, viel zu verrucht, um zusehen zu können, wie sie schlangenschlüpfrig hinüberglitt in die Trägheitsmitte, ausruhend vom Übel und sich sammelnd zu neuem Übel. Ich wollte weg, das war kein Schauspiel für mich, oder mein Geist wäre wieder zu Gift geworden, mein Herz wieder das eiternde Stück Fleisch, das ich mir und der Menschheit zur Last trug. Ich erklärte Wahnschaffe, daß ich weg, daß ich ihm Platz machen wollte; er aber antwortete, ich möge bleiben, es gefalle ihm ohnehin nicht in dem Haus, er seinerseits wolle gehen. Ich dachte: aha, dich gelüstet nach deinen Palästen, dir ists zu gering dahier; aber zu meiner und andrer Leute Verwunderung zog er in ein weit geringeres Quartier; blieb dort bloß eine Woche, wählte abermals ein geringeres, und so noch zweimal, bis er endlich mit dem Weibe in den Norden der Stadt übersiedelte, in eine menschenüberfüllte Zinskaserne, wo er jetzt noch wohnt, er im Hinterhaus, sie im Vorderhaus. Wüßt ichs nicht, und Sie sagten mirs und zeigten mirs, ich lachte Ihnen ins Gesicht. Die Witwe Engelschall, die Mutter der Karen, war wütend, als sie es hörte; die habe ich kennengelernt; wie soll ich sie Ihnen schildern, ohne daß mir der Gaumen ausdorrt vor Ekel. Der Bruder, ein Lump und Auswurf, stellte Wahnschaffe und stieß Drohungen aus. Gelichter wimmelt um und um. Dort arbeitet er für die Vorlesungen; dort schläft er in einem finstern Loch, auf einem alten Ledersofa, der verhätschelte Liebling, Muster und Vorbild seiner Kaste, der Genießer, der Verführer, der Adonis und Krösus! Schreit Ihnen meine Stimme? Gellen die Worte aus dem bleichen Papier heraus? Erstarren Ihnen die Begriffe? So kommen Sie doch, kommen Sie, das Wunder zu bestaunen, die Mönchwerdung, die neue Eremitage, das düstere Possenspiel. Kommen Sie, wir bedürfen Ihrer vielleicht; brauchen die Herzen, die vordem für ihn geglüht haben. Die Augen aus der Jenseitwelt der Freuden werden die Spiegel sein, in denen er sich besinnend wiedererkennt.

Triumphiere ich? Ich wollt es nicht. Knirscht es in mir? Es könnte sein. Bin ich es doch, der den Weg bereitet hat, ich, den die Sündenträume wie ein Aussatz der Seele bis zum heutigen Tag zu unseliger Unrast verdammen. Er wirft sein Gut fort. Er läßt Millionen, die frische Millionen hecken, auf der Bank liegen, ohne sich um sie zu kümmern. Er lebt ohne Luxus, ohne Zeitvertreib, ohne elegante Gesellschaft, ohne Theater, ohne Autos, ohne Spiel und Spielerei, ohne Liebe und Liebelei, ohne geehrt, bewundert, verwöhnt zu werden. Ich warte auf die Stunde, wo er lachend erklärt, der Opiumrausch sei zu Ende. Solang die Millionen auf der Bank hecken und im Hintergrund Herr Vater und Frau Mutter mit der gefüllten Geldkiste bereitstehen, ist nichts Ernstliches zu fürchten. Seine Kleider, seine Wäsche, seine Schuhe, seine Krawatten, seine Schmuck- und Toilettengegenstände befinden sich zum größten Teil noch hier in der Wohnung, die ich wieder allein bewohne. Bisweilen kommt er, wechselt den Anzug, nimmt ein Bad. In seiner Erscheinung hat sich nichts geändert; er sieht immer aus, als gings zum Frühstück bei einem Minister oder zum Stelldichein mit einer Herzogin.

355

Er ist nicht melancholisch, nicht gedankenvoll, nicht hohlwangig; er ist, wie er stets gewesen, genau so hochmütig, so nüchtern, so unbedeutend, so prinzenhaft, nur ist alles leichter, was er tut, entschiedener, was er sagt, und er lacht öfter.

Damals hat er nicht gelacht, als ich ihm die Finsternis und die Schrecken malte, damals auf seinem Schloß, ehe er zu der Tänzerin reiste. Damals hat er gelauscht; Tag und Nacht gelauscht, gefragt, gelauscht. Rührte sich das Erbarmen in seinem Busen? Mitnichten. Er ist ja nicht einmal ein Christ; sein Gemüt ist ohne den Gottesfunken; er weiß nichts von Gott, für ihn gilt das Wort aus dem Korintherbrief: Der sinnliche Mensch nimmt nicht auf, was vom Geiste Gottes kommt, ihm ist es Torheit, und er vermag es nicht zu fassen, weil es nur im Geiste gefaßt werden kann. Ich hatte ihn auferwecken gewollt; ich redete mit Feuerzungen aus der untersten Tiefe. Aber er war stärker; er riß mich ins Verderben und lockte mich zu den Saturnalien, und ich vergaß mein himmlisches Heil um irdischer Lust willen. Er war mir wie ein Schatten gewesen, jetzt bin ich selber zum Schatten geworden, und er schmäht das Heilige, indem er es äfft. Was weiß er vom Beil und vom Ring? Ich aber weiß vom Beil und vom Ring. Was weiß er von den Zeichen und Symbolen, die in der Trübnis der Sinne zu Fackeln werden? Ihm ist alles wirklich, ihm ist es da: der Nagel und das Brett, die Glocke und der Meßstab, der Stein und die Wurzel, die Kelle und der Hammer, für ihn ist es da, für mich ist es nicht da. Rom und Galiläa stehen auf und ringen gegeneinander. Was von ihm ausgeht, ist Qual, was mich zu ihm treibt, ist Qual; als wären wir, verbrüdert und verwachsen, aus demselbigen Schoß gekrochen und könnten nun keiner den andern finden noch verstehen.

Warum ist er bei dem Weibe? Was erwartet er von dem Weibe? Er spricht von ihr mit einer neugierigen Spannung. Das ist es, diese unheimliche, verwegene, nimmersatte Neugier! Da ist der Hebel. Gelüstete ihn vordem nach den Palästen, so gelüstet ihn jetzt nach den Pferchen; warens ehemals die Grafen und die Sängerinnen, die Kavaliere und die perlenbehängten Kokotten, so sinds jetzt die Schnapsbrüder und die Spitalsweiber, die Zuhälter und die Huren. Gelüst ists, Gelüst, kein Tempelgang, kein Aufblick, keine Weihe; Gelüst nach dem Nagel und dem Brett, nach der Glocke und dem Meßstab, dem Stein und der Wurzel, der Kelle und dem Hammer, Gelüst nach dem, worin die Kraft liegt, wovon das Leiden ausgeht, worin das Wissen ruht. Ich habe seine

Blicke glänzen gesehen, als ich vom Sterben einer Verworfenen sprach, und vom Ertrinkungstod eines taubstummen Knaben, meines leiblichen Bruders, an dem er schuldig war; und vom Selbstmord eines andern, den ich in meiner zertretenen Jugend ins Grab gebracht; ich sah ihn bei seinen Juwelen und seinen Gemälden und seinem Silbergeschirr und den Blumen seiner Häuser und seinen kostbaren Büchern, und wie alles anfing, ihm nicht mehr zu schmecken, und wie er hungrig aufhorchte bei den Wehklagen aus Kerkern und wie der Angstschlaf über ihn kam. Und nun spielt er mit den Armen und den Dingen der Armen und wandelt vorüber und sammelt an und ergötzt sich, und greift nach dem und greift nach jenem, und will wissen, was drinnen ist und was es bedeutet, und bleibt derselbe, der er war. Darin ist kein Heil, wie denn geschrieben steht: Was kein Auge gesehen und kein Ohr gehört, und in keines Menschen Herz gekommen, hat Gott denen, die ihn lieben, bereitet.

Warum aber folgt ihm das Weib? Warum schlägt sie die Unsummen aus, die ihr die Familie bereits angeboten hat, wenn sie ihn verläßt? Warum kehrt sie widerspruchslos in die früheren Bezirke zurück, da sie doch nach seinem Gold, seinen Edelsteinen, seinen Landhäusern und Gärten, seiner Macht und seiner Freiheit lechzt und lechzen muß? Was hält sie, worauf wartet sie, welches Satanswerk ist da im Zuge? Es geschah an einem der letztvergangenen Tage, daß ich bei greulichem Schneetreiben mit ihm nach Hause ging. Er hatte mir einen Brief seines Freundes Crammon zu lesen gegeben, ein larmoyantes Geschreibsel, wie man es eher einem Blaustrumpf als einem Mann von Vernunft zumuten möchte; wir stritten darüber, d.h. er nahm es nicht ernst, während ich mich in Zorn redete; er erzählte mir dann, daß am Tag zuvor der Baron von Thüngen bei ihm gewesen sei; das ist auch einer von den früheren Kumpanen; vielleicht erinnern Sie sich seiner, er gehörte zu denen, die um die Eva Sorel scharwenzelten, so ein rotblonder, gezierter Modenfex; der also sei gekommen, nachdem er lang nach ihm gesucht, sei von mittags bis abends bei ihm gesessen und habe allerlei geredet; daß er mit seinem Leben unzufrieden sei und sich nach einem andern Leben sehne, daß er nicht wisse, was er beginnen solle und bisweilen eine unerträgliche Traurigkeit über ihn hereinbreche, daß er immer schon eine starke Sympathie für Wahnschaffe empfunden und nur nicht gewagt habe, ihm näherzutreten, und daß er nichts andres wünsche, als manchmal eine Stunde in seiner Gesellschaft zubringen zu dürfen. Das alles berichtete mir Wahnschaffe halb verlegen, halb verwundert, ich konnte aber nicht klug daraus werden und sagte, das sei wahrscheinlich einer von den übergeschnappten Müßiggängern, die den Appetit verloren haben und ihren Gaumen mit einer gepfefferten Speise reizen wollen. Er nahm mir die Grobheit nicht übel, sondern erwiderte bloß, er wolle nicht vorschnell urteilen. Bei unserm Ziel angelangt, ging ich mit ihm in die Wohnung der Karen Engelschall hinauf, denn, ärgerlich, wie ich war, mochte ich ihn jetzt nicht verlassen, wo er mich wieder einmal durch seine eiskalte Nüchternheit geschlagen hatte. Als wir den schmalen Vorraum passiert hatten, hörten wir aus der Küche die kreischende Stimme der Karen und dazu das Geräusch von Holzhacken. Wir machten die Küchentür auf; das schwangere Weib kniete auf der Erde beim Herd und spaltete Holz mit einer Hacke. Auf einem Stuhl an der Wand lehnte mit käseweißem Gesicht und geschlossenen Augen das junge Mädchen, das sie zur Bedienung hat, eine gewisse Isolde Schirmacher. Die war von einem Unwohlsein befallen worden, vielleicht war es sogar eine Art epileptischer Krampf; sie saß mit starren Gliedern, den Kopf hintüber gebeugt. Offenbar hatte sie vorher die Scheite gehackt, und als das Übel kam, hatte ihr Karen die Arbeit abgenommen. Aber der Zustand des Mädchens schien ihr weiter keine Sorge zu verursachen; sie spaltete das Holz mit der Hacke, bemerkte dabei gar nicht, daß wir auf der Schwelle standen, und führte lästerliche Reden, die sich auf ihre Schwangerschaft bezogen: sie möge nicht wieder so einen Balg haben, ihr graule davor, erdrosseln müsse man es, bevor es noch den ersten Piepser ausgestoßen habe, und dergleichen Unflätigkeiten die Menge. Die Feder sträubt sich, sie wiederzugeben. Da ging Wahnschaffe hin und hob die Isolde Schirmacher von ihrem Stuhl auf und trug sie, als wärs überhaupt keine Last, in die Kammer nebenan und legte sie aufs Bett. Hierauf kam er zurück, sagte zu Karen: laß das doch, Karen, und nahm ihr die Hacke aus der Hand und schichtete die gehauenen Scheite aufeinander. Das Weib war erschrocken, sie ließ alles geschehen und schwieg, wie wenn ihr die Sprache erstorben wäre. Das also habe ich mitangesehen, und aus diesem Momentbild können Sie schon entnehmen, was für eine Person das ist und wie Wahnschaffe mit ihr verfährt und mit ihr haust.

Es ist kein Frieden mehr in mir. Aus einer unsichtbaren Wunde am Leib der Welt rieselt Blut. Ich rufe nach einem Gefäß, um es aufzufangen, aber niemand bringt mir ein Gefäß. Oder ist in mir selber die

Krankheit und die Wunde? Gibt es eine Sehnsucht des Schattens nach seinem Körper? Ist es denkbar, daß das Unmögliche sich ereignet und der, der es erfleht, erschluchzt, auf Knien erträumt und erstammelt hat, spürt nichts davon? Mein Fräulein, das Verhängnis liegt darin: ich habe nun gelernt, die Frucht vom Aas zu unterscheiden, das Bittere vom Süßen, das Duftende vom Stinkenden, was wohltut von dem was wehtut. Andrerseits weiß ich, seit ich es erforsche, wie Glieder in den Gelenken sitzen, wie Wirbel sich auf Wirbel baut, Muskel sich um Muskel flicht, Gewebe auf Gewebe wächst, die Adern pulsen, das Hirn gelagert ist. Ich kann die Zauberuhr öffnen und in die ewig erstarrte Mechanik greifen, ein wundervoller Schauder. Da ist Ausgleich; ich zahle an der finstern Pforte des Daseins immer wieder das Einlaßgeld für die lichten Regionen. Neulich hatte ich ein Gesicht: Sie standen vor einem jungen Leichnam an meiner Seite und verlangten, ich solle das Herz herausschneiden, das den Tod des Leibes um ein weniges überlebt hatte und unter meinem Messer zuckte.

Dies wollte ich Ihnen noch mitteilen, und damit bin ich am Schlusse.«

Johanna blieb über dem Brief die Nacht hindurch und bis in den Morgen sitzen. Vor den Fenstern heulte der Märzsturm. Ihr hübsches Mädchenzimmer mit der weißseidenen Wandbespannung und den weißlackierten Möbeln, morgen sollte sie es für immer verlassen, war ihr bereits jetzt entschmückt und geraubt.

7

Auf den roten Samtsofas des Restaurants lagen Tote und Verwundete. Man hatte sie in Eile hereingeschafft, Leute waren um sie bemüht. Durch offene Türen wehte eisige Luft, untermischt mit Schnee. Auf der Straße krachten noch vereinzelte Schüsse, Reiter galoppierten vorüber, eine Militärpatrouille tauchte auf und verschwand. Gäste standen in Gruppen an den Fenstern; ein deutscher Kellner sagte: »An der Newa hat man Kanonen auffahren lassen.« Ein Herr im Pelz trat hastig ein und rief, Kronstadt stehe in Flammen.

In einem der Säle, die den Veranstaltungen geschlossener Zirkel dienten, befand sich eine glänzende Gesellschaft, vom General Tutschkoff geladen, einem der Freunde des Großfürsten Cyrill. Es waren da: Lord und Lady Elmster, der Carl von Somerset, Graf und Gräfin Finkenrode, Herren von der deutschen und der österreichischen Botschaft, der Marquis du Caille, die Fürsten Tolstoi, Trubetzkoi, Szilaghin mit ihren Damen.

Der Großfürst und Eva Sorel waren spät gekommen. Das Diner war zu Ende, die gemeinsame Unterhaltung hatte aufgehört; es flüsterten nur Paare miteinander, der Großfürst, zwischen Lady Elmster und der Fürstin Trubetzkoi sitzend, schlief. Dies pflegte sich, auch im angeregten Kreise, häufig zu ereignen. Man wußte es und hatte sich daran gewöhnt.

Er schlief, steif und ohne Lässigkeit zurückgelehnt. Die Lider zuckten von Zeit zu Zeit, die Falte auf der Stirn war durch ihre Tiefe schwarz, der farblose Bart sah aus wie Farren an Baumrinde. Der Argwohn lag nahe, er stelle sich schlafend, um ungestört lauschen zu können; dem widersprach eine Entblößung in den Zügen, die von der Willensaufhebung des Schlummers herrührte und dem Gesicht einen lemurischen Ausdruck verlieh.

An seiner überlangen, hagern Hand, die auf dem Tischtuch ruhte und bisweilen zuckte wie die Lider, funkelte ein haselnußgroßer Solitär.

Der Versammelten hatte sich Unruhe bemächtigt. Beim Knattern einer Gewehrsalve erhob sich die junge Gräfin Finkenrode und blickte bestürzt nach der Tür. Szilaghin trat zu ihr; lächelnd beschwichtigte er sie.

Ein Offizier der Garde erschien und flüsterte Tutschkoff eine Meldung zu.

Eva und Wiguniewski saßen abseits vor einem hohen Wandspiegel, der die Gestalten beider und einen Teil des Raums fahl wiederholte.

Wiguniewski sagte: »Leider sind die Nachrichten verbürgt. Niemand konnte darauf gefaßt sein.«

»Es wurde mir mitgeteilt, er halte sich in Petersburg auf,« antwortete Eva. »In einer deutschen Zeitung las ich sogar, er sei in Moskau verhaftet worden. Übrigens, wo sind Ihre Beweise? Einen Iwan Becker auf bloßes Hörensagen zu verdammen, das wäre ebensolche Felonie als die ist, deren Sie ihn bezichtigen.«

Wiguniewski zog einen Brief aus der Tasche, sah sich vorsichtig um, entfaltete ihn und sagte: »Dies schreibt er aus Nizza an einen Freund, der auch mein Freund ist. Ich glaube, danach ist kein Zweifel mehr erlaubt.« Er übersetzte, während er leise vorlas, die russischen Worte, vielfach stockend, ins Französische: »Ich bin nicht mehr, der ich war. Eure Vermutungen sind nicht unbegründet, die Gerüchte haben nicht gelogen. Verkünde und bestätige du es allen, die ihre Erwartung auf mich gesetzt, ihr Vertrauen zu mir an bestimmte Bedingungen geknüpft haben. Es liegt eine furchtbare Zeit hinter mir. Ich konnte nicht mehr weiter auf dem Weg, auf dem ich ging. Ihr habt euch in mir getäuscht, mich hat ein Wahnbild getäuscht. In einem Fall wie dem meinen erfordert es größere Kraft und größeren Mut, ein aufrichtiges Bekenntnis abzulegen und denen, deren Herz und Glauben man besessen hat, den Schmerz der Absage zuzufügen, als aufs Schafott zu steigen und sein Leben zu opfern. Ich hätte freudig den Tod auf mich genommen für die Ideen, denen ich bisher alle Gedanken und Gefühle gewidmet; ihr wißt es; ich hatte ja schon meine Ruhe, mein Vermögen, meine Jugend und meine Freiheit für sie hingegeben; nun aber, da ich diese Ideen als verderbliche Irrlehren erkannt habe, darf ich nicht eine Stunde länger für sie einstehen. Ich fürchte nicht eure Beschuldigungen und eure Verachtung; ich folge meinem innern Licht und meinem innern Gott. Drei Wahrheiten sind es, die mich bei meiner Ein- und Umkehr geleitet haben: Es ist Sünde, zu widerstreben; es ist Sünde, zum Widerstand zu überreden; es ist Sünde, Menschenblut zu vergießen. Ich weiß, was mir droht. Ich weiß, welche Einsamkeit mich umgeben wird. Ich bin auf alle Verfolgungen vorbereitet. Tut, wie ihr müßt, ich tue, was ich muß.«

Nach einer langen Pause sagte Eva: »Das ist er; das ist seine Stimme; das ist die Glocke, bei deren Ton man aufhorcht. Ich glaube ihm, ich glaube an ihn.« Sie warf einen düstern Blick auf das Gesicht des Schläfers an der hellerleuchteten Tafel.

Wiguniewski knüllte den Brief zusammen. In seinem spitz hervorstechenden Kinn drückte sich Bitterkeit aus, als er entgegnete: »Seine drei Wahrheiten sind so gut wie drei Divisionen Kosaken. Sie genügen, die Kerker diesseits und jenseits des Ural zu füllen, unsre Jugend zu entmannen, unsre Hoffnungen zu begraben. Jede einzelne ist eine Nagaika, die hunderttausend auferstandene Geister zu Boden schmettert. Felonie? Es ist schlimmer. Es ist die Tragödie dieses ganzen Landes. Drei Wahrheiten,« er lachte mit verpreßten Zähnen und einem Tierlaut, »drei Wahrheiten, und ein Blutbad beginnt, gegen das der bethlehemitische Kindermord und die Bartholomäusnacht harmlose Späße waren. Sehen Sie mich nur an, ich weine nicht. Ich lache. Wozu weinen? Ich werde nach Hause gehen und den Popen rufen und ihm diesen Wisch da geben und Amulette daraus verfertigen lassen und sie austeilen an die, die auf Erlösung warten. Vielleicht genügt es ihnen.«

Evas Züge wurden hart. Sie sah noch immer in das Gesicht des Schläfers, zwangvoll gebunden. Um den äußern Rand ihrer Lippen spielte ein morbides Lächeln. Die Haut der Wangen schimmerte opalhaft. »Weshalb sollte er nicht tun, was ihm der Geist befiehlt?« fragte sie und wendete einen Moment lang die diademgekrönte Stirn dem Fürsten zu. »Ist es nicht besser, daß einer zur Erscheinung gelangt, als daß vielen Hunderttausenden in die triste Mittelmäßigkeit gewünschter Lebensformen geholfen wird? Er sagt es ja so schön: ich folge meinem innern Licht und meinem innern Gott. Wer kann das? Wer darf das? Jetzt versteh ich auch ein Wort von ihm,« bohrender schaute sie in das Gesicht des Schläfers, »davor muß man sich beugen. Das also hat er im Sinn gehabt. Über diese eure Erde hier gehen wunderbare Pflüge, Fürst. In ihrem zerrissenen Leib dampft eine Finsternis, in die man sich stürzen möchte, um neu geboren zu werden. Da ist Atem, da ist Chaos, da donnern die Elemente, der schrecklichste Traum ist eine Wirklichkeit, die Wirklichkeit wie ein Epos aus der Vorwelt. Solches Leben ahnt ich früher nur aus dem Marmor heraus, wo namenlose Leiden geronnen und ewig geworden waren. Mir ist, als schaut ich von fünf Jahrhunderten her zurück, von den Sternen herunter und alles wäre Vision.« Sie sagte dies mit bebender Stimme und einer inbrünstigen Schwermut.

Wiguniewski, der beständiger Zeuge der Wandlung gewesen war, die sich in den letzten Monaten mit ihr ereignet hatte, war von ihrer Rede nicht befremdet. Seine Augen waren nun ebenfalls auf den Schläfer gerichtet. Tiefatmend sagte er: »Gestern nacht hat sich ein neunzehnjähriger Student, Semjon Markowitsch, nachdem er von Beckers Abfall erfahren hatte, in seinem Zimmer erschossen. Ich bin hingegangen und habe den Toten gesehen. Wenn Sie, Eva, den Toten gesehen hätten, würden Sie nicht so sprechen. Wenigstens nicht ganz so. Haben Sie einmal einen neunzehnjährigen Jüngling tot im Sarge liegen sehen, mit einer kleinen, schwarzen Schußwunde in der Schläfe, lieblich und unschuldig von Angesicht wie ein Mädchen, und doch mit diesem unbeschreiblichen Schmerz, dieser entschlossenen Verzweiflung über einen Verlust ohne Maß?«

Er schwieg; ein Schauder flog über Evas Schultern, aber sie lächelte wie in einem Fieber, das sie besessen und entherzt erscheinen ließ. Der Fürst fuhr trocken fort: »Dieser Brief, er mag ja viel Verführerisches haben. Warum sollte ein Mann wie Iwan Becker seinen Treubruch nicht mit einigem Aufwand von plausibler Psychologie schmackhaft machen können? Daß er nicht in bewußter Heuchelei und niedriger Zwecksucht handelt, billige ich ihm ohne weiteres zu. Aber er wäre nicht der echte Russe, der er ist, der weiche, trübe, fanatische, sich selbst zerfleischende Mensch, wenn seine Transformation nicht alle verhängnisvollen Folgen eines geplanten und systematisch betriebenen Verrats mit sich brächte. Er meint dem zu dienen, was er seine Erweckung nennt, und aus Schwäche und Blindheit, in verwirrtem Sinn und moralischer Peinigungswut gerät er der Bestie in die Krallen, die an allen Ecken und Enden Europas vernichtungslüstern und erbarmungslos lauert. Wenn ich die Dinge so beurteile, habe ich noch mild geurteilt. So viel wissen wir bereits, daß er zum Synod in Beziehung getreten ist und eifrig mit dem geheimen Kabinett korrespondiert. Hier in Moskau, in Kiew, in Odessa sind rasch hintereinander Verhaftungen vorgenommen worden, die auf ihn zurückgeführt werden müssen. Wie die Dinge liegen, kann nur er das Material geliefert haben; man hätte es sonst nicht gewagt. Das sind unbestreitbare Tatsachen; sie sprechen für sich selbst.«

Eva hatte die rechte Hand mit gespreizten Fingern gegen die Brust gedrückt und starrte fasziniert in die Luft, von einem Bild getroffen, das den grellsten Wechsel der Empfindungen zwischen Grauen und Entzücken verursachte. Die Lippen bewegten sich zu einer Frage, doch sie enthielt sich ihrer.

Sie sah Wiguniewski groß und ernst an und flüsterte: »Ich habe auf einmal eine so brennende Sehnsucht, ja wonach? Auf einen Berg zu steigen, hoch in Eis und Schnee hinein; oder mit einem Schiff in unbekannte Meere zu fahren; oder mit einem Aeroplan zu fliegen; nein, es ist das: ich möchte in einen Wald gehen, zu einer einsamen Kapelle, mich hinwerfen und beten. Wollen Sie eine Wallfahrt mit mir machen, Fürst? Zu einem fernen Kloster in der Steppe?«

Wiguniewski wunderte sich. Es war Leidenschaft und Trauer in den Worten, aber auch herausfordernder Trotz, der ihn verletzte. Ehe er sich zu einer Antwort sammeln konnte, näherten sich der Marquis du Caille und Fürst Szilaghin.

Der Schläfer öffnete die Augen, die träg blickten.

8

In Edgar Lorms Studierzimmer waren der Theaterschneider und der Perückenmacher. Er hielt zu Hause eine Kostümprobe ab für die Rolle des Petrucchio. »Die Zähmung einer Widerspenstigen« sollte demnächst in neuer Fassung und Besetzung gespielt werden; er liebte das Stück und freute sich auf die Darstellung der heiter-impetuosen Figur.

Judith, die in ihrem verzärtelt ausgeschmückten Gemach saß, auf einem niedrigen Schemel, die Hände um die Knie geschlungen, hörte seine schmetternde Stimme durch drei geschlossene Türen. Er zankte mit den Leuten. Lieferanten und Subalterne entfachten stets seinen cholerischen Ärger. Er war schwer zufriedenzustellen; wie von sich selbst, verlangte er auch von allen andern die höchste Anspannung und gewissenhafte Arbeit.

Judith langweilte sich. Sie zog eine Lade, die mit farbigen Seidenbändern gefüllt war, aus einer Biedermeierkommode, wühlte darin, probierte dies und jenes Band auf ihrem Haar, wobei sie sich mit gefurchter Stirn im Spiegel beschaute, dann war sie der Beschäftigung überdrüssig, ließ die Lade, wo sie war, die Bänder auf dem Boden verstreut liegen und erhob sich.

Sie schritt durch die Zimmer, klopfte an Lorms Tür und trat ein. Sie war überrascht von seinem Anblick. In dem spitzenbesetzten Samtwams, den Faltenhosen, den langschaftigen Stiefeln, dem Hut mit breiter Krämpe und geschwungener Feder, unter dem die braunen Haare der Perücke hervorquollen und bis auf die Schultern fielen, sah er wie ein Sieger aus, schön, verwegen, hinreißend; wie er stand und sich bewegte, das war schon Spiel und Übertragung; die ganze Welt war sein Theater.

Der Schneider und der Perückenmacher standen vor ihm, stramm wie Soldaten, und lächelten bewundernd.

Auch Judith lächelte. Das Unerwartete, ihn wieder neu zu finden, verwandelt, stimmte sie dankbar. Sie schmiegte sich an ihn und berührte mit den Fingerspitzen seine Wange; seine Augen, noch durchleuchtet vom Fluidum der erdichteten Gestalt, fragten nach ihrem Begehren. Er war gewohnt, daß sie ein Begehren hatte, wenn sie sich zur Liebkosung herbeiließ. Sie bog mit dem Arm seinen Kopf zu sich und flüsterte ihm ins Ohr: »Ich möchte, daß du mir was schenkst, Edgar.«

Er lachte, halb verlegen, halb belustigt. Da ihm das gutmütig-zwinkernde Zuschauen der beiden fremden Leute peinlich war, hängte er sich in sie ein und führte sie in die Bibliothek. »Was soll ich dir denn schenken, Kind?« fragte er, und der kühne Ausdruck, der ihm zugleich mit dem Kostüm des Bezähmers Petrucchio andre Natur geworden war, verblaßte.

»Irgend etwas, was du willst,« antwortete Judith, »irgend etwas Merkwürdiges, was mir Freude macht, was du gern hast, irgend etwas.«

Er schmatzte mit den Lippen, sah lustig aus und bereits fügsam, schaute sich im Zimmer um, griff nach einigen Gegenständen, schob das Kinn vor und besann sich, zeigte die Skala der Mimik von komischer Ratlosigkeit zu besorgtem Diensteifer, schlug sich endlich, graziös und spitzbübisch, mit der flachen Hand auf die Stirn und rief: »Ich habs.« Er öffnete ein Schränkchen, langte hinein und reichte Judith mit einer Verbeugung ein Nürnberger Ei, eine Uhr in einem durchbrochenen Gehäuse aus Altgold von kunstvoller Filigranarbeit.

»Ach wie nett,« sagte Judith und wog die Uhr auf der offenen Hand.

Lorm sagte: »Nun sieh dir mal das Ding gut an, ich will indes die Bursche drinnen fortschicken.« Mit flinkem Tänzerschritt verließ er das Zimmer.

Judith setzte sich an den großen Eichentisch, nahm die Uhr aus der Kapsel, betrachtete eine Weile die eingravierten Ornamente, drehte sie um und um, suchte nach dem Scharnier, drückte auf einen Knopf und schaute, nachdem sich die ovalen Schalen aufgetan, neugierig in das alte, leblose Räderwerk. Ich will es auseinandernehmen, beschloß sie, aber nicht jetzt, heut abend will ichs tun; ich will sehen, was drin ist. Und sie freute sich auf den Abend, wenn sie allein sein und die Uhr zerlegen würde.

Aber das Geschenk, so reizend es war, genügte ihr nicht. Als Lorm wieder hereinkam, umgekleidet, Privatmann, Ehemann, glattrasierter Herr, ohne einen Nachschimmer von Petrucchio, hielt sie ihm das Uhrgehäuse entgegen und bat, oder befahl vielmehr, denn nun war er ja wieder der, den sie kannte: »Das mußt du mir mit Goldstücken füllen, Edgar; ich will es voller Goldstücke haben.«

Ich will, ich will haben; immer: ich will haben.

Lorm stutzte: er schämte sich für sie und senkte den Kopf. In einem Schreibtischfach hatte er etwa fünfzig Goldstücke liegen; er füllte die Kapsel und gab sie ihr. »Dein Bruder Wolfgang war heute hier, während du ausgefahren warst,« sagte er. »Er saß eine Stunde lang bei mir. Ein unergiebiger junger Mann. Die Art, wie er nicht mit sich ins reine kam, wofür er mich eigentlich nehmen sollte, war recht amüsant. Jeder Zoll ein Referendar.«

»Was wollte er denn?« fragte Judith.

»Mit dir sprechen; Christians wegen mit dir beraten. Er will zu dem Zweck wiederkommen.«

Judith erhob sich. Sie war fahl im Gesicht, und ihre Augen glitzerten. Ihr Wissen über Christians verändertes Leben stammte aus einem Gespräch mit Crammon während dessen Aufenthalt in Berlin, aus Briefen einer früheren Freundin und aus mittelbarer Kunde von dem, was im Elternhaus vorging. Schon bei der ersten Mitteilung war sie von einem Zorn erfaßt worden, der nachwirkend an ihr fraß, so daß sie bisweilen, wenn sie allein war, die Zähne knirschte und auf den Boden stampfte. Und was sie weiterhin zu hören bekam, schon der Gedanke an seine Person, versetzte sie in dieselbe Erbitterung. Hätte sie nicht die Gabe gehabt, sich zum Vergessen zwingen, das Vergessen sich gebieten zu können, und zwar mit solchem Erfolg, daß das Unangenehme schließlich gar nicht mehr vorhanden war, so hätte sie sich im Kampf dagegen aufgerieben und vergiftet. Jede Erinnerung beschwor die Wut von neuem, und sie grollte dem, der sie erinnerte.

Lorm wußte und fürchtete es. Seine Witterung verriet ihm, daß etwas im Spiel war wie Angst vor dem Zerrbild; denn daß sich Judith als eine Gefallene, von sozialer Höhe freiwillig Herabgestiegene innerlich empfand, verhehlte er sich nicht; er dachte zu bescheiden von sich selbst, um es übelzunehmen. Zu zittern vor der Meinung der Menschen, war ihr eingefleischt; obgleich sie sich nicht mehr von den Elementen getragen sah, die vordem ihr aristokratisches Gefühl genährt hatten, war ihr Wesen noch in ihnen verwurzelt, und im neuen Bezirk erschien sie sich entwürdigt.

Aber das alles konnte die Ausbrüche nicht erklären, welchen sie sich überließ, sobald nur Christians Name genannt wurde.

»Er soll nicht wiederkommen,« fauchte sie in der Haltung einer gereizten Katze, »ich will nichts hören von dem Menschen. Hab ich dirs nicht schon zwanzigmal gesagt, ich will nichts hören? Was bist du denn für ein Schwächling, daß du dich überhaupt einläßt? Hast du ihm nicht sagen können: Sie will nicht, sie kann nichts davon hören? Laß den Wagen kommen und fahr auf der Stelle zu ihm hin; verbiete ihm, mein

Haus zu betreten, verbiete ihm, mir zu schreiben. Oder nein, ich schreibe selbst, du bist ja zu feig; ich schreibe ihm: Deine Besuche, mein lieber Wolfgang, sind mir angenehm, obwohl ich nicht weiß, was wir uns auf einmal zu sagen haben sollten; komm, sooft du magst, aber von dem Menschen sprich mir nicht, niemals, unter keiner Bedingung.«

Lorm wagte eine Einrede. »Ich begreife nicht,« sagte er sanft und überlegen, »was macht dich so maßlos? In niemandes Augen ist dein Bruder Christian ein Verbrecher, höchstens ein Narr. Wem schadet er? Was hat er dir zuleid getan? Warst du nicht besonders vertraut mit ihm? Du betontest es immer sehr, wenn du von ihm sprachst: Mein Bruder. Ich begreife nicht.«

Da wurde Judith vollends zur Megäre: »Natürlich,« höhnte sie rüd, »du! Geht dir denn etwas nah? Begreifst du denn überhaupt etwas außer von Schminktöpfen und bunten alten Fetzen? Ahnst du denn, was das war: Christian Wahnschaffe? Was das bedeutet hat? Du steckst ja viel zu tief in deiner Lügen- und Phrasenwelt. Wie solltest du begreifen!«

Lorm trat einen Schritt zu ihr. Er sah sie mitleidig an. Sie wich zurück und schlug abwehrend mit der Hand in die Luft.

Und sie schlug; schlug den Fisch.

9

Karen Engelschall sagte: »Sie brauchen sich nicht zu fürchten. Vor dem Abend kommt er heute nicht mehr. Und wenn, so sind Sie eben ein Bekannter von mir.«

Sie blickte Girke lauernd an. Hochschwangern Leibes saß sie am Fenster, breit, entschlossen nach Art gewisser Weiber, denen das Sitzen Genuß und Eroberung ist. Sie nähte an einem Kinderhemdchen.

»Übrigens, zu reden haben wir ja nicht viel,« fuhr sie fort, und in ihrer Miene war schadenfrohe Genugtuung. »Was wäre noch zu reden? Sie sagen, man will sechzigtausend geben, wenn ich von der Bildfläche verschwinde? Na ja, sechzigtausend ist ja ganz schön. Aber wenn ich warte, gehen die Herrschaften noch weiter in die Höhe. Auf einmal ist man wer. Ich will mirs überlegen. Kommen Sie nächste Woche wieder.«

»Sie sollten es wirklich überlegen,« antwortete Girke amtlich, »denken Sie an die Zukunft. Es ist vielleicht der Haupttreffer. Nicht im Traum hätten Sie vor einem halben Jahr dran geglaubt. Zinsengenuß: prachtvoll. Das Ziel. Solche Aussicht zu verscherzen, wäre frivol.«

Mit tückischem Lächeln beugte sich Karen tiefer über ihre Arbeit. In einem unbestimmten Wohlgefühl preßte sie die Knie aneinander und drückte die Augen zu. Dann schaute sie empor, wischte den gelben, übergestülpten Haarwust aus der Stirn und sagte: »Ich müßte dümmer sein, ließ ich mich fangen. Meinen Sie, ich weiß nicht, wie reich er ist? Wenn er bieten wollte, um mich los zu sein, wär das Gebotene von euch bloß ein lausiger Bettel. Warum soll ich schlechte Geschäfte machen? Da wär ich ja rein auf den Kopf gefallen. Sie haben recht, der Haupttreffer ist es ja, aber anders als Sie denken. Abwarten und Tee trinken. Kann sein, daß es die falsche Rechnung ist, dann hab ich mir den Schaden selber zuzuschreiben.«

Girke rückte unbehaglich auf seinem Stuhl. Er schaute auf die Uhr und ließ von da den notizenlüsternen Blick über das Zimmer mit den ordinären Möbeln, Tapeten, Deckchen und Teppichen schweifen.

»Eins kann ich Ihnen zum Trost sagen und sag es Ihnen, weil es an der Geschichte nicht viel ändert,« begann Karen Engelschall wieder; »nämlich, daß seine Leute auf dem Holzweg sind, wenn sie glauben, um meinetwillen wär es mit ihm so wie es ist, und daß sie ihn behalten hätten, wär ich ihm nicht in die Quere gekommen. Ich könnte euch ja leicht einen blauen Dunst vormachen und so tun, als hätte er mir zuliebe sein Leben umgekrempelt. Wozu aber? Das muß ja ein neugeborenes Kind kapieren, daß es bei ihm nicht mit rechten Dingen zugeht. Warum soll ich Ihnen also eine Komödie vorspielen, wo ich doch da sitze und mir das Hirn zerdenke.«

»Sehr wahr,« sagte Girke, den ihre Offenheit überraschte, »ich verstehe vollkommen; Ihre Worte interessieren mich ungemein. Ich habe immer behauptet, man könnte am ehesten bei Ihnen auf Unterstützung rechnen. Sie würden mir einen wesentlichen Dienst leisten, wenn Sie mir einige Fragen beantworten wollten. Eine Hand wäscht die andere; ich meinerseits würde Sie dann gegebenenfalls auch nicht im Stiche lassen.«

Karen kicherte in sich hinein. »Glaubs schon,« erwiderte sie, »so 'n bißchen herumspionieren und dann hingehn und trätschen. Das paßte Ihnen gerade. Nee, nee, so was tut sie nicht, absolut nicht. Fragen Sie doch weiter herum, da könnten Sie schon verschiedenes hören. Da gibts schon welche, die reden könnten. Da ist zum Beispiel sein Freund, der Voß; wenden Sie sich mal an den.« Ihre Augen funkelten, als sie den Namen aussprach. »Der gehabt sich, wie wenn er die Weisheit mit

Löffeln gefressen hätte, und behandelt einen so niederträchtig, daß man ihm am liebsten die Faust unter die Nase stoßen möchte. Den fragen Sie mal, an wen das Geld gehängt wird. An mich nicht, aber der Voß kann Ihnen schon sagen, an wen.«

»Beileibe, das überschätzen Sie wohl,« warf Girke sachverständig hin; »daß die in Rede stehende Persönlichkeit die Wurzel des Übels ist, leidet keinen Zweifel. Aber wie die Verhältnisse liegen, würde selbst das Zehnfache der Gelder, die von diesem gierigen Rachen verschlungen werden, nicht in Betracht kommen. In dem Punkte kann ich Sie durchaus beruhigen. Es müssen noch andre unbekannte Blutsauger existieren.«

»Is mir total schleierhaft, was Sie da quasseln, lieber Mann,« versetzte Karen, und ihre gelben, kleinen, bösen Zähne wurden sichtbar. »Wollen Sie nachschauen, ob was im Schrank steckt? oder in der Matratze? Ist Ihnen die Wohnung vielleicht zu fein? Oder trag ich Ihnen zu schöne Kleider, zu teuern Schmuck? Oder haben Sie schon das Loch drüben bei Gisevius besichtigt, wo er schläft, der elegante Herr? Kolossaler Luxus, was sagen Sie dazu? Sogar die Mäuse finden's ungemütlich; ich hab neulich, wie ich drüben war, eine krepiert im Winkel liegen sehen. Einem normalen Menschen grault vor Mäusen; ihm macht das nichts aus. Ist doch jammervoll bei einem, der so großartig gelebt hat. Man hört ja Wunder davon, es muß ja gewesen sein wie beim Kaiser. Hat Schlösser gehabt, Jagden gehabt, Automobile gehabt, die schönsten Weiber gehabt. Sind ihm alle nur so zugeflogen, die Weiber. Nie Sorgen, nie einen Kummer, nie ein Wölkchen, alles im Überfluß, Geld, Kleider, Essen, Trinken, Freunde, Diener, alles im Überfluß; und nun bei Gisevius, wo die Mäuse krepieren.«

Ihre Augen waren brennend auf Girke gerichtet, aber möglicherweise sah sie ihn gar nicht mehr. Sie schien auch nicht mit ihm zu sprechen, diesem Unbekannten, dessen zweckhafte Wißbegier sie gleichgültig ließ, sondern sie verschaffte sich Luft, indem sie den Krampf des einsamen Schweigens brach. Die Hände öffneten sich wie Muschelschalen und blieben geöffnet; das Kinderhemdchen glitt auf den Boden. Ihre Zunge war entfesselt; Worte stürzten hervor, im Grübeln entstanden, im Grübeln zerrieben, im Tage und Nächte währenden Hinbrüten einander vertraut geworden; die Stimme hatte Metall, im Gesicht strafften sich erschöpfte Muskeln.

Girke lauschte gespannt und führte in Gedanken Protokoll. Er merkte, daß sich jetzt sogar sein Fragen erübrigt hatte; die Maschine, von einem heimlichen Feuer geschürt, war von selbst in Schwung geraten.

Karen fuhr fort: »Er kommt, setzt sich hin und schaut. Setzt sich hin, schlägt ein Buch auf und studiert. Legt das Buch weg und schaut. Schaut mich an, als wär ich eben vom Wind ins Zimmer hereingeweht worden. Wenn er nur nicht wieder mit seinem Fragen anfängt, denk' ich. Ich sage: Heut ist großer Lärm auf der Straße. Ich sage: Die Isolde hat geschwollene Hände, man muß eine Salbe kaufen. Meine Mutter war da, sag ich, und hat erzählt, am Alexanderplatz bekäm man billiges Linnen für 'ne Steppdecke. Er nickt. Ich stell das Wasser zum Kaffee auf. Er sagt, am Morgen sei ihm ein räudiger Köter stundenlang nachgelaufen; er hätte ihm was zu fressen gegeben. Er wäre bei einer Versammlung in Moabit gewesen und hätte mit ein paar Leuten gesprochen. Alles nur so halb, wie einer, der sich geniert. Schon gut, denk ich, bloß nicht fragen. Aber seine Augen kriegen schon das Gewisse, und er fragt, ob die Zeit bald käme,« sie deutete brutal auf ihren Leib; »ob ich mich freue; wie es früher gewesen sei, ob ich mich da auch gefreut hätte; ob ich das möchte, ob ich jenes möchte. Bringt mit; bringt Äpfel mit, bringt Kuchen und Schokolade mit; ein Umhangtuch; ein Pelzchen für den Hals. Sieh mal, Karen, das hab ich dir mitgebracht, und küßt mir die Hand. Ja, küßt mir die Hand, als wär ich Gott weiß wer, als wüßt er nicht, wer ich bin. Küßt man einer wie mir die Hand?«

Sie fragte es bleich, mit verzerrten Zügen; der Strohhelm von Haaren wuchs in die Höhe. Girkes Augen wurden zu zwei blöden Kugeln. »Äußerst merkwürdig,« murmelte er, »höchst interessant.«

Karen achtete nicht auf ihn. »Wie gehts dir, Karen?« äffte sie; »entbehrst du was? Was sollt ich entbehren? Einen Fußläufer für mein Bett, sag ich in der Verzweiflung; ein paar Kretonvorhänge für die Kammer; roten, sag ich, roten Kreton, weil mirs eben einfällt. Manchmal gehen wir zusammen; zum Humboldthain, zum Oranienburger Tor. Er denkt vor sich hin; lächelt, schweigt. Die Leute glotzen; es kribbelt mich. Ich möchte sie anschreien: Da ist er, der noble Herr; er geht mit mir, der noble Herr, ihr könnts ruhig glauben; und da bin ich, das Mensch mit nem dicken Bauch und geh mit ihm; fein, was? feinfein; sehts euch nur genau an, das kuriose Paar. Manchmal kommt er mit dem Voß, und sie reden im Zimmer nebenan; das heißt, der andre redet; der verstehts, ein Pfarrer möchte neidisch werden. Einmal war er mit nem Baron da, so nem jungen, blonden Menschen; na, das war ne schöne Geschichte; der hatte nen Weinkrampf, heulte stundenlang wie 'n kleines Kind. Der Christian sagte nichts dazu, setzte sich bloß hin zu ihm. Was er sich denkt, weiß man ja nie. Manchmal wandert er im Zimmer auf und ab, steht am Fenster, schaut hinaus. Geht fort, ich weiß nicht wohin; kommt, ich weiß nicht woher. Mutter sagt, er ist einfältig. Sie legts darauf an, ihn zu stellen. Riecht sie Moos, ist sie wie ne Klette. Hätt sie mir bloß nicht Niels Heinrich auf den Hals gehetzt. Der wird immer unverschämter; angst und bang ist mir, wenn ich ihn auf der Treppe höre. Auf der Treppe krakeelt er schon. Letzten Montag kommt er, verlangt Draht. Hab keinen Draht, sag ich, geh du in die Arbeit. Er hat auf Monteur gelernt, kann verdienen, aber die Tagdieberei schmeckt ihm besser. Er sagt, ich solle mein Maul halten, sonst könnt ich mir mal die fünf Jauerschen angucken. Indem kommt Christian herein; Niels Heinrich spießt ihn mit den Augen an die Wand. Mir schlottern die Beine, ich zieh Christian beiseit, sag ihm: er will Draht. Versteht er nicht. Geld, sag ich. Da gab er mir Geld, hundert Emm, drehte sich um und ging hinaus. Der andre ihm nach. Ich dachte, er will Streit anfangen. Es war aber nichts. Nur eklig wars. Der Schreck blieb mir im Halse sitzen.«

Sie schwieg und atmete keuchend.

»Daß Niels Heinrich ihn mit Anforderungen verfolgt, ist durch eine Reihe von Tatsachen erwiesen,« glaubte Girke einschalten zu sollen.

Karen hörte es kaum. Ihr Gesicht wurde immer finsterer. Sie legte die Hände auf die Brust, erhob sich schwerfällig und sah sich im Zimmer um. Die Füße waren einwärts gebogen, der Leib vorgestreckt. »Kommt, geht; kommt, geht,« grollte sie mit einer Stimme, die langsam bis zum Kreischen hinanstieg. »So ists, so bleibts. Wenn er bloß wenigstens nicht fragen wollte! Da wird einem kalt und heiß. Wie Leibesdurchsuchung ist es. Kennen Sie Leibesdurchsuchung? Alles wird rum- und rumgedreht, alles befingert; schauderhaft. Ich sollte mirs doch wohl sein lassen in den vier Wänden; was gibts denn Besseres? Ist eins so herumgeschmissen worden in der Welt wie 'n verrecktes Aas, da muß er ja seinem Herrgott danken, wenns mal so weit ist, und er kann verschnaufen. Aber sitzen und warten und immer erzählen, wie's da war und wie's dort war, und was da geschah und was dort geschah, das halt ich nicht aus, das ist zu viel, da springt mir die Hirnschale entzwei.« Ihre Faust dröhnte gegen ihre Schläfe. Ein Tier kam zum Vorschein, ein Tier mit der Häßlichkeit des zerstörten und verstörten Menschen, eine bösartige Wilde, aufgeweckt und nicht mehr zu bändigen.

Girke erhob sich bestürzt und schob für alle Fälle, als Schutz und Waffe, den Stuhl zwischen sich und das Weib. Er sagte: »Ich will nicht länger stören. Ich bitte, meinen Vorschlag in reifliche Erwägung zu ziehen. Ich werde gelegentlich wieder vorsprechen.« Er ging mit einem Gefühl von Bedrohung im Rücken.

Karen nahm nicht einmal wahr, daß sie sich allein im Zimmer befand. Sie grübelte. Ihre Gedankenarbeit war primitiv. Zwei Ungewißheiten quälten sie bis zur Krankhaftigkeit und Wut; die eine: wodurch Christian getrieben wurde, sie auszuforschen, immer von neuem, immer mit derselben Geduld, derselben Freundlichkeit, derselben Neugier; die andre, was für ein unerklärlicher Zwang es war, in welchem sie antwortete, Rede stand, erzählte und Rechenschaft gab.

Jedesmal geschah es, daß sie sich am Anfang sträubte und dann dem Zwang erlag; daß sie den Blick von der eignen Vergangenheit zuerst voll Entsetzen abwandte, dann aber hinschauen mußte, von unerbittlicher Gewalt befehligt, hinschauen mußte, und alles Erlebte, Verschwundene, Wüste, Dumpfe, Finstere, Gefährliche wurde ihr in einer Art, die sie fürchtete, zum gegenwärtigen Bild. Es war ihr eigenes Leben und schien doch das Leben einer andern, die ihr glich und wieder nicht glich. Es war, als finge alles von vorne an, doppelt wüst, grauenhaft, finster und gefährlich, und man wisse dabei jedes Tages trostloses Ende.

Dinge von ehedem waren noch an ihrem Ort; schrecklich tauchten Stuben auf, Betten, Wände; tauchten Städte auf, Straßen, Straßenecken, Destillen, Korridore in Amtsgebäuden; tauchten Menschen auf, Worte, Stunden, Nächte, Tränen, Schreie; alle Ängste, alle Erniedrigungen, alle Verbrechen, aller Hohn, alles Gelächter; alles kam wieder, stand da, kroch ins Innere, riß ins Vergangene zurück.

Die Einbildung war die: man befand sich in einem unabsehbar langen Schacht, durch den man schon einmal gegangen war; man wurde gepackt mit dem Befehl, umzukehren und etwas zu holen, was man vergessen hatte; man wehrte sich verzweifelt; man setzte alles daran, es nicht zu tun; umsonst; man mußte umkehren und das Vergessene holen und wußte dabei gar nicht, was es war. Wie man nun so ging, kam einem von der andern Seite jemand entgegen; dieser Jemand war man selbst; man hätte an eine Spiegelung glauben können, aber die andre war gleichsam zerfetzt: sie hatte eine aufgerissene Brust, aus welcher blutig entblößt das Herz leuchtete.

Was war das? Was bedeutete es?

Sie fiel auf den Stuhl nieder; ächzend schlug sie die Hände vors Gesicht. Er sollte es wenigstens bezahlen, der Peiniger, er sollte es teuer bezahlen.

Die einbrechende Dunkelheit verlöschte ihre Gestalt.

10

Amadeus Voß sprach zu Christian: »Ich will dir sagen, wie dir zumute ist. Dir ist zumute wie einem, der sich gegen die Kälte abhärten will und plötzlich seine Kleider abwirft. Es ist dir wie einem zumute, der nie Schnaps getrunken, nicht einmal gerochen hat und mir nichts dir nichts eine ganze Flasche Fusel in den Schlund gießt. Du frierst in der Kälte; du taumelst, weil dich das Gesöff umwirft. Aber das ist nicht das Ärgste. Das Ärgste ist, daß dir heimlich graut. Wie könnte es auch anders sein? Die Elemente, aus denen du gemacht bist, haben eine Gewalt wider deinen Willen. Es graut dir, und du gestehst es dir nicht ein. Faßt du nicht hundert Dinge mit deinen Händen an, schmutzige Dinge, gemeine Dinge, häßliche Dinge, die früher überhaupt nicht in deinen Gesichtskreis gekommen sind? Dann sitzt du da und beschaust dir deine Fingernägel, die immer noch für den Salon poliert sind. Beschaust sie mit Ekel und wagst nicht nach dem Wasserglas zu langen, das unreine Lippen berührt haben, schwielige Fäuste gehalten haben. Ja, deine Hände sind es, die dir am meisten leid tun; und was hat das Ganze für einen Zweck, wenn einem seine Hände leid tun? Liegst du denn in diesem Bett wirklich? Auf diesem Sofa wirklich?«

»Ich glaube ja, Amadeus.«

»Ich glaube nein. Und wenn es kalt ist in der Nacht, schürst du Feuer an, in diesem Ofen, du, wirklich?«

»Wer denn sonst? Ich habe es gelernt.«

»Und zündest die Petroleumlampe an, du, dem das Licht in Sälen auf einen Druck an eine Wand gehorchte, du, wirklich? Du bist es nicht wirklich. Die rauchgeschwärzte Decke da, pfui Teufel! Was für eine Unruhe muß in dir sein, wie muß dich der Abscheu schütteln. Kannst du denn schlafen? Und ist das Erwachen nicht gespensterhaft?

Gehst in deinen feinen Kleidern unters Volk; jeder merkt, daß sie nicht von einem billigen Schneider stammen und daß die Bügelfalte nicht von der letzten Weihnacht ist; da grinsen die Leute und kommen sich vor wie betrogen, denn der größte Betrüger ist in ihren Augen der Reiche, der den Armen mimt. Sie nehmen dich nicht ernst, und wenn du dein ganzes Vermögen in die Spree wirfst; sie nehmen dich nicht ernst, und wenn du in Lumpen vor ihnen herumspazierst. Du erbitterst sie nur, sie halten es für Gaukelei und Spleen. Du kennst sie nicht. Du kennst nicht ihre Verwahrlosung, du weißt nicht, was sie entbehrt haben, seit Generationen entbehren mußten und wie sie dich dafür hassen. Du kennst nicht ihre Geschäfte, ihre Gedanken, ihre Sprache, und sie werden niemals begreifen, daß einer freiwillig auf etwas verzichten sollte, was ihr blutiges Wünschen und Hoffen ist, der Inbegriff ihrer Träume, ihr Neid und ihr Groll. Zehn Jahre, zwanzig Jahre, dreißig Jahre lang arbeiten sie, um nur Atem zu haben und den Magen zu füllen, und sie sollen dir glauben, daß du nichts weiter verlangst als Atem und Speise, du, für den sie bisher namenlose Tragtiere waren, für den sie ihre Söhne in die Fabriken und in die Bergwerke, ihre Töchter auf die Straße und in die Krankenhäuser schickten, für den sie ihre Lungen mit Quecksilber und Eisenstaub zerstören ließen, für den sie sich geopfert haben zu Hunderttausenden in den täglichen stummen, heißen Schlachten, die das Proletariat dem Kapital liefert, geopfert als Heizer und Maurer, als Weber und Schmiede, als Glasbläser und Maschinenbauer, geknechtete Söldner in deinem Dienst? Was tust du denn? Mit welchen Seelenkräften rechnest du denn? Mit welchem Zeitverlauf? Du bist ein Spieler, immer nur Spieler, und noch dazu einer, der vorläufig bloß Marken einsetzt, ohne zu wissen, ob er sie auslösen wird können.«

»Alles, was du sagst, ist wahr,« antwortete Christian.

»Nun? und?«

»Es kann nichts an dem ändern, was ich tue.«

»Noch keine Woche ist es her, da hat dir so gegraut vor diesem Loch hier, daß du ins Hotel Westminster gegangen bist, um dort zu schlafen.«

»Es ist wahr, Amadeus. Woher weißt dus?«

»Woher ichs weiß, tut nichts zur Sache. Willst du deine Seele ersticken im Grauen? Sieh zu, daß dir ein Ausweg bleibt. Diese Engelschalls, Mutter und Sohn, werden dir das Leben zur Hölle machen. Fällst du in ihre Netze, so bist du schlimmer dran, als wenn ein armer

Teufel in die Hände von Wucherern gerät. Ich denke, du bist dir über dieses Gelichter einigermaßen klar. Was sie bezwecken, begreift ein kleines Kind. Laß dich warnen. Sie und andre, je mehr du mit ihnen lebst, je mehr werden sie dich zur Verzweiflung bringen.«

»Ich fürchte mich nicht, Amadeus,« sagte Christian. »Eines versteh ich nicht,« fügte er leise hinzu; »daß gerade du mich von dem abhalten willst, was ich als richtig und notwendig erkannt habe, gerade du.«

Leidenschaftlich ausbrechend erwiderte Voß: »Hast du mir das Brett gelegt, auf dem ich ans Ufer kommen sollte, warum willst dus wieder in den Abgrund stoßen, bevor ich am Ufer bin? Sei, was du bist! Verwandle dich nicht in einen Schatten vor meinen Augen! Zieh das Brett nicht fort, sonst weiß ich nicht, was aus uns beiden wird.«

Sein Gesicht verzerrte sich abschreckend, seine geballten Hände zitterten.

11

In seiner beständig wachsenden Bedrückung und Verwirrung, von Feindseligen, Ungläubigen, Spottenden und düster Begehrenden umgeben, erschien Christian das Antlitz Iwan Beckers wie eine schöne Vision. Da wußte er, daß er auf Becker in irgendeinem Sinn wartete und daß er seiner bedurfte.

Er war mit einer Last beladen, und es schien ihm, daß es keinen Menschen außer Becker gab, der ihm diese Last abnehmen konnte. Bisweilen zweifelte er, aber sooft er sich der Worte, der Stimme Beckers erinnerte, der Stunden, die er mit ihm verbracht, jener Stunden des Aufgangs und Anfangs, zwischen Finsternis und Dämmerung, wurde er wieder zuversichtlich.

Für ihn war Becker der Mensch mit dem Menschenwort und dem Menschenauge; der Mensch, der einen Abgrund in sich trug, in den man alles werfen konnte, was bedrückte, was niederhielt und hemmte.

Immer deutlicher wurde dieses Bild: der Mensch mit dem Abgrund im Innern, einem umgestülpten Himmel gleich, in den die quälenden und schweren Dinge versanken und unsichtbar wurden.

Er telegraphierte an Fürst Wiguniewski und bat um Mitteilung, wo Becker sich aufhielt. Die Antwort war, nach aller Wahrscheinlichkeit befinde er sich in Genf.

Christian traf Anstalten, in die Schweiz zu fahren.

12

Karen gebar einen Knaben.

Des Morgens um sechs Uhr rief sie Isolde Schirmacher, die die Hebamme holte. Als sie allein war, schrie sie so markerschütternd, daß ein junges Mädchen aus der Nachbarwohnung herbeistürzte, um zu sehen, was ihr fehlte. Dieses Mädchen war die Tochter eines jüdischen Agenten, Stadtreisenden für eine Zwirnfabrik; Ruth Hofmann war ihr Name. Sie war etwa sechzehn Jahre alt, hatte tiefgraue Augen und aschblondes Haar, das lose bis zur Schulter hing, wo es gleichmäßig abgeschnitten war und kleine Versuche machte, sich zu ringeln.

Die Schirmacher hatte in der Eile die Wohnungstür offengelassen, und Ruth Hofmann konnte ins Zimmer gelangen. Ihr blasses Gesicht wurde noch blasser beim Anblick der schreienden und sich krümmenden Karen; sie hatte niemals eine Kreisende gesehen, trotzdem packte sie das leidende Weib bei den Händen, hielt sie ununterbrochen fest und redete ihr herzlich und mit erstickter Stimme zu, bis die berufene Helferin eintraf.

Als Christian kam, stand eine Wiege mit einer unsäglich häßlichen, in Kissen gebetteten Kreatur neben Karens Bett. Karen stillte das Kind an der Brust. Von Mutterglück war nichts an ihr zu bemerken. In der Art, wie sie den Säugling behandelte, lag finstere Geringschätzung. Wenn er greinte, mußte ihn Isolde Schirmacher auf den Arm nehmen. Geruch von Windelwäsche erfüllte die Zimmer.

Am zweiten Tag erhob sich Karen und ging wieder herum. Als Christian am Abend kam, war die Witwe Engelschall und Ruth Hofmann da. Die Witwe Engelschall sagte, sie wolle das Kind zu sich nehmen. Karen schwieg und warf einen unsichern Blick auf Christian. Die Witwe Engelschall sagte laut: »Fünftausend Mark für die Verpflegung, und alles ist in schönster Ordnung. Die Hauptsache ist, daß du Ruhe hast, und Ruhe hast du dann.«

»Von mir aus kannst du tun, was du willst,« erwiderte Karen mürrisch.

»Was meinen Sie, Herr Christian?« wandte sich die Witwe Engelschall an diesen.

Christian antwortete: »Das Kind soll bei seiner Mutter bleiben, scheint mir.«

Karen lachte trocken; auch die Witwe Engelschall lachte. Ruth Hofmann erhob sich. Christian fragte sie höflich, ob sie ein Anliegen habe. Sie schüttelte den Kopf, daß die Haare sich nach rechts und links bewegten. Plötzlich reichte sie ihm die Hand. Es dünkte Christian, als kenne er sie seit langem.

Er hatte Karen mitgeteilt, daß er verreisen wolle; doch verschob er den Tag der Abreise um eine Woche.

13

Das Haus ging zur Ruhe. Rolläden schnarrten auf der Straße. Burschen pfiffen gellend. Das Tor fiel dröhnend ins Schloß. Von hundert Schritten oben und unten zitterten die Wände. Im Hof wurde eine Kiste zugehämmert. Irgendwo sang eine Stimme mißtönend. Aus Bierwirtschaften und Destillen drang Lärm herauf. Über der Decke war wieherndes Gelächter.

Christian öffnete das Fenster. Es war warm. Gruppen von Arbeitern kamen aus der Malmöer Straße und verteilten sich. An der Ecke war ein Grünzeuggeschäft; davor stand ein altes Weib mit einem Korb ohne Deckel. In dem Korb lag schmutziges Gemüse und ein totes Huhn mit blutigem Hals. Christian sah es, weil der Schein einer Laterne darauf fiel.

»Für viertausend nimmt sie das Kind,« sagte Karen.

Christian warf einen verstohlenen Blick in die Wiege. Die Kreatur zog ihn an, stieß ihn ab. »Behalt es nur,« sagte er.

Aus der Nachbarwohnung schallten dumpfe Laute. Der Agent Hofmann war heimgekehrt. Er sprach; eine Knabenstimme antwortete hell.

Die Uhr tickte. Die verworrenen Lebensäußerungen des Hauses erstarben zu einem Summen.

Karen setzte sich an den Tisch und reihte Glasperlen auf eine Schnur. Ihr Haar war in der letzten Zeit noch struppiger und gelber geworden; ihre Züge aber hatten straffere Modellierung als früher. Das Gesicht, ohne entstellende Gedunsenheit, war schmaler und zeigte reinere Farben.

Sie sah Christian an, und einen Moment lang hatte sie ein fast irres Gefühl: sie sehnte sich nach Sehnsucht. Es war wie das Erglimmen eines Funkens in einem erloschenen Kohlenmeiler.

Der Funke glomm auf und verglomm wieder.

»Du wolltest mir von Hilde Karstens und deinem Ziehvater erzählen, Karen,« bat Christian; »du hast es versprochen.«

»Laß mich um Gottes willen! Es ist zu lang her, ich kann mich nicht erinnern.« Sie wimmerte die Worte fast. Den Kopf zwischen den Händen, stützte sie die Arme auf die Knie. Immer saß sie, wie man in Kneipen sitzt, prahlerisch lasziv.

Es vergingen Minuten. Christian setzte sich an den Tisch, ihr gegenüber. »Ich wills weggeben, das Bankert,« sagte sie trotzig. »Ich kanns nicht ansehen. Rück heraus mit den Viertausend, damit es weg ist. Ich kanns und kanns nicht ansehen.«

»Es geht zugrunde; es wird krank und stirbt,« sagte Christian.

Ein halb gemeines, halb düsteres Grinsen flog über ihre Züge. Dann wurde das Gesicht fahl: da war es wieder, das unheimliche Spiegelwesen; weither kam es, vom Ende des Schachtes. Da sie schauderte, glaubte Christian, ihr sei kalt. Er holte einen Schal und umhüllte sie damit. Seine Bewegungen hierbei hatten etwas ganz besonders Ritterliches. Karen verlangte eine Zigarette. Sie rauchte mit geübten Gesten; auch in der Art, wie sie die Zigarette hielt, den Rauch in der offenen Mundhöhle wälzte oder aus gespitzten Lippen blies, lag etwas Laszives.

Wieder verrann Zeit. Sichtlich rang sie mit einem Geständnis. Ihre hadernden Finger zerdrückten eine der Glasperlen auf dem Tisch.

Auf einmal begann sie: »Viele werden überhaupt nicht geboren. Vielleicht hätte man die lieb. Vielleicht werden bloß die schlechten aufgeweckt, und die guten sind einem nicht vergönnt, weil man selber zu schlecht ist. Wie ich klein war, trug ein Junge sieben Kätzchen in einem Sack zum Weiher. Ich stand dabei, wie er sie ins Wasser schüttete. Sie zappelten erbärmlich und wollten aufs Trockene. Tauchten auf und unter, wollten ans Land. Aber jedem, das aus dem Wasser tauchte, versetzte der Junge eins mit nem Baumast über den Kopf. Sechs ersoffen, und bloß das häßlichste kroch unter einen Busch und kam davon. Die andern, die waren zierlich und hübsch, die ersoffen.«

»Du blutest ja,« sagte Christian. Sie hatte sich beim Zerdrücken der Glasperle verletzt. Christian wischte das Blut mit seinem Taschentuch ab. Sie ließ ihn gewähren; ihr Blick klammerte sich an herzudringende und wieder zurückweichende Bilder. Christian wagte kaum zu atmen vor Spannung. Um seine Lippen schwebte das eigentümlich zweideutige Lächeln, das immer über den Grad seiner Teilnahme täuschen wollte.

Er sagte leise: »Jetzt hast du was Bestimmtes im Sinn, Karen.«

»Ja, ich hab was im Sinn,« gab sie zu und wurde entsetzlich bleich. »Du wolltest es ja wissen, das mit Hilde Karstens und dem Drechsler. Der Drechsler war der, mit dem meine Mutter damals lebte. Hilde war fünfzehn, ich dreizehn. Wir steckten Tag und Nacht beisammen, einmal sogar nachts auf den Dünen, als die Sturmflut kam. Die Mannsleute waren scharf hinter ihr her; sie war ein feines Ding. Aber sie lachte alle aus. Sie sagte: Wenn ich achtzehn bin, will ich heiraten, einen, der was ist und was kann; bis dahin laßt mich zufrieden. Bei dem Tanzfest im Hösinger Krug war ich nicht dabei, mußte Mutter helfen beim Fischepökeln. Da passierte das Unglück. Wie Hilde Karstens allein bis an die Heidegräber gekommen ist, konnt ich nie erfahren. Möglich, sie ist gutwillig mit dem Steuermannsmaat gegangen. Ein Steuermannsmaat wars; weiter wußte man nichts von ihm; im Krug war er zum erstenmal, nachher natürlich ließ er sich nimmer blicken. Bei den Heidegräbern muß er ihr Gewalt angetan haben, sonst wär sie nicht ins Meer gegangen. Ich kannte Hilde Karstens; da gabs bei ihr keinen Spaß. Am Abend schwemmten die Wellen ihre Leiche an den Strand. Ich war dabei. Ich warf mich hin und krallte meine Finger ins nasse tote Haar. Sie rissen mich weg, ich warf mich wieder hin. Drei Männer mußten mich fortbringen. Mutter sperrte mich ein, und ich sollte Linsen lesen. Aber ich sprang aus dem Fenster und rannte zu Hildes Haus; es hieß, sie sei schon begraben. Ich rannte auf den Kirchhof und suchte das Grab. Der Totengräber wies es mir; im Kirchhofswinkel war sie verscharrt. Sie suchten mich die ganze Nacht und fanden mich auf dem Grab und zerrten mich heim, das halbe Dorf hinter mir her. Weil ich mich aber vom Linsenlesen davongemacht hatte, schlug mich meine Mutter mit einem Schaufelstiel, daß die Haut vom Fleische sprang und daß ich das Schreien vergaß. Und wie ich dalag und mich nicht rühren konnte, ging sie zum Schullehrer, und sie schrieben einen Brief an die Gutsherrschaft, ob ich nicht als Jungmagd eintreten könnte. Da kam der Drechsler in die Küche, wo ich lag, und er war betrunken wie 'n Igel und sah mich am Herde liegen, und guckte und guckte. Dann hob er mich auf und trug mich in die Kammer.«

Sie stockte, sah sich um wie in einem fremden Raum, maß Christian wild wie einen fremden Menschen, der droht.

»Er riß mir die Kleider herunter, die Röcke, das Leibchen, das Hemd, alles riß er mir vom Leibe, und seine Hände zitterten, und in seinen Augen war ein Funkeln, wie wenn Spiritus brennt. Wie ich nun nackend vor ihm lag, da streichelte er mich mit seinen zitternden Händen, den Hals und die Schultern und die Brust und den Bauch und die Schenkel streichelte er: immerfort, immerfort; mir war, als müßt ich ihm das Hirn aus dem Schädel kratzen, aber machen konnt ich nichts die Glieder waren mir gelähmt, der Kopf bleischwer. Und wenn ich so alt werde wie ein Baum, das Gesicht von dem Drechsler, wie er so mit mir verfuhr, werd ich nicht vergessen. Das kann eins nicht vergessen, das ist nicht menschenmöglich. Und sobald ich mich erst regen konnte, taumelte er in die Ecke und schlug lang hin, und in der Kammer wars finster.« Sie atmete tief auf. »So war das. So hats angefangen.«

Christian wandte nicht für eines Gedankens Dauer die Augen von ihr.

Sie fuhr fort: »Deern, was blickst du frech! sagten nachher die Leute. Na ja, ich blickte eben frech. Konnt es nicht jedem an die Nase binden, warum. Der Pastor salbaderte mir was vor von Schandfleck und Inmichgehen. Hat mich einen Lacher gekostet. Als ich aufs Gut in Dienst kam, gönnten sie mir kaum das Fressen. Mußte Kinder warten, Wasser schleppen, Stiefel putzen, Stuben räumen, die Madam bedienen. Ein Inspektor war da, der lauerte mir auf. Ein Kerl mit Triefaugen und ner Hasenscharte. Mal komme ich nachts in meine Kammer, steht er vor mir, faßt mich an. Ich nehm einen Steinkrug und zerschlag ihn an seinem Kopf. Er brüllt wie 'n Stier, alles rennt herbei, Knechte, Mägde, die Madam, der Herr, alles schreit durcheinander, der Mensch lügt ihnen was, auf der Stelle marschierst, hieß es. Weshalb denn nicht, dacht ich, schnürte mein Bündel und ging noch in selbiger Nacht. Ging und schlich am andern Abend zurück; Unterkunft hatt ich keine; schlich um den Hof und das Haus, nicht müde, nicht hungrig, wollte bloß vergelten, was sie mir angetan. Feuer machen wollt ich, alles anzünden, vergelten das Unrecht. Traute mich aber nicht, trieb mich drei Tage herum in der Gegend, nachts immer wieder dorthin; konnte nicht schlafen, konnte einfach nicht, sah nur das Feuer, das ich anzünden wollte, Haus und Ställe lichterloh, wie das Vieh verbrannte, das Heu flackte, die Balken rauchten, die Hunde an der Kette zerrten. Hörte schon das Gewinsel von ihnen, von den Kindern, die mich so geplagt, der Madam, die im Seidenkleid unterm Christbaum gestanden und alle beschenkt hatte, bloß mich nicht. Ei ja doch, drei Äpfel und ne Handvoll Nüsse hatt ich gekriegt und dann: hinaus mit dir und wasch die Strümpfe von Anne-Marie. Schließlich fiel ich doch von Kräften, wie ich da so herumflunderte und die Gelegenheit suchte. Der Gendarm griff mich auf und wollt mich ins Verhör nehmen, aber ich brach ihm zusammen, da konnt er lang fragen. Hätt ich doch das Feuer gelegt damals, alles wär anders gekommen, und ich hätte nicht mit dem Kapitän gehen müssen, als die Mutter mich wieder unter die Fuchtel bekam. Bloß wegen dem blauen Samtkleid und den schäbigen Lackschuhen hab ich mich von ihm beschwatzen lassen, und was er heimlich mit der Mutter zu verhandeln hatte, da hört ich gar nicht erst hin.«

Sie schob mit dem ganzen Körper den Stuhl ein wenig zurück, beugte sich weit vor und stützte die Stirn auf den Rand des Tisches. »O je,« sagte sie in grauenhafter Versunkenheit, »o je! wenn ich das Feuer gelegt hätte, hätt ich nicht so viel hinunterwürgen müssen! Hätt ichs nur getan! Gut wärs gewesen!«

Lautlos schaute Christian auf sie nieder. Dann drückte er die Hand vor die Augen, und die Blässe des Gesichts strömte auf die Hand über.

14

Während der Fahrt zwischen Basel und Genf erfuhr Christian durch Mitreisende von einem Attentat, das in Lausanne auf Iwan Michailowitsch Becker verübt worden war. Eine Studentin, Sonja Granoffska, hatte einen Revolverschuß gegen ihn abgefeuert.

Christian wußte nichts von den Begebenheiten, die dem zugrunde lagen. Er las weder Zeitungen, noch kümmerte er sich um öffentliche Vorgänge. Doch fragte er jetzt, und man erzählte ihm, wovon alle Welt sprach.

Der Pariser Matin hatte eine Reihe aufsehenerregender Artikel gebracht, die von sämtlichen europäischen Blättern nachgedruckt und glossiert wurden. Sie rührten von einem gewissen Jegor Ulitsch her und bestanden in Enthüllungen über die russische Revolution, das revolutionäre Auslandskomitee und die Partei der Terroristen. Der Kreis, den sie zogen, war so weit, daß sie in dem Prozeß gegen den Arbeiterdelegierten Trotzki, der zu dieser Zeit in Petersburg stattfand, das Anklagematerial verstärkten und zur Verurteilung wesentlich beitrugen.

Jegor Ulitsch blieb im Dunkeln. Die Eingeweihten behaupteten, er existiere in Wirklichkeit gar nicht, sondern der Name sei die Maske eines Verräters. Der Gaulois und das Genfer Journal erschienen mit geharnischten Angriffen gegen den Unbekannten. Ulitsch blieb die

Antwort nicht schuldig. Zu seiner Rechtfertigung veröffentlichte er Briefe und geheime Dokumente, die für mehrere Führer der Freiheitsbewegung verhängnisvoll wurden.

Mit wachsender Bestimmtheit wurde Becker als Verfasser der Matin-Artikel genannt. Auch die Zeitungen wiesen darauf hin und hatten täglich Neues über ihn zu berichten: daß er während des Streiks der Marseiller Hafenarbeiter im Gewande eines russischen Popen bei einer Versammlung erschienen sei; daß er an die Zarin einen demütigen Brief gerichtet habe; daß er als ein Geächteter von Land zu Land fliehe; daß es ihm gelungen sei, zwischen der russischen Polizei und den im Exil lebenden Russen zu vermitteln, und daß infolgedessen die vor dem Zarenthron zitternden und ihm in allem sklavisch gefügigen Westmächte sich entschlossen hätten, ihr drakonisches Überwachungssystem zu mildern.

Sein Gesicht war rätselhaft. Es war ein doppeltes, ein vielfaches. Seine Figur, das bloße Wissen um sein Dasein und Wirken beunruhigten.

Und Christian suchte ihn. Er suchte ihn in Genf, in Lausanne, in Nizza, in Marseille, zuletzt führten ihn die Spuren nach Zürich. Dort traf er zufällig den Staatsrat Koch, der ihn mit mehreren Russen bekannt machte. Diese gaben ihm Beckers Adresse.

15

»Ich habe Sie nicht aus den Augen verloren,« sagte Becker; »Alexander Wiguniewski schrieb mir von Ihnen und daß Sie sich veränderte Umstände geschaffen hätten. Seine Andeutungen klangen konfus. Ich beauftragte Freunde in Berlin, sich nach Ihnen zu erkundigen. Da hörte ich dann Genaueres.«

Sie saßen in einer Weinstube im Limmatviertel. Sie waren die einzigen Gäste. Von der verräucherten Decke hing ein Hirschgeweih herab, an dem die Glühbirnen malerisch befestigt waren.

Becker trug eine hochgeschlossene dunkle Litewka. Er sah ärmlich und leidend aus. Sein Wesen hatte eine unbezeichnenbare Flüchtigkeit. Manchmal breitete sich eine traurige Ruhe über seine Züge, ähnlich der Ruhe über den Wellen, wenn ein Schiff versunken ist. In Momenten des Schweigens vergrößerte sich sein Gesicht, und er blickte vor sich hin, in eine Leere außen, in eine Flamme innen.

»Stehen Sie noch in Verbindung mit Wiguniewski und den ... andern?« erkundigte sich Christian mit einer zarten Entschuldigung im Blick für sein sich gleichbleibendes unpersönliches Benehmen.

Becker schüttelte den Kopf. »Die früheren Freunde haben sich von mir abgewandt,« erwiderte er. »Innerlich bin ich noch immer mit ihnen verwachsen, aber ich teile ihre Anschauungen nicht mehr.«

»Muß man denn unbedingt die Anschauungen seiner Freunde teilen?« warf Christian ein.

»Insofern sie sich auf das Lebensziel beziehen, gewiß. Es hängt auch von dem Grad der Liebe ab. Ich habe versucht, sie für mich zu gewinnen, doch fehlte mir die dazu nötige Spannkraft. Sie verstehen es einfach nicht. Und jetzt meldet sich das Bedürfnis, einen Menschen aufzurütteln und zu erwecken, nur dann bei mir, wenn er seine Torheit in polemische Form kleidet oder wenn ich mich ihm so nahe fühle, daß jede Dissonanz mir den Frieden raubt und das Herz bedrückt.«

Christian achtete weniger auf den Sinn der Worte als auf den ihn bezaubernden Tonfall, die Weichheit der Stimme, den eindringlichen und trotzdem verlorenen Blick, die krankhaft leidenden Züge. Er dachte: Alles, was sie über ihn sprechen, ist Lüge. Vertrauen erfüllte ihn.

16

In einer Nacht, als sie auf der Straße gingen, sprach Becker von Eva Sorel. »Sie hat eine außerordentliche Situation erlangt,« sagte er. »Einige Leute behaupten, sie regiere Rußland und beeinflusse entscheidend die europäische Diplomatie. Sie entfaltet beispiellosen Luxus; der Großfürst hat ihr das berühmte Palais des Herzogs Biron geschenkt; unheilvolles Andenken, der Mann und das Haus. Sie empfängt die Minister und die fremden Gesandten wie eine gekrönte Herrscherin. In Paris und London rechnet man mit ihr; man verhandelt mit ihr, zieht sie zu Rat. Man wird noch viel von ihr hören. Sie ist ehrgeizig über jeden Begriff.«

»Daß sie hoch steigen würde, war vorauszusehen,« bemerkte Christian leise. Von seinen Angelegenheiten, von dem, was ihn zu Becker geführt, zu sprechen, drängte es ihn mehr und mehr. Aber er fand nicht das Wort.

Becker fuhr fort: »Ihre Seele mußte das Maß verlieren, von dem ihr Körper bis zur Grausamkeit tyrannisiert wird. Es ist ein natürlicher

Ausgleich. Sie will Macht, Einblick, Aufdeckung, Mitwisserschaft. Sie spielt mit Menschenschicksalen, mit Völkerschicksalen. Einst sagte sie mir: Die ganze Welt ist nur ein einziges Herz. Nun, man kann dieses Herz, die ganze Menschheit auch in sich zerstören. Der Ehrgeiz ist nur eine andre Form der Verzweiflung; sie muß mit ihm an die Grenze gehen, an die äußerste Grenze. Dort werde ich dann sein, dort werden viele sein, die den Kreis nach der entgegengesetzten Seite zurückgelegt haben, und wir werden uns die Hände reichen.«

Sie waren am Ufer des Sees; er knöpfte den Mantel zu und schlug den Kragen auf. »Ich sah sie in Paris über die Galerie eines alten Hauses schreiten,« flüsterte er; »in jeder Hand einen Kandelaber, an jedem Kandelaber zwei brennende Kerzen. Die Flammen rauchten braun; ein weißer Schleier flog ihr über die Schulter; ich hatte ein Gefühl der Leichtigkeit wie nie zuvor. Ich sah sie, als sie noch im Sapajou auftrat, hinter der Bühne auf der Erde liegen und mit unbeschreiblicher Aufmerksamkeit eine Spinne beobachten, die zwischen den Fugen zweier Bretter ein kompliziertes Netz spann; sie hob den Arm und befahl mir, stillzustehen, und so lag sie und sah der Spinne zu. Da wußte ich, was sie von der Spinne lernte und was für eine Kraft der Hingabe in ihr war. Ohne daß ich es recht spürte, zog sie mich in ihren brennenden Ring; der unstillbare Durst in ihr nach Gebild und Werk, nach Enthüllung und immer neuem Gesicht belehrte mich, den sie ihren Lehrer hieß. Ja, die Welt ist ein einziges Herz, und wir dienen alle einem einzigen Gott. Ich bin zu ihm verurteilt und bin zu mir verurteilt.«

Wie könnt ichs ihm nur sagen? dachte Christian unruhig. Er fand nicht das Wort.

»Ich stand neulich einmal in einer Kapelle,« erzählte Becker, »in die Betrachtung eines wundertätigen Muttergottesbildes versunken und dachte über den einfachen Glauben des Volkes nach. Ein paar kranke Frauen, Männer und Greise lagen auf den Knien, schlugen das Kreuz und beugten sich bis zur Erde. Ich vertiefte mich in die Züge des heiligen Bildes, und allmählich fing das Geheimnis seiner Kraft an, mir klar zu werden. Das war kein bloßes Stück Holz, kein bloßes Gemälde. Viele Jahrhunderte hindurch hatte das Bild die Ströme leidenschaftlicher Anbetung und Verehrung, die aus den Herzen der Mühseligen und Beladenen aufstiegen, in sich hineingezogen; es mußte sich erfüllt haben mit der Kraft, die von ihm auf die Gläubigen überging und sich in ihm wiederspiegelte. Es war zu einem lebendigen Organ, zu einem Berührungspunkt zwischen den Menschen und Gott geworden. Von diesem Gedanken ergriffen, schaute ich die Greise, die Frauen, die Kinder wieder an, wie sie im Staub knieten, ich sah die Züge des Bildes sich mitleidig beleben, und da kniete ich ebenfalls nieder und betete an.«

Christian schwieg. Dergleichen mitzufühlen, war ihm nicht gegeben. Aber die Sprache Beckers, der ekstatische Ausdruck, der große, glühende Blick ließen ihn nicht aus dem Bann, und in der Erregung, die sich seiner bemächtigte, erschien ihm sein Vorhaben als durchführbar.

In einem unwirtlichen Hotelzimmer allein, überraschte er sich, ruhlos auf und ab gehend, bei einem inneren Zwiegespräch mit Iwan Becker, und er entwickelte dabei eine Beredsamkeit, die ihm sonst, Aug in Auge gegen Menschen, versagt war.

»Hören Sie mich an. Vielleicht können Sie es begreifen. Ich besitze an vierzehn Millionen. Und das ist nicht alles. Es strömt immerfort frisches Geld hinzu. Täglich, stündlich strömt Geld herzu, und ich kann nichts dagegen tun. Es ist nicht allein zweckloses Geld, sondern es ist auch hinderliches Geld. Es ist mir überall im Weg. Alles, was ich unternehme, bekommt ein schiefes Licht durch das Geld. Es ist nicht wie etwas, was mir gehört, sondern wie etwas, was ich schuldig bin, und jeder Mensch, mit dem ich rede, erklärt mir auf irgendeine Weise, daß ich es schuldig bin, ihm oder einem andern oder allen zusammen. Begreifen Sie das?«

Christian hatte das Gefühl, in einem freundlichen, ungezwungen überzeugenden Ton zu dem Iwan Becker seiner Einbildung zu sprechen, und es schien ihm, daß Iwan Becker durchaus billige und begreife, was er sagte. Er öffnete das Fenster und gewahrte Sterne.

»Teil ichs aus, so richt ich Unheil an,« fuhr er fort und ging wieder umher, ohne doch einen Laut von sich zu geben; »das hat sich schon gezeigt. Der Grund liegt wahrscheinlich in mir. Ich bin der Mensch nicht, der Gutes oder Nützliches damit stiften kann. Was ist denn gut oder nützlich? Ich weiß es nicht. Ich weiß nur, was für mich angenehm oder unangenehm ist. Es ist unangenehm, daß ich auf Schritt und Tritt von den Leuten daran erinnert werde: du hast ja die Millionen hinter dir, kannst jeden Tag Schluß machen, wenn du es satt hast, und nach Hause gehen. Deshalb bleiben mir die Sachen nicht in der Hand; deshalb ist kein fester Boden unter mir; deshalb kann ich nicht ganz so leben, wie ich leben will; deshalb kann ich an mir selbst nicht froh werden. Nehmen Sie mir vorläufig die Millionen ab, Iwan Michailowitsch, Sie können damit anfangen, was Sie wollen. Ist es nötig, so gehen wir zu einem Notar und lassen eine Urkunde anfertigen. Teilen Sie sie aus, wenn Sie wollen, speisen Sie Hungrige, helfen Sie Notleidenden, ich kann es nicht, mir ist es zuwider, ich will es los sein. Lassen Sie Bücher drucken, bauen Sie Häuser für die Armen, vergraben Sie es, verschwenden Sie es, es ist mir gleich, ich will es los sein. Bei mir ist es doch nur so, daß ich ein Maul stopfe, das dann die Zähne nach mir bleckt.«

Wie er in dieser Art in seinem Innern redete, erheiterten sich seine Züge. Die glatte Stirn, die tiefblauen Augen, die großflächigen, etwas blassen Wangen, die frischen Lippen mit der glattrasierten Haut ringsum, alles war von Heiterkeit übergossen.

Es dünkte ihm möglich, daß er auch zu Becker selbst, wenn schon nicht genau so, doch ähnlich sprechen könne, wenn er am andern Tag zu ihm ging.

17

Man kam durch einen kleinen Vorplatz in ein dürftig möbliertes Zimmer. In dem Vorplatz hielten sich einige junge Leute auf. Einer wechselte mit Becker ein paar Worte, dann gingen sie fort.

»Es ist meine Schutzgarde,« sagte Becker mit schwachem Lächeln; »aber sie mißtrauen mir wie alle andern. Es ist ihnen befohlen worden, mich nicht aus den Augen zu verlieren. Haben Sie nicht bemerkt, daß man uns auch auf der Gasse beständig gefolgt ist?«

Christian verneinte.

»Als jenes unglückliche Geschöpf in Lausanne den Revolver auf mich richtete,« fuhr Becker fröstelnd fort, »riefen mir ihre Lippen das Wort Verräter zu. Ich sah in die schwarze Mündung und erwartete den Tod. Sie traf mich nicht, aber seit diesem Augenblick fürchte ich mich vor dem Tod. Am Abend kamen viele meiner Freunde zu mir und beschworen mich, ich solle mich rechtfertigen. Ich erwiderte ihnen: Wenn ich euch denn als Verräter gelten soll, so nehmt den Begriff in seiner ganzen Furchtbarkeit, in seiner ganzen Hölle. Sie verstanden mich nicht. Es ist das Geheiß an mich ergangen, daß ich mich zerstören soll, auslöschen und zerstören. Den Scheiterhaufen bauen und mich darauf verbrennen. Mein Leiden ausdehnen, daß es alle ergreift, die in meine Nähe kommen. Vergessen, was ich getan; auf Hoffnung verzichten;

niedrig werden, gemieden werden, ausgestoßen sein, Grundsätze verleugnen, Fesseln sprengen, sich beugen vor dem bösen Prinzip, Schmerz ertragen, Schmerz verursachen, den Boden umpflügen und zerreißen, wenn auch herrliche Saat verdirbt. Verräter: das ist nichts. Ich irre umher und hungere nach mir selbst. Ich entferne mich von mir, schreie nach mir, bin durch und durch Opfer. Es ist unvergleichlich mehr Schmerz in der Welt seitdem; die Seelen steigen zum Urquell nieder, um sich mit den Verdammten zu verbrüdern.«

Er preßte die Hände ineinander und sah aus wie ein Verrückter. »Mein Körper sucht die Erde, die Tiefe, die Befleckung, die Nacht,« begann er wieder; »das Innere in mir öffnet sich wie etwas Wundes; ich spüre Verstrickung, Schicksalswucht, Zeitangst; ich bete um Gebete; ich bin ein Schemen in dem Geisterzug jammernder Kreaturen; der Schmerz, der die Atmosphäre füllt, zermalmt mich; *mea culpa, mea maxima culpa!*«

Die Empfindung des Peinlichen wuchs zur Beklommenheit in Christian. Er schaute bloß.

Auf einmal erschallte mehrmaliges Pochen an der Vorplatztür. Becker fuhr zusammen und horchte auf. Das Pochen wiederholte sich heftiger und rascher.

»Also doch,« murmelte Becker bestürzt; »ich muß fort; verzeihen Sie, ich muß sogleich fort. Man wartet auf mich im Auto. Bleiben Sie noch ein paar Minuten hier, ich bitte Sie.« Er griff nach einer Reisetasche, die auf dem Bett stand, sah sich mit irren Blicken um, preßte die verkrüppelte Rechte an seinen Rock und murmelte hastig: »Leihen Sie mir fünfhundert Franken. Ich habe mittag mein letztes Goldstück ausgegeben. Zürnen Sie mir nicht, ich bin in schrecklicher Eile.«

Christian zog mechanisch die Brieftasche heraus und reichte Becker fünf Scheine. Becker stammelte einen Dank, ein Lebewohl und stürzte hinaus.

In einem Zustand der Betäubung verließ Christian eine Viertelstunde später das Haus. Er irrte lang in der Landschaft über der Stadt herum, auf den Berghöhen; mit dem Nachtzug kehrte er nach Berlin zurück.

Während der ganzen Dauer der vielstündigen Fahrt fühlte er sich körperlich elend.

18

Er fand in seiner Wohnung Bettelbriefe vor; einen von seinem früheren Diener; einen von einem Verein für Obdachlose; einen von einem Musiker, den er in Frankfurt flüchtig gekannt.

Es war ein Bankausweis da mit dem Ersuchen, ein beiliegendes Dokument mit seiner Unterschrift zu versehen.

Am nächsten Tag verlangte Amadeus Voß sechstausend Mark, die Witwe Engelschall, unter lautem Jammern, daß man ihr Mobiliar pfänden werde, wenn sie einen Wechsel nicht einlösen könne, dreitausend.

Er gab und gab, und es widerte ihn vor der Gabe. Im Hörsaal kamen sie, die Fremdesten, Gleichgültigsten, im Speisehaus, wo immer er sich sehen ließ, sprachen von ihren Bedrängnissen, waren verlegen oder unverschämt, baten oder forderten.

Er gab und gab; sah kein Ende, keine Rettung, fühlte die Schwere von Gewichten auf sich, gab und gab.

In allen Augen war die Erwartung; er kleidete sich schlechter; er schränkte seine Bedürfnisse aufs äußerste ein; vergeblich, das Geld wälzte sich hinter ihm her, rollende Lava, und verbrannte alles, was er anrührte. Er gab und gab, und sie forderten und forderten.

Da schrieb er an seinen Vater. »Nimm das Geld von mir,« schrieb er. Er war sich der Sonderbarkeit und Neuartigkeit seines Begehrens bewußt, denn er stattete es mit einer Reihe klar überlegter Gründe und Überredungsformeln aus. »Stelle dir vor, ich sei ausgewandert und verschollen; oder ich lebte irgendwo unter einem andern Namen; oder es wäre, durch meine oder deine Schuld, zum endgültigen Bruch zwischen uns gekommen, du hättest mich auf Pflichtteil gesetzt, der Stolz verbiete mir, auch davon Gebrauch zu machen, ich wollte auf eignen Füßen stehen und mich von meiner Hände Arbeit ernähren. Stelle dir vor, ich hätte alles vertan und die Kapitalien, die ich noch zu erwarten habe, wären auf Jahre hinaus mit Beschlag belegt. Oder stelle dir vor, du seist selbst verarmt und wärst gezwungen, mir die Mittel zu entziehen. Ich will ohne die Mittel leben. Es macht mir keine Freude mehr, mit den Mitteln zu leben. Ich glaube, man kann das keinem erklären, der die Mittel noch hat und nie ohne sie gewesen ist. Erweise mir den Gefallen und verfüge erstens über die Summen, die ich auf der Bank liegen habe, zweitens über die, die mir nach der bisher üblichen Ordnung zugeflossen sind. Alles ist ja dein unbestreitbares Eigentum. Du hast mir bei unserm vorjährigen Gespräch sehr deutlich zu verstehen gegeben, daß ich nur von der Frucht deiner Arbeit zehre.«

Dann kam der Vorschlag, auf den er bereits in dem auserdachten und nicht verwirklichten Gespräch mit Iwan Becker angespielt. »Widerstrebt es dir, eine persönliche oder geschäftliche Nutznießung aus dem zu ziehen, was ich zurückerstatte und zurückweise, so laß Waisenhäuser dafür bauen, Findelanstalten, Spitäler, Invalidenheime, Bibliotheken; es gibt ja so viele Notleidende, und man kann ihr Elend lindern. Ich bin dazu nicht imstande; mich interessiert es nicht; es ist mir sogar ein unangenehmer Gedanke. Daß hierin ein Mangel meines Charakters zutage tritt, leugne ich nicht, und falls du dich zu einer derartigen Verwendung entschließen solltest, tu es nicht in meinem Namen.«

Zum Schluß hieß es: »Ich weiß nicht, ob du Wert darauf legst, daß ich mit freundschaftlichem Gefühl deiner gedenke. Vielleicht hast du mich innerlich schon verworfen und dich von mir losgesagt. Soll noch ein Band fortbestehen, so kann es nur sein, wenn du mir in dieser, einerseits so schwierigen, andrerseits so einfachen Sache deine Hilfe nicht verweigerst.«

Der Brief blieb ohne Antwort, aber es kam einige Tage, nachdem er abgeschickt war, der Pastor Werner zu Christian, ein Freund der Familie Wahnschaffe. Er kam im Auftrag des Geheimrats, wie auch aus eignem Trieb. Christian kannte ihn seit seinen Kindertagen.

19

Des Pastors aufmerksamer Blick musterte den Raum, die ärmlichen, häßlichen Möbel, die mit rührseligen Bildern bedruckten Rollgardinen an den Fenstern, die kahlen getünchten Wände, die trübe kleine Lampe, die rissigen Dielenbretter, das abgewetzte Leder des Sofas mit den abgewetzten Porzellannägeln, den Schrank, dessen Tür einen klaffenden Riß zeigte und auf dem eine Gipsfigur stand. Eine stumme, flammende Verwunderung malte sich in seinem Gesicht.

Die Gipsfigur, Garibaldi im Kalabreser, hatte Christian unlängst einem herumziehenden italienischen Händler abgekauft.

»Ich habe Ihnen mitzuteilen, daß Ihr Herr Vater selbstverständlich bereit ist, Ihren Wunsch zu erfüllen,« sagte Pastor Werner. »Etwas andres bleibt ihm ja kaum übrig. Daß er außerdem in Sorge um Sie schwebt und Ihre Handlungsweise vollkommen unbegreiflich findet, brauche ich Ihnen nicht zu verhehlen.«

Ein wenig ungeduldig antwortete Christian: »Schon vor Monaten habe ich ausdrücklich versichert, daß kein Anlaß zur Sorge ist, nicht der mindeste.«

»Nach Ihrem nunmehr kundgegebenen Vorhaben erstreckt sich eine naheliegende Beängstigung nichtsdestoweniger auf Ihre Existenzfrage,« warf Pastor Werner sanft ein. »Haben Sie denn einen Beruf ergriffen, der Sie hinlänglich sicherstellt?«

Christian erwiderte, er bereite sich für einen solchen Beruf vor, das sei ja seinem Vater bekannt; ob er Talent dafür habe und sein Auskommen finden würde, könne er freilich nicht sagen.

»Und so lange Sie das Auskommen nicht finden, wovon wollen Sie sich ernähren?« fragte der Pastor. »Ich kann Ihnen nur die Worte wiederholen, die mir Ihr Vater bei unsrer letzten Unterredung zurief: Will er betteln? Mildtätige Gaben in Anspruch nehmen? Hungern? Sich dem Zufall anvertrauen und schlechten Freunden? Schleichwege gehen? Zu Unerlaubtem greifen? Und zuletzt doch als reuiger Narr zurückverlangen nach dem, was er von sich geworfen hat? Ich habe Ihren Vater erinnerlichermaßen nie in solcher Verfassung gesehen und nie Reden von solcher Leidenschaftlichkeit von ihm gehört.«

»Mein Vater mag sich beruhigen,« erwiderte Christian; »nichts von dem, was er fürchtet, wird geschehen. Auch nichts von dem, was er möglicherweise hofft: das Zurückverlangen nämlich. Daran ist so wenig zu denken, wie daß der Vogel wieder zum Ei wird oder das Feuer zum Holzscheit.«

»Hatten Sie denn von vornherein im Sinn, sich aller pekuniären Stützen vollständig zu berauben?« forschte Pastor Werner vorsichtig.

»Nein,« erwiderte Christian zögernd, »das wohl nicht. Ich bin dem nicht gewachsen; jetzt noch nicht. Man muß das erst lernen. Es ist schwer; etwas so Schweres muß man lernen. Das Leben in der Großstadt würde zu viel Fatales und Störendes mit sich bringen. Auch habe ich gewisse Verbindlichkeiten übernommen. Es gibt einige Menschen, die in einer bestimmten Weise auf mich gerechnet haben, ich weiß nicht, wie weit sie imstande sind, mit mir zu gehen. Ich habe ja überhaupt kein Programm; was soll ich denn mit einem Programm anfangen? Es handelt sich darum, daß ich endlich einmal in eine klare und vernünftige Situation komme und die dummen Quälereien los bin. Ich will mir den Überfluß vom Halse schaffen; Überfluß ist, was ich nicht ganz unbedingt und nach strenger Prüfung für mich und jene paar Menschen zum Leben brauche. Jedes Brauchen aber läßt sich meiner Meinung nach vermindern, und so lange vermindern, bis aus dem, was man entbehrt, ein Gewinn wird.«

»Versteh ich Sie also recht,« sagte der Pastor, »so ist Ihre Absicht, einen Teil Ihres Vermögens zur Sicherung gegen die nackte Notdurft zu behalten?«

Christian setzte sich an den Tisch und stützte den Kopf in die Hand. »Ja,« sagte er leise, »ja. Aber das ist eben der Punkt, über den ich nicht ins reine komme. Ich kann nicht ergründen, wo da die Grenze zwischen Recht und Willkür liegt. Ich war leider an Verhältnisse gewöhnt, die mich mit der Zeit unfähig gemacht haben, diese neuen Umstände praktisch zu beurteilen. Es fehlt mir der Maßstab für das, was entbehrlich und was notwendig ist, mehr gegen die andern als gegen mich. Sie haben mich richtig verstanden, Herr Pastor; ich möchte einen Teil behalten, aber nur einen sehr geringen Teil. Mit mir selber um eine Ziffer feilschen, das mag ich nicht. Sie hat ohnehin etwas Lächerliches und Armseliges, die ganze Geldfrage, und wird von dem eigentlich Wichtigen nur so nachgeschleift. Ein Kapital festlegen und die Zinsen abschöpfen, wären sie auch noch so klein, das ist mir unleidlich zu denken; da ist man schon wieder ein Rentner, schon wieder in der gepolsterten Welt. Aber was sonst? Sie sind ein erfahrener Mann, Herr Pastor; raten Sie mir.«

Der Pastor sann. Bisweilen schaute er Christian forschend an, dann ließ er die Augen wieder sinken und sann. »Ich bin ziemlich betroffen von Ihren Worten,« gestand er endlich. »Ich muß sagen, daß mich vieles daran überrascht, ja fast alles. Mich dünkt, ich gewinne jetzt einigen Einblick. Sie fordern Rat von mir. Nun ja.« Er sann wieder, heftete wieder einen Blick auf Christian: »Sie verzichten demnach auf Ihr Vermögen; Sie verzichten auf die jährlichen Einkünfte, die Ihnen die Familie, die Firma bisher ausbezahlt hat. Schön. Man wird diesen Verzicht anerkennen. Daß Sie niemals wieder die Hand danach ausstrecken werden, will ich gern glauben; die Art, wie Sie sich binden, ist verpflichtender als ein feierliches Gelöbnis. Sie haben mit der früheren Existenz abgeschlossen. Man wird dies auf der andern Seite drüben respektieren, ohne allen Zweifel. Ich verstehe die innere Pein, die Ihnen die Frage verursacht, welchen Spielraum Sie sich für Ihren persönlichen, leiblichen Bedarf gewähren sollen, für die Zeit des Anfangs, die bitter sein wird und voll Überwindungen. Ich verstehe es; es ist ein Problem der Schamhaftigkeit; es setzt sich in Widerspruch zu Ihrer Gebärde, zu Ihrem Gefühl. Ich verstehe es.«

Christian nickte. Der Pastor fuhr mit etwas erhobener Stimme fort: »Hören Sie mich an. Was ich vorzubringen habe, ist heikel. Es ist beinahe wie ein Spiel, beinah wie eine List. Ich bin, wie Sie vielleicht wissen, Seelsorger des Zuchthauses in Hanau. Ich betreue verlorene und von der Gesellschaft verstoßene Menschen. Ich beschäftige mich mit ihnen, ich kenne die Triebfedern ihrer Handlungen, ich kenne die Finsternis ihrer Herzen, ich kenne ihre eingefrorene Sehnsucht. Nach meiner Erfahrung darf ich behaupten, es gibt keinen einzigen unter ihnen, der nicht, in eine höheren Sinn, zu retten ist, keinen einzigen, den das einfache ernste erfüllte Wort nicht irgendwo in seinem Innern trifft. Dann wacht der göttliche Funke auf, und das ist schön. Ich diene dieser Aufgabe mit meiner ganzen Kraft, und bei einzelnen ist die Besserung und Umwandlung so weit gediehen, daß sie wie Neugeschaffene in das bürgerliche Leben zurückgekehrt sind und jeder Versuchung tapfer standhielten. Freilich hängt der Erfolg häufig davon ab, wie man sie vor der Not behüten kann. Hier fehlt fast alles. Von Gutmeinenden wird manche Hilfe geleistet; auch der Staat steuert bei, wennschon in seiner kargen Manier; es ist zu wenig. Wie wäre es nun, wenn Sie von dem Vermögen, das Sie Ihrem Vater überweisen, es ist ja sehr bedeutend, ein Kapital ablösen würden, deren Zinsen für entlassene Sträflinge verwendet werden? Zucken Sie nicht zurück; hören Sie mich zu Ende. Dieses Kapital bestünde in sicheren Papieren, sagen wir in der Höhe von dreimalhunderttausend Mark; das genügt; das sind annähernd fünfzehntausend Mark Interessen, das genügt, damit läßt sich herrlich viel ausrichten. Die Papiere anzutasten und zu veräußern, seitab vom Zinsendienst und ohne Verklausulierung, ist Ihnen allein erlaubt. Sie nehmen davon monatlich oder vierteljährlich eine von Ihnen selbst zu bestimmende Summe, von der Sie Ihre Lebensbedürfnisse bestreiten. Die Zinsen zu beziehen und in nachzuweisender Art zu verwenden, steht nur mir und meinen Amtsnachfolgern zu. Das alles müßte rechtskräftig festgelegt werden. Der Zweck, leicht einzusehen, ist ein doppelter. Erstens die Werktätigkeit, das große gute Schaffen; dann die natürliche Hemmung für Sie: jede überflüssige und unbesonnene Ausgabe gefährdet ein Schicksal; jede Enthaltsamkeit, die Sie üben, setzt sich um in Glück, in ein Stückchen Menschenglück. Das gibt den Richtungspunkt, den Damm, die sittliche Linie. Es ist ein selbsttätiger moralischer Mechanismus sozusagen. Bei der von Ihnen erstrebten Unabhängigkeit handelt es sich um zwei, drei Jahre, schätze ich; bis dahin können Sie bei der Lebenshaltung, die Sie sich vorgesetzt haben, wohl kaum mehr als ein Zehntel des Kapitals verbraucht haben. Auch das ist natürlich wieder ein Problem für Sie, aber eines, dünkt mich, das Sie locken müßte, sich daran zu erproben. Sie brauchen nicht an das humane Ziel zu denken. Ich weiß ja jetzt, Sie haben es auch in dem Brief an Ihren Vater ausgedrückt, daß Sie derlei aus mir unzugänglichen Gründen abgeneigt sind. Ich könnte Ihnen aber Dinge mitteilen und von Fügungen erzählen, die Sie erkennen ließen, wie da die feinsten Blutfasern des Menschengeschlechts Gift einsaugen, und wie heilig dringend es ist, dies Seelenerdreich umzupflügen. Könnten Sie nur einmal einen der Genesenen, der Freiheit und Hoffnung Wiedergeschenkten von Angesicht zu Angesicht sehen, der Augenschein belehrt und befeuert ja wundersam, so wären Sie auch in Ihrem Gemüt für meine Sache gewonnen.«

»Sie überschätzen mich, Herr Pastor,« sagte Christian mit seinem unbestimmten Lächeln; »es ist immer dasselbe: alle überschätzen mich in dieser Beziehung, alle beurteilen mich falsch. Aber denken Sie nicht weiter darüber nach und fragen Sie nicht, es spielt ja keine Rolle.«

»Und was haben Sie auf meinen Vorschlag zu antworten?«

Christian ließ den Kopf sinken. Er sagte: »Sie legen mir da eine hübsche Schlinge. Lassen Sie mich das einmal überdenken. Ich zehre also gewissermaßen von meiner eignen Wohltat. Was für ein abscheuliches Wort das ist: Wohltat. Indem ich davon zehre, verringere ich sie natürlich. Und Sie sind der Meinung, daß das erzieherisch auf mich wirken und mir mein Vorhaben erleichtern müßte –?«

»Ja, so ungefähr dachte ich, da Sie doch nun diesen Weg eingeschlagen haben.«

»Wenn ich Sie dann enttäusche, haben Sie auf jeden Fall Ihre Bescheidenheit zu bereuen,« fuhr Christian mit einem eigentümlichen Ausdruck von Spott fort; »Sie könnten ja das Doppelte, das Dreifache verlangen, und vielleicht würde ich mich nicht weigern, ganz sicher nicht; denn ob die Millionen, die ich nicht haben will, in diese oder jene Tasche fließen, kann mir ziemlich gleichgültig sein. Warum tun Sie das nicht, da Sie doch dann weniger riskieren würden?«

»Stellen Sie die Frage aus Mißtrauen gegen meine Sache?«

»Ich weiß es nicht; aber antworten Sie mir.«

»Ich habe Ihnen ja meine Berechnung auseinandergesetzt. Was ich fordern darf und kann, ergibt sich aus dem Einblick in die Verhältnisse. Auf der einen Seite ist die Not und die Dringlichkeit zu erwägen, auf der andern Seite gebieten mir Rücksichten, eben diese Linie zu beobachten und die Gelegenheit nicht in einer Weise auszunützen, die mir von Böswilligen oder Ränkesüchtigen zum Vorwurf gemacht werden könnte.«

»Und Sie meinen,« fuhr Christian advokatisch zäh zu fragen fort, »daß es mir etwas bedeutet, daß es mich locken soll, wenn Sie irgendeinem Sträfling, den Sie für gebessert halten, am Ende seiner Strafzeit fünfzig oder hundert oder zweihundert Mark in die Hand drücken, damit er sein Leben von vorne beginnt? Das bedeutet mir nicht das mindeste. Ich kenne ja die Leute gar nicht. Ich weiß nichts von ihnen, weiß nicht, wie sie aussehen, was sie tun, wie sie reden, wie sie riechen, was sie mit dem Geld anfangen, ob es ihnen überhaupt zu etwas dient; das weiß ich alles nicht, und deshalb bedeutet es mir nichts.«

»Nun ja,« gab Pastor Werner ein wenig bestürzt zu, »nun ja; aber ich kenne sie, ich.«

Christian lächelte wieder. »Wir beide sind sehr verschiedene Menschen, Herr Pastor,« sagte er; »wir denken verschieden und handeln verschieden.« Plötzlich blickte er empor. »Alle diese Einwände verfolgen durchaus nicht den Zweck, Ihnen Schwierigkeiten zu bereiten. Im Gegenteil. Sie bitten mich um Hilfe, Sie persönlich, und ich helfe Ihnen, Ihnen persönlich. Dafür leisten Sie mir den Dienst, daß Sie meinen Sparmeister machen und mir ein Exempel aufstellen, an dem ich lernen kann. Ich hoffe, Sie werden keinen Grund zur Klage haben.«

»So sind Sie einverstanden, und ich darf die nötigen Formalitäten in die Wege leiten?« fragte der Pastor, halb noch zweifelnd, halb erfreut.

Christian nickte. »Tun Sie es nur,« entgegnete er; »ordnen Sie es so, wie es Ihnen am besten scheint. Es ist ja alles viel zu gering.«

»Was meinen Sie damit: viel zu gering?« forschte der Pastor, so wie einst Eva unter Lachen und Betroffenheit nach dem Sinn derselben Worte geforscht hatte; »schon vorhin äußerten Sie, die Geldfrage werde von dem eigentlich Wichtigen nur so nachgeschleift. Was ist das eigentlich Wichtige in Ihren Augen?«

»Ich kann Ihnen das nicht erklären, Herr Pastor. Ich empfinde nur, daß es zu gering ist. Der Anfang ist es, weiter nichts, und alle überschätzen es so maßlos, alle nehmen es so schwer. Das Schwere kommt erst. Das Schwere ist: das, was man weggegeben hat, wieder hereinzubringen, auf andre Art wieder hereinzubringen, und mehr noch, so daß man den Verlust gar nicht spürt.«

»Sonderbar,« murmelte der Pastor, »sonderbar. Wenn man Sie so hört, könnte man glauben, Sie sprechen von einer Sportleistung oder von einem Tauschgeschäft.«

Christian lachte.

Der Pastor näherte sich ihm und legte ihm seine Hand auf die Schulter. Mit ernstem Blick fragte er: »Wo ist die Frau, die Sie ... zu sich genommen haben?«

Christian antwortete mit einer hinaus- und hinaufdeutenden Geste.

Dem Pastor kam ein Gedanke, der ihm seltsam und neu dünkte. »Leben Sie denn nicht mit ihr?« fragte er flüsternd, »leben Sie nicht in Gemeinschaft mit ihr?«

»Nein, das nicht,« erwiderte Christian stirnrunzelnd, »das nicht.«

Der Pastor ließ den Arm fallen. Ein langes Schweigen trat ein. Dann begann er: »Ihr Vater ist geradezu erschüttert durch eine Empfindung, die wohl ein Mann hat, der mehrere geliebte Personen von derselben Krankheit ergriffen sieht. Er möchte verbergen, was in ihm vorgeht, aber es gelingt ihm nicht. Zu einer Zeit, wo er für Sie noch gar nicht zu fürchten hatte, sprach er einmal mit mir von Ihrer Schwester Judith. Er gebrauchte das Wort Selbsterniedrigung. Er sprach von einem perversen Trieb zur Selbsterniedrigung.«

Christian machte eine lebhafte Bewegung. »Judith,« sagte er, »ach die. Sie trumpft auf, sie trotzt. Da ist keine Erniedrigung. Sie will wissen, was sie wagen darf und was andre für sie wagen und wie es dann ausgeht. Sie hat es mir ja selbst gestanden. Sie stürzt sich ins Wasser und ist beleidigt, wenn es naß ist; sie geht ins Feuer und hofft, es wird nicht brennen. Nachher haßt sie das Wasser und das Feuer. Nein, damit hab ich nichts zu schaffen.«

»So kaltherzig? Der Bruder?« sagte Pastor Werner vorwurfsvoll. »Doch wie dem auch sei, Ihr Vater ist durch die neuerliche Erfahrung an Ihnen im Kern getroffen. Sein Wirken ist ihm von innen her geleugnet. Die Frucht eines arbeitsreichen Lebens erkennt er als angefault. Jedes nur ersinnliche Gelingen ward ihm; was ist es nun? Das Blut erhebt sich wider ihn. Seine Hand war gesegnet; es ist ihm, als verdorrte sie. Der Reichtum trug ihn auf einen weitbemerkten Gipfel; oben ist er einsam, und der ihn am freudigsten begrüßen sollte, wendet sich ab und gibt ihm ein Gefühl zu kosten, für das er keinen andern Namen hat als Schimpf und Schande.«

Christian blieb still, ja sichtlich gleichgültig. Der Pastor fuhr fort: »Bedenken Sie das Soziale unsrer Welt. Es haftet ihm ja bei aller äußern Roheit und Gewaltsamkeit auch etwas unendlich Zartes und Ehrwürdiges an. Man könnte es einem Baum vergleichen, tief in der Erde, breit in der Luft, mit vielen Ästen und Zweigen, Blüten und Knospen. Es ist ein Gewordenes, von Gott Stammendes, und man soll es nicht mißachten.«

»Wozu sagen Sie mir das, Herr Pastor?« fragte Christian ablehnend.

»Ihr Vater leidet. Gehen Sie zu ihm, eröffnen Sie sich ihm. Der Sohn zum Vater, es ist Pflicht.«

Christian schüttelte den Kopf. »Nein,« erwiderte er, »ich kann nicht.«

»Und Ihre Mutter? Von ihr zu reden, dachte ich, könnte ich mir sparen. Einer Mahnung in bezug auf die Mutter, dachte ich, bedarf es kaum. Sie wartet. Ihr Tag ist ein einziges Warten.«

Christian schüttelte den Kopf. »Ich kann nicht,« sagte er.

Das Kinn in die hohle Hand gelegt, blickte der Pastor trüb zu Boden. Er ging mit zwiespältigem Gefühl.

20

Es verlangte Crammon nach einem Freund. Der verlorene war unersetzlich. Die Hoffnung, ihn zurückzugewinnen, glomm noch, aber der unbewohnte Raum in der Brust hauchte Kälte aus. Ihn einstweilen mit einem Logiergast zu versehen, empfahl sich aus Gründen der Stimulierung.

Die nächste Anwartschaft besaß Franz Lothar von Westernach. Ein Zusammensein in Franz Lothars Landhaus in der Steiermark war brieflich schon vereinbart. Mit Beginn des Frühjahrs reiste Crammon hin. Die schöne Miß Herkinson, die er im Auto von Spa bis Nürnberg begleitet hatte, ließ er im Stich.

Im Speisewagen sagte er zu einem Bekannten, den ihm der Zufall in den Weg geführt: »Ich vertrage den Lärm nicht mehr, den junge Leute um sich verbreiten. Ich bin jetzt für das Abgeklärte. Das fünfte

Dezennium fordert mildere Sitten. Sie meinen: Kiebitz. Na ja, Kiebitz, das ist auch nur ein Wort. Der eine bleibt noch Kiebitz, wenn er eine unbescholtene Jungfrau verführt oder wenn sich seine Tante mit Blausäure vergiftet, der andre ist im Spiele, wenn die Leute auf der Insel Madagaskar von der Pest hingerafft werden. Alles ist relativ.«

Crammon traf Franz Lothar in einem seelischen Konflikt. Seine Schwester Clementine wollte ihn verheiraten. Er gestand es Crammon halb lachend, halb ratlos. Sie hatte ein Mädchen aus einer der ersten Familien im Auge und versprach sich von der Verbindung einen heilsamen Einfluß auf des Bruders Karriere sowohl, als auch auf seine schwankende und tatenscheue Lebenshaltung. Die Präliminarien waren bereits eingeleitet, die Eltern der jungen Dame zeigten sich dem Plan geneigt.

Crammon sagte; »Laß dich nicht übers Ohr hauen, lieber Sohn. Die Sache wird ein schändliches Ende nehmen. Die betreffende Person kenne ich. Sie ist ein Vampir. Das Geschlecht, aus dem sie stammt, gehörte im Mittelalter zu den berüchtigtsten Raubrittern. Später hatten sie reichsgerichtliche Prozesse wegen Mißhandlung ihrer Bauern. Danach kannst du dir deine Zukunft ausmalen.«

Franz Lothar amüsierte sich, denn Crammons Zorn darüber, daß man ihm nun auch diesen Menschen rauben wollte, noch dazu auf die alte geistlose Manier, war dämonisch und überschritt die Grenzen der Wohlanständigkeit. Er begegnete Clementine mit haßerfülltem Schweigen, und wenn er mit ihr in Streit geriet, hatte er einen Ton wie ein gereizter Hund.

Franz Lothars Unentschlossenheit und Angst vor Veränderung ersparten Crammon weitere Kämpfe. Eines Tages teilte er seiner enttäuschten Schwester einfach mit, er sei auf einen so wichtigen Schritt durchaus nicht vorbereitet und bitte sie, die Verhandlungen abzubrechen.

Diese Wendung befriedigte Crammon zwar, aber sie beruhigte ihn nicht. Er wollte vorbeugen, daß sich ein ähnliches Attentat nicht wiederhole. Hiezu erschien es ihm als das beste, Clementine selbst zu verheiraten. Es war schwierig. Sie war nicht mehr ganz jung, hatte viel erlebt, kannte die Welt, besaß klaren Blick, scharfen Verstand; man mußte vorsichtig sein. Crammon hielt Umschau im Geiste. Seine Wahl fiel endlich auf einen Mann von beträchtlichem Reichtum, vornehmer Abkunft und tadellosem Ruf, den Cavaliere Morini. Er hatte ihn vor Jahren bei Freunden in Triest flüchtig kennengelernt.

Er begann, sich häufig zu Clementine zu setzen. Duftige kleine Erzählungen von Eheglück, Sehnsucht, gemütlichem Hausstand flossen ihm von den Lippen. Er merkte, daß der Boden empfänglich war. Er ließ beiläufige Bemerkungen fallen über seine vertraute Freundschaft mit einer ungemein wichtigen und fähigen Persönlichkeit des Auslands. In kunstreicher Steigerung wurde aus dem braven Cavaliere Morini eine eklatante Figur. Sodann schrieb er an Morini, erkundigte sich nach seinem Befinden, erinnerte ihn an gemeinsam verlebte Stunden, log ihm Wehmut und Wiedersehensverlangen vor, fragte nach seinen Reiseplänen, und als die Korrespondenz einmal im Gange war, fand sich der Anlaß bald, von Clementine zu sprechen und ihre vorzüglichen Eigenschaften zu rühmen.

Morini biß an. Er schrieb, er werde im Mai in Wien sein und sich freuen, Crammon dort zu treffen; der Freiin von Westernach ebenfalls zu begegnen, wage er kaum zu hoffen. Alter Idiot, dachte Crammon, und überredete Franz Lothar und Clementine, daß sie zu gegebener Zeit nach Wien kämen. Alles glückte: Morini gefiel Clementine, Clementine gefiel Morini; Crammon sagte zu ihr: er ist ganz bezaubert von Ihnen, und zu ihm: Sie haben einen unverlöschlichen Eindruck auf sie gemacht. Vierzehn Tage später war Verlobung. Clementine lebte auf. Sie war voll Dankbarkeit gegen Crammon. Was Crammon, nicht in reinster Absicht, begonnen hatte, wurde für sie zum reinsten Segen.

Crammon spendete sich die verdiente Anerkennung. Es war ein Werk, so gut wie irgendeines. Er sagte: »Seid fruchtbar und mehret euch. Euern Erstgebornen will ich aus der Taufe heben. Ein solennes Festmahl bei dieser Gelegenheit versteht sich am Rande.«

Er sagte ferner: »In den Büchern der Geschichte wird man mich Bernhard den Stifter heißen. Vielleicht bin ich der Urahn eines berühmten Geschlechts, eines Geschlechts von Königen vielleicht; wer kann das wissen. So werden meine späten Enkel, der Herr nehme sie in seinen Schutz, wenigstens Grund zur Pietät haben.«

Aber es war dies nur täuschendes Feuerwerk der Laune. Sein Geist war angenagt vom Wurm der Zweifelsucht. Er sah schwarz in die Zukunft. Er weissagte Krieg und Umsturz. Er hatte keine Freude an sich und seinen Taten. Wenn er im Bette lag und das Licht verlöscht hatte, fühlte er sich von einer Rotte von Übeln umschlichen, und sie waren uneins unter sich, welches ihn zuerst zerfleischen sollte. Dann drückte er die Augen zu und seufzte schwer.

Fräulein Aglaia, die seinen gepreßten Gemütszustand ahnte, riet ihm, sich fleißiger des Gebets zu bedienen. Er war ihr dankbar für den Rat und versprach, ihn zu befolgen.

21

Der süßlich girrende Walzer hob an. Amadeus Voß bestellte Sekt. »Trinken Sie, Lucile,« sagte er, »trinken Sie, Ingeborg, das Leben ist kurz, das Fleisch will seine Lust, was nachher kommt, ist höllisches Entsetzen.« Er lehnte sich im Sessel zurück und verkniff den Mund.

Die beiden, im extravaganten Berliner Kokottenstil gekleideten Damen kicherten. »Er ist doch gar zu verrückt, unser Doktorchen,« sagte die eine. »Was phantasiert er denn da wieder? Ists unanständig oder gruselig? Man weiß nie recht.«

Die andre bemerkte abschätzig: »Hat pikfein diniert, raucht ne Henry Clay, befindet sich in entzückender Gesellschaft und schwatzt von höllischem Entsetzen. Dazu brauchen Sie doch uns nicht und das Esplanade auch nicht. Pfui, solch Ausdruck überhaupt. Ermannen Sie sich, Mensch! Seien Sie 'n bißchen liebenswürdig, bißchen normal, bißchen hopsassa.«

Sie lachten beide. Voß blinzelte gelangweilt. Der süßlich girrende Walzer schloß mit unerwartetem Lärm. Nackte Hälse und Schultern, verblühte Jünglingsgesichter und verweste Greisengesichter verschwammen im Tabaksqualm zu perlmuttrigem Geflimmer. Von der Straße kamen Hotelgäste, die halb fremd, halb gierig in den Lichtüberfluß starrten; zuletzt ein junges Mädchen, das bei der Drehtür stehenblieb. Amadeus Voß sprang empor. Er hatte Johanna Schöntag erkannt.

Er ging auf sie zu und verbeugte sich. Sie, überrumpelt, grüßte mit voreiligem Lächeln, das sie bedauerte. Er stellte Fragen. Sie zuckte in der Taille zusammen, als breche dort etwas. Kalt maß sie ihn, erinnerte sich eines früheren Schauders, schauderte wieder. Ihr Gesicht war noch unschöner geworden, die Anmut über dem ganzen Wesen bezwingender.

Sie sagte, sie sei seit zwei Tagen in Berlin; im Hotel wohne sie noch bis morgen, dann ziehe sie zu ihrer Cousine, die im Tiergarten wohne.

»Also reiche Verwandte?« warf Voß taktlos ein. Er lächelte gönnerhaft und fragte, wie lange sie in dieser aufregenden Stadt zu bleiben gedenke.

Wahrscheinlich den ganzen Herbst und Winter über, antwortete sie. Aufregend? davon spüre sie nichts; ermüdend und trivial, das ja.

Ob er das Vergnügen haben werde, sie bald zu sehen? Wahnschaffe, wüßte er, daß sie hier sei, ließe sichs gewiß nicht nehmen, sie aufzusuchen.

Er sprach mit einer zudringlichen, anscheinend frischgelernten Artigkeit und Weltkälte. Johanna zog sich innerlich zurück. Als er Christians Namen nannte, erblaßte sie und spähte hilfesuchend gegen die Treppe. In der Bedrängnis fiel ihr das Versehen ein, zu dem sie bisweilen in peinlichen Umständen ihre Zuflucht nahm: Wenn doch einer käme und mich mitnähme. Da lächelte sie. »Ja, ich will Christian sehen,« sagte sie plötzlich mit Freiheit, und in den Worten lag das mutige Bekenntnis: Deswegen bin ich gekommen.

»Und ich? Was geschieht mit mir?« fragte Voß. »Mich werden Sie links liegen lassen? Kann ich Ihnen nicht irgendwie behilflich sein? Wollen Sie nicht mal einen kleinen Spaziergang mit mir machen? Es gibt ja allerlei zu besprechen ...«

»Nicht daß ich wüßte,« antwortete Johanna mit dem ängstlichen Stirnrunzeln der in die Enge Getriebenen, die sich nicht zu wehren vermag. Um den Lästigen auf gute Manier loszuwerden, versprach sie, ihm zu schreiben. Kaum hatte sie es gesagt, so fühlte sie sich unglücklich darüber; jedes Versprechen hatte etwas Bindendes für sie; sie empfand sich schon wieder als Opfer, und die unheimliche Gespanntheit, die ihr der Mensch erregte, lähmte ihren Willen und reizte sie krankhaft.

Voß fuhr im Auto nach Hause. Es war in ihm nur ein einziger, wühlender, flackernder Gedanke: war sie Christians Geliebte gewesen oder nicht? Diese Frage hatte für ihn eine alles bestimmende Wichtigkeit erlangt seit dem Augenblick, wo er Johanna vor sich gesehen hatte. Es war eine Frage um Besitz und Entbehrung, um Wahrheit und Betrug. Er knüpfte Schlußfolgerungen daran, die seine Sinne entzündeten, Möglichkeiten, bei denen es um das Entweder-Oder des Lebens ging. Er stellte sich Johannas Züge vor und studierte in ihnen wie in einer Geheimschrift. Er sammelte sich zu Argumenten, Zergliederungen und Kunststücken verschlagener Rabulistik. Da trat eine in seinen verdüsterten Kreis, die freche Verschlingungen und Verkettungen verursachte und alle Entscheidungen zu einem Punkte trieb. Er spürte, daß sich Stürme ankündigten, wie er sie noch nie erlebt.

Als er am andern Morgen aus dem Bad kam und sich zum Frühstück setzen wollte, sagte seine Aufwärterin zu ihm: »Das Fräulein Engelschall ist da; sie sitzt drüben im Salon.«

Hastig trank er die Schokolade und ging hinüber. Karen saß an dem runden Tisch und schaute Photographien an, die dort herumlagen; sie hatten alle Christian gehört; es waren Bilder von Freunden und Freundinnen, Landschaften und Häusern, Hunden und Pferden.

Karen trug ein einfaches Kostüm, Rock und Jacke, dunkelblau; die weizengelbe Haarwildnis verschwand unter einem grauen Filzhut, den ein seidenes Band schmückte. Das Gesicht war hager, die Hautfarbe fahl, der Ausdruck finster.

Sie ersparte sich einleitende Wendungen und begann: »Ich komme, weil ich Sie fragen will, ob Sie schon davon wissen. Es könnte ja sein, daß er es Ihnen vorher gesagt hat. Mir hat ers erst gestern gesagt. Sie wissen also nichts? Na, verhüten hätten Sies auch nicht können. Er hat sein ganzes Geld weggegeben. Das ganze Geld, alles, was er hatte, hat er seinem Vater gegeben. Auch das übrige, was ihm jährlich zusteht, ich weiß nicht, wieviel Hunderttausende es sind, will er nicht mehr haben. Auf ein bißchen was hat er sich noch Anspruch vorbehalten. Es reicht gerade zum Nichtverhungern, scheint mir. Wenn ich ihn recht verstanden habe, kann er auch darüber nicht mal frei verfügen. So wie es mit ihm ist, gibts kein Zurück. Das ist bei ihm, wie wenn der Meßner die Glocke geläutet hat; da kann man auch keinen Ton mehr fortnehmen. Man möchte schreien; man möcht sich direkt hinlegen und schreien. Ich sag zu ihm: Mensch, was hast du getan! Drauf macht er ein Gesicht, als wundere er sich, daß man sich über so was aufregen könnte. Nun frag ich Sie: Geht das denn überhaupt? Darf das denn sein? Wird das denn zugelassen?«

Amadeus Voß sprach kein Wort. Sein Gesicht war weiß. Hinter den Brillengläsern loderten gelbe Funken. Ein paarmal strich er mit der Hand über den Mund.

Karen erhob sich und ging auf und ab. »So is es nun,« stieß sie hervor und ließ den Blick mit ingrimmiger Befriedigung durch das Prunkzimmer schweifen; »erst auf dem Bocke droben, dann im Drecke drunten. So gehts. Ich für meinen Teil könnte ja jetzt meinen Schnitt machen. Wenns bloß nicht schon zu spät ist. Vielleicht ists schon zu spät, vielleicht hab ich mirs zu lang überlegt. Man wird ja sehen. Was soll ich schließlich mit dem Gelde. Warten ist vielleicht immer noch das bessere Geschäft.« Sie trat an die andre Seite des Tisches und gewahrte unter den Photographien eine, die sie vorhin nicht gesehen. Es war ein Bild der Frau Richberta Wahnschaffe und zeigte sie im Gesellschaftskleid, geschmückt mit ihrer berühmten Perlenschnur, die, doppelt geschlungen, bis über die Brust herabhing.

Karen griff nach dem Bilde, betrachtete es mit hochgezogener Stirn und sagte: »Wer ist denn die? Sie sieht ihm ähnlich. Wahrscheinlich ists seine Mutter? Ists seine Mutter?« Voß antwortete nicht, nickte nur. Sie fuhr gierig und erstaunt fort: »Die Perlen! Solche Perlen! Daß so was möglich ist! Echte Perlen? Gibts das denn? Die müssen ja wie die Kinderfäuste sein.« Ihre blassen Augen glitzerten heiß, ihre kleinen bösen Unterzähne rieben die Lippe. »Darf ich mirs behalten?« fragte sie. Voß gab keine Antwort. Sie sah sich hastig um, schlug die Photographie in ein Stück Zeitungspapier und schob sie unter ihre Jacke. »Herrgott, Mann, so reden Sie doch einen Ton!« schrie sie Voß brutal an; »Sie haben sich ja zum Erbarmen. Denken Sie denn, mir greift das nicht an die Nieren? Mir doch zu allererst. Sie stehen aber doch auch auf Ihren zwei Beinen wie ein Weibermensch, und die muß oft noch damit arbeiten.« Sie lachte zynisch, warf noch einen Blick auf Voß und durch das Zimmer und ging.

Voß saß noch eine Weile regungslos, strich noch ein paarmal mit der Hand über den Mund, dann sprang er auf und eilte in das Schlafzimmer. Er trat an den Spiegeltisch, auf welchem die Toilettengegenstände lagen, die Christian zurückgelassen hatte, eine kostbare, goldene Garnitur: Bürsten, Kämme, Flaschen mit goldenen Kapseln, goldene Dosen und Behälter mit Salben und Rasierpuder. Alle diese Dinge raffte Voß in größter Hast zusammen und warf sie in einen kleinen Lederkoffer, den er verschloß und im Kasten versperrte. Hierauf kehrte er in den Salon zurück und wanderte mit verschränkten Armen auf und ab, wobei sein Gesicht mehr und mehr verfiel.

Stehenbleibend, bekreuzigte er sich und sprach: »Führe uns nicht in Versuchung und erlöse uns von dem Übel.«

22

An der Station hielt ein altertümlicher Landauer; Botho von Thüngen stieg ein. Er hüllte seine Füße in Decken, denn der Abend war kühl, die Fahrt zum Herrenhaus lang. Schnurgerade schnitt die Straße in die tellerflache Mark.

Botho saß starr aufrecht im Wagen und dachte an die bevorstehende Auseinandersetzung mit dem Freiherrn, seinem Großvater, der ihn berufen hatte. Herr von Grunow-Reckenhausen auf Reckenhausen war der Senior der Familie, oberster Schiedsrichter in allen Streitfällen, letzte Instanz. Sein Urteil und Gebot waren so unwidersprechlich wie die des Königs; Söhne, Schwiegersöhne und Enkel zitterten vor ihm.

Die Familie war weitverzweigt; ihre Mitglieder saßen in der Regierung und im Reichstag, waren hohe Offiziere, Gutsherren, Industriemagnaten, Stiftsdamen, Landräte und Gerichtspräsidenten. Der alte Freiherr hatte sich seit Bismarcks Tod vom öffentlichen Leben zurückgezogen.

Schwarz und verfallen stand das Herrenhaus inmitten eines vernachlässigten Parkes. Zwei edle Doggen traten knurrend aus der Eingangshalle, die von offenen Kerzen erleuchtet war. Auch der unwohnliche Saal, in dem Botho und der alte Freiherr beim Abendessen einander gegenüber saßen, war von Kerzen erleuchtet. Alles mutete ein wenig gespenstisch an in dem Hause, die rissigen Tapeten, der gesprungene staubgraue Stuck der Plafonds, der verwelkte Blumenstrauß auf dem Tisch, das Porzellan aus dem achtzehnten Jahrhundert, die beiden Hunde, die zu Füßen des Freiherrn lagen, und nicht zuletzt dieser selbst; sein kleiner Kopf und sein längliches, mageres, boshaftes Gesicht erinnerten an späte Bildnisse des großen Friedrich.

Sie blieben in dem Saal. Der Freiherr setzte sich in einen Lehnstuhl am Kamin. Der eisgraue, schweigsame Diener warf Scheite aufs Feuer, räumte die Tafel ab und verschwand.

»Du gehst also ab Ersten nach Stockholm,« begann der alte Freiherr und wickelte sich ächzend in einen schottischen Schal; »ich habe unserm Gesandten dort geschrieben; sein Vater war Studienkamerad und Korpsbruder von mir, er wird sich deiner annehmen. Wenn du nach Berlin zurückkommst, gib sofort beim Staatssekretär deine Karte ab. Bringe ihm meine Empfehlungen. Er kennt mich gut. Wir sind Anno siebzig zusammen im Feld gestanden.«

Botho räusperte sich. Der alte Freiherr wünschte und erwartete jedoch keine Einrede. Er fuhr fort: »Mit deiner Mutter bin ich übereingekommen, daß wir deine Verlobung in den nächsten Tage offiziell mitteilen. Die Geschichte zieht sich nun schon lang genug hin. Nächsten Winter heiratet ihr. Du kannst von Glück sagen, mein Junge. Sophie Aurore Bevern, abgesehen davon, daß sie dir ein kleines Fürstentum an Landbesitz und eine Million Taler in die Ehe bringt, ist auch eine Schönheit ersten Ranges und ein Weib von Rasse. Sapperment ja; so was verdienst du gar nicht und weißt es auch nicht zu schätzen, scheint mir.«

»Sophie Aurore steht mir unendlich nah; ich liebe sie sehr,« erwiderte Botho befangen.

»Was ziehst du denn dabei für 'n Gesicht wie die Katze, wenns donnert?« ergrimmte der Freiherr. »Solch Lavendelblütengeschwätz will gar nichts heißen. Ob du sie liebst oder nicht liebst, steht nicht zur Debatte, und ich hab dich auch nicht danach gefragt. Fragen könnt ich dich höchstens nach deiner bisherigen Aufführung, und auch da würdest du am besten tun, in sieben Sprachen zu schweigen, wie der selige Schleiermacher gesagt hat. Da hast du dich an so ne Tänzerin gehängt, hast ein Vermögen verplempert, den Zeitpunkt für den Eintritt in die Karriere nahezu verpaßt: schön; versteh ich; das sind Tollheiten, man war auch mal jung; die Hörner müssen abgestoßen werden. Aber das andre, daß du dich in Proletarierkreisen herumtreibst, die Nächte Gott weiß wo verlungerst, Versammlungen der Heilsarmee besuchst, na, das geht denn doch über die Hutschnur. Ich hatte gedacht, ich könnte das lassen, doch du pumpst einem ja die Galle aus der Leber. Was ich wollte, ist: dir die Richtlinie geben und eine klipp und klare Antwort hören.«

»Gut; so antworte ich, daß ich weder nach Stockholm gehen noch Sophie Aurore heiraten kann.«

Den Freiherrn schleuderte es förmlich empor. »Was –? Du–? Wie–?« Er lallte nur.

»Ich bin bereits verheiratet.«

»Du bist ... bereits ... bist bereits ...« Fahlgrün im Gesicht stierte der Greis seinen Enkel an und sank wieder in den Sessel.

»Ich habe ein Mädchen geheiratet, das ich vor drei Jahren verführt habe, die Tochter der Mietsfrau von damals. Wie es so geht: nach einer durchzechten Nacht kam ich stumpfsinnig-angeheitert nach Hause; sie war schon auf dem Weg in die Arbeit, sie nähte in einem Modesalon.

Da zog ich sie in mein Zimmer. Als sie ein Kind zur Welt brachte, war ich schon längst über alle Berge, hatte sie längst vergessen. Die Eltern verstießen sie, das Kind kam zu fremden Leuten und starb, sie selber fiel von Stufe zu Stufe. Der gewöhnliche Weg. Durch eine unausweichliche Fügung traf ich sie vor zwei Monaten wieder und erfuhr das ganze Elend, das sie durchlitten hatte. Meine Lebensanschauungen hatten sich inzwischen vollkommen geändert, hauptsächlich infolge der Begegnung mit einem ... besondern Menschen; ich tat meine Pflicht. Ich habe alles verscherzt, ich weiß es, meine Zukunft, mein Glück, die Liebe meiner Mutter und meiner Braut, die Vorteile meiner Geburt, die Achtung meiner Standesgenossen, aber ich konnte nicht anders handeln.«

Die ruhige und feste Sprache des jungen Mannes hatte den Freiherrn steinern unbeweglich gemacht. Die buschigen Brauen bewölkten die Augen, der verbissene Mund war eine Höhle zwischen Nase und Kinn. »Soso,« sagte er nach einer Weile mit pfeifender Stimme, »soso. Ein *fait accompli*; noch dazu eins von so niederträchtiger Art. Soso. Nun, ich habe keine Lust, mich mit einem gottverdammten Narren weiter einzulassen. Man wird die nötigen Schritte tun. Man wird dir die Hilfsquellen abschneiden und dich hinter Schloß und Riegel setzen. Es gibt ja noch Irrenhäuser in Preußen, und man hat noch einiges dreinzureden. Ein Botho Thüngen, der sich in der Gosse wälzt; nettes Spektakel; heulen die Judenblätter nicht bereits Triumph? Na, sie werden schon. Daß wir von heute an geschiedene Leute sind, versteht sich von selbst. Rücksicht erwarte unter keinen Umständen. Leider muß ich dich diese Nacht noch in meinem Hause dulden. Die Pferde sind zu müd für die Fahrt zur Station.«

Botho hatte sich erhoben. Er strich ein paarmal über seine steilen roten Haare. Das von Sommersprossen bedeckte Gesicht war kränklich blaß. »Ich kann ja zu Fuß gehen,« sagte er, hörte aber, daß es regnete, und erschrak bei dem Gedanken an den weiten Weg. Dann sagte er: »Bist du denn deiner Sache so ganz sicher? Bist du denn alles dessen so sicher, was du hast und was du tust und was du sprichst? Ich leugne nicht, daß mich deine Drohungen ängstigen. Ich weiß, du wirst versuchen, sie auszuführen. Meine Überzeugung kann dadurch nicht beeinflußt werden.«

Der Freiherr streckte gebieterisch den Arm gegen die Tür.

In dem Zimmer, das für ihn bereitet war, setzte sich Botho an den Tisch und schrieb beim Licht einer Kerze mit fliegender Hand: »Lieber Wahnschaffe, das Schwere ist getan. Mein Großvater saß so stark, so felsenhaft vor mir; ich empfing sein Verdikt als schlotternder Schwächling. Gefühl, das lodernste, wird Lüge vor diesen Unerschütterlichen, Vorurteile werden Befugnisse, der Druck der Kaste Bestimmung. Dieser Mut, zu existieren! Diese eisernen Stirnen und Seelen! Und ich dagegen! In mir hat unser Geschlecht sein Absurdum gebildet. Verlorener Sohn vom Kopf bis zu den Füßen. Ich las irgendwo von irgendwem, daß er durch seine Ohnmacht Gott überwand. Konnte diese lieblose Landschaft, diese starre, norddeutsche Welt im Widerspiel zu diesem Torquemada des Herkommens etwas andres hervorbringen als einen Hysteriker der Auflehnung wie mich? Meine Kindheit, meine Knabenjugend, meine Jünglingsjahre, das sind aneinandergereihte Zeilen eines herzlosen Traktats über die Kunst, etwas zu gelten, was man nicht ist, und etwas zu erreichen, was der Mühe nicht verlohnt. Ich wußte so wenig von mir selbst wie der Kern in der Nuß etwas von der Nuß weiß. Ich faulenzte und soff und spielte, und machte wie alle um mich her aus der Zeit eine Hure, die mir gefällig sein mußte, oder sie war mir lästig. Man war blind, man war taub, man war fühllos. Aber es ist ein Verbrechen, sehend, hörend und fühlend zu werden. Sophie Aurore begegnete mir; ich lernte lieben, doch ich lernte es mangelhaft, denn ich war ja ein Mensch mit verkrüppelten Sinnen. Da es üblich ist, sich auszutoben, wie der Fachausdruck lautet, bevor man sich mit einem Wesen ewig verbindet, das einem zu heilig sein sollte, um sein Bild und Andenken durch den Sumpf schmutziger Laster zu schleifen, so folgte ich dem Brauch. Aber der im Ungeist waltende Schicksalszwang führte mich in den Bezirk Eva Sorels. Ich erfuhr zum erstenmal, was ein Weib ist und was es bedeuten kann. Ich begriff Sophie, ich fühlte, was ich ihr sein mußte. Da sah ich Sie, Christian. Erinnern Sie sich der Szene, als Sie Eva und den andern die französischen Verse vorlasen? Die Art, wie Sie es taten, zwang mich tagelang, an Sie zu denken. Erinnern Sie sich, wie Sie in Hamburg die silberne Peitsche zerbrachen, mit der Eva Ihren Freund ins Gesicht schlug? Es fiel mir wie Schuppen von den Augen. Ich blieb auf Ihrer Spur, ich ergriff jede Gelegenheit, mich Ihnen zu nähern; Sie merkten es nicht. Als Sie abgereist waren, suchte ich Sie; man sagte mir, Sie seien in Berlin, ich suchte dort, ich fand Sie endlich, und unter welchen Umständen! Mein Gemüt war so übervoll; ich konnte über das, was mich zu Ihnen getrieben hatte, dies ganz Dunkle, unerklärlich Magnetische, weder damals noch später sprechen. Heute mußte es sein, denn das Wort, das ich an Sie richte, gibt mir wieder Kraft. Ich bedarf des Trostes. Ich liebe Sophie Aurore, ich werde sie bis zum letzten Blutstropfen lieben; der Absagebrief, den ich ihr geschrieben habe, war das Bitterste von allem Bittern in meinem unnützen und verfehlten Leben. Sie hat ihn nicht beantwortet. Ich habe ein Schicksal zerbrochen, ein Herz zertreten, aber ein andres Schicksal gerettet, ein andres Herz vor der Verzweiflung bewahrt. Habe ich recht gehandelt? Sich für eine Sache, einen Menschen zu opfern war immer eine inhaltsleere Redensart für mich; seit ich Sie kenne, hat der Gedanke eine Bedeutung, und eine sehr ernste. Ihnen klingt ja das alles fremd und vielleicht sogar unsympathisch; Sie grübeln nicht und geben sich keine Rechenschaft; das ist das Unfaßliche. Dennoch weiß ich keinen andern, den ich besser als mein eignes Gewissen fragen könnte: Habe ich recht gehandelt?«

23

Der Vorplatz mußte unversperrt gewesen sein; Isolde Schirmacher war zuletzt hinausgegangen. Es hatte eben zu dämmern begonnen, als die Zimmertür geöffnet wurde und Niels Heinrich eintrat.

Karen blieb sitzen. Sie sah nach ihm hin. Sie wollte sprechen, aber das Wort versickerte in der Kehle.

Sein Gesicht hatte den frech ekelnden Ausdruck wie immer. Um die flache, beständig schnuppernde Nase war es ein bißchen gelb. Er trug eine blaue Mütze, weite Hosen und einen gelben Schal um den Hals.

Schnuppernd schaute er sich im Zimmer um. Er schloß das linke Auge und spuckte.

Endlich murmelte Karen: »Was willst du?«

Er zuckte die Achseln und entblößte die verwahrlosten Zähne. Einer, im Mundeck, hatte eine große Goldplombe; sie war sichtlich neu.

»Was solls denn sein?« fragte Karen angstvoll. Ihr war jetzt oft so angstvoll.

Wieder sah man die kariösen Vorderzähne. Es konnte ein Lächeln vorstellen. Er ging auf die Kommode zu und zog eine Lade heraus. Er wühlte in Wäsche, ohne sich zu übereilen. Hemden, Krausen, Strümpfe, Binden warf er auf die Erde. Dann kam die zweite Lade, dann die dritte. Den größten Teil ihres Inhalts warf er auf die Erde. Dann ging er zum Schrank. Er war verschlossen. Die Hand ausstreckend, heischte er beredt. Die Verwüstung auf dem Boden betrachtend, faßte sich Karen nicht sogleich. In ihrem dumpfen Innern flammte eine Halluzination von erneuter Verarmung auf. Niels Heinrich war nur Vorbote. Sie versuchte zu schreien, denn sie fürchtete sich vor ihm. Er machte eine Grimasse und bewegte nur leicht die Hand um ihre Achse. Die Gebärde mußte eine Gewalt haben: Karen langte in ihre Tasche und reichte den Schlüssel hinüber.

Er riß die Schranktür auf, beschaute prüfend den Inhalt, zerrte Schachteln hervor, die er kaltblütig umstülpte, schmiß die Gewänder auf den Boden wie vorhin die Wäsche, entdeckte im Winkel eine Holzschatulle, holte ein Messer heraus, sprengte den Deckel. Es war eine goldene Brosche darin, ferner die Brosche mit dem *Ricordo di Venezia* und ein silbernes Kettchen. Alle drei Gegenstände steckte er in die Tasche. Dann ging er ins Nebenzimmer; Karen hörte ihn Lärm machen; sie starrte ausdruckslos in die Luft. Nach einigen Minuten kam er zurück; es war mittlerweile dunkel geworden; drinnen brannte auf dem Nachttisch eine Kerze, die er angezündet. Im Vorbeigehen warf er einen verächtlichen Blick auf die Wiege. Die Tür ließ er offen.

Karen musterte in dem aus dem Nebenzimmer fallenden Halblicht ihre umherverstreuten Habseligkeiten. Plötzlich griff sie in ihre Bluse, holte die Photographie der Frau Richberta Wahnschaffe hervor und starrte mit vertieften, vor Aufmerksamkeit verfinsterten Blicken darauf nieder.

Sie sah nur die Perlen.

24

Als Niels Heinrich die Treppe herunterkam, stand Ruth Hofmann am Tor. Sie wartete auf ihren Bruder, der über die Straße gegangen war, um Brot zu kaufen. Er hinkte ein wenig, und sie konnte sich der Angst, daß ihm etwas zustoßen könne, selten entschlagen.

Sie blickte auf das im Laternenlicht glitzernde Pflaster, auf den Schein von Lampen aus den Stockwerken und höher hinauf, wo sie die Sterne zu suchen gewohnt war, auf undeutliche, rötlich glühende Wolken.

Niels Heinrich blieb stehen. Ruth schlug die großen grauen Augen zu ihm auf. Er maß das Figürchen von oben bis unten, die dichten

Haare mit den Lockenenden, das ärmliche Flanellkleid, die schmutzigen und zertretenen Schuhe und zuletzt das klare, blasse, von einem ungeheuer fremden Leben durchflutete Gesicht. Sein Blick fraß sich ein, fiel tobend über sie her, riß ihr das Gewand von den Schultern, und sie, schaudernd wie sie noch nie geschaudert, von etwas Unbekanntem eiskalt bis ins Mark getroffen, wandte sich und schritt langsam gegen die Treppe, auf der sie benommen ein paar Stufen hinaufging.

Niels Heinrich schaute ihr nach. »Judenschickse,« murmelte er durch die Zähne. Der Anruf des heimkehrenden Gisevius weckte ihn aus seinem Brüten. Er zündete eine Zigarre an, schob die blaue Mütze in den Nacken und schlenderte aus dem Tor.

25

Ende Mai brachte Lätizia Zwillinge zur Welt, zwei Mädchen. Stephan fand, daß dies viel Weiblichkeit auf einmal sei. Trotzdem wurden Feste gefeiert. Haus und Garten wurden illuminiert, die Nachbarn zu Gast geladen, das Volk umsonst gespeist. Musik spielte, man tanzte und jubelte, die Brüder betranken und prügelten sich, es ging hoch her.

Lätizia lag in einem reichen Bett unter einem himmelblauen Baldachin. Von Zeit zu Zeit verlangte sie die Zwillinge zu sehen. Jedes ruhte appetitlich in einem Steckkissen. Sie waren einander mysteriös ähnlich. Die Amme, Eleutheria war ihr wohlklingender Name, brachte beide herbei, eins auf dem linken, eins auf dem rechten Arm. Eins hatte ein rotes Bändchen an die Schulter geheftet, eines ein grünes, damit man sie unterscheiden konnte. Das rotbebänderte sollte Georgette heißen, das grünbebänderte Christina. So wünschte es Lätizia. Stephan aber wünschte, daß jedes außerdem noch eine Reihe von glänzendern und schwungvollern Namen erhalten sollte; er stöberte unermüdlich in allen ihm erreichbaren Schmökern und Folianten herum und kam schließlich mit einer gewählten Blütenlese zu Lätizia: Honorata, Friedegund, Reinilda, Roswitha, Portiunkula, Symphorosa, Sigolina, Amalberga. Lätizia lachte Tränen; sie deutete auf die häßliche Amme und sagte: »So schön wie Eleutheria klingt doch keiner. Ich bleibe bei Georgette und Christina.« Wobei Christina schon jetzt ihr erklärter Liebling war.

Sie sah so reizend auf ihrem Lager aus, daß die Leute wie zu einer Schaustellung kamen, um sie zu bewundern. Es waren lauter ungebildete und einfältige Menschen, und Lätizia langweilte sich. Manchmal spielte sie mit Esmeralda Schach; das Mädchen, trunken von Neugier, richtete Fragen über Fragen an Lätizia; sie war während der Stunden der Entbindung zu einem Klumpen geballt vor der Altantür gelegen, und ihre unreife und lüsterne Phantasie war erfüllt von grausiglockenden Bildern. Lätizia spürte es, und sie sagte: »Geh wieder fort, du; ich mag dich heut nicht leiden.«

Sie erschien sich von Gott geliebt und von Engeln gesegnet. Sie war stolz darauf, daß sie die war, die sie war: Lätizia, ein seltsames Wesen, auserkoren zu seltsamen Erlebnissen. Sie war sich selber neu in jedem Betracht. Sie liebte sich, aber es war keine Eigenliebe, kein eitles Genügen; es war etwas anders, das mit Dankbarkeit und Freude einer Beschenkten zusammenhing.

Daß sie nun zwei Kinder besaß, wirkliche Kinder mit Augen, Händchen und Füßchen, Kreaturen, welche zu zappeln und zu schreien vermochten, die man anziehen und ausziehen, füttern und herzen konnte, das erfüllte sie nicht so sehr mit Glück als die Erwartung, die sich an die knüpfte, das rätselhafte Unbekannte in ihnen, das rätselhafte Sein und Werden.

So lag sie da; schön, zierlich, heiter lag sie da und gab sich ihren Träumen hin.

Indessen fanden zwischen Stephan und dem alten Gunderam Kämpfe statt, bei denen es sich um den Escurial handelte. »Dein Schwarz-auf-Weiß gilt nicht,« höhnte der Alte, »zwei Mädchen sind noch kein Junge, die Masse macht es nicht; zwei Hennen sind auch noch kein Hahn.« Stephan schrie, er lasse sich nicht betrügen, er habe ein angestammtes Recht, er werde prozessieren, er werde es öffentlich verkünden, wie man ihm mitspiele. Der Alte, die Hände auf die Hüften gestemmt, hatte nur ein Feixen zur Antwort. Es war Streit am Morgen, es war Streit am Mittag, es war Streit am Abend. Der Alte verschloß seine Tür und ließ die seit zwanzig Jahren gepackten Reisekoffer aufeinanderstapeln, fertig zum Transport. Stephan zerschlug Schüsseln und Gläser, warf Stühle durcheinander, stieß Drohungen aus, ritt Pferde zuschanden, bekam Konvulsionen, schickte zum Arzt und ließ sich Morphiumeinspritzungen verschreiben.

Es bildeten sich Parteien. Der Alte hetzte seine Frau auf, Stephan die Brüder; die Brüder machten die Dienstleute rebellisch, mit denen wieder Donna Barbara zeterte. Der Unfrieden wuchs. In der Nacht rumorte es gespensterhaft. Einmal erschallte aus einem Zimmer ein

Schuß, alles stürzte ins Freie, nur Stephan fehlte. Er lag mit dem rauchenden Revolver im Bett und ächzte. Er hatte gegen sein Herz gezielt und eine Arzneiflasche getroffen. Die Scherben schwammen in einer gelben Flüssigkeit auf dem Boden. Der Alte sagte: »Daß ein schlechter Rechtsgelehrter auch ein schlechter Schütze ist, wundert mich nicht; aber so miserabel zu zielen, dazu gehört schon eine verfluchte Bosheit.« Da konnte sich sogar Donna Barbara nicht enthalten zu bemerken: »Niederträchtig geredet wie ein Gunderam.« Und das Ehepaar stritt weiter bis zum Tagesgrauen.

Stephan verfiel dem Laster des Morphiumgenusses immer mehr. War er nüchtern, so peinigte er Tiere und Menschen. Die Brüder lehnten sich gegen die Beschimpfungen auf, mit denen er sie überhäufte, verschworen sich eines Tages und schlugen ihn, daß er brüllte wie ein Büffel. Lätizia kam ihm zu Hilfe, rief Knechte herbei und lieferte der Rotte eine regelrechte Schlacht. »Bleib bei mir,« jammerte Stephan, und sie mußte sich zu ihm setzen und ihm Trost spenden aus der Fülle ihrer Verachtung. Er verlangte, sie solle ihm Gedichte vorlesen; sie willfahrte ihm und las Gedichte vor. Nicht gerade solche, die sie liebte, sondern Gedichte von Baumbach, Julius Wolff und Frieda Schanz. In der Hausbibliothek, die aus vierzehn bis sechzehn Bänden bestand, gab es eine verschmierte deutsche Anthologie; daraus las sie vor. Stephan sagte: »Herrliche Worte,« und weinte.

Zu andrer Zeit aber begegnete er ihr mit Geringschätzung und Kälte, denn letzten Endes erschien sie ihm als die Schuldige an dem Mißlingen seiner Pläne. Lätizia nahm es gleichgültig hin; ihr Entschluß war gefaßt. Das Grauen vor dem Haus und seinen Bewohnern, der Familie und ihrem Treiben, dem ganzen Land und seiner Luft verlieh ihr Willenskraft. Wenn Stephan sie küssen wollte, erbleichte sie und sah ihn an, als habe er den Verstand verloren. Dann wütete er und drohte mit dem Ziemer. Sie hatte gelernt auf eine Weise zu lächeln, hie ihn bändigte und seiner Sicherheit beraubte.

Friedrich Pestel war seit sechs Wochen in Buenos-Aires. Sie schrieb ihm, empfing seine Briefe heimlich. Der Indianerknabe, der sie einst zur Sternwarte begleitet, war ihr treuer und verschlagener Bote. Sie versprach, ihn mit nach Europa zu nehmen, was sein sehnlicher Wunsch war. Auch Eleutheria, die Amme, wünschte sich dies und beteuerte ihre Ergebenheit, als Lätizia sie vorsichtig ins Vertrauen zog. Alle Einzelheiten der Flucht wurden mit Friedrich Pestel verabredet; am Tag der Abfahrt des portugiesischen Dampfers »Dom Pedro« sollte Lätizia in Buenos-Aires sein. Mittel und Wege zu finden, um die Zwillinge hinzuschaffen, bedurfte eines verwickelten Listengespinstes. Sie ersann einen Roman.

Es lebte in der Hauptstadt ein kinderloses altes Ehepaar, Don und Donna Herzales. Der Mann war ein Bruder Donna Barbaras; sein großes Vermögen mußte nach seinem Tode den Gunderamschen Kindern zufallen. Aber da es vom schmutzigsten Geiz besessene Leute waren, blieb zu fürchten, daß sie in einer Laune oder einer zornigen Regung den Blutsverwandten die Erbschaft entziehen könnten. Sie hatten an die Gunderams seit vielen Jahren nicht geschrieben; die Beziehung beschränkte sich auf ehrerbietige Besuche, die Stephan und die Brüder ihnen je zuweilen abstatteten. Lätizia wußte dies. Nun fälschte sie einen Brief, den die Donna Herzales an sie richtete und worin die Bitte ausgedrückt war, die junge Mutter möge mit den Zwillingen in die Stadt kommen und ein paar Tage bei Onkel und Tante wohnen; doch solle sie ohne den Gatten erscheinen, damit man sie besser kennenlerne; Stephan könne nach einer Woche nachkommen und sie holen.

Dieses Sendschreiben, von Lätizia mit geschickt verstellter Hand verfertigt und mit der regulären Post eintreffend, verursachte große Aufregung in der Familie Gunderam. In feierlicher Beratung wurde das Für und Wider erwogen; Habgier und Angst siegten über die Bedenken. Der Alte diktierte Lätizia eine demütig-dankbare Antwort in die Feder; sie durfte ihre Ankunft für den von ihr selbst bestimmten Tag zusagen.

Es gelang ihr, den Brief verschwinden zu lassen.

An dem bedeutungsvollen Morgen schlug ihr das Herz wie eine Weckuhr. Die rumpelige Kutsche fuhr vor; Eleutheria stieg ein; die in weißen Kissengebirgen schlummernden Zwillinge wurden ihr gereicht. Stephan ging musternd um den Wagen herum, prüfte die Bespannung, beklopfte gnädig die Pferde; der Indianerknabe brachte das Handgepäck, verstaute es und kletterte stoisch gelassen auf den Bock; Don Gottfried, Donna Barbara, die Brüder, Esmeralda standen in ernster Gruppe: alles wartete auf Lätizia. Es dauerte fünf Minuten, es dauerte zehn Minuten, es dauerte zwanzig Minuten, Lätizia kam nicht. Stephan murrte, Don Gottfried sah höhnisch in die Luft, Donna Barbara blickte wütend zu den Fenstern empor. Endlich erschien sie.

Sie hatte zuletzt noch ihr Handtäschchen verlegt, worin sich ihr ganzer Schmuck befand. Sie besaß sonst nichts. Geld hatte sie keins.

Sie lächelte strahlend, reichte jedem die Hand, ließ sich von ihrem Gatten auf das Kinn küssen, nahm Platz und rief mit ihrer umflorten, gedehnten, ein wenig klagenden Stimme: »Vergeßt mich nicht und grüßt den Pater Theodor!« Pater Theodor war ein Kapuziner, der manchmal auf der Estanzia vorsprach, um zu betteln. Seiner zu gedenken, in diesem Augenblick, war der reine Mutwille.

Die winterliche Sonne verbarg sich in Nebeln. Lätizia dachte: wo ich hinfahre, wird Sommer sein.

Vierundzwanzig Stunden später stand sie mit Friedrich Pestel auf Deck des »Dom Pedro« und schaute beglückt auf das schwindende Land zurück.

26

Der Fuhrmann brüllte, aber es war schon zu spät: den hinkenden Knaben traf noch eine Ecke des mit einer Ladung Eisenschienen daherratternden Wagens, und er wurde niedergestoßen. Rasch sammelten sich Menschen; ein behelmter Schutzmann schuf sich Bahn.

Christian war eben aus der Driesener Straße eingebogen, als er den Knaben liegen sah. Er näherte sich der Stelle, einige Frauen machten ihm willig Platz. Wie er sich zu dem Knaben niederbeugte, sah er, daß er nur betäubt war; er regte sich bereits und schlug die Augen auf. Er schien auch nicht verletzt zu sein. Er blickte ängstlich um sich und fragte nach dem Geld, das er vor dem Fall in der Hand gehalten hatte. Es waren zwanzig oder dreißig Nickelmünzen gewesen; sie waren im Straßenkot verstreut.

Christian half ihm beim Aufstehen, und mit seinem weißen Taschentuch wischte er das besudelte Gesicht ab. Von größerer Wichtigkeit war es aber dem Knaben, das Geld wiederzubekommen; er konnte sich nicht bücken, kaum recht stehen. Christian sagte: »Hab nur Geduld, bis der Wagen weg ist,« und er machte dem Fuhrmann bemerklich, er solle fahren. Der Fuhrmann war noch in ein hitziges Zwiegespräch mit dem Schutzmann verwickelt, aber als dieser merkte, daß kein Unheil weiter geschehen sei, bedeutete er ihm gleichfalls zu fahren, schrieb jedoch seinen Namen auf und den des Knaben. Der Knabe war Michael Hofmann, Ruths Bruder.

Nun bückte sich Christian und klaubte die Münzen aus dem Kot. Die Zuschauer wunderten sich über den gutgekleideten Herrn, der auf dem schmutzigen Pflaster kniete, um verlorene Nickelmünzen aufzusammeln. Einige kannten ihn. Sie sagten: »Es ist der, wo im Quergebäude bei Gisevius wohnt.«

Jetzt erst lief Ruth herbei, die von Niels Heinrich Engelschall vom Torweg verscheucht worden war. Sie hatte auf der Treppe gewartet, bis sie nichts mehr von ihm sah, dann war sie wieder heruntergekommen, hatte Geschrei auf der Straße gehört, hatte gedacht, es hinge mit dem Menschen zusammen, der sie so wild und frech angestarrt, hatte noch gezögert, bis endlich Ahnung sie ins Freie trieb.

Sie machte nicht viel Wesens, verhehlte ihren Schrecken; die Stimme, mit der sie den Bruder ausfragte, klang heiter. Sie sprach ein vollendet reines Deutsch, mit einem Zwitscherton in der Kehle und außerordentlich rasch.

Als er die Münzen aufgeklaubt hatte, sagte Christian: »Nun wollen wir nachzählen, ob nichts fehlt.« Den Knaben am Arm führend, ging er mit ihm über die Straße und ins Haus. Ruth hatte auf der andern Seite die Hand des Bruders gefaßt, und so stiegen sie die Treppen hinauf. Sie betraten ein Zimmer, das durch seine Größe leer erschien, obwohl es zwei Betten, einen Tisch und einen Schrank enthielt. Es war das einzige Zimmer der Wohnung, daneben war die Küche.

Michael setzte sich aufs Bett; er war noch benommen von dem Sturz; er mochte vierzehn Jahre zählen, aber seine gespannten Züge mit den leidenschaftlichen Augen hatten die Reife eines Zwanzigjährigen.

Christian legte die Münzen auf den Tisch; sie klapperten kaum, so umkrustet von Schmutz waren sie. Ruth sah Christian an, sie schüttelte mitleidig den Kopf, eilte in die Küche, kam mit einem nassen Tuch zurück und kniete nieder, seine Beinkleider abzuwischen, die über und über voll Kot waren. Er wehrte ihr, sie achtete es nicht, und als er zurückwich, rutschte sie auf den Knien nach. Nun ließ er es geschehen und stand ein wenig töricht da, während sie behend und fleißig putzte.

Auf einmal erhob sie das Gesicht zu ihm. Sein Blick hatte auf den vielen Büchern geweilt, mit denen der Tisch bedeckt war; er fragte: »Sind das Ihre Bücher?«

Sie erwiderte: »Freilich sind es meine Bücher.« Und sie sah ihn an; sah ihn an mit einem erstaunlichen Blick voll Kühnheit und wissender Freundschaft. Indem in seinen Zügen der alte hochmütige Ausdruck brach, mit dem sich zu schützen seine Art war, stutzte er über eine Wahrnehmung, die ihn zornig machte gegen sich selbst, weil sie ihm wie Widersinn und Unnatur erschien, ihm Furcht einflößte wie vor etwas Bösem und Unheimlichem in seinem Auge: ihm dünkte nämlich, er gewahre ein blutiges Mal auf der Stirn des Mädchens.

Er kehrte den Blick erschrocken ab, scheute sich, ihn wieder hinzuwenden, aber als er sich dann bezwang und wieder niederschaute, war nichts mehr zu sehen. Da atmete er auf und äußerte Unzufriedenheit mit sich durch ein Runzeln der Brauen.

27

Acht Tage erst schwamm der »Dom Pedro« auf der hohen See, da erkannte Lätizia zu ihrem Leidwesen, daß Friedrich Pestel doch nicht der rechte Mann für sie sei.

Es verlangte sie nach einem Mann, der Phantasie besaß und eine schwungvolle Seele. Im Anblick des unendlichen Meeres und des nächtlichen Sternenhimmels war ein niemals ganz verblaßtes Sehnsuchtsbild wieder lebendig geworden, und sie sagte es Pestel offen und ehrlich, sie könne mit ihm nicht glücklich werden. Pestel war wie aus den Wolken gefallen. Er schwieg und wurde melancholisch.

Es befand sich ein österreichischer Ingenieur an Bord, der in Peru eine Eisenbahn gebaut hatte und nun in die Heimat zurückkehrte. Sein verwegenes Aussehen und seine heitere Erzählergabe gefielen Lätizia, und obwohl es des Schiffsgesellschaft wegen, die sie mit Pestel verheiratet glaubte, nicht anging, daß sie es ihn zu deutlich merken ließ, konnte der Ingenieur, der ein beherzter Abenteurer war und wenig mehr, nicht lange darüber im Zweifel bleiben.

Trotz seines echten Schmerzes machte sich Friedrich Pestel Vorwürfe, daß er für Lätizia, die Amme und die Zwillinge die teuren Überfahrtsbillette erster Kabine und für den Indianerknaben zweiter Kabine aus seiner Tasche bezahlt hatte. Außerdem hatte er noch vor der Abreise in aller Hast einige Toiletten und Wäsche für die Frau gekauft, die er aus der Drangsal entführt und mit der einen Lebensbund zu schließen er fest überzeugt gewesen war.

Der Indianerknabe war seekrank und litt bereits an Heimweh. Lätizia versprach ihm, daß sie ihn von Genua aus wieder zurückschicken werde.

Unter den Passagieren, die ein lebhaftes Augenmerk auf Lätizia gerichtet hatten, war auch ein amerikanischer Journalist, der mehrere Monate in Brasilien gewesen war. Er war witzig, verfertigte Gelegenheitsgedichte, leitete Gesellschaftsspiele und Tanzunterhaltungen, und er gefiel Lätizia fast eben so sehr wie der Ingenieur. Zwischen den beiden gab es alsbald eifersüchtige Plänkeleien, und sie waren einander im Wege.

Eines Abends saßen sie als die letzten Gäste in der Bar, beide mochten nicht schlafen gehen, und sie beschlossen, um eine Flasche Claret zu würfeln.

Sie würfelten, und der Österreicher verlor.

Die Flasche kam, der Amerikaner schenkte ein, sie tranken, lehnten sich zurück, rauchten, sahen einander bisweilen forschend an, schwiegen.

Auf einmal sagte der Yankee durch die Zähne, zwischen denen er seine kurze Pfeife hielt: »Nettes Weib.«

»Reizend,« erwiderte der Ingenieur.

»Hat viel Humor für eine Deutsche.«

Der Ingenieur blies bedächtig Kringeln. »Durch und durch entzückend,« sagte er.

Sie schwiegen wieder. Dann begann der Amerikaner: »Ist eigentlich Nonsens, daß wir uns gegenseitig die Jagd verderben sollen. Meinen Sie nicht? Würfeln wir lieber.«

»Gut, würfeln wir,« stimmte der Ingenieur bei. Er ergriff den Becher, schüttelte ihn, stürzte ihn, die Würfel klapperten auf dem Marmor. »Achtzehn,« sagte der Ingenieur, beinahe erstaunt über sein Glück.

Der andre sammelte die Würfel wieder, schüttelte ebenfalls den Becher, ließ aber die Würfel phlegmatisch auf die Tischplatte gleiten. »Achtzehn,« sagte er seelenruhig, doch konnte auch er seine Verwunderung, die gegründeter war, nicht ganz verbergen.

Sie waren ziemlich ratlos. Sie hüteten sich, das Spiel zu wiederholen. Sie leerten die Flasche und trennten sich unter Höflichkeitsbezeigungen.

Lätizia lag in ihrem Bett, mit weitoffenen Augen und lauschte auf das Pochen der Maschinen, das leise Krachen der Schiffswände, das leise Summen Eleutherias, die in der Nachbarkabine die Zwillinge beruhigte. Sie dachte an Genua, das schon nahe Ziel der Fahrt, und es traten reichgeschmückte Edelleute vor ihren Geist, romantische Verschwörer im Stil Fieskos, fackelbeleuchtete Gäßchen und Begebenheiten der Liebe und Leidenschaft. Das Leben erschien ihr herrlich bunt, die Zukunft wie ein goldenes Tor.

28

Das Kind war weggebracht.

Christian fragte, wo es sei. Karen zuckte störrisch die Achseln. Christian ging zum Zionskirchplatz, in die Wohnung der Witwe Engelschall. Die Witwe Engelschall sagte kurz und barsch: »Ich habs in sichere Verwahrung jebracht. Kümmern Sie sich nicht weiter. Was kümmern Sie sich überhaupt? Ist ja nicht Ihres.«

Christian sagte: »Sie werden mir aber doch angeben können, wo es ist?«

Die Witwe Engelschall erwiderte unverschämt: »Uf keenen Fall. Nischt zu löten an de hölzerne Badewanne. Das Wurm hats sehr gut, und zahlen werden Sie doch hoffentlich ooch n bißchen was an seine Nährmutter. Das is Ihre Pflicht, da können Sie sich nicht drumrumdrücken.«

Christian blickte wortlos in das fette Mondgesicht, das auf einem dreifachen Kinn ruhte und aus dem ihm die Stimme eines alten Seemanns entgegenrollte. Dann nahm er wahr, wie sich diese schwitzende Fleischmasse zu Freundlichkeit verzerrte. Auf die Glastür deutend, die das sogenannte Berliner Zimmer, in welchem er stand, von den übrigen Räumen trennte, sagte die Witwe Engelschall in süßlichem Hochdeutsch, ob er nicht nähertreten wolle, ob sie ihm nicht ein Schälchen Kaffee vorsetzen dürfe; Baumkuchen und Kaffee, wer wolle das verschmähen? Auch erwarte sie eine Baronin, die fahre extra aus Küstrin herein, eine vornehme Dame; die fahre herein, um sich in einer verwickelten Familienangelegenheit Rats zu erholen. Man sei ja auch nicht von gestern, man habe auch seinen Verkehr, wisse wohl umzugehen mit Leuten von Stande, er möge ihr doch die Ehre schenken.

In dem düstern Gelaß standen mehrere mit abgegriffenen Zeitschriften, Witzblättern und Büchern bedeckte Tische wie im Wartezimmer eines Zahnarztes. An den fetten Fingern der Witwe Engelschall starrten Ringe mit bunten Steinen. Sie trug eine rote Seidenbluse und einen schwarzen Rock, der durch einen Gürtel mit einer Silberschnalle, massiv wie eine Türklinke, festgehalten war.

Als Christian am Abend zu Karen kam, saß sie am Ofen, die Wange in die Hand gestützt. Christian hatte ihr zwei Apfelsinen mitgebracht, die legte er ihr in den Schoß. Sie rührte sich nicht, dankte nicht. Er dachte, es sei ihr vielleicht doch nach ihrem Kind bang, und wagte das lange Schweigen nicht zu stören.

Plötzlich sagte sie: »Heut sinds sieben Jahre, daß Adam Larsen starb.«

»Ich weiß nichts von Adam Larsen,« antwortete Christian. Da sie stillblieb, wiederholte er: »Ich weiß nichts von Adam Larsen. Willst du mir nicht sagen, was es war mit ihm?«

Sie schüttelte den Kopf. Unter seinem Blick sich duckend, starrte sie wie sprungbereit an die Mauer. Christian trug einen Stuhl herbei, setzte sich dicht vor Karen und drängte: »Was war es denn mit Adam Larsen?«

Atem häufte sich in ihrer Brust. »Es war meine einzige gute Zeit mit ihm,« murmelte sie, »meine einzige schöne Zeit. Fünfthalb Monate.«

Sie grub; grub es hervor; es wollte zutage, sehnte sich aus dem Schacht heraus. »Bei meinem zweiten Kind wars,« fing sie an; »wir fuhren von Memel nach Königsberg, ich, Mathilde Sorge und ihr Bräutigam. Na ja, Bräutigam, man hieß es eben so. Unterwegs merkte ich, daß die Bescherung kam. Sie rieten mir, ich solle aussteigen. Eine Station vor Königsberg stieg ich aus, Mathilde blieb bei mir und schimpfte, der Bräutigam fuhr in die Stadt. Es war Abend, im März, kalt und naß. Mathilde wußte ein Wirtshaus am Bahnhof, wo sie bekannt war; sie dachte, wir könnten da unterkommen, die Not war schon groß. Aber es war Messe, alles besetzt. Um eine Dachkammer bettelten wir; der Wirt schaute mich an, sah gleich, was los war, denn ich lehnte scheppernd an der Wand, schrie, wir sollten zum Teufel reiten, mit solchen Sachen wollte er nichts zu tun haben. Im Hof war 'n Leiterwagen; da legt ich mich drauf; hätte nicht weiter gekonnt, und wenn sie die Hunde auf mich gehetzt hätten. Der Bauer kam, schimpfte, Mathilde quatschte ne Weile mit ihm, da fuhr er denn. Er fuhr stadtwärts; Mathilde ging daneben. Mir wurde, ich weiß nicht wie. Ich dachte: tot sein, nur mal endlich tot sein! Die Räder holperten auf den Steinen. Ich schrie und schrie. Der Bauer sagte, er mache das nicht länger. Wir waren schon in der Vorstadt. Sie zerrten mich vom Wagen herunter, stützten mich, 'n junger Mensch kam daher und half, der Regen fiel wie aus Eimern, ich konnte nicht mehr, um Gottes willen nur hinein in irgendein Loch, und wenns 'n Keller war. Am Eck war ne Singspielhalle, so für Arbeiter und geringes Volk, da schleppten sie mich durch den Flur in eine Kammer, rückten zwei Bänke aneinander, legten mich drauf. Alles war voller bunter Fetzen von den Damen, die aufs Podium gingen; auf der einen Seite war die Schankstube, auf der andern der Theatersaal; die Musik schallte heraus, das Händeklatschen, Brüllen und Lachen; ein paar flittrig aufgetakelte Frauenzimmer stellten sich um mich rum, kreischten, zeterten, verlangten dies und das. Kurz, was soll ich davon noch viel schwatzen: das Kind kam auf die Welt, aber es war tot. Auch einen Schutzmann hatten sie geholt, und nen Doktor hatten sie geholt, aber wer sich meiner annahm und nicht mehr von mir weggehen wollte, das war der junge Mensch, den wir auf der Straße getroffen, und das eben war Adam Larsen.«

»Er half dir dann auch weiter? Ihr seid dann zusammengeblieben?« fragte Christian gespannt.

Karen fuhr fort: »Er war 'n Maler, 'n Kunstmaler. In Jütland war er zu Hause. Ein weißblonder, magerer Mensch. Damals hatte ich genau solche Haarfarbe wie er. In Königsberg lebte ne Vatersschwester von ihm, die hatte ihn ein paar Wochen aufgenommen, denn es ging ihm schlecht. Aber gerade in der Zeit, wo ich im Heim lag, sie hatten mich in ein Heim geschafft, kriegte er die Nachricht von Kopenhagen, daß er ein Staatsstipendium bekommen sollte, zweitausend Taler für zwei Jahre. Da fragte er mich, ob ich mit ihm gehen möge; er wolle ins Belgische hinüber, da wohne irgendwo an der französischen Grenze ein berühmter großer Maler, bei dem wolle er mit einigen andern arbeiten, die schon dort seien. Er sagte, er hätte mich gern. Ich sagte, das sei ja recht schön, aber ob er denn nicht wisse, mit wem er sich einlasse. Er sagte, er wolle gar nichts wissen, und ich möchte bloß Vertrauen zu ihm haben. Ich dachte, das ist mal einer, der das Herz auf dem rechten Flecke hat, und hatte ihn auch gleich gern. Ich hatte noch keinen gern gehabt. Es war der erste, und es war auch der letzte. Und so ging ich denn mit ihm. Der Maler wohnte in einem Dörfchen, ich glaube, es war schon im Französischen, und wir zogen nicht weit davon in einen andern Ort, der hieß Wassigny. Da mietete Larsen ein kleines Haus. Und jeden Morgen fuhr er mit dem Rad hinüber zu seinem Maler, und wenn schlecht Wetter war, ging er zu Fuß. Es war ne halbe Stunde Wegs. Und jeden Abend kam er zurück, und wir kochten und brieten uns was und machten Tee und plauderten zusammen. Und er wußte nicht genug zu schwärmen von dem Land, wieviel Spaß es ihm mache, das alles zu malen, die Äcker und die Bäume und die Bauersleute und die Bergwerksleute und das Wasser und den Himmel, und was weiß ich noch alles. Davon begriff ich ja nichts. Ich begriff bloß, daß mir war wie in meinem Leben nicht. Ich glaubte mirs nicht, wenn ich aufwachte; ich glaubte mirs nicht, wenn mich die Leute freundlich grüßten. In der Nähe vom Ort war ein Weiher, auf dem schwammen Seerosen, und dort war ich oft, ich hatte so was nie gesehen, aber ich sahs und glaubte mirs nicht. Ich wußte auch: lang kann das nicht dauern, unmöglich kann das lang so bleiben. Und richtig, im August, da legte sich Adam Larsen eines Tages hin; er hatte Fieber, es wurde immer ärger, und nach sechs Tagen starb er. Da war alles aus. Da war alles aus.«

Ihre Hände warm in die Haare gewühlt. Zum drittenmal sagte sie: »Da war alles aus.«

»Und dann?« flüsterte Christian.

Sie schaute ihn an, und jeder Muskel bebte in ihrem Gesicht. »Dann? Ja, was dann war, dann! dann!«

»Konntest du dich denn nicht noch weiter zurechtfinden, ohne … ohne …« stammelte Christian, erschrak aber vor der entsetzlichen, fahlen Wut in ihrem Gesicht. Sie ballte die Faust und schrie noch lauter, daß es von den Mauern zurückgellte: »Ja dann! Was dann erst kam! Dann!«

Sie schauderte von oben bis unten. »Rühr mich nicht an,« sagte sie zusammenfahrend.

Aber Christian hatte sie gar nicht angerührt.

»Geh jetzt,« sagte sie, »ich bin müd, will schlafen.« Sie erhob sich.

Er stand bei der einen Tür, Karen bei der andern. Karen, mit gesenktem Kopf, sagte dumpf: »Daß ich du zu dir sage … Warum ist denn das nur? So was Verrücktes: Du …!« Haß und Furcht drückten sich in ihren Mienen aus.

Und als sie allein war, drinnen an ihrem Bett, betrachtete sie tief versunken das Bild der Frau mit den Perlen. Einmal drehte sie den Kopf und schaute wild gegen die Tür, dorthin, wo Christian gestanden war.

Das »Dann« ging Christian nicht aus dem Sinn.

29

Zwei Jahre arbeitete nun Weikhardt an der Kreuzabnahme. Er konnte das Bild nicht vollenden. Was ihm nicht gelang, durch keine Bemühung, keine Vertiefung, in keiner Einsamkeit, trotz allen Suchens nicht, das war der Ausdruck des Christus.

Er konnte diesen Ausdruck nicht gestalten: das Erbarmen und den Schmerz.

Unzählige Male hatte er das Gesicht von der Leinwand gekratzt; er hatte Modelle gehabt; er hatte Stunden und Tage vor den Gemälden der alten Meister zugebracht; er hatte Hunderte von Skizzen und Studien hingeworfen; er hatte probiert und probiert: umsonst; es gelang nicht.

Im Frühjahr hatte er geheiratet, Helene Falkenhaus, das Mädchen, von welchem er einst zu Imhof gesprochen. Sie führten eine stille Ehe; Mittel waren wenig da, sie mußten sich in allem bescheiden. Helene ertrug jegliche Beschränkung ohne Murren. Ihre Frömmigkeit, die sich bisweilen zu einer harrenden Inbrunst steigerte, half ihr, daß sie dem Mann das Gefühl der Last und Verantwortung nehmen konnte.

Sie hatte Verständnis für die Kunst, höheres Gefühl sogar. Er zeigte ihr seine Entwürfe; manches fand sie schön; manches schien ihr nahe an das zu reichen, was sie als seine Vision ahnte, doch räumte sie ihm ein, daß es das Letzte noch nicht sei. Es war Erbarmen und Schmerz, doch es war nicht Christi Erbarmen und Schmerz.

Da kam die polnische Gräfin nach München, für die er den Luini-Zyklus in der Brera kopiert hatte. Eines Abends gab sie eine Gesellschaft, zu der sie Weikhardt einlud, und unter den vielen Menschen sah er Sybil Scharnitzer wieder. Vor Jahren war sie ihm im Atelier eines Modemalers gezeigt worden; von Schmeichlern und Bewunderern dicht umdrängt, hatte sie ihm damals nur einen allgemeinen Eindruck ihrer Schönheit hinterlassen.

Nun geriet er in eine magische Erregung. Es war da ein Band zwischen ihr und seinem Werk. Er spürte es; er spürte, daß er sie brauchte. Er näherte sich ihr, und seine beschwingte Beredsamkeit fesselte sie. Schlau steuerte er auf ein vorgesetztes Ziel los. Ihre Miene, ihre Gebärde, den erschütternd seelenvollen Blick in sich einsaugend, wurde ihm alsbald klar, was er von ihr erwartete und was sie ihm geben konnte. In diesem Auge, wenn es feucht und groß aufgeschlagen war, formten sich die überirdischen Züge, die er bisher nur ungenau erschaut. Er bat sie, sie möge ihm sitzen. Sie besann sich, dann willigte sie ein.

Sie kam. Er ließ sie Hals und Schultern entblößen und hüllte ihren Oberleib in ein schwarzes venetianisches Spitzentuch. Zehn Minuten lang wandte er, regungslos vor der Staffelei stehend, nicht den Blick von ihr. Kaum daß seine Wimpern zuckten. Dann zog er mit Kohle die Linien des Christushauptes. Sybil war erstaunt. Nach einer Stunde dankte er ihr; es war das erste Wort. Er bat sie, wiederzukommen. Im gleichen Erstaunen wie zu Anfang deutete sie auf die Leinwand. Er lächelte verschmitzt und sagte, das seien Umwege, weiter nichts, sie möge Geduld haben.

Als sie fort war, trat Helene ein. Er hatte ihr erzählt, was er versuchte; seine Zuversicht hatte ihre Zweifel nicht beschwichtigt. Sie wußte über Sybil Scharnitzer Bescheid, auch hatte sie sie am Abend bei der Gräfin mit der Kälte der Frau gegen die Frau beobachtet. Sie schaute die Kohlenskizze an und sagte lange nichts. Endlich, unter seinem fragenden Blick, bemerkte sie, zu Boden sehend: »Ob wohl jemals ein Modell solche Verkleidung gewählt hat?«

Weikhardt, schon wieder in seinem gewöhnlichen Phlegma, entgegnete: »Es wird wohl auch wenig Menschen geben, die diesen Griff hinter die Kulissen kapieren. Maler nun schon gar nicht. Ich seh es bereits, wie sie sich bekreuzigen und geifern.«

»Daran liegt wohl nichts,« sagte Helene; »aber was meinst du mit dem Griff hinter die Kulissen?«

»Ich meine die Kulissen des lieben Gottes.«

Helene dachte nach. Seine Worte hatten sie verletzt. Sie sagte: »Ich könnte dich sehr gut begreifen, wäre Sybils Gesicht ein wahres Gesicht. Aber du weißt ja selbst, wer sie ist und was sie ist. Du weißt ja, daß hinter der wundervollen Hülle das absolute Nichts ist. Und darin, in solch betrügerischem Spiegel, erblickst du das Tiefste der Welt, den Heiland, *dein* Bild des Heilands? Ist es nicht, wie wenn du dich der Lüge verschrieben hättest?«

»Nein, Frau,« antwortete Weikhardt, »nein. Da hast du zu kurzen Sinn. Es hängt alles viel mehr zusammen als du denkst. Alles ist viel mehr als du denkst, *ein* Körper, *ein* Element, *ein* Strom. Das seelenlose Nichts in Sybil Scharnitzers Brust ist doch auch wieder Abglanz; mir, mir persönlich ist es Wesen. Täuscht mich eine Form, so muß ich der

Form danken, daß sie mich den Inhalt träumen läßt. Der Traum ist das Größere. Kann ein Grashalm Lüge sein? Kann eine Muschel Lüge sein? Und siehst du, wenn ich stark genug wäre, unschuldig genug, hingegeben genug, so müßt ich auch im Grashalm und in der Muschel Christi Erbarmen und Schmerz finden können. Das ist alles nur Zufall, und ists kein Zufall, so ists Schickung.«

Die junge Frau widersprach nicht.

30

Das »Dann« ließ Christian keine Ruhe.

Er hatte tagsüber viel gearbeitet; erst um sieben Uhr war er aus dem Physiologischen Institut gekommen, hatte in einer Speisewirtschaft in der Lothringer Straße frugal gegessen, war zu Fuß in die Stolpische Straße gegangen, und hier hatte er sich ermüdet aufs Sofa gelegt und war eingeschlummert.

Als er aufwachte, war es tiefe Nacht. Im Hause regte sich nichts mehr. Er zündete Licht an und schaute auf die Uhr. Es war halb zwölf. Eine Weile besann er sich, dann beschloß er, zu Karen hinüberzugehen. Er war sicher, sie noch wach zu finden; es kam vor, daß sie noch um zwei Uhr Licht hatte. Sie beschäftigte sich seit einiger Zeit mit Stickereien. Sie sagte, sie wolle etwas verdienen. Bisher war es brotlose Arbeit gewesen. Sie mühte sich auch nicht sonderlich um Verwertung.

Er ging über den finstern Hof und stieg im Vorderhaus die drei finstern Stiegen hinaus. Am Gangfenster des dritten Stockes blieb er stehen. Das Fenster war offen; die Nacht war schwül. Seitlich, durch einen Schlund zwischen den toten Mauern zweier Häuser, schwarzangestrichenen Ziegelmauern, ragten Schlöte in die Finsternis. Sie begannen auf der Erde und wuchsen über die Dächer. Oben trugen sie Blitzableiternadeln, und aus manchen qualmte Rauch, der von Feuerglut durchbebt war. Unten war schwarzer Boden, weites Blachfeld mit Bretterzäunen, aufgeschichteten Balken, verstreuten niederen Hütten, Sandgruben, Mörtelgruben, und alles lag still und düster.

Links von der Stiege war die Tür zur Hofmannschen Wohnung. Als er mit seinem Schlüssel die Tür zu Karens Wohnung aufgesperrt hatte, blickte er noch einmal auf jene Tür zurück; er glaubte sich gerufen; es war Täuschung.

Karen lag im Bett. »Was solls denn sein so spät in der Nacht?« murrte sie; »man möchte doch auch seinen Frieden haben.«

»Verzeih,« sagte er höflich, »verzeih, daß ich dich störe; ich dachte, wir könnten noch ein wenig plaudern.«

»Möchte wissen, zu was das soll, das Quasseln in die Nacht hinein.« Sie maß ihn geärgert und lachte durch die Nase.

Er setzte sich auf den Rand des Bettes. »Du mußt mir erzählen, Karen, was nach Adam Larsens Tod geschehen ist,« sagte er. »Es geht mir nicht aus dem Kopf, wie du sagtest: was dann war … Natürlich man kann sichs ja ungefähr vorstellen. Ich habe ja jetzt Einblick genug in dein Leben, um es ungefähr zu erraten …«

»Nein, das kannst du nicht erraten,« fiel sie geringschätzigen Tones ein, »das kannst du dir nicht vorstellen. Da könnt ich Gift drauf nehmen.«

»Um so mehr möcht ich, daß du einmal davon sprichst,« drängte er, »du hast gewiß nie davon gesprochen.«

Sie schwieg feindselig. Da wurde ihm plötzlich klar, daß ein beharrlicher Instinkt in ihr sich weigerte, ihn in ihre Welt aufzunehmen, und daß alles, was er bisher getan hatte, nicht hinreichte, das Mißtrauen zu besiegen, das ihr in Blut und Nieren saß. Diese Erkenntnis machte ihn traurig und ratlos.

»Hab mich heut schon um sieben ins Bett gelegt,« sagte sie mit blinzelndem Blick; »es war mir nicht gut. Ich glaube, ich werde krank.«

Christian sah sie an. Er konnte nicht verhindern, daß sein Auge den beunruhigt drängenden Ausdruck behielt.

Karen drückte die Lider zusammen. »Quälen, quälen, quälen,« stöhnte sie.

Erschrocken sagte Christian: »Nicht quälen … verzeih. Ich gehe ja.«

»Bleib nur.« Sie legte die Wange auf die gefalteten Hände und zog unter der Decke die Knie an den Leib. Ein derber, aber nicht unangenehmer Haut- und Haargeruch strömte von ihr aus.

Es sei ja so gewöhnlich, stieß sie müd und leer vor sich hin, in das Kissen hinein; nicht anders als bei andern. Die so täten, als sei es anders, die lögen einfach. Freilich, viele, um sich interessant zu machen, erfänden allerlei Romane, das könne sie aber nicht. Dazu läge ihr zu wenig am Interessanten. Nein, es sei immer dasselbe. So ganz gemein, ganz schauderhaft gemein, von A bis Z verdreckt. Er solle jetzt nur dableiben. Er solle sich nur wieder hinsetzen. Sie wolle ja erzählen. Herrgott, wenn es denn absolut sein müsse, wolle sie erzählen, obwohl sie nicht wisse, wo sie anfangen solle, es gebe gar keinen Anfang, es sei gar nichts Bestimmtes, nicht die Spur von einem Roman.

Christian setzte sich wieder. »Als Adam Larsen starb, hattest du da nicht einen Weg?« fragte er. »War unter seinen Freunden oder Verwandten keiner, der sich um dich kümmerte und dir half?«

Sie lachte höhnisch. »Ja, Kuchen,« erwiderte sie. »Da bist du glatt auf dem Holzweg. Seine Kollegen wußten kaum was von mir. Zum Begräbnis kam sein Bruder, dem durft ich überhaupt nicht vor die Augen treten. Das war so einer von der Gilde der Ehrsamen, ne goldne Uhrkette auf der Weste und zwanzig Pfennig für die Bedienung. Fremdes Land wars, die Sprache kannt ich nicht, da mußt ich zusehn, daß ich raus machte. An Geld hatte ich so dreißig Franken, mit denen wollt ich mich durchschlagen; war bloß die Frage, wohin. Arbeit zu kriegen, hatte ich ein paarmal versucht. Aber was sollt ich denn arbeiten? Hatte ja nie was gelernt. Als Magd in Stellung gehn? Wieder Stiefel putzen und Stuben scheuern? Danke gehorsamst. Hatte jetzt Besseres gekostet; dachte: wirst dich schon herausbeißen. Übrigens war mir alles ganz egal geworden; was lag denn schon an mir? In Aachen wurde ich Kellnerin. Schöne Sache, Kellnerin. Davon kann man keinem einen Begriff geben. Die Müdigkeit für einzige zwei Beine! Die Niedertracht für einzige zwei Ohren! Der miserabelste Fraß, lauter Abfall; ein Bett wie für einen Hund; Zumutungen, daß man die Tollwut kriegen kann. Da wird man empfänglich für allerlei schwindelhaftes Gerede. Ging in ein Haus. Blieb vier Monate, ging in ein anderes. Hatte Schulden; man hat da auf einmal Schulden, weiß kaum, wofür. Kost, Logis, Kleider, alles wird dreifach angerechnet, jeder Schnaufer muß bezahlt werden. Man denkt bloß noch: heraus, sonst passiert was Schreckliches. Erscheint so 'n Bürschchen, der Kamm ist ihm geschwollen, schmeißt mit Goldstücken um sich, löst einen aus, man geht mit ihm, bereuts am dritten Tag, eines schönen Morgens klopfts an die Tür: Was los? Die Polizei. Das Bürschchen wird hopp genommen, man hat noch seine Mühe, sich rein zu waschen. Was jetzt? Man sucht ein Dach, man sucht ein Bett, man sucht ne Ansprache, man will was Warmes und was für den Durst; gezeichnet ist man einmal, kein Mensch traut einem mehr, hinten schiebts, vorne ziehts, und so kommt man herunter, Schritt für Schritt, Tag für Tag, man merkt es kaum, und schließlich ist man unten.«

Sie rollte sich noch mehr zusammen im Schutz der Decke, und mit dumpferer Stimme fuhr sie fort: »Das spricht sich so: unten. Aber erstens hat es eigentlich kein Aufhören; unter dem Unten ist immer ein noch tieferes Unten; und zweitens: wie es beschaffen ist, das Unten, dafür gibts keine Worte. Das kann sich keiner ausdenken, ders nicht erlebt hat; das kann und kann sich keiner ausdenken, vom Sehen nicht und vom Wissen nicht. Da bewohnst du ne Bude, fünfmal so teuer, als es nach Recht und Billigkeit sein dürfte; selbstredend, du bist ja Freigut, da kann sich jeder die Zähne wetzen. Obs nun ein Salon ist oder ein Schweineloch, dir graut schon, wenn du bloß die Tür aufmachst. Es gehört ja nicht dir, es gehört ja jedem, der Unrat von jedem wird da abgestreift, und du kennst sie alle und erinnerst dich an alle. Was hat es denn noch auf sich, daß man sich ins Bett legt und mal wieder schlafen möchte? Es wird doch ein neuer Tag. Und dann die schmierigen Kaffeehäuser; ewig dieselben Gesichter, ewig dasselbe Gelichter. Und dann die Straße, was man so den Rayon heißt. Immer und ewig bei der Nacht. Kennst ein jedes Fenster, jeden Rinnstein, jede Laterne; gaffst und drehst dich und grinst und schneidest Grimassen, und spannst den Schirm auf, wenns regnet, und gehst herum und stehst herum und lugst nach dem Poli aus und schmeißt dich an jeden Kerl, ob er zertretene Absätze hat oder im Pelze stolziert, und versprichst ihm das Blaue vom Himmel, und möchtest ihm die Leber auskratzen, wenn er dich stehn läßt und ins Gesicht speien, wenn er sich herabläßt. Das ist es eben. Das ist das Hauptkapitel. Jammer und Sorgen, na ja, das haben viele. Was man hingegen von den Menschen erfährt, – du, ich sage dir!«

Diese letzten Worte waren ein Aufschrei, ärger noch als bei dem »Dann«, das Christian nicht hatte vergessen können. Er saß kerzengerade. Er sah über den Lampenzylinder hinweg an eine bestimmte Stelle der Wand, unbeweglich.

Karen redete gegen die Erde zu: »Da ist das Kuppelweib, das einen begaunert und bewuchert, hinten und vorn. Da ist der Hauswirt, der 'n Gesicht macht, als wolle er einem einen Fußtritt versetzen, wenn man ihm am hellen Tag begegnet, und der an die Tür geschlichen kommt, wenns schummert. Da ist der Kaufmann, der dir die Ware aufschlägt und so tut, als wärs Gnade, daß er dir den Pofel für schönes Geld verkauft. Da ist der Schutzmann, der dir wegen jeden Fußbreit Weg Masematten macht und drauf lauert, daß du ihm nen Taler heimlich zusteckst, sonst schindet er dich und du kriegst Strafzettel, daß es bloß so knallt. Da ist der Kneipjee, bei dem du in der Kreide sitzt, der dich kujoniert, wenn du keinen Kies hast und jampelt und feixt, wenn er was in deiner Tasche wittert. Vom Lude will ich gar nicht reden; den mußt du haben, ob du magst oder nicht, sonst bist du elend ausgeliefert, und wenn er ins Zuchthaus gewandert ist, mußt du nen andern nehmen. Alle haben sie das Messer lose am Hosengürtel, aber schlimmer als der Meseckekarl war keiner. Und was die Marterhölle ist, eine ärgere kanns auf der Welt und außer der Welt nicht geben, das ist die Kundschaft, das ist das Geschäft. Die Feinen und die Ordinären, die Jungen und die Alten, die Knickerigen und die Splendiden, wie sie da sind, sind sie nicht besser als das Aas auf dem Müllhaufen. Da sieht man, was Heuchelei ist und Schurkerei, da zeigen sie sich, die Schmutzseelen, mit ihrer Angst und ihrer Verlogenheit und ihrer Gier und ihrer Gemeinheit. Was sie drinnen haben, das kommt heraus. Es kommt heraus, sag ich dir, denn da schämt sich keiner. Das brauchen sie nicht mehr. Und was du vor dir hast, ist der Mensch ohne Scham. Und was du kennenlernst, ist das arme scheußliche Fleisch. Willst du wissen, wie? Trink mal ne Jauchengrube leer, dann weißt du, wie. Obs einer ist, der sein Weib im Kindbett zuschanden schlägt, oder einer, der seine Kinder hungern läßt; ein verlotterter Student oder ein geschaßter Offizier, ein furchtsamer Pfaff oder der Bürger mit nem dicken Bierbauch; es ist immer das nämliche: der Mensch ohne Scham und das arme scheußliche Fleisch.«

Sie lachte mit erquältem Hohn und fuhr fort: »Den Meseckekarl lernt ich kennen, als ich aus dem Krankenhaus kam. Damals hatt ich niemand. Vorher war ich drei Wochen im Gefängnis wegen dem Lumpen, dem Sergeantenmax. Hatt es der schon bös getrieben, gegen den Meseckekarl war er ein dösiges Lamm. Da tauchte im Cafe Nachtigall so 'n junger Mensch auf, ein Gymnasiast oder so was, der schmiß eine Pulle Sekt um die andre, jeden Tag. Und grad mich hatt er sich ausgesucht, grade mit mir wollt er immer gehn. Und die blauen Lappen flogen nur so. Man wußte gleich, daß die Geschichte faul war, und der Meseckekarl nahm ihn beiseite und sagte ihm auf den Kopf zu: Das Geld ist aus deines Vaters Kasse, das Geld ist gestohlenes Geld. Das räumte er auch ein und schlotterte dabei. Aber der Meseckekarl ließ nicht locker und unterwies ihn, wie er mehr herschaffen könnte, und er und der zerrissene Woldemar versprachen ihm, sie wollten ihn in die Opiumstube führen, das sei das Schönste überhaupt, die reine Zauberbude. Und wie der junge Mensch bei mir war des Nachts, da fing er an, gottserbärmlich zu flennen und zu winseln; da tat er mir leid, weil ich wußte, das nimmt ein böses Ende, und das sagt ich ihm auch, aber nicht eben freundlich. Da zog er Geld aus seinen Taschen, so viel hatt ich nie beisammengesehn, lauter gestohlenes Geld, und mir schwindelte vor den Augen, und ich sagte, er solle es fortnehmen; aber er wollte, ich sollt es nehmen, sollte mir was kaufen und tun damit, wozu ich Lust hätte. Ich zitterte an Armen und Beinen und sagte, er solle es um Himmels willen nach Hause tragen; da heulte er wieder zum Steinerweichen und lag auf den Knien da und faßte mich um, und auf einmal stand der Meseckekarl im Zimmer; er hatte sich nebenan versteckt gehalten und hatte alles mit angehört, und ich hatt es nicht geahnt. Aber der junge Mensch, sein Gesicht war wie ein Stück Bimsstein so grau, der sah mich an und sah mich an und glaubte, ich hätte den Meseckekarl versteckt; aber der, glücklicherweise, stieß mich an die Schläfe, daß ich dachte, die Luft wäre lauter Blut und Glut, und zuletzt gab er mir einen Fußtritt, daß ich in die Ecke flog und liegenblieb. Da mußte der junge Mensch doch sehen, daß ich unschuldig war. Den Jungen, Adalbert nannt er sich, den packte Meseckekarl und ging mit ihm davon. Adalbert sagte nichts und deutete nichts, er ging folgsam mit. Und am andern Tag kam er nicht, am dritten Tag nicht, er kam und kam nicht wieder. Da fragte ich den Meseckekarl: Was hast du mit dem Adalbert angestellt? Da sagte er: Auf ein Schiff Hab ich ihn gebracht, damit er nach Übersee kommt. Ei ja doch, dacht ich, Übersee, hat sich was. Und ich fragt ihn wieder: Was hast du mit dem Adalbert angestellt? Da sagte er, wenn ich nicht schwiege, würd er mich zu nem Knochenbukett verhauen. Da schwieg ich. Es is ja möglich, daß der Adalbert auf ein Schiff gegangen is, es is ja möglich. Gehört hat man nichts mehr von ihm. Ich machte mir auch nicht viel draus. Es kam ja jeden Tag was andres. Mußt mich meiner Haut wehren. Den Tag rumbringen, die Nacht rumbringen. Es war immer das nämliche, immer das nämliche.«

Sie richtete sich auf und packte Christian mit eisernem Griff am Arm. Ihre Augen starrten ihn funkelnd an, und durch die zusammengebissenen Zähne zischte sie: »Aber das wußt ich alles nicht so. Wenn man drinnen steckt, weiß mans nicht so. Daß das kein menschlich Leben ist, spürt man nicht so. Daß man verdammt und siebenmal verdammt ist, man wills nicht sehn, man wills nicht denken. Warum hast du mich weggenommen? Warum hat das denn sein müssen?«

Christian antwortete nicht. Er hörte die Luft sausen.

Nach einer Weile ließ sie ihn los, oder vielmehr, sie stieß seinen Arm fort, und er erhob sich. Sie fiel aufs Bett zurück. Christian dachte: alles vergebens. Die Bangigkeit, die er empfunden, wuchs zu einem Gefühl der Verzweiflung. Vergebens, sauste es in der Luft, vergebens, vergebens, vergebens.

Da sagte Karen mit einer hellen Stimme, die er noch nie an ihr gehört: »Deiner Mutter Perlenhalsband möcht ich haben.«

»Wie?« fragte Christian verwundert. Er glaubte, nicht recht verstanden zu haben.

Und Karen wieder, mit einem fast kindischen Ton: »Deiner Mutter Perlenhalsband möcht ich haben.« Sie faselte, und sie wußte, daß sie faselte. Nicht eine Sekunde lang hielt sie die Erfüllung eines solchen Begehrens für möglich.

Christian trat aus Bett. »Wie kommst du denn darauf?« flüsterte er. »Was soll denn das? Was meinst du denn?«

»Nie noch hab ich mir etwas so gewünscht,« sagte Karen, regungslos liegend, mit derselben hellen Stimme; »nie noch. Wenigstens sehen möcht ichs mal. Wie so was aussieht. Wenigstens mal in der Hand halten. Obs das wirklich gibt. Geh doch hin zu ihr und verlangs. Fahr hin zu ihr und sag: Die Karen möcht dein Perlenhalsband mal sehen. Vielleicht borgt sie dirs.« Sie lachte irr. »Vielleicht gibt sie dirs für ne Weile. Dann, scheint mir,« sie schlug die Augen in die Höhe, und eine neue Flamme war in ihnen, »dann, scheint mir, könnt es anders sein zwischen uns.«

»Wer hat dir davon gesprochen?« fragte Christian wie im Traum; »woher weißt du von der Perlenschnur meiner Mutter?«

Sie riß die Schublade ihres Nachttischchens auf und holte das Bild hervor. Christian machte eine heftige Bewegung danach, obgleich sie es ihm ohnedies hatte reichen gewollt. »Der Boß hat mirs geschenkt,« sagte sie.

Christian sah das Bild an und legte es schweigend wieder weg.

»Ja, das wünsch ich mir,« begann Karen abermals, und alles war nun irr in ihrem Gesicht, kindisch und begehrlich irr, trotzig und herausfordernd irr: der Glanz in den Augen, das Lächeln, das Lachen; »bloß das wünsch ich mir. Mit der Zunge würd ichs schmecken. In mein

Fleisch hinein würd ichs vergraben. Keiner dürft es wissen, keinem würd ichs zeigen. Deiner Mutter Perlenhalsband, ja, das wünsch ich mir, das möcht ich haben; für ne Weile wenigstens.«

Nichts andres hätte Christian so zu innerst treffen können wie dies irre Stammeln, dies irre unsinnige Fordern. Er stand am Fenster, blickte in die Nacht hinaus und sagte langsam und bedächtig: »Gut, du sollst es haben.«

Karen erwiderte nichts. Sie streckte sich aus und schloß die Augen. Sie nahm seine Worte nicht ernst. Als er ging, höhnte sie stumm; höhnte ihn, höhnte sich.

Am andern Morgen fuhr Christian mit der Untergrundbahn zum Anhalter Bahnhof und löste eine Karte dritter Klasse nach Frankfurt. In der Hand trug er eine kleine Reisetasche.

31

»So zieh mal los mit die Kenntnisse,« sagte Niels Heinrich Engelschall zu seiner Mutter, der wahrsagenden Witwe.

Sie befanden sich im Allerheiligsten. Von der Decke hing an einer schwarzen Schnur mit gebreiteten Flügeln eine ausgestopfte Fledermaus herab. In ihre Augenhöhlen waren dunkle Glaskugeln eingesetzt, die glühten. Auf dem Tisch, der mit Karten bedeckt war, stand ein Totenkopf.

Es war Sonntagabend, und Niels Heinrich kam aus der Kneipe. Er machte hier nur Station, denn er wollte ins Strandschlößchen hinaus, zum Tanz. Er trug einen schwarzen Jackettanzug mit einer blau und weiß karierten Leinenweste. Auf dem Kopf saß ein steifer, englischer Hut; er war weit in den Nacken geschoben, so daß man noch den durchgezogenen Scheitel in der Mitte des Schädels sah. Unter der linken Achsel war ein dünnes Spazierstöckchen eingeklemmt. Er wippte mit dem Stuhl, auf den er sich breit gelümmelt hatte. »So zeig mal die Künste und prophezei mal was,« sagte er, und schleuderte ein Fünfmarkstück auf den Tisch.

In seinen verlebten Augen lag der mineralische Schimmer einer unbestimmten Gier.

Die Witwe Engelschall hatte stets Angst vor ihm. Sie mischte ihre Karten. »Biste bei Kasse, mein Jungchen?« schmeichelte sie; »recht so; heb ab, und nu wolln wa mal sehn, was de dir einjebrockt hast.«

Niels Heinrich wippte. In der Kehle brannte es wie Feuer, seit vielen Tagen schon. Er war seiner Zähne überdrüssig und seiner Finger. Er hätte irgend etwas packen mögen, mit der Faust umschließen und zerdrücken. Etwas, das glatt und warm war; etwas, das Leben hatte und um das Leben bettelte. Es war in ihm ein lüsterner Haß gegen die Dinge, gegen die Wege, gegen die Stunden.

»Der Fufzicher bei 's rote Aß,« hörte er die Mutter sagen, »Schellenkönig deckt Eichelbub; bedeutet nischt Gutes. Der Zwanziger dazwischen und die graue Frau –« ihr Gesicht zeigte Bestürzung, »wirst mir doch nicht anstellen, Jungchen, wirst doch nich?«

»Quatsch nich, Liese,« fuhr sie Niels Heinrich an, »da lachen ja die Hühner.« Er runzelte die Stirn und warf anscheinend gleichgültig hin: »Sieh mal zu, ob nischt drinsteht von ner Judenschickse.«

Die Witwe Engelschall schüttelte erstaunt den Kopf. »Nee, Jungchen, nee,« sagte sie und legte noch Karten auf, »von ner Judenschickse? Nee. Grünzehn und Herzdame: das könnte der Geldbriefträger sind. J, Jott stärke! Da jehn jleich drei Damens miteinander; in der Liebe, da haste immer 'n Dussel jehabt. Apropos, heute hat die rote Hedwig nach dir jefragt; ob de abends in die Lehmkute kommst, wollt se wissen.«

Niels Heinrich antwortete: »Ick hab se doch erst rausjeschmissen; 'n Jedächtnis wie ne Bierstrippe; so wat lebt nich.« Er lehnte sich wieder zurück und wippte. »Also, wenn du mir nischt Anjenehmes zu verkündijen hast, denn nehm ick meine fünf Märker wieder zu mir.«

»Kommt schon, mein Jungchen, kommt schon, nur Geduld,« besänftigte die Witwe Engelschall und mischte wieder. »Det mit der Judenschickse wern wa schon kriejen, nur Jeduld, wern wa schon kriejen.«

Niels Heinrich starrte in die Luft. Er sah, und wohin er sah, war es dasselbe seit vielen Tagen: einen jungen, glatten Hals; zwei junge, glatte Schultern, zwei junge, glatte Brüste, fremd alles, von fremder Rasse, von fremdem, süßem, schaurigsüßem Blut durchströmt, und wenn man nicht hingreifen konnte, hingreifen und riechen und schmecken, so krepierte man. Er erhob sich, zwang sich zu schlappen Gebärden. »Laß nur man,« sagte er, »is ja doch allens Schwindel. Das Trinkjeld kannste dir meinswejen behalten.« Er strich mit seinem Spazierstöckchen über die Karten hin, warf sie durcheinander und ging.

Die Witwe Engelschall, alleingeblieben, schüttelte den Kopf. Der Ehrgeiz des Berufs regte sich in ihr; sie mischte und legte von neuem. »Wern wa schon kriejen,« murmelte sie, »wern wa schon kriejen« …

431

Ruth und Johanna

1

Es war im Hotel Fratazza in San Martino di Castrozza, als Crammon und die Gräfin Brainitz einander nach Jahren wieder trafen.

Die Gräfin saß auf dem Balkon vor ihrem Zimmer, und während sie an einer slawonischen Bauerndecke stickte und bisweilen mit sattem Blick die Dolomitenblöcke des Gebirges, die Waldhänge und Wege durchstreifte, fuhr ein staubbedecktes Automobil am Portal vor, welchem zwei Herren und zwei Damen in der modischen Reiseverpuppung entstiegen. Die Herren entledigten sich ihrer Brillen und verhandelten mit dem Hoteldirektor.

»Sehen Sie doch mal hinunter, Stöhr,« wandte sich die Gräfin an ihre Gesellschafterin; »sehen Sie doch: der Dicke mit dem Schauspielergesicht, der kommt mir bekannt vor –« Da kehrte Crammon sein Gesicht nach oben und grüßte; die Gräfin stieß einen kleinen Schrei aus.

Abends, im Speisesaal, konnte Crammon nicht umhin, an den Tisch der Gräfin zu treten, sich nach ihrem Befinden, der Dauer ihres Aufenthalts und dergleichen mehr zu erkundigen; die Gräfin schnitt seine höflichen Floskeln derb ab und sagte: »Herr von Crammon, ich habe mit Ihnen ein Wort unter vier Augen zu sprechen. Ich bin froh, daß sich endlich die Gelegenheit findet, ich habe lang genug darauf gewartet. Wann paßt es Ihnen?«

»Ich bin Ihr gehorsamer Diener, Gräfin,« antwortete Crammon mit schlecht verhehltem Unmut; »ich werde mir erlauben, Ihnen morgen gegen elf meinen Besuch zu machen.«

Zehn Minuten nach elf des andern Tages ließ er sich bei der Gräfin melden. Trotz des energischen Tones, mit dem sie ihn zum Tete-a-tete gefordert hatte, empfand er weder Neugier noch Besorgnis.

Die Gräfin deutete auf einen Stuhl, setzte sich ihrem Gast gegenüber und nahm eine richterliche Miene an. Sie sagte: »Meine gute Schwester, deren Sie sich wohl erinnern dürften, Herr von Crammon, ist vor nunmehr anderthalb Jahren nach schwerem Leiden in eine bessere Welt abberufen worden. Ich durfte ihr die Augen zudrücken; in ihrer letzten Stunde hat sie mir gebeichtet.«

Die Teilnahme, welche Crammon zeigte, war von so unverschämter Nachlässigkeit, daß die Gräfin schneidend hinzufügte: »Meine Schwester Else, Herr von Crammon, die Mutter Lätizias. Was haben Sie mir darauf zu sagen?«

Crammon nickte versonnen. »Also ist sie auch von hinnen,« seufzte er; »die Gute! Das ist jetzt an die zwanzig Jahre her, Gräfin. Es war eine herrliche Zeit. Man war jung; was liegt nicht alles in dem Wort! Erinnern Sie mich nicht, Gräfin, erinnern Sie mich nicht. Auch das Schöne muß sterben, das Menschen und Götter bezwinget, nicht die eherne Brust rührt es des ewigen Zeus.«

»Lassen Sie doch die Poesie aus dem Spiel,« versetzte die Gräfin ärgerlich. »Sie werden mich nicht mehr hinters Licht führen wie damals. Damals hat es Ihnen behagt, und es war Ihnen bequem, die Maske des Verschwiegenen aufzusetzen, und eine gewisse Virtuosität darin ist Ihnen nicht abzusprechen. Aber ich will Ihnen etwas sagen. Man kann so diskret sein wie eine Mumie; das hindert nicht, daß es Situationen gibt, wo man einer Regung des Herzens zu folgen hat, sofern man nämlich mit dem Artikel Herz überhaupt versehen ist. Ein Räuspern würde genügen; ein Lippenverziehen; ein feuchter Schimmer in den Augen. Nichts von alledem war bei Ihnen der Fall. Statt dessen haben Sie es seelenruhig geschehen lassen, daß das beklagenswerte Wesen, Ihre Tochter, Ihr Fleisch und Blut, einem tobsüchtigen Verbrecher ausgeliefert wurde, einem Tiger in Menschengestalt.«

Gemessen und würdig antwortete Crammon: »Wollen Sie die Gnade haben, Gräfin, sich meine wohlgemeinte Warnung ins Gedächtnis zu rufen? Wie ich zu Ihnen kam, spät in der Nacht, gefoltert von meinem Gewissen, und Vorstellungen erhob, gewichtigen Einspruch erhob?«

»Ach was, Warnung; Münchhauseniaden haben Sie mir aufgetischt. Betrogen haben Sie mich.«

»Ein starker Ausdruck, Gräfin.«

»Von dem ich nicht ein Jota zurücknehme.«

»Schade. Na ja. Also das mit dem feuchten Schimmer in den Augen, das ging nicht, Gräfin, das ging absolut nicht, dazu fehlt mir das Talent. Die kleine Lätizia war mir ja recht sympathisch, sogar ungewöhnlich sympathisch, aber rein menschlich, sehen Sie. Vatergefühle dürfen Sie von mir nicht erwarten. Offen und ehrlich, Gräfin: Vatergefühle halte ich für Schwindel. Eine Mutter, das ist etwas, da spricht die Natur. Aber ein Vater ist ein mehr oder minder unglücklicher Zufall. Nehmen wir mal an, Sie hätten es gegen mich auf einen dramatischen Coup abgesehen. Die Tür dort öffnet sich und herein kommt ein junger Herr oder eine junge Dame, ausgerüstet mit den erforderlichen Dokumenten und Indizien; Sie werden zugeben, daß sich wider einen normalen Mann von dreiundvierzig Jahren Dokumente und Indizien wie Sand am Meer finden lassen; dieser junge Herr oder die junge Dame also offeriert sich mir als Sohn beziehungsweise Tochter; ja, glauben Sie, daß ich auf einmal gerührt sein würde? daß da auf einmal das Vatergefühl emporschießen würde, mir nichts, dir nichts, wie der Dotter, wenn man auf ein rohes Ei tritt? Im Gegenteil. Ich würde sagen: Mein Herr, beziehungsweise mein Fräulein, Ihre Bekanntschaft gereicht mir zur Ehre, in allem übrigen aber kann ich Ihnen vorläufig nicht dienen. Es wäre ja auch der Gipfel der Ungemütlichkeit, wenn man beständig darauf gefaßt sein müßte, daß einem zwanzig oder fünfundzwanzig Jahre alte unbezahlte Rechnungen in lebender Form präsentiert werden. Wo käme man da hin? Besitzt der Sprößling Takt, sei er nun männlichen oder weiblichen Geschlechts, so wird er sich einen solchen Schritt ohnedies reiflich überlegen und nicht durch unzeitgemäße Zudringlichkeit einem Mann lästig fallen, der gerade damit beschäftigt ist, die unterste Neige des Freudenbechers nach genießbaren Überbleibseln zu durchforschen. Die Entstehung der liebreizenden Lätizia, meine verehrte Gräfin, war mit so besonderen Umständen verknüpft und ging so offensichtlich unter Einmischung höherer Mächte vor sich, daß mein eigenes Zutun und meine unbedeutende Person daneben kaum in Betracht kam. Als ich das junge Mädchen kennenlernte, hatte ich ein Gefühl wie ein Wanderer, der einmal einen Kirschenkern an einer Wegstelle eingegraben hat, ohne sich viel dabei zu denken, und nach Jahren, da er wieder dieselbe Straße zieht, von einem Kirschbaum überrascht wird. Eine erfreuliche, aber auch eine natürliche Angelegenheit. Soll er deshalb ein unbescheidenes Triumphgeschrei ausstoßen? Soll er überall in der Nachbarschaft herumgehen und sagen: Mein Kirschbaum! seht mal, was für ein gewaltiger Bursche ich bin–? Oder soll er beim Eigentümer des betreffenden Grundstücks den Kirschbaum für sich beanspruchen, ihn entwurzeln, vielleicht gar bei Nacht und Nebel stehlen, um ihn irgendwohin zu befördern, er weiß selbst nicht wohin? Der Mann wäre doch ein Einfaltspinsel, Gräfin, ein Maniak, ein Phantast.«

»Ich habe nur wenig Gemüt bei Ihnen vermutet, Herr von Crammon,« antwortete die Gräfin erbittert, »aber so wenig doch nicht. Ich muß gestehen, da fehlen mir die Begriffe. Ist das nun die Anschauung von allen Männern, sagen Sie mir, oder sind Sie in dieser Beziehung ein Unikum? Es wäre tröstlicher für mich, wenn Sie ein Unikum wären, denn ich müßte ja sonst auf die Menschheit traurige Schlüsse ziehen.«

»Da sei Gott vor, gnädigste Gräfin, daß mich die Schuld träfe, ein so respektables Geistes- und Seelengleichgewicht wie das Ihre zu zerstören, da sei Gott vor,« versetzte Crammon mit Eifer. »Nehmen Sie mich ruhig für eine Ausnahme. Ich bin es. Die meisten Leute, die ich kenne, sind stolz auf ihre Erzeugnisse, ob es nun Gedichte sind oder neue Westenmoden oder eine bisher noch nicht dagewesene Art, eine Gansleber zuzubereiten. Sie können gar nicht genug kriegen an Autorenruhm; wenn man sie von weitem sieht, muß man schon anfangen, Komplimente zu drechseln, und das Verlogenste schlucken sie mit einer Gier hinunter, daß man sich für sie schämt. Aber kein Koch, kein Dichter und kein Schneider kann so von Urheberbewußtsein geschwellt sein wie ein landläufiger bürgerlicher Vater. Dagegen ist ein Büffel eine feinnervige Kreatur. Mein ganzer Haß gegen die Institution der Familie rührt davon her, daß mir mal einer, dessen Hahnreischaft notorisch war, auf die Frage, wie er denn bei seiner und seiner Gemahlin brünetten Beschaffenheit zu zwei so hochblonden Knaben komme, ganz frech antworte, seine Vorfahren seien Normannen gewesen. Normannen, ich bitte Sie! Und der Bursche war ein Jude aus Prag. Normannen!«

Die Gräfin schüttelte den Kopf. »Sie erzählen wieder einmal Geschichten,« sagte sie, »und ich bin nicht für Geschichten, für die Ihrigen schon gar nicht. Sie lehnen also jede Verantwortung ab? Sie betrachten Lätizia als eine Fremde und verleugnen das süße Engelskind? Ist das der langen Rede kurzer Sinn?«

»Durchaus nicht, Gräfin. Ich bin zu jeder freundschaftlichen Annäherung bereit. Bloß darf man mich nicht festnageln und mir eine blümerante moralische Verpflichtung aufreden wollen. Meine Natur ist ihrer Hauptrichtung nach gelassen, aber in einem solchen Fall werde ich expeditiv. Doch versäumen wir die Zeit nicht mit Theorien; erzählen Sie mir, worin das Unglück der kleinen Lätizia besteht.«

Den Abscheu, den ihr Crammon einflößte, unterdrückend, berichtete die Gräfin, daß sie vor vier Wochen plötzlich ein Telegramm Lätizias aus Genua erhalten habe. Die Depesche habe gelautet: »Schicke mir

435

Geld oder komme selbst so rasch du kannst. Sie sei sofort hingefahren und habe das Kind in einer erbarmungswürdigen Lage angetroffen. Von allen Mitteln entblößt, derart, daß sie ihren Schmuck habe versetzen müssen, um nur das Leben im Hotel bestreiten zu können; von der argentinischen Amme, die sie herübergebracht, tyrannisiert und hintergangen; die Zwillinge leidend, das eine an einem Darmkatarrh, das andere an einer Augenentzündung –«

»Zwillinge, sagen Sie? Zwillinge?« unterbrach Crammon bestürzt.

»Jawohl, so ist es, Sie sind Großvater von Zwillingen,« erwiderte die Gräfin mit maliziöser Genugtuung.

»Wundersam sind die Fügungen des Herrn,« murmelte Crammon, und seine Augen wurden ein wenig blöde, »Großvater von Zwillingen … Das ist ein starkes Stück. Aber weiter, Gräfin. Die Sache steht ja allerdings nicht humoristisch aus. Warum hat sie denn ihren Gatten verlassen? Und warum sind Sie nicht bei ihr geblieben?«

»Sie werden alles hören. Der Mensch hat sie mißhandelt, hat sich tätlich an ihr vergriffen. Sie ist unter eine Bande von Säufern, Räubern, Giftmischern, Pferdedieben, Fälschern und Ehrabschneidern geraten. Man hat ihr das Haus zum Kerker gemacht; man hat sie Hunger leiden lassen; man hat sie an Leib und Seele gequält und grausam bedroht; sie war ihres Lebens nicht sicher; wilde Tiere hat man abgerichtet, um sie zu schrecken; entsprungene Sträflinge wurden gedungen, die ihr auflauerten; Angst und Entsetzen brachten sie an den Rand des Grabes. Es war die Hölle. Ohne die Dazwischenkunft und edelmütige Hilfe eines deutschen Kapitäns, der ihr sein Schiff zur Heimreise anbot, wäre sie elend zugrunde gegangen. Leider hatte ich nicht Gelegenheit, dem selbstlosen Retter zu danken; er war, als ich nach Genua kam, bereits abgereist. Aber Lätizia hat mir seine Adresse gegeben, und ich werde ihm schreiben.«

»Sehr bedauerlich, das alles, und ich hatte auch nie etwas andres erwartet,« sagte Crammon. »Ich hatte es geahnt, und ich hatte es prophezeit. Dieser Stephan Gunderam war mir von Anfang an odios wie ein Schaubudenbesitzer mit einer Blechtrompete. Ich hätte dem Individuum nicht einmal meinen alten Regenschirm anvertraut, wieviel weniger dieses junge Mädchen, dem alle Welt so köstliche Eigenschaften nachrühmt. Trotzdem mißbillige ich ihre Flucht. Waren die Verhältnisse bezeugtermaßen unerträglich, so hätte sie den rechtlichen und gesetzlichen Weg einschlagen müssen. Die Ehe ist ein Sakrament. Erst hineinspringen, als wär's der garantierte siebente Himmel, und kaum, daß man die Unannehmlichkeit, die doch für einen Menschen mit der minimalsten Grütze am Tage lag, zu schmecken bekommen hat, davonlaufen und mit zwei unterstands- und sprachlosen Erdenbürgern übers große Wasser wieder nach Hause dampfen, das ist weder folgerichtig noch nutzbringend. Dem kann ich keinen Beifall zollen.«

Entrüstet erwiderte die Gräfin: »Also nach Ihrer Meinung hätte das Kind sich lieber sollen zu Tode foltern lassen?«

»Pardon, ich habe nur gesagt, was ich an ihrer Handlungsweise für falsch halte. Was sie hätte tun müssen, darüber steht mir kein Urteil zu. Den von der Kirche gesegneten Bund zu brechen und herd- und landflüchtig zu werden, halte ich für falsch. Es ist gottlos und führt zum Verderben. Und als Sie nun bei ihr waren, was geschah dann? Wozu hat sie sich entschlossen? Wo befindet sie sich jetzt?«

»In Paris.«

»In Paris? Ei! Zu welchem Ende denn?«

»Sie will sich erholen. Ich gönn es ihr. Sie braucht es.«

»Ich zweifle nicht, Gräfin, aber der Übergang scheint mir ein wenig unvermittelt. Und hat sie Ihre Gesellschaft geradezu verschmäht, oder haben Sie persönlich keine Vorliebe für Erholungsreisen nach Paris?«

Die Gräfin wurde verlegen. Sie runzelte die Brauen; ihre hochroten Bäckchen glänzten heiß. »Sie hatte im Hotel die Bekanntschaft eines Vicomte Seignan-Castreul gemacht,« erzählte sie stockend; »er war mit seiner Schwester dort. Sie luden Lätizia ein, sie solle mit ihnen nach Paris und dann auf ihr Schloß in der Bretagne kommen. Das Kind, in Tränen aufgelöst, sagte zu mir: Tante, ich möchte so gern, und ich kann doch nicht, ich habe ja keinen Pfennig Geld. Das zerriß mir das Herz, und ich raffte zusammen, was möglich war: fünftausend Franken im ganzen. Das liebe Geschöpf dankte mir innig und reiste mit dem Vicomte und der Vicomtesse ab, nachdem sie mir versprochen hatte, daß wir uns im Oktober in Baden-Baden treffen würden.«

»Und die Zwillinge, wo sind die unterdessen?«

»Die hat sie natürlich mitgenommen. Die Zwillinge, die argentinische Amme, eine englische Nurse und eine Zofe.«

»Ihre Generosität hoch in Ehren, Gräfin, aber der Vicomte samt der Vicomtesse gefällt mir nicht.«

Die Gräfin schluchzte plötzlich laut. »Mir auch nicht,« rief sie, das Gesicht in die Hände drückend, »mir ja auch nicht. Wenn nur da nicht wieder neues Unglück für das Kind daraus entspringt. Aber was sollt ich tun? Kann man ihr denn widerstehen? Ich war ja so froh, sie wieder zu haben; ich hatte das Gefühl, als wäre sie mir auferstanden. Nein, der Vicomte war mir nicht im mindesten sympathisch. Ein dämonischer Charakter.«

»Dämonische Charaktere sind immer Schwindler, Gräfin,« sagte Crammon trocken. »Ein anständiger Mensch ist nie dämonisch. Es ist überhaupt ein Schwindelwort.«

»Herr von Crammon,« erwiderte die Gräfin entschlossen, »von Ihnen erwarte ich aber jetzt, daß Sie sich als ein Charakter benehmen, ein Charakter im schönen Sinn des Wortes. Kommen Sie nach Baden-Baden, wenn Lätizia da ist. Kümmern Sie sich um die, die Ihnen die Nächste im Leben ist. Machen Sie Ihr Unrecht und Ihr Versäumnis wieder gut ...«

»Um aller Heiligen willen, das nicht,« wehrte sich Crammon voll Schrecken; »Erkennungsszene, Rührung, Einander-in-die-Arme-Stürzen, Zerknirschung, Taschentuch; nur das nicht! Alles, was Sie wollen, nur das nicht.«

»Keine Ausreden, Herr von Crammon, es ist Ihre Pflicht!« Die Gräfin hatte sich erhoben und blickte majestätisch. Es half Crammon nichts, daß er sich wand und drehte, daß er bat und beschwor, die Gräfin entließ ihn erst, als er sein Ehrenwort gegeben hatte, daß er Ende Oktober, spätestens Anfang November in Baden-Baden sein werde.

Als die Gräfin allein war, schritt sie noch eine Weile pustend und erhitzt auf und ab, dann rief sie ihre Gesellschafterin. »Schicken Sie mir den Kellner, Stöhr,« ächzte sie, »mir ist schwach vor Hunger.«

Das Fräulein vollzog den Befehl.

2

Als Frau Richberta Wahnschaffe, während einer ihrer seltenen Ausfahrten, eines Tages im Elektromobil gegen Schwanheim fuhr, bemerkte sie am Eingang zum Poloplatz eine Gruppe von jungen Leuten; unter diesen war einer, der sie so lebhaft an Christian erinnerte, ein Schlanker, edel sich Bewegender, ihr ein so täuschendes Gefühl von Christians Nähe gab, daß sie dem Lenker zu halten gebot und mit matter Stimme ihre Begleitdame ersuchte, sie möchte hinübergehen und sich erkundigen, wer der junge Mensch sei.

Die Dame gehorchte; Frau Richberta, der Gruppe zugewandt, harrte regungslos. Man erteilte der Botin bereitwillig Auskunft; sie kam zurück und meldete: »Der Herr ist ein Engländer, Frau Geheimrat; er heißt Anthony Potter.«

»So; ach so,« sagte Frau Wahnschaffe; weiter nichts. Und ihr Interesse war geschwunden.

Am gleichen Abend wurde ihr ein Brief überreicht, der mit der Eilpost angelangt war. Sie erkannte Christians Handschrift. Vor ihren Augen tanzte alles durcheinander. Das erste, was sie lesen konnte, war der Name eines kleinen Frankfurter Hotels vom dritten Rang. Nach und nach festigte sich ihr Blick, und sie las: »Liebe Mutter, ich bitte dich, mir morgen im Lauf des Vormittags eine Unterredung zu gewähren. Heute ist es zu spät, als daß ich noch kommen könnte; ich bin den ganzen Tag gereist und daher zu müde. Wenn ich nichts weiter höre, bin ich um zehn Uhr draußen. Daß wir allein sein werden, hoffe ich zuversichtlich.«

Der einzige Gedanke der Frau war: Endlich. Sie sagte es laut vor sich hin: »Endlich«.

Sie schaute auf die Uhr: es war zehn. Noch zwölf Stunden! Wie sollte sie diese zwölf Stunden hinbringen? Das ganze vergangene Leben schien ihr kürzer zu sein als diese vor ihr liegenden zwölf Stunden.

Sie ging hinunter; ging durch die leeren Säle, in denen es dunkel war, durch die Marmorhalle mit den Wandsäulen, den riesigen Speisesaal mit den Spiegeln, in denen der Rest des Sommerabends verglomm; sie ging in den Park und hörte eine Nachtigall schlagen. Sterne blitzten auf, ein Brunnen rauschte, von weither tönte Musik. Zurückgekehrt, fand sie, daß erst fünfzig Minuten verflossen waren. Ein Ausdruck von Wut entstellte ihr kaltes und starres Gesicht. Sie erwog, ob sie nicht in die Stadt fahren solle, in das kleine Hotel dritten Ranges; sie verwarf den Plan wieder: er schlief ja, er war von der Reise ermüdet. Aber warum ist er dort? fragte sie sich, in dem geringen Hause, unter fremden und geringen Leuten?

Sie setzte sich in einen Lehnstuhl, und was nun in ihr vorging, war ein erbitterter Zweikampf mit der trägen Zeit, von jetzt bis Mitternacht, von Mitternacht bis zum ersten Grauen des Tages, vom ersten Grauen bis zum Frührot, vom Frührot zum erwachten Morgen, vom Morgen bis zur zehnten Stunde.

3

Wo Johanna Schöntag den Fuß hinsetzte, wurde ihr Liebe entgegengebracht. Auch die Verwandten, bei denen sie wohnte, behandelten sie mit zärtlicher Achtung. Sie gewann dadurch nicht in ihren eignen Augen, sie verlor. Ihre rabulistische Erwägung war: wenn ich diesen gefalle, was kann dann viel an mir sein?

Sie sagte: »Es gibt nichts Witzigeres als die Tatsache, daß ich in dieser Stadt lebe, in der alle Menschen so mutig ›Ich‹ sagen. Ich bin ja das direkte Gegenteil von Ich.«

Nichts war wert, getan zu werden, nicht einmal, was im Innersten täglich drängte: den Weg zu Christian zu suchen. Sie wartete auf den Zwang; der wollte nicht kommen. Sie verspielte sich. Da saß sie still in einer Ecke und ließ ihre klugen Augen über Gegenstände und Gesichter schweifen; und sie dachte: hätte der mit dem Vollbart die Nase von dem mit der Glatze, so sähe er vielleicht wie ein Mensch aus. Oder: warum sind sechs Rosetten an der Leiste über dem Türstock, warum nicht fünf, warum nicht sieben? Damit quälte sie sich; die falsch plazierte Nase und die Rosettenzahl wurden Weltverbesserungsprobleme; auf einmal lachte sie dann und errötete, wenn sich Blicke auf sie richteten.

Jede Nacht, bevor sie entschlummerte, fiel ihr Amadeus Voß ein und daß sie versprochen hatte, ihm zu schreiben. Morgen, dachte sie und ergriff die Flucht in den Schlaf. Sein Brief lastete in ihrem Gedächtnis als das Peinvollste, was ihr je geschehen. Bisweilen tauchten Worte daraus auf, die sie unruhig machten: z.B. das von der Sehnsucht des Schattens nach seinem Körper, für sie ein rätselhaftes und lockendes Wort. Alle Stimmen von außen warnten. Die Warnung erhöhte den Reiz. Man genoß die Furcht, indem man sie wachsen ließ. Eine lebhafte Verwirrung im ganzen, Ding im Spiegel von Spiegeln her. Endlich schrieb sie doch; der Pfeil schnellte von der Sehne.

Sie trafen sich am Kurfürstenplatz und gingen durch die Kastanienallee gegen Charlottenburg. Um die Zeit zu begrenzen, sagte Johanna, sie müsse in einer Stunde wieder zu Hause sein. Aber der Weg, den sie nahmen, raubte ihr die Hoffnung auf ein knapp befristetes Zusammensein; sie ergab sich. Um ihre Beklommenheit zu verhehlen, glossierte sie Bäume, Häuser, Denkmäler, Tiere und Menschen; Voß bewahrte trockenen Ernst. Da wandte sie sich ungeduldig zu ihm: »Nun, Herr

Hofmeister, wollen Sie sich nicht ein wenig mit dem artigen kleinen Schüler unterhalten, den Sie spazieren führen?«

Aber Voß hatte kein Verständnis für den bangen Humor in dieser Zurechtweisung. Er sagte: »Sie haben leichtes Spiel mit mir; Sie brauchen bloß zu spotten, und ich komme schon zu Fall. An so viel Schlüpfrigkeit muß ich mich erst gewöhnen. Es ist ein schlechtes Fluidum zwischen uns. Sie sehen mich immer so prüfend an, als hätte ich ein Loch im Ärmel oder einen Schmutzfleck auf dem Kragen. Ich hatte mir vorgenommen, mit Ihnen wie mit einem Kameraden zu reden. Es geht nicht. Sie sind eine junge Dame, und das ist etwas, wofür ich rettungslos verloren bin.«

Johanna antwortete sarkastisch, es beruhige sie immerhin, daß wenigstens ihre Person und Gegenwart ihm Rücksichten auferlegten, deren sie sich vorher nicht von ihm zu erfreuen gehabt. Voß stutzte und erriet, was sie im Sinn hatte, erst aus ihrer verächtlichen Miene. Er senkte den Kopf, schritt eine Weile schweigend, dann sammelte sich Erbitterung in seinem Gesicht. Johanna, geradeaus sehend, spürte die Gefahr; sie hätte sie von sich abwenden können; eine liebenswürdige Phrase, und er hatte sich nicht vorgewagt, das wußte sie. Aber sie verschmähte es, sie wollte ihm trotzen und sagte frech, sie sei durchaus nicht gekränkt darüber, daß sie ihn enttäusche, sie hätte in der Beziehung keine Ambition. Voß nahm auch dieses hin, duckte sich noch tiefer zum Angriff; da fragte Johanna in harmlosem Ton, ob er noch Christian Wahnschaffes Wohnung innehabe und, auch jetzt noch, Verwalter aller Briefangelegenheiten seines Freundes sei?

Nein, erwiderte Voß auffallend sachlich, er sei von dort ausgezogen, seine Mittel erlaubten ihm derartigen Aufwand nicht mehr; da ihm das mokante Lippenverziehen Johannas bewies, daß ihr die Verhältnisse nicht unbekannt waren, fügte er gelassen hinzu, er wolle lieber sagen, die Wahnschaffesche Geldquelle sei versiegt. Er hause in einer Studentenbude in der Ansbacher Straße und habe sich somit wieder in der Armut eingerichtet. So arm freilich finde er sich noch nicht, daß er sich das Vergnügen verweigern müsse, einen Gast zu empfangen. Ob er sie einladen dürfe, den Tee bei ihm zu nehmen. Weshalb sie darüber lache? Natürlich, er habe vergessen: junge Dame. Ob er sie dann wenigstens in einer Konditorei bewirten dürfe?

Alles das erregte Johannas Spott und Ungeduld.

Es war Sonntag, trübes Wetter; der Abend dunkelte bereits. Aus den Pavillons in Wirtsgärten rauschte Musik. Viele Soldaten begegneten ihnen, jeder mit seinem Mädchen. Johanna spannte den Schirm auf und ging müde. »Es regnet ja nicht,« sagte Voß. Sie antwortete: »Ich tu es bloß, damit ich nicht an den Regen zu denken brauche.« Der eigentliche Grund war, daß sie ihn vermittels des aufgespannten Schirmes ein bißchen weiter von sich weghalten konnte. »Wann treffen Sie Christian?« fragte sie plötzlich mit hoher Stimme, nach rechts hinüber, wo niemand war, »sehen Sie ihn oft?« Gleich bereute sie die Frage, mit der sie sich in den Augen des Lauernden eine Blöße gegeben zu haben glaubte.

Aber Voß hatte gar nicht gehört. »Sie tragen mir noch immer die Geschichte mit dem Brief nach,« fing er an; »können es nicht verzeihen, daß ich mich in Ihr Geheimnis eingeschlichen habe. Was ich Ihnen zum Ausgleich gegeben, das ahnen Sie nicht. Daß ich mein Innerstes vor Ihnen aufgerissen habe, daran verschwenden Sie keinen Gedanken. Es ist Ihnen wohl kaum klar geworden, daß alles, was ich Ihnen über Christian Wahnschaffe schrieb, Konfessionen über mich waren, wie sie selten ein Mensch dem andern macht. Auf Umwegen allerdings, aber was wissen Sie vom Umweg. Ich habe wahrscheinlich Ihre Fassungskraft und Ihren guten Willen überschätzt.«

»Wahrscheinlich,« gab Johanna zurück; »aber auch meine Gutmütigkeit; denn Sie sind wieder einmal hervorragend grob. Sie hätten ja recht mit dem, was Sie sagen, wenn Sie nicht eines außer acht ließen, nämlich, daß eine Basis von Sympathie da sein muß, wenn solche Forderungen erfüllt werden sollen.«

»Sympathie!« höhnte Voß; »damit locken Sie keinen Hund vom Ofen. Was Sie so heißen, ist bürgerliches Spülwasser. Lau, flau, grau. Zur echten wieder gehört so viel Aufmerksamkeit des Herzens, daß der, der sie empfindet, ihren Namen verschweigt, weil er zu gemein geworden ist. Ich habe ja nicht auf Sympathie gerechnet. Eine solche Distanz wie die von mir zu Ihnen läßt sich nicht durch ein Allerweltsbindemittel beseitigen. Ihre Kälte, Ihre Fremdheit, Ihre Ironie, glauben Sie, ich hätte nichts davon gewittert? Glauben Sie, ich bin der Dickhäuter, der unbekümmert in eine Rosenhecke hineinsteigt, weil er im voraus weiß, daß ihm die Stacheln nichts anhaben können? O nein, Fräulein. Jeder einzelne Dorn ritzt meine Haut. Ich sage Ihnen das nur, damit Sie künftig wissen, was Sie tun. Jeder einzelne Dorn ritzt schmerzhaft die Haut. Es war mir von Anfang an klar, und ich habe es doch auf mich genommen. Ich habe mich eingesetzt mit allem, so wie ich hier bin und stehe, habe mich zusammengerafft von oben bis unten und mich hingeworfen vor Sie, ohne zu überlegen, was daraus entstehen würde. Ich wollte mich einmal dem Fatum ganz und gar in die Hände geben.«

»Ich muß umkehren,« sagte Johanna und klappte ihren Schirm zu, »ich muß einen Wagen nehmen. Wo sind wir denn?«

»Ansbacher Straße, Ecke Augsburger Straße. Im dritten Hause dort, dritten Stock, wohne ich. Kommen Sie für eine Stunde zu mir. Lassen Sie es ein Zeichen sein, daß ich ein gleichgestellter Mensch in Ihren Augen bin. Sie können sich nicht vorstellen, was für mich davon abhängt. Es ist ein greulich ödes Loch, aber wenn Sie die Schwelle überschreiten, wird es für mich fortan ein Raum sein, in dem man atmen kann. Zu betteln ist meine Art sonst nicht; diesmal bettle ich. Der Argwohn, den Sie hegen, ist begründet: ja, ich habe es planmäßig betrieben, Sie so weit zu bringen; es war meine geheime Absicht, aber nicht erst seit heute, sondern seit Wochen, ich weiß gar nicht mehr, seit wie lange. Jedes andere Mißtrauen weise ich zurück.«

Er stammelte die Worte und zerhackte sie. Johanna sah hilflos zu Boden. Sie war zu schwach, der leidenschaftlichen Beredsamkeit des Menschen zu widerstehen, so abstoßend und beängstigend diese auch auf sie wirkte. Zudem lag eine gruselige Verlockung darin, sich vorzuwagen, ins Feuer zu langen, den Brand zu schüren, sich in Gefahr zu stürzen und zuzusehen, was geschah. Das Leben war so leer; man mußte etwas zu naschen, etwas zu erwarten, etwas zu fürchten haben. Näher an die Abgründe heran, die bittern Dünste schmecken, nur über die letzten Schranken nicht hinaus. Einstweilen Zeit zu gewinnen, war geboten. »Nicht heute,« sagte sie mit verschleiertem Ausdruck, »ein andermal. Nächste Woche. Nein, drängen Sie mich nicht. Vielleicht Ende dieser Woche. Vielleicht Freitag. Wozu es soll, ist mir zwar unklar, aber es mag sein, Freitag will ich kommen.«

»Abgemacht also; Freitag um die gleiche Stunde.« Er forderte ihre Hand; sie reichte sie zaghaft, fühlte sie voll Widerwillen umschlossen. Ihr Blick aber war fest, beinahe herausfordernd.

4

Als Christian eintrat, stand Frau Richberta säulenhaft in der Mitte des Zimmers. Ihre Arme waren unterhalb der Brust leicht verschränkt. Es ging eine Welle von Blässe über sie, die sie spürte wie etwas Nasses. Christian näherte sich ihr, sie wandte das Gesicht und schaute aus den Augenwinkeln zu ihm, versuchte zu sprechen, doch kamen ihre Lippen bloß zu nervösem Zucken. Christian verlor die Unbefangenheit, die aus seinem Nichtdenken stammte; was ihn hergeführt, erschien ihm auf einmal ungeheuerlich. Stumm blieb er stehen.

»Wirst du längere Zeit hier bleiben?« fragte Frau Richberta mit einer rauhen Kehlstimme; »ich denke doch. Ich habe dein Zimmer richten lassen. Du findest alles in bester Ordnung vor. Daß du die Nacht in einem Hotel verbracht hast, war eine übertriebene Rücksicht von dir. Kennst du deine Mutter nicht gut genug, um zu wissen, daß das Haus immer bereit ist, dich zu empfangen?«

»Es tut mir leid, Mutter,« antwortete Christian, »aber mein Aufenthalt ist nur nach Stunden bemessen. Ich kann und darf nicht bleiben. Ich muß mit dem Fünfuhrzug wieder nach Berlin zurück. Es tut mir leid.«

Jetzt drehte Frau Wahnschaffe das Gesicht Christian zu, mit solcher Langsamkeit, daß die Bewegung marionettenhaft wirkte. »Es tut dir leid; sieh da,« murmelte sie, »ich hätte kaum so viel erwartet. Aber alles ist gerichtet, Christian; dein Bett, die Schränke, alles ist instand. Du warst ja lange nicht da. Ich habe dich lange nicht gesehen. Laß mich nachdenken: anderthalb Jahre wenigstens. Pastor Werner hat mir von dir erzählt. Ich goutierte es nicht. Er war zwei-, dreimal bei mir; ich konnte seine Berichte immer nur in kleinen Dosen anhören. Ich glaubte, der Mann habe Halluzinationen gehabt. Dabei drückte er sich immer sehr vorsichtig aus. Ich sagte: Unsinn, Herr Pastor, so etwas tut man doch nicht. Du weißt ja, Christian, in gewissen Dingen bin ich begriffsstutzig. Nun, wie siehst du aus, mein Sohn …? Du bist verändert. Kleidest du dich jetzt anders, sag mal? Warum kleidest du dich denn anders als früher? Sonderbar. Verkehrst du denn nicht mehr in guter Gesellschaft? Und was da der Pastor gefabelt hat von freiwilliger Armut, von Entbehrungen, die du auf dich nehmen willst, von … mein Gott, ich weiß nicht mehr wovon noch, sag mal, hat das wirklich einen ernsten Hintergrund? Ich verstehe es nämlich nicht.«

Christian sagte: »Möchtest du dich nicht ein wenig zu mir setzen, Mutter? Du stehst so da, man kann dabei nicht ordentlich sprechen.«

»Gut, Christian, setzen wir uns und sprich. Es ist nett von dir, daß du es so sagst.«

Sie nahmen auf dem Sofa nebeneinander Platz, und Christian fuhr fort: »Ich bin zweifellos in deiner Schuld, Mutter. Ich hätte nicht warten sollen, bis du durch Fremde erfährst, was ich beschlossen und getan habe. Ich sehe jetzt, daß das unsre Verständigung erschwert. Es ist so unangenehm und umständlich, über sich selbst zu reden; doch muß es vielleicht sein, denn was die andern Leute erzählen, ist meistens grundfalsch. Ich dachte manchmal daran, dir zu schreiben; es ging nicht; schon im Gedanken an das Schreiben wurde jedes Wort schief und unwahr. Ganz ohne Anlaß herzukommen und Erklärungen zu geben, fühlte ich kein Bedürfnis. Es schien mir, es müßte so viel Vertrauen vorrätig sein, daß ich mich und meine Handlungsweise nicht ausführlich zu rechtfertigen brauchte. Besser, dachte ich mir, ist Bruch und Loslösung, weil nicht gesprochen wurde, als unzeitiges Beschwatzen und dann doch Bruch und Loslösung, weil man nicht verstanden worden und zu viel Überflüssiges gesagt worden ist.«

»Du sprichst von Bruch und Loslösung,« erwiderte Frau Wahnschaffe starrblickend, »sprichst so, als drohte sie erst; seelenruhig, als wärs eine Strafe für Kinder und du längst damit im klaren. Gut, Christian, gut, Bruch und Loslösung möge sein, du wirst mich zu stolz finden, deinen Sinn und Entschluß zu beeinflussen; ich bin die Mutter nicht, die von ihrem Sohn Anhänglichkeit als Almosen nimmt, die Frau nicht, die in deine Welt greifen will, und der Mensch nicht, der um ein verweigertes Recht prozessiert. Was mir zusammenbricht, braucht dich nicht aufzuhalten, aber gib mir wenigstens ein Wort, an das ich mich klammern kann im Alleinsein und beständigen Grübeln und Fragen. Die Luft antwortet nicht, das eigne Hirn nicht, die Menschen nicht; erkläre du also, was du eigentlich tust und warum du es tust. Du bist nun da, endlich da, ich kann dich sehen und kann dich hören, erkläre also.«

Die eintönig und hohl hingesprochene Rede berührte Christian stark, minder durch das Ausgedrückte als durch Haltung und Gebärde der Mutter, den strengen, verlorenen Blick, durch das, was an Gram zu spüren war und an Kälte vorgetäuscht wurde. Das traf ihn und riß Verschlossenes auf. Er sagte: »Mutter, es ist nicht leicht, das Leben zu erklären, das man lebt, und die Ereignisse, die ihre Notwendigkeit von unbestimmter Zeit her in sich tragen. Wenn ich die ganze Vergangenheit durchsuche, kann ich doch nicht sagen, wo es begonnen hat, wann und womit. Wen das Licht blendet, der will an einen Ort, wo es dunkel ist; wer übersättigt ist, dem ekelt vor der Speise; wer sich nie an eine Sache hingegeben hat, der fühlt sich beschämt und möchte sich bewähren. Aber das erklärt das Wesentliche nicht. Sieh mal, Mutter: die Welt, wie ich sie nach und nach kennengelernt habe, ich meine die von Menschen stammenden Einrichtungen, darin liegt ein großes, dem gewöhnlichen Gedankengang unfaßbares Unrecht. Worin eigentlich dieses Unrecht besteht, kann ich nicht formulieren. Kein Mensch kann es einem sagen, nicht der glückliche, nicht der elende, nicht der gelehrte, nicht der simple. Es ist einfach da, und man begegnet ihm auf Schritt und Tritt. Es hilft nichts, darüber nachzudenken; man muß, wie ein Schwimmer, der seine Kleider von sich wirft, ins Element hinein und muß hinuntertauchen bis auf den untersten Grund, um zu erforschen, wo die Wurzel und der Ursprung ist. Danach kann einen eine Sehnsucht ergreifen, die alle andern Interessen und Bestrebungen verdrängt und einen nicht mehr los läßt. Es ist ein Gefühl, das ich dir nicht schildern kann, Mutter, auch nicht, wenn ich von jetzt bis in die Nacht zu dir reden würde. Es geht durch und durch, durch den ganzen Menschen, durch die ganze Existenz, und will man sich ihm entziehen, so wird es nur um so heftiger.«

Er erhob sich unter dem Druck einer neuartigen Erregung, die sich seiner bemächtigte, und fuhr etwas raschersprechend fort: »Nicht im Unterschied von arm und reich besteht das Unrecht. Nicht in der Willkür hier, im Erleiden dort. Nicht in dem. Sieh mal, wir alle sind in der Anschauung aufgewachsen, daß das Verbrechen seine Sühne findet, daß auf Schuld Strafe folgt, daß jede Tat ihren Lohn bereits in sich trägt, mit einem Wort, daß eine Gerechtigkeit vorhanden ist, die, wenn nicht vor unsern Augen, so doch über unsern Köpfen alles ausgleicht, ordnet und vergilt. Das aber ist nicht wahr. Ich glaube nicht an Gerechtigkeit. Es gibt keine Gerechtigkeit. Es ist nicht möglich, daß es eine gibt, sonst wäre das Leben, das die Menschen führen, nicht so wie es ist. Und wenn es nun keine Gerechtigkeit gibt, von der die Menschen gewohnt sind zu sprechen und auf die sie sich verlassen, wenn unter ihnen ein Unrecht geschieht, so muß im Leben der Menschen selbst die Quelle des Unrechts verborgen sein, und man muß ausfindig machen können, wo sie steckt. Man kann es aber nicht ausfindig machen von außen; man muß innen sein, innen und drunten. Siehst du, das ist es. Jetzt begreifst du vielleicht.«

Ein unermeßliches Erstaunen malte sich in den Zügen der Frau. Sie hatte dergleichen nie vernommen, noch war sie darauf gefaßt gewesen, es je zu vernehmen, am wenigsten von ihm, dem Schönen, Festtäglichen, aller Niedrigkeit Entrückten, als der er noch immer durch ihre abgekehrten Vorstellungen wandelte. Sie wollte antworten, ja glaubte schon zu antworten: Deines Amtes ist so etwas zuletzt, denn dafür bist du nicht geboren und kannst du nicht sein. Schon hatten die verzweifelten Worte ihr Gesicht mit Verzweiflung überdüstert, da sah sie ihn an und sah, daß er wohl entrückt war, aber nicht der Sphäre, die sie haßte, mied und für ihn fürchtete, sondern ihr, ihr selbst, ihrer Welt, seiner Welt, sich selbst. Sie sah einen fast Unbekannten in einem geistergleichen Schimmer; Ahnung umzuckte ihre gefrorene Seele; die Sehnsucht, von der er gesprochen, obschon ihr sogar im Worte fremd, war in der Ahnung drinnen; Angst vor völliger Einbuße seiner Liebe ließ Jahre hinter ihr als versäumte Jahre erscheinen; scheu sagte sie: »Du hast angedeutet, ein besonderer Anlaß habe dich hergeführt; was ist es denn?«

Christian setzte sich wieder. »Es ist etwas sehr Heikles,« entgegnete er. »Ich habe die Reise angetreten, ohne mir Rechenschaft zu geben, wie heikel es ist. Erst jetzt wird es mir bewußt. Deine Perlenschnur ist die Ursache, weshalb ich komme. Das Weib, das ich zu mir genommen habe, Karen Engelschall, du weißt ja von ihr, wünscht sich deine Perlenschnur, Mutter. Und ich, ich habe versprochen, sie ihr zu bringen. Eines ist so seltsam wie das andre. Wenn man es so rundweg sagt, klingt es wie Sinnesverwirrung.« Er lächelte; er lachte; doch sein Gesicht war bleich geworden.

Frau Wahnschaffe sprach nur seinen Namen aus: »Christian.« Sonst nichts; leise, gedehnt, tonlos, mit lang hingezischtem S.

Christian fuhr fort: »Ich sagte, ich hätte sie zu mir genommen … das ist aber nicht die richtige Bezeichnung. Es war ja geradezu ein kritischer Moment für mich, als ich sie fand. Viele haben sich gewundert, daß ich ihr nicht eine angenehme, luxuriöse Existenz geschaffen habe, als es noch in meiner Macht stand. Aber damit hätte ich nichts erreicht. Ich hätte den Zweck ganz und gar verfehlt. Und sie selbst war ja weit entfernt davon, es zu verlangen. Wären ihre Angehörigen nicht, die sie beständig hetzen und aufstacheln, so würde sie sich ganz zufrieden fühlen. Man schwatzt ihr zu viel vor. Natürlich versteht sie nicht, was ich will; oft betrachtet sie mich wie einen Feind; soll man darüber erstaunen, nach einem solchen Leben? Mutter, du kannst mir getrost glauben, wenn ich dir versichere, ein solches Leben kann durch alle Perlen der Welt nicht vergessen gemacht werden.«

Er sprach unzusammenhängend und äußerst nervös; die Finger spielten umeinander, die Stirne faltete, entfaltete sich, das Gesagte und zu Sagende peinigte ihn, der eben erst gewonnene Eindruck in das Ungeheuerliche seines Begehrens, die eben erst emporgetauchte Möglichkeit, daß er damit abgewiesen werden könne, jagte ihm das Blut zum Herzen. Da Frau Richberta laut- und regungslos blieb und ein greisenhafter Verfall ihrer Züge im Lauf von wenigen Minuten vor sich ging, trieb ihn der Schrecken wieder zu Worten. »Eine Ausgestoßene, eine Verachtete, das ist sie freilich, oder war es vielmehr, aber darüber zu rechten, ist nicht erlaubt. Durch Zufall ist ihr dein Bild mit der Perlenkette in die Hand gekommen. Vielleicht war ihr, als stündest du in Person vor ihr, und da empfand sie, was Ausgestoßensein und Verachtetsein ist. Du und sie: das durfte vielleicht nicht sein. Und die Perlen an dir, die konnten in ihren Augen alles ausgleichen, das packte sie wie Wahnsinn. Übrigens will sie die Kette nicht behalten, und ich würde auch nicht zugeben, daß sie sie behält. Ich bürge dafür, insofern dir eine Bürgschaft ohne andere Unterlagen als mein Wort etwas gilt. Ich liefere dir die Perlen wieder ab, und du magst selbst die Frist bestimmen, nach der es zu geschehen hat. Nur darfst du mich in dieser Verlegenheit nicht im Stich lassen.«

»Du törichter Sohn,« sagte Frau Wahnschaffe tiefaufatmend.

Christian schaute zu Boden.

»Du törichter Sohn,« sagte Frau Richberta abermals, und ihre Lippen bebten.

»Warum sagst du das?« flüsterte Christian betroffen.

Frau Richberta erhob sich und winkte ihm mit matter Geste; er folgte ihr in das Schlafgemach. Sie nahm aus einer Schatulle einen Schlüssel und öffnete damit die wuchtige Stahltür des in die Mauer gebauten Tresors. Er enthielt ihren Juwelenschatz: Diademe, Agraffen, Armbänder, Broschen, Spangen, Ringe, Nadeln und Edelsteingehänge. Sie griff nach der Perlenkette, und als sie sie in der Hand hielt, schleifte das untere Ende der Schnur den Boden. Die Perlen waren von beinahe vollkommener Gleichmäßigkeit und seltener Größe. Frau

Richberta sagte: »Diese Perlen, Christian, sind für mich mehr gewesen, als gewöhnlich Schmuck für eine Frau ist. Dein Vater hat sie mir nach deiner Geburt geschenkt. Ich trug sie stets im Gefühl eines Dankes, der sich um dich bewegte. Ich schäme mich nicht, es zu gestehen. Innerhalb des Ringes, auf den sie gereiht sind, standen nur wir beide, du und ich. Seitdem du so wunderliche Wege gingst, habe ich sie nicht mehr berührt und angeschaut; ich glaube, sie sind krank geworden; sie sind so gelb, und einige haben keinen Glanz. Dachtest du im Ernst, ich könnte dir etwas verweigern, worum du bittest, sei es, was es sei? Es ist wahr, deine Wege sind allzu wunderlich für mich. Das Hirn verschwimmt mir zu Nebel, wenn ichs fassen will; ich bin wie blind und lahm. Heute hat eine Stimme für dich gesprochen; ich will sie nicht verlieren; sonst klagten sie nur. In mir schaudert alles, doch fang ich wieder an, dich zu sehen. Wenn du bittest, muß ich geben, und du mußt es wissen und weißt es auch; wüßtest dus nicht, wärst du nicht gekommen. So nimm.« Sie wandte sich ab, und während sich ihr Gesicht krampfhaft zusammenzog, reichte sie ihm mit ausgestrecktem Arm die Perlenkette. »Dein Vater darf es nie erfahren,« murmelte sie. »Wenn du die Perlen wiederbringen willst, dann bring sie womöglich selber; für wen sie bestimmt sind, will ich nicht denken, tu mit ihnen, als wären sie dein Eigentum.«

Eigentum; Christian lauschte dem Wort nach; es drang nicht in ihn ein, es fiel vor ihm nieder und versank wie ein Stein im Wasser. Es hatte seinen Sinn für ihn verloren. Auch schaute er die Perlen an, als ob sie Spielzeug seien; gleichgültig; verwundert, daß er sich deswegen so bemüht, so viel deswegen hatte reden müssen. Ihre Kostbarkeit, der Millionenwert, war ihm kein Bewußtsein mehr, sondern nur Erinnerung an Gehörtes. Darum empfand er den Besitz oder die Überlassung nicht als Bürde; die Art, wie er die Kette in eine Schachtel verpackte, die Frau Richberta hervorgesucht, hatte etwas zerstreut Geschäftsmäßiges und sein Dank eine Förmlichkeit, die das Vergessen aller Hindernisse bewies, die er am Anfang aufgetürmt gesehen.

Er blieb noch eine Stunde bei der Mutter, sprach aber nur wenig, und die Umgebung, die Zimmer mit ihrem Reichtum, die Luft des Hauses, die Stille, die Feierlichkeit, die Trägheit, die Leerheit und Entlegenheit, all das schien ihn zu beunruhigen. Frau Richberta merkte es nicht; sie redete, schwieg, redete, schwieg, und in ihren Augen irrte die Angst vor der vergehenden Zeit; als Christian aufstand, um sich zu verabschieden, wurde ihr Gesicht fahl, nur mit höchster Anstrengung beherrschte sie sich; dann aber, allein, griff sie nach einem Halt, umklammerte eine der geschnitzten Säulen an ihrem Bett, tat einen Schrei – und plötzlich lächelte sie.

Es konnte ein Wahn sein, der das Lächeln erzeugte, es konnte eine mit Blitzgewalt aufgeflammte Erkenntnis sein.

5

Nach seiner Rückkehr aus Afrika war Felix Imhof ein nahezu ruinierter Mann. Mißglückte Minenspekulationen hatten den größten Teil seines Vermögens verschlungen. Doch seiner Haltung tat dies keine Einbuße.

Steter Aufenthalt in Luft und Sonne hatte ihm die Haut schwärzlich gebräunt. Seine Freunde aus der Boheme nannten ihn den Abessinierfürsten. Er war noch hagerer geworden, seine Augen quollen noch gieriger aus den Höhlen, sein Lachen und Reden war noch lärmender, sein Lebenstempo noch überstürzter. Fragte man ihn nach seinem Befinden, so antwortete er: »Für zwei Jahre habe ich noch Puste, dann heißts: Zieh Kitt, Junge.«

Er hatte eine Wohnung in München und eine in Berlin, aber seine verwickelten und zahlreichen Geschäfte führten ihn jede Woche in eine andre Stadt.

Politische Freunde beredeten ihn, sich an der Gründung einer großen linksliberalen Zeitung zu beteiligen. Er sagte zu. Das Schlagwort vom Theater der Massen tauchte auf; er setzte einen Ehrgeiz darein, unter denen genannt zu werden, die für die neue Heilsidee wirkten. In dem von ihm finanzierten Verlag veranstaltete er eine Ausgabe klassischer Dichter und Schriftsteller, die durch erlesene Wahl und geschmackvollen Prunk Epoche machte. Er erhielt täglich zwanzig bis dreißig Telegramme, verschickte fünfzig bis sechzig, beschäftigte drei Schreibmaschinendamen und litt darunter, daß man das Telephon entbehren mußte, während man im Auto oder im Schnellzug saß. Er entdeckte die Eignung eines verschollenen Quattrocentisten für den modernen Kunstmarkt und trieb mit Hilfe literarischer Reklame die Preise für die früher wenig beachteten Bilder zu schwindelhafter Höhe. Bei einer Emission amerikanischer Werte gewann er viermalhunderttausend Mark; gleich hernach verlor er doppelt so viel bei einem Einkauf rumänischen Holzes.

Im Dampfbad entwarf er die Skizze zu einem komischen Heldengedicht; nachts zwischen drei und fünf diktierte er abwechselnd die Übersetzung eines Romans von Lesage und einen nationalökonomischen Essay; er unterhielt einen schriftlichen Meinungsaustausch mit dem Haupt einer theosophischen Vereinigung, zechte wie ein Korpsstudent, gab Geld mit vollen Händen aus, unterstützte junge Talente, war beständig auf der Fährte nach neuen Erfindungen und machte förmlich Jagd auf Leute, die mit dergleichen umgingen, Ingenieure, Luftschiffer, Chemiker. Eines seiner kühnsten Projekte war die Fundierung einer Aktiengesellschaft, die die verborgenen Kohlenlager der Antarktis ausbeuten sollte. Den Zweiflern versicherte er, daß es sich dabei um Milliardengewinn handle und die Schwierigkeiten belanglos seien.

Eines Tages lernte er einen Techniker namens Schlehdorn kennen, ein nicht ganz vertrauenswürdiges Individuum, dessen Herabgekommenheit er gutmütig übersah. Wie beiläufig erwähnte der Mann des Übelstands, unter welchem die deutsche Schiffahrt leide, indem alle Gläser für die Fensterverschalungen aus Belgien und Frankreich bezogen werden müßten, da das Verfahren zu ihrer Herstellung streng bewahrtes Geheimnis einiger dortiger Fabriken sei. Wem es gelinge, es sich zu verschaffen, der sei für sein Leben geborgen. Imhof schnappte nach dem Köder. Er ließ sich von dem Mann über die Wege und Möglichkeiten unterrichten, vereinbarte eine Chiffernschrift für Depeschen mit ihm und gab reichlich Geld. Die Telegramme lauteten hoffnungsvoll; allerdings verlangte Schlehdorn immer größere Beträge; er erklärte es mit der Notwendigkeit, Personen von Einfluß bestechen zu müssen; doch Imhof enthielt sich des Argwohns; er wollte sehen, wohin das Unternehmen führte. Da bekam er ein Telegramm Schlehdorns, worin er aufgefordert wurde, sofort mit fünfzigtausend Franken nach Andenne zu kommen, das Geschäft sei so gut wie perfekt. Er steckte fünfzigtausend Franken und seinen Revolver zu sich und reiste. Schlehdorn erwartete ihn, es war spät abends, und geleitete ihn in ein verdächtig aussehendes Gasthaus. Das Zimmer lag am Ende eines langen Flurs, und als er es betrat, wußte Imhof, woran er war. Er hatte sich noch nicht recht darin umgesehen, als zwei elegant gekleidete Herren mit Aktentaschen erschienen. Man setzte sich um den runden Tisch; Schlehdorn legte Papiere vor sich hin und blickte einen seiner Komplizen bedeutend an, der gerade die Aktentasche öffnen wollte, als Imhof aufsprang, sich mit dem Rücken gegen die Wand stellte, seinen Revolver zog und kaltblütig sagte: »Meine Herren, geben Sie sich keine Mühe; der Kaufschilling erliegt bei meinem Brüsseler Bankier, das Manöver ist zu simpel, das Lokal zu verräterisch. Keine Hand rührt sich! Sonst können Sie sich morgen beim Schneider das Loch im Anzug flicken lassen.« Diese Entschlossenheit rettete ihn. Die drei Burschen sahen eingeschüchtert zu, wie er nach seinem Reisekoffer griff und sich entfernte. Natürlich suchten sie dann auch ihrerseits mit großer Schnelligkeit das Weite.

Dieses Erlebnis, das er scherzhaft einen Ausflug in die Kolportage nannte, übte eine lähmende Nachwirkung auf Imhof. Durch einen für seine inneren Spannungen geringfügigen Anlaß wurden Erscheinungen von Überdruß und Müdigkeit ausgelöst, die sich häuften und in der Folge bemerkbar wurden. Sein Zynismus steigerte sich zur Wildheit, um plötzlich ins Sentimentale umzubrechen. »Gebt mir ein Gärtchen, zwei Stübchen, einen Hund und eine Kuh, und ich pfeife auf die große Hure Babylon,« perorierte er verlogen. Eine heftige Krankheit warf ihn nieder; theatralisch traf er letzte Verfügungen, rief Freunde herbei zu letzten Gesprächen. Als er genesen war, gab er ein Fest, von dem drei Wochen lang ganz München sprach und das ihn sechzigtausend Mark kostete.

Bei diesem Fest lernte er Sybil Scharnitzer kennen und verliebte sich in sie. Es war wie eine Explosion. Er gebärdete sich wie ein Verrückter; er sagte, für dieses Frauenzimmer sei er zu jedem Verbrechen fähig. Man fragte Sybil, wie er ihr gefalle; lakonisch antwortete sie: »*I don't like niggers.*«

Das Wort wurde ihm hinterbracht, dreimal; von dreien, die es gehört. Der Stachel fuhr tief. In der Nacht stellte er sich vor den Spiegel, lachte bitter und zerschlug das Glas mit der Faust, die dann blutete.

Sybils Bild verfolgte ihn. Er ging überall hin, wo er sicher war, sie zu treffen. In des Mädchens Gegenwart wurde er zum Knaben, verlor die Sprache, errötete, erblaßte, machte sich zum Gespött der Zeugen. Eines Abends wagte er es, in scheuester Art von seinem Gefühl zu ihr zu reden. Sie sah ihn kalt an. Der Blick sagte: *I don't like niggers.* Hart, selbstisch, verbohrt, amerikanisch.

I don't like niggers. Das Wort wurde seine Erinnye. Als er vier Wochen später in Geschäften nach Paris fuhr, sah er in einem Kabarett eine junge Negerin, die einen Schlangentanz vorführte. Es reizte ihn rachsüchtig, sich ihr zu nähern. Galt die Rache nicht dem unempfindlichen Wesen, das ihn ohne Gnade zurückgestoßen, so richtete sie sich gegen ihn selbst. Es war die trotzige Wut der Lüste. Er prahlte mit der Beziehung zu der Schwarzen, zeigte sich öffentlich mit ihr. Was ihn dann weitertrieb, von Ausschweifung zu Ausschweifung, war die Angst vor dem leeren Raum, der Übergriff an der Grenze, wo die innerste Natur Schicksalserfüllung verlangt.

Und das Schicksal erfüllte sich.

6

»Du lügst ja!« schrie Karen auf, als ihr Christian die Kassette reichte. Er hatte nicht einmal gesprochen, aber seine Gebärde verhieß das Unglaubwürdigste. Darum schrie sie, um sich vor verfrühter Freude zu wahren: »Du lügst ja!«

Unbeschreibliche Gier, mit der sie das Schloß öffnete, den Deckel hob! Unter ihrer Haut flüchtete das Blut. In der Kehle würgte es. Da lagen die Perlen, da strahlten sie milchig, mit lila und rosigen Tinten. »Die Tür zu, sperr die Tür zu,« fauchte sie, kam seiner Langsamkeit zuvor, stürzte hin, einen Stuhl umstoßend, und drehte den Schlüssel zweimal. Dann stand sie und preßte die Hände an den Kopf. Dann eilte sie wieder zur Kassette.

Schüchtern befühlte sie die Perlen mit den Fingerspitzen. Ein doppelter Schrecken: erstens waren sie warm wie lebendes Fleisch; zweitens wollte ihr dünken, daß der Griff trotz ihrer Zaghaftigkeit zu grob gewesen sei. Sie heftete auf Christian einen Blick, ängstlich wie das Flattern eines flugkranken Vogels. Plötzlich packte sie mit beiden Händen brutal seine Linke, riß sie zu sich, beugte sich nieder und drückte ihren Mund darauf.

»Laß das, Karen,« stotterte Christian betroffen, konnte aber seine Hand aus der eisernen Umklammerung nicht lösen. Länger denn eine Minute blieb sie so, gebückt, mit gebogenen Knien, über seine Hand hingeworfen, und unter dem grauen Stoff sah er ihren Rücken zittern. »Sei vernünftig, Karen,« redete er ihr zu, und redete sich selber zu, daß es keine Erschütterung sei, die sich seiner bemächtigte, keine Tiefe einer Seele, in die er schaute; »was tust du, Karen? Laß das doch!«

Sie ließ ihn, und er ging. Hinter ihm schloß sie wieder die Tür. Sonderbarerweise entledigte sie sich nun der Schuhe und näherte sich auf Strümpfen dem Schatz in der Kassette. Ohne den Augenschein wagte sie noch immer nicht zu glauben. Es waren furchtsam aneinandergesetzte Gebärden, mit denen sie die Schnur aus dem Behältnis nahm. Bei jedem Klirren seufzte sie und sah sich um. Die unerwartete Länge der Kette erregte ihre Bestürzung, ebenso wie die unerwartete Schwere. Zärtlich ließ sie sie auf den Boden niedergleiten, folgte mit den Knien, mit dem Rumpf, mit dem ganzen Körper, lag zuletzt bäuchlings, mit Lippen, Atem und Auge dem glitzernd Herrlichen so nah wie möglich. Zählte; zählte wieder; irrte sich; einmal zählte sie hundertdreiunddreißig, das andere Mal hundertsiebenunddreißig; verzichtete auf das Zählen; besah einzelne Kugeln; behauchte sie; befeuchtete den Zeigefinger und tastete; horchte auf ein Geräusch im Flur; vertiefte sich wieder grenzenlos ins Schauen; versetzte sich in Räume, wo das zauberische Gebilde schon geleuchtet haben mochte, in Frauen, an deren Hals es gehangen haben mochte, in Begebenheiten, in die es verstrickt gewesen sein mochte; spürte Schauer über sich rieseln, kämpfte mit dem Gelüst, es selber um den Hals zu tun, was wie Vermessenheit war, dann aber doch ausführbar schien; erhob sich leise, nahm die Kette mit zwei Händen auf, schlüpfte in den weiten Ring, reckte sich, fühlte sich verwandelt, ging auf Zehen vor den Spiegel und spähte aus Spalten zwischen den Lidern: es war! es war da! sie und es zugleich! wie die Frau auf dem Bild! Perlen hingen um sie herum, Perlen!

So war der Abend, so war die Nacht. Kein Schlaf. Die Perlen im Bett, neben ihr, dicht an der Brust, warm an der Haut. Fühlen, immer wieder fühlen, daß sie da waren; auf Stimmen im Haus lauschen, die wie Drohung von Raub beunruhigten; Licht anzünden und sehen; schon hatten einzelne Perlen Gesichter, hatten Münder, die erzählten, unterschieden sich von andern durch blassere Färbung oder leiseres Karmin, gaben sich vertrauter oder fremder; aber alle zusammen waren das schimmernde Wunder, das neue Leben.

So war auch der Tag und so die andere Nacht. Daß Krankheit im Körper wühlte, wußte sie; sie hatte den Ausbruch erwartet, doch war es kein tobendes Hervorbrechen, sondern ein tückisches Glimmen; langsam wurde Teil um Teil erfaßt, und die freie Beweglichkeit war zu Ende. Sie wußte auch, daß es keine gewöhnliche Krankheit war, von der man sich nach ein paar Tagen erholt; sie empfand es als einen Prozeß von Reife, der zum Fall der Frucht führt, Zusammenschluß feindlicher Kräfte, die vorher zerstreut und in verschiedenen Zeiten gewütet hatten. Das gelebte Leben brachte die Rechnung zum Vorschein, das war es; ein Arzt im Hamburger Spital hatte es ihr vor Monaten prophezeit. Nun war es an dem. Sie machte nicht viel Aufhebens von ihrem Zustand, blieb einfach im Bette liegen; Schmerzen hatte sie nicht, Fieber nur wenig.

Das Liegen machte sie nicht ungeduldig; sie war froh über den Zwang. Eine bessere Manier, die Perlen zu bewachen und zu hüten gab es nicht. Da konnte kommen, wer wollte, sie hatte ihren Schatz am Leibe, an der Brust oder im Schoß, war seiner sicher in jeder Minute, mit jeder Regung, und niemand merkte etwas davon. Sie malte sich aus, was sie sagen, was sie tun würden, wenn sie ihnen zeigte, was sie heimlich besaß, wenn sie einen von denen rufen würde, die unwissend an der Tür draußen vorübergingen, Stiege hinauf, Stiege hinunter, oder einen von der Straße, vom Wirtshaus, von der Destille, einen Kerl, der sich die ganze Woche lang schinden mußte, ein Weib, das sich für drei Mark verkaufte, oder eines, das sieben Kinder zu füttern hatte. Sie blickte in verschwiegenem Triumph durch das Fenster über die Fensterreihen jenseits der Straße; da hausten lauter solche, die das Elend drosselte und in denen der Kummer winselte. Da krochen sie in den Stockwerken herum wie die Ameisen, von der Kellerwohnung bis in die Mansarde hinauf, und ahnten nichts von Karens Perlen. Karens Perlen; wie das klang, wie das sang! was das Wort enthielt, wie es blinkerte und zwinkerte! Karens Perlen ...

Aber die Verhehlung wurde Beschwer. Man genoß es nicht so, wie man es hätte genießen können, wenn noch ein Mensch daran teilgenommen hätte; zwei Augen zum mindesten brauchte man noch außer den eigenen. Sie dachte an Isolde Schumacher; aber die war zu schwatzhaft und zu blöde. Sie dachte an Gisevius' Weib, dann an die Näherin vom vierten Stock, dann an die Kammecke, die den Trödlerladen unten hatte, dann an Amadeus Voß.

Zuletzt verfiel sie auf Ruth Hofmann, und diese dünkte ihr am ungefährlichsten, der wollte sie die Perlen zeigen.

Unter dem Vorwand, das Mädchen solle ihr von der Apotheke etwas mitbringen, schickte sie zu Hofmanns hinüber, und Ruth kam, um zu fragen, was sie besorgen solle. Da wartete Karen, bis die Schirmacher das Zimmer verlassen hatte, dann richtete sie sich im Bett auf und bedeutete dem Mädchen, es möge den Riegel an der Tür vorschieben. Dann sagte sie: »Kommen Sie mal her,« und zog die Bettdecke zurück, da lagen die Perlen in einem dichten Haufen auf dem Linnen. »Sehen Sie sich das mal an,« sagte sie, »das sind echte Perlen und sind mein, aber wenn Sie mit jemand drüber reden, dann gnade Ihnen Gott, dann sollen Sie Karen Engelschall kennenlernen.«

Ruth staunte. Sie staunte nicht weiberhaft-begehrlich, sondern wie ein Mensch von Phantasie über ein außerordentliches Naturspiel. Ihr frisches Gesicht hatte eine Gespanntheit, die nur freudige Elemente enthielt. »Woher haben Sie das?« fragte sie naiv; »das ist ja wundervoll. Ich hab so was nie gesehn. Gehören sie Ihnen, alle die Perlen? Mein Gott, davon liest man ja nur in Tausendundeine Nacht.« Sie kniete am Bett nieder, stellte ihre Hände zu beiden Seiten des Perlenhaufens flach auf und lächelte. Die Hängelampe brannte; in dem ziemlich düstern Licht hatten die Perlen einen purpurn flaumigen Glanz und schienen durch rotierendes Blut gemeinsam beseelt.

Karen ärgerte sich, war aber fast so glücklich, wie sie sich eingebildet hatte, in der Überraschung eines Beschauers zu sein. »Dumme Frage, ob sie mir gehören,« zürnte sie; »meinen Sie vielleicht, ich hätt sie gestohlen? Es sind seiner Mutter Perlen,« fügte sie geheimnisvoll hinzu, den Kopf zu Ruths Ohr neigend, wobei sie einen Augenblick stutzte über den reinen Duft, einen Duft wie Gras und feuchte Erde im Februar, der von dem Mädchen ausströmte; »seiner Mutter Perlen, und mir hat er sie gebracht.« Sie wußte nicht, einen wie ergriffenen Ton ihre Stimme hatte, als sie von Christian sprach; Ruth horchte auf bei dem Ton; allerlei Zweifeln und Raten nahm ein Ende.

»Was fehlt Ihnen denn?« fragte sie und erhob sich.

»Weiß nicht, was mir fehlt,« antwortete Karen, die Perlen wieder zudeckend; »vielleicht gar nichts. Ich liege eben. Manchmal tut einem das Liegen gut.«

»Ist denn jemand bei Ihnen in der Nacht? Es kann ja sein, daß Sie etwas brauchen; ist da jemand bei Ihnen?«

»Gott, ich brauche nie was,« versetzte Karen möglichst gleichgültig; »und wenn, ich kann doch aus dem Bett steigen und mirs holen; so schlecht geht mirs nicht, daß ich das nicht könnte.« Aus ihren Zügen verschwand das Rohe und machte einem Ausdruck unbeholfener Verwunderung Platz, als sie hastig fortfuhr: »Er hat mir angeboten, daß er die Nacht über in der Wohnung bleiben will. Er will auf dem Sofa schlafen, damit ich ihn wecken kann, wenn mir nicht gut ist. Das mache ihm gar nichts aus, sagte er, er wolle es gern tun. Er sitzt schon immer den ganzen Abend dort am Tisch und studiert in seinen Büchern. Wozu studiert er denn so viel? Hat er denn das nötig, so einer? Aber was sagen Sie dazu, daß er da schlafen will und aufpassen? Ist das nicht närrisch?«

»Gar nicht närrisch,« versetzte Ruth, »das kann ich durchaus nicht finden. Ich wollte Ihnen eigentlich dasselbe vorschlagen. Herr Christian und ich könnten ja abwechseln. Eine Nacht er, eine Nacht ich. Ich kann ja auch dabei arbeiten. Ich meine nur, im Fall es nötig werden sollte. Einen kranken Menschen in der Nacht allein zu lassen, das geht nicht an.« Sie schüttelte den Kopf, und ihre aschblonden Haare bewegten sich nach rechts und links.

»Was ihr für komische Menschen seid,« sagte Karen und schob den gelben Haarwust bis an die Augen herab, »wahrhaftig, komische Menschen.« Sie tat, als suche sie etwas auf dem Bett, und ihre Augen, die sich zu blicken weigerten, flohen in ängstlicher Eile.

Ruth beschloß, mit Christian über die Nachtwachen zu sprechen.

7

Sie sprach mit ihm, aber Christian schlug es ihr ab. Er sagte, es bedürfe der Nachtwachen nicht. Es widerstrebte ihm, sie mit einer solchen Aufgabe zu betrauen. Obgleich sie ihn durch die Klarheit und Reife ihres Wesens in Erstaunen setzte, sah er doch ein Kind in ihr, das um so mehr geschont werden mußte, als es sich selbst nicht schonte.

Das spürte Ruth; gegen jeden andern hätte sie sich aufgelehnt; ihm fügte sie sich.

Sie hatte viel über ihn nachgedacht. Sie war zu ganz bestimmten Schlüssen gelangt, die nicht weit von der Wahrheit entfernt waren. Wohl hatte sie dies und jenes reden gehört, im Hause und von Karen Engelschall, aber Augenschein und Instinkt hatten sie besser belehrt. Was allen rätselhaft war, schien ihr selbstverständlich. Sie wunderte sich niemals über das Seltene; sie wunderte sich nur über das Gemeine.

Karen hatte ihr anfangs tiefen Schrecken eingeflößt; die traurigen Verhältnisse, in denen sie selbst seit früher Jugend gelebt, hatten sie mit vielen häßlichen Erscheinungen der sozialen Welt fortwährend in Berührung gebracht; ein so böses und verwildertes Weib war ihr trotzdem noch nie begegnet. Sie mußte jedesmal einen Widerstand überwinden, bevor sie ihr nahte.

Aber es geschah, daß sie einst ins Zimmer trat, den Morgen nach der Entbindung, bei der sie geholfen, und daß Christian da war; sie sah, wie er dem Weibe auf einem irdenen Untersatz ein Glas Rotwein aus Bett brachte. Er lächelte verlegen, und seine Handreichung war ziemlich ungeschickt. Da hatte sie alles begriffen; da wußte sie, woher er kam und woher das Weib kam und was sie zueinander geführt und warum sie beisammen waren. Dies Wissen dünkte ihr so schön, daß sie dunkelrot wurde und schnell das Zimmer verließ, um nicht vor Freude zu lachen oder sonst etwas Anstoßerregendes zu tun.

Seitdem betrachtete sie Karen Engelschall nicht mehr mit Scheu oder Abscheu, sondern mit einer natürlichen, wenigstens ihr natürlichen Empfindung von Schwesterlichkeit.

Dann kam das mit den Perlen. Von dem Gehänge, das ihr das Weib fieberhaft verzückt zeigte, ahnte sie den Wert bloß aus den behutsam tastenden Fingern und dem kranken Leuchten der Augen. Sie war aber am stärksten nicht von den Perlen betroffen, nicht von Karen, von Karens grauenvollem Glück, sondern von Christians Handlungsweise, die sie erraten hatte.

Eines Sonntag Abends, als Isolde Schirmacher mit einem Gesellen ihres Vaters ausgegangen war, läutete Christian an der Hofmannschen Wohnung und bat Ruth, sie möge von der öffentlichen Sprechstelle in der Bornholmer Straße einem Arzt telephonieren; Karen befinde sich schlechter; ohne über Schmerzen zu klagen, liege sie still und erschöpft. Ruth eilte gleich selbst zu dem ihr bekannten Doktor Voltolini in der Gleimstraße und brachte ihn. Er untersuchte Karen, machte aus seiner Unsicherheit gegenüber den Symptomen keinen Hehl und gab einige allgemeine Ratschläge. Nachher saßen Ruth und Christian am Bett. Karen blickte mit weit offenen Augen in die Höhe. Ihr Mienenspiel veränderte sich beständig. Ihr Atem ging regelmäßig, aber hastig. Bisweilen seufzte sie. Bisweilen huschte ein schneller Blick in die Richtung, wo Christian saß, über ihn hinweg, an ihm vorbei. Ein paarmal starrte sie Ruth durchdringend an.

Am andern Tag kam Christian zu Ruth. Sie war allein. Sie war meist allein. Mit der Feder in der Hand öffnete sie die Zimmertür, die verriegelt war, da sie unmittelbar ins Treppenhaus führte. Ihr Blick war in einer anziehenden, geistigen Art verwirrt, doch auf Christians Frage, ob er störe, erwiderte sie mit einem Nein von beruhigender Entschiedenheit.

Er bot ihr die Hand; sie gab die ihre mit einem leichten Schwung, jungenhaft frisch.

Sie war gesprächig. Es war alles flink an ihr: Gang, Auge, Sprache, Entschluß und Tat.

»Ich muß sehen, wie Sie hausen,« erklärte sie und kam an einem der nächsten Vormittage zu ihm ins Quergebäude; ein bißchen atemlos, denn sie war nach ihrer Gewohnheit die Treppen herabgerannt, immer zwei Stufen auf einmal. Ungeniert musterte sie den Raum, verbarg einen tiefen Ernst hinter munterer Beweglichkeit, setzte sich harmlos auf die Tischkante, zog aus der Tasche einen Apfel und biß hinein. Sie sagte, sie habe wegen Karen mit einer ihr bekannten Assistentin an der Poliklinik gesprochen; sie wolle kommen und Karen untersuchen.

Christian dankte ihr. »Ich glaube, daß da Ärzte nicht viel helfen können,« sagte er.

»Warum nicht?«

»Ich kann es nicht begründen. Die Natur geht einen so logischen Weg in allem, was Karen betrifft.«

»Vielleicht haben Sie recht,« antwortete Ruth, »aber das läßt auf wenig Vertrauen zur ärztlichen Wissenschaft schließen. Ist es so? Weshalb studieren Sie dann Medizin?«

»Reiner Zufall. Von hundert Türen ins Freie eine, auf die einer wies. Es schien mir, man könnte da am ehesten gebraucht werden. Man hat zu tun, ein Ziel ist gegeben. Was drum und dran hängt: – Menschen; es sind eben Menschen.« Triftigeres, das er hätte erwidern können und in ihm wühlte, war noch nicht reif für das Wort; darum hielt er sich im Banalen.

»Ja, Menschen,« sagte Ruth und blickte ihn forschend an. Nach einer Pause fügte sie hinzu: »Sie müssen vieles wissen. In Ihnen muß vieles sein.«

»Wie –? Wie meinen Sie das: vieles sein?«

Sie war der erste Mensch, in dessen Gesellschaft er sich von dem Zwang zur Verstellung und Vorsicht ganz frei fühlte. Da war ein reines Element, aufgeschlossen, enthusiastisch, mitlebend, mitschwingend; der Instinkt eines jungen Tieres, das sicher schreitet. Die Lebensäußerungen waren wie Dank und von unwiderstehlicher Intensität. Aus Steinen wuchsen ihr Seelen zu. Sie war befreundet mit Wegen, Türen, Zäunen, Laternen, Ladenschildern. Sie vergaß nicht, Worte nicht, Bilder nicht. Die Ungeduld, Empfundenes zu sagen, der Mut zum eigenen Herzen gab der Atmosphäre um sie einen bestimmten Charakter wie kräftiger Pflanzengeruch.

Erlebtes kam ihr einfach vor; es hatte sein Gesetz. Die Sterne diktierten das Schicksal; das Blut war der Strom, in dem es rann; der Geist formte, leuchtete, reinigte.

Sie sprach vom Vater.

David Hofmann, Typus des jüdischen Kleinbürgers aus dem Osten des Reichs, war Handelsmann gewesen, hatte ein Geschäft errichtet, war zugrunde gegangen, hatte den Wohnsitz verändert, um von vorn anzufangen, hatte durch unermüdliche Tätigkeit ein paar tausend Mark erübrigt und sich mit einem Betrüger verbunden, der ihn um sein Erspartes gebracht, hatte in Armut und Verschuldung abermals von neuem begonnen. Sein Fleiß war bienenhaft, seine Geduld nicht zu erschüttern. Er zog von Breslau nach Posen, von Posen nach Stettin, von Stettin nach Lodz, von Lodz nach Königsberg, wanderte im Winter über Land, von Dorf zu Dorf, von Gutshof zu Gutshof, sah die Frau hinsiechen und sterben, das jüngste Kind hinsiechen und sterben, und setzte schließlich die letzte Hoffnung auf die Millionenstadt. Vor anderthalb Jahren war er mit Ruth und Michael nach Berlin gekommen, und auch hier war er Tag und Nacht auf den Beinen. Mit erschöpftem Geist und geschwächtem Körper log er sich Aufschwung und krönenden Lohn für den Abend seines Lebens vor, aber das Gelingen blieb aus, und in den Stunden des Überblicks meldete sich Verzweiflung.

Sie sprach vom Bruder.

Michael war verschlossen; ein Knabe, der nie lachte. Er hatte keinen Freund, suchte keine Zerstreuungen, vermied die Gesellschaft von Menschen, litt an seinem Judentum, krampfte sich zusammen unter dem Haß, dem er überall zu begegnen wähnte, ließ jeden Zuspruch an sich abprallen, fand jede Tätigkeit zwecklos. Vormittags lag er stundenlang auf dem Bett, die Hände hinter dem Kopf verschränkt, rauchte Zigaretten. Dann schlenderte er ins Kosthaus, wo er mit dem Vater zu Mittag aß, dann kehrte er heim, trieb sich im Hof und auf den Gängen herum oder an Fabrikstoren, an Zäunen, vor den Wirtschaften, stand mit eingedrücktem Hut und hochgezogenen Schultern beobachtend, ging wieder nach Hause, rekelte sich auf Stühlen, brütete stumpf, rauchte, verkroch sich scheu, wenn Ruth kam und sich zur Arbeit setzte, wenn der Vater kam und über Müdigkeit seufzte.

Seine Augen mit ihrem wie aus Brunnen emportauchenden Blick waren brombeerbraun, und wie bei Ruth waren die Sterne gegen das Weiße außerordentlich scharf abgehoben.

Ruth erzählte: »Neulich kam ich gerade dazu, als ihn ein halbes Dutzend Rangen verfolgte und ihm ›Jud, Jud, hepp, hepp‹ nachschrie. Er schlich mit gekrümmtem Rücken und gesenktem Kopf. Sein Gesicht war käseweiß. Bei jedem Schmähwort zuckte er zusammen. Ich nahm ihn bei der Hand, er stieß mich zurück. Abends, als der Vater darüber klagte, daß ihm ein Geschäft mißlungen sei, fuhr Michael auf und sagte: Was willst du? Was willst du denn in so einer Welt? Sie ist ja zum Anspeien zu schlecht. Laß uns doch einfach verhungern. Wozu die ganze Quälerei? Der Vater war bestürzt und konnte ihm nichts antworten. Der Vater glaubt sich von Michael gehaßt, weil es ihm nicht gelungen ist, uns vor der Not zu bewahren. Es nützt nichts, es ihm auszureden, er fühlt sich schuldig, fühlt sich schuldig vor uns, seinen Kindern, und das ist hart, härter als Not.«

Sie hielt es für ihre Pflicht, den Wankenden, der sich mit Selbstvorwürfen peinigte, Hoffnungen zu geben. Sie tröstete ihn durch ihre holde Heiterkeit. Schwierigkeiten aus dem Weg zu räumen, daß sie unscheinbar wurden, war Lust für sie.

Als siebenjähriges Kind hatte sie die Mutter in der Todeskrankheit gepflegt. Sie hatte Magddienste verrichtet und am Herd gekocht, als sie noch kaum zu den Topfdeckeln reichen konnte. Sie hatte den Bruder betreut, Botengänge getan, Gläubiger vertröstet, von Gerichtsvollziehern den Pfändungsaufschub erwirkt, hatte Kunden geworben, fällige Gelder einkassiert, bei jedem Domizilwechsel die Menschen freundlich gestimmt, von denen man abhängig war, in jeder neuen Wohnung die Ordnung hergestellt; sie hatte Wäsche ausgebessert, Kleider instand gehalten, Sorgen verscheucht, Widrigkeiten vergessen gemacht, in trüben Stunden Frohsinn verbreitet, und wo Bitterkeit bis an den Rand des Daseins stieg, noch Süßes gefunden.

Christian fragte, was sie arbeite. Sie erwiderte, sie bereite sich für die Matura vor. Sie hatte einen Freiplatz im Gymnasium. Um den Vater zu entlasten, dessen Verdienst täglich knapper wurde, erteilte sie Stunden. Den Abend dem Tag, die Nacht dem Abend zuzulegen, kostete sie nicht einmal einen Entschluß. Fünf Stunden Schlaf erfrischten und erneuerten sie vollkommen. Am Morgen bereitete sie das Frühstück, räumte das Zimmer und die Küche auf und trat dann ihren Pflichten-

und Arbeitsweg in einem Tempo und mit einer Miene an, die glauben machten, sie begebe sich auf eine Vergnügungsreise. Das Mittagessen hatte sie in der Tasche. War es zu frugal, so lief sie um die Vesperzeit geschwind zu einem Automaten.

Eines Abends kam sie von einer Ausspeisehalle, wo sie zweimal wöchentlich eine halbe Stunde Hilfsdienst leistete, und erzählte Christian von den Menschen, die sie dort zu sehen gewohnt war, den Vernichteten der Großstadt. Sie ahmte Gesten nach, ahmte Mienen nach, gab Bruchstücke erlauschter Gespräche wieder, malte die Gier, den Ekel, die Verachtung, die Scham; es war unerhört beobachtet. Christian begleitete sie das nächste Mal. Er sah wenig, fast nichts. Er sah Leute in defekten Kleidern, die eine karg bemessene Mahlzeit freudlos hinunterschlangen, Brotrinden in die Suppen tunkten und verstohlen den letzten leergegessenen Löffel noch einmal ableckten; hagere Gesichter, trübe Augen, Stirnen, wie mit der hydraulischen Presse eingedrückt, und über dem Ganzen nüchterne Ruhe wie über stillstehenden Maschinen. Er war gequält, als hätte man ihm einen Brief in einer unbekannten Sprache gegeben, und er fing an zu begreifen, daß er nicht sehen und fühlen konnte.

Obgleich er sich in keiner Weise auffällig bemerkbar machte und auf den ersten Blick nicht anders wirkte als ein beliebiger Mensch von der Straße, ging eine gewisse Bewegung durch den Saal, nicht länger als drei Sekunden dauernd. Die Welle flutete auch über Ruth hinweg; sie schöpfte gerade Gemüse aus einem riesigen Kessel in hundertzwanzig in vierfachem Kreis aufgestellte Teller; sie schaute verwundert empor; ihr Blick blieb auf dem vornehmen, fast lächerlich höflichen Gesicht Christians haften, und sie empfand Schrecken; mystisch empfänglich spürte sie die Ausstrahlung einer Kraft, die ungenützt im Luftraum, vergraben in einer Seele lag. Sie neigte das Haupt über den dampfenden Kessel, daß die vorfallenden Haare die Wangen verdeckten, und indes sie fortfuhr, Gemüse zu schöpfen, dachte sie an ihre Schützlinge, an die vielen, die zu einer Stunde dieses Tages oder des nächsten oder des dritten auf sie harrten, Leidende, Verstrickte, Niedergebrochene, denen sie etwas zu sein und zu geben glühend bemüht war, und denen sie doch niemals sein und geben konnte, was sich ihr unter der drei Sekunden dauernden Wellenbewegung als das wunderbar Mögliche unerwartet offenbart hatte.

Man müßte knien, dachte sie in einer ihr sonst fremden Überschwenglichkeit, knien und sich tief sammeln, tief, tief versenken ...

Die hundertzwanzig Blechteller waren gefüllt.

Ihre Schützlinge; da gab es ein junges Mädchen in einer Blindenanstalt; dem las sie an Sonntagabenden vor. Da gab es ein Obdachlosenasyl in der Ackerstraße; in diesem hielt sie Musterung unter den Verwahrlosesten und warb um Hilfe bei Männern und Frauen, an deren Türen zu klopfen ihr für solchen Zweck erlaubt worden war. In einer Moabiter Wärmestube hatte sie ein Weib mit einem Kind an der Brust getroffen, beide einen Schritt vom Hungertod; sie hatte sie gerettet, der Frau Arbeit und Unterkunft verschafft, das Kind in ein Säuglingsheim gebracht. Sie ließ sich daran nicht genügen; sie trachtete nach menschlicher Beziehung, suchte Vertrauen zu gewinnen, besorgte Korrespondenzen, griff vermittelnd in schwierige Lebensverhältnisse, und so hatte sie aus jenem Weib, einer zwanzigjährigen Heimatlosen, eine ihr fanatisch ergebene Freundin gemacht.

Sie wußte so viele Namen von Gefährdeten, so viele Häuser, wo die Not herrschte; einmal erregten bei einer sozialdemokratischen Frauenversammlung abseits kauernde Kinder ihr Interesse; das andre Mal kam sie in die Wohnung eines streikenden Arbeiters; einmal war sie dabei, als man eine Selbstmörderin aus dem Spreekanal zog und eilte zu den Angehörigen; das andre Mal war sie zwischen einer Unterrichtsstunde und einem Gang in die Charité am verschmierten Marmortisch eines Winkelcafés zu finden, wo sie sich mit einen relegierten Studenten namens Jacoby verabredet hatte, der in schlechter Gesellschaft und in Mangel zu verkommen drohte. Sie disputierte mit ihm, stritt über seinen Glauben, seine Prinzipien, seine Freunde, überredete ihn zu neuem Mut, zu neuen Versuchen.

In der Parallelstraße zur Stolpischen, Czernikauer Straße, wohnte ein Maschinenschlosser namens Heinzen mit seiner Familie, der durch einen Betriebsunfall in der Fabrik beide Beine verloren und infolge des erlittenen Nervenchoks auch eine allgemeine Lähmung zurückbehalten hatte. Er lag meist in einem krampfähnlichen Zustand, und eines Tages hatte ein Hausgenosse, der ihn besuchte, die Wahrnehmung gemacht, daß das Gliederreißen, von dem er geplagt war, eine unmittelbare Linderung erfuhr, sobald ihn Heinzen an irgendeiner Stelle seines Körpers mit der Hand anrührte. Dies hatte sich wie Lauffeuer verbreitet; man sprach von magnetischer Wunderheilung, und es kam eine Menge bresthafter Leute, die bei Heinzen Genesung zu finden hofften. Er nahm kein Geld; die Gläubigen, deren Zahl sich täglich vermehrte, brachten seiner Frau Naturalien oder sonstige Geschenke.

Ruth hatte davon gehört. Sie war bei Heinzen gewesen. Erfüllt von Gesehenem, schilderte sie Christian ihre Eindrücke in ihrer lebhaften Art.

Christian sah sie verwundert an. »Ruth, kleine Ruth,« sagte er kopfschüttelnd, »das sind so schwere Dinge. Hat man einmal angefangen, sich damit zu beschäftigen, so reicht das Leben nicht mehr für sie. Ich dachte immer, wenn man nur einen einzigen Menschen ganz ausschöpfte, wüßte man viel und könnte sich zufrieden geben. Aber es ist wie das Meer. Können Sie überhaupt sein, ohne eine Minute lang nicht daran zu denken? Und wie kommt es dann, daß Sie immer so aufgeräumt sind? Ich versteh es nicht.«

Mit glänzenden Augen blickte Ruth vor sich hin; plötzlich erhob sie sich, nahm vom Bücherbrett ein schmales gelbes Buch, blätterte drin und las mit kindlicher Betonung vor: »Die Freude der Fische. Tschuang-Tse und Hui-Tse standen auf einer Brücke, die über den Hao führt. Tschuang-Tse sagte: ›Sieh, wie die Elritzen umherschnellen! Das ist die Freude der Fische.‹ ›Du bist kein Fisch,‹ sagte Hui-Tse, ›wie willst du wissen, worin die Freude der Fische besteht?‹ ›Ich bin nicht wie du,‹ bestätigte Hui-Tse, ›und weiß dich nicht. Aber das weiß ich, daß du kein Fisch bist, so kannst du die Fische nicht wissen.‹ Tschuang-Tse antwortete: ›Kehren wir zu deiner Frage zurück. Du fragtest mich, wie kannst du wissen, worin die Freude der Fische besteht? Im Grunde wußtest du, daß ich es weiß, und fragtest doch. Gleichviel. Ich weiß es aus meiner Freude über dem Wasser.‹«

Christian dachte über das Gleichnis nach.

»Wissen Sie es nicht auch, Sie, gerade Sie, aus Ihrer Freude über dem Wasser?« fragte Ruth, den Kopf vorbeugend, um seinen Blick zu erhaschen.

Christian lächelte unsicher.

»Wollen Sie nicht morgen mit mir zu Heinzens gehen?« fragte Ruth.

Er nickte und lächelte abermals; er begriff plötzlich, was für ein Menschenwesen da neben ihm saß.

8

Um zwei Uhr nachts erhob sich Christian vom Tisch, in Karens Stube, und klappte seine Bücher zu. Er ging zum Sofa, um sich in Kleidern hinzulegen. Karen hatte gegen Abend starkes Fieber bekommen. Die Ärztin, an welche Ruth sich gewendet, war mittags dagewesen. Sie hatte von Knochentuberkulose gesprochen.

Auf einem hölzernen Sessel am Ofen lag zusammengerollt eine kleine weiße Katze. Sie war vor wenigen Tagen zugelaufen und hatte sich heimisch gemacht, da niemand sie vertrieb. Christian hatte von jeher einen Widerwillen gegen Katzen gehabt, er blieb einen Augenblick stehen und besann sich, ob er sie nicht aus dem Zimmer jagen solle. Sie betrachtend dachte er aber an andres.

Ruth, kleine Ruth, ging es ihm durch den Kopf.

Karen schlief schwer. In ihrem vom Lampenschein nicht mehr gestreiften Gesicht waren die Muskeln straff gespannt. Ein Traum wütete hinter der verfalteten Stirn. Im Munde sammelte sich ein furchtbarer Schrei.

Der Traum: sie stand vor einer Scheune, die hoch oben eine Luke hatte. Ein Mann und ein Weib waren eben dort verschwunden. Man wußte sofort, zu welchem Zweck. Zwei Burschen standen im Dunkel, halb unsichtbar. Die Träumende spürte erbost, daß sie lüstern waren, lüstern horchten. Sie selbst war von jenem sinnlichen Neid und Haß gequält, mit dem man Liebesfreuden andrer beobachtet. Das Blut kitzelte, das Herz schlug stark. Da schien die Scheune sich zu drehen, oder man wechselte unmerkbar den Platz. Die Scheune war offen; es fehlte einfach eine Wand. Aber nicht oben lag das Paar, wie man erwartet, sondern in der Tiefe. Der Mann war in Kleidern und bewegte sich in der Wollust, gleichmäßig wie eine Maschine; von dem Weib sah man nur schwarze Strümpfe im Stroh. Etwas unnennbar Ekles strömte von ihnen aus, erhitzte, süßliche Luft; die halb unsichtbaren Burschen, vom Veitstanz ergriffen, warfen sich aufeinander. Die Träumende wurde ihrer Grenzen beraubt; sie war nicht mehr Karen, sie war der sinnliche Dunst, sie war das Weib unter dem Mann, sie verirrte sich ins Stroh, ins braunrote Licht, in die schwarzen Strümpfe; sie lag da, und ihr Leib schwoll auf, schwoll und schwoll zu einer gallertigen, graugelben Kugel, schwoll bis an das Dach der Scheune, die Kugel wurde durchsichtig, und in ihrem Innern sah man Eidechsen, Kröten, kleine rötliche Pferde, auf denen winzige Reiter saßen, Soldaten, Spinnen, Würmer, ein entsetzliches Gewimmel. Die ekle Gier, von der alles durchdrungen war, verwandelte sich in eine erstickende Qual; die Kugel zersprang, eine Leiche flatterte umher wie verbranntes Papier, ein weißer Schatten dehnte sich aus, Karen schrie gräßlich und fuhr, erwacht, aus den Knien empor.

Ihre erste Bewegung war der Griff nach den Perlen.

Christian trat an ihr Bett.

Verstört murmelte sie: »Du bist noch da? Was tust du denn?«

Er reichte ihr Wasser. »Mir hat geträumt,« sagte sie und nippte mit zitternden Lippen am Glas. Schon zerfielen die Elemente des Traums und entzogen sich dem Wort; im gleichen Maß nahm das Gefühl seiner Schrecklichkeit zu. In der Tiefe des Bewußtseins zuckte Todesfurcht.

»Mir hat geträumt,« wiederholte sie schlotternd. Nach einer Weile fragte sie: »Warum bist du noch wach, so spät? Was hast du denn den ganzen Tag gemacht, daß du in die Nacht hinein schuften mußt? Warum schuftest du dich so, sag mir?«

Er schüttelte den Kopf. Ruth, kleine Ruth, ging es ihm durch den Sinn. »War nicht deine Mutter heute bei dir?« fragte er und glättete das Kissen.

»Sag mir doch, was hast du den ganzen Tag über gemacht?« beharrte sie.

»Vormittag war ich in der Vorlesung.« – »Und dann?«

»Dann bin ich zu Botho Thüngen gegangen, er hatte dringend mit mir zu sprechen.« – »Und dann?« – »Dann bin ich mit Lamprecht und Jacoby bei einer Gerichtsverhandlung gewesen. Ein Dienstmädchen aus der Kurfürstenstraße hat ihr Kind nach der Geburt erdrosselt.« – »Haben sie sie eingelocht?« – »Fünf Jahre Zuchthaus. Ich habe sie in der Zelle gesehen. Der Verteidiger hat uns zu ihr geführt. Lamprecht hat mit ihr gesprochen. Sie war wie irrsinnig. Sie sah mich immerfort an.« – »Und dann, wo warst du dann?« – »Dann hab ich Amadeus Voß getroffen. Er hat mir geschrieben.« – »Hat er Geld verlangt?« – »Nein; er hat verlangt, daß ich kommen soll, wenn Johanna Schöntag bei ihm ist.« – »Wer ist das?« – »Eine Freundin von früher.« – »Was will sie von dir?« – »Ich weiß es nicht.« – »Und dann?« – »Dann bin ich über Moabit und Plötzensee nach Hause gegangen.« – »Zu Fuß? Den weiten Weg? Und dann?« – »Dann war ich ja hier.« – »Aber nicht lange, und dann?« – »Dann war ich drüben bei Ruth.« – »Was tust du immerfort bei der Jüdin?« murmelte Karen mit finsterm Gesicht. »Gib mir deine Hand,« stieß sie plötzlich rauh hervor, streckte ihre Rechte hin und krampfte die Linke um die Perlen unter der Decke. An der Linken hatte sie sich verletzt. Als die Witwe Engelschall dagewesen war, hatte sich Karen mit den eigenen Fingernägeln verwundet, so angstvoll hatte sie nach dem versteckten Schmuck gegriffen.

Die Witwe Engelschall hatte ein erpresserisches Schriftstück an den Geheimrat Wahnschaffe abgefaßt und es Karen vorgelesen. Die Sache war die: Niels Heinrich hatte im Baubureau zweitausend Mark unterschlagen, die mußten beschafft werden, sonst drohte Anzeige. In dem Brief an den Geheimrat wurden unverschämt zehntausend gefordert. Da Karen die Absendung des Schreibens verhindern gewollt, hatte die Witwe Engelschall randaliert.

Es war fast gut, daß man krank war. Doch weshalb gab er ihr nicht seine Hand?

Die kleine Katze war vom Stuhl gesprungen; mit emporgerichtetem Schwanz stand sie vor Christians Füßen, zwinkerte leise miauend empor, schien unschlüssig, faßte plötzlich Mut und sprang auf seine Knie. Einen Moment lang kämpfte er noch mit dem Widerwillen, dann reizte ihn das weiße Fell, die graziöse Bewegung, er berührte schüchtern Kopf und Rücken des Tierchens, beugte sich herab zu ihm und lächelte. Die kleine Katze gefiel ihm.

»Wo hast du mein Kind hingetan?« hatte Karen ihre Mutter gefragt. Die Antwort war schepperndes Gelächter gewesen. Wüßte er, daß sie nach dem Kind gefragt, er hätte sie vielleicht freundlich angeschaut. Aber sie konnte es nicht sagen. Auch war ihr bang, als sie sich des Gelächters erinnerte.

Eine Weile noch hielt sie stumm die Hand hin, dann ließ sie sie fallen, streifte die Decke zurück und kroch aus dem Bett. Sie wimmerte seltsam. Auf dem Bettrand sitzend, gegenüber Christian, starrte sie eisig und wimmerte. Man konnte die Worte kaum hören: »Er gibt einem nicht die Hand«; sie blies sie nur so hin. Barfuß, im langen Hemd, gebückten Rückens ging sie bis zum Ofen, kauerte sich dort in den Winkel, steckte den Kopf zwischen die Arme und heulte laut auf.

Erstaunt und erstaunter verfolgte Christian ihr Gehaben. Die kleine Katze hatte sich in seine Hand geschmiegt, und mit ihrem rosigen Schnäuzchen stieß sie schnurrend gegen seine Brust. Dies erregte eine Freude in ihm, wie er sie lange nicht gefühlt, und er wünschte heimlich, mit dem Tierchen allein zu sein, um mit ihm zu spielen. Zugleich aber entsetzte ihn Karens Tun; er stand auf, ohne das Kätzchen von sich zu lassen, ging hin und kniete nieder und fragte Karen, was ihr sei, und bat sie, sich doch wieder ins Bett zu legen. Doch Karen achtete nicht auf seine Worte. Sie krümmte sich verzweifelt und hörte nicht auf zu heulen.

Es war das Chaos, das da heulte.

9

Zu den Kumpanen Niels Heinrich Engelschalls gehörte Joachim Heinzen, der Sohn des verunglückten Metallarbeiters, ein höchst einfältiger Mensch. Sein wahlloser Hang zum weiblichen Geschlecht gab ihn bösartigen Scherzen preis, und da infolge der Lächerlichkeit, die ihm anhaftete, sich jedes Frauenzimmer hütete, in seiner Gesellschaft gesehen zu werden, erfaßte ihn nach und nach eine stille Wut, die den Umgang mit ihm gefährlich machte, obwohl er im allgemeinen ziemlich gutmütig war.

Neben einigen andern Weibern hatte die rote Hedwig sein Gefallen erregt. Er schlich ihr im Dunkeln nach, und in den Kneipen setzte er sich an einen Tisch in ihrer Nähe und stierte sie an. Sie wies seine Annäherungsversuche höhnisch zurück, auch als er einen Vermittler mit Geldversprechungen zu ihr schickte. Solange sie in vertrauten Beziehungen zu Niels Heinrich Engelschall stand, wagte er nichts weiter zu unternehmen, und sein Interesse schien sogar abgekühlt, aber nachdem ihr dieser den Laufpaß gegeben hatte, fing er wieder an, ihr nachzustellen. Seine Mühe war so fruchtlos wie vorher.

Da kam ihm Niels Heinrich selber zu Hilfe. Er erbot sich, ihm die rote Hedwig zu verschaffen, wenn er ihm einen blauen Lappen zahlen wolle. Joachim Heinzen zögerte, eine so große Summe aufzuwenden. Sie wurden in dem Sinne handelseins, daß er vorläufig die Hälfte des Kuppelpreises entrichtete, die andre Hälfte sollte in Raten gezahlt werden. Die rote Hedwig, durch Niels Heinrich in Angst gesetzt, war ihm wohl ein paarmal zu Willen, aber er fand nicht das erhoffte Vergnügen bei ihr, denn seit dem Bruch mit dem früheren Liebhaber betrank sie sich täglich und führte wüste Szenen auf. Er behauptete, Niels Heinrich habe ihn übers Ohr gehauen, weigerte sich, die Raten zu zahlen, und forderte auch die fünfzig Mark zurück. Sie gerieten in Streit.

Niels Heinrich fürchtete den Dummkopf nicht, und es wäre ihm ein leichtes gewesen, sich ihn vom Halse zu schaffen, aber da er unbeschränkte Herrschaft über ihn besaß und ihn bei verschiedenen Gelegenheiten für nützlich befunden hatte, wollte er es nicht bis aufs äußerste kommen lassen und traf Anstalten, ihn zu begütigen. Er zeichnete ihn schmeichelhaft aus, erlaubte ihm, in der Kneipe an seiner Seite zu sitzen, und ergriff bei Spöttereien und Händeln seine Partei. In seinem Hirn entstand Verworfenes und zog mit zielvoller Langsamkeit Kreis um Kreis. Finstere Pläne beschäftigten ihn, waren aber noch ohne festen Umkreis. Er erwählte sich eine Kreatur und war sich über ihre Verwendung noch nicht im klaren; er sah bloß die Brauchbarkeit zu jedem, auch zum schrecklichsten Dienst und dabei einen gewissen Grad von Unschuld. Vielleicht gewann ein Vorhaben, mit dem seine Gedanken nur zynisch und bildlos gespielt, erst in dem Sklavenblick des geistesschwachen Individuums Greifbarkeit; vielleicht entzündete ihn dies, flößte ihm Mut ein und machte seine Phantasie, die am Abgrund des Menschlichen hing, ausschweifend.

Er sagte zu Joachim, mit der roten Hedwig sei nichts los; die sei eine abgetakelte Schraube, ein verpestetes Aas. Da könne er ganz andre haben, wenn er nur die Augen auftun wolle. Ha, da gäbe es welche, nach denen müsse man sich die Finger lecken; ein Graf könne sich gratulieren. Da gäbe es welche, da und da, und dort und dort, solche und solche, sein, pikfein, namentlich von Leibesart. Na wo denn? wer denn? schnappte der armselige Kerl. Da wisse er zum Beispiel eine Jüdin, erklärte Niels Heinrich mit Feixen, Donnerlittken, wei Backe; die müsse man sehen. Wie 'n geschältes Ei. Stramm auf den Beinen. So und so; nicht zu fett, nicht zu mager; Augen wie die Irländerin im Kientopp, Haare wie der geschniegelte Schwanz von nem Vollblut, das zum Start geht; alles übrige direktemang zum Reinbeißen. »Nanu wirds Dag,« antwortete Joachim Heinzen verblüfft, »Junge, Junge.«

Es verursachte Niels Heinrich ein düsteres Behagen, dem Menschen immer wieder von der Jüdin zu erzählen. Er erfüllte ihn damit; er reizte ihn auf damit. Er richtete die unflätigen Begierden des Idioten auf ein Wesen, das dieser noch nicht einmal erblickt hatte. Außerdem malte er sie für sich selbst, steigerte sich, hetzte sich, machte sich selber ungeduldig, hielt sich selber zum besten, um im Zorn über das Uner-

469

reichbare die siechen Geburten seiner Einbildung auf die Möglichkeit der Verwirklichung zu prüfen. Er nahm Joachim in die Stolpische Straße mit, und sie lauerten gemeinsam auf Ruths Heimkehr. Da zeigte er ihm das Mädchen, und sie gingen hinter ihr bis zur Stiege. Ruth war tief geängstigt.

Es fügte sich dann, daß sie von einer Studentin, die in der Czernikauer Straße wohnte, auf die merkwürdigen Heilerfolge des alten Heinzen aufmerksam gemacht wurde; aber als sie hinging, wußte sie nicht, daß Joachim Heinzen der eine ihrer Verfolger war, erkannte ihn auch nicht, als sie ihn im Zimmer gewahrte. Sie war nur beunruhigt durch sein entgeistertes Glotzen.

Aufgeregt meldete Joachim seinem Beschützer, daß er die Jüdin, die er bereits wie seine Leibeigene betrachtete, bei seinem Vater gesehen. »Na, Junge, so 'n Dussel,« sagte Niels Heinrich kalt. Über die Wunderkuren des alten Heinzen hatte er sich schon früher mit giftigem Hohn geäußert. So tat er auch jetzt und fügte hinzu, wenn die Jüdin bei Vater Heinzen gewesen sei, habe es nur den Grund, daß sie ein Auge auf Joachim geworfen habe; das leide nicht den mindesten Zweifel. Joachim grinste. In der Spelunke »Zum grünen Hund«, wo sie nächtlicherweile verkehrten, hatte Niels Heinrich mit überlegter Berechnung dafür gesorgt, daß die vermeintlich in Sicht stehende Liebschaft des Idioten von vielen besprochen und glossiert wurde. Daß man ihn hänselte, merkte Joachim nicht. Er zog Niels Heinrich beiseite und fragte, wie er sich der Jüdin am schnellsten nähern könne; Niels Heinrich schaute ihn spöttisch an und sagte, der Zeitpunkt sei noch zu verschieben, solches müsse schlau eingefädelt werden; die Jüdin sei mißtrauisch und überdies eins von den neumodischen studierten Menschern, der dürfe man nicht so klatrig kommen, das müsse mit Eleganz gedeichselt werden. Aber der einfältige Mensch ließ nicht nach. Er sagte, er wolle zu ihr in die Wohnung gehen und sie für Sonntag zum Ball bei Knotze einladen. Niels Heinrich schlug eine Lache auf. »Du hast woll 't jroße Traller?« versetzte er; »verrückt und drei macht neune.« Sein Gesicht verfärbte sich, dann lachte er von neuem und sagte: »Minne, mach Licht, oder ick sterbe im Dustern.«

»Warten und aufpassen,« sagte er; »die Judenschickse wird in den nächsten Tagen wieder bei Vater Heinzen vorkommen; da leg ich zehn gegen eins für. Ich stell nen Spion auf Posten, und du bleib hübsch zu Hause und sieh zu, daß du die richtige Zeit nicht verbummelst.«

Er schlug ihm die Hand auf die Schulter; er stand da wie ein Pfahl, eng, dürr, spitz. Auf dem Damm gegen Weißensee schmetterten die Räder eines Schnellzugs auf den Schienen.

10

Ruth und Christian traten in eine schlechtbeleuchtete, schlechtriechende Stube. Die Tür zu dem kleinen Vorraum stand offen, ebenso die in ein anstoßendes Zimmer führende, da sich ziemlich viele Leute im Wohnzimmer befanden. Unbekümmert um die fremden Menschen saß Mutter Heinzen an einem runden, mit zahllosen Gegenständen, Feilen, Schachteln, Tintenzeug, sogar ein Paar Schuhen bedeckten Tisch und schälte Kartoffeln. Im Hintergrund, an einem zweiten Tisch, der schmal und massiv war wie eine Hobelbank, waren Joachim Heinzen und ein Lehrling damit beschäftigt, mit Handmaschinen Metallkapseln zu stanzen. Der alte Heinzen lag in einem Korbsessel; der untere Teil seines Körpers war in ein gefranstes schwarzes Tuch gehüllt, das den Blicken die Verstümmelung entzog. Das Gesicht, zurückgelehnt, hager und fast regungslos, mit dicken, violett entzündeten Lidern, einem schütteren Bart und einer scharfen, geraden Nase, zeigte keine innere Beteiligung an den Vorgängen, die sich um ihn abspielten.

Einige tuschelnde Weiber standen ihm zunächst. Etwas abseits bildeten ein Unteroffizier, ein Metzgergeselle mit blutiger Schürze und aufgestreiften Ärmeln, ein Mädchen von der Heilsarmee mit einer blauen Brille und ein Lohndiener in einer Phantasieuniform eine Gruppe. Hinter Christian und Ruth erschien ein Mensch, dessen Kopf mit weißen Binden umwickelt war, die nur einen Spalt für die Augen freiließen, ferner ein furchtsam aussehender Mann, der an Krücken ging, und ein Weib, dessen Gesicht von ekelhaftem Schorf bedeckt war. Andre Gestalten wurden nach und nach auf dem Vorplatz sichtbar.

Niemand traute sich noch in die Nähe des Wundertäters, da drängte sich hastig und keuchend eine Frau ins Zimmer, die ein drei- bis vierjähriges Kind auf dem Arm trug. Das Kind war bleigrau im Gesicht, hatte die Augen in die Winkel verkrampft, und Hals und Glieder waren widernatürlich verdreht. Da die Frau am ganzen Leib bebte und nicht wußte, wohin sie sich wenden sollte, nahm ihr Ruth das Kind ab und trug es zum alten Heinzen hin. Die Leute machten ihr willig Platz. Ihr Gesicht hatte einen Ausdruck strahlenden Wohlwollens.

Joachim Heinzen stand auf, indes der Lehrling eine Partie fertiger Kapseln in einen mit Sägespänen gefüllten Korb warf und diesen schüttelte. Die Hände in die Hüften gestemmt, trat Joachim dicht an den Stuhl seines Vaters heran und verschlang Ruth mit den Blicken. Sein Mund war offen, der Kopf vorgestreckt, alles an ihm verriet höchste Erregung. Ruth hielt dem alten Heinzen das Kind hin und sagte etwas, was wegen des Geklappers der Kapseln unverständlich blieb. Da winkte Joachim drohend zurück, und der Lehrling stellte den Korb zu Boden.

Der alte Heinzen schlug die Augen auf und erhob den rechten Arm. Das war die Heilgebärde, und ein Schweigen entstand, daß man ein Zündholz hätte fallen hören können. Christian beobachtete, mit welcher Hingebung, welcher liebevollen Bewegung Ruth das epileptische Kind dem siechen Mann entgegenhielt; da durchzuckte es ihn, und er fragte sich bestürzt: Glaubt sie denn daran? Ist es möglich, daran zu glauben? In dem Maß, wie seine Bestürzung zunahm, wuchs die Ahnung von etwas Unbekanntem und Unfaßbarem; wie oft in Situationen, die eine außergewöhnliche Empfindung in ihm hervorriefen, mußte er sich einer heimlichen Lachlust erwehren, und er schaute verlegen zu Boden.

Auf einmal ließ Heinzen den aufgehobenen Arm wieder fallen. Er schien beirrt. Er rückte mit Kopf und Schultern und sagte mit matter Stimme: »Es geht nicht heute. Es ist einer da und nimmt mir die Kraft. Es geht nicht.«

Diese Worte machten tiefen Eindruck auf alle. Die Augen begannen zu suchen. Sie glitten von einem zum andern. Köpfe wandten sich, Pupillen liefen unruhig. Es verging keine Minute, da hatten sich die Blicke aller im Zimmer befindlichen Menschen auf Christian gerichtet. Sogar die kartoffelschälende Mutter Heinzen war aufgestanden und starrte ihn an.

Christian hatte Heinzens Worte gehört. Was forderten die Augen der Menschen? Was bedeutete das? Fragten sie? Wünschten sie? Zürnten sie? War etwas an ihm oder in ihm, das sie beleidigte und störte? Doch schienen sie eher scheu und verwundert als gegen ihn eingenommen zu sein. Das zweideutige Lächeln schwebte um seine Lippen, seiner Stummheit altes Siegel; indem er wie um Hilfe bittend emporschaute, begegnete er dem Blick Ruths, und in diesem lag leuchtendes Verstehen und jene silberne, geistige Liebe, die alle ihre Lebensäußerungen durchdrang.

Die Mutter des Kindes stieß einen Schrei aus. »Wie denn, nimmt dir die Kraft?« schrie sie entsetzt; »besinn dir doch. Mann; um Jottes willen, besinn dir doch!«

»Kanns nicht anders sagen,« murmelte Heinzen, »es ist einer da und nimmt mir die Kraft.«

»Und hat er denn die Kraft?« rief das Mädchen von der Heilsarmee in gellendem Ton.

»Das weiß ich nicht,« antwortete Heinzen gedrückt; »möglich, aber ich weiß es nicht.«

Christian trat langsam zu Ruth heran, die noch immer das Kind im Arm hielt, beugte sich und schaute auf das leblose Wesen nieder. In diesem Moment löste sich der epileptische Krampf; Schaum perlte aus dem Mund, ein leises Weinen wurde vernehmbar.

Die Bewegung der Gemüter ergab ein Atemholen wie aus einer einzigen Brust.

In das Schweigen drang Lärm von draußen. Man hatte schon vorher Gelächter und Schimpfen gehört, es verstärkte sich jetzt, und an der Tür zeigten sich Niels Heinrich Engelschall und die rote Hedwig.

Er zerrte die Person ins Zimmer, die betrunken schwankte, mit den Armen fuchtelte und schrill lachte. Von Niels Heinrich vorwärts geschoben, tastete sie mit ausgespreizten Fingern nach einer Stütze; die Menschen, nach denen sie griff, wichen unwillig zurück; Niels Heinrich packte sie an den Schultern und bugsierte sie zu Joachim Heinzen hin, wobei er kicherte; es hörte sich an wie das Gackern eines Huhns. Joachim erschrak und musterte die megärenhaft Aussehende düster und blöde. Sie schlang die Arme schlickernd um seinen Hals, hing sich an ihn und lallte; ihr weitrandiger, schwarzer Hut, auf dem eine grüne Feder wie ein Segel gehißt war, fiel in den Nacken. Joachim suchte sie abzuschütteln, heftete dabei die blöde aufgerissenen Augen auf Ruth, und da sie ihn immer fester umschlang, stieß er sie so roh gegen die Brust, daß sie mit einem Schmerzenslaut zu Boden stürzte und in einer schamlosen Stellung liegen blieb.

Leute eilten schimpfend und protestierend herzu. Einige bückten sich zu der Betrunkenen, die sogleich wieder zu schlickern und zu lallen anfing. Einige ballten die Fäuste gegen Joachim. Mutter Heinzen mischte sich beschwichtigend in den Tumult; Ruth flüchtete zu Christian und ergriff seine Hand. Da geschah das Unheimliche, daß Joachim Heinzen sie beim Arm faßte und sie, über die Breite eines Schrittes

473

ungefähr, zu sich herüberriß. Entweder war es schwachsinnige Eifersucht oder der naiv-brutale Versuch, ihr zu erklären, daß er sich aus der roten Hedwig nichts mache und an dem Auftritt mit ihr schuldlos sei. Mit gläsernen Augen stierte er Ruth an; geiles Grinsen war in seinem Gesicht. Ruth schrie leise, hielt die flache Hand empor und wand sich ein wenig; ihre Lider waren gesenkt, und dies rührte Christian, der ruhig auf den Burschen zutrat und ruhig zu ihm sagte: »Lassen Sie sie los.« Joachim zögerte. »Lassen Sie sie los,« sagte Christian, ohne die Stimme merklich zu erheben. Da ließ er sie los und schnaufte.

Niels Heinrich schien sich ausnehmend gut zu unterhalten. Er machte die Leute, die nicht um die niedergestürzte Trunkenboldin beschäftigt waren, auf die beiden aufmerksam, stieß sein gackerndes Lachen aus und war bemüht, den Idioten anzueifern. »Uf de Beene, Joachim,« rief er ihm zu; »nimm se dir se denn se! feste mang.« Während er aber lachte und hetzte, blieben seine Brauen zusammengezogen, und der obere Teil seines Gesichts war in Finsternis geradezu erstarrt. Er hatte sich in der letzten Zeit ein schmales Kinnbärtchen stehen lassen, das eine rötliche Farbe hatte; es stieg beim Sprechen und Lachen steif auf und ab und verlieh dem Kopf etwas Wachsfigurenhaftes.

Als er sah, daß Christian der lümmelhaften Zudringlichkeit des Burschen Einhalt tat, pflanzte er sich vor ihm auf und sagte mit frecher, schneidender Stimme: »Morjen. Wir kennen uns, sollt ich meenen.«

»Gewiß, wir kennen uns,« antwortete Christian artig.

»Morjen hab ich Ihnen jewünscht,« sagte Niels Heinrich mit unverschämtem Hohn. Das Knebelbärtchen zuckte. Die Finsternis breitete sich von oben her über das ganze Gesicht.

»Guten Abend,« sagte Christian artig.

Niels Heinrich rieb die Zähne. »Morjen!« brüllte er in weißer Wut. Alle im Zimmer Anwesenden fuhren zusammen und hörten auf zu sprechen.

Christian blickte ihn schweigend an. Dann kehrte er sich gelassen zu Ruth und sagte: »Wir wollen gehen, kleine Ruth.« Er ließ ihr mit einer Weltmannsverbeugung den Vortritt; auch grüßte er die Nächststehenden höflich. Es war, als entferne er sich aus einem Salon.

Niels Heinrich starrte ihm mit vorgebeugtem Oberkörper nach, streckte die geballte Faust aus und machte eine Geste wie beim Drehen eines Schraubenziehers.

11

»Hatten Sie Furcht?« fragte Christian auf der Straße.

»Ein wenig,« antwortete Ruth. Sie lächelte, aber sie zitterte noch.

Sie schlugen nicht den Heimweg ein. Sie gingen, in entgegengesetzter Richtung, durch viele Straßen. Christian ging schnell, und Ruth hatte Mühe, an seiner Seite zu bleiben. Es wehte scharfer Wind; sie trug nur ein ärmliches Mäntelchen, das sich blähte.

»Ist Ihnen kalt?« fragte Christian. Sie verneinte. Eine Wolke gelber Blätter wirbelte vor ihnen auf. Christian ging und ging.

»Die Sterne scheinen ja,« sagte er, einen flüchtigen Blick zum Himmel werfend.

Sie gelangten in eine öde breite Straße, durch deren Mitte sich eine Schnur von Bogenlampen bis in die Unendlichkeit zog. Die Häuser sahen unbewohnt aus.

Sie gingen und gingen.

»Sagen Sie etwas,« bat Ruth, »erzählen Sie mir etwas von sich. Nur einmal, nur heute.«

»Von mir ist nichts Gutes zu erzählen,« antwortete er in den Wind hinein.

»Gut oder nicht gut, ich werd es dann wenigstens wissen.«

»Aber was denn?«

»Irgend etwas.«

»Ich muß suchen; ich habe kein Gedächtnis für das, was ich erlebt habe.« Aber da erinnerte er sich schon einer Nacht, die er versunken geglaubt. Das damals Geschehene wurde hell in Drohung. Es hing auf geheimnisvolle Art mit Ruth zusammen. Bedürfnis zu bekennen überfiel ihn wie Hunger.

»Nicht suchen,« sagte Ruth, »das, was Ihnen entgegenkommt.«

Er mäßigte seinen Schritt. Arm an Worten, stellte er das Faktum vorläufig nüchtern in sich fest.

Lächelnd drängte Ruth: »Fangen Sie nur an. Das erste Wort ist das schwerste.«

»Ja, das erste Wort ist das schwerste,« stimmte er zu.

»Ist es lange her, das, woran Sie denken?«

»Es ist wahr, ich denke an etwas Bestimmtes. Sie sahen gut.« Er wunderte sich schwerfällig. »Es ist vier Jahre her. Ich machte mit zwei Freunden eine Autotour nach Süditalien.« Er stotterte; die Worte waren lahm. Ruths unfaßbar süßzwingender Blick jagte sie aus Verstecken heraus. Allmählich flossen sie williger.

Er und die Freunde waren also an einem schönen Maiabend nach Aquapendente gekommen, einer Stadt tief in den Abruzzen. Eigentlich hatten sie bis Viterbo gelangen wollen, aber das Felsennest gefiel den Begleitern Christians, und sie bestimmten ihn, zu bleiben. Er zögerte lange; »ich wollte ja nur immer rasen und rasen,« sagte er. Als sie vor dem Albergo hielten und die Freunde auf ihn einredeten, war ihm der Gedanke unangenehm, in dem schmutzigen Haus übernachten zu sollen. Da schritt von der hohen Kirchentreppe gegenüber ein junges Mädchen herunter, so lieblich, so majestätisch, wie er wenige vorher gesehen hatte; nun mochte er selbst nicht weiter. Der Wirt, gefragt, wer das Mädchen sei, nannte, mit Achtung in der Stimme, den Namen. Es war die Tochter eines Steinmetzen namens Pratti. Christian sagte, er müsse sie bringen; er solle ein Souper bereiten und Angiolina Pratti dazu bitten. Das lehnte der Wirt ab. Christian forderte ihn auf, den Vater herzubringen. Er antwortete, er wolle ihn bringen. Die Freunde suchten Christian sein Vorhaben auszureden und sagten, die Frauen dieses Landes seien scheu und stolz und sie zu gewinnen sei unter Umständen nicht leicht; man müsse es jedenfalls zarter anfassen als er im Begriff sei, es zu tun. Christian lachte sie aus, sie stritten hin und her, schließlich wurde er trotzig und sagte, er wolle etwas zustande bringen, was sie für vollkommen unmöglich halten würden, und dazu brauche es weder Kunst noch Geschicklichkeit noch Mühe, sondern einfach die Kenntnis des Charakters dieser Leute. Der Vater des Mädchens machte seine Aufwartung; es war ein weißhaariger, weißbärtiger Mann von noblen Manieren. Christian geht ihm entgegen und redet ihn an. Es würde ihm und seinen Freunden Vergnügen bereiten, in Gesellschaft von Signorina Pratti zu soupieren, sagt er. Pratti runzelt die Stirn und antwortet, das Anliegen befremde ihn; er habe nicht die Ehre, die Herren zu kennen. Christian faßt ihn scharf ins Auge und fragt: Um welchen Preis würden Sie Ihre Tochter Angiolina heute abend um acht Uhr nackt zu uns ins Zimmer und an unsern Tisch führen? Pratti zuckt zurück; er keucht; er schaut ihn mit rollenden Augen an; die Freunde horchen erschrocken auf; Christian sagt zu dem Alten: wir sind anständige junge Leute; Sie können sich auf unsere Verschwiegenheit verlassen; wir wollen nichts weiter als Angiolinas Schönheit bewundern. Pratti geht mit aufgehobenen Armen wild auf ihn los. Er war darauf vorbereitet. Er sagt: Um welchen Preis also? Fünftausend? Der Italiener stutzt. Er sagt: Zehntausend? und nimmt aus der Brieftasche zehn Scheine. Pratti wird bleich und schwankt. Christian sagt: Zwölftausend? Er merkt an des andern Miene, es ist ein unermeßlicher Schatz für ihn; er hat ein Leben lang gearbeitet und nie so viel beisammen gehabt. Das macht Christian noch toller, und er bietet fünfzehntausend. Pratti öffnet die Lippen und seufzt: O Signor! Es klang so, daß es Christian hätte nah gehen sollen; »aber mir ging nichts nahe damals,« sagte er. Er wußte nur, daß er seinen Willen durchgesetzt hatte. Der Mann nahm das Geld und taumelte hinaus. Am Abend setzten sich die jungen Leute mit einiger Spannung an die hübsch hergerichtete Tafel des Wirts. Altes Silbergeschirr und geschliffene Gläser waren aufgetragen, Rosen standen in kupfernen Gefäßen, dicke Wachskerzen waren angezündet, der Raum hatte Ähnlichkeit mit dem Saal in einem Schloß. Es wurde acht; es wurde viertel neun; die Unterhaltung stockte; alle blickten nach der Tür; Christian befiehlt dem Patron, daß er erst wieder eintreten solle, wenn er gerufen würde, denn er wollte ja kein öffentliches Spektakel geben; endlich um halb neun erscheint der alte Pratti und hält auf seinen Armen die Tochter. Sie ist in einen Mantel gehüllt. Er bedeutet den jungen Leuten durch einen Blick, die Türen zu schließen. Sie tun es. Er streift den Mantel ab, und sie sehen die wunderbare Angiolina nackt. Ihre Hände und ihre Füße sind mit Stricken zusammengebunden. Er setzt sie auf den Sessel, der leer neben Christian steht. Ihre Augen sind geschlossen. Sie schläft. Aber es ist kein natürlicher Schlaf; sie ist betäubt worden, wahrscheinlich mit Mohnsaft. Pratti macht eine tiefe Verbeugung und geht. Die drei Freunde schauen den gefesselten herrlichen Körper an, das leicht geneigte Haupt, das rosige Gesicht, die frei hängenden Haare; mit Triumph und Übermut wars vorbei. Einer geht ins Schlafzimmer und bringt einen bunten Schal, den schlägt er um das Mädchen, und Christian weiß es ihm Dank. In aller Hast verzehren sie etwas von den kalten Schüsseln, der Wein blieb unberührt. Dann gingen sie hinunter, bezahlten den Wirt, riefen den Chauffeur und fuhren noch in der Nacht die Straße nach Rom weiter. Keiner redete während der Fahrt. Auch später sprach keiner mehr von Angiolina Pratti. Es war für Christian schwer, das Bild loszuwerden: in dem Saal das Mädchen allein unter Rosen und brennenden Kerzen, gefesselt und betäubt. Allmählich gelang es doch; es kamen ja viele neue. »Vorhin, als wir das Haus verließen, ist es so frisch gewesen wie am Tag von

Aquapendente,« sagte er; »ich mußte immer daran denken, ich weiß nicht, warum.«

»Wie seltsam,« flüsterte Ruth.

Sie gingen und gingen.

»Wohin gehn wir denn?« fragte Ruth.

Christian sah sie an. »Was ist seltsam? Daß ich es Ihnen erzählt habe? Eigentlich war mir, als sei es überflüssig, als wüßten Sie es ohnehin.«

»Ja,« gestand sie schüchtern, »oft steh ich in Ihnen drin, fast wie in einer Flamme.«

»Sie haben Mut, daß Sie so etwas sagen.« Er liebte nicht solch hohe Worte, aber dieses bewegte ihn.

»Sie sollen sich nicht schämen,« flüsterte sie.

Er antwortete: »Könnt ich sprechen wie ein richtiger Mensch, mir bliebe vieles erspart.«

»Erspart? Was denn erspart? Möchten Sie sich sparen? Dann wären Sie es nicht. Nicht ums Sparen handelt sichs. Verschwenden ist notwendig, alles hinverschwenden, maßlos.«

»Wie haben Sie urteilen gelernt, Ruth? Sehen und fühlen und wissen, und den Mut, woher haben Sie den?«

»Ich möchte Ihnen auch etwas erzählen,« sagte Ruth.

»Ja, erzählen Sie mir etwas von sich.«

»Von mir? Ich glaube nicht, daß ich es kann. Ich will Ihnen von jemand erzählen, der mir sehr nahe steht. Von einer Schwester. Keiner leiblichen Schwester, ich habe ja keine. Ich sagte vorhin ›seltsam‹, weil mir diese Angiolina Pratti auch wie eine Schwester ist. Es sind auf einmal drei Schwestern da: Angiolina, ich und die, von der ich Ihnen erzählen will. Es ist eine ziemlich traurige Geschichte. Das heißt am Anfang, das Ende ist nicht mehr ganz so traurig. Ach, das Leben ist so wunderbar, so erschütternd wunderbar, so reich und so gewaltig!«

»Ruth, kleine Ruth,« sagte Christian.

Sie erzählte. »Ein Mädchen, ein Kind war es. Lebte mit ihren Eltern in Slonsk, weit im Osten. Es ist jetzt fünf Jahre her, daß die Sache passierte. Der Vater, sehr arm, war als zweiter Buchhalter in einer Spinnerei angestellt, aber er wurde so gering entlohnt, daß er kaum die Miete für die elende Wohnung aufbringen konnte. Die Mutter hatte schon lang gekränkelt; Kummer überall das Mißlingen zehrte ihre letzten Kräfte auf, und im Winter starb sie. Die Leute waren die einzigen Juden in Slonsk, und um die Leiche zu bestatten, mußte sie nach

Inowrazlaw geführt werden, wo der nächste jüdische Friedhof war. Eisenbahn fährt da keine, also blieb nur ein Fuhrwerk. Morgens um sieben Uhr, Ende Dezember wars, kam ein Leiterwagen, und der Sarg mit der Leiche der Mutter wurde daraufgelegt. Der Vater, der Bruder und das Mädchen folgten dem Wagen zu Fuß. Das Mädchen war damals elf Jahre alt, der Bruder achteinhalb. Es schneite in dicken Flocken, die Landstraße war unterm Schnee verschwunden, man kannte den Weg nur an den Bäumen rechts und links. Als sie aufbrachen, war es noch finster, und als es Tag wurde, gab es nur zwittriges Licht. Das Mädchen war unbeschreiblich traurig, und die Traurigkeit wurde mit jedem Schritt größer. Wie es nun vollends Tag geworden war, so ein scheinhafter Nebeltag, flogen von allen Seiten Krähen herbei. Vermutlich wurden sie durch den Leichnam im Sarg angelockt; das Mädchen hatte nie so viele gesehen; es schien, wie wenn sie aus dem Himmel stürzten; mit großen schwarzen Flügeln flogen sie voran und wieder zurück und krächzten unheimlich in die dicke, kalte Stille. Da wurde die Traurigkeit so arg, daß das Mädchen zu sterben wünschte. Sie blieb ein wenig zurück; Vater und Bruder merkten es nicht im Schneegestöber; der Fuhrmann schritt vorn bei den Pferden. Sie ging über einen Acker auf ein Gehölz zu, und dort setzte sie sich hin und beschloß zu sterben. Die Sinne dämmerten bald ein; da kam ein alter Bauer, der Holz aufgelesen hatte, aus dem Wald, und wie er sie gewahrte, schon regungslos und halb schlafend, stand er zuerst eine Weile, dann machte er sich daran, ihr alles, was sie anhatte, vom Leibe zu ziehn, den Mantel, die Schuhe, das Kleid, die Strümpfe und schließlich auch das Hemd. Die Bauern sind dort sehr arm. Sie konnte sich nicht wehren, sie spürte, was ihr geschah, nur wie im tiefen Traum, und als er aus den Sachen ein Bündel gemacht hatte, ließ er sie für tot im Schnee liegen und humpelte gegen die Straße. Er marschierte eine Weile und traf den Leiterwagen mit dem Sarg und den zwei Männern und dem Knaben. Der Wagen war stehengeblieben, denn sie hatten das Mädchen vermißt. Am Chausseerand ragte ein Christuskreuz empor, und das war das erste, was den Bauern stutzig machte. Es erschien ihm nicht als ein Zufall, daß da ein Christus stand, neben dem Wagen mit dem Sarg. Er hat es später bekannt. Er sah die Hunderte von Krähen, die wild und hungrig krächzten, da erschrak er. Er sah, wie der Vater verzweifelt war und sich anschickte umzukehren und nach allen Himmelsrichtungen auslugte und in den Nebel hineinschrie; da schlug ihm das Gewissen. Er fiel vor dem Kreuz auf die Knie und betete. Der Vater fragte ihn, ob er nicht ein Kind gesehen hätte; da deutete er und wollte sich davonmachen und lief über die Felder, aber es trieb gerade dorthin, wo er das Mädchen beraubt und verlassen hatte. Er hob den Körper auf seine Arme, wickelte ihn in seinen Mantel und drückte ihn an seine Brust. Der Vater war ihm gefolgt und nahm ihm das Mädchen ab, fragte nicht, warum es so nackt und bloß sei, und sie rieben die Haut so lange mit Schnee, bis die Erstarrte wieder die Augen aufschlug. Da küßte der Bauer das Mädchen auf die Stirn und machte ein Kreuz über ihr, einer Jüdin. Der Vater zankte deswegen mit ihm, aber der Bauer sagte: Verzeih mir, Bruder, und küßte ihm die Hand. Von der Zeit an ist eine Traurigkeit solcher Art nie mehr über das Mädchen gekommen. An den Moment, wo sie der alte Bauer in seinen Mantel wickelte und sie an seine Brust drückte, hat sie nur eine ferne Erinnerung behalten, aber ich glaube, da ist sie zum zweitenmal geboren worden, besser und stärker als das erstemal.«

»Ruth, kleine Ruth,« sagte Christian.

»Vielleicht ist auch jene Angiolina, meine andre Schwester, aus dem vorübergehenden Tod zu einem froheren Leben aufgewacht.«

Christian antwortete nicht. Wie sie so neben ihm ging, fühlte er, es ging ein Licht an seiner Seite.

An einer Ecke der öden Straße flammte ein Auslagenfenster. Sie traten hin, mit gleicher Wendung und wie auf Beschluß. Der Laden innen war leer und schon versperrt, im Fenster lag ein kostbarer Prunkpelz aus Zobel, verlockend ausgebreitet, ein Sinnbild des Reichtums, der Wärme und des Schmuckes. Christian schaute Ruth an, und er sah ihr ärmliches Mäntelchen, in dem sie fröstelte. Und er sah, daß sie arm war. Und es wurde ihm bewußt, daß auch er arm war; genau wie sie, unabänderlich. Da lächelte er; es dünkte ihm sinnvoll, und er verspürte eine Freude, die etwas Listiges und Entzücktes hatte.

12

Der erste Besuch Johanna Schöntags bei Voß verlief banal. Indem sie die junge Dame vergessen zu machen suchte, war sie es erst recht. Um ihre Beklommenheit zu verbergen, gab sie sich halb kapriziös, halb kritisch. Sie war erheitert darüber, daß ein Schaukelstuhl im Zimmer stand; »wie bei Großmama,« sagte sie; »man wird gleich anachronistisch angeheimelt;« dann setzte sie sich hinein, schaukelte sich, zog kandierte Früchte aus ihrem Perltäschchen und ließ sie auf der Zunge zergehn, was ihr einen komisch schmollenden Ausdruck verlieh.

Auf dem gedeckten Tisch standen die Teekanne, zwei Tassen und mehrere Teller mit Bäckereien. In Vossens Wesen war Aufzeigen, daß man auch mit geringen Mitteln Zufriedenstellendes bieten könne. Johanna ergötzte sich. Sie dachte: wenn er mir jetzt ein Photographiealbum mit Bildern aus seiner Kinderzeit bringt, platze ich heraus. Dabei klopfte ihr das Herz in ganz andern Befürchtungen.

Voß sprach von seiner Einsamkeit. Er deutete auf gewisse Erfahrungen hin, die ihn menschenscheu gemacht hätten. Es gäbe Leute, denen es vom Schicksal bestimmt zu sein scheine, in allem Schiffbruch zu leiden, woran sie mit dem Herzen beteiligt seien. Die müßten für Umkrustung sorgen. Nun, er umkruste sich. Einen Freund habe er niemals besessen; die Illusion von Freundschaft wohl. Die Haltlosigkeit einer Sehnsucht einsehen zu müssen, sei bitterer als die Unzulänglichkeit eines Menschen.

Johannas heimliche Furcht wuchs, als sie ihn sentimental werden hörte. Sie sagte: »Dieser Schaukelstuhl ist das Erfreulichste, was mir seit langem vorgekommen ist. Er erzeugt so eine angenehme Seekrankheit in mir. Wird die Partei, die unter Ihnen wohnt, nicht glauben, Sie sind Vater geworden und wiegen Ihr Neugeborenes?« Sie lachte, verließ den Stuhl, trank Tee, knabberte Backwerk, dann nahm sie jäh Abschied.

Voß knirschte. Die Hand war ihm leer geblieben. Allein am Tisch, formte er aus einem Stück weichen Kuchens eine Mädchenfigur und durchstach sie mit der Schlipsnadel, die ihm Christian geschenkt. Im Zimmer war noch das Aroma von einem Frauenkörper, von Frauenkleidern, Frauenhaar. Er schnupperte. Er setzte den leeren Schaukelstuhl in Bewegung und redete mit einer unsichtbaren Person, die drinnen lehnte und sich seinen Blicken kokett entzog. Eine Zeitlang arbeitete er, hierauf verlor er die Lust, und seine Gedanken beschäftigten sich mit Schlingenknüpfung.

Daß er wirklich einsam war, erwies alles, was er tat und sann. Seine Seele strömte giftige Dämpfe aus.

Er öffnete ein Schubfach seines Schreibtischs, holte die Briefe der unbekannten F. hervor, die er sich einst in Christiansruh angeeignet, durchlas sie, griff zu Papier und Feder und begann, sie abzuschreiben. Er kopierte sie wortgetreu vom ersten bis zum letzten; an Stelle des

Namens Christian setzte er Punkte, so oft er vorkam; es waren dreiundzwanzig Briefe, und als er fertig war, dämmerte der Morgen. Nun schlief er ein paar Stunden, und nachdem er sich erhoben hatte, schrieb er an Johanna: »Eine Scharade: wer ist F. und wer der Dieb und Räuber, der sich mit einem solchen Schatz an Überschwang und Hingabe aus dem Staub gemacht hat? Vielleicht ist es nur ein Gedichtetes von mir, Abfall meiner kranken Einbildung? Raten Sie einmal. Will hier ein Phantasiebild Ersatz bieten für die kraftlose Wirklichkeit, oder ist das unerhört Seltene doch Ereignis gewesen? Nach meinem Dafürhalten lassen Farbe und Ton, ein gewisses unsagbares Etwas, auf das letztere schließen. Wo wäre der Mann, der solchen Schmerz und solchen Jubel erfinden könnte? Wer wäre kühn genug, die Schamlosigkeit der Sinne mit einer vegetabilischen Unschuld zu verquicken? Ihm gegenüber wären eure bestauntesten Poeten nur Flickschneider. Ich habe nie was übrig gehabt für die Dichter. Sie verfälschen den Augenschein und sind letzten Endes doch Rationalisten, unter deren Händen die Träume platt und durchsichtig werden. Es gibt eine Wahrheit des Wortes, die penetrant ist wie blühend Fleisch. Hier ist sie. Anzubetendes Wunder; Neid aller Darbenden. Leben ist es, und da es Leben ist, wo sind die Lebendigen, die es erzeugt haben? Eine ist verloren, sie hat sich wahrscheinlich in ihrer eigenen Glut verbrannt, die wunderbare Schreiberin; noch ihr Schatten trägt das Stigma des Untergangs. Aber der ekstatische Griffel zeichnet das Gesicht dessen, an den sie sich gewandt; ich kenne ihn, wir kennen ihn. Er steht am Armesünderpförtchen und bietet eine Schuldenzahlung an, zu deren Empfang sich niemand melden will. So zu lieben, wie jene geliebt hat, ist Gottesdienst; so geliebt werden und es nicht würdigen, es vergessen, es zu Makulatur und zu Staub einer Bibliothek werden lassen, ist Sünde, nicht auszutilgen. Wenn einer, den der Herr verwöhnte, die Engelsspeise aus seinem Munde speit, bleiben für die Stiefkinder des Schicksals nur aasige Brocken. Aber man weiß doch: es ist ein Unbedingtes, nicht ganz aussichtslos ist der Schrei in der Not des Blutes. Kommen Sie bald. Ich habe viel zu sagen und zu fragen. Ich war vermauert gestern. Das Glück Ihrer Gegenwart machte mich stumpfsinnig. Ich warte auf Sie. Ich werde jeden Tag um fünf Uhr zu Hause sein und drei Stunden lang auf Sie warten. Das zwingt Sie, muß Sie zwingen. Wann wollen Sie Wahnschaffe sehen? Ich werde es ihm ausrichten und ihn bestellen.«

Die nämliche Bestürzung wie vor Monaten, als ihr Voß an Christians Statt geschrieben, befiel Johanna auch diesmal. Sie glaubte zuerst an Mystifikation. Als sie die Briefe las, wurde sie von ihrer Echtheit überzeugt und ergriffen. Vossens Andeutungen ließen ihr über die Herkunft keinen Zweifel Er hatte sich also abermals eines fremden Geheimnisses bemächtigt, um es auszubeuten; die Beweggründe? unerklärlich. Ihn um keinen Preis mehr sehen! sagte sie sich. Sie fror beim Gedanken an ihn. Der krankhaft erhitzte Haß gegen Christian, der in all seinen Kundgebungen lag, machte sie wieder schwankend. Es gab Augenblicke, wo ihr die Vorstellung schmeichelte, sie könne Christian vor einer drohenden Gefahr beschützen. Aber stärker und stärker lockte dieser Mensch selbst. Da war ein Wille. Unheimlicher Kitzel, einen Willen über sich zu spüren, wohin konnte einen das treiben!

O Rumpelstilzchen, sprach sie zu sich, als sie gegen Entschluß und Instinkt das Haus in der Ansbacher Straße wieder betrat, mir scheint, du rennst in dein Verderben. Aber immerhin, verdirb nur; dann ist wenigstens etwas geschehen.

Sie brachte ihm die Briefe zurück. Sie fragte kalt, was er mit ihnen beabsichtigt habe. Seine Antwort, das habe er ihr ja geschrieben, überhörte sie. Platz zu nehmen, weigerte sie sich. Voß bemühte sich um ein Thema. Er ging wie eine Schildwache vor ihr auf und ab. Sie machte im stillen ihre kaustischen Glossen über ihn, bemerkte Nachlässigkeiten seines Anzugs, fand die Art lächerlich, wie er sich mit einem kleinen Schwung umdrehte oder wie er sich plötzlich die Hände rieb. Alles erschien ihr albern und komisch an ihm; ein Schulmeister, war ihr spöttisches Urteil, ein Schulmeister, der ein bißchen übergeschnappt ist.

Er sagte, er habe sich entschlossen, nach Zehlendorf zu ziehen; er habe da draußen ein ruhiges Giebelzimmer in einer Villa gefunden. Es verlange ihn nach Baum und Feld, wenigstens nach dem Geruch davon. Man fahre morgens zu den Vorlesungen, am Nachmittag zurück, und lasse es sich auf die Dauer nicht ganz so durchführen, so habe man doch das Bewußtsein eines Asyls außerhalb dieses steinernen Pandämoniums, das nach mißbrauchtem Geist und nach Tinte schmecke. In vierzehn Tagen werde er übersiedeln.

»Um so besser,« entschlüpfte es Johanna.

»Wie meinen Sie das, um so besser?« fragte er mit einem Katzenblick. Dann lachte er; es klang wie Scherbenklirren. »Ach so,« sagte er und blieb stehen; »denken Sie denn wirklich, daß die Entfernung etwas ändert? Sie werden kommen, ich versichere Ihnen, Sie werden kommen, und nicht bloß, wenn ich nach Ihnen rufe; aus eignem Antrieb werden Sie kommen. Klammern Sie sich also nicht an eine trügerische Hoffnung, mein Fräulein.«

Johanna schwieg verdutzt. Diese Unverschämtheit brachte sie aus der Fassung. Voß lachte wieder und nahm von dem Eindruck seiner Worte keine Notiz. Er fing an, von seinem Studienweg zu sprechen. Er habe jetzt zwei Semester hinter sich und sei so weit wie andre mit sechs. Die Professoren hätten ihm ein famoses Prognostiken gestellt. Was an der Medizin erlernbar sei, müßte man überhaupt als Kinderspiel bezeichnen; ein normal geratener Kopf könne es bei einigem Fleiß in anderthalb Jahren bewältigen. Hernach freilich scheide sich die Straße; da heiße es: hie Handwerker, Dilettanten, Professionisten, Scharlatane, hie Hirne, Geister, Pioniere, Illustrissimi. Anfangs habe ihn die Chirurgie interessiert, aber der Reiz habe sich verflüchtigt; es sei die reine Metzgerei. Er verschmähe es, all sein Sach auf Messer und Säge zu stellen und sich, wo das Abenteuer der Praxis beginne, dem Diktum irgendeines zünftigen Diagnostikers zu unterwerfen, so daß das ganze Problem darauf hinauslaufe, ob der Schlächter zum Henker werde oder nicht. Was ihn jedoch über die Maßen anziehe, das sei die höhere Psychiatrie. Da balle sich Mysterium auf Mysterium; unerforschte, ja unentdeckte Kontinente dehnten sich aus; Massenepidemien der Seelen; heute kaum betretenes Revier; Krankheiten der Geschlechter, der Völker von der Wurzel auf; eine wahre Gespensterjagd zwischen Himmel und Hölle; Nachweis von Zusammenhängen über die Jahrtausende hinweg wie auch von Individuum zu Individuum, die das ganze Gebäude der Wissenschaft ins Wanken bringen müßten.

Weiter kann man die Ruhmredigkeit unmöglich treiben, dachte Johanna angewidert. Seine Stimme, die beständig vom Diskant bis zum Baß lief und dann umbrach wie ein unflügger Vogel, der sich zwischen zwei Mauern stößt, tat ihr körperlich weh. Sie sagte etwas höflich Beipflichtendes und reichte ihm die Hand, auch das mit Unlust.

»Bleiben Sie!« herrschte er sie an.

Sie warf den Kopf zurück und schaute ihn erstaunt an.

»Bleiben Sie,« bat er nun. »Jedesmal gehen Sie so fort, daß man sich, wenn Sie draußen sind, vor Verzweiflung am Fensterkreuz aufhängen möchte.«

Johanna verfärbte sich, und auf ihrer niederen Stirn entstanden kindliche Falten. »So sagen Sie mir doch: was wollen Sie von mir?« flehte sie.

»Eine Frage von hervorragender ... na, nennen wir es Treuherzigkeit, verehrtes Fräulein. Was ich will, liegt klar am Tage. Oder haben Sie sich über Mangel an Deutlichkeit zu beklagen? Bin ich ein so leisetreterischer Werber? Ich dachte eher, Sie machten mir mein Ungestüm zum Vorwurf. Das hätte Berechtigung. Ich kann aber nicht spielen. Ich verstehe mich nicht aufs Einfädeln. Ich zupfe nicht Margeritenblätter, die orakeln. Ich habe nicht gelernt, Wortfallen zu legen und Blickangeln zu werfen und Süßigkeiten zu schwatzen und auf den Busch zu klopfen. Könnt ichs, würde es mich vielleicht sicherer ans Ziel bringen. Aber ich habe keine Zeit dazu. Ich habe keine Zeit mehr, Fräulein Johanna; ich stehe auf dem katastrophalen Punkt, wo es heißt: entweder – oder.«

»Ihre Offenheit läßt nichts zu wünschen übrig,« erwiderte Johanna und blickte kühl und fest in die Gläser seiner Brille. So verharrte sie mehrere Sekunden, dann fragte sie gezwungen lächelnd, mit verhehlter Bangigkeit und verhehlter Neugier: »Und warum soll gerade ich Ihr Entweder – Oder entscheiden? Welche meiner Eigenschaften sind es denn, die Ihre Aufmerksamkeit auf mich gelenkt haben? Welcher Tugend oder welchem Laster Hab ich die Ehre zu danken?« Sie schloß wartend die Augen bis auf einen dunklen Spalt, was ihren Zügen eine schmelzende Anmut verlieh. Gefährliche Koketterie, die sie trieb, am Abgrund; sie wußte es.

Aber für Amadeus Voß war sie, wie sie sich gab, und er starrte ihr berückt ins Gesicht. »Darf ich aufrichtig sein?« fragte er.

»Sie erschrecken mich. Gibt es noch eine Steigerung?«

»Es ist die Rasse, sehen Sie. Wohlgemerkt, dieselbe Rasse, die ... na, ich drücke mich noch mild aus, wenn ich sage, daß ich die Juden immer gehaßt habe. Einen Juden nur riechen, das hieß bei mir: eine Ladung Sprengstoff in die Nerven. Da steht uraltes Verbrechen auf, zweitausendjährige Schuld. Der Gekreuzigte seufzt über Länder und Zeiten hinweg an mein Ohr; noch gegen die Edelsten eures Stammes wehrt sich mein Blut. Mag sein, daß ich das Werkzeug fortgeerbter Lüge bin; mag sein, daß man zum Pfaffen wird, wenn zum Priester die Liebe fehlt; daß Brüder aufwachen in Feinden, ohne daß mans merkt; daß Kain und Abel sich am Jüngsten Tag die Hände reichen. Aber es ist mir nun einmal in Hirn und Herz gebrannt, daß ich hassen muß, wenn

485

meine Wurzeln in der Erde, dort, wo ich nicht hinreichen kann, durch das freche Wachsen fremder Sämlinge verkümmert werden. Und wenn einer, indem er sich als Hausgenoß und Nachbar aufdrängt, mich mit dem ganzen Vorbehalt der inneren Fremde anredet, soll ich das nicht spüren und ihm nicht mit gleicher Münze zahlen? So wars bis jetzt. Ich kannte keine jüdische Frau. Ich behaupte nicht, daß mein Gefühl sich im wesentlichen geändert hat. Wär es so, ich würde weniger leiden. O, Sie haben recht, mich wegen dieses Wortes zu verachten. Ich bin auf viel Verachtung von Ihnen gefaßt. Das alles gehört zu meinem Leiden. Als ich Sie das erstemal sah, mußte ich an die Tochter des Jephtha denken. Sie entsinnen sich vielleicht, sie wurde von ihrem Vater geopfert, weil sie zufällig die erste war, die ihn willkommen hieß, als er heimkehrte. Er hatte ein Gelöbnis abgelegt. Da kam seine Tochter ihm entgegen mit Pauken und mit Reigentanz, sagt die Schrift. Die erste, die einem das Willkommen bietet, zu opfern, darin liegt ein tiefer Gedanke. Sie muß sehr zierlich gewesen sein, die Tochter des Jephtha. Erfahren in allerlei Träumen. Waghalsig sogar, was Träume betrifft. Verwöhnt, zu keiner Tat mehr fähig, alle Begeisterung und alle Initiative in einer süßen, lüsternen Sehnsucht untergetaucht. Langer Reichtum, von Vorahnen aufgehäuft, hat sie entherzt. Sie liebt die Musik, liebt alles, was den Sinnen schmeichelt, zarte Seide, zartes Wort; auch aufregende Dinge liebt sie, nur verpflichten dürfen sie nicht, binden nicht; Grauen und Angst; ein kleiner Rausch; Sichversuchenlassen, das Schicksal herausfordern, dem Tiger im Zwinger die Hand durchs Gitter strecken. Phantasiespiele. Aber alles an ihr ist so sein, so im Übergang, unklar, ob zur Blüte, ob zum Moder; sie ist so empfindlich, so widerstandslos, so müde, sie weiß so viel, sie wünscht so viel, der eine Wunsch macht immer den andern kraftlos; Geschlechterinzucht hat ihr Blut zum Gerinnen gebracht, und wenn sie lacht, hat ihr Gesicht einen schmerzlichen Zug. Und eines Tages kehrt der Richter Jephtha heim und muß sie opfern. Ich stelle mir vor, daß er danach wahnsinnig geworden ist.«

Johannas Gesicht zeigte eine schreckliche Blässe. »Das war, scheint mir, eine Lektion in der höheren Psychiatrie,« sagte sie mit mühseligem Spott.

Voß schwieg.

»Nun, leben Sie wohl, gelehrter Mann.« Sie schritt zur Tür.

Voß folgte ihr. »Wann kommen Sie wieder?« fragte er leise.

Sie schüttelte den Kopf.

»Wann kommen Sie wieder?«

»Quälen Sie mich nicht.«

»Übermorgen wird Wahnschaffe hier sein. Werden Sie kommen?«

»Ich weiß es nicht.«

»Johanna! Werden Sie kommen?« Er stand mit aufgehobenen Händen vor ihr; Schläfen- und Wangenmuskeln bebten.

»Ich weiß es nicht.« Sie ging.

Er aber wußte, daß sie kommen würde.

13

In einer Pause während der Generalprobe wandelten Lorm und Emanuel Herbst im Foyer auf und ab. Sie sprachen über Lorms Rolle. »Etwas weniger Zurückhaltung, mein Lieber,« näselte Emanuel Herbst; »bei der Entdeckung des Betrugs im zweiten Akt und der Szene mit dem Bruder hatte ich stärkere Akzente erwartet. Sonst ist nichts zu erinnern.«

»Gut, ich werde noch Kulissenschmalz auflegen,« sagte Lorm trocken.

Viele der geladenen Gäste ergingen sich gleichfalls in dem gebogenen Längsraum. Bewundernde Blicke folgten Lorm. Ein junges Mädchen näherte sich mit einer Entschlossenheit, in der noch Kampf mit dem Entschluß lag. Sie überreichte Lorm einen Nelkenstrauß. Stumm zog sie sich wieder zurück, erschreckt von der eignen Kühnheit.

»Schönen Dank!« rief ihr Lorm freundlich zu und steckte die Nase in die Blumen.

»Na, du glücklicher Prasser, wie schmecken die gebrochenen Herzen?« erkundigte sich Emanuel Herbst spottend; »zu jedem Frühstück eines, wie? Oder mehr? Da kommt einen alten Knaben wie mich die Wehmut an.«

»Es ist des Guten zuviel,« sagte Lorm; »die armen Dinger übernehmen sich. Schon des Morgens früh stehen welche an der Haustür und unterhandeln mit dem Pförtner; wenn der Chauffeur kommt, umflattern sie den. Manche wissen Bescheid, wie ich den Tag verbringe, und tauchen immer dort auf, wo man sie nicht vermuten sollte, zum Beispiel vorm Laden des Althändlers oder auf der Treppe beim Photographen. Von einer hat man mir erzählt, daß sie nächtelang vor dem Haus promeniert hat. Eine andre reiste mir auf meinen Gastspielreisen in jede Stadt nach. Dann die unseligen Briefe. Was da an Gefühl verschwendet, was da gebeichtet wird, in was für verwickelte Lebensverhältnisse man eingreifen soll; diese naiven Voraussetzungen! Man könnte sich den Teufel drum scheren, aber die Sache hat ja auch ihre sehr ernste Seite. Denn sieh mal, alle diese jungen Geschöpfe stecken Kapital in ein verlorenes Unternehmen, wenn ich mich so jobberhaft ausdrücken darf. Das muß sich rächen. Kluge Leute sagen, es ist gleichgültig, wofür die Jugend erglüht, wenn sie nur überhaupt erglüht. Stimmt aber nicht. Für einen Schauspieler soll eine anständige Jugend nicht erglühen. Versteh mich recht, ich will damit unsern Stand nicht verkleinern; er hat seine Meriten, ohne Frage; ich will mich auch selber nicht einen krummen Hund heißen. Ich bin, was ich bin. Ich weiß Bescheid. Jene wissen es nicht. Sie wollen, daß ich sei, was ich vorstelle, und das ist der Gipfel der Absurdität. Nein, eine anständige Jugend vergöttert nicht den Schauspieler, dieses Zerrbild des Helden.«

»Na, na, na,« machte Emanuel Herbst ironisch begütigend; »du bist zu streng, du siehst zu schwarz. Ich kenne ein paar immerhin recht erhebliche Personen, die dir einen Ehrenplatz unter den Sterblichen einräumen, von den Unsterblichen will ich mit Rücksicht auf deine üble Laune nicht reden. In deinen luziden Augenblicken bist du auch stolz darauf; was ich billige und in Ordnung finde. Wie verhält sich denn deine Frau zu solchen Hypochondrien? Wäscht sie dir nicht manchmal gehörig den Kopf?«

»Mich dünkt,« erwiderte Lorm mit unbewegtem Gesicht, »mich dünkt, Judith hat ihre Enttäuschung schon hinter sich. Sie würde sich in dem Prozeß nicht zu deinem Anwalt hergeben. Ich glaube, da sind meine Lehren und Überzeugungen auf fruchtbaren Boden gefallen.«

Emanuel Herbst wiegte den Kopf und schob bedenklich die Lippen vor. Lorms Ton erregte seine Besorgnis. »Was macht sie eigentlich?« forschte er; »ich habe sie lange nicht gesehen. Ich hörte, sie sei krank gewesen?«

»Was sie macht, ist schwer zu sagen,« versetzte Lorm. »Krank? Nein. Krank war sie nicht, obschon sie viel zu Bett war. Sie hat da so ein paar kleine Bürgersfrauen, die ihr den Hof machen, ihr all ihre Zeit widmen und die sie fabelhaft dressiert hat. Sie behauptet, ihre Schlankheit geht verloren, und so hat sie sich von einem Modedoktor eine Hungerkur verschreiben lassen, die sie gläubig befolgt. Im übrigen ist mein Haus in bestem Zustand; tip-top; warum nicht? Wird ja zweimal wöchentlich bis in die letzten Winkel gescheuert. Bißchen mühsam, das. Die Küche ist vorzüglich; im Keller hab ich wieder einen prachtvollen Tropfen: Grand Puy Lacoste. Mußt mal mithalten. Prima Ware.«

»Schön, mein Lieber, schön, werde mithalten,« sagte Emanuel Herbst. Die Sorge war mit jedem Worte Lorms drückender geworden. Er kannte diese Kälte an ihm, hinter welcher die scheueste Verletzlichkeit wohnte; diese prinzliche Glätte, unter der schmerzhafte Wunden lange bluteten, dies Zwiegeschlechtliche, Unbestimmte, das zwischen Seelenkrankheit und Askese war. Er hatte Angst vor Zerstörung, Angst vor dem Wurm in der edlen Frucht.

Der Spielleiter gab das Zeichen zum Wiederbeginn, und alsbald schmetterte von der Bühne die Stimme aus Stahl über gebannte Menschen.

14

Johanna kam.

Sie hatte mit Bedacht die Stunde weit hinausgeschoben, um nicht mit Voß auf Christian warten zu müssen, den sie heute endlich treffen sollte. Als sie Voß allein fand, stutzte sie verächtlich. Verstimmung machte ihr Gesicht alt und spitz.

Draußen war es naßkalt. Sie setzte sich an den Ofen und legte die Hände an die Kacheln; des Mantels entledigte sie sich nicht; es war ein Tuchmantel mit Pelzbesatz und großen Knöpfen, in dem sie kindlich mager und verkrochen aussah. Auch den Schleier schlug sie nicht auf, der von dem breitrandigen Hut straff ans Kinn gezogen war und die Farblosigkeit des Gesichts verstärkte.

»Sie haben mich belogen,« sagte sie hart; »es war ein Köder. Sie wußten im voraus, daß er nicht da sein würde.«

Voß antwortete: »Damit erklären Sie mir also rundweg, daß ich mich nur als Mittel zum Zweck zu betrachten habe. Was versprechen Sie sich eigentlich von einer Begegnung mit ihm? Wozu soll das dienen? Erinnerungen auffrischen? Eine Aussprache herbeiführen? Nein, ich weiß schon, Sie sind nicht für Aussprache; Sie wünschen sich eine spannende Situation, aber mit der Möglichkeit, sich im Notfall gleich wieder losschrauben zu können. Sehr schlau. Ich soll die Wand sein; ich soll die Gelegenheit geben. Sehr schlau. Warum gehen Sie denn nicht einfach zu ihm hin? Natürlich, ein solcher Schritt wäre zu verpflichtend; es könnte aussehen, als ob; man wüßte schließlich doch nicht, wie so etwas aufgefaßt würde. Ergötzliche Feigheit. Wo's genehm ist, lyrische Mimose, wo's anders genehm ist, Nackendruck auf einen Wehrlosen.«

»Das ist unerträglich,« rief Johanna und stand auf. »Glauben Sie, daß mich mein Hiersein nicht viel mehr kompromittiert, besonders in meinen eigenen Augen, als alles, was ich sonst tun könnte?«

»Beruhigen Sie sich,« sagte Voß erschrocken und faßte nach ihrem Arm. Sie wich zurück; in der Furcht vor seiner Berührung sank sie wieder auf den Stuhl. »Beruhigen Sie sich,« wiederholte Voß, »er hat mir fest zugesagt, zu kommen. Er hat eine Menge Geschäfte jetzt, hat mit allerlei Leuten zu schaffen und ist fortwährend unterwegs.«

Johanna vollzog an sich Gedankenfoltern. Darin besaß sie Fertigkeit und Erfahrung. Sie freute sich, wenn es ihr übel erging; sie freute sich, wenn ihre Hoffnungen fehlschlugen; sie freute sich, wenn sie beleidigt und mißkannt wurde. Sie freute sich, wenn der seidene Strumpf zerriß, in den sie des Morgens beim Aufstehen schlüpfte; wenn sie beim Schreiben einen Tintenklecks aufs Papier machte; wenn sie auf der Reise den Zug versäumte; wenn eine Sache, die sie für teures Geld gekauft hatte, sich als wertlos erwies. Es war eine hämische, eine gassenjungenhafte Freude, wie sie jemand empfindet, der das Fiasko eines gehaßten Nebenbuhlers mitansieht.

Deshalb lächelte sie auch jetzt vor sich hin. »Ich bin ein reizendes Wesen; nein?« sagte sie bizarr und blickte empor.

Voß war verblüfft.

»Erzählen Sie mir von ihm,« sagte sie, halb trotzig, halb resigniert und drückte wieder die Hände an die Kacheln.

Amadeus' Blick fiel auf ihre Hände, die blau vor Kälte waren. »Sie frieren,« murmelte er, »Sie frieren immer.«

»Ja, ich friere viel. Es fehlt mir Sonne.«

»Von Findelkindern heißt es, sie könnten sich nie recht erwärmen. Aber Sie sind doch keins. Im Gegenteil, ich stelle mir vor, daß Ihre Kindheit eine Brutstätte der Betreuung war. Gewiß hat man die Zimmer überheizt und nachts die Wärmflasche ins Bett getan und Sanatogen und Arsenik verschrieben. Doch Ihre Seele fror immer ärger, je mehr man ihr von der Materie aus beizukommen suchte. Dem Leibe nach sind Sie kein Findelkind, da liegt eine unanzweifelbare bürgerliche Deszendenz vor; nur Ihre Seele, die ist wahrscheinlich eine Findelseele.

Solche gibt es. Es flattern sehnsüchtig Seelen im Weltraum, beständig zwischen Paradies und Hölle auf und ab, und die Frage ist, ob ihnen ein Engel oder ein Dämon ihr irdisches Asyl anweist. Die meisten geraten in den falschen Körper; aus lauter Ungeduld nach einer sterblichen Hülle fallen sie einem Dämon in die Klauen und bleiben ihm zeitlebens tributpflichtig. Das sind die Findelseelen.«

»Sie schwatzen Unsinn,« sagte Johanna; »erzählen Sie mir lieber von ihm.«

»Von ihm? Ich sagte ja schon: er ist vielseitig verstrickt. Das Weib, die Karen, ist krank; der wird schwerlich wieder aufzuhelfen sein. Vergeltung, Vergeltung. Lasterschuld wird eingefordert. Taumeln sollen sie und irre werden von dem Schwerte, das ich unter sie senden will, heißt es. Nun, er pflegt sie. Er wacht in den Nächten und pflegt sie. Eine andre wohnt im Hause, ein jüdisches Mädchen, mit der zieht er herum, besucht allerlei Leute, spielt den Vorstadtheiligen, bloß daß er nicht predigt. Predigen ist ja seine Sache nicht, er ist stumm, und das ist ein Segen. Noch nie war ich einer Frau so nah gesessen,« fuhr er im selben Tonfall fort, wie um zu verhindern, daß sie ihn unterbrach, »noch nie einer, bei der man fühlt: es ist gut, daß sie existiert. Man hat ein so verdammtes Bedürfnis nach Reinheit, so ein gräßliches Verlangen nach einem Menschenauge. Zu wissen: so schaut dich keine andre an wie die –, Herrgott, Herrgott! Daß einmal der Fluch deiner Verlassenheit zunichte wird – Mensch! Mensch! Was ists denn gar so viel? Was will man denn? Nur nicht in der Wut hinsiechen und am Durst krepieren. Einmal den Kopf in einen Weiberschoß graben und nichts mehr spüren als die geliebte Nacht, und wenn oben Schweigen ist, ein paar Hände im Haar und ein Wort, einen Hauch, und erlöst sein – Herrgott!« Seine Stimme war leise geworden, zuletzt verlor sie sich in ein Geflüster.

»Nicht ... nicht ... nicht,« flehte Johanna, fast ebenso leise; »erzählen Sie weiter von ihm,« bat sie hastig; »er lebt also wirklich in vollkommener Armut? Man spricht so viel darüber. Vorige Woche war ich irgendwo eingeladen, und es war von nichts anderm die Rede. Frech und dumm, wie sie ja alle sind, diese seit vergangenem Montag Arrivierten, übertrafen sie sich in schlechten Witzen oder bedauerten die Familie oder sprachen gar von Betrug. Mir ekelte. Eines frag ich Sie: warum habe ich von Ihnen noch kein herzliches Wort über ihn gehört? Warum nichts als Geifer und Entstellung? Sie müssen ihn kennen. Es ist unmöglich, daß Sie die Meinung von ihm haben, mit der Sie sich vor mir, und jedenfalls auch vor andern, wichtig zu machen belieben. An Freundschaft zwischen uns beiden ist ja nicht im entferntesten zu denken, wenn Sie in diesem Punkt nicht wahrhaftig gegen mich sind. Also?«

Voß schwieg lange. Erst wischte er mit dem Taschentuch seine feuchte Stirn ab, dann stützte er, weit vorgebeugt sitzend, das Kinn auf die verschränkten Hände und starrte hinter den abgeblendeten Brillengläsern lauschend in die Höhe. »Freundschaft,« murmelte er sarkastisch, »Freundschaft. Das nenn ich Wasser in den Wein schütten, eh er gekeltert ist.« Nach einer Weile fing er wieder an: »Ich bin nicht zum Richter über ihn bestellt. Im Beginn unsres Verkehrs wurde mir die Erlaubnis erteilt, ihn auf dem Piedestal zu bestaunen. Der Lump kniete im Dreck und verdrehte die Augen zum Halbgott. Ich schürte dann mein Feuerchen an, und es gab einigen Qualm. Wollt ichs abstreiten, daß er mir in die innerste Natur gegriffen hat, ich wär ein Lügner. Er ist bisweilen meiner schlechten und gemeinen Instinkte in einer Weise Herr geworden, daß ich mich, war ich dann allein, einfach hinwerfen mußte und flennen. Aber um ihn häufte sich Liebe und um mich Haß. Wo er ging und stand, sproßte Liebe, und wo immer ich mit Fingern hinrührte, wuchs Haß. Um ihn Licht und Schönheit und erschlossene Herzen, um mich Schwärze und Niedrigkeit und verrammelte Wege. Er von allen Genien behütet, ich mit Satan im Kampf und in meiner Finsternis zu Gott schreiend, der mich verwarf. Ja, verwarf, ausstieß und brandmarkte; und immer mehr, immer erbarmungsloser, je größer die Zerknirschung wurde, je bußfertiger ich mich an den Pranger stellte, je heißer ich meine Wurzeln aus der Erde grub. Da geschah es denn, daß er mich als den Bruder erkannte. Es war eine unvergeßliche Nacht, und unvergeßliche Worte haben wir getauscht. Aber um ihn blieb die Liebe, um mich der Haß. Er nahm meine Flamme und trug sie zu Menschen, und um ihn war Liebe, um mich Haß. Er machte sich zum Bettler und beschenkte mich mit Hunderttausenden; um ihn war Liebe, um mich Haß. Halten Sie mich für so borniert, daß ich nicht ermessen kann, was er getan hat und wie schwer es wiegt? Schleicht doch das Bewußtsein davon in meinen Schlaf und macht ihn so fürchterlich, so wund-offen, daß ich wie in brennendem Unkraut liege, ächzend, ohne Himmel und Aufklang. Wer könnte denn so ein geschlagener Selbstverräter sein und die Wahrheit nicht sehen und hören wollen, wenn sie lodert und braust? Aber der Bruder, mein Fräulein, der Bruder! Als er noch schwelgte, war es leicht. Nun geht er hin und leistet Verzicht und lebt in Entbehrung und Gestank und pflegt eine luetische Dirne und läßt sich zum Abschaum herab, und was ist die Folge? Liebe häuft sich wie ein Berg. Das muß man erfahren haben, das muß man gesehen haben, wenn er in einen Raum tritt und sich die Blicke an ihn hängen und ihn zärtlich betasten und jeder sich schöner und besser glaubt, nur weil er da ist. Ist das Zauberei? Mich zermalmt der Berg von Liebe in meiner Klamm.«

Er trocknete sich abermals die Stirn. Johanna, ihr dämmerten erst jetzt Erkenntnisse über ihn, sah ihn aufmerksam an.

»Die die Bestimmung haben, tun bloß den letzten Schritt,« fuhr Amadeus Voß fort; »unsereins bleibt beim vorletzten stehen, und das ist unser Fegefeuer. Vielleicht hätte Judas Ischariot dasselbe vermocht wie der Meister, aber der Meister war ihm zuvorgekommen; das machte ihn zum Verbrecher. Er war allein; des Rätsels Lösung ist, daß er allein war. Vorhin las ich in einem Buch, ehe Sie kamen: die Hochzeit des heiligen Franziskus mit der Frau Armut. Kennen Sie es? Weh dem, der allein ist, heißt es dort; wenn er fällt, hat er nicht den, der ihm hülfe aufzustehen.«

Das Buch lag auf dem Tisch. Er nahm es und sagte: »Der heilige Franziskus ist aus der Stadt gegangen und trifft zwei arme Greise; die fragt er, ob sie ihm sagen könnten, wo die Frau Armut wohnt. Ich will Ihnen vorlesen, was die beiden Greise antworten.«

Er las: »Wir sind hier seit langer Zeit, und oft haben wir sie dieses Weges ziehen sehen. Manchmal war sie geleitet von vielen, und oftmals kehrte sie zurück, allein, ohne jegliches Geleite, nackt, ohne jeglichen Schmuck noch Kleid, nur von einem Wölkchen umgeben. Und sie weinte sehr bitterlich und sagte: Die Söhne meiner Mutter haben gekämpft wider mich. Und wir sagten: Hab Geduld, denn die gut sind, lieben dich. Und nun sagen wir dir: Steig auf den großen Berg, den der Herr ihr zur Wohnstätte gegeben hat in den heiligen Bergen, denn Gott liebt ihn mehr als alle Wohnstätten Jakobs. Die Riesen konnten nicht nahm seinen Pfaden, und die Adler konnten seinen Gipfel nicht ersteigen. Willst du zu ihr gehen, so zieh aus die prächtigen Kleider, und leg zur Erde jede Schwere und Gelegenheit zur Sünde; denn bist du nicht von diesen Dingen bloß, so wirst du nicht aufsteigen zu ihr, die in solcher Höhe weilt. Aber da sie gütig ist, sehen sie die mühelos, die sie lieben, und die sie suchen, finden sie mühelos. Bruder, gedenke ihrer, denn diejenigen, die sich ihr hingeben, sind sicher. Nimm treue Gesellen, auf daß, wenn du auf den Berg steigst, du dich mit ihnen beraten könnest und sie deine Helfer seien. Denn wehe dem, der allem ist. Wenn er fällt, hat er nicht den, der ihm hülfe aufzustehen.«

Seine Art zu lesen peinigte Johanna. Es war ein Fanatismus darin, vor welchem ihr nur auf Halbtöne gestimmtes Gemüt zurückschreckte.

»Weh dem, der allein ist,« sagte Voß. Er kniete vor Johanna nieder. Er zitterte an allen Gliedern. »Johanna,« stieß er hervor, »Ihre Hand, bloß Ihre Hand; Mitleid! Ihre Hand!«

Fast willenlos, mehr bestürzt als gehorsam, reichte sie ihm die Hand, auf die er mit furchtbarer Leidenschaftlichkeit seine Lippen drückte. Was er tat, erschien ihr im Zusammenhang mit dem Bisherigen blasphemisch und verzweifelt, aber sie wagte nicht, ihm die Hand zu entziehen.

Wachen Ohrs hörte sie ein Geräusch. »Es kommt jemand,« hauchte sie. Voß stand auf. Es klopfte. Christian trat ein.

Er begrüßte die beiden freundlich. Seine Ruhe stach beinahe tönend von Amadeus' Verstörtheit ab. Es gelang Voß nicht, sich zu sammeln. Während Christian sich an den Tisch setzte, wo von der Lampe der volle Schein auf sein Gesicht fiel, und bald Johanna, bald Amadeus anschaute, ging dieser erregt im Zimmer auf und ab und sagte: »Wir haben vom heiligen Franziskus gesprochen, Fräulein Johanna und ich.«

Christian wunderte sich ablehnend.

»Ich weiß von ihm nichts,« sagte er; »ich erinnere mich nur, in Paris, bei Eva Sorel, habe ich Verse lesen hören, die von ihm handelten. Alle waren damals entzückt, aber ich mochte das Gedicht nicht. Aus welchem Grund, erinnere ich mich nicht mehr, ich weiß nur, daß Eva darüber zornig war.« Er lächelte. »Warum habt ihr denn von Sankt Franziskus gesprochen?«

»Wir haben von seiner Armut gesprochen,« antwortete Voß, »von seiner Hochzeit mit der Frau Armut, wie es in der Legende heißt. Wir sind übereingekommen, so etwas dürfe nicht in die Wirklichkeit umgesetzt werden, sonst würde Lüge und Mißverständnis daraus …«

»Wir sind in nichts übereingekommen,« unterbrach ihn Johanna trocken; »ich bin keine Stütze für Meinungen.«

»Gleichviel,« fuhr Voß etwas gedrückt fort, »es ist eine Vision, eine Leidvision von religiös Ergriffenen. Nur auf dem Boden des Christentums läßt sich diese Armut denken, die heilige Armut. Wer sich des unterfängt und in einer verbildeten Welt, in verbildeten Zuständen, wo Armut mit Schmutz, Verworfenheit und Deklassierung identisch ist, den übermächtigen Lebensstrom nach rückwärts lenken will, der stiftet nur Unheil und fordert die Menschheit heraus.«

»Das mag schon stimmen,« sagte Christian, »aber man muß tun, was man für richtig findet.«

»Bequem, sich immer hinter das Persönliche zu verschanzen, wenn vom Allgemeinen die Rede ist,« grollte Voß.

Johanna erhob sich, um sich zu verabschieden, und Christian schickte sich an, mit ihr zu gehen, denn ihretwegen war er gekommen. Voß sagte, er wolle sie bis zum Nollendorfplatz begleiten; dort trennte er sich auch von ihnen.

»Für uns ist es schwer, zu reden,« sagte Christian; »ich glaube, ich habe dir viel abzubitten, Johanna.«

»Bah,« machte Johanna, »was liegt an mir. Es ist schon verwunden. Wenn ich mir trauen darf, ist es sogar verschmerzt.«

»Und wie lebst du?«

»Schlecht und recht.«

»Du hast doch nichts dagegen, daß ich beim Du bleibe? Oder stört es dich? Willst du nicht einmal zu mir kommen? Abends bin ich gewöhnlich zu Hause. Wir sitzen dann beisammen und plaudern.«

»Gut, ich werde kommen,« sagte Johanna, die ihre Befangenheit bei dem freien und einfachen Ton Christians schwinden fühlte.

So lange sie an seiner Seite ging und er seine einfachen Fragen an sie richtete und einfache Dinge sagte, war das Geschehene selbstverständlich und das Gegenwärtige geordnet. Aber als sie wieder allein war, mißfiel sie sich wie vorher; das nächste Ziel war so vernunftlos wie das fernste, und Welt und Dasein atmeten Traurigkeit aus.

Zwei Tage nachher ging sie in Christians Wohnung. Die Frau des Nachtaufsehers Gisevius ließ sie ins Zimmer eintreten. Frierend und von dem Raum beklommen, in dem sie ihn nicht denken konnte, wartete sie über eine Stunde vergeblich auf ihn. Sie hörte das Haus. Es kroch und raunte um sie herum. Es war wie eine schmutzige Schachtel voll Insekten. Sie schrieb ein paar Worte auf einen Zettel und ging wieder. Frau Gisevius riet ihr, sie solle doch oben bei Karen Engelschall nachsehen oder bei Hofmanns. Dazu konnte sie sich nicht entschließen. »Ich komme wieder,« sagte sie.

Als sie auf die Straße trat, erblickte sie Amadeus Voß. Er begrüßte sie stumm, machte ein Gesicht, wie wenn es zwischen ihnen verabredet wäre, daß sie sich hier treffen würden, und ging an ihrer Seite weiter.

»Ich liebe Sie, Johanna,« sagte er.

Sie antwortete nicht, blickte geradeaus, ging rascher, dann langsamer, dann rascher.

»Ich liebe Sie, Johanna,« sagte Amadeus Voß. Seine Zähne schlugen aufeinander.

15

Auf der Alabasterplatte des Kamins brannten Kerzen in silbernen Renaissanceleuchtern. Auch das grellere Licht der brennenden Scheite blieb auf die Nähe beschränkt und verbrauchte seine Kraft, indem es die Gestalten von Eva und Cornelius Ermelang in Glut setzte. Bis zu den Porphyrsäulen an den Wänden und den goldverzierten Kassetten an der Decke drang es kaum noch hin; in den hohen Spiegeln zuckte rotes Flimmern, und die purpurnen Damastvorhänge über den riesigen Fenstern, den Raum pathetischer schließend als die mächtigen Flügeltüren, saugten die Reste der Helligkeit ohne Strahlung auf.

Der weiße Spitzenüberwurf, den die Tänzerin trug – Kenner behaupteten, jeder Quadratzoll daran ergebe das Jahreseinkommen eines Gouverneurs –, war auf der dem Feuer zugewendeten Seite belebt wie ein phantastisches Pastell.

»Sie hatten viel Nachsicht mit mir, Sie waren oft vergeblich hier,« sagte Eva; »ich fürchtete, Sie würden wieder abreisen, ohne daß ich Sie gesehen hätte. Aber Susanne wird Ihnen ja geschildert haben, wie meine Tage verlaufen. Menschen und Ereignisse wirbeln, ich habe Mühe, ein Bewußtsein von mir zu behalten. Freunde werden mir entfremdet, Gesichter wechseln, und ich merk es nicht; ein verrücktes Leben.«

»Und daß Sie mich trotzdem gerufen haben,« flüsterte Ermelang; »daß ich das Glück genießen darf, bei Ihnen zu sein. Nun erst habe ich alles erreicht, was mir der Aufenthalt in Rußland versprochen hatte. Wie soll ich Ihnen danken? Ich habe bloß meine armen Worte.« Er blickte sie mit seinen wasserblauen Augen gerührt und begeistert an. Das mit den armen Worten war wiederkehrende Figur bei ihm; aber ungeachtet seiner gekünstelten Wendungen war die Empfindung echt;

ja, es war immer ein wenig zu viel Empfindung, zu viel Ergriffenheit in seiner Rede, es machte manchmal den Eindruck, daß er im Grunde gar nicht so weich und erschüttert war und sich im Notfall auch einzuschränken wisse.

»Was tut man nicht einem Dichter zuliebe,« versetzte Eva mit artiger Gebärde; »es ist die reine Zwecksucht. Ich werbe um mein Bild in Ihrem Geist. Von antiken und modernen Tyrannen weiß man, daß die einzigen Menschen, mit denen sie behutsam umgingen, die Poeten waren.«

Ermelang sagte: »Ein Wesen wie Sie existiert so elementar, daß das Bild von ihm geringfügig dagegen ist, wie der Schatten eines Dings, wenn die Sonne im Zenit steht.«

»Subtil; aber Bild muß sein. Ich habe solches Vertrauen zu Ihrem Auge, daß ich von Ihnen erfahren möchte, ob ich wirklich so verändert bin, wie einige versichern, die mich in meiner Pariser Zeit kannten. Ich lache sie aus, doch daneben ist noch eine kleine Rebellion der Eitelkeit, Angst vor Vergehen und Verblühen. Sagen Sie nichts, Widerspruch wäre trivial. Erzählen Sie mir vor allem, wie Sie nach Rußland gekommen sind, was Sie gesehen, gehört, erlebt haben.«

»Ich habe wenig erlebt. Im ganzen war es eine Impression, so unvergeßlich, daß das einzelne bedeutungslos wurde. Gewisse Bedrängnisse hatten mir Paris verleidet, und die Fürstin Walujeff bot mir eine Zufluchtsstätte auf ihrem Gut in der Nähe von Petersburg. Jetzt muß ich wieder nach dem Westen, nach Europa, wie sie hier spöttisch sagen; der Spott hat recht. Ich verlasse meine seelische Heimat, Menschen, die mir nah waren, ohne daß ich sie kannte, eine Einsamkeit voll Melodie und Ahnung, um zurückzukehren in sinnloses Getöse, in Verwirrung und Isolierung. Ich war bei Tolstoi, bei Pobjedonoszew; ich habe den Jahrmarkt in Nischni-Nowgorod besucht und bin in der Troika durch die Steppe gefahren; um Menschen und Landschaft ist ein Hauch von Unschuld und kommender Zeit, von Dunkelheit und von Kraft.«

Eva hatte zerstreut zugehört. Die Hymnen ambulanter Literaten und Beobachter über Rußland begannen sie ernstlich zu langweilen. Sie verzog ein wenig die Lippe. »Ja, es ist eine besondere Welt,« warf sie hin und streckte ihre schönen Hände aus, um sie an der Glut zu wärmen.

Das hatte sie früher nie gehabt, dünkte es Ermelang, dies Versinkenlassen eines, mit dem sie gerade sprach.

Er fühlte, daß seine Worte keine Freundlichkeit bei ihr fanden, wurde verlegen und schwieg. Er schaute sie an, heimlich, mit dem inneren Auge, das streng war, und er sah die Veränderung, von der sie gesprochen; er empfing das Bild, das sie gefordert.

Die Schmalheit des Ovals hatte eine Willenslinie, die von Güte nichts mehr besaß, von Heiterkeit nur noch wenig. Den Mund härtete Entschlossenheit. Verluste waren verzeichnet; um die Schläfen und unter den Lidern lagerten Schatten. Der Körper verriet herrische Bändigung, gerade in seinen Lockerungen jetzt, dem unvergleichlichen Gedehntsein und Ruhen wie bei wilden Katzen. Daß sie erstaunlich gearbeitet hatte, war Ermelang bekannt; man hatte ihm gesagt, daß sie sechs, sieben Stunden täglich ihren Übungen widmete wie in der Zeit der Lehre. Es bestätigte sich ihm in der Art, wie die Glieder und Gelenke satt von Rhythmus und Bewegung waren und mit dieser Fülle lässig spielten.

Aber nichts Tröstliches ging davon aus, keine Freiheit. Ermelang gedachte der Stimmen, die sie unstillbarer Machtgier bezichtigten, gefährlicher politischer Umtriebe, verhängnisvoller Konspirationen, des Einflusses auf gewisse Geheimverträge, die die Völker zu beunruhigen drohten, bei denen es sich um die Entfaltung einer äußerst verschlagenen journalistischen Hetze und um Werbungen und Parteiungen größten Stils handelte. Es war, wie wenn im Erdinnern ein Kohlenlager in Brand gerät, auf dem ein Kontinent noch arglos atmet.

Mißtrauische erklärten sie für eine verkappte Spionin im Solde Deutschlands; doch genoß sie die Freundschaft der französischen und der englischen Diplomaten. Beschöniger sagten, sie werde nur benutzt, um die Pläne und Wege des Großfürsten Cyrill zu decken; ihre Anhänger behaupteten, daß sie seine Absichten durchkreuze und sich nur zum Schein zu seinem Werkzeug mache. Der Adel war ihr abgeneigt; der Hof fürchtete sie; das niedere Volk, aufgestachelt durch Popen und Sektierer, sah in ihr das Unglück des Landes; bei einer Revolte in Iwanowa hatte man sie öffentlich als Hexe ausgerufen und ihren Namen unter feierlichen Zeremonien verflucht. Erst gestern war ihm von einer Deputation Mohilewscher Bauern erzählt worden – er hatte sie dann auf dem Fischmarkt gesehen – die in Zarskoje Selo beim Zaren gewesen und in den Klagen über die Hungersnot, von der ihre Provinz heimgesucht war, abergläubisch verstockt auf den sprichwörtlich gewordenen Prunk der fremden Tänzerin hingewiesen habe. Der Zar habe nichts zu erwidern gewußt und still zu Boden geschaut.

All dies hing an ihr. Zu deuten blieb da nichts. Betrachtete er ihre schönen Hände, die in der Kaminglut schwammen, jeder Finger war ein zarter Leib, so ward ihm bang.

»Ist es wahr,« fragte er mit scheuem Lächeln, »daß Sie in der Schlüsselburg waren, dreimal nacheinander?«

»Es ist wahr. Hat man es übelgenommen?«

»Man hat sich jedenfalls gewundert. Die Kerkertüren haben sich noch niemals einem Fremden geöffnet; der Russe lernt sie nur kennen, wenn sie sich hinter ihm schließen. Man hat sich gewundert; niemand begreift, was Sie dazu trieb. Viele vermuten, Sie hätten bloß Dimitri Schelkow sehen wollen, der auf den Großfürsten geschossen hat. Sagen Sie mir den Grund; ich möchte den Schwätzern antworten.«

»Den Schwätzern muß nicht geantwortet werden,« entgegnete Eva. »Ich fürchte sie nicht und brauche keinen Verteidiger gegen sie. Ich weiß nicht, warum ich hinging. Möglich, daß ich Schelkow sehen wollte. Er hat mich beschimpft. Er hat sich die Mühe genommen, ein Flugblatt gegen mich zu verbreiten. Fünf seiner Freunde sind dafür nach Sibirien geschickt worden, sechzehn-, siebzehnjährige Knaben. Die Mutter eines von ihnen schrieb mir einen flehentlichen Brief; ich sollte ihn retten. Ich habe es versucht; es war umsonst. Vielleicht wollte ich wirklich Dimitri Schelkow sehen; es heißt von ihm, er habe Iwan Becker den Tod geschworen.«

»Schelkow ist einer der reinsten Menschen der Welt,« warf Ermelang leise ein; »um ihn zu Geständnissen zu zwingen, hat man ihn gepeitscht.«

Eva schwieg.

»Gepeitscht,« wiederholte Ermelang; »diesen. Und es gibt noch Worte, es gibt noch Lachen, es scheint noch die Sonne.«

»Vielleicht wollte ich es sehen, wie sich ein Mensch unter Knutenhieben windet,« begann Eva wieder. »Vielleicht war es mir wichtig als ein Reiz. Ich muß mich nähren. Das Ungewöhnliche ist meine Speise. Eine Zuckung, ein originelles Kauern, und die Phantasie ist befriedigt. Aber ich habe ihn gar nicht gesehen,« fuhr sie mit dunklerer Stimme fort und blickte angestrengt an eine Stelle der Wand; »ich habe andere gesehen, solche, die zehn, zwölf, fünfzehn Jahre in einem finstern Steinloch zugebracht hatten. Einst hatten sie sich in der großen Welt bewegt, hatten ihren Geist mit edlen Dingen beschäftigt. Jetzt hockten sie in Fetzen auf Fetzen und drückten die Augen zu, weil sie das Licht der kleinen Laterne nicht aushalten konnten. Sie hatten verlernt zu blicken, verlernt zu gehen, verlernt zu sprechen. Es roch nach Verwesung in ihrer Nähe; jede ihrer Gebärden hatte einen sanften Wahnsinn. Aber auch um sie war es mir nicht zu tun. Um Frauen war es mir zu tun. Ich sah Frauen, eingekerkerte Frauen, um einer Überzeugung willen der Liebe, dem Leben, der Mutterschaft, der Hingabe entrissen und zum langsamen Foltertod verurteilt. Nicht einmal verurteilt, sondern vergessen. Viele sind einfach vergessen worden, und wenn die Freunde Gerechtigkeit verlangen, droht ihnen Gleiches. Ich sah eine, die als junges Mädchen gekommen war und nun als Greisin im Sterben lag. Ich sah Natalie Elkan, die in Kiew von einem Gendarmerieoberst vergewaltigt worden war und den Unhold mit seinem eignen Säbel erstochen hatte. Ich sah Sophie Fleming, die sich mit einem Stück Eisendraht geblendet hatte, weil man ihren Bruder vor ihren Augen gehängt hatte. Wissen Sie, was sie sagte, als ich zu ihr ins Verließ trat? Sie steckte die Nase in die Luft und sagte: O, so riecht eine Dame. Da wußte ich auf einmal etwas von Frauen. Ich umschlang sie und küßte sie und raunte ihr ins Ohr, ob ich ihr Gift bringen sollte. Aber sie verneinte.«

Eva erhob sich und schritt auf und ab. »Menschen,« sagte sie; »ja, und es gibt Worte, es gibt Lachen, und es scheint die Sonne. Dies ist ein Saal, angefüllt mit Kostbarkeiten. Auf der Treppe stehen die Lakaien. Fünfzig Schritte von hier ist das Prunkbett, in dem ich schlafe. Alles mein. Was ich anrühre: mein; was ich anschaue: mein. Ich könnte den ganzen Erdball fordern, wenn sie ihn zu vergeben hätten; dann würf ich ihn wie eine Billardkugel in einen Tümpel, daß er nicht mehr im Sternenraum wäre mit seinem Schmutz und seiner Qual. Wie ich hasse! Wohin nur mit all dem Haß! Wo ist Erlösung von ihm? Ich glaube nicht mehr, nicht an die Kunst, nicht an Dichter, nicht an mich; ich hasse nur noch, zerstöre nur noch; ich bin verloren.«

»Wunderbare Eva!« rief Ermelang mit gefalteten Händen. »Denken Sie daran, wie vielen Sie viel gegeben haben.«

»Ich bin verloren,« sagte Eva und blieb stehen, »ich fühls, ich bin verloren.«

»Weshalb verloren? Sie spielen mit sich selbst.«

Sie schüttelte den Kopf und flüsterte die Verse aus dem Inferno: »*O Simon mago, o miseri seguacci, / Che le cose di Dio, che di bontate / Debbon essere spose e voi rapaci / Per oro e per argento adulterate.*«

Ermelang fügte sinnend hinzu: »*Fatto v'avete Dio d'oro e d'argento: / E che altro è da voi agl'idolatre, / non ch'egli uno, e voi n'orate cento.*«

»Was ist da draußen?« fragte Eva und lauschte. Man hörte grollende Stimmen von der Straße, dazwischen Rufe, Pfiffe. Auch Ermelang horchte, dann ging er an ein Fenster, hob die Draperie und schaute hinaus.

Vor dem Palast, auf der breiten, schneebedeckten Straße stand eine Ansammlung von fünfzig oder sechzig Muschiks, in ihrer Tracht mit den Lammfellhüten und den langen Mänteln deutlich zu erkennen. Sie standen schweigend und blickten zu den Fenstern empor; sie hatten eine Menge Volks nach sich gezogen, Weiber und Männer, und diese gestikulierten gehässig und schienen die Muschiks aufzureizen.

»Ich glaube, es sind die Bauern aus Mohilew,« sagte Ermelang ein wenig ängstlich; »ich habe sie gestern durch die Stadt ziehen sehen.«

Eva trat neben ihn, warf einen flüchtigen Blick hinab und kehrte wieder in die Mitte des Saals zurück. Sie lächelte verächtlich. Da kam Susanne Rappard hastig herein und sagte mit Zeichen des Schreckens: »Leute sind unten. Pierre ist zu ihnen hinausgegangen, zu fragen, was sie wollen. Sie wollen mit dir sprechen. Sie bitten demütig, zu dir gelassen zu werden. Was soll man dem Gesindel antworten? Ich habe zur Polizei telefoniert. Mein Gott, was für ein Land, was für ein abscheuliches Land!«

»Gib ihnen Geld, Susanne,« sagte Eva mit gesenkten Augen; »es sind sehr arme Leute, gib ihnen alles Geld, das im Hause ist.«

»Unsinn!« rief Susanne entsetzt, »das nächste Mal werden sie das Tor einschlagen und plündern.«

»Tu, was ich dir befehle,« erwiderte Eva; »geh zu Monsieur Labourdemont; er soll dir geben, was er an barem Gelde hat, und bring es ihnen hinaus. Oder jemand, der mit ihnen sprechen kann, soll es tun und ihnen sagen, ich sei schon zu Bett, ich könne sie nicht empfangen. Und laß noch einmal an die Polizei telefonieren, daß es überflüssig ist, einzuschreiten; hörst du, was ich dir befehle?«

»Ich höre,« sagte Susanne und ging.

Die Menge unten hatte sich vermehrt, der Lärm wuchs, Betrunkene johlten. Nur die Bauern blieben still. Der Älteste war bis an den Rand des Gehsteigs getreten. Auf seiner Mütze lag eine kleine weiße Schneekuppel; auch in seinem Bart hing Schnee und Eis. Pierre, der Pförtner, hatte sich in seiner silberstrotzenden Livree vor ihm aufgepflanzt und maß ihn mit Hochmut. Der Bauer verbeugte sich tief, während er mit ihm sprach.

»Leben Sie wohl, lieber Freund,« wandte sich Eva an Ermelang; »ich bin müde. Bewahren Sie diese Stunde in Ihrem Gedächtnis, aber vergessen Sie sie, wenn Sie mit andern über mich reden. Das Innerste ist nur für einen. Gute Nacht.«

Als Ermelang aus dem Tor des Palastes trat, tauchte am Ende der Straße eine Abteilung berittener Polizei auf. Die Volksmenge verschwand mit geschulter Geschwindigkeit. Eine Minute später, und keiner war mehr zu sehen. Die Bauern aber wichen nicht von der Stelle. Ob ihnen Geld verabreicht wurde, wie Eva befohlen, erfuhr Ermelang nicht. Er mochte nicht das Schauspiel roher Gewalt abwarten, das sich ihm beim Anrücken der Berittenen bieten würde.

16

Ruth beeilte sich, nach Hause zu kommen. Am Sonntagnachmittag pflegte der Vater ein paar Stunden mit ihr zu verbringen. Sie war überrascht, als sie ihn nicht zu Hause fand. Ein Brief lag auf dem Tisch. »An meine Kinder,« stand auf dem Umschlag geschrieben.

Der Brief lautete: »Geliebte Tochter, mein lieber Sohn! Ich muß euch verlassen. Wann ich euch wiedersehen werde, weiß nur ein Höherer. Mein Entschluß ist fest, ich habe lange um ihn gerungen. Ich bin dem Lebenskampf unter den Umständen, die ihr kennt, nicht mehr gewachsen. Um in Berlin vorwärtszukommen, braucht man eiserne Fäuste und eine eiserne Stirn. Ich bin nicht mehr in dem Alter, wo man brutal über Hindernisse hinwegschreitet. Brotlosigkeit droht. Statt euer Ernährer zu sein, steht mir das Schreckgespenst vor Augen, dir, meine Ruth, zur Last zu fallen, die ohnehin Übermenschliches leistet. Meinem Dasein ein Ende zu machen, ist mir letzthin oft verlockend erschienen. Die Religion sowohl wie die Rücksicht auf das Andenken, das mir in euch bleiben würde, haben mich daran verhindert. Es hat sich ein Mann gefunden, ein Glaubensgenosse, der mir zuredete, mit ihm nach Amerika auszuwandern; er hat sich bereit erklärt, mir das Geld für die Überfahrt vorzustrecken. Er ist hoffnungsvoll und verspricht sich Gelingen. Vielleicht wendet sich das Schicksal endlich doch zu meinen Gunsten; vielleicht nötige ich ihm durch das Opfer, das ich bringe, indem ich euch im Unsicheren und in der Bedrängnis lasse, Erbarmen ab. Dann wird mein erstes sein, euch zu mir zu rufen, darauf könnt ihr bauen. Ich sehe keinen andern Weg, mich vor dem Untergang zu retten. Nur weil ich deine Seelenstärke kenne, liebe Ruth, nur weil ich die unerschütterliche Zuversicht habe, daß ein guter Engel über dir wacht, greife ich zu dem, was mir so bitter ist und so schwer fällt. Ich will nicht denken, darf nicht denken; ihr Unmündigen schutzlos, mittellos, ohne Freunde, ohne Verwandte, Gott wird mirs verzeihen und euch behüten. Keinen Abschied weiter. Es muß sein. Sobald Gutes von mir zu melden ist, schreibe ich. Gib dann auch du sogleich Nachricht. Eingeschlossen fünfzig Mark für das, was vorderhand nötig ist. Mehr kann ich nicht entbehren. Die Miete per November ist bezahlt. Schuster Rösike hat noch sechs Mark fünfzig zu bekommen. Es umarmt euch aus treuem Herzen euer sehr unglücklicher Vater.«

Ruth weinte.

Nach einer Stunde, während der sie still sitzen geblieben war, klopfte es an der Tür. Im Glauben, es sei Michael, öffnete sie. Wenn es doch Christian Wahnschaffe wäre, dachte sie in dem Bedürfnis nach freier Mitteilung und hatte Furcht vor dem Bruder.

Es war weder Michael noch Christian. Vor ihr stand ein ärmlich gekleidetes Kind, ein Mädchen mit einem Hund an der Seite, einem Metzgerhund, groß wie ein Kalb, mit abscheulich glattem, glänzendem Fell, das schwarz und weiß gefleckt war.

Ruth ließ die Klinke nicht los, als sie nach dem Begehr des Mädchens fragte, das ebensogut zwölf wie zwanzig Jahre alt sein konnte. Der Hund starrte böse.

Das Mädchen reichte ihr schweigend einen Zettel. Er war schmierig und mit rohen Schriftzügen bedeckt. Ruth dachte erschrocken: Heute kommt alles Schlimme geschrieben. Sie hatte aber noch nicht gelesen, was auf dem Zettel stand; sie fühlte nur, daß es Schlimmes bedeutete.

Sie schaute einen Augenblick gegen das Gangfenster, das ein Rahmen für ein Bündel schwarzer Fabrikschlöte war. Der unheimliche Hund knurrte ein wenig.

Auf dem Zettel standen, schwer zu entziffern, diese Worte: »Sie müssen auf der Stelle hinkommen zu einem, mit dems übel steht. Er hat ein Gift im Leibe, das bringt ihn um, und er muß Ihnen ein Geständnis machen, vor er abkratzt. Er liegt in der hinteren Stube bei Adelens Aufenthalt, was eine Weinkneipe ist, Prenzlauer Allee 112, Hofgebäude links, Kellerstiege. Kommen Sie gleich mit das Mädchen.

Der liebe Gott wirds vergelten. Bitte aus Herzensgrund um Gottes willen.«

So der Zettel.

»Was ist denn los? Was soll ich denn?« hauchte Ruth.

Das Mädchen, als sei es stumm, zuckte die Achseln und wies auf den Zettel.

Voll Ahnung, voll innerer Warnung, voll von dem Schmerz über den Brief und die Flucht des Vaters, voll Grauen vor dem Metzgerhund stammelte Ruth unschlüssig und immer wieder den Zettel betrachtend: »Ich weiß nicht ... ich muß auf Michael warten ... wer ist es denn? Warum nennt er seinen Namen nicht?«

Das Mädchen zuckte die Achseln.

Es dünkte Ruth, daß sie den Hilferuf nicht überhören dürfe. Die blutunterlaufenen Augen des Hundes waren auf sie gerichtet. Niemals hatte sie ein so *nacktes* Tier gesehen. Sie griff sich mit der Hand an die Stirn und sammelte sich bedrängt. Sie kehrte ins Zimmer zurück und schaute sich bestürzt um, denn es schien ihr sehr einsam und kahl. Sie schlüpfte in ihr Mäntelchen und setzte den Hut auf. Ein Lächeln huschte über die Züge, wie aus Freude, daß sie sich entschlossen hatte. Sie durchflog noch einmal den Zettel. »Bitte aus Herzensgrund um Gottes willen.« Es war klar, was man zu tun hatte.

Den Brief des Vaters hielt sie eine Weile unschlüssig in der Hand, dann legte sie ihn zusammengefaltet auf den Tisch, wo ihre Bücher und Schreibhefte in einiger Unordnung verstreut waren. Sie schloß die Bücher, die offen waren, und schichtete sie aufeinander. Der Hund war lautlos ins Zimmer getrabt und folgte ihr, als sie es verließ. An der Tür hing eine kleine Schiefertafel und, an eine Schnur gebunden, ein Griffel. Ruth schrieb auf die Tafel: »Ich komme bald zurück. Bin in die Prenzlauer Allee gegangen. Warte jedenfalls auf mich. Habe Wichtiges mit dir zu sprechen.« Sie sperrte ab und versteckte den Schlüssel unter der Strohmatte.

Das Mädchen bewahrte eine schläfrige Gleichgültigkeit.

Ruth besann sich am Treppenabsatz, dann pochte sie an Karens Tür. Wenn Christian bei Karen war, konnte sie ihm noch ein paar Worte sagen. Aber es kam niemand, um ihr zu öffnen. Karen schläft, dachte sie, und verzichtete darauf, zu läuten. Als sie hinter dem Mädchen und dem nackten Hund die Treppe hinunterstieg, wurden ihr die neuen Verantwortungen und neuen Aufgaben ihres Lebens bewußt. Aber das

Wirre zerteilte sich, und das Schwere verlor seine Gewichte in ihrem jungen und mutigen Herzen.

Im Hausflur zögerte sie ein letztes Mal. Doch gab sie es auf, bei Gisevius nachzusehen, ob Christian dort nicht sei, da sich im Hof zwei alte Weiber mit unflätigen Ausdrücken beschimpften.

Es regnete. Der Sonntagnachmittag in der Stolpischen Straße, mit Novemberhimmel und Arbeitsstille, bleichen Gasflammen in die Dämmerung gesteckt und brummendem Lärm aus Wirtshäusern, war in gespenstischer Nüchternheit entfaltet.

»Gehen wir also,« sagte Ruth zu dem Mädchen.

Der nackte Hund trabte zwischen ihnen auf dem nassen Pflaster.

17

Crammon hatte an die Gräfin Brainitz geschrieben: »Da ich mein Wort verpfändet habe, werde ich kommen. Doch ersuche ich Sie um die Gefälligkeit, Lätizia entsprechend vorzubereiten. Je näher der fatale Zeitpunkt rückt, je unbehaglicher wird mir zumute. Es ist eine harte Buße, die Sie mir auferlegt haben. Lieber wollte ich zum Berg Ararat wallfahrten, um einige Jahre als Einsiedler dort zuzubringen und nach den Überresten der Arche Noah zu forschen. Gewiß, ich war ein skrupelloser Vertilger wohlschmeckender Dinge, aber dieses hab ich nicht verdient. Was zuviel ist, ist zuviel.«

Die Gräfin antwortete, sie wolle ihm nach besten Kräften beistehen, damit die Peinlichkeit der Begegnung für ihn gemildert werde. Sie habe nichts dawider, daß das Kind sich an ihrem Herzen erst ausweine, bevor es einem Vater gegenübertrete, der sich mit solchen Klauseln und Ängsten zu dieser Würde bekenne. »Im übrigen, mein Herr,« schloß sie, »wir harren Ihrer. Lätizia ist aus Paris zurückgekehrt, bezaubernder als je. Alle Welt liegt ihr zu Füßen. Ich hoffe, Sie werden davon keine Ausnahme machen.«

»Daß dich der Satan beiße,« fluchte Crammon und packte seine Koffer.

Als er in der Villa Ophelia ankam, so hieß das Landhaus der Gräfin, wurde ihm mitgeteilt, die Damen seien im Theater. Man führte ihn in das für ihn hergerichtete Zimmer; er wusch sich und warf sich in den Abendanzug, dann ging er in den Salon hinab, stemmte die Hände in die Taschen wie ein frierender Landstreicher und ließ sich übellaunig in einen Sessel fallen. Er hörte den Regen plätschern, und aus einem der Räume drang das Weinen eines Säuglings. Aha, das ist der Enkel, dachte Crammon moros, das Zwillingshalbe; wer schützt mich schließlich davor, daß man es mir auf die Knie legt und mich auffordert, es zu bewundern, oder zu streicheln, oder gar zu küssen? Wer, sage ich, behütet mich vor einer derartigen Attacke im Gartenlaubenstil? Dieser Gräfin ist manches zuzutrauen. So eine sentimentale Naive, die den Übergang in das ältere Fach nicht finden kann, ist zu allem fähig. Was gibt es Verdrießlicheres auf der Welt als ein kleines Kind? Es ist kein Mensch, es ist kein Tier; es riecht nach Kuheuter und Puder und macht sich durch widrige Geräusche unleidlich; es stochert mit seinen Gliedmaßen älteren Personen ins Gesicht, und wenn es nun noch zwei sind, wenn diese sämtlichen Unannehmlichkeiten in Verdopplung auftreten, dann ist man wehrlos ausgeliefert und muß billigerweise fragen: Was hast du, Bernhard Crammon, damit zu schaffen, du, den die Fortpflanzung des Menschengeschlechts lediglich im negativen Sinn interessiert?

Eine höhnische Lache besiegelte das Selbstgespräch Crammons. Da vernahm er heiter redende Stimmen, und Lätizia und die Gräfin traten ein.

Er erhob sich und war Kavalier, von einer süßen Freundlichkeit und dem Anstand der großen Welt.

Sein Erstaunen über Lätizias Erscheinung verhehlte er nicht. Die österreichische Freude an schöner Weiblichkeit, ein angeborener Trieb zu huldigen, brach durch die Nebel egoistischer Verstimmung. Er fand, daß ihn entweder sein Gedächtnis im Stich gelassen habe, oder daß sie, seit er sie zuletzt in Wahnschaffeburg gesehen, zu einer bewundernswerten Entpuppung gelangt sei. Freilich, junge Mädchen, jeder Reise fern, waren das Ziel seines Augenmerks nie gewesen. Frauen, mit denen er sich liebevoll beschäftigte, mußten wissend und verantwortlich sein; das erleichterte die Verantwortung.

Die Gräfin ergriff nach der Begrüßung das Wort. »Liebe Kinder, jetzt muß ich euch für eine halbe Stunde allein lassen,« sagte sie mit ihrer norddeutschen Zungenfertigkeit in allen Lebenslagen; »ich gehe mir die Hände waschen. So ein Theater ist eine schmuddlige Sache. Alles daran ist schmuddlig: die Sammetpolster, das Publikum, die Komödianten und das Stück. Mich überkommt jedesmal Sehnsucht nach

Wasser und Seife. Ihr könnt die Zeit benutzen, euch ein bißchen auszusprechen; nachher soupieren wir.«

Sie rauschte hinaus, nicht ohne Crammon einen starken Blick zuzuwerfen.

Crammon fragte sinnend: »Wissen möchte ich, weshalb sich dieses Gebäude Villa Ophelia nennt. Es gibt so viel Unerklärliches im Leben; dies gehört dazu.«

Lätizia lachte. Sie betrachtete ihn mit einer Mischung von Ironie und Scheu. Wie sie vor ihm stand, in ihrem Kostüm aus hellgelber, weicher Seide, Hals und Büste in einem feuchten Elfenbeinglanz, hatte Crammon einige Mühe, sich noch weiterhin bemitleidenswert zu finden. Lätizia näherte sich ihm einen Schritt und sagte schelmisch gefühlvoll: »Also mein Papa. Wer hätte das gedacht! Es muß unangenehm für dich gewesen sein, als sich eine vergessene alte Sünde plötzlich in einen lebendigen jungen Menschen verwandelte.«

Crammon, während ein Rest von Düsterkeit blieb, kicherte. Er nahm ihre Hand zwischen seine beiden und drückte sie warm. »Ich sehe, wir verstehen uns,« sagte er, »und das beruhigt mich. Wovor ich mich gefürchtet habe, waren Ausbrüche, Tränen, und was bei solchen Anlässen sonst noch üblich ist. Nun, du hast Vernunft, das ist nett. Damit aber dem Zeremoniell Genüge geschehe, empfange den väterlichen Kuß von mir. Einen Kuß auf die Stirn. Es ist schicklich.«

Lätizia neigte den Kopf, und er küßte sie auf den Haaransatz. Sie sagte: »Wir haben also jetzt ein süßes Geheimnis miteinander? Wie soll ich dich vor Menschen nennen? Onkel? Onkel Crammon? Onkel Bernhard? Oder ganz einfach Bernhard?«

»Ich denke, ganz einfach Bernhard,« erwiderte Crammon. »Selbstverständlich bist du nach wie vor die rechtmäßige Tochter des verstorbenen Herrn von Febronius und seiner rechtmäßig angetrauten, ebenfalls verstorbenen Gattin. Unsere Situation erfordert einen besonders feinen Takt, von beiden Seiten.«

»Gewiß,« pflichtete Lätizia bei und setzte sich. »Wenn ich mir vorstelle, von welchen Gefahren man belauert ist. Hätte ich nun nichts gewußt und mich in dich verliebt! Entsetzlich. Übrigens merke ich, daß ich gar keinen Respekt vor dir habe, ich spüre etwas Schwesterliches; du gefällst mir ganz gut; wirst du damit vorliebnehmen? Oder findest du mich pietätlos?«

»Es ist vollkommen ausreichend,« sagte Crammon. »Ich kann dir überhaupt in diesem Punkt eine ökonomische Gebarung nicht dringend genug aus Herz legen. Die meisten Menschen gehen mit ihren Gefühlen um wie die Aschantiweiber mit Glasperlen; fortwährend klappern sie damit und kommen gar nicht auf den Gedanken, was für ordinärer Plunder es ist. Aber das nur nebenbei. Wir müssen für unsern Verkehr eine Art Programm entwerfen. Dies scheint mir wichtig, um jede Einmengung Unberufener zu verhindern. Ich bin natürlich jederzeit bereit, dir mit Rat und Tat beizustehen. Du kannst auf meine Freundschaft, auf meine ... gebrauchen wir das odiose Wort, väterliche Freundschaft unbedingt zählen.«

Der in Gravität und Sorglichkeit gehüllte Eifer, mit dem Crammon darauf ausging, sich Entlastungen zu verschaffen, ergötzte Lätizia. In einer gewissen Hypokrisie war sie die würdige Tochter dieses Vaters: unter anmutigem Mienenspiel und unschuldig tuender Gelehrigkeit verbarg sie allerlei Mokantes und Eigensinniges. Sie entgegnete: »Es liegt kein Grund vor, daß wir unsre Freiheit beschränken sollten. Wir wollen einander nicht im Wege stehen und einander nichts schuldig sein. Jeder hat das Recht auf das Vertrauen des andern und die Pflicht, ihn gewähren zu lassen. Ich hoffe, das paßt dir.«

»Du bist eine sehr entschlossene Person, und ich habe dich für eine Schwärmerin gehalten, für ein Spinnwebchen. Haben dich die Viehzüchter dort im Feuerland so gewitzt? Ja, es paßt mir, es paßt mir ausgezeichnet.«

»Ich habe so viel vor mir,« fuhr Lätizia mit begehrlich leuchtenden Augen fort; »ich weiß gar nicht, wie ich mit allem fertig werden soll. Menschen, Länder, Städte, Kunstwerke; ich habe so viel Zeit versäumt und werde schon einundzwanzig Jahre alt. Tantchen wünscht, daß ich bei ihr bleibe, aber das ist unmöglich. Am ersten Dezember werd ich in München erwartet, am zehnten in Meran. In Paris war es göttlich. Ach Paris! Die Leute waren entzückend lieb mit mir; alle wollten mich haben.«

»Glaub ich, glaub ich,« sagte Crammon und rieb sich das Kinn; »wie hat denn das Abenteuer mit dem Vicomte geendet, von dem mir die Gräfin erzählte?«

»So? Hat sie dir davon erzählt?« fragte Lätizia errötend, »das war indiskret.« Einen Moment lang zeigte sich ein Ausdruck von Kummer und Beschämung in ihrem Gesicht; aber schlimme Erlebnisse, traten sie schon in ihr Bewußtsein, vermochten es doch nicht zu verdunkeln. Gleich darauf lachten ihre Augen wieder, die Erinnerung an das Trübe war verwischt. »Morgen wollen wir Auto fahren; willst du, Bernhard? Willst du?« drängte sie ungestüm und streckte die Hände nach ihm aus; »du mußt auch den kleinen Baron Rehmer einladen, der im Grand Hotel wohnt; Stanislaus Rehmer; Pole, Bildhauer. Er wird mich modellieren, und ich werde Polnisch sprechen lernen. Ein scharmanter Mensch.«

»Erkläre mir nur eines,« fiel ihr Crammon ins Wort, »erkläre mir: was geht in Argentinien vor? Was hat der blauhäutige Bandit, in dem du einst die Essenz männlicher Tugenden erblicktest, gegen dich unternommen? Du bildest dir doch nicht etwa ein, er läßt es sich ruhig gefallen, daß du mit seinen beiden Sprößlingen das Weite gesucht hast? Was mich betrifft, ich hätte ja nicht einmal ein Butterbrot, viel weniger mein Bett mit ihm teilen mögen, aber du warst andrer Meinung, und das Gesetz kümmert sich um Geschmackswandlungen nicht.«

»Er hat die Scheidungsklage eingereicht; ich auch,« sagte Lätizia. »Es sind schon eine Menge Akten vollgeschrieben. Die Kinder behalte ich, denn er hat mich durch Mißhandlungen zur Flucht gezwungen. Ich mache mir nicht die mindeste Sorge darüber.«

»Zahlt er dir eine Apanage?«

»Bis jetzt nicht einen Pfennig.«

»Wovon lebst du also? Wie ich sehe und höre, lebst du auf großem Fuß. Woher kommen die Mittel? Wer bestreitet den Aufwand? Oder ist das alles nur Schaum? Machst du Schulden?«

Lätizia zuckte die Achseln. »Ich weiß nicht recht,« gab sie befangen zur Antwort; »manchmal ist Geld da, manchmal nicht. Tantchen hat ein paar niederländische Bilder verkauft, die sie hatte. Man kann doch nicht immerfort nachrechnen wie ein Krämer. Warum sprichst du von diesen abscheulichen Dingen?« In ihrer Stimme war ein so aufrichtiger Schmerz und Vorwurf, daß Crammon wie ein Sünder zu Boden blickte und, von ihrem Liebreiz gefangen, den Mut verlor, sie noch weiter mit den groben Wirklichkeiten zu belästigen. Auch erschien jetzt die Gräfin im Zimmer. Sie hatte blendend weiße Handschuhe an, und ihr Gesicht glänzte von frischer Sauberkeit wie Porzellan. Auf dem Arm trug sie Puck, das Löwenhündchen, das gealtert war und in einem marastischen Schlummer lag.

»Kinder, es ist serviert,« rief sie mit jener Munterkeit, die auf Bühnenerinnerungen beruhte.

18

Karen war des Glaubens, Christian erwarte von ihr, daß sie sich um ihr Kind kümmere. Sie hatte insgeheim ihrer Mutter geschrieben; die Witwe Engelschall antwortete nicht.

Christian hatte von dem Kind nicht einmal gesprochen. Er war nicht darauf gefaßt, bei Karen Fügsamkeit zu finden; ihr ganzes Verhalten gab nichts davon zu erkennen.

Aber in ihrem Bett grübelte sie, ob Christian es erwarte, und was mit dem Kind geschehen sein mochte. Ein glasiges Klirren war bisweilen hörbar. Es kam von den Perlen. Sie langte nach ihnen, vergewisserte sich, daß sie da waren. Dann breitete sich ein verschlagen-wohliges Lächeln über ihre Züge.

Christian war seit drei Tagen nicht aus den Kleidern gekommen. Er schlief im Sofawinkel ein. Seit dem Morgen war formlose Unruhe in ihm.

Isolde Schirmacher, die die Suppe für Karen brachte, weckte ihn durch geräuschvolles Eintreten. Er stellte Stühle zurecht, räumte Bücher vom Tisch, legte die karierte Decke darauf und öffnete ein Fenster. »Heute ist Sonntag,« sagte er.

»Ich mag keine Suppe,« murrte Karen.

»Wenn ich aber un hab se extra für Sie jekocht,« sagte Isolde Schirmacher weinerlich; »un Schweinsfrikassee außerdem. Sie mögen immer alles nich.«

»Friß dein Zeug selber,« erwiderte Karen und sah gehässig in die Luft.

Die Schirmacher trug die Suppe wieder hinaus.

»Mach doch das Fenster zu,« wimmerte Karen; »wozu denn immer das Fenster spannweit auf; es ist einem ja kalt.«

Christian schloß das Fenster.

»Möcht bloß wissen, warum sie die Suppe hinausgetragen hat,« begann Karen nach einer Weile; »das wär ihr gerade recht, wenn sie sich allemal meine Portion in den Wanst stopfen könnte. Ich Hab Hunger.«

Christian ging in die Küche und holte selbst die Suppe. Er setzte sich aus Bett und hielt den Teller in beiden Händen, während sie ihn langsam auslöffelte. »Heiß,« ächzte sie und stemmte den Hinterkopf gegen das Kissen; »mach das Fenster auf, daß 'n bißchen Luft reinkommt.«

Er öffnete das Fenster. Karen sah ihm mit dumpf staunendem Blick nach. Seine Geduld war ihr unergründlich, und es reizte sie, ihn so weit zu bringen, daß er aufmuckte und sie zurechtwies.

In der Nacht verlangte sie zwanzig Dinge und widerrief, was sie eben verlangt, in erbittertem Ton zwanzigmal. Er blieb immer gleich freundlich. Es machte sie rasend; sie hätte schreien mögen. »Herrgott, was bist du denn für ein Mensch?« kreischte sie ihm ins Gesicht und schüttelte die Fäuste.

Christian fand demgegenüber kein Wort.

Um zwei Uhr kam Doktor Voltolini. Die Assistentin, die Karen auf Ruths Bitte untersucht, hatte zu regelmäßigen Besuchen nicht Zeit, und da sie Voltolini kannte, hatte sie es befürwortet, daß er die Behandlung fortsetze.

Karen verweigerte fast auf alle seine Fragen die Antwort. Ihr Haß gegen Ärzte ging auf Erfahrungen zurück, die sie als Prostituierte gesammelt.

»Ich weiß nicht recht, wie ich mich stellen soll,« sagte Doktor Voltolini zu Christian, der ihn bis zur Stiege begleitete; »es ist ein unbegreiflicher Trotz in ihr; wär es nicht, um Ihnen gefällig zu sein, ich hätte schon längst verzichtet.« Er hatte eine tiefe Sympathie für Christian gefaßt und beobachtete ihn oft mit erregter Verwunderung. Christian bemerkte es nicht.

Er machte Karen Vorwürfe.

»Ei was,« fertigte sie ihn ab, »die Doktoren sind Schwindler und Beutelschneider; sie spekulieren bloß auf die Dummheit der Leute. Ich will nicht, daß er mich anrührt. Ich will nicht, daß er mir den Kopf auf die Brust legt, damit ich seine Glatze riechen kann, oder an mir herumklopft hinten und vorn und 'ne Visage aufsetzt wie 'n Scharfrichter. Zum Leben brauch ich ihn nicht und zum Sterben erst, recht nicht.«

Christian schwieg.

Karen kauerte sich zusammen; sie hatte Schmerzen heute. Eine Säge wurde zwischen ihren Rippen hin und her gezogen. Sie fuhr fort: »Möcht bloß wissen, warum du dich auf die Medizin versteifst. Erklär mir das doch. Ich Hab dich nie nach was gefragt, aber das möcht ich wissen. Was freut dich denn an der Doktorei? Was kann dir denn das sein?«

Christian war überrascht von dem dringenden Ton und dem Glanz in ihren Augen. Mit schwerfälligen Argumenten suchte er sie zu belehren. Er sprach wie zu einer ihm Gleichgestellten, mit Achtung und Artigkeit. Karens Augen wurden glänzender und glänzender. Sie verstand nicht ganz den Sinn seiner Rede, aber sie hatte den Kopf weit aus dem Bett gebeugt und lauschte atemlos.

Christian sagte, daß es nicht die Medizin gewesen sei, die ihn angelockt, sondern die Betätigung mit Menschen. Da sei es naheliegend gewesen, etwas zu wählen, wobei ihm gewisse schon erworbene Kenntnisse den Weg abkürzen konnten. Zur Zeit, als er sich dazu entschlossen, habe er noch praktische Pläne und Vorstellungen gehabt; die habe er jetzt nicht mehr. Er habe geglaubt, es könne ihm zur Bestreitung seiner Lebensbedürfnisse dienen; er sehe aber jetzt, daß er sich getäuscht habe, und daß er unfähig sei, mit geistiger oder seiner Hände Arbeit Geld zu verdienen. Daß er zu dieser Einsicht gelangt, sei noch nicht lange her. Er habe neulich den Studenten Jacoby in dessen Wohnung besucht und ihn nicht angetroffen; da sei gerade das Kind der Mietsfrau von einer Leiter gestürzt und regungslos liegengeblieben. Er habe es ins Zimmer getragen, mit Spiritus eingerieben, das Herz behorcht und sei eine Weile bei ihm gesessen. Als es dann wieder munter geworden und er sich zum Gehen angeschickt, habe ihm die Mutter ein Zweimarkstück in die Hand drücken gewollt. Er habe Mühe gehabt, der Frau nicht ins Gesicht zu lachen. Weshalb er sich geschämt, sei schließlich nicht einzusehen, aber er habe sich dermaßen geschämt, daß ihm schwindlig geworden sei. Und dann habe er sich gesagt: Das kannst du nicht, das kannst du nun und nimmermehr.

Während er dies erzählte, wurde ihm bewußt, daß er sich gegen Karen zum erstenmal über sich äußerte. Es fiel ihm nicht schwer; der Grund lag in der feierlichen Aufmerksamkeit, mit der sie ihm zuhörte und die ihr Gesicht veränderte. Es verjüngte sich. Ein Wohlgefühl durchflutete ihn, eine eigene, sogar über die Haut sich ausbreitende Freude. Er hatte eine solche Freude noch nicht kennengelernt. Es war ein neues Gefühl.

Mit freierem Ausdruck fuhr er fort zu sprechen, gelöster und offener noch; das Studium an sich sei ihm gleichgültig; es sei für ihn ein Mittel zu etwas anderm. Wohin es ihn führen werde, wisse er nicht; was die

Zukunft anlange, habe sich in letzter Zeit seine Unklarheit vermehrt. Er habe, wie gesagt, etwas Bestimmtes von sich erwartet, nämlich, daß er in einen Beruf würde treten können wie die meisten jungen Leute; aber er habe sich in seiner Erwartung getäuscht. Trotzdem wisse er, daß er im wesentlichen nicht fehlgegangen sei; er übe sich; jeder Tag bereichere ihn; er käme jetzt den Menschen ganz anders nahe; es werde aller Flitter und Aufputz von ihnen genommen. So ein Krankensaal, so ein Wartezimmer in der Klinik, so ein Betäubter auf dem Operationstisch, so ein Spital mit Hunderten von Leidenden, da gebe es keinen Betrug mehr, da packe einen die Wahrheit an, da begreife man vieles, was man vorher nicht begriffen, da könne man in der Welt lesen wie in einem Buch. Brustkranke Kinder, skrofulöse Kinder, Kinder, die mit großen Augen in den Tod schauen, wer das nicht gesehen habe, der lebe gar nicht richtig. Und wo sie alle herkamen und wo sie alle hingingen, und was sie zueinander redeten, die Mütter, die Väter, dies Gewimmel, und jeder einzelne wieder für sich wunderbar interessant. Grausiges schrecke ihn nicht mehr, keine Wunde, keine aufgeschnittene Brust; er sei schon kalt; sei sogar willens, sich für den Dienst in den ostpreußischen Leprabaracken zu melden; es zwinge ihn hinunter, immer weiter hinunter in die Menschheit; er könne nicht satt werden; nur hinunter, hinunter, es gebe ja immer noch Gräßlicheres, noch größere Qual, und das müsse er in sich hineintun, sonst habe er keinen Frieden. Später werde er noch andre Wege finden; an den Kranken, wie gesagt, übe er sich nur; die Leiber seien eins, die Seelen seien ein zweites; immer wenn etwas Heimliches und Verborgenes sich für ihn entschleiert habe, werde ihm leicht ums Herz.

Die Arme auf den Bettrand gestützt, vorgebeugt wie über eine Brüstung, mit gierigem Staunen starrte ihn Karen an. Sie verstand und verstand auch nicht, verstand den Sinn und nicht die Worte, jetzt wieder die Worte und nicht den Sinn; nickte, grübelte, verzog den Mund, lachte lautlos, wie irr, hielt den Atem zurück, ahnte ihn, ahnte Christian, diesen noblen, schönen fremden Menschen, der ihr bis zur Stunde rätselhaft gewesen, ahnte ihn, wußte ihn und kam sich vor wie in Schmiedeglut. Daß man schweigen mußte, daß man zugeriegelt war, daß alles wie Klotz und Stein in einem lag, daß man nicht die Worte hatte, nicht ein einziges, daß man nicht einmal sagen konnte: du Mensch, komm her! Er war ja von Fleisch wie sie, und alles Fleisch an ihr war aufgelockert: sie spürte Dank, wie sie sonst Verzweiflung, Müdigkeit, Schimpf und Haß gespürt, spürte Dank als aufschießende, durch eine Wildnis schlagende Flamme, ein Drängen, ein wehes Jubeln, und doch wieder Verzweiflung dann. Daß man so zu war, so entsetzlich zu!

Mit befremdender Eile ging Christian fort. Karen rief Isolde Schirmacher herein und gab ihr Urlaub bis zum Abend. Sie stand auf und zog sich an. Langsam, mühsam; sie konnte sich kaum auf den Beinen halten; das Zimmer tanzte, der Tisch hing an der Decke, der Ofen war verkehrt. Aber mit jedem Schritt trat sie sicherer auf, wenngleich die Luft in den Ohren gestockt war. Die Perlenkette vergrub sie im Mieder. Sie wankte die Stiege hinunter; alles war ihr bunt. Für ihn etwas tun! Der Gedanke trieb vorwärts. Sie wollte sich zu einer Droschke schleppen und auf den Zionskirchplatz fahren. Wo ist das Kind? Wo hast dus hingebracht? Und wenn die Alte Geschichten machte, dann ihr an die Gurgel und so lange gedrosselt, bis sie Farbe bekannte.

Für ihn etwas tun! Ihm beweisen, daß es eine Karen gab, von der er noch nicht wußte.

Und sie kroch an den Häusern entlang.

Als sie von einem Schutzmann und einem Arbeiter unter Aufsehen und Zusammenlauf von Neugierigen wieder nach Hause gebracht wurde, mehr getragen als geführt, kehrte Christian eben zurück. Er nahm sie bestürzt in Empfang. Sie war bleich wie Kalk. Man legte sie aufs Bett. Da die Schirmacher nicht da war, klopfte Christian an die Tür der Hofmannschen Wohnung, damit Ruth ihm helfe, Karen zu entkleiden. Sein Blick fiel auf die Schiefertafel, und er las, was Ruth für ihren Bruder aufgeschrieben hatte.

Die formlose Unruhe, die während des ganzen Tags auf ihm gelastet, wälzte sich wuchtiger in sein Gemüt.

19

Nun war es so weit gekommen mit Johanna: sie hatte sich dem hingegeben, den sie verachtete. Endlich hatte sie gültige Beweise gegen sich selbst und brauchte keine Stimme mehr zu fürchten, die sie in Schutz nahm, keine Hoffnung mehr, die ihr riet, sich zu bewahren. Es war überflüssig geworden, den armen Leib zu schonen, nicht länger notwendig, die kleinen Prunk- und Ehrgeizlügen weiterzuspinnen; man war demaskiert; man war, in einem ganz andern Sinn, als die Moralisten ihrer Welt es verstanden, entehrt. Man war grauenhaft entehrt; man war für Zeit und Ewigkeit entehrt. Man war gebrandmarkt.

Nun hatte es seine Richtigkeit mit einem. Nun war alles in Ordnung. Amadeus Voß war, als er ihr in der Stolpischen Straße aufgelauert, nicht mehr von ihrer Seite gewichen und hatte von Zeit zu Zeit mit manischer Eintönigkeit wiederholt: »Ich liebe Sie, Johanna.« Sie hatte nichts entgegnet. Die Lippen verpreßt, die Augen gesenkt, war sie gegangen, gegangen, länger als eine Stunde. Furcht vor Menschenblicken und Menschennähe hatte sie abgehalten, in eine Tramway zu steigen. Außerdem war er es, der den Weg wählte und stumm befahl. In der Wichmannstraße war er vor einem kleinen Café stehengeblieben. Er fragte nicht, forderte sie nicht auf, er ging einfach hinein und erwartete, daß sie ihm folgen werde. Sie folgte ihm.

In einem halbdunklen Winkel saßen sie einander gegenüber. Er nahm einen Bleistift aus der Tasche und zeichnete Hieroglyphen auf die weiße Tischplatte. Das beklemmende Schweigen hatte beinahe eine halbe Stunde gedauert; endlich sagte er: »Nimmt man das Wort Liebe bloß in den Mund, so macht man sich schon einer gemeinen Trivialität schuldig. Es ist breitgewalkt wie ein Fladen und schmeckt nach Roman. Man schlüpft in andrer Leute Hemd. Im Gefühl ist es einzig, beispiellos, sonderbar, wunderbar, das nie dagewesene Abenteuer, der Traum der Träume; spricht man es aus, ists eine Vokabel aus dem Lesebuch. Aber wie sich verständigen, wenn es einem den Hals zuschnürt und einen so durchschüttert, daß man seine Tage wie ein Narr verbringt? Ich bin sechsundzwanzig Jahre alt geworden und habe nichts von der wohltätigen Behexung erfahren. Keine Hand hat sich nach mir ausgestreckt, kein Auge hat mich angeschaut, kein gutes Wort hat mich getroffen, und alle, die ich in dieser mir lästerlichen Besessenheit wußte, hab ich mit meinem Haß bespien. Als ich ein Knabe war, gab es kleine erotische Kameradschaften unter uns; jeder Junge hatte sein Mädchen, mit dem er tändelte und allerhand Dummheiten trieb. Ich schloß mich davon aus. Ich haßte. Wenn sie am Sonntagnachmittag vors Dorf spazierten, ging ich dem einen oder andern Pärchen heimlich nach, und ließen sie sich irgendwo nieder, um zu plaudern und zu schäkern, so beobachtete ich sie aus gedecktem Hinterhalt mit Wut und Erbitterung. Sie haben ja ziemlich viel Scharfsinn, und so können Sie sich leicht ausmalen, wie mir zumute war, und wie mir später zumute war, und wie mir immer zumute war, bis auf den heutigen Tag. Sehnsucht, na ja, das ist auch so ein ausgelaugter Begriff. Ich habe bisweilen dahin und dorthin gelangt in der Verworrenheit und feigen Gier, bin erzittert, wenn mich ein Weiberärmel streifte, war der Hanswurst von einer, die es darauf anlegte, daß ich auf den Leim kroch, hab mir das Blut vergiften lassen von der Tänzerin, unseligen Andenkens, hab in der Gosse gefischt und mich mit dem Abhub besudelt, bloß um die Natur zum Schweigen zu bringen, die erbarmungslose Natur, die ein Erbteil des Bösen ist, das Werk Satans.«

Er hatte den Blick nicht vom Tische erhoben, und die Hieroglyphen bedeckten die halbe Platte. »Ich will nichts versprechen mit meiner sogenannten Liebe,« fuhr er fort, und sein herabgebeugtes Gesicht zog sich schmerzhaft zusammen, »ich weiß nicht, wohin sie mich führt, und diejenige, die sich entschließt, mir zu gehören. Mir zu gehören, wie das klingt; schauerlich, nicht wahr? Ich weiß nur, daß die Betreffende sich um mein Seelenheil verdient machen würde, mich erlösen würde von der Folterbank. Sie werden antworten: Was kümmert mich Ihr Seelenheil? Was scheren mich die Folterqualen eines verlorenen Sünders? Gut, reden wir davon nicht. Aber denken Sie einmal nach, ob Sie das noch sonstwo auf dem Erdball gewinnen können, einen Menschen ganz und gar, einen Menschen mit Haut und Haar? Mir ist jeder Schritt und jeder Hauch von Ihnen grenzenlos teuer; die Wimpern Ihrer Augen und der Saum von Ihrem Rock enthalten für mich das gleiche Leben; in Ihren Gelenken bin ich drin, Ihr Herzschlag erschüttert mich. Es gibt eine Angst vor dem eignen Herzschlag; es gibt auch eine vor dem des andern. Soll ich mich noch weiter explizieren? Es ist genug. Worte sind so unheilig und immer bloß nebendran.«

Da war das Weib in Johanna erlegen. Grausige Neugier bekam Gewalt über sie; weil ihr alles Tun und Sein überhaupt fratzenhaft erschien, ließ sie sich müde und geschlagen in die verzweifelt aufgereckten Arme gleiten.

Sie fühlte sich ins Finstere gerissen; Hitze brütete, Glut fraß. Die rasende Leidenschaft, vor der sie bang abwehrend, frivol-anlockend, stumm-duldend, verwegen-schürend stand, hatte Züge von Raubgier und Kannibalismus. Ein orgiastisches Tier fiel sie an und stürzte zerknirscht vor ihr nieder. Zerstörende Ekstasen und zermalmende Ermattungen wirkten hart gegeneinander. Räume flohen fahl wie auf der Leinwand des Kinematographen; Stunden wurden nicht durchlebt, sie verwesten.

Sie schrieb an ihre Schwester nach Bukarest: »Eine Bitte: Du befindest dich doch in unmittelbarer Nachbarschaft des Morgenlands, und dort soll es mächtige Zauberer geben. Könntest du nicht einem von ihnen mit deiner berühmten Verführungskunst auf den Leib rücken und ihm die Zauberformel ablisten, durch die man sein Ichbewußtsein los wird? Könnt ich zum Beispiel für das meine, durchlöchert und zerfranst, wie es ist, ein frisch gebügeltes und modern fassoniertes eintauschen, so wäre mir radikal geholfen; ich könnte einen bessern jüdischen Fabrikanten heiraten, Kinder in die Welt setzen, Kuglerbonbons verzehren, Badereisen machen, mit der *Jeunesse dorée* flirten, kurz, meine Ideale verwirklichen. Ich flehe dich an, Clarisse, such mir einen Zauberer, einen alten oder einen jungen, gleichviel; einen Zauberer, und ich bin gerettet.«

20

Um acht Uhr abends klopfte Christian abermals an Ruths Tür. Niemand öffnete. Er wunderte sich.

Er wußte, daß der Schlüssel unter der Strohmatte lag, wenn alle fortgegangen waren. Er hob die Matte auf; der Schlüssel war da. Er ging ins Zimmer zurück.

Karen schien zu schlafen. Ihr Gesicht glich einem Stück Kreide. Der strohige Haarwust, ein lodernder Helm, stach grell aus dem Weiß.

Sie hatte sich, nachdem sie eine Weile starr gelegen war, selbst entkleidet und war stumm ins Bett geschlüpft.

Immer wieder horchte Christian gegen die Wand, ob nicht Stimmen und Geräusche aus der Hofmannschen Wohnung kämen. Es blieb still. Als zwei Stunden verflossen waren, trat er mit der Kerze in der Hand auf den Gang: der Schlüssel lag noch unter der Matte.

Ihm war, als vernehme er irgendwo in der Luft ein Klagen. Er hielt sich nicht für befugt, aufzusperren und in die Wohnung zu dringen, aber nachdem er einige Zeit unschlüssig gestanden, steckte er den Schlüssel ins Schloß und öffnete die Tür.

Das öde Zimmer hauchte ihm Melancholie entgegen. Er stellte die Kerze auf den Tisch; sein Blick fiel auf den offen liegenden Brief des Agenten Hofmann. Er zögerte, ihn zu lesen. Er glaubte Schritte zu hören und lauschte. Das Gefühl, der Brief werde Ruths Ausbleiben erklären, bestimmte ihn, nach ihm zu greifen, und er las.

Da war freilich kein Zweifel mehr, dünkte ihm. Sie hatte den Vater noch bei jemand in der Stadt vermutet und hatte sich auf den Weg gemacht, um ihn an der Ausführung seines Entschlusses zu verhindern. Der Betreffende wohnte wahrscheinlich in der Prenzlauer Allee, und Michael, als er die Nachricht auf der Schiefertafel und dann den Brief gelesen hatte, war ebenfalls dorthin geeilt.

Trotzdem der Gedankengang plausibel schien, blieb Ungewißheit in durcheinanderflutenden Bildern. Fragend glitt sein Auge über die Möbel und Wände, mit scheuer Zärtlichkeit streiften seine Finger über die Bücher auf dem Tisch, die Ruth unlängst berührt hatte. Er verließ das Zimmer, schloß die Tür, versteckte den Schlüssel unter der Matte und ging in Karens Wohnung zurück.

Er verlöschte das Licht und legte sich auf das Sofa. Diese Nächte des verkürzten und horchenden Schlafs nahmen ihn stark mit. Seine Wangen fielen ein; die Nase wurde spitz, die Augenlider entzündeten sich, das Gehirn war gespannt wie eine Trommel.

Das Haus, in jene tückische Erstarrung versunken, die sein Kennzeichen Nacht für Nacht war, stellte sich ihm als ein gerippehaftes Monstrum dar, bestehend aus zahllosen Wänden, zahllosen Betten, zahllosen Türen, umhüllt von einer übelriechenden Finsternis. Trotzdem liebte er es: er liebte die abgescheuerten Stufen der Treppe; er liebte die Merkmale der Verwitterung an Mauern und Pfosten; er liebte das Feuer, das in den Herdlöchern brannte und das er in den Wohnungen beim Vorübergehen sah; er liebte das abgemergelte Weib, das in einer Stube einen Säugling keifend beruhigte; er liebte das vielfältig Trostlose der ineinander gezahnten Existenzen; er liebte die kleinen, verwelkten, rußbedeckten Blumenstöcke an einem Hoffenster, die gelben Äpfel auf den Simsen, die Papierschnitzel im Hausgang, den Küchenabfall sogar, den schmutzige Mädchen in Trögen vors Tor trugen.

Während sein inneres Schauen an der Strohmatte hing und dem Schlüssel, der darunter lag, an dem Brief des Agenten Hofmann und den Büchern und Heften auf dem Tisch, dem Kattunkleidchen am Nagel und dem Laib Brot auf der Anrichte, formte sich aus alledem die Gestalt Ruths und trat daraus hervor wie aus Elementen, von denen sie geschaffen worden.

Er entsann sich eines Besuchs im Warenhaus mit ihr, wo sie sich billige Handschuhe gekauft hatte. Im Menschengewühl war er an ihrer Seite durch die Räume gegangen, und er erinnerte sich des stillen

Entzückens in ihrem Gesicht, mit dem sie die Gebirge von schneeweißer Wäsche und bunten Seidenstoffen betrachtet hatte; die Spitzen, die Hüte, die Gürtel, die Kostüme, alles, was ein junges Geschöpf bezaubern und verführen muß. Aber ihr Genügen war dieses eigne stille Entzücken, mit dem sie sagte: es ist da; gut, daß es da ist. Kein Langen und Verlangen, nur Entzücken darüber, daß es da war.

So ging sie auch unter den Menschen umher, ohne Langen und Verlangen; empfing den festlichen Lichterglanz der illuminierten Läden, den Reichtum, der aus Palästen prahlte, den Taumel der Vergnügungen, der diese Stadt durchfieberte, wenn sie ihrer Arbeit vergessen wollte; so wies sie die Lockungen zurück, das Gift von tausendfachen Betäubungen, wies zurück, was über das Maß und die Kraft ging, warf ihre Jugend über die Welt, stand in schamhafter Ergriffenheit inmitten.

Er war eines Tages dabei gewesen, als sie mit dem Studenten Lamprecht stritt, der demagogische Grundsätze entwickelte. Sie hatte eine reizend plauderhafte Art, zu disputieren, dabei waren ihre Ansichten äußerst entschieden. Man hatte von der Tat und vom Opfer gesprochen, und Ruth sagte, sie könne den Unterschied zwischen beiden nicht sehen, es gäbe Fälle, wo sie verschwistert seien oder gar ein und dasselbe. Schließlich rief sie aus: »Alle Hindernisse besiegt doch nur der Geist; er umschließt die Tat und das Opfer.« Als ihr der Partner entgegenhielt, daß der Geist doch verkündet werden müsse, und daß dies schon wieder Tat sei, sagte sie mit heißen Wangen: »Muß man ihn wirklich verkünden? Dann nenn ich ihn nicht mehr so. Herzensdienst ist besser als Mund- und Händedienst.«

Da sah Christian, obschon mit dem Lächeln dessen, der überlegen bleibt, weil er sich nie in Streitfragen mischt, daß ihm diese Stimme unentbehrlich geworden war, dieses Auge, das erglühte, glühende Gefühl, die schwingende, tieferfahrene, tiefjunge Seele. Sie gab ihn sich selbst. Sie war die Schwester und der Freund. Er wußte sich durch sie. Sie war der Mensch. Kein Schlaf wollte sich einstellen. Beständig kam sie in der Dunkelheit schattenhaft und fand den Mut nicht, ihn anzureden. Er schreckte bisweilen empor, und sein Herz klopfte schnell. Einmal sah er sie körperlich vor sich. Er hörte ein flehendes Flüstern, bei dem es ihn kalt überlief. Er stand wieder auf und zündete Licht an. Karen stöhnte.

Er trat an ihr Bett. »Wasser,« murmelte sie.

Er brachte ihr Wasser, und während sie trank, beugte er sich liebevoll über sie. Ihre Augen blickten ihn groß und klagend an. Sie waren naß.

21

Amadeus Voß wohnte in Zehlendorf in der Alsenstraße, bei der Radrennbahn, im Giebelzimmer eines Neubaus. Man blickte auf Wiesenland, das von Kieferngehölz begrenzt war; aus der grünen Fläche erhob sich eine riesige Reklametafel, auf der mit riesigen Lettern stand: Zehlendorf-Grunewald-Aktien-Gesellschaft.

»Das haben sie in den letzten acht Tagen hier aufgerichtet, damit ich nicht über die Stränge schlage,« sprach Voß; »es ist ein ausgezeichnetes Memento übrigens; ich höre, diese Aktiengesellschaft will eine Kirche auf ihrem Terrain bauen. Ausgezeichnet. Eine Glockengießerei haben wir auch in unmittelbarer Nachbarschaft.«

Johanna saß an der andern Seite des Fensters, durch welches die Sonne hereinschien, die sie suchte. Ihr kleines Gesicht war abgemagert; der schön geschwungene Mund, um den eine süße Traurigkeit lag, verlor an Reiz durch die häßlich vorhängende Nase. »Du könntest dich ja als Laienpriester verdingen,« sagte sie frech und baumelte mit den Beinen wie ein Schulmädchen; »oder glaubst du, daß sie das Geschäft protestantisch führen werden? Natürlich, hier ist man ja protestantisch. Warum bekehrst du sie nicht, die Ungläubigen? Deine besten Talente läßt du verkümmern.«

Voß machte eine Grimasse. Mit seinen ziehenden Schritten ging er in dem atelierartig großen Raum umher. »Der Freigeisterei wird jeder Glaube zum Schachergut, das ist klar,« bemerkte er bitter. »Was spottest du? Spottest deiner selbst. Siehe nun wohl zu, daß nicht das Licht, das in dir ist, Finsternis sei, heißt es im Evangelium. Aber was gilt dir das: Evangelium? Eine gebildete Phrase. Schachergut.«

Johanna, den Kopf in die Hand gestützt, flüsterte unhörbar vor sich hin: »Wie gut, wie gut, daß niemand weiß, daß ich Rumpelstilzchen heiß.« Laut sagte sie: »Schlechte Zensuren bekomm ich. Strafarbeit. Setzen Sie sich, Schülerin Johanna; Ihre Faulheit riecht bis an mein Katheder.«

»Hast du nie geglaubt?« fragte Amadeus, vor ihr stehenbleibend; »hat es dich nie angerührt, das namenlose Wesen? Haben dich die

Schauer vor ihm nie erbeben gemacht? Kennst du die Ehrfurcht nicht? Aus was für einer Welt mußt du sein!«

Johannas Gesicht zuckte von Sarkasmus. »Wir sind den ganzen Tag damit beschäftigt, ums goldne Kalb zu tanzen,« antwortete sie; »Urahne, Ahne, Mutter und Kind. Stell dir das einmal vor. Schwindelerregend.«

Unempfindlich gegen ihren Hohn, in welchem die gebrechliche und geistreiche Anmut ihrer Natur zum Ausdruck kam, heftete Voß seinen Blick voll düsterer Leidenschaft auf sie. »Glaubst du wenigstens an mich?« fragte er und umschlang ihre Schultern.

Sie bäumte sich, sträubte sich, drückte die Hände wider seine Brust und bog den Kopf zurück. »An nichts glaube ich, an nichts,« sagte sie bebend, »an mich nicht, an dich nicht, an Gott nicht, an nichts. Du hast recht, an nichts.« Ihre Brauen verzogen sich schmerzlich, doch wie jedesmal, wenn er sie nahm und packte, erlag sie der Glut. Es war das Letzte der Erde und des Lebens; die letzte Betäubung; Schwäche, die Vernichtung will. Die spröde Lippe wurde weich und erschloß sich, die Lider fielen zu.

Amadeus, mit der Kraft des Verwilderten, hob sie ganz auf seine Arme. »An dich nicht, an mich nicht, an Gott nicht,« murmelte er, »aber an ihn? An ihn auch nicht? Sprich, an ihn auch nicht?«

Sie schlug die Augen wieder auf. »An wen?« fragte sie erstaunt.

»An ihn!« Er preßte die zwei Worte gequält hervor. Sie begriff. Mit der glatten Bewegung einer Schlange löste sie sich aus seinen Armen.

»Was willst du?« fragte sie und ordnete mit nervösen Gebärden ihr reiches, braunes Haar.

Und er: »Ich will wissen. Ich will endlich wissen. So ist das nicht länger auszuhalten. Was ist geschehen? Wie kamst du zu dem Du in jenem Briefe? Was bedeuteten die Intimitäten: hast du mich schon vergessen? Darf ich noch darnach fragen? Ihr habt das gewisse Spiel miteinander getrieben, selbstverständlich, das geile, gefährliche Spiel der Motten um die Lampe; so dumm bin ich nicht, daß ich das nicht erraten hätte; aber wie weit habt ihr euch vorgewagt? Bis zum Zylinder oder bis zum Docht? Und als er dich stehen ließ, was hattest du für Forderungen an ihn? Was war er dir? Was ist er dir?«

Es war zum erstenmal, daß Voß davon redete. Es hatte ihn gewürgt; er hatte lauernde Fangfragen gestellt, Johannas Mienen erforscht, ihr Ablenken beargwöhnt, ihre zarte Scheu respektiert, und alles hatte die

Ungeduld und den Verdacht gesteigert. Die Finger einer Hand um das Kinn verkrampft, hager und wunderlich schwankend stand er da.

Johanna schwieg. Ein Lächeln, halb spöttisch, halb leidend, irrte um ihre Lippen. Sie wünschte sich weit weg.

Voß fuhr knirschend fort: »Denke nicht, daß es Eifersucht ist. Und wenn es Eifersucht ist, vielleicht gibts kein andres Wort dafür, gehört sie nicht zu den Begriffen, in denen du aufgewachsen bist wie in einem vergifteten Ziergarten. Warum warst du nicht offen? Bin ich nicht wert, daß du mit mir offen bist? Hast du mein stummes Betteln nicht gespürt? Um was es geht, brauch ich dir nicht auseinanderzusetzen; ahntest dus nicht, so hättest du keine Angst davor. Ein Mensch wie ich, den äußerer Dienst und innerer Gehorsam von frühe an ein Ideal von Keuschheit gelehrt, das erhabene und heilige des Glaubens, den nur die Verzweiflung über die unerreichbare Himmelsferne dieses Bildes in die Sündenkloake getrieben hat, der muß ein andres Gewicht auf Unschuld und Unberührtheit legen als eure Herrchen, eure eleganten Bezwinger, eure gedrillten Löwen. Die Sünde, da steht sie, da vor dir steht sie, voll Unrat und voll Jammer; du könntest Erlösung bringen, also rede. Die Beichte, da drin ist sie, da drin in meiner Brust schreit sie. War ich zu sparsam damit? Bekommt sie nicht geradezu eine schamlose Fratze neben deiner hoffärtigen Verschlossenheit? Kann ich denn bloß deine Sinne aufreizen, du heidnisches Menschlein, nicht auch deine Eingeweide und dein Herz? Beichte, oder ich reiß es mit Zangen aus dir heraus! Soll ich deswegen geharrt und entbehrt haben, daß man mich mit dem abspeist, was ein andrer übriggelassen hat, weil er satt war? Hast du mit ihm geschlafen? Rede. Hast du mich um deine Jungfrauschaft betrogen? Mit ihm betrogen, der mich ohnehin um alles betrogen hat? Rede!«

Johanna, flammend entrüstet, griff nach Hut und Mantel und ging. Er ließ sie gehen, starr. Kaum hatte sie die Tür hinter sich geschlossen, und er vernahm ihre sich entfernenden Schritte, so jagte er ihr nach, kehrte wieder um, holte seine Mütze und stürzte zur Treppe. Als sie das Haus verließ, war er schon an ihrer Seite. »Hör mich an,« stammelte er, »verurteile mich nicht.« Sie ging rascher, ihm zu entfliehen; er wich nicht. »Das Gesagte mag schroff klingen, Johanna, brutal sogar; dahinter ist die demütigste Liebe.« Sie schlug die Straße zum Bahnhof ein; er vertrat ihr den Weg. Wenn sie fahre, werde er Gewalt anwenden, drohte er. Passanten wurden aufmerksam; um einen öffentlichen

Skandal zu vermeiden, mußte sie umkehren. Sie bat: »Erlaß mir wenigstens das Haus; ich kann nicht mehr im Zimmer bleiben; sprechen wir im Gehen; aber nicht so nah, die Leute lachen ja.«

»Die Leute, die Leute; die Welt ist voller Leute; sie wissen von uns nicht mehr als wir von ihnen. Sag, daß du vergibst, und ich will so gleichmütig sein, als käm ich von einer Skatpartie.« Er war bleich bis in die Stirn.

Sie gingen in nasser Schneeluft, auf nasser Erde. Die Straße endete in einen Feldweg. Über der untergehenden Sonne stand ein zerfetzter Wolkenhimmel in Rot, Gelb, Grün und Blau. Ein Schnellzug donnerte hart an ihnen vorbei. Elektrische Signale bimmelten. Es war ermüdend, über das schlüpfrige Laub zu gehen, doch der feuchte Wind kühlte das Gesicht.

Amadeus brachte Erklärungen vor. In der Selbstverteidigung fand er über sich, den Verstoßenen und Getretenen, das letzte, gepeinigte Glied einer Kaste und Geschlechterfolge von Verstoßenen und Getretenen, die unerhörten Worte, die Johanna niederbeugten und ihre Willenskraft knickten. Er sprach von seiner Liebe zu ihr, diesem schrecklichen Sturm im Blut, von dem er Reinigung, Bindung, Befreiung erhofft und der ihn statt dessen verwüste und zerstücke. Das sei wie Zweifel an Gott. Wenn man als sehr junger Mensch an Gott zweifle, breche die Welt in Trümmer, alles Leben sinke in die Agonie. So ergehe es ihm. Diese Nächte, wo man um Stillung lechze und das Dunkel zum Abgrund werde, aus dem tausend purpurne Zungen spritzten!

Ein Geblendeter, der sich im Kreis bewegt, fing er wieder an, zu fragen, vorsichtig und schlau zuerst; dringlich und inbrünstig dann; wies auf belastende Umstände, auf Zusammenhänge, die die Phantasie beunruhigten, appellierte an das Mitleid, an die Redlichkeit, an einen verschütteten Funken von Frömmigkeit, schilderte abermals seinen Seelenzustand, bettelte mit aufgehobenen Händen, verstummte, sah finster vor sich hin, verstört und hilflos.

In Johanna hatte anfangs das Erstaunen darüber vorgeherrscht, daß ihre Beziehung zu Christian, die für sie in der Vergangenheit lag wie in goldenem Schimmer, ihm nicht etwas Sonnenklares war. Hätte er es so aufgefaßt und das Geschehene als selbstverständlich vorausgesetzt, so hätte sie sich vielleicht harmlos dazu bekannt. Aber seine Wildheit und Gier reizten sie zum Trotz, erregten ihr Furcht, immer mehr; jeder neue Angriff machte sie unzugänglicher; plötzlich hatte sie ein Geheimnis vor ihm zu schützen; plötzlich war es Geheimnis, tiefes, stolzes; es preiszugeben konnten sie keine Beteuerungen und Verfolgungen mehr zwingen; die guten Schicksalsgeister sprachen ihr Veto dagegen; es war ein Besitz, den sie sich nicht rauben lassen durfte, von ihm nicht, der Schuld und Schimpf darin erblickte, dem sie ohne Segnung verfallen war. Und sie errichtete Dämme, war bereit, zu kämpfen, zu lügen, das Häßliche und Widrigste zu dulden, Bezichtigung und Erniedrigung.

So kam es auch. Seine Besessenheit sammelte sich in dem einen Punkt. Jeder Blick forschte greulich, jedes Wort sondierte, hinter jeder Zärtlichkeit und Berührung war die eine Frage. Sie wich aus; er wurde rasend. Sie wollte ihn besänftigen; er warf sich hin und küßte ihre Füße. Sie erbarmte sich und täuschte ihn für die Dauer einiger trunkener Stunden mit den frei erfundenen Einzelheiten einer platonischen Schwärmerei. Er schien zu glauben, warb um Verzeihung, verhieß Besserung, Schweigen, Schonung. Aber es verstrich kein Tag, und das Unwesen begann von neuem. Sein Auge war vom Mißtrauen geätzt; Christian Wahnschaffe war der Feind, der Dieb, der Widersacher. Was war zu der und der Zeit? Was hast du ihm da und da gesagt? Was hat er geantwortet? Woher kam er? Wohin ging er? Hat er das Letzte von dir verlangt? Hast du ihn geküßt? Einmal? Viele Male? Hast du gewünscht, daß er dich küsse? Wo warst du allein mit ihm? Wie sah das Zimmer aus? Was für ein Kleid trugst du? Rettungslos; eine Schraube, die sich einbohrt. Johanna stieß ihn von sich. Sie höhnte; sie seufzte; sie schlug die Hände vors Gesicht; sie weinte; sie lachte; und sie wich nicht um Haares Breite.

Ermattung stellte sich ein. Oft war sie so erschöpft, daß sie vom Morgen bis zum Abend auf einem Sofa lag, blaß und still. Sie ließ sich von ihren Verwandten in Gesellschaften schleppen, in Theater, Konzerte, Galerien; mit erloschenen Blicken und frierender Gleichgültigkeit fühlte sie sich als Beute lästiger Forderungen. Die Sympathie, die ihr die Menschen entgegenbrachten, war lästig; was gab das noch, wenn man sich so grimmig verachtete? Diese selbstmörderische Verachtung war die schneidende Waffe, die sie gegen ihre Brust kehrte, der ritzende Stachel ihres Witzes. Ihre Aussprüche wurden verbreitet, ergötzten ganze Zirkel; einmal schilderte sie, wie sie an einem See gebadet und wie ein jäher Windstoß die Badehütte samt Dach und Tür über ihren Kopf davongetragen; »und,« schloß sie, »ich stand nackt da, wie mich Gott in seinem Zorn erschaffen hat.«

Ihr Abscheu vor dem, der ihr Geliebter war, stieg zu einem Grade, daß es sie wie Frost schüttelte, an ihn zu denken, daß sie heimlich seine Gebärde äffte, seinen Tonfall, seine pastoralen Floskeln, seinen heißhungrigen Blick. Sie hielt Verabredungen nicht ein, fuhr nicht hinaus zu ihm, wenn sie es versprochen hatte. Da schickte er Telegramme, Rohrpostbriefe, Boten, stand Wache vor dem Tor, redete die Dienstleute an, bis sie, außer sich, zu ihm ging und in ihrer Empörung unbesonnene Worte sagte, die eiskalt klangen. Er wurde Schulamtskandidat, spielte den Reuigen, war es auch, und die Angst, sie zu verlieren, riß ihn zu Worten hin, in denen sich Wahnsinn mit Teuflischem mischte.

Sie verfiel; sie schlief und aß kaum noch. Wieder und wieder beschloß sie, allem ein Ende zu machen und abzureisen. Aber da war ein andres. Da waren sinnliche Lockungen von perverser Art. Ihr feiner, verfeinerter Körper, ihre zarte, überzärtelte Seele, diese verletzliche Haut, diese inneren Membrane, sie bogen sich in kränklich süßer Sehnsucht Grausamem zu, einer mysteriösen Wollust, die in Sklaverei und Schändung enthalten war, dem Äußersten, Verruchtesten, was leiden machte, dem Verbotensten, was berauschte und betäubte.

Es war ein Abend, da kauerte sie halbentkleidet auf einem Schemel, mit offenen Haaren, die üppig über die schmalen Schultern flossen, das Haupt zwischen flachen Händen, mit dem Ausdruck eines trostlosen Harlekins, bleich und still. Amadeus Voß saß am Tisch, hatte die Arme verschränkt und blickte ins Lampenlicht. Dies Alleinsein zu zweien, ohne Welt, ohne Würde, ohne Glück, es hatte für Johanna etwas Unerbittliches, Existenz von Sträflingen, die an eine Kette geschmiedet sind. Plötzlich erhob sie sich, raffte ihr Haar, und während sie es graziös aufsteckte, sagte sie in ihrer skurrilen Trockenheit: »Treten Sie ein, meine Herrschaften, hier ist zu sehen großer Maskenscherz. Das Neueste und Modernste. Garantierte Sensation. Geht unter kolossaler Spannung vor sich. Enthüllung der Geheimnisse männlicher und weiblicher Psyche. Überraschender Schlußeffekt. Nur immer hereinspaziert!«

Sie trat vor den Spiegel, schaute ihr Bild an, als kenne sie es nicht, und machte eine komische Verbeugung.

Amadeus Voß senkte den Kopf und schwieg.

22

Der Halbidiot sagte, es wispere ihm etwas in den Ohren. Dabei zitterte er wie Espenlaub und war grün im Gesicht.

Niels Heinrich versetzte ihm einen Fußtritt unter dem Tisch.

Wenn die Tür aufgerissen wurde, knallte das Gelächter und das Weibergekreisch in den Nebel hinaus. Man sah dann die Baustellen, an deren Rand die fliegende Destille, eine Blockhütte, errichtet war. Ein Stadtviertel sprang aus dem Boden. Balken, Gerüste und Krane bildeten ein Gewirr, ähnlich einem Wald, in dem ein Orkan gewütet hat. Grundmauern, Erdlöcher, Bretterhäuser, Mörtelgruben, Laufbrücken, Traversen, Gebirge von Ziegeln, Sandhaufen, Karren, alles war trüb beleuchtet von den Bogenlampen, die wie in grauer Baumwolle staken. Da und dort glühten Trockenöfen in ihrer Vergitterung.

Dann fiel die Tür wieder zu, und man war in einer Höhle.

Es wispere ihm etwas in den Ohren, behauptete Joachim Heinzen. Er lauschte verständnislos den Zoten, mit denen ein alter Maurer die Tischgesellschaft zum Brüllen brachte. Niels Heinrich warf einen finstern Seitenblick auf den Idioten und verbot dem Wirt, sein Glas von neuem zu füllen; es blase bei dem ohnehin schon vom Turm.

Allmählich leerte sich der Raum. Es ging auf eins. Drei Dauersäufer saßen noch beim Ausschank. Der Nachtwächter kam auf der Runde vorüber, ließ sich einen Kümmel geben, verschwand wieder. Der Wirt warf mißbilligende Blicke auf die Spätlinge, setzte sich in den Verschlag und nickte ein.

Fünf Taler gebe er ihm, sagte Niels Heinrich leise zu dem Idioten, dann solle er sich dünne machen. »Vaziehste dir man nich, so lichste im Wurschtkessel, Junge,« sagte er. Der rote Geißbart stieg auf und ab. Um den Hals war ein dottergelber Schal so oft geschlungen, daß der Kopf auf einem Polster ruhte. Das Gesicht, fahl, sommersprossig, schien ohne Fleisch.

Joachim zitterte an Armen und Beinen. Draußen gingen Dirnen vorbei; ihr Lachen klang wie Tellergeklapper. »Fünf Daler; is jutt,« sagte der Idiot und grinste. Doch sah man, wie er zitterte. Den ganzen Tag, den vorigen und den vorvorigen war es so gewesen: er zitterte an Armen und Beinen. »Möcht mir ne Schwarzhaarige koofen,« murmelte er.

»Für Jeld kannste den Deibel danzen sehn, du Drehlade,« erwiderte Niels Heinrich.

Jetzt brachen auch die am Ausschank auf. Eine Uhr schnarrte. »Meine Herren, 's ist Polizeistunde,« mahnte der Wirt. Dreimal wurde gemahnt.

»Det Ding wer ick schon machen,« sagte der Idiot. »Möcht eene haben, die soll sind wie 'n Karussell. Immer lustig, immer ringsrum.«

»Allemal, allemal. Junge; laß dir nur nich vom Luftballon überfahren dabei,« höhnte Niels Heinrich und starrte seine Finger an, als hätten die zu ihm geredet; »allemal, allemal.«

»Möcht eene haben, die soll sind wie 'n Papagei,« sagte der Idiot; »jeschmückt und ufklaviert.« Und blöde, mit einer zerbrochenen Stimme trällerte er: »Mädel, putz dich, wasch dich, kämm dich schön, denn du weeßt, wir wolln bei Jräberts jehn.«

Niels Heinrich schwieg verbissen.

»Möcht eene haben, die soll sind wie 'n Fräulein, elejant und hübsch,« fuhr jener fort und trank den Rest aus seinem Glase. »So eene möcht ich haben. Gib her die fünf Daler. Jungeken, gib her.« Plötzlich überflog ihn ein Schauder, seine Augen traten aus den Höhlen, und er gab ein Geräusch von sich, das eine grauenhafte Klangverwandtschaft mit einem Wimmern hatte.

Niels Heinrich erhob sich und riß ihn am Rockkragen empor. Er warf das Geld für die Zeche auf den Tisch und beförderte den Idioten ins Freie. Er packte ihn am Arm und zog den Wankenden, grauenhaft in sich Hineinwimmernden fort. Er sprach nicht. Die blaue Mütze tief in die Stirn geschoben, das Gesicht voll brütender Gedanken, achtete er nicht auf Schnee und Kot.

Der Nebel verschluckte ihre Gestalten.

23

Der Agent Hofmann hatte von Bremerhaven aus einen Abschiedsgruß an seine Kinder geschrieben. Der Postbote hatte die Karte in die Türfuge gesteckt, und Christian las sie.

Bei ihrem Vater konnte also Ruth nicht sein; das war nun zweifellos; eine Gewißheit, die erschreckte. Wo war sie also? Und wo war Michael?

Er ging zum Hausverwalter und sprach mit ihm über das Verschwinden der beiden. Es wurde die Anzeige bei der Polizei gemacht.

Er wußte die Namen von Familien, wo sie Stunden erteilt hatte. Er ging zu ihnen, aber nirgends vermochte man ihm Aufschluß zu geben. Er ging in die Anstalten, die sie besucht, zu Freunden und Freundinnen, mit denen sie verkehrt hatte; überall traf er Verwunderung, Kopfschütteln, Ratlosigkeit. Man nannte ihm neue Wege, neue Menschen. Der und der, die und die hatte sie da und dort zuletzt gesehen; die Spur verlor sich. Er war von morgens bis abends auf der Suche nach Spuren; sie verloren sich, kaum, daß er sie aufgegriffen. Die Sorge und das bestürzte Fragen zog Kreise.

Die Wache bei Karen hatte er Isolde Schirmacher und der Witwe Spindler überlassen.

Am Abend des fünften Tages kehrte er müde heim. Botho Thüngen und der Student Lamprecht hatten ihm bei den Nachforschungen geholfen. Alles war vergeblich gewesen. War eine Hoffnung entstanden, so hatte sie der nächste Schritt zunichte gemacht.

Und wo war Michael?

Christian stieg die Treppe hinan. Die Gasflamme im Halbstock brodelte. Am Geländerpfeiler hockte quiekend das weiße junge Kätzchen. Christian bückte sich und hob es auf seine Hände. Es begann leidenschaftlich zu schnurren, schmiegte sich dicht an seinen Rock, und er streichelte das seidenweiche Fell, von dem Wohlbehagen auf seine Hand überströmte.

Den Schlüssel, der unter der Strohmatte gelegen, hatte er im Einverständnis mit dem Hausinspektor in Verwahrung genommen. Am andern Morgen sollte er ihn abliefern, da eine behördliche Kommission erwartet wurde.

Er schloß die Tür auf und trat in die finstere Stube. Muffige Luft umfing ihn. Jeder Hauch von Ruth war verweht. Ruth, kleine Ruth, mußte er denken, und in dem Maß, wie er sich innerlich zu einem Gefühl sammelte, hörte die Finsternis auf, unnatürlich und störend zu sein.

Er setzte sich an den Tisch. Das durch den Türspalt fallende Licht ließ ihn die Bücher und die Hefte seiner kleinen Freundin gewahren. Er ging hin und machte die Tür zu. Erst jetzt war er imstande, sich Ruth mit jener Lebhaftigkeit zu vergegenwärtigen wie in der ersten schlaflosen Nacht nach ihrem Verschwinden. Sie trat nicht nur aus der Dunkelheit hervor wie damals, sondern sie sprach auch zu ihm.

Sie heftete ihre munteren, köstlich lachenden Augen auf ihn und sagte in einem Ton, dessen Ernst sich in schroffem Widerspruch zu dem Ausdruck der Augen befand: »Nein, niemals, nimmermehr.«

Was bedeutete dieses Nein, Niemals, Nimmermehr? Worauf bezog es sich?

An die Fensterscheiben drängte sich Nebel. Das Kätzchen schmiegte sich zärtlicher in seinen Arm; das weiße Fell war ein unbestimmt schimmernder Fleck. Die lebendige Kreatur, geformt und atmend, blutwarm und liebend, verhinderte ihn, sich einem immer schwerer hinunterziehenden Schmerz völlig hinzugeben.

Auf einmal gewahrte er, vor sich ausgebreitet, eine Landschaft. Es ist ein Weg mit hohen Pappeln im Herbstlaub, ein breiter Schlammweg, alles schwarzer Morast, rechts Heide bis ins Unendliche, links Heide bis ins Unendliche; die schwarzen, dreieckigen Silhouetten einiger Hütten, durch deren Fenster vom Feuer her ein rotes Licht scheint; da und dort Tümpel schmutzigen, gelblichen Wassers, die die Luft widerspiegeln und in denen Stämme vermodern; das Ganze in der Dämmerung mit einer weißlichen Luft darüber, und von fern eine rauhhaarige Figur, der Hirt; und eine Anzahl eiförmiger Massen halb Wolle, halb Schlamm, die gegeneinander stoßen und einander verdrängen: die Herde. Mit Mühe und Unwillen schreiten sie dahin auf dem schlammigen Weg, bis zum Bauernhof, einigen Moosdächern und Stroh und Torf zwischen den Pappeln. Der Schafstall: dunkel; die Tür weit offen wie der Eingang zu einer dunkeln Spelunke. Durch die Spalten der Planke dringt das Licht der Luft von hinten durch. Die Karawane von Wollklumpen und Schlamm verschwindet in dieser Höhle, und der Hirt und eine Frau mit einer Laterne schließen die Türe.

Wie kam es, daß ihm die sichtbar-unsichtbare Anwesenheit Ruths die Vision dieser Landschaft gab? Er hatte eine solche Landschaft, soweit er sich erinnern konnte, nie gesehen. Wie kam es, daß etwas so Beschwichtigendes und etwas so Aufwühlendes, Sehnsucht und Furcht, von der Landschaft ausging wie kaum von einem Schicksal, einem Antlitz, einer Gestalt? Und wie kam es, daß das Nein, Niemals, Nimmermehr als ein geheimnisvoller Sinn darin enthalten war, eine Mitteilung wie in einem Bilde?

»Ruth, kleine Ruth.«

Die Betrübnis drang Christian in Mark und Bein.

24

Crammon hatte sich vorgenommen, nur eine Woche lang in der Villa Ophelia zu bleiben, erstens, um das Familienidyll nicht über die anständigerweise gebotene Zeit zu verlängern, zweitens, weil das festgesetzte Programm, von dem abzuweichen ihn sonst nur Elementarereignisse zwingen konnten, ihn nach England rief. Aber aus der einen Woche wurden zwei, aus den zweien drei, und als die dritte Woche vorüber war, vermochte er noch immer keinen Entschluß zu fassen.

Er grollte sich und seiner Umgebung und war launenhaft wie eine Frau. Er richtete unzufriedene Ansprachen an seine eigne Person, beschuldigte sich senilen Wankelmuts und war voll Gift und Nörgelei gegen die Lotterwirtschaft im Hause der Gräfin. Die Küche wurde nach seiner Ansicht zu fett geführt und drohte, seinen empfindlichen Magen zu ruinieren; die Dienstboten ließen es am nötigen Respekt fehlen, weil man oft mit dem Lohn im Rückstand blieb; die Gäste, von denen die Zimmer nie leer wurden, zeichneten sich in der Mehrzahl durch nichts weniger als durch Distinktion aus. Man traf allerhand Krapüle: Musiker, Dichter, Maler, auch Frauenzimmer dieses Kalibers, ferner Aristokraten von zweifelhaftem Ruf, kurz, schmarotzende Existenzen, unergiebige Leute, malheureuses Volk.

Crammon nahm sich unter ihnen aus wie eine Reliquie aus einem erlauchteren Zeitalter.

Eines Tages erschienen auch die beiden Neffen der Gräfin, Ottomar und Reinhold Stojenthin, die sich einen zweimonatlichen Urlaub verschafft hatten. Urlaub wovon? erkundigte sich Crammon mit erstaunten Brauen. Sie wollten mit Lätizia nach München reisen. »Es sind wackere Burschen, Herr von Crammon,« sagte die Gräfin, »nehmen Sie sie ein wenig unter Ihre Fittiche.« Crammon antwortete verdrossen: »Ich habe mich immer davor gefürchtet wie vor der Pest, daß mal wer kommen und meine heimliche Begabung zur Gouvernante entdecken könnte. Dieses Verdienst ist Ihnen vorbehalten geblieben, Gräfin.«

Sehr gespannt war sein Verhältnis zu Puck, dem Löwenhündchen. Unergründlich, was ihn gegen das Tierchen so aufbrachte, daß er einen roten Kopf und runde Augen bekam, wenn er es nur sah. Vielleicht seine hochblonde Behaarung; vielleicht seine fortwährende Schlafsucht; vielleicht ahnte er eine gewisse Bosheit in ihm, die es veranlaßte, sich krank und pflegebedürftig zu stellen, indes es sich auf seidenen Pfühlen rekelte und sich die leckersten Dinge ins Maul schieben ließ. Die Obsorge, die Lätizia dem Mißgeschöpf widmete, ärgerte ihn. Einmal hatte sich das Hündchen vom Teppich erhoben und war, asthmatisch prustend, durch die offene Tür entwichen. »Wo ist Puck?« fragte Lätizia nach einer Weile, wohlig im Fauteuil zurückgelehnt. Puck war nicht da. »Ach, pfeif ihm doch, Bernhard,« bat sie mit ihrer Flötenstimme. »Das kannst du ja selber besorgen,« weigerte sich Crammon ungalant. Und Lätizia, mit klagender Gelassenheit, in zerstreuter Träumerei: »Nein, tu du es; wenn ich aufgeregt bin, kann ich nicht pfeifen.«

Da pfiff Crammon dem gehaßten Wesen.

Die Dinge mußten sich aber entscheiden. »Gehst du mit nach München, Bernhard?« lockte Lätizia sirenenhaft und lachte über seinen Ärger. Zur Gräfin-Tante sagte sie: »Er tobt vorläufig noch; aber er wird mit uns fahren.«

Es schwebte Crammon eine sittliche Mission vor. Man konnte bessernd auf Lätizia einwirken. Man konnte ihr die Augen öffnen für den abschüssigen Weg, den sie in verwerflicher Heiterkeit ging. Man konnte ihr helfen. Man konnte sie stützen. Man konnte sie rechtzeitig warnen. Man konnte ihre Verschwendungslust zügeln, ihrer Urteilslosigkeit in allen Lebensverhältnissen den Star stechen. Sie war so unerfahren, so leichtfertig. Sie glaubte jedem Lügner, hörte jedem Schwätzer traulich zu, begeisterte sich für jeden Scharlatan, nahm jede Schmeichelei für bare Münze, versah jeden Laffen, der ihr den Hof machte, mit einer Glorie von Weisheit und Schmerz. Man mußte ihr Vernunft beibringen.

Es war ein richtiger Gedanke. Dennoch geschah es, daß ihn ein Lächeln Lätizias verstummen machte. Der triftigsten Maxime, dem unbestreitbarsten Leitsatz der Moral brach sie die Spitze ab, indem sie den Kopf gegen die Schulter neigte, die Augen innig aufschlug und mit einem holden Büßerinnenton sagte: »Schau, Bernhard, ich bin doch nun mal so; warum soll ich denn nicht so bleiben? Warum willst du mich denn anders haben? Wär ich anders, so hätt ich andre Fehler. Laß mich doch so, wie ich bin.« Und sie hing sich an ihn und kribbelte mit den Fingerspitzen sein angehendes Doppelkinn, was ihn bewog, zu seufzen und stillzuhalten.

Folgende Personen traten die Reise nach München an: Lätizia; deren Zofe; die Amme Eleutheria; die Zwillinge; die Gräfin; Fräulein Stöhr; Ottomar und Reinhold; Crammon; der Pole Stanislaus Rehmer. An

Tieren: Puck, das Löwenhündchen, ein Zeisig in einem Bauer und ein zahmes Eichhörnchen in einem vergitterten Käfig. Das Gepäck bestand aus vierzehn großen Koffern, sechzehn Handtaschen, sieben Hutschachteln, einem Kinderwagen, drei Proviantkörben und unzähligen in Papier, Leder und Sackleinwand verschnürten kleineren Stücken, von Mänteln, Schirmen, Stöcken, Blumensträußen ganz zu schweigen. Die Gräfin rang die Hände, das Löwenhündchen kläffte ersterbend, Lätizia legte ein umfangreiches Verzeichnis von Dingen an, die sie vergessen hatte, die Zofe zankte mit dem Schaffner, die Zwillinge schrien, Eleutheria entblößte vor einem beleidigten Publikum ihre voluminösen Brüste, Fräulein Stöhr hatte ihre ergebene Miene, mit Blick nach oben, Ottomar und Reinhold stritten über literarische Gegenstände, der Pole ließ kaum die Augen von Lätizia, Crammon saß verdüstert, Bein über Bein, und drehte die Daumen.

Mit Ausnahme der Brüder Stojenthin, die sich in einem geringeren Gasthof einmieteten, bezogen alle im Hotel Continental Quartier. Die Rechnung, die man der Gräfin täglich auf das Zimmer brachte, betrug selten weniger als dreihundert Mark. »Stöhr, wir müssen Hilfsquellen erschließen,« sagte sie zu ihrer Gesellschafterin, »das Kind ist ahnungslos; es würde ihm das Herz brechen, wenn es wüßte, in welchen Geldsorgen ich stecke.« Fräulein Stöhr, mit Tugendmiene, schien hiervon keineswegs überzeugt.

Man betraute einen Advokaten von großem Namen mit der Führung des Prozesses gegen die Familie Gunderam. Der Sachwalter der feindlichen Partei war beauftragt, alle Forderungen abzulehnen. Es gab endlose Besprechungen, bei denen die Gräfin sich edel entrüstete, während Lätizia ein elegisches Erstaunen zeigte, als gingen sie diese Dinge nichts an, als seien sie ihrem Gedächtnis entschwunden. Ihre Angaben über das, was sie gesagt und getan, über Abmachungen und Vorgänge, lauteten jedesmal anders, und wenn man sie auf den Widerspruch aufmerksam machte, sagte sie beschämt, verträumt, erzürnt, alles in einem: »Ihr seid so pedantisch. Wer soll das alles im Kopf behalten! Es wird schon so gewesen sein, wie es in den Akten steht. Wozu sind denn Akten da?«

Auch der alte Rechtsstreit um den Heiligenkreuzer Wald sollte in beschleunigteren Gang gebracht werden. Die Hoffnungen, welche die Gräfin darauf setzte, wurden zwar von keiner Seite bestärkt, desungeachtet fühlte sie sich als reiche Grundherrin und suchte Geldgeber zu gewinnen, die ihr auf ihre langjährigen und verjährten Ansprüche hin ein Kapital vorstrecken sollten. Es schlug fehl, aber ihre Zuversicht wurde nicht beeinträchtigt; sie vermochte es sogar über sich, schmutzige Lokalitäten zu betreten, um mit schmutzigen Persönlichkeiten zu verhandeln. »Sorge dich nicht, mein Engel,« sprach sie zu Lätizia, »es wird alles gut werden. Zu Ostern schwimmen wir in Geld.«

Lätizia sorgte sich keineswegs. Genießend strahlte sie. Jeder Tag war so voll von Glück und Lust, daß an das Morgen zu denken, insofern es nicht wieder mit Glück und Lust zusammenhing, ihr wie Undankbarkeit erschienen wäre. Das Leben schmiegte sich um sie, willig und schmückend wie ein schönes Kleid. Da ihr Inneres ohne Schatten war und ihr alle Menschen entgegenlächelten, glaubte sie, die Welt befände sich überhaupt in einem dauernden Zustand von Zufriedenheit, und was man bisweilen von Mißgeschick und Schmerz vernahm, war wohl da, irgendwo war es da, aber bis es zu ihr gelangte, war es schon verklärt, war es schon eine Fülle, eine Frucht, ein Traum.

So las sie die Bücher ihrer Dichter, so hörte sie Musik, so ging sie auf Bälle, um zu tanzen, so plauderte sie, promenierte sie, so wurde ihr alles zum lieblichsten Spiegel und ungebundenen Spiel. Sie hatte Freiheit, denn sie gab sich selbst Freiheit. Sie hatte immer und für jeden Zeit, denn der Augenblick war ein großer Herr. Deshalb war sie entwaffnend unpünktlich, treulos mit einer Unschuld, daß sie der noch trösten mußte, dem sie treulos war. Ihre Angelegenheiten gingen den schlimmsten Weg; sie wußte nichts davon; sie brachte unter Männern eine Verwirrung ohnegleichen hervor; sie wußte nichts davon; wer ihr von Liebe sprach, bekam Liebe; sie taten ihr leid; warum nicht austeilen, wenn man Überfluß hatte? Sechs bis acht hitzige Bewerber konnten stets zur selben Zeit auf schwerwiegende Gunstbeweise pochen. Traf sie ein Vorwurf, so war sie verwundert und nicht selten den Tränen nahe wie jemand, dessen reine Absichten unbegreiflich verkannt werden.

Eines der Zwillinge erkrankte, und ein Arzt wurde berufen. Da sich sein Erscheinen verzögerte, ließ sie einen andern kommen; am nächsten Morgen hatte sie beide vergessen und alarmierte einen dritten, vielleicht nur, weil ihr sein Name im Telephonverzeichnis gefiel. Die Folge war Verwirrung. Es konnte auch geschehen, daß sie sich in einen der Herren Doktoren für die Dauer einiger Stunden verliebte, wodurch die Verwirrung nicht geringer wurde.

Für die Weihnachtswoche hatte sie drei Einladungen angenommen, nach Meran, nach Salzburg und nach Baireuth. Als es so weit war, erinnerte sie sich an keine mehr und sagte nirgends ab: Verwirrung.

Die Zofe entpuppte sich als Diebin; sie mußte sie wegschicken. Ein Dutzend junger Mädchen stellte sich vor; bei der letzten, die ihr sympathisch war, vergaß sie, daß ihr bereits die erste sympathisch gewesen: Verwirrung.

Man erwartete sie zum Frühstück beim Intendanten. Sie kam zum Tee: Verwirrung. Man hatte eine Summe für die Bezahlung drückender Schulden beschafft. Sie lieh sie Stanislaus Rehmer, der arm wie eine Kirchenmaus war und seine Garderobe erneuern mußte: Verwirrung.

Aber die Verwirrung berührte sie mitnichten. Sie schritt hindurch, in festlich gehobener Laune, mit ihrem ein wenig lässigen Gang, dem zur Seite geneigten Haupt, den sanften rehbraunen Augen, der erwartungsvollen und entzückten Miene, in der auch eine kleine Pfiffigkeit verborgen war.

Unmöglich konnte Crammon dieses Treiben billigen. Hier wurde die Welt auf den Kopf gestellt und die Regel mit Füßen getreten. Mit sehr hübschen, sehr zierlichen Füßen allerdings, aber das Resultat war aufregend. Er murrte wie der Burbero bei Goldoni. Er sagte, es werde ein schlechtes Ende nehmen, er habe es nie anders erlebt, als daß Schlamperei ein schlechtes Ende genommen. Sein Entsetzen hatte Züge des Kleinbürgers, dessen Tugend verhöhnt wird. Fasziniert von dem Schauspiel einer halsbrecherischen Wanderung am Abgrund, das Lätizia ihm gab, verleugnete er die eigne Vergangenheit, wußte nichts mehr von seinen Torheiten und Abenteuern, seinem Freibeutertum, seiner Gefräßigkeit und seinen schlimmen Lüsten und was ihm noch täglich davon aufs Kerbholz zu schneiden war. Er notierte es nicht. Er murrte.

Eines Abends saß er mit der Gräfin allein bei der Tafel; Lätizia war im Konzert. Die Gräfin hatte etwas auf dem Herzen; sein Argwohn wurde wach. Sie war mild und legte ihm die besten Bissen vor. Sie sprach von dem baldigen Domizilwechsel, und daß sie sich mit Lätizia noch nicht habe einigen können, ob man Wiesbaden oder Berlin für die nächsten Monate wählen solle. Sie befragte Crammon um seine Meinung; er erwiderte, da sei Gott vor, daß er sich in solchen Konflikt mische; er habe andre Pläne, und es verlange ihn nicht, Zeuge eines lärmenden Zusammenbruchs zu werden.

Da begann die Gräfin über die Geldbedrängnis zu jammern und wie lästig ihr die Ungeduld der Gläubiger sei; sie habe sich um des Kindes willen entschlossen, ihn, Crammon, um ein größeres Darlehn zu bitten. Sie könne jede gewünschte Sicherheit bieten, falls ihr Name, ihr Ruf, ihre Person nicht Sicherheit genug für ihn sei; das Beschämende des Ansuchens bleibe immerhin; nur der Gedanke, daß sie vor dem leiblichen Vater ihres Liebchens sitze, tröste sie in ihrer Pein.

Wirklich wurden ihre hochroten Pausbacken um eine Schattierung blasser, und in den vergißmeinnichtblauen Augen schimmerten Tränen.

Crammon legte Messer und Gabel auf das Tischtuch. »Sie verkennen mich, Gräfin,« sagte er tartüffisch-betrübt, »Sie verkennen mich schwer. In meinem ganzen Leben habe ich kein Geld ausgeliehen, weder auf Zinsen noch auf Freundschaft, und nichts könnte mich bewegen, es je zu tun. Sie halten mich wahrscheinlich für wohlhabend. Das ist ein Irrtum, ein erstaunlicher Irrtum, Gräfin. Wenn ich diesen Eindruck hervorrufe, dürfen Sie doch daraufhin nicht urteilen. Ich habe zu sparen verstanden, weiter nichts. Ich war vorsichtig in der Wahl meines Umgangs, sowohl was Männer als auch was Frauen betrifft. Wurde ich von zwei Seiten zu Gast gebeten, von einer östlichen begüterten und von einer westlichen, in diesem Punkt zweifelhaften, so entschied ich mich ohne Besinnen für die östliche. Das enthob mich aller Skrupel und aller Reue. Was ich mein eigen nenne, ist ein kleines Gütchen in Mähren, unerheblich an Ertrag: ein bißchen Kornfrucht, ein bißchen Obst; ferner ein altes baufälliges Haus in Wien mit ein paar wurmstichigen Möbeln, die von zwei seltenen Perlen des weiblichen Geschlechtes instand gehalten werden. Niemand, Gräfin, ist je auf den sonderbaren Einfall gekommen, mich um Geld anzugehen, niemand, ich versichere es Ihnen.«

Die Gräfin stützte traurig den Kopf in die Hand.

»Ich würde mir auch im vorliegenden Fall ein Gewissen daraus machen, selbst wenn ich Ihr Begehren erfüllen könnte,« fuhr Crammon düster fort; »ich würde mirs nie verzeihen, den Kassenschrank des Unsinns abgegeben zu haben, der da verübt wird, den Finanzminister dieser kapitalistischen Ausschweifungen. Nein, nein, Gräfin, reden wir von erquicklicheren Sachen.«

Um Mitternacht, er war noch auf, klopfte es an Crammons Zimmertür, und Lätizia trat ein. Sie setzte sich an seine Seite und sagte mit ihrem großen, sanften Blick: »Daß du das Tantchen so schlecht behandelt hast, Bernhard, muß ich dir verübeln. Das lass ich nicht auf dir sitzen und auf mir auch nicht. Bist du denn schäbig? Bernhard, du bist doch um Gottes willen nicht schäbig! Sieh mir in die Augen und behaupte, ob du es sein kannst. Wahrhaftig, ich würde dich verstoßen.«

Sie lachte, sie umschlang seinen Hals, sie zupfte ihn an den Haaren, sie küßte seine Nasenspitze, kurz, sie war so mutwillig und so unwiderstehlich, daß Crammons eherne Prinzipien verhängnisvoll erschüttert wurden. Er widerrief seine Weigerung und versprach, Lätizias Schulden zu bezahlen.

Noch einmal wirkte Frauenhauch und Frauenwort, spät und schmerzlich-süß, doch war man nicht mehr Räuber, sondern Opfer. Man hatte einzustehen, man hatte zu verzichten; man biß nicht mehr in die saftige Birne, man wurde selber als Birne verzehrt.

Lätizia entschloß sich, nach Berlin zu gehen, und Crammon erklärte sich nach einigem vergeblichen Widerspruch bereit, sie zu begleiten.

25

Johanna saß in ihren Mantel gehüllt, trotzdem es im Zimmer warm war.

Amadeus Voß erzählte: »Ich weiß von einem heiligen Priester, der im siebzehnten Jahrhundert in Frankreich lebte, Louis Gaufridy war sein Name. Damals glaubte das Volk noch an Magie und Hexenkünste, und das war gut, denn es hatte damit ein Gegengift gegen gottlose Begierden. Heute glauben die Erlesenen wieder an die Magie, und sie bannen damit den Götzen, der sich Wissenschaft nennt. Louis Gaufridy galt für den frömmsten Mann seiner Zeit, auch seine Feinde bestritten es nicht. In einem Kloster, wo er die Beichte abnahm, war eine Nonne, Magdalene de la Palud; diese hatte sich in ihrer Phantasie des Heilands wie eines fleischlichen Geschöpfs bemächtigt; mit dem Bild des Heilands hatte sie gebuhlt, sagen die Chroniken. Es stand in ihrem verstörten Auge, und der Priester Gaufridy erkannte es und wollte sie durch die Beichte befreien. Aber die Dämonen verschlossen ihren Mund und vermauerten ihr Herz. Und sie wurde von ihnen besessen, die Teufel Asmodi und Leviathan redeten aus ihr, sie hatte unzüchtige Gesichte, sie, die bisher keusch gelebt hatte, und klagte den Priester an, er habe zauberische Schändlichkeiten an ihr verübt. Gaufridy wurde verhaftet und peinlich verhört und mit Magdalene konfrontiert. Er schwur bei

Gott und den Heiligen, daß er falsch angeschuldigt sei, doch die Nonne beteuerte aus ihren Visionen heraus, daß er der Fürst der Zauberer sei und daß er sie in der Beichte mißbraucht und ihre Seele vergiftet habe. Vor den Richtern flehte er Magdalene an, von ihrem Wahn zu lassen und die Wahrheit zu bekennen; aber sie hatte keine Wahrheit mehr; außer sich rief sie ihm entgegen, er habe sich der Hölle mit Blut verschrieben und sie gezwungen, das gleiche zu tun. Daraufhin wurde er nochmals grausam gefoltert und auf dem Dominikanerplatz in Aix lebendig verbrannt.«

Johanna lächelte gequält.

»Das ist die Geschichte von Magdalene de la Palud,« sagte Voß; »die tiefe Geschichte vom himmlischen und irdischen Eros und von der Fata Morgana der Sinne. Wer war schuldig? Magdalene, weil sie sich am Bild des Heilands vergangen und es mit ihren lüsternen Gedanken besteckt, oder Gaufridy, weil er sie in den Zwiespalt mit sich selbst gestürzt hatte und Fleisch vom Geiste lösen wollte? Dafür mußte er leiden, dafür muß jeder leiden. Aber was ich spüre und worauf auch eine Andeutung in einer überlieferten Schrift schließen läßt, ist, daß den frommen Mönch eine geheimnisvolle und furchtbare Liebe zu Magdalene de la Palud ergriff, als sie ihn auf die Folter stieß, und daß diese Liebe sogar den Schmerz des Feuertodes für ihn linderte. In jeder Menschenbrust entsteht nur einmal Liebe und nur zu einem Wesen. Alles andre ist Mißverständnis und fruchtloser Wiederbelebungsversuch. Es führt zur Lüge, es führt zur Folter.«

Johanna lächelte gequält.

»Ich bin gestern mit einer Dirne gegangen,« sagte Voß plötzlich und sah stier in die Luft.

Johanna rührte sich nicht.

»Es ist ein altes Grauen, das mich zu den Dirnen zieht,« fuhr er tonlos fort. »Wenn ich manchmal mutterseelenallein, halb krank vor Sehnsucht, ohne Geld in der Tasche durch die Gassen schlenderte, sah ich ihnen nach und beneidete die Menschen, die mit ihnen gehen konnten. Es ist ein altes Gefühl und sitzt sehr tief. Ich kann nicht davon loskommen, jetzt schon gar nicht, wo ich im Finstern irre und der Boden weicht. Da nun Christus im Fleische gelitten, so wappnet auch ihr euch mit dem nämlichen Sinne, heißt es, denn wer im Fleische leidet, stehet von der Sünde ab.«

»Du sprichst,« sagte Johanna und stand auf. »Hätt ich sprechen gelernt, so könnt ich dir auch sagen, was du *tust*.«

»Ich leide im Fleische,« antwortete er, und sein Blick brannte auf ihr.

Sie ging ein paarmal durch das Zimmer. Sie haßte ihren Schritt, ihr Sehen, Hören und Denken. Sie hatte ein so hinglühendes Verlangen nach Menschennähe, einer freundlichen Hand, einem menschlichen Wort, daß sie sich, wozu es sie trieb, nicht einmal zu gestehen wagte. Es schwebte ihr nur dunkel vor, daß sie in jenem Hinterzimmer in der Stolpischen Straße saß, um auf Christian zu warten, stundenlang, nächtelang, gleichgültig wie lange, zu warten, nichts andres, und da zu sein, wenn er kam, und außen zu lächeln und inwendig zu weinen, man hatte das ja in der Übung, ohne Zweck, ohne Aussprache, ohne Geständnisse, ohne Klagen, wie es unter erzogenen Leuten Brauch war, die ihre Angelegenheiten in der Stille und mit sich allein abmachten; ohne andern Sinn, als da zu sein und die Gefriertemperatur des Herzens um ein paar Grade zu erhöhen.

Aber es war so verbrecherisch und so dumm: etwas zu wollen, zu planen, zu unternehmen, von irgendwoher etwas zu erhoffen, ein leeres Beginnen, wie das des Vogels, der nach gemalten Körnern pickt.

»Du erwähntest neulich, daß du die Miete nicht zahlen kannst, erlaube, daß ich dir aushelfe,« sagte sie in ihrer kargen, spitzen Art und legte mit einer Gebärde aus der Schulter heraus einige Geldstücke auf den Tisch. »Sprich nicht, ich bitte dich, diesmal sprich nicht.«

Er schaute sie verzehrend an und lachte höhnisch.

Sie blieb stehen wie eine Bildsäule, und er wollte sie küssen. Sie duldete es wie eine, der man ein Messer an die Kehle setzt.

26

Als sie in die Stolpische Straße kam, war es sieben Uhr abends. Christian war nicht zu Hause, und sie wartete.

Sie zündete die Lampe an, setzte sich an den Tisch und wartete, unbeweglich vor sich hinschauend. Nach einer Weile, da die Kälte des ungeheizten Raums unter den Mantel und die Kleider kroch, erhob sie sich und wanderte auf und ab. Manchmal betastete sie Gegenstände, ein Notizbuch, das verstaubte Tintenfaß, die kalten Ofenkacheln. Sie ließ die Rollgardinen herunter und sah die einfältigen Bildereien an, mit denen sie bedruckt waren.

Wieder wie damals hörte sie das Haus. Es raunte; es umdrängte sie, ein Schicksal.

Da wurde an die Tür gepocht, in raschen, heftigen Schlägen. Sie erschrak, ging hin und machte auf. Ein Knabe stand vor ihr. Der Anblick, den er bot, machte sie schaudern. Seine Kleider waren von oben bis unten mit Kot bespritzt, ja, an einzelnen Stellen, an den Knien und an der Brust, bildete der Kot eine dicke Kruste. Er war ohne Kopfbedeckung; pechschwarze Haare hingen wirr um den Schädel; auch sie starrten von Kot. Das Gesicht war weiß, so vollkommen weiß, wie es Johanna nie gesehen hatte; kein Tropfen Blut schien unter der Haut zu fließen.

Auf dem linken Fuß hinkend trat er an Johanna vorbei ins Zimmer. Seine Bewegungen waren traumhaft mechanisch; der Willensantrieb lag geraume Zeit hinter der Handlung.

»Ich bin Michael Hofmann,« sagte er, und seine Zähne klapperten.

Johanna kannte ihn nicht und wußte nichts von ihm. Sie glaubte es mit einem Irrsinnigen zu tun zu haben. Aus Furcht entfernte sie sich nicht von der Schwelle. Sie war jeden Augenblick gewärtig, daß er sich auf sie stürzen würde, und horchte nach Schritten vom Flur oder vom Hof. Sie wollte flüchten, hatte aber Angst, sich zu bewegen. Als der Knabe in den Lichtkreis der Lampe kam, entschlüpfte ihr ein mit einem Seufzer abbrechender Aufschrei, so gräßlich war der Ausdruck in seinen Augen.

Er stockte. Er schaute sich um. Er suchte offenbar Christian Wahnschaffe. Im Schauen vergaß er das Suchen wieder; der Blick verlor sich. Er griff nach einer Stuhllehne. Erschöpfung schien ihn zu befallen; indem er sich auf den Stuhl setzen wollte, wirbelte es ihn halb um seine Achse, und hätte er nicht die Lehne krampfhaft gepackt, so wäre er niedergebrochen. Nun sah Johanna, daß es kein Irrsinniger war, auch kein Betrunkener. Es war ein Mensch, dem ein unfaßbar entsetzliches Geschehnis die Besinnung, die Kraft, die Sprache und den Blick geraubt hatte. Nicht bloß das Schlottern der Glieder und das steinweiße Gesicht verkündeten es, die Atmosphäre um ihn verriet es.

Sie schloß leise die Tür. Sie näherte sich zaghaft dem Stuhl, auf dem er wie festgekeilt saß. Sie wagte keine Frage. An der Lippe nagend, unterdrückte sie ein heiß aufschießendes Gefühl. Sie fühlte sich zusammenschrumpfen, sie wurde sich ganz dünn und schmal, sie hatte das Recht zu atmen vor sich verwirkt.

Jede Sekunde, die verstrich, vermehrte ihre unsägliche Bestürzung. Die Beine wankten ihr; sie setzte sich abseits. Der Knabe kehrte ihr den Rücken, und sie gewahrte, daß sein Körper zu zucken anfing. Es war an den Rockfalten und den herabhängenden Armen merkbar und dauerte ohne Pause konvulsivisch an. Die Hilflosigkeit, in der sie sich dem unbekannt Schauerlichen gegenüber befand, erregte physischen Schmerz, trieb zur Selbstbeschimpfung und Selbstverhöhnung. Ihre Seele war in Schwärze getaucht, zerfasert und zerstäubt. Während sie so litt, kam eine Begierde über sie, eine trotzige, mit Zweifeln ringende, an einen letzten Halt sich klammernde Begierde: zu erfahren, wie Christian dieses Fürchterliche aufnehmen würde, in das er allem Anschein nach verstrickt war; ob er es abtun würde mit seiner Glätte, ob es zerschellen würde an seiner Undurchdringlichkeit, die sie kannte, an der auch sie zerschellt war mit ihrem Leben und Schicksal; oder ob er der andere war, der Umgewandelte, der Unzweideutige, der das Wunder an sich vollbracht und Menschen damit hingerissen hatte, nur sie nicht, weil sie nicht glaubte, nicht glauben konnte, aus Scham nicht, aus Verzweiflung nicht, aus Verlassenheit nicht, aus Kränkung nicht. Gab es das, war es so, stimmte die Probe aufs Exempel, dann brauchte sie sich ferner nicht zu quälen. Was bedeutete dann einer Johanna Schöntag kleiner Kummer noch? Dann mußte sie sich bescheiden und eines Rufes gewärtig sein. Welchen Rufes, das wußte sie nicht.

Und sie wartete, den schlanken Hals reckend wie ein durstiges Tier.

27

Das »Nein, Niemals, Nimmermehr« hatte Christian sinnlos umhergetrieben. An diesem Tag vergaß er Karen in ihrer Todeskrankheit.

Als er gegen Abend in die Stolpische Straße kam, regnete es. Trotzdem standen vor den Häusern Leute in Gruppen. Ein ungewöhnliches Ereignis hatte sie aus den Stuben gelockt.

Er war ohne Schirm und naß bis auf die Haut. Auch unterm Tor standen Menschen, Bewohner des Hauses. Sie flüsterten aufgeregt. Ihn gewahrend, schwiegen sie, wichen zur Seite und ließen ihn passieren.

Ihre Gesichter flößten ihm Schrecken ein. Er schaute sie an. Sie schwiegen. Der Schrecken legte sich, ein Stück Eis, auf seine Brust.

Er ging weiter. Er wollte in Karens Wohnung hinauf, besann sich aber vor der Treppe und lenkte seine Schritte zum Hof. Er wünschte in seinem Zimmer eine Weile allein zu sein. Einige Leute folgten ihm, darunter die Frau des Gisevius und deren Sohn, ein junger Mensch mit dem stark ausgeprägten Klassenbewußtsein des organisierten Arbeiters im Wesen.

Christian bemerkte nicht einmal, daß die Fenster seiner Stube erleuchtet waren. Er schob sich an der Mauer hin, naß am Leibe. Die Tür öffnend, sah er Johanna und den Knaben. Er erkannte Michael Hofmann noch nicht, da er abgewandt von ihm saß. Johanna nickte er überrascht zu. Der funkelnd gespannte Blick, den sie auf ihn heftete, machte ihn stutzig. Zum Tisch tretend, erkannte er Michael Hofmann. Er wurde bleich und mußte sich an der Kante festhalten.

Die Tür war noch offen, und im trüben Licht der Flurlampe drängten sich vor der Schwelle die fünf oder sechs Menschen, die ihm gefolgt waren, nicht in aufdringlicher Absicht, sondern weil sie von Gerüchten beunruhigt waren und erwarteten, daß er ihnen Auskunft geben könne.

Christian legte dem Knaben die Hand auf die Schulter. »Wo warst du, Michael?« fragte er; »wo kommst du her?«

Der Knabe verharrte in lautloser Starrheit.

»Wo ist Ruth?« fragte Christian mit einer gewaltsamen Anstrengung.

Da erhob sich Michael. Seine Augen waren unnatürlich weit aufgerissen. Er machte mit beiden Armen eine ausholende, deutende Bewegung. Das Entsetzen schüttelte ihn dermaßen, daß ein gurgelnder Ton, der aus seiner Kehle drang, wie bei Schlingbeschwerden, erstickt wurde. Plötzlich wankte er, taumelte und fiel um wie ein Stück Holz. Er lag auf dem Boden.

Christian kniete nieder. Er umfing ihn. Er hob ihn mit den Armen ein wenig empor; er schloß die kotbedeckte, von Zittern durchschüttelte Gestalt dicht in seine Arme; er beugte das Gesicht herab und erfuhr Unerhörtes aus dem flehend, grausend, durch finstere Tiefen zu ihm herauflangenden Blick. Er preßte den Körper Michaels inbrünstig an den seinen, der naß war und dessen Nässe er nicht mehr spürte; er riß ihn zu sich; er riß ihn in sich hinein, als wäre seine Brust ein Behälter und ein Schutz, und der Knabe umklammerte nun auch ihn mit den Armen, seine kataleptische Erstarrung lockerte sich; ein furchtbares, dem Heulen in einem unterirdischen Rohr ähnliches Schluchzen brach aus dem zu einem Skelett abgemagerten Leibe.

Er mußte wissen. So zerstört werden konnte nur ein Mensch, der Wissen hatte.

Und Christian küßte das steinbleiche, schmutzige, tränenüberströmte Gesicht.

Johanna sah es; auch die schüchtern vor der Tür stehenden Leute sahen es.

Inquisition

1

Edgar Lorm war daran gewöhnt, ohne Judith zu essen; so fand er es auch heute nicht auffallend, daß sie noch nicht heimgekommen war, und setzte sich allein zu Tisch.

Es wurde aufgetragen: ein Hummer, Kalbsbrust mit Salat und dreierlei Gemüsen, Fasan mit Kompott, ein gefüllter Pfannkuchen, Käse und Ananas. Hierzu trank er zwei Gläser roten Bordeaux und eine Flasche Sekt.

Täglich verzehrte er diese überreiche Mahlzeit mit dem Appetit eines Riesen und dem philosophischen Entzücken des Feinschmeckers.

Als er zum Mokka die schwere Havannazigarre anzündete, hörte er Judiths Stimme. Gleich darauf stürzte sie verstört herein.

»Was ist geschehen, Kind?« fragte er.

»Fürchterlich,« stieß sie hervor und sank auf einen Stuhl.

Lorm erhob sich. »Was ist geschehen, Kind?«

Sie keuchte: »Seit ein paar Tagen fühle ich mich nicht wohl. Der Arzt hat mich untersucht und für schwanger erklärt.«

In Lorms Augen leuchtete es auf. »Ich kann nicht finden, daß es ein solches Unglück wäre,« sagte er, bemüht, seine freudige Überraschung zu verbergen; »im Gegenteil, mir erschiene es als ein Segen. Ich hätte es kaum zu hoffen gewagt. Wahrhaftig, Frau, ich wüßte nicht, was ich dafür zu tun imstande wäre!«

Mit funkelnden Blicken antwortete Judith: »Es wird nie und nimmer sein, nie und nimmer! Unsre Abmachung will ich dir nicht ins Gedächtnis rufen; ich will dir auch nicht die Schuld zuschieben, wenn das Schreckliche bereits eingetreten ist; ich kann es ja noch nicht glauben; ich käme mir wie verhext vor; aber wenn du auf Nachgiebigkeit von meiner Seite rechnest, oder auf weibliche Schwäche, auf das Erwachen gewisser sogenannter Instinkte, so täuschst du dich; es wird nie und nimmer sein. Mein Körper bleibt, was er ist; mein Körper bleibt mir. Ich habe keine Lust, ihn zerstücken zu lassen. Er ist das einzige, was ich noch besitze. Ich will ihn nicht teilen. Ich will nicht, daß ein fremdes Tier aus ihm kriecht. Ich will nicht in neun Monaten um neun Jahre älter werden. Ich will nicht mich oder dich affenhaft wiederholt sehen. Es wird nie und nimmer sein. Mir graust davor. Gib acht, daß mir nicht auch vor dir graust, wenn dir gerade das eine Wonne ist, was ich verabscheue.«

Lorm reckte sich ein wenig, sah sie erstaunt an und schwieg.

Sie ging in ihr Schlafzimmer und sperrte sich ein. Lorm erteilte Weisung, daß man niemand vorlasse, begab sich in die Bibliothek und las bis gegen acht Uhr in einer Schrift über die Bewegungen der Fixsterne. Oft hob sich der Blick aus dem Buch, nicht beschäftigt mit den astralen Geheimnissen, sondern mit sehr irdischen und vielleicht sehr traurigen Dingen. Er stand auf, um an die Tür von Judiths Zimmer zu gehen. Er lauschte und pochte. Judith antwortete nicht. Er kehrte um, aber nach einer halben Stunde kam er wieder, pochte wieder. Sie kannte seine bescheidene Art, um Einlaß zu bitten. Sie antwortete nicht. Die Tür blieb versperrt.

Immer nach Verlauf einer halben Stunde, während welcher er über die Bewegungen der Fixsterne las, kam er wieder und pochte. Er rief ihren Namen. Er sagte, sie möge Vertrauen zu ihm haben und ihn anhören. Um nicht die Aufmerksamkeit der Dienstleute zu erregen, redete er mit gedämpfter Stimme. Er sagte, sie möge ihm seine voreilige Freude nicht verübeln; er sehe seinen Irrtum ein und beklage ihn, nur solle sie ihn hören. Er versprach ihr Geschenke: einen antiken Leuchter, ein Service aus der Königlichen Manufaktur, ein Kleid von Worth; umsonst. Sie antwortete nicht.

Drei Tage verflossen. Eine drückende Stimmung lag auf dem Hauswesen. Lorm schlich durch die Räume wie ein schüchterner Gast. Er demütigte sich so weit, daß er der Hausdame, die allein Zutritt bei seiner Frau hatte und ihr die Speisen brachte, einen Brief für Judith in die Hand drückte. Sie kehrte achselzuckend zurück. Und des Nachts: wieder und wieder rief er sie an, näherte seinen Mund dem Holz der Tür und flehte; keine zornige Regung war in ihm, keine Versuchung, die Faust zu ballen und die Tür zu sprengen. Judith wußte dies. Sie schlug den Fisch.

Sie wußte, was sie wagen durfte. Und sie schlug den Fisch.

Dieser Mann, das Ziel der Bewunderung eines ganzen Volkes, verwöhnt durch Ruhm, durch die Freundschaft der Besten, durch Schicksalsgunst und alle Annehmlichkeiten des Daseins, mit gefürchteter Laune, einem Zucken seiner Brauen selbst über Widerwillige herrschend, er ertrug es nicht bloß, von einer Frau mißhandelt zu werden, die er nach langer Einsamkeit und langem Zaudern zu seiner Lebensgefährtin erwählt hatte, er nahm die Erniedrigung und Beleidigung wie eine Schuldenlast auf sich; ja, er schien danach zu verlangen, müde von Ruhm, Anerkennung, Freundschaft, Gelingen und Herrschen, Ausgleich und Kasteiung suchend, Wollust des Schmerzes und der Umkehrung.

Am dritten Abend wurde er, ziemlich spät noch, von Wolfgang Wahnschaffe telephonisch angerufen. Das Zerwürfnis zwischen Judith und Wolfgang, das seit seinem ersten Besuch bestand, erlaubte Wolfgang nicht, das Haus der Schwester zu betreten.

Er ersuchte Lorm um eine Unterredung an einem neutralen Ort. Der Anlaß, sagte er, sei zwingend. Lorm wollte Genaueres wissen; die in erregtem und bitterem Ton gegebene Antwort war, es handle sich um Christian, es handle sich um ein gemeinsames Vorgehen, um Beschlußfassung, um Verständigung, um Schutzmaßregeln; Gefahr sei von der Familie abzuwenden, haarsträubender Affront sei geschehen.

Hier unterbrach Lorm: »Ich vermute, daß meine Frau in den Angelegenheiten ihres Bruders Christian unzugänglich ist; und ich? Was sollte ich dabei tun? Ich bin durchaus Fremdling.« Auf erneutes Drängen versprach er, sich zur Mittagsstunde des andern Tages in einem Restaurant an der Potsdamer Straße einzufinden.

Kaum hatte er das Höhrrohr niedergelegt, so trat Judith ein, in dunkelgrünem Sammetschlafrock mit Pelzbesatz und langer Schleppe, sorgfältig frisiert, ein heiteres Lächeln auf den Lippen, Lorm beide Hände entgegenstreckend.

Er nahm beide Hände und küßte beide, beglückt.

Sie schlang ihm die Arme um den Hals und sagte, den Mund an seinem Ohr: »Es ist alles wieder gut. Der Doktor ist ein Esel; ich habe dir unrecht getan. Es ist alles wieder gut, sei du auch wieder gut.«

»Wenn du nur gut bist,« erwiderte Lorm, »das übrige ist nicht von Belang.«

Sie schmiegte sich dichter an ihn und schmeichelte mit Augen, Mund und Hand: »Und was ists mit dem antiken Leuchter? Bekomme ich den? Und das Kleid von Worth? Wirst du mirs kaufen? Und das Porzellanservice, bekomme ich es?«

Lorm lachte. »Dafür, daß du mir unrecht getan hast, wie du zugibst, ist der Versöhnungspreis ein wenig hoch,« spottete er, »aber sorge dich nicht, du sollst alles haben.«

Er hauchte einen Kuß auf ihre Stirn; in dieser unsinnlichen Zärtlichkeit lag endgültiges Erlahmen gegen sie, gegen die Menschen, gegen die Welt. Es wurde immer stärker, von Tag zu Tag merklicher und hatte Züge einer Krankheit des Herzens.

2

Ein Bericht, gleichlautend in allen Zeitungen, hatte die erste Kunde von dem Mord gegeben:

Gestern um die sechste Abendstunde entdeckten ein Werkführer und ein Arbeiter der Brennerschen Fabrik in einem Schuppen an der Bornholmer Straße eine Mädchenleiche ohne Kopf. Der mit Stricken verschnürte und unnatürlich zusammengebogene Körper war zwischen Balken, Brettern, Leitern, Karren und Gerümpel dermaßen eingezwängt, daß die sofort herbeigerufenen behördlichen Funktionäre Mühe hatten, den grausigen Fund ins Freie zu befördern. Die Nachricht hatte sich unterdessen in den angrenzenden Straßen verbreitet, und ein mit wachsender Bestimmtheit auftretendes Gerücht bezeichnete die in der Stolpischen Straße wohnende sechzehnjährige Ruth Hofmann als die Ermordete. Sie war seit einigen Tagen abgängig und bei der Polizei als vermißt gemeldet worden. Die Vermutung, daß sie dem mit beispielloser Bestialität ausgeführten Verbrechen zum Opfer gefallen ist, wurde wenige Stunden später zur Gewißheit erhoben, denn ein Maurerweib fand in der Mörtelgrube einer Baustelle der Bellermannstraße einen abgeschnittenen Kopf, der, wie sich ergab, zu der Leiche gehörte und von verschiedenen Bewohnern des Hauses Stolpische Straße als der Kopf der Ruth Hofmann agnosziert wurde. Der Körper war nur noch mit Halbstiefeln und Strümpfen bekleidet, sonst vollständig nackt, und wies Verstümmlungen auf, die mit Sicherheit auf einen Lustmord schließen lassen. Von dem Täter fehlt vorläufig jede Spur, aber die Nachforschungen werden mit Umsicht und Energie betrieben, und es ist lebhaft zu wünschen, daß der entmenschte Unhold alsbald der Gerechtigkeit überantwortet werde.

3

Nun schlief er, in der Kammer hinten, seit vierzehn Stunden. Die Witwe Engelschall beschloß, hinüberzugehen.

Sie schritt durch einen halbfinstern Gang, in welchem Vorräte aufgestapelt waren. Von der Decke hingen Schinkenkeulen und geräucherte Würste; auf der Erde standen Fässer mit Sardinen, Heringen und Gurken; auf Regalen Gläser mit eingemachten Früchten. Es roch wie in einem Kramladen.

Sie blieb stehen, fischte eine kleine Gurke aus einem offenen Fäßchen und schlang sie hinunter, ohne zu kauen.

Im Vordertrakt läutete es. Eine verschlampte Person, mit dem Besen in der Hand, wurde am Ende des Ganges sichtbar und rief der Witwe Engelschall zu, die Isolde Schirmacher aus der Stolpischen Straße sei da und habe was auszurichten. »Soll warten,« brummte die Witwe Engelschall. Sie trat leise in die Kammer, in der Niels Heinrich schlief.

Er lag auf einer Matratze, mit einem blaugemusterten Flanelltuch über sich. Die behaarte Brust war nackt, unten sahen die nackten Füße hervor. Die Kammer war nicht so geräumig, daß ein Schrank darin hätte Platz finden können. Wäschehaufen türmten sich in den Ecken, übelduftend. Handwerkszeug war auf dem Boden verstreut, ein Hobel, ein Hammer, eine Säge; alte Zeitungen lagen herum; an Nägeln hingen schmutzige Gewänder, Schlipse, ein paar Mäntel. Die Mauern zeigten Blutspritzer, die von getöteten Wanzen herrührten. Auf dem Tisch stand ein Leuchter mit einer herabgebrannten Kerze, eine leere Bierflasche und eine halbleere Schnapsflasche.

Er lag auf dem Rücken. Die Muskeln im Gesicht waren zerbogen, zerspannt. Zwischen den rötlichen Brauen vibrierten drei tiefgegrabene Falten. Die Haut war käsig. Auf der Stirn und am Hals glänzten feuchte Schweißflecken. Die Lider sahen wie schwarze Löcher aus. Das schmale rote Bärtchen am Kinn bewegte sich mit dem Atem; es war etwas Lebendiges für sich, ein haariges Insekt, das aufpaßt.

Er schnarchte laut; eine Speichelblase stieg bisweilen aus den ekel voneinander weichenden Lippen, hinter denen die kariösen Zähne starrten.

Die Witwe Engelschall wagte nicht zu unternehmen, was ihr draußen als leicht ausführbar geschienen hatte. Schon gestern abend war sie so dagestanden, aber als er im Schlaf angefangen hatte, zu murmeln, war sie erschrocken hinausgerannt.

Es wollte ihr nicht aus dem Kopf, wo er die zweitausend Mark hingebracht, die er im Baubureau beiseite geschafft hatte. Seiner Behauptung, daß er alles an die Kassiererin vom Metropolkino gehängt, mißtraute sie. Um den Schaden zum Teil zu ersetzen und die Anzeige zu verhüten, hatte sie ihre sämtliche Leinenwäsche, zwei Kommoden und die Einrichtung des Sprechzimmers ins Leihhaus transportieren und eine Lebensversicherungspolice verpfänden müssen. Der Brief an den Geheimrat Wahnschaffe war nicht einmal beantwortet worden.

Sie glaubte es nicht, daß er all das schöne Geld für ein lausiges Weibsbild verquast hatte. Sicherlich hatte er noch etwelche blaue Lappen auf die hohe Kante gelegt. Der Gedanke ließ ihr keine Ruhe. Ihn den Argwohn merken zu lassen, war gefährlich; aber in die Kammer schleichen, den klotzhaften Schlaf benutzen und die Kleider durchwühlen, die Hand unters Kopfkissen schieben, das konnte man riskieren.

Doch blieb sie unbeweglich stehen. In seiner Nähe war sie auf Unerwartetes vorbereitet. Man zitterte inwendig, sobald er den Mund auftat. Es wurde einem schon kalt, wenn Leute kamen, um von ihm zu erzählen. So war es stets gewesen; man mußte sich nur erinnern.

Als der Lehrer im Dorf den Zehnjährigen erwischt, wie er mit einer achtjährigen Göre Schweinereien getrieben, hatte er geunkt: der wird am Galgen enden. Als er, Lehrling noch, bei einem Streit wegen des Lohns seinem Brotherrn die Faust unter die Nase gehalten, hatte jener geäußert: der wird am Galgen enden. Als er der Pastorin in Friesoyte das silberne Kettchen aus dem Sekretär stibitzt und die Witwe Engelschall das entwendete Gut zurückgebracht, hatte es geheißen: der wird am Galgen enden.

Man mußte sich nur erinnern. Seine erste Geliebte, die dicke Lola aus der Köpenicker Straße, hatte er zuschanden geprügelt, weil sie bei der Quadrille in Halensee einem Postgehilfen zugewinkt; als sie sich wimmernd auf der Erde gewunden und in ihrer Verzweiflung geschrien hatte: »Solchen Teufel gibts auf der weiten Welt nicht mehr,« hatte die Witwe Engelschall dem Wüterich ins Gewissen geredet und zu ihm gesagt: »Mensch, werde doch 'n bißchen gemütlich.« Aber er wurde nicht gemütlich. Gleich bei seiner zweiten Flamme passierte es, als sie in Umständen war, daß er sie zwang, sich von einem schlechten Weib behandeln zu lassen, mit dem er in gewissen Beziehungen stand, und daß das Mädchen daran starb. Nachher höhnte er noch über die Dummheit der Frauenzimmer, die keine Sache anständig besorgen könnten, das Kinderkriegen nicht und das Kinderabmurksen nicht. Glücklicherweise hatte niemand als die Witwe Engelschall die Worte gehört, und wieder hatte sie ihn beschworen: »Mensch, so werde doch 'n bißchen gemütlich.«

Im Grund bewunderte die Witwe Engelschall diese Eigenschaften. Mit dem war nicht gut Kirschen essen; der stellte seinen Mann; der führte sie alle an der Nase herum. Wenn er nur nicht immer eine so kindische Wut gegen unschuldiges Material bezeigt hätte; was das bloß kostete! Wollte das Feuer nicht brennen, riß er die Ofentür aus den Angeln; ging die Uhr mal falsch, schmiß er sie auf den Boden, daß sie zerschellte; war das Fleisch nicht gar gekocht, hieb er mit dem Messer in der Faust den Teller in Stücke; saß der Schlips beim Maschenknüpfen nicht aufs erste, riß er ihn in Fetzen und das Vorhemd oft dazu. Dann meckerte er wieder, und man mußte ein Gesicht machen, als freue es einen. Schlimm wurde es erst, wenn er merkte, daß es einen verdroß; da schonte er nichts; was ihm unter die Finger geriet, wurde hin.

Wovon er nur in normalen Zeiten lebte, wenn ihm kein außergewöhnlicher Fang gelungen war; ein Rätsel. Beständig in Saus und Braus, beständig die Taschen voll Zaster und die Spendierhose an. Er arbeitete ja, manchmal vier Tage in der Woche, manchmal fünf; sein Handwerk hatte er inne, sie nahmen ihn überall gern, und er brachte in einem Tag fertig, was andre in dreien nicht schafften. Aber meistens machte er vom Montag bis zum Sonnabend blau und trieb sich an gottverbotenen Orten herum, mit Lumpen und Menschern.

Vieles wußte die Witwe Engelschall von ihm; vieles wußte sie aber nicht. Seine Wege waren heimlich. Befragte man ihn und er gab Bescheid, so war man um nichts klüger. Er braute immer was, er plante immer was. All dies nötigte der Witwe Engelschall tiefen Respekt ab. Es war Blut von ihrem Blut und Geist von ihrem Geist. Die Sorge freilich war groß. In letzter Zeit weissagten die Karten mit Beharrlichkeit Übles.

Da zauderte sie nun voller Furcht. Der fahle gelbe Schädel auf dem zerdrückten Kissen von grobem Barchent wirkte lähmend. Die kugelige Fleischmasse ihres Halses schlotterte, als sie sich endlich bückte und nach Rock und Weste griff, die unter einem Stuhl lagen. Sie kehrte sich ein wenig ab, um ihre Hantierung zu verbergen; plötzlich fühlte sie sich an der Schulter gepackt und stieß einen Schrei aus.

Niels Heinrich hatte sich lautlos erhoben. Im Hemd stand er da, bohrte den gelblodernden Blick in ihr Gesicht. »Alte Kanallje, was treibst du?« fragte er mit ruhigem Ingrimm. Sie ließ die Kleidungsstücke fallen und wich bebend zurück. »Hinaus!« rief er und streckte den Arm gegen die Tür.

Er sah schreckenerregend aus. Das Wort erstarb der Witwe Engelschall auf der Zunge. Mit wankenden Knien entfernte sie sich.

Im Vorplatz wartete Isolde Schirmacher noch. Sie fing an zu weinen, als sie sich ihres Auftrags entledigte, die Witwe Engelschall möge sofort in die Stolpische Straße kommen. Karen gehe es schlecht, sie liege im Sterben.

Die Witwe Engelschall zeigte sich ungläubig. »Im Sterben? Nanu, so geschwind stirbt man nicht. Schönen Gruß, und ich komme. In ner Stunde bin ich dort.«

4

Ein weiterer Bericht in den Zeitungen lautet.

Das Dunkel, welches über dem an der jugendlichen Ruth Hofmann verübten Mord schwebte, beginnt sich zu erhellen. Das Publikum wird die Kunde mit Genugtuung begrüßen, daß die Anstrengungen der Polizei zur Verhaftung des mutmaßlichen Mörders geführt haben. Es ist dies der zwanzigjährige Joachim Heinzen, wohnhaft Czernikauer Straße, ein übelbeleumundetes und dem Anschein nach geistig nicht ganz zurechnungsfähiges Individuum. Schon vor der Entdeckung der Untat hatte er durch sein Benehmen die Aufmerksamkeit auf sich gelenkt; in den letzten Tagen haben sich die Verdachtsgründe derart verdichtet, daß man zu seiner Festnahme schreiten konnte. Als ihm der Polizeibeamte das Verbrechen auf den Kopf zusagte, brach er zusammen, gebärdete sich aber dann so renitent, daß man Mühe hatte, seiner Herr zu werden. In Gewahrsam verbracht, legte er ein umfassendes Geständnis ab, doch als er das Protokoll unterzeichnen sollte, nahm er alles wieder zurück und leugnete mit Verbissenheit. In seinem Wesen wechselt vertierter Stumpfsinn mit Zerknirschung und Angst. Ein Zweifel darüber, daß man es mit dem Schuldigen wirklich zu tun hat, kann wohl kaum bestehen. Das erste Verhör vor dem mit dem Kriminalfall betrauten Untersuchungsrichter wird im Laufe des heutigen Tages stattfinden. Die Bewohner des Hauses Stolpische Straße sind sämtlich vernommen worden, darunter eine Persönlichkeit, deren Existenz dortselbst ein interessantes Streiflicht auf eine vielbesprochene Affäre wirst, die eine der angesehensten Familien unsrer Großindustrie betrifft.

5

Die Andeutung in dem letzten Satz der Zeitungsmeldung wirbelte Staub auf. Der rücksichtsvoll verschwiegene Name kam in der Leute Mund, man wußte nicht recht wie. Das Gerede gelangte zu Wolfgang Wahnschaffe. Kollegen fragten ihn befremdet, was sein Bruder mit dem Mord an dem Judenmädchen zu schaffen habe. Sogar sein Kanzleichef im Auswärtigen Amt stellte ihn und hatte dabei eine Miene, die ihn vor Scham erbleichen machte.

Er schrieb an den Vater. »Ich komme mir vor wie ein friedlicher Spaziergänger, der den hinterlistigen Anfällen eines Wahnsinnigen ausgesetzt ist. Du weißt sehr wohl, lieber Vater, daß bei der Laufbahn, die ich eingeschlagen habe, makelloser Ruf Bedingung ist; wenn dieser Ruf jederzeit von einem entgleisten und seine Herkunft verleugnenden Menschen, der unglücklicherweise den Namen der Familie trägt, befleckt, dieser Name dem öffentlichen Unwillen preisgegeben werden kann, so ist meiner Ansicht nach kein Mittel zu schroff, mit dem man sich dagegen schützt. Wir hatten Geduld; ich war viel zu lange das bescheidene Flämmchen neben dem strahlenden, und wie sich jetzt erweist, trügerischen Feuerwerk Christian; wo mein Lebensglück auf dem Spiel steht, meine und meines Hauses Ehre sogar, wäre es unverzeihliche Schwäche von mir, wollte ich allem, was da geschieht und in Zukunft noch zu befürchten ist, mit verschränkten Armen zusehen. Das ist auch die Meinung meiner Freunde und jedes vernünftig Denkenden. Ein energischer Schritt ist notwendig, sonst kann ich mich auf dem Platz, den ich mir erobert habe, nicht behaupten, von den Unannehmlichkeiten, die uns außerdem noch bevorstehen, ganz zu schweigen. Bis ich deinen Bescheid erhalte, werde ich versuchen, mich mit Judith in Verbindung zu setzen und mich mit ihr zu beraten; obgleich sie in der schnödesten Form den Verkehr mit mir abgebrochen hat, ich kenne heute noch nicht den Grund, wird sie sich der Dringlichkeit der Sachlage beugen.«

Der Geheimrat empfing den Brief nach einer Verhandlung mit einer Deputation streikender Arbeiter. Es dauerte eine Weile, ehe die Bestürzung, die er automatisch in ihm erregte, völlig in sein Bewußtsein trat. Unter andern Umständen hätte ihn der unkindliche, ja unverschämte Ton erzürnt; jetzt ging er darüber hinweg. Mit hastiger Hand schrieb er eine chiffrierte Depesche an Girke & Graurock.

Der Antwortbrief, mit Eilpost gesandt, erreichte ihn am nächsten Abend in seinem Würzburger Haus. Willibald Girke schrieb:

»Hochzuverehrender Herr Geheimrat! Trotzdem unsre Firma seit geraumer Zeit des Vergnügens beraubt war, in direktem Auftrag, wie vordem, für Ew. Hochwohlgeboren zu wirken, waren wir doch in der Zuversicht erneuerter Beziehung weitblickend genug, unsre Nachforschungen fortzusetzen und uns über alle Ihren Herrn Sohn angehenden Ereignisse eventuell auf eigne Kosten und Gefahr auf dem laufenden zu halten. Dank dieser geschäftlichen Großzügigkeit, die bei uns Maxime ist, sind wir in der glücklichen Lage, Ihre telegraphische Erkundigung mit der Präzision und Schnelligkeit zu erledigen, die der Moment erheischt.

Um sofort zum Kern unsres Rapports zu gelangen, der Ermordung des jüdischen Mädchens, so können wir Ew. Hochwohlgeboren insofern beruhigen, als ein andrer Zusammenhang mit der Greueltat nicht besteht, als durch die lebhafte und in der ganzen Nachbarschaft vielbemerkte Freundschaft, die Ihren Herrn Sohn mit der Ermordeten verknüpft hatte. Es handelt sich lediglich um die Zeugenaussage, die ja später auch vor Gericht wird wiederholt werden müssen; das Peinliche daran ist leider unabwendbar. Wer Pech angreift, besudelt sich; sein Umgang mit niederem Volk mußte ihn in böse Geschichten, vielleicht in mancherlei Mitwissenschaft bringen. Nachgewiesen und zugestanden ist ein Besuch in der Wohnung des verhafteten Mörders Heinzen. Er war damals in Begleitung der Ruth Hofmann, und es soll sich bei dieser Gelegenheit ein skandalöser Auftritt abgespielt haben, in den der Bruder der Karen, Niels Heinrich, verwickelt war. Niels Heinrich Engelschall war ein Busenfreund des Joachim Heinzen; das Gericht hat ein scharfes Auge auf ihn, er ist bereits vernommen worden, und seine Aussage soll sehr belastend für den Mörder gewesen sein. Die Beziehung zu diesem Engelschall, obwohl nur locker und unverschuldet, ist es, die man Ihrem Herrn Sohn zum Vorwurf machen kann, und was sich daraus noch für Widrigkeiten ergeben mögen, ist vorläufig nicht abzusehen. Er hat von dem Menschen Arges zu gewärtigen.

Die Ruth Hofmann sah man fast täglich in Gesellschaft Ihres Herrn Sohnes. Die Hofmannsche Wohnung befand sich auf demselben Gang wie die der Karen Engelschall, wodurch die Häufigkeit des Beisammenseins erleichtert wurde. Es sitzt bereits eine neue Partei in dem Trakt, ein gewisser Stübbe mit Frau und drei kleinen Kindern, ein entsetzlich verwahrloster Trunkenbold, der jeden Abend Lärm macht und die Seinen dermaßen mißhandelt, daß Ihr Herr Sohn einige Male Gelegenheit nahm, dagegen einzuschreiten. Wir berühren dies nur, weil es deutlich zeigt, wie rasch in solchen Wand an Wand stoßenden Quartieren sowohl Kameradschaften wie Mißhelligkeiten entstehen. Der frühere Insasse, der Agent David Hofmann, war allerdings ein friedlicher Mieter. Er muß in schlimmen Bedrängnissen gewesen sein, da er wenige Tage vor dem Mord nach Amerika gereist ist. Trotzdem ihm sogleich Telegramme nachgeschickt wurden, hat er bis jetzt kein Lebenszeichen von sich gegeben, und man vermutet, daß er aus irgendeinem Grund unter falschem Namen gefahren ist, denn die Passagierlisten der Schiffe, die in den letzten zwei Wochen ausgelaufen sind, enthalten seinen Namen nicht. Vielleicht ist er auch nach einem holländischen oder englischen Hafen gereist; die Behörde sucht dies zu ermitteln. Der Knabe, der Bruder der Ruth, war ebenfalls sechs Tage hindurch spurlos verschwunden; er tauchte erst an dem Abend, an welchem der Mord entdeckt wurde, wieder auf, und zwar in der Stube Ihres Herrn Sohnes, unten bei Gisevius. Dort ist er bis zur Stunde geblieben, und zwar in einer ungewöhnlichen Verfassung; durch kein Drängen, weder durch Bitte noch Befehl, war ihm die geringste Andeutung darüber zu entlocken, wo er die kritische Zeit vom Sonntag bis zum Donnerstag zugebracht hat. Je länger er schweigt, je rätselhafter wird sein Schweigen und je mehr ist man bestrebt, es zu brechen, da man glaubt, es hänge mit dem Mord zusammen und verberge wichtige Spuren. Es fällt auf, daß Ihr Herr Sohn die Versuche, ihn zu vernehmen, nicht nur nicht unterstützt, sondern sie auch hintertreibt, wo er kann. Da er die meiste Zeit des Tages aus seiner Wohnung im Quergebäude abwesend ist, hatte ein gewisses Fräulein Schöntag die Aufsicht bei dem Knaben übernommen; die Überwachung scheint sich neuerdings nicht als unerläßlich zu erweisen, da man ihn jetzt stundenlang allein läßt und, wenn das besagte Fräulein nicht zugegen ist, nur die Frau des Gisevius hin und wieder Nachschau hält, ob er sich nicht aus dem Staub gemacht hat. Immerhin patrouilliert ein behördliches Organ ständig und unauffällig vor dem Haus. Die Erwägung liegt nahe, daß sich Ihr Herr Sohn durch die Obsorge für den offenbar krankhaft veranlagten Knaben eine neue Last aufgebürdet hat, an welcher er, betrachtet man seine übrigen Verpflichtungen und daneben die geringen pekuniären Mittel, schwer zu tragen haben wird. Es sei uns diese Anmerkung verstattet; der Begriff vom eigentlichen Wesen und wohin es zielt, fehlt uns ja nach wie vor und allen, die damit zu schaffen haben.

Wir sind am Schluß. Indem wir uns in der angenehmen Hoffnung wiegen, daß unsre Ausführlichkeit und Sachtreue den Wünschen und Erwartungen von Ew. Hochwohlgeboren entspricht, bitten wir um weitere Verhaltungsmaßregeln und empfehlen uns für jeden Fall Ihrer geneigten Berücksichtigung. In tiefster Ergebenheit Girke & Graurock, gez. W. Girke.«

Der Geheimrat ging durch die Zimmer des alten Hauses. Lautlos folgte ihm die Hündin Freia.

Um das Niederbeugende nicht denken zu müssen, rief er sich das Gesicht des Arbeiters in die Erscheinung zurück, des Sprechers der Deputation, mit der er gestern verhandelt hatte. Mit Genauigkeit wurden ihm die brutalen Züge gegenwärtig, das vorspringende Kinn, die dünnen Lippen, der aufgebürstete schwarze Schnurrbart, der kalte, scharfe Blick, der entschlossene Ausdruck. Es war nicht mehr das Gesicht des einen, zufällig beauftragten, so oder so heißenden Menschen, sondern es war eine Welt, die er darin erkannte, eine heimlich und gesetzmäßig entstandene furchtbare Welt voll Drohung, Kälte und Entschlossenheit.

Die Energie und Überlegung, die er im Gespräch mit dem Abgesandten bewiesen, erschien ihm sonderbar zwecklos, denn keine Kraft eines einzelnen konnte genügen, im Kampf wider diese Welt zu bestehen.

Um nicht denken zu müssen, nicht an den Brief des Privatdetektivbureaus Girke & Graurock, nicht an diese schaurigen Ermittlungen, die trüblastenden Ausschnitte eines unheimlichen fernen Lebens, des Lebens seines Sohnes, den er geliebt hatte, den er liebte, an die unzähligen niedrigen, häßlichen, schaurigen Begebenheiten, die als gespensterhaftes Panorama vor seinem Geist vorüberwirbelten, an die Stuben, die Höfe, die Häuser voll ächzender, elender Leiber, um daran nicht denken zu müssen, blätterte er in einem Buch, wühlte er in einer Lade mit Briefen, ging er von Raum zu Raum, unermüdlich, gefolgt von der Hündin Freia.

Auf der Flucht von den gefürchteten Bildern tauchte wieder das Revier seiner Arbeit auf, wo die Lebenshoffnungen wurzelten und gereist waren, das Triebwerk der Existenz in Schwung gesetzt wurde. Er sah die Maschinensäle verödet, die Öfen erloschen, die Dampfhämmer stillstehen und aus allen Fenstern, allen Türen Tausende von gebieterisch fordernden Armen ihm entgegengestreckt, ihm, dem Gebieter. Da war ihm zumute wie vor dem Tag des Untergangs. Es war nicht das erstemal, daß ein Streik den gegliederten Organismus lähmte, aber zum erstenmal geschah es, daß das Gefühl davon ausging, als sei die Kraft versiegt und das Ende gekommen.

Da drängte sich die Frage auf seine Lippen: Warum hast du mir das angetan? Mit dieser Frage wandte er sich an Christian, wie wenn Christian schuldig wäre an den Forderungen derer, die einst willige Sklaven gewesen, an den leeren Sälen, den erloschenen Öfen, den schweigenden Hämmern; schuldig durch sein Dortsein in den Stuben, bei Dirnen und Mördern, Irren und Kranken, in den Nestern, wo das menschliche Ungeziefer haust. Zorn schauderte in ihm empor, eine der seltenen Anfälle, die ihn besinnungslos machten; seine Augen füllten sich mit Blut, er suchte ein Opfer, eine Ableitung; er gewahrte, daß die Hündin mit ihren Zähnen am Teppich nagte, griff nach einem Bambusrohr und schlug das Tier, daß es jämmerlich winselte, minutenlang, bis ihm vor Erschöpfung die Arme sanken.

Als er wieder ruhig geworden war, verspürte er Reue und Scham, aber ein Rest des Zornes wich nicht aus seinem Innersten, und er trug ihn mit sich herum wie einen Giftstoff. Das Nagen und Brennen hörte nicht auf, und er wußte, daß es nicht aufhören konnte, ehe er nicht mit Christian abgerechnet haben würde, ehe Christian ihm nicht Rede gestanden war, als Mensch dem Menschen, als Mann dem Mann, als Sohn dem Vater, als Schuldiger dem Richter.

Der Zorn fraß. Doch wo war ein Ausweg? Wie konnte man zu Christian gelangen? Wie ihn zur Rechenschaft ziehen? Jeder Schritt vergab etwas. Warten, immerfort warten? Wochen und Monate warten? Der stumme Zorn fraß das Leben.

6

Amadeus Voß, beunruhigt durch Johannas Ausbleiben, hatte auf Schleichwegen erfahren, daß sie das Haus ihrer Verwandten plötzlich verlassen hatte. Am Tag, nachdem sie zuletzt bei ihm in Zehlendorf gewesen, war sie heimgekehrt, still und bekümmert. Man war schon in Unruhe um sie; überall dachte man jetzt gleich an Mord und geheimnisvolles Verschwinden. Die Fragen, wo sie die Nacht zugebracht, hatte sie unbeantwortet gelassen und statt dessen einfach erklärt, sie bleibe überhaupt nicht mehr. Allem Bestürmen und Erkundigen hatte sie Schweigen entgegengesetzt, hatte in Eile ihre Sachen gepackt, dann war ein bestelltes Auto erschienen, und mit einigen förmlichen Dankesworten hatte sie Abschied genommen. Ihrer Cousine, die auf einem vertrauteren Fuß als die übrigen mit ihr stand, hatte sie gesagt, sie brauche eine Zeitlang Sammlung und Einsamkeit und ziehe darum in ein möbliertes Zimmer; man möge ihr aber nicht nachforschen, das habe keinen Zweck und werde sie nur noch weiter scheuchen, ja, sie hatte sogar mit Schlimmerem gedroht, falls man sie nicht in Frieden lasse. Trotzdem hatten die geängsteten Leute ihre Spur verfolgt, und es war ihnen mitgeteilt worden, daß sie sich in der Kommandantenstraße eingemietet hatte. Da es eine anständige Frau war, bei der sie Wohnung genommen, und sich auch sonst nichts Aufregendes mit ihr ereignete, achtete man ihren Willen und zerbrach sich nur über das Unbegreifliche den Kopf.

Das alles war Voß von einem bei der Familie bediensteten Mädchen verraten worden, der er dafür ein Fünfmarkstück schenkte. Mit verkrampftem Gesicht und entzündetem Herzen ging er heim, um zu überlegen, was er zu tun habe. Er fand einen Brief von Johanna vor. Sie schrieb: »Ich weiß nicht, wie es zwischen uns künftig sein wird. Ich kann momentan keine Entschlüsse fassen. Ich interessiere mich augenblicklich zu wenig für mich und mein Schicksal; ich habe einen triftigen Grund dafür. Suche mich nicht auf. Ich bin fast den ganzen Tag in der Stolpischen Straße, aber suche mich nicht auf, wenn dir noch etwas an mir liegt und wenn du wünschst, daß mir an dir noch etwas liegen soll. Ich will dich jetzt nicht sehen, ich mag dich jetzt nicht hören. Das Erlebnis war zu schrecklich, zu unerwartet. Du würdest mich verändert finden in einer Weise, die dir unliebsam wäre. Johanna.«

Bleich vor Wut fuhr er sofort nach Berlin zurück und bis zum Bahnhof Schönhauser Allee. Als er in der Stolpischen Straße ankam, war es neun Uhr abends. Frau Gisevius sagte ihm, das Fräulein sei vor einer halben Stunde weggegangen. Er warf einen Blick in Christians Stube und sah einen ihm unbekannten Knaben am Tisch sitzen. Er zog die Frau beiseite und fragte, wer das sei. Ob er denn von nichts wisse? war die erstaunte Gegenfrage der Frau; es sei der Bruder des ermordeten Mädchens. Wahnschaffe sei nicht wiederzuerkennen, seitdem diese Geschichte passiert sei; er gehe verloren herum, und wenn man ihn anrede, antworte er entweder gar nicht oder verkehrtes Zeug. Das Frühstück, das sie ihm am Morgen bringe, berühre er nicht. Oft stehe er eine halbe Stunde lang mit gesenktem Kopf auf einem Fleck, so daß man für seinen Verstand fürchten müsse; vor zwei Tagen sei sie ihm drüben in der Rhinower Straße begegnet, da habe er, am hellichten Tag und unter Menschen, laut vor sich hin geredet. Die Leute hätten gelacht. Gestern sei er ohne Hut fortgegangen, und ihre Jüngste habe ihm den Hut nachgetragen, aber er habe sie eine ganze Weile verständnislos angeblickt. Kurz darauf sei er mit einigen seiner Freunde zurückgekommen, und da habe sie ihn plötzlich schreien gehört und sei ins Zimmer gestürzt; da sei er vor den andern auf den Knien gelegen und habe erst wie ein kleines Kind geschluchzt, dann um sich geschlagen und habe gerufen, das könne nicht sein, das dürfe nicht sein, das ertrage er nicht, das sei ja alles nicht menschenmöglich. Das Fräulein Schöntag sei auch dabei gewesen, aber die hätte geschwiegen dazu, und alle hätten geschwiegen und ausgesehen wie die Schlottergestalten. Die Veranlassung zu dem Anfall sei gewesen, daß ihm einer von den jungen Leuten voreiligerweise gesagt, heute finde die gerichtliche Obduktion der Leiche statt. Da habe er gleich hingehen wollt; sie hätten ihn mit Mühe halten können und hätten ihm in ihrer Not schließlich gesagt, es sei schon zu spät, es sei schon vorüber. Dann sei er die Nacht über im Zimmer auf und ab marschiert, während der Michael auf dem Ledersofa gelegen; sie hätten aber nicht ein Wort miteinander geredet; sie sei öfters auf den Flur geschlichen und habe gelauscht; nicht eine Silbe hätten sie miteinander geredet. Um fünf Uhr früh sei schon das Fräulein gekommen; um sieben Uhr der Lamprecht und noch ein Student; die hätten ihn überredet, er solle mit ihnen nach Treptow fahren; sie wollten den Tag mit ihm verbringen; er habe weder zugestimmt noch widersprochen; sie hätten ihn bloß so mitgeschleppt. Dann seien Bekannte von der Ruth Hofmann dagewesen, bis Mittag, eine Frau und ein junger Mensch; die kämen auch manchmal am Abend, nachdem das Fräulein gegangen, damit der Michael nicht allein sei. Was mit dem werden solle, das wisse niemand; mit dem habe sich noch nicht das mindeste verändert; seit er gekommen, habe er die Kleider noch nicht vom Leib getan, und hätte ihn das Fräulein nicht so geschickt rumgekriegt, er hätte sich nicht mal den Kot abbürsten und Gesicht und Hände waschen lassen. Zuweilen besuche ihn ein rothaariger Herr, auch einer von Wahnschaffes Freunden, sie höre, es sei ein Baron; der habe vorgestern ein Schachspiel mitgebracht, da ihm irgendwer gesagt, der Junge verstehe das Schach und habe oft mit seiner Schwester gespielt. Aber als er die Figuren aufgestellt, habe Michael nur so geschaudert und mit keinem Finger hingerührt. Das Brett mit den Figuren stehe noch auf dem Tisch, Herr Voß könne sich überzeugen.

Die Frau hätte noch lange fortgeschwatzt, aber Voß verabschiedete sich mit einem stummen Gruß. Er war nachdenklich geworden. Was er über Christian vernommen, hatte ihn nachdenklich gemacht. Unschlüssig, wohin er sich wenden solle, ging er gegen den Exerzierplatz zu. Er grübelte; er zweifelte. Sich Christian vorzustellen, wie ihn das Weib geschildert, weigerte sich seine Einbildungskraft. Es war das Widersinnige schlechthin, alle Erfahrung Höhnende. Schmerz, solcher Schmerz und Christian? Verzweiflung, solche Verzweiflung und Christian? Das trieb die Dinge aus ihrer Bahn. Dahinter lag ein Rätsel. Elemente verändern schließlich unter Anwendung höchstgesteigerter Mittel ihren Aggregatzustand, aber daß Marmor zu Lazerte wird, ist schwer zu denken, und daß ein Herz entsteht, wo keines war, gar nicht.

Wie zurückgezwungen kehrte er um und ging wieder in die Stolpische Straße. Da sah er Johanna dicht vor sich. Er rief sie an. Sie blieb stehen und nickte ihm zu, ohne Überraschung zu zeigen. Auf seine hastigen, halblauten Fragen schwieg sie. Ihr Gesicht war von transparenter Blässe. Im Torweg des Hauses besann sie sich, dann ging sie in den Hof, an das Fenster von Christians Stube; sie wollte hineinschauen, es war verhängt. Sie eilte in den Flur, läutete bei Gisevius, und nach einem kurzen Gespräch mit der Frau kam sie zurück. »Ich muß nach oben,« sagte sie, »ich muß sehen, wie es Karen geht.« Sie bedeutete Voß nicht, zu warten; um so entschlossener wartete er. Er hörte aus den Wohnungen Musik, Gelächter, Kindergeplärr, das Sticheln einer Nähmaschine; Leute gingen vorüber, treppauf, treppab; endlich kam Johanna zurück und schritt an seiner Seite auf die Straße. Sie sagte in ratlosem Ton: »Die Arme wird die Nacht kaum überleben, und Christian ist nicht da; was soll man tun?«

Er schwieg.

»Du mußt verstehen, was jetzt mit mir geschieht,« sagte Johanna leise und eindringlich.

»Ich verstehe nichts,« erwiderte Voß gedrückt, »nichts, außer daß ich leide, unsinnig leide.«

Johanna sagte hart: »Du kommst nicht in Betracht.«

Sie waren beim Humboldthain. Es war kalt, trotzdem setzte sich Johanna auf eine Bank. Sie schien ermüdet. Ihrem zarten Körper waren Anstrengungen wie Wunden. Scheu nahm Voß ihre Hand und forschte: »Was ist es denn?«

»Laß,« hauchte sie und entzog ihm ihre Hand. Sie schwieg lange. Endlich fing sie an: »Man hat ihn immer für unempfindlich gehalten. Einige haben sogar behauptet, das sei der Grund seines Erfolges bei allen, die mit ihm zu tun haben. Eine hübsche Theorie; ich für meinen Teil habe nie daran geglaubt. Da die meisten Theorien falsch sind, weshalb sollte die gerade richtig sein? Es wird so viel über Menschen geschwätzt. Es ist so mühsam; alles ist so mühsam. Jasagen ist mühsam, Neinsagen ist mühsam. Ich gebe zu, eine Gemütserbauung war seine Gesellschaft nicht. Man nahm sich instinktiv in acht vor ihm, wenn man von irgend etwas ergriffen war; man genierte sich dann. Und nun das. Du kannst es dir ja nicht vorstellen; und wie soll mans beschreiben? Die ganze Zeit, während er sich um Michael zu schaffen machte, an jenem ersten Abend, wußte er noch nichts. Um neun oder halb zehn ging er zu Karen hinauf und wollte nach einer Stunde wiederkommen. Er kam aber früher. Im Hof standen noch Leute; von denen erfuhr ers. Dann kam er in die Stube. Ganz leise. Er kam herein, und …« Sie zog ihr Taschentuch hervor, drückte es an die Augen und weinte still.

Voß ließ sie eine Weile weinen, dann fragte er gespannt: »Er kam herein und –? Und was?«

Die Augen bedeckt haltend, sprach Johanna weiter: »Man hatte das Gefühl: Schluß. Schluß mit dem Sichfreuen, Schluß mit Lächeln und mit Lachen; Schluß. Sein Gesicht war in einer Viertelstunde um zwanzig Jahre älter geworden. Ich habe es angeschaut, aber nur mit einem Blick, dann hatte ich keinen Mut mehr dazu. Du denkst vielleicht, ich phantasiere, wenn ich sage: der ganze Raum war Schmerz, die Luft war Schmerz, das Licht war Schmerz. Aber es ist die Wahrheit. Alles tat weh. Alles was man dachte und sah, tat weh. Dabei war er vollständig stumm, und seine Miene war ungefähr so, als strenge er sich an, eine undeutliche Schrift zu lesen. Das war das Schmerzlichste.«

Sie schwieg, und Voß störte ihr Schweigen nicht. Man müßte sich überzeugen, ob Marmor zu Lazerte werden kann, dachte er böse und eifersüchtig, müßte sehen, hören, prüfen. Er blieb willentlich verstockt. Die Erklärungen, die er sich zurechtlegte, waren von niedriger Beschaffenheit, aber um Johanna nicht zu reizen, heuchelte er Glauben. Und doch erschütterte ihn etwas an der Erzählung und machte ihn feig.

Johanna war des Halts bedürftig. Sie fror in ihrer neuen Freiheit; sie mißtraute ihrer Kraft, Freiheit zu ertragen; sie wunderte sich bang, daß niemand sie mit Gewalt ins Wohlige zurückschleppte, in das umhegte Leben, zu den Sorglosen und Gesicherten.

Es war ihr recht, daß Amadeus an ihrer Seite ging. Ach, man war inkonsequent, man war charakterlos, man hielt sich selbst nicht Wort, aber es war ein solches Grauen: allein sein. Trotzdem schien ihre Abschiedsgebärde unwidersprechlich, als sie vor dem Haus in der Kommandantenstraße anlangten, wo sie wohnte. Amadeus Voß, ihre Schwäche witternd, ihre Melancholie spürend, begleitete sie bis zur finsteren Stiege, und dort riß er sie an sich, mit einer Heftigkeit, als wolle er sie zerfleischen. Sie seufzte bloß.

Da erwachte der unwiderstehliche Wunsch in ihr, Mutter zu werden. Gleichviel durch wen, gleichviel, ob der Kuß Wonne oder Ekel einflößte; gleichviel; sie wünschte, Mutter zu werden. Nur etwas zeugen, etwas bilden, nicht so leer sein, so kalt sein, so allein sein; sich an etwas hängen, sich wertvoller dünken und für ein Wesen wichtig werden. Hatte dieser nicht, der sie wie ein Raubtier umkrallte, das Wort gesprochen von der Sehnsucht des Schattens nach seinem Körper? Sie glaubte es auf einmal zu verstehen.

Dunkel forschend, mit ihrem starken Blick, schaute sie ihn an, als sie wieder auf die Straße traten; schaute ihn an und ging mit ihm.

7

Karen lebte noch am Morgen. Der Tod hatte einen schweren Kampf mit ihr zu bestehen. In später Nacht hatte sie sich noch einmal verzweifelt aus seiner Umklammerung gerissen. Jetzt lag sie in keuchender Erschöpfung da.

Arme, Hände und Brust waren von eiternden Geschwüren bedeckt, die zum Teil aufgebrochen waren.

Drei Weiber huschten durch die Stube: Isolde Schirmacher, die Witwe Spindler und die Frau des Buchbinders vom hinteren Flur. Sie raunten, trugen dies und das herbei, warteten auf den Arzt, warteten auf das Ende.

Karen vernahm Tritte und Tuscheln mit Haß. Sie konnte nicht sprechen, kaum sich verständlich machen; hassen konnte sie noch. Sie vernahm Gekreisch und Gepolter aus der ehemals Hofmannschen, jetzt Stübbeschen Wohnung; das Aufstehen des Trunkenbolds in der Frühe war so unheilvoll für Weib und Kinder wie seine Heimkunft des Nachts. Der ganze Jammer, den er verbreitete, drang durch die Wand, und Karen wurde an ähnlich Greuelhaftes erinnert, aus verdämmerten Jahren.

Doch es gab nur noch eine einzige Beschwer und Qual: die, daß Christian nicht kam. Seit Tagen war er immer nur für kurze Zeit dagewesen, den letzten Tag und die letzte Nacht gar nicht. Dumpf wußte sie von dem Mord an der Jüdin; dumpf hatte sie gespürt, daß Christian ein andrer war seitdem; aber sie fühlte sich so schauerlich verlassen ohne ihn, daß sie genauer nicht hindenken wollte. Seine Abwesenheit war wie ein Feuer, an dem sie lebendigen Leibes verkohlte. Es schrie in ihr. Mitten im Röcheln der Agonie wieder mahnte sie sich zur Geduld, hob den Kopf und spähte, ließ ihn aufs Kissen fallen und würgte vor Gram die Zunge in den Gaumen.

Die Tür ging auf; sie erschrak. Es war der Doktor Voltolini; ihr Gesicht verzerrte sich.

Der Arzt konnte nicht mehr viel tun. Die Komplikation, die hinzugetreten war und die Lunge in Mitleidenschaft gezogen hatte, vernichtete jede Hoffnung. Für Erleichterungen sorgen, die Morphiumdosen vergrößern, andres blieb nicht übrig. Wozu auch ein solches Leben retten, mochte Doktor Voltolini denken, als er auf das schrecklich aussehende, mit dem Tod erbittert ringende Weib niedersah, ein so fertiges Leben, ein so überflüssiges und unreines?

Zum drittenmal traf er Christian nicht. Er empfand das Bedürfnis, mit ihm vertraulich zu sprechen. Er war ein verschlossener Mann; einen Fremden in sein Schicksal einzuweihen, war eine Versuchung, die er bisher nicht gekannt; Christian gegenüber und im Gedanken an ihn war sie so heftig, daß er darunter litt. Besonders seit einer an sich bedeutungslosen Szene, deren Zeuge er geworden war.

Isolde Schirmacher hatte von einem Gesellen ihres Vaters, an den sie sich gehängt, einen Ring mit einem Rubin bekommen. In ihrer Freude hatte sie Christian den Ring gezeigt; unter der Küchentür war es. Doktor Voltolini trat eben aus der Stube. Sie streifte den Ring vom Finger, ließ den Stein, der ohne Wert war, im Lichte funkeln und fragte, ob das nicht ein prachtvolles Geschenk sei. Da hatte Christian in seiner eigentümlichen Weise gelächelt und hatte gesagt: »Ja, es ist sehr schön.« Die Witwe Spindler, die in der Küche stand, hatte laut aufgelacht, aber im Gesicht des Mädchens malte sich solche Dankbarkeit, daß es dadurch einen Augenblick lang selber schön wurde.

Auf der Stiege begegnete der Doktor Voltolini der Witwe Engelschall. Sie hielt ihn an und fragte um seine Meinung über Karen. Achselzuckend antwortete er, es sei keine Hoffnung, es handle sich nur noch um Stunden.

Die Witwe Engelschall hegte schon lange Verdacht gegen Karen. Sooft sie in die Stube trat, wurde Karen unruhig, hielt den Blick nicht aus, zog das Deckbett bis ans Kinn. Die Witwe Engelschall wußte, was schlechtes Gewissen war. Sie witterte ein Geheimnis und nahm sich vor, es zu ergründen. Eile tat not; zögerte man, so war es vielleicht zu spät, und man hatte sich ewige Vorwürfe zu machen. Die Sache war ohne Zweifel die, daß ihr Wahnschaffe Geld gegeben hatte, das nach alter Gewohnheit an ihrem Leibe verborgen war, im Strumpf, im Hemd, oder auch eingenäht in der Matratze. Das viele Geld, das der Mensch gehabt, konnte nicht spurlos verschwunden sein; gewiß hatte er noch ein oder zwei Dutzend braune Lappen oder ein paar Obligationen beiseite gebracht, und wer anders sollte die haben als Karen? Reimte man die Umstände richtig zusammen, seine Tollheit und nun ihr Benehmen, so gewann das Ding ein Gesicht, und man mußte zusehen, daß kein Unfug geschah, denn war man nicht gerade dabei, um ihr die Augen zuzudrücken, so kamen dann allerhand Leute, der Schatz verschwand in Gott weiß welche Tasche, und vom Gesicht ablesen konnte mans keinem mehr. Auf dem Weg in die Stolpische Straße war der Witwe Engelschall alles dies erst völlig klar geworden.

Karen ahnte es.

Mit dem Fortschreiten der Krankheit war die Angst um die Perlen gestiegen. An ihrem Körper schienen sie ihr nicht sicher genug verwahrt; wenn sie das Bewußtsein verlor, und man hantierte an ihr herum, konnten sie entdeckt werden. Diese Furcht beeinflußte die Festigkeit des Schlafs; oft schreckte sie empor und starrte wild, mit unterdrücktem Aufschrei in der Kehle. Sie hatte sich angewöhnt, die Hände unter der Decke zu halten, und mechanisch wurde der Griff um die Perlenschnur krampfhafter, wenn die Sinne in Schlummer oder Ohnmacht versanken. Ein gräßlicher Alpdruck, den sie hatte, zeigte alle Möglichkeiten der Gefahr; es kamen Menschen; wer immer Lust hatte, spazierte in die Stube; sie konnte sich ihrer nicht erwehren; sie konnte nicht aufstehen und den Riegel vorschieben; am meisten war sie vor dem Doktor auf der Hut; sie zitterte vor seinem Auge, und von unter her saugte sie sich förmlich mit allen Poren an die Bettdecke, damit er sie nicht unversehens zurückschlagen konnte.

Die Perlen wanderten in ihrem Lager bald dahin, bald dorthin; bald unter das Kopfkissen, bald unter das Linnen; bald in den Überzug, den sie vorher aufknöpfte, bald an ihre nackte Brust, wo sie die eiternden Wunden berührten. Dessen innewerdend, rief sie sich dann mit grausam finsterem Schmerzenshohn zu: »Was bist du denn noch! Bist nur noch ein aussätziges Aas, du! Was bist du denn noch? Ein verhunztes Aas, vor dem dir selber ekelt.«

Allmählich war ihr an den Perlen der Begriff des Wertes gleichgültig geworden; auch als ihr Christian in einer schlaflosen Nacht nach unablässigem Fragen eine Vorstellung davon gegeben, die diejenige, die sie bisher gehabt, um ein Vielfaches übertraf. Es waren Zahlen; sie schauderte ein wenig, staunte zweifelnd, schüttelte den Kopf und fand sich endlich ab. Es waren Zahlen. Eine ganz andre Wirkung ging von dem Gehänge aus, und die wurde stärker in dem Maß, wie jene ihr Wunderbares einbüßte. Anfangs war es Vorhalt, Klage um ein Schicksal; die Perlen schimmerten von einem jenseitigen Ufer herüber als Sinnbild eines Lebens, von dem man nie auch nur einen Hauch genossen, von dem einem keine Kunde geworden war. Es entfachte nicht Neid und Zorn, wie es früher der Fall gewesen wäre, bloß Kummer über das, was verspielt und vertan war. Darum verspielt und vertan, weil man nichts gewußt hatte von der Schönheit, von der Lieblichkeit, von der Freude, vom Schmuck, ja, man konnte sagen, von der Erde und vom

Himmel nichts gewußt. Von vorn beginnen konnte man das zuschanden gelebte Leben nicht; es gab kein andres, und mit diesem wars nun aus.

Dann, im Liegen und Sinnen und Vergehen im Fleische, war es so, daß die verlorene Erde und der verlorene Himmel einem neugeschenkt waren, in jeder einzelnen Perle drin und in der ganzen Kette drin. Die Kinder, die gestorbenen, in Haß empfangen, in Haß hingeschwunden, die armseligen kaum zu einem Teil je erfüllten Träume, das Bangen, irgend einmal, nach irgendeinem Menschen, die spärliche Liebe, das kärgliche Licht, die kleinen Hoffnungen, die wenige Lust, alles war in den Perlen drinnen. Es versammelte sich und wurde zu einer Seele. Alles Versäumte, Verspielte, Weggeworfene, Nieerreichte, durch Not und Leid Verfinsterte und Verscheuchte wurde zu einer Seele, und dieser Seele war sie unermeßlich hingegeben im Liegen und Sinnen und Vergehen im Fleische, denn es war Christians Seele. Im Perlengehänge war Christians Seele. Die faßte sie, die ließ sie nimmer los, die gehörte ihr, im Grabe noch.

Und ihre blauen Augen unter dem Haarhelm und der niedrigen Stirn hatten eine fetischistische Glut.

8

Die Witwe Engelschall war zunächst bestrebt, die Weiber aus der Stube zu entfernen. Es gelang nicht ohne grobe Deutlichkeit. »Na du mit deiner Himmelfahrtsneese, wirste bald raus machen?« fauchte sie die Schirmacher an. Isolde ging, aber es dünkte ihr, die Alte habe Böses vor.

An die Bettstatt tretend, sah die Witwe Engelschall, daß sie gerade noch Zeit hatte, den verlöschenden Lebensfunken zu nutzen. Und wenn es dafür zu spät war, entstand auch kein Schaden weiter, so war sie eben die erste, die an die Tote herankam. Bloß langes Besinnen gabs nicht.

Sie fing an zu sprechen; sie setzte sich auf den Stuhl, beugte sich nahe zu Karen und sagte mit erhobener Stimme, damit der Sterbenden kein Wort verlorengehe, sie habe Napoleonschnitten bringen gewollt, aber in der Konditorei habe es noch keine gegeben; zum Abend werde sie ein Huhn mit Reis kochen, oder ne steirische Poularde mit Apfelmus, das erfrische den Magen und mache eine schöne Verdauung. Ein Krankes brauche kräftige Kost, da dürfe man nicht den Pfennig besehen;

563

überhaupt, sie sei ja nicht so; niemand könne ihr Schlimmes nachreden; für ihre Kinder habe sie immer das Herz auf dem rechten Flecke gehabt; sie habe sich redlich abrabatzen müssen, und auf Erkenntlichkeiten habe sie nie gerechnet; sie wisse ja, Undank sei der Welt Lohn, und in dem Punkte sei es beim eigenen Fleisch und Blut nicht besser bestellt als bei Krethi und Plethi.

Vom Tode eng umkreist, vernahm Karen nur den Ton der scheinheiligen Rede; sie bewegte die Arme. Sie spürte, daß die Mutter etwas wollte; eine letzte Überlegung sagte ihr, was sie wollte; ein letzter Instinkt warnte sie, sich zu verraten; sie zwang sich, stillzuliegen und zuckte nicht mit der Wimper. Doch die Witwe Engelschall wußte sich auf der richtigen Bahn. Sie habe nie nach Reichtümern gestrebt, fuhr sie fort, und wenn einmal Überfluß gewesen sei, habe sie andre daran teilnehmen lassen. Ins Grab könne man ja nichts mitnehmen, und halte mans wie Eisen, das helfe nicht, da sei es viel gescheiter und nobler, man gebe es gleich her, daß man noch was mitgenießen könne von dem Glück, das die Leute darüber empfänden, und man hören könne, wie sie einen lobten. Ob sie sich noch erinnere, wie die alte Kränichen gestorben sei, die geizige Vettel, wie man da siebenundachtzig Goldstücke im Strohsack gefunden habe, und was da, nebst aller Freude, für ein Geschimpfe über das dreckige Luder gewesen sei. Ob sich Karen erinnere? Kein Mensch habe ihr eine Träne nachgeweint; in die Hölle gewünscht habe man sie.

Dann streckte die Witwe Engelschall ihre Hände aus und befühlte anscheinend achtlos das Kopfkissen. Unter dem Kopfkissen lag die Perlenschnur. Sie war noch nicht bis zu der Stelle gelangt, wo sie lag; Karen jedoch glaubte, sie hätte sie bereits ergriffen, hastete mit ihren Händen hin und wehrte den Händen der Mutter. Mit röchelnder Brust richtete sie sich ein wenig auf, um sich höher über das Kissen zu werfen. Die Witwe Engelschall murmelte zwischen den Zähnen: »Nachtijall, ick hör dir loofen;« sie war nun ihrer Sache sicher, wühlte blitzschnell die Hand unters Kissen und zog ein Stück des Gehänges heraus. Sie gab einen dumpfen Schrei von sich; der Anblick übergoß ihr fettes Gesicht mit Schweiß und violetter Röte, denn sie hatte erkannt, was da an fabelhaftem Wert ihrer wartete. Ihre Augen quollen aus den Höhlen, aus dem Mund sickerte Speichel, wieder und wieder packte sie zu, Karen drückte mit dem ganzen Gewicht ihres Körpers auf das Kissen, streckte die Arme drüber hinaus, krallte ihre Fingernägel in die

Handgelenke der Räuberin, wimmerte in langgezogenen Lauten, aber in dem ungleichen Ringen mußte sie unterliegen, trotz der gespenstischen Kraft, die sie entwickelte; schon hatte die Witwe mit leisem Geheul die Perlenschnur aus dem Versteck gerissen und machte Miene, den Bereich der vor Wut um sich schlagenden, rasend aufstöhnenden, mit klappernden Zähnen unverständlich kreischenden Karen zu verlassen, da öffnete sich die Tür und Christian trat ein.

Die Frauenzimmer draußen hatten gemerkt, in Karens Stube geschehe Unheimliches; der Kampf zwischen Mutter und Tochter hatte nicht so lange gedauert, daß sie ihre Unschlüssigkeit und die Angst vor der Alten hatten überwinden können; sie empfingen Christian mit ängstlichen Gesichtern und deuteten gegen die Tür; sie wollten ihm in die Stube folgen, aber da er ihrer nicht achtete und die Tür hinter sich zuschlug, verharrten sie auf ihrem Platze und lauschten. Es blieb aber still drinnen.

Christian trat still an Karens Lager; er hatte begriffen, was vorging. Still nahm er der Witwe Engelschall die Perlenkette wieder ab. So erregt und von ihrer Gier entflammt sie auch war, wagte sie nicht eine Gebärde des Widerstands; sein Gesicht zeigte einen Ausdruck, der ihren kochenden Grimm über seine Einmischung niederschlug. Es war ein sonderbarer Ausdruck: gebieterische Trauer, stolze Versunkenheit, ein Lächeln, das geistesabwesend war, ein grabender, fremder, abprallender Blick. Er legte die Kette auf Karens Brust, dann faßte er Karens beide Hände; sie schaute zu ihm empor, erleichtert, erlöst; ihr Leib warf sich unter Zuckungen, doch sie milderten sich, als er ihre Hände hielt; frierend, grauenvoll frierend drängte sie sich näher zu ihm, lallte, stammelte, bebte an allen Gliedern, hatte heiße Nässe in den Augen. Und er wich nicht zurück; er verspürte keinen Ekel vor dem riechenden Körper mit den aufgebrochenen Eiterschwären; er umfing sie mit dem grabenden Lächeln und gewährte ihr noch ein wenig Wärme an seiner Brust, als sei es gar kein Mensch, sondern ein kleiner Vogel, der ihm vom Sturm zugeweht worden. Zuletzt lag sie ruhig, ohne Laut und ohne Regung.

Und so starb sie in seinen Armen.

9

Von den Ausschweifungen niedergeworfen, machte Felix Imhof notgedrungen halt. Die Kräfte waren verzehrt.

Er zog Ärzte zu Rat, bat lachend um Wahrheit; der, den er zuletzt konsultierte, eine Berühmtheit des Faches, erklärte ihm, er möge auf das Schlimmste gefaßt sein, das Rückenmark sei angegriffen. »Tuberkeln?« fragte Imhof sachlich. – »Ja, Tuberkeln.«

»Schön, mein Junge, fünfter Akt, letzte Szene,« sagte er zu sich selbst. Da sich Fieber einstellte und Mattigkeit mit häufigen Schmerzen wechselte, legte er sich zu Bett, ließ die Fenster verhängen, die Spiegel entfernen und schaute mit dem Ausdruck eines Kindes, dem bange ist, Stunden und Stunden hindurch in die Luft.

Er hatte nie ohne Menschen sein können. Es wurde ihm bewußt, daß sein ganzes Leben, so weit er zurückdachte, dem Gedränge auf einem Jahrmarkt glich. Mit allen hatte er sich verbrüdert, alle hatten sich an ihn gehängt, alle hatten etwas gewollt, allen etwas zu gelten hatte er sich beständig bemüht; aber wer war geblieben? Keiner. Nach wem trug er Verlangen? Nach keinem. Wer würde um ihn trauern? Keiner. Kein Mann, kein Weib.

Wie mögen sie über mich reden, wenn ich nicht mehr bin? fuhr es ihm durch den Kopf. Richtig, der Imhof, wird es heißen, erinnert ihr euch? Netter Kerl, guter Kamerad, nie schlapp gewesen, immer gut aufgelegt, immer auf der Jagd nach neuen Dingen, tolles Huhn im ganzen. Ihr müßt euch doch erinnern; so und so sah er aus, geschwatzt hat er wie ein italienischer Pfaffe, das Geld rausgeschmissen wie ein Idiot und gesoffen wie ein Loch.

Aber viele würden sich trotzdem nicht erinnern, würden die Achseln zucken und von etwas anderm zu sprechen anfangen.

Er hatte weder Vater noch Mutter, keine Geschwister, keine Verwandte und auch keinen eigentlichen Freund. Seine Herkunft war unbekannt; nie würde das Geheimnis gelüstet werden: er war vielleicht aus der Hefe, vielleicht aus edlem Blut; aber darin war keine Romantik und kein Reiz, sondern die vom Schicksal der größeren Deutlichkeit wegen noch besonders geprägte Formel seines Daseins als eines einzelnen, Losgelösten und auf sich Beruhenden.

Er hatte keine Wurzel, keinen Zusammenhang, keine Bindung. Er war er; weiter nichts; eine Persönlichkeit von zeithaftem Zuschnitt, mit keiner andern vergleichbar und in ihrer Linie vollendet.

Er hatte nicht einmal einen Diener, der durch Familienüberlieferung oder Anhänglichkeit an den Namen ihm zur Treue verbunden war. Keine Seele war ihm zu eigen, nur Dinge, die er bezahlt hatte.

Er hatte den Künstlern und den Kunstwerken viel selbstlose Begeisterung entgegengebracht; ein schönes Gedicht, ein gutes Bild hatte seinem Geist Schwungkraft, seiner Lebensstimmung jene Heiterkeit verliehen, die alle Müden und Flauen in seiner Umgebung erfrischt hatte. Aber wenn er sich jetzt die Eindrücke ins Gedächtnis rufen wollte, die ihm unvergeßlich gedünkt, so griff er ins Leere. Da, wo ihn stets ein sprudelnder Quell erquickt, war eine trockene Steinrinne. Was war es also mit der geliebten Kunst, daß sie das Gemüt so wenig nährte wie ein flüchtiges Abenteuer am Weg? Was fehlte da?

Es waren ihm aus dem Zusammenbruch seines Vermögens noch einige Schätze verblieben, ein Gemälde von Mantegna: die Könige aus dem Morgenland, eine Statue des Dionysos von frühgriechischer Arbeit, eine Plastik von Rodin, ein Blumenstück von Van Gogh. Diese kostbaren Gestaltungen und mehrere andere noch ließ er in sein Zimmer bringen und vertiefte sich in ihre Betrachtung. Aber der glückliche Rausch, den er ehedem dabei empfunden, wollte sich nicht einstellen. Die Farben schienen dumpf, der Marmor war ohne Wärme und ohne Leben. Was war vorgegangen? Was hatte sich verändert?

Auf dem Tisch neben seinem Lager stand ein Stundenglas. Er schaute zu, wie der rötliche Sand, fein und hurtig wie Wasser, aus dem oberen Kegel durch ein Öhr in den untern rieselte. Dies dauerte jedesmal zwölf Minuten. Mit aufgestützten Armen schaute er zu, drehte das Glas, drehte es wieder, wenn es oben leer war; und seine Augen hatten den Ausdruck eines Kindes, dem bange ist.

Eines Tages, während er dem Rieseln des Sandes zusah, sprach er laut vor sich hin: »Sterben? Was heißt denn das? Ist ja Blödsinn.«

Es war absurd, ein absurdes Wort, er konnte es nicht fassen und durchdringen. Kaum hatte er begonnen, sich die leiseste Vorstellung davon zu machen, so fand es sich, daß diese Vorstellung schon wieder vom Begriff des Lebens ausging. Man hatte sich bis jetzt in einem Raum aufgehalten und sollte ihn verlassen; aber dort, wohin man gehen sollte, war ja auch Raum, und man konnte den Raum nicht denken, ohne daß man sich selbst dachte. Also.

Ein Frösteln kam ihn an. Dann lächelte er gierig. Er dachte an die genossenen Freuden, an die Fülle und Überfülle von Lust und Erwartung, von Erregungen und Triumphen; an die Feste, die Gelage, die Reisen, die Unternehmungen, die Spiele, den ganzen fröhlichen, bunten, abwechslungsvollen Kampf. Wie fein war es gewesen, des Morgens aufzustehen mit seinen geraden Gliedern; wie fein, daß Räder rollten, Zeitungsjungen schrien, Glocken tönten, Hunde bellten; wie fein, wenn ein junges Weib, bereit zur Liebe, das Haar löste, die Kleider abstreifte und wie von einer Frucht, die man schälte, die leuchtende Haut sichtbar wurde; und die netten Kameraden, und die prachtvollen Pferde; und wenn man nachts nach Hause kam, halbbetrunken, wie man sich im Flur nach der ersten Treppenstufe sehnte; die Treppe, das war so behaglich, so logisch, so befreiend; und wie oben das Fenster offen war und ein Blumenstrauß wo; und man fühlte jederzeit und jeden Orts: du bist da, bist mitten drin, es schäumt in dir, brüllt in dir, du bist der Herr, du befiehlst und es gehorcht, und morgen wird sein, übermorgen wird sein, endlos Tag um Tag wie schlanke Bäume an einer schöngewalzten Straße, und man war sich so zärtlich gesinnt, der eigene Atem war einem schmeichelhaft; man fraß die Luft, das Licht, fraß und fraß und fraß, Wolken, Menschen, Worte, Lieder, und alles war gut, Schlechtes war gut, Häßliches war gut, Regenwetter war gut, Dreck von Pfützen war gut, alles war gut, denn man lebte.

Er drehte die Sanduhr um und sank auf die Kissen zurück. Da fiel sein Blick auf eine kleine, graue Spinne, die auf der purpurseidenen Tapete emporkroch. Er erschrak. Seine jähe Eingebung war die: Es ist möglich, es ist sogar wahrscheinlich, daß die Spinne noch dasein wird, wenn ich nicht mehr dasein werde. Dies erschreckte ihn über alle Maßen, und er verfolgte das Kriechen des Insekts mit atemloser Spannung.

Ist denn das denkbar? grübelte er, die unwichtige, scheußliche Spinne wird dasein, und ich nicht? Das ist zum Verrücktwerden. Ich habe nie daran geglaubt und kann und kann nicht daran glauben: Bewußtlosigkeit, Finsternis, Feuchtigkeit, Erde, Würmer, pfui Teufel. Aber daß die Spinne dasein soll und ich nicht? Ich nicht, der den ganzen Weltraum ausgefüllt hat mit seinem Rumpf und Kopf und Beinen? Gibt es eine Philosophie, eine Religion, eine Überzeugung, die daran nicht zum faustdicken Schwindel wird? Gesetzt den Fall, es hätte einer die Macht, mich leben zu lassen, und ich sollte dafür Straßenkehrer sein, Bettler sein, Sträfling sein, verachtet, bucklig, lächerlich, impotent, – mir scheint beinah, ich würde leben wollen, sogar um diesen Preis. Herrgott, wohin gelang ich denn? Ich bin doch ein Kerl, der auf Ehre und Sauberkeit gehalten hat, was für Schmählichkeiten sind denn das? Bin ich vielleicht je gekniffen, wenn mir einer zu nah getreten ist? Hab ichs versäumt, im entscheidenden Moment meinen Mann zu stellen? Und doch, ich würde leben wollen, um jeden Preis leben. Seelenschmerz? Was ich mir daraus mache! Her damit; Kummer, Enttäuschung, Verbitterung, Haß, Verluste, so viel ihr wollt, nur leben, nur leben!

Eine Stunde später wurde Weikhardt gemeldet. Imhof überlegte, ob er ihn empfangen solle; in den letzten Tagen hatte er alle Besucher abweisen lassen. Den Maler fortzuschicken, den er immer besonders gut hatte leiden mögen, konnte er sich nicht entschließen.

»Ist es Eliphas, Bildad oder Zophar, der zu Hiob kommt?« redete er Weikhardt an; »Sie wissen doch: – als sie von ferne ihre Augen erhoben, erkannten sie ihn nicht; da weinten sie, zerrissen jeder sein Gewand und streuten Staub auf ihre Häupter himmelwärts.«

Weikhardt schmunzelte, aber als sich seine Augen an das Dämmerdunkel gewöhnt hatten und er das entfleischte Gesicht gewahrte, verging ihm der Spott.

Sie sprachen eine Weile oberflächlich gegeneinander. Weikhardt erzählte von seiner Ehe, von seiner Arbeit, seinen vergeblichen Bemühungen um die Sicherung der Existenz, endlich allerlei Kneipen- und Stammtischklatsch. Imhof hörte nur mit halber Aufmerksamkeit zu. Plötzlich fragte er, scheinbar gleichmütig: »Und was macht der wunderbare Salamander in Weibsgestalt?«

»Welcher Salamander? Wen meinen Sie?«

»Wen sollt ich meinen, die schöne Sybil natürlich. Hirnverbrannte Komplikation, daß ein Wort, das seelenlose Wort einer Seelenlosen einen schwebenden Prozeß zu so rapider Entscheidung gebracht hat. Fatum, wie? Bestimmung von den Sternen her?«

»Ich verstehe nicht ...« murmelte Weikhardt.

»Wirklich nicht? Sie wußten wirklich nicht, daß sie mich zu den Niggers gezählt hat, die schauerliche Puppenfee, und daß ich mich auf meine Weise an ihr rächte? Spielte einen Trumpf aus, der mich die Partie kostete. Ging hin und suchte die Gemeinschaft, in die mich der eiskalte Hohn gewiesen. Schlief mit einer Schwarzen um die Weiße zu schänden und ihren Dünkel wenigstens in meiner Einbildung zu brechen. Sublim, was? Und Sie wußten nichts davon?«

»Ich wußte nichts,« flüsterte Weikhardt bestürzt. Ein langes Schweigen trat ein.

Da sagte Imhof mit veränderter Stimme: »Was dann weiter folgte, war ja nicht viel anders, als wie ichs früher getrieben hatte. Aber der Nerv war schon krank, die Lebensader vergiftet. Manchmal lockts mich, die ekellangsame Hinrichtung durch eine Kugel zu beschleunigen. Bißchen Schmiß in die Sache zu bringen. Ist doch gar zu würdelos, den Tod mit einem umgehen zu sehen wie eine satte Katze mit der Maus in der Falle. Man könnte auch ein Feuerwerk veranstalten, das Haus anzünden und *à la* Sardanapal mit grandioser Geste von hinnen fahren.«

»Es wäre kitschig,« bemerkte Weikhardt; »Sie würden es einem andern nie verzeihen.«

»Ich kanns auch nicht. Klammere mich verzweifelt an den tristen Fetzen Dasein. Dasein, was das bedeutet, Dasein!« Er biß in das Polster und stöhnte: »Ich will nicht sterben! Ich will nicht sterben! Ich will nicht sterben!«

Weikhardt stand auf und wollte sich dem Bett nähern, doch Imhoff wehrte leidenschaftlich ab. »So muß ich büßen,« knirschte er, »so wird der Fresser gefressen. So schmeißt mich die Zeit aus ihrem Arm. Sehen Sie sich ihn nur an, den Kerl, der sich windet und um Pardon schreit und berichten Sie den andern darüber. Grüßen Sie sie von mir, grüßen Sie die lieben Jungens und Mädels! Adieu, Freund, adieu, adieu!«

Weikhardt nahm wortlos Abschied.

10

Karen war zur Erde bestattet. Viele Bewohner des Hauses waren mit zum Grab gegangen. Christian glaubte auch Johanna und Voß bemerkt zu haben.

Auf dem Heimweg ging Doktor Voltolini an seiner Seite. Sie gingen eine Weile schweigend, da kehrte sich Christian, ein unangenehmes Gefühl im Rücken verspürend, plötzlich um. Etwa zehn Schritte hinter sich sah er Niels Heinrich Engelschall. Dieser blieb stehen, als Christian stehenblieb, und schaute in eine Auslage.

Auf dem Kirchhof hatte sich Christian von den Freunden losgemacht, die ihn begleitet hatten; auch jetzt wäre er lieber allein gewesen, aber er mochte den Doktor nicht verletzen.

An ein Gespräch anknüpfend, das sie schon vor dem Leichenbegängnis geführt, sagte Doktor Voltolini: »Man müßte diesen Stübbe von seiner Familie trennen und in eine Anstalt schaffen. Das Delirium kann jeden Moment zum Ausbruch gelangen, dann erschlägt er vielleicht die ganze Gesellschaft. Und wenn auch nicht, die arme Frau wird die Mißhandlungen nicht mehr lange aushalten. Sie ist mit ihren Kräften am Ende.«

»Ich bin in den letzten Tagen ein paarmal dazwischen getreten,« antwortete Christian leise; »Leute von nebenan halfen mir. Solch ein Mensch ist ärger als ein Wolf. Und die Kinder stehen herum und zittern.«

»Es ist so schwer, bei den Behörden Präventivmaßregeln durchzusetzen,« sagte Doktor Voltolini; »der Paragraph ist stärker als Vernunft und Menschlichkeit. Ist ein Übel geschehen, so erhebt sich das Gesetz, unbarmherziger oft, als es notwendig wäre. Es abzuwenden, dazu kann man es niemals bewegen.«

Christian drehte sich wieder um. Noch immer ging Niels Heinrich hinter ihm; abermals blieb er stehen, als Christian stehenblieb, sah gleichgültig in die Mitte der Straße und spuckte aufs Trottoir.

»Es wird nicht danach gefragt, was man weiß und will, sondern danach, was man tut,« sprach Christian weitergehend.

»Und das Getane, ist es selbst von der reinsten Absicht beseelt und vom strengsten Pflichtbewußtsein diktiert, wird mit Schmutz beworfen und man muß dafür leiden, wie für ein Verbrechen,« entgegnete Doktor Voltolini bitter.

»Ist Ihnen das widerfahren?« erkundigte sich Christian mit seiner scheinbar konventionellen Teilnahme, doch mit aufgeschlossenem und schon lauschendem Blick.

»Ich rede nicht gern davon,« begann der Doktor mit trüber Miene, »ich habe hier noch mit niemand davon gesprochen. Sie sind der erste, der einzige, bei dem ich den Wunsch habe. Gleich nachdem ich Sie kennenlernte, regte sich der Wunsch in mir. Nicht als ob Sie mir raten oder beistehen könnten; dazu ist es zu spät. Das Unheil hat ausgetobt und gehört der Vergangenheit an. Aber das immerwährende Schweigen nagt, und ich entgehe einer Lähmung, wenn ich Ihnen erzählen kann, was sich mit mir zugetragen hat.«

Christian schüttelte, kaum merkbar übrigens, verwundert den Kopf, denn Worte dieser Art hatten schon viele Menschen zu ihm gesagt, und er begriff die Veranlassung nicht.

Doktor Voltolini fuhr fort: »Bis vor zwei Jahren war ich Arzt in Riedberg bei Freiwaldau im österreichischen Schlesien. Der Ort liegt wenige Meilen von der preußischen Grenze entfernt; in unmittelbarer Nähe hatte man Heilquellen gefunden, Badegäste kamen, die Frequenz nahm von Jahr zu Jahr zu, und ich gelangte mit meiner Familie allmählich zu behaglichen Lebensumständen. Da geschah es zu Anfang des Sommers 1905, daß das Weib eines Häuslers vom Typhus befallen wurde, und ich tat, was meine beschworene Pflicht als Gemeindearzt war, ich zeigte die Erkrankung an. Einige Bürger wollten es verhindern; sogar die Sanitätskommission, deren Vorsitzender der Bürgermeister war, erhob Einwände und stellte mir vor, daß die Kurgäste den Ort verlassen und wahrscheinlich für lange Zeit in Verruf bringen würden. Ich erklärte, ich handle im Interesse des allgemeinen Wohls, demgegenüber kämen materielle Rücksichten nicht in Frage. Sie versuchten es mit Bitten, mit Drohungen; ich ließ mich nicht einschüchtern. Die nächste Folge war, daß eine Militärabteilung, die in Riedberg hätte einquartiert werden sollen und von deren Verweilen man sich Gewinn erhofft hatte, nach einem andern Ort befehligt wurde. Unter den Kurgästen entstand die befürchtete Panik; die meisten ergriffen die Flucht. Nun ergoß sich eine schmutzige Flut von Beschimpfungen über mich; alt und jung tobte in unflätiger Wut. Die Männer erwiderten meinen Gruß nicht; sie spukten aus, wenn sie mich sahen. Der Metzger, der Bäcker, der Milchhändler weigerten sich, meiner Frau die Lebensmittel zu verkaufen. Täglich erhielt ich anonyme Briefe, deren Inhalt Sie sich ungefähr denken können. Die Fenster wurden mir eingeworfen, man kam nicht mehr in meine Sprechstunde, kein Patient wagte es, mich zu rufen, die rückständigen Honorare wurden nicht bezahlt, es regnete Verdächtigungen und Verleumdungen vom albernen Gerede bis zum gefährlichen Inzicht. Endlich wurde mir die Stellung als Gemeindearzt gekündigt. Ich wandte mich an den Reichsverband der Ärzte; dieser richtete einen Appell an die Landesbehörde. Der Gemeinderat und die Sanitätskommission wurden vom Statthalter aufgelöst, der Bürgermeister seines Amtes entsetzt, die Kündigung für ungültig erklärt, und eine

Gendarmerieeskorte wurde geschickt, mit dem Auftrag, mich und die Meinen vor Tätlichkeiten zu schützen. Dadurch besserte sich meine Lage mit nichten. Vor körperlichem Schaden konnte man mich bewahren; die Praxis konnte man mir nicht zurückgeben, die Leute zwingen, mir das Geld zu bezahlen, das sie mir seit Jahr und Tag schuldeten, konnte man nicht. Ich war ruiniert. Im Verlauf von fünf Monaten hatte ich einundzwanzig Ehrenbeleidigungsklagen vor Gericht gebracht, und alle waren zu meinen Gunsten entschieden worden. Aber nach jedem Prozeß kam ich mutloser heim. Daß meines Bleibens in Riedberg nicht war, erkannte ich wohl. Aber wohin sollte ich als unbemittelter Landarzt ziehen, wohin mit Frau und Kind und einer alten, gebrechlichen Mutter? Wie sollte ich die Verleumder zum Schweigen bringen, wie die Schande abwaschen, die Kränkung vergessen? Ich hatte keinen Freund, der mich aufrichtete, die Tröstungen meines Weibes beugten mich nur noch tiefer, denn ich spürte ihre eigne Verzweiflung darin. Ich brach zusammen. Elf Monate lag ich in einem Krankenhaus; die Frau unterdes hatte mit beispielloser Energie eine neue Heimstätte, einen neuen Wirkungskreis für mich bereitet; ich erhielt die Erlaubnis, in Deutschland zu praktizieren, ich fing das Leben von vorne an, und obwohl ich kein Vertrauen mehr hatte, weder zu meiner Befähigung noch zu den Menschen, bin ich in meinem Innern wieder ruhig geworden. Unsere Umstände sind die dürftigsten; aber in dieser großen Stadt ist es möglich, sich eine Einsamkeit zu schaffen, in die kein unberufener Blick zu dringen vermag. Lange Zeit konnte ich meinen Beruf nur ausüben, wenn ich vergaß, daß es Menschen waren, mit denen ich zu tun hatte; es waren Mechanismen für mich, an denen ein Fehler zu korrigieren war; Leid und Schmerz, das nahm ich gar nicht in mich auf, und es bemerken zu müssen, war mir verhaßt. Begreifen Sie es? Begreifen Sie diese Fühllosigkeit und Verachtung?«

»Nach allem, was Sie erlebt haben, begreife ich es,« antwortete Christian; »aber ich glaube, Sie stehen nicht mehr ganz auf demselben Standpunkt. Habe ich recht? Ich glaube, es ist eine Wandlung eingetreten.«

»Ja, gewiß, es ist eine Wandlung eingetreten,« bestätigte Doktor Voltolini. »Und zwar –«; er unterbrach sich und warf einen verstohlenen Blick auf seinen Begleiter. Nach einer Pause fragte er scheu: »Warum haben Sie eigentlich damals gelächelt, als Ihnen das Mädchen, die Schirmacher, den Ring zeigte? Erinnern Sie sich? Sie können mir natürlich erwidern: Es war naheliegend, zu lächeln, denn der Stein, der ihr solche Freude machte, war vollkommen wertlos, und sie zu enttäuschen, wäre roh gewesen. Aber es war doch nicht dieses Lächeln; es war ein andres.«

Christian sagte: »Ich weiß es wirklich nicht mehr genau. An den Ring und an die Freude des Mädchens erinnere ich mich. Ich kann aber doch heute nicht mehr sagen, aus welchem Grund ich damals lächeln mußte. Übrigens wäre es besser gewesen, wenn sie sich weniger gefreut hätte. Ein paar Tage danach hat sie den Ring verloren und weinte stundenlang um ihn, das arme Ding. Es wäre besser gewesen, wenn ich ihr gesagt hätte: Der Ring mitsamt dem Stein ist gar nichts wert. Ich hätte ihr sagen sollen: Wirf ihn weg. Fast immer sollte man den Leuten bei einem derartigen Anlaß sagen: Wirfs weg, es ist besser. Vielleicht habe ich gelächelt, weil ich es gern gesagt hätte und den Mut nicht aufbrachte.«

»So war es auch,« rief Doktor Voltolini hastig und beinahe erregt, »das war der Eindruck, den ich hatte.«

»Wozu davon reden,« wehrte Christian ab.

Sie standen vor dem Haus in der Stolpischen Straße. Niels Heinrich Engelschall, der bis hierher gefolgt war, verschwand zwischen Fuhrwerken.

Doktor Voltolini schaute vor sich nieder, dann sagte er mit verlegenem Zaudern: »Sie könnten in dem Sinne, den Sie selbst angedeutet haben, viel für mich tun, wenn ich Sie hie und da einmal besuchen dürfte. Es klingt ja seltsam bei einem Mann in vorgerückten Jahren, wie ein Schwächegeständnis; ich habe auch gar keine Rechtfertigung für einen solchen Anspruch, aber es wäre mir damit gedient; ich käme weiter; ich könnte mich dann mit dem Schicksal aussöhnen, mit frischen Kräften an den Wiederaufbau meiner Existenz gehen.« Sein Blick richtete sich gespannt in Christians Gesicht.

Christian senkte den Kopf, und nach einigem Überlegen antwortete er: »Ihre Bitte ist sehr schmeichelhaft für mich. Ich stehe Ihnen gern zur Verfügung. Ich hoffe wenigstens, daß ich es kann. Um Sie nicht mit Redensarten abzuspeisen, will ich Ihnen sagen, daß ich in nächster Zeit ungemein okkupiert sein werde. Nicht bloß innerlich, innerlich bin ich es ohnedies; aber auch äußerlich. Ich stehe vor einer schweren Aufgabe, vor einer furchtbar schweren Aufgabe.«

Betroffen von der tiefernsten Miene Christians, fragte Doktor Voltolini: »Ich möchte nicht aufdringlich sein, aber darf man wissen, was es für eine Aufgabe ist?«

»Die Aufgabe ist, den Menschen zu finden, der Ruth Hofmann ermordet hat.«

»Wie denn?« fragte Doktor Voltolini bestürzt, »ich dächte doch … ist denn der Mörder nicht verhaftet?«

Christian schüttelte den Kopf. »Der Verhaftete ist es nicht,« sagte er leise und bestimmt. »Ich habe ihn gesehen. Ich habe ihn vor dem Untersuchungsrichter gesehen. Ich habe ihn auch von einer früheren Begegnung her wiedererkannt. Er ist nicht der Mörder.«

»Das klingt sonderbar …« murmelte Doktor Voltolini; »ist es nur Ihre persönliche Meinung, oder vermutet die Behörde gleichfalls –?«

»Es ist keine Meinung,« entgegnete Christian versonnen, »es ist vielleicht mehr, vielleicht weniger, wie mans nimmt. Was die Behörde vermutet, weiß ich nicht. Ohne Zweifel hält sie Joachim Heinzen für den Mörder. Er hat ja Geständnisse gemacht. Ich halte die Geständnisse für falsch.«

»Und haben Sie etwas dergleichen vor dem Richter geäußert?«

»Nein; wie könnt ich auch? Ich habe ja nicht einmal einen Verdacht. Ich weiß bloß, daß es der nicht ist, den man für den Mörder hält.«

»Aber wie wollen Sie den wirklichen Mörder finden, wenn Sie nicht einmal einen Verdacht haben?«

»Das weiß ich nicht; aber es muß sein.«

»Wie … es muß sein? Was wollen Sie damit sagen?«

Christian erwiderte nichts darauf. Er hob den Blick, reichte Doktor Voltolini freundlich die Hand und sagte: »Wenn Sie also kommen und Sie treffen mich nicht an, so seien Sie mir deswegen nicht böse. Auf Wiedersehen.«

Der Doktor drückte die Hand schweigend und fest.

Christian ging ins Haus, in Karens Wohnung hinauf. Eine Viertelstunde später schritt Niels Heinrich Engelschall die Treppen empor.

11

Ein Fleckchen Sonne zitterte auf der gegenüberliegenden Mauer des Hofes. Der Abglanz davon erhellte den Spiegel über dem Ledersofa. Im Ofen brannte Feuer nur noch schwach; Johanna Schöntag hatte ein paar Schaufeln Kohlen nachgeworfen, ehe sie zum Begräbnis gegangen war. Die Glut knisterte. Im Zimmer wurde es kalt.

Michael Hofmann saß vor dem Schachbrett. Der Student Lamprecht hatte ihm ein Problem aufgestellt. Michael starrte auf das Brett mit den Figuren. Bisweilen sammelten sich seine Gedanken im Willen zur Lösung, dann wieder schweiften sie ab. So weit hatte er sich äußeren Dingen bereits zugewandt, daß er vermochte, die Figuren und ihre Position im Sinn zu halten. Auch in der Nacht, im Finstern – Schlaf war selten – wurden ihm die beiden Könige mit Turm und Läufer zum Bild.

Der Sonnenfleck sank herunter, der Schnee auf dem Pflaster blitzte. Michael sah durchs Fenster. Das Leuchten des Schnees verursachte eine Bewegung in seinem Auge. Das Weiße, warum quälte es? Er hätte es fortwischen mögen, ausblasen, zudecken. Weißes war Lüge.

Er stand auf und ging durch das Zimmer. Frech stoben die Sonnenfunken aus dem Weißen. Die Stube log mit. Laß mich zufrieden, Weißes, rief es in ihm.

Er blieb stehen, lauschte, lauschend zuckten die Augenlider, ihm schwebte etwas vor, es mahnte ihn etwas, nicht so sehr Vergessenes als Unterdrücktes, Ersticktes; er griff in die Tasche seiner Hose und zog einen knäuelartigen, zusammengeballten Gegenstand von schwarzbrauner Farbe hervor. Er betrachtete ihn und begann zu schaudern. In seiner Miene war einen Moment lang dasselbe Grübeln wie beim Anschauen der Figuren auf dem Brett. Dann gerieten die Finger in Unruhe; mehr und mehr erbleichend, bemühte er sich, das Zusammengeballte zu öffnen. Es war ein Tuch; es war ein Taschentuch. Es war einmal weiß gewesen, und nun ganz und gar in Blut getränkt.

Es war weiß gewesen, und nun war es schwarz vom Blut. Es war so erstarrt, vom langen Tragen in der Tasche dergestalt verhärtet, daß das Auseinanderfalten schwierig war, als sei es ein Stück Leder. Endlich bot es die Fläche. In einer Ecke waren die Initialen R.H. eingestickt.

»Weißes ist schlecht und Rotes ist schlecht,« flüsterte Michael vor sich hin mit dem Blick eines gehetzten Hundes. Er rang mit einem Entschluß, suchte nach einem Ausweg, in seinem Wesen war Verzweiflung; er schaute sich um, eilte zum Ofen, riß das Eisentürchen auf und warf das blutgetränkte Tuch in die Glut. Als es in einer raschen Flamme aufflackerte, seufzte er erleichtert und stand bebend da.

12

Niemand war in den Stuben. Das Bett, in welchem Karen gestorben, war hinausgeschafft worden.

Christian schritt eine Weile auf und ab, dann ließ er sich am Tische nieder und stützte den Kopf in die Hand. Er dachte: Ruth hat Karen weggerufen, Ruth wird noch viele wegrufen; was ist die Welt ohne Ruth? Ruth war von allem der Kern, von allem die Seele. Und was ist geschehen mit Ruth, was ist eigentlich mit ihr geschehen? Etwas ungeheuer Gräßliches, ungeheuer Verworfenes, aber auch ungeheuer Geheimnisvolles. Es zu ergründen, mußte man jegliches andre Gefühl und Geschäft hintansetzen, jede Lust, jeden Schmerz, jegliches Vorhaben; Nahrung, Schlaf und selbst das Schauen.

Er dachte über die Verwirrung nach, die Karens Tod in ihm erzeugt hatte. Es war so viel leerer Raum um ihn, seit Karen fort war; der Raum schrie nach ihr und wurde nicht still; Trauer löste sich nur widerstrebend los; dies Dasein war so grell und heftig gewesen wie ein brennender Berg. Man horchte in die geronnene Luft; der Berg war versunken, und an seiner Stelle dehnte sich wüstes Gelände weit.

Es schallten Schritte, die Tür öffnete sich, Niels Heinrich trat ein.

Er nickte geringschätzig gegen den Tisch hin, wo Christian saß. Er trug einen steifen Hut, zurückgeschoben, und behielt ihn auf dem Kopf. Er schaute sich um wie jemand, der eine ausgeschriebene Wohnung mieten will. Er ging in die zweite Stube, kam wieder zurück, stellte sich frech vor Christian hin und schnitt eine Grimasse.

»Was wünschen Sie?« fragte Christian.

Es müßten die Sachen abgeholt werden, antwortete Niels Heinrich, die Witwe habe ihn hergeschickt. Er nannte seine Mutter stets die Witwe. Seine Fistelstimme drang bis in die Ecken. Kleider, Wäsche, Stiefel, überhaupt das Eigentum der Verstorbenen müsse ausgeliefert werden, nachgezählt, fortgeschafft.

Ruhig sagte Christian: »Ich hindere Sie nicht. Tun Sie, was Ihnen beliebt.«

Niels Heinrich pfiff leise durch die Zähne. Er drehte sich um und gewahrte Karens Holzkoffer, der in einem Winkel stand. Er zog ihn in die Mitte der Stube, und da er verschlossen war, hieb er erst mit der Faust, dann mit dem Stiefelabsatz auf den Deckel. Christian sagte, es sei nicht nötig, Gewalt anzuwenden, den Schlüssel habe die Isolde

Schirmacher. Da kehrte sich Niels Heinrich schroff zu ihm und fragte, ob da die Perlen drin seien? Als Christian verwundert schwieg, fügte er hinzu, und sein Ton wurde immer gereizter, die Witwe habe ihm die Ohren vollgeblasen von einer Perlenschnur mit Perlen, so groß wie Taubeneier. Wem die zufielen? Die hätten doch zweifelsohne der Verstorbenen gehört, die habe er doch zweifelsohne dem Mädchen geschenkt; wem die zufielen? Die müßten doch der Familie zufallen, wolle er hoffen, den rechtmäßigen Erben, da würden doch hoffentlich keine Fisematenten gemacht.

»Sie sind im Irrtum,« entgegnete Christian kalt; »die Perlen haben Karen nicht gehört. Sie gehören meiner Mutter, und ich war durch ein Versprechen verpflichtet, sie ihr zurückzugeben. Ich werde sie bei nächster sicherer Gelegenheit nach Frankfurt schicken.«

Niels Heinrich stand eine Weile unbeweglich; in den Augen kochte grüne Wut. Soso, ließ er sich endlich vernehmen, nun wolle der Herr vermutlich die Firma liquidieren? Ein armes, dämliches Weibsluder betakeln, sie jahrelang an der Nase herumführen, bis sie hin sei, und dann nicht mal was Anständiges für die trauernden Hinterbliebenen berappen. Aber so billig komme der Herr nicht davon, da habe er, Niels Heinrich, auch noch ein Wörtchen dreinzureden. Und wenn der Herr nicht mit einer tüchtigen Portion Pimperlinge herausrücke, dann könne er was erleben. Dann solle er mal erfahren, wer Niels Heinrich Engelschall sei. Dieser Toback lobe sich selbst, wie es bei Nathusius immer geheißen habe. Er lachte schallkurz und krätschte die Beine.

»Ich weiß, wer Sie sind, aber ich fürchte Sie nicht,« sagte Christian mit einem beinahe heiteren Gesichtsausdruck.

Niels Heinrich stutzte. Sein unsicher werdender Blick fiel auf Christians feine, schmale und gepflegte Hände. Plötzlich musterte er seine eigenen Hände, streckte sie aus, spreizte die Finger. Diese Gebärde interessierte Christian ungemein, er konnte sich über den Grund keine Rechenschaft geben. Der ganze Mensch fesselte ihn auf einmal von einer Seite, die er bisher nicht wahrgenommen hatte, lediglich wegen der Gebärde mit den Händen. Niels Heinrich bemerkte es und stutzte von neuem.

Ob das alles sei, was der Herr zu erwidern habe? forschte er finster; der Herr verstehe sich ja aufs Hochdeutsche, da sei nicht dran zu tippen, und wenn der Herr wünsche, könne auch er, Niels Heinrich, sich hochdeutsch ins Benehmen setzen, weshalb denn nicht? Aber wenn man von Familie sei, von einer so hochnobligen außerdem, wo die Millionenzucht im Schwange sei wie beim Pächter Rademacher die Kaninchenzucht, sei es schofel, sich zu drücken wie ein Zechpreller. Man verlange ja nicht gerade die Perlen. Man verzichte auf die Perlen, obschon er es dahingestellt sein lasse, ob das mit dem leihweisen Geschenk nicht ein Aufsitzer und blitzblauer Humbug sei, ein Gentleman täte so was jedenfalls nicht. Aber Abfindung, die verlange man, darauf bestehe man, das sei man seiner Ehre schuldig, das hätte sich die Verstorbene auch sicherlich so gedacht.

Er musterte wieder seine Hände.

Christian sah ihn aufmerksam an. Er antwortete: »Sie befinden sich auch in dieser Hinsicht im Irrtum. Ich verfüge nicht über Geldmittel. Meine Bewegungsfreiheit ist, was das Geld betrifft, geringer als die Ihre, geringer als die irgendeines Menschen, der durch Arbeit sein Brot verdient.« Er unterbrach sich, als er das Hohnlächeln Niels Heinrichs wahrnahm. In dem Lächeln war so viel Gemeinheit, daß es ihn förmlich blendete.

An die Geschichten glaube er nicht, versetzte Niels Heinrich, und wenn er dafür sollte gerädert werden; der Herr möge ihm sagen, was dahinter stecke, dann werde ers vielleicht glauben; aber es müsse ja einer Regenwürmer im Kopfe haben, um so was zu tun. Der Herr möge ihm sagen, was dahinter stecke, dann gehe ihm vielleicht ein Seifensieder auf. Daß etwas dahinter stecke, wolle er gerne glauben; wer konnte wissen, was für schauderbare Sachen der Herr auf dem Gewissen habe; Herr Papa und Frau Mama verweigerten den Kies und er mache blümerante Flausen. Aber man könne dem Herrn noch allerlei Widerwärtigkeiten bereiten; es gebe ohnehin manche, nicht bloß in der Stolpischen Straße, sondern auch anderswo, denen der Liebeshandel zwischen ihm und der ermordeten Jüdin nicht recht koscher erscheine; er, Niels Heinrich, wisse dies und das, andre wüßten andres, der Herr werde gleichfalls seinen Teil wissen, und werde Farbe zu bekennen haben, wenn man ihm ordentlich auf den Leib rücke. Man brauche bloß an geeigneter Stelle eine Silbe zu reden, und der Herr werde sich noch deutlicher als bisher in den Zeitungen gedruckt lesen, in schöner Eintracht mit dem Bluthund Joachim Heinzen. Da liege dann der Hase im Dreck; oder, um sich hochdeutsch auszuquetschen, da sei dann der Herr bis über die Ohren kompromittiert.

In Christians Miene zeigte sich nicht die leiseste Spur von Empörung oder Ekel. Er schaute mit gesenkten Augen vor sich hin, als denke er darüber nach, wie er möglichst sachlich erwidern könne. Dann sagte er: »Ihre versteckten Drohungen schrecken mich ebensowenig wie die offenen. Wo man meinen Namen nennt und unter welchen Umständen, gesprochen, geschrieben oder gedruckt, berührt mich nicht im mindesten. Kompromittiert werden kann ich in gar keiner Weise. Niemand hat durch seine Meinung oder durch sein persönliches Verhältnis Einfluß auf mich, auch die nicht, die mir früher am nächsten gestanden sind. Es ist das also der dritte Irrtum, den ich Ihnen rauben muß. Allem, was Sie vorgebracht haben, fehlt die reale Unterlage, besonders Ihrer Anspielung auf meine Beziehung zu Ruth Hofmann. Darüber ist keinem Menschen etwas bekannt, und ich habe mich zu keinem Menschen darüber geäußert. Ruth hat es gewiß nicht getan. Mit welchem Recht maßen Sie sich also ein Urteil an, und noch dazu ein so schimpfliches? Sie ahnen gar nicht, wie weit es von der Wahrheit entfernt ist. Trotzdem wundert es mich, daß Sie von ihm eine Wirkung erwarten, und daß Sie annehmen, eine so falsche und inhaltlose Beschuldigung könnte mich treffen oder ängstigen. Aber wollen Sie nicht lieber Platz nehmen? Sie stehen so feindselig da. Es ist gar kein Anlaß zu Feindseligkeit zwischen uns, ich wollte Ihnen das schon längst sagen. Wenn Sie über etwas noch im unklaren sind, was mich oder Ihre verstorbene Schwester angeht, will ich Ihnen mit Vergnügen Auskunft geben; dafür möchte ich auch Sie bitten, mir ein paar Fragen zu beantworten. Setzen Sie sich doch.« Er wies höflich auf einen Stuhl.

Diese Worte, diese Ruhe, diese Höflichkeit verblüfften Niels Heinrich außerordentlich. Er war auf ein Aufbrausen gefaßt gewesen, auf zornige oder stolze Zurückweisung; auf die übliche Gegendrohung, mit der ein unverhüllter Erpressungsversuch wie der seine abgefertigt zu werden pflegt; auf Bestürzung, auf Kleinmut schließlich; auf diese Höflichkeit war er nicht gefaßt gewesen. Sie war so grundverschieden von allem, was er im Verkehr mit Menschen erfahren hatte, daß seine Augen eine Weile bloß rund stierten, als habe er einen Unzurechnungsfähigen vor sich, dessen Gebaren halb lächerlich, halb mißtrauenerweckend war. Er griff nach dem Stuhl und setzte sich: angriffsbereit und hämisch geduckt.

»Der Herr redet wie 'n Linksanwalt,« spottete er; »der Herr könnte bei Jericht sein Jlücke machen. Wat wolln Se mir denn fragen? Schießen

Se man los. Nur keene Bange nich. Und da sich der Herr einer so jebildeten Rede befleißigt, kann ich mir ja den unjewaschenen Schnabel 'n bisken pomadisieren. Ick versteh mir, wie jesagt, ooch uf jebildet. Ick laß mir in dem Punkte nich lumpen. Habe sogar als kleener Junge mal in 't Jymnasium jerochen. Die Witwe hatte damals noch Ambitionen.«

Der Hohn klang auf einmal mühselig; er biß auf das Eisen der Kette.

»Sie erwähnten vorhin Joachim Heinzen,« sprach Christian; »Sie sagten, er sei ein Bluthund. Ist das wirklich Ihre Meinung über ihn? Sie waren ja oft mit ihm beisammen, Sie müssen eine ziemlich genaue Kenntnis seines Charakters haben. Halten Sie ihn wirklich für fähig, einen Mord zu begehen? Ich bitte, überlegen Sie sich Ihre Antwort noch einen Augenblick; es hängt viel davon ab. Warum sehen Sie mich so an? Was ist denn?« Christian erhob sich unwillkürlich, denn der Blick, den Niels Heinrich auf ihn heftete, war geradezu furchtbar.

Wozu er solchen Blödsinn frage? erwiderte Niels Heinrich beinahe schreiend und erhob sich in derselben Sekunde; was das denn heißen solle? Eine Pappschachtel lag auf dem Tisch; er nahm sie in die Hand und schleuderte sie wieder hin. Der Unvorsichtigkeit seines Ausbruchs innewerdend und ihn bereuend, meckerte er. Weshalb denn nicht fähig? fuhr er lauernd fort, mit farblosen, gleitenden Augen; habe Heinzen die Jüdin abgemurkst, so müsse ers selber am besten wissen. Wie der Herr dazu komme, sich in so was einzumischen, ob er vielleicht ein Achtgroschenjunge sei, ein Spitzel? »Ich kenne den Menschen,« sagte er, immer mit farblosen, gleitenden Augen, denen er vergeblich Stetigkeit zu geben versuchte, indes das fahle, schlaffe Muskelwerk des Gesichts sich wieder zu festigen anfing, »ich kenne den Menschen. Freilich, wie soll man eenen auskennen? Hatte keenen blassen Schimmer davon, daß er dergleichen im Hirne wälzte. Der Deiwel muß ihn jeritten haben; Jift muß er jesoffen haben. Sagt es ihm oft; Junge, sagt ick ihm, det wird noch 'n beeses Ende nehmen.« Er steckte die Fäuste in die Hosentaschen, machte ein paar Schritte und lehnte sich prahlerisch an den Ofen.

Christian trat auf ihn zu. Ruhig sagte er: »Mein Eindruck war, daß er lügt. Er belügt den Richter, er belügt sich. Er weiß nicht, was er spricht, er weiß nicht, was er tut, und er weiß nicht, wessen er sich bezichtigt. Sind Sie denn nicht auch der Meinung, daß sein Geist gänzlich verworren ist? Er ist sicher nur das Werkzeug eines andern.

Es muß ein entsetzlicher Zwang auf ihn ausgeübt worden sein, und unter diesem Zwang hat er Angaben gemacht, die ihn so stark belasten, daß er sich bereits rettungslos verstrickt hat. Wenn nicht ein Wunder geschieht, oder der wahre Schuldige entdeckt wird, ist er verloren.«

Niels Heinrichs Hals ward wie ein Stengel. Der Adamsapfel schlickerte nervös. Alle Haut an ihm war weiß, ausgenommen die Ohren, die die Röte rohen Fleisches hatten. »Möchten Sie mir mal gütigst erklären, Verehrtester: was kümmert Sie denn eigentlich die ganze Angelegenheit?« fragte er in der Fistel, die oben brach; fragte es mit einem unerwarteten Verlassen seines rüden Jargons, von dem nur die Schärfe und rhythmische Gehacktheit blieben; »was ziehen Sie denn da für Schlüsse? Wo wollen Sie denn damit hinaus? Und was, zum Henker, geht mich das alles an? Möchten Sie mir das mal gütigst erklären?«

»Es geht Sie insofern an,« erwiderte Christian tiefaufatmend, »als Sie doch häufigen Umgang mit Joachim Heinzen gehabt haben und mir möglicherweise einen Fingerzeig geben können. Sie müssen sich doch bestimmte Gedanken über den Fall machen. Die Sache muß Sie, so oder so, irgendwie berühren. Da nun nach meiner unerschütterlichen Überzeugung Heinzen der Mörder nicht ist, nicht sein kann, und er zugleich, wovon ich ebenfalls durchdrungen bin, unter der Beeinflussung des wirklichen Mörders handelt, so muß dieser unter den Leuten zu finden sein, mit denen Heinzen zu tun hatte. Ich kann mir nicht denken, daß er nicht jedem einzelnen in dem Kreis aufgefallen sein sollte, denn es muß ein Mensch sein, der sich von den andern wesentlich unterscheidet. Daß er dem Arm der Gerechtigkeit bis jetzt entschlüpft ist, bestätigt nur meine Ansicht über ihn; aber wissen muß man von ihm, übersehen werden konnte einer nicht, der das zu tun imstande war. Und deswegen wollte ich mich an Sie wenden. Wären Sie nicht gekommen, so wäre ich zu Ihnen gegangen.«

Niels Heinrich grinste. »Zu liebenswürdig,« sagte er mit verzerrten Lippen, »hätte mich kolossal jefreut.« Beklommenheit und wühlende Erregung verriet sich an den krampfhaft emporgezogenen Brauen. Er suchte sich zu sammeln, stotterte aber dennoch, als er fortfuhr: »Soso. Das ist also Ihre Überzeugung. Unerschütterliche Überzeugung; soso. Und woher nehmen Sie denn die, wenn es jestattet ist, zu fragen? Warum soll er sie denn nich abjemurkst haben, wo er es doch bei Jericht freiwillig gestanden hat? Warum denn nicht, wenn man fragen darf? Is doch aufgelegter Quatsch, das alles. Haben Sie sich höchsteijenhändig aus den Redaktionsfingern jelutscht, Verehrtester. Wie kommen Sie denn dazu?«

»Das will ich Ihnen sagen,« antwortete Christian, dessen Gesichtsausdruck von Minute zu Minute grübelnder wurde; »ein Mensch wie dieser Joachim Heinzen konnte nicht fähig gewesen sein, Ruth zu töten. Zu töten! Was das allein bedeutet. Und Ruth zu töten! Nein, es ist vollständig ausgeschlossen. Er ist ja ein Schwachsinniger. Viele glauben, eben deshalb sei ihm die Tat zuzutrauen. Aber ein Schwachsinniger konnte Ruth nicht töten. Wenn man sich auch vorstellt, daß er einem tierischen Instinkt gehorcht hat, in einer bestialischen Raserei alle Selbstbeherrschung, ja alle Menschenähnlichkeit verloren hat; bis zum Letzten konnte er nicht gelangen, bis zum Mord niemals. Dieser Mensch nicht. Es ist vollständig ausgeschlossen. Ich habe mir seine Hände angesehen. Seine Hände und seine Augen. Es ist vollständig ausgeschlossen.«

Er machte eine Pause. Niels Heinrich lehnte noch am Ofen, die Hände hinter sich, zwischen Rücken und Kacheln.

Christian fuhr mit leiser, aber ungemein klarer und eindringlicher Stimme fort: »Es ist darum ausgeschlossen, weil er eben die entscheidenden Eigenschaften dafür nicht besitzt. Ich habe getrachtet, mich so tief in ihn zu versetzen, als es möglich war. Es ist mir gelungen, alle andern Gedanken und Vorstellungen auszuschalten, um mir ein Bild seines Charakters zu machen, sowie auch von der Rolle, die er bei der Tat gespielt haben müßte. Und wenn ich ihn mir in der scheußlichsten Entfesselung denke, in der scheußlichsten tollwütigsten Gier, so sage ich mir: im letzten Augenblick wäre er Ruth gegenüber unterlegen. Wenn er den Arm aufgehoben und Ruth ihn angeschaut hätte, wäre er, so wie er ist und ich ihn beurteile, schwach geworden. Er hätte sich auf die Knie geworfen und vor ihr gewinselt; er hatte eher sich selbst umgebracht als ihr ein Leid zugefügt. Und hätte sie ihm einmal einen Funken von Besonnenheit, einen Funken von Empfindung eingehaucht, so hätte sie ihn auch ganz für sich gewonnen. Sie werden einwenden: das sind Hypothesen und Vermutungen; aber das ist durchaus nicht der Fall, wenn man weiß, wer Ruth war. Haben Sie sie gekannt? Sind Sie ihr nie begegnet?«

Diese unbefangene, harmlose Frage rief eine geisterhafte Fahlheit in Niels Heinrichs Gesicht hervor. Er murmelte etwas und zuckte die Achseln.

»Sie werden ferner einwenden: derselbe Zwang, unter dem er seine Geständnisse ablegt, hätte ihn ja auch zum Mord treiben können. Was tut nicht alles ein Mensch in der Verfinsterung und Manie; ein so niedriger, brutaler, haltloser Mensch. Aber seine Geständnisse haben nach meiner Ansicht gar keinen Wert. Sie sind ihm eingegeben und befohlen, das merkt man ja. Er verwickelt sich in Widersprüche, hat heute vergessen, was er gestern behauptet, und Folgerichtigkeit liegt nur in der Art, wie er immer wieder sich selbst beschuldigt. Nicht nur Folgerichtigkeit liegt darin, sondern auch etwas andres, nämlich Verzweiflung und Entsetzen, und das äußert sich nicht so, wie es sich bei einem Schuldigen und von seinem Gewissen Gefolterten äußern müßte, sondern so wie bei einem Kind, das eine Nacht lang in einem finstern Raum hat verbringen müssen, wo es von einem unheimlichen und grausigen Gespensterspuk bis in den innersten Grund der Seele verstört worden ist. Sein Gewissen hätte doch eben durch das Geständnis erleichtert werden müssen; es zeigt sich aber das Gegenteil. Wie ist das zu erklären? Und dann: er soll Ruth an einen verborgenen Ort gelockt haben. Natürlich, es muß ja ein verborgener Ort gewesen sein, wenn es nicht im Wald oder auf freiem Felde war. Aber trotz der sorgfältigsten Nachforschungen hat man diesen Ort noch nicht zu ermitteln vermocht, und in keinem Verhör hat Heinzen dazu überredet werden können, ihn anzugeben. Es wird ihm ununterbrochen mit Fragen zugesetzt; über diesen Punkt schweigt er beharrlich oder antwortet ungereimtes Zeug. Man hat zweierlei Erklärungen dafür. Die eine ist, daß er einen Komplizen schonen will, dessen Spur man sofort finden würde, wenn der Schauplatz des Verbrechens bekannt wäre; die andre, daß eine jener Gedächtnisstörungen, sogar völliges Aufhören der Erinnerung eingetreten ist, wie man es bei geistig Anormalen bisweilen wahrnimmt. Ich glaube weder an das eine, noch an das andre. Er weiß den Ort gar nicht; das ist meine Ansicht. Er war bei der Verübung des Mordes vielleicht gar nicht zugegen. Es ist möglich, daß er schwer betrunken war oder aus einem trunkenen Zustand eben zu sich kam, als er die Leiche neben sich erblickte. Es ist möglich, daß er durch den Anblick der Leiche zu der fürchterlichen Täuschung kam oder durch irgendwelche Kniffe dazu gebracht wurde, sich selbst für den Mörder zu halten …«

Niels Heinrich trat einen Schritt vor. Seine Kinnlade schlotterte. Ihm war auf einmal wie in einem Platzregen glühender Steine. Ein finster grausendes Erstaunen malte sich in seinen Zügen. Er hatte schweigen gewollt; er hatte höhnen gewollt; er hatte gehen gewollt; er hatte nichts und doch alles begriffen; er wollte kalt sein und ahnungslos scheinen, denn da rückte die Gefahr heran, die endliche Gefahr, die Rache, das Schwert, der Strick, das Beil. Da rückten sie heran; dennoch war er nicht imstande, sich zu bemeistern; es war stärker als alles. »Mensch,« kam es orgelnd aus der schluckenden Kehle, »Mensch …« Dann, in der dämonischen Angst, daß er durch sein Benehmen die Gefahr nur vergrößert: das könne man ja nicht aushalten, das greife einem an die Nerven; was habe man denn zu schaffen damit? Und wieder Verstummen vor dem ein wenig blinzelnden Blick Christians, gespanntes Hinstarren und Lauern; jetzt durfte man ihn nicht mehr außer acht lassen, jetzt wurde die Geschichte sengerig, jetzt hieß es, sich seiner Haut wehren. Was würde es denn noch quasseln, das verdammte Maul?

Christian ging zum Fenster und kehrte zurück; umkreiste den Tisch und kehrte zurück; er hatte die Regung Niels Heinrichs wahrgenommen; er hatte davon den Eindruck gehabt, wie wenn ein Reifen platzt und Schleimiges aus den Dauben quillt, doch wurde dies erst später greifbar; er hatte nur das sonderbare Gefühl, eine Bestätigung erfahren zu haben, und wollte Gedankengänge und innerlich Geschautes, dem er selbst noch zaghaft gegenüberstand, weiterentwickeln. Er sagte: »Um Ruth an den Ort zu locken, wo sie getötet worden ist, dazu bedurfte es einer gewissen Verschlagenheit. Es mußten umsichtige Vorbereitungen und Vorsichtsmaßregeln getroffen werden, die sich auch bewährt haben, wie der Erfolg zeigt. Aber nach der Aussage aller Zeugen, die ihn kennen, fehlt Heinzen hiezu jegliche Eignung. Er wird als so blöde geschildert, daß er sich nicht einmal einen Namen oder eine Zahl merken konnte. Und den Mord verübte er dann mit der ganzen brutalen, mitleidlosen Gewalt eines vertierten Wollüstlings, wird angenommen. Die kriminalistischen Sachverständigen behaupten, diese Mischung von Tücke und Brutalität sei das Charakteristische solcher Individuen und Verbrechen. Das mag schon sein. Aber es ist nichts damit erwiesen. So einfach war es hier nicht. Ruth ist einen andern Weg gegangen als den zu Joachim Heinzen.«

»Einen andern? Und welchen denn? Ei, ei!« quakte Niels Heinrich. »Kieck mal an, da kriste de Motten. Da muß doch gleich ne olle Wand wackeln.« Er griff nach seinem Hut, den er zu Beginn des Gesprächs an den Schrankaufsatz gehängt hatte, schob ihn verwegen aufs Ohr und schickte sich an zu gehen. Christian wußte aber, daß er nicht gehen würde, und er folgte Niels Heinrich mit einem Blick, der leidenschaftlich fragte. Sein Gemüt war schrecklich bewegt.

Niels Heinrich ging wirklich nur bis zur Tür. Dort drehte er sich um, mit einer verkniffenen, spähenden Miene, langte scheinbar gleichgültig in seine Tasche und zog einen kleinen Revolver hervor. Mit der einen Hand hielt er ihn, mit den Fingern der andern spielte er am Hahn und an der Sicherung: scheinbar gleichgültig und wie um sich zu zerstreuen.

Christian beachtete das perfide Spiel mit der Waffe nicht; er sah es kaum. Er stand in der Mitte des Zimmers, und in der unhemmbaren Erregung, von der er gepackt war, preßte er die Rechte auf die Augen. Er sagte: »Ich habe es vielleicht nur geträumt, daß sie sich freiwillig entschlossen hat, zu sterben. Mord, ja, es war Mord, aber sie hat ihre Einwilligung dazu gegeben. Diese letzten Stunden von ihr! Sie müssen unerhört gewesen sein, das Letzte der Welt; kein Gefühl kommt dahin. Schritt für Schritt; und dann hat sie selbst um das Ende gebeten. Ich habe es vielleicht nur geträumt, aber es ist, als hätte ichs gesehen ...«

Er brach ab, denn ein scharfer, peitschenartiger Knall erschallte. Ein Schuß war losgegangen. Einer der Stühle am Tisch erzitterte. Die Kugel war in das Stuhlbein gefahren; aber sie hatte auch Niels Heinrichs Handrücken gestreift, und aus der Wunde, die einem Schnitt glich, strömte Blut. Er fluchte erbost und schüttelte sich.

»Sie haben sich verletzt!« rief Christian teilnehmend und trat auf ihn zu. Doch lauschten beide noch; wie Verschworene lauschten sie gegen die Tür. Die Dazwischenkunft eines Dritten schien jedem von ihnen unerwünscht. Obgleich die Detonation gering gewesen, war sie in den Nachbarwohnungen gehört worden; Türen wurden aufgerissen; man vernahm fragende, schimpfende, ängstliche Stimmen, und nach einigen Minuten wurde es wieder still. Die Leute waren an allerlei Alarm gewöhnt und beruhigten sich schnell.

Niels Heinrich wickelte sein nicht ganz sauberes Sacktuch um die blutende Hand; indessen war Christian ins Nebenzimmer geeilt und brachte Wasser im Krug und ein reines Tuch. Er wusch die Wunde und verband sie kunstgerecht. Dabei verfuhr er mit solcher Zartheit und Sorgfalt, daß ihn Niels Heinrich mit angestrengt gerunzelter Stirn und einer düsteren Scheu betrachtete. Dergleichen war ihm, bei einem Mann wenigstens, noch niemals untergekommen. Er ließ es sich gefallen:

verächtlich, der Verachtung nicht recht sicher; er konnte nicht umhin, es sich gefallen zu lassen.

»Es hätte schlimmer ausgehen können,« murmelte Christian, als er fertig war.

Niels Heinrich antwortete nicht, und nun entstand ein ziemlich langes, merkwürdiges Schweigen.

»Nanu, was solls denn also?« stieß Niels Heinrich barsch hervor, denn er spürte die schreckliche Bedeutung dieses Schweigens.

Christian stützte die Hände auf die Stuhllehne und schaute Niels Heinrich an. Er war bleich und kämpfte um das Wort. »Wichtig wäre es, festzustellen, wo sich Michael während der ganzen Zeit versteckt gehalten hat, in der er verschwunden war,« begann er; und er sprach anders als vorher, hintastender, forschender, bebender, ungewisser, so als richte er während des Redens beständig Fragen an sich selbst; »es wäre äußerst wichtig. Michael ist Ruths Bruder; Sie werden gehört haben, daß er sechs Tage lang absolut unauffindbar war. Sooft ihn der Kommissär oder der Untersuchungsrichter darüber vernehmen will, bekommt er einen hysterischen Anfall. Man hat sich entschlossen, einstweilen zu verzichten, und überwacht ihn streng. Aber er rührt sich nicht aus der Stube und gibt keinen Laut von sich. Die Gerichtsärzte schütteln den Kopf; niemand weiß Rat. Es hängt alles davon ab, daß man ihn endlich zum Sprechen veranlaßt; es würde sicherlich Licht in das Geheimnis bringen; aber, wie gesagt, es wäre schon viel gewonnen, wenn man erfahren könnte, wo er sich versteckt gehalten hat.«

Niels Heinrich starrte finster bestürzt. Der Mensch wurde ihm immer fürchterlicher. In seinen Augen zuckte Fluchterwägung. »Wie soll ick denn dat wissen?« knurrte er; »det is mir überhaupt ejal. Wie soll ick denn dat wissen? Ick sagte Ihnen ja schon, wat jeht mir denn das an?« Er griff wieder zur Mundart, als schütze ihn die.

»Ich dachte nur, daß man Ihnen vielleicht Gerüchte zugetragen hat, daß vielleicht Leute in der Gegend der Heinzenschen Wohnung etwas bemerkt oder gehört haben. Entsinnen Sie sich nicht?«

Die Frage war so ernst und mahnend, beinahe flehend, daß Niels Heinrich, statt dem Antrieb zum Zorn nachzugeben, aufhorchte, auf die Stimme horchte und das Aussehen eines mit Stricken Gefesselten hatte. Und da entsann er sich wirklich einer Kunde von solcher Art, die zu ihm gedrungen war. Es gab in seinem Bekanntenkreis eine Dirne namens Molly Gutkind; man hieß sie, wegen ihres fetten Leibes und der weißen Haut, die kleine Made. Sie war noch sehr jung, kaum siebzehn. Vor ein paar Tagen hatte man ihm erzählt, die kleine Made habe ziemlich lange Zeit einen Jungen bei sich beherbergt, habe ihn angelegentlich vor jedermann verborgen und sei überhaupt seitdem wie ausgewechselt; vorher munter und sorglos, sei sie nun melancholisch und gehe nicht mehr auf die Straße.

Man hatte ihm dies mitgeteilt, wie man ihn von allen Vorfällen in der Dirnen- und Zuhälterwelt unterrichtet; er hatte der Sache keine Beachtung geschenkt und sie aus dem Sinn verloren. Nun tauchte sie auf und paßte her; er witterte es, daß sie herpaßte, aber das Gefühl seiner Wehrlosigkeit gegen den Menschen wuchs dadurch, und außerdem war ihm, als schaue der Mensch in ihn hinein, als entreiße er ihm nicht nur Verschwiegenes und Verhehltes, sondern auch Vergessenes. Der Geschichte mußte nachgegangen werden; sie mußte in aller Heimlichkeit ergründet und geprüft werden. Um etwas zu sagen und sich loszureißen, murmelte er widerwillig, er wolle zusehen, was sich machen lasse, aber auf ihn rechnen solle der Herr mitnichten, zum Spionieren sei er nicht der richtige Mann. Er ging zur Tür, schief, schleifend, mit unentschlossenem, welkem Ausdruck; er rieb die Finger aneinander, die feucht geworden waren, zündete eine Zigarette an, fröstelte in der Kälte, die ihm vom Flur entgegenschlug und stülpte den Kragen seines gelben Überziehers hoch.

Christian geleitete ihn artig bis zur Schwelle. Er sagte leise: »Ich hoffe, Sie bald zu sehen. Ich erwarte Sie.«

Auf dem Treppenabsatz im zweiten Stock blieb Niels Heinrich stehen und meckerte sinnlos in die Luft hinein.

13

Fürst Wiguniewski schrieb an Cornelius Ermelang nach Vaucluse in Südfrankreich:

Sie scheinen in Ihrer petrarkischen Einsamkeit die Welt verloren zu haben, da Sie sich so angelegentlich nach unserer Diva erkundigen. Ich dachte Sie noch in Paris; ich dachte, Sie hätten Eva Sorel dort gesehen, denn sie ist erst vor wenigen Tagen zurückgekehrt; zurückgekehrt wie ein mit Ruhm und Beute beladener Sieger nach einem Feldzug von drei Wochen; haben Sie nicht wenigstens aus Zeitungen erfahren, in welches Hochfieber des Enthusiasmus sie die internationale Gesellschaft neuerdings versetzt hat?

Ihre Nachfrage klingt besorgt, und der Grund ist mir verständlich, obgleich Sie sich nicht darüber äußern. Wie kurz auch das Beisammensein während Ihres Petersburger Aufenthalts mit ihr war, so müssen Sie doch mit Ihrem für das Innere der Menschen geschärften Blick die Verwandlung wahrgenommen haben, die mit ihr vorgegangen ist. Ich schwanke, ob ich sagen darf, es sei eine beunruhigende Verwandlung, da sie ja gewiß dem Gesetz ihres Wesens unterliegt. Schmerzlich ist das Schauspiel nur für uns, die wir den Anfang und den Aufstieg kennen, für zehn bis zwölf Menschen in Europa, denn was uns als das schönste Erlebnis unsrer Jugend ergriffen hat, war die Süßigkeit, der Glanz, das sternhaft Unbeschwerte an ihr. Sie war zeitlos; sie war in jedem Augenblick das Geschenk des Augenblicks, doch Ihnen muß ich nicht schildern, was und wie sie war; Sie wissen es. Es fragt sich, ob es erlaubt ist, zu tadeln oder zu klagen, wenn eine Entwicklung nicht unsrer Erwartung entspricht; das Wirkliche und Gewordene enthält wahrscheinlich den triftigeren und weiseren Sinn, wie sehr wir auch widerstreben. Man will immer zu viel und sieht und begreift infolgedessen zu wenig. Man sollte mehr Demut haben.

Es ist eine Tatsache, daß sie die öffentliche Meinung in unserm Land beschäftigt und aufwühlt wie kaum ein andrer Mensch. Man ist beständig darüber unterrichtet, wer in ihrer Gunst steht und wer in Ungnade gefallen ist; der Luxus, mit dem sie sich umgibt, setzt die verrücktesten Fabeln in Kurs und übersteigt alles, was wir in dieser Beziehung erlebt haben. Ihre monatlichen Einkünfte beziffern sich auf Hunderttausende, ihr Vermögen wird heute schon auf zwanzig bis dreißig Millionen Rubel geschätzt. Zweimal wöchentlich kommt für sie ein Eisenbahnwaggon mit Blumen aus der Riviera und zweimal einer aus der Krim. Über das Schloß, das sie am Meer bei Yalta bauen läßt, werden Einzelheiten bekannt, die an Tausendundeine Nacht gemahnen; in vier Wochen soll es schon fertig sein; großartige Festlichkeiten sind für den Einzug geplant; zu den Geladenen zähle auch ich. Man spricht von nichts anderm als von diesem Schloß; die Parkanlagen sollen einen Flächenraum von fünf Quadratmeilen bedecken; nur durch verschwenderischen Aufwand von Kosten und Arbeitskräften konnte das Ganze in der kurzen Zeit eines Jahres hergestellt werden. Den Mittelbau, heißt es, krönt ein Zinnenturm, von dessen Plattform man einen grandiosen Blick über das Meer genießt und der nach dem Muster des Turms der Signoria zu Florenz errichtet ist. Eine goldene Wendeltreppe mit kostbar emailliertem Geländer führt im Innern empor, und jedes Fenster gibt einen sorgfältig gewählten Ausschnitt südlicher Landschaft. Als Wandschmuck für einen der Säle wünschte sie sich die noch vorhandenen, von den Engländern noch nicht weggeschafften Malereien von El Hira, der berühmten Ruine in der arabischen Wüste. Ihr diese zu verschaffen, bedurfte es weitläufiger diplomatischer und geschäftlicher Verhandlungen; dann mußte, mit vielen Schwierigkeiten und vielem Geld, eine Expedition ausgerüstet werden, die drei Monate unterwegs war und erst vor kurzem zurückgekehrt ist. Die Reise war so abenteuerlich als gefährlich, und sieben Menschen haben dabei ihr Leben eingebüßt. Als man es Eva mitteilte, schien sie zu erschrecken und die Kühnheit ihres Verlangens zu bedauern; dann sah sie das Bildwerk und war so hingerissen, daß ihr Lächeln fast Befriedigung über die Opfer an Blut ausdrückte. Es liegt hierin keine Übertreibung; so ist jetzt ihr Wesen; diese wunderbarsten aller Hände rühren an die Welt wie an ein Sklavengut, das ihnen und nur ihnen verheißen und verbrieft ist. Ich sah sie selbst eines Tages hingekauert vor den Malereien einer fernen, fremden Zeit; mich erschütterte der Ausdruck, mit welchem sie die Bewegungen der archaischen Figuren betrachtete; es war ein Ausdruck der Abkehr und Grausamkeit.

Ich bin unwillkürlich auf das antike Gemälde und seine Herbeischaffung geraten und bemerke nun, daß ich keinen kürzeren Weg hätte wählen können, um zum Kern dessen zu gelangen, was ich Ihnen erzählen möchte, denn die Vorgänge, die sich in den letzten Tagen abgespielt haben, gehen davon aus. Natürlich konnten nur wenige Menschen den Schleier lüften, hinter dem sie heute noch verborgen sind und vermutlich stets bleiben werden; wer nicht, wie ich, durch eine Reihe günstiger Umstände Einblick gewonnen hat, tappt im Dunkel. Ich muß Sie auch um strengste Verschwiegenheit bitten; ich hinterlege dieses Schreiben, dessen Beförderung Vorsicht erheischte und das der Botschaftskurier mit über die Grenze nimmt, als Urkunde bei Ihnen. Mit seiner Hilfe wird man später einmal die Genesis gewisser Ereignisse bis zu den unscheinbaren Wurzelfasern verfolgen können.

Kaum waren die Malereien von El Hira hierhergelangt, so wurden von französischer Seite Reklamationen wegen Besitzstörung erhoben. Die beweisbaren Anrechte einer Pariser Privatgesellschaft sollten bei den Abmachungen mit den Engländern außer acht gelassen worden sein, und die dortige Regierung überschüttete unser Ministerium mit Noten und Beschwerden. Man beschuldigte sogar den Leiter der Expedition, Andrei Gawrilowitsch Jaminsky, einen kühnen und geistreichen Gelehrten, des offenen Raubes. Die Sache war unangenehm, die Bestürzung groß, der Lärm täuschte unsre Füchse; sie fürchteten, eine Dummheit gemacht zu haben, und spazierten arglos in die Falle. Da die Angelegenheit lächerlicherweise den Himmel der Politik zu trüben schien, war es vor allem wichtig, sie der Kenntnis des Großfürsten Cyrill zu entziehen, der die auswärtigen Geschäfte in der Hand hält und wie eine Spinne im Netz jedes Zittern der Fäden belauert. Dahin zielte die Berechnung; das Spiel hinter den Kulissen verstärkte den Druck und die Eile; die Angst vor dem Zorn des Gewalthabers trieb ergötzliche Blüten in den verantwortlichen Ämtern; der Minister verfügte sich zu Eva Sorel; ihre stolze Erklärung, daß sie alles auf sich nehmen wolle, sich getraue, die üblen Folgen von den Beteiligten abzuwenden, stieß auf Zweifel und Unglauben, und man erinnerte an Vorgänge ähnlicher Art, bei denen später die tückische Ahndung doch nicht ausgeblieben sei. Man bedrängte sie ernstlich, die Wandgemälde wieder auszuliefern; sie trotzte, stritt um ihr Recht, wurde hartnäckig, und als man nun die Torheit beging, Andrei Jaminsky verhaften zu lassen, für den sie lebhaftes Interesse gefaßt hatte, drohte sie, den Großfürsten zu benachrichtigen, der in Zarskoje Selo weilte, und setzte damit die Gemüter in neuen Schrecken. Jetzt war für die Anstifter der schickliche Zeitpunkt gekommen. Plötzlich trat Ruhe ein; der Sturm war beschwichtigt. Was war aber sein verborgener Anlaß gewesen? Eingeweihte raunen von einem unheimlichen Handel. Mich dünkt, ihr Wissen reicht nicht weiter als das meine. Ich sitze nah genug am Webstuhl und kann das Schiffchen in seinem Hin- und Herlauf studieren. Es webt schlimme Gewebe, das darf ich wohl behaupten. Wann hätten nicht die Zauberkünste einer Kurtisane dazu gedient, Völker zur Schlachtbank zu treiben? Sie meinen, das zwanzigste Jahrhundert sei zu fortgeschritten für Kabalen im Stil der Mazarin und Kaunitz? Ich bin dessen nicht so sicher. Sie meinen, die großen Erschütterungen und Umwälzungen nützten die Entschlüsse und Willensakte kleiner Menschen nur zum Schein, und Schuld und Anklage werde wesenlos, wenn man den Gang des Schicksals begriffen habe? Aber wir begreifen ihn ja nicht; wir sind Menschen, wir müssen richten, wie wir leiden müssen, und weil wir leiden müssen. Der unheimliche Handel drehte sich um den Bau von Festungen an unsrer polnischen und wolhynischen Grenze. Aus unbekannten Gründen hatte sich der Großfürst bis jetzt dagegen gesträubt; seit einigen Tagen geht die Rede von einer Staatsanleihe; seinen starren Sinn dem Projekt geneigt zu machen, konnte bloß einem einzigen Menschen gelingen. Wozu noch Worte? Man schaudert bei den Gedanken eines Zusammenhangs zwischen fünftausend Jahre altem Wandschmuck und den Fangstricken moderner Kabinettsränke; zwischen der bedungenen Hingabe eines unvergleichlichen Leibes, Zierde der Schöpfung, und der Aufrichtung von Festungsmauern und Kasematten. Die Komödie ist herzzerreißend.

Ich bin noch nicht am Ende. Es knüpft sich an diese Begebenheiten der Tod von Andrei Gawrilowitsch Jaminsky. Ich deutete schon an, daß Eva merkbare Sympathie für ihn an den Tag legte. Der Mut und die Energie, die er beim Zug in die Wüste bewiesen hatte, sein Geist, nicht zuletzt seine äußeren Vorzüge bestachen sie; sie war fasziniert und zeichnete ihn auf alle Weise aus. Da es eine Schranke für sie nicht gibt und ihr Tun immer zu den letzten Schritten führt, hatte sie auch hier keine Bedenken; Jaminsky wurde ein Glück zuteil, von dem er vielleicht nicht einmal zu träumen gewagt hatte, und das ihm das Gleichgewicht geraubt zu haben scheint. Es füllte ihn zum Überfließen, es machte ihn verrückt; in einem Freundeskreis, beim Wein natürlich, kam er ins Schwatzen und prahlte mit seiner Eroberung. Zu spät erkannte er seine Verirrung; was in jedem andern Fall eine verächtliche Charakterschwäche gewesen wäre, in diesem war es ein Verbrechen; zu spät beschwor er die Ohrenzeugen, zu vergessen, zu schweigen, ihn als Lügner und Bramarbas zu betrachten; es fruchtete nicht, daß er sie einzeln aufsuchte und einzeln beredete; der Stein war im Rollen; wo das diskrete und geargwöhnte Verhältnis höchstens die stumme oder geflüsterte Neugier gereizt hatte, wurde das Verkündete allgemeiner Gesprächsstoff; die Sühne ließ nicht auf sich warten. Ihr Vollstrecker war Fjodor Szilaghin.

Nicht leicht ist es, die Rolle zu beurteilen, die Fjodor Szilaghin gegenwärtig im Leben Evas spielt. Bald scheint er Wächter zu sein, bald Verlocker; man weiß nicht, will er ihr gefallen und sie gewinnen, oder ist er nur der Söldling und Argus seines finstern Herrn und Freundes. Ich glaube, daß selbst Eva darüber im Unsichern ist; sein enigmatisches Wesen, das meisterlich Versteckte, undurchdringlich Treulose, wirkt auf mich wie ein sichtbares Symbol von Evas Verdunkelung und Unrast. Daß er im Einverständnis mit ihr gehandelt hat, als er es unternahm, Jaminsky zu bestrafen, leidet keinen Zweifel; aber ob es ein gemeinsam verabredeter Plan war, eine Forderung von ihrer oder von seiner Seite, ob sie in der Enttäuschung nachgiebig gegen ihn oder im Zorn rachsüchtig für sich war, ob er für ihre Ehre oder für die Ehre seines Herrn eintrat, das alles getraue ich mich nicht zu entscheiden. Genug, es geschah. Die Tat schwebt in einem Halblicht und wird mit ziemlich abstoßenden Einzelheiten geschildert. Jaminsky speiste am Mittwochabend der vergangenen Woche in Gesellschaft mehrerer Freunde in einem Nebenzimmer bei Cubat auf der großen Morskaja. Kurz vor zwölf Uhr wurde die Tür aufgerissen, und vier junge Leute, bis über die Nase in ihre Pelze gehüllt, drangen ein. Drei von ihnen umstellten Jaminsky, einer drehte die Lichter ab, gleich darauf krachte ein Schuß, und ehe sich Jaminskys Freunde von ihrer Bestürzung erholt hatten, waren die vier wieder verschwunden. Jaminsky lag blutüberströmt auf dem Boden. Szilaghin war mit Bestimmtheit unter den vier Männern erkannt worden.

Das Verwegenste aber ereignete sich erst später. In dem Tumult, der unter den Gästen des Restaurants entstanden war, hatte man den Erschossenen vergessen. Man schrie nach der Polizei, lief, drängte, fragte, indessen fuhr eine Mietsdroschke am Eingang vor, zwei Männer entstiegen ihr, schoben sich durch die Menge in das Zimmer, wo der Tote lag, hoben ihn auf und trugen ihn an den stumm gaffenden Menschen vorüber in den Wagen. Niemand hinderte sie; sie verschwanden mit dem Leichnam im Wagen, dieser jagte den Newskij hinab bis zur Palastbrücke, dort hielt er, die beiden schleppten die Leiche ans Ufer und warfen sie in die Newa, mitten in die treibenden Eisschollen.

An demselben Abend befand ich mich mit du Caille, Lord Elmster und einigen hiesigen Künstlern bei Eva. Sie war berückend und von einer Heiterkeit, bei der man das Gefühl hatte, man dürfe keinen Atemzug davon verpassen. Ich entsinne mich nicht mehr, wie das Gespräch auf Himmelserscheinungen und Sonnensysteme kam; eine Weile wurde in der üblichen leichten Art die Möglichkeit erwogen, ob auch andre Planeten von Menschen oder menschenähnlichen Wesen bewohnt seien; da sagte Eva: »Ich habe gelesen, und die Fachkundigen haben es mir bestätigt, daß der Saturn zehn Monde besitzt, zehn Monde und einen feurig glühenden Ring, der in Purpur und Violett den ungeheuren Körper des Sterns umgibt. Der Planet selbst, heißt es, sei noch eine unabgekühlte Lava; aber auf den zehn Monden könnte Leben sein, könnten Geschöpfe wie wir existieren. Denkt euch eine Nacht dort; denkt euch die düstere Glut des Muttergestirns; der purpurne Regenbogen, der ewig am Firmament steht und es fast bedeckt; die zehn Monde umeinander, übereinander spielend, so nah vielleicht, daß die Geschöpfe sich verständigen können, von Welt zu Welt sich fühlen: was für Möglichkeiten, was für eine Vision von Glück und Schönheit!« So oder ähnlich sprach sie. Einer von uns erwiderte, man könne sich ebensogut vorstellen, daß Mond gegen Mond im Kampfe läge; trotz aller Wunder des Himmels, so wie hier Land gegen Land; die Erfahrung gebe zu befürchten, daß nirgends im Universum die beweglich Geschaffenen durch Himmelswunder an Raub und Gewalttat verhindert würden. Sie aber sagte: »Zerstört mir meinen Glauben nicht; laßt mir das Paradies vom Saturn.«

Und sie wußte, sie mußte es wissen, daß eben in dieser Stunde Jaminsky, den sie geliebt hatte, einen häßlichen und meuchlerischen Tod starb.

Es ist schwer, Demut zu haben.

14

Christian teilte seine Mahlzeiten mit Michael. Er war brüderlich um ihn bemüht. Am Abend bereitete er ihm das Lager selbst. Er wußte es einzurichten, daß sich der Knabe an das Beisammensein mit ihm gewöhnte. Seine Gabe, sich unbemerklich zu machen, kam ihm zustatten; Michael war in seiner Gegenwart ohne die Verkrampfung, die sogar Johannas liebevolle Rücksicht nicht hatte lösen können. Er folgte Christian bisweilen mit den Augen. »Warum siehst du mich an?« fragte Christian dann. Aber der Knabe schwieg.

»Ich möchte wissen, was du denkst,« sagte Christian.

Der Knabe schwieg. Wieder und wieder folgte er Christian mit den Augen und schien voll zwiespältigem Gefühl.

Eines Abends sagte er die ersten Worte. »Was wird mit mir geschehen?« flüsterte er kaum hörbar.

»Du solltest ein wenig Vertrauen zu mir haben,« antwortete Christian freundlich.

Michael starrte lange vor sich hin. »Ich habe Angst,« kam es endlich von seinen Lippen.

»Wovor hast du Angst?«

»Vor allem. Ich habe Angst vor allem, was es gibt. Vor den Menschen, vor den Tieren, vor der Finsternis, vor dem Licht, vor mir selber.«

»Seit wann ist das so?«

»Sie meinen, es ist erst seit ... Nein. Es ist immer so gewesen. Die Angst steckt in meinem Leib wie die Lunge und das Hirn. Als ich noch ein Kind war, lag ich nachts im Bett und zitterte vor Angst. Konnte nicht schlafen vor Angst. Ich hatte Angst, weil es still war. Ich hatte Angst, weil ich Geräusch hörte. Ich hatte Angst vor dem Haus, vor der Wand, vor dem Fenster. Ich hatte Angst vor dem Traum, der noch gar nicht da war. Ich dachte: jetzt wird ein Schrei sein; oder: jetzt wird ein Feuer sein. War der Vater über Land, so dachte ich: er kommt nie wieder; viele kommen nicht wieder, warum sollte gerade er wiederkommen. War er zu Hause, so dachte ich: er hat etwas Schreckliches erlebt, niemand darf es wissen. Am ärgsten war es, wenn Ruth fort war. Nie hab ich einen Menschen so gehaßt wie Ruth in jener Zeit; nur weil sie so viel fort war. Das war die Angst.«

»Und da gingst du herum mit deiner Angst und sprachst nicht davon?«

»Zu wem hätte ich sprechen sollen? Es schien mir dumm, das Ganze. Jeder hätte mich ausgelacht.«

»Aber als du älter wurdest, muß doch die Angst verschwunden sein?«

»Im Gegenteil.« Michael schüttelte den Kopf. Er sah unschlüssig aus. Er schwankte, ob er sich weiter mitteilen solle. »Im Gegenteil,« wiederholte er. »Die Angst wird groß mit einem. Die Gedanken haben keine Macht über sie. Hat man einmal die Angst, so trifft alles ein, wovor man sich ängstigt. Man müßte weniger wissen. Je weniger man weiß, je weniger hat man Angst.«

»Das versteh ich nicht,« sagte Christian, den die Worte des Knaben ergriffen; »das heißt, die kindliche Angst, die versteh ich; aber sie dauert doch nur, solang man ein Kind ist.«

Michael schüttelte abermals den Kopf.

»So erklär es mir,« fuhr Christian fort. »Wahrscheinlich erblickst du überall Gefahren, fürchtest dich vor Krankheiten oder Unglücksfällen oder vor Begegnungen mit irgendwelchen Leuten.«

»Nein,« antwortete Michael hastig und mit gerunzelter Stirn; »so einfach ist es nicht. Es kommt mal vor, aber es kann einem nicht viel anhaben. Es ist nicht das Wirkliche. Das Wirkliche ist wie ein tiefer Brunnen. Ein tiefes, schwarzes, endloses Loch. Das Wirkliche ist … warten Sie mal: ich lange nach dem Schachbrett da: auf einmal ist es gar kein Schachbrett. Es ist was Fremdes. Ich hab gewußt, was es ist, kann mich aber nicht mehr darauf besinnen. Der Name Schachbrett läßt mich nicht dahinterkommen, was es ist. Der Name macht, daß ich mich eine Zeitlang zufrieden gebe. Verstehen Sie?«

»Durchaus nicht. Es ist mir völlig unverständlich.«

»Na ja,« gab Michael mürrisch zu, »es ist ja auch ein Blödsinn.«

»Könntest du nicht ein andres Beispiel wählen?«

»Ein andres … Warten Sie mal. Ich finde so schwer die richtigen Ausdrücke. Warten Sie … Vor ein paar Wochen war Vater nach Fürstenwalde gefahren. Am Abend fuhr er, am Morgen wollte er zurück sein. Ich war allein zu Haus. Ruth war bei einer Bekannten, ich glaube in Schmargendorf. Sie hatte gesagt, es würde spät werden. Je später es aber wurde, je unruhiger wurde ich. Nicht weil ich fürchtete, es könnte Ruth etwas zustoßen; daran dachte ich gar nicht, sondern das leere Zimmer und der Abend und die Zeit, die verging, das war es. Die Zeit rinnt herunter, entsetzlich regelmäßig, entsetzlich unaufhaltsam, rinnt herunter wie Wasser, in dem ich ertrinken muß. Wäre Ruth gekommen, so hätte die Zeit einen Aufenthalt gemacht, sie hätte von vorn anfangen müssen; aber Ruth kam nicht. An der Wand im Zimmer hing eine Uhr; Sie werden sie ja oft gesehen haben; eine runde Uhr mit blauem Zifferblatt und einem Messingperpendikel. Das tickte und tickte; jedes Ticken war ein Hammerschlag. Endlich ging ich hin und brachte den Perpendikel zum Stehen, und als das Ticken aufhörte, da hörte die Angst auf, und ich konnte einschlafen. Die Zeit war nicht mehr, die Angst war nicht mehr.«

»Eigentümlich,« murmelte Christian erstaunt.

»Früher, als uns die Frömmigkeit gelehrt wurde, war es besser, da konnte man beten. Freilich, das Gebet war auch nur die pure Angst, aber es erleichterte einen doch.«

»Es wundert mich, daß du dich nie deiner Schwester anvertraut hast,« sagte Christian.

Michael zuckte zusammen. Dann antwortete er scheu, mit so leiser Stimme, daß Christian näher rücken mußte, um hören zu können:

»Meiner Schwester, nein, das war unmöglich. Ruth hatte ohnedies viel auf ihren Schultern, zu viel, wenn mans recht bedenkt, aber auch sonst war es unmöglich. Bei Juden sind Bruder und Schwester nicht so intim wie bei euch Christen. Ich meine bei Juden, die nicht unter Christen leben. Wir sind ja vom Land und waren als Juden weiter weg von andern Menschen wie hier. Der Bruder kann sich nicht der Schwester anvertrauen. Die Schwester ist immer eine Frau, von Anfang an; schon als kleines Mädchen ist sie eine Frau. Daher rührt ja das ganze Unglück …«

»Wieso? Welches Unglück?« fragte Christian flüsternd.

»Es ist furchtbar schwer zu sagen,« fuhr Michael verloren fort; »ich glaube, ich kann es nicht sagen. Es klingt vielleicht gemein. Und es geht immer weiter; eins zieht das andre nach sich. Bruder und Schwester, das spricht sich so harmlos. Aber jedes hat einen Leib und jedes eine Seele. Die Seele ist das Reine, der Leib ist das Unreine. Schwester, das ist wie ein Heiligtum. Aber sie ist doch auch das Weib, das man sieht. Tag und Nacht kann man darüber grübeln: Weib … Weib. Und Weib heißt Angst. Weib heißt Leib, und Leib heißt Angst. Ohne Leib könnte man die Welt begreifen, ohne Weib könnte man Gott verstehen. Und solange man Gott nicht versteht, solange plagt einen die Angst. Immer die Nähe von dem andern Leib, über den man nachdenken muß! Wo wir zuletzt wohnten, schliefen wir alle in der gleichen Stube. Ich kroch jeden Abend mit dem Kopf unter die Bettdecke. Die Gedanken durften nicht hin. Mißverstehen Sie mich nicht, es war nichts Häßliches, sie wollten nicht in häßlicher Weise hin, es war nur die namenlose, allgemeine Angst … ja, wie könnt ichs nur erklären? Die Angst vor … nein, ich kanns nicht erklären. Ruth, so zart, so fein. Alles an ihr stand im Widerspruch zu der Vorstellung von einem Weib. Und doch zitterte ich vor Abscheu, weil sie es eben war. Der Mensch, wie er geschaffen ist, und wie er sich zeigt, das ist zweierlei. Ich will Ihnen erzählen, was für einen Traum ich hatte; nicht einmal, sondern zwanzigmal, immer den nämlichen Traum. Ich träume, ein Feuer ist ausgebrochen; ich und Ruth, wir müssen nackend über die Stiege und aus dem Haus fliehen. Ruth muß mich mit aller Gewalt fortschleppen, weil ich sonst umkehren und ins Feuer rennen würde. So schrecklich ist die Scham. Ich denke: Ruth, das bist du nicht, das kannst und darfst du nicht sein. Dabei seh ich es gar nicht, ich weiß nur und spür nur, daß sie nackt ist. Und sie, ganz natürlich bleibt sie, lächelt sogar.

Herrgott, denke ich, kann man lächeln? Und schäme mich um den Verstand. Und bei Tage dann wagt ich nicht, sie anzuschauen; jeder gute Blick von ihr erinnerte mich an die Sünde. Aber warum erzähl ich das alles! Warum! Ich komm mir so schmutzig vor, so unbeschreiblich schmutzig …«

»Nein, Michael, erzähle nur,« antwortete Christian ruhig und sanft; »fürchte dich nicht, sag mir alles, ich kann auch alles begreifen, ich bemühe mich jedenfalls, es zu begreifen.«

Forschend sah Michael zu Christian auf. Seine frühreifen Züge waren zerquält. »Ich suchte eine, zu der ich hin durfte,« begann er nach einer Pause. »Es schien mir, ich müßt es austilgen, daß ich Ruth in meinem Geist beschmutzte. Ich war schuldig vor ihr und mußte frei werden von der Schuld.«

»Da warst du in einem verhängnisvollen Wahn befangen,« warf Christian ein; »du warst ja nicht schuldig; du hast dir eine Schuld konstruiert. Inwiefern warst du schuldig?« Er wartete, aber Michael schwieg. »Schuldig,« wiederholte Christian, als wäge er das Wort zweifelnd in seiner Hand, »schuldig …« Sein Gesicht drückte Zweifel aus.

»Schuldig oder nicht, es war, wie es war,« beharrte der Knabe. »Fühl ich Schuld, wer löst mich los? Das kann man nur für sich selber tun.«

»Es ist ein Wahn,« sagte Christian, »glaube mir.«

»Aber alle hießen Ruth,« fuhr Michael mit einem bangen Ton fort; »alle hießen Ruth; die Verworfensten, die Schlechtesten. Ich hatte so viel Achtung vor ihnen. Und zugleich ekelte mir doch. Das Unreine wurde immer mächtiger in meinen Gedanken; während ich suchte und suchte, wurde mir das Leben leid. Ich verfluchte mein Blut. Was ich anfaßte, ward schleimig und unrein.«

»Ihr hättest du dich eröffnen müssen, ihr selbst, gerade Ruth, die war die Beste dazu,« sagte Christian.

»Es ging nicht,« beteuerte Michael, »ich konnt es nicht; lieber, ich weiß nicht was … ich konnt es nicht.«

Er versank in Brüten, dann berichtete er in überstürzter Rede: »Am Sonnabend vor jenem Sonntag, an dem Ruth zum letztenmal im Hause war, schickte mich Vater zum Kohlenhändler. Ich sollte eine Rechnung zahlen. Niemand war im Laden. Ich ging in die Stube hinterm Laden. Da lag der Kohlenhändler mit einem Frauenzimmer im Bett. Sie bemerkten mich nicht. Ich lief davon; wie ich herauskam, weiß ich nimmer. Bis zum Abend rannt ich sinnlos auf der Straße herum. So groß war die Angst noch nie gewesen. Am andern Nachmittag, eben an dem Sonntag, zwischen vier und fünf, ging ich auf der Lichenerstraße; es fiel ein Platzregen um die Zeit, da nahm mich ein Mädchen unter seinen Schirm. Das war Molly Gutkind. Was für eine Sorte Mädchen es war, sah ich gleich. Sie sagte, ich solle zu ihr kommen. Ich gab keine Antwort, und sie ging an meiner Seite weiter. Sie sagte, wenn ich jetzt nicht wollte, werde sie am Abend auf mich warten; sie wohne Prenzlauer Allee, gegenüber dem Gasbehälter beim Güterbahnhof, unten sei eine Kneipe, Adelens Aufenthalt. Sie nahm meine Hand und schmeichelte: Komm doch, Jungchen, du siehst so vergrämt aus, du gefällst mir mit deinen schwarzen Augen, bist sicher noch ein ganz unschuldiges Tierchen. Wie ich heimkam, las ich, was Ruth auf die Schiefertafel geschrieben hatte. Prenzlauer Allee, das war mir seltsam. Es hätte ja ebensogut eine andre Gegend sein können. Es war mir seltsam. Öde war mir zumut; ich setzte mich auf die Stiege; ich ging ins Zimmer und fand Vaters Brief; ich las ihn, als hätt ich schon vorher gewußt, was er getan hatte; ich kam mir recht allein vor; dann ging ich hinunter und ging und ging, bis ich in der Prenzlauer Allee vor dem Haus von Adelens Aufenthalt stand.«

»Nun, und selbstverständlich gingst du hinauf zu dem Mädchen?« fragte Christian mit einem sonderbar heiteren Ausdruck, hinter welchem sich seine Spannung verbarg.

Michael nickte. Er sagte, er habe lange gezaudert. In Adelens Aufenthalt habe einer Mundharmonika gespielt. Es sei ein außerordentlich schmutziges Haus, abgerückt von der Straße, ein altes Haus mit feuchten Flecken an der Mauer und einem Lattenzaun davor und Schutt- und Ziegelhaufen. Ein Hund sei vor dem Tor gestanden. »Ich traute mich nicht an dem Hund vorbei,« sagte Michael und faltete mechanisch die Hände; »er war so groß und stierte mich tückisch an. Aber Molly Gutkind hatte mich vom Fenster aus gesehen; das Haus hat nur ein einziges Stockwerk. Sie winkte mir, der Hund trabte auf die Straße heraus; ich ging ins Haus, Molly wartete auf der Treppe und zog mich lachend ins Zimmer. Sie trug zu essen auf, Schinkenstullen und Baumkuchen, und sagte, heute wolle sie mich bewirten, das nächste Mal müsse ich sie bewirten. Sie sagte, ich sei doch ein Jude; das möge sie gern, Juden möge sie überhaupt gern; wenn ich ein bißchen nett zu ihr sei, würde ich es nicht zu bereuen haben. Es war so merkwürdig alles; wer war ich denn für sie? Was konnt ich ihr denn sein? Mittlerweile war es dunkel geworden, und sie zündete die Lampe an. Ich sagte, ich wolle jetzt wieder gehen, aber sie litt es nicht, die Nacht über müsse ich bleiben, sagte sie. Und dann …!« Er schauderte und schlug die Hände vor das Gesicht.

»Mein lieber Junge,« sagte Christian leise.

Das zärtliche Wort machte den Knaben noch mehr schaudern. Ziemlich lange Zeit schwieg er. Als er wieder zu sprechen anfing, klang seine Stimme verändert. Er sagte dumpf: »Dreimal hat ich sie, die Lampe auszulöschen, endlich tat sie es. Wir lagen nebeneinander, Stunde um Stunde verging, und es geschah etwas mit dem Mädchen, worauf ich nicht gefaßt war. Sie sagte, sie wolle sich nicht vergehen an mir, sie sehe ein, daß sie eine schlechte Person sei, ich möchte ihr verzeihen, und was ich nicht selber wolle, das wolle sie auch nicht. Und als sie das sagte, weinte sie, und dann sagte sie, sie sehne sich furchtbar nach Hause, und ihr graue vor ihrem Leben. Ich war wie vor den Mund geschlagen, das arme Ding dauerte mich, und ich zitterte am ganzen Körper, meine Zähne klapperten, ich ließ sie reden und klagen, und als ich merkte, daß sie eingeschlafen war, dachte ich tief und streng über mich nach. Es war finster und still. Außer dem Atem des Mädchens hörte ich nichts. In der Kneipe unten waren keine Gäste mehr. Es war unheimlich still. Und mit jedem Augenblick Stille wuchs die alte Angst. Jeden Augenblick war mir, die gräßliche Stille müßte ein Ende haben; ich paßte die Sekunden ab. Und da, auf einmal, war ein Schrei. Auf einmal war ein Schrei. Wie soll ichs schildern? Irgendwo unten, tief unten, unterm Boden, hinter den Mauern, war ein Schrei. Er war nicht besonders laut oder schrill, aber so, daß das Herz nicht mehr schlug. Wie ein Strahl, verstehen Sie, wie ein heißer, dünner Strahl, mit was anderm kann ichs nicht vergleichen. Ich dachte: Ruth. Mein einziger Gedanke war: Ruth. Begreifen Sie das? Es war, als hätte mir jemand ein kaltes Messer in den Rücken gestoßen. O Gott, wie furchtbar es war!«

»Und was hast du getan?« fragte Christian, weiß wie die Wand.

Er sei gelegen und gelegen, habe gelauscht und gelauscht, brachte Michael stockend hervor.

»Ist es möglich? Du bist nicht aufgesprungen und hinaus, hinunter? – Mensch! Ist es möglich?«

Wie hätte er glauben sollen, daß es Ruth wirklich sein könne? Der Gedanke sei ihm doch nur wie eine Angstflamme ins Hirn geschossen. Er starrte mit weiten Augen in die Luft und schluchzte plötzlich. »Und nun hören Sie,« sagte er und langte nach Christians Hand, »hören Sie.«

Er erzählte mit verhangenem, verweintem, überblassem Gesicht dies: Er habe den Schrei nicht vergessen können. Er wisse nicht, wieviel Zeit verstrichen war, als er sich von der Seite des Mädchens erhoben. Er habe auf Zehenspitzen das Zimmer verlassen. Finsternis, zum Schneiden dick. Draußen habe er nichts gesehen, nichts gehört. Er sei am Stiegengeländer gestanden, mindestens eine Viertelstunde lang. Da habe er Schritte gehört, Schritte und ein Keuchen, als schleppe jemand eine schwere Last. Er habe sich nicht gerührt. Dann sei ein Licht aufgeblitzt, der Schein einer Blendlaterne. Er habe einen Menschen erblickt, nicht das Gesicht, nur von hinten. Der Mensch habe auf seinem Rücken einen großen Ballen getragen und außerdem ein Bündel in der Hand. In bloßen Füßen sei der Mensch gewesen, aber an den Füßen habe Rotes geklebt, Blut. Der Mensch sei vors Haus gegangen, habe den Ballen dort hingestellt und sei zurückgekommen, aber die Laterne sei geschlossen gewesen. Dann sei der Mensch wieder in den Keller hinunter und kurz darauf mit einem zweiten Menschen wieder heraufgekommen. Den habe er vor sich hergeschoben wie man ein Faß schiebt, man habe es aus dem Geräusch entnehmen können; gesehen habe man nichts; die Laterne sei auch diesmal abgeblendet gewesen. Der zweite habe Laute von sich gegeben, als habe er einen Knebel im Mund gehabt. Dann seien alle beide fortgegangen, das Haustor hätten sie zugesperrt und es sei still gewesen. »Bis dahin stand ich oben,« sagte Michael und schöpfte Atem.

Christian schwieg. Er schien versteinert.

»Es war ruhig und ich ging hinunter,« berichtete Michael weiter; »es zog mich. Schritt um Schritt tastete ich mich zur Kellerstiege. Dort blieb ich wieder lange stehen. Es wurde schon Tag. Ich sah es an dem schmalen Fenster über der Haustür. Ich stand vor der Kellertreppe. Steinerne Stufen senkten sich. Ich sah erst eine Stufe, dann zwei, dann drei, dann vier; je heller es wurde, je mehr Stufen sah ich. Auf der fünften oder sechsten Stufe blieb das Dunkel kleben.«

Das Sprechen machte ihm jetzt sichtlich Mühe. Schweiß perlte auf seiner Stirn. Er lehnte sich zurück und schwankte. Christian mußte ihn stützen. Er stand auf und beugte sich über den Knaben. In seiner

Haltung und Bewegung lag etwas ungemein Gewinnendes. Alles kam darauf an, das Letzte, Furchtbarste zu erfahren. Sein ganzes Wesen wurde Wille, und unter der stummen Gewalt wurde der Knabe folgsam. Was er nun bekannte, klang zunächst verwirrt und unbestimmt wie die Erzählung einer Geistererscheinung oder eines Fieberbildes. Man konnte den Worten kaum entnehmen, was Wirklichkeit war, was Zwangs- und Angstvorstellung. Ein Einzelnes stach grauenhaft wahr hervor: der Fund des blutigen Taschentuchs. Dreimal fragte Christian, ob er es im Keller oder auf der Stiege gefunden habe, jedesmal lautete die Antwort verschieden. Der Knabe bebte wie ein Seil im Wind, als ihn Christian bat, genau zu sein, genau nachzudenken. Er wisse es nicht mehr. Oder doch, er sei unten gewesen. Er beschrieb einen Verschlag, ein Holzgitter, eine vergitterte Luke, durch die gelbfahles Morgenlicht drang. Er sei aber seiner Sinne nicht mächtig gewesen, könne sich nicht erinnern, ob er den Raum betreten. Dabei schluchzte er laut auf. Christian stand neben seinem Stuhl, hatte ihm beide Hände auf die Schultern gelegt; der Knabe zuckte wie unter einem elektrischen Strom. »Ich beschwöre dich,« sagte Christian, »ich beschwöre dich, Michael,« und er fühlte seine Kraft schwinden. Da flüsterte Michael, er habe Ruths Namenszeichen auf dem blutdurchtränkten Taschentuch gleich erkannt, und von dem Moment an sei ihm das Gehirn zerhackt gewesen. Christian möge doch aufhören, ihn zu plagen; er könne nicht mehr, er wolle lieber tot hinschlagen. Aber Christian umklammerte seine Handgelenke. Nun hauchte Michael bloß noch: das Haus habe ihm verraten, daß an Ruth Entsetzliches geschehen sei, die Luft habe es ihm zugebrüllt; die Mauern hätten sich über ihn gewälzt; er habe es gesehen, alles gesehen, habe gewimmert und gestöhnt und mit den Nägeln seinen Hals zerkratzt; »da, da, da …« stieß er hervor und deutete auf seinen Hals, an dem in der Tat noch vernarbte Kratzwunden bemerkbar waren; er sei zur Haustür gerannt und habe an der Klinke gerüttelt und sei wieder zurückgerannt und habe die Kellerstufen gezählt, nur so, nur aus Verzweiflung, dann sei er hinauf, die Treppe hinauf, und plötzlich habe er an einer Tür einen Mann erblickt; im Dämmerlicht einen dicken Mann mit einer weißen Schürze und weißen Mütze, wie die Bäcker gekleidet sind, und einem Tuch um den Hals, von dem zwei weiße Zipfel weggestarrt; der sei an einer Türschwelle gestanden, weiß, fett, schläfrig, man hätte ihn für einen Schatten halten können, für ein Gespenst, doch habe er mit leiser, schläfriger, verdrießlicher Stimme gesprochen: »Nu haben se se umjebrungen, Menschenskind;« und danach sei er verschwunden, einfach wie weggeblasen. Und er, Michael, sei in Molly Gutkinds Stube gestürzt; sie sei gleich aufgewacht, habe ihn aufs Bett gelegt, und er hätte mit aller Inbrunst seiner Seele in sie gedrängt, sie möge schweigen, ihn verbergen, auch wenn er krank würde, keinem etwas sagen, ihn bei sich behalten und schweigen. Weshalb er es gefordert, weshalb es ihm so wichtig erschienen sei, daß sie schweige, das verstehe er selber nicht, aber so sei es noch zur Stunde, und er wolle Christian zeitlebens ein grenzenlos ergebener Mensch bleiben, wenn er Schweigen über das bewahre, was er ihm jetzt gebeichtet.

»Werden Sie es tun?« fragte er feierlich, mit dunkel glühenden und gepeinigten Augen.

»Ich werde schweigen,« erwiderte Christian.

»Dann kann ich vielleicht noch weiterleben,« sagte der Knabe.

Christian schaute ihn an, und ihre Blicke begegneten sich in einem wunderlichen Einverständnis.

»Wie lange warst du nachher noch bei dem Mädchen?« erkundigte sich Christian.

»Ich weiß es nicht. Sie sagte eines Morgens, nun könne sie es nicht mehr machen, und ich müsse gehen. Ich war aber die ganze Zeit vorher nicht bei klarem Bewußtsein. Ich habe vielleicht phantasiert. Das Mädchen hatte sich viel Mühe mit mir gegeben; es ist ihr zu Herzen gegangen; stundenlang saß sie am Bett und hielt meine Hand. Ich habe mich dann in den Vororten und im Wald herumgetrieben; wo, das kann ich nicht sagen. Schließlich bin ich hierhergekommen. Ich weiß nicht, warum ich zu Ihnen ging. Als hätte mich Ruth zu Ihnen geschickt. Sie waren der einzige Mensch, der auf der Welt für mich da war. Was tu ich aber? Was wird jetzt sein?«

Christian überlegte einige Sekunden, bevor er mit einem seltsamen Lächeln antwortete: »Wir müssen auf ihn warten.«

»Auf wen? Auf wen warten?«

»Auf ihn.«

Abermals begegneten sich ihre Blicke.

Es war spät in der Nacht, aber sie dachten nicht an Schlaf.

15

Außer dem Zimmer, das ihm die Witwe eingeräumt, hatte Niels Heinrich ein Logis in der Rheinsberger Straße, vier Treppen hoch, bei einem Zinngießer. Am Tage nach dem Gespräch mit Christian zog er von dort weg. Es geschah, weil zu viele um das Quartier wußten. Er konnte auch nicht mehr darin schlafen. Höchstens eine halbe Stunde schlief er, dann lag er wach. Er rauchte Zigaretten und warf sich von einer Seite auf die andre. Von Zeit zu Zeit ließ er ein dürres Gelächter hören, wenn die Erinnerung an eines der Worte, die jener Mensch zu ihm gesagt, besonders lebhaft wurde.

Der Mensch, wer war er eigentlich? Da konnte man sich das Hirn zu Brei zerdenken. So ein Mensch.

Neugier wurde zur Brunst in Niels Heinrich.

Er zog in die Demminer Straße zum Krämer Kahle. Das Zimmer befand sich im Halbstock über dem Laden. Das große Firmenschild »Eier, Butter, Käse« verdeckte beinahe die niedrigen Fenster. Infolgedessen war wenig Licht in dem Loch; dafür waren Fußboden und Wände so dünn, daß man das Klingeln der Ladenglocke, die Gespräche der Kunden und alle Geräusche von ringsherum hörte. Da lag er wieder und rauchte Zigaretten und dachte an den Menschen.

Der Mensch und er hatten nicht mitsammen Platz auf der Welt. Das war das Resultat der Überlegungen.

Krämer Kahle forderte Vorausbezahlung der Miete. Dieses gehe gegen die Ehre, sagte Niels Heinrich, er habe stets Ultimo bezahlt. Krämer Kahle antwortete, das möge schon sein, aber bei ihm sei mal der Usus so. Frau Kahle, eine Person, mager wie ein Nagel, mit einer Turmfrisur, fing gleich an, ordinär zu kreischen. Niels Heinrich begnügte sich mit ein paar trockenen Injurien und versprach, am Dritten zu zahlen.

Er versuchte es mit der Arbeit. Aber Hammer und Bohrer widerstanden ihm; die Räder und Treibriemen wirbelten durch den Leib durch, die vorgeschriebenen Stunden schnürten die Luft ab. Nach der Vesper wurde ein Schaden an einer der Maschinen entdeckt. Eine Schraube war locker, nur die Wachsamkeit des Maschinisten hatte schweres Unglück verhütet; daß da ein Schurkenstreich vorliege, behauptete er vor dem Werkführer wie vor dem Ingenieur. Die Untersuchung blieb erfolglos.

Für die Arbeit sei er hin, ein für allemal, sagte sich Niels Heinrich. Aber da er Geld brauchte, ging er zur Witwe. Sie hatte angeblich sechzehn Mark im Vermögen und bot ihm sechs. Es reichte nicht. »Junge, wie siehste aus!« rief die Witwe erschrocken. Er verwies ihr das Getue und sagte, mit den zwei Talern werde sie ihn hoffentlich nicht abspeisen wollen. Sie jammerte; die Geschäfte seien erbärmlich flau, den Menschen die Zukunft zu verkünden, lohne nicht mehr; man stehe unter einem Unstern, vielleicht habe man keine gesegnete Hand mehr. Niels Heinrich entgegnete finster, er werde nach den Kolonien machen, nächste Woche werde er sich einschiffen, dann sei sie ihn los. Die Witwe war gerührt und brachte noch drei kleine Goldstücke zum Vorschein.

Eines war für Kahle.

Er ging in Griebenows Destille, dann in das Tanzlokal »Zum dollen Hengst«, dann in das Kraftmagazin, eine übelberüchtigte Kellerwirtschaft.

Er war nicht mehr derselbe. Alle sagten es. Und er stierte sie böse an. Nichts hatte mehr Geschmack. Nichts paßte zum andern, das obere nicht zum untern, die Pfanne nicht zum Stiel. Es juckte ihn in den Fingern, die Lampen von den Haken zu reißen; wenn zwei die Köpfe zusammensteckten und wisperten, packte ihn ein Rasen; er hätte einen Stuhl aufheben und ihnen die Schädel einschlagen mögen. Ein Frauenzimmer begrüßte ihn mit Zärtlichkeiten; er griff ihr so grausam roh an die Kehle, daß sie entsetzt aufschrie. Ihr Kerl stellte ihn zur Rede, zog das Messer; die Augen beider schleimten vor Haß; der Wirt und einige, die Anlaß hatten, Lärm zu fürchten, stifteten einen Notfrieden. Die Miene des Burschen drohte noch; Niels Heinrich meckerte. Was konnte der ihm anhaben? Was konnten die übrigen ihm anhaben? Schweinebande. Die ganze Menschheit überhaupt – Schweinebande. Was wars denn? Was kümmerte einen denn?

Drei Wörtchen aber, um die war nicht herumzukommen. »Ich erwarte Sie.« Ins Gesabber und Geschlapper dieses Hundevolks hinein: »Ich erwarte Sie.« Und wie er vor einem dagestanden war, der Mensch! Niels Heinrich saugte die Lippen in die Zähne. Ekel war ihm, sein eigen Fleisch zu schlürfen.

»Ich erwarte Sie.« Klippeklar, mein Junge, komme jleich; warte du nur, biste schwarz wirst.

»Ich erwarte Sie.« Ruhe! Ob man wohl Ruhe kriegte! Hältste den Rand nicht, so laß ick dir im steiwen Arm verhungern.

»Ich erwarte Sie.« Nur Geduld, ick treff dir schon noch mal, aber janz wo anders.

»Ich erwarte Sie.«

Neue Zeugen hatten sich gemeldet. In der Wisbyer und Stolpischen Straße hatten Leute die Ruth Hofmann zuletzt in Begleitung eines Mädchens und eines riesigen Fleischerhundes gesehen. In der Prenzlauer Allee waren alle bedenklichen Häuser abgesucht worden. Spelunken gab es dort die Menge, aber das Haus zu »Adelens Aufenthalt« lenkte vornehmlich die Aufmerksamkeit auf sich. Es befand sich daselbst ein Hund wie der beschriebene; ein Hund ohne Eigentümer allerdings. Einige sagten, er hätte einem Neger gehört, der im Zirkus bedienstet gewesen, andre, er sei aus dem Schlachtviehhof zugelaufen.

Im Keller entdeckte man Spuren des Mordes. Ein wurmstichiges Brett, das in einem Verschlag gefunden wurde, war über und über schwarz von Blut; wahrscheinlich war es bei Verübung der Tat auf zwei Holzböcken gelegen, die noch im Keller standen. Als der herrenlose Hund in den Keller geführt wurde, heulte er. Fünfzehn bis zwanzig Personen, der Wirt und eine Schenkmamsell, die Stammgäste der Kneipe und die Bewohner des Hauses wurden in strenges Verhör genommen. Unter den letzteren machte sich die Dirne Molly Gutkind durch ihre verworrenen Angaben und ihr verstörtes Wesen in hohem Grade verdächtig. Am selben Tage noch wurde sie in Untersuchungshaft gesetzt.

Den Abend vorher war Niels Heinrich bei ihr gewesen. Seine heimlichen Erkundigungen hatten die Gerüchte bestätigt, die früher zu ihm gedrungen waren, und sie als diejenige bezeichnet, die einen fremden Knaben bei sich beherbergt hatte. Er hatte beschlossen, ihr die Daumenschrauben anzulegen. Darauf verstand er sich.

Er gewann den Eindruck, daß sie wohl ihm selbst nicht gefährlich werden konnte, daß sie aber doch von den Vorgängen eine allgemeine Kenntnis erlangt hatte. Wenn er sich ins Gedächtnis rief, was Wahnschaffe über den Bruder der Jüdin erzählt hatte, war der Zusammenhang klar. Hätte er nur den Jungen in die Klauen gekriegt, er hätte schon dafür gesorgt, daß ihm die verdammte Zunge noch eine Weile lahmte. Blödsinniger Zauber, der ihn gerade zu der kleinen Made hier ins Haus geführt. Nun mußte er das Weibsstück irgendwie unschädlich machen.

Obgleich kein vernünftiges Wort aus ihr herauszubringen war und sie wie ein Sägespan zitterte, wenn er sie nur anschaute, verriet sie doch ihre Wissenschaft, die aus den Delirien des Knaben stammte und die die Ereignisse später ergänzt hatten. Sie weinte sich die Augen aus, gestand, daß sie seitdem nicht mehr aus dem Hause gegangen sei und die schrecklichste Angst davor habe, einen Menschen zu sehen. Niels Heinrich äußerte kalt, wenn ihr das Leben lieb sei und sie den Jungen nicht ins Elend stürzen wolle, möge sie sich andern gegenüber nicht so schafsdämlich lassen wie gegen ihn; er kenne einen, falls der Wind bekomme von ihrem Gequaßle, werde er ihr stantepede den Hals umdrehen. Sie solle sich auf die Eisenbahn setzen und verduften, und das schleunig; wo sie denn zu Hause sei? Pasewalk oder Itzehoe? Sie solle verduften, schleunig, schleunig, oder er werde ihr Beine machen. Sie erwiderte schluchzend, sie könne nicht heim, der Vater habe gedroht, sie zu erschlagen, die Mutter habe sie verflucht. Er sagte, wenn er morgen wiederkomme und sie noch hier finde, werde er ihr die Flötentöne beibringen.

Am andern Tag wurde sie verhaftet; am zweiten erhielt Niels Heinrich die Nachricht, daß sie sich nachts in der Zelle, unbemerkt von den Mithäftlingen, am Fenstergitter erhängt habe, die kleine Made.

Er nickte anerkennend.

Aber die Sicherung nach dieser Seite bedeutete wenig. Das Netz wurde eng. Überall war Geraune. Blicke krochen hinter einem. Oft fuhr er wild herum, als wolle er einen Aufpasser abfangen. Geld war immer schwerer zu beschaffen. Der Verkauf von Karens Habseligkeiten brachte kaum fünfzig Taler. Und dann, was früher Spaß bereitet hatte, davor ekelte einem jetzt. Es war nicht schlechtes Gewissen. Schlechtes Gewissen, das war eine unbekannte Vokabel für ihn. Es war Verachtung des Lebens. Kaum mochte er aufstehen am Morgen. Der Tag war wie zerflossener, stinkender Käse. Jezuweilen kam der Fluchtgedanke. Man war schlau genug, man konnte die Späher und Spitzel übertölpeln, ohne daß man sich anstrengte; man würde schon einen Ort finden, wo man außer ihrem Bereich war, man hatte sich das ausgerechnet: erst mal zu Fuß, dann mit der Bahn, dann auf ein Schiff wenn nicht anders, so als blinder Passagier im Kohlenraum, manchem war das geglückt. Aber wozu? Vor allem mußte reiner Tisch werden zwischen ihm und dem Menschen. Den Menschen mußte er erst aushorchen und klein kriegen. Den Menschen konnte er nicht im Rücken lassen. Der Mensch erwartete ihn; gut, er würde kommen.

War es bloß Vorwand für etwas, das stärker war als Haß und finstere Neugier, so war es doch der gebieterischste, und treibendste. Mehrmals trat er den Weg an. Zu Beginn war er noch ruhig und entschlossen; kam die Straße, kam das Haus in Sicht, so kehrte er um. Die anfängliche Beruhigung verwandelte sich in erstickenden Zorn. Schließlich wuchs die Spannung ins Unerträgliche. Es war ein Freitag. Er verschob es noch um einen Tag. Am Samstag verschob er es bis zum Abend. Dann ging er hin. Strich erst noch eine Weile ums Haus, blieb am Tor stehen, blieb im Hofe stehen, sah Licht in der Wohnung, ging hinein.

16

Lätizia bezog mit der Gräfin und dem ganzen Troß in der Fürst-Bismarck-Straße, nahe dem Reichstagsgebäude, eine prunkvoll möblierte Wohnung. Crammon mietete sich im Hotel de Rome ein. Er liebte nicht die modernen Berliner Hotels mit ihrem betrügerischen Luxusfirnis. Er liebte überhaupt nicht die Stadt, und der Aufenthalt bereitete ihm täglich neues Unbehagen. Spazierte er über die Linden oder durch den Tiergarten, so bot er ein Bild der Freudlosigkeit; der Kragen seines Pelzmantels war in die Höhe gestellt und ließ vom Gesicht nur die mißmutig blickenden Augen und die kleine, nicht eben edel geformte Nase frei.

Auf solchen einsamen Gängen wurde er mehr und mehr zum Hypochonder.

»Kind, du ruinierst mich,« sagte er zu Lätizia, als sie, an einem Sonntag, das Vergnügungsprogramm für die Woche entwarf.

Lätizia sah ihn erstaunt an. »Aber Tantchen bekommt ja zwanzigtausend Mark vom Majoratsherrn,« rief sie aus, »du hast es ja selbst gehört.«

»Gehört, aber nicht gesehen,« erwiderte Crammon. »Geld muß man *sehen,* dann kann man dran glauben.«

»Pfui, was für ein nüchterner Mensch du bist,« sagte Lätizia, »lügt Tantchen vielleicht?«

»Nicht gerade, daß sie lügt, aber sie hat ein zu schwärmerisches Verhältnis zu den Ziffern. Wie wenn eine Null mehr oder weniger nichts bedeutete als eine Erbse im Erbsensack. Eine Null ist etwas

Riesiges, meine Liebe, etwas Dämonisches. Die Null ist der große Bauch der Welt; die Null ist mächtiger als das Hirn des Aristoteles und die Armeen des Deutschen Reiches. Ehrfurcht vor der Null, ich bitte.«

»Wie weise, wie weise,« sagte Lätizia bekümmert. »Übrigens ist Tantchen krank,« fuhr sie lebhaft fort; »sie leidet an Herzbeschwerden. Der Arzt war da und hat ihr ein Rezept verschrieben, ein neues Medikament, mit dem er Versuche macht, eine Mischung aus Brom und Kalk.«

»Warum Brom und Kalk?« erkundigte sich Crammon verdrossen.

»Nun ja, Brom beruhigt und Kalk regt an,« plauderte Lätizia drauflos, stockte und brach in reizendes Lachen aus. Crammon, wie ein Schullehrer, der Würde zu bewahren hat, entschloß sich erst nach einiger Zeit, mitzulachen. Er warf sich in einen der tiefen Klubsessel, zog ein Tischchen heran, auf welchem Obst in einer Schale und goldene Messerchen lagen und begann einen Apfel zu schälen. Lätizia, ihm gegenübersitzend, ein geschlossenes Buch in der Hand, schaute ihm mit einer feinen und listigen Aufmerksamkeit zu. Ihr gefielen die graziösen Bewegungen Crammons. Der Kontrast von Plumpheit und Anmut bei ihm ergötzte sie stets.

»Ich höre, daß du mit dem Grafen Egon Rochlitz kokettierst,« sagte Crammon, während er mit einem ihn ganz durchdringenden Genuß den Apfel verspeiste; »ich möchte dir von dem Manne abraten. Der Mann ist ein berüchtigter Schürzenjäger. Er ist in diesem Punkt undifferenziert wie ein Feldwebel. Wenns nur Hüften und Busen hat, das übrige ist ihm egal. Der Mann steckt bis über den Kopf in Schulden; die einzige Hoffnung seiner Gläubiger ist, daß er reich heiratet. Der Mann ist außerdem Witwer und hat drei kleine Mädchen, die ihn Vater nennen. Somit weißt du, wie du mit dem Mann dran bist.«

»Sehr schön,« antwortete Lätizia, »gut, daß du mir das alles mitteilst. Aber wenn ich den Mann leiden mag, warum sollten mich da deine moralischen Bedenken hindern, ihn weiterhin sympathisch zu finden? Schürzenjäger sind viele; Schulden haben alle, drei kleine Mädchen aber haben die wenigsten, und das ist entzückend. Er ist klug, gebildet und distinguiert, und seine Stimme klingt angenehm. Wenn ein Mann eine angenehme Stimme hat, dann ist es schon kein ganz schlechter Mann. Will ich ihn denn heiraten? Bist du bereits ein so verrosteter böser alter Stiefvater, daß du glaubst, man müßte jeden heiraten, der … na, der eine angenehme Stimme hat? Oder hast du Angst, du Geizhals, daß ich dich um eine Mitgift prellen will? Sicher bist du deswegen in so niederträchtiger Laune. Gesteh, Bernhard, sag es offen; beichte!« Sie stand vor ihm, lächelnd, im Scherz gebietend, berührte mit dem Zeigefinger seine Stirn, und die andre Hand hatte sie halb drohend, halb feierlich erhoben.

Crammon sagte: »Kind, du läßt es wieder einmal am schuldigen Respekt fehlen. Beachte doch meinen gelichteten Scheitel. Bedenke doch die Jahre, die Erfahrungen. Sei klein! Sei verzagt! Höhne deinen würdigen Hervorbringer nicht. Meine Laune? Na ja, sie ist die beste nicht. Ich hatte einst eine bessere. Du scheinst nicht zu wissen, daß in dieser Stadt, ganz unten wo, ganz draußen, in ihren Sümpfen und Elendswinkeln der Mensch lebt, der mir vor allen teuer war, Christian; Christian Wahnschaffe. Nach ihm hast du ja auch mal deine Angel ausgeworfen, in grauer Vorzeit, erinnerst du dich? Wie lang ist das her! Das wäre ein Fang gewesen. Esel, der ich war, daß ich mich der niedlichen kleinen Intrige widersetzt habe. Vielleicht wäre alles anders gekommen. Aber es hat keinen Zweck, zu murren. Zwischen ihm und mir ist es aus. Dorthin führt für mich kein Weg. Und doch treibt es mich, doch zwickts mich heimlich, und indem ich hier sitze und mirs wohl sein lasse, ist mir zumut, als beginge ich eine Schurkerei.«

Lätizia hatte mit großen Augen gelauscht. Es war seit den Tagen von Wahnschaffeburg das erstemal, daß von Christian mit ihr gesprochen wurde. Sein Bild erhob sich. Sie spürte in ihrer Brust ein mattes, banges Flügelschlagen. Da war eine Süßigkeit, und da war ein Schmerz. Man mußte vergessen können, wie sie vergaß, um so im Augenblick, beim heraufquellenden Glockenklang einer Herzensstunde, des tiefsten Gefühls wieder innezuwerden.

Sie fragte. Erst ließ sich der widerwillige Erzähler Satz um Satz abringen, dann, von ihrer Ungeduld getrieben, kam er in freien Fluß. Das fassungslose Erstaunen Lätizias schmeichelte ihm; er trug starke Farben auf. Ihr zartes Gesicht widerspiegelte die Erregungen der Seele im Nu. Alles wurde Vorstellung und Gegenwart in ihrer schwingenden Phantasie, Erschütterung in ihrem Gemüt. Sie brauchte keine Deutungen, sie hatte sie in sich. Voller Ahnung schaute sie ins unbekannte Dunkel nieder und voller Begriff zugleich. Ja, es war ihr so vertraut, im Sinne eines Gedichts vertraut, als hätte sie mit Christian gelebt in all der Zeit, und sie wußte mehr als Crammon zu berichten hatte, unendlich viel mehr, sie umfing das Ganze, Idee und Figur, Schicksal und Leiden. Sie erglühte; sie sagte: »Ich will zu ihm,« erschrak bei der Vorstellung einer Begegnung, entwarf im Geiste einen hinreißenden Brief und fand Crammons Lässigkeit ärgerlich, seine weinerlichen Klagen sinnlos.

»Ich habe es immer gespürt,« sagte sie mit leuchtenden Augen, »daß eine verborgene Kraft in ihm ist. Wenn ich meine gelüstigen Gedanken hatte, und er sah mich an, dann schämte ich mich. Er konnte die Gedanken lesen, aber er hat es selbst nicht gewußt.«

»Du hast schon einmal klüger geredet, als du jetzt redest,« spottete Crammon. Aber sie rührte ihn in ihrem Enthusiasmus, und eine Eifersucht auf alle Männer, die die Hände nach ihr streckten, schoß in ihm empor.

»Ich will zu ihm gehen,« sagte sie lächelnd, »und mein Herz bei ihm erleichtern.«

»Damals warst du klüger, als du beim Gewitter den Ball springen ließest im schönen Saal,« murmelte Crammon, in die Erinnerung verloren. »Sticht dich der Hafer, mein Töchterchen, daß du Magdalena spielen willst?«

»Ich möchte einmal vier Wochen in der Einsamkeit leben,« sagte Lätizia sehnsüchtig.

»Und dann?«

»Dann würde ich vielleicht die Welt verstehen. Ach, es ist alles so sonderbar und melancholisch.«

»O du liebe Jugend! Deine Worte sind blühender Kohl.« Crammon seufzte und griff nach einem zweiten Apfel.

Es kam dann die Schneiderin mit einem neuen Abendkleid für Lätizia. Sie zog sich in ihr Zimmer zurück, und nach kurzer Weile erschien sie wieder, erregt von ihrer Neuheit, und Crammon sollte bewundern, da sie sich bewundernswert fühlte. Aber es lag auch ein wehmütiger Glanz über ihrem Wesen, und während sie schon die Blicke vieler auf sich gerichtet sah, denen sie bald entgegentreten würde, denn Crammons Wohlgefallen war ihr nicht genug, dachte sie schwelgend an Abkehr und Entsagung.

Sie ging auch zur Gräfin-Tante hinüber, um deren lärmende Begeisterung einzukassieren, und sie dachte an Abkehr und Entsagung.

Man brachte ihr einen Strauß Rosen, aber als sie mit jener hingegebenen Freude, die Blumen in ihr erweckten, daran roch, erblaßte sie und dachte an Christians schweres und dunkles Leben. Ich gehe zu ihm, nahm sie sich vor; aber am Abend war Ball beim Fürsten Radziwill.

Dort traf sie Wolfgang Wahnschaffe, mied ihn jedoch in instinktiver Scheu. Sie wurde sehr gefeiert. Ihre Natur und ihr Schicksal standen auf einem Gipfel und übten eine sichere Magie aus, der sie unschuldig-schlau alle Vorteile abgewann, welcher sie habhaft werden konnte.

Auf dem Nachhauseweg, im Auto, fragte sie Crammon: »Sag mal, Bernhard, wohnt nicht auch Judith in Berlin? Hast du von ihr gehört? Ist sie glücklich mit dem Schauspieler? Warum besuchen wir sie nicht?«

»Niemand verwehrt es dir, sie zu besuchen,« antwortete Crammon in den dichtfallenden Schnee hinein; »sie wohnt in der Matthäikirchstraße. Ob sie glücklich ist, kann ich dir nicht sagen; es interessiert mich nicht. Da hätte man viel zu tun, wenn man sich den Kopf zerbrechen wollte, ob die Frauen, die mit unsern Freunden ins Ehebett steigen, auch ihre Rechnung dabei finden. Lorm ist nicht mehr, was er gewesen, das steht fest, nicht mehr der Unvergleichliche und Einzige. Ich nannte ihn einstmals den letzten Fürsten in dieser Welt, die langsam einer unseligen Verplebung zusteuert. Das ist vorbei. Es geht bergab mit ihm, und deshalb weich ich ihm aus. Ein Mann, der fällt, ein Künstler, der sich verliert, es gibt nichts Traurigeres auf Erden. Daran ist diese Frau schuld. Ja ja, lache nicht, daran ist das Weib schuld.«

»Wie grausam und böse du bist,« sagte Lätizia und lehnte schläfrig ihre Wange an seine Schulter.

Sie beschloß, zu Judith zu gehen. Es dünkte ihr eine Vorstufe zu dem andern, schwereren Beginnen, das sie dadurch noch aufschieben konnte, und für das ihr Mut noch nicht reif war. Wenn sie es als Abenteuer sah, lockte es, aber eine Stimme rief ihr zu, daß es ein Abenteuer nicht sein durfte.

17

Jedesmal, wenn Christian Johanna Schöntag sah, war sie abgezehrter und verhärmter. Unter seinem beobachtenden Blick lächelte sie, und das Lächeln sollte täuschen. Sie glaubte sich genügend geborgen hinter ihrem Witz und den kleinen Harlekingrimassen.

Sie kam meist gegen Abend, um eine Stunde oder länger bei Michael zu sitzen. Es war ihr zur Pflicht geworden. So leichtsinnig sie sich gab, so pedantisch war sie in der Erfüllung der Aufgaben, denen sie sich unterzogen hatte. An dem Tag, wo sie merkte, der Zustand des Knaben wende sich zum Bessern und erfordere daher ihre Betreuung nicht mehr, malte sich das Gefühl, nutzlos zu sein, so lebhaft in ihren Zügen, daß Michael sie prüfend anschaute und einen Begriff ihres Wesens in sich bildete. In seinen Augen schimmerte, durch Trotz und die alte Menschenangst noch zurückgedämmt, Dankbarkeit für ihre Opfer. Sie fing an, ihn zu beschäftigen; ihre Art war so fremd und so verwandt; Vertrauen bis zum offenen Wort konnte er nicht fassen, aber wenn sie fortgehen wollte, bat er sie, noch zu bleiben; wenn das übliche Schweigen zwischen ihnen war und Johanna das Buch aufschlug, das sie mitgebracht hatte, einen französischen oder englischen Roman, und, ohne recht zu lesen, den innen gequälten Blick über die Zeilen gleiten ließ, stellte er eine Frage, nach einer Weile wieder eine und wieder eine, und so entstanden Gespräche, in denen sie einander suchten und erforschten. Johanna war überlegen oder spöttisch oder mütterlich oder abweisend, je nachdem, sie hatte Waffen und Hüllen die Menge, und er war lehrhaft oder scheu oder zufahrend hitzig. Was sie sagte, klang vieldeutig; es verwirrte ihn; brach sie darüber in ihr spitzes Lachen aus, so war er ernüchtert und verletzt.

Sie sollte erzählen, wo sie herkam, wer sie war, was sie trieb; und sie erzählte von ihrer Jugend und von ihrem Elternhaus. Für ihn, der nur die Armut kannte, war es ein Märchen. Er sagte: »Sie sind schön,« und er fand sie wirklich schön, es war eine naive Huldigung, die sie erröten machte, fast verlieh sie ihr ein wenig Lebensfreude; nur ihre Hände, fügte er hinzu, seien nicht die Hände einer Reichen. Sie schien überrascht und antwortete mit dem Ausdruck des Selbsthasses, ihre Hände seien, was der Buckel beim Buckligen und der Bocksfuß beim Teufel sei, ein Wahrzeichen, woraus man ihre eigentliche Beschaffenheit ersehen könne.

Michael schüttelte den Kopf. Aber er verstand nun ihre frierende Seele, die unendliche Sehnsucht darin und die unendliche Enttäuschung. Auf seine Frage nach ihrem Ziel und Tun schaute sie trüb-verwundert; gab es das, für ein Geschöpf wie sie, Ziel? Betätigung? Zu andrer Stunde dann offenbarte sie flagellantisch die vollkommene Inhaltslosigkeit ihres Lebens; alles war nur ein übler Spaß, den sich das Schicksal mit ihr erlaubte, eine Medizin, die man schlucken mußte, um geheilt zu werden. Die Heilung war dort, wo das Leben nicht mehr war.

Sie plauderte dergleichen so hin; es sollte nicht bitter sein; nicht einmal der Mühe, bitter zu sein, lohnte es, dies Nichtige, Graue, Erbärmliche. »Wenn nur wenigstens nicht so viele Menschen auf der

Welt wären,« seufzte sie und verzog die Stirn in ihrer komischen Weise. Doch schämte sie sich auch vor dem Knaben, ward sich bewußt, daß sie in Worten frevelte, denn ihr Gefühl war ja Qual für sie, und sie konnte nicht spüren, was es an Wärme spendete. Furchtsam maß sie das Verständnis des kaum Fünfzehnjährigen an seinem düsteren Erlebnis, von dem sie keine Kunde besaß, an seinem düsteren Geist, der ihn reifer erscheinen ließ, und sank noch mehr in ihrer eignen Achtung, als sie ihn nachdenklich und bewegt sah.

Aber gerade ihre hingeworfene, heimlich blutende Schwäche, der zerfleischende Kampf, den sie fast wie eine Wahnsinnige gegen sich selbst führte, brachte ihn zum Erwachen und entzündete den Willen zur Welt in ihm. Er sagte: »Sie hätten Ruth kennen müssen.« Seltsamer Schatten Ruths trat aus Johanna hervor, Widerspiel Ruths. »Sie hätten Ruth kennen müssen,« sagte er immer wieder, und ihrem Warum antwortete nur sein aufleuchtendes Auge, in dem Ruths Bild bis jetzt geschlummert zu haben schien, um nun, in eine Flamme verwandelt, ihn zu führen.

Johanna sagte zu Christian: »Ich glaube, dein Schützling braucht mich nicht mehr. Du brauchst mich erst recht nicht; also bin ich hier überflüssig und drücke mich einstweilen.«

»Ich möchte gern mit dir sprechen,« sagte Christian; »schon längst wollte ich dich darum bitten. Willst du morgen um dieselbe Stunde kommen? Oder soll ich zu dir kommen? Mach einen Vorschlag, ich füge mich dir.«

Sie erblaßte und erwiderte, sie wolle kommen.

18

Sie kam um fünf Uhr; es war schon dunkel. Sie gingen in die Wohnung im Vorderhaus, da im Hofzimmer Michael war. Zur Überraschung Christians hatte der Knabe heute plötzlich den Wunsch nach Unterricht und einem Lehrer geäußert; auch hatte er gefragt, wie er künftig sein Leben einrichten, wohin er gehen, zu wem er gehen solle, wer ihn ernähren, wer ihn kleiden würde, er könne Christian nicht länger zur Last fallen. Seine Worte und sein Wesen waren von einer gewissen Entschlossenheit durchtränkt, die er bisher nie gezeigt. Christian hatte eine befriedigende Antwort nicht gleich zu geben vermocht; der Umschwung erregte zunächst seine Bestürzung, und während er Johanna voranschritt und in der ersten Stube Licht machte, überlegte er die schwierige Entscheidung noch.

Die Tür zur andern Stube, Karens Sterbezimmer, war versperrt. Im Ofen brannte schwaches Holzfeuer, das Isolde Schirmacher auf Christians Geheiß angeschürt. Sie kam auch jetzt, legte Scheite nach und verschwand trippelnd.

Johanna saß auf dem Sofa und blickte wartend. Sie zitterte vor dem ersten Wort, das sie hören, dem ersten, das sie sprechen würde. Den Mantel hatte sie nicht abgelegt; Hals und Kinn versanken im Pelzkragen.

»Es ist ein bißchen unheimlich hier,« sagte sie endlich leise, da Christian so lange schwieg.

Christian setzte sich neben sie und nahm ihre Hand. »Du siehst leidend aus, Johanna,« begann er; »woran leidest du? Würde es dich nicht erleichtern, darüber zu sprechen? Sprich mit mir darüber. Du wirst natürlich sagen, ich könnte dir nicht helfen. Und das ist wahr. Man kann niemals helfen. Aber die Dinge stocken und verfaulen doch nicht so in einem, wenn man sich einem Freund mitteilt. Findest du nicht?«

»Du kommst spät,« erwiderte Johanna flüsternd, schaudernd, und zog die Schultern in die Höhe, »du kommst sehr, sehr spät.«

»Zu spät?«

»Zu spät.«

Christian sann eine Weile betroffen. Er umschloß die Hand Johannas fester und fragte schüchtern: »Er quält dich? Was geht vor zwischen euch beiden?«

Sie fuhr auf, starrte ihn an, knickte wieder zusammen. Sie lächelte kränklich und sagte: »Ich wäre jedem dankbar, der eine Hacke nähme und mich erschlüge. Mehr bin ich nicht wert.«

»Warum, Johanna?«

»Weil ich mich weggeworfen habe, weggeschmissen, weil ich mich im Unrat wälze, wo er am dicksten und gemeinsten ist,« brach es schneidend und jammernd aus ihr, und mit bebenden Lippen schaute sie in die Höhe.

»Du siehst dich falsch und siehst Menschen falsch,« entgegnete Christian; »alles ist verzerrt in dir. Was du sagst, straft dich, was du verschweigst, erstickt dich. Hab doch ein wenig Mitleid mit dir selbst.«

»Mit mir?« sie lachte hölzern, »mit mir? Mit so einem Abschaum? Das verlange nicht. Eine Hacke; bloß eine Hacke zum Erschlagen!«

Ihre Worte verwandelten sich in ein wildes Aufschluchzen; dann schwieg sie eisig.

»Was hast du getan, Johanna, daß du so außer dir bist? Was hat man dir getan?«

»Du kommst zu spät. Hättest du früher einmal gefragt, nur gefragt. Es ist zu spät. Es war zu viel Zeit. Die Zeit hat mir den Garaus gemacht. Ich hab mein Herz vertan.«

»Sag mir, wie.«

»Einmal ist einer gewesen, der hat das schwere dunkle Tor ein Spältchen weit aufgemacht, da dachte man: jetzt wird es schön. Aber er schlug das Tor gleich wieder zu. Den Knall spür ich noch in allen Gliedern. Es war unvorsichtig, eine unvorsichtige Narrheit. Ich hätte nichts ahnen dürfen von der Schönheit hinterm Tor.«

»Du hast recht, Johanna. Es trifft mich. Aber sage mir, was ist jetzt mit dir? Warum bist du so zerstört?«

Johanna blieb eine Weile still. Dann antwortete sie: »Kennst du die Geschichte von der Gänsemagd, die in den eisernen Ofen kriecht, um ihr Leid zu klagen? O Falada, da du hangest, o Jungfer Königin, da du gangest, wenn das deine Mutter wüßt, das Herz im Leib tät ihr zerspringen. Ich habe nicht zu schweigen gelobt und kann in keinen Ofen schlüpfen, aber jemand ansehen und mich ansehen lassen, das geht nicht. Setz dich ans Fenster und schau hinaus. Schau mich nicht an, dann will ich klagen.«

Folgsam und ernst erhob sich Christian und setzte sich mit dem Rücken gegen Johanna ans Fenster.

Mit hoher, fast singender Stimme begann Johanna. »Du weißt, daß ich dem Menschen ins Garn gelaufen bin, der dein Freund war. Es war eben zu viel Zeit und nichts drinnen in der Zeit. Er hat sich aufgeführt, als ob er umkommen müßte, wenn er mich nicht hätte. Er hat mich eingeschläfert mit seinen Worten, hat mir den Willen gebrochen, den Willen, lieber Himmel, das Rudiment von Willen, und hat mich genommen wie man etwas nimmt, das herrenlos am Weg liegt. Und als er mich dann hatte, da ging das Elend an. Tag und Nacht folterte er mich mit Fragen, Tag und Nacht, immerfort, als wär ich sein gewesen schon im Mutterleib. Kein Frieden war mehr in mir, wie blind bin ich geworden vor Scham, und eines Tages bin ich auf und davon, da bin ich hierhergegangen zu dir, da kam gerade der Knabe, und jenes Schreckliche war geschehen, und du hattest natürlich gar keine Augen für mich, und ich, ich sah erst, wie tief ich gesunken war und was ich aus meinem Leben gemacht hatte.«

Sie blickte eine Weile leer vor sich hin; dann schloß sie die Augen und fuhr fort. Sie habe sich an jenem Abend so entsetzlich verlassen gefühlt, daß sie jeden Pflasterstein beneidet habe, weil er neben andern Pflastersteinen lag. Da habe sie sich auf einmal ein Kind gewünscht, mit aller Kraft, mit aller Sehnsucht, wie das zugegangen sei, könne sie nicht erklären. Aber mit aller Sehnsuchtswut ein Kind, etwas aus Fleisch und Blut zum Lieben. Und wie sie vorher in Christians Stube beim Warten auf ihn ein heimlich-neidisches Probestück veranstaltet, ob er dem Jammer des Knaben, dem Fürchterlichen, um das sie noch nicht gewußt, standhalten würde, o, ihre Brust sei ja eine wahre Pestgrube von Neid, das müsse er jetzt erfahren, nun, so habe sie auch sich selbst vor die Entscheidung gestellt und alles davon abhängig gemacht, ob sie ein Kind bekommen könne oder nicht. Und als Amadeus zu ihr gekommen, habe sie sich ihm wieder an den Hals geworfen, nur aus Berechnung, nur zum Zwecke. Käme so was öfter vor in der Welt? Sei so was schon mal passiert? Und als die Zeit um war, habe sichs gezeigt, daß auch dieser Wunsch nicht in Erfüllung gehen wollte, und daß sie nicht einmal zu dem gut war, was das erstbeste Weib aus dem Volk fertig bringe. Nicht einmal zu dem war sie gut. Inzwischen aber habe das Schicksal so tückisch gespielt, daß sie angefangen habe, den Mann zu lieben. Er sei ihr so ähnlich erschienen mit ihr selbst, es habe nicht anders kommen können; so voll Neid, so gemieden von Menschen, so verkrampft und verstrickt; das Gleichartige habe sie bezwungen. Freilich, ob es Liebe gewesen sei oder etwas andres. Schreckliches, was in keinem Buch stehe und wofür es keine Bezeichnung gebe, das könne sie nicht sagen. Wenn es Liebe sei, sich anklammern ans Letzte und verstört hinhorchen aufs Ende, ausgelöscht werden und wieder angezündet werden, daß zwischen Brand und Asche kein Atemzug einem selbst gehöre, fremdes Gesicht tragen, fremdes Wort reden, sich schämen und bereuen und auftrotzen und das Bewußtsein fliehen und in Sinnenangst und Geistesangst sich hinschleppen, und nichts mehr besitzen, nicht Freund, nicht Schwester, Blume nicht und Träume nicht, wenn das Liebe sei, nun, dann sei es ihre Liebe gewesen. Aber es habe nicht lange gedauert, da habe Amadeus Überdruß und Kälte merken lassen, da sei er lahm geworden. Wie er alles an ihr aufgefressen, was sie ihm zum Verschlingen hingelegt, sei er satt gewesen und habe ihr zu verstehen gegeben, daß sie ihm im Wege sei. Da habe sie ein Schauder angefaßt und sie sei weggegangen. Und der Schauder sitze ihr noch im Herzen. Alles an ihr sei kalt und alt. Sie vergesse nicht sein rohes Gesicht in der letzten Stunde, seinen Hohn, seine Zufriedenheit. Sie könne nicht mehr lachen, nicht mehr weinen. Sie schäme sich. Sie möchte sich am liebsten hinlegen und warten, bis es aus sei. Sie sei grauenhaft müde, und es ekle ihr durch und durch.

Sie schwieg. Christian rührte sich nicht. Es verflossen lange Minuten, dann erhob sich Johanna und trat zu ihm. Ohne sich zu rühren schaute sie durchs Fenster in die Dunkelheit hinaus wie er. Dann legte sie ihm geisterartig die Hand auf die Schulter. »Wenn das meine Mutter wüßt, das Herz im Leib tät ihr zerspringen,« flüsterte sie.

Er verstand das animalische Anschmiegen und stumme Flehen. Das Kinn auf die Faust gestützt, sagte er: »Ihr Menschen, was tut ihr!«

»Wir verzweifeln,« antwortete sie trocken, mit eckigen Lippen.

Christian stand auf und faßte ihren Kopf zwischen beiden Händen. »Du mußt dich hüten, Johanna, vor dir hüten,« sprach er.

»Der Teufel hat mich geholt,« gab sie zurück, empfand aber im gleichen Augenblick die Macht seiner Berührung. Sie wurde bleich, schwankte, sammelte sich wieder, sah ihm in die Augen, erst unsicher, dann fester, versuchte zu lächeln, lächelte weh, dann ergeben, dann, nach einem Aufatmen, mit leiser Freudigkeit.

Er ließ sie. Er wollte noch etwas sagen, fühlte aber, wie unzulänglich und dürftig Worte waren.

Sie ging mit gesenktem Kopf, aber immer noch mit dem erkämpften Lächeln von vielen Bedeutungen.

19

Es geschah, daß Christian in einer Nacht oben schlief und durch das gellende Geschrei der Stübbeschen Kinder aufgeweckt wurde. Er zog sich hastig an und ging hinüber.

Auf dem Tisch stand eine dick schwelende Petroleumlampe, daneben lag, in schmierigen Lumpen, ein Säugling. Zwei Kinder, zwei- und dreijährig, hatten sich auf dem Strohsack emporgerichtet, mit Fetzen von Hemden bekleidet, und stießen, während sie sich krampfhaft umklammert hielten, ein entsetzliches Angstgebrüll aus. Ein viertes Kind, ein fünfjähriger Knabe, der ungemein verwahrlost aussah, kniete vor einem Haufen zerbrochener Teller und Gläser, hatte das Gesicht mit den Händen bedeckt und heulte in sich hinein. Das fünfte Kind, ein acht- bis neunjähriges Mädchen, stand bei der regungslos auf dem Boden liegenden Mutter und hatte die magern nackten Ärmchen mit bittend gefalteten Händen gegen den Unhold erhoben, der ihr Vater war und der ununterbrochen, mit viehischer Wut auf das Weib losschlug. Er bediente sich hierzu eines abgebrochenen Stuhlbeins, und unter den mit größter Wucht geführten Hieben bildeten sich furchtbare Wunden; die Frau gab keinen Laut mehr von sich; sie zuckte nur noch bisweilen, ihr Gesicht war graublau; der Kittel und der rote Unterrock, den sie trug, war zerfetzt, und aus allen Öffnungen rieselte das Blut.

Die Tollwut Stübbes wuchs mit jedem Schlag. Seine Augen fluoreszierten gespenstisch; über seinen Bart troff Schleim und Geifer; seine Haare waren gesträubt und schweißverklebt, die Züge aufgequollen und violett bis ins Schwärzliche; Laute, halb Gelächter, halb Gegurgel, dann wieder gestöhnte Flüche, irres Röcheln und Pfeifen kamen aus seinem Schlund. Ein Schlag traf das stehende Kind; es stürzte aufs Gesicht nieder und ächzte.

Da packte Christian den Menschen. Mit beiden Händen umdrosselte er ihm den Hals; mit verzehnfachter Kraft rang er ihn nieder. Es graute ihm unsäglich vor dem Fleisch, das er spürte; in seinem Grauen wurde ihm der Raum mit dem Elend drin zur kugeligen Wölbung; er und das Tier schwebten haltlos im Leeren; er roch den Schnaps, der aus dem aufgesperrten Rachen des Tiers in Schwaden aufstieg, und das Grauen erhielt Geruch und Geschmack, brannte ins Auge hinein, und wie er noch weiter rang, die Krallen des trotz der sinnlosen Trunkenheit noch bärenstarken Menschen an der Kehle, den Bauch an seinem Bauch, die Knie an seinen Knien spürte, dauerte dies und dauerte, eine Stunde, einen Monat, ein Jahr, das Schicksal schraubte ihn in ein vorbereitetes Loch hin ein; und jede Nähe rückte dichter her, alles wurde Berührung; Menschheit, Welt, Himmel, alles war hautnah bei ihm, und das war auch der Sinn: tiefer, tiefer, enger, enger, grauenhafter, gefährlicher noch: das war der Sinn.

Ein Stimmchen: »Lassen Sie doch Vater; bitte, bitte, tun Sie doch Vater nichts!« Es war die Stimme des Mädchens; es hatte sich erhoben, war herangetreten und hing sich an Christians Arm.

Stübbe, nach Luft schnappend, brach zusammen. Christian stand totenbleich. Er roch und fühlte Blut an sich. Leute kamen, die der Lärm aus den Betten gescheucht hatte. Ein Weib nahm sich der kleinen Kinder an und beruhigte sie. Ein Mann kniete bei der erschlagenen Frau. Ein andrer Mann brachte Wasser. Einige schrien und gebärdeten sich erregt. Andre sahen gleichmütig zu. Nach einer Weile erschien ein Schutzmann. Stübbe lag im Winkel und schnarchte. Die Petroleumlampe schwelte noch. Ein zweiter Schutzmann tauchte auf und beriet mit dem ersten, ob Stübbe bis zum Morgen hiergelassen oder gleich transportiert werden solle.

Christian stand totenbleich. Plötzlich schauten ihn alle an. Eine taube Ruhe trat ein. Der erste Schutzmann räusperte sich. Das Kind sah atemlos zu ihm empor. Es hatte ein fahles, strenges, schon altes Gesicht mit übergroßen, geränderten Augen, in denen der unermeßliche Kummer des Lebens lag, das es leben mußte. Es war gebannt durch den Blick Christians, das Gestaltchen schien höher zu werden, es schien sich wie ein Stengel um diesen Blick zu ranken, fror nicht mehr, litt nicht mehr, siechte nicht mehr hin und war ohne Furcht.

Christian erkannte die heldenhafte Seele des kleinen Wesens, und er sah die Unschuld, die Nichtschuld, das unvertilgbare, unsterbliche Herz.

»Geh mit mir, ich hab drüben ein Bett für dich,« sagte er zu dem Kind und führte es an den Leuten vorbei aus der Stube.

Willig ging das Mädchen mit ihm, und in seiner Stube faßte er es an und hob es auf; kaum konnte er glauben, daß so zarte Glieder und Gelenke der Bewegung fähig seien. Als er es aufs Bett gelegt und zugedeckt hatte, fiel es sogleich in tiefen Schlaf.

Er saß und schaute in das fahle, strenge und schon alte Gesicht.

20

Und wieder, während er saß, ward eine Landschaft um ihn.

Zu beiden Seiten eines sumpfigen Wegs ziehen sich kahle Baumstrünke hin, deren Äste zackig und verworren in die Luft gespreizt sind. Das Licht ist dämmerig, ungefähr der fünften Morgenstunde im Herbst entsprechend. Die Wolken hängen schwer herab, in Tümpeln spiegeln sie sich noch zerrissener. Da und dort stehen Gebäude aus Ziegeln; sie sind fast alle in halbfertigem Zustand. Bei einem fehlt das Dach, bei andern die Fenster; überall sind Mörtelgruben voll weißer Kalkmassen, und Werkzeuge liegen herum, Schöpfkellen, Hämmer, Meßstäbe,

Schaufeln, Spaten; auch Karren und Balken. Nirgends ist aber ein Mensch zu sehen. Es ist eine feuchte, moderige, häßliche Einsamkeit, die auf den Menschen zu warten scheint. Alles ringsherum hat dieselbe gespannte und drohende Stimmung des Wartens: das von den zerfetzten Wolken rieselnde karge Licht; die morastige Flüssigkeit in den Wagengeleisen; die wie auf den Rücken geworfene riesige Insekten sich spreizenden Strünke; die unvollendeten Ziegelbauten mit den Mörtelgruben und Werkzeugen.

Das einzige Lebewesen ist eine Krähe, die am Rand des Weges hockt und Christian mit boshaften Blicken beobachtet. Jedesmal, wenn er ein paar Schritte macht und sich nähert, fliegt sie lautlos auf, entfernt sich ein Stück und hockt sich dann wieder auf einen Baumstrunk. Da wartet sie, bis er sich genähert hat. In den runden Augen, die braun glänzen wie lackierte Bohnen, ist teuflischer Spott, und Christian wird des Verfolgens müde. Die Nässe dringt ihm durch die Kleider, die Schuhe sind voll Kot und bleiben bei jedem Schritt stecken, das unheimliche Zwielicht verwischt die Umrisse und täuscht über die Ferne der Dinge. Er lehnt sich erschöpft an einen kurzen Stamm und wartet nun auch seinerseits. Die Krähe hüpft und fliegt, bald weiter weg, bald näher her; sie ist unwillig über sein Warten, endlich sitzt sie still am Wegrand gegenüber, und die lackierten Bohnenaugen verlieren den tückischen Ausdruck und erlöschen langsam.

Da schauert es ahnungsvoll durch den Raum; Ruths Name ist der Atem der Landschaft, Ruths Schicksal will sich verkünden.

Und Christian wartete.

21

Niels Heinrich zögerte ein paar Minuten, bevor er ins Zimmer trat.

Es geschah, daß er einige Minuten allein in der Stube blieb. Während dieser kurzen Zeit, gelang es ihm, sich der Perlenschnur zu bemächtigen.

Christian war eben im Begriff gewesen, den Studenten Lamprecht, dem er Michaels Unterricht anvertrauen wollte, ein Stück zu begleiten, da er in Gegenwart des Knaben nicht so offen sprechen konnte, wie er wünschte, als Niels Heinrich kam. Er stutzte und konnte seine Erregung kaum bemeistern. Sich in diesem Augenblick zu entfernen, dünkte ihm nicht unbedenklich; erstens konnte Niels Heinrich, der ja ein kaum berechenbarer Mensch war, aus irgendeiner Laune wieder fortgehen, ohne Christians Rückkunft abzuwarten; zweitens war es nicht geraten, ihn in Michaels Gesellschaft zu lassen. Andrerseits verlangte es Christian, sich für diese ihm vor allem wichtige Unterredung, auf die er Tag um Tag mit elektrisch zitternden Nerven geharrt, erst einmal zu sammeln und die Blutwallung zu beschwichtigen, die Niels Heinrichs stummes Hereintreten in ihm erzeugt hatte. Das konnte so schnell nicht geschehen, und Unschlüssigkeit und Beklommenheit wuchsen, indes er Niels Heinrich artig begrüßte und ihn aufforderte, Platz zu nehmen. Da öffnete sich abermals die Tür, und Johanna Schöntag erschien. Christian ging lebhaft auf sie zu und ersuchte sie in etwas überstürzten Worten, bei Michael zu bleiben, bis er zurückkomme, er werde dann mit Herrn Engelschall, mit dem er einiges zu besprechen habe, in die Vorderhauswohnung gehen. Johanna war verwundert über sein Ungestüm und blickte auch Niels Heinrich verwundert an. Ihr Gesichtsausdruck sagte deutlich, daß sie nicht wußte, wer er war, und Christian sah sich genötigt, die beiden einander vorzustellen, was ihm selbst so widersinnig vorkam, daß er die Namen bloß scheu hinmurmelte. Niels Heinrich grinste, und als ihn Christian bat, er möge ihn für eine Weile entschuldigen, zuckte er die Achseln.

Christians und des Studenten Lamprechts Schritte waren noch nicht im Hof verklungen, da wandte sich Johanna zu Michael und sagte: »Ich wollte Sie abholen. Ich wollte mit Ihnen nach Charlottenburg in die Gedächtniskirche; dort werden Kantaten von Bach gesungen. Begleiten Sie mich doch; Sie haben so etwas sicher nie gehört. Der Herr wird so freundlich sein, Herrn Wahnschaffe auszurichten, wohin wir gegangen sind.« Sie schaute Niels Heinrich an, senkte jedoch den Blick gleich, von einem außerordentlich heftigen Unbehagen bezwungen. Sie hatte das Unbehagen mit dem Moment verspürt, wo sie ins Zimmer getreten war, und nachdem Christian es verlassen hatte, wurde es so quälend, daß sie Michael den Vorschlag nur machte, um diesem ihr aufgedrungenen Beisammensein um jeden Preis zu entrinnen. Allerdings hatte sie noch am Nachmittag die Absicht gehabt, das Konzert zu besuchen, hatte sie aber wieder aufgegeben. Der Gedanke, den Knaben mitzunehmen, war ihr erst jetzt gekommen.

»Charlottenburg, Gedächtniskirche, jawoll, werds bestellen,« sagte Niels Heinrich, und schlug die Beine übereinander. Den Blick hatte er ununterbrochen auf Michael geheftet, und seine Miene, verfinsterte sich dabei immer mehr.

Von einem ähnlichen Gefühl wie Johanna ergriffen, hielt Michael jedoch den gelb herübergleißenden Augen mutig stand. Seine Finger zerknitterten nervös ein Blatt Papier auf dem Tisch; er suchte innerlich eine Bindung, ein Bild, eine Führung; er nickte bei Johannas Worten, ohne sie anzusehen, er folgte ihr schweigend, als sie ihn am Arm anrührte; sie hatte seinen Hut und Mantel vom Haken genommen, und nun gingen sie.

Aus dem Haus tretend, gewahrten sie Christian an der nächsten Straßenecke; er stand mit Lamprecht unter einer Laterne. Sie entfernten sich hastig nach der andern Seite.

Niels Heinrich erhob sich. Er zündete eine Zigarette an und marschierte mit hackenden Schritten auf und ab. Dann blieb er vor der Kommode stehen und probierte, ob sich die Laden öffnen ließen. Er tat es mechanisch, hatte weder Neugier, noch eine bestimmte Erwartung dabei. Die Kommode hatte einen Aufsatz aus dünnen, gedrehten Säulen, der ebenfalls eine Lade enthielt. Auch diese zog er heraus, zuckte aber auf einmal, wie wenn ihn etwas gestochen hätte; vor seinen Augen lag ein Haufen haselnußgroßer Perlen.

Sie waren von Christian in dem nichtverschlossenen Behälter nahezu vergessen worden. Einige Tage nach Karens Tod hatte ihm Botho von Thüngen mitgeteilt, daß er nach Frankfurt reisen müsse; Mitglieder seiner Familie befänden sich dort, und er wolle mit ihnen verhandeln. Christian glaubte die Gelegenheit benutzen zu können, seiner Mutter die Perlenschnur zu schicken; sie durch die Post zu senden, widerstrebte ihm in einer verbliebenen Vorstellung ihres großen Wertes. Thüngen hatte sich bereit erklärt, den Auftrag zu übernehmen; aber es kam zur Reise nicht, die Verwandten hatten sich unterdessen schroff von ihm losgesagt, das Entmündigungsverfahren war eingeleitet, die wider ihn angezettelte Hetze trieb ihn aus jeder Ruhe, aus jedem Heim, aus jeder Arbeit; alle Geldmittel waren ihm entzogen, die Frau, die er geheiratet, hatte er nicht zu halten vermocht, sie war noch tiefer gefallen, als wie er sie vordem aufgehoben hatte, um sie zu retten. In dieser zerrüttenden Not war Christian sein einziger Halt und Helfer.

Das war mit Botho Thüngen geschehen, und an die Perlen hatte Christian in all den Tagen kaum gedacht. War ihm auch die dunkle Vorstellung ihres Wertes verblieben, so trieb ihn doch nichts, sie sicherer zu verwahren als in der unversperrten Lade, wo sie Niels Heinrich mit witterndem Instinkt entdeckt hatte.

Ein leiser, langer, erstaunter Pfiff. Ein Schlottern der eingefallenen Backen. Ein Blick des Hungers, ein andrer des verbrecherischen Entschlusses. Ein Zaudern, als sei das Wunder von einem Schatz doch von keinem Belang mehr. Und wieder Brand in den Augen; Genüsse, unerhört, versprachen sich. Und wieder Ekel daran: was solls? Auszufechten ist der Streit gegen den Menschen. Hinter einem die Meute: die Zeugen, die Spitzel, die Indizien, der Komplize, die *corpora delicti,* der Hund, der Keller, das Blut, der Leichnam, der Kopf, die kleine Made, an ihrer Unterrockschnur erhängt; und vor einem der Mensch. Wir wollen sehen, Mensch; messen wollen wir uns!

Überlegungen einer Sekunde. Ein Griff mit beiden Händen; die Perlen waren Besitz; ein Klirren, Zusammenraffen, Schieben, Stopfen, und sie verschwanden im Hosensack. Es bauschte beträchtlich, aber die Joppe verbargs. Schaute der Mensch in der Lade nach und schlug Lärm, so konnte man ihm ja das Zeug wieder hinschmeißen.

Als Christian zurückkam, saß Niels Heinrich auf dem Stuhl und rauchte.

22

»Verzeihen Sie,« sagte Christian, »es war eine dringende Abmachung …« Er unterbrach sich, da er Niels Heinrich allein in der Stube sah.

»Das Fräulein läßt melden, daß sie mit dem Jungen nach Charlottenburg in die Kirche jejangen is,« sagte Niels Heinrich.

Christian war überrascht. Er antwortete: »Um so besser, dann sind wir ungestört und können hierbleiben.«

»Stimmt, denn sind wir unjestört.« Eine Pause entstand; sie blickten einander an. Christian ging zur Schwelle der kleinen Kammer, um sich zu vergewissern, daß niemand drinnen war, dann zur Tür, die in den Hausflur führte. Er drehte den Schlüssel um.

»Weswegen sperren Sie denn zu?« fragte Niels Heinrich mit erhobenen Brauen.

»Es ist notwendig,« erwiderte Christian; »die Leute, die zu mir kommen, sind gewohnt, die Tür offen zu finden.«

»Denn sollten Sie aber ook die Lampe ausblasen,« höhnte Niels Heinrich; »wäre vielleicht das Gescheiteste. Im Dunkeln is jutt munkeln. Und munkeln tun wer doch, oder meenen Sie nich?«

Christian setzte sich an die andre Seite des Tisches. Er überhörte die zynische Bemerkung geflissentlich. Sein Schweigen und seine gespannte Miene erregten Niels Heinrichs Wut. Herausfordernd lehnte er sich im Stuhl zurück und spuckte in weitem Bogen ins Zimmer. Beide saßen einander gegenüber, als dürfe keiner den andern nur eine halbe Sekunde aus den Augen lassen, doch zeigte Christians Gesicht immer denselben verbindlichen und freundlichen Ausdruck. Nur ein Beben der Stirnmuskeln und die Angestrengtheit des Blickes ließ, was in ihm vorging, ungefähr ahnen.

»Sie haben nichts Neues in Erfahrung gebracht?« fragte er endlich in zuvorkommendem Ton.

Niels Heinrich zündete wieder eine Zigarette an. »Ja doch,« versetzte er; es sei ihm inzwischen gelungen, das Frauenzimmer zu ermitteln, das den Judenjungen so lang bei sich gehalten hatte. Molly Gutkind sei es gewesen, die kleine Made genannt, wohnhaft im Hause bei Adelens Aufenthalt. Er sei der Chose nachgegangen und habe dem Mädchen das Geständnis abgelockt, aber am nämlichen Tage habe sich der Teufel dreingemischt, und die Gerichtspersonen hätten sie vorgenommen. Das dumme Aas habe wahrscheinlich zu viel gequasselt, sie sei in Verdacht gekommen, man habe sie ins Kittchen gesteckt, im Kittchen sei ihr das bißchen Verstand vollends aus der Fasson geraten, sie habe sich aufgehängt und sei mausetot, das Schaf. Dies habe er berichten gewollt, weil der Herr sich so dafür interessiert. Nun wisse es der Herr also und könne hieraus seine Gutmütigkeit ersehen.

Er paffte Dampf um sich und zwirbelte mit den Fingern der Linken am Kinnbärtchen.

»Ich wußte es schon,« sagte Christian. »Ich wußte, wo sich Michael aufgehalten hat. Er hat es mir selbst bekannt. Von dem Tod des Mädchens weiß ich seit heute morgen. Jedenfalls danke ich Ihnen für Ihre Bemühungen.«

Keine Ursache; hätte nichts zu bedeuten; er stehe gern zu Diensten. Der Herr scheine übrigens den Nachrichtenbezug flott zu betreiben; vielleicht wolle sich der Herr später ganz dem Fache widmen? Ob der Herr sonst noch etwas wisse? Er sei nun mal aufgelegt, Rede und Antwort zu stehen, er habe heute seinen spendablen Tag, und wenn der Herr noch was zu fragen habe, solle er sich nicht genieren und man losschießen.

Er blinzelte und starrte wachsam auf Christians Lippen.

Christian besann sich und senkte den Blick. »Da Sie sich freiwillig zu Auskünften bereit erklären,« entgegnete er leise, »so sagen Sie mir doch, weshalb Sie die Schraube von der Maschine entfernt haben, dort bei Pohl & Pacheke, Sie werden sich ja erinnern ...«

Niels Heinrichs Mund öffnete sich wie eine Klappe. Das scheue Entsetzen bewirkte, daß die Kinnlade einfach heruntersank.

»Sie wundern sich, daß ich davon Kenntnis habe,« fuhr Christian fort, dem es eine unangenehme Empfindung war, daß der andre glauben könne, er wolle ihn durch Geheimniskrämerei gefügig machen; »es geht aber ganz natürlich zu. Gisevius, dessen Sohn bei Pohl & Pacheke Werkführer ist, erzählte, daß Sie dort zwei Tage in Arbeit waren und daß während dieser Zeit die Beschädigung der Maschine geschah. Die beiden Tatsachen hatten bei ihm gar keinen Zusammenhang, er sprach erst von Ihnen, dann von der Geschichte mit der Maschine; auch äußerte er keinen Verdacht. Nur mir selbst war es sofort klar, daß Sie es getan haben mußten; den Grund kann ich nicht angeben; es stand klar vor mir. Ich sah Sie heimlich an der Maschine hantieren und die Schraube lockern. Ich mußte fortwährend daran denken, sah es fortwährend. Wenn ich unrecht haben sollte, so verzeihen Sie mir.«

Verstehe er nicht, kam es schwer und in keuchender Haßangst aus Niels Heinrichs Mund, verstehe er nicht ...

»Ich hatte das Gefühl, daß Ihnen die Maschine wie ein lebendiges und geordnetes Wesen und deshalb wie ein Feind erschien, und da wollten Sie sie ermorden. Ja, ganz deutlich und unabweisbar hatte ich das Gefühl von Mord. Irre ich mich darin?«

Niels Heinrich gab keinen Laut von sich. Er konnte sich nicht rühren. Es wuchsen Wurzeln von unten her um den Stuhl, auf dem er saß, schlangen sich um seine Beine und hielten ihn eisern fest.

Christian stand auf. »Es hat keinen Zweck, das,« sagte er tiefatmend.

Was? Was habe keinen Zweck? murmelte Niels Heinrich; Was? Was denn? Das Blut in seinem Leibe wurde kalt.

Die Arme an die Seite gepreßt, unten die Fingerspitzen gegeneinander, stand Christian da. »Sprechen Sie. Sagen Sie es mir,« flüsterte er.

Was sprechen? Was sagen? Was denn? Niels Heinrichs Hals glich einem Schlauch, der entleert wird; er war schlaff, und die Haut bebte.

Blick wider Blick. Worte starben. Die Luft sauste.

Auf einmal blies Christian die Lampe aus. Die Finsternis, die jäh eintrat, war wie eine stumme Explosion. »Sie hatten recht,« sprach seine Stimme, »das Licht verrät uns jedem, der vorübergeht. Jetzt sind wir vollkommen sicher. Nach außen wenigstens. Was hier geschieht, geht nur uns an. Sie können tun, was Ihnen beliebt. Sie können wieder den Revolver aus der Tasche ziehen wie neulich und abdrücken. Ich bin darauf gefaßt. Da ich mich nicht vom Fleck bewegen werde, kann es Ihnen keine Schwierigkeit sein, mich zu treffen. Vielleicht aber warten Sie noch, bis Sie gesagt haben, was zu sagen ist und was ich wissen muß.«

Schweigen.

»Sie haben Ruth ermordet.«

Schweigen.

»Sie haben Sie in das Haus gelockt, wo die Schenke ist, in den Keller gelockt und dort getötet.«

Schweigen.

»Sie haben den einfältigen Menschen, den Joachim Heinzen, zum Mithelfer gemacht und ihn durch ein überlegtes Spiel so in Furcht und Verstörung versetzt, daß er allein der Mörder zu sein glaubt, sich nicht einmal getraut, Ihren Namen auszusprechen. Wie ging das zu?«

Schweigen.

»Und wie ging es zu, daß Ruth keine Gnade vor Ihnen fand? Ruth! Diese! Daß Sie das Messer ... daß das Messer in der Hand gehorchte ... daß Sie nachher noch reden, trinken, Beschlüsse fassen, von einem Haus ins andre gehen konnten? Mit dem Bild! Mit der Tat! Ist es denn möglich?«

Schweigen.

Christians Stimme hatte nichts mehr von der sonstigen Verhaltenheit und Kühle; sie klang heiser, leidenschaftlich und aufgedeckt. »Was wollten Sie von ihr? Was war denn die letzte Absicht? Warum mußte Ruth sterben? Warum? Was konnte sie geben, wenn sie starb? Was war durch Mord zu gewinnen?«

Da schrie Niels Heinrich, kreischte, brüllte es aus sich heraus: »Die Jungfernschaft, Mensch!«

Nun war es an Christian, zu schweigen.

23

Keiner konnte den andern wahrnehmen. Die dickstoffigen Vorhänge an den Fenstern schufen eine so undurchdringliche Dunkelheit, daß auch Umrisse von Gegenständen nicht hervortraten. Keiner konnte die Bewegungen des andern sehen, aber sie hatten voneinander das grellste Bewußtsein, ein schauerliches Körpergefühl, ein Gefühl von Verkettetsein und Haft, von Stirn wider Stirn-, Hauch wider Hauchstehen; sie entbehrten nicht das Licht; sie brauchten es nicht.

Dem Niels Heinrich schuf die Finsternis Freiheit. Sie verlieh ihm einen Auftrieb des Trotzes, der Prahlsucht, der Selbstentblößung. Sie war Zusammengeballtes, eine scheußliche Uniform, der er die Forderung, Rechenschaft abzulegen, nicht mehr verweigerte. Sie zerspaltete Klötze in seinem Innern und entband aus ihnen das Wort. Er wagte nicht zu höhnen; er gab es auf, sich zu wehren.

Ein Maul war die Finsternis, das seine Tat ausspie. Da konnte er einmal selber hören, was geschehen war. Manches ließ sich sonderbar neu an. Der Gedanke: da drüben sitzt einer und horcht, da drüben sitzt der Mensch und weidet dich aus wie ein Stück Wild, hatte sogar einen gewissen Kitzel. Nun sollte mal alles von der Leber weg, dann hatte man wenigstens Ruhe vor dem Menschen. Seine Maßregeln konnte man dann immerhin noch treffen.

Wie gesagt, die Jungfernschaft. Daran sei ja nicht viel herumzutüfteln. Das wisse jeder, wie so 'n Junge aufwachse und mit welchen Menschern. Mal kämen solche, mal solche, mal rothaarige, mal schwarzhaarige, mal weinerliche, mal lustige, mal bessere, mal schlechtere, aber Hurenmenscher seien es fast immer. Und wenn auch nicht gerade Hurenmenscher, so doch auf der Kante und mit der Nase daran, in elegant oder in dreckig, fünfzehnjährig oder dreißigjährig, so oder so, den Stich hätten sie mal. Und wenn auch nicht den Stich, so würden sie einem unter den Fingern ranzig, und was man kriege, dem traue man nicht mehr, und habe man sie mal erst in der Kralle, so seien sie auch schon hin. Da gehe der Betrieb so weiter, Montag die Male und Dienstag die Lotte und Mittwoch die Trine, aber den Unterschied, den könne ein Waisenknabe klavierspielen; da werde man endlich wie das Vieh und fresse alles, den Weizen und die Streu, die Kleie und die Disteln. Brenne es, so brenne es, schmecke es, so schmecke es.

Ja, es habe auch Jungfern. Gewiß habe es das. Aber es sei mickriges Zeug, Ramsch sei das, Pofelware. Das quäßle von Ausgang und Kostfrau, von Heiraten und Möbelanschaffen und sei am dritten Sonntag schon gelehrig wie 'n Pudel. Schließlich wisse man doch nie, wer vorher in die Suppe gespuckt; das sei alles zweifelhaft, man habe von vornherein keinen rechten Glauben dran. Und sei es mal was Höheres, so sei es doch das Höchste nicht; das ziere sich, koofmich und etepetete, da sei keine Natur mehr drin und keine Ehrlichkeit, man müsse sie erst kuranzen und kirre machen, und wenn sie es mit der Angst vor dem dicken Bauch bekämen, dann kriegte man den Frost in Koppe und möchte sie am liebsten massakrieren.

Manche Matrosen, die lange auf See gewesen, erzählen von dem krankhaften Überdruß an salzigem, abgelegenem Fleisch. Käme so einer dann an Land und laufe ihm ein lebendiges Lamm oder Karnickel vor die Beine, da sei ihm, als müsse er es geradeswegs in Stücke reißen und das frische warme Fleisch hinunterschlingen. So könne es auch einem Mann mit den Weibern ergehn, und so sei es ihm ergangen, wie er die Jüdin gesehen. Das sei ihm durch und durch gefahren, wie ne glühende Stahlnadel durch nen Eisenpflock, das habe ihn um und um gewirbelt, zeit seines Lebens habe er so was nicht gespürt. Wie verdonnert sei er gewesen, wie behext, als habe er einen Hektoliter Spiritus gesoffen. Beständig das Zucken in den Fingerspitzen, als ob Samt darüber streiche; die Gier nach dem Griffigen, was sich bewegt und was zittert und heiß ist, wenn man hinlangt, die Hügelchen und die gespannte Haut, und das Entsetzen in den Augen und das wunderbare Zappeln, und die feuchten Lippen und die feuchten Zähne und der zurückgebogene Hals und das Winseln aus der tiefen Seele heraus, und das Weinen und Bitten; und wie so eine schreite, so nichts wissend, im Schimmer drin, so hochmütig hoch droben; wie man sich hinlegen möchte, daß sie einem auf die Brust steige und man an ihr hinaufsehen könne wie an ner schlanken Säule, Jesus und alle Heiligen, das haue einen zusammen, da wisse man, das mußt du haben und gehts gleich um die ewige Seligkeit, nach der ohnehin kein Hahn kräht.

Daß so ein Gewächs nicht für ihn gewachsen war, das habe er von vornherein kapiert. Daß so was wie das Allerheiligste sei, wo nur der Priester ran dürfe, habe er sich klargemacht. Aber darum allein habe sichs auch nicht gehandelt. Es sei um mehr gegangen, um viel mehr. Es sei um Leben und Tod gegangen, von Anfang an. Es sei beschlossene Sache gewesen von Anfang an: du stirbst mir. Mir stirbst du, mir! Er habe ihr aufgelauert, und sie sei geflohen wie 'n Reh. Da habe er hinter ihr her gelacht; du rennst mir ja ins Garn, habe er gesprochen und habe Tag und Nacht die Augen und die Gedanken auf sie gerichtet, daß sie nicht mehr aus noch ein konnte. Sie sei ihm erschienen, jawoll, erschienen sei sie ihm, wenn er ihr befohlen habe, zu kommen; erschienen sei sie leibhaftig und habe gebettelt, er solle von ihr lassen. Das sei ganz und gar unmöglich, habe er ihr gesagt, sie müsse her, ihr Blut müsse seines werden, ihren Leib müsse er in Armen halten, ein Ende machen müsse er mit ihr, dann erst habe er sie, sonst sei kein Frieden mehr auf der Welt, für ihn nicht und für sie nicht. Dann habe er seinen Kriegsplan entworfen, habe den Idioten beschwatzt, daß er Feuer und Flamme war für die Jüdin und annehmen mußte, der Gimpel, sie sei auch in ihn verschossen. Da sei er närrisch geworden und habe keinen vernünftigen Gedanken mehr im Schädel gehabt und sei weich gewesen wie Äppelmus und habe alles für bare Münze genommen, jeden Schwindel und Phantasmus. Und dann hätten sie die Geschichte beraten und ausgekocht, hätten der Jüdin einen Zettel geschickt, das Mädchen, das ihn überbracht, hätten sie ein paar Tage drauf nach Pankow zu einem alten Pensionisten verdungen, und auf dem Zettel habe man der Jüdin geschrieben, ein Todkranker verlange nach ihr, und sein Seelenheil hänge davon ab, daß sie komme. Da sei sie auch richtig gekommen, es sei schon dunkel gewesen, der Idiot habe sie in den Keller geführt, und die Kellertür habe man zugesperrt. Den Idioten habe er dann in den Verschlag nebenan gelotst und eine Flasche Schnaps hingestellt und ihm gesagt, wenn er sich muckse, könne er seine Knochen numerieren lassen. Er solle bloß abwarten, die Chose mit der Jüdin werde schon für ihn gerichtet werden. Hierauf sei er wieder hinübergegangen, und die Jüdin sei dagestanden ...

Er unterbrach sich und merkte, wie das ganze Wesen seines unsichtbaren Gegenübers atemberaubtes Lauschen wurde, Einsaugen und Umklammern jeder Silbe. Dies befriedigte ihn nur matt, aber es trieb ihn weiter. Die Geschehnisse wurden in seiner zurückwühlenden Vorstellung über die natürlichen Maße groß; sie waren in brandroten und violetten Dunst getaucht; er redete nicht so sehr von ihnen als sie zu ihm redeten und sich dadurch aufbauten, wie er sie bisher nicht erblickt. Indem er fortfuhr, veränderte sich seine Stimme, wurde zackiger, hohler und verriet zum erstenmal eine innere Regung, wild aufziehende Urqual.

Sie sei dagestanden. Und wie sie dagestanden sei, das habe ihm den letzten Rest gegeben.

»Wie denn?« fragte Christian kaum vernehmlich aus der Schwärze, »wie?«

Er könne es nicht beschreiben. Sie habe geschaut. Mit einem stolzen Staunen und Angstzucken um den Mund. Habe gefragt, wo der sei, zu dem man sie gerufen habe. Der sei auf dem Mond; der sei auf dem Stück Papier. Was man von ihr wolle? Warum die eiserne Tür dort versperrt sei? Habe seine Gründe. Man werde sie ihr doch mitteilen können, die Gründe. Was für ein Stimmchen, was für ein Glöckchen in der Kehle, ein Silberglöckchen! Das ging ins Ohr, als könne das Ohr Liebliches saufen. Gründe seien nicht viele, eigentlich gebe es nur einen einzigen. Verstehe sie nicht. Habe man deutlicher werden müssen. Verstehe sie noch immer nicht. Schaute. Habe man sie beim Arm gepackt, um die Schulter genommen, um den Hals genommen. Habe sie aufgeschrien; zu zittern angefangen; sei in den Winkel gerannt; habe die Hände vorgestreckt; sei das Kerzenlicht gerade auf ihr Gesicht gefallen; wie ne weiße Rose vorm Feuer; sei er auf sie zu; habe sie sich hintern Tisch geflüchtet. Habe gerufen: Schonung. Habe man gelacht. Sei aber bereits außer Rand und Band gewesen. So 'n Silberglöckchen in der Kehle. So 'n Weib! Herrgott, so 'n Weib! Kind noch, jedes Fäserchen rein, und so 'n Weib. Das traf; ins Mark schraubte sich das. Konnte man nicht mehr davon lassen, und wenn einen im nächsten Augenblick die Hölle verschluckt hätte.

Habe er sie beruhigt; bißchen schön getan. Gesagt, sie möge einen anhören. Gut, sie wolle hören. Habe er gesprochen. Vor dem Tisch mit der Kerze er, hinter dem Tisch, gegen die Mauer, sie. Habe er gesagt, es sei ein grauliches Muß. Es gebe keinen Ausweg, für sie nicht und für ihn nicht. Er sei in der Verdammnis, sie müsse ihn erlösen. Er lechze und verdorre nach ihr, nach Fleisch und Seele, Mund und Leib, Blut und Atem, und so sei es bestimmt, seit die Welt bestehe. Er müsse zu ihr hin und in sie hinein, sonst käme die Welt ins Rasen und alles Leben werde Gift. Er müsse ihrer Unschuld habhaft werden, ob sie wolle oder nicht, gutwillig oder mit Gewalt, da könne ihr kein Herrgott helfen, das sei Gesetz über ihnen beiden und zur Stunde solle es wahr werden. Sie möge sie fahren lassen, die Unschuld, damit er mal was vom Himmelreich zu spüren kriege.

Darauf habe sie mit einer starren Miene geflüstert: Nein, niemals, nimmermehr.

Da habe er sie lange angesehen.

Da habe sie von Zeit zu Zeit, mit feuchten Blicken nach oben, immer wieder geflüstert: Nein, niemals, nimmermehr.

Er habe gesagt, sie solle die Hoffnung begraben, es werde, widerstrebe sie, nur um so fürchterlicher. Und er habe das Messer auf den Tisch gelegt.

Christian stöhnte in unmenschlichem Schmerz in sich hinein, als er dieses vernahm.

Darauf habe sie, fuhr Niels Heinrich mit seiner tatbeladenen Ruhe fort, ihn zu erweichen versucht. Er vergesse die Worte nie, aber er könne sie nicht wiederholen. Habe wie eine Fiebernde geredet, mit heißleuchtenden Augen, die Haare über den Wangen, flehentlich die Hände gebogen, über den Tisch gelehnt, mit der tiefen süßen Glockenstimme, habe von Menschen erzählt, die auf sie warteten, von Arbeit und Pflichten, wer alles sie brauche und was alles sie vor sich habe an Schwierigem, und was einen alles erfreue, und ob nichts da sei, was ihn erfreue, und ob er das Verbrechen vor Gott und den Menschen auf sich nehmen wolle, ob ihm sein Leben nichts mehr gelte und so weiter. Aber es seien andre Worte gewesen, bessere, festere, genauere. Da habe ihn der Grimm gepackt, und er habe sie angeschrien, das sei hirnrissiges Gewäsche, und sie solle man aufmerken, Jüdin verdammte, die sie sei, solle aufmerken, was er ihr drauf zu antworten habe.

Da sei sie stille geworden, habe die Lippen herabgebogen und habe aufgemerkt. Er habe ihr gesagt, Verbrechen und solchen Quark, damit solle sie ihm gefälligst vom Halse bleiben. Verbrechen kenne er nicht. Das sei von den Leuten ausgedacht, die die Soldaten und die Gerichte dafür bezahlten, ihnen den Willen zu tun; die, wenn sie es für nützlich befänden, eben die Verbrechen selber begingen, im Namen des Staats, der Kirche, des Fortschritts oder der Freiheit. Habe einer die nötige Muskulatur und Schlauheit, so pfeife er auf die Gesetze. Die gälten bloß für die Dummköpfe und Feiglinge. Müsse der einzelne sich der Gewalt fügen, so müsse es ihm auch freistehen, sie auszuüben. Riskiere er die Rache und Strafe der Gesellschaft, so habe er auch das Recht, seine Gelüste zu befriedigen. Frage sich nur, was er auf seine Schultern nehmen könne, und ob er sich durch die Flausen und das von Lehrern und Pfaffen vorgekaute Larifari nicht ins Bockshorn jagen lasse. Käme es auf ihn an, Niels Heinrich Engelschall, so bliebe kein Stein auf dem andern stehen, alle Regel würde ausgerottet, alle Ordnung über den Haufen geworfen, alle Städte in die Luft gesprengt, alle Brunnen zugeschüttet, alle Brücken zerbrochen, alle Bücher verbrannt, alle Wege zerstört, und Vernichtung würde gepredigt, einer gegen alle, alle gegen einen, alle gegen alle. Mehr sei die Menschheit nicht wert; das könne er wohl behaupten, denn er habe sie studiert und durchschaut. Er kenne bloß Lügner und Gauner, erbärmliche Narren, Geizhälse und Streber; er habe die gemeinen Hunde kriechen sehen, wenn sie hochkommen wollten, nach oben kriechen und nach unten kläffen. Er kenne die Reichen mit ihren satten, faulen Redensarten und die Armen mit ihrer niederträchtigen Geduld. Er kenne die Bestechlichen und die Nackensteifen, die Prahler und die Düsterlinge, die Flaumacher und die Blümeranten, die Diebe und die Fälscher, die Weiberhelden und die Kopfhänger, die Dirnen und ihre Zuhälter, Kupplerinnen und junge Herren, die Bürgermadams mit ihrer Scheinheiligkeit und ihrer Geilheit, den Neid da und die Heuchelei dort, und die Maskeraden und das Getue, er kenne alles, und ihm imponiere nichts, und er glaube an nichts außer an den Gestank und an den Jammer und an die Habsucht und an die Freßsucht und an die Tücke und an die Bosheit und an die Wollust. Eine Schandenwelt sei es, und hin werden müsse sie, und wer zu solcher Einsicht mal gelangt sei, der müsse den letzten Schritt tun, den allerletzten, wo die Verzweiflung und der Hohn durch sich selber erstickt werde, wo es nicht weiter gehe, wo man an der stumpfen Hautwand den Engel des Jüngsten Tages pochen höre, wo das Licht nicht mehr hindringe und auch die Nacht nicht mehr, wo man allein sei mit seiner Wut, daß man sich doch endlich spüre und vergrößere und was Heiliges packe und zerschmettere; was Heiliges, darum handle sichs; was Reines, darum handle sichs; und Herr werden darüber, es niederzwingen, es auslöschen.

Furchtbareres hatte Christian nie vernommen. Er starrte ins zerschellte All. Die Furie des Hasses stieg, auch in Wiedergabe ihres Ausbruchs noch, in kochender Lohe empor und äscherte die Blüten der Erde ein. Es konnte Greuelhafteres nicht ausgedacht werden. Das Schicksal des zehntausend Jahre alten Menschengeschlechts war gleichsam besiegelt. Aber daß er hergekommen war, daß er vermocht hatte, sich zu enthüllen, daß er da saß, im Finstern saß und sich wand, vom Ungeheuren berichtete und dabei in die Tiefe stürzte, die er aufgerissen hatte, das war ein Schimmer geheimnisvollster Hoffnung für Christian, ein erster Dämmerstreifen auf dem bisher noch ungewissen, unbekannten Weg.

Und Niels Heinrich fuhr fort: die Jüdin habe langsam begriffen; habe ihn mit großen Kinderaugen angeschaut. Sie habe eine Frage an ihn gerichtet, welche, wisse er nicht mehr. Dann habe sie gesagt, sie sehe ein, daß sie verloren sei und daß sie als sein Opfer fallen müsse. Er habe geantwortet, es mache ihrem Verstand Ehre, daß sie es einsehe. Und sie wieder: ob er denn wisse, daß er damit sich selber vernichte? Darauf er: an Vergeltung glaube er nicht, das übrige sei seine Sache. Jetzt sei es des Schwatzens genug, die Zeit dränge, es müsse Schluß gemacht werden. Und sie: was sie tun solle? Diese Frage habe ihn ziemlich aus der Fassung gebracht, und er habe nichts erwidern gekonnt. Sie habe die Frage wiederholt, und er habe gemurmelt, die Kerze brenne schon herunter. Nun habe sie gefragt, ob er ihr Sicherheit des Todes geben könne? Ja, die könne er geben. Ob sie nicht vorher sterben dürfe, ehe er sie angreife? Nein. Sie habe nach dem Messer gefaßt. Er habe ihr das Messer entwunden. Die Berührung ihrer Hand habe ihn dermaßen rabiat gemacht, daß ihm gewesen sei, als knirsche die Kellermauer und als dröhne das Haus. Er solle sie doch sterben lassen durch ihren Willen, habe sie gebeten. Das könne er nicht, habe er geantwortet, er müsse an ihr lebendiges Herz heran, sonst sei ihm nicht geholfen. So möge er ihr eine Viertelstunde Zeit gönnen, sie wolle ihre Gedanken sammeln und ihn dann bitten, daß er sie töte. Das habe er bewilligt. Sei inzwischen hinausgegangen, um nach dem Idioten zu sehen. Der sei dagelegen, besoffen wie 'n Stint und habe alle viere von sich gestreckt. Das sei ihm lieb gewesen; mit dem habe man nun anstellen können, was immer man gewollt. Habe sich auch später erwiesen, wie er ihn hinübergeschleppt habe; und das Vieh sei immer noch der Meinung, man werde ihn heraushauen, wenn er bis zuletzt seinen, Niels Heinrichs Namen, nicht in den Mund nehme. Als er nun zur Jüdin zurückgekehrt, sei sie an die Mauer gelehnt gewesen, mit geschlossenen Augen. Sie habe ein bleiches Gesicht gehabt, aber von Zeit zu Zeit habe sie gelächelt. Von ihm befragt, warum sie lächle, habe sie geschwiegen, habe ihn aber höchst sonderbar angesehen, als besinne sie sich auf etwas. Er sei hingegangen, hinter den Tisch, sie habe sich nicht von der Stelle gerührt und er habe sie an der Schulter gepackt. Sie habe die Hände aufgehoben, und er habe bemerkt, daß sie, während er draußen gewesen, die Adern an ihren Handgelenken durchgeschnitten habe. Das Blut sei dick heruntergeronnen. Sie müsse es mit einer Glasscherbe getan haben, die zwischen Mauersteinen gesteckt. Da sei er in die helle Tobsucht geraten, wie wenn es drauf und dran gewesen wäre, daß sie ihm einer wegnähme. Er habe sie an den Haaren zu Boden gerissen.

Sie habe geschrien. Einen einzigen, langen Schrei. Den Schrei höre er noch jetzt.

Glied um Glied, Hauch um Hauch, Zuckung um Zuckung sei sie sein geworden. So nur könne man besitzen; so und nicht anders. Himmels-, Gottes-, Erdenseligkeit.

Er habe nicht bereut, er werde nicht bereuen. Aber den Schrei, den höre er immerfort und immerfort.

Er verstummte. Die Lautlosigkeit in dem finstern Gemach war so groß, daß sie sich in den Ecken drohend zu sammeln schien, um die Wände zu sprengen.

24

Mehr als eine halbe Stunde war in völligem Schweigen verflossen, da erhob sich Christian und zündete die Lampe wieder an. Sturz und Zylinder klirrten unter seinen zitternden Händen. Er fürchtete sich vor den Funktionen seiner Sinne, Gesicht, Gehör, Geruch. Jede Wahrnehmung wurde eine Wunde des Bewußtseins und sickerte wie Gift in den Lebenskern. Langsam formten sich die trüben Umrisse zum Bild einer Wirklichkeit.

In ihm und von außen her drängte alles zur Entscheidung.

Krampfig hintübergebeugt, lag auf dem Stuhl vor ihm ein Mensch, dessen Gesicht ohne bezeichenbare Farbe war. Die Augen waren geschlossen, der Mund halboffen. Die kariösen Zähne und der matt hängende Kinnbart verliehen ihm einen Ausdruck von Bestialität. Die spitzfingrigen Hände mit blaugeschwollenen Adern regten sich wie Reptilien.

Die Stirn aber war über und über von Schweiß bedeckt. Wie die Tropfen aus dem Deckel eines erhitzten Gefäßes voll Flüssigkeit brach der Schweiß hervor und stand in dicken Perlen auf der Haut.

Dieser Anblick war so beängstigend, daß Christian sein Taschentuch nahm und Stirn und Schläfen mit vorsichtiger Gebärde abwischte. Und indem er es tat, fühlte er auch seine eigne Stirne naß. Er zögerte, mit demselben Tuch seine Stirn abzuwischen, aber da öffnete Niels Heinrich die Augen und sah ihn an: finster, tief und kalt. Er überwand seinen Abscheu und trocknete seine Stirn mit demselben Tuch.

Es wurde an die Tür gepocht. Niels Heinrich fuhr auf wie von einem Faustschlag getroffen und stierte wild, mit bleichen, leeren Augen.

Christian ging, um zu öffnen. Die Zurückkehrenden waren es, Michael und Johanna.

Niels Heinrich, taumelnd, suchte mit Blicken seine Mütze. Christian reichte sie ihm, mit einer vollkommen undurchschaubaren Artigkeit immer noch, und schickte sich an, Niels Heinrich zu begleiten. Dieser hatte nur einen Blick dumpf-entsetzten Nichtbegreifens. Dann zog er die Schultern hoch und wankte, mit allmählich sich festigendem Schritt, von Christian gefolgt, zur Schwelle.

25

Die Unterredung mit Wolfgang Wahnschaffe wirkte auf Lorm durchaus unangenehm. Er hatte die verstimmende Empfindung, daß dieser wohlerzogene junge Herr in aller Naivität der Meinung war, vor dem Schauspieler dürfe er sich in seiner ganzen Rücksichtslosigkeit und Zwecksucht demaskieren. Was lag, vor dem Schauspieler, groß daran? Man gab sich keine Mühe und spielte jovial mit offenen Karten.

Lorm spürte an jenem Abend das Nahen schwerer Krankheit; er war wortkarg, und wenn er sprach, messerscharf.

Es wurde ihm zugemutet, an einer Verschwörung teilzunehmen. Der Plan war, Christian auf einstimmigen Beschluß der Familie in eine Nervenheilanstalt zu sperren.

»Nun, was Nervenanstalt bedeutet, kann ich mir denken,« sagte Lorm, »aber was gewinnen Sie dadurch?«

»Freie Bahn,« war die Antwort; »Beseitigung der lästigen Erstgeburtanmaßungen und -vorrechte. Schimpf und Unglimpf, die von dem Menschen ausgehen, übersteigen jeden Begriff.«

Gewisse Individuen, auch Ärzte, waren zur Zeugenschaft und Hilfe bereit. Aber das Mittel der Internierung war immerhin das äußerste. Sollte es fehlschlagen oder die elterliche Einwilligung nicht zu erlangen sein, so blieb ein andres, für das gleichfalls schon vorgearbeitet war. Es mußte ihm der Boden abgegraben werden, man mußte ihn dazu bringen, die Stadt, besser noch das Land verlassen. Boykott an der Universität, wo Christian allerdings nur noch selten auftauchte, war möglich. Auch versprach es Erfolg, in dem Quartier, wo er wohnte, die Leute gegen ihn einzunehmen; man hatte damit schon begonnen.

Nur war nicht allzuviel Zeit; das Übel griff um sich, das schändliche Gerede wurde störender mit jedem Tag. Wenn erst die Gerichtsverhandlung über den Mord kam mit ihrer fatalen Öffentlichkeit, war es zu spät. Er mußte vorher vom Schauplatz verschwinden. Aussichtsvoll war es, wenn Judith zu ihm ging, ihm freundschaftlich, schwesterlich nahelegte, das Feld zu räumen und die Angehörigen nicht zur Gewalt zu reizen, einer von den Gesetzen unterstützten Gewalt. Mißlang es Judith und weigerte er sich, so mußte der Vater heran, um jeden Preis. Er habe an Vater geschrieben, und wenn Einschneidendes nicht in Bälde geschehe, wolle er, in einer Woche etwa, telegraphieren. Überdies seien Freunde hingereist, um den Geheimrat zu raschem Handeln zu veranlassen.

Wolfgang saß da, ein zornbleicher Streber, der sich aufgehalten sieht.

»Was Judith betrifft, so ist sie in dieser Angelegenheit unzugänglich,« sagte Lorm kalt. »Ich werde noch einmal mit ihr sprechen, aber ich fürchte, es wird vergeblich sein. Ich meinerseits halte es für wünschenswert, daß sie zu Christian geht, obschon nicht aus demselben Grunde wie Sie. Aber Judith ist nicht überredbar. Schicksale andrer sind ihr Phantome, sogar das des Bruders. Vor einem Jahr noch konnte sie einen Vorschlag dieser Art mit Leidenschaft zurückweisen; heute steht es wahrscheinlich so, daß sie Christian einfach vergessen hat. Sie spielt und phantasiert ihr Leben so hin. Mir tut es leid, daß ich Christian nicht kenne. Aber Menschen kommen zu mir und sind so lange zu mir gekommen, daß ich die Fähigkeit verloren habe, zu ihnen zu gehen. Damit muß ich mich abfinden, es ist ein Übel für sich.«

Wolfgang wunderte sich über diese Worte und ward frostig. Er fragte Lorm, ob er glaube, daß Judith seinen Besuch freundlich aufnehmen würde. Lorm bejahte es. Danach hatte das Gespräch ein Ende; sie drückten einander mit höflicher Gleichgültigkeit die Hand.

Lorm wagte es nicht, Judith von der Zusammenkunft mit Wolfgang zu erzählen. Er hatte Angst vor ihrem Verhör, Angst, daß sie seine Sympathie für Christian spüren könne, Angst, in ihr Puppendasein eine Wolke zu bringen. Doch aus seiner Welt raubte sie nach und nach alles Licht. Die Beschränkungen im Haushalt wurden so schlimm, daß die Dienstleute sich bei ihm beschwerten. Sie litten Hunger. Bäcker und Fleischer konnten die Bezahlung ihrer Rechnungen nur erhalten, wenn sie mit dem Gericht drohten. Die Briefe, die sie an Lorm richteten, unterschlug Judith, denn sie fing jeden Morgen die Post ab. Er wußte es. Eines der Mädchen, das sie nach einem häßlichen Streit davongejagt, hatte es ihm verraten. Er machte Judith keinen Vorwurf. Auch die Ausgaben für seine leiblichen Bedürfnisse begann sie zu verringern, und er mußte sich in Restaurants und Weinstuben schadlos halten. Dafür wuchsen die Summen, die sie für Kostüme, Mäntel, Hüte und Antiquitäten verschwendete, ins Ungemessene. Sie kaufte alte Truhen und Schränke, die sie dann auf den Dachboden stellen ließ; chinesische Vasen, Renaissancedecken, Elfenbeinkästchen, geschliffene Gläser, Leuchter aus getriebenem Metall, alles kunterbunt und wahllos, nach Augenblickslaune; alles stand oder lag ohne zu schmücken, ohne zu dienen, um sie herum wie in einem Laden; bisweilen schenkte sie ein oder das andre Stück in großmütiger Anwandlung einer von jenen Frauen, die ihr gefällig nach dem Mund redeten, und deren Gesellschaft sie deshalb nicht entbehren konnte. Hinterher bereute sie ihre Freigebigkeit und behandelte die Betreffende schlecht, als wäre sie von ihr betrogen worden. Trotz der Unzahl der Gegenstände merkte sie es sofort, wenn einer fehlte oder nicht an seinem Ort war, verdächtigte jeden, der das Zimmer betreten hatte, und ruhte nicht eher, als bis sie des Verlorenen wieder habhaft geworden war. In ihrer Garderobe hingen Dutzende von Gewändern, Hüten, Tüchern, die sie nie am Leibe getragen, außer bei der Anprobe und beim Kauf. Es genügte ihr, sie zu besitzen; mochten sie altmodisch und von Motten zerfressen werden; sie besaß sie, und das genügte.

Lorm wußte es. Er verübelte es ihr nicht. Er erhob keine Einsprache. Er ließ sie gewähren. Er sah nicht oder wollte nicht die augenscheinlichen Folgen seiner unbegrenzten Fügsamkeit sehen, ihre Entartung, ihre Verwilderung, ihre Entherzung. Sie war für ihn immer noch die Frau, die alles geopfert hatte, um in sein einsames und unfrohes Leben zu treten. Er hatte seine schmerzhaft bescheidene Seele zu dauernder Dankbarkeit verurteilt und glaubte nicht das Recht zu haben, sich zu beklagen. Er, der so viele von sich gestoßen, gegen so viele hart gewesen war, so viel echte und tätige Liebe mißachtet hatte, dessen leisester Wink nicht bloß Befehl, sondern Entzücken von tausend Lauschenden und Wartenden war, duldete Erniedrigung und Vernachlässigung, duldete und schwieg wie zum Sühneentgelt und wich nicht in beharrlicher Treue.

Im Theater zitterte man in diesen Tagen vor den Ausbrüchen seiner Gereiztheit. Auch Emanuel Herbsts philosophische Ruhe vermochte wenig über ihn. Er reiste zu Gastspielen nach Breslau, Leipzig und Stuttgart. Seine Wirkungen waren tiefer, als sie seit Jahrzehnten einem Schauspieler beschieden gewesen. Man spürte die Wende, Wende einer Zeit, Vollendung eines Menschen. Das Publikum, zur Erfassung des Phänomens erst befähigt in der Bindung durch den Geist, ahnte Letztmaligkeit und war in der Leidenschaft seines Beifalls erschüttert wie von der tragischen Scharlachglut einer untergehenden Sonne, deren Versinken Unglück bedeutet.

Er kam nach Hause und legte sich krank hin. Nach einer gründlichen Untersuchung wurde das Gesicht des Arztes sehr ernst. Er forderte eine Pflegerin. Judith war im Konzert, die Hausdame versprach, es der gnädigen Frau zu melden. Als Judith zurückkehrte, setzte sie sich ans Bett, war erstaunt, schmollte ein wenig und sprach mit Lorm wie mit einem Papagei, der sich weigert, die üblichen Phrasen zu plappern. Die Pflegerin wurde von der Hausdame aufgenommen.

»Nun, mein Möpschen,« sagte Judith am andern Morgen, »bist du noch nicht gesund? Soll ich dir ein Breichen kochen lassen? Hast wohl bei den Schwaben da unten zu viel Guti-Guti gebampft?«

»Möpschen« lächelte, langte nach der Hand der Frau und küßte sie.

Erschrocken zog Judith ihre Hand zurück. »Pfui,« rief sie aus, »willst du das gleich lassen, du schlimmer Bub! Dein Geliebtes am Ende gar noch anstecken? So etwas! Das darf Möpschen erst, wenn man weiß, was ihm fehlt, und wenn es ungefährlich ist. Verstanden?«

Für den Nachmittag dieses Tages hatte sich Lätizia angesagt. Sie kam in Crammons Begleitung. Der Herzlichkeit in Judiths Begrüßung war brennende Neugier zu gleichem Teil beigemischt. Sie sahen sich an, die beiden Frauen, die sich seit der Mädchenzeit nicht gesehen. Wo bist du gestrandet? Wo du? fragten die Augen. Schmeichelworte überstürzten sich. Crammon gerann zu einer trüben Materie.

Nach einer Viertelstunde erschien das Mädchen und meldete, der Chauffeur des Grafen Rochlitz sei draußen; der Graf warte unten im Wagen. »Er soll heraufkommen,« befahl Lätizia; »nicht wahr, du erlaubst doch?« wandte sie sich an Judith, »ein alter Freund von mir.«

Der Graf folgte dem Geheiß. Er war charmant und erzählte Episoden vom Rennen.

Abermals nach einer Viertelstunde kam die Gräfin-Tante und mit ihr Ottomar und Reinhold. Es war vereinbart gewesen, daß sie Lätizia abholen sollten. Alle diese drängten sich in Judiths Salon und sprachen durcheinander.

Crammon sagte zu Ottomar, dem er in herablassender Weise manchmal seine Anschauungen und Gefühle vermittelte: »Als ich in Tunis war, erwachte ich eines Morgens von heftigem Stimmenlärm. Ich dachte sofort an einen Aufstand der eingeborenen Bevölkerung und stürzte aus dem Bett. Aber es waren nur zwei ältere nußbraune Damen, die vor meinem Fenster eine freundschaftliche Unterhaltung pflogen. Es ist immer so bei den Frauen. Mit einem Minimum von Ursache bringen sie es zu einem Maximum von Getöse. Sie retten beständig das Kapitol. Ich glaube übrigens, daß die Römer, die ja bekanntlich die hanebüchenste Nation der Erde waren, ein Volk von Maulhelden und Säbelraßlern, mit dieser hübschen Fabel von den Gänsen einen ziemlich ungalanten Hintersinn verknüpft haben. Ansonsten standen sie in der Beurteilung weiblicher Natur auf der Stufe von mutierenden Tertianern. Beweis: die Geschichte von Tarquinius und der Lukretia. Ein haarsträubender Unsinn. Zehnpfennigromantik. In meinem Elternhaus hatten wir einen Weihnachtskalender, da war die Begebenheit in Verse gesetzt und illustriert. Dieser Katarakt von Züchtigkeit hatte mir ganz verkehrte Begriffe von grundlegenden Lebensverhältnissen eingeimpft, und es dauerte Jahre, bis ich den Schwindel durchschaut hatte.«

Ottomar sagte: »Ich gebe Ihnen alle preis, bloß Lätizia nicht. Sehen Sie mal hin, wie sie sich bewegt, wie sie den Kopf trägt. Sie ist immer die Auserlesene. Sie macht jedes Beisammensein von Menschen festlich. Ich finde, sie ist wie ein Sinnbild des schönen Augenblicks. Sie wird nie altern, und was sie tut, ist nur wie ihr Traum. Ihre Handlungen haben keine Folge, nicht einmal Wirklichkeit, und sie erwartet auch keine von ihnen.«

»Sehr tief, sehr fein,« entgegnete Crammon seufzend, »aber der Himmel behüte Sie davor, mit einem solchen Feenwesen praktische Wirtschaft zu versuchen.«

»Soll man auch nicht, darf man auch nicht,« sagte der junge Mann überzeugt.

Crammon erhob sich und ging zu Judith. »Ist Edgar Lorm nicht zu Hause, gnädige Frau?« fragte er. »Kann man zu ihm? Wir haben uns lange nicht gesehen.«

»Edgar ist krank,« antwortete Judith mit zusammengezogenen Brauen, als habe sie Grund, sich durch diese Tatsache beleidigt zu fühlen.

Ein Stillschweigen entstand. Alle spürten Unbehagen. Und Crammon sah, wie wenn es ein neues Gesicht wäre, Judiths hervorspringende Backenknochen und durch Schminke beschädigte Haut, den süchtig verpreßten Mund mit bitteren Falten, den flatternden Blick, die unsteten Hände. Es war etwas Verdorbenes an ihr und um sie, von Krampf und Spielwut Herrührendes, von gelockerten und morschen Geweben, eine Heiterkeit, die Grimm war, eine Belebtheit, die an knarrende Gliederpuppen mahnte.

Lätizia hatte vergessen, von Christian zu sprechen. Erst auf der Straße fiel ihr der Zweck des Besuches ein. Sie machte Crammon Vorwürfe, daß er sie nicht erinnert habe. »Es verschlägt nichts,« sagte Crammon, »ich will morgen wieder hin, und du kannst ja mitkommen. Ich will Lorm sehen. Mir ahnt nichts Gutes. Da ist Unheil im Zug.«

»Ach, Bernhard,« klagte Lätizia, »du unkst die Sonne um ihren Schein und die Rosen um ihren Geruch.«

»Nein, ich weiß nur, daß sich das Gesicht der Welt verändert, ohne daß ihrs merkt, ihr armen, verkauften Seelen,« antwortete Crammon mit erhobenem Finger.

Und er ging zu Borchardt, wo er köstlich zu speisen gedachte; Henkersmahlzeit nannte er es jedesmal.

26

Als Michael an Johannas Seite die Kirche verließ, war er von dem Erlebnis der Stunde durchwühlt.

Sie fuhren bis zur Schönhauser Allee, dann gingen sie zu Fuß. Das Schneegestöber und der hochliegende Schnee machte dem Hinkenden das Gehen doppelt beschwerlich.

Er hatte während der ganzen Fahrt geschwiegen, obgleich sich in seinem Gesicht Empfindungen und Gedanken mit pathetischer Heftigkeit verrieten. Sich zu äußern, hatte er erst gelernt; früher war alles in ihm erstickt. Seit er es gelernt hatte, ergriff er den Anlaß mit Begier; das Wort war frisch, die Gebärde beladen und übermäßig; der Ton, in dem er sprach, trotzte gegen sein Alter; mit schrillen Akzenten betäubte er Anfälle von Schüchternheit; aus Furcht, nicht so ernst genommen zu werden, wie er sich selbst, wie ihm seine Wirrnisse, seine Erkenntnisse, sein neues Mitleben erschienen, verteidigte er gewagte Behauptungen noch hartnäckig, während seine Überzeugung schwankend wurde.

Auf dem Hinweg hatte er immer wieder von Christian zu sprechen begonnen. Sein Gemüt war erfüllt von Christian. Verehrung, halb zaghaft, halb überschwenglich, äußerte sich in vielfacher Weise. Er hatte des Aufblicks entbehrt, sein Geist der Richtpunkte und der Trunkenheit der Jugend; nun gab er sich desto williger hin. Doch sah er, seiner Grüblernatur gemäß, an diesem einfachen Menschen Rätsel und Probleme, und hierin konnte ihn Johanna eines Besseren nicht belehren. Sie wich aus. Der Knabe war ihr zu stürmisch, zu unbedingt, zu fordernd. Er verletzte die Schamhaftigkeit ihres Gefühls, er zerriß immerfort Schleier. Gleichwohl fesselte sie sein Wesen; es hielt sie in Unruhe und leiser Qual. Sie brauchte Unruhe und leise Qual. Sie konnte sich einbilden, ihn zu schützen, und so hatte sie eine Aufgabe, so war sie besser vor sich selbst geschützt.

Er sagte, die Musik sei es nicht gewesen, die ihn überwältigt habe. Solche Musik sei eine schwere Formensprache, und um das fehlende Wissen davon dürfe man sich nicht durch den Klang herumlügen, scheine ihm. Man müsse wissen, man müsse lernen.

»Was war es also? Was hat Eindruck auf Sie gemacht?« forschte Johanna, die den Knaben abwechselnd mit Du und Sie anredete, je nach ihrer Laune und Sympathie, je nachdem er ihrer zu bedürfen schien oder nicht. Ihre Frage enthielt nur oberflächliche Neugier. Sie war müde vom Weg, müde vom Tag, unlustig zum Wort.

»Die Kirche war es,« sprach Michael, »der Lobgesang auf Christus, die andächtige Menge.« Er stockte und senkte den Kopf. Als Kind und bis vor kurzem noch habe er nur mit Haß an Jesus Christus denken können, fuhr er mit seiner ein wenig heiseren und gebrochenen Knabenstimme fort; dem draußen im Lande jüdisch erzogenen Juden, der von Andersgläubigen Hohn und Beschimpfung erfahren, sei es eingefleischt. Christus sei ihm der Feind, der, der sein Volk verlassen und verleugnet habe, der Abtrünnige, die Ursache aller Leiden. »Ich weiß es noch, wie ich an Kirchen vorübergeschlichen bin,« sagte Michael, »ich weiß es noch, mit welcher Furcht und welchem Zorn. Ruth kannte so etwas nicht; Ruth hatte keinen Sinn für so bittere Dinge. Für

Ruth war alles süß und hell. Sie flog über das Gemeine hinüber. Bei mir fraß es, und ich hatte niemand, der mich hörte.«

Aber eines Abends, wenige Tage vor ihrem Verschwinden, habe ihm Ruth, ohne daß er darum gebeten und ohne daß er mit ihr gesprochen, nur als habe sie auf irgendeine Weise an ihn heran und seinen Drang und Druck lösen gewollt, eine Stelle aus dem Evangelium der Christen gelesen, die Stelle nämlich, wo der auferstandene Jesus den Simon Petrus fragt: Simon, liebst du mich? Simon antwortete: Du weißt, daß ich dich liebe; und Jesus sagt zu ihm: Weide meine Lämmer. Dann fragt er zum zweitenmal: Simon, liebst du mich? Ja, Herr, sagt Simon, du weißt, daß ich dich liebe. Und Jesus sagt: Weide meine Schafe. Und zum drittenmal fragt Jesus: Liebst du mich, Simon? Da ging es Petrus zu Herzen, daß er ihn dreimal gefragt, und er sagt: Herr, du weißt ja alles, du weißt, daß ich dich liebe. Und Jesus sagt: Weide meine Schafe. Und dann sagt er: Folge mir nach.

Er habe seiner Schwester das Buch aus der Hand gerissen und darin geblättert und sich nicht verführen lassen wollen, aber ein Satz sei ihm aufgefallen, bei dem er verweilt habe, der Satz: Und er bedurfte es nicht, daß jemand ihm Kunde von einem Menschen gab, denn er wußte, was im Menschen war. Da sei kein Haß gegen Christus mehr in ihm gewesen. Doch an ihn glauben und sich an ihn wenden, das habe er nicht vermocht. Er meine nicht Frömmigkeit und Gebet, er meine die Idee, was dem Menschen Gewähr gebe und dem Geist Bestand. Das habe er heute erfaßt, bei dem hinaufströmenden Gesang und den tausenden erst erloschenen, dann feierlich brennenden Augen; liebst du mich, Simon, das habe er erfaßt bis auf den Grund; und das »folge mir nach« bis auf den Grund; und sein Jude-Sein, Verstoßen-Sein habe sich aus Schmerz und Scham in Besitztum und Stolz verwandelt, in die Gewißheit eines Dienens und einer besonderen Kraft; »es war wunderbar, wunderbar,« beteuerte er, »ich begreife es noch nicht, ich bin wie eine angezündete Lampe.«

Johanna erschrak vor dem Ausbruch einer ihr so fremden und unverständlichen Leidenschaft.

»Weide meine Schafe,« Michael sang es beinahe in den Schnee hinein; »weide meine Schafe.«

Erweckung, dachte Johanna mit mattem Grauen und Neid, er ist erweckt worden.

Es wurde ihr immer deutlicher, mit welcher Inbrunst sich der Knabe an Christian geschlossen hatte. Als sie in der Stolpischen Straße vor der versperrten Tür warteten und Christian mit Niels Heinrich herauskam, ohne Blick und Gruß, ohne die beiden zu gewahren vorüberging und mit dem schlotternden, schlürfenden, verzerrt aussehenden Menschen im Torweg verschwand, hinkte Michael ein paar Schritte hinterher, starrte in die von weißen Schneefunken durchwirbelte Dunkelheit des Hofes, kehrte sich dann zu Johanna um und sagte stehend: »Er soll nicht mit ihm gehen. Laufen Sie ihm nach, rufen Sie ihn zurück. Er soll um Gottes willen nicht mit ihm gehen.«

Johanna, obgleich selbst erregt, beschwichtigte den Exaltierten. Sie blieb noch eine halbe Stunde bei ihm, zwang sich zur Unbefangenheit, kochte lässig plaudernd Tee und deckte den Tisch für das kalte Abendessen, dann ging sie nach Hause. Am andern Morgen um acht Uhr läutete Michael an ihrer Wohnung. Sie war kaum mit dem Anziehen fertig, und als sie zu ihm in den Flur trat, stand er bleich, übernächtig, nach Worten ringend da. »Wahnschaffe ist nicht heimgekommen,« murmelte er; »was soll man tun?«

Die erste Bestürzung niederkämpfend, mußte Johanna lächeln. Sie ergriff Michael bei der Hand und sagte: »Fürchte nicht für ihn, ihm geschieht nichts.«

»Sind Sie dessen so sicher?«

»Ganz sicher.«

»Wie geht das zu?«

»Ich weiß es nicht. Aber seinetwegen Angst haben, das könnte mir nie einfallen, das ist pure Gefühlsverschwendung.«

Ihre Ruhe und Bestimmtheit machten Eindruck auf Michael. Doch bat er sie, mit ihm zu gehen und bei ihm zu bleiben, wenn es ihr möglich sei. Sie überlegte und versprach es. Auf dem Rückweg gingen sie in eine Buchhandlung und kauften die Bücher, die Lamprecht bezeichnet hatte. Christian hatte Michael das Geld dazu gegeben. Er wollte mit Selbststudium heute gleich beginnen, aber er war nicht fähig, sich zu sammeln. Er saß am Tisch, blätterte, schlug Hefte auf, hob den Kopf und lauschte, preßte die Hände gegeneinander, sprang empor und ging im Zimmer herum, sah in den Hof, blickte forschend Johanna an, die an einer Stickerei arbeitete und fröstelnd und verhärmt in der Sophaecke kauerte und mit den kleinen weißen Zähnen an der Lippe nagte.

Es verging der Tag und die zweite Nacht, ohne daß Christian zurückkehrte. Die Ungeduld und Aufregung des Knaben war kaum mehr zu zähmen. »Wir müssen uns rühren,« sagte er; »dasitzen und warten, das ist blödsinnig.« Johanna, die nun auch besorgt wurde, wollte zu Botho von Thüngen gehen oder zu Doktor Voltolini. Während sie den Hut aufsetzte, kam Lamprecht. Als er hörte, um was es sich handelte, sagte er: »Ihr tut Wahnschaffe keinen Gefallen, wenn ihr Lärm schlagt. Kommt er nicht, so hat er seine Gründe. Eure Angst ist kindisch und seiner unwürdig. Wir wollen lieber etwas Nützliches beginnen, mein Junge.«

Auch er hatte, nur in höherem Grade, geistig befestigt, die Zuversicht, die Johanna instinktiv empfunden. Noch einmal unterwarf sich Michael und war für zwei Stunden williger Schüler. Gegen Mittag, Johanna und Lamprecht waren weggegangen, kam der Fuhrmann Scholz von nebenan mit einer unbeglichenen Rechnung. Er sagte, er habe für die Bespannung zum Leichenkonduktur der verstorbenen Mamsell Engelschall sein Geld noch nicht erhalten. Michael antwortete, er werde sein Geld kriegen, er solle morgen wieder vorsprechen, Wahnschaffe habe es sicher nur vergessen. Der Mann schimpfte und entfernte sich. Aber draußen im Hof stellte er sich zu einigen Leuten, und Michael hörte, daß sie gehässige Reden führten und daß dabei Christians Name genannt wurde. Er ging in den Flur und ans Tor; die giftigen Worte und Anspielungen im ordinärsten Jargon, die er vernahm, trieben ihm das Blut in die Wangen. Er hatte sofort das Gefühl einer Verhetzung. Ein rothaariger Bursche, Zimmermaler vom vierten Stock, tat sich besonders hervor. Er machte die andern auf Michael aufmerksam; einer warf eine rohe Bemerkung hin; die ganze Gesellschaft wieherte, und als Michael mit dem Mut seiner Entrüstung ins Freie trat, maßen sie ihn mit finsteren Blicken.

»Was habt ihr gegen Wahnschaffe?« fragte er laut und duckte sich wie eine Katze.

Sie wieherten abermals. Der Rothaarige streifte feixend seine Rockärmel hoch. Ein Weib, das an einem Fenster oben lag, langte in die Stube zurück und schüttete einen Kübel voll schmutzigen Wassers herunter. Michael ward davon bespritzt. Dröhnendes Gelächter. Der Fuhrmann Scholz stemmte die Arme in die Hüften und sprach von Tagedieben, die das arbeitende Volk verhohnepiepelten mit Schnick-

645

schnack und Blendwerk. »Judenjüngel, mach dünne!« pfiff es Michael ins Gesicht. Er wurde bleich und tastete hinter sich an die Mauer.

Da kamen Botho von Thüngen und Johanna aus dem Torweg des Vorderhauses. Sie blieben stehen und schauten schweigend auf die Gruppe im Schnee und auf Michael. Sie begriffen. Johanna zog Michael ins Haus. Er berichtete atemlos. Er war so feurig, so edel empört, daß seine Züge Schönheit hatten.

Nach einer Weile klopfte es an die Tür. Amadeus Voß trat ein. Übertrieben höflich grüßend, schien er keineswegs überrascht, Johanna hier zu finden. Es schien ihn auch nicht weiter zu stören; er sagte, er müsse Christian Wahnschaffe sprechen. Thüngen erwiderte, man wisse nicht, wann Christian nach Hause komme, man wisse nicht, ob er heute überhaupt noch komme.

Voß sagte trocken, er habe Zeit und werde warten.

Johanna war wie gelähmt. Sie konnte sich nicht entschließen, fortzugehen. Nur keine Demonstrationen, nur kein Aufsehen. So kauerte sie sich in die Ecke des Ledersofas, einem Tiere gleich, das sich in einen Winkel verkriecht, und nagte mit den Zähnchen an der Lippe.

Sterben, dachte sie unvermittelt, sterben, das ist das einzige.

27

Das Fest war vorüber, die Gäste waren abgereist, Eva und Susanne waren allein im Schloß zurückgeblieben.

Die südliche Küste hatte schon den vollen Frühling empfangen; es war ein Frühlingsfest gewesen, in tropischer Blütenfülle und heroischer Landschaft. Die Flucht aus dem Winter des Nordens, so rasch vollzogen, daß ihr keine Würde standhielt, hatte die Gemüter berauscht, in erhöhter Lust des Atmens, in ungeistigem Erstaunen, wie Trinker und Schlemmer manche, wie befreite Gefangene andre, hatten sie sich dem Seltenen überschäumend hingegeben, die Kürze der vergönnten Frist wissend. Dies Wissen breitete einen Schleier von Melancholie über die Freude.

Noch bebte die Atmosphäre von berückenden Worten, von Schritt und Lachen der Frauen; noch war alles voller Echo, der Lärm nicht ganz verstummt, und in der Nacht sehnte sich das Dunkel im stillen Park nach dem Lichterglanz, den die Sterne oben nicht vergessen machen konnten.

Aber sie waren alle fort.

Der Großfürst war der Einladung eines österreichischen Erzherzogs zur Jagd gefolgt; Eva sollte ihn im April in Wien treffen und mit ihm nach Florenz fahren. Sie hatte keinen ihrer Freunde aufgefordert, länger zu verweilen, keine der Damen, keinen der Künstler und der Paladine. Einmal wieder allein zu sein, das war ein Hunger ihrer Seele geworden; sie war nicht mehr allein gewesen seit vier Jahren.

Sogar Susanne war ihr im Wege. Sie wies sie aus ihrer Nähe, wenn sie mit törichter Besorgnis die Herrin umschlich. Sie wünschte nicht, daß man zu ihr spreche, daß man sie anschaue; sie wollte ganz entschlüpfen in das kristallene Gebilde Einsamkeit. Sie hatte es geschaffen, sie wollte es erfahren; und unversehens wurde sie darin sich selber fremd. Es geschah etwas mit ihr, das ihr das Blut im Herzen kühl und krank machte.

Sie konnte nicht lesen, keine Briefe schreiben, nicht an Pläne denken. Kaum hing eine Stunde mit der andern lebendig zusammen. Tagsüber ging sie am Meer, ohne Begleitung, saß unter Blumen im Garten; den größten Teil der Nacht lag sie in einer offenen Halle, vor der sich der Himmel wie ein Vorhang aus dunkelblauem Samt spannte. Oft war die Morgendämmerung schon angebrochen, wenn sie sich zu Bett begab. Sie hatte eine Empfindung von sich wie von gelockerter Natur und aufgelöstem Rhythmus. Bisweilen spürte sie Bangigkeit; der Mittag glühte sie stählern an, der Abend war ein Tor ins Ungewisse.

Sie hatte sich Nachrichten verbeten. Post, die dringend zu sein vorgab, wurde von Susanne und Monsieur Labourdemont erledigt. Doch beim zufälligen und zerstreuten Blick in den Brief eines Freundes erfuhr sie von Iwan Becker. Was sie las, beschäftigte sie. Es war Ahnung und Berührung der Gefahr. Wenn sie nachts in der offenen Halle lag, war fahles Zucken hinter dem dunkelblauen Vorhang des Himmels, und die Stille wurde tückisch.

An der Spitze von fünfzehntausend zarentreuen Arbeitern war Iwan Becker vor das Winterpalais gezogen, um zwischen dem Kaiser und dem Volk eine unmittelbare Aussprache und Verständigung herbeizuführen. Die friedliche Armee der Demonstranten war von Kosakenregimentern umzingelt worden, und das Ende war ein Blutbad ohnegleichen. Abermals rottete sich das Volk zusammen, und Becker, auf einer Tribüne, die Arme zum Himmel gereckt, verfluchte den Zaren. Flüchtig irrte er im Land umher, verbarg sich in Klöstern und bei Bauern. Da schickten ihm die Meuterer des »Pantelejmon« und »Potemkin« Botschaft, er möge sich ihnen anschließen. Die Mannschaften der beiden Dreadnoughts hatten im Hafen von Sebastopol den Gehorsam verweigert, hatten ihre Kapitäne und Offiziere ermordet, die Leichen ins Meer geworfen oder in den Feuerungsraum, hatten sich der Schiffe bemächtigt, ihre eigenen Befehlshaber gewählt und waren in See gegangen. Ob Iwan Becker dem Ruf der Rebellen gefolgt war, wußte man nicht; seine Spur hatte sich verloren. Aber viele behaupteten bestimmt, er habe sich auf den schwimmenden Freistätten vor den Nachstellungen der politischen Polizei in Sicherheit gebracht und eine bedeutende Herrschaft über die verwilderten Matrosen erlangt.

Es war seine dritte Erscheinung, in Aufruhr und Blut.

Von Gärtnern, Fischern, Bauern zugetragen und verbreitet, liefen Gerüchte. Die Meuterer hausten auf dem Meer als Piraten, kaperten Handelsschiffe und bombardierten Hafenstädte. In manchen Nächten sah man Raketen steigen und hörte fernen Kanonendonner. Wo sie nicht Angriffe überlegener Streitkräfte zu befürchten hatten, gingen sie an der Küste vor Anker, plünderten Städte und Dörfer, machten nieder, was sich zur Wehr setzte, und erfüllten die Provinz bis weit ins Binnenland hinein mit Schrecken.

Eva wurde gewarnt. Sie wurde gewarnt von dem Ältesten eines Bauerndorfes, dessen Gemarkung an den Schloßpark grenzte; sie wurde gewarnt durch eine Estafette des Marinekommandanten in Nikolajew, der ihr mitteilte, die aufständigen Matrosen beabsichtigten einen Anschlag gegen die kaiserlichen Besitzungen in der Krim, namentlich aber gegen die des Großfürsten; und sie wurde gewarnt durch ein anonymes Telegramm aus Moskau.

Sie beachtete die Warnungen nicht. Sie glaubte, dies, gerade dies nicht fürchten zu sollen, nicht fürchten zu dürfen, Bedrohung von dorther nicht, das Niedrige, Häßliche nicht; und sie blieb. Doch dies Bleiben war Warten. Ein Gefühl der Unentrinnbarkeit war über sie gekommen, keineswegs ausgehend von den Meuterern und ihrem verbrecherischen Wüten, sondern vom Geiste her und von der tiefen Logik der Dinge.

Eines Abends stieg sie auf den Turm mit der goldenen Treppe. Auf der Plattform oben über die dunkeln Baumwipfel und Meer und Land schauend, gewahrte sie im Norden den Horizont dunkelrot besäumt. In einen Spitzenschleier gehüllt stand sie und verfolgte sinnend das

Anschwellen der Glut, ohne daß Sorge oder die Frage nach der Ursache an sie rührte. Sie hatte ein durchdringendes Gefühl des Schicksals und beugte sich fatalistisch.

Susanne wartete im Saal der arabischen Fresken. Mit ihrem Derwischgang auf und ab schreitend, kämpfte sie gegen verdüsternde Befürchtungen. Die Flamme brannte nieder: was geschah mit Lukas Anselm? Das Um-ihn-Wissen und Für-ihn-Sein war in den Jahren des Glanzes und der Erfüllung nicht schwächer in ihr geworden. Das Werk, die Tänzerin, der er Art und Atem eingehaucht, hatte ihr als Zeugnis für ihn gegolten, nach wie vor, und als Kunde von ihm. Und jetzt, was wurde da? Dunkelheit kroch her; der Golem hielt inne in seinem entzückenden Spiel. Erlahmte und erkaltete die Hand, die ihn geformt hatte und befehligte? War der erhabene Geist müde geworden und besaß er die Kraft in die Ferne nicht mehr? War das Ende gekommen?

Eva trat ein, stutzte bei Susannes Anblick und setzte sich auf eine Ottomane, zu deren Häupten Stöcke mit leuchtenden Hortensien aufgestellt waren, die man jeden Morgen auswechselte. Sie war durchkältet vom Seewind; die Augen in den tiefgemeißelten Höhlen blickten streng. »Was willst du?« fragte sie.

»Ich glaube, wir sollten abreisen,« sagte Susanne, »länger zu zögern, wäre nicht klug. Die kleine Militärabteilung, die von Yalta unterwegs ist, würde uns bei einem Überfall auf das Schloß wenig nützen.«

»Wovor fürchtest du dich?« entgegnete Eva; »fürchtest du dich vor Menschen?«

»Ja, ich fürchte mich vor Menschen. Und Menschen gegenüber ist Furcht wohl am Platz, scheint mir. Nimm deine Phantasie zu Hilfe und denke ihre Körper, ihre Stimmen. Wir sollten reisen.«

»Es ist töricht, sich vor Menschen zu fürchten,« beharrte Eva, stützte den Arm auf ein Kissen und den Kopf in die Hand.

Susanne sagte: »Aber auch du hast Furcht. Oder was ist es? Was geht mit dir vor? Hast du Furcht? Wovor hast du Furcht?«

»Furcht ... ja, ich habe Furcht,« murmelte Eva; »wovor? Ich weiß es nicht. Vor Schatten und vor Träumen. Es ist eine Abwesenheit in mir. Meine Schutzgottheit ist abwesend. Das macht Furcht.«

Susanne erbebte bei diesen Worten der Bestätigung. »Soll ich die Koffer packen lassen?« fragte sie demütig.

Die Frage überhörend, fuhr Eva fort: »Die Furcht entsteht aus der Schuld. Siehst du, ich gehe herum und bin schuldig. Ich öffne mein

Kleid, weil mir enge drin wird, und bin schuldig. Ich greife nach der blauen Blüte da, und bin schuldig. Ich sinne und sinne, grüble und grüble, und kann den Grund nicht finden. Den innersten, untersten, ich kann ihn nicht finden.«

»Schuldig?« stammelte Susanne bestürzt, »du, schuldig? Was meinst du? Was redest du? Kind, du bist krank! Süße, Einzige, du wirst mir krank.« Sie stürzte vor Eva hin, umschlang den zarten Leib und schaute mit den feuchtschwimmenden Beerenaugen zu ihr empor. »Laß uns fortgehen, Herz, laß uns wieder zu den Freunden gehen. Ich wußte es ja, dies Land wird dich töten. Die Wildnis von gestern, die du umgezaubert hast in ein lügenhaftes Paradies, sie hat noch die ganze Bosheit abgeschiedener und verdammter Erde. Steh auf und lächle, Süße; steh auf. Ich will mich ans Klavier setzen und Schumann spielen, den du liebst. Ich will einen Spiegel bringen, damit du dich anschaust und siehst, daß du noch schön bist. Wer ist schuldig, der noch so schön ist?«

Eva schüttelte schwermütig den Kopf. »Schönheit?« fragte sie, »Schönheit? Du willst mich betrügen um mein Gefühl mit deiner Schönheit. Ich weiß nichts von ihr, und wenn sie etwas Wirkliches ist, so ist sie ohne Segen. Nein, von Schönheit rede nicht. Ich habe zu viel an mich gerissen, zu viel in zu kurzer Zeit, zu viel geraubt, zu viel verbraucht, zu viel vergeudet. Zu viel Menschen, zu viel Seelen, zu viel anvertrautes Pfand. Ich konnte es nicht halten und tragen. Was ich wünschte, wurde erfüllt. Je maßloser ich wünschte, je rascher kam die Erfüllung. Da war Ruhm, da war Liebe, da war Reichtum, da war Macht, da war Dienst von Sklaven, da war Anbetung, alles, alles; so viel, um drin zu wühlen wie in einem Haufen kostbarer Steine. Ich wollte emporkommen, von wie tief, das weißt du; es nahm mich auf Flügel. Ich wollte Hindernisse zerbrechen; als ich mich dazu anschickte, waren sie nicht mehr da. Ich wollte mich hingeben für eine große Idee, und mir wurde geglaubt, kaum daß ich begonnen hatte, um sie zu ringen. Man verkündete mich, und ich war noch der Lehre bedürftig. Zu früh, zu früh, zu viel, zu viel. Millionen opfern ihr Teuerstes, angstvoll und andächtig, nur um nicht fortgeschwemmt zu werden von der Klippe, die sie sich erobert; ich war wie Aladdin, vor dem die Ifrids das Knie beugen noch vor dem Befehl. Den einzigen, dessen Herz mir Widerstand geleistet – weshalb, war ihm selber ein Geheimnis, – habe ich von mir gestoßen und mißkannt. Jeder Schritt ein Schritt in die Schuld;

jede Sehnsucht Schuld; jeder Dank eine Schuld; jede Stunde der Lust eine Schuld; jedes Genießen ein Verarmen, jedes Hinauf ein Sturz.«

»Frevlerin,« murmelte Susanne, »aus Übermut und Überdruß sündigst du gegen dich und dein Geschick.«

»Wie du mich quälst,« antwortete Eva; »wie ihr mich alle quält, Männer und Weiber. Wie unfruchtbar ich durch euch werde. Wie mich eure Stimmen quälen, eure Augen, eure Worte und Gedanken. Ihr lügt so leichtsinnig. Ihr wollt nicht hören, Wahrheit ist euch verhaßt. Wer seid ihr denn? Wer bist du denn, du? Ah, Susanne ist dein Name, Susanne. Ich kenne dich nicht. Ein Du bist du. Quälst mich, weil du ein Du bist. Geh doch. Hab ich verlangt, daß du bei mir sein sollst? Ich muß zu mir hinein, und du willst mich hindern? Ich sage dir, ich bleibe, und wenn sie mir das Haus über dem Kopf abbrennen.«

Sie sprach dies mit verschlossener Leidenschaftlichkeit, erhob sich, machte sich los von der schluchzenden Gefährtin und ging in ihr Schlafgemach.

Eine Stunde später stürzte Susanne bleich und mit wirren Haaren herein. »Es wird Ernst,« rief sie der noch wachen und bei der verhängten Lampe sinnenden Herrin zu; »sie nähern sich dem Schloß. Labourdemont hat nach Yalta telephoniert; man hat geraten, daß wir uns schleunigst entfernen. Seit einer Viertelstunde ist übrigens die Leitung zerstört. Ich komme aus der Garage, das Auto wird in zwanzig Minuten vorfahren. Schnell, schnell, solang es noch Zeit ist.«

Gelassen sagte Eva: »Kein Anlaß zu Lärm und Geschrei. Beruhige dich. Die Erfahrung hat in ähnlichen Fällen bewiesen, daß man durch Flucht nur die Leute zur Plünderung und Vernichtung reizt. Sollten sie die Vermessenheit so weit treiben und hier eindringen, so werde ich ihnen entgegentreten und mit ihren Anführern verhandeln. Es ist das Richtige und das Natürliche. Ich bleibe, werde aber niemand zwingen, dasselbe zu tun.«

»Du bist sehr im Irrtum, wenn du glaubst, ich zittre für mich,« antwortete Susanne, plötzlich vollkommen trocken und gefaßt; »bleibst du, so bleibe ich selbstverständlich auch. Verlieren wir also kein Wort darüber.« Und sie reichte der Herrin das Gewand, das sie stumm gefordert hatte.

Man vernahm hastiges Laufen, Zurufe, das Schnurren des Autos, Hundegebell. Monsieur Labourdemont ging im Vorsaal erregt auf und ab. Der Gendarmeriewachtmeister sprach vor der Auffahrtstreppe laut mit seinen Leuten. Eva setzte sich gleichmütig an den Toilettentisch und ließ sich von Susanne das Haar aufstecken. Das Rauschen des Meeres drang durch die offenen Fenster. Dies schwere, schleifende Geräusch wurde auf einmal durch das Knattern von Gewehrfeuer unterbrochen.

Danach entstand eine kleine Stille. Labourdemont klopfte an die Tür des Schlafgemachs. Es sei keine Minute mehr zu versäumen, rief er mit dem Knäuel der Angst in der Kehle. »Teile ihm das Notwendige mit,« befahl Eva; Susanne ging hinaus und kehrte nach kurzer Weile mit einem düsteren Lächeln auf den Lippen zurück. Eva schaute sie fragend an. »Panik,« sagte Susanne achselzuckend; »es läßt sich denken. Sie sind ratlos.«

Abermals Zurufe, bestürzte, verworrene. Schein von Lichtern dann; leise Kommandos. Dann quollen Schreie aus der Stille. Zugleich ein Johlen von Hunderten. Plötzlich krachte es, als würde ein Holztor zerschmettert. Das Gebell der Hunde wurde verschlungen von Geprassel und gleich darauf folgendem ohrenzerreißenden Johlen, Pfeifen und Heulen. Eine Feuergarbe loderte; das Gemach war rot. Susanne stand rot in der Mitte; ihre Augen waren glasig, das Gesicht eine Maske.

Eva trat ans Fenster. Bäume und Büsche waren in Glut getaucht. Der Herd des Feuers war den Blicken entzogen. Der Platz vor dem Schloß war leer, die Wachmannschaft verschwunden. Sie hatten es für aussichtslos erkannt, der Übermacht der Meuterer beizukommen, und waren geflüchtet. Auch von den Dienern Evas war keiner mehr zu sehen. Ungewisse Schatten wälzten sich im lohenden Dunkel fauchend näher. Aus allen Richtungen knallten Schüsse. Scherbengeklirr ertönte; es waren die Glashäuser, gegen die Steine geschleudert wurden. Da brachen von links und rechts her, das Haus umflutend, Männermassen aus der feurigen Dämmerung, die von Sekunde zu Sekunde mehr in satte Brandhelle überging. Es war ein wüstes Gewimmel von Armen, Rümpfen und Köpfen, ein tobender, ungestüm sich vorwärtsschiebender Hause, dessen Brüllen, Gurren und Pfeifen die Luft erschütterte.

»Geh fort vom Fenster!« murmelte Susanne rauh flehend.

Eva rührte sich nicht. Da blickten einige empor und gewahrten sie. Ein unverständliches Wort durchlief die wirbelnde Menge. Viele blieben stehen, aber während sie hinaufstarrten, wurden sie von Nachdrängenden weitergeschoben. Als die Bewegung vor der Freitreppe brach und zu einem Schwanken verebbte, trat Stille ein.

»Geh fort vom Fenster!« flehte Susanne mit erhobenen Händen.

Scharlachfarbene Gesichter, dichtgedrängt, waren gegen Eva gekehrt. Mann an Mann schoben sie sich auf dem weiten Halbrund vor dem Schloß, die Menge nahm zu wie dunkle Flüssigkeit in einem Gefäß, das sich füllt. Die Hintersten zerstampften den Rasen und die Beete, rissen Büsche aus, stürzten Statuen um. Die meisten trugen die Uniform der Kriegsmarine, aber es befand sich auch Pöbel aus den Städten darunter, raub- und mordgieriges Gelichter, Mitglieder der schwarzen Hundert. Sie waren bewaffnet mit Gewehren, Säbeln, Knütteln, Revolvern, Eisenstangen, Äxten, und eine große Anzahl war betrunken.

Das unverständliche Wort gellte neuerdings über die Köpfe. Die treibende Bewegung fing als Wirbel wieder an. Fäuste schraubten sich hoch. Ein Schuß wurde abgefeuert; Susanne schrie erstickt: die Ampel über dem Bett zersplitterte. Eva trat vom Fenster zurück. Sie schauderte. Sie machte ein paar Schritte, nahm geistesabwesend einen Apfel von einer Schale. Er entfiel ihrer Hand und rollte auf dem Boden weiter.

Sie drangen ins Haus. Man hörte Axthiebe, Scharren vieler Schritte, Aufreißen von Türen. Sie suchten.

»Wir Unglücklichen,« flüsterte Susanne und ergriff mit beiden Händen Evas Arm, als stoße sie jemand ins Wasser.

»Laß,« wehrte Eva ab, »laß. Ich will versuchen, mit ihnen zu reden. Ihnen Mut zu zeigen, wird genügen.«

»Geh nicht, um Gottes willen, geh nicht!« beschwor Susanne.

»Laß, sag ich dir. Ich sehe keinen Ausweg sonst. Verbirg dich du und laß mich.«

Sie ging königlich. Sie wußte vielleicht um das Urteil, das gefällt war. Über die Schwelle tretend, hatte sie ein eisiges Gefühl der Entscheidung. Sie schritt verhängten Blickes. Der Weg schien weit; er erregte Ungeduld in ihr. Aus Flammenschein und dem schwachdurchleuchteten Grau prallten Menschen auf sie zu, wichen zurück, umstellten sie, wichen zurück. Der Adel der Gestalt bezwang sie noch. Aber dahinter rasten, geiferten Dämonen und wühlten sich Bahn zu ihr. Sie sprach russische Worte. Das brandige Wirrsal der Köpfe und Schultern wogte überwirklich auf und nieder. Sie sah Hälse, Bärte, Zähne, Fäuste, Ohren, Augen, Stirnen, Adern, Fingernägel. Mienen verschwammen; das Ganze der Gesichter zerloderte. Im Übungssaal prasselte Feuer. Beilhiebe zertrümmerten Kostbares. Rauch füllte die Gänge. Geschrei von Wahnwitzigen tobte. Eva wandte sich.

Es war zu spät. Da wirkte kein Zauber eines Blickes und einer Gebärde mehr. Da war Raserei des Elements.

Sie lief; gazellenhaft leicht. Hinter ihr plumpe Schritte, Lungen, die laut pumpten. Sie gelangte zur Treppe des viereckigen Turms, dieses Gebildes ihrer Laune. Sie lief hinan. Als sie höher kam, funkelten die vergoldeten Stufen im ersten Tageslicht. Die Hand glitt am Geländer reibungslos; das bemalte Email, Erzeugnis ihrer Laune, fühlte sich kühl und beschwichtigend an. Die Verfolger knurrten wie Wölfe. Das Licht hob sie. Sie stürzte in den silbernen Morgen hinauf, erblickte brennende Gebäude, die sich im Wind bogen, das Meer. Die Verfolger wälzten sich nach wie ein Gliederhaufen, ein Polyp mit Haaren, Nasen und gefletschten Zähnen.

Sie schwang sich auf die Brüstung. Arme langten nach ihr. Höher! Könnte man doch höher! Den Himmel belagerten Wolken. Einst war es anders gewesen. Sterne hatten getröstet, ein herrlich entfaltetes Firmament. Die Erinnerung blieb nur eine Sekunde. Hände griffen, an ihre Brust krallten sich Finger. Vier, sechs, acht Armpaare streckten sich aus; ein letztes Besinnen, eine letzte Anstrengung, ein letzter Seufzer, die Luft wich sausend, sie stürzte ...

Auf Marmorfliesen lag ihre Leiche. Der wunderbarste Körper, zu blutigem Brei entformt. Die gebrochenen Augen leer aufgeschlagen, ohne Tiefe, ohne Wissen, ohne Sinn. Von der Brüstung oben heulten die Menschenwölfe gierig und enttäuscht; unten fielen andre über die Tote her. Sie rissen die Gewänder vom Leib und steckten sie wie Fahnenfetzen auf Stangen und Zweige.

Auf der Schwelle des Schlafzimmers ihrer Herrin lag erschlagen Susanne Rappard.

Als das Werk der Plünderung und Zerstörung beendet war, zog der wilde Haufe ab. Über den nackten, besudelten Leichnam der Tänzerin hatte zuletzt ein barmherzig Schamvoller eine Pferdedecke geworfen.

Es ging aber bis zum Abend noch ein Mann auf der Trümmerstätte umher, einsam, in einsamer Not. Er trug das Kleid eines Popen und in den Zügen, auch er, das Mal erfüllten Schicksals. Und die in später Stunde kamen, ihn zu suchen und zu holen, grüßten ihn ehrfürchtig, denn er galt ihnen als der Heilige des Volkes und der Prophet des neuen Reiches.

Er sagte zu ihnen: »Ich habe euch belogen, ich bin ein schwacher Mensch wie ihr.«

Darauf wiegten sie die Köpfe, und einer antwortete: »Väterchen Iwan Michailowitsch, mache unsre Hoffnung nicht zuschanden und geleite uns in unsrer Schwäche.«

Da blickte der Heilige des Volkes auf die Leiche, die wenige Schritte entfernt zwischen ausgerissenen Blumen und verkohlten Trümmern unter der Pferdedecke lag und sagte: »So laßt uns denn bis zum Ende gehen.«

28

Dreimal blieb Niels Heinrich auf der Straße stehen und starrte Christian ins Gesicht. Hierauf ging er weiter, stieß seine Füße in den Asphalt und rundete seinen Rücken. Anfangs schleppte er sich mühsam, dann wurde der Schritt fester.

Vor Kahles Laden fragte er tonlos höhnisch, ob der Herr bei der Polizei angestellt sei. In dem Fall möge der Herr kurzen Prozeß machen, er seinerseits werde seinen Weg dann schon kennen.

»Nicht deswegen bin ich mit Ihnen gegangen,« erwiderte Christian.

»Also weswegen sonst?« Der Herr rede wieder mal wie 'n Schnösel; der Herr denke immer, man könne ihn mit Redensarten besoffen machen.

»Wohnen Sie hier in dem Hause?« fragte Christian.

Jawoll, da wohne er. Der Herr wünsche vielleicht, sich die stinkige Bude anzugucken? Na, denn immer ran. Er bleibe allerdings nicht lange oben, er wolle sich bißchen adrett machen und denn zum flinken Jottlieb gehen. Der flinke Jottlieb, das sei 'n besseres Lokal mit Mächens und Sekt. Er wolle heute so fünfzehn bis zwanzig Pullen Sekt schmeißen. Man habe es ja dazu. Vorher müsse er aber noch zum Juden Grünbusch in die Pappelallee, was versetzen. Werde dem Herr wohl zu viel werden. Vielleicht nee?

Dies schnarrte er auf der finsteren Treppe in Wut heraus. Aber dahinter war die Siedhölle der Angst.

Das Licht der Straßenlaterne, die dicht vor einem der niedrigen Halbfenster stand, goß grünfahlen Schein in die Stube und ersparte es Niels Heinrich, die Lampe anzuzünden. Er wies darauf hin und bemerkte kichernd, es sei barer Profit, daß die Beleuchtung auf öffentliche Kosten gehe. Er könne die Zeitung im Bett lesen und brauche dann nicht mal einen Huster zu machen beim Einschlafen. Da sehe man, wie ein Kerl Hause, ders zu was hätte bringen können im Leben und nicht auf den Kopf gefallen sei, da sehe mans. Ein Lauseloch sei das, ein Drecknest. Aber jetzt werde die Sache anders werden; jetzt werde er ins »Adlong« ziehen, Zimmer mit Badd, und sich ein Auto kaufen und Wäsche im Nürnberger Bazar oder bei Old England.

Er steckte die Hand in die Hosentasche und ließ ein Klappern hören. Christian hielt, was er sagte, für zusammenhangloses Geschwätz und schwieg.

Niels Heinrich riß den zerknitterten Hemdkragen herunter und warf Rock und Weste aufs Bett. Er öffnete eine Kommodenlade und den Schrank, zog mit erstaunlicher Fixigkeit einen frischen Kragen an, der so hoch war, daß er den Hals wie eine weiße Röhre umpreßte, band eine gelbe Seidenkrawatte um und schlüpfte sodann in ein schwarz und weiß gestreiftes Gilet und einen Rock mit Schößen. Das alles sah neu aus und stach lächerlich von den karierten, befleckten Beinkleidern ab, die er aus irgendeinem Grund zu wechseln unterließ. Auch die Manschetten waren schmutzig.

»Also weswegen?« fragte er plötzlich wieder, und seine Augen flackerten rabiat im grünfahlen Laternenlicht; »weswegen denn? Weswegen jehn Se mir nich von der Pelle?«

»Ich brauche Sie,« antwortete Christian, der an der Tür stehengeblieben war.

»Sie brauchen mir? Wozu denn? Versteh ich nich. Erklären Sie sich man deutlicher, Mensch.« Da Christian schwieg, steigerte er sich giftig zu Haß und Drohung. »Sie wolln mir woll dreckig kommen? Sie nich, verstehn Se, mir nich. Kommen Se mir nich dumm, sonst komm ich Ihnen noch dümmer.«

»Es nutzt nichts, in dieser Art zu sprechen,« sagte Christian. »Sie fassen mein Hiersein und mein ... wie soll ich es ausdrücken, mein Interesse an Ihnen falsch auf. Interesse, nein, das ist nicht das richtige Wort. Aber es kommt ja auf das Wort nicht an. Sie glauben wahrscheinlich, mir wäre es darum zu tun, daß Sie sich dem Gericht stellen, daß Sie das Geständnis, das Sie mir abgelegt haben, dort wiederholen. Aber daran liegt mir nichts, ich versichere es Ihnen, oder es liegt mir nur insofern daran, als ich es um des unschuldigen und, wie man annehmen kann, durch seine Lage und durch seine Gemütsverwirrung sehr unglücklichen Joachim Heinzen willen für wünschenswert hielte. Es muß ihm entsetzlich zumute sein, ich spüre es fortwährend, es geht mir nah, und besonders, seit Sie sich gegen mich ausgesprochen haben. Ich sehe ihn förmlich. Ich sehe ihn, wie wenn er sich bei der Bemühung, an einer steinernen Mauer emporzuklettern, die Finger und die Knie blutig schürfen würde. Er begreift es nicht. Er begreift nicht, daß eine Mauer so steinern und so steil sein kann. Er begreift nicht, was mit ihm vorgeht. Die ganze Welt muß ihm krank erscheinen. Es ist Ihnen offenbar gelungen, ihn in eine so stark nachwirkende Hypnose zu bringen, daß er unter diesem furchtbaren Einfluß die Kontrolle über seine Handlungen verloren hat. Sie haben etwas im Wesen, das an eine solche Gewalt glauben läßt. Ganz bestimmt ist ihm Ihr Name aus dem Gedächtnis entschwunden. Ginge einer hin und flüsterte ihm den Namen ins Ohr, Niels Heinrich Engelschall, er würde vielleicht wie vom Schlag getroffen zusammenstürzen. Das ist natürlich ausgedacht, eine Übertreibung. Aber stellen Sie sich ihn einmal vor. Man muß sich die Menschen und die Dinge vorstellen; die wenigsten tun das, sie schwindeln sich daran vorbei. Ich sehe ihn innerlich so ausgeraubt, so mittellos, daß der Gedanke kaum zu ertragen ist. Sie werden mir entgegenhalten: ein Idiot; ein Unzurechnungsfähiger mit herabgemindertem Sensorium, mehr Tier als Mensch. Es ist das sogar ein Argument, dessen sich die Wissenschaft bedient. Aber es ist ein falsches Argument; die Voraussetzung ist falsch, und der Schluß, den man daraus zieht, ist falsch. Meine Ansicht ist, daß alle Menschen gleich tief empfinden, daß es keine Verschiedenheit in der Schmerzempfindlichkeit gibt. Nur das Bewußtsein davon ist verschieden. Es ist sozusagen kein Unterschied in der Buchführung, es ist ein Unterschied in der Abrechnung.«

Er machte mit gesenktem Kopf einen Schritt gegen Niels Heinrich, der sich nicht rührte, und während ein verschleiertes Lächeln um seine Lippen huschte, fuhr er fort: »Mißdeuten Sie mich nicht. Ich will auf Ihre Entschließungen nicht im mindesten einwirken. Was Sie tun oder unterlassen, ist Ihre persönliche Angelegenheit. Es ist eine Frage des Anstands und der Menschlichkeit, ob man den armen Teufel aus seiner schrecklichen Situation befreien will oder nicht. Was mich betrifft, so bin ich weit davon entfernt, Ihnen eine Handlung zuzumuten, die nicht aus Ihrer eignen Überzeugung stammt. Ich betrachte mich nicht als Vertreter der öffentlichen Ordnung; ich habe nicht dafür zu sorgen, daß die Gesetze befolgt und die Menschen über ein Verbrechen, das sie beunruhigt, aufgeklärt werden. Wozu wäre das nütze? Was würde besser dadurch? Ich will Sie nicht fangen, ich will Sie nicht übertölpeln.

Der Gang zu Gericht, die Enthüllung der Tat, die Sühne vor der Welt, die Strafe, was hab ich mit all dem zu schaffen? Nicht deshalb bin ich bei Ihnen.«

Niels Heinrich war es, als drehe sich sein Gehirn mit einem knackenden Geräusch. Er faßte nach der Tischkante und hielt sich fest. Ein Urstaunen war in seinen Mienen. Der Unterkiefer sank herab; er lauschte mit offenem Mund.

»Strafe, was heißt das? Bin ich befugt, Sie der Strafe zuzuführen? List anzuwenden oder Gewalt, damit Sie Strafe erleiden? Es kommt mir nicht einmal zu, Ihnen zu sagen: Sie sind schuldig. Ich weiß es nicht, ob Sie schuldig sind. Ich weiß, daß Schuld da ist, aber ob Sie schuldig sind, und in welchem Verhältnis Sie zur Schuld stehen, kann ich nicht wissen. Nur Sie selbst können es wissen. Nur Sie selbst haben das Maß für das, was Sie getan haben, nicht die, die Ihre Richter sein werden. Auch ich habe kein Maß dafür, aber ich richte nicht. Ich frage mich: Wer darf richten? Ich sehe keinen, ich kenne keinen. Für das Zusammenleben der Menschen ist es vielleicht notwendig, daß gerichtet wird, aber der einzelne gewinnt nichts durch den Richtspruch, an seiner Seele nicht und an seiner Erkenntnis nicht.«

Es war ein bodenloses Schweigen, in welches Niels Heinrich versunken war. Er erinnerte sich plötzlich des Augenblicks, wie es ihn getrieben hatte, die Maschine zu ermorden. Mit völliger Klarheit sah er die ölschwitzenden Stahlteile vor sich, die hurtig schnurrenden Räder, das ganze exakt arbeitende Gefüge, das ihm irgendwo verderblich und feindselig erschienen war. Warum das Bild vor ihm auftauchte, gerade jetzt, und warum er sich seines rachsüchtigen Verlangens mit einem Anflug von Scham entsann, gerade jetzt, begriff er nicht.

Christian sprach: »Das alles spielt also keine Rolle. Sie können ohne Furcht sein. Was ich will, hat damit nichts zu tun. Ich will,« er stockte, zauderte, rang um den Ausdruck, »ich will Sie haben. Ich brauche Sie …«

»Brauchen mich? Brauchen mich?« murmelte Niels Heinrich, ohne zu verstehen; »wie denn? Wozu denn?«

»Ich kann es nicht erklären, kann es unmöglich erklären,« sagte Christian.

Niels Heinrich lachte auf. Es war ein klangloses, abgebrochenes Haha. Dann ging er mit seinem Stechschritt rund um den Tisch herum. Dann kam wieder das verpreßte, irre Haha.

»Sie haben ein Wesen von der Erde fortgenommen,« sagte Christian leise, »ein Wesen vernichtet, so kostbar, so unersetzlich einzig, daß Jahrhunderte, vielleicht Jahrtausende vergehen werden, bis wieder eines sich bilden kann, das ihm ähnlich oder gleich ist. Wissen Sie das nicht? Jedes lebendige Geschöpf ist wie eine Schraube an einer äußerst wunderbar gebauten Maschine –«

Niels Heinrich fing an so heftig zu zittern, daß Christian es bemerkte. »Was ist Ihnen?« forschte er, »sind Sie unwohl?«

Niels Heinrich griff nach seinem steifen Filzhut, der an einem Nagel hing, und strich mit nervösen Bewegungen darüber hin. »Mensch, Sie machen einen ja ganz unsinnig,« stieß er dumpf hervor.

»Hören Sie nur,« fuhr Christian eindringlich fort, »– an einer wundervoll gebauten Maschine. Nun gibt es aber wichtige Schrauben und minder wichtige. Und dieses Wesen war eine allerwichtigste. So wichtig, daß ich das Gefühl habe, die Maschine ist auf immer beschädigt, seit sie nicht mehr darin funktioniert. Niemand kann einen Bestandteil von solcher Feinheit und Zweckmäßigkeit je wieder herstellen, und wenn auch Ersatz beschafft wird, so ist die Maschine doch nicht mehr das, was sie war. Aber abgesehen von der Maschine, abgesehen von dem Vergleich, haben Sie mir etwas zugefügt, was in Worten nicht gesagt werden kann. Schmerz, Kummer, Traurigkeit, das sind keine Worte dafür. Sie haben mir etwas geraubt, etwas Kostbares, unersetzlich Einziges, und Sie müssen mir etwas dafür geben. Sie müssen mir etwas dafür geben, hören Sie das! Deswegen steh ich da. Deswegen folg ich Ihnen nach. Sie müssen mir etwas dafür geben, was, weiß ich nicht, aber sonst verzweifle ich, sonst werd ich selber zum Mörder!«

Er schlug die Hände vors Gesicht und brach in heiseres, wildes, ungestümes Weinen aus.

Mit bebenden Lippen, kleinlaut, wie ein Kind, stammelte Niels Heinrich: »Ja du großer Heiland, was soll ich Ihnen denn dafür geben?«

Christian weinte und antwortete nicht.

29

Sie gingen aber dann zusammen fort, ohne daß sie noch Worte gewechselt hatten.

Der Pfandverleiher Grünbusch hatte schon geschlossen. Niels Heinrich suchte einen andern auf, in der Dunkerstraße, der ihm als verläßlich bekannt war. Er ließ Christian auf der Straße stehen, während er in das schmutzige Gewölbe schlüpfte. Er hatte eine Perle aus der Schnur gerissen, eine nur, zur Probe vorläufig, und bekam, nachdem sie der alte Hehler genau geprüft und gewogen hatte, eintausendfünfhundert Mark. Die Summe wurde ihm in Gold und Scheinen hingezählt. Er zeigte eine finstere Gleichgültigkeit. Er zählte kaum nach. Das Geld stopfte er in die eine Tasche des Rocks, die Scheine, beim Greifen sie zerknitternd, in die andre.

Geben? Was meint er, daß ich ihm geben soll? grübelte er; hat er am Ende schon Lunte gerochen, daß ich ihm die Perlen gemaust? Meint er das? Meint er, die soll ich ihm geben?

Als er wieder auf die Straße trat und Christian ohne Ungeduld und Argwohn warten sah, verzog er bloß das Gesicht. Und er setzte den Weg an seiner Seite wortlos fort.

Betäubt ertrug er die Wucht der fortwährenden Nähe des Menschen. Was daraus werden sollte, faßte er nicht.

Das Weinen des Menschen lag ihm in den Ohren und in den Gliedern. Es herrschte eine klare, kalte Stille in der Luft. Dennoch brauste es überall von dem Weinen des Menschen. Die Straßen, durch die sie kamen, waren zumeist wie ausgestorben. Dennoch war das Weinen drin, in weißliche Nebelgeister zerteilt. In den Häusern links und rechts mit den angeklebten Betonnestern der Balkone brauste es heimtückisch, das Männerweinen.

Er wagte nicht zu denken. Nebenher ging der Mensch und wußte den Gedanken. Ein Strick umschlang ihn, und er konnte sich nur insoweit bewegen, als es der Mensch gestattete. Wer ist er denn? fuhr es ihm durch den Kopf, und er besann sich auf den Namen. Der Name war ihm entfallen. Und alles was der Mensch ihm gesagt, dieser plötzlich namenlos gewordene Mensch, stob in feurigen Flocken durch sein Inneres.

Nach einer halben Stunde waren sie am Ziel.

Der »Flinke Gottlieb« war ein Animierlokal für Arbeiter und Kleinbürger. Es enthielt eine ziemlich große Zahl von Räumlichkeiten. Zuerst betrat man das Restaurant und Café, welches die ganze Nacht hindurch von Gästen besucht war und dessen Hauptattraktion in einem Dutzend hübscher Kellnerinnen bestand, sowie in zwanzig bis dreißig andern Damen, die lächelnd, rauchend und herausfordernd kostümiert auf den grünen Samtpolstern räkelten und auf Opfer lauerten. An das Restaurant stieß eine Reihe von zellenartigen Gemächern, die für einzelne Paare bestimmt waren, und dann kam noch ein länglicher, korridorartiger Saal, der gelegentlich an Gesellschaften und Vereine vermietet wurde oder den verbotenen Glücksspielen diente. Die Ausstattung der Räume entsprach dem Geschmack der Zeit: überall strahlte Vergoldung, überall brüsteten sich Genien aus Stuck; mächtige Säulen, die hohl waren und nichts zu stützen hatten, versperrten den Weg, und Malereien von imposanter Gestrigkeit schmückten die Wände. Alles war neu, und alles war schon Schmutz und Verfall.

Niels Heinrich schob sich durch die Drehtür, schaute sich geblendet um, schlurfte an den Tischen vorüber, trat in den Gang, aus welchen man in die zärtlichen Zellen gelangte, kehrte wieder zurück, stierte den Mädchen in die geschminkten Gesichter, rief den Oberkellner und sagte, er wolle in den Saal hinüber, er wolle den Saal für sich haben, was es koste, sei schnuppe; man möge mal gleich zwanzig Flaschen Kupferberg ins Eis legen. Er holte drei Hundertmarkscheine hervor und schleuderte sie dem Befrackten verächtlich hin. Damit war die Situation geklärt; der Befrackte schmeichelte sich durch eine würdige Amtsmiene ein; zwei Minuten später war der Saal festlich erleuchtet.

Es erschienen die Dirnchen; es erschienen junge Männer, Schmarotzer von Beruf; die frühverdorbenen Burschen mit dem Aussehen lungensüchtiger Lakaien; die unterstandslosen Kommis in ihrer buntscheckigen Eleganz; die zweifelhaften Existenzen mit dunkler Vergangenheit und noch dunklerer Zukunft; der »Flinke Gottlieb« hatte reichlichen Vorrat an ihnen. Sie pochten kordial auf alte Freundschaft mit dem Veranstalter des Gelages; er erinnerte sich keines einzigen, wies aber keinen zurück.

Er saß in der Mitte der langen Tafel. Er hatte den Filzhut in den Nacken geschoben, die Beine übereinandergelegt, die Zähne aufeinandergebissen. Er war weiß im Gesicht wie das Linnen auf dem Tisch. Freche Lieder wurden gesungen; man plärrte, schrie, kreischte, kicherte, witzelte, soff, wälzte und beschmatzte sich; Zoten wurden gerissen, mit Erlebnissen wurde geprahlt, auf Stühle wurde gestiegen, Gläser wurden zerschmettert: das Bacchanal räumte im Verlauf einer halben Stunde mit aller Nüchternheit und Steifheit auf. So gut traf es sich nicht oft, daß einer hereingeschneit kam und Kapitalien ausschüttete.

Niels Heinrich thronte kalt. Von Zeit zu Zeit rief er gebieterisch: »Sechs Flaschen Greno! ne Schokoladentorte! Neun Flaschen Witwe!

661

ne Ladung Baisers!« Mehr sagte er nicht. Die Befehle wurden hurtig erfüllt und von der Versammlung mit Hoch und Hallo aufgenommen. Eine schwarzhaarige Person schlang den Arm um seine Schulter; er stieß sie brutal von sich. Sie muckste nicht. Eine feiste, übermäßig Geschminkte, bis an den Nabel Dekolletierte hielt ihm das Kelchglas an den Mund; er spuckte ingrimmig hinein. Beifall prasselte.

Er trank nicht. An der gegenüberliegenden Wand befand sich ein riesiger Spiegel. Er erblickte im Spiegel den Tisch und die Zecher. Er erblickte auch die rote Draperie, die die Wand in seinem Rücken bedeckte; ferner einige kleine Tischchen vor dieser Draperie, an denen niemand saß außer Christian. Durch den Spiegel blickte Niels Heinrich hinüber und musterte scheu den Abgesonderten, dessen stumme Gegenwart der Gesellschaft anfangs aufgefallen war, um den sich aber längst niemand mehr kümmerte.

Zur Linken von Niels Heinrich spielten vier Kerle »Meine Tante, deine Tante«. Sie lockten Publikum und Teilnehmer an. Niels Heinrich warf bisweilen ein paar Goldstücke auf den Tisch. Er verlor jeden Einsatz. Gleichzeitig griff er immer wieder in die Tasche und warf Goldstücke hin.

Er sah in den Spiegel und erblickte sich selbst: fahl, dürr, verschrumpft.

Er warf einen Hundertmarkschein hin. »Kleen Vieh macht doch Mist,« renommierte er. Der Spiegel war verdeckt durch die Zuschauer. »Platz!« brüllte er sie an, »ick muß da durchgucken können.« Sie rückten gehorsam weg.

Er sah in den Spiegel und erblickte Christian, der schlank aufgerichtet vor der Draperie saß, horchend und unbeweglich.

Er warf zwei Scheine hin. »Die jehn Wasser holen,« brummte er.

Und wie er abermals in den Spiegel schaute, erblickte er einen nackten Rumpf, einen jungfräulichen Leib, strahlend in einer irdischen und in einer andern noch, einer überirdischen Reinheit. Die kaum geschwellten Brüste mit ihren rosigen Knospen hatten eine Süßigkeit der Form, die Bangen erzeugte, und ihr Enthülltsein war Schmerz. Nur der Rumpf war es, ohne Glieder, ohne Haupt. Wo der Hals endigte, war ein Ring aus geronnenem Blut; unten aber war das dunkle Dreieck der Scham als ein Mysterium.

Niels Heinrich stand auf. Der Stuhl hinter ihm stürzte zu Boden. Alle schwiegen. »Hinaus!« schrie er; »hinaus! hinaus! hinaus!« und deutete mit schwankendem Arm nach der Türe.

Die Tafelrunde erhob sich erschrocken. Einige zögerten, andre drängten bereits zum Ausgang. Außer Fassung griff Niels Heinrich nach dem Stuhl, schwang ihn über dem Kopf und schritt auf die Zögernden zu. Da stoben sie davon, die Dirnen kreischend, die Männer murrend. Nur die Kartenspieler waren sitzengeblieben, als ginge sie der Zwischenfall nicht an. Niels Heinrich strich mit der Hand über das Tischtuch, und die Karten flogen nach allen Richtungen. Die Spieler sprangen empor, entschlossen, sich zu wehren. Aber vor dem Anblick, den ihr Gegner bot, wichen sie zurück, und einer nach dem andern verließ den Saal. Gleich darauf kam der Befrackte, vornehm erstaunt, die Rechnung in der Hand. Niels Heinrich hatte sich, mit dem Rücken gegen den Spiegel, auf die Tischkante gesetzt. Dünner Schaum hing an seinen Lippen.

Er bezahlte. Die Höhe des Trinkgeldes milderte die abfällige Verwunderung des Befrackten. Ob der Herr noch Wünsche habe? Er wolle jetzt mal alleine saufen, antwortete Niels Heinrich; man möge ihm eine Flasche von der feinsten Marke bringen und Kaviar dazu. Eine der puppenhaften Kellnerinnen beeilte sich, brachte die Flasche, entkorkte sie. Niels Heinrich leerte gierig das Glas. Man solle die überzähligen Lichter auslöschen, gebot er, er brauche es nicht so helle. Man drehte die Lichter bis auf wenige Birnen ab, und es wurde düster im Saal. Kaviar wurde gebracht. Er verzog ekelnd den Mund. Man solle die Tür schließen und nur hereinkommen, wenn er am Knopf drücke, gebot er, und warf wieder Goldstücke hin. Es wurde ihm willfahrt.

Auf einmal war es still.

Niels Heinrich hockte noch auf der Tischkante.

Christian sagte: »Das hat lange gedauert.«

30

Niels Heinrich glitt von der Tischkante und fing an, durch die ganze Länge des Saals auf und ab zu gehen. Der Blick Christians folgte ihm unablässig.

Er habe mal ein Buch gelesen, sagte er, eine Geschichte von einem französischen Grafen, der habe ein unschuldiges Bauernmädchen umgebracht, habe ihr das Herz aus der Brust geschnitten, es gekocht und verspeist. Dadurch habe er die Fähigkeit erlangt, sich unsichtbar zu machen. Ob Christian glaube, daß an der Geschichte was dran sei?

Nein, er glaube es nicht, antwortete Christian.

Er seinerseits glaube ja auch nicht daran, aber daß in der Unschuld der Jungfrauen ein Zauber stecke, könne man doch nicht ableugnen. Vielleicht seien es verborgene Kräfte, die sie einem mitteilen. Es scheine sich ihm so zu verhalten, daß in den Schuldigen ein Trieb nach der Unschuld sei. Der Gedanke, welcher der Geschichte zugrunde läge, scheine ihm darauf hinauszulaufen, daß die Unschuld verborgene Kräfte verleihe. Ob er das leugne?

Nein, er leugne es nicht, antwortete Christian, dessen ganze Aufmerksamkeit durch dieses Verhör in Anspruch genommen wurde.

Der Herr habe aber doch behauptet, daß es keine Schuldigen gebe, wie sich das zusammenreime? Gebe es keine Schuldigen, so gebe es auch keine Unschuldigen.

»So ist es nicht aufzufassen,« entgegnete Christian, in die Enge getrieben und der Sonderbarkeit des Ortes, der Stunde, der Umstände in Nerv und Nieren bewußt; »Schuld und Unschuld stehen nicht in der Beziehung von Wirkung und Ursache. Eines leitet sich nicht vom andern her. Schuld kann nicht Unschuld, Unschuld nicht Schuld werden. Licht ist Licht, Finsternis ist Finsternis, aber eines wird nicht ins andre verwandelt, eines nicht vom andern gemacht. Licht geht von einem Körper aus, vom Feuer, von der Sonne, vom Gestirn; aber wovon geht Finsternis aus? Sie ist da. Sie hat keine Quelle. Keine sonst als die Abwesenheit von Licht.«

Niels Heinrich schien nachzudenken. Immer auf und ab gehend, stieß er die Worte in die Luft: man sei beschwatzt; man sei von Kindesbeinen an heillos beschwatzt. Da habe es immer geheißen Sünde und Unrecht, und alles sei darauf angelegt gewesen, einem ein böses Gewissen zu machen. Habe man aber mal das böse Gewissen, so helfe kein Beichten und Gezüchtigtwerden mehr, kein Pastor und keine Absolution. Und man sei im Grunde doch bloß eine erbärmliche Kreatur. Eine geschlagene Kreatur sei man, in die Verdammnis hineinverdammt. Das habe ihm eingeleuchtet, was der Herr gesagt – und ohne Christian anzublicken, streckte er Arm und Zeigefinger nach ihm aus –, das habe ihm eingeleuchtet, daß keiner sollte richten dürfen. Das sei wahr, er habe auch noch keinen gesehen, zu dem man sagen könne, du sollst richten. Jeder trage das Schandmal, das Diebsmal, das Blutmal, jeder sei behaftet und jeder in die Verdammnis hineinverdammt. Aber wenn nicht mehr gerichtet werde, dann sei es Matthäi am letzten mit der bürgerlichen Welt, mit der kapitalistischen Welt, denn die beruhe auf Gericht, und daß sich Schuldige fänden, um die Schuld auf sich zu nehmen, und Richter, die nicht von Gnade wüßten.

Christian sagte: »Wollen Sie nicht das Auf- und Abwandern lassen? Wollen Sie sich nicht zu mir setzen? Kommen Sie zu mir. Setzen Sie sich zu mir.«

Nein, er wolle sich nicht zu ihm setzen. Er wolle das alles mal erklärt haben. Er wolle sich nicht wie 'n Schuljunge aufs Bänkchen ducken; der Herr sei ihm unverständlich, der Herr foppe ihn wieder mal mit Redensarten, der Herr solle ihm was Sicheres in die Hand geben, er verlange was Sicheres, woran er sich halten könne.

»Was meinen Sie damit: etwas Sicheres?« fragte Christian ergriffen; »ich bin ein Mensch wie Sie; ich weiß nicht mehr wie Sie; ich habe gefehlt wie Sie; ich bin hilflos und ratlos wie Sie; was soll ich Ihnen da geben? Ich Ihnen?«

»Aber ich,« stieß Niels Heinrich außer sich hervor, »was soll ich denn geben? Sie wollten doch was von mir haben; was denn? Was wollen Sie denn haben? Sie von mir?«

»Spüren Sie es nicht?« fragte Christian. »Wissen Sie es noch immer nicht?«

Sie sahen einander stumm in die Augen, denn Niels Heinrich war stehengeblieben. Ein Schauder, fast sichtbar, überrieselte ihn. Sein Gesicht war wie verbrannt von der Begierde eines Menschen, der an Gittern rüttelt, um frei zu werden.

»Hören Sie mal,« sagte er plötzlich mit einer verzweifelten und krampfhaften Gelassenheit, »ich habe da Ihre Perlen stibitzt, bei Ihnen zu Hause. Habe sie einfach in die Tasche gesteckt. Eine hab ich bereits verkitscht und das Lumpenvolk von dem Gelde besoffen gemacht. Sie können sie wieder haben, wenn Sie wollen. Die kann ich Ihnen geben. Wenns das ist, die kann ich Ihnen geben.«

Christian schien überrascht, aber seine leidenschaftlich gespannte Miene veränderte sich kaum.

Da griff Niels Heinrich in die Hosentasche und zog, da die Schnur sie nicht mehr hielt, die Hand mit Perlen gefüllt hervor. Er reichte sie Christian hin. Christian regte sich nicht. Er machte keine Anstalten, die Perlen an sich zu nehmen. Dies schien Niels Heinrich seltsamerweise zu erbittern, er öffnete die Hand, bis sie flach wurde und ließ die Perlen auf den Boden fallen. Weiß und glitzernd rollten sie auf dem Parkett hin. Und als sich Christian nach immer nicht regte, schien Niels Heinrichs Zorn zu wachsen, er kehrte den Taschensack nach außen, so daß alle übrigen Perlen auf einmal auf die Erde fielen.

»Warum tun Sie das?« fragte Christian, mehr verwundert als tadelnd.

Nun, vielleicht wolle sich der Herr ein bißchen Bewegung verschaffen, war die freche Antwort. Und wieder trat dünner Schaum, wie Eiweiß, auf seine Lippen.

Christian senkte die Augen. Dann geschah dies: er erhob sich, atmete tief, lächelte, bückte sich, ließ sich auf die Knie nieder und begann die Perlen zusammenzuklauben. Er nahm eine jede einzeln, um sich die Hände nicht zu sehr zu beschmutzen; er rutschte auf den Knien weiter und las Perle für Perle auf. Er langte unter den Tisch und unter die Stühle, wo vergossener Wein in kleinen Pfützen stand, und auch aus den ekligen kleinen Pfützen klaubte er die Perlen. Mit der rechten Hand sammelte er, und immer, wenn die linke halb gefüllt war, schob er die aufgelesenen Perlen in die Tasche.

Niels Heinrich schaute zu ihm nieder, dann floh sein Blick das Schauspiel, irrte durch den Raum, traf den Spiegel, floh den Spiegel, suchte ihn von neuem, bebte zurück. Der Spiegel war glühend geworden. Er sah sein Bild nicht mehr darin. Der Spiegel gab kein Bild mehr. Und er schaute wieder auf den Boden, wo Christian kroch, und Ungeheures ging in ihm vor. Es entrang sich ihm ein röchelnder Laut. Christian hielt inne in seiner Beschäftigung und sah zu ihm auf.

Er sah, und er begriff. Endlich! Endlich! Eine zitternde Hand streckte sich ihm entgegen. Er faßte sie. Sie hatte kein Leben. So hatte er noch niemals begriffen: den Leib, den Geist, die Zeit und die Ewigkeit. Die Hand hatte keine Wärme: es war die Hand der Tat, die Hand der Untat, die Hand der Schuld. Aber als er sie berührte, zum erstenmal, da fing sie an zu leben und sich zu erwärmen, da strömte Glut in sie hinein, Glut vom Spiegel, Glut des Dienstes, Glut des Erkennens, Glut der Erneuung.

Es war nicht mehr als die Berührung.

Niels Heinrich, heruntergezogen, sank in die Knie. In der Sache mit Joachim Heinzen, da ließe sich darüber reden, stammelte er kaum vernehmlich, mit einem gebrochenen Blick und erlöschenden Mienen. Und sie knieten, einer vor dem andern.

Sich selbst entrissen durch Berührung, gab der Mörder seine Schuld dem Menschen, der ihn richtete, ohne zu verdammen.

Er war frei. Und auch Christian war frei.

Der Saal hatte einen Nebenausgang, durch den man auch das Haus verlassen konnte. Sie verabschiedeten sich voneinander. Wohin Niels Heinrich ging, wußte Christian. Er selbst wandte sich zur Stolpischen Straße, stieg in Karens Wohnung hinauf, sperrte sich ein und schlief, in Kleidern, bis zum andern Mittag, dreiunddreißig Stunden lang.

Ein starkes Läuten weckte ihn auf.

31

Lorm war krank auf den Tod. Er lag in einem Sanatorium. Eine Darmoperation war vorgenommen worden; die Hoffnung, daß er genese, war gering.

Die Freunde besuchten ihn. Der treueste, Emanuel Herbst, verbarg seinen Schrecken und seinen Schmerz unter fatalistisch unveränderlicher Ruhe. Seit dem Tage, wo er auf dem Antlitz des geliebten Menschen die ersten Spuren von dem Vernichtungswerk des Schicksals wahrgenommen hatte, widerte ihn das Getriebe an, in dessen Mitte er sich bewegte, diese Schattenwelt des Theaters; da das zentrale Feuer in seinem Körper erstickt war, ahnte er Nähe des Endes in vielen Dingen.

Auch Crammon kam oft. Er sprach gern von frühen Zeiten mit Lorm; Lorm ließ sich gern erinnern und lächelte. Er lächelte auch, wenn man ihm erzählte, wie zahlreich die Anfragen nach seinem Befinden seien, daß ununterbrochen aus allen Städten des Landes Telegramme einliefen und man daraus erfahre, wie tief sein Bild und Wesen in das Herz des Volkes gedrungen sei. Er glaubte es nicht; er glaubte es im Innersten nicht. Er verachtete die Menschen zu sehr.

Er glaubte nur an die Liebe eines einzigen Menschen, und das war Judith. An ihre Liebe glaubte er unerschütterlich, trotzdem ihm jede Stunde den Beweis hätte liefern können, daß er sich täuschte, jede Stunde des Tages, wo er das Verlangen äußerte, sie zu sehen, jede Stunde der Nacht, wo er sein Schmerzenswimmern verbiß, um die Ohren der bezahlten fremden Frauen, die ihn pflegten, nicht zu peinigen.

Denn Judith kam höchstens einmal eine halbe Stunde am Morgen oder eine halbe Stunde am Nachmittag, suchte durch Überzärtlichkeit und Übereifer ihre Unlust zu bemänteln, sagte: »Möpschen, wirst du nicht bald gesund?« oder »Schnuckchen, schäm dich doch, so lange faul zu liegen, während sich die arme Judith zu Hause nach dir sehnt,« erfüllte das Krankenzimmer mit Lärm und hundert unnützen Ratschlägen, zankte mit der Wärterin, kanzelte den Arzt ab, war kokett mit dem Professor, berichtete von den Nichtigkeiten ihres Lebens, von einer Reise ins Bad, von dem Diebstahl, den eine neue Köchin begangen, und hatte immer Gründe für die Beschönigung der kurzen Dauer ihres Bleibens.

Lorm bekräftigte diese Gründe. Er zweifelte an keinem einzigen. Er legte sie ihr in den Mund. Er war geradezu erfinderisch an Entschuldigungen für sie, wenn er in den Mienen andrer Erstaunen oder Mißbilligung über ihr Verhalten bemerkte. Er sagte: »Laßt sie; sie ist ein Luftwesen; sie hat ihre besondere Art von Anhänglichkeit, und ihre besondere Art von Kummer; man darf sie nicht mit gewöhnlichem Maß messen.«

Crammon sagte zu Lätizia: »Ich wußte nicht, daß diese Wahnschaffe eine so seelenlose Porzellanfigur ist. Es war immer meine Meinung, daß das Gerede von dem höheren Empfindungsleben des Weibes, so ungefähr lautet ja der Fachausdruck, eine jener verlogenen Fabeln ist, durch die wir zarteren und edleren Organe der Schöpfung zur Nachsicht bestimmt werden sollen. Aber eine solche Gemütsroheit kann einen Hausknecht schamrot machen. Geh zu ihr und rüttle ihr das Gewissen wach. Der herrlichste Künstler wird sterben, und sein letzter Seufzer wird einem Popanz gelten, der seinen Namen trägt wie ein Narr das Kleid eines Königs. Sie soll wenigstens der Form Genüge tun, sonst verdient sie, daß man sie steinigt. Man müßte wie im alten Indien die Witwe mit der Leiche des Gatten verbrennen. Schade, schade, daß es diese hübschen Gesetze nicht mehr gibt.«

Als Lätizia zu Judith kam, machte sie ihr sanfte Vorwürfe. Judith schien zerknirscht. »Das ist alles richtig, Kind,« antwortete sie, »aber sieh mal, ich kann und kann bei kranken Leuten nicht sein. Sie haben immer eine Maske. Sie sind gar nicht dieselben Menschen mehr. Es riecht so furchtbar bei ihnen. Sie erinnern einen an das Schauerlichste der Welt, an den Tod. Du wirst mir sagen: es ist doch dein Mann, dein ehelich angetrauter Mann. Um so schlimmer. Ich bin da wirklich in einem tragischen Konflikt. Man sollte eher Mitleid mit mir haben, als mich anschuldigen. Er hat nicht das Recht, zu fordern, daß ich meine Natur vergewaltige, und er fordert es auch nicht, er ist zu sein, er denkt zu groß dazu, nur die andern Menschen fordern es; aber was wissen die von uns? Was wissen sie von unsrer Ehe? Was wissen sie von meinen Opfern? Was wissen sie von einer Frau? Und sieh mal,« fuhr sie hastig fort, da sie Lätizias Befremden spürte, »es ist auch in diesen Tagen so viel los, so viel Unangenehmes. Mein Vater ist heute gekommen. Ich habe ihn nicht gesehen seit der Hochzeit mit Imhof. Weißt du übrigens, daß Imhof ein verlorener Mann ist? Er soll sich ganz zugrunde gerichtet haben. Da ist mir noch etwas erspart geblieben. Könnte man nicht glauben, daß es Unglück bringt, mich zu lieben? Woher mag das sein? Mein Leben ist so harmlos wie das Spiel von kleinen Mädchen, und doch ... Woher mag das sein?« Sie zog die Stirn kraus und schüttelte sich. »Nun, mein Vater ist also da; es steht mir eine Zusammenkunft mit ihm und Wolfgang bevor. Und es ist eine sehr häßliche Angelegenheit, meine Liebe, die da besprochen werden wird.«

»Es handelt sich um Christian, nicht wahr?« fragte Lätizia, und es war das erstemal, daß sie Christians Namen vor Judith nannte. Sie hatte vergessen, immer wieder vergessen, den Vorsatz immer wieder vertan, hatte Judiths rätselhaften Trotz und Haß gegen den Bruder gefühlt und nicht Mut genug besessen, sich dawider zu wenden, und immer war dann Wichtigeres über die bunte Bühne geschwebt, Lustigeres. »Nicht wahr, um Christian handelt es sich?« wiederholte sie zaghaft.

Judith schwieg düster.

Von der Stunde an wurde aber Lätizia von einer heimlichen Neugier gequält, und diese Neugier bewirkte, daß sie nicht mehr vergaß. Sie hatte sich verirrt, seit langem schon verirrt und kam mit jedem Schritt tiefer ins Pfadlose. Verirrt, verwirrt, verstrickt, so erschien sie sich, und sie hatte flüchtige Minuten der Traurigkeit. Die Ereignisse wuchsen ihr über den Kopf, all das kleine Flick- und Stückwerk des Tages, alles verlief so eigen im Sand, ohne Gestalt, ohne Ruf, ohne Bestimmung. Und in den flüchtigen Minuten der Traurigkeit hatte sie die Illusion von einem neuen Anfang und die Sehnsucht nach einer Hand, die sie aus dem Dickicht führte. Sie gedachte einer Nacht, in der ihr volles Herz verworfen worden war, schwärmerisch gläubig hielt sie es für möglich, daß das verbrauchte und ein wenig müde genommen werden würde.

Aber sie zauderte noch, spielte noch mit der schönen Einbildung. Da hatte sie einen Traum. Sie träumte, daß sie sich in der Halle eines vornehmen Hotels unter einer Menge Menschen befand. Sie war im Hemd und vermochte sich vor Scham kaum zu rühren. Aber niemand schien zu bemerken, daß sie im Hemd war. Sie wollte fliehen und sah nirgends einen Ausgang. Während sie gepeinigt um sich schaute, sank der List aus den oberen Stockwerken herab, sie stürzte darauf zu, die Tür schloß sich, und die Maschine stieg empor. Aber ihre Bangigkeit wich nicht, sie hatte das Gefühl nahenden Unglücks. Stimmen von außen schrien: Ein Toter! Ein Toter ist im Haus! Um die Maschine zum Halten zu bringen, tastete sie nach dem elektrischen Knopf, fand ihn nicht, und der List stieg höher und höher, die Stimmen verhallten. Ohne zu wissen, wie es geschehen war, stand sie in einem langen Korridor, auf den viele Zimmer mündeten. In einem der Zimmer lag ein Kruzifix, etwa zwei Ellen groß, aus Bronze, stark patiniert. Sie ging hinein. Männer machten ihr respektvoll Platz. Sie trug auf einmal ein weißes Gewand aus Atlas. Sie kniete neben dem Kruzifix nieder. Jemand sagte: es ist ein Uhr, man muß zur Table d'hote. Ihre Brust war vor Mitleid und Sehnsucht innen wund. Sie drückte die Lippen auf die Stirn des Christusbildes, da regte sich der metallene Körper, wuchs und wuchs, erstand zu natürlicher Größe, und sie, zärtlicher und immer zärtlicher hingegeben, flößte ihm Blut ein, verlieh der Haut Lebensfarbe, daß sich sogar die Narbe unter der Rippe rötete. Ihr Gefühl steigerte sich zu heißester, dankbarster Inbrunst, kniend umschlang sie den Leib, die Schenkel, die Füße des sich Erhebenden, der sie mit sich heben wollte; aber einer der Herren sagte: Der Gong ruft zum drittenmal, und bei diesen Worten erwachte sie in schmerzlicher Beseligung.

Am andern Morgen ging sie zu Crammon und überredete ihn, mit ihr in die Stolpische Straße zu fahren.

32

Als Christian die Tür öffnete, stand sein Vater vor ihm. Er war es, der geläutet hatte.

Die Bewegung, die der unerwartete Anblick in ihm hervorrief, war äußerlich so gering, daß sich die Augen des Geheimrats nach einem raschen Aufblitzen wieder verfinsterten.

»Darf man eintreten?« fragte er und schritt über die Schwelle.

Er ging in die Mitte des Zimmers, nahm den Hut ab, legte ihn auf den Tisch und schaute sich mit zurückhaltender Verwunderung um. Es war besser, als er es sich vorgestellt hatte, und es war schlimmer. Es war reinlicher, bürgerlicher, wohnlicher, aber es war auch einsamer und trostloser. »Hier hausest du also,« sagte er.

»Ja, hier hause ich,« bestätigte Christian etwas befangen, »hier und in der Stube überm Hof habe ich bis jetzt gehaust. Das hier war Karens Wohnung.«

»Wieso bis jetzt? Hast du im Sinn, dich abermals zu verändern?«

Da Christian mit der Antwort zögerte, fuhr der Geheimrat fort, auch seinerseits nicht ohne Befangenheit: »Ich muß um Verzeihung bitten, daß ich dich überfalle. Man konnte nicht wissen, ob du dich zu einer Auseinandersetzung wie die heute notwendige stellen würdest, und so unterblieb eine Ansage. Du wirst begreifen, daß der Schritt nicht leicht für mich war.«

Christian nickte. »Willst du nicht Platz nehmen?« bat er höflich.

»Danke. Ich möchte vorläufig nicht. Gewisse Dinge lassen sich nicht besprechen, wenn man sitzt. Man hat sie auch nicht im Sitzen gedacht.« Der Geheimrat schlug den Pelz gegen die Schultern zurück. Seine Haltung war von überlegener Würde. Der silberweiße, geeckte, gepflegte Bart stach malerisch gegen das seidig-schwarze Fell des Mantels ab.

Eine drückende Pause entstand. »Befindet sich die Mutter wohl?« erkundigte sich Christian.

Im Gesicht des Geheimrats zuckte es. Der unerhobene Ton machte, daß er die Frage als Frivolität empfand.

Von dem lästigen stummen Aufruf zu wesenlos gewordenen Lebensgesetzen ermüdet, sagte Christian: »Erlaube, daß ich mich fünf Minuten zurückziehe. Du hast mich aus dem Schlaf geweckt, ich glaube, ich habe sehr lang geschlafen, noch dazu in Kleidern, und ich muß mich in Ordnung bringen. Ich möchte dich auch bitten, ein kleines Paket für die Mutter mitzunehmen; es enthält einen Gegenstand, der für sie von Wert ist. Leider bin ich nicht berechtigt, dir nähere Aufklärung darüber zu geben. Sie wird es vielleicht selbst tun, wenn du es wünschest, die Sache gehört ja der Vergangenheit an. Entschuldige mich also, ich stehe gleich wieder zu deiner Verfügung.«

Er ging ins Nebenzimmer. Der Geheimrat sah ihm mit seinen großen blauen Augen betroffen nach. Während der Zeit, wo er allein war, rührte er sich nicht vom Fleck, und kein Muskel bewegte sich an ihm.

Christian trat ein. Er war gewaschen, die Haare waren befeuchtet und glattgekämmt. Er reichte dem Geheimrat ein mit Bindfaden verschnürtes Päckchen. Auf der weißen Papierhülle stand geschrieben: »Für meine Mutter. Am Tag meines letzten Abschieds dankbar zurückerstattet. Ein einziges Stück fehlt durch die Schuld unvermeidlicher Umstände. Sein Wert ist mir hundertfach aufgewogen worden. Gruß und Lebewohl. Christian.«

Der Geheimrat las. »Rätsel?« fragte er kalt. »Wozu solch plakatiertes Rätsel? Fehlt zu einem Brief die Zeit? Du hattest einst Umgangsformen.«

»Die Mutter wird es verstehen,« antwortete Christian.

»Sonst habe ich ihr nichts auszurichten?«

»Nichts.«

»Darf ich wissen, was die Wendung bedeutet: am Tage meines letzten Abschieds –? Du machtest schon vorhin eine Anspielung …«

»Es wäre praktischer, du teiltest mir zuerst den Zweck deines Besuchs mit.«

»Immer noch die alte Technik des Ausweichens bei dir.«

»Nein, du irrst,« sagte Christian, »ich weiche nicht aus. Du kommst wie ein Feind und sprichst wie ein Feind. Ich vermute, daß du mit mir verhandeln, etwas wie einen Vertrag zwischen uns schließen willst. Würde es das Verfahren nicht abkürzen, wenn du mir einfach deine Vorschläge machst? Möglicherweise stimmen sie mit meinen Absichten überein. Ihr wollt mich aus dem Weg haben, vermute ich. Ich glaube, ich kann euch aus dem Weg gehen.«

»Es verhält sich in der Tat so,« erwiderte der Geheimrat mit starrer Miene ohne Blickziel; »längeres Zuwarten ist nach Lage der Dinge ausgeschlossen. Dein Bruder fühlt sich gehemmt und in vitalen Interessen bedroht. Deiner Schwester bist du ein Anstoß und eine Alteration. Obgleich sie selbst in ihrer Bahn entgleist ist, krankt sie an dir wie an einer Verunstaltung. Verwandte und Verschwägerte erklären den Namen und die Ehre der Familie für verunglimpft und fordern Eingriff. Von deiner Mutter schweige ich. Von mir sollte ich schweigen. Daß du mich am verwundbarsten Punkte getroffen hast, kann dir nicht unbekannt sein. Man hat auf Gewaltmittel gedrungen. Ich habe mich dagegen gesträubt. Sie sind peinlich und zweckwidrig, strafen den, der sie anwendet. Der Plan, daß du von hier verschwindest – ich entsinne mich nicht, wer ihn zuerst aufs Tapet brachte –, hat vieles für sich. Andre Kontinente bieten einen günstigeren Boden für offensichtlich abstruse Ideen wie die deinigen. Die Stätte deiner Wirksamkeit zu verlegen, dürfte dir ein leichtes sein. Für uns wäre es Befreiung von einem Alpdruck.«

»Genau dasselbe habe ich vor,« sagte Christian; »verschwinden; zufällig hatte ich es mit demselben Wort gedacht. Wärst du gestern gekommen, so wäre ich wahrscheinlich nicht imstande gewesen, dich so vollständig zu befriedigen, wie ich es heute kann. Es hängt mit den Ereignissen zusammen. Zufällig treffen wir uns zur selben Zeit am selben Punkt.«

»Ich kann dir leider nicht folgen, denn ich weiß nicht, welche Ereignisse du dabei im Auge hast,« bemerkte der Geheimrat frostig.

Ohne auf den Einwurf zu achten, fuhr Christian mit Blicken fort, die sich verloren: »Es ist zwar schwierig, zu verschwinden; in unsrer Welt zu verschwinden, ist eine schwierige Aufgabe. Es heißt, die Person abtun, die Heimat abtun, die Freunde abtun und zuletzt noch den Namen abtun, was das schwierigste ist. Aber ich will es versuchen.«

Argwöhnisch gestimmt durch den mühelosen Sieg, fragte der Geheimrat: »Das also hast du mit dem letzten Abschied gemeint?«

Christian bejahte.

»Und wohin hast du beschlossen zu gehen?«

»Ich bin noch unklar. Besser, du erfährst es nicht.«

»Und ohne Mittel, in schmählicher Abhängigkeit und Dürftigkeit?«

»Ohne Mittel. In Dürftigkeit, aber nicht in Abhängigkeit.«

»Hirngespinst.«

»Was sollen die harten Worte noch, Vater?«

»Und ist es denn unabänderliche Notwendigkeit?«

»Ja, unabänderliche.«

»Unabänderliche Trennung zwischen uns und dir?«

»Ihr wollt es, ich muß es; unabänderlich.«

Der Geheimrat verstummte. Ein leises Schwanken des Oberkörpers war das einzige Zeichen seines inneren Zerbrechens. Bis zu diesem Augenblick hatte er gehofft. Er hatte an das Unabänderliche nicht geglaubt. Er war einem schmächtigen Lichtstrahl nachgegangen, dieser erlosch und ließ ihn in der Finsternis. Sein Herz zerrieb sich in vergeblicher Liebe zu dem Sohn, der ihm das Unabänderlich zugerufen hatte, das er nicht verstand. Alles was er errungen, Macht, Reichtum, Ehren, der goldne Thron in einer Welt voll Überfluß, hatte eine entsetzliche Sinnlosigkeit und Öde.

»Du wolltest mich an das Erbe binden,« hörte er die klare und sanfte Stimme Christians sagen; »du wolltest mich kaufen durch das Erbe. Ich habe erkannt, daß man sich dem entziehen muß. Man muß mit der Liebe derer brechen, die sich darauf berufen: du gehörst uns, du bist unser Eigentum, du mußt fortsetzen, was wir angefangen haben. Ich konnte nicht Erbe sein. Ich konnte nicht fortsetzen, was du angefangen hast. Ich war in einer Schlinge. Alle lebten in Freuden, und alle lebten in Schuld. Aber trotzdem Schuld da war, war niemand schuldig. Folglich steckte irgendein Fundamentalfehler in der ganzen Lebenskonstruktion. Ich sagte mir: die Schuld, die aus dem erwächst, was die Menschen tun, ist gering und berechenbar gegen die, die aus ihrem Nichttun stammt. Denn was sind es schließlich für Menschen, die durch ihr Tun schuldig werden? Arme, armselige, verhetzte, verzweifelte, halbwahnsinnige Leute; sie bäumen sich auf und beißen in den Fuß, der sie tritt. Sie werden verantwortlich gemacht, sie werden gezüchtigt und bestraft; Quälerei und kein Ende. Aber die nicht tun, die werden verschont, die sind immer in Sicherheit, die haben ihre triftigen Ausreden und Entschuldigungen. Und sie sind nach meiner Meinung die wahren Verbrecher. Von ihnen kommt das Übel. Ich mußte aus dieser Schlinge heraus.«

Der Geheimrat rang nach einem Ausdruck seiner verworrenen und schmerzlichen Gefühle. Es war alles anders, als er es erwartet hatte. Da sprach ein Mensch, ein Mann. Da trafen ihn Worte, mit denen man sich abfinden mußte. Sie enthielten Erinnerung an jüngst geschlagene Wunden, die noch nicht geheilt waren. Argumente verweigerten sich. Es war falsch, es war wahr: je nachdem; je nachdem man sich dazu stellte; je nach dem Maß von Willigkeit und Phantasie; je nach Einsicht und Furcht; je nach Verstocktheit oder dem Mut zur Rechenschaftsleistung. Das Terrain, das schon lange geschwankt hatte, zerriß in gähnende Klüfte. Der Trotz der Kaste warf in der Eile noch Schanzen auf und suchte nach Abwehrwaffen. Sie hatten keine Schlagkraft.

Ohne Hoffnung auf ein Ja fragte er: »Blutsbande existieren also nicht mehr für dich?«

»Wenn du vor mir stehst und ich dich sehe, fühle ich, daß sie existieren,« war die Antwort, »wenn du handelst und sprichst, spür ich sie nicht.«

»Gibt es eine Abrechnung zwischen Vater und Sohn?«

»Warum nicht? Wenn Aufrichtigkeit und Wahrheit entstehen soll, warum nicht? Vater und Sohn müssen neu beginnen können, scheint mir, einer dem andern gleichgestellt. Sie dürfen sich nicht auf das Gewesene verlassen, auf das, was verbucht ist, was die Gewohnheit vorschreibt. Ist Bewußtsein da, so muß es Achtung wecken. Es sollte ein zarteres Verhältnis sein als irgendeines; es ist ja auch verletzlicher als irgendeines. Aber weil es von der Natur geschaffen ist, glaubt man, es kann grenzenlos belastet werden. Mir kam es darauf an, für Entlastung zu sorgen, und du sahst eine Sünde darin. Es sind nur die Begriffe der Welt, die dich gegen mich erkältet und verblendet haben.«

»Bin ich erkältet und verblendet?« warf der Geheimrat kaum hörbar ein, »hatte es diesen Anschein?«

»Seit ich mich losgesagt, gewiß. Du warst beständig in Versuchung, deine ganzen Machtmittel gegen mich zu organisieren. Du stehst vor mir mit dem Anspruch beleidigter Autorität. Nur weil ich mich unterfangen habe, mit den Grundsätzen des Besitzes und Erwerbs und mit den Anschauungen der Klasse zu brechen, in der ich aufgewachsen bin. Einerseits wagst du nicht, mich zu vergewaltigen, weil neben dem Sozialen und Äußerlichen noch ein herzlicher Zusammenhang zwischen uns ist; Vorurteile und Gewohnheit haben ihn vielleicht mehr befestigt als Erkenntnis und Mitgefühl, fürchte ich, aber er ist da, und ich achte ihn; andrerseits kannst du dich dem Einfluß deiner Umgebung und deiner Stellung nicht entziehen und mutest mir Häßliches, Einfältiges und Zweckloses zu. Was ist denn das Häßliche, das du glaubst, das Einfältige und Zwecklose? Woran hindert es dich, worin stört es dich, wenn es wirklich so ist, so häßlich, einfältig und zwecklos? Worin stört es Judith, woran hindert es Wolfgang außer in einigen eitlen Gedanken und eingebildeten Vorteilen? Und wenn es mehr ist, kommt es in Betracht? Nein, es kommt nicht in Betracht, kein Verdruß, der ihnen daraus entsteht, kommt in Betracht. Und wodurch habe ich dich verwundet, wie du sagst, wodurch deine Autorität beleidigt? Sohn bin ich, du bist Vater. Heißt das Knecht und Herr sein? Ich bin nicht mehr von deiner Welt. Deine Welt macht mich zu deinem Widersacher. Sohn und Widersacher, anders kann deine Welt nicht anders werden.

Gehorsam ohne Überzeugung, was ist das denn? Die Wurzel von allem Übel. Du kannst mich nicht sehen; der Vater sieht nicht den Sohn. Die Welt der Söhne muß sich gegen die Welt der Väter erheben, anders kann es nicht anders werden.«

Er hatte sich am Tisch niedergesetzt und den Kopf auf die Hände gestützt, die Form außer acht lassend, seiner konventionellen Höflichkeit auf einmal bar. Seine Worte hatten sich aus Nüchternheit zur Leidenschaftlichkeit gesteigert; das Gesicht war erblaßt, die Augen glänzten fiebernd. Der Geheimrat, der ihn solchen Ausbruchs, solcher Verwandlung nicht für fähig gehalten, blickte erstarrt auf ihn nieder. »Diese Behauptungen können schwer widerlegt werden,« murmelte er und knöpfte mit zitternden Fingern den Pelzmantel zu; »was soll eine Debatte auch fruchten. Du sprachst von denen, die nicht tun; und du, was willst du tun? Es wäre mir wichtig, das von dir zu hören. Was willst du tun, und was hast du bis jetzt getan?«

»Bis jetzt war alles nur Vorbereitung,« antwortete Christian ruhiger; »genau besehen war es nichts. Bloß an meinen Kräften und an meiner Fähigkeit gemessen, war es etwas. Ich hafte noch zu sehr an der Oberfläche. Mein Charakter steht mir entgegen. Es gelingt mir nicht, die Kruste durchzustoßen, die mich von der Tiefe trennt. Die Tiefe, ja, was ist das, die Tiefe? Man kann unmöglich darüber reden. Jedes Wort ist wie Vorwitz und Lüge. Ich will keine Werke tun, ich will nichts Gutes oder Nützliches oder gar Großes tun, ich will hinein, hinauf, hinaus, hinunter; ich will nichts von mir wissen, ich bin mir gleichgültig, aber ich will alles von den Menschen wissen, denn die Menschen, siehst du, die Menschen, das ist das Geheimnisvolle, das Furchtbare, das, was quält und schreckt und leiden macht ... Immer einen, immer zu einem, dann zum nächsten, dann zum dritten, und wissen, aufsperren jeden, das Leiden herausnehmen wie die Eingeweide aus einem Huhn ... Aber man kann unmöglich darüber reden, es ist zu grauenhaft. Die Hauptsache ist, daß das Herz nicht müde wird. Nur kein müdes Herz, das ist die Hauptsache. Was ich zunächst tun will, weißt du ja nun,« er lächelte gewinnend knabenhaft, »verschwinden.«

»Es wäre eine Art von Tod,« sagte der Geheimrat.

»Oder eine andre Art von Leben,« erwiderte Christian; »ja, das ist die richtige Bezeichnung und eigentlich auch der Zweck: eine andre Art von Leben; denn diese,« er stand auf und sein Blick erglühte, »diese ist unerträglich. Eure ist unerträglich.«

Der Geheimrat trat näher. »Und du wirst, nicht wahr, du wirst leben? *Die* Sorge braucht mich nicht zu foltern?«

»O,« sagte Christian lebhaft, »ich muß. Wo denkst du hin! Ich muß leben.«

»Du sprichst mit einer Heiterkeit davon, und ich ... und wir ... Christian!« rief der Geheimrat verzweifelt, »ich hatte nur dich! Weißt du es nicht? Wußtest du es nicht? Ich habe nur dich, nur dich. Was soll nun werden? Was soll sein?«

Christian streckte seinem Vater die Hand entgegen, und dieser nahm sie mit der Gebärde eines Gebrochenen. Er raffte sich gewaltsam zusammen. »Wenn es denn unabänderlich ist, dann kein langes Hinziehen,« sagte er. »Gott schütze dich, Christian. Du warst mir eigentlich ein unbekannter Mensch, du bist es noch. Es ist hart, sich sagen zu müssen: Ich hatte einen erstgeborenen Sohn, er lebt und ist mir gestorben. Ich will mich fügen. Ich sehe, es ist etwas in dir, dem man sich zu fügen hat. Vielleicht genügt es aber nicht einmal, wie? Vielleicht verlangst du mehr? Nun, ich bin zweiundsechzig, da muß es genügen. Gott schütze dich, Christian.«

Beherrscht aufgereckt wandte er sich zum Gehen.

33

Amadeus Voß sagte: »Er wird den Kampf nicht aufnehmen. Es ist eine endgültige Wahl, vor die er gestellt ist. Sie meinen, es sei nur die Familie, die ihn unschädlich machen will. Zugegeben. Aber die Familie ist heute die ausschlaggebende Macht im Staate. Sie ist der Grundpfeiler und der Schlußstein tausendjähriger Schichtungen und Kristallisation. Wer ihr trotzt, ist ein Geächteter. Er hat nicht, wo er sein Haupt hinlegen kann. Er ist in einen dauernden Anklagezustand versetzt. Das macht den Stärksten mürbe.«

»Die Herrschaften scheinen Ihnen gehörig imponiert zu haben,« bemerkte Lamprecht.

»Ich spreche von einem Prinzip, Sie sprechen von Personen,« erwiderte Voß gereizt. »Schlagen Sie mich auf meinem Feld, wenns beliebt. Im übrigen hab ich von den Leuten niemand zu Gesicht bekommen als Wahnschaffes Bruder Wolfgang. Er bat mich zu sich, angeblich, um Auskünfte von mir zu erhalten, in Wirklichkeit, um mir auf den Zahn zu fühlen. Ein wackerer Knabe. Ein Repräsentant. Von dem unerschütterlichen Ernst derer durchdrungen, die alle Sprossen der sozialen Stufenleiter gezählt, alle Distanzen ausgemessen und bis auf den Millimeter im Kopfe haben. Bereit zu allem. Käuflich zu allem. Zurückschreckend vor nichts. Grausam aus natürlicher Anlage. Konsequent aus Mangel an Geist. Ich leugne es nicht, so etwas imponiert mir. Ein Exemplar in Reinzucht. Man kann sich keinen besseren Anschauungsunterricht über den heutigen Zustand der Gesellschaft wünschen.«

»Und Sie haben sich selbstverständlich zu Christian bekannt, haben Ihre Unzugänglichkeit für alle diplomatischen Bestechungsversuche deklariert?« fragte Johanna in einem Ton von perfider Beiläufigkeit; »nein?« Sie ging auf und ab, um den Tisch für Christian zu decken, denn in einer inneren Ungeduld sehnte sie ihn herbei.

Michael wandte keinen Blick von Amadeus Voß' Gesicht.

»Ist mir nicht im entferntesten eingefallen,« antwortete Amadeus. »Ich bin Forscher und nicht Moralist. Ich habe aufgehört, mich für Phantome zu opfern. Ich glaube nicht mehr an Ideen und an den Sieg von Ideen. Für mich ist die Schlacht entschieden und der Friede geschlossen. Warum soll ich es nicht offen einräumen? Ich habe paktiert. Nennen Sie es nicht Zynismus, was ich sage; es ist ein ehrliches Bekenntnis zu mir selbst. Es ist die Frucht gewonnener Einsicht in das Nützliche, das Tüchtige, in das, was den Menschen praktisch und greifbar hilft. Es gab weit und breit keine Notwendigkeit für mich, ein Märtyrer zu werden. Märtyrer verwirren die Welt; sie reißen die Hölle der Schmerzen auf, und das vergeblich; wann und wo wäre Schmerz durch Schmerz gelindert oder beseitigt worden? Einst ging ich den Seufzerweg, den Passionsweg; ich weiß, was es heißt, für Träume leiden, für das Unerreichbare sein Blut verspritzen. Ich weiß, was ein Sakrament ist und was Versuchung ist; ich habe Brust an Brust mit dem Teufel gerungen, bis mir endlich klar wurde: du kannst ihn nur abtun, wenn du dich der Welt ergibst, gänzlich und ohne Markten, und du darfst nicht zurückschauen, sonst geht es dir wie Loths Weib, du erstarrst zur Salzsäule. So hab ich den Teufel besiegt; oder mich selbst besiegt, wie man will.«

»Es war jedenfalls eine schicksalsreiche Wandlung,« sagte Johanna, die Semmeln entzweischnitt und mit Butter bestrich. Ihre Gesten waren von einer gleichsam erdachten Lässigkeit und Lieblichkeit.

»Und was sagten Sie also zu Wolfgang Wahnschaffe?« fragte Botho von Thüngen. Er saß am Fenster und hielt von Zeit zu Zeit Ausschau über den Hof, denn auch ihn verlangte nach Christians Gegenwart. Es war ein dunkles Gefühl von seiner Nähe in jedem.

»Ich sagte ungefähr, was ich mir denke,« entgegnete Voß. »Ich sagte: Es ist am besten, ihr laßt die Dinge laufen, wie sie laufen. Er verstrickt sich in seinen eignen Netzen. Widerstand stützt; Verfolgung gibt Gloriole. Wozu wollt ihr ihm eine Gloriole um das Haupt legen? Paradoxie muß durch sich allein zu Fall kommen, und sämtliche Visionen des heiligen Antonius haben nicht die umbiegende Gewalt einer einzigen Sekunde der Erkenntnis. Keine Wand darf mehr um ihn sein, keine Brücke; dann wird er Wände aufrichten und Brücken schlagen wollen. Habt Geduld, sagte ich, habt Geduld. Ich, der ich der Geburtshelfer seiner Neuwerdung war, getraue mich zu prophezeien. Ich prophezeie, der Tag ist nicht mehr fern, wo er wieder nach dem Kuß eines Weibes gieren wird; das, ich gestehe es, war es hauptsächlich, was mich stutzig gemacht hat, dies Leben ohne Eros. Denn es war nicht Überdruß, nein, das war es nicht, es war Verzicht, wahr und wahrhaftig Verzicht. Aber laßt den Eros erwachen, und die Umkehr wird geschehen. Der Tag ist nicht mehr fern.« Sein Gesicht hatte einen Ausdruck fanatischer Rechthaberei.

»Ein andrer Eros wird es sein, nicht der, den Sie meinen,« sagte Thüngen.

Da erhob sich Michael, schaute Voß mit glühenden Augen an und rief ihm zu: »Verräter.«

Amadeus Voß gab es einen Ruck. »Ei, du Kröte,« murmelte er geringschätzig, »was ficht dich an?«

»Verräter,« sagte Michael.

Voß ging drohend auf ihn zu.

»Michael! Amadeus!« mahnte Johanna flehend und legte die Hand auf Vossens Arm.

Währenddem hatte sich die Tür sacht aufgetan und die kleine Stübbe war unhörbar ins Zimmer geschlüpft. Sie war adrett gekleidet wie immer; die blonden Zöpfe waren um den Kopf geflochten und ließen das leidvolle Kindergesicht noch älter, noch madonnenhafter erscheinen. Sie schaute sich um, gewahrte Michael, ging zu ihm hin und reichte ihm einen Brief. Danach verließ sie die Stube wieder.

Michael entfaltete das Blatt, las, und alle Farbe wich aus seinem Gesicht. Der Brief fiel aus seiner Hand. Lamprecht hob ihn auf. »Geht es auch uns an?« fragte er ahnend, »ist es von ihm?«

Michael nickte und Lamprecht las vor: »Lieber Michael. Ich verabschiede mich auf diesem Weg von dir und bitte dich, die Freunde zu grüßen. Ich muß nun fort. Ihr werdet keine Nachricht von mir erhalten. Es soll mir niemand nachforschen. Es ist mir zweckmäßiger und einfacher erschienen, auf diese Weise fortzugehen, als das Unausweichliche durch Aussprache und Fragen hinauszuschieben und zu zerreden. Was von meinen Sachen in Karens Wohnung war, habe ich mitgenommen. Es hatte Platz in der kleinen Reisetasche. Meine übrigen Habseligkeiten kannst du in den Koffer packen, der drüben steht; es ist einiges schwer Entbehrliches dabei, wie Wäsche und ein Anzug. Vielleicht findet sich Gelegenheit, daß ich es mir schicken lassen kann. Aber es ist ungewiß. Für dich, Michael, habe ich an Lamprecht tausend Mark anweisen lassen, damit der Unterricht für die nächste Zeit fortgesetzt werden kann. Es ist auch ein Notpfennig. Für Johanna erliegen zweihundertfünfzig Mark im Kuvert beim Hausverwalter; von morgen ab, ich muß es erst hinschicken. Sie möge so freundlich sein und mit dieser Summe die Verbindlichkeiten lösen, die ich zurücklasse. Nochmals: Grüß die Freunde. Halte dich an sie. Lebewohl. Sei tapfer. Denk an Ruth. Dein Christian Wahnschaffe.«

Alle waren aufgestanden und hatten sich um Lamprecht gruppiert. Lamprecht sagte erschüttert: »Ihm gehöre ich, ihm will ich gehören, im Herzen und im Geiste.«

»Was mag der Sinn sein, was mag der Grund sein?« fragte Thüngen in die scheue Stille.

»Echt Wahnschaffe!« ließ sich Amadeus Voß vernehmen, »platt und hölzern wie eine Polizeivorschrift.«

»Schweig!« hauchte ihm Johanna gepeinigt zu, »schweig, Judas.«

Es fiel kein Wort mehr. Alle standen um den Tisch; aber der Platz, der für Christian gedeckt war, blieb leer. Es fing an zu dämmern, und einer nach dem andern ging fort. Amadeus Voß näherte sich Johanna und sagte: »Der Judas, den du dem Bürschchen nachgeredet hast, wird dich noch auf die Seele brennen, das kann ich dir versprechen.«

Michael, wie ein Entrückter, schaute mit seherisch glänzenden Augen in die Höhe.

In ermatteter Schwermut sprach Johanna zu sich selbst: »Wie heißt es doch immer in den alten Komödien? Exit. Ja: exit. Kurz und bündig. Exit. Johanna. Troll dich.« Sie warf noch einen Blick in die halbfinstere Stube, und hager schlich sie als letzte aus der Tür.

34

Als Lätizia und Crammon zwei Tage nachher in die Stolpische Straße kamen, erfuhren sie, daß Christian Wahnschaffe dort nicht mehr war. Die beiden Wohnungen waren von Möbeln bereits geräumt und zur Vermietung ausgeschrieben. Wohin er sich gewendet hatte, wo er sich befand, darüber konnte ihnen niemand Aufschluß geben. Der Hausverwalter sagte, er habe seinen Bekannten mitgeteilt, daß er die Stadt verlassen habe. Es entstand, zu Crammons Unbehagen, eine kleine Volksversammlung um das Auto, und spöttische Bemerkungen wurden laut.

»Zu spät,« sagte Lätizia, »ich werde es mir nie verzeihen.«

»Doch; du wirst, mein Kind, du wirst,« versicherte Crammon. Und sie kehrten in die Bezirke der Lustbarkeiten zurück.

Lätizia verzieh es sich schon am nämlichen Abend; was hätte sie auch mit einer so fragwürdigen Gewissensbürde anfangen sollen? Eine läßliche Sünde; der erste Gläserklang, der erste Geigenton, der erste Blumenduft zehrte sie auf.

Aber an Crammon nagte das Versäumnis, je länger, je mehr. In seiner naiven Unwissenheit bildete er sich ein, er hätte das Äußerste hintanzuhalten vermocht, wenn er zwei Tage früher gekommen wäre. Jetzt war der Verlust besiegelt und endgültig. Er stellte sich etwa vor, er hätte Christian die Hand auf die Schulter gelegt und ihn ernst und mahnend angeschaut; da hätte Christian beschämt zu ihm gesprochen: Ja, Bernhard, du hast recht, es war eine Verirrung, wir wollen uns mal zu einer Flasche Wein setzen und beraten, wie wir uns künftig am besten amüsieren.

Wenn er in seinen Erinnerungen wühlte, einem Sammler vergleichbar, der seine eifersüchtig behüteten Schätze mustert, war es stets Christians Gestalt, die vor allen andern verklärt emporstieg. Der Christian des Anfangs, nur der; unter den Hunden im Park; in der Mondnacht unter der Platane; im erlesen geschmückten Saal der Tänzerin; Christian lachend, schöner lachend als der Eseltreiber in Cordova; Christian verführend, Christian verschwendend, Christian der Herr; Eidolon.

So sah er ihn. So trug er ihn durch die Zeit.

Und es drangen Gerüchte zu ihm, an die er nicht glaubte. Es kamen Leute, die erzählen gehört hatten, man habe Christian Wahnschaffe bei der großen Grubenkatastrophe in Hamm während der Bergungsarbeiten gesehen; er sei in die Schächte mitgefahren und habe geholfen, Leichen zu befördern. Und andre Leute kamen, die behaupteten, er lebe im Londoner Ost-Ende in Gemeinschaft der Niedrigsten und Verworfensten. Und es kamen wieder Leute, welche wissen wollten, er sei in der Chinesenstadt von Neuyork aufgetaucht, dieser ekelsten Kloake der bewohnten Erde.

Crammon sagte: »Unsinn, das ist nicht Christian, das ist sein Doppelgänger.«

Er hatte Furcht vor den Jahren, die sich grau heranwälzten wie Nebel auf dem Wasser.

»Was würdest du zu einem Häuschen in einem kärntnerischen Alpental sagen?« redete er eines Tages Lätizia an, »zu einem niedlichen, bescheidenen Häuschen? Man pflanzt sein Gemüse, man züchtet seine Rosen, man liest seine Lieblingsschmöker, mit einem Wort, man bringt sich in Sicherheit.«

»Reizend,« antwortete Lätizia, »ich könnte ja dann und wann zu dir kommen.«

»Warum dann und wann? Warum nicht ganz und gar?«

»Ja, würdest du denn auch die Zwillinge aufnehmen und die Dienerschaft und das Tantchen?«

»Da müßte ich allerdings einen Flügel anbauen. Unmöglich.«

»Und außerdem ... ich will dir nämlich gestehn, ich bin mit Egon Rochlitz übereingekommen, daß wir uns heiraten. Das wäre also vorläufig eine Person mehr.«

Crammon schwieg eine Weile, dann sagte er verdrossen: »Ich fluche dir. Es bleibt mir nichts andres übrig.«

Lätizia bot ihm lächelnd die Wange.

Er küßte sie väterlich enthaltsam und seufzte: »Du hast Sammet auf der Haut wie eine Aprikose.«

Legende

In alter Zeit lebte ein König namens Saldschal, der eine sehr häßliche Tochter hatte. Ihre Haut war rauh und hart wie die des Tigers und ihr Haupthaar glich einer Pferdemähne. Der König war darüber mißvergnügt und ließ sie im Innern des Palastes erziehen, vor aller Augen verborgen. Als sie erwachsen war und man an ihre Verheiratung denken konnte, sagte der König zu seinem Minister: Suche und bringe mir einen armen umherschweifenden Edelmann. Der Minister suchte und fand einen solchen Edelmann; der König führte ihn an einen einsamen Ort und sprach zu Ihm: ich habe eine abschreckend häßliche Tochter; willst du sie zum Weibe, da sie doch die Tochter eines Königs ist? Der Jüngling kniete nieder und antwortete: Ich gehorche meinem Herrn. Da wurden die beiden zusammengetan, der König schenkte ihnen ein Haus, verschloß es mit siebenfachen Türen und sagte zu seinem Eidam: Wenn du das Haus verlässest, so sperre zu und nimm die Schlüssel mit. Darnach handelte der Jüngling.

Eines Tages nun wurde er nebst andern vornehmen Männern zu einem Feste geladen. Während nun alle übrigen Gäste in Begleitung ihrer Frauen erschienen, kam der Eidam des Königs allein. Hierüber verwunderten sich die Leute. Entweder, sprachen sie zueinander, ist das Weib dieses Mannes so schön und reizend, daß er sie aus Eifersucht versteckt, oder sie ist so häßlich, daß er sich fürchtet, sie den Menschen zu zeigen. Um diesen Zweifel zu lösen, beschlossen sie in das Haus des Mannes zu dringen. Sie machten ihn betrunken, entwendeten ihm die Schlüssel, und als er besinnungslos dalag, begaben sie sich auf den Weg.

Unterdessen hatte die Frau, gefangen und einsam in ihrem Hause, schmerzliche Gedanken. Welcher Sünde mag ich wohl schuldig sein, fragte sie sich, daß mein Gatte mich verabscheut und mich an einem Ort verkümmern läßt, wo ich weder Sonne noch Mond sehe? Und sie dachte weiter: Der Siegreich-Vollendete ist in der Welt gegenwärtig; er ist der Hort und Erlöser aller an Qual und Trübsal Leidenden; ich will mich aus der Ferne verbeugen vor dem Siegreich-Vollendeten. Gedenke meiner in Barmherzigkeit, sprach sie, erscheine sichtbar vor mir und zeige dich womöglich einen Augenblick. Der Siegreich-Vollendete, welcher wußte, daß die Gedanken der Königstochter rein waren und von innigster Hochachtung beseelt, erhob sich in ihr Haus und zeigte ihr sein lasurfarbenes Haupt. Als nun die Königstochter das lasurfarbene Haupt des Siegreich-Vollendeten erblickte, ward sie von außerordentlicher Freude erfüllt, und ihr Sinn wurde völlig geläutert. Und in der Läuterung geschah es, daß ihr Haupthaar sanft wurde und die Lasurfarbe annahm. Sodann zeigte der Siegreich-Vollendete sein Antlitz ganz und unverhüllt; da wuchs die Freude der Königstochter so, daß ihr eignes Gesicht schön und reizend wurde und jede Spur von Häßlichkeit und Rauheit verschwand. Als aber der Siegreich-Vollendete seinen in

Goldtönen majestätisch strahlenden Körper zeigte, wurde durch das gläubige Entzücken, das die Königstochter darüber empfand, ihr Körper zu göttlicher Vollkommenheit umgestaltet, daß nichts in der Welt mit ihr verglichen werden konnte. In seiner ganzen Herrlichkeit trat der Siegreich-Vollendete vor sie hin; ihre freudige Zuversicht wurde aufs höchste gesteigert, und ihr Inneres wurde wie die Seele der Engel.

Da kamen die Männer, die sie sehen wollten, öffneten die Türen, gingen hinein und erblickten ein Wunder von Schönheit. Sie sprachen einer zum andern: Weil sein Weib so schön ist, hat er sie nicht mitgebracht. Sie kehrten zum Fest zurück, befestigten den Schlüssel wieder am Gurt des Mannes, und als dieser aus seinem Rausch erwacht war und nach Hause kam und seine Frau erblickte als eine unvergleichliche Seltenheit unter den Menschen, fragte er staunend: Du warst ja so häßlich, wie bist du nun so schön und reizend geworden? Sie antwortete: Nachdem ich den Siegreich-Vollendeten gesehen, bin ich so geworden; geh und berichte meinem Vater alles. Der Mann ging hin und berichtete alles dem König, aber der entgegnete: Sprich mir nicht von solchen Dingen. Eile nach Haus und schließe sie so fest ein, daß sie nicht heraus kann. Der Eidam sagte: Sie ist wie eine Göttin. Hierauf sprach der König: Verhält es sich in Wahrheit so, dann führe sie zu mir. Und er empfing, staunend, die Liebliche im Innern seines Palastes; dann begab er sich an den Ort, wo der Siegreich-Vollendete seinen Sitz hatte, verbeugte sich vor ihm und betete ihn an.

Ende

Biographie

1873 *10. März:* Jakob Wassermann wird in Fürth als Sohn des jüdischen Spielwarenfabrikantes Adolf Wassermann und dessen Frau Henriette, geborene Straub, geboren. Als seine Fabrik einem Brand zum Opfer fällt, muss der Vater als Versicherungsagent arbeiten.

1882 Tod der Mutter.
Jakob Wassermann besucht die Realschule in Fürth.
Anschließend soll er in die väterlichen Fußstapfen treten und eine kaufmännische Laufbahn einschlagen. Er beginnt daher in Wien eine Lehre bei seinem Onkel Max Traub, einem Fächerfabrikanten.

1889 Wassermann bricht seine Lehre ab, um Schriftsteller zu werden. In Würzburg leistet er seinen einjährigen Militärdienst.
Danach ist er kurzfristig als Versicherungsangestellter tätig.

1891 Wassermann verlässt die Versicherung, begibt sich auf ziellose Wanderschaft durch Süddeutschland und lebt in ärmlichen Verhältnissen.

1894 In München wird Wassermann Sekretär bei Ernst von Wolzogen. Dieser erkennt Wassermanns schriftstellerisches Talent und macht ihn mit dem Verleger Albert Langen bekannt.

1896 Langen verlegt Wassermanns erstes Buch »Melusine. Ein Liebesroman«.
Wassermann wird Mitarbeiter und Lektor in der Redaktion der Zeitschrift »Simplicissimus«.
In seiner Münchner Zeit schließt er Freundschaften mit Rainer Maria Rilke, Thomas Mann und Hugo von Hofmannsthal.

1897 Der Roman »Die Juden von Zirndorf« wird ein voller Erfolg.
Wassermann beginnt, Feuilletons für die »Frankfurter Zeitung« zu schreiben.

1898 *Mai:* Im Auftrag der »Frankfurter Zeitung« geht Wassermann als Theaterkorrespondent nach Wien.
Hier findet er Anschluss an den Kreis des »Jungen Wien« und macht die Bekanntschaft von Richard Beer-Hofmann und Arthur Schnitzler, mit dem er sich anfreundet.

1899 Wassermann schreibt nun für den Berliner Verlag S. Fischer.

1900 Der Roman »Die Geschichte der jungen Renate Fuchs« erscheint.

1901 Wassermann heiratet die exzentrische Julie Speyer, Tochter aus wohlhabendem Wiener Hause, mit der er vier Kinder bekommt. Die Familie lässt sich in Grinzing nieder.

1903 Wassermanns Roman »Der Moloch« wird veröffentlicht.

1904 »Die Kunst der Erzählung« (Essay).

1905 »Alexander in Babylon« (Roman).

1908 Der Roman »Caspar Hauser oder die Trägheit des Herzens« erscheint, verkauft sich allerdings nur schleppend.

1914 Nach Ausbruch des Ersten Weltkrieges will sich Wassermann freiwillig zum Militärdienst melden, wovon ihn seine Frau jedoch abhalten kann.

1915 Der Roman »Das Gänsemärchen« beschert Wassermann endlich den erhofften Erfolg.

Wassermann lernt die sechzehn Jahre jüngere Schriftstellerin Marta Stross, geborene Karlweis, kennen und verliebt sich in sie. Er will sich ihretwegen von seiner Frau Julie trennen, doch diese zögert die Scheidung durch ständig neue Geldforderungen und Prozesse noch jahrelang hinaus.

1919 »Christian Wahnschaffe«, ein zweibändiger Roman, wird veröffentlicht.

Wassermann verlässt seine Frau und zieht mit seiner Lebensgefährtin Marta nach Altaussee in der Steiermark.

1921 Wassermann verfasst den autobiographischen Essay »Mein Weg als Deutscher und Jude«.

1923 Veröffentlichung des Essaybandes »Lebensdienst. Gesammelte Studien, Erfahrungen und Reden aus drei Jahrzehnten«.

1925 In dem Roman »Laudin und die Seinen« verarbeitet er die komplizierte Trennung von seiner ersten Frau.

1926 Erst jetzt wird die Scheidung von Julie endgültig und Wassermann kann Marta Karlweis heiraten.

Wassermann wird in die Preußische Akademie der Künste aufgenommen.

1928 Wassermanns berühmtester Roman, »Der Fall Maurizius«, erscheint.

1929 Er schreibt eine Biographie über »Christoph Columbus«.

1931 »Etzel Andergast« (Roman).

1933 Wassermann veröffentlicht seine »Selbstbetrachtungen«.
Er tritt aus der Preußischen Akademie der Künste aus, um seinem Ausschluss durch die Nationalsozialisten zuvor zu kommen. Im selben Jahr wird er Mitglied im Ehrenpräsidium des »Kulturbundes deutscher Juden«. Seine Bücher werden verboten, was Wassermann in den finanziellen Ruin treibt.

1934 *1. Januar:* Jakob Wassermann stirbt verarmt und gebrochen in Altaussee.
Posthum wird der Roman »Joseph Kerkhovens dritte Existenz« veröffentlicht.

Dekadente Erzählungen

Im kulturellen Verfall des Fin de siècle wendet sich die Dekadenz ab von der Natur und dem realen Leben, hin zu raffinierten ästhetischen Empfindungen zwischen ausschweifender Lebenslust und fatalem Überdruss. Gegen Moral und Bürgertum frönt sie mit überfeinen Sinnen einem subtilen Schönheitskult, der die Kunst nichts anderem als ihr selbst verpflichtet sieht.

Rainer Maria Rilke Die Aufzeichnungen des Malte Laurids Brigge **Joris-Karl Huysmans** Gegen den Strich **Hermann Bahr** Die gute Schule **Hugo von Hofmannsthal** Das Märchen der 672. Nacht **Rainer Maria Rilke** Die Weise von Liebe und Tod des Cornets Christoph Rilke

ISBN 978-3-8430-1881-4, 412 Seiten, 29,80 €

Erzählungen aus dem Sturm und Drang

Zwischen 1765 und 1785 geht ein Ruck durch die deutsche Literatur. Sehr junge Autoren lehnen sich auf gegen den belehrenden Charakter der - die damalige Geisteskultur beherrschenden - Aufklärung. Mit Fantasie und Gemütskraft stürmen und drängen sie gegen die Moralvorstellungen des Feudalsystems, setzen Gefühl vor Verstand und fordern die Selbstständigkeit des Originalgenies.

Jakob Michael Reinhold Lenz Zerbin oder Die neuere Philosophie **Johann Karl Wezel** Silvans Bibliothek oder die gelehrten Abenteuer **Karl Philipp Moritz** Andreas Hartknopf. Eine Allegorie **Friedrich Schiller** Der Geisterseher **Johann Wolfgang Goethe** Die Leiden des jungen Werther **Friedrich Maximilian Klinger** Fausts Leben, Taten und Höllenfahrt

ISBN 978-3-8430-1882-1, 476 Seiten, 29,80 €

Erzählungen aus dem Sturm und Drang II

Johann Karl Wezel Kakerlak oder die Geschichte eines Rosenkreuzers **Gottfried August Bürger** Münchhausen **Friedrich Schiller** Der Verbrecher aus verlorener Ehre **Karl Philipp Moritz** Andreas Hartknopfs Predigerjahre **Jakob Michael Reinhold Lenz** Der Waldbruder **Friedrich Maximilian Klinger** Geschichte eines Teutschen der neusten Zeit

ISBN 978-3-8430-1883-8, 436 Seiten, 29,80 €